小说月報

梦回吹角连营（上）

九十年代卷

小说月报编辑部编

天津出版传媒集团
百花文艺出版社

图书在版编目（CIP）数据

小说月报军旅小说．九十年代卷：梦回吹角连营：全2册 /《小说月报》编辑部编．—天津：百花文艺出版社，2013.1（2024.1重印）

ISBN 978-7-5306-6218-2

Ⅰ．①小… Ⅱ．①小… Ⅲ．①中篇小说-小说集-中国-当代②短篇小说-小说集-中国-当代 Ⅳ．①I247.7

中国版本图书馆CIP数据核字(2012)第281568号

小说月报军旅小说．九十年代卷：梦回吹角连营：全2册
XIAOSHUOYUEBAOJUNLVXIAOSHUO. JIUSHINIANDAIJUAN
MENGHUICHUIJIAOLIANYING：QUAN2CE
《小说月报》编辑部 编

出 版 人：薛印胜
责任编辑：齐红霞 **整体设计：**张振洪
出版发行：百花文艺出版社
地址：天津市和平区西康路35号 **邮编：**300051
电话传真：+86-22-23332651（发行部）
+86-22-23332656（总编室）
+86-22-23332478（邮购部）
网址：http://www.baihuawenyi.com
印刷：河北浩润印刷有限公司
开本：880毫米×1230毫米 1/32
字数：689千字
印张：27.5
版次：2013年1月第1版
印次：2024年1月第2次印刷
定价：128.00元

如有印装质量问题，请与河北浩润印刷有限公司联系调换
地址：河北省沧州市肃宁县河北乡韩村东洼开发区188号
电话：(0317)3220409

目　录

军事文学的魅力

《小说月报》编辑部编纂了三卷四册的“小说月报军旅小说”丛书，编辑朋友嘱我在卷首缀以片言。近几年来我曾多次痛下决心，摒绝他人的命题作文。怎奈《小说月报》对我厚爱有加，曾五度不吝篇幅选载过我的作品，加之为军事文学鼓呼又是我不可推卸的责任，乃欣然应允。

三卷本的“小说月报军旅小说”丛书分为八十年代卷之《沙场秋点兵》、九十年代卷之《梦回吹角连营》、新世纪卷之《醉里挑灯看剑》，计一百四十余万字。入选作家中既有我崇敬的师长，也有我钦佩的侪辈，还有大显圭角的后起之秀。他们或铜钹铁板，唱大河东去；或烟雨楼台，吟西风瘦马；或写英雄气短，或说儿女情长；或纵向于传统文化的大山里探骊得珠，或横向从西方文学的海湾里采珊拾贝。这些作品，或豪放或浑厚或缠绵或委婉；或直面人生，入木三分；或功候深藏，秀丽内含；或洗尽铅华，真纯毕现；或娓娓而谈，引人入胜；或信笔写来，风致自显。可谓各有灵苗，各擅胜场。

新时期以来，军旅作家在三条战线——历史战争、当代战争、和平军营的领域里联手作战，剑锋所指，不断将当代军事文学从勃发推向鼎盛，涌现出一大批脍炙人口、誉满文坛的力作。优秀小说的基本品格应是：感觉的敏锐，情感的丰沛，人物形象的丰满和心灵的丰富。从“小说月报军旅小说”丛书中可不难窥见，这些作品，无论在反映生活的深度、广度和力度上，在探测军人心灵和展示文化底蕴上，还是在表现技巧和手法创新上，较之上世纪七十年代以前的军事文学，都有了长足的进展，甚至是有了革命性的突破。文学作品的生命力是寄托在阅读上的。军事文学能最大限度地展示人的爱国主义和英雄主义，又能在特定氛围中袒示人的各种情感。情感，恰是人的道德、信念、原则和精神力量的核心和骨肉。正因如此，才有那么多的读者钟情于军事文学。

自人类伊始，英雄主义就已存在并被人类所崇尚。最初，它仅是源于生命的艰难和对生存的渴望，因为命运总是格外眷顾那些勇敢和充满生命张力的个体和群体。英雄主义成为一种价值判断和道德规范，是在人类建立了有序且动荡的社会体系，尤其是国家和领土的概念出现之后。莎士比亚说：“勇敢是世人公认的最大美德，有勇的人是最值得崇敬的。”他还说：“感发人心的忠勇，可以使一根纺线竿变成一柄长枪。”英雄主义历来是人类文明和人的精神的主旋律之一。当人类以审美的眼光看待英雄主义的时候，它已经以集体记忆中的一份组成，而被编码溶进人类生命的基因中了。

国家不同，民族不同，爱国主义和英雄主义的内涵当然不会完全一样。但没有一个国家、一个民族不倡导他们的军队和人民，去为自己的国家和民族的利益而献身的。就拿以现代科技虎视并称霸世界的美国军队来说，在当今战争中追求的是零伤亡，但他们在酷似实战的日常训练中，每年却都有数千名士兵献出生命。

爱国主义和英雄主义，始终是我国军事文学创作最绚丽夺目的“主题词”。这是由军事文学尤其是战争文学的特性所决定的。

血与火的战争中，常常能把人生最严肃的命题，诸如国与家、群与己、誉与毁、理与欲、浮与沉、生与死……统统集中摆放在你的面前，让你做出抉择。血与火的战场上，常把人生的经历最大限度地浓缩在一起，爱与恨、喜与悲、无畏与恐惧、高尚与卑劣等人类的一切情感，也无一不在战争这一特定环境下被大大强化。这些情感，有的人在十年、五十年甚至在一生中都不见得能全部经历，而在战场上，人们只需要几天，甚至几小时几分钟内就把这些情感全部体味了。正义的战争也常使人的情感在瞬间发生“核裂变”，而这些情感的“爆片”上，无不闪耀着爱国主义和英雄主义的色泽。

意志和毅力是衡量人灵魂的天平。自制力是人的美德的保障与支柱。一个没有自制力的人，很难实现有价值的人生。作为一支人民的军队，作为一个武装集团，它必然要求所有的成员具有超出常人的意志、毅力和自制力。即使在和平环境中，军队也须以铁的纪律和艰苦的磨炼，去不断向人的意志、毅力和自制力的极限去挑战。军队是性格、爱好、见解不同的人们组成的集合体，但有一种比性格更强烈、比爱好更深刻、比见解更广泛的精神纽带，将这个集合体统一起来。人民军队，无论走到哪里都能征服环境；无论出现在何处，都能赢得人心。狂风突来，他们是汹涌澎湃的大海；暴雨骤至，他们是巍峨矗立的高山。

爱国主义和英雄主义，是军事文学的风骨。失却了这样的风骨，也便失却了军事文学的魅力。

一个没有哲学巨子的民族，是个精神瘫痪的民族；同样，一个没有伟大英雄的民族，也只是患有“软骨症”的毫无出息的生物之群。“小说月报军旅小说”丛书告诉我们，军旅小说家们饱吮着自己的心血，在作品中留下的军人的风骨和血肉，展现出了一个民族的精神坐标。

“小说月报军旅小说”丛书中的作品，都是从《小说月报》中选出的，经历过读者和时间的拣选，我也大都拜读过。这些优中选优的作品的结集出版，显示出选家严谨的识力和作风。开卷摩挲，令我枨触无端。直如旧梦套着新梦，新梦连着旧梦，欲说还休，欲休还说。这套丛书是对三十余年来军旅小说的蹑迹追踪，是对新时期以来军事文学的高度浓缩，是对军旅文化的“切片”的高倍“透视”，也是对老、中、青军旅小说家的一次盛大的检阅。

《小说月报》是改革开放后创办的全国第一家遴选优秀中、短篇小说的选刊。从她诞生的那天起，就与军旅作家结下不解之缘。毫不夸张地说，《小说月报》既是新时期以来我国中、短篇小说的编年史，也是军旅中、短篇小说的编年史。值此书业维艰的当下，《小说月报》能不惜人力、物力，出版这套洋洋大观的丛书，无疑是一个令人鼓舞的豪举。

请允许我以一个老兵的身份，代表军旅作家，向《小说月报》的朋友们致以崇高的军礼！

2012 年 9 月 28 日于济南

白纸船

张　波

一

上等兵杨扬站在由清一色的女兵组成的队列里的时候，是打过上班铃声不久的事。队列并不雄壮，话务分队统共三十多名女兵，上机值勤的除外，余下的都在这里了。奇怪的倒是队形，连长的口令是“面向我成一列横队”，这下子三十几个女兵便扯成了长长的一条线，与站在队列正前方的连长构成了一个别扭的扁三角形，这当然是不太符合队列条令的。不过这是当官的事，连长让你怎么着你就怎么着，懂得这一点你绝对可以成为一名好兵，杨扬想。

杨扬抬头看了看天色，天空并非像纸上写出的那样瓦蓝瓦蓝的。活到十八岁，杨扬还没见过瓦蓝瓦蓝的天空呢。杨扬看见的天空是一种灰蒙蒙的颜色，先甭管它是不是污染的，反正人都在这种颜色下活着。今天仍然是这般，太阳刚刚高出营房围墙一点，但已是白茫茫的一片，分不清它是圆的方的还是三角的了。还真叫他给说中了，杨扬想起了衣兜里的那张小纸条，纸条上写的是一句莫名其妙的话：“今天早上下雨了，但是太阳还在天上呢。”杨扬看了这笔迹便知道是他写的，字体七扭八歪。要是他那时就在面前，杨扬得告诉他给女孩子写条子之前得先把字好好练练，另外也别一股劲儿地故作深刻，谁不知道谁啊？要说这纸条唯一使杨扬费琢磨的，倒是那家伙什么时候用什么办法鬼神不知地把纸条放进了她的衣兜。

“不要东张西望！”

杨扬听到连长吼了一声，便意识到连长吼的肯定是自己。她向连长嗔怪地看了一眼，她知道直截了当的力量。果然她看到连长把头扭向别处了，杨扬暗暗觉得挺好笑。

有几个男兵从楼上的窗口探出身来，朝这边比比划划的。话务分队全体女兵单独戳在院子里，好像是一件不太多得的事，这使男兵们有了一个幸灾乐祸的机会。队列隐隐骚动起来，有人连声地咳嗽，还有人用脚掌在水泥地上蹭出一种难听的动静，女兵们用各种方式发泄着连长把自己变为展览品的不满。杨扬眯起眼睛，她看到有一个熟悉的身影在窗口那里闪了一下就不见了。杨扬暗暗地咬了咬牙，好啊，还太阳啊下雨的抒情呢，这会儿就看起笑话了，家伙你等着。

“立正。”连长猛地发出口令。女兵队列便“嗵”的一声立正了。一名女军官正匆匆向这边走过来，连长跑上前向她报告说：“教导员同志，三连话务分队集合完毕。请指示。”

政治教导员范少珍站在了连长刚才站过的位置上。她脸上一如平日那般没有笑容，使人看上去便不由自主地也随之严肃起来。范少珍的军容永远严整得让人无法挑剔，即便是此时，她也穿着很合体的夏季短袖制服，肩上佩戴着两杠两星夏季软肩章，这是整个通信总站女军官中的最高军衔。相比之下，穿着清一色白衬衣的女战士们显得太随便了一点，尽管穿自己购买的白色衬衣也是部队允许的。

“今天……”范少珍一张口，女兵队列又一次立正了。范少珍还了礼，“请稍息。今天我来抽查一下你们的军容风纪和个人卫生……”话音刚落，女兵们不由偷偷交换着不解的目光，一上班就被命令站在这儿难道就是为了这事吗？但是还不容她们细想，范少珍和连长已经从排头向后面检查下来了。杨扬觉得，教导员检查得并不认真，甚至有点应付差事似的，两眼把一个女兵上下溜一下就过去了。正庆幸，教导员已经站在了她的面前。

范少珍看到杨扬，目光一闪，问道：“你叫什么名字？”

“杨扬。”

“杨扬……？”范少珍有点绕口地重复着。

“是。杨树的杨和飘扬的扬。”杨扬说。

范少珍没再说什么，上上下下把杨扬打量着。杨扬挺起胸，昂着头，她自信自己全身上下没有一处是不符合规定的。她的目光和范少珍的目光相撞了，她觉得这位女中校的眼睛本来是很美丽的，只是眸子里多了点冷峻少了点温情。她看到教导员面颊有些苍白，但白得不过分，就像一块细腻的玉石。她还看到教导员嘴角附近有着浅浅的酒窝。可惜从没看见她笑过，不然笑起来她一定很漂亮，杨扬想。

范少珍突然对连长说：“你发现没有？你的女战士的白衬衣没有一件是相同的。”

连长一怔，迅速向女兵们看看，说：“这我还真没注意。是不太一样。”

杨扬也偷偷向两边看看，脑子里回忆着大伙儿白衬衣的样式，心想：要是一样那还买它干啥呢？

“伸出手。”范少珍对杨扬说。

杨扬毫不犹豫地伸出双手。这是一双无可挑剔的手，肤色红润，大小适中，十指修长，指甲都修剪得整整齐齐。杨扬不由把教导员的手同自己的手暗暗比较了一下，教导员的手太大了一点，有些生硬，青色的血管从皮肤下突出出来。有这种手的女人一般说来都挺凶的。

“你指甲上涂了什么？”范少珍问道。

杨扬的脸红了。她没想到到底还是让教导员找出了一点毛病。“是，指甲油。但这是无色的呀。”说着，她求援似的看看连长。

连长一脸的公事公办。

“有色无色都是指甲油。刮掉它。”范少珍冷冷地说。

“现在……？”杨扬有些吃惊。

“现在。给。”范少珍递过一串钥匙，上面有一把小刀。“连长，其他人解散。杨扬留下。”

“是。”连长答应着，对其他女兵喊道：“解散。”

队伍散去了。杨扬低着头用小刀一下下刮着指甲。小刀刮在指甲上，发出嘶嘶啦啦的微响，随着这响声，一些亮莹莹的碎末纷纷掉在地上。杨扬不敢抬头，唯恐让对面站着的教导员看到她眼中噙着的泪水。院子里静极了，杨扬低着头也能感受到四面八方正有许多目光射来，她恨不能让地上立刻裂开一条大缝儿，让自己和这个该死的永远不会笑的教导员一块儿掉下去。她看到地上连长的双脚在不安地动作着，这使她能想象出连长此刻一定是一副无计可施的表情，她感到心里好受了一点。然后她就看到教导员的双脚，它们钉子似的钉在地上，一动不动。一双普通极了的灰色塑料凉鞋里是一双同那双手一样生硬的脚。哈，教导员竟然没穿袜子！杨扬“扑哧”一声笑了起来。

“你笑什么？”范少珍有点莫名其妙。

杨扬低着头憋住了笑，肩头却还耸动着。

“刮指甲很好笑吗？”范少珍说着看看连长。连长也不解地摇摇头。

这时，杨扬蓦地听到身背后的楼上男兵们响亮无比地一个齐唱：“妹妹你大胆地往前走啊，往前走，莫回头……”虽然是合唱，杨扬却依然听出了其中家伙那声嘶力竭的嗓音。

范少珍回头朝楼上看了一眼，有点恼火地问连长：“这是干什么？”

连长表情尴尬地笑笑，冲着楼上大吼道：“都给我闭嘴！”

楼上顿时安静了。杨扬却终于憋不住了，她“咯咯”地笑起来，笑得很亮笑了很久。

二

政治委员连军的电话是早上打来的。那时范少珍已走到门口，正待出去随哪个出操的连队跑几步。听到电话铃声，她不得不重又返回来。她拿起听筒，听见里面传出一声："早上好，范教……"她心里顿时一阵发紧，整个通信总站，只有政委连军这么称呼她——"范教"。下级叫她"教导员"，老同志叫她"小范"，甚至有些没大没小的男军官也没脸没皮地叫她"少珍"，她都可以轻松地答应。只有这个"范教"每次都使她感到一种难以言表的滋味。她顿了一下，平静地说："你好。政委有事吗？"

她听到对方迟疑了一下，接着便用一种完全是交代工作的口吻说军区俱乐部告了他们一状，说每逢放电影时总有一些女兵没票还要进去，拦了她们一次，第二天俱乐部的电话就全都不通了。不用说，这些女兵肯定是你们那个营的，你们离军区最近嘛。

范少珍说："好。我查一查，然后向你汇报。还有事吗？"

"嗯？……没有了。"

"再见。"范少珍说完放下电话，人也随着坐在了床上，慢慢取下头上的军帽，随手扔在一边，刚才那股子要出去跑一圈的兴致消失得无影无踪，就像顺着电话线全都溜到线路的那一头去了似的。

范少珍坐在床上下意识地打量着自己的小屋。窗外，正响起出操的号声，静谧的清晨顿时有了生气。远处，传来士兵们整齐的口号"一二三四"，伴着跑步的足音，仿佛一下下撼动着这屋子，窗玻璃都跟着发出震颤。三十五岁了，范少珍还是孑然一身。作为"单身汉"，能分到这套两室一厅在全通信总站是绝无仅有的。听说在分房会议上，政治委员连军力排众议，坚持把这套两室一厅分给了她。可事实上，她所占据的仅仅是一间房，严格地说那另外一间房和门厅都空空荡荡，她只是为它们交房租罢了。除了几件部队配置的桌椅书架床凳，她没有一件属于自己的家具。在她的全部家当中，体积最大的一件是放在床头上的那个大玩具狗熊，毛茸茸的足有半人高，永远傻乎乎地瞪着眼睛。这狗熊同时也是她所有家当中最值钱的一件，百十块钱买的呢。

范少珍侧身歪倒在床上，顺手搂过那只玩具狗熊。她感到那些绒毛在她脸上慢慢蠕动着，一阵阵轻柔的温暖从她的皮肤上渗透进血液里一直传导到她的全身。范少珍抬起手，从枕头下摸出一包烟和一个精致的打火机，就在“叭”的一声将香烟燃着的同时，范少珍不由苦笑了一下——倘若战士们知道了他们的女教导员居然还摆弄玩具狗熊甚至还吸烟，那还不知会怎样大吃一惊呢。这消息保准用不了两个小时便会传遍全总站，她能想象出那些平时见面叫她“小范”和“少珍”的军官们会是怎样目瞪口呆继而痛心疾首无不遗憾。香烟缓缓燃烧着，烟柱袅袅上升，渐渐散开去，屋内充满了香烟的那种说不清好闻还是不好闻的味道。范少珍又深深地吸了一口，看着圆柱形的烟灰，食指轻磕，把它弹到床头柜上的一只白纸折成的小船里。她没有烟灰缸，但桌上却永远有一些小纸船，那是她没事儿时精心折叠的。她有时看着它们会想，要是人家看见，也只会以为这位三十五岁未婚的女政治教导员童心未泯罢了。

范少珍缓缓地将一口烟喷了出去，烟雾缭绕着在她面前制造出一个模模糊糊的现象。她已经抽得很老练，一点也不比那些自我炫耀为“烟枪”的男性军官们逊色。她记不得自己陷入这样一种生活中已多久了，倒退十六年，范少珍还是一个未满二十岁的女军官呢，全军话务红旗分队的分队长。那时，属于一切女孩子的美丽的东西她都曾有过。有个诗人说，十九岁是个什么年龄呢？就是连做梦都在唱歌的年龄。那时她觉得每天都过得挺充实，一天到晚脑袋瓜儿不肯闲着，又好像一天到晚什么也不想。浑身都是过剩的精力，手脚每一分钟都想动，当然还有嘴。人家说当了话务员的人随便说句什么都好听，哪怕你偶尔来一句“他妈的”呢，保险也比别人骂的韵味十足悠扬动听。“小范儿，把这儿清扫一下。”戴眼镜的老政委指着会议室满地烟头瓜子皮说道。“唉。”范少珍答应一声便向外跑，没一会儿端来一盆水，满屋子泼洒起来。一不小心，泼的水溅到了老政委的脚上，范少珍停住手，脸一红，却听见老政委笑着说：“你这个小鬼，欺负我老头嘛。你怎么不敢泼你的顶头上司连长，单单泼到我身上？”范少珍一怔，说了句

“泼就泼”,“哗’的一下把一捧水泼向连长。连长看看老政委再看看范少珍,哭笑不得地说:“真他妈的……”范少珍“咯咯”地笑得喘不上气来,然后鬼使神差地说了一句:“他妈的。”说完自己也感到挺吃惊,怎么一个女孩子说出这种话来了?这时却听见满屋哄堂大笑,老政委一声赞叹:“好!小范女丈夫!”

白纸船里的烟灰渐渐满了,这使它更像一只满载着货物的帆船了。倘若桌面就是大海,那么这只白纸船应该深深地吃进水里去。许多的白纸船散乱地停泊在港湾里,无形的桅杆密如树林,无形的旗帜猎猎飘扬。范少珍欠起身来,注视着她的船队。她一口接一口地吸烟,火光频频闪动,每吸一口,她便将烟灰磕在一只白纸船里。不大工夫,所有的白纸船中都有了一点燃烧过的烟灰。无形的风帆扯起来了,低沉而悠远的螺号呜咽着,只待有一阵好风,这满载的船队便将驶向死亡之海。

“叮咚”一声,门铃响了。范少珍一惊,赶快把早已熄灭的烟头放到小纸船里,随手打开了吊扇开关,看到扇叶“嗡嗡”着旋转起来,她才高声问道:“谁呀?”

“教导员,等你吃早饭了。”门外传来了营部通信员的喊声。

范少珍嘘了口气,应道:“知道了。就去。”

“那我走了。”通信员说。

“好。”范少珍说着把吊扇开关拧到最大一档,室内风声四起,烟雾在迅速消失。她把桌上的白纸船一股脑儿捧在一起,走进卫生间,把它们全部扔到便池里,一拉水箱,水流湍急着发出一阵轰响,转眼间,白纸船们载着范少珍抽出的烟灰消失得无影无踪。

范少珍在牙具架上取下一块口香糖,放在嘴里仔细咀嚼着。口香糖清香的薄荷味儿盈满了口腔,连呼吸道也变得分外通畅。范少珍又仔细地洗了手,她把右手放在眼前仔细看看,食指和中指都是那么洁白如玉,同其他手指毫无区别。她轻松地笑了一下。

这一整套吸完烟后必须完成的程序范少珍做得一丝不苟。

随着身后房门上的弹子锁“嗒”地一响，中校政治教导员范少珍出现在外面的世界里了。

三

那天晚上，范少珍教导员决定亲自去军区礼堂看看。

暮夏初秋，这座南国大都市的傍晚正是最迷人的时刻。夜生活刚刚开始，街上行人如潮。拥挤的车流中，红色的出租汽车亮着车顶上的白色标志灯显得很醒目。范少珍看到有些出租汽车上顶着一块“三九胃泰”的灯箱广告，不由暗暗佩服这厂家真是无孔不入。摩托车轰鸣着在车流人海中仿佛进行着车技表演，在那些一闪而过的头盔下，不时有飘飘长发随风招扬。范少珍想起自己也是会开摩托车的，还是提倡军官一专多能的时候学会的。但她却从来没有戴过一次头盔，更没有留过那么长的头发。齐肩短辫、运动头、刷子辫……几乎所有短发式她都梳过，可就是没有一次留过长发，哪怕是一条“马尾巴”呢。她心里不由泛起了一丝遗憾。

她走得不快不慢，步子里透出一股高傲和脱俗。她目不斜视，却也能感觉到他人目光中的那分惊慕。她知道在这个女性普遍相貌平常的城市里，自己算得上出类拔萃的，肤色洁白、身材修长、双眸含星，而且她的那身军装配上她那种冷峻的气质，也使她有了一种冷美人的风韵。这使得她至今还没有在这座开放城市遇到过“小姐，交个朋友啦”之类的纠缠。

高层建筑上的霓虹灯闪着五彩缤纷的光。歌厅、舞厅、酒吧、咖啡屋正是兴旺的时刻，一阵阵乐声从幽谧的灯光里流溢出来，少男少女和不少男不少女们依傍着走进去，那份温情脉脉的自信使范少珍不由一阵怦然心动。在这座城市里快二十年了，所有这些场所范少珍还不曾有过一次经历，她始终固执地认为，那些地方是不能单独一人进去的。

范少珍第一次知道自己被一名异性深爱着是她十九岁那年的深秋。那时节法国梧桐树干斑驳，老皮剥落而新皮正露出浅浅的灰色。天空时时落下凋零的叶片。银杏树正伸展着一片金黄，灿烂地在秋风中哗哗作响。她在营区的公路上走着，脚步急促。在那个年龄，就是没事也会走得流水疾风。一名穿四个兜军上衣的年轻人在她面前站住了，她不由也停了下来。她看到他直视着她，又低下头去，问道："找我？有事？"那个年轻人咳了一声，将一封信递给她，说："你的信。"便掉头而去。她接过信，没忘了说一句："谢谢。"她以为是这位好心人从收发室给她带来的呢。她撕开信封，刚看了几行字便感到脸上火烧一样。那是一封现在看来正常得不能再正常而在那时却足以使人脸红心跳的信。她紧张地向四周看看，营区公路上空无一人，落叶在秋风的驱赶下在路面上滚动。她把信塞进衣兜，几乎是小跑着回到宿舍。推开门，她看到两名没有上机的女兵在看书，她不自然地笑笑，说："你们俩……去炊事班帮厨吧。"两个女兵二话没说去了。她关上门，迅速将那封信的落款看了一眼，"连军"两个字倔犟地钻进了她的心里，她无比遗憾地发现自己刚才竟没有认真地看过那送信的人，她努力回忆着，只记得那人个子高高的，脸上好像没什么明显的特征，说的是普通话。连军，她反复默念着这个名字，恍然记起他似乎是另一个连队的一名技师。她摊开信纸，把那封信仔细看了又看，其间屋里屋外每一声微响都使她心惊肉跳，就连窗外法国梧桐树叶离开树枝时叶柄"啪"的一下折断的声音她也听得清清楚楚。她仔细地把那封信折好放进衣兜，再次看着那个信封，上面只有"范少珍收"四个字，看来这个连军是早就准备当面交给她的，根本就没想通过邮筒邮局邮递员收发室通信员这一套复杂程序。这人够大胆的。她一边想着，手里一边来回折着信封。突然，她发现，那个白色的信封不知什么时候已被她折成了一只小船。浅浅的船舱，尖翘的船头和船尾，漂亮的流线型的船身，这真是一只美丽的白纸船。她轻轻把白纸船放在桌上，双手托腮，久久地注视着它。风儿从窗外吹来，小船便摇摇晃晃，似乎有湖水在荡漾着，小船触岸又离岸，只要那根拴着它的缆绳一旦解开，小船便会漂向水天茫茫的深处。她突然觉得，生活有时真像一只一帆风顺的小船。可不是吗？她还没想到成为一名女兵的时候，草绿色的军装已经属于她了。她还没想到入党，便有人告诉她该写一份入党申请书了。她还没想到提干，四个兜的干部服已经穿在了身上。如今，她还没想到爱情是什么，爱情却已经来轻叩她的心房了。她感到一阵惶惶然。白纸船拆开来，又折叠好，再拆开，再折好……一只只白纸船从她手里驶出，又一只只在她手中沉没。那一段时间，宿舍里安静得仿佛时间业已停滞，竟没有一个人来打搅她。晚点名的时候，她把那两名去帮厨的女兵狠狠地表扬了半个小时之久，两名女兵为此激动得满脸通红。两天以后，她都把这事忘了，那两名女兵却找到她，一个说："分队长你真好。"一个说："我以后要好好干。"

范少珍走到军区礼堂前，看到人们正纷纷往里面拥，她知道来得正是时候。她溜了一眼广告，好像放一部什么"风流"什么"女"的片子。她顾不上细看，便认真地注意起进场的人来。来看电影的大部分是机关干部的家属小孩，范少珍不时同一些看上去面熟却又想不起名字的机关干部点头打招呼。她知道军区机关里认识她的人不少。早两年，"范少珍"可是个在全军区都叫得响的名字。三八红旗手，人大代表，这委员那委员，只要名额里需要一个女军人，那十有八九就是她范少珍的。三八节、八一节、国庆节、元旦春节……只要报社需要一篇女军人的文章，那么记者们便会熟门熟路地找上门来。那些年，范少珍活得真风光可也真艰难。一出门，她就得挺直腰板神色庄重，准备着随时有人指着她说："这不是范少珍吗？"这使她时刻牢记着最起码在街上千万不能吃冰棍，想想看若是刚咬了一口就听到旁边有人说："咦？怎么范少珍还吃冰棍？"那冰棍还能是甜的吗？

"小范，怎么站在这儿？"

范少珍闻声扭头，看到一位同样看上去挺面熟但又叫不上名字的男军官正看着她。她飞快地回忆着，好像是哪个部的一个处长，但无论如何也想不出更多的了。她只好点着头说："你也来看电影了？"

"怎么？没票？"那处长说着递过票来。

"不。不。"范少珍急急地摆着手，"不是的……"

"噢，"处长恍然大悟，"是等人啊？"说着现出一脸神秘的微笑。

"对。是等人……"范少珍又觉得这回答不妥，急忙说，"不，不是等人……"

处长急忙地说："那好，我先进去了。"

"谢谢。再见。"范少珍如释重负。

范少珍觉得有几分沮丧。等人就是等人，不等人就是不等人，多明了的事，可放在她身上，就有了点说不清道不白的感觉。等人？那种意义上的等人范少珍还没有过一次。那该是一种什么滋味呢？若是那次按照连军信里写的，星期日上午九点到南湖公园大门口见面，那么她可能就会体会到了，但那次她没有去。那时她还不可能意识到，即使是对时间的长河来说，那个星期天上午九点也仅仅只能出现一次，逝去了便永不复返。那封信使她那两天心里边七上八下，掉了魂似的没着没落。连长问她怎么了？她光摇头一句话也不说。富有管理女兵经验的男性连长便也不好追问下去。后来她想到了戴眼镜的老政委，那个像父亲一样的老政委。她怯怯地走进政委办公室，一句话还没说出来，就像受了人欺负似的哭出了声。政委慌了神，连连问她出了什么事？她支吾了半天，终于说出了一句话："我不知道该咋办。"后来的事就简单了，她向政委讲了事情经过，政委则反复看了那封信，然后挺严肃地问她："小范，你准备怎么办呢？"她想也没想就说："我？我听组织的。"老政委欣慰地笑了，笑得皱纹都舒展开来，拍拍她的肩头说："这就对了。信就放我这儿，你先回去吧。"她像个听话的好孩子似的回去了。但她却不知道，她刚离开不久，老政委便一个电话把连军叫到了办公室，把放在桌子上的那封信拍得震天响，劈头一顿训斥，"你知道你干了什么？你怎么可以给她写这种信？她才十九岁！十九岁，你懂不懂？"老政委痛心地直摇头，接着又怒不可遏地说道："你这个不知天高地厚的家伙，你是想把她给毁掉啊。她是我们全总站的好苗子！全总站的，你懂不懂？好嘛，文采出众嘛，笔头子还不软嘛。你也真敢想，你也真敢干，你也真敢写！你写吧，给我写份检查来！”没几天，一道命令把连军调到了全总站最偏远的一个山区连队。从此以后，在范少珍档案里一长串的赞美之词中，又多了一句“作风严肃正派”的评语。这个评语影子一样追随着她，在每一份有关她的鉴定里无一例外地出现。渐渐地，人们发现这个小姑娘长大了，成熟了，这从她那双过去如同一汪清水如今却深不可测的眸子里便可以感受到。她顺利地沿着副指导员、指导员、副教导员、教导员一路发展起来，这使得人们每每叹服老政委的眼光的确深刻。不过，人们似乎都忘了老政委对另一个的看法欠准确——那个当年不知天高地厚的小子，竟然在山沟里钻来钻去，如今成了老政委之后的第三任政治委员。

突然，范少珍发现了她所寻找的目标——在拥挤的人流中，果然有几个女兵正说说笑笑结伴而来。范少珍紧走几步，向礼堂门口靠了过去。她看到女战士们旁若无人，边吃着甜筒边大大方方向门口走近。为首的一名女兵高挑身材，眉眼在灯光下显得分外动人。她一手把一只甜筒举在嘴边，吃得既贪婪又优雅。走到门口，那女兵把另一只手上的甜筒朝收票的警卫营战士手里一塞，那战士刚露出笑容还没来得及说什么，几个女兵已嘻嘻哈哈地从他身边鱼贯而入。

范少珍猛省过来，急忙向门口挤过去。没想到警卫营的战士一伸手把她拦住了，“票！”

范少珍一愣，脸色刷地红了，一种又委屈又气愤的心情使她一时说不清楚，“我是……”

没等她说下去，那战士客气地一摆手，煞有介事地说：“首长，没票请让一下。不要影响别人进场。”说完，不失时机地将那个甜筒大大地咬了一口。

范少珍掉头而去。

四

上等兵杨扬觉得今天早上很快活,但昨天下午觉得很气愤。

昨天下午气愤的原因是她发现日记本似乎被人偷看过。那时杨扬值完班从机房回来，进门便发现自己的大红缎面日记本竟摊开放在案上。她立时一阵惊慌,大喊着:“谁,谁干的? ”

宿舍里其他女兵都被她的尖叫弄得不知所措。好一会儿,分队长才问杨扬道:“你喊什么? 什么事? ”

“什么事? ”杨扬挥动着日记本说,“分队长,你看,我的日记有人偷看了。这,这是对我的侵犯! 再没有比偷看人家日记更恶心的事了,凭什么要知道人家的隐私? ”

分队长松了一口气,她笑笑说:“我说杨扬,你自己想想,上班前你是不是写日记来着? 反正我回来时就看见日记本放在桌上。”

杨扬一怔。恍惚记得上班前是写过日记的,后来别人叫她快走,是不是收起来放回抽屉就记不清了。想到此,杨扬依然紧绷着脸,嘴里硬着说道:“哼,看了也不要紧。我呀,早防着呢。看吧,里面一个人名儿也没有,全是代号。你知道,‘茄子’是谁吗? 知道‘猕猴桃’是谁吗? 知道‘变形金刚’是谁吗? 还有‘板栗’、‘糍粑’……知道是谁吗? ”说着,杨扬自己已被这一串外号开心地逗笑了。

分队长也笑着说:“还是杨扬会起外号。最大的特点是都可以吃,念一遍都解馋。”说得满屋子都是笑声。

杨扬一转身坐在了桌子上,扬着日记本说:“干脆,我给你们念一段吧。这儿——‘晚上,瓷砖拉我去散步。在军人服务社,我们吃冰。我吃了一个甜筒一个脆皮雪糕,瓷砖吃了两个甜筒两个脆皮雪糕。我对瓷砖说你可不能再吃了,再吃肚子里就全是冻肠了……’”

没等念完，早有一名肤色洁白的女兵扑了上来，捶打着杨扬的肩,笑着说:“好啊你,在日记里这么编排我……”

两人嬉笑着滚作一团。其他人也起哄似的叫成一片。

这都是昨天的事了。今天杨扬觉得挺快活，这快活不为别的，是因为杨扬觉得今天没有什么可以不快活的事。今天是星期天，昨天是周末。周末晚上看了一场电影，今天该干点什么呢？到晚上杨扬才值班，整整一个白天都属于她。早饭后，女兵们值班的值班，外出的外出，宿舍里剩下没几个人。分队长一早就匆匆走了，她正和通信部的一个参谋谈得热火朝天，只要那参谋的大红色摩托车在楼下轰轰一响，分队长就会像换了个人似的，一反在杨扬她们面前的老练神态，比杨扬她们还要疯十倍地往楼下跑。引得女战士们一股脑儿地趴在窗口，看着那辆大红色摩托车载着她们的分队长一溜烟地飞驰而去。这时总有人说那小白脸参谋真不是东西，又有人宽容地说分队长也是二十好几的人了，还有人叹口气说咱们可真不幸，都这么大了还没有过初恋呢。这下有人抢白道："那你就去恋呀！"说自己不幸的那个人便说："去！你才去恋呢。"

杨扬想写几封信，一转念算了吧。不是当新兵那阵子了，什么都新鲜所以什么都写信告诉别人，什么事都没主意所以什么事都得写信征求亲人的意见。那时候可真能写信，一晚上能写十几封。新兵不准外出，所以每到星期日老兵班长神气活现地往屋当中一站，说："我要出去一下。谁有事？"新兵们便"呼啦啦"地围上来，全是发信，把老班长的挎包塞得像个大皮球一样。现在好了，当了老兵，写信的时间多了，发信也自由了，到文书那里"啪啪"地盖三角形军邮戳，想盖多少盖多少，可反倒没心思写信了。

杨扬在宿舍里转了一圈，收集了几瓶不同颜色的指甲油，有大红的、粉红的、银灰的、无色的。她开始涂指甲，一种颜色涂一遍，待十指涂满，自己欣赏一会儿，用洗甲水洗掉，再接着涂另一种颜色，再洗掉。上次那个教训太深刻了，杨扬一想起教导员那双眼睛就觉得天昏地暗。

"叮铃——"宿舍里的电话响了起来。杨扬抢先站起来，对那几个女兵说：“我来接。”

“杨扬在不在？”电话里传来那家伙的声音。

“杨扬不在。你找她有什么事？”杨扬说。

家伙显然也听出了杨扬的声音：“我……你……这个……啊……”

杨扬笑了起来：“你别哼哼唧唧的，牙疼了？有什么事快说。”

家伙也笑了笑，说：“今天是星期天呀。”

“没错。”

“你在干什么？”

“没干什么。”

“能不能，请你出去转转，比如……”

“饮早茶？”杨扬接过他的话头，“咯咯”地笑着。上个月的一个星期天，家伙刚收到一张汇款单，杨扬她们几个女兵一激，他便一副财大气粗的模样请她们去天河酒店饮早茶。待到她们尽量绅士地将那些精美的点心一扫而空时，家伙也同样尽量绅士地一招手，女招待用托盘送来了账单，家伙溜了一眼，便满不在乎地将几张票子放在托盘上，甚至当女招待把找回的几角钱送回时，他竟一挥手给人家作了小费。快出酒店大门了，家伙却暗暗拉了一下杨扬的衣袖，悄悄地说：“借给我十块钱。”“怎么？”杨扬问道。家伙张开手掌，掌心里是一枚五分硬币，“剩下的全在这儿了。”杨扬笑笑，把一张十元钞票递给他，说：“回去的车钱我来付。”家伙闻言很严肃地说：“那不行。男女同行，理当男士付账。”说着派头十足地站在路边一扬手，“的士——”

家伙在电话里也笑了起来，说：“你知我知，就别提那档子事了。喂，你听我说，我在晚报上看到的，文化公园有一个影展……”

“什么影展？”杨扬问。

“说是有一帮子年轻人骑自行车在中国和美国之间兜了一个来回，拍了不少照片……”

“太棒了！那一定很精彩。”

“去看看？”

“去！”

“不过有个技术性问题……”

“怎么？”

“规定说不准男女士兵两人结伴上街。”

“那咱们就结它一次伴它一次。注意，我说的是一次。”

“一次就一次。我在大门外等你。”家伙说完挂断了电话。

杨扬匆匆收拾了一下，对另外两个女兵一挥手，说：“我出去了。”那几个女兵只是笑笑，其中一个女兵说：“记住啊，又一次。”

五

杨扬刚出去不久，教导员范少珍的电话就打到了话务员宿舍。问明了杨扬的去向，范少珍略一思忖，便又一个电话叫通了大门传达室。

远远看到营区大门横着的那根黑白相间的停车标志杆，杨扬不由加快了步子。近了些，她向大门外打量着，发现家伙正在门外的一棵树下向里面探头探脑。杨扬觉得有些好笑，规定是规定，可也别弄得鬼鬼祟祟的。她高高地扬起手，向家伙示意。

戴值勤袖章的哨兵拦住了去路，“请问你是几连的？叫什么名字？”

杨扬意外地住了脚步，有点气恼地说：“干什么？这和你有什么关系？”说着又要向外走。

哨兵不屈不挠地挡在她的面前，说：“你是不是二连的，叫什么杨扬的？”

这下杨扬有几分吃惊了，她茫然地点点头。

“接到你们营范教导员的电话，请你立即回去，到她宿舍去一下。”哨兵说。

杨扬疑惑地点点头，又冲着门外的家伙招手喊道："喂，你过来。"

家伙闻声而至。

杨扬对他讲只有去教导员那儿了。家伙仰天长叹："天不助我。"接着又一脸悲壮地表示："走，我陪你一起去。"

来到教导员宿舍门外，杨扬先喊了声"报告"，家伙又按了电铃。门开了，范少珍见到家伙稍感意外，但马上说道："进来吧。"

"教导员您找我？"杨扬一进门就急着问。

"唔。"范少珍示意他俩坐下，"喝点水吗？"

"不。"两人不约而同地回答。

范少珍伸向暖瓶的手停了下来，向他俩看看，便自己也坐在桌边，随手拿起一张白纸摆弄着。

杨扬的眼睛一亮。她看到教导员的桌子上竟有几只白纸船，便眉开眼笑地说道："哎呀，教导员，是您折的吗？我帮您折好吗？我也会。"说着，拿起一张白纸便折起来，只一会儿，一只小船便折好了。杨扬用手掌托着它，鼓起腮轻轻一吹，白纸船便轻飘飘地从手掌中飞起来，飘落在范少珍的桌面上。

范少珍心中一动，脸上露出一丝不易觉察的微笑。

家伙一直坐得笔直端正。

范少珍问他："你也是二连的？叫什么？"

"是，我是彧波分队的，叫……"

"他叫家伙。"杨扬笑嘻嘻地说。

家伙很正经地朝杨扬一摆手，说："别听她开玩笑，教导员。我叫王克凡。平凡的凡。"

"你很平凡吗？"范少珍淡淡地说。

"恰恰相反。我要克服平凡，走向伟大。我现在是个业余诗人，您大约在我们连的墙报上看到过我的习作。"家伙大言不惭地说。

"哦，也许是看过……"范少珍皱着眉仿佛在回忆着。突然，她眉梢一挑，说道，"'今天早上下雨了，可太阳还在天上呢'，是你写的诗吧？”范少珍的语气里明显地带着讥讽。

家伙和杨扬一齐瞪大了眼睛，一瞬间好像范少珍是一个他们从不认识的人。

范少珍顿时意识到自己犯了一个错误。

一片寂静中，杨扬突然把手插进衣兜。衣兜里空空荡荡，她分明记得那张纸条早已被她扔掉了。她眨了眨眼睛，猛地大叫起来："是你！你偷看了我的日记？"

家伙的目光也立刻变得严峻起来。

两人的目光沉重得使范少珍难以承受。她感到万分尴尬。她努力克制着自己，用尽可能平静的目光看着两个非常年轻的战士，很真诚地说："是我看了你的日记。但我得说明，我只是在你宿舍的桌子上看到一本摊开的本子，便看了一眼。当我发现那是一本日记时，我便没有看下去。我可以用我的人格来保证。"

范少珍看到两个人的目光顿时温和了一些。杨扬把一只刚折好的小船团成一团，白白的纸团掉在了空荡荡的地上。

范少珍苦笑了一下，上前拉着杨扬的手说："杨扬。我知道哪怕仅仅是看了一眼，也是对你的不尊重。我愿意为这件事向你道歉。你，能原谅我吗？"

杨扬绷得紧紧的脸突然松弛了下来，看着范少珍突然"噗"地一笑，说："看了就看了呗。"然后又很认真地说："好吧。我原谅你了，教导员。"

范少珍松了口气。心想这样对话虽然艰难，但并不累人。

家伙及时地插进来说："教导员我得更正您刚才的一句话。那句诗是我抄的，作者可不是我。这在文坛上是绝对要分清楚的，否则便是一种剽窃行为。"

"噢？"范少珍有点意外地看着他。

"您不知道沉沉吗？一个女朦胧诗人？这是她的诗。"

范少珍摇摇头，说："我不知道。"

“我为您感到遗憾。”家伙一本正经地说，“对于今天的人来说，不了解朦胧诗那就是对如今这个世界了解得不够完整。”

范少珍被家伙这种教训人的口气弄得哭笑不得。她反问道：“你了解吗？”

“差不多。”

“那你说说你对这句诗的理解。”范少珍心里觉得挺好笑。

家伙矜持地点点头，“简单地说，这句诗揭示了生活中的一种对立统一现象。”

范少珍倒吸一口凉气。她知道谈话如果这样进行下去她只能很狼狈，于是说：“好吧。我对你的遗憾只能表示惭愧。希望你能找几本你认为精彩的朦胧诗借给我，看能不能使我对这个世界了解得全面一些。”

家伙说：“一定。”不知道他说的是一定找书还是一定更全面。也许两个意思都包括了，朦胧诗嘛。

范少珍扭过头，“杨扬。”

杨扬放下正在折叠的白纸船，抬起头认真地等着范少珍。范少珍看到了一双泉水般清澈的眼睛，一瞬间她感到自己的决心在动摇。她停了一下，才坚决地问道：“你昨天晚上看电影去了？”

“是啊。”杨扬答道。

“你买票了吗？”

“没有啊。”

“你……？”范少珍没想到杨扬会承认得这样痛快，这样轻松，就像她做了一件多么应该做的事一样。范少珍反倒一时不知说什么好了。想了想，范少珍尽量缓和地说：“我在一旁都看到了。你知道你这样做给咱们营带来的影响有多不好？”

“有什么呀？不就是没买票吗？”杨扬嘟囔着。

“没买票对吗？”

“不对是不对。可你也看到了，我还给了他一个甜筒呢，一张票才一块五毛钱。”杨扬低着头说。

范少珍被杨扬的不着边际激怒了，严厉地说道：“你算术还不错呢。好，一个甜筒多少钱？”

“七毛。”

“按你说的，还差八毛呢？”

“我……我还冲他笑了一下呢！”

范少珍火了，“你那一笑值八毛钱?!”

“当然不止！”杨扬也大声回了一句。

“……”范少珍气得说不出话来。她发现她被杨扬的话引入了歧途，根本就不是七毛八毛的问题，而是不买票看电影本身就是错误，你就是给了人家一台彩电也还是错误。

家伙在一旁急得直搓手，一个劲儿地说：“杨扬这件事儿是你不对。”

“去！”杨扬冲着家伙一翘下巴。然后看着范少珍说：“教导员，您别生气了，是我错了。”

“错了怎么办？”范少珍气犹未尽。

“改呗。今后不去了呗。去了就买票呗。”杨扬一口气说下来，又看看范少珍的脸色，说，“教导员，您能原谅我吗？”那模样几乎就像刚才的范少珍。

范少珍没想到这句话在这么一会儿就又回到了自己这儿，这使她实在没办法再批评杨扬了。心里一股温情暖暖地涌上来。她慢慢地站起身，她想把杨扬的手紧紧拉住。

这时，杨扬却突然发现了新大陆似的叫了起来，“狗熊！”范少珍这一动正好使床头上那只狗熊暴露在杨扬的视野中。

杨扬一步冲上前伸手去抱那只狗熊，突然又停住了，扭过头去对范少珍说：“教导员，让我抱一下它，行吗？”

范少珍看着杨扬，哭笑不得地连声说：“抱吧。抱吧。”她无可奈何地看着杨扬抱着狗熊快活得像个孩子。就在这一刻，范少珍突然觉得有了一点关于母亲的体验。

却听见杨扬兴奋地说：“教导员，您一笑可真年轻。”

话音一出，杨扬看到范少珍脸上的笑容立刻消失，那副她太熟悉的冰冷的面容重又出现，范少珍一字一顿地对杨扬说：“这次我原谅你。下次再犯，我会建议给你处分。”

杨扬朝家伙吐了吐舌头。

六

到底是初秋的天气了，虽然还挺热，可风儿却已有了微凉。天空显得高远，淡淡的云轻描淡写着，仿佛一动不动。路边，小叶桉树在微风中漫不经心地抖动着细长的叶子，粗糙暴起的树皮使它们看上去都是一副很深刻的模样。

范少珍孤独地走在人行道上。午后的阳光使她有了一条斜长的影子，伴着她将每一块水泥方砖走过去。水泥方砖一块块整齐排列着，看上去有一种几何美，就像范少珍所熟悉的军营里最常见的线条在集合。她手里拿着一个见棱见角的长方形纸包，那是一条香烟。刚才，她要求卖香烟的老头儿用报纸给她包一下时，老头儿用奇怪的目光看了她一眼，似乎她提出的是一个很过分的要求。范少珍感到有些难堪。待到老头儿用报纸将香烟包上，她便逃也似的转身欲走。“钱！”她听到老头儿在背后一声喊，才想起还没付钱呢。

范少珍从不在军人服务社买烟。每次她都得远远地走出来，还得注意打一枪换一个地方，尽量不要总在一个小店里买烟。有时想想这样也真累，就像存着心要自己把事情弄成作案似的。有好几次，范少珍站在军人服务社的柜台前下决心要买烟了，甚至连万一人家问给谁买烟的回答都想好了——帮营长买，给家里人买，营部开茶话会……什么理由不行？可当人家真的过来招呼她：“范教导员，买点什么？”她却一张口，说了句：“不买什么，随便看看。”人，有时候就是没法真实，尤其是一个三十五岁的独身女人。

阳光下，路边小店有许多鲜红浅绿在闪烁。范少珍无意中瞥了一眼，发现竟不是什么"生猛基围虾"、"特价大酬宾"那些字眼，而是一些看上去便让人挺温暖并联想起一切圆形的词组，其中出现频率最高的是"中秋"和"月饼"。她恍然记起今天是中秋节，又马上想起早上还接到了二连连长的电话，说二连晚上要搞个中秋晚会，战士们请求允许他们跳交谊舞，而不是从前那种徒有虚名的"斋舞"。"什么舞？"范少珍没听明白。"斋舞，就是男和男、女和女跳舞。这是战士们起的名。"二连连长解释道。"哦。这名起得够水平。乱七八糟的。"她气哼哼地说。她听见二连连长迟疑了一下，又说："战士们还说，跳'斋舞'很不文明，在正规舞场上是不允许的……"二连连长突然不说了。范少珍心里明白二连连长要说的是什么，便说："好吧。我考虑一下再答复你。"不知为什么，一挂电话，范少珍不自觉地想起了杨扬，想起了她那张纯净的脸，还有那个外号叫家伙的家伙。

进了营区大门，路过收发室时，范少珍顺便把营部信箱里的信件翻了一下，不出所料，竟一下子收到了三封信。她浏览了一下发信地址，一点也没有马上打开阅读的兴致。想了想，又重新把它们丢回到营部信箱里，她要让营部通信员取回后放到她的办公桌上，要让尽可能多的人知道她今天又收到了三封信。这很重要。这会使人知道三十五岁的女教导员来信很多，这就意味着她的个人问题仍在积极地进行着，而且眼光很高地挑来挑去。她不能没有这些来信，否则她在别人的眼中就会不正常了。只有她自己知道这些信是怎么来的，那是她花费了大量时间阅读了五花八门的杂志以后，故作兴趣浓厚地向编辑部向文章作者提出一些无关痛痒的问题才换来的。范少珍永远也不会再回信，她只是在制造一些盾牌，来抵御那些从四面八方射来的箭一般的目光和窃语，以及那些令她难以忍受的询问与关怀。她有时甚至怀疑那些以过分的热情充当红娘的男人女人们是否也有些精神障碍，好像他们这辈子不撮合成几对就白活了似的。最有戏剧性的莫过于那次“交友”，范少珍在一本青年杂志上看到一份表格，大意是将个人爱好填上云寄回，便可由编辑部代劳选择志同道合的朋友。看到这本杂志时范少珍伸手拍死了一只叮在腿上的蚊子，于是灵机一动，恶作剧地在表格上填了“收集蚊子翅膀”的“爱好”。她想着那编辑部工作人员看到后一定会全体目瞪口呆继而束手无策，普天之下哪里去找第二个有这爱好的人？然而她没想到这竟引起了一位在某研究所工作的男性研究人员的注意，他频频来信询问她的情况，一口咬定她的这一爱好是一个优秀的边缘课题，务请她不吝赐教，并希望共同完成这一研究云云。一时间，营部里纷纷传闻教导员和一位在某研究所工作的高级知识分子正在热恋。使范少珍不解的是她看到有许多人听到这一消息后并非反应热烈，反倒像丢了什么似的感到挺遗憾。

范少珍在大操场边上站住了。她看到了一幅既陌生又和谐的画面：操场上正有警卫排的士兵走队列，旁边，却有一群哪个门球协会的老头老太太在打门球。更惹眼的是，不知谁家的姑娘穿着一身紫红色的连衣裙骑着一辆银灰色的摩托车缓缓地围着操场兜圈子，裙裾迎风招展。

脚上碰上了什么，范少珍低头一看，是一只黑白色块组成的小足球。她抬头看看，看到一个小男孩正飞快地向她跑来。她蹲下身子，将那足球捡起来，等待着那孩子的到来。

孩子气喘吁吁地站住了，向她伸出小手，“我的。”

范少珍笑了，“当然是你的。”

“那你给我。”

范少珍却把球藏到了身后，说：“好。不过你得先叫我一声。”

“阿姨。”孩子痛快地叫了一声，“给我吧。”

“大点儿声。”

“阿——姨。”孩子放声大叫，然后说，“行了吧？”

范少珍把球还给他。孩子笑得一片灿烂，然后突然想起什么似的问她：“你是谁的妈妈？”

“我……？”范少珍感到很狼狈，正不知怎么回答好，却听见有人说：“你好。”

范少珍一抬头，不由愣住了，政治委员连军正微笑着站在她面前。她不由脸一红，不太肯定地说：“这，这是你的孩子？”

“是。小东西淘死了。”连军说。

“不。很可爱。”说着，范少珍摸摸孩子的头发，她感到孩子的头发像春天里的嫩草一样。

“你是谁的妈妈呀？你还没告诉我呢？”孩子执拗地问道。

“去。快去玩儿吧。”连军在一边急切地说。

范少珍微笑着对那孩子说：“你几岁了？”

“五岁。”

“告诉阿姨你的名字好吗？”

“我叫明明。你叫什么呢？”

“我……”范少珍话没出口，连军便插话说：“她是范阿姨。”

“妈妈没来吗？”范少珍问。

“妈妈上班。”孩子说。

“哦哦，”范少珍有点慌乱地点点头，“明明，你加入少先队了吗？”

“少先队？”孩子抬头看看爸爸。

范少珍又一次觉得面红耳赤。连军从孩子手里把小足球拿过来，一脚踢出好远，说：“儿子，冲啊。”

孩子叫着追那小足球去了。

范少珍不得不站起身来。她的目光追随着孩子那奔跑的身影，悄悄地把双手背到身后。

走队列的士兵的脚步声好像突然响亮了起来，“踏踏”地有些惊心动魄。他们走过的地方，草坪已露出了白色，而四周的青草依然很繁茂，有些草竟长得很高大，在微风中摇曳着。

“该修剪一下了。”连军打破了沉默。

“什么？”

"草坪。快成荒草地了。"

"是啊。修剪一下。"

明明的叫声在远处响了起来。尖利得透出一股压抑不住的快乐。队列指挥员的匚令显得沉重嘶哑，像一套没有注油的齿轮在相互摩擦。穿紫红色连衣裙的摩托女郎仍在缓慢地绕场驾驶，稍有一点经验的人都能从那发动机的声音中听出她那辆车的车况好极了。

"你看，又进了一个。"连军说。

"嗯？"

"门球。那个老太太进的。动作蛮漂亮。"

"是啊。"范少珍应了一声。

"开摩托的是谁？"

连军打量了一下，说："好像是老政委的大女儿。"

"啊，对。好像是的。"范少珍说着感到一阵惆怅，便说，"我该……"

连军突然大喊："小心别摔着。明明你慢点！"然后又看着范少珍，问道："你怎么？"

范少珍看了连军一眼，不动声色地说："政委，向你汇报一件事。"

连军怔了怔，看看范少珍，然后把目光移开，"说吧，范教。"

"军区俱乐部反映的那件事我了解了一下，情况属实。我已经批评了那几个女兵。你看，还要处分一下吗？"

"处分？"连军想了想，"不必了。你不是已经批评了她们吗？今后别再发生这种事就行了。你说呢？"

"那好吧。"范少珍点点头，"还有什么事吗？政委。"

连军说："对了，还有件事。省邮电管理局来了几个人，是协商军区程控电话与地方并网的问题。晚上在这儿吃饭。他们的意思，饭后想活动一下……"

"活动一下？"范少珍不解地看着连军。

连军有点烦恼地一挥手，"就是跳舞。你跟二连说，抽几个女兵当当舞伴吧。七点半，在文化活动中心。程控业务也是你们营的，这事儿，也只有交给你了。”

“这……”范少珍有点为难了，“这恐怕不太好吧？再说，二连晚上也要搞晚会。”

连军叹了口气，说：“你以为我就不知道这事好不好？如今办什么事都没那么痛快的，何况还是程控并网这样的事。哎，就这样吧。”连军皱紧了眉头，长呼了一口气。

“那……好吧。”范少珍想了想，又说，“还有，二连的晚会想跳交谊舞，问过我，我还没答复。你看可以吗？”

“这恐怕可以考虑吧？中秋节，不是平时。你说呢？”连军心不在焉地说。

范少珍有点不满地瞥了连军一眼，说：“我不知道。你最好明确一点，行还是不行？我只管传达。”

连军有点意外地看着范少珍，突然大发作般地说：“怎么不行？我们的女战士为什么不能和自己的战友跳？行！我说的。行！”

范少珍反倒笑了，用有几分欣赏的目光看了连军一眼，然后转身离去。

七

晚饭时，连长阴沉着脸在小黑板上写了一行粉笔字：下列同志晚七点半到总站文化活动中心舞厅报到。下面是杨扬等五六个女兵的名字。写罢，连长把剩下的粉笔头狠狠一摔，走了。走出几步凭直觉他转过身来，不由被眼前的情景惊呆了——几十名男女战士全都直瞪着他，一声不响。没人吃饭，甚至连碗筷全都无声无息。打菜窗口，炊事员的菜勺还举在半空里，汤汤水水正滴滴答答地往下掉。

“看什么？吃饭。”连长没好气地吼了一声，回到座位上闷头扒了两口饭。他听到一片寂静中只有他自己的腮中发出咀嚼的声音，“叭嗒叭嗒”极为刺耳。他惊诧地抬起头，发现全连的目光依然直视着他。从那些目光中他读出了一种近乎仇恨的东西，连那些平日里感觉满眼眶都是糖水的女兵们也不例外。

连长也放下了碗筷，看着大家。少顷，他突然一笑，说：“你们都看着我干什么？是不是嫌菜里面的肉太少了？”说着，转身冲着厨房大叫着：“炊事班长，拿把菜刀来！”

炊事班长“蹬蹬”地跑来，把菜刀递给连长，不解地站在旁边望着。

连长拿起菜刀朝全连一努嘴，说：“你没看见他们看我那眼神？看来我不割下块肉来是过不去啦。”说着，连长很痛苦地闭上双眼，用菜刀在自己的腮上比划着。

看到胖乎乎的连长的表演，大家憋不住笑了。连长把菜刀一扔，说：“好了。都吃饭吧。”

有人说话了：“别忙，连长。咱们自己的晚会还开不开？”

“开。”连长毫不犹豫地说。

又有人问：“那咱们还跳不跳交谊舞？”

“跳。”连长又答了一个字。

立时，饭堂里吵成了一团，“那你还把杨扬她们弄走……？”“……抗议！”“连长是叛变行为……”

连长筷子一摔，“别吵了！”他看着大家，“没错，连长这家伙是个叛徒！但是，上级命令必须服从。还得派跳得最好的去。我也想把杨扬她们留下，我下午就和杨扬预约了，第一支曲子我请她跳，是不是，杨扬？”

杨扬“哼”一声，扭身转过脸去。

家伙站起来，咬文嚼字地说：“连长。我认为交谊舞是一种高尚文明的娱乐活动，它的首要条件应当是由衷地发自内心地自愿参与，任何一种强制都是对人的不尊重，也是对这种文明的亵渎。”

连长闻声一怔，点点头说：“理论上正确。”

“就是嘛。”家伙洋洋得意。

“现实中行不通。”连长紧接着说。

家伙倒憋一口气，脸色涨得紫红。却听见杨扬在一边说话了：“连长，反正我不去。我肚子疼。”

几个女兵跟着一哄而上。

连长苦笑了一下，用一根筷子“当当”地敲着饭碗。待到饭堂稍稍安静一点，连长才说道：“值班员呢？”

“连长。”话务分队长应声而起。

“你记录。”连长一本正经地说。看到话务分队长掏出了钢笔，便一板一眼地说道：“教导员同志：接到关于抽调我连女兵六人前往文化活动中心执行重要任务的任务之后，我连立即在饭堂召开动员大会，并选拔出六名思想作风过硬、舞姿容貌出众的女战士前去完成这一光荣任务。不料，该六名战士突患腹痛胃痛腰痛腿痛等疾病，经卫生员检查后下达不宜剧烈运动之医嘱，故无力承担上述任务，特请示予以取消。当否，请指示。二连连长赵魁。记下来了吗？”

话务分队长茫然地点点头。

连长一挥手，“照这个给营部打电话。”

饭堂里一片欢呼，“连长万岁！……”不知哪个女兵尖声叫着：“连长你太可爱了！”

教导员范少珍接到那份电话记录时，看着看着也笑了起来，脑子里想着二连连长胖乎乎地故作正经的表情，“发什么神经病？”她把电话记录朝桌上一扔，便向二连走去。才走了几步，她又站下了，回头喊道：“通信员，你把那个电话记录给连政委报告一下。”

“是。”通信员应道，又问了一句：“告不告诉你已经去二连处理这事了？”

“随你便吧。”范少珍说完，自己都觉得这话一点也不像她说的。不知为什么，二连连长这么一搅她觉得有点幸灾乐祸似的，待会儿连军接到电话不知会急成什么样儿呢。

范少珍径直来到女话务员宿舍。一进门，她简直有点不相信自己的眼睛了——全体女话务员都在打毛线！没错，是都在打毛线。毛线五颜六色，竹针上下飞舞，没人说话，也没人站起来，女话务员们各自坐在自己的床上，对她的到来视而不见。灯光不太明亮，满屋就一只白炽灯泡，看上去不会超过四十瓦。这昏黄的灯光却使得这屋子充满了一种温馨的气氛，或者说是女兵们织出了这样一种气氛。几只小虫在灯光中翩翩飞动，屋子里静得几乎能听到女兵们每一次把竹针穿进毛线的声音。或大或小的线团在每张床上抽搐般地滚动着，似乎它们本身就是有生命的。一时间范少珍简直被这个画面打动了。她没想到像杨扬这样的女战士居然也能安静地打毛线。而十几个女兵一齐坐在床上打毛线，一样的年轻，一样的专注，穿着一样的服装，做着一样的动作，这一切组成的那种说不出的动人，也不是语言所能形容的，只有身临其境的人才体会得出。范少珍轻轻吁了口气，静静地向她们走过去。她发现所有的女兵似乎都化了淡妆，头发也都精心地梳理过了，个个都是那么标致秀美，而且散发着淡淡的幽香。范少珍第一次发现原来她的女战士们竟是一群如此美丽的姑娘。

范少珍在杨扬面前站住了，伸手把她织的毛线活儿拿起来，端详了一下。杨扬有点紧张地看着她。

"织得不错。"范少珍赞扬说，"这是桂花针吧？"

杨扬感到有几分意外，本来她准备说的第一句话是"不去"。她疑惑地看着范少珍，说："教导员，您也会打毛线吗？"

范少珍连连摇头说："我可不行。老实告诉你，我就知道这一种针法，再说下去，准得露馅儿。"

杨扬笑了，说："我也老实告诉你教导员，我也就会这一种，还是才学了两天。"

两人相视一笑。

范少珍随随便便地问："你们给谁织的呀？"

没想到所有女战士几乎在同一时刻回答了起来："给爸爸……"

“弟弟……”“家里人呗……”好像她们早就等着这句问话了似的。

范少珍吃惊地看着她们。半晌,她苦笑了一下,摇摇头说:“我只是随便问的,没别的什么意思。对不起。”

杨扬说:“如果我们告诉您,打毛线是为了锻炼手指的灵活性,有利于加快上塞的速度,提高业务水平。您信不信?”

范少珍想了想,说:“我愿意信。”

“您别信。这是我在骗您。”杨扬说。

范少珍点点头,“那好,请你们实话告诉我,为什么不愿意去文化活动中心?”

杨扬很认真地说:“一边是我们自己的晚会,一边是被命令去陪那些不认识的人跳舞。教导员,要是您的话,愿意去哪一边?”

范少珍摇摇头,犹豫着说:“我从不跳舞,所以我哪边也不去。”

“要是您跳舞呢?”

“那……”范少珍看着杨扬的眼睛,那目光充满了信任和期待。范少珍有些不由自主地脱口而出:“当然是去连队这边。”

“噢——”女兵们一起欢叫起来。

“可问题不是这么简单……”范少珍竭力想说得更全面一些,却听见门外一阵沉重的脚步声响了起来。门开处,政治委员连军和二连连长出现在门口。

宿舍里顿时没了声音。

这时,一帮子男兵也蹑手蹑脚地出现在门外,冲着女兵们又是挥胳膊又是握拳头。

“怎么回事?”连军有点恼火地问。

“是这样,她们的这个身体……”连长吭哧吭哧地露出一副艰难的模样。

范少珍打断了他的话:“政委。刚才她们问我,如果我是她们的话,在连队晚会和那个活动之间选择哪一个?”

连军看着她:“你怎么回答?”

“我说我选择连队晚会。”范少珍坚决地说。

听了范少珍的回答，除了杨扬她们之外的其他人都吃了一惊。“范教……”连军一时不知说什么才好。一瞬间，他突然想起了那个十九岁的分队长，还有那秋日里金灿灿的银杏树，以及秋风中纷扬的落叶。一个傻小子在秋风里做过一个关于春天的梦，而那个傻姑娘那时却还不懂得说一句“好”或者“不”……

连军突然意识到所有的人都在注视着他，等着他的一句话。他知道自己应当说什么，因为他也曾年轻过。

他环视着面前的女战士们，那份人生最值得珍贵的年轻在她们身上体现得淋漓尽致。他转过身，拍着一名男兵的肩头说道：“小伙子，如果我命令这些女战士一定要去文化活动中心，你会怎么想？”

家伙立即回答：“政委，我会在心里恨您两个月。”说完，家伙竟还笑了一下。

“放肆……”连长喝道。

连军阻止了他。想了想，他抬头看着范少珍说：“好吧。”又转身对连长说，“你明天抽个时间给她们开个会，要批评，不能姑息。不服从命令，不听从指挥，这部队还不乱了套？你本人最迟明天晚上以前写份检查给我送来，至于现在嘛……”连军顿了一下，眼睛闪过一丝狡黠的目光，又接着对连长说：“你去打个电话给配电房，让他们把文化活动中心的电闸给我拉了。然后派两名电工去抢修，注意，战术动作一定要逼真，直到那些人走了为止。”

“是。”连长兴奋地说。

“好了。”连军笑着看着大家，“祝你们的晚会圆满成功。”

宿舍里一片欢腾。

欢声中，杨扬走到连军面前，说：“政委，我们邀请您参加我们的晚会。我们早就听说了，您的舞跳得特棒。”

“是吗？”连军耸耸肩，“如果你们哪位的脚尖能承受住一百四十斤的压力反复践踏的话，我乐意奉陪。”

战士们“哄”地笑了起来。

杨扬高喊一声:“我建议,大家每人准备一份有意义的小礼物,一句话也行,装在一样的信封里,到时来个天女散花!”

大家一起响应着,欢呼声震耳欲聋。

连军却发现,范少珍不知什么时候已经悄悄离去了。

八

借着路灯光,连军果然看到前面有一个人在默默独行。连军张嘴欲喊,转念一想又打消了这个念头,加快步子向前面追过去。

路灯很稀疏,光线也很昏暗。通信总站水电费每年超支数十万元,这像一块大石头一样压在总站领导的心头。除了机务用电要绝对保障以外,其他用电都得挖空心思地往下卡。如今,全总站的士兵宿舍已找不到一个电源插座,每个连队除连部和俱乐部以及炊事班外,所有房间只能看到一盏电灯。路灯也不例外,间苗似的把灯泡摘下了许多。连军知道这些做法使下面怨声载道,但没办法。

连军看到前面那个人仍是慢悠悠地走着,那步态仿佛是一个轻松得不知该怎么轻松才好的人。只有连军能感觉出那步子里蕴藏着的沉重,因为他了解这个人。十六年前那次痛苦的初恋尽管以他被发配到山沟连队而告终,但他身处遥远的山区也一时一刻没忘记她。那时他连军可真是出了名,上上下下都知道他,每一个碰到他的人的目光里都含着“你那事我都知道”的意味,但就是没有人同他真的谈谈那件事,全是“吃了没有”,“天气不错”这类的废话。那时他真渴望有人指着他的鼻子骂一句“癞蛤蟆想吃天鹅肉”什么的,可是没有。他体会到了人与人之间那种约定俗成潜入骨髓的巨大惯性,你就是鼓足你的全部力气也只能是螳臂当车。那种巨大的力量是无形的但又无所不在,它比任何一项条令条例都更深入人心更具有权威性,不论什么人只要进入了它的笼罩下,便会不自觉地用它来规范自己规范他人。这种魔力简直有点不可思议但它又确确实实存在着。在它的面前，每个人都不过是一块风化的石头，时间越长，它在你身上留下的痕迹便越深刻。起初，连军也曾把她恨得咬牙切齿。夜深人静时，他躺在木板床上构想过无数个如何将她羞辱一番的方案，每每想得活灵活现痛快无比。他想象着他怎样以一番尖刻机智的语言令她失声痛哭或是面红耳赤，而自己又怎样昂首挺胸扬长而去……这其中的每一个细节他都经过再三推敲，甚至每一句话都已背得滚瓜烂熟。然而每当他第二天早上醒来，他便发现夜里的那一腔豪情狂胆又消失得无影无踪，他沮丧地发现，原来所有的软骨病的病毒都是从太阳光里散发出来的，倘若人类改变一下生物钟，变为白天睡眠夜晚劳作，那么这个世界定会充满百倍于现在的生气，而人类的潜能也定会发挥到极致。

在两盏相距遥远的路灯中间，那个人停住了。连军又走了几步，也在距离她身后不远的地方停住了脚步。

有一阵微风吹了过来，路旁的法国梧桐的叶子哗啦啦地一路响开去。

那人没回头，却说："你怎么没留下参加晚会？"

连军觉得有点狼狈。他抬头看看夜空，说："是啊，月亮出来了。"

月亮真的已从东天斜斜地爬出来，很大，不很圆，也不很明亮，昏黄得如同路灯。

范少珍凝视着月亮，"它好像离我们特别近。"

连军点点头，"它像什么？"

"小时不识月，呼作白玉盘。李白说的。"

"小时不识月，呼作大烧饼。连军说的。"

"连军的太粗俗。"

"李白的太不粗俗。"

范少珍转身过来看着连军，两人不约而同地一笑。

"一块儿走走吧。"范少珍说。

“当然。”

路灯和月光把两个人的影子向不同方向抻长。一时间两个人身前身后到处是自己的影子，若即若离，尽管事实上两人保持着一个适当的距离并肩漫步着。

默默地走了一会儿，范少珍说：“刚才我给你出了个难题。”

“不。你说的那句话没有错。再说，那也算不上什么难题。”

“是啊，政委同志略施小计就转危为安了。”

连军摇摇头，“这也是逼出来的。我也学得滑头了，是吗？”

“看和谁比吧。比有些人，你滑头还不够。可要是同他们比……”

“你指的是谁？”连军急着问道。

“那些战士们。比起他们，我们都少了许多珍贵的东西。”

“也多了些可怕的东西。”连军补充道。

连军突然站住了。范少珍正觉得奇怪，却发现已走到了她的宿舍门前。她旋即明白了连军的意思，犹豫了一下，说：“你知道‘她’住在这儿？”

“早就知道。”

“那你愿意现在到‘她’的宿舍里去深入一下吗？”

连军笑笑说：“那要看‘她’那里有什么好吃的。”

“只有白开水。”

“那就喝一杯吧。”

进门之前，连军下意识地向两边看了看。这个细小的动作被范少珍捕捉到了，便故意大声说：“政委。请进。”

连军闻声看看范少珍，她脸上正露出意味深长的笑容。连军不好意思地搔搔头发，自嘲地感叹了一声：“人哪……”

屋子的简陋使连军有些惊讶。尽管他也曾事先估计到范少珍的宿舍会是很朴素，但他也没想到竟是眼前这般光景。尽管整洁，尽管清爽，但还是透出一股子凄凉。连军慢慢地在每间房子里转了一圈，连卫生间和厨房也看了一眼，然后他站住了，看着范少珍刚想说什么，范少珍却抢先开口说道："怎么样？我这儿挺宽敞是吧？"

"是啊，说得上辽阔。"连军只好这样说。

"坐吧。"范少珍说着，给连军倒了一杯水，说，"我不是开玩笑，真的只有白开水。真对不起你。"

连军接过杯子，缓缓地呷着水。桌上那些精巧的白纸船吸引了他的目光。在台灯的照射下，白纸船是透明的，就像是一批薄玉雕成的船。它们在桌面的玻璃板上反射着自己的影子，似乎是刚刚经历了狂风巨浪正在平静的港湾小憩。水手们在海上颠簸了许久许久，此刻全都奔向了陆地，暂时地忘却了它们。而它们却默默地相互厮守着，等待着主人红光满面地归来后重又扬起风帆的那一刻。

连军把一只小船拿起来，放到眼前端详着。片刻，重又把它放在桌上，然后一只只把它们排列起来。船队在集结，一只紧挨一只。锚链哗啦啦地摇出海面，缆绳被高高地抛起来，帆篷一寸寸地上升，海风急不可待地将它鼓胀着。一支队形严整，气势雄壮的船队出现在万顷碧波之中。

"白纸船。"连军喃喃地说。

"白纸船。"范少珍轻声应着。

连军一仰头喝干了杯中的水，抬手抹抹嘴，直视着范少珍。他看到范少珍的目光慌乱地躲闪着。双手毫无目的地将那些白纸船重又拢在一处，嘴上却说："我再给你倒杯水？"

"不。给我一支烟。"

范少珍停止了动作。她直瞪瞪地看着连军，她有点不相信自己的耳朵。她看到连军的目光里有一种她从未见过但分明又很熟悉的东西，使她不愿服从但又无法抗拒。

她默默地从枕头下摸出香烟和打火机递给连军。

她看着连军点燃了香烟，发狠似的猛吸了几口，浓浓的烟雾顿时将他的脸隐藏起来。她有了一个预感，她等待着。

果然，她看到连军轻轻地把烟灰弹到一只白纸船里，小纸船微微摇晃了一下。

她突然感到泪水盈满了眼眶。

“叭”地一响,连军将燃着的打火机送到她面前。她看看连军,无言地摸起一支烟来。

待到她将一口烟缓缓吐出,连军开了口,“很多年了。”

“不。没什么。”她说,“你呢?”

“一样。也没什么。”连军淡淡地说。

“那时,我给你打过电话……”

“我知道。”

“你为什么不接?”范少珍问。但不等连军回答,她又自言自语地说:“你不接也好。”

“我也给你打过电话。但是,当我听到你的声音时,我动摇了。”

“你要说什么?”范少珍问。

“骂你一顿!”

“恨到那个程度?”

连军没有回答,却带着神往的表情回忆说:“那时我没事儿就独自跑到山顶上,我在石头上坐下来,能看到树木在长高,草在拔节,还有林间散落着鸟的羽毛。往远看,山山相连,一望无际,映山红到处燃烧着红色的火苗。还能听到山涧流水的声音,从不停歇。慢慢地,我明白了,我们都没有错,那只是因为年轻的缘故,而年轻并不是错误。”

范少珍轻轻地说:“是啊,年轻有多好。现在老了……”

“不。”连军定定地看着范少珍。他看到范少珍的眼角已有了细细的鱼尾纹。但同时,一抹淡淡的红晕正出现在她的面颊上。

“走。我们去参加二连的晚会!”连军热烈地说。

范少珍有几分羞涩地连连摆手说:“不、不、不行。我从来不参加……”

“我请你。”连军说着站起身来。

范少珍不由自主也随身站了起来。

“别忘了，你得准备一份小小的礼物。”

范少珍慌乱地四下看着，说：“我有什么呢？我什么也没有啊。”

九

二连的晚会已进行到高潮。

连军和范少珍走进俱乐部时，迪斯科舞曲正响彻云霄。沉重的鼓点如同有人把鼓槌直接擂到了你的耳膜上，飞快的节奏使你马上想到马群想到下饺子想到掉雨点总之一切有速度的东西。

士兵们都在尽情欢跳，那动作若是一个一个去品味无论如何也不能说好看，可若从整体看去，那一个个不怎么样的动作就有了一种美不可言的韵味。每个人都是按照自己的本色在舞蹈，都是在表现着各自最潇洒最优美最有力量的动作，那么这些集合起来就足以令人为之动情为之动心。不信你想想那些平日不起眼的石头，若是狂风吹得它们满地乱滚那该是一个何等壮观的场面？

进门后，连军说了句：“二连哪儿搞来这么漂亮的音响？”便撇下范少珍向音响那里走去。范少珍心里暗暗好笑，四下里看了看，找了个角落坐下了。

范少珍是头一次感受到这样的场面。当她的目光在强劲的音乐中看着那些欢跳的士兵时，她不由感到一种震撼。她发现在电影电视里看这样的镜头和坐在舞场中看人家跳舞是完全不同的两回事。她在人群中找到了杨扬，她看到杨扬的身边有四五个小伙子围着她跳，舞姿奔放热烈。杨扬开心地笑着，尽管乐声盈耳，范少珍也能听到那银铃般的笑声，似乎这笑声本身就是音乐的一部分。这笑声使范少珍心有所动，她好像已经有许多年没有这样毫无顾忌地畅快大笑过了，而想哭就哭想笑就笑对于一个人来说那是一个多么幸福的权利啊。

跳得大汗淋漓的二连连长看到了范少珍，急忙走过来坐到她身边。一边用手帕擦着脸上的汗水，一边解释说：“教导员。我平日也不大跳。跳一下是为了减肥，运动运动。”

范少珍斜了他一眼，故意冷冷地说：“不跳舞也不是什么优点，有什么好表白的！”

二连连长没听清似的大声问：“您说什么？教导员？”

范少珍提高嗓门儿说：“我说你快上去跳！别在我面前装模作样。”

“唉。”二连连长答应着连蹦带跳地进了跳舞的人群。乐声仿佛是狂风暴雨从天而降。一些战士跳着跳着手拉手围成了圆圈。立刻，有人加入进去，又有人加入进去。圆圈迅速扩大着，渐渐膨胀得仿佛这屋子已容纳不下。没上场的人在四周一齐拍手，掌声一下子变得整齐而富有节奏。有人放声大叫，是那种忘乎所以的叫声。范少珍也随着掌声拍起了手掌，尽管她不在场上，但她几乎已经体会到当这些人手拉手那一瞬间，人和人的关系是多么的纯洁透明，所有的灵魂都在那一刻得以沟通。范少珍几乎想冲进那圈子里，使自己成为那圆形的一环。

乐声渐渐弱了。完全停止了。杨扬仪态万方地出现在场中间，大声宣布：“交谊舞开始。点起蜡烛。”立时，四周有许多烛光闪亮了，给舞场营造出一派安宁而温馨的气氛。与此同时，所有的灯光熄灭了，而正中的一盏灯却亮了起来，那灯的外面，包着一个硬纸板糊就的大球，上面挖了许多洞。家伙跑上来用力一转，立刻满场像有许多金黄色的蝴蝶飞舞起来。

悠扬的音乐奏响了。一时间整个世界都变得那么自然和谐，每个人的心底都有着一种美好的向往在萌生。士兵们纷纷起身，合着满天蝴蝶似的光斑旋转起来。

范少珍看到原来自己身边的方凳上也有着一支红色蜡烛，正等着她来点燃。她拿起火柴，就在擦着了的那一瞬间，旁边也有一只打火机“叭”地一下按燃了。跳动闪耀的火苗中，她看到连军正隔着蜡烛向她微笑着。

两个火苗几乎同时向那支蜡烛凑过去，停顿了一下，又一齐缩了回来。

“你来吧。”连军说着关了打火机。

范少珍也吹熄了火柴，然后看着连军。

连军笑了：“要么，一起来？”

“叭”地一响，“嚓”地又一响，两个火苗在蜡烛芯处靠拢了，烛光抖了一下，便一下子明亮起来。

“政委。”二连连长走了过来。连军马上比比划划地说：“你们这个土灯球搞得不错嘛。谁发明的？我看可以推广一下。”

二连连长“嘿嘿”地笑着：“战士们自己搞的。唯一的毛病，就是得不断地转它一下，要不它就不转了。”

“这好啊。节约能源嘛。”连军说着转身对范少珍说：“是不是啊？范教？”

范少珍好像没听见似的看着场内。她看到杨扬一脸惊喜地跑过来，紧挨着她坐下，“教导员。您来了太好了。怎么不上去跳？”

“我不会。”范少珍看着杨扬说。

“跳舞可容易了，踩着音乐走呗。您的身材这么好，跳起来一定很美。”

杨扬的夸奖使范少珍有点不好意思，便问道：“这会儿是什么步子啊？”

“是……”杨扬的话还没出口，范少珍听到连军在一旁同二连连长说：“这是三步吧？圆舞曲？”声音说得挺大。

“是啊。”二连连长应道。

家伙从场边绕过来，站在杨扬面前，绝对绅士地一弯腰，右手轻摆，说：“可以请您跳舞吗？”

杨扬朝范少珍笑笑，“我去了？”

范少珍点点头：“快去吧。”

那边连军对二连连长说：“哎，你也去跳吧，我不用你陪。”

“政委您不跳？”二连连长问。

“我等会儿。先看看。”

舞场内，男女士兵们在旋转着。无论是谁，都有着一种发自内心的愉快的笑容。在闪闪的烛光中，他们看上去都是那么动人。灯光一片片落在他们的身上，又一片片滑向别处，仿佛他们的每一个旋转都穿过了漫长的时光。范少珍的目光追随着他们，渐渐觉得自己全身心正融化在乐声里。她突然想到，也许杨扬说得不错，自己若是跳起舞来说不定真的会很美。这念头刚刚一动，范少珍又马上觉得有点吃惊。她觉得自己今晚有些反常，似乎许多年来在心头筑起的堤坝正在缓缓溃陷。一时间她感到很矛盾，她安慰着自己，就算是一次偶然的妥协吧。说得严重些，就算是放纵一次又怎么样。

连军轻咳了一声，说：“怎么样？光看不练不解决问题。跳舞这玩意儿，主要不是理论问题，是个实践问题。”

范少珍没吭声，甚至心里有点不快。她希望连军说的不是这样的话。

一曲终了，一曲又起。范少珍低着头看到一双脚在她面前站下了。她有几分惊喜地抬起头，却看到家伙笑容可掬地对她说：“教导员。我请您跳一曲行吗？”

“我可不会跳……”范少珍说着站起身来，同时飞快地向连军看了一眼。她看到连军也正用一种很复杂的目光看着她。她耳边传来家伙自信的声音，“没关系。我带您……”

连军看着范少珍走进了舞场，忽听到身边有人叫他，“政委……”他扭头看到杨扬亭亭玉立，“政委。如果您现在还想着您是政委，那恐怕您只能这样坐一晚上了。”

“嗯？”连军不解地看着她。

“舞场上人人平等。没有政委和战士。不是吗？”杨扬歪着头说。

连军点点头说：“你说得对。”

“男士理当主动邀请女士。还等着别人来邀请您吗？”

连军一怔，随即站起来，向杨扬一欠身，说："请您跳舞。"说着，轻轻托起了杨扬的手臂。

范少珍合着家伙熟练的舞步款款轻摇。她发现家伙到底还是有点紧张，胳膊不是揽着她的腰，倒像是搀扶着她，步子走得小心翼翼，唯恐她摔倒了似的，脸上一本正经毫无表情。那分明是告诉别人，和他跳舞的这个女人可不是一般的女人。范少珍心里叹了口气。她悄悄向四周打量，发现并没有人对她的上场投来惊讶的目光，所有的人都沉浸在音乐里，似乎这么漂亮这么苗条的女教导员会跳舞是一件正常得没法再正常的了。

越过家伙的肩头，范少珍的目光和连军的目光相遇了。她看到连军和杨扬跳得很好，甚至说得上是整个舞场跳得最棒的一对。仿佛并不是他们在合着音乐漫步，而是音乐配合着他们的步子奏响。家伙带着范少珍与连军和杨扬擦肩而过，范少珍看到连军向她投来了一个会意的微笑。

范少珍感到心里一阵发热。那仿佛是一个很久很久以前的约定，是一封信角已磨得卷起了毛边的邮件，是一片夹在书页里的干枯的红叶，是一声从遥远的地方传来的呼唤。

一支小号孤独地奏响了，带着金属般响亮的琶音给任何一个渴望远眺的人送上了一架漂亮的梯子。梯子似有无限长度，渐入云端。强乐轰然齐鸣，乐声中有无数羽毛丰美的白色的翅膀在扇动。晨光熹微，岚气氤氲，露珠儿在所有的生命中闪烁着晶莹的光辉……范少珍看到连军正穿过人群径直向她走来，仿佛走得很慢很慢。她等待着，四周有许多金色的蝶儿上下翻飞。她看到连军微笑着向她伸出双手，她没有迟疑，带着些许羞涩把左手轻轻搭在了连军的肩头。就在这一瞬间，范少珍突然觉得她已经找回了少女时代的全部感觉……

就在舞曲余音袅袅的时候，杨扬和家伙捧着两大抱信封装着的礼物冲进了场内。杨扬大叫着："都来抢啊！看看属于你的那一份是什么！"说着，她和家伙把手中的东西猛地一扬，顿时，舞场中纷纷扬扬，信封如同漫天花雨洒了下来。

战士们一哄而上，挤作一团。连军和范少珍对视了一下，便也孩子似的钻进了人群。

一片喧闹中，突然听到杨扬一声愉快的叫声：“快看！我得到了什么。”

舞场一下子安静了，几乎所有的目光都看着杨扬。杨扬双眸闪亮，兴奋得满脸红晕。她双手像捧着一个无比珍贵的宝贝那样小心翼翼，慢慢高举过头，轻轻一抖，一长串儿用线串着的白纸船风铃儿般地发出微响在灯光里漂亮地晃动着。

这一瞬间竟是如此辉煌。

“啪啪……”一片寂静中，范少珍听到身旁那个人轻轻地拍起了手掌。紧接着，全场的掌声响成了一片。这时，两行泪珠静悄悄地从范少珍的面颊上缓缓流过。

（《小说月报》1990 年第 4 期选载）

殉节者

秦基春

别人只扎上两颗“光荣弹”，可他腰间并排系着四颗“光荣弹”，唯恐不牢，又用一条葛藤打了一个死结，硝烟从他的肩上漫过，网片似的军装在风中抖动，满是泥灰和血痕的脸上，还留着孩子般的稚气。此时此刻，他已弹尽粮绝，面对逼近的敌人，他拉下了捆在腰间的四颗“光荣弹”的寻火索，青烟缭绕了他的身躯……

过　去

他叫董钟军，是一个曾经在朝鲜战场上当了俘虏兵的男人的儿子。

公元一九五一年农历七月十五日，那男人当了俘虏的消息，就像这鬼节一样，阴森森的，覆盖了一家人的笑脸。祖母一下便瘫倒在床上。这寡妇受尽艰辛，儿子是她唯一的精神支柱。支柱倒了，她也倒了。倒下就再也没起来。男人的妻子娘家来了人，逼她去打胎，不允许生下一个俘虏兵的孩子。但因那孩子已经有八个月了，才留了下来。男人被释放回来后，每天天不亮，就哆哆嗦嗦地摸出门，沿着弯弯曲曲的山路走到老母坟前，停下来。然后慢腾腾地跪了下去。坟头上长着几株野草。黑暗里，风吹来，草棵儿摇摇摆摆，老人像活了似的，数落着他……如此日复一日，年复一年，风雨无阻，霜雪无阻。妻子同情丈夫，也恨丈夫，经常念念叨叨，念叨得男人摔盘子砸碗了，她又连忙赔不是。这个俘虏兵的家，就这样周而复始地过日子。

董钟军曾经有一个聪明、美丽的姐姐。姐姐比他大整整十五岁。

有姐姐的弟弟是幸运的。别人打他，有姐姐护着。一次，他和一群孩子们玩儿，学着军队打仗，一边分为“蓝军”，一边分为“红军”。分“兵”的时候，“红军”不要他，“蓝军”也不要他，就因为他是俘虏兵的儿子，“怕死鬼”、“胆小鬼”……他气得直哭，结果还是姐姐好，把他抱回家，姐姐扮演了“蓝军”，被他用那根木头做的手枪“枪毙”了无数次。妈妈身体不太好，经常是姐姐带着他睡觉，他总爱抱住姐姐的一只胳膊，听姐姐讲她那永远讲不完的故事。姐姐垂肩而下的长发，散发着清香，就像催眠剂，每次，他总是故事没听完，就在一片温馨之中进入了梦乡。他到七岁时，姐姐已经是二十二岁的大姑娘了。妈妈逼着他和姐姐分开住，他竟然一连好几天晚上翻来覆去，难以入睡。于是吵闹着要到姐姐床上去。结果，被妈妈凶凶地骂了一顿。还是那次到电灌溉水渠里洗澡，他光着屁股跑到姐姐面前，羞得姐姐满脸出奇的红，他才意识到妈妈的“骂”是对的。

当隔壁大婶给姐姐提亲的时候，他哭了，哭得好伤心。也在那天，姐姐答应他，一辈子不嫁人，守着他和爸爸、妈妈。

在他上小学二年级的秋天，黄豆收割完了，严霜打落的豆叶铺在地上，软绵绵的。姐姐披着长长的头发，扛着耙子去收豆叶。她苗条而又丰满，轻盈地走出门。收豆叶是按照村里的规定划分块块包干的，豆叶归个人所有。姐姐把收好的叶理成一叠一叠，好不容易才捆了起来。村里的刘会计家分的地，就在姐姐那块地旁边。刘会计不想收拾，硬说姐姐收错了地方，挑起姐姐捆好的豆叶就要走。姐姐拖住扁担不放，刘会计肚大腰圆，诨名为“鼓牛”，姐姐哪能夺得过他。谁知刘会计用力过猛，跌倒在地上，镰刀割过的黄豆茬像箭头一样，刺破了他的脸。伤倒不重，可姐姐惹下了塌天大祸。俘虏兵的女儿，怎能“伤害”村里的大会计呢。加上刘姓是个“豪门大族”，人口占村上总数的百分之五十，当天便有一大帮人上门围攻，什么“你们家打美国鬼子没本事，打起革命干部来，凶得很，这值得我们好好想一想。”这话出自村长之口，还算有“水平”的。令人不堪入耳的是一帮妇女的辱骂。爸爸那天关在“学习班”里，妈妈躺在床上哭，姐姐抵在门上，外面人山人海。董钟军放学回来，根本挤不进。刘姓里的几个男人，竟踢开了大门，把姐姐抓了出去，在娘们儿的怂恿下，抓住姐姐的四肢，顺着姐姐的裤管向里面灌沙子。姐姐嘶喊着，哭号着。董钟军想冲进去，结果被你一脚，我一拳地打得鼻青脸肿。直到姐姐的喊声已经极为微弱，母亲跪下苦苦哀求，那帮人才放下姐姐嬉笑着散去。

姐姐是管理棉田的，她就像刚吐苞的棉絮那般纯洁，哪能受得了这样的侮辱，就在那天夜里她喝了用来消灭棉花蚜虫的药水。凌晨妈妈发现的时候，已经气息奄奄了。妈妈大哭大喊，好不容易喊来几个人将姐姐送进了乡里的小医院，可是已经晚了。

姐姐死了后，妈妈跋涉三十六里跑到县里告状。第二天，县里公安局来了人，调查了情况，接着到医院验尸。乡里的领导们拼命地往里挤。年仅八岁的董钟军还以为他们是关心姐姐呢，恨的只是他们关心得太晚了。后来乡长出来了，像是自言自语，又像是对没有进去的乡头们说：“太可惜了，他妈的，还挺肥的呢。”

爸爸出了学习班之后，和妈妈夜以继日地忙着打官司，最终似乎赢了，县里拘留了刘会计三个月。究竟为什么判了刘会计，董钟军并不知道。只听村上的人讲，刘会计三十多岁就发胖了，早“发福”的人会有灾祸的。

从那以后，父亲像是疯了一样，每天拿着杀猪刀，坐在门口，吓得刘家的人不敢从董家门口过。不久，父亲便忧愤而死。

现　在

为了改变俘虏兵家庭的悲剧命运，他立志当个英雄，十七岁便参

了军。连里数他最小，战友们常像耍小孩似的跟他开玩笑。不过，连里除了连长曾去他家乡带兵，别的人并不知道他是一个俘虏兵的儿子。刚到部队时，他经常哭鼻子，同志们都像哄小弟弟一样劝导他，使他感到这个“大学校”里的温暖。他最害怕紧急集合，冬天，经常穿着棉裤在被子里睡觉。

一天夜里，连长来查铺。他的被子掉在地上，穿在身上的棉裤暴露了。

连长推推他，他动了一下，“嗯”了一声，掉过脸来又睡。

连长用手电照着他的脸：“你这个小鬼，怎么穿着棉裤睡觉？”

他用一只手遮住手电筒的光，一只手揉着惺忪的眼睛：“连长，今天夜里有没有紧急集合？”连长生气了：“脱掉吧，少啰唆！”

那天夜里，军营里突然响起了军号声，连长一声命令：“快，按照一号战备方案行动。”

黑暗中一个稚气的声音：“我的背包带放到哪儿去了？”接着便是“咣当”一声响，一个水壶掉在了地上。

“谁？轻点！”连长训斥道。

“连长，请你把手电打开，我要背包带呀。哟，算了，算了，找到了。”终于，他最后一个出了宿舍。

“东西带齐了没有？”连长问。

“带齐了！”董钟军很有信心地答道。

战士们陆续地背着背包来到营房门前。

“相互检查一下！”连长命令。

董钟军摸着屁股后面对班长说：“班长，你看看，我这棉裤怎么破了个洞，后面透风！”

班长用手摸了一下说：“你把棉裤前面穿到后面去了。”

“呀，那怎么办？”董钟军急了。

“要不要报告一下？”班长问。

董钟军一手提着裤子，一手扣着胸前的背包带，说：“算了，算了。”

他就这么行军几十里。背包散了，他就把被子披在身上。临解散前，连长站在队前喊道："董钟军！”

“到！”

“出列！”

他有气无力地朝前跨了五步。那副狼狈样，弄得大家哈哈笑。

“不许笑。”连长一声令下，笑声戛然而止。

“董钟军！”

“到！”

“脱帽！”

董钟军按照连长的命令，把帽子脱下，露出了“波浪式”的卷发。

“以后，”连长说，“不论哪个再出现类似的头发，我就开他的展览会！”

过后，董钟军嘟囔着向班长解释："我这是天生的嘛！”

班长叹了一口气："连长的怪脾气也是天生的。”

董钟军以为连长是有意整他。其实，紧急集合是连长故意搞的，而“展览会”却是误解。在带兵时，连长看到他的“波浪式”，认为他是当时社会青年的“自然现象”，穿上军装了，连长可不那么客气了。董钟军一气之下，剃了个光头，而且还用剃刀刮了个光里透亮。可当参战动员时，别人剃了光头，以便负伤时手术和包扎，他却留了头发。他觉得，一旦负了伤，昏沉沉的，当了俘虏也不知道，那将是可怕的。要么就死，当个响当当的英雄，“自来卷”的头发曾经是他活在世上的一部分骄傲。要是活着回来，他除了举着鲜花扑向母亲，告慰死去的祖母、父亲、姐姐，还要看望他过去的同学，尤其是几位女同学。他要潇洒地去见她们，“光头”影响仪表。班长、排长再三动员，他就是不肯剃头。最后连长亲自出马，动了肝火，还是执拗不过他，头发仍然留了下来。

董钟军从当兵到上前线只有四个月，他对战争是恐惧的。但他决心是坚定的：再不能当俘虏，再不能重演父亲过去的悲剧。

临上阵地前，班长关照："多带两个急救包"，他好像不理解："班长，你担心我会负伤？我宁愿死，也不负伤，负伤会当俘虏兵的。"

爆　炸

偃动的野草发出窸窸窣窣的声音，看上去，好像不是人，而是一群群野猪向前沿阵地的各个小山上爬。灰色的钢盔忽隐忽现。

连长用尽平生的力气大声喊："打！"

一座座山头上响起了隆隆的轰鸣和嗒嗒的枪声，弹痕累累的斜坡向敌人喷出无数面扇形火网。敌人倒下来，摔在地上，可是，还往上爬。

连长不断呐喊着："打！打！"

他的汗珠大颗大颗地掉在枪筒上，发出嘶嘶的响声。

董钟军所在的二班，阵地是主峰前面的小山头，经过六个多小时的激战，小山正面的敌人支持不住，溃退下去，但是在另一面，敌人还在继续往上爬。他们迫近了，隐没在一片土山脊的后面。

董钟军端着枪冲过去，跳跃躲闪，一会儿射击，一会儿投弹，干掉了五个家伙。突然，他发现，弹药光了！敌人正向他逼近。这时，他明白了，父亲为什么会当俘虏，他原谅了父亲，因为父亲也是在弹尽粮绝的时候才当了俘虏的。他悔恨过去对父亲的谴责。俘虏和英雄在这里差别是那么小。而在现实的过去中，差别却是那么大，一边是鲜花和经久的掌声，一边却是唾弃和漫长的悲剧。

董钟军看看身后，身后是祖国，祖国是宁静的，壮丽的河山一直绵延到烟云深处，烟云深处有他的家。

"你们来吧——"董钟军吼叫着，拉下了捆在腰间的四颗"光荣弹"的导火索，青烟顺着他的身躯冒了上来。

班长从昏迷中醒来，睁开眼睛，望着山头上的董钟军，他想过去增援，可一点儿力气也没有，他的一条腿留在阵地上了。

正在这时，迮长带着增援队伍出现在小山的左测。

一线生的希望从董钟军的心头掠过。他还年轻，才十七岁，金子般灿烂的年华，真正的生活刚刚开始……现在有了生的希望！他赶紧拔腰间即将爆炸的“光荣弹”。那万恶的葛藤，上战场前唯恐捆得不牢，现在却难解了！这生与死的几秒钟！他的手指哆嗦着，愈发拔不下来，他忽然涌上一种悲哀，眼泪顺着腮帮流下来。

手榴弹引信的时间最长只有三点七秒。董钟军走上战场，距一九五〇年抗美援朝战争已有三十七年。三点七秒的引信就像三十七年的过去，过去和现在，现在和过去……

“轰”地一声响，他倒下了。

（《小说月报》1990 年第 7 期选载）

中士还乡

阎连科

时去两日，中士觉摸到日子狼狈。光景像一碗水，平平又淡淡，没大意思，并不隐藏深涵。起初，排长找到床上，说，中士，再干一年吧，中士梗起脖子，不干啦。排长吊着眼睛，目光挂着中士的头发，再干一年，听我的——入个党。中士低头思了一阵，昂起头来，说让我回去，该成家了，人得有家。你们都有家。无奈，排长的目光从中士头上吱吱滑下，搁在中士的鞋上，说那你走吧。中士就走了。就回了。就还了乡。眼下，中士感到都一样。哪儿都一样。天下水都向东流。

没大意思，像一碗水，平平又淡淡。

上 篇

早上，太阳不圆，像鸡蛋硬在东天，光线七扭八拐弯到村头。亮倒还挺亮。中士起床后，揉着睡眼这么觉得。他站在门口，瞟一眼太阳，挤下眼，又慌忙把目光招回。

村街上，开始了往日光景。百口人的村落，粪担声、挑水声，吱呀炸了世界。正是秋盛季节。往秋地运人粪，仿佛是从秋地向家挑金，男人女人都顾不了洗脸。狗跟着粪担撒欢。鸡子在村头觅食。人们从中士面前荡过时，都向他点头，问说起床了？中士回话起了。看得出来，都算热情。回来头天，他们都吸过中士从军营带回的过滤嘴烟，嚼过带回的酥糖，都到中士家坐过，各给中士送过锅、碗、筷、旧面板、旧菜刀、凳子、柴火、洋火、盐、醋、油、胡椒、八角、擀杖、火柱、筷篓，七七八八，灶房的炊具，该有的有，不该有的一样有。这就算有了家，有了日子。有了中士要过的岁月。村人们觉摸，他们尽了责任，就各自忙去，顾不了中士许多事情，就这当儿，中士冷丁儿觉到，日子如水，没大意思，和军营无二。

村人们来回几趟，末了和中士照面就不再言语，仿佛中士是村中老户，都厌了招呼。这时候，中士抠了眼屎，太阳骤然圆极，不能再圆，如灿灿黄纸剪在天上。有秋风微微，悄默着村头摇晃。

中士很想找些事做。

邻居奶在村头追鸡，怕蛋生在门外。中士过去，清了嗓："三奶，我来追吧。"

邻居奶将胳膊横在路上："你别，年轻人一追，蛋就小了。"

木讷讷地，中士就栽在胡同口，如桩如柱。旧军装在日光中发着迟钝的光。对面山坡上，挂着一群白羊，像一团云儿。庄稼地，一片一片，悬在半天，似绿绸碎线在风中摆着。这些，中士先还觉得新鲜。可眼下就觉烦了。无非还是三年前的景观，实在没有变化。没有变化，没啥意思；没有意思，他就想找出意思。他看着山坡呆怔。直怔到太阳不再明耀，开始平和。这时候，队长挑着粪罐从坡上摇下，立在路边上。

"旗旗，你得找些事做。"

"我没有事做。"

"回来几天了？"

"第三天。"

"昨儿就该去你妹家和媳妇见见面。"

是该和媳妇见面，告妹说我到家了。中士想，这都是情理中事，必得做的。队长一去，他就回家烧饭。灶房和住屋连着，共是两间，一炊一宿。他坐下生火，柴微微湿着，烟团团在屋中旋动。中士咳嗽一声，泪从眼角浸出。先是因烟，后是真的哭了。

爹娘的灵牌在灶烟中看着中士。他没想到还乡还要烧饭。在军营中他不知道烦着啥儿，一归故里，才冷丁儿想到自己是独人一家，事无巨细，都必得亲手。原来这就是日子！到妹家去，好歹结婚，娶一房媳妇，耕织光景罢了。中士想，说不定这就是人生真谛，谁知道呢，也许真是如此。妈的，算了！起身晃晃，从桶中舀一瓢清水，呼一声灌到火上，生出一声爆响，顿时灰飞烟腾，中士立马抢出屋子，朝天张望。

"开饭喽——"

一声哨子，在山沟中流动，如一溪泉水在弹药库四野流淌。他们一个排在守着团里的弹药库，远离城镇，远离军营，过着铁丝网缠死的生活。一日三餐，这么一声哨子，一声唤叫，二十几个士兵就出屋，立成三排，被排长左右一阵，说今天一班最好，队列整齐，歌声嘹亮，二班三班要学习一班——开饭！总是这样，整整三年，一千多个日子，叫人觉摸是孩娃数星星一般重复。饭也重复：早馍中米晚面条。中士想从铁丝网着的生活中挣出来。挣出来了他忽然觉得早馍中米晚面条，终归是好，起码不需自己亲烧。

好歹要娶媳妇。

娶了媳妇就免了生火烧饭。

中士到村头小卖部买了罐头、糖块，还有一包大前门牌香烟，就提着往妹妹家摇晃。这时候，正是前晌，太阳飘在头顶，阳光贴着地皮，地气半黄半暖，在中士脚下缠着。他迎着太阳，踩着耙耧山脊，一步步，仿佛要走进太阳里。

妹家是七里外的陈村，妹夫叫陈饼子。中士把妹妹嫁给陈饼子，是为了把陈饼子的妹妹娶回。这叫换亲。三年前，中士入伍时已和陈饼子说好，先把妹妹嫁去，三年后回来，随时将他妹妹娶回。那天和陈饼子商量时，就在这山脊上，中士穿着新军装，捡一块干净石头，在石面上吹了三吹，又用手擦了一遍，细心地坐下，说你也坐吧，陈饼子就一屁股蹾在地上，压碎了几块坷垃。

中士说："我妹妹你见了？"

陈饼子说："见了，不赖。"

中士说："她手还勤快。"

陈饼子说："看出来她勤快。"

中士说："一说让她嫁……她就哭死。"

陈饼子说："我不委屈她……"

中士说："那我就放心。"

陈饼子说："你不见见我妹妹？"

中士说："在集市上偷见了，长得也不赖。"

陈饼子说："手也勤快。"

中士说："我信。"

陈饼子说："她小，才十五，结婚太嫌早，你只管当兵走，参军回来，想哪天娶她都成，不信我给你立个字据。"

中士说："算啦，都凭良心。到时候你不嫁妹妹，我就让我妹妹和你离婚。"

陈饼子说："成。凭良心吧。"

话毕，二人就成了协议，中士拍拍屁股，又转身钓着屁股布，瞅瞅，又拍拍，才放心裤子。陈饼子看着中士斯文完了这些，说我走了。中士说你走吧，就看着陈饼子转身走去，一脚都是力气，把屁股上的土灰扬起老高，像扬场。

那时候，中士盯着陈饼子屁股上的土灰，一直盯到他走失在阳光里，还立在山脊上木桩着不动。他觉摸把妹妹嫁了，着实对妹妹不住，似乎自己为了当兵，把妹妹一掌推出门去，不管了。妹妹落进了火坑。

他很后悔。

可军装在他身上箍得很紧，很暖和，也只好作罢，想算啦，就这样吧，他就当兵走了。

在路上，刚走有里半，中士看到了一块荒地，像抹桌布样铺着。在盛秋季节，耙耧山北坡，到处是化不开的浓绿，齐腰的玉蜀黍棵，手拉手在山坡上舞动，青藻气和薄薄的玉蜀味，如太阳光样罩满了沟里沟外、坡上坡下。唯这块荒地上，飘荡着苦艾和香草的怪味，苦淡淡、香淡淡，相混着在庄稼气息中窜动，如清水河中流着的一股浊水。

中士站在荒地边审看，有意无意。

他冷丁儿发现，田角插有一块木牌，木牌上写有他的名字：田旗旗。心里动一下，中士过去擦了田旗旗三字上的尘灰，坐在木牌边好久不动。

这就是中士的责任田。

村里人执行政策，调整责任田时，把服役中士的责任田划了出来。可这责任田却荒了两季，没人种收，像荒芜着的中士的心。

妈的，地荒着！中士打量一眼满世界庄稼绿，脸上热一阵，放下肩上兜儿，从木牌边开始拔草。这是中士三年来第一次干农活，像忘了三年的记忆忽又想了起来，心里喜喜的。他拔得快极，圪蹴着，一拦一把，半黄的野草被他捆在手里，捆不住了，就扔到路边。带起的黄土，在他眼前起落，砸着他的鼻尖，眼睫，嘴唇，又哗哗跌在地上。有粒黄土粘着嘴唇不肯落下，他就用舌头勾进嘴里，嚼了，胶着他的上下牙齿，品出一股很鲜很鲜、又很香很香的泥味，他就猛然僵着不动，用舌尖去牙缝挑着化开的黄泥。

中士拔过的一角，土是旱阳般红色，蛹虫在土中亮着，白胖。落在蛹虫背上的草籽，呈金色光亮。中士盯着蛹虫看一阵，抬脚把蛹虫拧进土里，觉摸到蛹虫流出了白血，抬脚一看，果然一脚白色浓血。

种小麦，中士想，这地歇了两季，库存了地力，秋罢种上小麦，一亩少说打八百斤，这块地约摸能打一千二百斤。够吃了，吃不完，村里人会说我旗旗是一把好手！好庄稼汉子！

眼下，中士想成为一个庄稼汉子。

三年前，中士十九岁，是村落中能写对联、能替人写信的初中生。

毕业几年，和村人们一道春种秋收，作作息息，到责任田中竖锄弯锨，养活妹妹。爹娘是同年去世的，说死就死了，如出门赶集般简单。如此，中士就做哥、做爹、做娘。以为日子这般，人行世间该坐该站都是命定，就兢兢业业干了几年庄稼活。可忽一日，收麦时候，太阳扣在头顶，如火般燃着，人发焦倦，地上生烟，站在麦田就如煮在水中。那当儿，中士正在割麦，口渴得要把绿麦叶吞进肚里，直腰打量回村提水的妹妹来没，就望见土道上移来一个绿点、绿圈、绿团儿。他以为那移来的是一袋绿水，就呆呆瞅着不动，后见那绿袋儿上方有两片红光，心中一愣，跨到路上迎着，待那红绿靠近，他认出来了，那红绿是一个人：他初中同学，十六岁当兵，回家休假。老兵了。天哟！

“是高林呀！”

“哎呀，是旗旗你……”

“你当兵啦？”

“都他妈三年啦。”

“探家？”

“路过……看看家，情况好就想退伍。”

“奶奶……既走了，就别回来……”

“我入过党了，想回村当支书。”

中士怔着，拉高林到树荫下坐定，问了长短，高林就说旗旗，你该到外边走走，妈的省会全是高楼，夏天姑娘没一个不穿裙子，大腿又粗又白，露在外面脸都不红，人家那个开化……中士说你就为这个当兵呀。屁话，同学高林笑了，说我想当支书，我们大队支书是我亲叔，说你当兵去吧，入个党回来接班，我才去的。一说回来当支书，且果真能当支书，中士就有点心动。

“部队苦吧？”

“养人的好地方。有时一张报纸学七天，坐得屁股疼，真他妈享受。”

“党好入？”

"嘴甜手勤快，没别的诀窍。"

"不过你叔是支书……"

"你自己算算，农村退伍回来的党员，有几个没当大队干部？咱县有八个公社书记都是退伍兵。退一步，入不了党……也他娘去城市风光两三年。"

中士心活了。

夜里，他和妹妹坐在院落。那年，妹十七周岁，明白许多世事。

他说："妹，你想不想让哥出息？"

妹说："想。"

他说："哥想当兵。"

妹说："我咋办？"

他说："哥想给你找个婆家。你十七了吧？"

妹就不再说话，盯着哥的脸，像看十五满月，从中士脸上看到了很多故事，过去的和将来的。不消说，那当儿中士是个好哥，脸上漾满兄妹情义。明月星光，在院落浇洗如水。那院落奇静又奇静，蛐蛐在墙角，叫声如歌，一阵欢过一阵。中士记得还有老鼠，在他们脚前摇摆来，又摇摆去。

兄妹俩就那么坐了许久。

忽然，妹妹在腿上拍一下蚊子，又用小指甲在腿肚上抠了，和拇指相对，弹出去一样东西，问：

"能出息？"

中士说："我能入党，入党回来能当大队干部。"

妹妹说："你验兵走吧，我看家。"

中士说："你不嫁我能放心走？"

妹妹说："横竖我不嫁！"

中士就不接话，把自己放倒在一张席上，脸和天平行，蒲扇掀动，风从他肚顶刮过，直吹到妹的身上。妹很凉快。他热。一道流星从他眼前滑过，拖尾像烤着他的身子。过一阵，他把蒲扇往肚上一拍，翻个身。

“睡去吧，哥是瞎说……明儿还是割麦。妈的，这天！”

中士在责任田拔了好一阵荒草，累了，把手伸开，见手上染满草绿，草绿中还有个小泡，雨滴般透明，就用野刺挑破，挤出一线清水，在空中甩几下手，觉摸不疼了，才又望天走去。

网兜在他背上一扭一摆，有瓶罐头不断敲他脊梁。又走一程，中士折下一节树枝，把兜儿挑着，像挂着一只灯笼。这时候，已是半晌，太阳显得小了，似乎有束光，灯柱般直照脑壳。他觉摸后脑壳热如烧饭锅底，于是步子也热急。影子在前，他踩着自己影子走。庄稼地一片一片被他丢下。到前面时，岭路一弯，跌进沟里，也就把中士牵了进去。沟里有溪，水汩汩，水草却把溪水严严盖了。溪就如躲在草间的一条白蛇。草腥味满沟流动。

那天，就在这样的溪边，中士和妹妹挑水，栽红薯苗。一担两个大桶，从沟底担到山顶，要一晌工夫，路上少说三歇。实在挑不动了，妹就坐在溪边不动，把脚伸进水里，脸上贴着愁容，如张着一块黄布。

中士把四个水桶打满，望望太阳，像望着救不灭的大火：“奶奶的……天！”

妹妹看看天，看看哥的脸，说：“快验兵了。”

哥说：“知道……”

妹说：“你去验吧。”

中士看看妹妹，起身走到沟边摘几片桐叶，一个桶中放了两片，以防走时水溅。然后，目光挂着坡上黄焦焦的土地，说算啦，当了兵也不定有意思，有出息。妹不看哥。她两脚在水中对搓，声音像干裂浊重的开门声，在沟中沉沉滞着。我听说了，妹说，全大队找不到年轻党员，说谁是党员，谁就能当村干部。

中士挑起水担，说：“我当兵了……你咋办？”

妹起身，将扁担搁在肩上，直腰，没挑起；又直腰，又没挑起，说：

“我嫁。”

“嫁哪儿？”

“哪儿都行，反正都是跟人过日子。”

“你把水倒掉半桶。”

“不倒。”

“倒掉！”

“我担得动！”

她就果真担起了水桶，身子朝地面缩去，人矮了许多，唯脖子，越发细长，像红皮树枝朝空中探着。这么，中士和妹妹就如拉车瘦马，一寸一步朝山上挪动。天在他们头顶悬着，吱哑的勾担声，在天下头上打战，缠在草间的细路，被他们踩得起伏。妹妹在前，中士在后。路上，他说歇吧，妹对着山说，不歇。一路上，妹就果真未歇。她的腰脊弯着，像弓。他总以为他会突然听到一声山裂，然后妹就哎呀一声，倒在地上，腰脊如树枝般，咔嚓断了，两个水桶叮当叮当、叮叮当当地朝山下滚去。可是，妹的腰脊就那么弯着，且越发弯去，可却硬是未断，如骨中牵了柔韧皮绳，直到妹的两个水桶越来越低，将到拖着地面，她也没有放桶歇息。

快到山顶时，太阳极低，仿佛伸手可摘。日光在黄土上晒一层灰烬，脚轧过去，腾起一层黄烟。妹似乎实在挺不住了，她就用力把担子朝天上一拱，换了肩，回头说：

“要是你能入党当支书，妹嫁给瞎子瘸子都成！”

说罢，妹又挑着水担上山，她努力把弯脊拱起来，把肩平端着，所以她就仰着头，眼盯着头上的瓦色天。

站着没动，中士忽然觉到肩上的水担重极，再不歇阵，腰骨就真要断了。他拿手扶到腰上，摸到骨头在他手缝间颤抖，慌不迭儿放下水桶，蹲在地上，望着妹妹一挺一挺走上山去，终于进了天里。

前面就是陈村。

陈村同样是百口人家，房子零散错落。树木倒旺：泡桐、槐树、杨树、榆树、椿树、栗树、皂角树等，都是北方山区的家常树，并无奇异，且成材者居少，多是歪歪弯弯扭扭，造一片树阴罢了。远看这陈村，在日光中，就如望见一块黑布飘挂在青青黄黄的坡面。

中士的衣服很扎人眼，在这热天，村人们的衫儿都是披披挂挂，似穿非穿，而中士却着了军裤、衫衣。衫衣扎在裤中，还拉出一点，半盖腰带，远看近看，都是从部队上转回来的。于是人来到陈村，一群孩娃、闲老就在村头接瞧。

他知道妹家住哪儿，可还是要问：

“我妹家住哪儿？”

“谁是你妹？”

“陈饼子家。”

“搬家了，村后头一户。”

中士想，幸亏多问一句，就踏着胡同，朝后村走去。胡同里几层绿荫，人走胡同如游在水里。有几个男孩娃，在中士前面跑着，不时回头张望。不消说，是到陈饼子家报说有人来了。

中士一身凉爽，在胡同里东张西望。这胡同极老旧，老是由各户院墙、后墙、山墙组成，墙上的泥片皆已脱落，蛛网在墙角结着，偶有一门一口，也躲躲闪闪，退到胡同墙后。去年的旧对联、旧柏枝还依然贴着插着，显着规矩。胡同里是板结的干泥路，一尺远坐落一个泥圪垯，中士每走一步就如踏上了一座峰岭，一迈一迈很惬意，像城里人在铁路上踩枕木散步，不一会儿就把这破落胡同丢在了身后。

到将钻出胡同时，中士站住了。

妹妹在面前。

她倚在一方院落的大门框上，怀里抱着个约摸一岁的孩娃，两眼直勾勾地望着中士，身边站几个刚跑来的男孩，一动不动，一言不言，眼角有两粒清泪牢牢结着不肯落下。她怀里的孩娃，也一样望着中士，眼里满是疑光。

就这么，一阵好静，如一个村落都没了人样。中士始终看着妹的额门。妹的额门原先——三年前十七岁时光光洁洁，平平展展，眼下，冷丁儿就刻满了沟渠豁崖，像一片乱七八糟的世界。

有只知了从他们的静中挣扎着叫出了声，僵着翅膀飞走了。

妹把怀里的孩娃换了胳膊抱定，拉下布衫，盖严实露着的白奶。

“啥时回的？”

中士把目光拽回。

“前天。”

妹妹离开门框，朝前边走来。

“回家吧，站着干啥。”

中士朝妹妹走去。

“又搬家了？”

妹妹又站下，望着手中的孩娃。

“刚搬……叫舅。”

中士身子微微一震，盯着那孩娃，嘴边僵硬了一个笑。

“还不会说话吧？”

妹笑笑。

“会叫爹啦。”

中士心里漂一个酸楚。

“你写信没说……”

妹过来把孩娃塞给中士，又接过中士挑的一兜儿东西。

“是个女娃……”

中士猛一下扔掉肩上的杆棍，把女娃抱紧了，如箍在怀里。女娃在他胳膊中挣着哭唤。

妹妹瞪一眼女娃，前走两步，又回身捡起中士扔的柴杆儿，回家了。

中士跟在妹妹身后，盯着妹妹的腰脊。

她的腰脊真弯了，些微地，隔着她的单布衫，能觉摸出她的腰脊节，一凸凸、一凸凸，如胡同路上凸起的泥峰。

妹妹的腰脊牵着中士进了新房院，一前一后，走得很沉。

中士入伍时也这样。他们兄妹路走得很沉。她前他后，一个牵着一个。新兵集合是在公社院里。一座新院，地上青砖，墙上青砖，房顶也压着青砖。青得人身上发冷。他们家离公社路远，一早起床，到临午才赶到公社。公社院里，连角落里也山堆着人，都是送行的，说话声煮成一片。中士和妹妹一进院里，到报到处签个名，妹就很不容易地找了个僻静角落，是在厕所墙下，臭，没人去，他们就往那里躲去，妹妹提着行李在前，他被妹妹牵着跟在身后。

那时候，妹妹和陈饼子已谋了面，算相过了亲。当时，陈饼子说我对你没意见，你呢？妹说，我思谋思谋再给你回话。相亲是在媒人三奶奶家。从三奶奶家回来，妹妹就问中士：你见过陈饼子家妹妹吧？中士说见了。妹妹问咋样？中士说她长得还水灵。妹说她没文化，不能读信。中士说那我就不给她写信。妹就直问：你对她没意见？中士说我没意见，不知你对陈饼子有意见没？妹说你对她妹没意见，我对他也就没意见。

如此，这门换亲就算初定，中士妹嫁给陈饼子；陈饼子妹嫁给中士。双方互不接送彩礼，从简办事。中士参军前，这些事情都议下章程，所以，一到厕所墙下，妹妹就望着中士，思想一晌才柔软开口。

“哥，我想向陈饼子家要些东西。”

“要啥？”

“衣裳，只要一身。”

“哥到部队给你买……”

“我想让他家买。”

“你今儿让他买，明儿她妹就会让哥买。”

“不会。明儿我嫁过去，就当了他们家的家。他妹会听我的，我是嫂。嫂如母！”

中士默了一阵，说随你吧，想要几套你就向陈饼子要几套。然后，他就坐在行李上，搭眼望着山堆的人群。人群中有人扯嗓，叫说开饭啦！开饭啦！接下人群就朝公社后院开动。就有人从那里端着馍菜回来。馍菜都是不要钱的。那菜又打得满，馍又白又大，要几个给几个。中士一连往后院跑了三趟，端回三大碗菜，拿回十二个白馍。菜他们吃了，馍全装进妹妹提的一个兜里。

“够吃几天了。”中士说。

“十天我也吃不完。”妹说。

“我再去拿一趟。”

“人家会认出你。”

“不怕。”

中士又往公社后院走去。那里人蜂拥着不动。拿馍的人往外挤，空手的人往里挤。武装部的一个干部，柱子般竖在台阶上，敲着锣似的哑嗓：都改革开放了，你们谁家还像前几年？别抢别抢！这是馍，不是金子！喂——王师傅，新兵来发馍，家属一律不给！一律不给！

人群只管突围涌动。

一个接兵干部站到台阶上。

“不像话！我接过三个省的兵，就你们县不像话，连吃饭都抢，还配当军属呀！我看你们送孩子参军就是为了混饭吃，为了部队的白馍米饭！”

立马，寂静像山样盖在了人群头上。

有人又把拿到的馍扔进了馍筐。

人群开始无趣地散去。一刻工夫，公社后院就冷落下来，剩工作人员、公社干部零星竖在各处。中士赶巧在接兵干部身下站着，两手空空，样子可怜兮兮。

干部问：“你没吃饭？”

中士说：“没。”

干部问：“一点没吃？”

中士说:“挤不进来。”

接兵干部亲手拿了两个馍,端了一碗菜递给中士。中士接过菜,只要了一个馍。

干部又把手里的一个馍递过来:“拿去。”

“够吃了。”中士说。

“给送你的家属吃。”

“他们带的有干粮。”

中士说着,径自转身走去。接兵干部拿着馍待一阵,向前追了几步,拍下中士的肩膀道:“到部队后我们连队要你,新兵连训练结束,分兵时你找我。”

这接兵干部就是中士后来的指导员。

把馍菜端到厕所墙下,妹妹等急了,说你真是,为了一个馍……中士笑着,瞅瞅四周,把馍装进妹妹兜里,把菜倒进厕所,出来又把三个碗、三双筷一并收拾起来,趁人不备,塞进妹妹的馍兜,把兜口牢牢扎死,提一下重量,轻轻放到墙角,对妹妹说:“有个当官的看上我了,让我到他连队当兵。”

妹一惊:“你学好,让他给你提干。”

中士很自信:“最少不愁入党。”

妹说:“当官了,你就别回来,在城市立家。”

中士说:“不。我得回来当支书!支书土皇帝,比在外当官强。”

中　篇

妹家房砌出了气势,高高大大,洁洁净净,满房角落都还未生蛛网。青色砖,青色瓦,像青色的天。两扇黑门上,刻了两个“福”字,金金黄黄,如两个硕大铜钱。屋里后墙下,压着一张条桌、一张写字台。桌上扔有线筐、干馍、粉丝、洗脸巾、书纸、线坠、布条和灰土,墙上贴有当年的美人日历画。有一张是刘晓庆。他觉得刘晓庆的嘴有些歪，可排长说刘晓庆美就美在嘴好像有些歪，其实并不歪。中士想看看刘晓庆的嘴到底歪不歪，就把目光搁到画中人的嘴角上。

他凝视着刘晓庆的嘴。

妹说："你看啥？"

他说："不看啥。"

妹说："我去给你烧碗茶。"

他说："我不渴……烧一碗也成。"

妹走了，入了灶房。他和外甥女待在屋里。外甥女在地上爬着，不断捡草棒啥儿在手里耍弄。地上铺有砖。砖上很净，除有薄薄的灰土，没别的脏物。妹在灶房拉风箱的声音，如从遥远的地方传来一般陌生、一般神秘。他把钢笔拔下，让外甥女当玩具耍着，就搬凳来坐到门口，背倚门板，望着妹妹。妹妹一伸一缩的肩膀，如黄牛耕地时扎进土中的尖犁铧一样起伏、起伏。她早先的黑发不见了，如今散在后边的又黄又稀，如秋旱的谷苗。

中士盯着妹妹稀疏的头发，可着大嗓儿问："哎——你的头发，咋……变啦？"

妹妹没回头，隔着院落答："坐了个月子，脱了半头发。"

中士心里悠一下，不再说啥。

妹也不扭头地问："你入党没？"

中士不扭头地答："没。"

灶房的风箱突然不响了。中士想扭头看一下，可又不敢扭。

"真没入党？"

"真没入党。"

"回来带了多少退伍费？"

"眼下还有九十七块钱。"

突然就奇静。灶房连一点响动也没有。上房的外甥女将笔插在嘴里咬。院里有鸡，无声无息地朝门外摇摆。中士盯着屋里的晾衣绳。那绳上有六只蝇子,三只小的背着三只大的,一行等距离拉开,间隔二寸左右。一会儿,又飞来一只,显得多余,就围着那绳儿兜圈,嗡嗡声孤独得可怜。它飞动时,翅膀扇动得如没有扇动,快极。中士看了一阵,起身摇了一下绳子。那三对蝇子被他赶走了,飞声嗡响。

"陈村有一个当了一年兵,又入党又立功。"

看不见妹,但又响起的风箱声和她的嗓门儿一样大。

中士盯着飞走的蝇子,大声说:"立功又咋样?不立功又咋样?都一样。"

妹在灶房也大声说:"乡里民政干部说,立功的回来可以优先划一块宅基地,不要宅基地的奖三百块钱。"

中士怔一下,目光硬着。又落回绳上的蝇子一动不动。

本来,中士是可以立个功的。可中士没有立。中士在连队人缘不坏,好事也积极去做,当新兵时还把扫帚压在枕头下,一早号不响,他就把弹药库院落扫了一半。每次连队表扬人员名单中都不少中士,第一年他就被嘉奖两次。嘉奖一次有十块钱奖金。拿到那十块钱时,他觉过意不去,用五块钱买了三盒烟,一斤酥糖,给排长送了一盒烟,大家把余下的烟和糖均分了。年终总结时,都觉中士大方,又评他嘉奖,他又用十元奖金,买了两盒假"阿诗玛"烟,排长独抽一盒,大家共抽一盒。那是全排人第一次抽云烟。无不感谢中士。

这为中士立功打下了基础。入党,中士不敢想,排里还有七八个非党人士的老兵,他们都写过十几份入党申请。中士计划:入伍头年嘉奖,二年立功,三年入党,四年回家当支书。当不了支书就当支部委员也行。

入伍第二年,中士成了老兵,依然和新兵一样,兢兢业业,勤勤快快,一个冬天,少说能替人站三十至五十次夜哨。

那次立功机会,就是来自于替人站哨。

夜黑极。是时半夜两点,星月都一并沉失,天地一并混沌。弹药库扎在一道沟中，四周有铁丝网围着，狗猫也难从网中出进。排里人都落在鼾睡里。冬风嘶着嗓子叫刮，满世界都是风声，冷得人肌骨如冰。中士一点半下哨，可两点还没人来接。他正急，忽然听见弹药库前有异样响动，心中一惊，就蹑脚靠去。

枪是上了子弹的，他很怕突然一声枪响，就没把食指放入扳机环。

前边响动愈大，是铁丝网的交错声。

中士按亮手电筒。是装六节电池的大电筒。

晒在灯光下的是对父子，庄稼人，沟口村落的。他们手持抬棍，正欲把铁丝网下的蒺藜铁丝抬走。当初建筑这军事重地时，余下很多蒺藜铁丝，都被邻村百姓偷去，现在仅余岗楼前两盘。连长曾关照，抓到贼当以破坏军事设施罪上告地方法院，并给捉贼者视情况上报立功或者团嘉奖。

终于，由中士捉到了一对父子贼。

手电筒的光柱高极，那对父子在光柱中僵僵呆呆。

他把这对父子贼带到弹药库的一间旧屋里，想立马报告排长，天亮报告连长，可正要落下屋门的大锁时，那老汉却突然过来拉住中士的手："敢问小兄弟，你也是、农村人吧？"

中士说："是。咋了？"

老汉道："是，你就该知道庄稼人活在世上艰难，就不该把我老汉关在这里。"

手持着大铁锁，中士在门口呆呆不动。那时房里灯亮，中士脸上是黄土颜色。

"你咋知道我是庄稼人？"

"庄稼人的指头都又粗又短，关节老宽……"

中士看了看自己的指头，忽然发现原来自己五指是并不拢的，无论如何努力，都留指缝行行。他觉摸到一阵悲哀，把大锁挂在门上，瞟父子一眼，说："你们走吧……"

那对父子就默默走出屋子，脚步声很大。

“慢些，别惊醒别人。”

一提醒，父子立马蹑了手脚。

到哨楼下，父亲转过身来：“你叫啥名？”

中士淡淡道：“不叫啥名……你们要蒺藜铁丝有用？”

“盖房。”

“扎围墙？”

“打预制板，买不起钢筋，当钢筋打进水泥里。”

“要很多？”

“不多，只一间水泥房。”

说着，父子就跨过哨楼，走进了夜黑。临别，老头又回头说，他家住沟口第一家，门前有三棵大叶杨，请中士出沟时拐家喝口水。中士应道：你们走吧，以后别来弹药库这儿抓东捞西，别人捉到不会轻饶。可是当那父子走远时，他忽然又扯嗓叫道：“哎，等一下。”

父子站住。

他跑向前去。

“一间水泥房得多少铁丝？”

“一二百斤。”

“这蒺藜丝行？”

“锈些，能用。”

“回来吧，你们把那捆抬走一半。”

父子死立不动。

中士道：“我说的是真话。”

“算啦。”老头说，“不给你摆难。”

“没啥儿难。”

“万一别人知道……牵累。”

“不牵累……我们一个排的兵全是从农村来的，谅解。”

“人多心杂。”

“回来吧，抬一半，留一半。”

中士先自转身回了，打亮电筒，把夜黑推向远处。到那捆蒺藜丝前，他用脚踢踢，慢慢翻起一半，钳断，帮父子抬上肩去。

“够吗？”

“差不多。”

“走吧。”

“你是好人。”

“让人知道我就不能入党啦。”

父子朝中士点点头，抬着走去。几步后，中士灭死手电筒，夜黑水样朝他卷来。冷丁儿，好像有东西朝他飞来，打在他肚上，又落在地面。亮灯一看，是烟，开过包，省内最时兴的“喜梅”牌，不带嘴，七角五一盒。里面仅还有一支。中士将烟装兜里，来日给排长吸了。

妹妹端上来的茶是荷包蛋。他吃妹妹烧的蛋时，妹在整理桌上杂物。她是年二十岁，已做了三年人妻，一年母亲，动作比三年前麻利许多，没了早先姑娘模样，好像她已懂四十人生。

整完桌子，她旋过身来。

“你得结婚哥。”

中士咽下一口鸡蛋，望着妹。

“我也想结婚。”

“饼子妹回来你要对她好。”

“饼子呢？”

“和他妹一块儿下地了。他妹在村里有个相好哥……”

中士猛抬头，目光硬在妹的脸上。荷包蛋碗里的水漂着蛋白，如水中荡着舟船。外甥女嘴里吃了两唇绿色，仍在吃。晾衣绳上有七只蝇子，钉在绳上不动，如一线拉开的七滴墨点，黑黑亮亮。妹手里拿着线坠，一圈一圈往手上缠着纳鞋绳。

“她那相好……好？”

“家里有钱。”

“陈饼子不管？”

“打过她。”

“我要结婚她同意？”

“我劝……不过你要立功入党就好了。山里人图名利，家里没钱，你有个虚名也好些。”

中士灵醒了，妹觉他是两手空空。似乎，也果真是两手空空。服役三年，他不知获过啥。现在想来，是该有些收获才好，入党、立功、英雄、技术等等，七七八八，他一样没有，一样也没有！不过他曾经有过。他放走了立功之机。

蒺藜丝被抬走来日，他一起床就看见排长站在那少了半盘的蒺藜丝旁。中士熬不住自己心中有鬼，于是，忙过去把那支“喜梅”烟递上。排长叼着烟，中士点完火，把半截火柴装进口袋。然后，他把事件的前前后后、枝枝梢梢，扎扎实实向排长述说一遍。那当儿，日正东升，满山红亮，乌鸦唤着在弹药库上空箭飞。排里的新兵老兵都在做队列，太阳在他们脸上浇出青红。排长吐出的青烟在阳光中缓升。墙壁上“严禁烟火，准备打仗”八个漆字已经剥落。有次连首长来检查工作，指导员说字要刷新，连长说费钱，那字就接着一日一日往旧处走去。听完中士的汇报，排长烟没吸完，就抬脚拧灭在鞋底。

“你真他妈农民！”排长盯着中士说。

那时候中士还是下士，他被排长骂得懵懂。

“这号事你不说就只有你知道，你一说我就知道了。我知道我就不能不向连队讲。不讲责任就落到我排长头上了。”

就这么，排长就要去给指导员打电话。转身时，中士盯着排长的手关节看了一眼，发现排长指头节不大，指头细长，是一双弹琴的手，心里就骂了句操他娘排长，然后轻声叫：“排长……”

排长回过头。

“你下过乡……该知道庄稼人的苦。”

“我是军人，你他妈的也是军人，要知道这弹药库边上一根狗尾巴草也属军用设施。”说到这，排长莫名其妙地一笑，“去吧，把那半捆蒺藜丝弄回算是没事。”

“非要要回来？”

“现在全师都在抓军用设施安全检查。”

奈何不得，天黑后中士到沟口村，找到三棵大叶杨下的院落，讨回了那半捆蒺藜丝。

事情就算了结。

岁月悠悠，一日日晃着过去，早馍中米晚面条，弹药库如一户人家无二，日夜操练站哨，不断反复，直到年底都十分平淡，既无事故，也无故事。可到了来年一开春，天气转暖，百草生发时候，鸟雀都显出精神，人也随气候活泼爱动，师政治部就寻找事情去做，跟着就发生了故事。

一日，连队来电话，让中士回连部一趟，指导员有事找他。

指导员就是当年接兵给中士端菜递馍的那一位。中士接到通知，从哨楼出来，略加整理，就匆匆下山出沟。太阳金子般在路上铺着，杂草小花在阳光中翘头张望。中士步子快极，一步未落一步又起，到太阳正顶时赶到连队，找到指导员。指导员很和蔼，在中士肩上拍几下，说你是我接来的兵，关心不够，不过把你放在山上守库也是一种考验。随后指导员给中士倒了一杯白开水，给自己泡了一杯茶叶水，接着说师政治部提出两个口号，叫“视军营如故乡，像热爱故乡那样热爱军营；爱设施如眼睛，像热爱眼睛那样热爱设施”。说政治部要在这两个口号的要求下，成立个“我爱军营”演讲团，上半年讲遍全师各个连队、哨卡，在全师掀起一个关心部队、建设军营的高潮。最后，指导员拉开抽屉，从文件夹中拿出一份材料笑了笑，对中士说：“你给我们连队争光了，我得代表连党支部感谢你！”

中士脸上结着很厚一层僵傻。

指导员把材料递给中士。

原来是一份演讲稿，十多页，题目是：“只为军营建设，不为金钱名利。”中士仔细看了一遍材料，讲的是中士一天夜里站哨，发现一对父子贼，偷了弹药库的蒺藜丝。中士根据线索追踪，追到沟口村落，查到赃物，父子贼害怕事发，给中士递了一盒“喜梅”牌香烟，烟盒里有卷二百元的人民币。中士不为金钱所动，运走了蒺藜丝，保护了军用设施，等等等等，还有一些别的小事例。

看完材料，中士在指导员床上拧了一下屁股，将床单扭成皱团，把材料轻轻放在桌面，双手对搓一阵，又拿手在下巴上拔掉了几根黄胡子。

“指导员……不是这样。”

“你喝水吧……材料嘛。”

“不渴……那烟盒里只有一支烟，没钱。”

“没钱不是……放些茶叶吧？”

“不用放……我也没追到人家家里。”

“是你又把蒺藜丝运回的吧？”

“是。可不是当时追去的……”

“来来来，你还是尝尝我这毛尖，连长我都没舍得让他喝。”

“我真的不喝茶……”

“来吧！”

放进茶杯的茶叶漂浮着，不肯沉下，指导员用杯盖滗住茶叶，倒掉温水，又沏上开水，那茶叶立马就舒展开来，一片一片，嫩黄如韭，慢慢朝杯底沉去。中士数过，指导员统共给他放了七片茶叶。七片茶叶水就转绿了。

熬不住指导员的热情，中士端起了茶杯。

“茶叶味不错吧？”

“行。”

“征兵时我没去你家，也是山区？”

“是。”

“这次你们演讲，要串几个城市，还有省会，省会有个连队在施工。”

“我不能去讲……”

“别傻。”

“我心虚。”

“习惯就好了。”

“指导员……”

“有我，你就别怕。”

“……”

“要想到，机会难得。”

“讲多长时间？”

“反正每个城市都要停几天。”

“我心里……会发慌。”

“老兵了，该多经历些事情……入党申请交过没？”

“写过三份。”

“一般演讲团成员，到最后是党员就记功，不是党员就入党。事迹动人的还立功入党一块儿来……”

“有些事……排里都知道。”

“这关系到我们全连荣誉，团里报了十二份材料，十五个典型，师里就选你一个。”

“啥时开始讲？”

“今天你就开始背材料，练普通话。下月到师里集中……”

下　篇

陈饼子和他妹回到家已是午时。饼子荷锄在前，人刚入院，媳妇就在灶房唤：“来客啦。”

“谁？”

“孩娃舅。”

这当儿，饼子妹刚入大门，听得唤，脚步一淡，轻轻卸下锄头，就扭转身子，退回大门外，朝村落深处走去。听说是孩娃舅——妹夫来了，陈饼子傻了一下，明白时，妹妹已经没影，只好独自往上房走去。

中士正在屋里闲坐。

“回来啦？”

“回来啦。你收工啦？”

“收工啦。”

闲谈几句，彼此就没更多话讲。中士初见陈饼子，着实猛吓一跳，三年不见，他忽然苍老许多，算来长中士两岁半，无非二十六岁，可似乎已三十有五，脸上的纹络、肉色，都如是一个黄土世界。看着那张脸，仿佛能看见人的晚年，很叫人感到岁月凄哀，光景难熬。陈饼子坐在中士对面，凳子在他身下不断吱叫，似乎受不了他的压迫。看着他不时扭动的身子，中士想该找些话讲，就问地远吗？陈饼子说不远，几里山坡路。又问蜀黍长得可好？一般，陈饼子说，妈的天旱，有几块责任田上不了水。说起庄稼、土地、气候，二人就有了话题，一问一答，问问答答，很能谈到一块。到末了，中士说，做点生意不？饼子说不做。中士说改革搞活，不做生意日子咋能活顺。饼子就苦笑一下，说卖过一次西瓜，遇到连阴雨，全赔了！中士替陈饼子叹口气，说生意有赔有赚，再卖别的。饼子说生来就不是干那行的，不能勉强。最后，天气、庄稼、生意都谈完了，二人就默在闷中，久久不语。实在持不下去，陈饼子就熬出一句问话，把话题深入了。

“你回来，能当大队支书吗？”

“不能。”

“大队别的干部？”

“也不能。”

“咋了？”

“我不是党员。”

“部队，入党难？”

“不难。”

“不难你咋不入？”

“没啥大意思。”

“照说……党员也不能当饭吃、当钱花，可回来当个干部……总归是好。”

眼下，中士也觉到，入党总归是好。可那当儿，他自己就那么轻易放弃了。

在师“我爱军营”演讲团整整待了半年，来往于两省七县之间，游览了七座城市，七个县城，共作报告一百九十一场次，连最边远的一个哨卡，共有三人驻守的地方他们都去了。好几家中央级报纸登了他们报告团的消息、简讯，军区报全文登了他们的演讲稿。军区最高首长在一次偶然机会中听了他们的报告，说这种形式好，很能教育部队，明年要在全军区掀起爱部队演讲热潮，于是，师政治部整了一份八千字的经验材料，军区加了按语，作为文件转发了各部队。

中士从演讲团回来时，体重增加十四斤，皮肤不再粗糙，指关节不再粗大。

回到连队，团政委、营教导员、连指导员陪他吃了一顿饭，八个菜，三个汤。首长们有兴致，喝得舒服，没人醉。最后，政委交代指导员，打个记功报告交到团里去；教导员交代指导员，让中士填份入党申请表报到营党委。

功成名就！

当天，中士买了一条云烟，三斤小糖，提着回到排里。那时，日已落山，弹药库周围一片红光。排长接了指导员电话通知，去路上接他。一见面，中士从挎包中取出烟来，折断五包，递给排长，排长没接。

“戒了。”

“戒了？”

“上边有个号召，让干部带头戒烟。”

“那你吃糖。”

“儿时虫牙，不敢吃糖。”

中士觉摸尴尬，一路回去无话。到弹药库时，哨兵在哨楼下游转，刺刀尖上挑着一点阳光，每走一步，那阳光就随着放大缩小。过门时，排长点头过去，哨兵未理，待中士过门，哨兵却双脚靠拢，磕出一个正规军礼。哨兵是四年老兵，上士。中士想还礼，觉不妥，说：“你给我敬屁礼。”

“你是英模嘛。”上士哂笑道。

中士脸上一阵燥热，默默提着挎包进屋。大家正在闲坐，看中士回来，有的站起，有的一动不动，有人说：“哟，回来了模范？”有人说：“我们训练瘦了，中士你倒演讲胖了。”有人说：“军功章拿出来让咱瞧瞧。”情势大有不敬。

觉得突然没趣，似乎失了人心，中士冷丁儿感到，没意思。啥意思也没有。他的床上，扔满了旧报、破书，极狼藉。早先大伙休假，回来前床都整好，被子晒得暄软，宾至如归。可他走了半年，回来了，床上散发潮味，竟无人问津。不消说，大家对他已另眼相看。他感到难受，想拿出烟来弥合。外面集合哨响，大家便蜂拥出去，把他一人留在屋里。

好孤单！

排长在队列前说中士回来了，连党支部号召我们守弹药库的全排战士要学习中士，把军营当故乡，像建设家乡一样建设军营；把设施当眼睛，像爱护眼睛一样爱护设施。要争取再涌现一个中士、十个中士，中士层出不穷……

中士难受，提着挎包径自走进饭堂。饭食丝毫没变，晚饭依然面条。一个饭堂三张饭桌，每张桌上放了半盆面条，热蒸气徐缓升腾。中士取出烟糖，在每个盆边放了两盒云烟，一斤小糖。

开饭时，排长在饭堂宣布，说中士载誉归来，请客，大家自由抽烟一次，不能抽烟的吃糖。

吃饭时饭堂鸦雀无声，无人抽烟，也无人吃糖。

饭后，每张桌上仍放着两盒云烟，一斤小糖。烟未开盒，糖未拆包。

中士默默闷在饭堂，一人孤着，仿佛被人遗弃。许久，排长叼烟过来。

“不要介意……大家在家训练很苦。”

中士说：“我不介意排长……”

排长说：“知道吧，沟口村落那对父子被地方派出所查了三天，罚款三千元。交不起钱，把盖房子的砖瓦卖了。”

怔着，中士心里很凉……

时过三日，指导员到弹药库开了个会，在会上宣布给中士记三等功一次，而后，取出入党申请表在空中晃晃，说不仅如此，还要发展中士入党，说党的大门是永远朝优秀士兵敞开着。讲完话，指导员鼓掌，大家就鼓了掌。指导员说再鼓掌，大家就又鼓掌，指导员说散会，大家就散了会，懒懒回屋。

会后，指导员和中士在排长屋里谈话。

指导员说：“祝贺你。”

中士无言。

指导员说：“你给我们连争得了荣誉。”

中士又无言。

指导员说：“不仅是连，营团都觉光荣。”

中士仍无言。

指导员说：“政委说，团里十年没出过这样的模范。”

中士还无言。他在看一张去年的旧报纸。

排长说：“中士，连首长跟你谈话呢。”

中士没抬头：“我听着哩。”

指导员说："你要发扬成绩，保持荣誉。"

中士说："屁荣誉。"

指导员说："不居功自傲是对的……"

中士说："我会像先前一模一样地干工作。"

指导员说："你是旗帜，要比以前干得好。"

中士说："屁旗帜。"

指导员说："要经得起别人的嘲讽。"

中士说："没人嘲讽。"

指导员说："你怎么回事？"

中士说："没怎么回事。"

指导员把立功卡片和入党申请表拿出来，摆到中士面前，说："抓紧填一下，我下午带走。"

中士把卡片和表推给指导员。

"够我的了，再要就多余。"

"什么叫够？"

"我跑了七个城市，重了十四斤，这就够了。"

"别脑子发热。"

"以前我脑子发热，现在不热了。"

"你是说你不要功，不入党？"

"我条件不够。"

"你再想想，要慎重。"

"眼下我很慎重。"

指导员咬了一会儿嘴唇，在屋子踱了几圈，把排长叫到一边，说这事情影响太大，中士怎么会变成这样，真不可思议，让排长和他谈谈，就先自出了屋子。

屋里仅余中士和排长。

排长说中士，你真的不立功入党？这可是大事。中士说排长，没啥大意思。排长说中士你会后悔的。中士笑笑，狗屁。排长也笑笑，说你真他妈农民！中士就很认真，说我眼下就想退伍，想成家过日子，做点小生意，种种责任田，生个男娃女娃，享享天伦之乐，日子过好了，带着媳妇娃儿到城市看看。排长又说，中士，你真他妈农民！

吃饭时候，饼子妹仍没回来。

饭桌上摆了几样菜，热气渐次散尽，变得不热不温。陈饼子说，我们吃吧。中士说再等等。又等一阵，中士妹抱娃回来脸上挂着不快，入屋就对着陈饼子道，你妹在四婶家正吃着。中士坐在桌前，脸上凝了一层木然，说饼子哥，那我们就吃吧。这时，陈饼子觉脸上难以挂住，不言声，独自出了门去，找妹。

屋里些微热着，妹向中士递一把蒲扇。

“早些时我嫁就该把他妹娶过去。”

中士抬头看妹，喃喃道：

“那时她小……”

她闷了一阵，猛地抬起头来。

“哥，你想啥时结婚？”

“想是快些为好。”

“他妹回来你就直讲，要不干我抱着娃儿随你回家，让他们兄妹在这儿待过。”

中士手里的蒲扇不摇了，竖在手里。

对于结婚，中士渴念已久。指导员把记功卡片和入党申请表拿走后，他心就空了，如拉完货的空仓。一日站哨，太阳热大，他去脸上擦汗，唇上有样东西猛挂一下手指，他心里一动，又去摸唇，又挂一下，如此他突然灵醒：我该结婚了。

下哨，中士到床前对着镜子，发现唇上的东西不再发黄，而是乌黑，就着实惊了一跳。他依稀记得，似乎昨天那东西在他唇上还黄绒毛般瘦草一层，可今儿却突然黑森森了。还有下巴，原来似乎没有，今儿却也茸茸蔓蔓，如一岭幼林。

该成家过日子了，中士想，到了年龄！

这当儿，也就是说话之间，到了十月，突然部队精简，部分士兵要秋季退伍，指导员到弹药库搞了退伍前教育，中士就找了指导员。那时候，晚饭过去了，日还西高，山坡上红着一层光亮，秋草在红色中显得精神，晃出窸窣声响。风向南北，从指导员正面吹来。指导员绕弹药库散步一周，到那父子贼偷的一盘蒺藜丝前，淡下步子，站着不动时，中士走了上去。

“指导员，我想退伍。”

指导员望着那已锈得不成形的蒺藜丝，慢慢转过身来，上下晃了中士一眼，笑笑说：“其实，这铁丝堆着，也他妈废了。”

“公家的东西，”中士说，“终归是公家的东西。”

“是该这样。”指导员问，“你刚才说啥？”

“我说我想退伍。”

“你开玩笑？”

“真的。”

“真的？”

“真的！”

指导员把目光戳在中士的脸上，手扶着铁丝网的柱子，脸色渐渐纸白。

“你不要感情用事。”

“我想了很长日子……”

“过几天报纸上要登一篇挺长的人物特写，写你居功不傲，不立功，不入党，严格要求自己，主动要求组织对自己继续考验的事迹。文章出来，会在全军产生很大影响。”

“我不想那些。”

“你是老兵，道理越懂越少。”

“我就想回家结婚过日子。”

“你想过没有……事情闹大，你有可能破格提干，转志愿兵是百分之百。根本问题一解决，让我爱人在省会给你介绍个对象，过日子……过日子就最该人往高处走！”

中士不再言语，把目光投向远处。远处风光清爽，落日恋着山坡，碧青的玉蜀黍苗挂在田里，锄地的男女，在苗间横着。他们偶尔直起腰来，如竖起一截短柱。从那里还飘来歌声，隐约可听见几句，是“岭上独开花一朵，不知风吹落哪坡，哪坡有谁房和谁地，该找哪样好小伙”。后来，风向一转，歌声就没了，只留下劳作剪影和草坡上挂着的群羊。

等一阵，指导员说：“做事要三思而行。”

中士终于把目光招回：“我定了！”

“不走？”

“走。”

“你会后悔！”

“不管它，我退伍回家种地去！”

再就没啥可谈，指导员一脸灰色的惘然，叹口气，蹲在地上，捡根草棒在地上画着，问中士有烟没？中士说没。指导员就盘起双腿坐坐，又把自己放倒舒展在草地上，尽量把腿和胳膊拉长，仿佛要使自己尽量高大。他盯着余晖下的片片红云，过了很久。又过了很久，还过了很久。最后翻个身，眼微微眯着，似乎睡着了。太阳落下山去。弹药库周围温凉适宜。中士看见有个小虫沿草朝指导员爬去，他想去捉虫，刚蹴下身子，指导员却突然睁开眼来说：“退你就退吧，今年转业我也走。”

这时候，排长从哨楼那里摇来，他们三人就那么都躺在草中，静默悄息，直到黑天。

吃饭时候，饼子妹终于还是没回来。

陈饼子找妹回来说，妹快吃完了，一会儿就回，我们先吃。大家就只好吃了。饭中，都不言声，只陈饼子喂女娃饭时，女娃哭了几嗓，中士妹一把从陈饼子手中抢过娃儿，将奶子塞进女娃嘴里，就都又复归静寂，中士妹没有吃饭。陈饼子吃了一个烙馍，未吃菜。中士吃了几筷青菜，未吃馍，就都不吃了。

陈饼子说："吃菜。"

中士说："不。吃啦。"

陈饼子说："再吃点。"

中士说："饱了。"

中士妹就收拾了桌上馍菜，碰得碗筷叮当。中士和陈饼子就都听着不吭。空气很沉。

一应收拾完毕，左等右等，仍不见饼子妹回来，中士就知事情严重，脸上熬受不住，难色加重起来，灰灰的，红红的，像一张秋叶。陈饼子只管吸烟，把屋里吐得云翻雾罩。最为难的，自然首当中士妹，一边是哥，一边是夫，坐在门槛儿上，奶着女娃，瞅瞅这个，瞟瞟那个，最后思量一番，中士毕竟是哥，且事有契约在先，就把目光刺到男人脸上。

"你妹到底回不回?！"

陈饼子用力抬起头来，瞧媳妇一眼。

"她说她一会儿就回。"

"现在天都快黑了！"

"我再去叫她？"

"她不回来和我哥见面我立马就和哥一道回家……还没提到成亲就端了山大架子。"

中士想说句啥，动动嘴，没吱声，就燃了一支纸烟，抽着。

陈饼子把目光弯在地上，拧灭烟，将烟头扔进口袋，勾着头出了屋子，又去找妹。望着他的背影，中士妹站起身来，骂了句不凭良心，就疾步进了里屋，不知干啥，把桌子、箱子、柜子翻得山响地裂。

一个人余在屋中，中士忽觉没趣。一切都没趣。

一切的一切，没趣。

都没趣！

退伍时，指导员、排长、弹药库的士兵，除了一个执勤站哨，大家伙把中士送到沟口。那儿有汽车等着。汽车载着早晨的阳光。中士空手被人围着朝汽车拥去，脸上一片光芒，心里却码满了方方正正的哀伤。他口袋里塞了退伍证、退伍费、团员证和退伍军人回程介绍信。上车时，有个兵哭了。那兵在中士的上铺睡，中士一走，把下铺送给了他。他哭时鼻子一抽一抽，声音响大。指导员见了，说铁打的军营流水的兵，有啥好哭。排长说想哭就让他哭嘛，随他！中士想哭，觉得没意思，就没哭。就和大家一一笑笑。笑得很灿，和阳光一样照人。对排长笑时，排长说看来你是真心想走，中士说，年龄大了，该成家啦，你们都有家。

最后，中士爬上汽车，把行李砌在车头，到后厢板边和大伙一一握手告别。握到指导员的手时，指导员不放手，盯着中士的脸。

"要不想走……还来得及。"

中士捏捏指导员的手："想走。"

"你准会后悔。"

"不会。"

"今天你的事迹报上登出来了。"

"管它。"

"给你寄一份？"

"没用。"

"也许能帮你安排个工作。"

"我只想种地、过日子。"

指导员拧着眉毛松开手，中士又接着和大家一一握手告别。握到排长时，排长说你结婚来份电报，我们全排人给你送份礼。中士笑说谢谢，排长说是真的，中士说我来电报。排长说农村时兴跑计划生育，你头胎要生个女孩，二胎快生时，没地方去，就找个借口来咱们弹药库住些日子。中士一听这话，就哭了，握着排长的手软得没丝毫气力。

眼下，中士啥也不想，只觉没趣。啥都没趣。

陈饼子从三婶家回来了，入院时他背佝着，头压在地上，步子走得拖沓。中士妹从屋里出来，见他妹没有回来，就拦在屋门口。

“你妹哩？”

陈饼子立在院里，不语。

“你妹哩?！”中士妹又问，声音很高。

陈饼子看媳妇一眼，忽然，不言不语，就蹲在地上，双手抱头，两眼盯着地，仿佛有什么东西要塌下砸到他的头上，任媳妇如何厉声、如何问话，就那么不答，就那么谁也不看。中士妹见男人这般猪样，胸脯气得鼓胀，几句骂话出口嘴上就有了白沫。

中士过来拉着妹：“你看你成了泼妇。”

她看中士一眼：“他家人不讲信用！”

中士把妹推到一张凳上：“我走啦……”

中士妹回屋提一个包袱出来，盯着男人，说：“你过来！”陈饼子就慢慢起身，慢慢走来，萎缩在门口。“我哥要走，”她说，“你妹不回来，你把事情说个明白，我整了东西，不行我就随哥走。”

听了这话，陈饼子看一眼媳妇包好的衣物，汗立马挂满额门：“三天后……我把妹送去，现在，找不见影儿，躲了……”

中士妹看着哥。

“算啦，”中士说，“你给一句实话陈饼子，你妹是不是连见都不愿见我？”

看一眼媳妇，陈饼子说：“她是……”

中士问：“为啥？”

陈饼子说：“她相好家有钱，给小学捐盖了十间房子，是全县典型，入了党，还要当支书。”

中士不再吭声，到桌边把罐头、小糖、杂食掏出堆在桌上，回过身来，对陈饼子道：“你给你妹说，婚事算啦，我不勉强她。”说完，就提着空袋，大步走出屋子，朝大门外走去。

中士妹抱着娃儿，挎着包袱，跟在他身后。

陈饼子僵在门口，喊出一句话来：“娃她舅……”

中士立下，回过头来，见妹跟在身后，立时怒冲脸上，说你干啥？妹说我随你走。中士说你疯了！妹说我走他妹才会嫁去。中士就盯着妹妹看了半晌，咳了一下嗓子，说：

“我能娶下媳妇，比她妹好的……”

中士妹凝视着哥哥。

陈饼子说：“要么、你成家花钱、多多少少、我出。”

中士笑笑，说不用，我有钱，然后，从妹手里要过包袱递给陈饼子，说妹你好好跟饼子哥过日子去！就出了大门，不等他们灵醒，又将大门严严关了，大踏步踩进了村胡同。

中士离开陈村，太阳已经偏西。山梁上染着淡淡红光，玉蜀黍的藻味香味阵阵扑来打着他的鼻子。翻过沟河，他对着落日撒了泡尿，就沿着来路回家，想太阳将落了，又过了一天，若还在弹药库，该是吹哨吃面条的时候。

（《小说月报》1991 年第 6 期选载）

天天都有大月亮

裘山山

一

若云站在队伍末尾，等待着更换登机牌。飞机票竟是一张像发票一样蓝色的薄纸。她把它夹在工作证里，生怕撕破了。大厅里虽然有不少人，却没什么嘈杂。天还黑着，人们用未醒的睡眼盯着窗口或漠然地互相打量。

又一辆车停在门口。若云听到漆黑寒冷的空气里传来刹车的声音。一会儿，一个男人和一个女人走进来。男人放下行李，即转身对女人说：你回去吧。女人站了站，把手上的一网袋水果交给男人，说了声：那就祝你一路平安了。

若云把这句话带进耳朵，就不再去注意他们。她想着自己的心事。她的心事很重。

四个带孩子的年轻妇女从若云面前挤过去，若云侧身让了让。在招待所等机票时她就见过她们。几个小不点儿的孩子轮番哭闹，让人又可怜又心烦。眼下她们不时地弯腰，将行李一点点往前挪。没有男人帮她们。她们要这么一点点地挪到西藏去。怀里的孩子已经醒了，眼睛看来看去，不明白又到了哪儿。

若云知道这是些进藏探亲的军人家属。只是不理解她们为何要在冬天进藏。听说冬天的西藏比夏天更缺氧更难熬。她真为她们犯愁，孩子进去受得了吗？

不过犯愁的同时，她又涌起几丝庆幸。幸好自己已经下定了决心，不然将来也要步她们后尘的。

若云不为人察觉地舒出一口气。

候机室的长椅上，三三两两地坐着来得更早的人们。若云一过安检门，就发现这儿更静。她拣了张没人的长椅坐下，放下手里的箱子和大衣。

大厅的落地玻璃窗外，天依然是黑的。若云看看表，离起飞还有半小时。她拿出一个面包，无滋无味地嚼着。

这时她听见有人问话。

“你一个人进去吗？”

她抬头，是刚才晚来的那个男人。若云隐约瞥见他曾坐在自己的对面。他穿了件草绿色的风衣，微微俯身问她。这使她感觉到他个子很高。

“嗯，一个人。”

“有人接吗？”

“可能有，我发了电报。”

“到部队探亲吧？”

“……嗯。”

其实他根本不知道她要到西藏去。若云只是临行前才发了封电报。

高个子男人在她身旁坐下，伸手掏出自己的证件，似乎想让她放心。

“我也是部队的。”

红皮的军官身份证。她打开，看见了眼前这个男人穿军装的模样。一丝笑意也没有，像个盖世太保。鲁连军，三十六岁，中校，××部队副团长。

若云想，看不出他还是个副团长呢。她笑笑，把证件还给他。同时又想，幸好他和“他”不是一个部队的。

他们聊了几句，似乎很快就熟稔了。

这时响起了请大家登机的广播。

鲁连军说：“走吧，我来帮你拿箱子。”

若云说：“你的行李呢？”

“我都托运了。”

鲁连军很自然地拎起箱子，又抱起大衣，迈着很大的步子朝停机坪走去。草绿色的风衣在他身后微微掀起。若云小跑着，跟了上去。不知怎么，几天来忐忑不安的心境忽然就踏实下来，好像有了依靠似的。

飞机起飞了，很快进入了云层。若云望着舷窗外大团大团的白云，忽然觉得不可思议。自己真的一个人飞进西藏了吗？他看见她，会是怎样一种心情呢？

“饿了吧，吃点儿东西。”鲁连军在一旁碰碰她，他们很自然地坐在了一起。

她回过头来，很惊讶地说：“怎么，这儿也有空姐？我还以为军航上全是当兵的呢。”

鲁连军笑了：“你肯定还以为西藏跟南极一样冷，穿了羽绒衣还抱着大衣。是不是？”

若云不好意思地笑了，说：“箱子里还有毛衣毛裤呢。你怎么不吃？”

“我早上吃了两个煮蛋。”

若云马上想起了那个送他的女人。“那就祝你一路平安了。”公事公办的口气。是她煮的吗？

“你还没有告诉我你的名字。”

“我叫安若云，是幼儿园老师。”

“哦，安老师。”鲁连军一本正经地叫了一声。

“你别叫我老师呀，那都是孩子叫的。”

鲁连军开心地笑了。今天早上一进候机厅他就注意到了她。在绿色和杂色的人群里,她的大红色羽绒服十分醒目。脖子上是一条乳白色羊毛围巾。围巾衬托着的,是一张白皙秀丽的却又含着忧愁的脸。

鲁连军本来是从不主动与女人打交道的。他曾为此感到自豪。女人容易惹祸,这是他一向的看法。男子汉没有女人的柔情也能活,这是他这两年的看法。可今天不知怎么的,心里有些不对劲儿。特别是后来,他看见她一个人坐在长椅上,像个不敢乱走动的孩子。抬起眼来时,眼里满是孤寂。他就克制不住地走过去了。他想她也许需要帮助。

若云一边吃点心,一边看着舷窗外的云,又厚又白,好像有重量似的。那次她去北京,坐飞机从昆明起飞,就没有这么多的云。

"你很不简单。"她听见鲁连军说,"很少有女人冬天进去探亲的。你爱人一定会很高兴,很感激你……"

"不,我不是看爱人。"她忽然回过头来打断他的话,"我是去看……我的哥哥。"

"哦? 那你一定很爱你的哥哥了? "

若云不置可否地笑笑,用纸巾擦干净自己的嘴角和手。她不明白自己为什么要骗他。是问心有愧吗? 丈夫若是知道她进来的目的,可能会有一千种心情,但绝不会有高兴和感激。她真希望鲁连军不要再问了。但不知怎么,鲁连军反倒来了情绪。

"他是干什么的? "

"连长。"

"哦,安老师去看安连长。"

"不,他不姓安。"若云脸微微有些红,抬头看了一眼鲁连军,马上就转过脸去。她不敢去对视那双含着笑意的眼睛。

鲁连军没有再问。他忽然想起,十多年前自己第一次见到妻子时,妻子也是这样的。一直到他起身告别,她才抬起头看了他一眼,满脸通红。可是后来……怎么就像变了一个人似的呢?他轻轻地叹出一口气。

天渐渐亮了。若云从舷窗望出去,看见了红得耀眼的太阳,早上八点的太阳。机翼被映成了橘红色，像童话世界里的大鸟。

“真美。”若云喃喃地说。

“西藏就是这样，天总是晴晴朗朗的。白天太阳特别大，到处都是明晃晃的亮；晚上月亮又特别大，跟路灯似的。”

若云笑了：“从来没听说过把月亮形容成路灯的。”

鲁连军也笑了：“这是切身感受。每月到了农历十五那几天，夜里开会查哨就不用拿电筒。”

若云忽然说：“很辛苦吧，在西藏当兵？”

“没什么，习惯了。我们不在最边防，要好一些。嗳，你哥哥在哪儿？”

“岗巴。”

“噢，我们是一个方向的。不过从我们那儿过去，还要走一天。那儿相当艰苦，这会儿已经下大雪了。你真不该冬天进来。是他同意的吗？”

“怎么啦？”

“这个季节，你进去，他出来，都很困难的。我估计他根本不能来接你。”

“可是我……不想再拖下去了。”

鲁连军看了若云一眼，不明白她说的“拖”是什么意思。只见她眼里的忧愁又重新浮上来，一个去看哥哥的女人眼神不该是这样的。

他不再问了。

两人陷入了沉默。

飞机在贡嘎机场降落。

天果然很晴朗，空气中没有一丝纤尘，四周光秃秃的群山异常清晰地映入若云的眼帘。她的心情一下明朗多了。

的确不出鲁连军所料，若云的“哥哥”没有来接她。

若云站在出口处，两只脚不停地跺着。零度以下的气温正渐渐地摄走她从内地带来的热气。那双小巧的毛皮鞋已丝毫不起作用。

“怎么搞的？真是的。”若云又焦急又有些不满地嘀咕着。

鲁连军说：“不要抱怨，这是西藏。别说他一个连长不能赶来接你，就是我老婆来了，也得自己想办法搭车。”

“可我是第一次来呀，人生地不熟的。”

“也许他根本没收到你的电报。”

“我一个星期前就发了。”

“我再跟你说一遍这是西藏。”鲁连军发觉自己口气有些生硬，又缓和下来说，“你知道他来接你要走多长的路吗？”

“不知道。”

“起码要坐三天的汽车，三天！比你从昆明到成都还要远，懂吗？而且路非常不好走，说堵就堵。”鲁连军不明白自己怎么一说到这个问题情绪就冲动，是不是因为当初妻子也曾这样抱怨他？“不要怨他。”他又说。

若云不再说话，只是怨尤地看了他一眼。她奇怪他为什么会那么护着“他”，他们素不相识。

走出出口，路边停着十几辆大大小小的车。若云看见那四个带孩子的家属，正往一辆客车上挤。一个年轻军人让在一边，时不时地帮她们一把。不知她们是去哪里。

“那是军区的交通车。”鲁连军说，“要是没有车接，咱们也坐那个。到了军区再想办法。”

忽然，鲁连军发现了自己团里的车。

司机迎上来说，他是前天送政委来军区开会的，政委叫他等两天，正好把他接回去。

鲁连军高兴地对若云说：“看，咱们运气还不错。可以直接回部队了。”

若云站在那儿，脸上依然是发愁的模样。鲁连军有些心软，很温和地对她说；“放心吧，在没和你哥哥联系上之前，我不会不管你的。”

二

汽车在腾起黄尘的土路上奔驰。

若云无论如何也没想到，西藏是这样的。过去她只知道西藏苦。她是从他那一年比一年粗糙黝黑的脸庞上看出来的。可却不知道西藏是这样的冷硬、荒凉。起初她还有几分新鲜，但渐渐地，她就被那连绵不断的几乎毫无变化的光秃秃的山峦以及迎面扑来的寸草不生的沙砾地震慑住了。她觉得他们像是行走在没有生命的星球上。

她忽然想，他每次离开她后返回部队，就是走在这条路上吗？他是一种什么样的心情呢？

鲁连军坐在驾驶员旁边，不时地扭过头来对她说："你最好闭上眼睛睡一会儿，不然晚上会难受的。"

若云摇摇头说："我不困。"

这是辆北京吉普。不知跑过多少路了。车门在颠簸中发出响声。车里一直弥漫着腾起的黄尘。若云抹了一把脸，白皙的手掌上就沾了一层黄黄的细末。渐渐地，她开始头晕了。心里也不好受起来，想吐。她把手按在胸口上，轻声问："还要开多久？"

鲁连军说："这才开了三分之一的路，还有五六个小时呢。"

若云暗暗抽了口冷气。

"怎么，不舒服？"鲁连军回过头来。

若云摇摇头。可还没说出什么，就抑制不住想吐了。鲁连军刚喊出"停一下车"，她就哇的一声吐在了车里。飞机上的饮料和点心全都倒了出来。

车子刹住。鲁连军打开车门，把她扶下车。清冽的寒风扑面而来，使她觉得好受一些。前面不远处，有一条小河从路上横过。也许算不上河，浅浅的，没有波浪。若云踉跄着走过去，顾不得水冷，清洗了一下，又拍了拍额头。阳光下那水闪着碎银子一样的光。她真想喝两口，被鲁连军止住了。

“上车吧，得抓紧时间。”他说。

司机老兵已经清理掉了若云吐出的污秽。若云有气无力地笑笑说：“谢谢你了，真不好意思。”

司机老兵厚道地笑笑：“不要紧。头一次进来都这样。你还是吃点儿药吧。”

鲁连军已经找出了药，从司机那儿倒了杯热水一起递给若云。若云问也没问是什么药，一口吞了下去。她真不想再上车，可还是硬着头皮钻了进去。谁叫你自己要来？她在心里对自己说。

鲁连军让她坐好，又从后边拉出大衣盖在她的身上。“一会儿你会睡着的，一觉醒来就到了。”他安慰着她，并且就坐在了她的身旁。

若云觉得心里有了依靠，就闭上了眼睛。车子又继续跑起来，一直向西。不知过了多久，她睡着了，头歪倒在鲁连军的肩上。

他们是傍晚到的。

若云一进门就躺倒了。一路上她一直呕吐不止。翻越加措拉山口时，车子停下来方便，她一步也挪不动了。还是鲁连军和司机一起把她架到一个避风处。很狼狈。眼下躺倒在床上，她觉得身子仍像在车上一样上下颠簸着。脑子里更是混沌一片，她自己也不明白是醒着还是睡着。迷迷糊糊的，她听见鲁连军叫人开门，并让人送开水来。

等若云再醒来时，天已黑尽。

她觉得头痛欲裂，而且心脏好像要胀破胸膛似的。她喘着气，披上羽绒衣坐起来。渐渐地，她记起了一天来的经历。真像一个世纪那么漫长。她有些后悔自己的冲动了。为什么要急着赶进西藏来？为什么不再等等？那么多年都过来了，再等几个月又有什么不可以？若云弄不明白自己。也许自己是想亲眼看看他生活的地方再下决心？现在好了，后悔也来不及了。

她起身下床，想倒水喝。刚走几步，就感觉一阵天旋地转。她扶住墙，又呕吐起来。但这次吐出的，只是黄水。真没想到高原反应是这样的。她大口喘着气，心房咚咚地跳着。他从没对她说过这些，他也这样吗？自己那时候怎么没想到问问他呢？

若云觉得非常非常难受，由于难受又觉得非常非常孤单。她背靠着墙，喘着气，眼泪不争气地淌了下来。她忽然想，他如果这时候出现，她会不顾一切扑进他怀里的。

有人敲门。若云微弱地说了声“请进”。是鲁连军推门进来，挟着一股冷风。他拉开灯。“还是很难受？”

“嗯。”若云点点头，泪水更止不住了。

他把她扶上床，给她倒了杯热水。

“想不想吃点儿东西？我那儿有方便面，还有鸡蛋。”

若云摇摇头。她心里堵得难受，真想好好哭一场。

“你把你哥哥的部队代号和名字告诉我，我让通讯员去发封电报。”

若云沉默了一会儿，从枕边的小包里取出本子和笔，在上面写了一排字撕下，递给鲁连军。

鲁连军看了一眼，说：“如果还是联系不上，我找辆车送你去。当然要等你身体恢复了。”

若云点点头。她真不知自己还有没有勇气走下去。她真想立刻离开这儿，离开西藏，回到昆明的家里去。可是，此刻昆明在她的感觉中就好像在另一个世界。想到这儿，泪水又流了下来。

“好了好了，不要哭了。”鲁连军劝慰道，“既然敢来，就应该勇敢到底。再说还有我呢。来，让我给你调整一下，弄舒服一点儿。”

鲁连军环顾了一下房间，自言自语说：“可惜没有插头。”他想了想，将窗下那张床的被子铺开当垫褥，然后又将门口的灯绳接长拉过来。

“睡过来。这张床白天能晒到太阳，暖和得多。我再去给你弄个热水袋。”

若云顺从地移了过去。

“这是哪儿？”她问。

鲁连军一下笑了。“现在才想到问这是哪儿？真是缺氧了。”

若云不好意思地笑笑：“人家相信你嘛！”

“这是我们团招待所，很简陋。不过你要下去了，连这个条件都没有。”

鲁连军去拿热水袋。一开门，就看见了皎洁的月光。一个半圆的月亮斜在天边。他回头对若云说：“你看月亮。”

若云掀开窗帘，她呆住了。真的，西藏的月亮真是很亮呢，才半个，地上就白了。

鲁连军拿着热水袋回来时，若云仍在望着窗外发呆。月光下她的脸上仍有泪痕。这使鲁连军又想起了妻子。这月亮不知见过多少女人的泪了，他感慨地想。

若云接过热水袋，滚烫。她把它放进被窝里，双脚还是冰冷的呢。她抬起头来对鲁连军说：“我没事了，你也回去休息吧。”

鲁连军站着，问：“不害怕吧？”

“嗯……不怕。”

“西藏这地方虽然荒凉，一般还是安全的。这儿离团部也很近。”

若云点点头，又说：“你快回去吧。”

鲁连军望着若云苍白的脸和失去血色的嘴唇，有些不忍心走。想了想，又脱下自己身上的羊皮大衣盖在她身上。

“你会冷的。”若云说。

“我没事儿，习惯了。”

“你看你衣服上沾了好多毛。”若云伸手去给他捏掉。

“这叫羊毛出在羊身上。”

若云笑了。从下飞机以来，她还是第一次笑。鲁连军放心一些，看着她给自己掸掉衣服上的毛，然后说：“我去了。明天早上见。”

若云听见房门暗锁叭嗒一声扣上的声音，就拉灭了电灯。她躺下去，抱紧热水袋，像个孩子似的蜷缩成一团。月光透过薄薄的窗帘洒了进来，在她的床前印下一个白色的格子。她真希望赶快睡着，进入那个没有西藏和昆明之分的梦乡。

在睡着之前她又想：如果他明天早上忽然出现在她的床前，她就原谅他。

三

走进鲁连军的房间，若云立刻感到很暖和。两间房子不大，陈设也很简单。外面这间摆了两张藤椅，一个茶几，里面那间就一张床，一张桌子。

“你这儿比招待所暖和。”若云说，算是和鲁连军打招呼。

鲁连军正在接电话，他朝若云点点头，示意她坐下。带若云进来的通讯员很快泡了一杯茶递给若云，就退出去了。

两天休息下来，若云已好多了。只是走路的时候，腿仍是发软，走快了就心跳。但只要头不那么痛了，若云心情就好一些。这两天她一直没见到鲁连军，竟觉得有些想他。照顾她的通讯员小战士说，副团长也反应厉害，睡在床上。她很惦记。眼下见到他，她放心多了。鲁连军穿一身军装，显得很精神。但细细看，神色仍有些疲惫。

鲁连军接完电话，笑吟吟地招呼若云到里屋坐。看得出他很高兴若云的到来。

“里屋白天能晒到太阳，更暖和些。”他边说边打开电视。已经在播新闻了。“看看新闻。”

电视很不清晰，麻麻点点的。若云侧过头问：“你没事了吧？”

鲁连军说“我没事儿。我每次进来都先睡两天。先当狗熊后当英雄。你呢？”

“我也好多了。”

“瞧你那天哭的，让我都产生了做父亲的责任感。”

若云不好意思地笑了。两只手翻来覆去地在茶杯上暖着。鲁连军站起来到外屋，过了一会儿进来，若无其事地递给若云一个热水袋。若云接过来，也若无其事地没有吭声。热水袋很烫，她用围巾包了一层，搁在腿上。真暖和。

天气预报。

播报到成都和拉萨时，鲁连军转身对若云说："大前天晚上这时候，我女儿还坐在我腿上呢。她说：爸爸，成都是多云，拉萨是晴天。你肯定能顺利到的。"

若云说："想女儿了？"

鲁连军点点头，从衣袋里摸出一支烟点上。烟雾缭过他的眼睛，眼里有一种淡淡的忧愁。

"我每次走，她都非要爬起来送。早上飞机那么早，她也能醒来，抱着我的腿不放……我什么都受得了，就是受不了女儿的眼泪。"

鲁连军说到这儿，试图想笑一下。但没能够，就别过脸去。

"你为什么，不转业回去？"若云问。

"也想过。可总下不了决心。我进来都十八年了。"鲁连军这次笑了一下，"也许没人相信，但我真的是喜欢西藏，喜欢这儿。我离不开战士。在身体还顶得住的时候，我不想走。说起来真没人相信。"

"我相信。"若云看着他说。

鲁连军看了她一眼，掉过目光去看电视。过了一会儿又微笑着说："那些战士又怕我，又喜欢我。"

"你很厉害吗？"

"有时候。我脾气不好。在这个世界上，我只对三个人不发脾气：我女儿，我母亲和我老婆。"

不知怎么，若云觉得若有所失。似乎突然意识到了她和鲁连军之间的距离。他们毕竟只是陌路相逢。她不再说话，专心看电视。麻麻点点又时常跳跃的电视屏幕上，正在播放一个电视剧，无头无尾，不知所云。若云看不进去，不由得发呆。他什么时候才来接她呢？他来了以后又该怎么谈呢？以前在家里想好的一切，来到这高原似乎都作废了。若云觉得她必须重新整理自己的思路。

若云忽然感觉到鲁连军在注视她，心里微微发热，她没有侧脸，盯着电视问："那天早上，那个女的，是你爱人？"

"嗯。你看见了？"

"你们感情不太好？"

鲁连军不语。

"对不起，我是觉得……你们有点儿冷淡。"

"没什么……我这次回去，本来是办离婚的。可孩子的事商量不好，又搁下了。"鲁连军口气很平淡。

"离婚，她提出来的？"

"不，是我。"

"怎么……会？"

鲁连军苦笑一下："怎么不会？"

他不爱她，不爱那个女人。若云心里隐约有些高兴。但看到他苦涩的笑容，她又为他担忧。看得出他心里很孤寂。

"你不是……不对她发脾气的吗？"

"可她要对我发啊。"

若云立即想起了她和丈夫之间的情形。她觉得她有必要替那女人说点儿什么，虽然她不喜欢她。

"肯定是你常年不在家，她太辛苦了。一个人又累又孤单。心情不好。"

鲁连军看她一眼，不置可否地笑笑。

"你不知道一个女人过日子……"

"可她不是一个人。"鲁连军生硬地打断了若云的话，"不谈这个好不好？"

若云低下头，不再说话。不知怎么，心里竟有些委屈。鲁连军掐掉烟头，站起来，为她茶杯里添了些水。

"热水袋凉了没有？要不要我给你换一下水？"鲁连军又恢复了温

和的口气，含着笑意问她。

若云摇摇头，说："我想回去了。"

"好吧。"

鲁连军披上大衣，拿上电筒。

"我送你，顺便查查哨。"

一拉开门，寒气就扑面而来。若云围好围巾，跟在鲁连军后面。跨出门，就看见了挂在当空的月亮。欲满未满的一轮，亮得边缘发蓝。四周的山勾勒出了轮廓。树影和房屋都十分清晰。脚下的土路被照得发白。

"真的跟路灯一样呢。"若云抬头说。

"等到十五的时候就更亮了。"鲁连军抬头望望。

"真好。"

"可惜只是在天上。"

若云知道他指的是什么，没有接话。寒冷凄清的夜里，使她有一种靠近他的渴望。但他们只是若即若离地并排走着。她真不想回到招待所的土房子里去。但已经走到门口了。

"早点儿休息吧，也许明天会有消息。"鲁连军看看天，又说，"如果明天你有精神，我带你去扎什伦布寺看看，那可是个有名的大寺庙。"

若云点点头。此次进藏，她一点儿也没想到游玩。但既然闲着，不如去看看。

"会不会影响你的工作？"

"没关系。我们这儿规定是进来后休息一周再工作。我至少可以休息三天。再说明天正好是星期天。好了，你快进去吧，外面太冷。"

鲁连军走了。

若云一直呆呆地看着他的身影消失，才开门进屋。她想，他的妻子怎么会不爱他呢？

四

扎什伦布寺在耀眼的阳光下金碧辉煌。若云虽然对藏传佛教毫无所知，仍被它的宏大气势所震慑，油然升起敬畏的心情。她不时地赞叹，问这问那。鲁连军背着手，很老练地给她引路，讲解一些知识、典故以及传说。

每当若云为那些神奇的传说睁大了眼睛或者惊叹时，鲁连军就那样含着笑意看她。虽然他戴着变色镜，若云仍能清晰地感觉到他的目光。

若云不再为来西藏后悔了。游人中内地人占了不少，还夹杂着一些外国游客。人家都万里迢迢专程赶来呢。

在每一个神殿里，若云都学着藏民的样子合掌祈祷，只是没有跪下。然后掏出钱来丢在佛像脚下。

“你为什么不丢？”若云开心地问鲁连军，“你不求神保佑？”

“我丢了好多次了，也求了好多次了。不灵。人家不保佑我。”鲁连军一边笑着说，一边还是掏出钱来，丢了进去。

“你保佑谁呢？”鲁连军问若云。若云正闭目合掌，嘴里念念有词。过了一会儿她睁开眼，粲然一笑说：“不告诉你。”

“不告诉我？你根本不专心，这会不灵的。”

“你怎么知道我不专心？”

“你要是专心，怎么会听见我问你？”

若云调皮地一笑：“那可就糟了，我正在求神保佑你呢。”

“真的吗？”

若云不答，一转身出了殿堂。

鲁连军在后面说：“我带你去一个地方，那儿祈祷才灵。”

他们来到一个大经堂门口，边上围了不少人。若云探头去看，见里面坐了一大圈喇嘛，正在闭目诵经。门口站了一位年长者。一个游客将钱放进他身边的木箱后，对他说了几句什么，就走进经堂。年长的喇嘛就高声地念起经来。他念一句，众喇嘛就跟着念一句，那个游客则颔首合掌，向他们致谢，然后穿过大殿，从另一道门走出。

若云不明白是怎么回事。

鲁连军拉过她说："快来许愿，让神灵保佑你。你告诉老喇嘛，你想保佑谁，他就会领着所有的喇嘛一起为你祈祷。"

"真的?！"若云觉得又新鲜又神秘，连忙说，"我保佑我爸爸妈妈健康，还保佑我此行平安顺利。"

鲁连军提醒说："把你哥哥忘了？他在边防上，最需要保佑。"

若云一下怔住了，笑意顿失。她扭身离开门口。鲁连军追上来问："怎么啦？"

若云用手绕着围巾上的流苏，好一会儿抬头说："在神面前不能说假话，是吗？"

鲁连军点点头。

若云又回到门口，很虔诚地往木箱里搁了一张十元的钱，然后对老喇嘛说："我想求佛保佑我的爸爸妈妈，"她停下来，看了一眼鲁连军，"还有我的丈夫。"

老喇嘛颔首，然后高声领诵。若云虔诚地闭上了眼睛，双手合十，一直以这个样子，缓缓穿过众喇嘛的祈祷。她觉得老喇嘛为她念的这一段特别悠长，特别好听。

从大经堂出来，两人陷入了沉默。尤其是鲁连军，笑意从眼里消失了。他背着手，大步走在前面。若云小跑着跟上去。这让若云又想起了上飞机时的情景。

他们站在扎什伦布寺的最高层。阳光下，金顶光辉四射。一根几十米高的经柱直耸云霄。经柱上方的天空，薄薄的云成闪光状四射，非常奇特。若云再一次感到了这里的神秘和庄严。

她侧过脸，小心翼翼地看了看鲁连军。鲁连军的两手扶在栏杆上，目光则停在那个巨大的晒佛台上。

若云低声说:“请原谅,我不是有意骗你。”

鲁连军不语,也不知是否听见。

“我这次进来,是想和他离婚的……所以,我怕……怕你反感。”

鲁连军低了一下头,换了个角度,又把目光停在晒佛台上。

“我跟他,一直很淡漠。我提出离婚,他就拖,该休假也不回家。已经两年多了。我等不及,就进来了。”若云停了一下,但她不再指望鲁连军有反应,就自顾自说下去。“我没想到西藏是这样的……也许是我对他体谅不够。他和你一样,不愿意转业。他父亲原先也在西藏当兵,后来死了,死在西藏。可我不愿和他一起来负这个重荷,我想过正常人那样生活……我们都结婚四年多了,只在一起待了三个月,没有孩子。我实在受不了了……”

静默了一会儿,鲁连军说:“你们之间的感情,我不好说什么。但有一点我想告诉你,你千万不要认为他不探家是拖延离婚。不,他不会拖,他一定是走不开。我也当过连长,在边防上。”

从车上跳下来时,若云不禁打了个寒战。胃又痛起来。她裹紧了羽绒衣,站在路边等鲁连军。鲁连军正和同车去的参谋长夫妻俩说话。说完之后,他回过头来,说了句“走吧”,就朝宿舍方向走去。

若云觉得很别扭,站着不动说:“我回招待所去了。”

鲁连军停下来,毫无表情地说:“招待所星期天只开两顿饭,你吃什么?”

若云说:“我什么也不吃,我不饿。”

鲁连军说:“那我做好了给你送来。”

若云无奈,只好跟在他后面。路上遇见一个打开水的老兵。鲁连军笑着说:“瞧我这运气,肚子饿就遇到火头军了。”

老兵说:“副团长您还没吃饭?”

鲁连军说:“给我们下点儿面吧。”

老兵连声说好的,折回身去食堂了。

回到房间，鲁连军即去翻抽屉。若云不请自坐，手按着胃部窝在那儿。

“是不是胃痛？”鲁连军没有回头。

“嗯。”

“看看，哪种对你合适。”鲁连军从抽屉里拿出三四样胃药，递给若云。

若云说：“我不知道哪个合适。我以前很少胃疼。”

“这也是高原反应。”鲁连军挑出其中一种说，“那就吃它吧。这是进口的，我刚从家里带来。”

“你也有胃病？”

“我是老毛病了。在西藏当兵很容易得胃病。你那个……爱人，肯定胃也不好。”

鲁连军倒了杯水，将两粒粉红色的大圆药片儿递给若云：“赶快吃了。”

若云听见他提丈夫，很不自在。但又希望他就这个话题说点儿什么。从扎什伦布寺出来后，他一直无话，弄得若云心里很有些忐忑。但鲁连军却什么也不说了。

食堂的老兵把面送来了，热气腾腾的一小盆。若云想，也许吃点儿热东西胃里会好受一些。就接过一碗用筷子慢慢往嘴里送。

鲁连军自己也埋头吃着，无话。

这时，有人敲门，喊“报告”。鲁连军应了一声“进来”，一个上尉挟着一股冷气走进房间。

“副团长，有点儿情况。”他看了若云一眼，低声和迎上前去的鲁连军嘀咕起来，说罢就站在门边等着。若云断断续续听到“老兵”、“枪”之类的字眼儿。

鲁连军立即放下饭碗，一边戴军帽一边对若云说：“底下连队有点事儿，我得去一下。你吃完了，叫通讯员送你过去。”

若云看他从枕下抽出手枪掖在腰间，不禁忧心忡忡：“要不要紧？”

“不要紧。”鲁连军看也没看她，转身就和上尉一起走出门去。

已经十一点了。若云在招待所的房间里坐立不安。她几次跑到招待所值班室去挂电话，可几次都没人接。显然鲁连军还没回去。会不会出什么事？她听他说过，现在正是老兵退伍的时候，容易出事。她越想越害怕。

月亮升得老高了。清冽的月光如水一般盈在招待所清冷的小院里。若云顿了顿，折回身到屋里穿上大衣，又戴上围巾和口罩。她必须过去看看。她心里实在是不安。

刚踏上那条发白的土路，就看见对面走来一个人。高高的个子，是鲁连军。

若云停住脚，等他走近。

鲁连军在离她还有几步远的地方也停住脚。若云取下口罩。

“是你？”鲁连军问，“你上哪儿去？”

“你说呢？”若云怨尤地答。

鲁连军笑笑。“我没事的。我顺便在卫生员那儿要了点儿颠茄，给你拿来。胃还疼吗？”

若云听到他问，才感觉到胃依然在疼。刚才着急，已经忘了。她低声说：“还疼。”

“我后来想起，你可能是胃痉挛。喝颠茄最管用。”

“你真的没事儿？”

“没事儿。警通排几个老兵喝了点儿酒，情绪有点儿激动。我去的时候，已经平息了。”

他们折回到招待所。走到若云房间门口，鲁连军站住了。他把手里的小瓶子递给若云。

“我不进去了。你吃了药，早点儿休息吧。”

若云望着他。

“你……还生我气吗？”

“哪有那么多气。”鲁连军笑笑，“快进去睡吧。”

说完，鲁连军就转身走了。风衣又在身后微微掀起。

五

这是若云来到招待所的第六天。

晚饭后，鲁连军来到招待所。

若云正在院子里逗一个老兵的孩子，见他进来，将手里的糖塞给孩子，就起身迎上去。

两人进了屋。鲁连军一直没说话，若云忍不住问："有事？"

鲁连军从口袋里掏出一份电报，递过去。

若云急忙打开看。半晌，慢慢在床沿上坐下。鲁连军拉过椅子，坐在她对面，点上烟。

“知道他是什么病吗？”他问。

“不知道。他以前身体挺好。”若云眼睛盯着电报，“既然送到拉萨去住院，肯定不会轻，而且快一个月了。”

“明天团里正好有车去拉萨，还是个丰田。我已经和他们说好了。”鲁连军口气很平淡，像在布置工作。

若云点点头。

两人不再说话。

鲁连军忽然看到一滴水滴在电报纸上。若云哭了。他只好劝慰说："别太难过。说不定你到拉萨时，他已经出院了。你们正好可以一起回家去。"

若云的眼泪反而更多了，从一滴一滴变成一行一行。鲁连军站起来，扯下毛巾递给她，笑笑说："还说离婚，这么心疼他。"

若云脱口而出："你怎么知道我是为他哭？"

鲁连军愣了一下，不接话了。又坐下来吸烟。

“我得走了。”刚点上烟，他就说出这句话。

“再坐一会儿。”若云抬起泪眼，看着他。

他站了站，又重新坐下。

隔了片刻，若云擦了眼泪，站起来，从包里取出一双毛袜，又从被子里拿出热水袋，一起递给鲁连军。“这两天在招待所没事儿，我给你织了双袜子。本来想织件毛衣，来不及了。以后如果有机会……”

鲁连军接过来，一起放在床上，平淡地说：“热水袋你留着，路上还用得着。另外，把这些药带上。”他从口袋里拿出个牛皮纸信封，递给若云。里面有一板“乐得胃”，一小瓶丹参片，还有一小包安定。

若云接过药，忽然用毛巾捂住脸，呜咽声从毛巾里断断续续传出来。

“别哭了好不好？”鲁连军吸着烟，眼睛看着地上。过了一会儿，又缓和下语气说，“别哭了。来，我试试你织的袜子，说不定织小了呢。”

若云抬起头来。

鲁连军掐了烟，脱下毛皮鞋，将袜子一只只穿上，又伸进鞋里，站起来。

“嗯，正合适。嗯，暖和多了。谢谢你。”他把手伸给若云。

若云想，他们该握别了。

两只手握在一起，许久没有松开。起初若云想抽出来，感觉到鲁连军握得很紧。她抬起眼，鲁连军正看着她。目光里惯常的笑容已变得凄清而又无奈。若云心里很酸楚。所以当鲁连军要松开时，她又紧紧握住了他。

两人就这么握着手，站在那儿，互相注视着。越来越多的东西从目光里流露出来，流入彼此的心中。若云觉得心里有一种强烈的渴望。忽然鲁连军抽回自己的手，转过身去。

“不，不。我该走了。”

若云定在那儿没动。

鲁连军回过头来看着她：“我该走了。”

好一会儿，若云说："我送你。"

多大的月亮啊！

天上一丝云也没有，只有这黄澄澄圆满满的一轮月亮。月光无遮无拦地洒下来，洒在两张沉默的脸上。

在团部和招待所之间的土路上，两人来来回回地走着，却没有话。

这一次，是往招待所走。

走到招待所小院门口，鲁连军站住说："我不进去了。"

若云说："让我再送送你。"

鲁连军拦住她："不。已经很晚了，明天你还要上路。"

若云默默看着他。

"再问你一句话行吗？"

"问吧。"

"你是什么时候……"若云忽然转过脸去，不再说了，脸颊微微有些泛红。

鲁连军已经明白了她的意思。

"在机场，第一眼看到你的时候。你呢？"

若云转过脸来，望着他。

"不知道。可能是你说月亮像路灯的时候吧。"

两人一起抬起头来，看着月亮。

鲁连军忽然一笑。

"其实月亮就是月亮。"

被他们久久注视的月亮因为没有云的衬托而凝固在夜空，冷冷地孤寂地照耀着他们。

若云听见自己心里在说：会不会天天都有大月亮呢？

（《小说月报》1992 年第 3 期选载）

极限三题

阎欣宁

秋　风

一

黄副师长带的这个组可谓庞杂，司政后家门齐全，参谋、干事们撂下屁股能坐出好几桌。组里级别也不低，既有军区也有总参军训部的人。总参来的这参谋、那参谋帽圈压着灰发，眼珠子比嘴使得勤，一副副不露相的相。

这样一个组却没个正名。叫个啥组好呢？考核、评比、检查组显然都不对，因为它下部队的任务不考评不检查；叫工作组吧，黄副师长死不同意，他说操他娘半道上等着抬死人呢，这叫啥工作？首长办公会上也没办出个名来，最后想起大人物们都有个机构的，张大人物有“张办”，李大人物有“李办”，仿效之，叫个“黄组”好了。

“黄组”的任务要到师属三个步兵团走一遭。

本来这晦气的差事轮不到黄副师长，他是分管抓后勤、生产、生活的。好在这档子事并不指望“出活儿”，搁上谁带组都行，黄副师长又不大计较，说代劳就代劳吧，只当多看了几亩稻子田。

二

A 团一连连长钟天是下午得到消息的，给他通风报信的是参谋长。电话打到营部，通信员跑步去叫钟连长跑步来听电话——两个跑步来回，不仅看出是个急事，还有另一码意思，钟天在团里可是个坠秤砣子的连长！

一连到营部有一华里许，打一个特等射手半身靶的距离。钟天拉开流水步，不急不慢地朝营部跑。部队的习惯说法：三步以上要跑步。天气太热，跑快了浑身大汗溻湿，跑慢了为之不恭，钟天确信只有他这种跑法恰到火候。钟天不算高的个子长得十分结实，身上的每一条棱子肉都不显多余，一旦跑动起来，全身的每个关节、每块肌肉都进入兴奋的工作状态。送胯、后蹬、前摆腿，一招一式讲个轻松自如。善跑者如风动，疾也似风徐也似风，驻足旁观者丝毫看不出疲惫的迹象，仿佛一路下去尽可跑到天边再折身跑回来，这样的跑法就很有些味道了。钟天为了一个电话这样跑向营部的时候，黑黝黝的脸上就渐渐放出一种滚烫的紫光，被紫光烧灼的眸子也烁烁发亮。

在一连当连长，没这等跑法、这等紫光行吗？回回跑步，钟天很有理由为自己骄傲一路。

一连以军体见长，尤擅长负重越野长跑，曾经在军区的建制连五公里越野比赛中夺魁。这样的比赛专用型连队，是团队的一面旗帜，可以挥到师里去遮天蔽日；师队又可以舞到军里、军区去炫耀一番。

拿起电话筒“喂”了三声，大气不喘一口，紫光依然，不愧是一连长钟天。

参谋长说：“黄老头子带了那么个‘黄组’，吞吞吐吐又不说考什么，对，据判断是越野跑，具体情况晚上团里还要开会布置……对，点着名要一连……”

钟天问，光是一连？

参谋长说，就是一连。

钟天说那就明白了。

钟天一明白，事情就简单了：跑一趟就跑一趟，打个秋风呗！

三

钟天采取了两项措施：一是改动训练周表，晚上的活动改为唱歌；二是改动食谱表，次日中午加个红烧肉。

双表一改，全连都明白了：明天又是个五公里。

钟天着人唤上士王胖子到连部来一趟。王胖子不敢怠慢，伙房到连部一个手榴弹的飞行距离，他跑得气喘如牛，浑身透湿。乜斜着已持立正姿势站好而浑身暄肉仍在舞动不止的胖上士，钟天叹了口气。

“上士，我规定的时限可是过去了，你这身膘肉……”

“光长不掉，我有啥办法？”王胖子表情极悲痛。

“胖厨师，瘦采买，炊事班的兵不见胖，你这上士倒像吹了气似的……没喝兵血吧？”

“舔一舌头你把我党票撕掉！”王胖子不颤不喘了。

“我看你是被俩自行车轮子害了。”

连队战士不许骑自行车，唯独“上士”例外，这是个不小的特权。还有，当年取消军衔后从元帅到列兵一个没留下，唯独“上士”的叫法在军队中保留下来，这令钟天感到奇怪。其实“上士”在编制上叫“给养员”，但没人那么叫，或许是和饲养员太近似了。

王胖子提心吊胆地瞅着连长，他知道自己这一身赘肉成了连长的心病。连长白天不招惹他，让他养精蓄锐和菜贩子们磨嘴皮斗心眼，晚上才折磨他呢。有时全连正看电视，连续剧中男主角刚碰上一个男人或女人，正要动真功夫时，连长就喊了：“上士，去，去打个秋风再回来！”于是在全连哄笑中，胖上士只好蹬上解放鞋，月亮地里去撒马似的跑上五公里。连长既不派人陪跑，也不盯梢，不怕你偷工减料耍滑头。钟天是一连的“天”，不怕谁翻了这个“天”！

“上士，明天的红烧肉没问题吧？”钟天说，“肉要准备足，最少三十斤，每人碗里得摆上几块方方正正的才行。还有你那个大蒜炒肉，我说过多少次了，炒的时候不要盖锅盖，宁生毋烂，这是我们南方人的吃法。你焐得黄黄的难吃不说，火气又大，一下午全连满眼眵目糊，搞射击预习连准星都看不见。”

胖上士诺诺。连长光问红烧肉不再问他的肉，又没让他出去打秋风，即便是讨论国民经济问题他也不怕了。胖上士谈跑色变，偏偏五公里越野长跑，一个建制连单看你最后一个过终点的人的时间，即便你有一百个世界冠军也不济事，从某种意义说，各建制连比赛只赛一个人，即跑得最慢的那个人。王胖子非常清楚他在一连举足轻重的分量。

今晚全连唱歌，钟天不会命令任何人出去打秋风的。这是钟天为一连定的规矩，目的是让全连彻底放松，睡得好觉，以备次日一早的五公里。过去要跑五公里的头天晚上也不安排课目，指导员让大伙儿打老 K、下棋放松，后来这章程让钟天生生硬给改了。他说那种松法松过劲了，熄灯后躺床板上满脑袋车马炮、将士相，打老 K 的更操蛋，大鬼小鬼绕着脑门子敲门。

还是唱歌好。说打就打，说干就干，练一练手中枪、刺刀、手榴弹……步兵三大件，百唱不厌，说和干结合得那样有机，那样完美。兵们歌吼如牛，刚把气喘粗了些，钟天大手一挥：“行啦，回去按时熄灯。明天大暑，估摸着气温得朝小四十度里去，早上兴许还行，好在就五公里呗，大伙儿精神着点，打个秋风就回呀！”

四

钟天最反对来队家属住在营房里，他老婆来队时他就自觉地来回跑家属区上下班。这个夏天不同了，老婆肚子鼓得像扣了口锅，行动不便不说，说生就生，钟天只好把她安排在连部自己的宿舍。

连长家属是城市人，敢穿绿叶黄花的的确良短袖褂，裤子是钟天特地为她换的“副一”号军裤，一条腰带束了娘儿俩。她还敢站在排房门口挺深情地召唤自己的丈夫：“天——天——”

兵们学会了她那唤“天”的腔调，此后便管她叫“地”。

钟天为一连之“天”真是毫不含糊。他有个明确的观念，不过对谁都没说过，甚至连日记上都不敢记。那就是：好的连队别人指挥不了，我就是最好的！所谓最好的就是无法替换的。钟天知道这想法的可贵和可怕，犹如教范上称为臀部的屁股一样，它是支撑自己坐得稳的底盘架，但绝对不能亮给别人瞧。

次日一早，司令部来了命令：一连任何人员不得外出，等候任务。早饭后一等再等，直到临近中午，浩浩荡荡的北京吉普车队才驶到一连，“黄组”在团有关人员陪同下蜂拥而至。兵们大吃一惊：不就跑个五公里嘛，怎么，是我们跑还是他们跑?

“跑是要跑的，问题是怎么个跑法。”胖得像个打谷桶的黄副师长摇着自带的蒲扇——天气热得出鬼——往那一坐不动就开始冒汗，这要是和农场干部们讨论水稻问题，他早扒个半截儿光了。

钟天还没听出弦外之音，五公里还能有啥跑法，打个秋风就回呗！他和他的排长们交换了下眼色。“黄组”要求他开个支委会，他说也就是干部会吧，支委都是排长，其实有啥事和他钟天说一声就行。

黄副师长收起蒲扇，警惕地看看门窗。天太热，门窗是无法关了。他命令作训科一个参谋站在门外盯着点儿，别让人靠近，然后像个地下党负责人，开始布置任务。

上级有关部门决定在一连（黄副师长在A团只说一连）搞一次带有试验性质的抽查，即温区部队建制连在高温酷暑下携带一级武器装备的越野能力极限，目的是为了获取有关数据，这将对作战、军训和军事医学等部门都大有裨益。试验将是严格的，从宣布之时起要绝对保密，黄副师长说在座的党员都要以党性负责，谁泄露了底细就拿谁是问。副师长说完之后，“黄组”有关人员依次发言。总参军训部的这参谋那参谋一个个都补充了ABC、一二三、甲乙丙。他们说试验本身并无任何保密价值，甚至那些数据也并非不可知。问题在于这个试验侧重的是高温酷暑下士兵的耐力、意志力的综合性，它毕竟不同于火箭、卫星、原子弹一类的高精尖技术，任何一个数据都属国家机密。而我们的士兵，这些十八九岁的年轻生命，不过是群肉体凡胎的雕塑群——请注意这些普通的肉体和灵魂，它们蕴蓄的能量是非常惊人的！我们共产党人认为人是世间第一因素，能够创造任何人间奇迹的正是人自身。这次试验不是否认而是承认上述能量，由此带来的最大难题恰恰是要刻意避开那些能量的阐释，也就是说，要有意躲开人的主观能动性，躲开人的"第一因素"，而窥视其后的第二、第三因素；这次长跑不需要创造什么奇迹，而是客观地反映出人体的极限。比如绝食吧，一般情况下认为男性可存活五天，女性可存活七天，但由于信念、期望等多种客观因素的影响，有些人会远超过这些极限的。这次试验的目的简言之：不求特殊，只求一般；不找非常，只找正常。

道理挺好懂的：瞒着士兵们，别瞎使额外的劲儿，一切顺其自然，自然天成。具体如何组织实施，"黄组"有许多明细规定，他们不肯一下兜底倾出，而是一步步安排，到哪儿是哪儿。

恼怒万分的钟天耷拉着脑袋干坐，往日挥洒自如的劲头早已神游野外。事情大大出乎他的预料，他的一连，这次不是由他统领着出去打个秋风就回头，甚至他钟天连说话的份儿都排不上，无数双不可抗拒的巨手伸进他的连队，揉搓着他的一连，他这个连长得尽心尽意地替人家瞒着自己的士兵！

一连成了砧板上的肉。

"黄组"命令副连长把食谱周表取来，中午的食谱是"米饭、大蒜炒肉、红烧肉"。"红烧肉"写出了格外，显然是后加的。黄组不追究亦不管，命令午饭必须照食谱吃，既不许增添也不准削减。

钟天心中暗暗叫苦不迭。临时加上去的红烧肉也是他为一连定下的规矩，原指望早上跑完五公里中午大嚼一顿，谁想弄巧成拙了。

五

撂下饭碗之后，连队列队集合。

晌午头上，太阳正是毒得淌出浓汁的时候，沿着地表往平坦开阔处瞧去，地面上漂游着一层活跃的气浪，宛若熔化了某种金属液，以致景物全都雾化般地变得模糊不清。矮树丛和大块的石头被那灼烫的气浪烤得很不安全，一鼓一鼓地簇拥着。岂止这些，再看久了，远处一切静止的死物全都活转脱世，而那些活物则全都死去了。

披挂完毕的士兵立刻大汗淋漓。汗最多处为前胸后背，溻透军装之后，便下坠集合在腰部。被腰带横束一拦，便可着性子浸泡在那里了。离方队几步开外，便闻到股冲天的酸臭味。

尽管站在一片高高的柠檬桉树的阴影里，但士兵们清楚这不过是锚泊港口，惊涛骇浪在外面等着呢。

团卫生队从后勤弄来几台大磅秤，排在树下。一连的队列缓缓地穿越磅秤，士兵们鱼贯地上秤，由人称出重量并登记在册。重量不再仅是“体重”的概念了，它包括了枪支、子弹、手榴弹以及工兵锹、水壶和防毒面具等的重量。此时，武器装备的重量已和士兵的体重融合在一起，密不可分，犹如长在人体上的某个器官。“黄组”成员还下手检查士兵的装备，子弹够不够数？水壶灌满水了吗？这样的缜密已远非严格训练的意义了，它的目的还是为了排除“人的因素”，追求事物的天然本质，然后再论及成败。

士兵们闲暇时爱称体重。炊事班仓库一旦开了锁，常有人溜进去把称大米的大抬秤拿出来，敲锣耍猴似的聚起一帮兵。大抬秤用法如下：俩兵用扁担穿绳而过担上肩，上秤的兵则右手从右膝下掏过，和左手一道并力抓住大抬秤吊钩，整个身体像被索缚一团的家畜悬吊在半空，第四个兵便赶紧移动秤砣……兵们管这种称法叫“卖猪”，极是难听，但“上钩”者颇为踊跃。

此时走上大磅秤，其庄重程度已非“卖猪”可比，但士兵们漠然麻木的脸上没有一丝笑意。“黄组”的架势，使他们意识到今天的越野长跑准是有着比考核更深层次的意义。带有死亡气息的毒烈日头，笼罩着一种肃杀的气氛，凭着士兵的直觉，他们预感到了一种生命典当的意味。拿着生命做抵押，哪怕再神圣，心里总不是滋味。

称过重量，重新列队。

黄副师长正准备讲话，士兵们的目光突然整齐地跃过他的肩头——那里出现了连长的家属“地”。

“地”站的位置是道半高的土坎，这样看上去她仿佛沉重地踩在了黄副师长肩头，那条肥大的“副一”号绿军裤很有些炫耀的色彩，队列中的士兵甚至有人盘算起如何将自己正开门的军裤改成侧开口，然后在故乡的村子种下一棵婀娜摇曳的绿色小树……“地”的那件花衬衣尽管肥大，但穿在两个人身上还是显得促狭，腹部绷得挺紧。这样士兵们由低处仰望上去，就将那生命的蕴蓄之处的曲线看得个淋漓尽致！那是生命的大写意，那是生物的素描图。此时此刻，戎装待发，即将奔死奔活地跨上那条路之前，不远不近地看着那个膨胀欲出的生命，由不得士兵们不崇高起来。人原来这般神奇，这般美妙，先依附，再分离，孕育的过程就是个伟大的过程。极少再有年轻的士兵暗忖那生命如何形成，那生命的存在当然是一部英雄史诗，在持枪列队的士兵面前，躁动也好凝止也罢，都是一面猎猎飘动的旗帜！

荫凉的树影之外，燃烧的空气仿佛飘拂着一个女声深情的呼唤：“天——天——”

假如有一名士兵起头，一连的方队将不顾酷热，一百多条嗓子迸力再放出一个太阳：“地——”

黄副师长简单说明决定：连队在酷暑中受命奔袭，既非五公里也非十公里，何处是站何处是头，听凭上级命令……

钟天听出话语中的冰冷，他甚至差点打个寒噤。他看出士兵们的走神，尽管那尊雕塑似的女人是他老婆，他还是能够充分理解。钟天当足了四年兵才提干，他看待任何事情都是以士兵作为准星，道德规范和纪律条令是缺口，如此再加上目的便三点成一线。士兵们一旦携带武器装备集合起来，便集合起所有零星的、潜在的军人意识，它不同于简单的火药装填等诸元公式。在这样的队伍面前，哪怕跑过去一条狗都会引发出一只狼的联想。

钟天看着老婆的肚子，忽然了悟到那生命之谜的谜底，他几乎敢肯定那是个儿子，十八年后的一个好步兵！

六

刚跑出没多远，钟天就感觉不大对劲。

他跑在全连之首，不用回头就知道连的队形如何，以及每个人的位置，他的速度就是连队的速度，他这个位置是任何人无法替换的。钟天每每上路就有这种自豪。

不大对劲的感觉首先是太热！热浪如滚烫的沼泽泥浆，又黏又稠，灼烧得人直想尽快冲出这致命的鬼地方，但又缠得人无力举步。地表温度肯定在摄氏四十度以上，公路上车辆、行人稀少，柏油路面被晒得愈加发黑，解放鞋踩上去“噗噗”乱响，软得像梨膏糖。部队驻地名为“温区”，那是一个留给北方的冬天的字眼。

额外加上去的这顿红烧肉，恶性后果很快就显现出来。红烧肉烧得太精美了，胖上士亲自督火监灶，油放得足，糖也多，肉烧得喷香。钟天知道吃这样肥腻的大肉对盛暑天剧烈活动会有什么影响，但“黄组”亦在食堂，他甚至连提醒暗示一声都不可能。士兵们见了那等大肉，近忧远虑全弃置碗外，一个个吃得肚脐眼里朝外淌油。还有大蒜，王胖子今天倒是没盖锅盖，鲜嫩翠绿。现在烧心燎肺地发作起来，人就有了种“红烧肉”的感觉。

钟天浑身已经湿透，弄得他很不舒服，平常他是不大出汗的，不出汗的人擅走擅跑。他总是有种失落感无法排解，后来才恍然大悟：原来他扛惯了枪的肩膀上空空荡荡，只有屁股上的手枪像鸡腿一样轻巧,让他很不自然。每次全副武装越野跑,钟天的肩上总要有步枪或班用机枪，那对全连士兵来说无疑是块铁铸的宣言。但今天不行了,“黄组”明确规定任何人不得替别人扛枪。

反常状态下的钟天出现了反常情况：他那黑黝黝的脸上没再出现以往奔跑时滚烫的紫光,取而代之的是种黯淡的灰黑色,就像脚下这条长得没有尽头的柏油路,近看是黑的,远看是灰的。

钟天知道,他的一连今天非拖垮不可。

这是一场没有胜负的较量,或者说这根本不算什么较量,因为没有对手。没有对手没有较量就没有一连没有钟天。一连是遇强则强的斗士型连队,以往跑五公里时尤以最后冲刺阶段最为壮观：带队的连长钟天发一声喊,全连百多条嗓子嗷嗷齐吼,收缩队形,然后汇作一股狂飙,席卷过终点……今天则不同了,今天甚至没有终点可冲刺。这是场注定只有失败而根本不存在胜利的奔跑。“黄组”曾私下给钟天透过底,“试验”将在连队减员百分之十的情况下中止。钟天算过账,一连参加一百四十七人,四舍五入,这场酷暑下的磨难将在倒下去第十五个人之后结束。

没有胜利的念头，没有征服的欲望，钟天便不再是那个不可一世、擅长于奔跑并带出一支善跑的连队的连长,现在的钟天不过是一架定时器上的计时装置，机械地跑完那个命中注定的时间便戛然而止,从启动的瞬间开始就是为了等待停止。

公路两旁，每隔一段距离便停了一辆汽车,A 团的车不够用,连“黄组”的北京吉普都派上了用场,A 团那辆越野救护车,更是一步不落地跟在一连后面。沿途看去,担任救护和监督的工作人员再加上庞杂的“黄组”成员,不跑的人比跑的人还多。

十分钟过去了,如果是五公里的话路程已经近半。钟天越是这样算计,那种不适的感觉越是明显。他觉得自己喘气一下子紊乱了,上气不接下气,这令钟天恐慌。跑惯了的人所谓累并不是腿脚累,而正是这种可怕的呼吸紊乱,吸氧量的失衡将导致供血不足,甚至连大脑思维都会失去平衡……

钟天的连队仿佛在为他作出某种心灵感应，连续几名士兵“扑通”、“扑通”倒地，双目死闭，口吐白沫，人事不省。救护车应接不暇，那些吉普车便一辆接一辆地飞驰而去。钟天回头张望的时候，他身后的士兵们便齐把汗涔涔的、哀怜无助的目光投向他。他们脸上笼罩着一种灰白色情绪，如同遭到狼群袭扰的羊们寄希望于头羊一样，他们并不认为钟天能解救谁，但钟天对他们来说是唯一的寄托！能够得到这种目光的连长是幸福而满足的，但也是痛苦的。钟天知道那些倒地的士兵并非疲劳所致，他的兵不会跑十几分钟就累成那个熊样，完全是天热的关系，那些兵不过是中暑出现了虚脱。更要命的是钟天还知道，那些拉走的兵将被以最快的速度抬上磅秤，再次称过重量后才迅速进行救护治疗……属于人类的那个叫悲惨的东西有时就出现在人们的幸福之中，属于军人的那个叫壮烈的东西有时就出现在平凡之内。

钟天特别找了找胖上士。王胖子虽然落在最后头，但仍在队列中，他没有倒下去就已经是了不起的奇迹了。几乎每次跑五公里，他都是落在最后头，由几个身强力壮的班长横胳膊竖腿拖过终点线。难道是胖上士没吃红烧肉的关系？王胖子在钟天的督令下正在减肥，中午的红烧肉他仅喝了点汤。钟天赶紧把头扭过去，他想胖上士也许会成为倒下去的第十五名士兵，肯定不会成为第十六名……

天儿太热 腹腔里犹如灶膛一般燃烧着，喉咙则像烟道一样火烧火燎的难受，钟天憋得头痛欲裂。往常这时候，他该吼上几嗓子鼓鼓劲儿，听到他的呼喊，他的兵会像吸取了甘泉一样精神一振，这就是他钟天在一连的作用。现在不行了，闷头跑的钟天只是个普通的钟天，他的情绪正影响着连队，但他丝毫没别的办法。

空气“嘶嘶”作响，不知是蝉鸣还是有什么东西在燃烧。钟天花眼胡迷的，看见前方枝头上恹恹地卧着几只黑色的鸟。疲惫到临近极限时思维格外活跃。钟天想那是几只什么鸟呢？喜鹊还是老鸹？其实喜鹊和老鸹真是近亲堂兄弟，都是尖嘴长尾，黑糊糊的家伙，喜鹊值得骄傲的就是多几根白翎子。连叫声都差不多，嘈杂鼓噪，至于喜气和晦气那是人类的一种强加。钟天就猜那一定是喜鹊而不是老鸹，他想到了近处看吧，如果是喜鹊，老婆肯定生儿子。从不信命信卜卦的钟天，忽然就希望路途和尽头有点什么，神明也好，一只鸟、一条虫也好，都行！

钟天的脑子里出现了幻觉：站在营房土坎上的“地”忽然破了羊水马上就要分娩，她疼痛难支，躺在地上剧烈地抽搐、滚动着，那条肥大的绿军裤上沾满了褐色的潮湿泥土。一条生命的问世是需要另一条生命作为抵押的，一个幸福的降临也需要巨大的痛苦作为铺垫。一连跑出来后，连岗哨都换上了别的连队的兵。会有人看护那两条生命吗？如果打电话打到卫生队，不是连救护车都找不到吗？还有空闲的军医吗？救护车和军医们此时都属于一连了。不管怎样说，一个新生命就要诞生了，诞生和死亡同样痛苦，说起来有些不可思议，但千真万确。生命从无到有和从有到无一样，全是一个艰辛的过程。诞生是一个伟大的揭秘，而死亡是一个众所周知的谜底。

离那几只鸟近了，钟天一仰头，吃了一惊，那些鸟既不是喜鹊也不是老鸹，而是群紫光斑点的鸽子。家鸽不上树，上树为野鸽。钟天不在乎头顶上是家鸽还是野鸽，他懊丧的是几个黑色的谜团都参不透，猜不破，该让他信喜鹊还是老鸹？

一个水淋淋的婴儿在向钟天微笑，代之以啼哭的是诵读般的呢喃，语焉不详。钟天急不可耐地向婴儿两胯间瞅，好像他极为关注十八年后的一名步兵……这时候，钟天像一只欲乘风离去的绿色大鸟，做了一次失败的起飞准备，只见他晃了几晃，仆然倒地……

苏醒过来的钟天已经躺在了担架上。柔软的帆布上有什么东西硌得他难受，他吃力地挪动身子，觉察出那是他的手枪、望远镜、水壶等物。他也要和他的士兵一样，被抬上大磅秤过一遭，然后才治疗……这令钟天羞辱得无地自容。他对守着他的士兵叫道：“继续跑！围着我干什么？”

士兵们默默让出位置，钟天一下子看到路两旁横七竖八躺着的净是他的兵，几乎有半个连之多。他明白了，他这个连长倒下去的时候，一连的“天”也就塌了，他的士兵仿佛受到了遥感作用，力不可支，竟也纷纷栽倒了……

这么说结束了。

一首关于生命的歌谣就这样结束了，最后的休止符是他唱出的。他不是第十五名倒下去的，但他是一连不可替换的连长。经此劫难，过去相信的东西今后似乎不能信了，那么过去不信的呢？钟天甚至对眼下的处境就不肯相信：这么快就结束了？打个秋风而已嘛！

流　弹

一

“黄组”到了B团，点卯点到步兵第二连。刚给参谋长、主任以上的领导吹过风，二连便知道了越野长跑这码事。有则笑话：通信连和师部沟通联络的电台出了故障，司令部的人说靠有线吧，打个电话快。政治处的人说，不用靠有线，到附近连队把电报内容发个小道消息，跑到师部比电话还快……

二连连长卢志烈愉悦地打了个呵欠，想着又过去了一天，然后撂下一本卷了毛边的厚书，准备查查岗睡觉。卢志烈能弄到手的书什么都看。一个连长喜欢博览群书，不是这个连队的幸事便是这个连队的灾难。

卢志烈得知消息后，几乎是凭着本能，立即唤醒了已经睡下去的文书，让他赶紧清查一下兵器室。他有种预感，要出事的念头像梦魇一样笼罩着他。两年前二连出事后，卢志烈的神经衰弱了，连长的神经就是步兵连的神经,因此说二连神经衰弱也行。

文书穿条黄布大裤衩,裤腰上的黄布绳打了个难看的蝴蝶结。他睡眼惺忪,从军裤裤腰上解下串钥匙,直到摁亮手电筒深一脚、浅一脚地出了屋,他还没闹明白是自己还是连长梦游。

卢志烈点支烟坐在屋外,让那些傻乎乎的星星陪着自己等待。晚上的卢志烈看上去像如水的夜色一样,宁静而柔和;白天的卢志烈呢?难说。有时看得很清楚反而看不准了。卢志烈的相貌和他当的这步兵连长一样,平淡无奇,从整个轮廓看上去哪儿都挺齐全挺规整,但就是叫人一眼两眼记不住。卢志烈好看的光景是在他抽烟时,尤其是刚点上火一支烟还没烧掉多少,老长的一截小白棍夹在手指间挺漫不经心的,好看!胖子抽烟一副粗俗猥琐相,瘦子抽烟阴鸷狡猾样,只有卢志烈这种中不溜胖瘦的人抽烟,最像个不歪不斜的。

卢志烈的烟把儿还没舍得丢呢,文书慌慌张张地从兵器室跑来,手电光一晃晃的,像是苦海中遭劫遇难人的救生信号。卢志烈心里"扑通"一坠,四肢抽抽着想站没能站起来。

文书的手电光乱了,心倒没乱。他放慢脚步挨近连长,耳语般悄悄道:"连长,少了颗战备手榴弹!"

二

两年前卢志烈刚到二连任职,正赶上第二练习射击预习,也是五十六个训练课时,但包括了实弹射击的四个小时。那是新官卢志烈的三把火、头三脚,他自然小心,不敢懈怠,尤其是最后四小时的靶场实弹射击,他更是谨慎得放屁都怕崩了人。苍天不负卢志烈,全连顺利地把实弹打下来,总评成绩优秀。

二连唱着那支"铁拳头、粗胳膊"的歌,一路抖擞回营房。

谁料,下午刚起床,团参谋长就带着作训参谋和群联干事满脸乌云地堵上门来,找到卢志烈,说卢连长你们怎么搞的?打靶竟把人家老百姓给打伤了?

卢志烈尽管发蒙,但还能叫声屈。他辩解说:“不可能吧,参谋长?我们按规定派出了警戒哨,插了标志旗,摇了警报器,靶区内连条狗也没见哪。”

那就撞鬼中邪了。参谋长说人家老百姓用门板把个砍柴老头抬到了团部,卫生队证明伤口的确是五六式子弹打的,好在打在老头屁股上,伤势又不重,否则来处理的就不是他参谋长这个级别了。

卢志烈说老头怎么会进入靶区砍柴呢?他耳聋了听不见枪声怎么的?参谋长说要真在靶区也就不冤了,糟老头子远着哪。说着让参谋拿出地图,指给卢志烈看。老头砍柴的地点离靶场足有四五公里远,且夹隔着几座山,而团里靶场的靶挡本身又是半座山。半自动步枪弹头最大飞行距离三千米,在两千米的距离上仍有杀伤力……两厢按说不沾边才对,天知道老头的屁股怎么那么倒霉!

“怎么能肯定就是二连打的呢?”这颗子弹有点离谱,新任连长卢志烈不想当冤大头。

“谁也没肯定就是二连,”参谋长说,“可上午全团开枪的就二连。”

卢志烈倒憋一口气吐不出来。连队要开枪,哪怕打几发子弹校支枪呢,都须经团司令部批准。方圆数十里的山区,就这么一个步兵团,再无别的部队。

“会不会是颗流弹?”参谋长极有分寸地提醒卢志烈。这话的精妙处在于:流弹毕竟是失去控制的,作为事故来说责任上有了原则区别;但你认下了流弹的账也就背上了所有的债,流弹从哪“流”出来的?还是你的枪口嘛!

卢志烈是个警醒的人,不难听出参谋长的意思。参谋长并不是来要你承认或否认那颗流弹的出处,假如不是老百姓把门板抬到了团部,他怎么会跑到一个刚打了优秀的连队论是非呢?

矢口否认或和参谋长大吵大闹的话,改变不了流弹的性质,只会再失去一个可能替你说话的人。卢志烈知道最聪明的办法是沉默,再说他也难以断定那颗子弹是不是从二连“流”出去的。第二练习中冲锋枪手有两个短点射，是在立姿无依托情况下发射的，操枪无甚把握的枪手，常把点射打得满山开花，如果真有个把击在岩石上的跳弹呢？

初任连长的卢志烈和两年后的卢志烈根本不是一回事。两年中他有足够的理由为他当初自认为聪明的沉默感到后悔。师、团两级逢会必讲防事故，讲防事故必提“某个连队打靶组织不严密打到了砍柴老头屁股……”久而久之，“枪打老头腚”像评话、大鼓书一样一回续一回，成了师队、团队的保留节目。这是一笔暗账，暗账有时比明账还可怕，犹如海中一块狗牙礁，潮水涨一涨消失了，落一落又冒了出来。

后来参谋长了解到那天上午，当地民兵营长曾带着他小舅子，扛着两支半自动步枪上山打山鹿，连根毛都没打着，就对着一棵大樟树上的马蜂窝“乒乒乓乓”地过足了枪瘾。这消息就像贴在卢志烈心口上的伤湿止痛膏。据说旧时外国行刑队的枪手中，总有一支枪是空响而不能致人毙命，人人都有权利相信自己没有杀人。民兵营长和他小舅子的加入于事无补，砍柴老头倒霉的是屁股，卢志烈和他的步兵连倒霉的是脸面。

三

“黄组”的成员乍见卢志烈，竟然暗暗地都松了口气。卢志烈人长得就随和，不像 A 团一连连长钟天，黑皮紫光的，老是斜着眼睛乜人，心劲盛得恨不能别人都蹲下，就他站着。老实说他们对钟天连队的试验结果并不满意，但也没办法，连长一倒全连就趴下了，这种老母鸡和小鸡式的关系是否也算一种人的因素呢？看样子卢志烈的连队不会这样，卢志烈看上去就是个老实人。

看上去的老实人卢志烈并不老实，他起码有时间做了三番手脚，以对付“黄组”。

一是他偷偷撤掉了午饭时的炒辣椒，“黄组”查食谱时疏忽了。“辣椒没补，两头受苦”。卢志烈为此悄悄撤下炒辣椒，免得热火攻心。

二是他把体弱的兵排排队，挑出六名最弱的步枪手，私下调换到各排的机枪班里，顶替那些副射手，而让副射手到步兵班里替他们扛步枪。班用机枪副射手只有两个弹盒、两枚手榴弹，比步枪手自然轻松，苦的可是正射手了。好在正射手都是些老兵，平日吊儿郎当，一到关键时刻眼珠子瞪得蛋大，说啥是啥，好商量得很。

第三番手脚是他最大的心病：就是那颗少了的战备手榴弹。

当文书报告少了弹的时候，卢志烈很快就从惊慌中平静下来。既然一颗子弹会远远超过自身的最大飞行距离，又翻过几道山去钻进砍柴老头的屁股，那么再发生任何事情又有什么好奇怪的？他不急不慢地又点燃起一支烟，让文书也坐下来，陪着傻乎乎的星星和傻乎乎的连长。

黑暗中的连长渐渐凝聚成一个忽明忽暗的火红色光点，文书惶然了，“要不，我再去找找？”他站起来想溜。

连长未作任何表示，他便不敢动。

文书一职在连队举足轻重，尽管也是班长级，但其作用毫不亚于一个步兵排长，何况文书还兼着军械员，这样档案材料和武器弹药，一软一硬两大件，就全抓在他手心里。哪个连长、指导员都不敢小瞧了文书，挑人选时总是慎之又慎。卢志烈的文书是他自己亲自挑的，他不仅要白脸盘子、硬笔杆子，还要的是对卢志烈的赤胆忠心。

兵器室的钥匙只有文书和卢志烈才有。

该怀疑谁呢？

丢失手榴弹非同小可，倘若有人拉了火把它扔在鱼塘里倒也罢了，假如不是冲着鱼去而是冲着人去，那麻烦可就大了。

文书害怕了，问道：“连长，是不是……上面要来检查？不然，我们先想办法顶替一下？”

“唔？”黑暗中的卢志烈心中一动。

文书说上次投掷实弹还剩下两枚，他没按规定上交，还保存着哪。只是……文书迟疑了一下，说只是弹体上的批号不一样。另外这批弹太新，弹体黑亮亮、木柄光溜溜的，不似战备弹那样在手榴弹袋里背来背去，脏兮兮的显旧。

卢志烈稍加犹豫便同意了文书的鬼点子。在连队和连长的利害关系中，他选择前者。这类弄虚作假的把戏，查出来不过处理直接责任者，处分他卢志烈好了。可要是丢弹一事张扬出去，加上两年前那颗流弹，新账老账一起算，二连就全完了。连队已经为卢志烈的“老实”付出了足够的代价，该是卢志烈偿报连队的时候了。

文书毕竟解了燃眉之急，救驾之恩功不可没。不过卢志烈想，文书这家伙够绝的了，显然离赤胆忠心还差一截子。这种脏了手脚的欺上勾当，为什么非把一连之长拽进来摁一爪子？他动了脑子是这样，不动脑子也是这样，人的聪明和不聪明就像花皮西瓜样摞在一堆由你挑拣。

卢志烈吩咐文书就这么办，手榴弹插在弹袋里批号不批号的想必不会有人注意到，至于新手榴弹不脏不旧的问题嘛，他冷冷地说：“你是军械员，你会有办法的。”

一直到“黄组”进了二连，卢志烈忙得头昏脑涨，竟顾不上好好冷静思考一下那枚丢失的手榴弹。因此，他忽略了另一个同样紧要的问题。

四

“黄组”明确任务后，卢志烈竟然暗中大为松了口气。他原以为是上级工作组来考核呢，正奇怪不考强、不考弱，单单考二连干什么？闹半天没个对手，就你一个步兵连大太阳底下闷头傻跑，快也是你慢也是你，你的对手就是自己身上那个叫耐力极限的家伙，还有那轮放箭伤人的太阳……

没个对手倒是不累，可面子上不大好看，最好有个弱点儿的对手。

二连在团队里被称为“驴骑兵”，即不骑马，不骑牛，骑着毛驴赶中游。“驴骑兵”的日子好过，连长也好当，使使劲哪几天能冒个尖，不经意又会出溜下去。这样的连队，哪个首长说它声好，它能把整个淮海战役打下来；说它句孬，它连条散兵壕都挖不成！初来乍到时的卢志烈曾想铆铆劲儿改变一下连队面貌，不曾想一颗流弹先改变了他自己。

饭毕，称体重，也是大磅秤。

直到此刻，假如忘掉那颗手榴弹留下的阴影，卢志烈还是相当轻松的。看到他的兵依次垂着头走上磅秤，被人记录在册，他甚至有了一丝苦苦的幽默，觉得有点卖儿卖女的感觉。等轮到他最后踩上磅秤时，卢志烈终于忍不住“扑哧”一声笑出来，他的体会太对了，真像卖人呢，身不由己啊！

现在，卢志烈和他的步兵连终于完全知道“黄组”要求他们试验的内容，卢志烈再也笑不出来了。这么热的天，连狗都不敢轻易走出荫凉地，让全副武装的士兵奔跑到倒下去为止，这不是太残忍了吗？那些掐着表、坐着吉普车的大员们在一边看得下去？他们哪是掐表呢，分明是掐住了二连的脖子嘛！中暑死了人怎么办？挂到谁的账上？一颗意想不到的流弹（还不知到底是谁发射的呢），就打趴下一个连长和一支连队，再死了兵还了得？

箭在弦上不由弓，卢志烈转念一想，连他自己都被人家攥着呢。再说这种行动上边通天，一竿子插到连队，真死了人，没法报销也有地方挂账吧？反正谁也别想再拿他卢志烈的冤大头了。

既然这种奔向死亡的游戏永无胜利者，那就让不可避免的失败来得伟大些、壮烈些吧。别看黄老头子吹得天花乱坠，好像二连的越野跑是要去驰援中央首长专列似的，卢志烈压根儿不信这种“试验”

有啥意义，反正二连是箭他是弓，人家拽着他的筋一绷，他就得把箭放出去。他的责任是想尽一切办法，推迟那个失败的到来。他听说A团一连刚刚跑完。他是知道A团一连的厉害，那个钟天带着他的步兵连队跑五公里都跑到军区去了。

黄副师长走向卢志烈。

“小卢啊，这么热的天，真辛苦你和二连的同志啦。”黄副师长在A团目睹了钟天和他的士兵横七竖八躺倒一公路，恻隐之心大发，爱兵如子的天理难免使他暂时忘却了应力戒“人的因素”。

“哪里哪里，首长们辛苦！天气这么热，坐在吉普车里……那车篷子都快烧着了。”

卢志烈不怕不太大的首长，早先怕来着，那些不太大的首长老是数叨他的二连“枪击老头腚”，他就变得不怕了。

卢志烈凑近黄副师长，悄悄地打听A团一连跑的情况。

“你打听这干什么？”黄副师长挥挥手，顾不上怜惜体恤了，急欲离开。

“提供点参考消息嘛。”卢志烈笑嘻嘻说。

“半点都不能提供。不是说过了？这是科学，就要看看除了人的因素之外的其他因素。”

“二连除了人的因素外没别的因素……科学和那个叫人性的家伙有时候可是冤家对头……”

“你少跟我嘟囔这些，我不喜欢听！”黄副师长哼哼着走了。

卢志烈本来不坏的心境，被黄副师长避之不及的态度弄得一团糟。妈的，连长都是向阳瓜，瓜儿连着藤，藤儿连着瓜，藤儿越肥瓜越大，藤儿越瘦瓜越傻！

文书鬼鬼祟祟地蹭过来，得意地告诉连长，那枚批号不对的手榴弹他已做过技术处理，现正背在某个兵的弹袋中呢，称体重前“黄组”检查过武器装备，根本没留神。

卢志烈忽然就以奇怪的目光审视着文书浑身上下。文书和大多数连队文书的类型差不太多，白净且文静，深知连队机要秘闻而不吭不哈，本人并无韬略却颇懂韬光养晦之策，并心甘情愿地成为连长或指导员的心腹。由于心腹知道得太多，有时反被视为隐患。卢志烈奇怪的是炎热的夏天大中午，穿起军装又背上装备，过磅秤等一通折腾，别人早就汗流浃背了，他怎么就一点汗都不出呢？他的军装干干爽爽的，让人看了不光别扭还挺嫉妒，一个满身大汗的连长喜欢看到他的每个兵也浑身湿漉漉的。

“文书，你真的到昨天晚上才发现少了手榴弹？”

卢志烈明知道此时不是盘问丢失手榴弹的时候，假如他的文书和别人一样大汗淋漓，他是不会问的。

文书小脸煞白。

“到底是谁干的呢？他从哪儿弄到兵器室的钥匙？从你这儿还是从我这儿？他要手榴弹干什么？朝着别人来的还是为自己预备的？这家伙是二连的吗？这颗丢失的手榴弹还在二连吗？”

卢志烈并不光火，平易地甩出一连串问题，像扔出一排手榴弹，立刻把警戒阵地炸了个烟飞雾障。文书被吓得不轻，两条肥大的裤筒抖抖索索的。

“我了解过了，批号不同的手榴弹是有区别的，”卢志烈继续说，“演习或投掷实弹下发的手榴弹，保险系数不很稳定。按照教范规定，步兵木柄手榴弹拉环发火后，导火索应燃烧三到三点七秒，可这些批号的弹呢，燃烧时间不很严格，这就很令步兵老伙计们胆战心惊了！所以上面对战备弹的要求很严格，统一年限统一更换，难怪军械部门会严格检查。”

黄副师长甩打着秒表，诈唬着让二连“马上出发”。

卢志烈只能说到这了。他瞟了眼六神无主的文书，发现他的眼里噙满了泪水。卢志烈有些后悔，可这并没打消他的疑惑：文书的眼睛都湿了，为什么就是一点儿汗不出呢？

五

连队撤出去后，猛一下抛掷到太阳底下，像兜网底倒在甲板上的鱼群一样，初时蹦蹦跶跶地还有股鲜活劲儿，很快就蔫叽叽的连气都喘不上来了。

二连跑得还行。卢志烈在前头压住步子，能慢且慢，只要不慢得太不像话惹来“黄组”瞎吆喝就行。反正没有对手，跑快跑慢，正数倒数二连都是第一，急个什么劲儿？卢志烈怀疑“黄组”在A团抓一连是瞄准了个先进典型，到B团抓二连呢？差的还是中的？是个首长都喜欢把人分三六九等，单位“好中差”，显得挺辩证唯物主义。此刻，卢志烈跑在连队之首，一种昂然义气又激励着他醒过来了，二连不是“马骑兵”，可也不是“牛骑兵”，不能落在那个无形的最后。如果哪位首长把二连当成“中”，他就不能跑太差；如果当成“差”，他非要跑出个“中”的水平……奔跑中的卢志烈忽然有了对手，那就是另一个静止的卢志烈。

有对手的较量，嘿嘿——也挺好！

一支部队的英雄史，是用斩获敌众和自己英勇牺牲两种颜色的血混合着书写的，英雄总是踏着战争的烟云来去，不打仗了，出英雄难，出先进也非易事。总有些流弹伤人、丢手榴弹等窝囊事钉住一些倒霉的单位，将它们钉死在原先的位置上，弄得这些单位像流弹一样毫无规律，像丢失的手榴弹一样莫名其妙。

一想到丢失的那颗手榴弹，卢志烈就觉得脚下发沉，拔不动腿。他扭过头去张望，二连的队形挺紧凑，士兵们拢在一堆奔跑着，犹如刚出笼屉的粽子，热腾腾、湿漉漉的。兵都是好兵！关键时刻瞪得起眼来。这样的时候卢志烈绝对不忍心怀疑他们之中的哪个人和那颗失踪的手榴弹有牵连。但那颗手榴弹毕竟是在他的步兵连里失踪了，文书的移花接木术只能瞒过一时，将来总会“拉火引爆”的。三至三点七秒，不过是出手后的空中飞行时间……想到文书，卢志烈猛然想到一个他不该忽略的大问题：掷实弹剩下的两枚手榴弹他为什么不按规定上交呢？他私自保存这两颗手榴弹干什么？这个问题几乎吓了卢志烈一跳！他再次回头，想用目光搜寻到文书，他不相信那伙计到现在还浑身干爽一点汗不出。他的想法白搭，根本看不到文书。连部的兵除了看电影，集合列队总是和炊事班站在最后。

太阳瓷瓷实实地定在原处，像个爱串门的大屁股大婶，一家伙坐在了中天之后再不肯挪窝。风被它舔吮得一干二净。人的鼻孔像烟道一样燥热；可怜的眸子在迷离朦胧中有了咸津津的味觉。渐渐地，二连的队形有些散乱，前后距离拉大了，像条骨节松弛的巨虫。已经开始有士兵仆然倒地，被担架弄上救护车，“呜呜啦啦”鬼叫着一般驶去。跑到这会儿，像喝酒喝到份儿上一样，渐入佳境，觉得刚刚上道儿，醉在哪一杯上？不知道。照这种姿势喝酒的人，都是在启开酒瓶盖时就已经醉了。

卢志烈再也无心回头张望。他自己的神态也逐渐进入一种迷离紊乱的幽境，天气太热，首先乱套的不是脚步而是思维。他只知道两条腿都在动弹，人就仍能算作奔跑。要么是自己倒下去，要么是别的士兵倒下去，很明显这种有起点无终点的越野跑不需要把整个步兵连都装上救护车的。卢志烈和他的步兵连是一个无法切割的整体，犹如空中飞行的弹丸一样，沿着弹道驰过，才会留下那个叫做轨迹的东西。对这种近似于残酷的跑法卢志烈已经没有什么怨言了。毫无怨言那是“马骑兵”满腹牢骚一路倾泻，直到昏死过去醒来再接着骂那是“牛骑兵”；而“驴骑兵”的做法是发完牢骚，就认死认活地去执行，直到倒下为止。

二连就这样绕着营房的环形公路跑着，像弹丸依靠旧有的惯性沿弹道不急不慢地滑行。太阳像个笨拙而又没心肝的卫生员，扒光了他们的衣服，只管用大块橡皮膏糊在人身上又大块地揭掉，粘掉了一片片汗毛。卢志烈已麻木得觉不出累来，只觉得他和他的连队是一群赤身裸体的孩子，只剩腌得浑身刺疼得汗水不停地淌着，那颗一直窝在心口里的手榴弹，不知何时坠落下来，沉甸甸地挂在他的胯裆间，坠得卵子又烫又痛。路旁观看的人们神情严肃，似乎都在盯着他腿间那沉甸甸的家伙。他们严肃的神情倒不可怕，可怕的是他们都穿着衣服。

“嘭——”

一声巨响，吓得卢志烈一个趔趄。他猛然顿住脚步，脸色像一个正在融化的雪孩子。他下意识地用手捂住裆部，可低下头又看不到什么鲜血淋漓。

“什么响？什么响？”失态的卢志烈漫无目标地吼叫。他的步兵连无人应答，像一群表情凝固了几千年的兵俑，小河流水一般从他身边淌过。

这时卢志烈终于看到了文书，这家伙依然全身无汗！

“什么响？是……是那颗手榴弹？”他一把揪住文书。

什么手榴弹？文书被问愣了。他喘着粗气告诉连长，救护车被晒得太久，一只轮胎爆炸了。

“爆炸了……”卢志烈喃喃道，“终于爆炸了……”他木然地愣在那里，直到最后一名炊事兵已经越过他几十米，他才像梦醒一般拔腿向远去的连队追去。

那一声突兀的巨响炸掉了什么，也许是因为歇息了片刻，他麻木的双腿又恢复了活力，胯间也没了沉甸甸的坠痛。好像一匹打了加力弹的野马，迅即赶回队首的位置上。

又到了三岔路口，按照绕营房跑圈的惯例，本该沿逆时针方向向左转弯。卢志烈竟然身子一歪，毫不犹豫地向右拐，就像一颗离轨的弹丸横跳开去。

柏油路面顿时消失了，乱石嶙峋，这是一条平时少有人行的上山的坡路。但卢志烈的心情和脚步一样亢奋，他似乎掌握了那颗手榴弹的下落，绝不会再有第二次窝囊的流弹事件了。

二连还没倒下的兵们，像一群醉汉，衣冠不整，面目赤红，身上的每个毛孔都朝外喷火，脚步踉跄地勉强维持着步兵连的队形。奇怪的是，全连踉踉跄跄地跟在连长后面，竟没有一个人指出行进路线错了。更奇怪的是，“黄组”众多的成员和更众多的军医、卫生员们，也都像沙滩上搁浅的鱼群，张大眼睛和嘴巴，怔怔地眼看着这支连队沿着高低不平的石子路，深一脚浅一脚地向山上奔去。

极　路

一

起床号该响没响的时辰，魏树魁醒了觉，爬起来到屋外尿缸那儿倒净了尿壶，一出溜又躺下了。觉是甭再续了，把一个温乎乎的念头再焐足它吧。

今儿个还有什么可吃的呢？这个念头一出列，魏树魁觉得其他念头都可以靠边稍息了。半个来月前，魏树魁一觉醒来还都转着另一个念头：今儿个该吃些什么呢？由“该吃些什么”到“还有什么可吃的”，这半个来月过得可不消停。别人不累，魏树魁可累，全连在吃他这个连长，他这连长掉过头来又吃连队。先是栏里那三十来头猪，由大到小排定个宰杀序列；还有一口鱼塘，年交关时放的苗，草、鲢、鲫子都全，一入夏正放开身子骨疯长呢，一网打尽吧；菜地里的菜捡细嫩的先采。司务长账本上的家底子，“123”的数一个没变，后面带的那些“0”，可就像肥皂泡似的，一阵风卷去，连点声儿都不带留下的。

C 团三连要拆建，此时不吃还等谁呀！团里不让他们吃，老想堵三连百多张嘴。无奈嘴如水，一旦成患便堵不住了。团里不让宰猪，登记好数目造册，说让党支部负责猪们的安全。圈里的大猪便一头头吃了腌萝卜干，硝酸什么玩意儿中毒，无药可解。魏树魁根本不照面，就有兵把指导员周平拖去验明猪正身，然后紧着放血开膛。周平气得哇哇叫，好像是他挨了刀，可就是挡不住猪呆子贪吃腌萝卜干。还有鱼塘不知被谁倒了“鱼藤精”下去，水面上漂起白花花的一层，网都省下了。

魏树魁不知道这事是哪个屌兵干的，他也不查，吃肉吃鱼的时候还悄悄把裤带松个扣。

三连吃了个天昏地暗。

当连长的终于到了得琢磨“还有什么可吃”的地步。

百多张嘴吃起了性子，收束不住。再说灶底见一天火，就不能让一个兵饿肚子。魏树魁再也躺不住了。

天亮得挺麻溜，出屋时还像个腌过劲的鸭蛋青，白里透灰，刚走到操场，天盖上已经像等油等久了的锅底，烧出了一种暗红色。早晨看霞，等水烧茶。魏树魁知道今儿个天又热得不轻。远远地传来二连跑操的吼声。三连的操场上冷冷清清，有几个不贪床板的兵在吊单杠。拆建的连队，总是先从早操和猪圈里的猪“拆”起。

魏树魁在炊事班搜地雷似的，终于又找到一小瓮黄豆。黄豆不定哪年忘下的，有点儿捂了，介于坏与没坏之间，他让伙房兵用热水泡了。黄豆泡上之后魏树魁可就琢磨开了，是磨豆腐吃呢，还是用黄豆直接烀猪蹄？新鲜豆腐鲜嫩爽口，可有的兵嫌太清淡；烀猪蹄油水大，显得挺富裕，可又有的兵说吃了胃疼，放屁硌蛋……到底咋吃好呢？魏树魁蹲在炊事班门口，连抽了两支烟，也没想出个四五六来，只好吩咐伙房兵说：“去请示一下指导员，这黄豆咋吃好。”

二

“黄组”来到C团一传达任务，团长大吃一惊，说三连不是要拆建了吗？黄副师长淡淡一笑，说不是还没拆嘛！没拆就是个建制连，就算上了火车一道命令还可以再下来。团长面露难色，黄副师长便说：“路上我来不及下车，光在车上走马观花看了看，团里今年早稻不错，比A团、B团的好。”

稻子是稻子，人头是人头。团长这样想，却没敢多话，只是请求要提前些通知三连，否则人员都拢不齐。黄副师长和总参这参谋、那参谋简短商议了一下，觉得A团和B团都弄下来了，剩下C团一个要拆建的连队，谅必意思不大，便同意了，但要求只能“小范围打招呼”。

团长亲自去三连找“小范围”。

魏树魁和周平一听这码子事，立时变了脸。魏树魁那脸原是土褐色的，就显出种遭水浸泡后又晒过的纸那种色儿，说白说黄都凑合。周平文绉绉的一张小脸原先就白，白得拉掉电灯就能在上边放电影，这会儿倒显出乌青色了。

“这事儿……老周，你看……”魏树魁像咬了自己的舌头，把那张耷拉眉分外醒目的脸扭向周平。魏树魁长得锄把子高、菜坛子粗，三十刚过便没了腰，小肚子鼓得军装像扎不住口的编织袋。他那对俗称“八点二十”的耷拉眉使土褐色的脸看上去老像是在哭，即便他温柔地在聆听首长讲话或读老婆来信，脸上也是这副悲痛得还不知有没有明天的模样。这样，他就为自己的处境找到了一个最实惠的口实：他的倒霉纯粹是由于他长了对“倒眉”，如此，天命胜定人命，心理遂安。魏树魁就是这种倒霉蛋：哪怕被汽车撞了三个跟头，他相信其中有两个是无法躲避的，而另一个是由于自己眼神不好没小心着点儿。

周平原想戗他一句“你连长是军事干部”，一想魏树魁已公布了转业命令，再长的鞭子也抽不着他了。可这三连到底算谁的呢？三连拆建魏树魁转业，他调政治处帮助工作，没想到卸套之前还要打马狂奔上一程。

假如魏树魁尥了蹄子，自己带队跑一趟不难，周平盘算，可跑砸了怎么办？三连现在这副骨头架子，一个个兵只认得饭堂和厕所的门朝南朝北了，还能全副武装越野长跑？周平知道，自己没从三连这个秋千上跳下来之前尚存在危险，荡来荡去的，抓不稳就得摔个狠的，秋千停稳当了他才能体面地下来……

魏、周不和，在三连早已不是什么遮遮挡挡的羞丑了。两人闹下来，闹到连队拆建散伙，倒有些像踢腾光了家底子的败家子儿一样，有了悔意，却晚了时辰。连队嘛，跟个小参议院似的，但凡谁跟谁过不去，多无大怨。据说魏、周之争，在于魏树魁太不像个连长，而周平又过于像个连长了。

团长曾骂过魏树魁：“你这家伙，怎么就和周平尿不到一个壶里呢？”

魏树魁嘻嘻笑道：“尿不到一个壶里，把一个老二挪开就是了。”

连里的班、排长们大都往周平跟前靠，这让魏树魁挺伤心的。他这一类军事干部，没啥大文化，报纸能念顺溜；一篇发言稿写下来钢笔杆上咬得净是牙疤瘌，但总能念上五分钟；军事技术没得说，步兵几大件样样拿得起、放得下；平时谈吐粗俗却处处不无农民式的机智幽默；放荡不羁，任啥也不在乎，什么场合都应付自如；但有一条：一旦在气势上被别人压翻了，他又甘拜下风，无意苦争春。

一次在师里开训练会，魏树魁的好朋友、A 团一连连长钟天对他说：“老魏，你那么让着你的指导员干啥？怕他？怎么老跟老鼠见了猫似的？”魏树魁都觉出自己脸红了，扬了扬倒着长的眉，瞪眼说：“谁是猫？谁是老鼠？这个问题要搞清楚，这个问题不搞清楚，会出修正主义。”

钟天推心置腹道：“一个连里俩主官，最好是一狼一狗，这是最佳搭档；如果是两条狗也行，但多少差了一档；要命的是一猫一鼠。”

“有猫的地方一定有老鼠。”魏树魁说。

“不对吧？”钟天道，“你说反了，有老鼠的地方一定有猫。”

“有猫的地方一定有老鼠，”魏树魁以耷拉眉人特有的冥顽重复道，“要不然，猫还待在那里干什么？”

两个步兵连长都笑了，笑的声音就不一样。

“黄组”此番 C 团之行，可不管你狼狗猫鼠，也不管你三连拆建不拆建：他们要的数据，完全取决于三连的骨质，而非皮毛。

无论魏树魁还是周平都懂得军令如山，站在那座山下，它倒不倒全是一码事。

“团长，连里穷得揭不开锅了，”魏树魁嬉皮笑脸的，“吃一肚子空心菜叶子，拉出的屎都没点黄色儿，团里是不是……”

“给你补。”团长无可奈何的腔调里甚至有点感动。

“那我代表全连谢团长啦！”魏树魁眉眼舒展，“要是让弟兄们扒军装前饿着肚子越野长跑，他们还不把锅给砸了……要砸也行，不过现在砸还早了点……”

“老周、老魏，咱可是把丑话说在前头（魏树魁注意到‘猫和老鼠’的姓氏顺序），你们可要给我组织好，不说为C团作最后一次贡献，就算帮我这团长一次忙吧！补助好说，跑完了一定给，给多少嘛，我得看三连和你二位的辛苦程度……”

三

三连开午饭时，庞杂的“黄组”已悉数赶到，只等撂下饭碗，便要开跑。

由于事先得到通知，人员被严格控制，这顿饭三连到的人格外齐。这个要拆建的连队果然和A团、B团的两支连队不同，着装不整，稀稀拉拉，竟有穿着背心和海绵拖鞋的。兵们扫射着“黄组”的目光就不规矩，交头接耳还有那种不加掩饰的不恭敬，弄得“黄组”的人挺恼火。一路上净是拜神的，怎么到这就遇着群拆庙的呢？不知三连原先就教养不够，还是松缰卸套了想要表示一下少有的放纵。黄副师长都不好意思，挺对不住似的，讷讷道：“兵嘛，就是兵……”总参来的这参谋、那参谋就一起点头，表示理解。要走的兵了，除了阎王老子掌他一本生死簿，户籍警还能办他一张户口外，任谁他们也不怕了。

等瞧到饭桌上的碗里，“黄组”成员彼此交换一下眼色，就都露出一副尴尬。监督该连以防止额外补充营养完全是多余的。

白米饭倒是鲜鲜亮亮，兵们狼吞虎咽，好像昨夜里刚从野菜充饥的长征路上走来。菜碗里就令人惨不忍睹了：那是一小碗炖得烂糊糊的黄豆，汤比豆儿多，浮着一些油星和浅棕色的酱油。这就是魏树魁早上的发现了，原先还考虑磨豆腐还是炖猪蹄，“黄组”的到来便失去了选择。

包括魏树魁和周平的碗里也只有黄豆，绝无半块猪蹄。拢共不过四只猪蹄，伙房兵嫌少又剁得过小，下了锅以后便找不着了。魏树魁生怕兵们再像往常那样在饭桌上敲盆击碗地骂将起来，灵机一动，命司务长亲自掌勺，差点儿把黄豆粒搅成一锅黄豆泥，才把那些袖珍型猪蹄块儿重新捞起来。司务长直向魏树魁拍胸脯，说他拿军籍担保，再没有一块漏网的猪蹄了。魏树魁笑说：“你那军籍还不和我的军籍一样，到了换季大杀价的时候了，还值几个钱？”

捞走了猪蹄，还是“猪蹄炖黄豆”，或者“黄豆炖猪蹄”，不管怎么叫，反正汤汤水水里，谁也捞不走“猪蹄”那俩字儿。

猪蹄盛了一大瓷碗，魏树魁嫌白不呲咧的难看，让伙房兵搁糖和酱油重新回锅红烧了一遍，还放足了茴香、大料，又喷了料酒，这碗猪蹄就很有些成色了。魏树魁让人置张空桌子，摆在“经济民主栏”那块黑板之下，然后在兵们步入饭堂之前，将那碗热气腾腾、香味袅袅的红烧猪蹄摆放在空桌上。

走进来的“黄组”成员和三连的兵都看到了那碗漂亮的猪蹄，都闻到了其香无比的香味。于是全连大锅里捞出来的那点精粹就蒙上了一层宗教的色彩，宛若祭桌上的供品。

魏树魁告诉“黄组”，连中午这顿饭的大米，都是向二连借的。他没有一丝笑模样，极其认真地朝兵们大喊：“大家要吃饱吃好啊！”

“黄组”听到这戏谑般的话直想笑，看到那么严肃的魏树魁又想哭。

魏、周感到意外的是，兵们明明知道饭后要进行酷暑下的越野长跑，这半碗黄豆汤抵得上几公里？但他们毫无怨言怒色，大都平静地、几乎是舔干净最后一滴汤汁，然后默默起身离去。魏树魁猜想是那碗特别的红烧猪蹄在起作用了，那是一纸催人警醒的宣言，是官兵同甘共苦的誓词，有盐同咸，无盐同淡，腌萝卜干杀倒大猪时他碗里照样连点肉末末都没有，这样的连长即便不是一尊金刚也是个净心的真佛了。周平则想到三连尽管是个要拆建的熊连队，但主要是个别干部熊，兵还是好兵，顾大体、识大局，每逢遇到艰难困苦的时候便默默地忍受并承担重负。这就是平时政治工作深入细致的结果，指导员当到这份儿上，虽死犹生，虽败犹荣。

这顿饭吃的——三连仿佛在超度一个冥冥之中的连魂。

四

午间的太阳一点成色不减，仍然是毒得能淌出汁水。黄副师长站在太阳地里，想体验一下滋味，实话说，很久一段日子他极少在酷暑中捂着大军装暴晒太阳了。他像被滚烫的开水兜头浇了一身，赶忙咻咻地喘着气躲开了。他娘的温区！黄副师长骂了一句才舒坦些。

除了管服装的助理员，本师官兵很少有谁想到“温区”这个甜腻腻的字眼。

三连集合在树荫底下，正要开始过磅秤，魏树魁忽然吆喝道：“去，有尿的快去倒净，咱不要水分，要的是净重。有尿不撒，待会儿太阳一烤，尿碱了憋在棍里，当心家伙疼！”

兵们呼呼啦啦离开队列去茅房。

“黄组”恼怒地瞪着魏树魁，嫌他节外生枝，胡乱号令，把秩序搞乱了。

魏树魁的手枪早就擦净上油交给文书了，又重新和望远镜、防毒面具一起领回来，披挂上身。全副武装的魏树魁，忽然就有了一种当了六年连长从不曾有过的体验：一个步兵连长，嘿，他娘的，还行呀！不谦虚点说就是伟大了！如果再有一坛黄豆摆在魏树魁面前，他会在一秒钟内拍板儿，哪怕一百个周平反对他也不在乎。魏树魁知道这是最后一次机会了，能站在披甲执坚的步兵连面前挥手瞪眼喊点什么，往后将不再有这样的魏树魁了。他明白为了明天少一分追悔，今天就应该添增一分勇气！

周平站在太阳底下，被它的毒汁一浸，像饮了鸩酒一般昏昏欲倒。他看到魏树魁那熟悉的耷拉眉几乎快扯平了，似乎正进入了一种罕见的亢奋状态，这愈发加剧了周平的病态。这么热的天，连狗都躲在屋檐下不敢出来，跑死人怎么办？人一中暑抢救晚了蹬蹬腿就完！“黄组”连棺材钱都不会出的，魏树魁也拍拍屁股走人，他周平呢？挂笔账带到政治处去帮助工作？随便哪天翻出这笔账都是个晚期癌症，足以致命。

周平现在知道团长为什么要先来关照一下了。当时周平想得太简单，应允得也干脆，此时此地，他才真正知道“温区”盛夏午间太阳的厉害了！坐在沙发上谈论马拉松和马拉松运动员跑到四十公里处想念沙发完全是两码事。

“小魏，小周，抓紧点！早些开始，下午我们还要赶回师部。”黄副师长不耐烦了。

“跑什么样算什么样吧。”

“就是就是，好歹跑一趟就完了。”

“我们多预备了几辆车，担架和医务人员也够……”

“黄组”的人七嘴八舌哄劝道。他们的神情和腔调不外乎说，没人介意三连跑得好坏，因为三连已入另册，这个步兵连的番号将从各种实力图表上无声无息地消失。劳各位大驾跑一遭不过是履行一个必须的仪式，这仪式又非三连不可。一支部队伤亡惨重、元气大伤地攻下一座城池，而新衣新帽、新枪新炮地参加入城式的却是另一支部队。弹雨和鲜花不尽相同，仅此而已。

“黄组”的态度激怒了一部分兵，他们不知不觉凑近了魏树魁。八班长悄悄告诉魏树魁，指导员已经暗中布置下去了，让体弱耐力差的兵不要死撑活顶，感到不行的就躺下去……他说不少兵都憋着一口气，尽管三连是后进连队要散伙了，但兵们不愿意这样"跑散"，这是肩枪荷炮的士兵的羞辱。作为士兵来说，战死沙场和殒命炕头是有区别的……

"连长，今天你就领着兄弟们死一回吧！"

八班长蓦然号叫一声，在场的人为之一振。

魏树魁心中的底火被撞击点燃了！他双眼潮湿，慢慢地放出一道晶莹的亮光，那亮光虽无光彩，但亮得令人动心动情。他意识到自己必须先死一回给人看看，才能激励士兵们同心赴死！

魏树魁发一声喊，他的步兵连重新列队。

"大家中午吃饱了吗？"魏树魁双眉倒拧，渐渐有了几分威严。

"饱了！"三连的吼叫声像个刚组建的步兵连了。

"饱个屁！那小半碗黄豆汤跑不上一公里，放几个水屁就没影了！我魏树魁对不起大家，死刑犯上路还要管顿囫囵饭呢。就那么碗猪蹄，谁也没吃到……"

魏树魁叹口气，毫不理会"黄组"不满的目光，继续说："大晌午头上，拉咱三连出来跑个什么劲儿呢？换句话说咱跑的什么内容呢？师出有名，我给大家说道说道。上级首长们要看看建制步兵连在夏季高温中，按照规定的单兵负荷，越野长跑的能力和忍耐力……"

"魏树魁！"黄副师长在旁一声断喝。

魏树魁置若罔闻。

"说白了吧，这是一场滴血掉肉的试验，看你每个单兵顶着太阳能跑出多远、跑上多长时间，才累趴下、晒蔫巴了。一个个兵加在一起再摆上个连长、指导员，就是一支连队！上级要看的不是张三、李四、王二麻子哪个兵熊，半路上趴蛋，要看的是咱整个三连熊不熊，连长、指导员熊不熊……"

"魏树魁，你给我住口！立即带领连队起跑……不然我处分你！"

黄副师长双目挟烟喷火，连鼻子都气黑了，他哆哆嗦嗦指向魏树魁的指头，宛若颤抖的枪口。"黄组"怒目而向，大概谁也没料到这样一个半死不活的步兵连长，会在起跑前先发横炮。

魏树魁中了邪似的，他反正豁出去了，这辈子再难有振臂高呼的机会了。人要发坏或要当英雄，都得有点胆量。

“我这个连长当得他妈窝囊，牛角猪尾巴，前头硬，后面软，中间儿啥也不是，生生把一个连队在我手里踢蹬掉了。拆建拆建，拆了不建，猴年马月还会再有三连？是块冰化了还得剩下一摊水，是摊水没了还得留个湿印呢，你们说，咱三连能连个响屁的动静都没有，就这么散掉？”

“不能！”三连的吼声已经很像一支战功卓著的英雄步兵连了。

“一根屌毛管三个鬼，我这连长当的，不就百来号人嘛……”魏树魁动了真情，泪珠子终于“吧嗒吧嗒”地掉下来。他急忙横起胳膊用袖子抹去。

“……过去的事不说了，就说今天这场跑。A 团和 B 团的连队都跑过了，跑多久多远才趴下的？不知道。我打听过，可团长也不知道；一个连要倒下多少才算连队累趴了？也不知道，人家不告诉咱。大家伙明白，这是一场不比赛的比赛！咱三连别说为 C 团作脸了，就为咱自己争一回面子！军人！男子汉！老爷们儿家！百多斤沉！……躺哪儿算哪儿吧！我在头里领跑，指导员在后头压阵。大家记住：这是咱三连作为建制步兵连的最后一跑了。我魏树魁求求各位弟兄：实在顶不住了，要倒之前从左腿算起，再往前百八十步、五六十步，哪怕三五步也好，再求求各位弟兄，倒的时候朝前扑，朝前倒……”

“魏树魁！”黄副师长枪口般的手指差点抖上魏树魁的鼻子，“我代表师党委宣布：给予你行政警告处分！同时决定暂时撤销你连长的职务，具体处理意见随后再由党委决定。现在，指导员带队，马上起跑！”

所有的目光，鞭子一样督打在周平身上。

周平被魏树魁弄得目瞪口呆。他没想到死面团子魏树魁一旦加进了酵母，竟能蓬蓬勃勃地发作起来。他豁出这么一家伙，图个什么呢?畅畅快快地出口气?板板正正地做一回真正的连长?不管怎么说,魏树魁痛快了这一次！他一痛快,三连的兵也都跟着痛快,精神上的松绑解脱,委实是很痛快的。尽管为了这痛快会付出痛苦的代价,值了！痛快和痛苦本来就是对孪生兄弟。人要熊包了,你都识不出这还是个人来;人要发狠了,你也看不出这还是个人！魏树魁的疯狂让周平自惭形秽。魏树魁走了,他留在部队,只要一想起这个夏天,足够他脸红好几个季节。

听到黄副师长厉声命令,周平不敢怠慢,疾步跑到队列前,取代了魏树魁的位置,快速下达命令。魏树魁没作任何表示,但仍站在队列前头。这样,魏、周像出早操或集会一样,并列在连队之首。

三连像条绿色箭矢,射向了太阳。

周平连头都不扭一下,边跑边面无表情地说:“老魏,一人不上路啊。”

魏树魁咧嘴傻笑,接口道:“二人不看井。”

五

热,真热！那轮大火球膨胀得仿佛在天上快要悬挂不住了。它真要坠落下来万事万物倒要简单多了,它偏偏不。它就要忽远忽近地冷落你,烤灼你,然后还得让你世世代代赞美它,这就是太阳的风骚。

人们浑身湿漉漉的，宛如扑腾在巨大的蒸笼里，想挣扎着跑出去,但这种挣扎又加剧了永远滞留在蒸笼中的可能性。开始难受起来的时候,人尚清醒,虚脱呀、中暑什么的一团团阴影还不时掠过脑海。到了后来,脑海中任何念头都不复存在,意识的天空中只飘浮过一片片金黄色的云朵。那云朵中藏匿的是福是祸难以预测,每一个看到那片片云朵的士兵也不再感兴趣,能看到就说明你还活着,还活着就得继续奔跑,奔跑……此时赖以支撑的,除了信念之外,就是这炫目的金黄色了。

哦，金黄色的云朵，生命的光环！

路两旁隔段距离就画着一个明显的路标，那是一个箭镞似的白色箭头，冷冷地提醒着半清醒状态下的三连由此向前。还站了不少佩戴袖标的士兵，看上去眼熟，熟了几回才恍然悟出都是本团特务连的。这是因为B团二连跑错路的缘故，“黄组”才为三连特设了警戒哨。隔不多远，就是一副空担架，一个卫生员，这气氛就挺瘆人的。这种瘆人的气氛要么摧垮一连人的锐勇，要么激励起一连人的自尊。“黄组”忽略了，恰恰是他们自己，设置了一个富有极其强烈的“人的因素”的环境……

魏树魁起跑不久，偶一回头，猛然间竟不敢相信自己的眼睛。他看到他的士兵们不仅队形紧凑密集，连着装都齐刷刷的。他愣怔怔地放慢脚步，最后竟完全停在路边，仿佛不认识似的，看着那些熟悉的身影从眼前掠过，士兵们至多敞开了风纪扣，连第一颗大扣子都锁闭得规规矩矩；帽子没有前仰后合的，更没有帽檐朝后的；连袖子和裤腿都没人卷起来。过去三连跑五公里整个就是幅溃兵图，裤腿挽到大腿根说是减少摩擦阻力，扣子少扣俩说是喘气匀称，帽檐朝后倒扣说是不兜风……最要命的是步枪手和冲锋枪手们，跑五公里一律喜欢倒着扛枪，用手满把攥了枪口和准星部位，把枪托扔到后脑勺去。魏树魁禁过几次，禁而不止。士兵们说这样扛着舒服，甚至递过枪来让连长比较着试试看。魏树魁根本不用试，他扛过两年步枪，背过四年冲锋枪，服足了双份的兵役期！那时候他们白天行军还算规矩，夜幕一降临便纷纷掉过枪去，倒抓枪口，尽管黎明宿营时枪口一片红锈，但正如今天的兵们说的那样：舒服。

现在，魏树魁看到他的连队不仅着装整齐，步枪手们还一律托枪在肩。魏树魁知道这样托枪是很累的，右手心要抠住托底板，手腕要勾仄用力压下去，这完全是队列操典上的姿势。没有人强求他们在最后的越野跑中这样做，他魏树魁即便想提点什么要求也无济于事了，黄副师长的口头命令，已经剥夺了他的权力，他不过是作为三连实力中的一员参加这场试验。他不再是菩萨，甚至不是向菩萨进香的善男信女，他是小鬼们夹棍吆打的审判对象。

魏树魁相信士兵们的收束与迸发，完全是为了他们自己。他还有充分的理由相信，在他们心目中自己仍然是步兵第三连的连长。看来全连的士兵都决心跟着他魏树魁去死一回了！

泪眼迷蒙的魏树魁拔腿向前追去，他要回到自己的位置上。

“黄组”成员分乘小车，一段段超越过奔跑的三连，停下来观看。C团这支步兵连的越野已经失去了试验的资格，不再具有任何意义了。他们跑得疾缓远近，躺倒下去的多寡快慢，都无所谓了，这是一场失败的试验。三连出发后，他们甚至通知撤去磅秤，有人倒下的话直接抢救就行。

起初，“黄组”的人漫不经心地看着那支傻乎乎的步兵连和那个傻乎乎的连长，看他们在醇烈的阳光下一步步跑进了醉醺醺的酡然之境。天气的确太热了，每一道阳光折射下来的钢针都直刺肌肤。他们甚至期望早点结束这毫无意义的冒死疯跑，晚饭前还要赶回师部，小招待所为“黄组”使命的结束置办了好几桌，桌上肯定有冰凉舒胃的啤酒……渐渐地，他们就被这支普通的步兵连的气势震撼住了！绝处逢生，抱定必死的信念而求活，难道这像是一支即将解体的连队吗？

他们不得不重新打量跑在前面的那个连长魏树魁了。

三连奔跑的路线也是绕着团部驻地形成的一个闭合式圆环，路是圆的，便无极无端，永无尽头。三连不知道跑了多少圈，不知道还要跑多少圈。“黄组”早已下了吉普车，分站在几个主要路口。C团各连队午休的士兵们也爬了起来，夹满道路两旁，和“黄组”一道怀着十二分的钦佩，看着那支踉跄欲倒、疲惫已极的弱旅，跟在魏树魁的后面，一圈又一圈地、艰辛备至地跑出了他们自己的目的和意义……

（《小说月报》1992年第5期选载）

祭奠星座

朱苏进

一、11 时 50 分——昂贵的合影

数万军人组成十六个方阵，环立在墨灵山脚下。

正东、正西、正南、正北各两个方阵，东南、西南、东北、西北各两个方阵。方阵与方阵之间留有宽阔间隔，臂戴黑白红三色袖标的警卫，背着手叉开两腿立在间隔中心线上，每隔三十米一名。从墨灵山顶朝下望：十六个方阵呈放射状散布，形成一个巨大的同心圆。圆心就是墨灵山顶的金属觇标，觇标高约五米，三角形钢架，假如从钢架顶端设一条垂直线下落，那么正好可触及地面上的一块方石。方石中心嵌一颗铜质小球体，球体上有十字标志，它就是方圆上百公里内的大地测量控制点。小小的十字标志，具有精确至极的经纬度和海拔标高。

此刻，嵌在石中的铜球正被一只脚掌踩着。无论此人是否意识到，他已踏定这片大地的中心控制点。他四周的一切——大地、山坡、方阵，都呈匀称的几何关系向天边延伸，而他成了高踞的中心。他的另一只脚踩在地上，上身前屈，左手支着下颌，胳膊肘支在踏铜球的那条腿的膝盖上。他似乎是在望脚下的方阵们。不过，站在他身边的天音断定：他只在注视自己脑中的思绪，方阵只在托举他的思绪而已。

他是博士的继任者，心形系统新任统帅南屈子中将。在今夜，南屈子将告别自己的部队前去赴任。天音在执行礼仪性使命：作为心形

系统的礼宾官员伴送南屈子赴任。他很不喜欢自己这使命，仿佛被迫穿紧身衣。但是他已下定决心，让自己像一个平凡人那样生活下去。这首先需要忍受平淡，忍受凡俗，忍受大力量拱动心扉，仿佛硬把一柄巨剑插入小剑鞘内！天音让外界来选择自己，自己不能选择外界——因为这才像个平凡的人。

南屈子却给了天音极高的光荣：让他站在自己的左边，他的右边则站着一位女士。天音在这种场景中无法扭头瞧她，但已感觉到她很美，那是她落到地上的身影给他的暗示。他想，太奇怪了，在数万军人拱立中的南屈子中将，身边却站了两个外人：自己和那位女士。

从任何一个角度朝山下望，警卫们都站成一条直线，直得如同刀锋，将方阵彼此剖开。全体军人头戴轻便钢盔，阳光下，所有钢盔的同一部位，都闪射一个滴溜溜的小太阳，他们若移动头颅，钢盔的光点就会改变位置。但是，光点就跟钉子钉在头盔上一样，牢牢地不动。他们着零式野战服，胸前挎着不反光的黑色冲锋枪，面向墨灵山。数万双眼睛齐刷刷直视山顶，几乎将山顶挑到半空中去！

天音明显感受到数万双目光的力量，他们三人正处于目光的焦点，目光如同波束脉冲，激射着他，使他有心飞意渺之感。哦，直径数公里的圆形阵容，大地被褐黄色泽覆盖了；由于呼吸，由于体温，由于钢盔，由于目光……阵容内的气温比外面高七度。阵容不再是圆形平面，它的力量已使它像球体那样鼓涨着了。

南屈子道：‘中校，我相信站在月球上也能看见这个阵容。”

“就像地球上的一颗痣。”天音微笑。

“像一枚勋章！”南屈子纠正了他。又转头问女士：“想不想把眼睛放到月球上去待一会儿？”

天音趁势注视那位女士，她确实具有月亮那样的沉静之美。她裹在蛋青色风衣中，只露出一双幽深的黑眼，极像裹在一种意境里。她身材娇小，愈显出眼睛的又亮又大。她站在硕长的南屈子身边，好似南屈子把她从衣袋里掏出来搁边上的，而且随时可以把她放回去一

样。天音略有些诧异：一位柔弱女士能够在数万雄健军人注视之中悄然无惊，难道没感觉到这铺天盖地的烈烈军威吗？她要么是个女王要么是个盲人，只有这两种人才能在此保持淡然心境。天音看不出她是南屈子什么人，总之不是妻子，今天这场面不允许携家眷。南屈子与她说话时，虽然潇洒，但那潇洒里隐含着敬畏，甚至可以说是为掩饰敬畏而强作潇洒。

女士道："将军，我不明白你的意思。"

"啊，是我没有说清楚。我们的黑鹰2号航天器正在绕月飞行，现在也许恰好在月球与地球之间。我们可以让它把电子摄像镜头转过来，对准我们拍摄几张，再传送到我们手里，好像你站在月亮上朝下望一样。"南屈子将军仰望蓝色天空，目光停留在黑鹰2号所处的遥远空间，"多好的清晰度，万里无云。我们将得到一张遥远的纪念照。"

"这会不会太昂贵了？"女士说。

"确实是一张最昂贵的照片！但它值得。今天，蓝星部队六万官兵全部聚集在这里了，我早就想同全体兄弟们合个影，一个不缺。除了从卫星上拍照之外，还有什么办法？"

南屈子将军朝后望一眼，立刻就有一位少校参谋走到他身边。他问："刚才的对话你听见了没有？"

"听见了。"参谋说。

"那么，给黑鹰2号发指令吧。"

参谋遵命离去，钻进一个拱道口，进入地下指挥部。南屈子说："我估计需要三分钟到三分半钟。可惜不能拍下我们每个人的面部表情。当然，无限放大之后也能显示出来，黑鹰2号的分辨力棒极了！"

"将军，"天音说，"整体阵容会有一种表情，那将是六万人的共同表情。"

"您说出了我的念头，谢谢。"

三人默立等候。三分三十秒刚过，少校参谋从地下指挥部出来奔至他们面前，双手托着一张晚报那么大的彩色照片。这是刚刚接收到的，经过解析、融绘、扩印等方式处理之后的卫星图片。它热烘烘的，像刚从烤箱出来的土豆片，散发着电流脉冲的余热，并有一股清幽幽的果酸味。

南屈子将它放到面前石台上，三人聚拢看它。

照片具有极高的清晰度，鲜亮的色彩似乎要从相纸上跳起来。数万人在大地上组成巨圆阵容，无数个细小光点在阵容里闪动，那是钢盔上的闪光。各方阵又组合成美妙图案，巨圆的中心，便是凸耸的墨灵山。巨圆的外围，是淡绿色的地球表面，巨圆阵容如同原始森林凝聚在地球表面，真是壮美极了，玄妙极了！这种壮美与玄妙，又都是由一个个具体人堆积而成，是人的森林般气势，一个浩大的表情！只有在遥远的太空，才能够宏观到人的整体伟大。

南屈子道：“果然像一枚勋章，挂在地球胸膛。”

女士说：“我看像一只花环。”

天音不语，脑内快速闪射：像一个伤口，像一只眼睛，像北京天坛，像海中的海星，像一滴正在蔓延的感情……这照片激发人无限想象。它把山下六万人浓缩在这里，看了令人惊骇。

女士说：“可惜他不在这里。少了他，合影就不完整了，唉……”女士放下照片，默视天边。

天音仔细看看南屈子与女士的哀容，相信他俩正在怀念同一个人。“那人是谁呢？……”天音凝思半晌，蓦然想起：星座！蓝星部队的首脑卓蛮，人称“星座”。在天音出生前，卓蛮就已战死，至今约有三十年了。天音笑道：“卓蛮即使在里面，也看不出来。强大的整体精神淹没了任何个人……”

南屈子粗声截断：“请称呼他‘星座’！多年来，没人敢大声叫他的名字，特别是在我们面前……”南屈子关切地望望女士。女士面色苍白，伫立不动，也不说话。南屈子叹口气，示意少校参谋过来，把卫星图片交给他，命令道：“立刻印制六万份。今天到场的全体人员，每人一份。”

天音肃然无语。一个人已死去三十年了，居然还碰不得他的名字，仍旧垄断着眼前这宏大阵容的精神。他也太过于神圣了吧？

二、11 时 55 分——正午时分进入黑夜

南屈子举起一架配有滤光镜头的望远镜，望着天空上的太阳。望了片刻，将望远镜递给天音，说："我们等待的时刻就要来临了。"

天音通过望远镜观看太阳：镜中出现巨形球体，几乎塞满视野。灼目的阳光都已滤尽，太阳像一颗刚刚剥离出的人体心脏，裸露着鲜润的金红色，边缘部分有一缕一缕的日珥，像它的茸毛或者气息。它明净无瑕，滴溜溜浑圆，能感觉它在太空中转动，它是太空的心脏，起码是我们太阳系的心脏。剥尽了它的光芒之后，它竟有那么可爱，它竟比先前更富于生命感！它红嫩欲滴，那满腔汁液随时要涨破似的。它是一团蠕动着的无声的呐喊，贴在无限黑暗的天穹上……天音看着看着，感觉它近在咫尺，简直要掉下来，穿透望远镜掉到他脸上。他稍微偏移镜头，立刻看到一个巨大的黑色球体缓缓飘移，正在逼近太阳，距离一分一分缩短。黑色球体面朝太阳的部分，推出一道弧形光波，就像巨型舰首在海中推出一道弧形波。它贪婪地逼近太阳，恐怖地逼近太阳，天音听见一种碾碎空间的遥远呻吟。

南屈子在天音身旁道："我们预先计算过，今年第九次农历朔日，月球运行到地球与太阳的中间，黄道[①]面与白道[②]面准确相交，形成罕见的日全食，墨灵山正处于地球上的月影中心，我们聚集到这里，以环形向心阵容进入正午时分的黑暗，就这个地区和这些人而言，是千古难觅的奇妙黑暗。要知道，地球上的人，数十万人中只有一人在一

---

① 黄道——地球的公转平面和天球相交的大圆。

② 白道——月球绕地球运行的轨道平面和天球相交的大圆。白道和黄道的交角平均为 5°9'。

生当中经历过一次真正的日全食！那月影所造成的片刻暗夜既令人恐怖又令人激动。每次日全食发生时，世上无数有钱人都不惜巨资朝月影区涌来，无数架射电望远镜都对准太空，都想亲眼目睹这一宇宙胜景。何况，被日光所遮蔽的许多太空奥秘都在此刻暴露出来。不过，我们对他们的动机不感兴趣。我们尊重这一片月影，尊重这一片浓浓的天意，我们不许他们污辱它！我们封锁了这片区域，我们独占墨灵山月影区，当上天赐黑暗于我们时，我们将祭奠旧日的统帅——星座！同时，存在了半个世纪的蓝星部队也将结束它的光荣，它的存在至此终止。哦，这就是我们部队的日全食！天上一个，地上也有一个。”

少校参谋在身后高声读秒：“11 时 59 分日初食，12 时零 8 分食甚，12 时零 9 分 50 秒日食。日光从月球抵达地面需 1 秒 37……现在距月影还有 6 秒，5 秒，4 秒，3 秒……”

天音猛地转首朝西南天际望去，原先明亮的地平线出现一片黑暗，正朝他推进。黑暗区域与明亮区域之间，有一条移动的、从左至右横亘天边的界线，像一堵有形有质的高墙，朝墨灵山撞来，速度接近于闪电。蓦地，黑暗触及天音，然后越过他朝大后方蔓延。那一瞬间，天音感到凉意，头顶日光的压迫顿失。月球遮没了太阳，在地球表面投下一个直径上千公里的圆形黑暗，他们正处于黑暗中心。正午的天穹竟出现稀疏的星星，然后越现越多，大地既无月光又无日光，被夜色笼罩着，无限寂静。

南屈子开口了，唯有他的声音穿越黑暗，充满骇人的意味。他完全相信：即使在暗夜中，宏大阵容里的每个人仍在举首望他，并屹立不动。

“兄弟们！蓝星部队的全体勇士们！我们走过了五十年光辉岁月，现在进入天体运行带来的伟大黑暗。只有这种黑暗，才与我们相配！我们在黑暗中祭奠我们耗去的生命，祭奠我们的旧日统帅，蓝星部队的卓越‘星座’，（他停顿片刻，然后艰难地吼出姓名）卓蛮准将！他在三十年前的今天离去，三十年之后，我们才确信他已战死在地球的某一个经纬点上！

“卓蛮是我们蓝星部队的创建者，是伟大的军事艺术家，是本世纪最出色的军事统帅之一。他十四岁步入军人生涯，十九岁毕业于亚盟军事学院，获现代战役学博士学位。二十二岁任火箭军战略局战略研究员，二十六岁任蓝星 4 团团长，二十八岁任蓝星部队最高司令，授衔准将。他拒绝比准将更高的军衔，他愿意自己肩上永远只有一颗星，因此他至死都是准将！他被蓝星部队全体官兵称为：星座。他曾率领我们战胜北冰洋协约国的联合入侵，率领我们取得塞姆里斯堡战役的胜利，率领我们跨越半个地球剿灭最强大的毒枭集群，率领我们赢得环太平洋六国战争。没有他的卓越智慧，太平洋六国不会获得独立。没有他，蓝星部队不会有辉煌。他把战争变成艺术，他用战争消除人类恶性天性的蔓延，从而把战争控制在合理剂量的范围内，从而最大限度地靠近最终的、永恒的和平，今天，我们首次也是最后一次祭奠他，然后我们将结束蓝星部队的使命。勇士们，记住我们蓝星部队著名的祝酒词：愿你战死它方！……记住，我们每个人都是战争缝隙中掉下来的幸存者，我们精神不灭！记住：这是一次我们的日全食，太阳已息隐在月球后面，当它再生时，将是另一个太阳。现在，让我们举起枪——像举起一只酒杯，对向天空上的太白星座，射尽膛内的子弹，宣告星座与我们一并归于永恒。”

南屈子结束了他的悼词，仰面向天上的太白星敬礼。一颗蓝色信号弹从墨灵山顶飞起，直指夜空里闪烁的、那最亮的金星。霎时，六万支冲锋枪同时开火，巨大阵容一下子被火光照亮，方圆数公里内繁星闪烁——尽是射击的枪口，无数曳光弹组成浩浩荡荡的弹群，直朝天空奔驰而去。仿佛地面突然钻出一个直径数公里的火柱，冲向天穹。哗哗哗……枪声汇成蹦跳的大潮，墨灵山四周空气被弹道们劈开，气流吱吱作响，气温陡升，炙烫人脸。

子弹射尽时，月球恰好离开太阳，像被弹群们击落了。日光轰轰烈烈地倾倒下来，大地从黑暗中跳跃出来。六万人组成的圆形向心阵容，仍然丝毫未动地屹立原地。只是他们钢盔上方，飘浮着很厚的淡蓝色硝烟。

墨灵山顶又射出四枚通红的信号弹，以美妙的弧度飞往东南西北四方。方阵们高吼一声："万岁！"吼声毕，全体向后转，队尾变成排头，六万人迈着整齐的正步，朝四方缓缓散去，仍然一丝不乱。

从现在起，他们将退出军人生涯，隐没到大地各个角落中去，以普通人的生活度过自己的余年。他们克制着告别的悲伤，走完军人的最后几个步伐。南屈子振臂大呼："老战士永远不会死，他们只是慢慢地消失……"吼声充溢天宇。

这是一种辉煌的消失。

天音朝四面八方鸟瞰，见到的全是蠕动的军人背影，越来越渺茫，最后淡入天边。

南屈子悲怆地叹道："你看见他们是如何消失的吗？他们结束时就跟开头一样豪迈！没有人因为末日降临就改变自己的军人姿态，这就是蓝星部队老兵们的素质。我年轻时见过著名的空骑一师，那支部队作战非常勇敢，尤善于苦战恶战。但是撤销编制的那一天，一声令下：退役——解散！他们就垮了，精神倒塌了，几十年蕴积在身心中的军人力量失去自控，放纵地释放出来。官非官兵非兵，呼啸而去，散入山林城镇之间，成了一股盲目的破坏性力量。哦，中校，你如果是沙场老兵就该明白：对于一支可怕的力量来讲，解散时最危险！比强化它、拼命使用它还危险数倍！唉，造就力量很难，摆脱这力量更难。我不夸张地说，蓝星部队的巅峰之战，就是他们的结束。"

天音肃然答道："这些拿枪的老兵，就每个人的素质衡量，个个不次于将军。是的，六万个将军。"

在天音出生前，蓝星部队已闻名于世。它主要是以传统装备作战的地面部队，它的威名曾压倒"心形系统"的部队，成为共和国武装集团中最精锐的合成军。但它毕竟是那个时代的传统部队，随着武器与战争的飞速演变，蓝星部队渐渐不适于今天的高科技战场了。心形系统恰恰与之相反，是一支超前的未来型部队，尽管在它早期阶段不敌蓝星部队，但现代战争的丰富成果天天滋养着它，使它终于取代蓝星部队成为当今的战争骄子。心形系统如日中升，蓝星则不得不在日全食中消失。不管消失时是多么辉煌，实际仍属不可避免地被淘汰掉了……对于南屈子中将，天音所知不多。只知道他是当前军界一员骁将，富有现代智慧，灵活多变，既凶猛又具备超人反弹力，时常用五种以上的构想打一场中等规模的战役。甚至在交兵之前就置敌于败境，不战而胜。他功勋累累，曾获国际军事联合会的"世纪"勋章，三次被聘为联合国部队驻亚洲及太平洋地区总司令。蓝星消失了，他反而擢升为心形系统最高指挥。作为一个职业军人，天音想不出还能有更好的权位。

巨圆阵容已完全散尽，大地裸露了。先前方阵占据过的地方，草木枯萎，土色茫茫如失，留下了一个暗淡的圆。要过许多日子，这片土壤才会驱除疼痛，再度繁荣草木，恢复与周围地貌相协调的表层。

天音想：一个人能有这样的祭奠，虽死何憾？星座给大地留下的痕迹太深刻太广大了。死亡，竟使他被放大无数倍！啊，死亡竟成为扩充生命的方程式。所有人都进入祭奠，而我只能欣赏。他不禁寻找那位女士，想看看她的神态。因为她也不是蓝星部队的人。

女士仍然披着蛋青色风衣，仍然站在原先位置。她举首遥望太阳，似乎不惧强光。过一会儿，她低下头，孤自说："月亮没了，它曾经遮盖了太阳，现在不知到哪里……"

三、12 时 15 分——淡蓝色火烛迸发言语

南屈子被她的柔声所震，忽地掉转身，久久望着她。高大身躯如小山般堆立着，虽然纹丝不动，但身上的气韵却分明在颤抖着，目光在眼眶内愈涨愈大，似要涨破眼眶。他说话了，声音仿佛是从幽深洞穴中溢出来的。

"桑青，我热爱你！我等了你足足三十年，现在，我们已经解散蓝星，祭完星座。我们已经有了一个新的太阳，也就是说我们也该更新了。啊，我等待这一天已等待了三十年，现在，我认为我有权向你求婚。请答应我吧，桑青！……"

天音被突然感动，他自己也有过绝望的爱。他抑制自己不要被南屈子那炽热的气势推开。他于瞬间洞悉几点：一、这女士原来叫桑青，年龄远在三十岁以上；二、南屈子爱她三十年而不敢开口，是何种力量阻挡这将军求爱？三、桑青肯定爱着一个人，这人只能是星座——卓蛮，并且等候他三十年了。

桑青正视南屈子，面容优美而从容，说："我答应你了。"

南屈子仰天长啸："噢哈……"双足在地上跺着，喜极欲狂！末了，他朝石台下环立的中校以上的军官们叫着："她答应我了！拿酒来啊，兄弟们，让我们痛饮一场，醉死方休！"

军官们也狂呼起来，纷纷蹿动着，从地下室抱出酒坛、酒具。俱是窖藏了百年的烈酒，他们敲碎泥盖头，将酒碗伸进坛内，一碗碗舀出来。墨灵山顶顿时酒气浓郁，几米外的物体都在透明酒气中波动，像浸在水里一样。

南屈子又问桑青："什么时候举行婚礼？"

桑青道："任何时候都行。"

南屈子高叫："就是现在，我们立刻成婚！兄弟们，祝贺我们吧，痛饮高歌吧！……"

军官们狂热地举起酒碗欢呼，随即一碗一碗饮尽。他们脱去钢盔，敞开胸怀，用力碰击酒杯，然后热辣辣地唱起蓝星部队圣歌——就是那万众皆知的《假如》。

假如我的上衣了解我的念头
我就烧掉上衣赤膊上阵
哦，我拒绝你看见我战死何方

这才跟永存一样

假如子弹穿透我胸膛
那不怪子弹，只怪我胸膛不够坚强
哦，我胸膛有一颗弹丸般的心脏
胸膛是我意志的包装

假知我的歌声唱到一半被战刀劈断
你必须取走我断喉中的歌
哦，躯体断了歌声不能断
你将它掷向天空化作弯曲的彩虹

假如我的双足追不上我的目光
我就永远向前冲撞，直到双足踢翻了太阳
哦，决不要收回目光
快迈动双足去冲撞冲撞，敌人在前方

假如不经我同意而天已黑尽
我将用战火烧亮天空，黎明时我才倒下
哦，钢盔上弹迹斑斑
我早已中弹死去，仍然战至黎明才允许躯体倒地

假如我击败了伟大敌手
胜利后不免忧愁，从此我满载荣誉却无敌手
哦，敌手敌手，没有你我分文不值
你我应该同存同亡，像大海拥抱太阳
…………

歌声粗豪放纵，每条嗓子都已振奋到极致，在胸膛上笔直地抻着。胸膛则一瘪一鼓，把强大气流推出口腔。酒浆已把他们浸透，头颅跟钟摆似的摇着，但歌声的旋律仍然保持每分钟 112 步的节拍，仿佛在行进间唱着。墨灵山像聚集了一群发情的犍牛，个个都在仰天长吼。墨灵山自身也摇摇晃晃了。

蓦然，一股寒冷的声音劈断歌声："假如？假如星座没有死！"

狂歌霎时中止，墨灵山这半边的人都转脸寻望，那半边的人也从山脊后面探出醉醺醺的眼睛来。那一声咤问异常刺耳。闻者如被蜂蜇。

一个满面病容的上校军官离开众人，孤自待在一面悬崖畔。他将两个酒坛摞起来，坐在酒坛上。按照他的体重，酒坛应该碎裂。但是他很合理地散布自己的体重，致使酒坛不碎。就这样也可看出，他身上已不能再搁放一根稻草了。他两眼直视南屈子，那声诧问显然对他而发。不过，更加凶狠的诧问仍然充塞在他的眼里。

天音低声问南屈子："中将，那人是谁？"

南屈子夸奖道："他是蓝星部队的自豪！哈哈哈，是星座的副官。三十年来，他不相信星座已战死，一立等候他归位。他对星座的忠诚，几乎和我差不多了。就为这，我敬重他。"

那人说："我服从你，但从来没有敬重你，我的敬重已全部给了星座。我说不出理由，可我感觉得到，星座并没有死去，他只是无法归位而已！"

天音走到他跟前，先看了看他身后的悬崖，惊奇地微笑了："阁下，我喜欢靠深渊这么近的地方。它能大大刺激人的想象。"

"请退后几步，这悬崖是我的权利。我希望所有人都跟我保持三米以上的距离。除了星座，这习惯，大家全知道。靠我太近是污辱我。"

"假如我不退后呢？"

"我就跳下悬崖。当然，你下去也行。"

天音退后几步："作为尊敬的距离，这够了吗？"

“够了。”

“阁下，我想知道，为什么你感觉星座没死？”

“不知道！”

“无根据的感觉，别人无法相信。”

“我信！”

“你……喝醉了。”

“没有！”

“你没有喝酒？”

“喝了。”

“我没有看到你喝，我相信别人也没有看到。就是说，我们都感觉你没喝，你如何叫我们相信你喝了呢？这道理和你所持的道理一样。”

“不一样。我会证实我肚里灌满了酒。”

上校从酒坛上跳下来，两只酒坛因为反弹力而砰然碎裂，无一滴酒渗出。两只都是空的。上校掏出一盒抗风火柴，嚓地点燃一支，将嗞嗞作响的火苗靠近鼻端，说：“我证实给你看！”猛用力，浓郁酒气从体内喷出，霎时把他整个人都点着了。他从火焰中伸出手，手里还抓着那支抗风火柴——指定天音道：“你相信了吧，我身体内有两坛烈酒！”

天音愤怒地：“阁下，你用自焚来污辱我！”说罢欲扑上前救他。

“站住！”上校吼道，“不准靠我太近，否则是你污辱我！”他每说一句话，酒气都从口中喷出，烧着了军装头发腰带，越燃越烈。他整个人成了一支巨大的蓝色火烛！

众人都站在数米开外，即：上校尊严所需要的距离，惊骇地望着。蓝色火光在他们脸上跳动。后来，他们的惊骇变成了激动，仿佛他们也在燃烧。

天音大吼：“你到底想证实什么？”

蓝色火烛迸发言语：“假如星座没有死？……回答我！”

天音道：“假如星座没有死，我一定找到他！”

一枚徽章从火烛中飞出，直冲天音。天音挥手抄下，掌心火烫。他看一眼，是六角形的金属衔章，蓝星部队的标志。他握进手里。

蓝色火烛开始摇晃——竟是上校的狂笑所致！他笑啊笑啊，站住了，举起满是火焰的头颅朝天吼叫："星座，你看见了吗？……"他口中喷出五尺多高的火柱！吼毕，倒地死去。蓝色火苗在他身躯缠绕许久，才一缕缕灭尽。

天音走到南屈子面前。南屈子如铁铸之人，毫无表情，眼内目光硬如枪刺，整个人都由于某种力度而凝缩紧了。天音把手掌摊开，说："我想，它大概是星座本人的衔章。"

南屈子沉默很久，才从天音掌中取起它看。衔章正面，金质角瓣，六片，玲珑生光。核心是一颗蓝宝石，表面有波状纹。稍微改变一下欣赏角度，宝石就闪射波浪般的光，一圈套着一圈，像个小喷泉似的喷涌光波。背面，则有蓝星部队衔章统一编号：99999。

"是星座的。五个'9'是他的编码，他把自己放在蓝星序列最后一个编码上。"

"为什么会到上校手里？"

"不知道。"

天音相信，既然南屈子说不知道，那肯定就是不知道，怀疑他等于降低自己的境界。天音说："仅凭这枚衔章，不能证明星座还活着。"

"还记得你刚才答应上校什么吗？"

"找到他。或者找到他的尸首。"

"你并没有讲尸首。"

"啊……您难道要我必须找到他？活着的他？"

"你可以调用我权限内的一切手段。包括我自己，也听你调用。"

"可是，他已经战死。您祭奠时说过。"

"那是我！而你不要污辱我的智慧了，你心里已经认为星座还活着，难道不对吗？"

天音敬礼，默然退下。他很少羞愧过，此刻他感到愧意。他观着桑青，用迥然不同的心情看她。桑青不再是以前的桑青了，她应该说话。

桑青伸出纤细的手指，轻轻一扯，蛋青色风衣从肩头滑落，显露出她少女时代的服饰：淡雅的连衣裙，几束鲜丽丝条，配一条黛色束腰……她一下子回到十六岁。只是她容貌中的气质早已与服饰不合了。她平静地说：“一个人如果消失了三十年，还能再忍受周围人的巨大变化吗？还能进入以往的生活吗？他如果活着回来，会使其他活着的人无法再活下去，他也不再是他了。我说的对吗？”她问天音。

天音理解她的痛苦，沉吟道：“我坠入了绝境。即使成功，带来的痛苦之大，也足以抵消成功的欢乐。”

“寻找他吧，中校。只有各尽天命。”桑青说罢，飘然步下墨灵山，南屈子也随她而去。

四、12 时 40 分——重复死亡

墨灵山顶人散尽。这时，只剩天音独占整座墨灵山，独占山下那巨大的圆。他忽然生出质朴的感受：原来他距圆的任何一点边缘，距离都是一样远。

天音走到上校遗体旁告别，垂首轻叹：“唉，假如假如，假而如斯！假如今日不是蓝星末日，阁下何至于自尽？星座的死活，真有这么重要吗？搅得活着的人无法再活……”

遗体忽然发出呻吟：“离我远一点！……”

天音愕然，立刻跃后几步，朝遗体问：“你还活着吗？我能为你做什么？”

“我会再死的……去蓝星监牢，找李下士……他是蓝星部队唯一的叛徒……他知道星座的踪迹……哦，我死了……”

呻吟中止，上校终于再度死去。天音在远处观看他很久，确信他的死是真实的。唉，他重复地死亡两次。尽管如此，天音不再靠近他。他的遗体拒绝天音靠近，他的尊严需要与他人保持一段距离。

两个士官从地下指挥部出来，抬着一具铝壳棺材。他们掀开盖，取出一只绿色塑料袋，将上校遗体装殓入袋，放入棺材。又用一只喷雾器，朝遗体躺过的地方喷播药雾。然后抬起棺材离去。天音看见棺材头上悬着一个圆形小金属牌，上面大约是死者编号。

这一次，上校没有斥令人离开。

五、12 时 55 分——优美的谋杀

天音驾车沿 249 号国道驰近一个叫乔市的城镇，贴着城边绕行，看见一块路牌，上面用三种文字写着："军事营地，禁止通行。"他驾车闯了进去。

监牢从外表看像普通别墅，只是院墙上围着极细的电网，不留神根本看不出来。天音在铁门外找着电铃按钮，摁了两下。一位老人打开嵌在铁门上的铁窗，盯着他。

天音出示证件，说："我需要见一位姓李的下士，他是在押犯。"

"释放了。'老人说，"我们接到指示，中午 12 点整释放他。这儿也再不是监牢了，是旅馆，我租下了它。"

"为什么释放他？"

"蓝星部队不是撤销了吗？因此他的罪名也同时撤销了，没有部队当然没有逃兵嘛，他自由啦。"

"我可以进去看看吗？"

"要是想租房间……"老人拉开大铁门，示意天音入内。"我就是老板。您如果再晚几天来，条件会更舒适。"

天音迅速察看每个房间，果然无人。房内设施像一个袖珍的电子试验室，看来这里的强迫劳动手段也相当独特。天音无心细看，问老人李下士离去的方向，欲驾车追赶。

老人惊恐地道："我们刚把他放走，天哪！太阳一下子不见了。跟掉到井里一样，四周黑压压的……"天音打断他："是日全食，他到哪

里去了？”老人道：“我告诉你了，四周黑压压的，什么也看不见，怎知道他去哪里？太阳再出来时，他就没啦。”

天音掏出一张千元大钞，塞进老头上衣兜里。“你总会知道，被释放的人迈出这个门以后，通常往哪个方向走。”

老头根本不看那钞票，就像它没在衣兜上插着。“我敢向您发誓，他们一离开牢门，会没命地朝大玉门跑！那儿，酒、女人、赌场，喊他们哪。”

天音望去，那片斑斓的建筑距此约十公里，便驾车穿越田野，朝那里驰去。途中，他经过一座不大的山包，有种说不出的怪异感觉。他越开越慢，后来停在一具躺在地面的死尸跟前。无须判断，他肯定是李下士。弹丸是从脖颈射入的，本不该致命，但那颗弹丸进入人体后，奇怪地朝下钻，竟穿透死者的腹部又出来。死者是被通体贯穿而致命。

天音望四周景物，这里的一切都仿佛被冰雹砸过：树叶残破，枝干上淌着汁液。土地松软，似有温热。前面有只饮料罐，他拾起来看，上面竟有两个小孔，显然是一枚子弹将它贯穿。

六、13时50分——谋杀的意义

“优美的谋杀！这是我的结论。”屈沉星听完天音描述后，连手指间昂贵的爵士雪茄也忘了吸，将它伸在空中画出一道道无形的曲线，两眼盯着那些曲线，呢喃道，“构思优美而轻妙，手法优美而脱俗，结局优美而甜蜜。这种优美应该用来消灭一个师团，仅仅用来谋杀一个人，太可惜了。可惜可惜！当然，优美到这种程度还算谋杀的话，那真是太贬低这种优美了……”

屈沉星是天音的好友，正在自己的海边别墅度假。他和天音同属心形系统特训队教官。天音是“武器与战争演变”副教授，他是“弹丸与弹道”专家，授衔也是中校。他把两条腿架在矮栅栏上，身体躺在一只精巧的竹制躺椅内，慵散地飘摇着。天音了解他这种该死的模样，他说他只有让身体最闲懒时，脑子才特别管用。

天音啜饮冰凉的啤酒，暗想：我这会儿要用冰块砸到他乱动着的喉核上，才叫优美呢！他马上把这个念头告诉屈沉星。朋友么！

屈沉星略点点头："我的喉核是很刺眼，它给别人带来的情感刺激——咱们以后再讨论。现在我给你做个试验，看见那个游泳池了吗？"

百米外有个腰果形的水池，碧绿的水甚是动人。那色泽和那造型美到一块儿去了，瞧着它就有股清凉在心上化开。天音道："它是你的吗？真太可惜它了。"

"别老盯着它看，要知道它实际上是女模特的腰肢。听说过勃米·琳达吧？北半球最红的时装模特！我这游泳池的造型就是按照她的身段放大的，上半部是她的酥胸，下半截是她的丰臀，比例一丝一毫不差。你可以想象一下我泡在泳池里时的感觉……哈哈哈，当然我绝不会邀请你下水的！啊，这事你不能泄露，否则勃米·琳达会控告我侵犯人权，或者强迫我娶她，因为，反正我已占有她了。够啦，别再盯它，朝这看。"屈沉星脚尖轻踢一支固定在角架上的自动枪，"AK-99，它的性能无须我介绍了。我把它按照一个预置角度指向天空，射出弹丸。哦，小天使在四千米高空打一个转儿，再回来落到我的美人鱼身上。"

"这是在干什么？"

"我不是在度假么。好啦，我解释几句：每枚弹丸一经发射后就不受你控制了，它开始了从枪口到目标的自己的旅程，叫弹道。弹道曲率和系数等等本是不变的，可是空中的气流往往改变弹道，各个高度的气流方向、强弱都不相同。从这个意义上讲，弹丸的命中点永远是未知数。这意义又可以颠倒过来理解：当我们知道弹丸终点的精确数据后，就可以换算出整个弹道过程中气流的方向、强弱，还有空气密度、湿度、温度。一枚弹丸携带了那么多的大气层奥秘，还不够好玩吗？"

"精彩。"

"我射给你瞧。为了使你瞧清楚，我们使用一枚触物即炸的爆破弹吧，普通弹丸从空中以落体加速度的倍率下来，你根本看不见。”屈沉星兴致勃勃地打开一只扁状箱盖，让天音欣赏。

啊，里面全部是精致的子弹，一枚一枚躺在天鹅绒嵌槽内。弹丸的形状均不相同，有的呈锐角，有的圆钝如球，还有的像小串糖葫芦……弹壳也或长或短，底火与装药显然大异。它们整齐地卧在箱内，简直是子弹家族、子弹兵团。屈沉星揭去一层，下面还有一层，再揭去一层，又出现一层……

天音欢笑：“朋友，你像在揭开一部《辞海》呢！”

“你一点没夸张，我确信自己是世界上最好的弹丸专家。喏，这是几种不同型号的曳光弹，能在白天拉出不同颜色弹道，夜晚更不用说了。这几枚还能改变弹道光迹，弹丸屈伸时是红的，下落时是白的。这是复合穿甲弹，能钻透 500 毫米钢甲，我们步兵使用它跟使用小反坦克炮似的。这是高速弹，它开创了膛线武器所能达到的最高初速[1]。这是蜂鸣弹，它造成的啸叫不可思议，当大群蜂鸣弹狂啸着朝敌方飞去时，你想，给对方耳朵和心理上的震撼能小吗？弹丸尚未击中他，他心神已乱。这是折射弹，命中物体后，弹丸炸裂产生巨大反射力，弹丸尾部掉转方向回头击毙敌人，它对付遮蔽物后的目标太合适了，比方说巷战。它是我在打台球时想起的。这是破击弹，有点子母弹的意思，命中目标后分裂数瓣，也就是说一颗弹丸变成七八颗，杀伤力当然也提高七八倍……”屈沉星宛如大江东去般倾吐着，或者说是挥舞双手指挥大江东去。他戛然而止，问天音：“我说了那么多不同，你看出什么共同点没有？”

“看出了，全部子弹的弹径都是 7.62 毫米。”天音示意 AK-99 自动枪，“它们都可以用它发射。这一箱不同种类的子弹全是为这一支枪配备的，而你的私人武器库里，有无数各种口径的轻武器，它们可

---

① 初速——弹丸脱离枪口时的始发速度，是整个弹道过程中弹速最快的阶段。

能各有不同的子弹箱。朋友，现在我要说你像一座金字塔！”

屈沉星击掌高叫：“与你同处一个时代真是荣幸！你的夸奖比任何人的夸奖都更合我意，你能欣赏我，恰如其分地评价我，跟他妈的弹丸与弹壳吻合那样合适，无愧是我的朋友。不过，这也说明我还没有飞出人的视野啊，我的创造还没有达到世人望尘莫及、无法欣赏的境界呀……我还不行，不行。”屈沉星怅然若失，又坠入茫然。

“别想得太远啦，朋友。天王星无比巨大，由于太远，它反而渺小得叫人看不见了。”

屈沉星又兴奋起来：“说得对，我不是天王星，我在天宫图的星宿是太白金星。咱们还是谈弹丸与弹道吧。弹丸渴望弹道，是万古不变的永恒念头，我呢，只是为它找到无限多样的表达方式，让它最充分地展示自己的优美。比如说太阳射出无数光线，能区分出它有多少根吗？能根据其中一根的性质来议论优劣吗？一枚小小的弹丸，就是一颗太阳。它俩暗藏的念头完全一样。”

屈沉星从弹箱内取出一枚光灿灿的子弹，吻一下：“与你同处一个时代真是荣幸 ”又让天音看它，“爆破弹，实际上已是袖珍炮弹。”他把子弹推进枪膛，枪栓复合时发出竖琴般的音响。屈沉星默望天空，心内快速计算着，改变 AK–99 的仰角，让枪口指向蓝天。“盯住美人鱼胸部，枪响之后，大约过 26 秒，弹丸落水爆炸。”他扣动扳机，砰。

天音默默读秒，内心刚触及“26”，一团水花已在泳池前部溅开。“控制得很好，你确实能指挥弹丸。”他赞叹。

“下一步，我将要装配一架激光发生器，在弹丸落地一瞬间击毁它，那就更漂亮了。”

“优美的谋杀。”天音承认屈沉星的判断了。

“南屈子让六万人朝金星举起枪——获得了一个构思中的射击仰角。又让监牢在 12 时整释放李下士——他必然奔向大玉门。他根本跑不出多远，弹丸就从天上落下了。六万支自动枪，每支最少一百发子弹，共有六百万发子弹，大概是有史以来最密集的弹群了。它们飞行数千米之后，以相对集中的圆形阵容落到那座山包旁，平均每平方米都有数十颗弹丸，任何人都不会幸存。弹丸从高空落下，吱吱作响，气温陡增，树叶被剥尽，石头被击碎，大地被翻过来。自由落地的加速使弹丸有巨大前冲力，它们能在 0.1 秒中钻入土壤五米深，你一颗也找不到。日光出现后，没人看见李下士如何死去，只知道他死去。那里像遭受一场雹灾。即使有人偶尔想到是弹丸致命，也会以为是个巧合……”

“听你描述，我简直认为是你干的。”

“这么优美的构思，真应该是我干的。不是我干的也是他剽窃我的！”屈沉星愤然道，“你大概没有注意那位中将的表情吧？他指向金星时心脏会兴奋得乱抖！他面前已经有一个巨大的枪的阵容了，他脑海里还有一个弹丸落地的阵容。他有创造快感，又有唯我独醒的快感。他把枪口——目标——两头都占上了，感受着弧形弹道的优美。妈的，这厮偷走了我的快感！我甚至能断定，他们的子弹都是我设计的，否则飞不了那么远。”

“如果非死不可的话，李下士在这种壮阔意境中死去，足慰平生。他毕竟是被一种艺术致命。”

“我要迫使他向我道歉。窃取美是要付代价的。”

“中将是我们的新任统帅，你无奈其何。”

“不，这件事实在太有意义了，优美的弹道曲弧下面，绝不会只掩藏一桩谋杀，肯定还有别的。否则，也和这大幅度的优美不相称嘛。我要参加你的调查，你不是可以调用任何人吗？现在，我告诉你：假如你下令调我，我将乐意从命。你也将获得一位世上最好的专家，不只在弹丸与弹道方面。”

“我宣布：中校屈沉星参与调查行动，此令即刻生效。”

“是。阁下，我的第一个建议是：不能再叫人偷走我们的快感了。整个调查组自始至终只有我们两人。我们将像弹壳与弹丸那样结合在一块儿。一颗就足以横行天下。”

天音也觉得人越少越好，人的质量决定效能。况且此事的不可思议性质，也不适于让更多人介入。“接受建议，虽然我的动机与你不同。”

“我的第二个建议是：立刻给这件事规定一个意义。如果暂时意义不明，就挑一个最高意义给它。有了意义之后，整个行动才有灵魂，我们就知道该追踪什么。”

“说说你的意义吧。”

“意义将从如下判断中产生。第一，卓蛮星座还活着。在我们亲眼看到他尸骨以前，他就跟你我一样活生生地活着。”

“同意。”

“第二，南屈子中将——”屈沉星咔地立正，“是谋害他的罪魁祸首，整个事件就是他构思的。”

“大胆的判断。”天音不置可否。

“第三，桑青女士了解全部内情，她爱了卓蛮三十年，最后嫁给南屈子。我们应先从她那下手。”

“桑青确实知道许多，但她不愿说。”

“第四，南屈子与卓蛮是、或曾经是最好的朋友，像你我现在这样。啊，我们对这事件的意义越来越清楚了，它的意义是：背叛！朋友与情人的双重背叛。”

“唉！”天音叹道，“我有点后悔邀请你参加调查了。你的框架太明确、太狭隘、太低级了。”

“如果你不让我去，我会考虑杀了你，然后替你完成遗志。我们是亲密朋友，杀了你你也不会怪我吧？”屈沉星认真地征求意见。

“我不喜欢固定意义，喜欢摸索意义。南屈子有一点很了不起。用五种构想打一场战争。是啊，那就享受到五场战争了，收获到五次胜利。我们想一下，三十年前，也就是卓蛮战死的那一年，世上发生了什么大事件？这样级别的人物战死，肯定与当时最大事件有关。”

“第一件：”屈沉星说，“美国佩恩总统被刺；第二件，中东石油战争；第三件，不明飞行物毁灭奥林匹克生物中心；第四件，西太平洋门牙战役；第五件，杰克岛超级核反应堆意外爆炸；第六件，山本丸沉船被勘明，这艘船所载黄金和钻石价值千亿美元，围绕它的主权引起四国交战；第七件，毒品禁运导致七国政府垮台……此外还有几件吧，那一年全球灾难大丰收。任何一件，都配让卓蛮战死，当然是仿佛战死。不，这样不行。都要调查的话，够我们忙碌两百年。”

“看来是不行。但我好像摸着意义的边了。”天音沉思，面孔始终对着西南方向。他关注那里，已经有一段时间。他自语着，“他怎么还不开过来呢？……”屈沉星疑惑：“你在望什么？”

天音本不愿在旁人面前暴露自己的异常能力：他的目力，接近于鹰眼！这是父亲遗传的馈赠。他淡淡地说：“喏！就在那里，地平线下来一点，电视发射塔边上，有一辆越野轿车，十二气缸的黑鹰 5A 型。这种专用轿车太少见了，我想它应该是南屈子的指挥车。”

“在哪里？在哪里？我没看见。”

“西南方，白色电视发射塔右侧……”

“我连发射塔也看不见嘛。”

“你最好平心静气，急躁反而会破坏目光。电视发射塔在天边，塔身隐没在天空，像白天的星星，很不容易看出来。”

“好像有一点了……不行，我一转眼它又不见了。它是幻觉还是真的？”

“方位角 27—30，仰角 0—70，”天音不得不用炮兵测地术语指示目标，“盯住别放，它会越来越清楚。”

两分钟后，黑鹰 5A 如同从天际钻出来的针头，隐约闪动了。它似乎没有预定方向，一会儿朝南驰，一会儿朝西开。

“看见了。天哪，你的眼睛像两只雷达。我是说两只——两只交会才有立体感。”

“谢谢。果然是南屈子的指挥车，我看到了它的菱形车牌、防弹玻璃，哦，鞭状天线也在闪光了。你有什么感想？”

“它像一只梦游的甲虫，晃晃荡荡。”

“它找不到想找的东西！可是它想找什么呢？给它一枚曳光弹，让它发现我们。”

“哈哈，遵命。这差不多是在调戏中将阁下。”屈沉星迅速选出一枚粗大子弹，填入 AK-99 膛内，改变枪管的方向与仰角。

“别伤到车！”天音严厉提醒，“最好使曳光弹看起来充满敬意。”

“啊，你对我的小天使们理解太深了。好吧，我让这条弹道像一个礼节那样弯曲在中将面前。”屈沉星谨慎地复查一遍枪械，扣动扳机。

一条银色弹迹飞上天空，在蓝天映衬下格外触目。它慢慢地上升，慢得使人提心吊胆。它升抵顶点，然后飘然下滑。在下滑时，银色变化为鲜嫩的粉红色，轻柔地弯曲到车前方十米处，打着旋儿，哗然迸出蓝色光华，最后恋恋地熄灭。

屈沉星自我赞叹：“一位妙龄女郎弯腰邀请南屈子中将共舞。她沿途变化了三种笑容：开始她高贵地在天空冷笑。接着向意中人俏笑。最后，她在自己的媚笑中委顿倒地，化掉了！”

“车子开来了。奇怪，中将喝醉了吗？”天音看见黑鹰 5A 摇摇晃晃，那姿态与那车的昂贵身价极不相称。不过，即使在摇摇晃晃中，黑鹰 5A 也有不可一世的味道。一个君王的摇晃与一个醉汉的摇晃——毕竟是不同境界的摇晃。

黑鹰 5A 停在别墅台阶下面，天音与屈沉星正欲迎去，车门开了，桑青从车内出来。天音与屈沉星感到惊异：“怎么是她！”

七、15 时 42 分——如花枝摇颤的莲步

从院门外到天音与屈沉星站立的平台，共有三层台阶，每层三十三级，合计九十九级阶梯。天音与屈沉星没有迎下去，恭敬地分立平台两侧，静候桑青上来。他们目光的角度是倾斜的，桑青步步登高，犹如一个云团从深谷里飘升，慢慢地、从容地、温融融地浮近了……

屈沉星的眼睛死死地盯着桑青。

天音的双眼也被桑青的气韵揩亮了。

一个女人随意走来，轻妙的步态让人心颤！

桑青身着极薄的纱衣，好像撕来一片波浪围在身上，她的胸乳腰臀也如同水中鱼体绰约可见。裙裾一摆，便是一步。一步终了，裙裾便花叶似的合上。她的手足都包在气团里，似隐似动。她眼睛距这里很远，但目光已有形有质地席卷过来了。脖子的曲线美得无可描绘，阳光正在那曲线上淌着。她肉体天韵盎然，让人看了绝非欲念如规，而是递来一个安慰，一种吟叹。阶梯在她身上已化为伴奏，一波一波凸动。哦，原来平凡的阶梯在不同人足下便有不同的意义。她似乎是个婴儿，刚从摇篮中爬下便走上来了，这时的步履是生命初醒的开头几步：娇嫩、颤摆，让人提着心暗中替她走。这步履进入战场，双方死斗的兵团都会让开。走过森林，连一颗露珠也不会惊落。但她自己完全不知道这步履的魅力，无知无觉的、抛金散玉的溢洒着，纯真者的奢侈。她美到了不知美的程度，跟呼吸那样天然无意……

天音嗅到一股天生躯体的芬芳，这芬芳竟不推人倾倒，只透身而过，稍稍浸入便五内洞开。

八、15 时 47 分——女性巅峰

桑青站在他俩面前，宛如一朵气团停落。她轻幽幽地说："我刚刚睡醒就来了。啊，我穿睡袍很舒服，简直太舒服了。所以……我就穿它出来了。我不是为别人的眼睛穿衣，我只是为自己。"

天音与屈沉星目光碰到桑青脸上，竟把她脸庞一烫红一下，然后渐渐淡去。哦，正在淡去的红晕才是绝美的红晕。

天音看出：桑青身心都已成婚，南屈子那男性的力催发了她，她如蓓蕾初开，鲜艳动人，几十年闭锁着的生命之库一下子怒放。眼内不再是渴望，而是满足。皮下流动的不再是情欲，而是活生生的血液。

她已经是一位巅峰状态中的女人了。他深深地为卓蛮惋惜。

屈沉星说："您真像我的母亲。"

天音愕然，片刻后斥道："你的自尊还在吗？"

屈沉星转脸望天音，平静地说："多的可以分给你一点。也许，她真是我母亲！"

"住口！"天音愤道，"否则钻回你的武器库去。"

"好，我保持沉默。但我需要站在这儿。"

天音向桑青致歉："我的朋友刚才伤害了你……"

"不要紧，我也知道我的年龄大得可以当你们的母亲了，我不是害怕年龄的女人。由于某种原因，我没有青年就直接进入中年了。我总想补过一下青年时代，惹二位耻笑了。"

"你做得很成功。刚才从阶梯上走来时，就是把全部女人的美丽堆在一起，也没有你精致。她们最多不过是重复你。"

桑青哧哧笑："重复这词真好，谁也没有降低。"她伸展腰肢，极目天边，"你走以后，南屈子和我做爱，啊，我又被诞生了一次……真好！"

天音打断她："你到这里来干什么？"

"我来找一位姓李的下士。很久以前，我雇了他，让他替我隐蔽地寻找星座。今天我来询问结果。如果他还没找到的话，我就叫他不要再找了。"桑青口吻平淡。

"就是那个叛徒吗？蓝星部队唯一的逃兵。"

"啊，是他。了不起的逃兵！"桑青竟赞他，接着叹道，"他和星座一同出战，目睹星座死去。"

九、15 时 50 分——深海钻出一个呐喊

海狮号核动力潜艇排水量 8800 吨，水下航速 42 海里，可绕地球五圈而无须填加燃料，它携带着除核武器以外的一切常规先进装器，乘员只有 98 人。这一次航行，它增载了两人：星座与他的卫士李下

士，绝大多数艇员不清楚这两人的确实身份。海狮号正驰向位于西太平洋的卡尔斯岛，参加代号“门牙”的有限战役。它用长波与旗舰泰山号航空母舰保持联络，用超短波与太空卫星沟通。距战区还有一百海里，海狮号受命分航。在400米深的水下绕一个半径50海里的弧形，从侧面进入攻击位置。假如卫星传输的敌舰情报数据正确的话，它们这个弧形将像一只右勾拳击向敌方舰阵。在弧线的终点位置揳入敌航空母舰与护卫舰之间，即对方的声纳、雷达等探测手段的“盲区”，然后突然上浮到贴近水面——潜望镜深度，用自动寻找的高爆鱼雷左右攻击敌舰。这种战斗构想像情人约会那样激动着全舰人员，它炽热而壮美：只要进入位置，贴到情人般的敌人身边，任何一枚鱼雷都不会落空，敌舰的身躯如同遮满海平面的抹须鲸群，挡着鱼雷弹道。一个攻击波次之后，它们立即潜入敌航空母舰下方，让它巨岛似的舰体抵挡来自空间的攻击。这一点海狮号也有自知之明，仅凭一艘潜艇的攻击力，难以将航空母舰击沉，它只能使它丧失战斗力，成为浮在海上的金属死岛。

弧形航程将通过一片浅海，也就是一群水中山脊，最高的山脊距海面只有50米，海狮号简直是从一片刀山上匍匐过去，为安全它必须上浮到潜望镜深度，驰过浅水海域。

蓝色山脊回波已在荧屏上出现，越来越强，越来越大。“全舰注意，准备上浮！”艇长下达了命令。警笛急促地短鸣，各舱信号灯闪灭不止。

“9舱准备好！”

“8舱准备好！”

“7舱准备好！”

…………

“动力准备好！”

“水阀准备好！”

“平衡准备好！”

各舱位情况都在艇长面前的屏板上显示出来。实际上全艇并没有彻底准备好，5 舱 6 舱的水密门没有锁闭，仅仅是外表吻合而已。按规定，上浮令下达后，或战斗命令下达后，各舱位必须锁闭水密门，全艇便像密封的蜂巢那样，大幅度地增强了整体强度。海上强豪英国最早为这个原理付过代价。1904 年 3 月，英国海军 AAA 型潜艇，在驰向朴茨茅斯港时，与一艘客轮相撞，舰桥被撕开一个大裂缝，海水从破裂处涌入舱体，结果全体乘员无一生还。数周后 AAA 被打捞起来，人们发现，假如舰桥指挥舱与其他舱室之间有个阀门似的装置，这条艇就不会遇难沉没。同理，即使海水涌入若干舱室，只要其他舱室处于密封状态，潜艇照样能生存。于是，水密门诞生了。世界各国在建造潜艇时，都在各舱室两头设置水密门。各国海军条令中都严格规定潜艇在水下潜航时，必须锁闭全部水密门。现代核动力潜艇，在水下已牢固得像一只保险箱了。人们还发现：水密门原理实在太简单了，造一艘潜艇需要无数智慧，设置水密门只需初级技工技能，为什么早没有想到呢？人们为之嗟叹了大半个世纪。

当然，后来也忘了。人本是健忘的生物。海狮号 5 舱与 6 舱的艇员也忘了锁闭水密门，吻合绝非锁闭，它貌似锁闭！这等于在更高的时代重复 AAA 的初级错误。

“上浮！”艇长下达口令。

排水装置以百余个大气压的高压气体深入潜艇水柜，艇内 800 立方海水有节奏地、缓缓地排放艇外。如果动力开足，它能在 50 秒内将水柜全部排空，那样潜艇会像气球那样跳出海面，虽不至于断裂，但艇身结构将吱吱乱叫，金属艇壳会疲劳。这种操作只在护潜艇试航做强度测验时才进行。

8800 吨的海狮躯体如巨鲸浮升，艇员们能听到水流与艇身的摩擦，感到水温的变化。海水被顶开，海面上顿时出现一个圆滑、椭圆形水波，尽管艇身尚未出现。

深度仪显示 30 米、20 米、15 米，潜艇已进入半潜状态。艇长叫

道：“潜望镜。”

粗圆的镜身从他脚下升起，从舰桥上方伸出海面。他贴住目镜观看：一架大型水上飞机正对准艇区下降，距离已不到 500 米。他急令：“速潜！速潜！”

8800 吨的巨大艇身要在惯性中停止绝非易事，排水装置又以全力回抽，想把排出的海水收回水柜。晚了，水上飞机已飘然落水，机身上两只水翼像利刃那样，以极高速度把舰桥割开。潜艇只微倾一下，艇壳已被撕裂两道大口子，强大水流狂啸着涌进艇内，以每秒百吨的流量击穿两个舱室，又朝中部及后部奔涌，艇内霎时一片漆黑，机电装置全部失效，雷般的巨力席卷艇员，他们甚至来不及窒息，就被水流挤死了。

海狮号没有发出求救信号——来不及。海面上只出现一串串气泡，接着是淡淡的油迹，最后是一只呼救浮标。它是艇身受创之后，自动解除固定浮上来的。那架水上飞机被潜艇绊了一下，又滑行几百米，沉没了。

仅有一只浮标躺在海面上，它可怜地期待过往舰船、飞机能侥幸看到它。

潜艇遇难，其彻底性几乎和飞机遇难相同，幸存者极少。此外，死亡环境也比乘机遇难痛苦。它的消亡有一个过程。

星座与李下士正在 7 号舱内，这是艇长与大副的专用舱。灾难发生时，舱内还有另外四个艇员，都处于黑暗中，他们只能用耳朵倾听灾难，用身心感受灾难，这比直接经受灾难更难以忍受。

星座拍了下手掌，说：“活着的人，都拍一下手。”他听了五下击掌声，并知道他们的位置。他说：“我们被禁锢在一只罐头里了，这很难得。我本不想暴露身份，现在不得不公开了。我是这场战役的国际督察员 K 少校，舰艇日志里有记录。”

李下士在他身后发出一声惊异，不再做声。后来他想：星座恐怕至死也不会暴露真实身份，仍用一个替代身份解除艇员们对他的猜疑。本来，他只要说出“我是星座”，大家将不惜为他效死，排除万难也要将他拯救出去。但他不！

星座说：“我不懂潜艇，我服从这里最有权威的人的一切指挥。这人是谁？请站出来吧。”

最有权威的是机电军士，他报明身份后道：“我还记得军校时告诉我的海军规定：一、没有艇长命令，不准弃艇；二、任何时候不得在敌人占领区逃生；三、只有在自救无效后考虑逃生。现在，与指挥中心的联系已完全中断，我们必须自己做决定。”

“祝贺你接受指挥权！”星座鼓励他，“战役结束后，我想你会成为艇长。目前，我最盼望的是尽快进入战役。”

“我决定弃艇。”机电军士说，“浮到海面上去寻找救援。现在，我们处在靠近战区的公海上，并非敌占区。深度仪显示水下 9 米，这个深度一蹬脚就上去了。关键是不能惊慌，要等海水灌满舱室，使艇内气压接近艇外的水压，再打开舱盖逃生。否则，我们会被突变的压强挤死的。等一会儿吧，勇士们，先让海水把我们淹没。靠近死神最近处，往往有生路！”

众人都支持机电军士，他打开限压排水管，让隔壁舱室的海水涌进来。轰的一声，尸体残片也跟着涌进来了。众人已戴好头盔式呼吸器，上面有一只聚光灯，照着残尸在水流中旋转，看了令人头眩。呼吸器中氧气再生膜板可提供一个人在水下 10 分钟的氧分，对于善习水性的艇员们来讲，这已足够。

潜艇巨大艇身倾斜了一下，又一下，外壳在海底摩擦出可怕声响。星座朝机电军士做手势：潜艇大概沉靠在海底山脊上，正被潮流推向深渊，一旦落入几千米深的海底，那将永远埋葬在那里了。

机电军士也意识到了，身体一抖，上蹿到舱盖处，回头朝大家做个避让的手势，打开了舱盖。扑哧一声，他首先被艇内的残存气体冲出艇外，海水霎时浸没一切。

谁也不知道，深度仪已经失效。海狮号实际深度不是 9 米而是 60

米，也即6倍于人所能承受的大气压力！在这个深度里，水中人如果猛然浮上海面，血液中的氮会因压力骤减而大量释放出来，阻塞血管致命。骤然伸涨的肺也会像气球那样炸掉。通常，深度仪一旦失效，指针便会停留到“无限深”位置。可这次，它偏偏幽灵似的指示“9”米，还敏感地颤动着，绝不像失效的样子。它是否一直指示着潜艇被撞时的深度呢？永远难知究竟了。

按照预定顺序，接下来该是轮机兵，他携带负伤的报务员一道出去。他们俩把救生服灌饱了气，因而死得最惨，两人抱成一团上冲到海面并跳出两米多高，救生服炸裂了，他们的肺也炸裂了。然后是见习生——一个未毕业的海校学员。最后是星座与李下士。

星座带上了手枪，并带上防水手电和一把斗鲨刀，李下士考虑得更周密，他把艇内的罐头食品与淡水罐也搜拢了一大包，抱在胸前。万一得不到救援，还要设法在海水里生存啊。正是这些东西，救了他的命。

李下士钻出舱口，耳膜像被两只重拳猛击，几乎要对穿掉。他心内大叫：天哪，这何止9米！……他寻找星座，上方有一星光点，便朝它游去。游一会儿就抛除一点负载，由于他抱着许多东西，上浮速度使他比别人慢许多，侥幸符合逐渐减压的生存要求。厚厚的海丝光不透，浮了很久才开始亮起来。他才知道，他确实是来自一个深渊。

这时，李下士看到30米外游来两条海豚，一条是雌性宽吻海豚，另一条是不足两米的幼豚，显然是一对母子。他听到它们一面游一面发出尖厉鸣叫，似有危险将至。当幼豚从他身边游过时，他清晰地看见它腰脊有一圈半圆形伤口，不断渗出鲜血。

它是被鲨鱼咬的！天哪，从那牙口看，附近肯定有一条巨大鲨鱼！

李下士急忙回避，想离海豚的血液远一点。

一条黑影摇摆着它阔大而锋利的尾翼，飞快地游来。它足有4米多长，半吨多重，腹部发亮！它左右摇头寻视着，凸起了锯齿般的背鳍，背上条状花纹活像虎背，它是鲨鱼族中最凶暴的虎鲨！它直朝受伤的幼豚冲去。星座从暗中出现了，挡住它的方向，雪亮的斗鲨刀一闪，狠狠刺入它下颔。虎鲨咕咕叫着，带着斗鲨刀游走了。

星座向李下士示意：快游开。

虎鲨还会回来的。它原本只攻击负伤的生物，但是星座救了幼豚。现在，它嗜血本性将因为创痛而倍加凶暴，那时，它就要向这两人拼命了。哦，鲨鱼是自然界最伟大的成就之一，其形体是鱼类中最优美的，漂亮的鱼雷和它一比，简直不堪入目。它的优美与勇猛融为一体，大自然偏把美丽赠与最强者！它在自然生理学中也是一个奇迹：它终生健康，异常健康！鲨鱼从未有老死的，它总是在追杀中被更强大的对手（往往也是鲨鱼）咬伤，然后分食掉。它还是世上少数几种从不生癌的动物之一。它有非凡的愈合力，即使受了极大创伤，也能迅速痊愈。它身上最易受创的部位不是躯体，竟是尖厉的牙齿。它在咬食时，由于用力过度，常常被扯掉十几只牙齿，但是一排新的牙齿会移前来替代，它那轮带似的牙床保障鲨鱼永远有攻击性牙齿。它还有第六感官，能觉察到动物肌肉放出的生物电流，并牢牢记住它。对鲨鱼来讲，隐藏在海沙里的比目鱼，像摆在它嘴边一样清晰，它不吃它，只由于它跟死肉似的不动。假如你击败过一条鲨鱼，之后你又来到同一水域，肯定会有一条更凶猛的鲨来攻击你。这时，你应明白：它不是一条陌生的新鲨，它就是以前那条鲨！

星座击败了虎鲨，假如它没被其他鲨吃掉，必然会再来。

几分钟后，受伤的虎鲨又游来了，颔下的长刀已被它抖掉，伤口也不再流血，两只黑色眼睛还是那么平静。鲨眼内只有猎物，从无感情。它轻妙地绕着星座兜了个大圈，然后闪电般冲刺。星座闪开了，尾翼却击中了他。李下士游到他身边保护他，两人背靠背抵御攻击，手中再无武器。虎鲨从头顶扑来，他们头上像给一条舢板罩住，虎鲨巨口一张，叼住星座头颅，并且叼着他游开！星座双拳猛击，有几下击中鳖眼。争斗中他把头颅拔出来了，头盔和呼吸装置留在虎鲨口里。星座无法呼吸了，只得朝海面游去，将背影暴露在虎鲨面前。他已无法选择,要么窒息,要么丧身鲨口。虎鲨在他身后几米远处追随,它观察了一会儿,才凶猛地张口咬去……啊,一团黑影以令人炫目的高速冲来,是雌海豚！它猛烈地撞到虎鲨胸腹上,竟把一团黑血从虎鲨口中撞出来。星座救过它的幼豚,它竟来报恩了！

虎鲨拖着血迹游开,它还会回来的。

海豚不见了,星座也不见了。李下士浮到海面,只看见漂浮着的机电军士等人的尸体,口鼻仍在汩汩流血。他终于逃生了。在水中与虎鲨的搏斗,再度延长他的水下时间,他没有产生减压病。海面上炸裂着他的呐喊:“星座！……”

十、16时42分——星座黯然

天音怅然道:“这么说来，星座是死了？死于溺水，或者死于鲨鱼？”

桑青道:“李下士是这么说的……”

“死不足惜。但是,一代名将,如此死法实在叫人害臊。哦,被鱼吃了！片骨无存。你们不是说他战死的吗？三十年来,你们不都是在捍卫这个说法吗？对了,你们无法用他的尸首证实他战死。”

“说他战死是维护他形象。他一生打过那么多胜仗,南屈子不想让他的结局损害他的一生。说战死,蓝星部属才能接受。”

“啊,潜艇沉没,与虎鲨搏斗,毕竟也是那场战役延伸出来的一部分,我没意见了,应该评价为战死。应该让他被光环包起来。那条虎鲨也应该顺笔记入史册,并非随便哪条鲨都有这样的光荣的。”

“听起来,阁下似乎不信……”

“太拙劣了,连尸体都抹干净了,大海茫茫,天地干净。这个故事,迫使人接受星座已死的结局,最多你也只是满腹惆怅,束手无策。”

“我本不想说的。有些真实事件,听起来反而像是假的,反而更叫人生疑。有时我想：怎样叫一个人不信呢?讲点让他相信的事就行了。”

“这种效果已经产生了。”天音微微一笑，亲切地说，“最早我相信星座已死，但那轰轰烈烈的祭奠让我产生他复活的感觉。李下士被优美地谋杀掉了，他活在世上又怕什么呢？星座钻到潜艇里去干吗？他应该坐在旗舰上，指挥整个战役。星座既然已死，您居然还等候了他三十年，最后痛痛快快地与南屈子——他最忠诚的战友成婚了……”

“星座为什么那么做，我不知道，你可以去问南屈子，他一定知道。至于我……我刚才已跟你们说过了，我没有青年，直接从少年进入了中年。三十年光阴，对于我似短促梦幻而已。”

十一、16 时 45 分——爱情与崇敬

桑青如今可以注视以往的爱了，不知是现在的境界升高了还是旧日之爱降低了，总而言之两者已不再有落差，望去——恍惚在辨认。

卓蛮当年多么高傲啊，相隔千里也能感觉到他的气势，就像他的呼吸搏动着这里。他是天之骄子，其实我们每个人都是天之骄子，只不过大多数人害怕承认！如同害怕灾难。卓蛮自自然然地把自己放到天之骄子的位置上，又用微笑把遥望着他的部属们拉到自己身边。由于他深明自己才智超群，因而他格外从容，他跟整个蓝星部队拥有一条生命。唉，蓝星不过是一群数量，由于他才获得了整体质量。众人的目光把他举得那么高：星座！多好的称呼，并不像太阳那么灼目，却可以摘下来佩在胸前。桑青走近他，总有股步步被融化的投入感。哦，现在想来像走回母腹，天然的投奔！奔向爱如同奔向自尽——也许爱原本有自尽的性质。他是她的全部，她只是他的一部分。他爱她，竟然也不失从容，吻、拥抱、私语、微笑……一样不少，就是从来没有失措过。

哦，他愉快地托举着桑青，像荷样托举露珠，但自己从不弯曲。这种优美的性质，是一个举起另一个。爱情把桑青送入襁褓，卓蛮的胸膛跟天空一样覆盖着她。

南屈子也酷爱桑青，这一点卓蛮与桑青都知道。但南屈子跟一把大铜锁似的沉默着，固执笨拙，还有害怕！南屈子崇敬卓蛮，只有最高耸的山峰才配占据彩云，他是够不到的，山峰与彩云都在他上空。他智慧不及卓蛮，才华不及卓蛮，权位更不及卓蛮，只有一件两人相等，就是友情。还有一件他甚至超出卓蛮许多，就是对桑青的爱。由于无望，爱反而是压抑的地火：无声又轰轰烈烈了。他把全部感情都投到桑青身上，但卓蛮只需拨出一部分就比他多了。卓蛮轻妙之间，就优美地垄断了桑青和她的爱。这状况是否使他日后深刻起来并成为蓝星主宰的原因？不得而知。

桑青感到了，就爱来讲，南屈子爱她更深。她在卓蛮心中的地位不如在南屈子心目中的地位。她嫁给卓蛮，不是因为卓蛮爱得多寡厚薄，只是因为她爱卓蛮。

桑青与卓蛮订婚那一天，南屈子始终默默独坐。待宾客都已散尽，他仍然不离去。卓蛮举起酒杯走到他面前：“朋友，现在只有我们两人（他似乎忘了还有桑青），你孤坐了一个晚上，使我确信人是不可改变的，我很感动。这世界的缺憾太多了，能像你这样不屈的人，必有巅峰般造就。现在，请拿出勇气来祝福我们吧。”

南屈子站起举杯，眼睛却望着烛光中的桑青，悲怆地道：“假如能够复制一个她给我，该多好啊！……”

南屈子离去后，卓蛮哈哈大笑：“大丈夫纵横一世，应当能创造女人，他却想得到个复制品。”

翌日，卓蛮将奔赴“门牙”战役。南屈子劝他不要亲赴前线，应留在指挥位置上。以前，他轻蹈险境是满足快感，现在不行了，他对桑青负有责任。卓蛮听罢，慨然道：“让我们听听桑青是怎么说的吧。要是她让我留下，我就留下。”

桑青多么渴望卓蛮留下，但她看到卓蛮那自信的眼神正望着她，她不敢那么说。星座亲切地邀请她开口——太残酷了。她只能强作微笑，鼓励他去……卓蛮自豪地拍着南屈子肩头："怎样？她催我去呢。"南屈子反而蒙受羞辱，他还不如一个女人。

就在那一次出战，卓蛮遇难了。

十二、17 时 10 分——弯曲者弹直了身躯

天音说："我真同情南屈子，他被星座压抑得太厉害了。假如星座不死的话，他恐怕永无出头之日。他的精神弯曲得——快够着地面了。"

桑青道："星座对他的预言验证了，他果然有巅峰般的成功。如果他不曾弯曲过，会有今日吗？"

"于是，您就从爱一座山峰，转移为爱另一座山峰。您真是轻妙无比的彩云，总盘绕山间。"

"我对星座的爱，是一种崇敬，又爱又怕，越怕就越需要爱。它不是爱！只仿佛是爱。而南屈子，才真正是我所爱的人，爱与被爱两者相当。不是跛足之爱。我大梦初醒，明白这点。他要我，我就把我给他。他等了我三十年，像等一个死人那样……"

"我忍不住了！"屈沉星蓦然开口，逼视天音，两眼几近炸裂，"她说的全是真话，后来的事，我比她还要清楚。我能替她叙述吗？"

天音惊奇之色一闪而没，道："大概又要出现奇境了。唉，星座的死果然趣味无穷……"

十三、17 时 14 分——无限静谧的爱

南屈子讯问李下士时，桑青在隔壁房间倾听，声音通过送话器传递过来。由于她看不到现场，因此对话更使她揪心。最后，她听到星座在海上遇难，痛呼一声，晕厥倒地。昏迷中不断呻吟着："找到他！快去

寻找……我要他回来……"气息渐趋微弱。

巨大的刺激麻痹了她的脑神经，病状非常奇特。她四肢与内脏都正常，仅是大脑濒于死亡，她成了一具植物人，长眠不醒。脑科专家们竭尽努力，只能使她维持生命。他们诊断：脑神经萎缩症，大约四十万人当中会出现一例。这类病人随时可能死去，也随时可能痊愈，还可能就这样半死半活地终其一生。现代医学对此尚无对策，只能希望她的自然生命力不断壮大，最终促使脑功能恢复，她毕竟只有十七岁。她像一株被压在石板下的植物，并没有死尽，或许有一日能顶破石板站起来，或许永远被压抑在黑暗中。

专家们断言：这种状态中的人，没有痛苦，跟熟睡一样幸福，生存需要也降低至冬眠标准。

从此，南屈子可以无所顾忌地接近她了。他将她置入静室，倾其所有，使她获得最好的生存护理，精细程度如同在玻璃器皿中培养一株珍稀细胞群。南屈子在病榻前给自己安置了一张专门的椅子，长久坐在那里，注视这绝对静态中的美丽少女，用想象去触摸她旧日音容。久之，他已离不开她了。他按照自己的喜爱，让她穿各种款式的时装，或者改变灯光的角度，在她脸上形成一团梦似的效果……无论他怎么做，她都水似的承受了，并报偿他一副新的美的韵致。哦，她是他的盆栽植物，是他的精神图腾。再后来，他甚至觉得自己是属于她的！

但是南屈子从来没有碰过她。她的美貌、娇嫩以及气泡般的脆弱感，反而令人爱极生惧，拒人于三尺之外。

她在长眠时仍然不断成熟，乌发愈长愈浓密，长可及地，身躯也更加丰满。八年以后，她女性魅力已登峰造极。皮肤细润如冰脂，面庞上的红晕竟一动一动，口唇时或微微张开……就是不肯醒来。

春末的一天，南屈子做出最后决定。他叫来随军的牧师，让他发誓：对看到的一切终生保密。然后将他带进密室，告诉他："我要和她结婚，请你主持我们的婚礼。"

牧师惊愕万分，但照办了。

南屈子娶了她，当天夜里施爱于她。他决心与她相伴终生！星座已死，他们的结合无愧于天地。他从她的成熟中看出了召唤，他终于克服了对星座的敬畏，释放生命的热力了！

不料，她竟怀孕了！她的身躯与功能，都跟活人一样正常。十个月后，她产下一个男婴。

又过了二十余年，她快要进入更年期时，生理发生奇异骚动，在一天夜里忽然坐起来，朝隔壁房间呼唤："你们找到星座没有？"

那是她三十年前说了一半的话。对于长眠时的经历，她茫然不知。

十四、18时50分——用拒绝死的方式去死

桑青骇然望着屈沉星："你怎么知道这些？南屈子没跟我说过。不，不！太突然了，我还有个儿子？真的吗？他在哪里？……"

屈沉星不回答。天音道："我想，就在你面前。只有儿子才知道这么多。"

桑青怔怔地直视屈沉星，呢喃着："你真是我儿子？真的吗？……"

屈沉星悲伤地说："是真的。不过，是非法出生的儿子，没有经过你同意。我也没有想到，你竟然会苏醒……"

"南屈子是你父亲？他没告诉我。"

"你醒来才几天？两天吧。他已经再度娶了你。我想你再看到他时，他会告诉你的。也许，他担心，万一刺激了你，你又退回长眠。"

"祝贺你们母子相会。"天音说，"南屈子的爱是非凡的，他远比星座爱得深：照我看来，星座只使您死去，南屈子的爱却使您再生，并带给您一个了不起的儿子。"

"我贸然来到世上，或者说是从你的梦中掉出来的，我不想把自己强塞给你。说实话，我不同意南屈子这么做！非法的诞生与非法的

谋杀有多大区别？……"

"不！不！"桑青叫着，奔近拥抱屈沉星，"不要怪他吧，我爱你们。爱你们所有人。也许，星座还是不回来更好。"

"现在，去拜访南屈子吧。事情发展到这一步，已经不能不彻底搞清了。否则，我们也对不起事情本身。"

天音驾驶黑鹰汽车，屈沉星和桑青坐在后面，三人直驰南屈子驻地。

进门时，桑青在前，天音与屈沉星在后方两侧。三人不约而同排成了三角形阵容，肃穆之气暗生。南屈子听到动静，从站立处转过身，只略朝他们脸上一掠，便已明白。怀疑在他们脸上刻下那么深刻的痕迹，多得都堆起来了。他们居然还能保持平静，透着自信。

南屈子像观赏奇特植物那样观赏他们。末了，凄然一笑。自己数十年高耸入云般的权威，在这几人面前没有发生震慑力。啊，人只要一旦开始怀疑，权威就不再生效了。

南屈子身后是一堵绝高的高墙，从地面直达天花板。现在，整面墙壁都被一张巨大的照片覆盖，它正是日全食时拍摄的那帧卫星照片。它在这短短时间里已被放大了无数倍，占据着一整堵高墙。它太巨大了，乍见时令人骇然生畏。照片上，圆形的蓝星阵容如同一只巨大星球悬挂在南屈子身后，极富立体感。他竟把一帧照片扩印到如此骇人的规模，叫人不可思议。扩印使照片暗藏着的力度也骤然涨大，像爆炸那样，产生无限推延的巨型光波，一波波朝四周空间奔涌，直至无限。他大概是把宇宙初生时的大爆炸作为意境挂在这里了。南屈子站在照片前面中心位置。

照片的处理，以及他现在的站法，显然表示出他对它的理解，他的意念。

南屈子和他的阵容一道屹立无言。

天音等人走到距南屈子五米处，分明感到撞着一堵无形的粒子墙似的，被迫止步。其实室内并无粒子流发出，他们只是触到了南屈子和他阵容融在一起的气势，这气势墙一样阻挡他们。

“我和身后这幅照片，哪一个更像我一些？”南屈子奇异地问他们。他们没有回答。

“我仅仅是形似我，它才神似我。我这辈子都在做一件事，就是把我的精神剥出来给蓝星阵容……”

“以驱除星座的精神！”屈沉星插话。

南屈子正视他们，慢慢说：“星座不是我杀害的！”

不知何故，南屈子一说出此话，天音就深深地同情他，几乎相信他了，因为他说得如此悲怆，其语调好像因为没有杀害星座而抱恨终生。

南屈子又说：“而我，是被星座杀害的……”

三人闻言愕然变色，南屈子怎么了？他虎视眈眈地活着，竟冷静地说出那样疯狂的话。

南屈子把目光转向桑青，温存地问她：“桑青，嫁给我你感到幸福吗？”

“哦，我想是的。”

“我们做爱时，你也感到幸福吗？”

“噢，那当然，我快活得发晕。”桑青毫不掩饰喜悦。几小时前的感受又从她眼中溢出来，她有点迷离了，虽然人还站着，魂魄却已倾倒。

“可是，我们做爱到巅峰状态时，你、你下意识地叫星座的名字，一声声叫个不休！你把我当作他了，你把我给你的幸福当作他给的了。你、你是在杀我呀！你在我怀里喊叫另一个男人的名字，叫得你那美妙的身体都快裂掉了。似乎，我只是他的替代物，是他的一个器官……”南屈子在极怒中面色如青铁，每句话都像是金属发出的声音。“我等候你复苏足足等候了三十年，仍然没有等到你。我先后娶过你两次，还和你有过一个儿子，仍然没有娶到你。星座至今还在垄断你，你想把自己交出来都不行，他果真是不可战胜的人吗？难道，我们生来就是为了供别人战胜用的吗？”南屈子停顿片刻，恨恨地摇头，“太不公平啦。一个人的伟大，竟然迫使我们为之付出如此多的代价！大概这也算生命不息的自然规律，可规律为什么老站在他那边？不错，我崇敬他，但更想杀死他！我恨不能先让他活过来再杀死他。唉，说这些又有什么用？星座已是无言的星座了。他死了，确实死了，却跟没死一样统治我们。桑青，你不必为自己难受，笑一笑好吗？专门为我笑一笑……"

桑青克制着内心情感，奋力笑了一下。居然成功了。

"啊，很美。现在，再为我做一件事，你拿起旁边桌上的遥控器，对，就是它。摁一下紫色键钮，对，就是它，摁吧。它会告诉你我的最终感受。我实在不能用口说出来。"

不待天音喝止，桑青手已经颤颤地摁下去了。

砰砰。不知何处飞出两颗子弹，从后面击中南屈子，穿透他的胸膛。然后，当当，弹头又从胸前钻出来，掉在他身前几步远的地方。他挣扎着说出最后遗言："看，你代表星座杀了我……"

仅此一句，再无声音。他站在那儿死了。

静谧一会儿之后，屈沉星上前拾起地上的弹丸，兴致勃勃地看。说："7.62 毫米铅芯弹，二十年前的装备品种，很落后了。不过，使用一颗足够啦，另一颗只是重复。"

卫星图片中央隐露两个极小的孔，边缘有点焦黄。那就是枪口，枪管暗藏在里面，与遥控器沟通，桑青一摁键钮，子弹就射杀南屈子。这些，当然是南屈子事先预置好的，他知道他们要来了，他要用桑青的手杀死自己，也许她的手才能使他死得满足。他甚至可以把她的手归结于星座意旨。这一切都太古怪太森冷了。天音凝望南屈子，他的遗体一直站立着，仿佛死后体内还支撑着一个念头。有那么一会儿，天音完全忘了自己是在和一具死尸对视，南屈子虽然睁着眼，但眼内并无目光。天音从那没有目光的眼里看出他渐渐凉下去，始终没看出支撑他的念头是什么。

南屈子的遗体越来越凉，终于失去平衡，轰然倒地，脸上呈现僵硬表情，唇间流淌出最后一缕气息。像个呼哨。

一代名将，不曾死于敌手，偏偏殒命于情。友情与爱情合谋杀死他，起码他自己那么认为。

天音低叹道："他以这种拒绝死的方式去死。"

天音忽觉身后少了某物，扭头一看，桑青已经昏倒在地上，倒下去时竟没发出一丝响动。她脸白如雪，呼吸微弱，手指、皮肤、四肢都毫无反应。天音抱起她来，朝墙角那张短榻走去。一路上，这具失去知觉的躯体散发出女性胴体而不是化妆品的温馨气味，他想：怪不得他们那么爱她，她一半是女神一半是婴儿啊，这魅力她天然具备，被长眠冷藏了三十年。

天音把桑青放在短榻上。屈沉星哀伤地说："怎么，她又不行了吗？"

"刚复苏几天，又要去当植物人了。啊，我觉得她生来就是婴儿的命。"

"别这么说！"屈沉星怒道，"她是我母亲，从此以后，我来照顾她。"

"你不去看看你的父亲吗？"

"看过了，"屈沉星说，"他死了，很彻底。"

"你刚才只是看了弹孔——是职业兴趣吧？你并没有看父亲。"

"我讨厌自杀者。他借母亲的手杀死自己，为什么？他想以此来逼死母亲！她脆弱的神经根本经受不住这种震撼。他既深刻又卑鄙，既是自杀，又是谋杀。此外，他渴望杀死星座。"

"这么说，你也同意他没杀害星座？"

屈沉星不语。

天音道："我有种古怪的感受，南屈子之类的非凡人物，会去辉煌地犯罪，但还没学会撒谎。他死了真叫我难受，我是来接他上任的。"

"很好，你深深卷入了，也只有卷入到底了。"

天音跑过去，扶起南屈子遗体，细看弹创，再翻开眼皮看他的瞳仁，看指甲尖的血色，看他逐渐枯萎的皮肤……

“你干什么？让我看了恶心。”屈沉星叫着。

“一个念头！我担保他死了念头并没有死。我曾经有过一个亲人，人们都以为他死了，实际上他并没有死透，他体内某些部分还活着。知道吗，那人是我真正的父亲……”天音有些激动，隐约觉得奇怪的生命现象会再次出现。他抱起南屈子硕大的遗体，对屈沉星说：“我要走了，从现在起，我撤销你的任务。你是他们的儿子，你无法进行公允的调查，你跟此事再无关系了。你留下来照顾你的母亲吧，我不要你了。”说罢，天音抱着遗体走开。

屈沉星高叫：“你不明白你抱走的和我抱来的差不多么。你干吗撵我？我是弹丸与弹道专家，弹道实际上是一种人生轨迹，据此可以打开一切人的秘密……”

天音没有回答。

十五、20时29分——金色念头

紫金山腹部一个朝南凸出的山坡上，曾经有一片粗大的柳杉树林，每株粗盈合抱，高数十米，树龄都在两百年以上。这年冬天，它们转入墨绿色，微带金黄。和往常一样，它们为抗御寒冷，改换成这种迟缓代谢的色泽。但是到了来年春天，它们没有恢复出生命勃发的翠绿色，而是继续枯黄下去。直到夏天，才最终确定它们通通死了。当地晚报借用游客口吻报道了这件事，悼惜那一片珍贵的古木。此外再无别的反应，园林部门也没人调查。倒是苏联的太空卫星探测到了柳杉树的古怪死因，他们在一次国际间削减军备谈判中，尖刻地指出：贵国北纬34.3度、东经118.7度地下工程靠地表太近了，破坏了植被的根茎系统，要知道古树往往很灵敏很脆弱……

他们没有说这是一个什么性质的地下工程，他们只表示出他们知道——这就够了。

其实地下工程的顶层钢筋骨水泥被覆物，距顶上最深的柳杉根系还隔着几米厚土壤。可是柳杉仍然感应到了，根系周围的碱性变化使它们通通死去。它们死后还耸立了十余年，直到周围生长出根系较浅的其他树种。那里的人们，也不再植入树中的贵族，诸如柳杉、红松、金丝楠之类。

此刻，在地表下面巨大洞穴深部，一条长廊尽头，是几间毗连的生化研究室。一位身穿特制工作服的中年男士，正在翻看今天刚送进的邮筐。工作服上的乳黄色块，显示他是这里宏大系统中的科研人员；而领口的心形衔徽和证章号码，又显示他是部门首脑，在这个地下世界里他任何场所都畅行无阻。他是心形系统中研究与发展部总工程师：霍光中博士。邮筐里的邮件都是他的，都经过安全检验。他把邮筐提到工作台上哗啦一倒，按动某个控制键，室内轰然落下一片阳光，舒适地照到他身上。阳光里有温度有各种天然射线，甚至还有阳光的气息，但它却是制造出的阳光。博士首先捡出一封北欧邮件，用裁纸刀剖开封口，快速默读信笺上的英文打印字。这是一位在赫尔辛基皇家科学院工作的朋友给博士的私人信件，连秘书也无权拆阅。信的前半部分俱是虚华辞藻，颂扬博士近期发表的几篇论文，博士一眼带过。后半部分却让博士沉思不已：“……若干年前您对生命科学所进行的神秘研究，在此间仍不时被人议及。按常理讲，即使一项卓越创见也不该有这么久的新闻时效。但行家们对您显然刮目相看。他们所进行的类似研究通通失败了，脱离躯体的生命不可能支持那么久，甚至产生恢复思维的效应。某委员会的人表示惋惜：您的成果假如拿到世上公开发表，下一年度的诺贝尔生物医学奖将当之无愧。但是，由于他们见不到您的试验成果以及有关组织的科研评定，换言之，创见并没有变成人类共同拥有的财富，他们只能深表遗憾……”

博士读了两遍，轻微喟叹着。把信件和信封投入碎纸机，注视它们迅速被绞成纸粉。他不能留下一点痕迹。工作台上的其他邮件，他略略翻弄几下，无心拆阅了。

很明显，他们要用一项世界性巨奖——以及随之而来的科研地位，换取他的研究成果。几乎无人能抵挡这种合理的诱惑，他的研究本该获得这项殊荣。但是他不能那么做，他的研究属于国家最高机密，不得到某些部门的同意，他一丝一毫也不能向外界透露。为此，他十分苦恼，一项研究若得不到世界性交流，自然也不会得到最终肯定和最终成功。在科学利益触犯国家利益后，他只能服从国家。实际上，六年前，他已经改换研究方向，停止信中所说的那项研究了。他被迫做这种求其次的转移，仿佛回避险情。

电话机上的信号灯闪动，博士过去按了下键盘，他的秘书报告："特训队教官天音中校请求会见，他说有紧要事务。"

"这个时候我从不会客。"博士欲关闭通话，像要摆脱侵犯。

秘书的声音变得紧张而胆怯："可是……他提到了金色念头。"

博士暗惊，马上说："给他通行证！"

博士再次走到碎纸机前，放水把纸粉冲进下水道。这时，他听到轻轻的门铃声。博士按动开关，牢固的金属门滑开了，天音进来，脸上有汗迹，胸口佩着一次性使用的三角形通行证。"我迫切地想见到您，博士，请您原谅。"

"天音，你使用你的权利使用得太轻率了。还有，你使用你本不该知道的机密也太轻率了。"

"为了见到您，我迫不得已。"

"哼，今天已经有两个人跟我提到金色念头。我想，用意不佳。"

"我们的新任统帅南屈子中将，40 分钟前被两颗子弹击穿胸膛。他的遗体我运来了，没有其他损伤。"

"按条例办吧，送到心群墓窟去，这种事与我无关。会有人继任他的位置，一部高度智能化的机器，脱离操纵者也能正常运转。"博士平静地说着，"你怎么知道金色念头的？许多级别高于你的人也不知道。"

"您忘了，我可以使用主电脑。"天音指的是心形系统前任统帅的专用电脑。

“不错。能使用它，大半个世界就无秘密可言了。”博士话中含意不明。

“我想请求您采用金色念头程序，让南屈子说出临终前的思维储存。他脑子里的东西对我们太重要了……”

“不可能！”博士显然预料到了。他冷静而坚决地，“我甚至无须把拒绝的原因告诉你，你可以走了！”

天音站着不动。沉默一会儿，说：“我热爱您的金色念头。我想告诉您一声，假如我死了，我愿意把自己的躯体交付给金色念头做试验。”

六年前，霍光中博士在极端秘密的条件下，进行一项开创性的生命科学研究，取名“金色念头工程”。实际上，它也是国际间某些医学科学组织所反对的“人脑移植手术”的变种。这手术简言之，就是把一颗大脑健康、而身体已濒于死亡的人脑移植到另外一具大脑已死亡、而身体依然健康的躯体上，把两个人体合成一个人类生命。这种研究，在科学上带来的困难已经非常多了，然而在法律、人权等方面带来的喧哗则更多，世间三大宗教的教廷与教徒们更是强烈反对。这种手术至今也并无一例成功，只在某些研究所里秘而不宣地做动物试验。霍博士的金色念头却智慧得多，果敢得多！他根本不取用他人的健康躯体来承接大脑（从而回避了大部分法律、人权方面的责难），却让一颗失去人体的人脑单独生存了43天零9小时17分！

那次试验对象，是一位在交通事故中刚刚丧生的三十岁男子。他的心脏已破裂，身体其他部位却基本完好，尤其是脑部，连轻度震荡也没有。他被送到霍博士的试验室抢救。因为此人曾在国家情报局服役过四年，接触过核心机密，所以他终生不能在失去理智的情况进入普通医院，他可能不自禁地、通过呓语暴露机密。很快，他的躯体就死亡了。但是，大脑的死亡要在心脏完全停搏后9至13分钟到来，死于脑血管缺氧。霍博士来不及请示有关部门了，他实在太喜爱这颗头发浓密、功能强盛、细胞组织活跃的年轻头颅了，他从没有获得过这么理想的试验对象。他断然下令，实施金色念头工程。

实际上，霍博士利用了那次既无亲属在场，又无暇分身请示的急迫局势，创造成了他毕生最大的成功之作。否则，连他也无权使用这颗头颅。

男子的头颅被切割下来，完全脱离死亡的躯体，许多导管连接上去，向头颅供应血、氧等生命液体，维持它的生存循环功能。它处在低温昏眠状态，由各种仪器监控头颅的细微反应。霍博士首次在人类头颅上使用了 R·T 生化剂，它能减控人体的异体排斥功能，将一个局部生命强化成单独的整体生命，使头颅适应新的生存平衡。R·T 本质上是一种提炼出的生物基因初级合成物，又是生命组织不可缺少的营养成分。国际间“人脑移植”屡屡失败，难点之一就是由于那些科研单位没有 R·T。R·T 是对生命的崭新理解，是霍博士的卓越创造。

数小时后，头颅复苏了。由于失去了躯体，喉部声带没有肺气流支撑就不能说话。头颅只能用眼睛和眼皮来表示态度，他的听觉、触觉、视觉、味觉都基本正常。霍博士问他是否赞同继续生存？他眨眼表示同意。博士欣喜若狂，他成功了，并且获得了把试验继续下去的权利。当时，头颇并没意识到自己只是一颗砍下的头，完全失去了躯体。或者说，躯体失去了他。

这颗头颅仍然有思想、能思维、保持记忆、翕动的口唇显示出说话欲望。面无表情——也可说是一种无表情的原始的严肃。他的头发与胡茬仍在生长，速度放慢了一半。头颅内部指挥四肢的脑组织显得躁动不安，仿佛是遗失了巢穴在迷途中冲撞的小动物。而主掌感情、思维的脑组织则比较平静，像蜗牛彻底缩入壳中。

生命在异常环境里的生存力，远比人们已知的强得多。

又过了几天，头颅完全苏醒，明显地显示出要表现自己的迹象。霍博士的试验进入第二阶段，他用一套复杂的电子装置与头颅连接，感应脑组织各种微弱信息，并把主掌语言、思维的那一部分转换成电子信号，经高能电脑整理成逻辑脉冲，从扬声器中释放出来，就成了头颅想说而说不出的语言。原理虽然简明，实现它却要靠当今世界上十几项鲜为人知的巅峰科技手段。

由电脑转换成的头颅语言，是一种无感情的声音，可它竟比活人的语言更令人心惊。

头颅说出的第一句话是："我遭别人谋杀……"

灾难就从这半句话开始了，后来的发展如燎原野火，霍博士和他的助手们已无力控制事态。

头颅发现自己搁在一只透明的恒温箱里，顿时，荧屏显示出他的脑组织猛烈躁动了，像爆炸那样猛烈。扬声器无感情地吼叫："我的腿呢？……我的手呢？……我的身体在哪里？啊！还有心，都到哪儿去了！……"

头颅由下而上观看到自己失去身体器官的，这表明他仍有逻辑。吼出的声音原本应该惊骇至极，电脑却表达不出来，只是数倍地扩大声浪。同时，他眼球凸动，要飞开似的。

而且，头颅竟能听到扬声器传出的自己的声音，并听懂了！他把原本该用到四肢上的大脑势能，通通压缩到语言势能里迸射出来，形成了非人类才有的荧屏脉冲波，波纹已超出荧屏框，疯狂而继续。扬声器发出的声音却仍无感情。于是，产生了叫在场人无不骇然的效果：这颗头颅，在感情上已快要炸掉了，但说话竟冰块似的平静！

霍博士也产生一种大悖常理的担心：害怕头颅得脑震荡。那将是人类首次——不是由外力而是由内力，由大脑自己把自己震垮。他甚至感到自己脑内一动一动地跳——恒温箱里失去躯体的头颅，对在场者竟有如此巨大的震荡效应。

霍博士丝毫没有精神紊乱，他争取的目标太明确，足以克制他的精神。现在，他不相信自己彻底成功了。让头颅活着，仅是第一步；让头颅像正常人头颅那样活着，能思索能说话能交流，才是他的真正目标。假如头颅只在低级状态下维持生存，那只有生物标本般的意义。

此刻，头颅才具有生命科学的伟大价值。

他深信：人脑移植手术，在他手里已无实质性障碍了。换言之，只要法律允许，他就能搞成功。

头颅内部的思维势能，正在朝某个危险境界滑去。扬声器平静地叫着："我遭人谋害谋害谋害……汽车见鬼啦不是正常汽车……那两个人我认识，四月行动参加者……你们离开这里，我要打电话……是我，叫×××听电话……你是北洋公司受贿人，你指使指使老龙王吞没国家利益……×××在我逮捕你之前不许自杀……"

头颅提到的×××是政府某最高委员会首席官员，他的名字时常出现在报纸头版和电视晚间新闻中。头颅不断诉说他的名字和其他几个高层领导人的名字，既语无伦次又坚定不移。接着，他以崇敬的语言提到一位三流女电影演员，赤裸裸地描述她身体的隐秘部位，描述自己与她做爱的印象。他还喊叫一位已死去的情报局英雄的姓名，诅咒他，使用的语言非常奇怪，是一连串"喔、哈、呀、噢、吱吱……"之类的象声词，又像一种暗码。他还提到许多情报局内部事务，代号、时间、规模、等级。他足足"说"了 13 小时 20 分钟，一点也不累！最后使用镇静剂才使头颅入眠。

霍博士把全过程记录、拍摄下来，完整地呈报上层。头颅的任何一点细微表示，任何一个意义不明的声音，甚至叹息与眼睛反应通通在内。现场报告长达二十五万字，加上分析与总结灌满了两张电脑微机磁盘。他发现了许多不可思议的生命现象。最使他激动的，是他称为"局部生命的意识变态"现象。

当人脑与躯体合为一个整体时，是一个有机生命。各肢节各器官相互依托，相互支持，又相互牵制。就像上肢下肢、左手右手之间的关系那样。人脑与躯体的关系则更加精致复杂，躯体受命于人脑又制约人脑，人脑的每个信息莫不跟肉体有关，甚至直接来自体内某器官的暗示。假如骨骼神经在疼痛，也是经大脑皮层组织接受信息并反馈后的疼痛。假如体内某脏器伤损或退化，大脑的能力也会跟着受影响。

现在，这颗头颅完全脱离躯体，就变成一个纯粹思维、记忆用的“器官”。以在被肉身所压抑着的、鼓舞着的、控制着的种种精神势能，通通得到了解放，像孤儿一样肆意奔走。有的意识随肉身丧失而丧失，有的意识因肉身丧失而倍加活跃，总之，全然不是大脑常态意识了。比如：性意识的基础——性功能，原本埋藏在人躯体内而不是人脑里，形成完整的、受现代文明制约的性势能。人脑脱离躯体后，性功能不存在了，性意识却影子那样来不及消退，暂留在大脑内。因此，他才会以那样一种奇怪的语言方式回忆女人。精确、暴露、极富想象，却丝毫没有性欲气息。有一种铜像在微笑的感觉，有一点太阳变质了只发光不发热的感觉。

头颅说出的一切，无不是失去躯体后的意识变态。它们都不再受肉身的制约，种种隐蔽欲念、记忆都肆意奔涌，一个牵着一个鼓噪而出。

头颅沦为一个局部生命，由此也成为一个更纯粹的大脑，它无忧无虑地释放思维信息，较之以往更晶莹、更极端、更富有精神伸张力！霍博士在报告中不可扼制地赞叹它：“脱离了躯体的头颅实质上是获得了毁灭性的解放，大脑更加大脑化了。”

霍博士也不可扼制地赞叹自己：“金色念头工程所捕捉到的生命现象，是生命科学迄今为止最大的发现之一，它将深刻改变人类的自身认识。智能生命可以单独存活，可以大幅度进化自己。试验引发一系列前所未有的课题，其意义远远超出我们初始的目标。目前，我们还看不到生命边缘在哪里。头颅健康地并活跃地生存着……”

报告呈送上去了。翌日，霍博士和助手们便被一群不佩任何标志的人员监禁起来，与金色念头有关的档案、磁盘、试验器具和那颗头颅全部被接收。试验由另一批科学家继续进行，生理检验报告依然送到霍博士手里，以便他提出维持头颅生存的建议。但有关精神内容的报告他一件也看不到了。

霍博士明白：头颅释放的语言涉及绝密，他被牵涉到一场灾难中了。

三天以后，情报局解体，×××自杀身亡，政府最高委员会陷入危机。大批官员被解职。

五天以后，东南部两个加盟共和国政府垮台，中央政府也受到巨大震荡。全国第二大金融企业东光证券集团崩溃，十三个城市发生骚乱，上百家企业倒闭……

极少人知道，这浩大灾难出自一颗失去躯体的头颅之口。否则，灾难可能翻倍。

在灾难接近顶峰时，头颅突然死亡了，原因不明。霍博士也接到严格的暗示，终生不得进行金色念头的研究。他应允后，获得自由。

十六、20 时 35 分——精神弹跳力

霍光中博士霎时有些苍老，沉重的微笑几乎从脸庞上掉下来。沙声说："听你那么讲，我觉得舒服。哦，虽然我照样拒绝你，你还是让我舒服片刻了。谢谢。"他不自禁地端详天音的头颅，评价道，"额头饱满，颈部粗壮，怎么你有点欧亚混种味道？你很聪明，也很坚强，脑功能发达，也挺漂亮。六年前要是用这颗头颅，恐怕不会说那么多话了。"

"绝对不会！"天音表示同意，"我将抗拒生存，坚持我的死亡权利。"

霍博士呵呵笑："你说出个多好的意境啊！能这么说，正是内部生命力太旺盛了。我那个头颅也很了不起啊，它和躯体结合在一起时，只有小小的侦缉队长的作为。和躯体分开后，反而扩张成个爱因斯坦了。我告诉你，它说出的若干事件内幕，它生前根本不知道！而是在与躯体分离后，大脑自行推论想象出来的，居然件件叫它说中了！和后来的内部调查基本相符。以至于，调查人员坚信它生前就知道。看看，人脑摆脱躯体后反而更加优秀了……"霍博士兴致撩动，六年来，他

还没跟一个知情者聊过金色念头，内心渴望一直被压抑着。天音使他兴奋。“假如你不提要求的话，我愿意请你喝杯咖啡。”

两人各择一张软椅坐下，啜着滚烫的咖啡。

天音把南屈子、桑青、卓蛮三人的异常经历说给霍博士听。他听到桑青长眠三十年，并在失去知觉情况下诞生一个儿子时，热烈地叫着：“啊，和我的金色念头有异曲同工之妙！她在哪里？我想见见她，又是一例罕见的生命现象。她的其他功能有没有被破坏？临床记录还保留着吗？她自己知道不知道这件事？使她受精的那个男人，真该奖赏他，然后再枪毙他！把他的器官交给我……”

“他正是南屈子。”天音轻声说，“我带来了。”

霍博士愕然不语。随后，摇头拒绝。

“如果你愿意动用金色念头恢复南屈子的智能，那么，我可以保证，不但南屈子归你了，桑青也会把自己贡献给你。”

“真诱人哪，两例生命异常者……但我不！”

“恕我直言，博士。你目前的状态，很像颗被切下的头颅，你具备很高的生命创造力，或者说是精神势能吧，可惜被关在恒温箱里，自己驾驭不了自己，听任别人摆布！你只有思索，永远没有行为了。由于没有行为，你变本加厉地坠入空虚思索中。不要多久，即使作为被切下的头颅，你也会被扔出恒温箱，或者自行死去。就像丧失功能的器官那样！不错，你正如你报告中所言：只在低级状态中维持生存，只具备生物标本价值，没有生命科学意义。我记得对吗？”天音讥嘲地看着霍博士。

霍博士抑制着冲动，咕噜道：“最后一章，倒数第三节，你没记错。”

“我阅读那件本世纪最美妙的报告时，心里闪电一样被击中了。你猜我看出什么了？他们害怕你！是的，那些驾驭你的人害怕你而不是怕那颗头颅　因为，你的创造力可能摆脱外界的驾驭导致灾难。超级的、异常的创造力往往以毁灭性方式出现，跟从瓶子里钻出一头妖魔似的。为了安全，为了各种说不出口的权益，必须把你的创造力限制在一个可控范围内，把大脑拴到躯体上，片刻不许脱离。而你，渐趋认同……”天音观察霍博士的反应，决定更沉重地打击他。“假如我是你，抱歉——我经常把他人的艰难处境拉到自己身上来品味。假如我是你，我会在精神上产生强烈弹跳力，心灵蹦个高似的！我会把金色念头迅速推向新阶段，掌握更多更多的生命异常现象、更多更多的头颅倾诉出的思维片断。哈哈，那样，我的成果会反过来保护我，大量生命结晶使我成为巨人，使得驾驭者无奈其何。因为，毁掉我反而会给社会、给他们带来同等灾难。其效应像共同毁灭一样。于是，反而相互尊重了，保持必须的生存距离了，我岂不获得更高程度的自由了吗？岂不是在科研方面牵拽着全人类朝前走吗？”

博士咕噜道：“你在把拔掉引信盖的核弹塞给我啊，你暗示我背叛心形系统原则啊。唉，我真羡慕你们这个年纪，哪来这么多的勇气?！听着怪逗人的，……我连笑都笑不动了。”

天音绝望了，枯坐不动。

“把你——和你带来的遗体一块儿扔出去。怎么，你不扔？那我去扔！”霍博士呼地起立，大步迈出研究室，循长廊朝试验室走去。天音阴郁地跟着他，失败的感受噬痛他的心。人到了霍博士这个年纪，具有一生中最大的固执。何况，这固执曾促使他在事业中成功。至死不会再改变了。

天音极力想在走到试验室之前想出一个主意，可惜，他发现自己头脑空空如也，仿佛一下子丢失了精神。现在他明白，身边这老人比他预计的巨大得多……

霍博士走进果绿色试验室，凝视着白榻上的南屈子遗体。一看就知道，遗体已冰凉，荧屏也不显示心跳。不过，几部维持生命的装置仍在嗡嗡工作，胶管把液体输入南屈子体内，再从脚踝切口处滴出来……这一切，不能使他复活，仅仅是延缓死亡过程。准确地讲，是绝望地伴送死亡。

霍博士低声说：“我有个毛病，我从不认错！”

天音惊异地看他，心头突突乱跳，此话不正意味着：他认为自己错了吗？这老头！

“您送他来时，就相信我会重操旧业吗？”

“不，不。”天音小心翼翼回答，“我只是想，有过伟大创造的人，不会把渴望创造的瘾头压制六年之久，他终究要释放自己。只是我能否侥幸碰上那释放的一刻。”

“唔。”霍博士表现出满意神情。接着，他环绕白榻漫步，时而看一下仪器反应，时而翻一翻南屈子眼皮、口腔、头发。评价道：“质量很高的死者。死于一次痛苦之巅。欲念把眼膜都烧红了。脏器老化但还结实。头颅完整无损，脑容量比常人大五分之一。我仅存的两安瓿 R·T 要都用上了。这可是全世界最后两支……”他演说似的咕噜了半天，全不在乎天音的反应。末了，他下达召集全体助手的指令。

几十秒钟后，实验室聚满穿乳黄工作服的人员，他们静静站立着，目视南屈子遗体，不说话，彼此间也无眼神交流。他们都有惊人的镇定。

霍博士低沉地开了口：“六年前，在这个试验室里，我们成功地实施了金色念头工程。随后，我们卷入一场灾难，两个朋友为此丧生，其余人也遭受长期审查和控制。从那时起，我们再没有像样的愉快了。此刻，躺在榻上的遗体名叫南屈子，他的头颅里包含的隐秘比六年前那一颗多得多！就是说，灾难程度也将大得多！我决定，再度实施金色念头工程。指令是由这个人死后暗示给我的。”他示意南屈子，并轻轻笑一下。“情况就是这些，我请不愿意介入事态的人离开这里，他将依然获得我们的尊重。”

助手们沉默地站立着，所有人都一言不发，也一动不动，脸上浮现出浓浓的情感光辉。

天音感动地注视他们……

霍博士又静等片刻，然后高声下令：“开始程序！”

助手们轰地朝四面八方奔去，像一场殊死战役。各种各样的装置发出奇异低鸣，聚拢到白榻旁。

霍博士掉转身看天音，切齿迸出一声。

“滚！”

十七、23时50分——心灵遥感

墨灵山甲–2号别墅外表看起来精巧玲珑，宛如被山口含着的蚌珠，与山势之俊秀融合。它那娇小的美，让人看了很舒服。但是，别墅后部却与山岩毗连，实际上是深深镶嵌在山腹中。它的内部空间比外表所能看到的大九倍，它已成为半地下建筑，具有极高的抗震、抗原子、抗化学防护力。地表外的部分，只起观赏和隐蔽的效应，只是地下建筑的若干个通道口之一。

里面的空气是从山顶森林中汲取来的，通过通风管道输送到各个房间，空气干湿适中，含有大量负离子，在数十米岩石深部，竟能嗅到银杉和紫柏的叶片气息，人就像栖息在森林里。

别墅是南屈子私邸，内有一间密室，陈设朴素又非常昂贵，这两种品格在这密室里协调地结合了。屈沉星凭据室内那幽幽的味道，断定桑青就在这眠放了三十年，她已使室内每样东西，都浸透她胴体的独特温馨了，浸染出一种生命的味道。

桑青仰卧在阔榻的真丝床罩上，姿态十分柔软，头发滑落两旁，眼睫凝定着，尖端沾染微光。轻薄睡袍露开一道缝儿，肌肤像欲融而未融的雪……屈沉星用目光替她合上睡袍——却没有动手。他有一个隐蔽欲念：希望母亲永远这么躺着——而不是爬起来四处走动。因为她躺着时最有魅力，于静止中保持灿烂。

他像一只夜鸟凝视月亮那样，久久地凝视母亲。

屈沉星身下是一把宽阔坚实的扶手椅，椅面已被人坐出深深凹陷，靠背上的狐皮却丝毫不损。南屈子在这张椅子上坐了三十年。椅子表明，他每次长坐时，上半身实际上是保持“立”的姿势，挺直着，不倚靠椅背。哦！由此也可推想：他的手是大度地微支在腿上的，他的目光专注而笔直，他的精神气始终含蓄不泄，他的双唇闭锁不语，他的心呢？以及在心内剧动的情感欲念呢？……

面前是桑青啊，从女人标准观赏她是人间绝色尤物，看久了会让任何男人忍不住呻吟起来，像给烫伤了。南屈子能够以这样一种姿势长坐不衰，与其说崇敬桑青，莫如说南屈子天生一怀高亢的自尊！

屈沉星对这样一种注视心惊了。他甚至想：母亲能够长眠三十年不死，恐怕和南屈子的注视有关，他的目光把某种生命韵律注入母亲身上了。他们两人一直沟通着的。

唉，不可思议，又颇令人思议！复杂的情啊。

南屈子终于娶了桑青这株肉体植物，岂不表明：在此之前他从没占有过她吗？一旦决心占有了，他唤来牧师做上帝的代表，主持他们的婚礼。他无须这么严谨，他之所以这么做，看来只想遥遥地告知一个人——星座卓蛮："我娶了你的桑青！"不，"我娶了我的桑青！"

…………

屈沉星似乎感到，面前阔榻上的气韵动了个小波浪。他看桑青，她卧的姿势纹丝未动，但是她的眼睛已经睁开了。

"啊！你醒来啦……"

屈沉星大惊，他原以为她此生再不会醒来，他心理上早已适应了植物状态的母亲。顿时，他愕然失措。

桑青怔怔地："南屈子在大叫……"

"镇定些，他早已不存在了。现在只有你和我，我是你的儿子。母亲！"屈沉星努力消除她的慌乱。

"不，不！是他的声音，他在大声叫喊……"

"叫喊什么？"

"叫喊'星座'，叫喊'卓蛮'。啊，他喊得好凶啊，把人都要震死了。好像……"桑青茫然四顾，然后望定西南方，"在那边！……啊，现在他唤我了。你快带我去，快啊！"

十八、0时26分——无比轻松的头颅

警卫告知天音:“4号门洞有一男一女要求见你。姓名:男士屈沉星,证件齐全;女士桑青,无任何证件。”

“放行。请派人带他们到我处。”

天音放下通话器,又是惊讶又是烦恼。桑青竟然这么迅速地苏醒过来,叫人难以招架。而屈沉星,从不给人安宁,他老是带来一串可观赏而不可使用的主意。他是长着九个相互矛盾的脑袋的人。

天音被霍博士从试验室撵出来后,一直在近旁休息厅等候。将近四个小时过去了,试验室那里的“禁止通行”红灯还亮着,说明里面没有结束,也没人告诉他任何消息,他被置于无所作为中。回想起来,他这一生还没有在这种状态中虚耗过如此多时间,他等得头都麻木了,只得一遍遍运行他那独特的功法,以保持鲜嫩的知觉。

屈沉星和桑青被卫兵带入休息厅。屈沉星扫视周围:“老朋友,这不是你的专业场所。”

“研究与发展部所属的生化研究室,我在等……哦,你仍然穿那件睡袍。”天音笑着招呼桑青。其实,他内心非常震惊,几乎溢露到脸上。

桑青老了,不明显但大幅度地老了!

昨天中午祭奠星座时,她看上去是一种难测年龄的年轻,是一个少女配上了贵妇的气质。而现在,她的眼角、口唇、额头竟具有深秋的苍凉,已经可以观看出她的年龄了,大约四十岁。这虽然比她的真实年龄要小,但和昨天相比,她简直是每小时老下去一岁!叫人替她害怕。

天音略一思索,明白其中奥秘了。她长眠三十年,是处于低级生存状态,不动欲念、不经寒暑、不招惹任何人间喜怒恩仇,她是器皿中的一颗露珠,当然秀色常驻,嫩如婴儿。后来她醒来,步入人间。她行爱,欢娱若狂。她目睹南屈子自尽,惊骇与痛苦纷至沓来。……她把一个常人该有的情感通通补上了,还大大超出!所以,她迅速老了。上天

归还她的情感，拿走她所欠的青春。她会迅速老到与实际年龄相匹配时才迟缓衰老，这就是做一个正常人的代价。

不过，她仍然很美，美中带点苦味，带点人情味，是一个亭亭玉立的美丽母亲。

天音搀扶桑青坐下，又嗅到她身上那独特的气息，这一点没变，这气息永远是她的！他为此感动。

屈沉星好像一点没察觉桑青衰老，神色依然如初。这家伙历来迟钝。当然，他伪装迟钝也会伪装得很到家。

屈沉星抓住天音那句没说完的话不放："你刚才讲你在等，等什么？"

"南屈子在里面。"

屈沉星惊恐地看一眼桑青："怎么，他真的没死？你救活他了？天哪！"

"怎么说呢，大概主要部分会存活下来。"

"哦，你们把他肢解掉了？"

桑青轻声道："他活着，我刚才看见他了。就在昨天中午的日全食里，月亮遮没了太阳，忽然天上不是月亮了，是他的头。他的头遮没了太阳，大叫星座，天空全塞满了他的声音……虽然是个梦，但这会发生的。这种梦我做过两次，还有一次是星座出战的前夜。我梦见一只银子做的骷髅手，在海水里闪闪发光。星座喜欢那种格调的艺术品……南屈子在等我，他等急了。快带我进去看他，快！"

霍博士无声地站在门口，面无表情地看他们，似乎站了有一会儿。待厅内人把目光都转向他时，说："这位女士的梦很有意思，假如我没有猜错，你是桑青，你是屈沉星。"

"是我。"桑青喃喃地站起来。

"啊，你还是那么年轻。"霍博士的口吻像对一位熟人说话，"我希望有机会能研究研究你，还有你的儿子。好像有人曾经把你们预订给我了。可惜，我可能在你们前头死掉。哦，别生气，我实际上没那么贪婪。你们两个，都别具一格。”

“南屈子怎样了？”屈沉星问。

“我认为他成功了。”霍博士如此评价自己的工作。

“我们要见他。”

“对不起，我先单独和天音谈几句。”

天音与霍博士来到门外。霍博士问：“告诉我，他们知道多少？”

“关于金色念头，他们一点不知道。”

“请说实话。你没听见桑青的梦吗？”

“我也感到惊讶，但他们确实不知道。”

霍博士沉吟：“心灵遥感？……那不是我的研究课题了，我无须管它。他们不知道最好。南屈子已从保护性昏迷中苏醒。你们可以进去看他。”

“太好了。我想和他交谈。”

“和上次相比，我们做了小小的改进。南屈子的思维动态通过电脑演绎成语言，只发送到你一个人的耳朵里，别人全部听不见他讲什么。我和我的助手讨厌高层内幕。同样，你的思维动态也通过电脑演绎成生物电流，输送到他的脑组织中，因为我们也不想知道你问些什么。你们实际上不是用语言交谈，而是两个念头在互相纠缠。逻辑上可能混乱些，你要用心感受。”

“非常高明，简直是享受。”

“你不在时，只有我有这个权利，因为我必须知道脑组织的情绪。我的助手和他们两人都不许进入交流。这样，他们也许可以避免灾难……”

“博士，你是一个伟大的人。”天音真诚地道。

霍博士冷冷回答：“伟大吗？我想伟大，但是伟大不起来。”

天音和桑青、屈沉星换上工作服，经过静电除尘和辐射杀菌，进入已被封闭的试验室。南屈子在白榻上静静躺着，身上覆盖果绿色蒙布。他的头发、胡须都被刮净，脑部上方，连接着蛛网般管线。他看上去很镇定，面容平和，双目紧闭。天音原以为会看到一颗搁在恒温箱内的头颅呢，见不是那样，稍稍放心。他过去，轻握住蒙布外面的手，惊觉：这只手已恢复体温！难道，他们使南屈子完整地复苏了吗？他仔细寻视，不禁暗惊。南屈子的头颅确实已脱离坏死的躯体，摆在他头颅下面的，仅是一具复制的塑胶躯体！它既可以用来宽慰南屈子，——让他醒来时能看见自己的身子，又可以遮蔽外人的目光——避免直接面对孤零零的头颅。那事实乍然出现是十分冷酷的。

塑胶躯体相当精致，皮肤上有汗毛有皱纹，手腕处还有一块南屈子年轻时落下的伤疤。躯体不是仓库里储存的人体标本，完全是南屈子的完美复制。天音触到脉搏，试了一下，啊，动脉在里头轻柔地跳着。

桑青托起南屈子另一只塑胶手掌，剧烈地颤动，喊他：“我来接你了……我要和你在一起，听见吗？是我啊……”她流泪了，脸伏到塑胶手掌上，那颗硕大钻戒在她脸庞压出痕迹。

霍博士显然对场景感到满意，挥动胳膊，甩出一个轻妙的手势。两个助手上来，把桑青和屈沉星带到隔壁去了。他们在那边透过整面墙壁大的水晶玻璃，能看见这里的一切。但是什么都听不见，也不能干扰这里。

另有两个助手推来一架怪异的椅子，下面带着轱辘，上面有各种电极磁头和导线。他们让天音坐进去，紧固在椅子里，又把大小磁极、感应器缠绕到他头部，耳朵里也塞进了两个冰凉物件……只给他留下一只能活动的手。他听见霍博士在耳朵里说：“能听见我说话吗？”天音示意可以。博士说：“这是操纵盘。这是控制开关。强度若是太大，请按顺时针方向旋转蓝色旋钮。若是感到脑内发烫，请朝下拨动黑色键位……”霍博士一一告诉他盘面各键钮的使用方法，又让他复述一遍。正确无误。霍博士最后说：“我要离开你了，到隔壁去和他们聊聊。我会注意你的脸色的，必要时会过来切断脉冲波，你可以放心享受！注意了，五个乐音之后，头颅开始恢复思维，他的念头将进入你的知觉。现在我启动程序。”

霍博士按下一只键，掉头走开。

天音听见雄浑的音乐：

$\underset{\cdot}{5}$– | $\underset{\cdot}{4}$– | $\underset{\cdot}{3}$– | $\underset{\cdot}{2}$– | $\underset{\cdot}{1}$– ‖

然后，他觉察到一股又像说话又像念头的热流进入脑内，他既熟悉又陌生，仿佛梦中与人相会。这个人说："我怎么这样轻啊……"

几乎同时，南屈子张开了眼皮。

十九、0 时 45 分——被尊严涨破的心

"阁下，见到你真高兴。外面天气很好，喜鹊重新飞回旧巢来了，秋天的太阳明亮但不热，你的气色跟外头的天气很相宜……"天音亲切地用念头诉说。

南屈子眼球朝这边转——但是转不到位："我死了还是你死了？……想起来了，是我。子弹明明击中了我嘛，这是什么地方？桑青在哪儿？我怎么这样轻啊？"

"这是一间临时救护室，你一切都很好，桑青在隔壁屋里睡着了，过会儿就来看你。"

"星座不是我杀的，我根本杀不动他！他永远站在弹道以外，瞄准他就跟瞄准太阳一样刺眼。不是我杀他是他杀我。我是他摘除掉的器官，他太伟大了，凶恶地发光。我又失败了，失败失败失败！"

南屈子眼角聚集着痛苦，他的表情只能显示那么些痛苦，口角淌着涎水。天音发觉，此人的自尊心强烈得不可思议，根本不能忍受星座高踞于他。然而，此生却一直默默蜷曲在星座阴影里不吱一声。只有在反常的时候——比如现在，他才高喊星座。同时，愈喊愈趋于疯狂。好像精神嗜毒，星座是他的可卡因，他恨它又离不开它。天音想使他平静下来，忽然意识到：他多么自尊啊，只有让他感到自己和星座一样巨大，他才可能获得平静。天音说：

"我确信星座已经死了，起码在创造力方面已经死了。而你却统帅蓝星部队二十年之久，并把它带至巅峰状态。这证明，你比星座深厚，比他更靠近天意！你才是时代骄子，而星座只是一闪即灭的流星。桑青深深地爱你，远超出爱星座，刚才在昏迷当中，桑青远远地感知到了你的声音，她不顾一切赶来了。为了爱你，她已经苍老了。啊，是你娶了桑青，不是星座，是你举起太阳，又遮蔽掉它。其实你和我们都明白，你足以同任何人并立于世……"

天音努力弥补他那颗被尊严涨破的心灵。

南屈子流泪了，宛如铜铸头颅淌下的泪。

接着，他开始大江东去般地诉说、回忆、高笑、狂歌、恸哭……但是再没有疯狂。

天音和他沟通了五个小时，密度远远超出交谈。南屈子和星座以往的一切，他全知道了。他脑内涨得满满的，像涨满酒意，醺醺然了。

奇妙的享受！他后来告诉屈沉星。

由于不是使用语言，而是交流念头，两人仿佛融化到一块儿似的。语言是有形有质的东西，像手，对话就像手握手。念头则无形无质，触之即化，气息四溅。念头和念头相汇时带来无限快感。一个好念头用语言表述已经损失很多了，用这种程序则丝毫没有损失。他简直说不出当时身心多么舒适。事后，他叙述感知到的事情，遗憾地自责："我只能用嘴倒出来而已，我已经不会说话了。"

"不过，"他又神往地，"把那些感应器接到一棵树身上，我定可以知道那棵树在想什么。"

二十、1时05分——知觉之一：每个军人都可能是你未来之敌

那时，他们年轻得像一颗颗刚制造出的小子弹。稍微晃一晃，便感到粒状药体在里头哗哗响，那是内心在大笑，只有年轻人才能笑到

那种程度。

以至于，数十年后回味当时的笑意，也觉得胸中块垒顿除，此生已无大憾了。

最大颗的泪珠，常常是笑出来的。

东方战史研究院设于黄海之滨一座半岛上，苍松翠柏聚成一道道抗风林，把研究院裹在当中。琉璃瓦的色泽与林木相近，每条小径的两旁都栽种花卉，连大理石柱也雕成斑驳老树的模样。它是一所园林化的、深藏不露的高级军事学院。学院主要讲授与研究亚洲、太平洋地区四千年来的战争发展史，学员不足百人，却来自十几个国家，都是上校以上的高级指挥官或文职研究员，由所属国花费重金，精选出他们来研究深造。每逢校典，全世界最有代表性的军装都在广场出现，美英式的、东欧式的、日本式的、中国式的、南亚式的……煞是灿烂好看。在这里，即使是敌对国的军人，也往往交成朋友。同时，即使是最好的朋友，也是潜在的未来敌人。大家全是为修炼军事艺术才聚集在一起，不去想明白恩仇。于是，这短促的友情往往更加精粹、炽热。

所属国大小强弱，并不决定学员身价，他们只敬重才华出众者，只敬重学员个人的军事艺术质量。弹丸小国尼泊尔只派来一位中校军官，因为在他们军队里，最高军衔只是中校。可是，这位中校多次以自己的卓越学识让同仁们叹赏，便连续三次被推为“战场构想评判员”——是学员自设的国际军事组织首脑。毕业时，美军上校、英军上校、苏军上校……陆续走到他面前拥抱，郑重地说出学院传统告别词：

“如果能与您作战，我会感到非常自豪！”

从学院出去的学员们，大多数成了所在国军队的将领，有些已登至军界巅峰。学院也盛名于世，被称为“东方罗盘”……

这学院竟在二十年前被关闭了，原因至今不明。

随后迁入一所现代艺术学院，艺术家们惊奇地发现新址太奇妙了：它的布局、装饰、整体风格，通通具有浓烈的艺术气质。它内部的教研室、抛弃的巨型沙盘、兵器模型、诡谲莫测的演练场、墙上画的纪元前布阵图、用火箭尾翼自制的照明器、铠甲式锁扣、鼓状兽头石凳、营帐式餐厅……无数场所和器物，都是现代味极浓的艺术品！透着狂想，又件件实用。这里不该是军事学院哪。他们承认了：艺术和军事，在大境界上是浑然一致的。他们将前期军事学员认作校友。这些已是后话。

在东方战史研究院鼎盛期，星座和南屈子也在此生活。他俩不是学员，仅仅是勤务连中士，双双十九岁。整年里为那些军界骄子们站岗、执勤，间或进入研究室收拾教具，替报告人播放图片资料，递送电脑磁盘等等。他们也负有一些监控学员的责任。假如某人深夜归来，他们需登记在案。某人酗酒发疯，他们需用擒拿术捕伏他归营。某人和某人忽然间不共戴天了，要为尊严而决斗，他们则必须查清决斗现场，奔去冒生命危险制止。不过，这种决斗如果只有星座得知的话，他绝不报告也不制止，反而会奔去做现场监督，像执法人那样监视双方按协议相斗，痛看一场格杀，最后把败者背进医院，向上报告是自己去晚了。这种事他干过几次，从没有人揭露他。军官连军官都不会出卖，更不屑于出卖他这个中士了。

勤务连的军官要求通两门外语，士兵要求通半门外语——也就是一门外语中的生活用语和军事术语。星座能够准确听懂三门外语，但他从不暴露，他只是听，他不说。因而，外籍军官们谁也不知道，这个总在他们身畔执勤的中士，能听懂他们说的任何内容。星座一会儿在运筹学派那里听海空协同……一会儿在未来学派那里听不战而胜……一会儿在教官那里观看战役调制……他把各种意图都收拢心中，竟能消化得掉！竟能丝毫不吐！谁也不提防这个机灵而沉默的侍从，军界骄子们高谈阔论，竞赛谁能够把念头和舌头丢得更远，相互激发导致密集的奇思——那有一种极大快意。当尚不掌兵握权时，骄子们的全部才华都不受抑制，都使用到极限，唯一目的，就是要战胜自己对面这位思维对手。

才资平庸的军官在此倾听一会儿，每个念头都够他用十年。太年轻太敏感的军官，反而会被这样猛烈的琼浆溺死，创造精神从此瘫痪。实际上，学院笼罩着这样一种可怕效应：最有才华的人把较有才华的人的才华于片刻间剥夺干净，使他终生不再生长出才华。这也是《圣经》记载的马可效应：你有的，给你更多，你没有，把你原有的也拿走。

星座当时天智初开，精气充盈，神经跟胃口一样结实。那些奇思异念，他并不甚通。也正是这“不甚通”保护了他的性灵，使他没有被他人的卓越创见烫坏！他依靠自己的天然直觉去感受汲来的东西，像宽阔无边的遥感那样，朦朦胧胧地、下意识地进入整体欣赏。自己得出的朴素结论，和军界骄子拼命投奔的最终境界竟然暗合了。这犹如混沌未开的婴儿，凭着感应寻找到母亲。

两种超常品质在这个中士身上萌动：军人素质和艺术气质。

他和二十二岁的亚卡因比亲王成了朋友。亲王有着高贵的血统，智慧在眼里闪烁着，他喜爱诗歌与绘画，可是皇家后裔的职责迫使他来研习军事，他是院内最年轻的上校。和那些职业军人在一起，他感到孤独。他发现身边这个小小的勤务中士，身上竟也有某种高贵的孤独感！啊，眼睛后面还隐藏着一双眼睛，瘦小身躯内有一副巨大灵魂在悄悄地呼吸，耳郭大而薄，阳光能透过耳郭照过来；头发细柔无比，最轻弱的风也能使它们倾倒……亚卡因比亲王喜爱他，并开玩笑似的告诉他：我们家族在中世纪前，有过你这种质地的人。后来成为皇家，才不再有了。

他们时常避开人群单独相处，没人知道他们谈什么。其他军官挖苦亚卡因比：“亲王忘了带布娃娃，就给自己制造出一个。”

最终告别时，这个肩佩三道小竖杠的中士，走到领口缀有三颗银星的上校亲王面前行礼，用纯正的法语说：“将来，如果您与我作战，我会让您感到非常自豪！”

全体外籍军官都听到了他的话……

就是这时候，院方察觉星座的天赋，把他调离勤务连，送入内地另一所军校学习。同去者还有南屈子。

这所军校主要培养营、团级指挥员。南屈子在校内感到天高地阔，精神每天都在升高，他痴醉于种种战役战术构想。星座却郁郁不欢，拒绝走近任何人，也拒绝任何人走近他。在大型阶梯教室里，他虽然保持姿势看投影屏幕，实际上体内已在睡眠了，像一片阴影中的树叶。

南屈子的各项专业突出，被公认为最优越者。星座在整整半年内一直木然着。

在一次“抗登陆战役想定”评审会上，南屈子预先构置了几个奇妙念头，恰恰可以严谨地嵌入战场环境中：A. 预备队反突击的时机；B. 丧失制空权后的战役支撑点如何作战；C. 无须使用战术核武器；……他自己明白，这些念头，实际上已改变原战役构想的赌徒性质，赋予其科学的、美的、从容的胜利前景。

原构想是教研室拿出的一个范本，原本就是供学员击毁用的。关键是击毁容易，重构则难。南屈子确信自己将战场拈入掌中了。

出乎意料，主持者——系主任教官竟先点名星座发言，语调中带有审视意味。大概他发现了星座的木然表情吧。

星座站起来，足足四十秒钟一言不发，目光跳出去，死死地看屏幕上的原战役构想。天哪，在此之前，他根本不曾看它！这么重要的战场条件，几天前就发给大家了，他连战场条件都不看，显然更不会有任何构想了。因为，他正在看屏幕上的构想，即：通过成果来推测原先的条件。他几乎是大脑空白着过了这么几天。……星座开始批驳原构想了，是从一种新构想的角度替代原构想：一、预备队反突击的时机……二、丧失制空权后，防御战线采取新的作战方式……三、不必使用任何热核武器，是一场高强度常规战……

星座缓慢地、逻辑鲜明地说着，一个念头牵出下一个念头。他叙述的正是南屈子精心酝酿的东西，几乎纹丝不差，但表达更精确、更冷静，仿佛在评判两千年前的一场战役。

南屈子冷硬如石，一直在看星座，不是看他面目，而是看阳光正从他薄薄的耳郭后透过来，致使他两只耳郭灯笼般发光……

后来，南屈子承认当时的心境是：痛苦。

主任教官尖叫一声："很好，很好 X 次方！"

主任教官变换屏幕上的图像，投入一幅新的战役想定图，正和星座表达的——以及南屈子酝酿的一样。"这是我的，也是最终结果。实战将以这种形态进行……"

"对不起，我刚才还没有说完……"星座讲。

"可以继续。"

"刚才所说的那一切，在说的时候我发现它们都是脆弱的，基本不堪一击！"星座开始一一否定刚讲过的方案要点，也即否定屏幕上的新图像。他为敌方设计了一套更奇妙的进攻构想，多处违背当时的用兵原则。他用敌方那套构想来打击自己，战线便崩裂了，随之崩溃了。他说得异常激烈。双方交战方式，在当年军事科学与军备条件下，介于可能与不可能之间——在三十年后的今天看来，才是绝妙之作。

众人哗然，他立刻成为攻击对象。室内变成巨大沙盘，所有人都率领自己的构想——也即率领装甲集群、远程枪火、空中摧毁力等向他冲来。只在这时，他整个人才兴奋地涨大了，狠狠摔打着他们的体系、他们的自尊心、他们的性灵旗帜。

室内充溢着一种真正的仇恨，炽热至散射淡蓝的光。丝毫不次于敌我格杀。

南屈子注视场面，知道他们会垮，他们不过是用自己的目光把他举得更高些，还差点举不动……

这以后，只要星座在现场，南屈子就尽可能不出声，即使星座不发言，南屈子也在谛听他的念头。假如星座不在，他就自然成为全场最有才华的人。类似情况发生几次后，南屈子的勇气就被压抑住了，原有的创造力悄悄退化。他们俩，始终没有发生一次交锋，至死没有。

很像阳光按倒一片树叶，南屈子的性灵开始萎缩掉了。

这一年冬天，星座和南屈子被军校派到中东某受援国去，考察那里发生的地面战争。星座一到现场就大大兴奋，多次抛下该国军方人员独自跑到最前线去，他引起抗议，被强令递解归国。监送他的又正是南屈子，这差事十分尴尬。他们经过该国首都，星座提出要参观一下市郊军事博物馆，他们去了。

这个国家由于同周边国不合，数百年内一直陷于宗教战争中。博物馆展示了从冷兵器直到核武器时代发生过的各次著名战争，每一个展厅，都有一个核心战役。星座看得如痴如醉。在一个大沙盘面前，星座略扫一眼便道："条顿剑战役。"南屈子细看，正是它。但这里文字译写成"麦加堡战役"。它是在世界军事史上很有名的一次装甲会战，发生在一百年前。南屈子他们在校时详尽学习过这个战例，领会当时统帅格拉伦上将的闪击战术。沙盘上置放着当年的模拟战场，战役发展各阶段的示意标本，墙边展橱中还存放那时的大小兵器……一切都在真实地再现当年。据解说牌上得知，这个沙盘和有关实物，上个世纪就存放在此了，百年来无人改动过。

"它是假的，那场战役是假的！战史书上记载的是以讹传讹……"星座忽然大叫，随即指着沙盘中央道："格拉伦不会采用这么消极的攻击法，我太理解他了。他会从这儿——直插到这儿，在海边决一死战。格拉伦被他们歪曲掉了，从中炮制出自己的民族英雄。"星座又端详实物，那是几辆初级坦克，样子太笨了，作为战利品存放在这里。"格拉伦的火器，膛线都磨完了，这不是被击毁的，而是主动淘汰掉的。嗯，杜撰出的胜利……"星座尖刻地评价着。接着，用自己的想象重复当年那场战役，滔滔不绝。

南屈子谨慎地提醒他："一百年啦……"

"格拉伦当时就该想到，会被后人误解成这个样子。歪曲一个战役，我不管。歪由格拉伦，我不同意。这个国家靠歪曲对手来增强民族抵抗力，我看目前这场战争他们也赢不了。”

星座大步走出博物馆。在机场候机厅内，他始终站立着。南屈子走近他，说：“我明白了，你跑到最前线去，不是为了看他们如何作战，而是为了看他们的对手如何作战。”

星座笑了一下：“对，但不尽如此。我还为了把自己摆进去，实话说，我在替他们双方作战！”

星座把身上的军校衔徽、证件通通扒下来交给南屈子：“替我还给军校吧，我宣布自己毕业。南方正在组建一支蓝星部队，我要加入那支部队。下飞机后，我们就该分手了。我再不愿被人歪曲。”

星座擅自离校，因而失去全部军阶，他在蓝星部队只成为一名下士。但是，两年后南屈子毕业时，他已升任少校，在四个国家领土上作过战，获过三枚不同国籍的战功勋章。

三十年后，西方战略研究所从一个古籍收藏家那里购到格拉伦当年的作战手记，条顿剑战役才大白于天下。星座讲得一点不错，他当时是按照“从这儿一直插到这儿，在海边最后决战”方案打的，可惜格拉伦濒临死亡，他的助手改动了他的意图，战役实施便有点不伦不类。

星座不知道条顿剑战役翻案，因为他也正濒临死亡。也许早已死亡。

二十一、3时40分——知觉之二：铸造一个战役

星座步步高升，二十八岁时已就任蓝星部队最高指挥，授衔：准将。按他的职权而言，他应有更高军衔。按他的年龄而论，却已是全国武装力量中最年轻的将军了。星座拒绝比准将更高的军衔，他认为：历史上许多伟大军人，都是在准将级别时，开始自己伟大时刻的，以后只是延续这时刻而已。拿破仑、库图佐夫、福熙、约米尼、克劳塞维茨，都曾经是天才准将。这是个绝妙的军衔，其位置——恰好处在战

斗与战役之间、处在军事家与军事思想家交叉点上！星座可以朝自己身上添勋章，就是不增添星花。因此，蓝星部队所有指挥官，都不能超出准将军衔。星座肩上永远只缀一颗星花。

星座酷爱军事，由此发展到酷爱战争。他不甘心于待在指挥部指挥各战场，总是跑到最前线、跑到装甲步兵班里去直接参加战斗。他把战役部署好，交给参谋长——南屈子，换上士兵服装，说一声："我去了！"就消失了。

南屈子忠实地履行他的作战意图，用他的名义发布命令。到了最关键时刻，需要大幅度改变战场态势时，星座在前线已嗅出气味了，突然又回到指挥部，一连串地发布命令。这种游戏战争式的嗜好，竟一次也未败露过。有一回，星座竟胸悬士兵的梅花功章归来了，傲然告知南屈子：是一位少尉排长颁发给他的。他高兴透了。

"我参与两场战争：一个是在我脑子里打的；一个是在我手上打的。我比古今中外所有军人的快活都多一倍！不不不，这并不太危险，有点像狩猎——我说是被人狩猎。古老的精神不在这儿，在最前线。我早晚要死的，不如自己选择一个死法，我选择士兵的死法。至于死亡时刻嘛，叫老天安排吧。"他摘下梅花功章，细细地把玩一会儿，猛甩手扔掉了，"它戴我身上不合适，束缚我。喂，朋友，你是不是不愿再做我的替身了？"

星座怪异地凝视南屈子。

南屈子呆了片刻，含蓄道："不，我忠实于你，也忠实于战场。两者并列。"

"你有没有想过，万一我回不来了，你怎么办？比如，这支部队真正归你指挥了……"

"不，从来没有想过。"

南屈子断然回答。其实他想过，每次都那么想。每次星座突然归来，都夺走他正享受着的自己的战场。也就是说，每次作战，他都体会到一次突然被解职的空虚。他被迫没收自己。

“啊，朋友，如果真没有想过，倒应该想一想。但，仅仅是想！”

西太平洋黄石岛海域，在这年五月间，发生一次强烈地震，黄石岛从中央断裂成两截，海底涌出大量石油，在海上形成一片宽四十公里、长约六十公里的浮油带，海洋生物大量死去。浮油甚至阻隔了西太平洋涌往亚洲大陆的暖水流，造成整个东亚近海气候失常。那次空前的海洋灾难，在历史上称作：黑色黄石湾。灾难也使得多国专家重新评估、考察黄石海域的油气资源。结果发现，该海域有全球最丰富的海底石油，大约可供世界八十年耗用。这比地震之前的估计大了三千倍！

全世界的大人物们都紧盯着黄石海域，一是因为石油；二是因为，它是全球仅剩的主权未定的海域之一。后者，很可能酿成本世纪最大的海外领土争端。

蓝星部队首先进入三级戒备状态，即：十二小时内能远程空运，投入洲际作战。

另一个声称对黄石海域（他们称为南卡达尔海域）拥有主权的太平洋岛国，也动员全部海空力量，一支航母舰队已在黄石海区游弋。由“黑色黄石湾”导致的东方两强对立，吸引了太空大部分低轨道卫星。原因是，这两个国家都拥有当时世界上最先进的军事装备，这些装备几乎没在战场上使用过。所以，那很可能是一个全新的战场。让这两个国家去交战吧，他们则要洞察战场，汲取别人的作战成果。对他们来讲，这直接影响他们未来的胜败安危！……

深夜，在一个军用码头，星座和南屈子登上一艘高速导弹快艇。艇长已做好出航准备，但不知道驰往何方，也不知道运送谁去。星座口述一个经纬坐标，那是在靠领海很近的公海海面上。两人进了内舱，快艇起锚，高速朝外海驰去。星座说：“我们要去会见一个老朋友。假如泄露出去的话，我将被以叛国罪论处。”他停了会儿，说：“所以，我只带你去。”

南屈子十分震惊，这简直是一种可怕的信任。他外表平静，说：

“我相信你绝不会叛国。”

“当然。”

快艇驰出四十分钟后，进入公海。公海海面的水色，似比领海明亮，空气里带有清凉的水腥味儿。一艘巨舰的舰影渐渐清晰，它锚泊在海面上，不明国籍。从形状看，它是轻型巡洋舰。

快艇减速，信号灯发出灯语：“东方……”

巡洋舰中部也亮起信号灯，闪现：“罗盘。”

“东方罗盘！哦，原来是他来了……”南屈子醒悟。他所在国，已是星座他们的敌国。

快艇靠拢巡洋舰体，然后接舷连缆。星座与南屈子循舷梯登上巡洋舰甲板，亚卡因比亲王穿着白色的上将制服，胸悬大片勋章绶带，站在舷梯口迎候。他身后，除了警戒值班人员之外，全舰官兵都已在甲板上列队，随着一声“敬礼”的喝令，六人组成的军乐队吹奏起皇家海军的迎宾曲：《蓝色的眼睛注视你》。全体官兵刷地靠足敬礼，白手套停定在一条直线上。

这就是一个敌国给予敌手的敬意。

月光视其圣洁。面前有条红地毯。

星座与亲王拥抱，很久才分开。亲王说：“我无时无刻不在惦念你。你剿灭毒枭集群的军事行动太出色了，已列入我们的研究课题。”

“能得到亲王的欣赏，我极感荣幸。”

两个都矜持地站着，眼里有泪光。

随后他们沿着红地毯走进一间精美的舱室。星座向亲王介绍了南屈子。“我们认识。”亲王与南屈子握手，随后介绍了自己的参谋长。星座申明：“他是初次进入事态。”亲王说：“你们把机密咬得很紧，而我们的国会太讨厌了。唧唧喳喳。”

双方围着一张椭圆形台桌落座。亲王说：“外交谈判已经破裂，该我们军人出场了。我们应该爽快地说出自己的语言。我代表我国军界主要决策人——恕我不能说他们的姓名——来和你会见。我首先想明白：阁下代表哪些人？”

“和亲王代表的人同样有力，完全能够决定打一场什么样的战争。”

“很好。那么这是一次阵容相当的会见。”

“谢谢。”星座明白亲王高抬了他，他只是准将。

“我坦率地表明我们的基本立场。我们认为：贵我两国政府坚持对南卡达尔海域，即黄石海域拥有完整的主权，这是不现实的。两国政府互不相让等于双方都无主权可言，现实的办法是，一家拥有一半海域的主权，把它平分掉，合作开发石油资源。最终结果只能是这样。”

“同意。”

“可是，政治领袖们不能那么做，政治利益和民众情绪不允许他们那么做。因此，现在已不可避免地要依靠战争手段解决问题了。同时，通过战争把国内矛盾排泄掉，稳定国内局势，强化政府集权。我们认为：贵我两国的经济实力、装备水平、军队规模、作战素质，总之，国防力量各要素都基本势均力敌。所以，一旦交战，肯定是两败俱伤，没有真正胜利者。最终，还要回到谈判桌上去，拿起被他们扔在地上的原始方案：一家一半平分海域。而那时，政治形势和国内状况都允许领袖们那么做了。实际上，是通过流血回到原来的起点。”

“同意。”

“把这个效应具体化，即是：打一个战斗，不会有胜利者，打一场战役，也不会有胜利者，打一场综合的立体战争，更不会有胜利者，反而有两个失败者。因为，一个战斗排失利了，我们会加派一个战斗排。一个战役集群失利了，你们也会再派一个战役集群来的。任何全球性战争，都由一个小战斗开始。如果我们追求胜利，战场就会越铺越大，连我们自己也控制不了。最后，我们两个国家都从世界强国降为地区性强国，甚至连这也算不上，倒要瞧着周边小国眼色行事了，多么寒酸哪！”

“胜利这个概念，渐渐古老了。我们在东方罗盘时，不大使用它。

只使用‘有利’这个词。”星座说。

“不错，目前态势下，怎样才对我们双方最有利呢？那就是把战争牢牢地掌握在理智者手里，不使它扩大。设置一个不大不小的战场，打一个高强度、低损耗、刚够政治家解决海域争端的战争。是的，跟一张谈判桌那么大，一点都不多打！至于觊觎贵我两国地位的第三国、第四国……要让他们彻底失望。”

南屈子听出亚卡因比亲王的深绝用意了。他们要操纵这场战争，他们不信任国内政治首脑，他们想把战争变成军人们自己的战争。

星座笑了：“哦，不错，冲上来的人不可怕，在暗处盯着看的人最可怕。我们头上都快挂满侦察卫星了。现在，我也坦率地表明我们的立场。首先，我要告诉亲王，我们的立场很相似。”

亚卡因比愉快地微笑：“我们之间的共同点，有时比我们领导人还多。这大概是职业与事业的差异吧。我们从事的职业有五千年了，那时候还没有政治事业。”

星座说：“如果我没有弄错，那么，我们主要应解决的是：把战争限制在何种规模上。”

“完全同意。”

“我们武装力量面临这样一种现状：由于半个世纪来的国防建设颇有成效，军备水平已达巅峰。我们确信我军是世界上战斗效能最强的军队。而你们的武装力量，与我军相比略差半筹，主要在高能武器方面和现代战场经验方面。不不，我知道你想说什么，你想说‘虽然差些，也足够把太平洋烧开’，我承认能够！我想坦率地说，我们虽然强半筹，但我们正在走下坡路。下一个十年规划中，军费被削减11%，军人及文职军人总数被控制在总人口1.1‰以内，也就是说一千人里头基本只有一个人献身于国防，军人差不多成了袖珍职业了，前景十分令人焦虑。再者，你们虽然略差半筹，但你们正在努力扩充军备，加大国防开支，太空武器已走出试验室进入模拟对抗阶段。我们掌握的信息表明：八九年以后是贵国武装力量的巅峰时期，而那时恰是我们的波谷。所以，如果战争不可避免，我们更愿意现在交战，而不是八九年后。”

“谢谢你告诉我这些。”

“这不是秘密，你们的电脑也会得出同样结论。亲王，现在我要谈最重要的东西了。我们认为：一、理想的军事行动应在今年秋季爆发；二、预选战场是黄石海域南方的门牙岛，它是海域象征性首府，127平方公里，足够容纳一个战役；三、双方投入兵力各五万人左右，配备一支总吨位八十万吨以内的远洋舰队，允许有两艘重型航母参战，以及舰载飞机；四、不使用核武器与生化武器，完全依靠常规武器作战；五、一旦交战开始，双方竭尽全能，以歼灭对方为目的，打一场高强度高质量的战争；六、年底以前，结束军事对抗，停火谈判。”

南屈子在旁暗想：完全是为蓝星部队选择的战争。方式、规模、强度等等，全部适宜蓝星。

“太大了！”亚卡因比摇头，“阁下想通过战争增加军费吧？明年上半年，贵国政府换届，恰好是重整军备的时机，十年规划可以改写了……”

“确有此考虑，我们希望获得尊重，军队发展必须适应国防。为此，我们愿意流血，而不愿意蜕化！亲王，贵国军人可是有伟大历史的，同样不怕流血也善于流血。《世界战争大系》2018页至2090页，整整七十页纸完全是写贵国中世纪赫赫战功的呀，是您借给一个中士看的。”

亚卡因比面色严峻：“那段生活我终生怀念，只会自豪不会后悔。但是，阁下的方案已超出我们的控制能力，战争规模太大！贵我两国国体不同，五万人的战争给我们造成的震撼已和举国交战一样。那已经需要建立一个战时内阁、全民动员、租用民航民船、工业转入战时轨道、关闭金融中心、调整国际联盟条约，以及与此相适应的一切动荡。我们民族是非常敏感的，天边出现一个小小闪电，全国人都会拔出枪来冲向天边。不！五万人的战争，在我们就意味着‘无限战争’，在你们则远远不会。阁下，我们再明确一下，我们讨论的是‘局部有限战争’这个概念，还必须是我国内涵的概念，不是贵国内涵的概念。”

“您是真诚的，请继续说。”

“一、不使用热核及生化武器，这是前提；二、门牙岛是唯一的战场，不衍生出第二个战场；三、陆战队参战，两千人以内；四、允许编成一支特混舰队，内含一艘轻型航母，双方只使用舰载飞机，不卷入陆基作战飞机；五、在交战海域，海空军可自由作战；六、开战十五天以内，双方接受国际组织调停，结束战争；……”

“实在太小了！”星座坚决地摇头，“两千人，就是进行友谊演习也太少了。亲王，我们是在够全世界耗用八十年的石油资源上作战。你们的战争规模根本不适于这笔财富，国际社会将感到诧异，进而猜测内幕。而我们根本没有任何内幕，却叫别人编造出来了。政府将怀疑军队，周边国将低估我们的作战能力，不再抢购我们的军事装备了。不不，有限必须合理。”

星座和亚卡因比热烈争辩着，双方都充满激情。南屈子想起东方罗盘，多么相似啊，两人在探讨一个战役想定，追求优美的军事艺术境界。现在，他们又跟当年一样坐在一起，作为敌手，共同铸造一场战役。

背叛！或许是貌似背叛的忠诚，或许是貌似忠诚的背叛。南屈子想不清楚，全然被他们的争辩吸引，感到又恐怖又新奇，后来，他爱上了这场尚未启动的战争，身心欲飞。

凌晨 4 时，双方确定了一个“有限而合理”的战役规模，开始斟香槟酒。

亚卡因比说：“在告别前，我有一个建议。你我两人不要直接参战，而要待在指挥位置上，在本土遥控战役。就是说，坐在开关边上，不能有片刻失控。我的参谋长将担任前线指挥官，他是我们最信任的人。”

“我的参谋长南屈子也将担任前线指挥，他是我们最勇敢的人。”

“你们的卫星将会看到，我们严格履行协议，同时我们在殊死作战。”

“我估计，我们投入的力量甚至更少些，但足以叫你们的卫星吃惊了。亲王，我确信，我们双方都会履行——那根本不存在的协议。”

“是的，它一旦诞生，就不再存在。”

亚卡因比把星座送上甲板，两人在舰首站了一会儿，看月亮。不语。然后，星座朝舷梯方向转过身，准备离舰。亲王却站着不动，没有拥抱。他猛然大声说：“中士，我宣布，从此刻起，你我是敌人！”

甲板上没有红地毯，没有乐队，一排荷枪实弹的士兵逼视着星座，舰炮已揭去炮衣……

星座默视亚卡因比，举手向他敬礼，亲王回礼。星座掉头大步迈过甲板，像对月光说话：“我走时比来时更愉快。”

二十二、4时27分——知觉之三：起锚，锚尖钩起海泥

大理石台面上摆着一具银质手骨，手骨正旋转着缓缓收拢手指，如托如握，如递如捉。总之，它正呈现逐渐用力的姿态，呈现奇异的力度。至于它托什么握什么，制作者省略掉了，甚至把手上肌肉也省略掉了，只留下盘根般的手骨闪闪发光。星座抚摸它，犹豫着：“我带不带它去呢？”

南屈子恍然意识到：他要亲自进入门牙战役，而把自己留在本土。和以前一样，做他的替身。南屈子提醒：“星座，你同亚卡因比亲王有约，两人都不能直接参加战役。战场由我和他的参谋长指挥。”

“我相信亲王会去门牙岛，所以我也要去。”

“不，星座，你不能去，战场是我的！”

“我把战役给你，战场给我。我接受你指挥，还不行吗？”这时，星座转过脸，望着刚刚举行完婚礼、还身着婚纱的桑青，微笑道，“要是

她让我留下，我就留下……”

哦，温存和残酷都在这一句话里。他明明知道桑青渴望他留下——但绝不会说，他却偏要她说！她只能硬撑着鼓励他去：“去吧，星座，我希望你欢乐。”桑青的微笑，因为带满哀伤显得异常美丽。星座仰面哈哈大笑。

星座真的爱桑青吗？不！南屈子内心吼叫着：他只是自以为那是爱！实际上，桑青在星座那里，只类似一个战例、一个沙盘那样的东西，他对那些东西怀有对桑青同样的感情。

远征军出航前夜，星座不在桑青身边，也不在特混舰队。只有南屈子一个人知道他在哪儿。他到妓院去了。和两个名贵妓女——一个四十岁一个十四岁，疯狂了整整一夜。那也是他的一种欢乐！

直到今天，南屈子都没有告诉桑青这件事。

星座有着奇异的感情结构：既渴望爱的快感，又渴望背叛爱的快感。两种极境他都要，并且轻妙地信手拈来。星座啊，非常遥远地站在你身边……人活到他那个程度，死不死又有什么区别呢?!

特混舰队起航。

海峡一下子变得那么小。航空母舰、轻型巡洋舰、导弹驱逐舰、护卫舰、综合舰、运输舰、核动力潜艇、医疗救护船、油船……四小时才全部通过海峡，驶往近海编队。各舰官兵都在甲板上列队，向海岸告别。蓝岛号旗舰上的18英寸巨炮不时发出轰响，每34秒钟射出一发，二百多公斤的弹丸要飞出30里远。炮口硝烟拖在舰尾，几乎和舰身拖出的水迹一样长。油花在海面浮动，海水鼓出一个个气泡。粗大的锚链卷上了舰首，咣啷啷的声音此起彼伏。锚尖上沾着黑色海泥，这是祖国的泥土。许多陆战队士兵伸手取下一块，揉着。他们之间许多人是最后一次触摸它了。海泥和他们的眼睛一样亮。

星座在他们中间。但是不知道在哪条舰上。

二十三、5时34分——礁盘托起航空母舰

南屈子头颅重新进入保护性昏眠。它无须呼吸，氧分通过血液直接输送到脑组织中。它面部表情跟铜铸头颅一样稳定。天音忍不住轻轻握一下他的手，把复杂的心情握进那只塑胶手掌里。尽管它是复制的，但在天音的知觉里，它有生命，它已和头颅合为一体。

天音离开试验室，走进隔壁的观察控制室。

“你的手心在出汗哪。”霍博士指着面前的小屏幕说，“握到那只手上的一切信息，我这里都能看到。”

桑青服用了镇静剂，已经睡着了，半卧在长沙发上。她在继续衰老，看上去很像昨日桑青的母亲。天音问屈沉星：“你看出她的变化没有？”

“早看出来了，现在老化程度在减慢。”

“她自己看出来没有？”

“不知道。她心里没有自己。”

天音对霍光中说：“博士，非常感谢您。我想知道的一切全知道了，奇妙无比。我有个愿望，也是代她表示这个愿望！”他指一下沙发上的桑青，“在他们两人都醒来后，可否让他们交融一次？让他们感到，他们此生不虚。”

“交融过后怎么办呢？”霍博士暗指，桑青将察觉那只是一颗单独存活的头颅。

“不知道啦，确实不知道啦。”天音叹息。

“我这是在做什么呀！勿被俗情打乱程序……”

天音离开这里，屈沉星紧紧跟定他。待出了紫金山山腹，屈沉星道：“你要再不说话，就是污辱我了。”

“说什么呢？你应该同你母亲在一起。”

“那老头已经爱上她了，我看得出来。我一点不担心她。我离开，老头应该高兴。”

“我想一个人行动。每多一个人，我都会迟钝一半！你已经被我解聘了。”

“事情到了这一步，你不能那么干！”屈沉星叫着，“假如我完全不卷入事态，我还是照旧的我。现在我全部精神都给撩拨起来了，能晾在半道上吗？不是拦腰给我一刀吗？你见过一颗弹丸飞到半截停在那儿吗？你想独享秘境，跟条老狼似的……”

“好啦，你的舌头才跟弹丸似的，能击毙人。我们一块儿去吧。”

“去哪儿？”

“门牙岛。”

“星座还活着吗？”

“死活已经区别不大了，他疯了。”

“啊，我们早该想到！……只有这结局适合他。真的，越想越合适。把死活同时拧在一起的人，就是疯，就是他……”

“恳求你安静。”

“好，我接受恳求。”

他们乘坐一架轻型水上飞机，朝黄石海域飞去。朝阳已喷薄欲出，在他们左舷下方，机腹被照出一派金红。他们在黑色海面上，看见机腹的倒影：那是一个移动的光核。一个多小时后，他们飞抵门牙岛。选择一片波纹稳定的海水，缓缓下降。

天音望着越来越逼近的海水，忽然有相识的感觉，像一个遥远的、三十年前的念头在喊他。他说：“星座乘坐的海狮号核动力潜艇，就在海水下面。它刚要浮升到海面上时，一架水上飞机下降了，两只机翼高速冲来，潜艇外壳被锋利翼片切开……”

“那是李下士说的。”

“接着，他们从遇难艇中脱险，与一条虎鲨格斗，星座被虎鲨咬伤，失去了潜水头盔。李下士浮升到海面后，发现只有自己一人，星座已埋葬在深海里。桑青听到这里，昏倒了，陷入长眠……”

“不错。”

“要是她再听下去就好了，就不会成为三十年植物人。星座没有葬身大海，他被海豚救走了！真是难以想象。他救过那条小海豚，母海豚反过来就去救他。海豚是最聪明的水生动物，受过训练的海豚像条水下警犬，已在今天的海军中服役了。海豚会报恩。母海豚托起半昏迷的星座，一直把他送上最近的海滩。星座参加了整个战役。”

“啊！……”

“唉，而那条海豚呢？星座醒来后，发现它浑身是血，被炮弹炸开了腹腔！它上岸太远，已来不及躲避滩头炮火，来不及回到大海。那小海豚，为此徘徊不去，也被炸死在浅水礁群中。这一对母子，唉……”

“天哪，人类的许多人做不到它们那样。”屈沉星浩叹不已。

“我有个古怪感觉，星座像上苍之子，每到存亡之际总有人救他，而救他的又总遭不幸，拿走了原本是属于星座的死亡。”天音苦笑着。

“你是说，我母亲？还有我父亲？……”

“朝下看！”天音低呼。

太阳渐渐升高，黑色大海已变为深蓝。海水里有一艘巨型军舰，搁在珊瑚礁盘上。从空中看，它好像在潜行。但它不是潜水艇，是一艘三十年前的航空母舰残骸。

“蓝岛号，特混舰队的旗舰。”天音说。

飞机在附近水面降落，天音和屈沉星打开一条折叠的胶舟，推出舱门，驾着它驰去。

蓝岛号沉没在十五米深的海水里，身下是晶莹如玉的珊瑚礁盘。海水清澈极了，可以看见水中的甲板、舰桥、舷梯、桅墙、雷达外罩……这一带是台风高发区，海流终年涌动，水下的航母竟给摩擦得锃亮！闪射金属的光。七万六千吨钢铁躯体，一个永久性的、镜子般的水中坟墓。飞行甲板长达一百一十七米，依然平展如新。天音他们驾舟从舰首行到舰尾，看见胶舟的影子落到甲板上。今天的航母已不需要这么长的飞行甲板了，原始兵器的气魄比今天大得多！

舰尾有个直径十几米的大窟窿，是高爆鱼雷炸裂的。厚达半米的舰壳装甲，竟像树叶那样卷曲着，姿态那么轻柔、那么明亮。舰身右舷还有几处导弹击爆的创痕，已被海流抚摸平复了。蓝岛号似在海中歇息着、滋润着。舰——本该死于海中。

天音说："战役以后，南屈子到这里来过，寻找星座。南屈子要求将蓝岛号永远保存在水中，以纪念那场战役。它是一个巨型墓碑，隔得越远看得越逼真，甚至在月球上也能看到它。啊，我们应该带只花圈，投入海中。像南屈子上次做过的那样，祭奠他们一下。"

"他投了么。"屈沉星说着，拔出一柄锋利的刀，轻轻一抹，削去自己一截手指。血汹涌而出，掉到海水里。一团团的鲜血如花，在海里颤动。

"上岛吧。"

墨绿色的门牙岛，正横亘在大海中。

二十四、8 时 50 分——"死亡之岛"之一：这个清晨，被震到两万米高空中……

以门牙岛为中心的两百海里海空，被两国宣布为战场。各国飞机舰船，不再进入那片海域空域。那里的海水，有几天出奇的安宁。

战役从海战开始。

亲王的舰队还在海平线后面时，星座舰队就已经发现它们。同时也意识到：对方也发现了自己。第一批舰对舰导弹拖着长长的火舌冲入天空，接着是第二批，第三批。航空母舰将舰首对准风向，舰载飞机全部升空，机翼下挂满空对舰导弹或重磅破甲弹。各舰的防御系统早已打开，高、低空搜索雷达嗡嗡转动，发射装置里的反导弹弹道导弹露出红色弹体。来袭导弹出现了，它们蹿出去，在空中拦截爆炸。穿透防御圈的来袭导弹，又被舰上的高速机关炮追射，在离舰很近的空中爆炸。歼击机与歼击机在高空交火，轰炸机不顾舰炮、不顾舰对空导弹，狂啸着冲下来，炸弹落到舰队中，落到甲板上，穿透钢甲，在躯体内爆炸。药体产生两千度高温，像撕开一片棉絮那样，把钢甲撕开大口。甲板上的巨型炮塔，猛地跳高数米，再翻到海里去。而炮手的躯体，要过一会儿才从空中掉下来，无声无息地在滚烫的甲板上化掉。

炸弹落下来的声音比炸弹还要可怕，它尖利无比，撕开空气，亮晶晶的，拽着一片阳光冲下来，然后它自己爆成一个太阳。舰甲板上的人，只消一抬头，就可以看见机腹。重磅炸弹贴在机腹下面，接着它一翘尾，斜斜地往下掉，一串串排着队，黑色的、浑圆的身躯像头猪，在空中摇摇摆摆……一颗重磅炸弹，能把大片海域从当中劈开，海水跟一根筷子那样站直喽！顶部再撑开蘑菇状水花，好半天才哗哗落下，形成篮球场那么大的漩涡。官兵们既恐惧又疯狂，朝空中一切会动的东西开火，不管它属于敌方还是我方。假如他还能辨认一下，在辨认的工夫里他就给炸碎了。舰身仍在高速航行，规避导弹，规避炸弹，规避炮弹枪弹。与陆战不同，海战与空战中所有火器都在运行中发射，更具狂野气质。战场以每小时二十海里的速度朝南飘移，慢慢靠近门牙岛。如同飘来一个大火盆，还隔很远，岛屿就被烫得收缩了。

其实，最可怕的不在这里，而在东面五十海里远的海域上，在一片巨大的雷雨云层下面。

二十条运输舰，每舰乘载一个陆战营，五艘坦克登陆舰，每舰乘载八辆重型坦克，或十二辆水陆两栖装甲战车。这支庞大的运输舰队，才是最珍贵的部分，登陆作战的力量全在这里。运输舰只有薄薄的装甲板和微弱的对空火力，基本上不堪一击，它们只有脱离战场，隐蔽在雷雨云下面，等候登陆时机。闪电把方方的、火柴盒似的舰壳照得一阵阵发亮。运输舰队周围，有六艘巡洋舰，三十八艘驱逐舰，摆开了作战阵形。但又一弹不发，寸步不离。舰队上空，五十多架攻击机在云层中盘旋，无论主战舰队打得多么险恶，它们也不能飞离参战。

运输舰的主舱、副舱、备份舱以及各舱室的过道上，都坐满了荷枪士兵。连悬挂在甲板上的登陆艇内，也塞满士兵。一个星期来，他们在浪谷中饱受颠簸，闷在狭窄舰壳里，透不开气，见不到阳光。汗臭、体臭、粪便臭，还有呕吐物和燃油的怪味炙熏着他们。开始两天，他们还不断咒骂和狂歌，后来都瘫软了，处于半昏迷状态。远处的爆炸声隐隐传进舱室，陆战队员们神经质地兴奋起来，眼睛在黑暗中幽幽闪着：登陆时刻快到啦！登陆对他们来讲不仅是战斗，更重要的是重见天日。

他们默默谛听着，等待着，命运全押在主战舰队那里。直到一声巨响撕破顶部装甲，把阳光和死亡一块儿倾倒下来……

双方的作战意图都是：歼灭对方登陆部队，攻占门牙岛。但实行起来，却必须先行击败对方的主战舰队。主战舰队以航空母舰为核心，辅以大批巡洋舰、驱逐舰、猎潜舰和核动力潜艇，还有百余架舰载机，组成立体的、多层次的海上战役集群。只要主战舰队在，双方都抽不出力量冒险攻击对方的运兵舰阵。何况，运兵舰阵周围，还有与之共存亡的、实际上准备战尽先亡的护卫舰队。一旦某方抽调舰只偷袭对方运兵舰阵，成败暂且不论，主战场就可能先失去平衡。一旦失去攻势平衡，那就没有攻势只有顽抗，接着就是崩溃。相反，如果能先行击败对方的主战舰队，那么，即使己方已奄奄一息了，剩余攻击力也足够摧毁对方的运兵舰阵——主战舰队的力量，就巨大到如此程度！

其实，双方都还有第三支舰队，在北方四十海里处待机。它是隐藏在身后的拳头，即：战役预备队。等候实施战役机动。

预备队数量不大，通常只有主战舰队的四分之一强，但却由当时最先进的攻击舰只组成。对空及对舰火力，电子装备及防护能力，航速及续航力，均比同类舰种强大。漂浮在这里的巡洋舰，一艘可以轻松地击败主战场的两艘。它们的引擎低吼着，炮口和导弹发射器全部打开，就是不进入交战海域。它们在捕捉战机！

战场的胜败，几乎全在预备队手里。而预备队的价值，又几乎全在时机！不到最关键时刻，双方均不敢动用这支舰队。一旦动用，战场立刻倾倒，要么对方溃败了，要么己方即将溃败。

双方的主战舰队仍在猛烈攻击，相隔数十海里，肉眼可见那里的灰色雾霭，雾霭中有针尖大的闪光。战役已进入胶着状态，僵持不下。没有一丝胜负迹象，都在拼！

如果双方力量均等，则全看智慧；

如果智慧均等，则全凭勇气；

如果勇气均等，则全靠运气；

运气是偶然中的偶然。一场战争，打到要靠运气卜胜败程度，必定已酷烈到极致。

门牙战役就是这样的战争。

这个清晨，被震到两万米高空，再抛下来。一日之中，又反复如此。大海和人，都已疯狂。下午4时，海面起风，风力高达九级，浪变成了涌，涌变成十米高的水墙，一道一道扑来。战场开始乱了，数架强击机忽然折身，贴海面飞向运兵舰阵，抵近时猛然跃起，俯冲攻击运输舰。它们立刻被舰枪、导弹和护航机同时击中，两架空中爆炸，一架拖着黑烟冲下来，撞在运输舰顶部甲板上，所携炸弹全部爆炸。运输舰从当中裂掉了，一个陆战营，五百多官兵，瞬间死去近百人。其余的，都跟土豆似的从破口处掉入海中。来不及掉出来的人，裹在舰腹中沉入海底。

一架飞机换取一个陆战营，这战果足以使双方失去理智。于是，战斗变得混乱不堪了。飞机、舰炮、导弹和炸弹，都朝对方运兵舰阵扑去，猛烈攻击。几乎同时，两支在远处待机的预备舰队也高速驰来，以生力军的骁勇，凶猛地投入交战。它们已经没有时机可言了。

海战空战都已昏天黑地，战场核心竟是运兵舰阵。运输舰一艘艘被击中起火，随即倾覆沉没。陆战队员们冒死冲上甲板，打开舱门，把登陆艇、冲锋舟、救生船倾放到海里，跳进去，提前朝门牙岛冲击。数百条小艇黑压压一片，引擎轰鸣着，官兵狂喊着。炸弹在艇群中击起高高水柱，艇翻了。巡洋舰在艇群中交火，舰首又不时撞翻小艇。落水的官兵越来越多，钢盔和尸首到处漂浮，舰身驰过，活人和尸首都被推进器吸进去，再从舰尾浪花吐出来，绞成肉酱……

入夜了，大约有两千多官兵泡在海里，两三人抓着一只救生圈。双方都无法救援，因为一开探照灯就会招致炮火。落水者只有等候天明。

鲨鱼来了。虎鲨、白鲨、双髻鲨……几乎全太平洋的恶鲨都来了！在水中，能听到它们咕咕地叫，能听见身边人——腿骨给咬断的声音。惨叫声撕心裂肺，间或有哒哒的枪响，可惜要么打空，要么打在战友身上。夜里的鲨鱼比白天更凶猛，海里血腥味那么浓，把它们刺激得要发疯了！它们已不是吃饱就算，而是贪得无厌，不停地扑噬。

人类的本能开始出现了。在险恶之中，一个人不由得靠住另一个人，一个人群不由得加入另一个人群……后来，两千多人拥成一个巨大的人团，紧紧凝聚在一起。像羊群对付狼群那样：躯体相倚头角向外。他们也在靠本能抵抗鲨鱼。

但是，这并没有维持多久。鲨鱼在人团外面也形成了巨大的觅食圈，一批一批扑向人团，不停地咬！人团被一层层剥食，越来越小。到天明时，只剩下百余人拥在一起。这百余人里，忽然又发现有对方士兵，于是双方又开始拼杀。最后，落水者们——双方官兵们，要么死于鲨口，要么死于拼斗，都没有活下来。

已经登陆的陆战队，双方各约六千多人。他们稍事休整一下，驾驶着残剩的坦克，肩负着沉重的装备，朝岛的深处挺进。

这时，才开始门牙战役的实质性阶段：攻占全岛。

二十五、9 时 26 分——“死亡之岛”之二：在你们后面摇晃钢盔

星座一踏上滩头，就把一面红地银星的旗帜插到石崖上，望着它，对身后的军官们说：“蓝星陆战队的战旗已插在这里了，这意味

着：我们将占据本岛五百年！”

忽然，一股轻柔的金银花香气飘至鼻端，香气是从丛林里飘来的。苦战之后的军官们嗅到它，简直是一个奇迹，每个人的身躯都涨大了。

“哦，我们好像在天上。”星座微笑。

接着，他用望远镜观察远处的门山与牙山，它们都被亲王的部队占据着。他不奇怪，岛上原有该国百余渔民，争端发起后，他们把其他国家的零散居民全赶走了，把亲王部队先期引上了岛。山脊以及崖缝里已构筑了要塞。

“他在那里！亚卡因比亲王。”星座说。

星座太熟悉亲王的作战特征了，在东方罗盘时就对他赞叹备至。隔着十数公里远，就能嗅出他意图散发的气息。坦率地说，星座对之没有憎恶，反而备感亲切，同时激生出一股浩大冲动！

“我收回指挥权，直接指挥。现在，我们调整作战部署。”星座说。

营以上军官聚到星座周围，他把剩下的六千四百多人整编为四个旅，由四名准将担任旅长。他计划以两个半旅攻击牙山，仅用半个旅去牵制门山守敌，剩下一个旅做战场预备队。他的指挥所，设在主攻旅的旅部，实行抵近指挥。他计划四十小时后开始进攻，尽全力拿下牙山。一旦攻占了它，对峙着的门山就好办了。当前最重要的，是掌握战场主动权，从侧翼进攻。他坐在地图边上但根本不看地图，说：“四十小时以后将有持续暴雨，雨量每日两百毫米，并持续一周左右。对于进攻一方来讲，战场情况越复杂越好。我的部队，战场经验比亲王部队丰富，从海里爬上来的全是老兵！一个老兵的作战效能抵过他们半个班。攻击必须持续不断。两次攻击波之间的间隔不许大于二十分钟！在攻下山头之前不许营救伤亡人员。军官必须率先冲锋——我要求军官有百分之七十的阵亡率！后退者，旅长可杀营长，营长可杀连长，连长可杀排长！但是——你们不许杀一个士兵。……”

星座把一个念头深藏不露：他估计国际社会的干预很快生效，那时不得不停火谈判。战场延伸到哪里，未来的国界也就可能划在哪里。在此之前，必须最大限度地攻击——之后也就无所作为了。他用生命换土地。

第二天夜里，果然下起瓢泼大雨。蓝星陆战队在雨中朝牙山潜行。哗哗的雨声把一切声音都遮盖住了，雨点在钢盔上击出一片水雾。士兵们在泥泞里走，腐枝烂叶嘎嘎吱吱叫，一米以外什么都看不见，人全靠摸索来朝前蠕动。五个小时，前进了不到五百米。……忽然，尖兵们高叫一声，他们发现自己竟站在牙山顶部，面前再没有山坡了，透过逐渐稀疏的雨丝，可以看见夜空的星星，他们站在亲王要塞群的中央！四面八方全是黝亮的枪炮管和晃动的钢盔……立刻开火，人影在曳光弹中乱窜，堑壕、岩石后、崖缝中都射出子弹，比刚才的暴雨猛烈得多。星座陆战队拼命朝上冲，距胜利只有半步之遥。亲王的士兵们冷静极了，竟无一人怪叫，在隐蔽物后面倾泻火力。

偷袭失败了，接着开始强攻，一个波次连着一个波次。其间隔，差不多只有更换弹匣的时间。星座的士兵们跟壁虎那样攀在崖隙里，朝上挪动，射击。伤亡者自动掉下来，顺崖坡滚到山下草丛里去，只需在山脚下搬运他们就可以了。军官们都已改换冲锋枪，钢盔上弹迹累累。一个军官，就是一个火力支撑点，士兵们紧随着他。一旦他战死，支撑点也随之瓦解。

强攻失败了，换一个方向再攻。

经过数昼夜恶战，星座陆战队夺取了牙山延伸部，有了立足点，战场开始稳定下来。

接着又是暴雨、大雨、细雨，周而反复。一个星期后，战场开始腐烂。

门牙岛上到处是刀刃般的库奈草，草棵中间繁殖着一种五彩小蜘蛛，能传染斑疹伤寒。蜘蛛的吐丝功能早已退化，可噬食本领却大大增强。它们吸吮一切动物的血。从来没有那么多人类在这岛上血流遍地，蜘蛛受到某种感应，本能地把春天的交配产卵期提前到现在。就在这一周里，它们数量增多了十几倍！它们扑到一切活人和死人身上。

太阳终于出现。久违了的太阳，乍看去比以前大出一圈儿，整个岛发出热烘烘的腐臭。

夜里，尸骨、水蟹、爬动的蛇，还有打断的树干，都飘出幽绿磷光。士兵们从噩梦中醒来，立刻朝它们射击。连老兵们也患上这可怕的“战场官能症”。这比伤亡更要命。

为了筹备新的攻势，大批士兵重新回到海边运输作战物资。丛林中的腐殖物已深可没膝。潮湿和疟疾使每人都瘦骨嶙峋，手臂、腿部、腹胯长满丛林疮。军装全成了碎片。蚊蚋和蚂蟥又大又凶，跟石头似的从树上从空中掉到人身上。山道变得无穷远，脑中意识里只有一件事：挪动自己！许多士兵听见自己腿筋在里头响。伤员们从救护船上召回来，再度参加战斗，有几人是用独臂拿着一支枪——他们可能忘了考虑：枪内子弹射尽怎么办？还有几人胸缠绷带，一边走一边朝口中扔镇痛片。

在山道边上，有一具尸体，胸脯老在咕叽咕叽响，仿佛倾吐怒气，那怒气也大概郁积了多日。有人用树枝把他盖起来，过两天树枝落开了，尸体脸上的胡子却长出一公分长。

在隘口处，还有一具尸骨，身上已经没有肉了，白骨爪子从破军装的袖口伸出好远。他是最先战死的英雄，大家都很尊敬他，于是形成了一个习惯：每个走向阵地的士兵，都和他握手——握那只吓人的白骨爪子，热烈地摇着它说：“伙计，祝我运气好！”据说，不履行这仪式的士兵当天都会死去。

第二次大攻势开始了，从山脚直到山腰，铺满运动的钢盔。火炮打得跟机枪那么密，门牙山被一层层揭开，树枝树叶没等从空中落下，就已经化为灰烬。山头像一棵灿烂的圣诞树，各型弹种炸出各种色彩的火光。星座下达了冲击命令：“我在你们身后摇晃钢盔！……”

陆战队士兵们超极限战斗，个个都成了低吼的猛兽。现在，胜利是一种比较——比较谁最后死去。亲王的要塞也在疯狂地反冲击。

“不惜一切代价，劈开门牙山！”

星座从这个旅部奔到另一个旅部，把准将们、上校们、参谋们通通撵向战场。主攻方向的B旅停滞不前，星座冲进旅部时，旅长满眼血丝，坐在混频报话机前，跟他的父亲一样老。

报话机里，是一个营长在喊，声音夹在炸弹爆炸中：“旅长，听到没有？炸弹在我们头上，快延伸火力，我们冲不上去……”

星座伫立几秒钟，上前抓过话筒：“我是星座，你们旅长已经英勇阵亡。从现在，你升任旅长，并指定你的继任人，你们要像蛇一样攀上山峰，一定要攻占它。否则，你站起来让子弹击毙你。冲吧！”

星座摔掉话筒，对旅长说：“把你的枪给我。”

旅长默默地摘下枪套，交给星座。星座拔出里面的左轮枪，嗅了嗅枪口，一股养护油味道。他沉声说：“你一直待在射程以外？”

“这里是我的位置，只有在这里我才能有效控制局面。”旅长昂首回答他。

“位置？我的位置都比你靠前。转过身吧。”

“不。”旅长镇定地站立不动。

“你把勋标戴正。”

旅长低下头，双手将胸前勋标挂正，抹去金质表面上的尘土。然后，重新昂起头来。

星座距他只有两步远，举起旅长的左轮枪，朝他额头开了一枪。这个准将全身一震，笔直地朝后摔倒。星座把左轮枪插进自己腰间，大步迈出旅部。尸体留在屋内。混频报话机里再无人喊叫，只有枪弹射击声。

星座走出没多远，天空响起炮弹的尖啸，异常清亮。假如那声音关在笼里，听起来就和画眉鸟鸣叫一样。咣……合抱粗的棕榈树被齐腰炸开，浓密的汁液溅了他一脸，凉凉的，清香扑鼻。断了的棕榈树干还站了一会儿，才吱呀着倾倒，横在星座面前。

炸点不对！亲王的炮手乱阵了？他们要垮？……星座朝山头看，

什么都看不见，雨雾与硝烟塞满了天空。但是，星座明白，他的士兵已攻占牙山！他喟叹一声："太晚了。"

二十六、10时53分——"死亡之岛"之三：士兵万岁！敌军万岁！

牙山上到处是尸体，以及近似尸体的活人。官兵们躺在弹坑里、断树丛中、倒塌的堑壕边上，纹丝不动，胸口好半天才起伏一下，表明他们还在呼吸。枪械与弹壳几乎把土色都盖没了，每一脚都能踩上几只。他们攻下了牙山，随之自己也崩溃掉了。牙山是一座残骸，他们成为残骸的一部分。

星座登上山顶，看着他的官兵，冷冷地道："战斗没有结束！全体人员听口令：取枪！起立！"

过了一会儿，一个校官先站起来，拖着一支冲锋枪。接着又是一个军衔已被击碎的军官，站到他左侧。士兵们慢慢爬起来，朝他俩聚拢，一个挨着一个站下去，结成队列；队列又组成方阵。大约三四百人。全部蓝星陆战队都在这里了。一个旗手取来山下那杆陆战队战旗，只剩光秃秃的旗杆了。星座从他手里拿来，用力插到崖头上。然后下达"原地休息待命"的命令。

门山在牙山对面，直线距离不到五百米，两山间却有深达数百米的洼部。攻占山门，也许将需要人体填满这个洼部。

星座静静凝望一会儿，进入摇摇晃晃的牙山指挥部。他想：亚卡因比在这里待过。

"报告，有信使。"

星座回头，从断墙里望出去，看见一个亲王部队的军官走来。他一面走一面张望，不时惊叹着。到达星座面前，他立正敬礼："我是近卫军团卢比思少校，奉命将司令官信件转交给你。"他说罢打开皮包，小心地取出一只信封。

星座打开它，脸颊稍微动了动：这是一张精美的信笺，纸面银白纤尘不染，雕版花纹凸显着，中间是亲王的族徽。啊，苦战近日，他居然还存有这么高贵的东西！他是怎么存放的？他真高贵无比！

亲爱的朋友：

我知道你在岛上，我向你和你的士兵表示敬意！我们共同完成了一个伟大的战役，我十分满意。

我已接到国内电讯，我们两国政府已达成停战协议，双方将以谈判解决争端，和我们预料的完全一样。命令我就地停火，脱离接触。相信你也接到了同样的指令。我派我的副官邀请你过来，我们将共进午餐。接着我们共同探讨整个战役的成败正误，也就是说我们再享受一次战役。像我们在东方罗盘常做的那样：复盘。我有一瓶1865年的法国白兰地，为使它不碰碎，我失去了四个卫兵。来吧，我等着拥抱你。

亚卡因比上将 10时53分

星座的面容蓦然僵硬，他抬头对少校说：“上将的身上也跟这纸一样干干净净吧？”不待少校回答，他抓过一支粗笔，在信笺上写上一个暴怒的、拳头那么大的——

不！

“把这拿给他看看。”

星座将信笺掷给少校，讥嘲地望着他惊愕的脸，说：“并且转告他，40分钟后我们发起攻击，天黑前我们占领门山。我会优厚地安葬上将遗体，那瓶酒我会喝的，叫他不要碰碎。”

"你这是违抗指令!……也是背叛你自己的国家。你赢不了!你会被军法枪毙。"少校吼叫。

"说得对,是背叛。包括朋友,我从无朋友。"

"你疯了!……"

"哦,还有一件事,我想现在也可以告诉他了。"星座自豪地偏着头,"我和亲王设计这个战役时,他代表贵国一批高层人士,而我并不代表任何人,也从来没和首脑们透露过。我只是代表我自己——这就够了!我不需要别人来替我安排战役。所以,战役还没开始,亲王就已经输掉了战役。去吧,把这话告诉他。"

少校走了,星座仍沉醉在快意中。门牙战役从结构、规模到战场实现,都与他的预想大致相符,因此战役彻底是他的。这才是战役的性质!这个性质,比胜败更重要。而亲王呢,只不过是他那个国家的装饰品,最多不过是个——不甘心做装饰品的装饰品。作为军人,他的大脑过于精致,喜爱模拟战争而不是战争,烧焦的荣誉呛着他了。星座独自咯咯笑,随后发出一连串命令:销毁电台和一切电讯设备,全体人员集中到要塞区,允许饮尽最后一壶淡水……

星座走到官兵群里,在一只破弹药箱上坐下,看看大家,说:"勇士们,又要开战了。"

官兵们闻言,一片寂静,石塑木雕般呆滞着。少顷,一个军官抓起冲锋枪,卸掉空弹夹,咔地碰上去一只实弹夹。其他人也默默地动起来,系紧钢盔、靴子,搜寻手雷,拾地上的枪支弹药。一个老兵掏出只瘪烟盒,开始给近处人散递烟卷。星座说:"歇着吧,还有四十分钟呢。我们不需做什么准备,冲过去就行了。知道吗?他们已经垮了!一封该死的电报立刻叫他们提不动枪了。我们只要越过峡谷,猛冲上去就行,跟狩猎一样。到时候,我带领你们冲,你们紧跟着我,这是最后的战斗。天黑后,你们就可以回家了。……现在,唱支歌。唱吧,勇士们。"

于是,有人用破裂的喉咙唱起来,人们陆续加入进去。开始时,歌声像一片叹息。后来,歌儿把他们自己弄激动了,忘了一切,振奋着胸膛高吼、个个都凸睁着眼球，死盯住某个东西：断树或露在土外的尸首。把歌唱完之前，他们都不挪动自己。

星座喃喃地："喏，这才是几百年前的美酒。"

假如上衣了解我的念头
我就烧掉上衣赤膊上阵
哦，我拒绝你看见我战死何方
这才跟永存一样

假如子弹穿透我胸膛
那不怪子弹，只怪我胸膛不够坚强
哦，胸膛里有一颗弹丸般的心脏
胸膛是我意志的包装

假知我歌声唱到一半被战刀劈断
你必须取走我断喉中的歌
哦，躯体断了歌声不能断
你把它掷向天空，化作弯曲的彩虹

假如不经我同意而天已黑尽
我将用战火烧亮天空，黎明时我才倒下
哦，钢盔上斑斑弹孔
我早已中弹死去，却战至黎明才允许躯体倒地
…………

星座从土里抽出一支枪，配上弹夹，戴好钢盔，蹬一蹬软靴，让它更合脚些。冲击将在十分钟后发起。

忽然，对面门山上传出喧嚣，从崖缝和堑壕里拥出大群穿迷彩服

的士兵。转眼间，他们就冲到山下，和守在那里的星座士兵们格杀起来，枪声和呐喊声如火如荼。亚卡因比亲王在里头，他戴了顶钢盔，身上仍是雪白的上将制服，端着冲锋枪，狂喊着，射击着……

星座惊立，他低估了亲王。他知道亲王会被那信和带去的话气疯，但没想到竟抢先违背停战指令。他在星座攻击开始前十分钟发起进攻了，这是最佳的反冲击时机！仅此一举，他敬佩他！

亲王已成一头雪白的老兽，猛冲猛打。士兵们簇拥着他，朝前倾泻无数个扇形火力网。他们打得那么凶猛，身姿卓越，丝毫不停，不屑于隐蔽，抛弃战术要领，瞬间撕破星座阵地，越过它冲来。星座静静欣赏着，竟被那情景感动，蓦地高叫："士兵万岁！敌军万岁！勇士们，跟着我冲吧。"

星座率领自己的人潮，疯狂地冲下牙山，和亲王的人潮激溅到一起，最终血战……

二十七、11时50分——永恒的中士

门牙战役结束后，南屈子来到岛上，寻找星座下落并调查战役经过。岛上已基本没有活人，星座率领万余名陆战队，和亲王率领的近卫军团俱殁于此。无数五彩小蜘蛛和水蟹、旱蟹、食肉蚁，把尸首全吃尽，只留下白花花的骸骨，躺在丛林中。

星座失踪了，遍寻无迹，死活不知。还剩下八九个大难不死的陆战队老兵，不肯同南屈子归还本土。他们说：星座还活在岛上，他们听到他的脚步声，他们要留下和他在一起。此外，还有个原因：上万官兵都战死在这里，魂灵们拽住他们不让走。

后来，他们化为土著，成为这里的居民。

只有一个人愿同南屈子返回，就是李下士。他从海里爬上来后，伴随星座参加了战役始终。种种情景，都是李下士叙述的。

南屈子陷入困难选择。后来他决定不寻找星座了，他不愿意再受

他的压抑。他把许多金钱留给幸存者，条件是：他们永不离岛。

南屈子回国报告：星座阵亡了。随后他成为蓝星部队的统帅。他忽然焕发出奇异的创造力，把蓝星部队锤炼成当时最杰出的军队，他还一手缔造过许多战役杰作，英名盛传于世，丝毫不次于活着的星座。

但是，李下士被囚禁起来，作为逃兵关押三十年，最后在日全食中死去……

天音和屈沉星上岛，询问一个大概是当年的老兵——头发花白的残废，左腿被炮弹炸断。那人坚定地说：“星座？……他活着，在门山顶上，守卫在那里。我为他送过水、鱼干。他不下山，他没结束战斗……”

老人说，星座只身在门山待了八年，穿一套士兵的制服，不许人靠近。他在寻找亲王。八年以后，一个秋夜，月亮又大又圆。他死了，在死前，他不许人动他躯体，然后他才死。

天音和屈沉星攀上门山，在一个破碉堡里，看见一具尸骨，身着依稀可辨的军装，白骨爪子从袖口处伸出来，姿势奇异：它正旋转着缓缓收拢手指，如托如握，如递如捉，显示出强劲的力度。至于它托什么握什么，掌上却空空如也，肌肉俱已化尽，只剩力度。

天音想取走骸骨，带到大陆安葬。刚碰到它，它就粉碎了。大概是：不！

天音说：“他至死都是一个中士。”

屈沉星说：“我有个感觉，星座没有疯，他超出人正常境界太远，好像疯了一样。”

天音说：“他掌上握着一个战役。知道吗？他虽然骗了亚卡因比亲王，但战役的发展和他的预料一样，甚至战后的影响也和他预料的一样。军费猛增，蓝星部队大大扩编，军人成了男儿向往的职业，一所所东方罗盘那样的院校开设了……”

“是的，他终于如愿，他真可怕。”

下山时，天音看了下太阳。哦，已经过去了整整一天。昨天这时刻，天上正酝酿日全食。

天音说：“你有没有注意到一个巧合？那老人说的星座死去的时刻——那年那月那日，正是南屈子第一次娶下桑青的时刻……”

“啊！真的。难道他在这里听到了牧师祝词，感到了蜡烛的热光吗？”

“我不知道。我只希望那是个巧合。”

他们到达海边，看到一群黝黑少年在胶舟上玩耍。舟尾部，一个小孩把脚插在海水里，仰着头，用土语哇哇唱着歌。曲调令人熟悉。天音站住：“他是老兵的孩子！”

假如我击败了伟大敌手
胜利后不免忧愁
从此我满载荣誉却无敌手
哦，敌手，敌手。你是我的忧愁
没有你我分文不值

你我应该同存同亡，像大海拥抱太阳

门牙岛墨绿一团，极像海中伸举出的树冠。从任何一个角度望去，都没有丝毫战争的痕迹。金银花的味道，隔很远还能闻到。

（《小说月报》1992 年第 6 期选载）

黄军装 黄土地

陈怀国

一

正是秋天。到了傍晚时候，阳光依旧毛茸茸的。有过秋的懒知了还追着歪去的日头慵懒地啼叫，几片黄叶一悠一荡地从窗前斜过。

王参谋看看手表，离下班还有一刻多钟，就给家属挂了个电话。

家属在电话那头“喂”了一声，王参谋说：“晚上炖点藕汤。”又交代说：“我说，少放点盐，莫搞得齁咸！多放味精，鲜些！”家属还想在电话里多说几句，但王参谋把电话扣了。

电话才装不久，家属特别喜欢在电话里和人讲话。按规定，参谋一级的干部不能装电话。王参谋过去当保密员，后来调军务股当参谋，前前后后在机关里混了十多年，上上下下都熟。前一年又帮通信股长的一个小老乡转了志愿兵，就装了电话。在机关里工作，虽然每天都要打电话接电话，但自从家里装电话后，王参谋就常把电话留到晚上在家里打，喜欢在家里通过电话和下面的基层单位谈工作。

家属随军不久，对部队不了解，看到丈夫在电话里谈工作，就觉得丈夫很了不起。自己也感到有些自豪，对丈夫各方面的伺候就更殷勤了。

快下班了，可太阳仍圆滚滚地悬着。在老家这时辰正是在田地里做活的好光景。秋里忙，人也皮实。割谷，打场，犁田耙地，恨不得把一

颗日头掰两瓣使，还敢糟蹋这黄灿灿的阳光么！当兵前王参谋在那土坷垃里扑腾了两年。一个夏日换张皮，一个秋日两身霜，连放屁的闲工夫都没得。现在回想起那日子，皮肉上都还不自在。

想到这里，王参谋点支烟，悠悠地吸着，慢慢地吞吐，有些沉醉地用眼睛扫着办公桌上的电话机，蓝红墨水以及斜插在瓶中的蘸水笔；还有那一排立在墙边的铁皮柜，看上去总给人一种极神秘的感觉，其实那里面尽是些表格大头针之类的玩意儿，还有一节柜子里装的尽是避孕套和避孕药，每个办公室里都有，是计生办配发的。所有这些都使王参谋感到说不出的舒适和熨帖，感到自己的日子说不透的饱满。

又续的一支烟吸完后，正好到了下班的时间。王参谋看到其他人腋下都夹着机关里最近流行的那种牛皮公文包，就在心里讽刺说："牛皮烘烘的样子！"他有好几个那样的包，却从来不用，而是在手里拿一个牛皮纸的档案袋。当战士时，他就觉得拿档案袋的人比夹公文包的人实在些，肚子里真货色也多些……

回到家里时，家属已经把藕炖上了，正在忙着炒两样小菜。茶也泡好了，是老家那种绿茶。揭开茶杯盖，就能闻到一股淡淡的清香。王参谋鼓着腮吹了吹，小小地嘬了两口。

"巧巧。"王参谋喊。巧巧是家属的名字。

"咋了？"家属答应着走过来。家属还是老家的一口土腔土语，听起来亲切却总有点别扭。王参谋没再说啥，把档案袋随手放在桌子上，显出很累的样子。

家属看着那鼓囊囊的牛皮纸袋子，心里充满了对丈夫的敬畏和心疼。"当干部真不容易。"她心里想。丈夫常常夜里加班写文件，一写就是好多页。有时候材料赶得急，半夜三更地朝连队打电话要数字。她躺在床上却不真睡，一会儿过来一趟给丈夫续茶水倒烟把儿。丈夫的烟吸得凶，烟都是想探家想转志愿兵的战士们送的。不心疼烟还心疼人哩！夏天热的时候吸烟好上火，她就在烟上面涂点清凉油让丈夫吸。

王参谋喊了一声巧巧后就没再说话。家属想让他高兴些，从厨房里捧出一个皱皱巴巴的纸包说："看！"

是一包蘑菇，肉嘟嘟的很新鲜。

"听人说这东西放鸡汤里好，"家属说，"都是个汤，我放几朵在藕汤里咋样？"

"以后不要朝回拿了，"王参谋看着蘑菇和家属，"占那个小便宜！"

团里的干部家属们农转非当了大集体工人，却没有正式工作，都在团里办的养鸡场种植场里上班。王参谋的家属在种植场里种蘑菇。才来时在养鸡场，王参谋嫌家属身上总有股去不掉的鸡屎味儿，就想办法调到了种植场。

蘑菇都卖给各连队吃。吃下肚的东西斤两上没法计较，各连的上士们买蘑菇时就不过秤，随家属们估。因此在种植场上班的家属们除了有收入上的实惠外，还常常把蘑菇捎带些回家。

看家属有些尴尬地站在那儿，王参谋便又说："占小便宜往往吃大亏，知道不？"

"连参谋长家属也朝回拿呢！"巧巧说。

"跟那娘们儿比！"王参谋有些鄙夷地说，"男人的那点名声都让她给糟蹋了。"停一会儿，又若有所思地感叹道："女人们尽坏事，连毛主席的名声也让江青给糟蹋了！"

见丈夫说得严重，巧巧开始后悔没有想到这一层。王参谋这才说："行吧，在藕汤里放几朵……"

晚饭照例要喝两盅。王参谋让家属也喝点，巧巧不喝，坐在一旁搛菜吃，陪王参谋喝。酒很一般，但里面有内容。团里还有个养鹿场，养的是马鹿。鹿茸沾不上，但割茸时在酒瓶里滴了不少血。劲儿也不小，每次喝完酒后王参谋都能明显地感觉出来。

"股长探家了。"王参谋突然说。

“噢。”家属把他的酒杯满起来。

“参谋长让我把股里工作暂时抓一抓。”

“好事哩，叫你抓就抓呗！”

“啰唆事多，真不想抓！”

这时候电话铃响了。是找隔壁苏连长的。这幢家属楼是六十年代建的老房子，不分单元，一长溜走廊，每家都是一大一小两间房，住的全是连一级的干部们，有人称是尉官楼。楼上家里装电话的人不多。自从王参谋家里装上电话后，左右相邻的几家都方便了。

苏连长是老乡，和王参谋是同年入伍一批提干的。两人关系还凑合，处得不疏不近的。两个家属表面上也过得去。

巧巧是那种耐看的女人，身子丰满，脸盘子颜色好，做姑娘时留下的两条长辫子现在还没剪，悠悠地荡在腰际处，很有些味道。

但苏连长家属是县城的，一张小脸虽然水分少底色重，还有些黄不叽叽的雀斑，但会打扮，烫一头鬈发，还偶尔穿一回紧身裤。

有了许多差别，背后便有了些你鼻子我眼睛的说道。女人们心窝子浅，肚里那点货常常反应在脸上。自从王参谋家装电话后，巧巧常站在走廊里喊苏连长接电话，苏连长的家属在巧巧面前便不似从前那样大大咧咧的了。

电话是连队文书打来的。王参谋站起来让一支烟给苏连长，又替他点上火。苏连长点两下头，表示感谢的意思。又用夹着烟的手朝饭桌指了指，让王参谋别耽误吃饭。然后对着话筒连嗯了几声，才说：“拆开，念给我听听。”

放下电话，苏连长愣在那儿，猛吸了几口烟，脸色极难看。

“怎么了？连里出事了？”王参谋问。

苏连长摇摇头叹一口气：“家里又来电报，老爹怕不行了！”

王参谋也点一支烟，很同情地叹息一声。

两个人沉默了一阵。王参谋推一把凳子给苏连长，说：“眼下回去一趟怕困难，老兵退伍快开始了，在家休假的干部都要朝回催呢。”苏连长很沉重地坐下来。王参谋又说:“寄点钱吧,不凑手的话,我这里有。”苏连长点点头又摇摇头,站起来走了。

吃罢饭,王参谋又打了几个电话便早早地躺下了。巧巧还没忘记苏连长打电话之前的事,蓄意把丈夫哄得极满意,才说道:“参谋长让你抓你就抓呗!”

夜里醒来,王参谋心里空洞洞地难受。他想到了爹想到了妈。爹在前年秋天已经死了。死后半年多他才得到消息。是爹临终前交代不让给他消息的,怕他分心耽误了前程。他又想起了为他当兵妈去卖血的事。那天,他看着妈喝下去一大碗盐水,然后去医院卖的血。卖血的钱买东西送给了巧巧的爹。巧巧爹是大队支书。

这时候巧巧也醒了,平平地躺在那儿没敢动。秋夜里流动着风声,飘浮着许多小虫窸窸窣窣的鸣叫声。“该给妈寄点钱了,”王参谋想,“还是寄到姐姐家转给妈……”

二

接完电话回到屋里,老妈正在收拾饭碗,一双小脚不停地在灶台和饭桌间簸来簸去。家属半躺在床上又在折腾那些不知叫马海毛还是叫海马毛的东西。儿子放在妈的床上已经睡了。儿子才六个月就已经断奶了。家属说,孩子吃多了奶长大了糊涂。又说,喂多了奶女人的奶子就会瘪下去,身子变形发胖。

苏连长犟不过家属,就讽刺说:“就你身上那几两死疙瘩一样的肉,三板子也打不肿,还发胖?连狼见了你也流眼泪。”

老妈也不同意给孙子断奶,说牛尽吃草,奶水不养人。又说喝牛奶长大的孩子没良心,并举例说,外国人都喝牛奶,长大了都不认爹妈。

苏连长还记得,当时妈说完这几句话,家属只嗤鼻子,吃饭时摔筷子摔碗。那天老妈躲在厕所里哭一场……

苏连长到妈住的小房间里去看了看睡熟的儿子，然后极小心地给妈冲了一杯牛奶糖水。不是怕老婆，是怕老婆说话难听让妈受不了。

家属在大房间里叫："唉！"

苏连长听见了没理她，坐在妈的床沿上用手摸儿子的脸。当爹了，他才真正体会到爹妈这一辈子活得真艰难。

"老苏！"家属又叫起来，有些要发火的意思。老妈神色慌张地做手势，让他快过去。

"早点睡吧！"家属不高兴地说，"帮我解下来。"家属肚子上绑着一圈布。生完孩子后肚皮松了。过去用松紧带捆，现在改用布条子勒。每天早晨苏连长帮着捆，晚上帮着解。

电报的事他没敢和妈讲，也没让家属晓得。不好和他们说。电报是假的。这已经是第四封了。

一个多月前，他给弟弟写信，让弟弟隔几天发封电报来。电文怎么写，信上都讲了。前三封电报他接到后压在连部他床铺的枕头下，一点也没声张。后来，通信员不知怎么发现了，就多嘴多舌地说出去。为这事他把通信员好训了一顿。让那孩子受冤枉，他心里很难过。

苏连长想在部队多干些年。同年入伍的老乡们都还是连级，只个别上到了副营。按说他该满意了，知足了。但一拨来的兵中就数他年龄大。入伍时就超龄了，差点没穿上军装。提干时又差点被年龄卡住。他常分析自己，这辈子没那个狗胆搞女人，也没那个水平在政治上犯错误，要坏事只怕就在那倒霉的年龄上。最近的报纸上天天喊要整编要精减。根据历史的经验，大动作的时候只怕不远了。精减谁？全团连一级的干部他在心里筛过无数遍，论工作都差不多，论学历都是教导队出来的半吊子中专生。再比就是年龄了。谁从娘肚子里爬出来得晚，谁就有可能留下。可话又说回来，年龄也有个辩证法。军里有一大拨退休老干部，五六十岁的人，放到中央一级去试试？肯定都是年轻化！全团营一级的干部们他也逐个琢磨过，自己要是上到那一档，年龄马上就变小了。问题是上不去。官路说宽也宽，说窄也窄，越往上坡越陡。营的座位就那几个，都眼巴巴地盯着哩！自己向来是坐大班车的货，怎么也跑不到前面去。要是有个奋不顾身的机会，也能拼它一家伙。可生活平庸得让人只想哭，住在光秃秃的戈壁滩上，连抗洪救灾的机会也没有。驻地倒是有些老百姓，但军民共建也就是送几只羊来，送几车货去，鱼和水的关系中没啥惊天动地的事。回想自己当战士时，一把扫帚抱了四年，从新兵一直扫到专门培养干部的教导队。有一阵连里考验自己，让去喂猪，自己把铺盖搬进猪饲料仓库里，天天和猪们生活在一起，和猪处得像亲兄弟。猪身上有虱子，自己先给猪挠痒痒，等猪舒服得躺下睡着了，再扒着猪毛一只只地把虱子择出来。有一头猪老用脚刨地，自己过一段时间就给它剪指甲。后来当班长了，还天天去帮厨。那时自己在全连一百多号最不显眼的战士中干得极显眼，现在在全连最显眼的位置上却没有一件显眼的事可干。那时干得踏实，心里也踏实，对未来充满信心。根本用不着搞阴谋诡计骗领导。现在是一连之长了，是那时想一下就心跳的高官了，却从战士那里偷学了一招。战士家发来的假电报，十有八九他能辨别得出来。这招数太老了，早已过时了，稍聪明点的战士都不用了。

家属在床上折腾了一会儿，苏连长没兴趣理她。等家属睡着了，才坐下来又给弟弟写了一封信。怕弟弟马虎，又嘱咐一遍一定把那封信烧了。

儿子又在闹夜，哭了一阵。他听见妈穿衣服下床的声音。许久之后，妈终于把儿子的一泡尿把出来。尿撒在地上，噼里啪啦的。他站起来，想到小房间里去看看妈，看看儿子。这时候从远处传来几声喔喔的鸡啼声。妈压得极低地咳嗽了一声，然后像只蜜蜂一样嗡嗡地哼着把儿子朝梦乡里引。他听着，很想到妈面前去哭一场。

第二天上班不久，团政治处主任骑一辆自行车来到连里。部队住得分散，坐车太近，走路太远，团首长们就每人配了一辆自行车。苏连长和主任打个招呼，陪着吸一支烟就到训练场去了。按惯例，政委主任来了都是指导员陪，团长参谋长下来都是连长陪。

心里虽然装着些事，但训练场上还是不马虎。老兵退伍马上要开始了，部队有些松。训练时苏连长临时改动课目，让兵们踢了一上午正步。人累了就懒得动，不容易出现乱七八糟的事。

往年退伍时，提前个把月就坐下来搞教育搞动员，越教育事越多，把问题都动员出来了。

苏连长和兵们一起滚打了这些年，像兵肚子里蛔虫一样熟悉兵。现在的兵年龄小，当满三年兵还不满二十岁，像嘴边还没长出毛的小黄雀，能有多复杂？还能复杂得过连长指导员？兵就像孩子，惯不得，宠不得。盯紧点看严点问题就解决了一多半。每个兵都有点小目标小打算，瞅准了，帮着他朝那个目标上奔，每一把都摸在痒处上，这兵还有啥难带的？

上午训练时，苏连长让四名排长都扎了武装带和兵们一样踢正步。后来分班踢，让老兵们出来喊口令。他把老兵们集合在一块儿训话说："当了几年兵别连个口令也不会喊，退伍回家丢我连长的人！在部队都是兵，听我连长的招呼。回家怎么办？哪个生产队还没个民兵连民兵营什么的？一辈子就光听别人喊？到时候真重用你，站在人前怎么办？学驴叫唤?！"

老兵们笑起来。笑罢了又一脸严肃静穆地听苏连长继续说：

"想想看，农村干部中有多少不是退伍军人的？"

苏连长用眼睛扫过一张张肃穆的脸。他说的是心里话，说到老兵们心窝子里了。这些老兵们都是一年一年筛选过留下的，都是肯下力肯吃苦想在部队里多干几年的农村兵。都说农村富裕了。有多富？富裕的早走了，有点门道的也走了。老兵们从连长的话里受到鼓舞，心里涌动着一种说不清楚的情绪。许多老兵没做过班长，连副班长也不是，现在第一次站在队列前，终于感觉到做了一回真正的军人。

苏连长也站在队列里踢了一上午正步。

中午回到连里，主任还没走。部队正抓廉政，午饭吃得极简单，和部队一样也是四菜一汤。苏连长从自己床底下摸出一瓶酒，又让上士拿了两瓶罐头来。主任刚要拦，苏连长说：“咋？酒是我自己的，两瓶罐头就是大吃大喝了？”主任说：“好，就喝两盅！”

主任到连里来，主要是找苏连长。

几杯酒下去，主任说：“老苏，你家里的事我们都知道了。”苏连长心里咯噔一下，差点被一口酒呛着。“政委让我来看看，表示一下关心嘛。”

苏连长叹一口气摇摇头。给主任和指导员的酒杯里添了些酒。

“老人家是啥病？”主任问，“还有没有办法治？”

“老毛病了，”苏连长说，“肺不好！”

“噢，”主任说，“能治还是尽量治，把心尽到。我和指导员商量了，你这也算是困难户，家属才来不久，又生孩子，老妈也在这儿。先从你们连救济费中解决点，我回去再问问干部股，看看能不能从福利费中再想想办法。”

苏连长坚决不同意：“这怎么行！连里好多兵家里有困难，要退伍了，那点救济费给有困难的老兵！”苏连长还真没想到这一层，当初发电报的目的也不是为那点救济费。

主任的话题从救济费上移开了：“目前的情况你清楚，走不开。”

苏连长点点头。主任又说：“指导员要去参加学习班，军里要轮训，不去没办法。”

苏连长又点点头。这事他早知道了，发电报赶的就是这关口。前两批指导员都没去，那时候苏连长就揣摩指导员是想把退伍错过去。指导员有指导员的难处，苏连长理解他。好多老兵向他要党票呢，不走怎么办？

“放心去吧！”苏连长对指导员说。

下午团里召开营连主官会，布置退伍工作。政委和主任都在会上表扬了苏连长。

政委说：“我们常讲革命事业心，啥叫事业心？我们都是爹妈养的嘛，爹快死了，该不该回去看一眼？太该了！苏玉贵同志把三封电报压在枕头下，没向组织上吭一声。”这时候主任插话说：“是通信员整理床铺时发现了，听说苏玉贵同志把通信员训得哭鼻子，怪通信员说出去。老苏，有没有这事？……”

苏连长脸上火烧火燎的。政委后面又说了些什么他一句也没听清。晚上回到家里，他连正眼也不敢看妈一眼，也不敢看儿子。妈一辈子迷信，从不说一句不吉利的话。现在爹好好地活着，苦巴巴地还在田地里刨食哩。爹妈盼孩子们有出息盼了一辈子，盼到自己做军官了，却一个给军官儿子当保姆看孩子，一个蒙在鼓里被军官儿子咒。

三

星期六，晚上有电影。王参谋值勤，老早就戴一副白手套站在广场上。临走交代家属说，别去早了，花花绿绿地站在那儿被部队几百双眼睛看，不雅观，影响也不好。

丈夫走后，巧巧站在走廊里，很热情地喊邻居的几个家属去看电影。苏连长家门开着，家属刚换上紧身裤，提一个马扎子准备出门。听到巧巧喊，就“呼”的一声把门关上了。

“烧包！”苏连长家属在屋里骂，“男人喊几声破口令，有啥烧的！”苏连长横她一眼没吭声。

巧巧不知道被人骂，站在走廊上看了一会儿在广场中央孤零零戳在那儿的丈夫，就回到屋里挨时间，待有家属孩子们去了自己再去。

这段时间特别长，等得不耐烦。她先在床上躺了一会儿，但一躺下身子就懒洋洋地不想动。这会儿，太阳还没全下去，隔一层薄薄的窗帘，屋里显得淡黄淡黄的。

巧巧便想，这时候真好……又朝深处想了一回，脸上和身上都有些热了，就赶快从床上爬起来，拧一把冷水毛巾在脖根上搓了搓。有时候夜里也这样，爬起来装着上厕所，悄悄地把滚烫的身子用凉水毛巾搓一搓。她知道丈夫恨爹也恨自己。但丈夫从不说一句。啥事都埋在心里，丈夫心里的恨，她只能从那事上才能觉察出来些，也体会到那恨不浅哩！

这场电影巧巧没去看。一直把自己笼在那淡黄淡黄的光阴里。

苏连长也没去。指导员要走了，主动提出在连里值这个星期的班。苏连长想，你值就值吧，我得攒点劲搞退伍呢！

家属出门后，苏连长让妈也去看电影，说自己在屋里看孩子。妈说：“有啥看的，电影里总死人。”苏连长脸上像挨了一耳光，就出门站在走廊上吸烟。电影已经开始了，广场上乱哄哄的。

鲁连长两口子都没去看电影。鲁连长住在家属楼的最东头，和苏连长家门挨门。在这幢楼上，鲁连长家属是唯一有正式工作的，在团幼儿园当阿姨。她是这幢楼上最有文化最有教养的家属。每天不声不响地上下班，见谁都点个头。鲁连长的兵们到家里来，出门时总送老远，不像其他家属那样狗仗人势在兵们面前摆臭架子。

鲁连长家里有客人，吃过晚饭后客人还没走。客人是个小老头，贼眉鼠眼地正和鲁连长两口子谈生意。晚饭时喝了点酒，老头这时还醉醺醺的。

“咋样？”那老头说，“男的女的都没问题，是从口里躲计划生育过来的，没地方落脚，在我店里当伙计。原来指望生个儿子，屁！一胎生了俩女的！还要生呢，看下一窝能不能生儿子！……”

“噢噢，”鲁连长忙打断老头的话，没让他再说下去。鲁连长看了看家属，家属皱着眉一时拿不定主意。那老头又说：

“你们想要一个也行，要两个也行，趁早抱过来。还有出大价钱的！晚了，可过了这个村就少了一个店。”

鲁连长家属忙争辩说：“我们是抱养，可不是买！”

“都一样，”那老头说，“抱养你就不给钱了？十月怀胎得花多少钱？从口里跑出来路费也不老少呢！咋说也得把老本捞回来是不是？”

鲁连长低着头，一团烟雾把脸蒙住了。家属还想说什么，吭哧着说不成句，可怜巴巴一副要哭的样子。

那老头便又说："出点钱要个孩子便宜呢，我看这位女同志娇嫩嫩的受不起那个罪呢。那女人生俩孩子像杀猪一样哭了一天一夜，你们不疼不痒就得个孩子当爹妈，便宜呢！钱算啥？钱是个屎！再说养个闺女也不赔本。"

鲁连长抬起头。盯着老头咳嗽了一声。家属眼圈红红的进里屋去了。

鲁连长说："我们再商量一下，明天去看看孩子。"

那老头说："不用看，孩子壮着呢，我给你抱来，保你们满意。"

"那怎么行，我们看看孩子也看看大人。"

那老头有些为难的样子，最后说："你们看时可莫说什么话，就说是我的亲戚。咋样？"

老头走后，鲁连长跟到里屋去，看到家属正流泪，心里像针扎一样疼。

他们结婚已经五年了。

家属随军前在老家县城小学里当教师。鲁连长没兄弟，三个姐姐和两个妹妹也都嫁人了。结婚后，妻子搬到公公婆婆处一起住，每天骑自行车上下班。起初，公婆都高兴，说儿媳妇孝顺。儿子归队后，老妈的眼睛整天在媳妇的肚子上瞅，看看没啥起色，就盼儿子赶快再探一回家。鲁连长是"五一"回家结的婚，要熬到第二年春天才有假期。老妈等不及，就让外孙女给部队写了一封信。

外孙女上小学五年级，还没给人写过信，就问姥姥怎么写。那时姥姥正在气头上，对外孙女说："让那王八崽子回来一趟，我要抱孙子！"

外孙女还不算笨，写信时变通了一下，写成了："舅舅，你回来一趟，姥姥要抱孙子。"鲁连长看过信只笑了笑。但不久就收到一封电报，说老妈病了。在火车上站了三天三夜赶回家时，老妈正在院子里跳了脚骂猪，说猪瞎着眼睛把一只鸡娃给踩死了。

那次回家，鲁连长把事假和正常假一起休，在家多住了些日子。但家属还是没动静。后来两个人瞒着妈到医院里去查了查，结果家属的身子没问题。毛病出在鲁连长身上。

“别让妈晓得了。”家属说，老家的风俗，男人不行，叫“孤佬”，连祖宗也受人糟蹋。女人不行，也有说道，叫“秧鸡子”！

开始，老妈还顾脸面，只给媳妇一些嘴脸看。到外面有风雨闲话了，老妈打开脸面，在堂屋的神柜上供一幅送子观音像，天天晚上看着媳妇给送子观音上香。又让三闺女才两岁的儿子住到家里，天天夜里和儿媳妇睡。那孩子夜里哭，尿炕屙屎还不说，一张嘴小猪似的拱，逮住奶就嘬，奶头上咬得尽牙印。不让吸孩子闹个没完，婆婆也不依：“不让吸让他来做啥？不把奶子吸发了，娃儿能引来？”

有一天，她刚下班回来，婆婆就从巷子里引来一个陌生的男子。一进门那男人的一双眼睛就在她身上滴滴溜溜地转。

她想进到卧房里去却被婆婆喊住了。原来那男人是个江湖郎中，说是能治妇女月经不调、男女不孕的杂病，就被婆婆给请来了。

看病的时候，那男人的一双手浑身上下地摸，婆婆还在一边问：“咋样？能怀不？”那天夜里，她浑身脱得赤条条地用凉水冲，流着泪把那包江湖郎中抓的药扔到了阴沟里。

“我能生，”第二天她终于对婆婆说，“只要你儿子有本事，啥样的孩子我都能生。”

婆婆的一张嘴张老大，呆在那儿半天合不拢。待清醒后，一双小脚跳过来扑到她身上，抓着她的头发满地滚。“小婊子，平时看你不哼不哈的，心狠呢，把这脏水朝我鲁家头上泼……”

那之后，不管婆婆骂什么，她都忍了。婆婆没文化，一张嘴比有文化的人还扎实。打架的第二天婆婆搬一把凳子坐在门前骂：“白天吃我的饭，夜里住我的店，是公鸡不打鸣，是母鸡不下蛋。”

这时候一群半大的孩子围在婆婆跟前说：“是‘秧鸡子’！”然后嘎嘎地学一阵秧鸡子叫。

这一年鲁连长又探家时，妈对他说："你要还是我鲁家的种，你就下狠心把她给休了……"鲁连长站在妈面前，噼里啪啦地掉眼泪。妈还以为他舍不得："啥样的没有？稀奇她！黄花闺女多的是！"

"妈！"鲁连长抱着头蹲在地上，"你老人家冤枉了媳妇……"

爹和妈都大病了一场。妈在儿媳妇面前突然变得小声小气的，像矮了半截子。妈那可怜兮兮的眼神，似在哀求儿媳妇，"莫给我们宣传出去了，不好做人呢！"

直到这时，家属才痛痛快快地大哭了一场，哭罢了对婆婆说："我随军去，到远处我们抱一个。等抱到了给你老人家寄糖来，你就说我生了……"

部队人不像农村人那样古板，对这事看得淡。鲁连长由家属陪着大大方方到医院去看病。每个星期六下午去。战士们都知道连长的病，也有人从老家寄来些稀奇古怪的偏方。鲁连长一一试过后终于失望了，就请小镇上那个开饭馆的小老头给自己帮忙抱一个。

小镇上人家，都是当年部队圈地时搬迁出去的，和部队老些的人还有来往。第二天，鲁连长用自行车驮着家属到小镇上去看了看。那小老头从中周旋了一阵，得了些钱。便在孩子满月后，用一辆毛驴车送了一个来。鲁连长下午就去买了二斤糖，用一块红布包好寄给妈。

四

星期天，王参谋上午在家写材料。巧巧烧一锅热水把头洗了洗。那时候太阳正好斜斜地照在家属楼的走廊上，巧巧坐在阳光里慢慢地梳理头发，不紧不慢地扎辫子。

苏连长的家属也洗了头，头上夹了许多塑料夹子。

巧巧看了就在心里想："啥玩意儿！像歇了一窝蜻蜓在屙屎。"

苏连长的妈抱着孙子坐在小椅子上晒太阳，浑浊的老眼定在巧巧那两条又粗又黑的辫子上，满脸羡慕的神色。

苏连长家属嫌婆婆死眼盯人家，就扭动身子，一屁股堵在婆婆的面前。

到了中午，各家都呼的一声把门关上了。星期天，照例要改善改善伙食。其实都没啥好吃的。但饭桌上难免有个把罐头菜，让人怀疑是侵占士兵的利益。

王参谋中午没喝酒，说写材料写得犯恶心。家属说那就晚上多喝点，下午好好睡一觉。说时突然联想到昨天傍晚那淡黄淡黄的光线，脸上就涌起一阵红晕。

下午王参谋没睡觉，把上午写好的材料装在档案袋里到办公楼去了。他骗家属说："下午要打印。"

王参谋写的材料总打印，打印之后就是文件了。巧巧给爹妈和亲戚朋友们写信，不说丈夫写材料，总说写文件。

王参谋把自己写的文件总是多印一份留起来，给家属说："以后转业回地方，凭这一手就能安排个好工作。哪个单位不需要笔杆子？"

那些文件家属也常看，看不出里面有啥名堂，但每一份上面都打有秘密甚至机密的字样。就问王参谋："这些东西还机密？"

王参谋很老练地说："一般人都看不出，你能看出来还得了！要是懂行的人见了这文件，光从下发多少份上面就能算出部队的编制。"

家属再一看，果然在文件上有××份的字样。文件的后面还写着"上报师司令部、下发营连以上单位"等内容。

家属就想：丈夫写的文件连师里也要看，便对丈夫又多了一份崇敬的心情。再和苏连长家属一起时，心里就暗想，我丈夫随便在纸上写几句，你丈夫就得认真贯彻执行呢！

王参谋在办公室里吸一支烟，就从后门出去了，骑一辆自行车到邮局去给妈寄钱。按想好的办法，钱寄到了姐姐家。姐姐家虽穷，但寄给妈的钱，姐姐连一分也不用。

巧巧爹在大队当书记，寄信寄钱都要经过他的手。每次的信他都先拆开看，有时候看罢了连送也不朝家里送。要是直接把钱寄给妈，

就得寄双份，免得两家不和气。

书记家不缺钱，就训爹妈说："孩子在外当兵，老想到家里影响工作不？当初我要是不让他去当兵怎么办？你们就不用钱？你们真困难，我让支部给部队写封信，就让他回来！"

爹妈怕支部写信，就总说家里不困难，不让儿子朝家里寄钱。"要寄先给你丈人寄！"妈说，"不是他你能有今天？人要知恩图报，莫要过河拆桥！"

王参谋听着只想哭。

那年验上兵，巧巧爹不让走。妈去卖一次血，买礼送到她家里去。后来提干时，部队搞外调，巧巧爹把外调信扣起来，让人到家里去提亲。王参谋不敢不答应，就一直拖着不结婚。妈哭了好几次，说："都三十的人了，咋还不结婚呢？想在外找个洋婆娘是不是？书记看得起咱是咱的福气呢！看看你大哥？娶个媳妇我和你爹恨不得把自己都卖了，欠一屁股带两肋巴骨的账；你二哥连哄带骗先把人家闺女肚子搞大了才结婚，丢我们的老脸呢！……"

王参谋心里像针扎。还有一层妈没说出来，书记的权势大，除了自己在外面，全家都还在书记的手心里捏着。要是黄了他闺女还不闹个底朝天？王参谋自己觉得在部队长了些见识，想把婚事拖过去。但在书记面前还嫩得像个没长毛的小鸡子哩。

前年夏天王参谋探家，又没提结婚的事。大队就突然决定要修一条路，那路正好从自家房子的中间过。王参谋去找书记，书记说，我要去开会，你和巧巧先聊聊。巧巧后来给她爹说一声，那条路就没再修。

大哥结婚早，已经有两个孩子，是计划生育的重点。大嫂到医院去结扎，正好被书记看见了。书记说："我记得她有病，让她男人来！"大哥当真被不明不白地劁了一刀。手术不久，赶上抗洪水，大哥被派到河堤上在水里泡了好几天。连爹也被派去了。爹老了，走路都打飘……

王参谋终于在三十一岁的时候结婚了。那婚礼也举行得怪，倒像是书记家娶媳妇。爹妈都被叫到书记家里去吃喜酒。书记说这样节约，免得两家都浪费。

爹妈坐在书记的旁边，书记笑着。爹妈也笑。书记仰脖喝一杯酒，爹妈就赶忙把酒杯端起来抿一下。

书记喊爹：“亲家，吃菜。”爹“唉”一声，忙用手摸一把嘴。

书记又喊妈：“亲家母，也吃菜！”妈激动得泪在眼圈里滚，筷子在手里抖抖索索地颤。

书记的脸油乎乎红乎乎地放光彩；爹妈的脸像一张揉皱的马粪纸，像秋天翻犁的土地，沟连沟坎连坎，一片荒芜苍凉的景象。“那红脸上有妈的血！”王参谋想。“你岳父可不是老脑筋！”书记又对王参谋说：“不讲门当户对那老一套！”

爹没喝多少酒，却有些醉了。踉踉跄跄地站起来喊儿子：“娃儿，还不快敬你岳父一杯酒！”王参谋醉眼蒙眬地站起来，和书记连喝了三大杯。

那之后，王参谋才发现自己喝酒有海量，很轻松地就把丈人放翻了好几回。但一个人喝时总好醉。巧巧就常劝：“书上说，男人喝酒多，女人怀孕不好！”

“书上尽放屁！”王参谋说醉话，“老子偏要这时候怀孕……”

其实，王参谋很清醒，早在自己的身子上做好了手脚。那种大颗粒专给男人用的红药片，他每月吃一颗。

王参谋不想要孩子，想在书记垮台后离一次婚。给爹妈出口气，给所有的贫下中农们出口气。结婚那天他就想离。但有那个贼心没那个贼胆。

王参谋从邮局出来后没直接回家。星期天是串门子的好时间。团官们住的是小平房，单家独户，每家一个芦苇夹的小院子。司令部的参谋们和政委主任来往少，一般不朝家里去。一是没有串门的由头；二是团长参谋长看到了不高兴，怀疑你吃里爬外脚踏两只船，到最后落个姥姥不疼舅舅不爱的下场。这一点机关干部就不如基层的干部们，瞎驴拉破车，哪股道上都敢闯。参谋长和团长家住隔壁，先进哪一家也有个讲究。王参谋站在门口犹豫了一会儿，决定先到参谋长家里去。星期天部队两顿饭，到晚饭后战士们就开始行动了。那时候参谋长家战士多，都是想转志愿兵的老兵们。

院子的门没闩。参谋长这会儿正闲着，家属在包饺子，孩子正做作业。王参谋进屋后先在厨房里站一会儿，帮参谋长家属捏了两个饺子。

参谋长在屋里喊："到沙发上坐。"王参谋就歇了手坐到沙发上。

一支烟吸过，王参谋从档案袋里拿出上午写好的材料，交给参谋长说："时间紧，赶得急，粗得很，参谋长给动一动！"参谋长说好。王参谋见参谋长开始翻材料，就帮着参谋长的孩子做作业去了。

参谋长是从基层上来的，当连长，当营长，就是没在机关里待过。怕别人瞧不起，自己就亲自起草过两个报告。平时也特爱改参谋们的材料。

王参谋在机关的时间长，对各色领导吃透了，写材料时总留下些伏笔，露几个破绽，好让领导有修改的余地。不像有的机关干部，自以为笔头硬，材料写得风雨不透，该说的全说了，不该说的一句也没有，让做领导的很为难。改吧，没地方下笔；不改吧，显得没水平。更主要的是容易滋长写材料的人骄傲自满的情绪。

后来参谋长终于悟出些道理，就在会上讲："写材料关键是要有好观点，新观点，巧角度，要会抓问题。这样的材料不怕有毛病，不怕不成熟。可怕的是没毛病没问题，什么都说了又什么都没说，像做人一样太圆滑太世故。这样的材料我懒得看也懒得改！"

那之后，写材料的人都怕参谋长不改。参谋长不改，也不说哪儿不行，打转回去让你自己改。

话说回来，那点余地也要留得巧，既让领导看不出你是有意的，又要根据每个领导的特点，让领导在那点空余处充分发挥自己的优势。

王参谋每次送给参谋长的材料，问题总出在有关基层的地方。参谋长在基层摸爬滚打了许多年，一眼就看出了破绽。王参谋绕了老大圈子没说清的问题，参谋长勾勾画画，删一些添一些。有时只几句话几个字，但极要害极到位。改罢了整个材料就马上变个样。王参谋看着改过的地方很服气，参谋长看着改过的地方也很舒服很愉快。

参谋长很快看完了材料，像往常一样改动了几处。王参谋这时候又坐到沙发上，认真看一遍改过的地方，极谦虚也极苦恼的样子说："写的时候就觉得这几处难下笔，问题还是出在这儿。"又极老实地说，"想蒙过去呢，还是没蒙过去！"

参谋长笑起来："我一看就知道你想蒙嘛！还是有进步！"

王参谋也笑一下，又诚恳地说："还不是你手把手地改出来的？我过去那两刷子你还不清楚？"

"那倒是！"参谋长又说，"不过还是看人上路不上路，有些人的材料连改也没法改。你的材料毛病不少，但有改头。"

这时候，参谋长家属过来问是不是现在就下饺子。参谋长说下吧，小王也在这儿吃几个。

王参谋马上站起来，和参谋长家属开玩笑，说你才包那几个，还不够我一个人吃。

参谋长家属说："哟，你是牛肚子呀。"

王参谋听了挺别扭。但脸上笑眯眯的，只在心里骂："你他妈才是牛肚子！随军这么多年了，还忘不了牛，真他妈农民！"

临出门，参谋长又交代说："股里工作你多抓抓。有啥问题直接给我说。"王参谋小心地答应着，自己带上门，让参谋长别送了。

从参谋长家出来，王参谋又到团长家坐了坐。最后又到老团长那里看了看。老团长离休了，都不愿上门。王参谋逢年过节都要去看看。在位的团首长们见了就常在心里想："现在像王参谋这样不势利眼的年轻人真不多！"

回到家里，家属就朝桌子上端菜。王参谋说："你一个人吃吧，我在参谋长家吃了。吃的是饺子呢！”半夜里王参谋禁不住饿，爬起来悄悄地冲了一杯麦乳精。

五

老兵退伍还没开始，接新兵的人就要走了。团里要接一个新兵连，团长点名要王参谋当连长。接兵点在团长的老家，团长有个侄儿到了当兵的年龄。但接兵点不在团长老家所在的地区。团长交代王参谋，一定要把侄儿接过来。

王参谋和团长算老关系了。过去他当保密员时，团长还是副参谋长。有些副参谋长不该享受的文件，他总拿给副参谋长看。其实那些文件也没啥，现在团长天天看，看得都有些厌烦了。但那时候看了心里感觉不一样。从那时候起，现在的团长就很喜欢王参谋。后来部队开始提倡年轻化，想不到副参谋长一年升两级，噌噌地上到了团长的位置上。过去许多不尿团长的干部纷纷朝团长靠，王参谋却很有分寸地有意疏远了一些。团长因此更加喜欢王参谋，很快就把他保密员的职务改成了军务股参谋。

临走，团长把王参谋叫到家里去吃饭，交代了许多事，王参谋都一一领会了，让团长放心。

鲁连长两口子商量了好几天，最后给抱养来的闺女起名叫满月儿。鲁连长给王参谋和苏连长都用红纸包了糖，家属又向苏连长家属请教了很多小孩的知识。鲁连长见两个女人突然亲得像姐妹，就在一边向苏连长家属打趣说：“看我们闺女漂亮不？看上了赶快送彩礼，叫儿子过来给老岳父叩头。”苏连长家属听得高兴，到屋里取了些儿子穿过的旧衣服送过来。夜里又和苏连长商量说：

“老苏，我和你商量个事。”

苏连长很奇怪，家属从来没这么温柔过。便也柔了声儿说：“有啥事你说呗。”

“老鲁两口子受罪呢，”家属说，“孩子也受罪，嗓子都哭哑了。”

“当爹妈呢，哪有不受罪的？”

“我不想束胸了，”妻子说，“这奶子憋得疼，想给儿子再喂几个月。”妻子无限珍惜地摸着奶，“顺便也给老鲁家孩子喂几口，你看行不？”

苏连长好久没说话。揽过妻子使劲朝胸脯上贴，眼窝里潮乎乎的想掉泪。“过去还不觉得你好哩！”老苏说。妻子有一种晕眩的感觉，也想哭……

第二天上班，文书告诉苏连长，指导员让给连长的爹寄了两百块钱。文书说罢递过来一张单子，是救济申请表。让连长签字后要上账的。苏连长签完字，又对文书说：

“把我的章取出来。”

章和印油都取来了，苏连长拿起章，看着自己的名字反反复复认了老半天，又对着嘴哈了好几口热气，但没有按下去。最后用拇指在印盒里按了按，在自己刚签过的名字上盖上了指印。

这颗指印像斗又像簸箕，现在已无法辨认了。但极特殊，在哪里自己一眼就能认出来。小时候割猪草，镰刀在拇指蛋上削掉一块皮，爹用烟叶按上去。手好了却留下一点疤。

这根有疤的指头差不多是他命运的见证人，打第一回印在军人体检表上起，他就格外珍视它。后来他又把它印在党表上、干部体检表上面。每一次这根指头都激动得打战。这一次，刚才那瞬间的感觉他还没来得及体验就消失了。印油极浓，许久没干，留在指上像血一样扎眼。这时他盯着指头，突然感到自己做了一回杨白劳。

下午，团里召开退伍预备会。指导员走了，苏连长一个人去参加的。退伍名额分下来，把他吓了一大跳。数量太大了，连里差不多要走一半哩。

选改志愿兵的名额也分下来，苏连长心里又一跳，建制连每个连平均分一个。有十多个该转的老兵，都眼巴巴地盼了好几年。连队里能做的好事被老兵们都做尽了，做绝了，做出了许多稀奇古怪的花样。都拼这最后一锤子买卖呢！能不拼吗？要拼皇粮，拼个好看的媳妇，给儿子拼出一个是干革命的父亲来。啥粮都是个吃，吃啥粮放出的屁都一样臭。可吃商品粮的干活叫干革命，吃农村粮的干活叫务农。知青下乡不是在地里干活？入伍了，那在地里的时间就算工龄。农村娃打光屁股就在田地里滚，给你算工龄吗？他妈的，都是一样的人，是干革命的，由你挑女人；是务农的，挑剩下的女人来挑你，孩子刚从娘肚子里爬出来，就分成了是革命的种和不革命的种。日他娘，能不拼吗？能不朝革命队伍里挤吗！

退伍时间只有七天。有人说：“这不是搞突然袭击么，连动员教育的时间也不够。”政委批评说：“人家外国人打仗，全民动员才二十四小时，我们就熊笨？走几个兵七天还不够？根据往年的教训，对老兵不能拖，一拖什么乱七八糟的事都拖出来了。要补助要救济，头疼的脚痒的也要评残，连小偷小摸也敢伸手向你要党票。”

回到连里，苏连长把四个排长和司务长叫来，把分到连里的退伍名额分下去。排长们刚要叫困难，苏连长就把政委的话学说了一遍，最后强调说：“咱们也搞承包，猪往前拱，鸡往后刨，各人有啥高招都使出来。原则就一条，把老兵们好好地送走。”

各排长回去先摸底，到晚饭后都拟了一张名单报上来。苏连长把名单和自己掌握的情况一对照，有出入但差不多。

第二天上午是团里统一安排的动员时间。苏连长在会上把退伍名额向全连公布出来：“名额这么多，少走一个也不行。都先把自己排排队，排进去的就准备走。都是顶天立地的汉子，别等名单宣布了又来哭哭啼啼地找事，让人笑话瞧不起！有困难的公开说，别给我拐弯抹角地玩心眼。我也是土坷垃地里滚大的土包子，知道大家当场兵不容易。可咋办？这兵咱能当一辈子？就不管爹妈了？就不娶老婆生孩子过日子了？上级给每个要走的老同志一部分救济费和医疗费，平均下来每个人三十块。平均数是少了点，可人多哩。咱国家穷有啥办法？

大家不是每天都听广播看电视吗?老外们欺负咱,咱只有提抗议的份儿,这么大个国家,丢人呢窝囊呢。你光在嘴上喊抗议,人家怕你个屌!咱国家要富裕,军队有钱造几艘航母,多搞几架飞机,咱还给他费那个口舌?先把他狗日的打趴下再讲道理……这三十块钱是人人有份儿哩,还是给更困难的同志,大伙自己拿主意。别为这几块钱心里不妥帖,三张票子还能管咱一辈子?可话说回来,几个三十凑一起,真给有难处的同志,也解决大问题,人家一辈子都会念叨你。咱部队有这个好传统……"苏连长讲到这儿,想起自己那两百块钱的救济费,脸上火辣辣地烧,便转了一个话题说:"平时大伙之间有些啥疙疙瘩瘩的事,这几天都结了,别以后天南海北地分开了,想结也结不了,搁在心里难受一辈子。牙齿还咬舌头呢,都是毛毛糙糙的小伙子,还能没点磕磕碰碰的?我们当干部的管了大伙好几年,难免有过头的,我先给大伙说声对不起。还有平不了的气,来打两拳头两耳光也没啥,咋说我也比你年长些,多吃几年国家的饭,身上的肉扎实些,还禁得住几拳头。老人们讲同船过渡八百年修行,咱一起滚了好几年,一个锅里搅勺子,得多少年修行?部队称同志叫战友,不允许称兄道弟的,可细想想,和亲兄弟差多少?就这几天时间了,大伙在一起好好掏掏心窝子。走时留个通信的地方,别让大伙念你了,连个音信也得不到……"

有老兵起来去上厕所,好半天没回来。回来时眼圈红红的。苏连长说,就到这儿吧。又交代司务长,从晚饭开始,多加几个菜,仓库里有啥好东西都拿出来。老兵们听到了,心里酸酸涩涩的好不是滋味儿。

午饭后,苏连长又把那十多个到年限该转志愿兵的老兵单独叫到宿舍里。不知说了些什么,老兵们从连长屋里出来时,眼里都圈着些泪水,但都显得很悲壮的样子。

那几天,苏连长没回家,日夜坚守在连里。到班里去时兜里总放好几盒烟,一支支地撒给兵们抽,也一支接一支地抽兵的,嘴唇上抽起了一层燎烧泡。连夜里也不闲着,总有些兵们找来谈问题。几个夜下来，眼睛红得狼眼一样。那几日不断传来其他连队老兵闹事的消息。听说有个连队的老兵把做饭的大锅给砸了；还有个老兵转志愿兵没希望，身上缠了一根导火线威胁干部，被送到了警卫连关起来。苏连长每听一次心情都极复杂、极沉重。

部队把有思想问题的战士叫重点人。退伍名单宣布后，苏连长手上还有两个重点人。

一个是叫谢春光的老战士，去年探家时超假半个月，回来后连里给记过处分。苏连长原想把处分卡片悄悄地给抽出来，但退伍老兵的档案已送到了团里。苏连长到团里去交涉了一次，但没说好。谢春光给苏连长说：“处分不抽出来我不走，豁出去大不了再给一个。”谈了好几次，都是这一句话。最后谢春光哭起来：“当一场兵，好歹我也尽了三年的义务，背个处分我这一辈子都是有污点的人，还有出头的日子吗？早知道这样，还不如不来当这兵……”

苏连长一支接一支地抽烟，不知道怎么说才好。这也是个老实兵，人在家里住着，又不是赶上部队打仗的时候，多住几天也没谁给你死认真，可你就不会说句谎话来个假电报？就算干部们心里明白你说谎话，可为这几天，还能跑到你老家去查吗？

谢春光多住半个月在家娶媳妇。因为没在部队开证明，怕说是私自结婚，归队后就没敢声张。现在要走了也不怕了，只顾把一肚子窝囊气朝连长身上发：

“你们只给我十五天假够用吗？够找媳妇够结婚吗？”谢春光又哭起来，“日他娘，找个媳妇不敢说，连照片也不敢给战友看，长得丑，怕别人笑话。我不结婚咋办？大哥二哥都还是光杆一条，连丑的也娶不上。老爹老妈都急疯了。我再不瞅着这身黄皮在身上赶快拾掇一个，回家就难了。我想违反纪律？连哄带骗一个月把个丑娘们儿接到屋，连觉还不知道咋睡的就往部队跑，还是没把处分跑过去……”

这当口，苏连长正想办法。等谢春光停下来就说：“我帮你想个办法，行不行咱看运气。”

谢春光点点头："连长，我听你的！"

"你知不知道团部那个破锅炉房？"连长问。

谢春光点点头。

"那个墙洞豁了好几年也没人修，连队有水泥，你去把那个洞堵起来！"

谢春光从早晨干到晚上，连中午饭也没吃。苏连长让通信员把饭送到锅炉房，让文书给团广播室写表扬稿。

已是十月底天气，团办公楼的干部开始吵着要烧暖气了。谢春光穿一件背心，也不戴手套，手上被水泥和火砖磨出了好多泡。团广播室播出稿件时，团机关的干部们从窗户里正好可以看到那动人的场面。

下班前，苏连长来到政委办公室。

"真是个好战士，"政委站在窗前说，"马上就要走了……真想不到，这个洞让一个退伍老兵给堵上了……"

"这个兵以前可不怎么样！"苏连长说，"探家超假给过处分。"又含糊其词："他母亲病了，在医院耽误了几天。"

"噢噢，"政委说，"是个好兵。你们连支部研究一下，处分可以撤销吗？"

到这时候，苏连长心里的一块石头才掉下来。谢春光听说处分终于撤销了，马上给连长说，救济费医疗费都不要了。夜里又爬起来，要替留队的值勤战友站一班岗。

另一个重点人，是一个没转上志愿兵的老战士。那老战士是湖南人，天生的一副红鼻子，啥时候看都像是一副刚哭过的样子。宣布名单后仍没有死心，还在做最后的拼搏，到处找好事做。往年曾有过这样的事，某个已经转上的志愿兵，突然发现有问题，撤销了，又空出来名额。但这一年没有。老兵终于失望了，痛哭一场后在床上躺了一整天。

苏连长啥也没再说，在老兵的床前坐了一整天。夜里老兵起来了，抛一支烟给连长，开始默默地整理自己的东西，趁老兵不注意，苏连长把两百块钱塞在一双老兵准备装包的鞋洞里。

第二天老兵们走。全团的老兵在一起向军旗告别，上交领章帽徽。有老兵真哭起来，苏连长看着在寒风中飘荡的军旗，也想哭一场。

六

老兵走了，新兵还没有来。按说该是轻松的时候。但干部们凑一块儿都说心里空洞洞的，都感到莫名其妙的烦躁。

苏连长家突然死了一只鸡。那鸡头天还下了一个蛋，第二天就无声无息地死了。

苏连长妈迷信，说这是兆头，让儿子赶快写封信回家，问问有啥事没有。然后要把鸡提到家属楼后面埋掉。

苏连长家属不同意，要把鸡炖着吃了。苏连长夹在中间左右为难。瞒着家属去买只鸡回来炖了，又把那只死鸡埋掉。

炖鸡之前，苏连长悄悄地和妈说了。到吃鸡的时候，老妈就吃了一点。

家属说："不是不能吃么，咋吃得还挺香？"

老妈嘴里正嚼着鸡肉，突然感到胃里难受，就眼泪汪汪地进小屋去了。

天冷起来，家属楼上大大小小都套上了棉袄。苏连长到自家的菜园里看了看，没来得及吃的一片小白菜要死不活的样子。过霜后的白菜性子软，老妈吃着舒服，苏连长就把小白菜全拔了，提回家扔到了菜窖里。菜园是苏连长自己在戈壁滩上开的，许多家都开一块。也不一定真指望这点地吃菜。但就那点地，种着舒服，吃着也舒服。冬天了，地闲起来，苏连长心里就有些难受。

老兵走后，团里要总结一下。先是口头汇报，接着要书面材料。苏连长让文书找去年的退伍总结，只找到了张封皮，内容不知搞哪儿去了。苏连长训了一顿文书，心想，要是指导员在就好了。

鲁连长的孩子病了一场。家属也瘦了，过去挺饱满的额头上长出几条杂乱的印子，突然显得平塌塌的。身子也不似从前利索了，倒真有些生过孩子做了母亲的味道儿。

夜里孩子总闹。鲁连长让家属把空奶头给孩子含着，家属说孩子吸不出奶，光吸进空气好拉肚子。鲁连长一夜夜地睡不好觉，就一口一口地出长气。

巧巧每天晚上把自己关在家里看电视。有时候也串串门，但苏连长家属和鲁连长家属在一起，总是没完没了地说孩子。巧巧便感到挺没趣儿，回到屋里心里空荡荡的。

有一天，在王参谋放书的一个木箱里，巧巧找出一本《家庭生活常识》，里面有一些关于男女方面的知识，虽然是结过婚的女人，但巧巧还是看得脸上火烧火燎的，仿佛突然明白了许多道理。过去做那事，王参谋总问有没有高潮，她听得糊里糊涂的，现在好像有了些体会，也不再觉得丈夫有些事做得多余了。再看那些关于怀孕的、生孩子的部分，巧巧就想，自己咋还不怀孕呢？团长来了几次，每次来都问有菜吃没有？有煤烧没有？火墙捅过了没有？开始来，巧巧总送老远，后来就站在门口送，再后来就只听到关门的声音，人连门也不出了。团长常表扬丈夫，说丈夫将来会有出息。

巧巧听了终究高兴，就问团长："军务股长是多大的官？"

团长说："股长都一样大，和县里科长差不多。"

巧巧又问接兵的人啥时候能回来。团长正抽烟，一张脸埋在烟雾里。

"快了吧！"团长说。

这时候，冬天的头场雪下来了。那雪开始飘逸逍遥，一朵朵毛茸茸的浪在空中玩花架子。下到后来那雪绵密扎实起来，漫天罩着湿漉漉的雪雾。待到几场刀子似的北风刮过，便是落雪成冰。人从厚厚的雪地里走过便能听到咕咕嚓嚓的冰碴子响。

这时候，鲁连长的连里突然来了一名两年前复员的老战士。老战士回部队来上访，说是在部队时扭伤了腰落下了残疾，现在不能参加劳动，要求部队重新给他评残或者联系工作。

这种事部队常有。每年冬天，团招待所里总住些来上访的老兵。上访的理由五花八门，接待得多了，部队摸索出些经验，也摸索出些规律。入冬了，田地里利索了，闲着也是闲着，便有人想到部队来找点零花钱。部队里虽然明白到这一层，但碍着老兵们身上那套褪色的黄军装，谁也不好开口就赶。咋说也得给个住处给口饭吃。再说，一场兵当罢，还混成这模样，和要饭的花子也差不了多少。依旧吃着军粮的人们，心里便生出些同情和别的味道来。

那个老兵刚到连里就病倒了。见到老连长和一些过去的老战友们，眼泪啪啦啪啦地朝地上砸，连句囫囵话也说不出来。

鲁连长喊一个大个的战士和自己一起轮换着把老兵背到了团卫生队。医生检查了许久，最后诊断是饿狠了冻狠了。

鲁连长又和大个子战士一起把老兵背回连里，让炊事班熬一海碗姜汤，煮一大盆面条。吃罢不久，老兵当真恢复过来，身体也有了些力气，在鲁连长面前又孩子一样号了一回。

老兵还穿一件黄棉袄，油叽叽地已有些认不清颜色了。一双毛头鞋瘪得像牛屎巴一样，鞋带也没有，明明晃晃的铝丝拧着。一碗姜汤和一盆面条下肚后，老兵身上有了些热气，灰乎乎的乱发里渗出些汗珠子和一股烂白菜一样的臭味儿。

老兵想说些什么，鲁连长没让说。把自己的一套冬训服让老兵先换上，又交代炊事班烧一锅热水，让老兵好好洗个澡再说。

鲁连长看着老兵，不知说些啥好。这老兵他印象挺深。两年了，还能回忆起老兵的许多往事。还记得这老兵吃饭时总喜欢嚼生大蒜。去蒜臭的办法还是他教的，后来他就常看这老兵在饭后嚼茶叶除蒜臭。那时老兵壮得像牛一样，连脖子上也戳着粉刺疙瘩。才两年，咋就糟蹋成这样子了？日他娘，人就这么不禁磨吗？那黄土泥巴能吸人血吗？

安顿好老兵，鲁连长到团里去汇报。连队离团办公楼一里多路，平时回家和上班他总骑自行车。这时他极慢地踏着雪，回味着老兵那哭声，心里堵得发慌。可同情归同情，心里又不免窝火。刚搞罢退伍，才清闲几天，又遇上这倒霉事。不管咋说，跑不了是个问题。一个大活人跑到部队来，藏不住，瞒不过，还得靠领导解决呢，领导能高兴？如果处理不好，再朝上找一级，连团里领导也要跟着受连累，自己这连长还不就算日鬼到头了？一里多路走下来，鲁连长把这事复复杂杂地想了一回，从刚才被老兵感染的情绪中醒过来。

鲁连长给团长汇报时，突然有些后悔。别让老兵洗澡换衣服就好了。他想。应该把老兵带来让团长见见那模样。先吓团长一家伙。最不佳，至少也能引起团长的同情心，问题就好解决了。

鲁连长把老兵的病说得很重，说现在还不会说话，只会翻白眼掉眼泪。虽然还不知道老兵提啥要求，但看那身打扮那副模样，他心里差不多已明白了。根据往年的经验，来上访的大多都为几块钱，可都不提钱。提的尽是些部队无法解决的问题。像做生意一样，先把价钱朝高处提。

团长果然着急，“先保证人不要死在部队上！”团长说。

鲁连长急急忙忙地离开了团部。有团长这句话就行了。回到连里，他又去看了看老兵，老兵躺在床上没睡，见到连长回来想爬起来说话，被连长又按下去了。鲁连长啥也不说，只让老兵好好休息。

几天之后，老兵终于休息不下去了，在鲁连长面前又流一回眼泪，就提出了在部队扭伤过腰的问题。

鲁连长沉默了许久，最后看着老兵说：“咋日鼓的，回去两年了，混成了这模样？”

老兵沉默了，一张脸红得像猴屁股。

“真有病咱先看病，”鲁连长说，“团里不行咱到师里，师里不行咱再到军里大医院去，治病要紧！别说当过一场兵，就算没当兵，老百姓病了找到咱军队，咱军队还能不管？你安心着治，你一个人再大的肚子还能把咱军队吃穷了？……”

老兵听了又感动又着急，却不好说啥。

第二天，鲁连长让卫生员先陪着老兵去看病。老兵说，连里忙，我自己去吧。鲁连长心里便更明白了，就没让卫生员去。

团长来了一次电话，说年底了，师里抓基层工作组要下来，别让老兵到处瞎转给工作组看到了。

这天下午，鲁连长找到老兵说：“你嫂子听说连里来了老战友，让我请你到家里去玩玩。”起初，老兵扭捏着不肯。

鲁连长又说：“你嫂子给我抱了个闺女，也算有人喊你一声叔叔了，去看看吧。”

鲁连长说时动了些真情，说罢先独自走了，让通信员领着老兵晚些时候再去。

老兵愣了很久，解开裤带从腰里摸出几张皱皱巴巴的小票子，去时顺便在军人服务社买了一包糖果。那糖果黄豆般大小，一毛钱十粒。其实，这些天老兵很想到连长家去坐坐，在家里坐着话也好说些。当兵时连长对自己就不赖，别的干部嫌自己吃大蒜嘴里臭，可连长不嫌，还教自己嚼茶叶。现在又大老远跑来给人添麻烦，人家连个难看的脸也没给看，咋说也该去看看。

老兵到鲁连长家时，鲁连长已经把饺子包好了。鲁连长家属把那包糖果恭恭敬敬地接过去，使老兵非常感激。

吃罢饭，通信员先走了。老兵想说什么却一时不好开口。

鲁连长就说：“有啥话就说吧，咱一起想想办法。”这时候，老兵抹一把鼻子，突然就哭起来。

老兵是到新疆来做生意的。东凑西借的千把块钱像丢在河里打漂一样糟蹋了。起初还有钱住车马大店，还能每天吃碗兰州牛肉拉面。后来躺车站的长条椅，连牛肉面也吃不起了。想回家，哪怕要饭回家也成。可西北地方，几百里连个鬼影也见不着。

“咱骗部队呢……连长，”老兵一把鼻涕一把泪。“要不到部队来，咱恐怕不冻死也饿死了……”

老兵没说做啥生意，鲁连长也没好问。心想就你这样子还做生意？不是找倒霉吗？老兵说到这一层，倒让鲁连长有些为难了。不如实朝团里汇报不好；汇报了最多送点路费给老兵，但心里又不忍。最后他交代老兵，对谁也别把这事说出去。

鲁连长把这事给苏连长说了，让苏连长参谋参谋看咋办着合适。自从苏连长家属帮着奶孩子，两个连长也渐渐成了知己。

苏连长想了一会儿，参谋说：“按说，老兵自己把做生意的事说出来，给点路费打发走最省事，你当连长的也不担责任，免得还说过去退伍工作上有问题。但这样也不合适，咋说人家也在咱手下当过一场兵，这时候不帮一把，一辈子心里不妥帖……这样吧。”

苏连长又出主意说：“发动你连里战士们捐献点，一人少给点，可凑起来也不少。咱不让团里出，团里出多少都要立笔账……这样，没如实汇报，也算如实汇报了！”

鲁连长又考虑了一番，动员战士们捐献时，细说老兵的情况，只说老兵身体有病需要到部队来的话。

战士们捐献时都极踊跃，但鲁连长不让每个人超过二十元。有两个家里也困难的，鲁连长把名字和钱数也写上，但把钱又悄悄地退回去了。

最后，鲁连长找到团长，只让团长写张条子，到军需股领一套棉军装和一双毛头鞋。

送老兵走那天，鲁连长让家属用新买的高压锅压了一摞饼，又在服务社花一块八毛钱买了一个五公斤装的塑料壶，灌一壶茶叶水让老兵路上喝。怕路上有闪失，鲁连长让老兵在新棉裤腰里缝了一个口袋，把钱缝死在里面。换上新衣服，老兵精神多了。

临走，老兵提出要到各班去告别，鲁连长怕婆婆妈妈的耽误了赶路的时间，就把全连集合起来让老兵一次性告别。

老兵站在队伍前，浑身打摆子一样直哆嗦。看那样子似乎想向战友们敬个礼，但终于没有，只很深地鞠了一躬……

七

王参谋接兵回来，头件事就是发现巧巧变了。一头长发依旧很长，但不再是一条长长的独辫子了。而是很均匀地披散在肩上。衣着也有些变化，过去的肥裤子改瘦了。也不再穿那种从老家带来的棉裤，自己织了一条毛线裤。改瘦的裤子套在毛线裤上，使下半截身子该凸的凸该凹的凹。

王参谋看着家属身上显出的波浪曲线，心里又舒服又不舒服。

到了晚上，王参谋打开皮箱，拿出了几件新买的衣服，巧巧一件件看过，脸上高兴，心里失望。

“咋不买件外面的衣服？”巧巧问。

王参谋得意地笑了一下，没回答巧巧。

“待会儿穿了我看看！”王参谋说。

王参谋给巧巧买的衣服全是些内衣内裤之类的小玩意儿，外衣他一件也没买。几十块、百把块买一件外面的衣服，穿在身上饱别人的眼福，让别人去欣赏，不是找背时吗？里面的衣服自己一个人看，一个人享受！板油长在肚里，肥水不流外人田，这道理啥时也错不了。听爹讲，新中国刚成立时划成分，连长得胖些的人也倒霉。过日子可不是搞工作，不能抓表面，连三分之一的表面也不能抓。

火炉子生得旺，火墙热得袭人。巧巧听丈夫的话，好好洗个澡，把新买的衣服都一件件试过。最后试的那身，王参谋没让脱，让巧巧就穿着新衣服睡。

这时候，王参谋又发现巧巧的变化也不仅在表面上，连内在的也变了。在往日那柔顺乖巧的基础上，变得有声有色、火火辣辣的，还会积极主动地配合了。王参谋于这变化中品尝到一种极鲜的滋味儿，像喝了一大碗家乡土酿的那种米酒，快活得痒都挠不得了。之后，王参谋还想再醉一回。巧巧说：

“团长的侄儿接来了？”

王参谋从刚才的氛围中渐渐挣脱出来，渐渐理智起来，忽然想起没有吃药，后悔了一会儿，便无可挽回地叹息了一声。

巧巧以为丈夫累了，就想起书上说的，便偎过来在丈夫的身子上轻轻地抚摸，做些扫尾工作。王参谋像条死鱼样地板着情绪没再起来。再回味刚才的许多细节，那滋味便寡淡多了。

“接来了！”王参谋说。

“团长该高兴你了！”

“说的！花好大力气才办妥！”

“团长想提拔谁都行吗？”巧巧又问。

“那可不见得。”王参谋觉得家属太幼稚。

“这些问题很复杂！”王参谋又说，“部队主要还是靠才能，不像农村啥人都能当官！”说到此处，无意间勾起些往事。王参谋便又恨恨地说：“农村那些官算个屁，土鳖一样！棒槌雕个鼻子眼儿都能干……”

巧巧从丈夫的话里听出些弦外之音。“这是骂咱爹呢！”巧巧心说。“你有本事咋了？还不是咱爹培养的！咱爹不培养你来当兵，你能当官吗？只怕连媳妇也娶不上呢！”

巧巧委屈得想哭，后悔自己太下贱，刚才把男人伺候得太舒服了。

炉子的火依旧很旺，风抽得厉害，不知是火是风在火墙的烟囱里像鬼样的叫唤。

巧巧躺在丈夫身边，闻着丈夫的味道，听着丈夫的呼吸，却感到自己孤零零地在一个很遥远的地方。

女人的眼窝浅，巧巧到底没有把住泪。

第二天王参谋起来得很早，到团长家去汇报。临出门先给团长挂了个电话，又交代巧巧：

“团长侄儿当兵的事，别在外面瞎说。”

巧巧说:"唉!"

"对团长不好!"王参谋又说,"对我也不好!"

巧巧很明白地点了点头。

"今天别上班了!"王参谋的声音柔起来,"我看你夜里没睡好。好好整几个菜,晚上咱请团长侄儿来吃顿饭!"

这年的新兵训练搞改革,新兵们直接下到老连队受训,哪连训就是哪连的兵。军务股管兵员,王参谋具体办。有家里做过些铺垫的新兵便打探到王参谋家里来,想分到有点技术的单位去。都是清一色尿事不懂的新兵,要谁都一样,有技术的单位也没法挑。

王参谋加一个班,按新兵名册的顺序把新兵分到了各连队。新兵们都满意。老连队的干部们也满意。说不像往年接兵干部朝技术单位塞关系兵。

那天晚上接团长侄儿吃饭,团长没去。团长只在电话里和侄儿讲了一会儿话。王参谋征求团长的意见,问把侄儿分到哪里合适。团长思考了一会儿说,你看着办吧,我把他就交给你了。王参谋知道团长说谦虚话,但仍感到激动。电话里声音大,巧巧在一边听到了,心里也挺滋润的,又复复杂杂地想了许多事情。

起初,王参谋想把团长的侄儿安排到自己股里当打字员,但一是团长的侄儿认不了几个字,再是团长的侄儿憨里憨气的,每天和团长见面,怕把不住感情露了马脚。学技术也不行,团里就那几个单位,有啥技术?将就别的新兵还行,团长的侄儿可不能凑合。

王参谋把机关里想遍了,想到了电影组,就找到宣传股长。宣传股长也是放映员出身,在机关的股级干部中长得最精干。宣传股长看过团长的侄儿后,立即就否定了。选放映员历来重两条:一是人长得精干漂亮;二是有一定的文化水平。团长的侄儿两条都站不住脚。论长相,在部队属炊事员那档次;论文化,本是小学毕业。王参谋提前做了些工作,改成了高中毕业生。但宣传股长不相信文凭,让团长侄儿当面写几个字看了看,便对王参谋摇了摇头。

“这是团长的侄儿！”王参谋最后说。

宣传股长愣了半天，怪王参谋道：“你咋不早说！”

就这样，团长侄儿做了电影放映员，电影组破例要了一个难看的兵。两个老放映员不知道深浅，瞧不起这黑不溜秋还笨手笨脚的新兵，话语间便多了些作料。但星期日，股长常请新兵到家去吃饺子，两个老兵虽摸不清新兵是啥来头，但渐渐也和新兵加强了团结。常有其他的股长们搞特殊，让宣传股长请他们到试片室看小电影。股长们见到新放映员都有些奇怪，宣传股长便很自豪地和其他股长们说：“我这兵内秀呢！本质也好！”

但不久就有人知道了新放映员是团长的侄儿。消息不知是怎么走漏的。团长和王参谋都估计，问题可能出在其他接兵人员的身上。虽不是啥大事，也没谁把这事提到桌面上正式说一说，但团长还是作了自我批评。

团长的爹妈死得早，是哥嫂一手带大的。哥嫂的孩子多，都在老家山沟里窝着……团长作自我批评时谈到了自己的兄嫂，说到辛酸处用拳头擦了好几次眼窝。

参加会的都是机关股以上干部。因为和王参谋有关系，就让他也列席了。

王参谋也做了一回自我批评，最后说：“妈的，咱当兵的人走后门也就这一招儿！把亲人朝部队接，朝苦地方接，接来尽义务！还占啥便宜了？咱部队的官就不是官？要是在老家，一团之长也该是个县级干部了，给侄儿安排个工人当当还有问题？还走后门来尽义务？可人家地方不尿咱军队干部这一壶！……这后门咱走得窝囊呢！”

王参谋的话使不少人产生了共鸣。有人说，要是地方那些干部们都把孩子走后门送到部队来尽义务，咱国家早就强大了。还有人感叹说：“想当年，抗美援朝毛主席不也是走后门把儿子送到部队吗？”又有人举了些自己家乡干部“贪官污吏”的例子，便都觉得团长想办法让侄儿来当兵谈不上错误，不值得批评……

春节前，团里任命了一批干部。军务股长做了管理股协理员，算平调。但协理员的位置有弹性，又管着团首长们的吃喝拉撒睡，因此谈不上委屈。王参谋顶缺做了股长。

真当上股长，王参谋又觉得没啥意思了。依旧整天写文件，看电影照样要整队喊口令。只是巧巧比以前更殷勤了。每天晚上照例给丈夫温两盅酒，遇到丈夫再加班写文件，就偶尔学着电影上的样子，给丈夫捏捏锁子骨或捶捶背。又订了一份牛奶，早上煮给丈夫喝。王参谋虽觉得牛奶还不如玉米粥上口，但却觉得喝牛奶比喝玉米粥心理状态好。有时候心情好，王参谋喝着温酒，就在家属面前发牢骚："这官越当越累人！"

巧巧绵绵地坐在一旁，心里极熨帖舒坦。王参谋说罢了，又咂口酒，心里格外饱满。

苏连长的命令也下了，到营里当副营长。但新连长没到位，又正值新兵训练期，团里让训罢新兵再到营里上任。苏连长买件羊皮背心孝敬给老妈，又想起还在黄土地里刨食的老爹，想起那四封电报，心里像狗啃一样，就瞒着家属给老家寄了五十块钱。又写信交代弟弟："这钱一定给爹买双好棉鞋穿。"

八

这年的新兵来自鄂西。几顿饭吃过之后，苏连长便断定：鄂西那地方肯定很穷。据老兵们反映，有的新兵屙屎不擦屁股，用石头块子和土坷垃瘩蹭。还有的新兵夜里睡觉打赤条，怕浪费裤子。炊事班长说，他亲眼看到一个新兵吃下去十五个包子。

针对上述情况，苏连长采取了三条措施。一是让炊事班加大油水。"肚子里没货，"苏连长说，"先给我猛催一阵！"又交代炊事班长："这一阵别玩花样！先把新兵的肚子给垫起来！"

第二条措施，是让司务长给新兵们买卫生纸。司务长不同意，说没办法上账。苏连长不好破坏原则，就让文书把攒了几年的旧报纸卖了，换回几麻袋卫生纸，给每个新兵发两包。

过后，苏连长向司务长解释："几毛钱一包纸买来擦屁股，舍不得呢！咱咋教育？说出来伤他们的心，还不理解。连里先垫上，等他们习惯了，几个月津贴费发下来，兜里装几块钱了再扣他们的。"

还有一条措施是让每个老兵带一个新兵。从训练到日常生活啥都带。这后一条措施实行起来，费了些工夫，问题出在老兵们身上。

往年的兵都是训好了才分配到老连队，就那样老兵们还横挑鼻子竖挑眼，嫌新兵们没规矩。这年的新兵又格外笨，一个星期下来，搞个集合还像赶羊一样。最突出的毛病是不知道尊重老同志，连吃饭也不晓得让，常常自己撑得打嗝，却让老兵们饿肚子。

老兵们在一块儿回想自己当新兵时，一个班抢着给班长打洗脚水，连班长的裤头袜子也给洗。好不容易熬到自己做老兵了，倒要回过头来伺候新兵蛋子们。老兵们心里窝火，虽不明着搞体罚，但训练时，手脚上的动作幅度就大了些。好在新兵们入伍前大多在田地里滚过，磕碰惯了，皮肉厚实。现在肚子又扎实了，受点委屈也不在话下。

但苏连长连变相体罚也不让搞，揪两个打过新兵的老兵出来，和被打的新兵面对面地站了一上午。起初，那被打的新兵低着头，老兵也把脸扭一边。但苏连长下命令，让老兵新兵眼盯眼地看。新兵的眼怯，看久了便有泪在眼圈里转。老兵到底禁不住，看到后来，脸上发烧，心里发毛，一双眼睛眨巴着不敢正视面前的新兵。

部队基层干部都实行星期六制度，就是一星期只在家睡一夜，其他六个晚上都在连队睡。乍一看未免有点太不讲人情。其实挺科学。年轻干部们家属不够随军的条件，随军的大多是三十好几要奔四十的老家伙，一星期回一次家也够了。有少数觉得不够的，相互间打个默契，多回家一两次，大家彼此也理解。

苏连长的孩子小，连里其他干部照顾他。团里也有规定，家属生小孩的可以不实行星期六制度。但前一段搞退伍，指导员又不在家，苏连长日夜死盯在连里。自从新兵到来后，基层干部们又开始吃紧，整天把在连里怕出事。苏连长刚升副营长，比往日更谨慎，一连好多天就住在连里没回家。

这一日晚上，王参谋突然把电话打到连里，让苏连长回去一趟。

家属和老妈吵了一架。这几日老妈身子不舒服，吃不下饭，等媳妇上班后就自己打两个鸡蛋吃。冬日里鸡蛋金贵，媳妇的鸡蛋有数，知道老婆婆偷嘴了，就站在家属楼的走廊上嚷。说家里有老鼠把鸡蛋拖洞里吃了。就这样婆媳两个吵起来，好几天放不下。苏连长妈一双眼睛哭得像桃子，簸一双小脚要去找儿子，被王参谋从雪地里给拉回来……

苏连长到家时，老妈正在小屋里流泪。老妈的床上搁一个小包袱，换洗衣服都包好了。苏连长劝一回，让老妈不要走。老妈像没听见，抹着泪给儿子解释：

"不是病了，妈还悄悄吃你们俩鸡蛋？"

苏连长听了心里像刀割一样疼，抱着头蹲在妈面前。妈说，妈这张老脸咋还不值个鸡蛋钱？妈说，狗还护崽呢，妈还偷儿子的？妈说，莫跟你媳妇闹，闹出去影响你前程……妈又说了些啥，苏连长再没听清。晚上，就在妈的小屋里坐到天亮。好几次他想过去把家属从床上揪起来，好好拾掇一顿。但终于忍住了。

家属是想让妈走，过几天背着苏连长把另一家辞退的一个小保姆领回家看孩子。老妈一看就明白了。又一次打好小包袱，抱着孙子好好落了场泪。

苏连长知道再也留不住妈，就请一个探家的老兵顺路把妈送回去。

妈走后，苏连长把里外门闩死了，终于把家属好好拾掇一顿。

家属知道这顿打早晚跑不掉，预先做些手脚，在屁股上多垫几块厚布。挨打时就把头脸蒙着，不让丈夫的拳脚落在面上。又怕邻居的女人们知道了笑话，就装哑着也不叫唤……

那之后，苏连长一头埋在连里，精精心心地伺候那些新兵。新兵们原是些好种好苗，就如那落在薄瘠田地里的庄稼，长得稀荒罢了。但只要淋几场顺风顺雨，催几道厚实肥料，把汗珠子掰碎些，好伺候好将就，殷殷勤勤地调理，便不愁秋日没有扎实光景。

一个满冬下来，苏连长的那些新兵个个被滋润得精精壮壮，胸挺了，腰板子也硬了。来时一扇扇瘪塌塌的屁股桩子扎扎实实地饱满起来。一眼扫过去，一溜脸巴子上已能瞧出几分兵的成色了。

这期间，团里组织了两次新兵会操，苏连长连拿两个第一。师里对新兵进行抽样考核时，团里有意安排抽苏连长连队，结果又拿全师第一，为团里好露了一脸。团里让好好总结总结，但苏连长总结不好。团长就安排王参谋亲自去总结。王参谋找老兵们坐坐，找新兵们谈谈，又和连里其他干部们聊聊。临到苏连长时，两个人关门在连部里闲扯一阵，都觉得拿了腔调说话太那个。隔两天，王参谋把材料写出来，很有条理地替苏连长总结出许多经验。材料上报到师里，师里打印成文件又发下来。那文件的前面还有编者按，号召全师训兵单位学习苏连长科学训练的经验。

苏连长捧着自己的经验，心里涌动着许多说不清楚的滋味。再细读一遍后，又生出许多感叹来，打心眼里把王参谋佩服一回。几个方面，几点做法，几个侧面，几点体会，老王简直像自己肚里蛔虫一样，旮旮旯旯连些想到的没做出来的事情都总结出来了。虽有些水分，但自己把几十个士兵茄子一样满身土腥气的娃子带得像马驹子一样健壮了，才几个月就变成像些模样的军人了，拉出去和别连的新兵比比看！光看着也顺眼得多！有这做底子，有点水分也没啥。再说了，经验么，哪能没点水分呢？光些实在的，那教新兵学着擦屁股的事能朝材料上写？

苏连长在老兵退伍和新兵训练上连露两鼻子，突然使团首长们刮目相看。年终的会多，苏连长便在大小会上受到许多表扬。

这时候，关于精简整编的消息已由小道走上大道。军里已挂起了

“精简办”的牌子，师里也成立了相应的机构，并且开始工作。汇编了挺厚一本宣传提纲。宣传提纲大多是各级首长关于“精整”的讲话，口气都挺硬的。许多干部这才开始活动。有的想留下来，有的想晚一两年走也行。转业干部本来难安置，一精简又大批朝地方拥，闹蝗虫一样。这关节上向后转，还能有香饽饽？靠一边稍息吧！果然，不知哪来的消息说，营连以下干部“哈马什”地要充实到乡镇一级去。便有人骂，日他娘，好歹奔一场才脱掉一身土皮，又朝土坷垃堆里塞咱吗？有利索些的，估量一下形势，把自己暗称一回，先把自己就精简了，也不多废话，就背些西北地方的土特产，杀回老家探路子去了。

苏连长才升一级，属年轻化干部，又挺时机地露了两鼻子，底气足，心里头稳当，便放开手脚从从容容地抓连队。但看到别的干部怕精简，突然又想起那四封电报来。一想起来就心虚就心愧，爹妈的那两张老脸就皮影一样晃荡在眼面前。想起妈，难免又一回心酸。心酸罢了，想想好歹还是得回家去看看了。不看那恶婆娘，还看儿子哩。细想想，奔一场，最终还不是为儿子吗？

回到家，家属还以为男人到底抗不住才回来，便有些拿份儿。苏连长暗耸一下鼻子。想起王参谋下气力替自己总结经验，就自己下厨整了几个菜，请王参谋和鲁连长一起过来喝几盅，都不是外人，也不用劝都喝得挺扎实。醉到七分时，各人忆往昔，痛说起革命家史来。扯起亲爹娘老子，嚼起田地里雨水泥巴的辛酸。便叹口气咂口酒，滋滋味味都做了下酒菜。于是乎便看今朝，酒气又从各人肚里熏出几句沉甸甸的真话来。说到精简整编时，三条舌头才有些谨慎。王参谋和苏连长不自然地用醉眼对着鲁连长表示出关怀。鲁连长独自抿口酒，也回一个醉眼表示感谢，道：“我早准备好了！搞了个函授文凭。妈的，回……”

这一夜，苏连长和衣躺在妈曾睡过的那张小床上，把小保姆赶到妻子的床上睡。半夜里家属过来给脱鞋子，苏连长正在一个噩梦中折腾，挺准的在家属身上踢一脚。

春节要到了。像往年一样，新兵训练要在春节前结束。“过完年，”苏连长鼓励新兵们说，“你们就是半个老兵了！”

九

那一刹那的犹豫也许是本能的。但最先弹起来的仍然是苏连长。

他那条腿始终曲着蹲在身后的土堆上，时刻准备朝外弹跳。但在那一刹那，那个新兵竟然鬼使神差地朝前爬了一步。苏连长弹起来之后，本来可以一家伙扑在新兵的头上，但因那一步之差，只一只胳膊护住了新兵的脑勺，胸脯才盖在新兵的屁股上。另一只胳膊如果也伸出去，也护在新兵的头上，情况也许会好些。但那只胳膊他却习惯性地挡在自己的头顶上。

手榴弹响过之后，苏连长就以为自己死了，以为身子底下的新兵被他救了。

投弹考核是新兵训练的最后科目，想不到这最后一锤子把锅砸了。苏连长就怕出事，临出发前还最后用教练弹给新兵们示范了一次。新兵也都还记得，连长这天的脸色特别和蔼，也都体会得出连长的用心。连长平时只骂老兵，从不骂新兵，但这天却很含糊地在新兵们面前骂了一句：“莫紧张，他妈的！手榴弹只炸敌人鬼子！”新兵们嘎嘎地笑起来，高兴得像做了老兵一样。

苏连长仍不放心，安排一个有经验的老兵，专给新兵拧手榴弹盖，戳防潮纸和朝小拇指上套铁环。自己又像保镖一样卧在最前面，做抢险的架势。每个新兵上来时，他就朝新兵鼓励地点点头笑一下。到后来，那笑已刻板地僵在脸上。

出事的那个新兵还回了连长一个笑，看来一点也不紧张。但出手就是一个冲天炮。随后的姿势，新兵还做得挺规范，弹出手后就趴下了。卧倒的一瞬间，新兵和苏连长同时感觉出危险。新兵慌乱地朝前爬了一步，苏连长犹豫了一下，猛弹出去……

苏连长活过来之后，知道自己的一只手没有了。于是挣扎着骂一句："妈的，笨货！"

不久，他知道那个新兵已经死了。

苏连长打一个冷噤，想舞一下那只断手，但沉重得没法抬起来。之后，便长久地闭上眼睛，也像死了一样。

团里在医院借一间停尸间，把牺牲的新兵冷冻在里面，要等新兵家里来人之后再进行火化。稍好点的时候，苏连长想去看看那个新兵。医院里嫌麻烦，苏连长就打听新兵放在哪间屋里，然后一个人到那间屋前去站了站。

停尸间的门并没有锁，他望着那扇斑驳的灰色木门犹豫了一会儿。开门的时候，木门吱吱地响了一阵，有阴森森的冷风带一股死气迎面袭来。苏连长一个惊诈，感到根根汗毛都突地竖立起来。

"我是你连长！"苏连长说。朝那个大水箱一样的冷冻柜前走一步。

"我真是救你呢！"苏连长停一下又走一步。

"我来看看你！"

"你咋恁笨呢？你朝前爬个尿！"

"你家里快来人了！"苏连长又说，他仍有些恐惧，一只手哆哆嗦嗦地抓住了柜门的把手。

新兵躺在一团翻滚的冷雾里，模模糊糊地看不清楚。听说伤在头上，天灵盖被崩掉了一块。苏连长隔着军帽摸了摸，头顶上是有些软和和的，像塞了些东西。他又摸了摸新兵的脸面，到处是水珠子，像出了一脸虚汗。眼窝里有水，眼睫毛像麦芒一样支棱着。

"那天你咋不病呢？"苏连长又说。

团里要写事故报告，到医院里向苏连长调查了几次事故经过。都是王参谋来的。宣传股长也来了一次，说苏连长舍己救人，也要写一份事迹材料。苏连长半天不语。

宣传股长以为谦虚，就又做几句工作。

苏连长哭样地龇牙笑一下："我没死，兵死了。不符合舍己救人这道理呢！"

宣传股长走后，苏连长又回想一回那天的经过。有几处不敢想。狠心想一下，心里像刀子戳。

王参谋再来时，把写好的事故报告让苏连长签字。苏连长断断续续地看了许久，然后把一双眼茫茫地投到空旷处。

"不犹豫那一下就好了。"他说。

"那只手要去护他的头也好了！"他又说。

苏连长想让事故报告里再添两条。王参谋在那里抽烟，极沉重地点点头又摇摇头。

"老苏……"王参谋说。

"……咱吃草长大的吗？"苏连长打断王参谋，依旧把散淡的目光停在空旷处。"和一个死人去耍奸猾？"

那个死去的新兵的父亲来队后，苏连长要求出院了。团里抽几个人成立一个接待组，把老人照顾得挺周到。

老人穿戴得寒碜，腰像弓似的弯着。头上捆一块油腻腻的头巾，腰里扎一条乌叽叽的带子，脸上罩一层菜色。

看那样子，团里估计老人要提出些要求，就准备在抚恤金之外再多给些钱。但老人出乎意外地通情达理，啥要求不提，让部队按规定办。只抱着儿子哭一场，抱着儿子的一些零星遗物又哭一场。

火化前，团里开追悼会。老人肃穆地听着儿子的悼词。那悼词历数出儿子在短暂的军人生活中认真学习、刻苦训练、思想坚定、作风正派、尊敬领导、团结同志、谦虚谨慎、艰苦奋斗、学习雷锋等等崇高品质。称儿子不幸牺牲，死得光荣。又见黑压压的一屋人都为儿子脱帽致哀。老人激动得浑身哆嗦，一时间乌溜溜的老脸上，竟闪现出些峥嵘之气。火化的同时，团里做一副棺，雕一块碑，将一套儿子穿过的军装放在空棺里埋到了军人陵园。老人本想把儿子的骨灰全背回老家葬在祖坟地里。见部队需要，就分一半出来装在空棺里埋了。

抚血金发下来，老人捧着几百块钱又痛哭一场。

“娃儿的命钱呢，”老人哭着说，“咋花呢？”

团里可怜老人，又把早先额外准备的那份钱给老人送去。老人看着那钱，把一颗头摇得拨浪鼓似的。“咱娃死得不贱！”老人说，“咱不能坏娃儿的名声！”

那些天，苏连长整天陪着老人。临走，老人特意到苏连长家去感谢。

“咱娃害你一辈子呢！”老人攥着苏连长那只断手。

苏连长埋着头不敢看老人。见连长难过，老人就安慰说：

“不怕，还有他哥俩伺候咱！有啥呢，只当在咱身上挖块肉去了。再说了，不当兵，就没有死人的？”老人说，“咱那块地薄，不养人呢，娃子们都想出来，可出得来吗？”

老人的声音里竟有了些傲气：“这一批咱村上验上好几个，就一个名额，指标金贵呢！咱领着娃到每个干部家表决心，保证娃走后不仗着军属给村里添麻烦。有的人想让娃走，哭着喊着求人呢。可娃一走，又闹困难。过年时，为副对联为个光荣灯也和村里闹。咋了，娃不当兵，你就不贴对联了？人么，放个屁还响呢，咋说话不算数？不是伸手打自己的嘴巴子吗！”

老人自豪起来，“干部们相信咱，咱啥时候说话都过硬！凭这一手，都没争过咱。临了，就咱娃一个出来了……”

苏连长好想大哭一场。

…………

过几天，上级处理结果出来。苏连长是连主官，又是现场组织指挥者，有不可推卸的责任，由副营降为正连。考虑到苏连长在危险时刻，把个人生死置之度外，为抢救战友而负重伤，荣记二等功一次……

第二年春天的时候，部队终于大动了一次。苏连长所在的团和另一个团合并。王参谋在新团里依旧做军务股长。

新团里开了些新局面，营以上干部都配发煤气灶。但家属楼是老房子，旧灶台因为冬天还要烧火墙而不便拆，巧巧就挺高兴地把煤气灶支在走廊上，忙得格外滋润。

晚些时候，肚子渐渐鼓起来。巧巧就常在人面前把一双手按在腰眼上，使肚子朝前腆得有些夸张，看上去像只企鹅一样。

王参谋看着家属的肚子，开始有些突然、有些陌生的感觉。仿佛是上当受骗、被谁愚弄了一样。但暗自回想一下，确实有几个日子自己马虎，忘了吃药。王参谋悔恨地叹息一番。夜里，待巧巧睡熟后，他竟抚摸着那肚里的孩子洒一回眼泪……

鲁连长本来被精简了，因为刚组织的新团缺幼儿教师，家属被留下来。鲁连长便暂时被挂起来等待重新任命。抱养的女儿的亲生母亲来哭过两次，鲁连长和家属商量后，把女儿送回了老家。隔一段让家里照张相寄过来。

苏连长被精简了。

家属说，她有个远房表叔在老家县委里做饭，认识很多县委的头，逢年过节总给头头家做饭，让丈夫再买几斤羊毛线提前回去找表叔跑一跑。苏连长不跑。家属就使些脾气，说些不堪入耳的话。烦了，苏连长用那只断手指着家属骂一回："跑个屎！再扯淡，老子回家种地去！"

家属知道丈夫的脾气，惹毛了真做得出。就在心里狠狠地骂一句："犟驴日的土鳖！"骂罢了，自己悄悄地写了一封信寄给老家的表叔。

（《小说月报》1992 年第 8 期选载）

共赴天涯

苗长水

就她平心而论，四位丈夫里最酸的一位，就是老王。老王也是老四，最后的（差不多）一位丈夫；老三是老刘，三中全会以前病死的；老二是老李，三下大江南时死的；老大是土匪，叫共产党消灭的。但没人知道老大是土匪，组织上为她终生保密。搞文史资料和党史资料的人踏破铁鞋寻找她，却不知她近在眼前。组织上也不是和笔杆子们开玩笑，这是党的秘密。

少女金子一般闪亮的时候属于土匪，而且土匪的名字咱们都知道。后来她就参加了消灭她丈夫的军队，入了党，又嫁给了党的干部，至今仍然活着，平静地活着，又找了一个老伴儿。

酸也是时代的特色，讲文明，讲感情。六十多岁的再新婚，还有没有那种事儿，这也是个谜。但事情还是子女们牵线做成的，没有一个与重新组合家庭有关的成员反对。他们年龄都不小了，都不是小子女，都有农民意识，对新感觉却比城市意识十足的人适应得并不慢，或者一边适应一边上课，大家都来做老师或者同学。

最好的老师现在评比是老王，他的教授就在一个酸字上。比方今晚她的大儿子来看他们，他三十六了，个子很高，一进门额头碰在新装的安全设施铁框上。老王反复地扒开他额角上浓密的乌发，观察伤情。正好家里有客，当着客人们的面老王还是忍不住一次次从沙发上坐起来，扒着这个继子的额头看，一边还对客人们说："哎呀我们家里这十个孩子，个个都这么好……”

所以客人们很坐不住，孩子们也改变了偶尔留宿的习惯，说完话做完活儿，就把这所有的空间都留给老新人，随他们体验新情感。

这时她似乎只好板着脸，课程不能上过头儿。

老王是行政管理出身，从前天天在大领导们家里进进出出，老来少。新家庭组成后，他亲自动手搞了安全门，准备把客厅和中厅的墙打掉，搞一个将近四十平方米的大厅，孩子们加上孙子们回来能活动得开。

“到时候，咱家的生活场面多乐观。”老王朝气勃勃地对她说。

秘密地说，老王有叫她不能不爱的力量。

老王是这样的一团火：不声不响，热情奔放，随时都有具体的行动。

在二月二十五日举行的新婚聚会上，所请的客人基本是他的小圈子，至爱亲朋，亲密范围的。老王说：“各位老友，我个人的成功秘诀是：上靠官僚，下靠奸商，左右靠新闻记者……”

语惊四座，都说老王原来就是这么务实，看得透。大家都能深刻体会到，老王现在不在领导跟前忙碌，这些秘诀都可变通，仍然是很宝贵的生活真理。

因此他离休了，市委某部投资一百多万的华青公司又把他聘为董事。公司的董事为本部的所有部长和处长，余聘的几位都是领导。老王不算领导，但充满青春务实的活力。

三月二十五日他立刻进行了大客厅工程。儿女们都劝他等等，他说：“不能等，一会儿也不能等。你们不要以为这事浪费时间，这事本身就是生活，很有意思。”他调了民工，调了材料，亲自从头到尾地组织设计和施工。砸墙声骚扰整个宿舍楼，要是别人，都会有意见，对老王就没意见，好像老王代表着时代的潮流。

四月五日大客厅竣工了，非常漂亮宽敞，整个空间面积达到四十平方米,正面配了巨幅山水摄影照片,更显得无限辽阔深邃。同时订制和订购的工艺酒柜和花面大沙发也一步到位，并铺了允许穿着鞋随便踩的羊毛地毯，米黄色绣着淡红的梅花。参观客厅的人络绎不绝,老王对每一位客人都仔细讲解,一手夹着香烟,另一只手或者掀地毯角,或者拉酒柜的门:“你瞧瞧,我就喜欢这种色调的花,温暖,又有一点点的红色,任凭你脚怎么踩,保证颜色不会褪,铺在客厅里再合适不过了。这么大的客厅,没有块地毯怎么行呢?这还保持了空间,我们家的小孩子多,就是在这里打仗也磕不破腿。这个酒柜我专门照着深圳国贸中心的样式颜色定做的,客厅里只能有酒柜和沙发,人家那边都是这样,方便客人,也方便自己。”

老王六十三岁,比她小,在外国这正是好年龄。

十个孩子也是他的一种酸溜溜的包容性提法，不仅是指两个家庭原有的儿女,也包括了媳妇和女婿,加起来总共十个。她的两个儿子,老大在北京中央某记不准又很重要的研究室工作,老二在本市也是一个同样的部门里,两人都只做领导和妻子交给的活儿,这与她有关系,孩子在往昔的生活中似乎能感到母亲身上的某种危险。老王的一儿二女则是一个团结奋进的集体,这个集体包括老王,他们总在不断互相给大家上课,提出新的课题,做出样板,循序渐进,取长补短,取得新的生活成就。老王这么有活力也不过身兼二职，儿子身兼四职,还都不虚:总经理、新闻发言人、办事处主任、副处长。他不可能在一个地方找到儿子,但儿子在每一个地方都认真工作。从前老王在书记家里出出入入,也很守规矩,特别是书记午休时,决不敢打扰,从房门前走都踮着脚尖。儿子现在却专捡着午休时间去,拍拍门就进。他想这样也太放肆,说不定会让书记反感。儿子却说:“你真是老脑筋,爸爸,书记听见我敲门,披上衣服就出来。”

在老王漫长的记忆里,很少有书记披衣下床的印象,他想时代真是变化了。老王不过是老小孩,小王却是小兄弟,的确还应该互相学习。

儿子跟她的大儿子竟然是朋友，事情就是这么办成的。

时代确实是变化了，来参观新客厅的人里有本院赵大吹夫妇，从前的周转处长，可称最典型意义的变化之一。赵大吹离休前被院子里的人算作本院三大坏人之一，能吹牛造假还能告状，谁说天阴得重了一点，他也给你告到领导那去。离休之后苦于人缘不好，没二渠道走，不甘心，不寂寞，索性老两口在夜市上摊鸡蛋煎饼卖。时代使廉耻观念翻天覆地，现在赵大吹挣了不少钱。从前院里有两个作家大伙都眼红，现在没数儿了，谁都显得比写小说的更有钱，更深不可测。赵大吹老两口气派很大，在这大客厅里给老王谈体会："咱们这也是靠勤劳致富，是辛苦一点，可是比从前敢花钱了，离休也不给领导找麻烦，想买什么就买什么，有什么不好意思呢？"

老王说："对，你那房子比我这房子少一间，不过孩子也少，赶紧打通，你们钱多，使劲造，现在还怕什么？劳动挣来的嘛。"

"是啊，俺相中那块地毯就比你这块大方。"他老伴显得挑挑剔剔，对老王的设施总不给很高的评价，保留着坏人老婆的恶习。

她对赵大吹的历史不了解，闻着这老两口身上的鸡蛋煎饼味儿还是觉得新鲜，问："这门手艺你们老两口是从前就会吧？"

"没有。"赵大吹摊开手说，"我们都是现学现卖，这还不和咱给孩子做饭一样吗？一晚上多干会儿，钱就挣不少，现在群众的要求不高。其实无非就是个面子问题，面子一抹，放下当干部的架子，卖十三香也一样挣不少。我们都是劳动人民出身，靠勤劳难道不比靠贪污受贿高尚？"

他老伴也说："问题就是咱也不会干点别的，一生都在为党工作，现在就靠双手为人民服点务了，哪比得了人家老王，还能当董事长，啥心不操白领一份儿红包。"

老王说："如今是不论什么长，只要挣得没你多，就没了不起。要想有钱还得靠双手，你俩的路算是走对了。"

好不容易把这一对儿应付走了，老王对她说明赵大吹的历史。她的心里却感到了比乐更愉快的东西。而这种东西因为与老王的结合而来得更快更冲动一些，与这个重新组合学习的家庭，以及与大客厅和赵大吹这些人。

她说："哪个晚上我们不做饭，到夜市上吃吃他们的煎饼看看。"

"好，好，太好了。"老王拍手同意，"邻居归邻居，买卖归买卖，咱们就等于交钱吃饭。"

"难道这不等于吃饭吗？"她突然觉得奇怪。

今晚又来了一位客人，不按门铃，拍着门的铁栅栏，一会儿他们才听出是有人敲门。老王急急忙忙来开门，外面站的是个乡下老汉，个子很小，但似乎很懂城市人的礼貌，问："白雪同志住在这里吧？"

因为敲门声异常，她注意听了，立刻迎出来，推开老王，一边说："快进来，世生。"

这是她第二个丈夫老李的警卫员，三下江南老李死在湖北，临牺牲前曾交代世生："谁欺负她，你就得给我保护着。"

所以世生总跟着她，五四年抗美援朝回来，他们那个县的子弟兵两千多人都复员回家，世生享受副排级待遇，在县里等分配不耐烦，便申请回乡当了农民。隔段日子还要来看看她，别看小老头很温和老实，这不过是时光流逝的外表。

她对老王说："这是当初老六团的战友，王世生。"

世生是个很有意思的乡下老头，据他自己说是念过一寒天的书，老李才叫他当警卫员，如今又自己在县城找了个看传达室的事干着。当初消灭土匪时他就是老李的警卫员，把她俘虏了关在团部住的地主院子里，她不吃不喝，说："司令不吃饭我也不吃……"说不清是对那第一个丈夫有感情了还是畏惧。世生负责送饭，告诉她："他已经叫我们打死了，尸首叫老百姓搁在粪筐里抬着各县游街呢。"

她还是不信，他死而复生不止一次，被国民党和日本鬼子几次剿到山穷水尽，几次又一呼百应。后来游街的尸首果然失踪，但土匪没有再度骤起，说明这次是真死了，只有他有这种聚集的力量。这一年她十九岁，是他第九房姨太，最后最宠的一个老婆。

世生知道她的所有历史，当时消灭了土匪，土匪娘和几个大老婆被老百姓用石头砸死，她小，同情心把她保护下来。她的美丽不仅土匪觉得回眸一笑百媚生，八路军也不舍得毁坏。

老王对世生顿起敬意，一说老六团就有传奇色彩，前身是 115 师一部分，后身是 38 军一部分，不得了，王牌的根，一个老头也说不准是什么人物。老王沏茶，上烟，让上座，并俯身问："吃饭了没有？老哥哥？没吃我去给你做……"

世生很礼貌地欠身说："吃了，老王同志，我是先到的那边家，吃的饭，才找过来。"

他说的干休所那边，白雪留下的房子，二儿子和姥姥姥爷仍住。

"你怎么过来的？走着？"老王说，"怎么没打电话？我们派车去接嘛，方便极了。二和这孩子怎么这么没礼貌？"

落座之后老王给她也倒了一杯茶，很自然，不是做给客人看的。又拉开客厅里最亮的白灯，不让乡下人感到不适。

世生谦虚地瞧着老王："老王同志很年轻呀，今年有五十出头儿？"

老王伸着手指头说："六十拐弯儿了，老哥哥你呢？我看也就这个数儿，属什么的？"

"属牛，虚岁六十七了，当兵那年虚岁十七。"

"老六团厉害呀，我那时候还小，以后光听大人说。"

"俺这一个团除山西过来的老红军，其余都是俺这一个县的子弟兵，四千多，打仗死一千多，现在还活着两千多，都是本县的农民，乡亲爷们儿。"

"是这么回事？"老王受了教育，惊讶了。"真了不起，伟大。你怎么从来没跟我说过？"他问她，好像几十年夫妻似的。

世生笑道："白雪同志是后来的，不详细。"

她也笑道："看了吧，以后知道了就别再随便惹我了，我背后有两千多当过兵的农民。"

"伟大，伟大。"老王由衷佩服地起身添水，也为自己的新婚老妻子骄傲，骄傲得不得了，"我要早知道，咱们结婚的时候就应该回去看看老战友们，不就是一个县吗，咱们坐个车，挨村挨户走，在车上高呼，老六团万岁！"

"我们现在每年四月初六都要重新集合起来，在那年当兵集合的河滩地里，戴上军功章，唱唱老六团团歌。"

世生激动了，拿出功劳证和奖章来给老王看，证上还印着林彪的手写题词：为了广大劳动人民的解放，为了伟大中华民族的独立，我们誓死战斗，坚决消灭反动派。

"我立了四个大功。"世生说。

"不行，我得和你喝杯酒，一定得喝，虽然你吃了。"老王起身拉开酒柜拿酒杯，"你喝茅台顺口吗？咱们老哥儿俩头回见面，你得代表老六团的战士们干一杯。白雪你去随便给我们拿点酒肴。"

看来世生没觉出老王酸，而深深地认为这是城市人更加文明了，改革开放的气象，也适应这新婚，在他这样的农民心目中，白雪不断择偶也不会不贞洁，何况现在改革开放了。

农民保守，但也适应。

世生很文明地和老王碰了一杯，喝下一口，品品，很高评价道："这茅台是真酒，我第二回喝它了，头一回七八年回 38 军，首长们陪我喝的茅台。"

"都说茅台假的多，我还就是一次没喝到过。"老王不是开玩笑，是实话。

"老王同志这辈子喝了不少茅台酒吧？"世生敬仰着问。

"是不少，加起来一二百瓶是没问题，不过那有什么？怎么能和你们老六团这些功臣比呢？你们太伟大啦，伟大的战士，伟大的人民，老伴儿还在吧？还健康？”

“不在了。”世生也使用这种城市人的文明词儿，“不在已经三十整年了，六二年死的。”

“生活困难那时候？”

“六二年倒也不困难了，困难是五八、五九、六〇、六一，六二年能喝上糊涂了，我说糊涂你能听懂吧？”

“懂，我下放那会儿天天喝糊涂。”

“你们叫稀饭。”世生想尽量给以解释，其实不准，“玉米高粱打成面子，生活困难就没有了，她是月子里的病，那年我那小三儿才三周岁……”

她端上两个小碟说：“是难产，她自己又不好意思上医院，我说就怨世生，当时怎么不赶紧找大夫呢。”

世生又品了口茅台，眼圈红了：“我何止没劝她去呢？我说咱为人三不瞒：父母、先生、夫妻。咱去上医院，大人孩子都安全。她就不去，最后想去晚了，晚上睡下有感觉，早晨不知事了，就完了。红毡铺地，血流完了，老人一见这就说过去了。三个孩子是我一个人泪水浇大的。”

“以后就没再续？”老王问。

“我身体也不好，又得拉巴好三个孩子，就没想那个事。”世生温和地笑了。

“世生啊能替别人忙活。”她往他跟前推推酒肴，“老战友里边还有不识字的，还有找不上媳妇的，世生都得去帮忙。”

老王又给他敬杯酒：“我再敬你一杯，世生哥，代表我们全家。”

世生说：“白雪同志了解我的性格，我不能和领导开玩笑，当初完成抗美援朝光荣任务，我从心里思想上要求回家。我给领导说回家之后生活条件可能差点，碰到困难领导也不知道，自己尽可能劳动，困难是暂时的。”

“这就是老六团的战士，不愧是老六团……”老王感动得掉泪了，

“老哥哥，你喝，咱今晚喝透了，认识你是我的光荣，明天得把孩子们都叫回来，咱们全家合影。”

世生晚上躺在大客厅北侧小房间的小床上，心里深深为她又找到这样一个体贴丈夫欣慰，老王给他的第一印象太好了，又没有架子，说的做的又特别周到。三中全会以前病死的老刘给世生的印象就不好，老刘是部队里的后勤部长，副军级待遇，顶多给世生敬一杯酒，就吃完饭开会去，要不怎么累死的？这俩孩子就是老刘的，副团老李和白雪怀过孕，打天津住杨柳青那时怀上的。当时团里考虑一部分是山东兵，一部分是山西兵，往南走就得躲着这两个地方，就选了直隶河南这条路线，把白雪的孩子走掉了。三下江南，来回拉锯，老李死在湖北。老刘死了也十来年了，白雪正该找一个老王这样的体贴人，幸福地度过晚年。

老王肯定不知道她另外还有两个孩子，那是土匪的大老婆生的，大老婆死了，理应也是她的孩子，大的年龄和她相仿，二的如今也五十来岁。当时不知费多大辛苦躲了老百姓报仇，如今都是农民，县政协要写文史资料，又找着了。世生知道后即去看过这哥儿俩，也来给白雪报过信儿。老六团的两千多战士人人都知道白雪在哪儿还活着，但想采访的人找不着。

白雪对这两个孩子谈不上情感，面都没见过。土匪怕仇家追杀，孩子都托得远远的，有人负责送钱物，面都不照。但白雪想他们或许知道那神秘失踪的尸体，尸体无疑是被忠诚的部下偷去埋了，埋在哪儿呢？虽然能变作千古之谜，但还是有知道的人。难道他们不会告诉这两个孩子吗？他粗黑矮胖，肚子及小腹遍布黑毛，肚脐上有个碗大的紫黑记，老百姓凭这个辨认是否是他的尸体。

世生找他们兄弟俩聊过，却都说从没听说有这个事。

那个村庄已经淹没在水库底下，现在的村庄是修水库后搬迁上来的，除了他被老六团的侦察员打死的那道土岭，其他皆是后来景象。

老王睡觉是这样一副可爱样子：有文化的农民、没心事的智者、机灵躯体的憨态。他很高，颀长，有味道的脸，呼噜不大。

她微笑的时候，牙齿洁白，双眸明亮，土匪的回眸一笑百媚生。土匪小时候也是放牛娃，二十岁才自己抱棍放羊，常听老放羊的讲绿林好汉。他善走，穿山越岭如飞。善击石，五六十步之内击石打羊角，说打左角绝不打着右角，弓腰就飞出块石头去，比枪子还准。第一次约着俩弟兄蒙面劫道（这俩弟兄以后就是他的总不分手的那俩大头目），还提心吊胆，劫了回娘家的小两口一头驴一篮子馍馍。馍馍拿回家，救活了快要咽气的娘，爹却因为吃得太急，撑死在馍馍篮子上。从那他发誓：不受人管，不做人手底下的事。

开头拉杆子起事十来个人，被乡里的刀会追进山洞。洞外点了火，把十来个土匪烧得死的死降的降，他却紧贴着石壁火中逃生。而后又起事，拉着这帮子人，时明时灭，时大时小，围着半个中国跑，一时间成为民国年间最大的土匪，轰动京津沪的新闻。最悲壮的路程，一边是日本人，一边是国民党正规军，他只能带着人马从一道冰川中逃生。冰面滑硬，女眷马匹苦不堪行，他命令杀掉了女人孩子和马匹，死里逃生。最威风的时刻，他手底下还有一支白俄骑兵队。

那一年她在县立第一高级小学读书，全校只有两名女生，穿裙子，和男生一样戴大盖帽，柿黄色校服是校长亲自到县城定做的。同学每逢外出，列队整齐，洋鼓洋号，十分壮观。校长亲自教“公民”、“三民主义”课，还请来老师教算术、自然、卫生，教语文、地理、历史、音乐、体操。如果不是暑假回家，她的一生在哪儿呢？校长是佛教信徒，开明善良，教同学们不要吃猪血，因为杀猪时，猪极度恐惧哀伤怨恨，但孙中山先生又说猪血有营养。校长很喜欢她，鼓励她去考省立女师。

暑假在家里，一切都很好，突然一天下午土匪的人马就到了。爹妈措手不及，让她爬进屋顶阁楼，她十六岁。没想到他们就住进她家里，因为比较干净。

她在阁楼上一动不敢动，爹娘装成找东西爬上来送点水和干粮。但土匪们一天又一天不走，她要小便，又要大便，都解在饭盆里。臭味被土匪们闻到奇怪，深夜中的响声也奇怪，那副官就知道有名堂，猛不丁爬上来，把这么一个尤物捉下去。土匪就没有放她，但却没有像他习以为常的施以强暴，大概第一眼就觉到她的美丽非凡。他习惯强奸民家少女像家常便饭一样，他体魄强健，性欲旺盛，凡是他过眼的姿色决不会放过。

唯独对她例外，他只带着她走，叫人严严看好，每天好酒好饭送进来。一直这样半年多，她仍然不肯屈从。最后他说："我能强奸你，叫你尝尝滋味儿，你自己就能跑着来要我。可是这回我不愿意那么来，你是一笑千金，回顾百万，何况就是我放你回家，你不想想，能有人真信你清白无辜？我是谁？我是人间的黑虎星，沾上我，你甭再想干净了，我下保证不亏待你。"

她终于被说服了，让副官转达出三个条件：第一必须正式娶她；第二此后不许再奸淫民女；第三不能再危害百姓。

他都一口答应。

过后副官对她说："你这一步，走对了。"

她当时没明白副官的意思，副官文化不浅，过后脱离土匪，在一名闻四方的大寺里出家为僧，有法号，后来为寺院住持，直至"文革"前才失踪，下落不明。

她跟土匪过了三年，没有受过什么欺负。他对她的话比较愿意听，老百姓家被绑票，辗转求到她，她说放人，他立刻就放了。当风闻老六团要来捉他，他也觉得无路可去，不想再到外面游荡。他交给她一个木匣，里面装满金子，而后经常不在围子里过夜。老六团在围子内设了卧底，那天弄准他已回到家里，便佯装往另一个方向行军，突然插下大路，直扑这里。围子墙修得很高，老六团打破之后他还在床上躺着，但他能听到破围的声响，只对她说了一句："谁抓住你，你就把这匣金子交给谁。”

就再也没见面。

有人说男子只懂得人生哲学,女子却懂得人生。她曾经读过一位战友送给她的《天才舞女邓肯自传》,邓肯说:“我一生是忠于我所爱的人。若是他们不遗弃我,我是不至于脱离他们。如果我脱离这许多人,其过只在男子的轻薄及残忍。”

她想可能就是如此,如男子深深爱这女子,这女子便不会脱离他。

她睡得无梦的时候,他起床了。窗外充满激情的淡蓝,窗内充满温柔的暗紫,窗户还应该通通搞百叶窗,以便使窗外的麻雀喜鹊布谷斑鸠灰喜鹊的叫声,更自然地飞进窗内,我们大院的自然环境太好了,他想。

老王最没有懒觉恶习,每天早晨最晚五点起床,不是为了没命地活着去跑步,是保持旺盛的工作精神,他决不去跑步,只手托着袖珍收音机满山转。

他下楼朝气勃勃地去买生豆浆、热豆包和烧饼。宿舍楼之间站着两位每天都混进来的商贩,一个穿粮店的白大褂,一个穿警服。其实都是个体,粮店和警察的衣服帮他们蒙蒙看门的。这两人见面熟,好打听事,对宿舍院里的主顾们基本都弄得差不多,因而这种习惯使白雪有一种下意识的戒心,不愿意买他们的早点。老王不怕人打听,特别光明磊落,打早点回来,隔壁的一位部长笑道:“老王结了婚比没结婚还勤快。”

老王停下来,贴着部长耳朵,像怕惊动她睡觉一样:“白雪同志身体不好,就睡早晨这一会儿,我一定得让她睡好。”

部长以后就不再开这种玩笑了,老王是个正派的好同志,真要惹老王翻脸,说不定倒霉的还是部长。

她醒来,老王就开始在大客厅打电话,要通华青公司何总宿舍:

“老何，今天我无论如何得请个假。”

老何还没起床：“今天不是没说开董事会？”

老王说：“不是原定今天上午我给大家讲一课嘛。”

“讲什么？”

“讲讲股票市场问题嘛，刘部长在上周五董事会上定的。但是我今天无论如何不能讲了，白雪同志的一位老战友到了，老六团的同志，从乡下来，白雪同志从前就是这个团出来的，我不在家怎么行呢？”

“也正好，今天没召集起人来，都不知跑哪去了。你看改到星期几比较好？”

“那就下周一，我一定讲。”

“周一行。”

老王又补充：“关于股票市场的问题，我听说上海一少部分人跳了楼，但大部分人比较满意。这里面确实有一个不能赶潮流一哄而上的问题，我们一定要搞好。”

然后他又给小女儿王浅打电话，说：“王浅你怎么搞的？我们的客厅搞好之后，王深王奋都来和我们吃过饭了，我和你妈妈就等着你呢，怎么就是你难得光临，把我们忘了吗？”

王浅说：“我们永远不会把您忘了的，爸爸，忙啊，明天一定回家吃晚饭，他们都回去吗？”

小女儿和女婿都在部队，女少校和男中校。

老王说：“你为什么不问问我们的客厅搞得怎么样？这就是缺乏感情的表现，王浅。”

王浅嘿嘿笑：“那就再问一遍好不好？爸爸，你们的客厅搞得怎么样？毫无疑问在咱们家是最领先潮流了？还缺少什么设备？我们提供服务。”

“这就对了，不能等明天回来，今晚一定回来，晚饭前到齐，咱们全家要搞一个纪念活动，十个孩子都得到齐。另外，信托投资公司你那个朋友今天要给我联系上，让他给我们公司搞一点国库券生意。”

晚饭前第一个到的是他的儿子王奋，带着司机，带着啤酒饮料，还有一个可以卡拉 OK 的音响，乐呵呵地进来了。

老王表情比较严肃，堵在客厅里说：“好像刚从宾馆出来？”

王奋举着手说：“爸爸妈妈你们好，我先喝了两杯，工作的需要，但是没有问题……”

老王带着批评和教训的语气说：“王奋，你一个人管四摊儿，身兼四项要职，可不能给我马马虎虎，千万不能因为喝酒误了工作。”

王奋回头告诉司机：“去把他们娘儿俩接过来，今晚你就没事了。”又回头看着亲爹，说：“爸爸，你是不是觉得我不胜任这四项工作？”

老王说：“工作你很胜任。”

“不仅仅是胜任，而且是非常胜任。”

“这个有口皆碑。”

“不对，爸爸，我看你还是不相信我，我还得给你汇报一次思想。”儿子一本正经拉着爸爸到中间的沙发上坐下来，给爸爸和自己各点上一支烟，一本正经地说：“你知道去年他们搞这个公司亏多少？九十万。我今年一转年就是一百一十万，全补上了，扭亏为盈，谁能做到？我做到了。第一季度我又干了三十万，我太厉害了。今年哪个单位的新闻形象最好？我；哪个办事处最让领导高兴？我；哪个处室的工作秩序最井井有条？我……我一点工作都没耽误。”

“我怕你把身体搞坏了。”

“没有问题。”

“字还练吗？”

“天天练，身兼四职，有时间喝酒，还有时间练字。”

“现在就给我写一幅看看。”老王一派要检查的姿态，对白雪：“你去给咱们的儿子铺上纸，让他给世生伯伯抄一幅养生诀，我们得看看他这一段时间有没有进步。”

王奋立刻就脱了西装拽了领带，把啤酒音响搬到里面，对世生说：“世生伯伯，你看我怎么给你写，我的书法够不上讲究，没体儿，但就是书法协会的主席在这里，我也敢写，我保证他不敢说我写得不行，你信不信？咱这个字儿，就这个水平。”

世生帮着收拾桌子笑道：“我信你写的字儿，我捎回去得挂到俺局办公楼的正门厅里。”

“绝对他得挂我的字儿，世生伯伯，你就跟局长说这是你亲外甥写的，他敢不挂？”一边他又对白雪笑道：“妈妈，我的字跟大义的字没法比，人家是文人，书法家。但是他没法出字帖，我能出。香港印刷，立刻就出来了，从封面到封底没有别人一个字，拿着给书记市长们去指正。”

白雪说：“你爸爸肯定最自豪。”

“他在我跟前还不能这么说。”老王摆姿态，“在你妈妈跟前，在世生伯伯跟前也都不能这么说。你别看世生伯伯是农民，是看传达室，看传达室可不简单，洞察世事。”

王奋运笔，很熟练地把一幅字写下来：将来胜过现在，现在远不及从前。

确实很熟练，字也写得不坏，但还不能说是很到功夫的书法，是很不错的字，像老王这样很好又很随和的家教，孩子才能写出这样的字。

因为不是很到功夫的书法，世生很容易就认下来，说：“好，好，这句话写得好，怎么正是俺心里想的呢？是格言吗？”

“鲁迅先生的话，应该说是格言吧？”王奋比较满意，“怎么样世生伯伯？我这两天正练的这几个字，就知道写出来给你正好。”

“鲁迅先生有这句话吗？王奋？”老王表示怀疑，又表示学问不浅，总觉得没见过鲁迅这样说过话，鲁迅的话一般没这么矛盾。

“觉得不太像？确实是鲁迅的，所以我特别喜欢，因为听鲁迅说横眉冷对千夫指听俗了。”儿子笑嘻嘻的。

又有人按门铃，老王急忙去开了门，往外一探头，又急忙把手掌打到铁门框外边，像警卫员给首长拉轿车门，是她的大儿子大义到了，他还没回北京，住在干休所那边。

老王说："我们刚刚比较完你们哥儿俩的书法，大义，根据我的看法，你们俩各有千秋，师承不同的流派，你的基础打得比较好，今天也得给世生伯伯留一幅。"

大义低着头进来，又帮继父把门关紧，接着就欣赏王奋的杰作，笑道："我可写不了这么潇洒，不过爸爸夸了，就得写一幅。"

抬手就在另一张纸上写了，还是这句话，也是行书，但胖瘦有度，颇有绝笔，很带启功老先生的风度。

老王很服气，品味着："看来我对大义的评价还是低了，王奋和你不可同日而语。'

"我看不如王奋的好看。"她说。

"还是妈妈有眼力。"王奋笑嘻嘻，"大义不行，字真好又怎么样？咱承认写得不如大义，大义是专家，但社会不承认大义，领导也不承认大义，只承认我是专家。"

"何以见得？"老王问。

"马上就见得，国家机关这不又得合并精简了？像大义这样的我敢保证，立刻就有个处长还能不能当，饭碗还能不能端稳的问题。但咱就没有这个问题，不信老爷子你就看着点，不论这机构怎么合并整顿，咱这四个位置一个都不会少，哪儿都离不开我，咱永远没有饭碗问题，你问大义对不对？"

"对。"大义在收拾纸墨，笑着。"我也说不出我在哪个方面不如王奋，但这两年我也发现了，我的感觉不对头，越是我感觉不该有的不该发生的事，都发生了。我也在琢磨，是不是现在我得从头找感觉，而且必须找从前觉得不对头的，和所有一切都得反方向，和天气，和人的需求，和交情，和事实，和脾气，和工作需要，都得反着点儿，不然你的感觉就是不对头，不成事儿。"

“你这感觉很对，大义。”老王非常认真，还激动，还给大义做着手势，“在生活里就是要善于不断发现自己哪儿不对，有勇气知道社会的发展，保持住领先的势头。”老王激动得在大客厅里踱起步来。深思熟虑而后说：“我们家这十个孩子真好，确实是各有所长，人人都在积极进取，没有一个甘心淘汰。你们今后一定要互相学习，彼此多进行一点交流。”

“是得互相学习，互相学习才能进步。”世生也高兴，受了老王热情的感染，从正中间的茶几上拿了烟让两个孩子吸，自己然后也吸了一支。白雪瞧着世生，觉得世生也有变化，从前来了一支高级香烟不吸，现在却很知道哪个是最好的，好像是故意抽给这个新家庭里的人们看看似的，显得他也不是不开明的老头。

她说：“世生，以前你可不抽这个烟，现在怎么抽了呢？”

世生说：“我这烟已经半戒了，陪孩子们玩玩。”

餐桌上收拾干净之后老王又在欣赏这大客厅里的一切，说：“还是大客厅好，人还是需要空间，有了空间干什么都舒服，无拘无束。你们说还需要摆点什么好，是不是缺点名贵的鲜花？”

白雪要进厨房，回头说：“老王，你休息会儿吧。”

王奋也说：“爸爸妈妈你们都不用忙，我和大义把音箱接好，他们就来了，有人做饭。”

老王说：“哪来的？你的吗？”

王奋说：“书记的。书记说老王同志不是刚装修了客厅吗？需不需要音响设备？我说书记您不用我就搬着。书记说你搬走吧。搬走我就搬走，这不就给您搬回来了嘛。”他在嘿嘿笑。

老王说：“书记是比较信任你，但是王奋，你可千万不能给领导丢脸，一定好好干。”老王看看表，已经快六点，“他们几个孩子怎么还没到？工作这么忙？对了，今天我们是不是还有点失误？白雪？是不是应该把姥姥姥爷都接过来，一块和世生伯伯合一张影，多有意义嘛。”

“干吗呀你。”白雪白他一眼。

“但我们明天一定得回去看看。”老王觉得失误是很大的,“忙了这十来天,把老人都忘了。知道吗?王奋,大义?你们的姥姥姥爷这一生是很艰苦的,咱们家就剩这两位老人了,所有的人都有责任照顾好这两位老人。”

“不用你再提醒了。”白雪拉着世生去厨房。

其实一切都准备好了,鱼虾蟹肉蒸煮齐备,并且基本是老王来完成的,一天的准备时间,也不忙。她让世生把刷好的杯碟拿过去给老王摆上。

世生顺口说:“我看老人的精神还很旺,再活十年也能行。”

她笑着:“他们的罪都是随着我受的。”

世生知道白雪从不多谈自己的父母及家庭,但却并不深知她父母的神秘生活,他们半生都在神秘之中度过,下落同样不为乡人所知。有一次白雪还是医院党委书记的时候,在上海开会,碰到一位比她略年小的男同志,他从口音上听出她很近,攀老乡。她没说自己的村子,一问他,竟然就是一个村里的人。但他没有认出她,或许不可能想到就是她。一是当时他还是孩子,再者她又在县城读书,那时姑娘在家也不兴抛头露面。她离家之后父母随即也离了家,诗书门第遭这种劫难,面子上挂不住,不能在村里再住了。开头在省城隐居,等到新中国成立以后,就一直陪伴在她身边。她的名字是参军后改的,再没被同乡人认出来过。

当时根据地的报纸纷纷报道了土匪某某某被老六团消灭的消息,消息中有这样一句话:匪巢被攻破之后,他的小老婆交出了某某某交给她保存的一箱金条。

那些小战士没见过这么多金子,动也不敢动,一起把她连同金子紧紧包围起来,似乎怕杀了她金子就会飞掉,一直等到连长来。连长先仔细地看了金子,问:“你是他的什么人?闺女?”她脸红了:“七姨太。”连长说:“小老婆?这么年轻?”

后来她想,他可能真是死了,感到松了一口气,才吃饭。团里的敌工股长后来是驻外大使，很有名的大使，当时受团领导委托来和她谈话，问清了她的来历，说："你参军吧。"她对参军这词儿很不熟悉，只是想跑到外面会被老百姓打死，就同意了。就在卫生队当了护士，她还是能吃苦的，跟着那些姐妹们学会了包扎技术，接着就参加了战斗。老六团是个亲情色彩很浓的团队，连排以下干部战士基本都是乡亲爷们儿，亲表兄弟，每死一个人都特别悲痛。那一回四连连长在护城河里被最后一批鬼子的机枪穿了筛子眼，家里媳妇正好在这一天生了孩子。出殡的时候得找一个女同志抱着新生婴儿，找谁都哭，唯独抱在白雪的怀里，便一声不响了。在出殡的行列中，乡亲爷们儿号啕大哭，捶胸顿足，咒日本鬼子的祖宗，孩子却宁静地安睡。不久之后她加入了组织。

入党时代表组织谈话的还是敌工股长，几年之后新中国才成立，调他去干外交部。股长说："你放心吧白雪同志，你的那一段不幸历史有一定的特殊性，组织上会为你终生保密。"

她知道组织这个词儿是很严肃的。

这位大使对她没有过任何感情表露，但很多年以后还从国外托出访代表团的人给她带了一些东西。他一表人才，儿子却奇丑无比，"文革"后期在这儿成了工农兵大学生，娶了演电影的一个小姑娘，那时还不敢叫明星，但并不比如今的明星难看。他带着小姑娘去看她，小姑娘的眼睛总在打量她，原来他跟这姑娘说，他爸爸当初差点下决心娶了这个阿姨。

或许她是大使夫人，或许他就当不成大使了。

小女儿王浅到了，因为老王说照相，小两口都穿着军装，像典礼似的。但老王的小女儿也不难看，挺耐看也挺讨人爱。军装里的小胸脯鼓鼓的，她永远不想让生孩子来损害自己的可爱性，因为这可爱性在新的历史阶段中每分钟都会创造价值。要价值还是要孩子，要爱你还是要你爱，又快成为中国现实中的一大难题。

"嗬，我们这小女儿，越大越让人动情。"老王搂着女儿的小肩膀，既有大将风度又有务实者的机灵。

"去。"女儿推开他接着就跑进厨房里，贴在白雪的身边神秘地笑着说："妈妈，你觉得怎么样？人家说一个女人只爱过一个男子，也像一个人只听过一个作家的音乐。你现在觉得我爸爸的音乐弹得怎么样？比别人的好吗？"

"还不错。"她抿嘴点头，因为王浅跟她做这样直率的谈心已不止一次，这种谈心特别民主自由，特别新派，也着实令她心动，有时还能引起男子们的嫉妒。

"你们这大客厅搞得确实气派。"王浅还是那么神秘地说，"跟你说吧妈妈，我一进门就感到一种特别强的爱情气氛，连我都心动。我一下就想到爱情这个问题，爱情的神秘，你猜是在什么地方？妈妈？"

"我还没想到呢。"她笑着。

"就在于音乐的变化。"小女儿非常神秘，做着可爱的动作。"还是人家那个人说的：一个男子与另一个男子之爱相比，犹如听贝多芬的乐曲与听普希尼的乐曲的不同，而那弹出这不同节奏音响的乐器，就是女人。"

"你这些话都是听谁说的？"她非常精明地笑着，盯着她的眼睛。

"对不起，妈妈，我不能跟你说……"她随即端着盘子出去了，像遁走一样。

大女儿王深和女婿也到了，后面跟着白雪的老二和老婆孩子、王奋的老婆和孩子，无不齐声高唱大客厅的赞歌。

王深小两口都是部队的文职干部，女技术八级和男文艺九级。

王浅说："唉，王深，你们不是发军装了吗？怎么没穿着来？和世生伯伯照相嘛。"

王深说："我们都还没去领呢。"

王浅笑着问："挺好看的嘛，怎么不赶紧领了穿上？"

"干吗对军装那么感兴趣？有什么了不起的？"王深白她一眼。

老王说:“党发了就得穿嘛,还是军装好看。”

大女婿说:“主要是不习惯了,差不多都忘了我们还能穿军装。”

“是啊,不过是一身混纺料子,还老拿不定主意。”王深把带来的东西放到桌上,“一会儿说不给穿了,报纸说文职干部要着绚烂的花衣服。一会儿又说穿,人们说街上又多了一种无证商贩,大家要注意提防。”

“有这个说法吗?”老王又严肃了。

“亲耳听到的。”王深说,绷着脸。

王浅笑着:“其实就是你们文职干部自己还有这种压抑感,现役军官谁还在乎这种事儿。”

“我们压抑什么呀?”大女婿说,“我们连什么叫现役军官都不知道了,你们还感到特别自豪吗?王浅?”

“他们进门的时候都得先给爸爸妈妈敬礼。”王深说。

“不能给我们敬礼,你们应该给你们的世生伯伯敬礼。”老王说,并且摆出大将姿势,非常自豪地宣布:“好了,我们家十个孩子只缺你们大嫂了,因为她在北京,我们不能因为家庭聚会把她叫回来。我认为应该在吃饭之前大家热情最高涨的时刻,我们来和你们的世生伯伯合一个非常有纪念意义的影。世生伯伯是你们的妈妈在老六团时的老战友,这个机会难得,请大家马上在沙发前后排好,抓紧我们宝贵的时间。白雪,你快点过来,你们两位老战友在正中间,不得了呀,抗日的老战士,你们是我们这个家庭的骄傲……”

白雪过来说:“让世生在中间,我们随便坐好了。”

“那可不行。”老王酸得不得了,“一定得让你们两位在中间,我和大义保卫着你们,王奋、二和你们做第二道包围,我们固若金汤。”

世生似乎不好意思地问老王:“老王同志你看我是不是得把军功奖章戴着?”

老王说:“戴着,不戴就体现不出重大的意义,白雪你的也得戴上。”

白雪不高兴了:“我什么时候跟你说有这个?”

“你没有吗?白雪?”老王显得惊奇。

“跟你说过,我只有罪过。”她说。

“按说白雪同志不止评上一次功。”世生想多替她做点解释,“四五年国民党已经连山海关都占了,咱的部队得走海路出关,坐木船漂漂荡荡,女同志晕得不行。白雪同志坐边上,风头一来,差点就掉海里去没命了。那回就得给她评功……”

白雪又笑道:“行了世生,你快坐下照相吧。”

老王又殷勤地把白雪扶到沙发正中,说:“虽然没有戴着军功章,仍然值得我和孩子们为老六团骄傲,为当年的白雪和现在的白雪骄傲。”

王浅靠在她耳朵上说:“怎么样妈妈?这音乐怎么样?”

她说:“跟你说不错嘛。”

王奋说:“什么音乐?”

王浅说:“你是音盲,没资格谈。”

老王声音已经有一半儿北京话,举着一根指头高声说:“大家一定要做出面对生活的微笑,说——七——!”

但他那严肃的酸劲已经让全体成员不能再说七了,连世生也咧着嘴傻笑。

今天早上老王觉得不知该从哪件事做起,去看吊灯?窗帘?一种新型老板写字台?姥姥姥爷?还是几位来参加婚宴的至爱亲朋?还有许多闲着没事应该去访问一下的邻居和院子里的人。

王奋说客厅里的节能灯太不协调,告诉他一家新开的公司,专营香港产的玻璃吊灯,大约每盏一千至数千元,老王很有兴趣。但是往常他有这种日理万机感时,总能立即采取行动,不论有多少事,总得从一件事办起,他决不因为头绪多而犹豫不动。今天何以这样无头绪?说明他似乎有预感,在等待一件大事。

果然一会儿华青公司何总的电话来了，好像是用无线电话要过来的，声音像在客厅里谈话："老王，有个重要任务，你得亲自出师。"

"怎么回事？"老王非常严肃，皱起眉头听着。

"书记点你将，部长批了，咱们公司决定到海南买块地皮，搞脱水绿菜，考察的前景非常好。你准备准备，订哪天的机票？派方向部经理跟着你，白雪同志是不是一起去？"

老王说："你稍等。"然后捂着电话问她："公司准备让我们去海南买地，可以让他们订两张机票吗？"

"让我也去？"她很惊讶。

"你也开阔开阔思路。"

"机票很贵吧？"

"问题是在事情能不能办好，事情办不好，花钱少也是浪费；事情办得漂亮，虽然钱花得多一点，大家也高兴。"

"让我再考虑考虑。"

"没必要了。"他做了个肯定的手势，对何总讲道："就订下周三的票，我们两张。如果周三订不上，拖到周五就太晚了，我看过班次，飞海南只有两班，我们不拖。周一我照常讲股票，中心意思，股票是什么。"

何总说："就这么着，老王，我们都给你安排好。"

"另外现在给我派辆车来，我和白雪去选个吊灯。"

"马上去了。"

老王突然特别有肩负重任之感，那所有千头万绪立刻分出先后，他在客厅里踱了两步，立刻说："那种吊灯我们可以先不看，先到孩子的姥姥姥爷那儿去，这个问题不能耽误。"

"礼拜一你还得讲课，不准备准备吗？车来了我和世生过去也行，你在家吧。"她说。

他说："根本不需要做准备，我要讲的问题就一个：股票是什么。

内容也是一句话:我们暂时不要买。”

“为什么?”她惊讶地看着他。

“我讲这堂课的目的,是和大家随便聊聊,交流交流体会。世生老哥,你只管在这里住,另外还有什么事情要我们办?”老王又给世生的茶杯加水。

世生看起来非常愿意有资格坐在这个大客厅里听谈话,这个大客厅非常新派,非常幸福,也非常使他引为骄傲。其实不一定比农村的堂屋大,而且他此刻在世界上只拥有半个小小传达室已备感幸福,但这新式的家庭会客室他也见识了。他坐在那儿,谦虚地带着微笑。这时心想反正相也照了,有点事情要办也应该,说:“不知道能给上面递个状子吗?老王同志?”

“什么状子?”老王很重视。

“现在农村里集资太多,这么下去老百姓意见很大,生产也没法儿干,农村没法儿待。”

“是吗?”

“咱们家人平均亩半地就是多的,有的也就一亩二分,如今种一亩庄稼本钱就得四十多元,种子、化肥、耕地用机、浇水用电、农药,都不便宜,指望种粮也卖不出几个钱。现在乡里县里村里都集资,一个人头一年将近二百元,老百姓哪弄这么多钱去?村里爷们儿上县里告,人家不理。乡长还说什么:不集资咱哪来的钱喝酒?日他娘村里的爷们儿都待豁上,宰他乡长个小子。”

白雪的心怦怦跳,说:“咱们那地方,出英雄模范多,也出强盗。你可别闹,世生。”

“咱不是党员吗?”世生笑笑。

“不能小看农民问题,我们本来都是农民嘛,农民并不是守在土地上什么也不懂,农民很开放。”老王说,“我们八路军基本都是农民,但也可以不经过资本主义进入社会主义。所以,世生老哥,你谈的这个问题,很敏感,我听说人大政协会上这都是敏感问题之一,但对外没报道。”

“那这状子不能递？”世生问。

“能递，咱们想办法递。”老王诚心诚意。“但王奋不能管这个事，虽然和领导离得近，但不做这个工作，会叫领导觉得管闲事。大义、二和也不好递，他们俩不担事儿。这事只有我来办，选个恰当的时机，既不要看出走关系，又尽可能解决一点问题，起码得处理处理这个乡长的问题，对不对？这么讲话水平太低。”

“这就不孬了，老王同志。”

老王听到白色奥迪牌轿车美丽的呼唤。

锁门时他又非常留恋地把客厅欣赏了一遍。

干休所的历史很老，不同于新起的那些师团干休所，那些所仍然像营房，仍然在喧闹。这个所房子旧，基本以单个院落成格局。相对宁静一些。

老人活得像青松，虽然房子有点阴湿，光线也不很好，孩子们整得很干净。院子里也没开垦，留着雨水痕迹。如果不是特别留心的人，绝不会琢磨这里面有多少往事，有多少秘密。

父亲在看书，偶尔写字，字不为人知，新女婿没看到过。白雪也无法估价父亲的字，水平到底有多高，只感到他写的字很不像书法，几乎一点书法的味道都体会不到，而完全是字，使你能想到中国字为什么是这个样子，为什么会有字。他写得不多，孩子们一张都拿不走，似乎他的写字追求的就是不让人知道。

在他们的面前白雪还像孩子，进门她说：“妈妈呢？已经开始做饭了吗？”

他的一切感觉都还好，接着就从竹椅里起来，露出满嘴的真牙齿，笑着：“知道你们上午就能过来，帮着准备准备。”

老王接着就搀住他：“爸爸，您快坐着别动，高寿的老人就是不要动，要静，最近没有练字？”

老人笑着摇摇头。

“是不是得等到我正式拜师之后，爸爸才让我看一眼您的真迹？”老王的声音略高，搀老人坐定，俯在他身边。

老人又笑着摇摇头：“没有用，自己家里的人更不能看，要不我就没法写了，人家一看我就不能写。”

白雪拉老王一把：“到里面帮忙去。”

老王急忙到厨房去了。

这时老人对她说：“前两天来了个年轻人，给你留下一张条子，你看看有什么事？”

老人从案头把条子找出，她看到上面这样写：“白雪同志：我是××县政协编写组的小魏，在一位老同志的推荐下找到您的住址，很想能拜访您一次，不需要耽误您更多时间，只谈十几分钟亦可，请您介绍一点宝贵的历史资料，不胜致谢。”

这既不是她家那个县，也不是世生也就是土匪家所在的县，是一个无关的地方，要写什么呢？但她感觉到了，这是围绕土匪历史来的，不一定哪个人说走嘴，让他找到这个地方。

她把条子收起来，对父亲说：“如果他再来，不要搭理。”

世生说：“这不是组织派来的，都是些闲人，偷偷摸摸打听着路就来。”

老人说：“年轻人倒挺文静，也没多问什么，坐下写了这个条子就走了。”

她想好在这客厅里什么都没有，也没有照片。这些问题她都不声不响地防范了，稍有疏忽，对她对老人对孩子都会带来不堪设想的后果。她已经被历史遗忘，爸爸妈妈是遗忘了历史，孩子则完全是局外人。组织上为她保密似乎格外有一种人情味，如果不是她而是另外的谁，似乎很难做到一点不为人知，但她确实是一点都不为人知。从没有人来打扰过，这是第一次，“文革”都没人来搞她，确实没有。当然也与她平时为人有关，她为父母和孩子而平静神秘地生活，为他们即是为自己，为自己也包括已经去世的老李老刘。世生他们也会永远保卫着她，如果真有不测，像"文革"那种灾难，老六团的战士们会来救她走，如同她第一个丈夫尸体的神秘失踪。会有近似的情感和作为，永远让人们再找不到她。

她一直感觉到那种危险。

当初她同意了土匪，便不想再与父母有联系。但他立即派副官带着钱去看她父母，到那儿见房屋已易主，回来报告了，土匪只叫副官告诉她：父母大人安康。

四五年渡海去东北，部队从她的那个县城走，住了一夜，离村子已经不远，但她根本就没想到回家这个事。

她必须忘掉家乡，不管怎样说，在过去的年代里，不论她带着什么样的深情去追寻，如果她去追寻的话，家乡都会给她带来损害，这一点她很清醒。

爸爸妈妈比她更清醒。

所以父亲的行动她很明白。

但现在她就不。比方有一天她接到王浅的同学打来的一个电话，是女同学，说有好多年没见了，部队的电话不好打，找到家里的电话，让王浅当晚六点钟在家等着，有专车来接，在酒店举行一次女同学聚会，她必须参加，全部都是女同学。

白雪觉得这电话多么像是给她打的，像一个信号。到处都是男人的聚会，女性的聚会多么迷人。如果没有什么危险威胁，人将会美丽温柔得难以想象，像晚会一样令人迷惑令人惊叹。但突然楼上漏下水来，煤气发出一点声音，令人心惊肉跳，突然想到发大水、着火、生命受到危险，生活遇到什么麻烦和恐怖。

显然那位当时的敌工股长后来的大使曾有爱慕之情，还想慢慢地培养。但老李已经干脆地来了，那时还是二营营长，家是靠内蒙古那地方的山西人，罗圈腿，大概很合适骑马。从马上探身问她："小同志走得累不累?想不想骑马?"她还斗志昂扬地回答:"不累,马是给首长骑的。"他一欠身从马上勾住她的腰,胳膊裹着她的乳房,夹得她哎哟一喊,就把她放在马上,放在她前面的马脖子上。马的颈骨在她的屁股底下起伏,她不陌生但有点紧张。在土匪身边没别的乐趣,唯一学了骑马,最好的东洋马都得为她服务。

卫生队的女同志惊呼:"二营长你快把她放下来,别不怀好意。"

老李的红脸蛋缝里夹着一对狡猾的小眼睛,一手打马尥着蹶子,不让那些娘们儿冒险冲锋,一边说:"谁说不怀好意?我想让她做爱人,可不碍你们的事。"

老李对她没任何成见,根本不认为她身上会打上土匪的烙印,说:"什么问题也没有,但就是一股子好奇心,大伙儿总认为你不同常人。最好的办法就是给我当爱人了,当了爱人什么问题都没有了。"

但老六团的弟兄们有个传说并不假,举行婚礼之后,老李在洞房里打着油灯把她从头到脚检查个遍,从头发根到脚指头。她说:"没事吧?"老李说:"没有。"老李也不是圣人。

土匪与她是魔鬼与公主的故事,虽然有夫妻之情,但总不能摆脱对魔鬼的恐怖感。老李与她是骑士与公主的故事,就温情脉脉得多。他们的年龄差距也不大,他在湖北关桥战斗牺牲时才三十七岁,她二十三岁。这时敌工股长已经调到北京搞外交去了,不然也还来得及。以后就和老刘结了婚,有了孩子大义、二和,又把老人接到身边来。现在干休所这边的一切都算她和老刘的家当。过去的秘密老刘都知道,但没有必要再对老王细说,他们这个年龄结婚所追寻的爱情价值,是最具有人道主义的,何况老王又如此宽容,也不需要说,彼此都不需要说。瞒也没有多少年的瞒头了,这不同于小两口,还有那么多彼此严格要求的时光。他们的曲子,是一段宽容的人道主义的尾声,而不是挑挑剔剔猜疑不已的小夜曲。

吃饭的时候老王兴致勃勃地给两位老人解释海南之行的意义:

“脱水绿菜这个东西是个好东西，大葱大蒜白菜萝卜，用先进的技术整个儿去掉水分，然后吃的时候再用水一泡，跟原味儿一模一样。南方没有咱们这些菜，净是些像野菜一样的东西，所以你看南方人气色不如北方好。将来把咱们这些菜运过去，南方人也要改变，所以这个买卖不得了，势头好得很，领导们都很重视。”

世生也笑着说：“五〇年咱们到了广州，就是这样，那葱像鸡毛，还发苦，没法吃。哪有大蒜？除了辣椒就是辣椒。”

老爷子说：“咱们这边也就剩大葱大蒜还没叫人超过去，苹果吃日本的了，面粉吃香港的了。”

老王说：“这是水土好，大葱大蒜就是别处科学发达，也培养不出这样的种儿来。但是现在世界渠道畅通，就是外国培养了，我们照样能拿来种，外国人也愿意叫我们种，现在都没有问题。”

老太太说：“坐飞机去，来回怎么还得打半个月的谱儿？”

老王说：“飞机快，下午两点半上飞机，五点以前就到了。我们不光得把事情办好，还得再做点认真考察，你想去了办完事接着回来也不可能，他们不会让你走的，不让你看个够你就甭想走。白雪，你说我们给爸爸妈妈带点什么东西回来好？最好现在能定一定。”

“谁知道那地方有什么东西？还没抬脚呢？”她反驳他一句。

那个小伙子刚才已经出现在院子里，但谁都没注意到。从小院子往屋里看得清楚，他目不转睛地看着她。

她觉得这小伙子非同寻常，他黑矮，仅仅是眼睛大一点，目光是有文化的文明人的，但炯炯有神，有种逼人的精气。她不知该不该提醒大家，但有种下意识的迟钝感，使她觉得好像总提不起勇气给大家说：那儿有个人。

看来这孩子一直在什么地方等着，等待她，下决心见到她。

父母亲没有看到。

老王终于觉到了，转回头去，看到他，说：“咦？这人真奇怪，站那儿干什么？”

她瞧瞧父亲。

父亲看清了：“就是这个青年，要见你谈材料的。”

“是关于老六团的吗？”老王说着，急忙地站起来，去开门。

世生也站起来往外打量：“咱们县党史没这么个人呀。”

老王很有礼貌地开门招呼：“进来呀小同志，是不是看我们正吃饭不好意思打扰？没关系。”

小伙子突然十分腼腆了，说：“我等等白雪同志。”

“进来呀，请进来。”老王拿出领导干部平易近人的风度，“没什么了不起的嘛，我们很快就吃完了，有什么事情进来谈。”

她没开口，奇怪地看着小伙子，听着世生问他：“你是打哪来？不是咱县党史的吧？我可看着面生。”

小伙子在沙发上坐定，还是看着她，说：“我是××县的。”

她觉得小伙子目光中突然有一种亲情，仿佛忍不住要掉泪似的，她也有这种感觉。

“谁介绍你找到这儿来的？”她问，声音有点冷。

“我自己摸着找着的。”他犹豫着回答，但又十分肯定。

“那可不行。”世生拿出老警卫员的负责态度，“你得有组织部门的介绍信，采访哪一级找哪一级，不能随便接待。”

老王说：“按说这个问题是这么着，不过你既然来了，我们看看安排一个时间吧，好不好？”他同时征求他和白雪的态度。

她说：“稍等一会儿我和你谈，不知道你想谈什么？吃饭了吗？”

小伙子说：“吃了。”

吃过饭世生很放心不下，白雪让他去休息：“没关系，你去吧世生，我和这个同志谈谈。”

等世生走了，客厅只剩她和小伙子，她没等他开口，就先问了：“我觉得好面熟的，你是谁的后代吧？”

小伙子点头：“按说我是他的孙子。”

“谁让你到这里来的？”她还是表示怀疑。

“你还记得那个小羊倌吧？十来年以前他还活着，他给俺爹说你住这里。”

她吓一跳，脸色都变了，小羊倌是土匪手底下一个贴身亲信，中间叫国民党剿散之后洗手不干的，但偶尔还提着锅饼牛肉来看看土匪，所以她认识。真想不到他竟然还知道她的下落，是怎么知道的呢？想想可怕，但也可能很平常。

“他什么时候还活着？”她瞪着他。

“‘文革’那时候叫庄里人斗得不轻，也陪过死绑，没枪毙了，公安局说照着政策毙不了，他新中国成立前就回庄里了。十来年以前还能走出二十里路赶集，就是酒戒不了，喝上酒满山跑，还直喊。七月十五从断崖掉下去摔死了，庄里人说叫当年的冤鬼拽走的。”

“你爹是弟兄俩的哪一个？”

“二份儿。”

“你怎么不在本县？”

“政协说这项工作是几个县一块块负责，安排我在本县也不好说，就搁邻县吧。叫我只管着记自家人的回忆，有多少都记住，这份材料不好找，很宝贵。安排我记，当老的愿意说，也好找人，现在一些道听途说的都不如咱自己人记得准，俺爹和大爷说，好些事别人都记差了，别人不写咱自己也得写下来。”

“话不能这么说。”她铁下脸来，“你家的人也不一定都记得准，别人说得都不对？你今年多大了，什么文化？”

“二十四周岁了，报上地区师专的函授了，正上着。”

“还得好好念书。”她语气平静了，“大概你家的人以前没这机会。但是回去得告诉你父亲，你家罪恶不浅，这个事不能忘了，写历史要事实准确，最重要的还是别忘了家里的罪恶，不论怎么写都不能忘了罪恶，我看他们又有点不懂事。我这里没有什么好对你说的，以后你也别来了，该找什么人写，你都按领导说的去弄，别再来找我。”

他点头应下了，扭过脸去看着院子里，突然又问她："你这个院子怎么这么冷清？什么都不种，也不养东西。"

"你当干休所能养羊？"

"喂个猫狗的，种点花种点菜。"

"我不喜欢。"

"不是，我知道为的什么。"

"你说吧。"

"你是怕种了长得太好，就是一棵丝瓜长得高了，也能惹是非。"

这真是他家的后代，他家的人都知道她爱吃丝瓜也爱种丝瓜。以前她确实年年种，有一年就确实长得好，也没施肥，那丝瓜不仅爬满墙头，还爬上大树，直披到大树的顶尖，结了累累的果实。谁从这儿过都忍不住看看，有个老头还即兴赋诗："只要有东西攀附，它就爬得更高。"

以后她就不种了。不光丝瓜会惹是生非，其他东西更会惹是生非。

把这孩子送出门后，她突然又感到歉疚，忙拿了二百块钱装进信封，交给老王推着说："你快追上他，把钱给他，不要不行，就说我给的。"

老王连问也不问，拿上钱就追人去了。回来还说："我也没注意，白雪你拿了多少钱给人家？别让老家的人笑话，这些问题咱不能小气。"

她以为他听见什么了："什么老家的人？"

"家乡来的，你战斗过的地方来的，我们都应该当作老家来的。"老王一本正经。

看来老王没听见，他不干那种小手小脚的勾当，挺注意做人的层次。他有缺点，但她觉得他有一个很基本的优点很让她受感动，工作和生活的经验虽然丰富过人，却没有下贱的毛病，不让别人觉得讨厌。

她突然觉得应该把这件事给老王说，和老王商量商量以后该怎么做。因为她突然感觉心里很不舒服，其实这孩子没给她带来任何麻烦，如果有麻烦倒不一定叫人心里不舒服。尤其是孩子最后那个好像漫不经心的提问，却包含着特别典型的农村孩子的智慧，虽然漫不经心，过后却让你放不下，你得用心去琢磨。这种智慧叫人觉得又可恨又可爱，扎得心疼得慌，所以它是非常尖锐的：何必这么冷清？他在很轻松地帮着你思考。

现在屋里只有老王和世生，两个老人休息去了，他们已经不怕世界上再发生任何意外。她知道世生也够狡猾的，他刚才就知道怎么回事，却无动于衷，悄悄地看她的观点。

老王脑子里事多，立刻就把这孩子的事忘了，在说老头老太太：“爸爸妈妈的身体真好，我一次来看比一次好，有这样的老人在，这个家就是最幸福的。等咱们从海南回来，一定得把老人接过去住一段。”

白雪有点烦，对他说：“你猜刚才那个孩子是谁？”

“谁？”老王反应敏锐。

“那是土匪他的孙子。”她瞧着他脸上的变化。

“真的吗？”老王果然十分吃惊，“你怎么刚才不跟我说，白雪？我没看仔细。是他亲孙子吗？这么说他还有儿子活着，在你们那儿？”

“你说他为什么来找我？”她笑里有点怪样儿。

“为什么？”老王绝对不傻，知道大问题来了。

“他是我的第一个丈夫。”她不笑了。

“是真的？”他看看世生，很严肃。

“不假。”世生很坦率。

“这孩子跟你有血缘关系？”老王严肃而认真。

“我跟他没孩子。”她淡淡一笑。她想那时他虽然对她极尽宠爱，但还是没生了孩子，不知怎么搞的，或许是他背后仍然放纵的缘故。

老王一分钟也没思索，立刻站起来踱着步说：“这有什么？白雪？我们都是走过了漫长人生的人，谁都会有缺点，这就是历史。只要我们现在彼此相爱，认真地生活和工作，这就是幸福的。我认为我们的婚礼虽然没有像年轻人的新婚一样，没像外国的结婚，互相把手扶在《圣经》上说，我们是真心相爱的，但我们只要有这一句话就行了。何况你也是老党员，老六团的光荣女战士，这个不假吧？”

世生说：“这个假不了，有组织作证。”

“要说相信的话，我们不相信组织相信谁呢？”老王极雄辩。

她又显得有点烦躁了：“我不是让你相信我，我是征求你的意见。你说我该不该这么对待那个孩子？以后再遇到这一类的采访怎么处理？”

“你做得很得体，有长者风度，也有唯物主义者的态度。今后我不管别的，就是要对你的身体负责，我不管什么东西对别人宝贵不宝贵，只要不利于你的身体健康，我们谁都不管。什么东西最宝贵？人的生命最宝贵。对同志，对老战友，对孩子，我们要讲感情，但他们也要尊重我们的感情。你说对不对？世生老哥？”

“在理，兄弟。”世生好像想起自己的妻子，触景生情，忍不住哭了。

她也哭了，很伤心，但毕竟不是刚才的难受滋味了。

晚上吃过饭回老王这边，她不太烦了，老王提议让车开到夜市，从那儿散步回家：“你不是想看看赵大吹吗？”

她说：“我们吃过饭了。”

老王说：“对赵大吹的煎饼我还不放心，这人政治上不卫生，摊的饼怎么样？”

她被逗笑了。

老王也不回避问题，下车往夜市上走，挺热闹的，他说：“那土匪可真不得了，谁不知道？小时候我们那儿就传他的事，是像人说的那么吓人？”

“也够吓人了。”她说，“但什么人都有两面，魔王也一样，这个道理你还不懂？包括你。”

老王露点调皮：“他不是第一个就娶的你吧？”

“第七个才娶的我。”

“世界真奇妙，人生真奇妙。”老王眼观夜市心潮澎湃。夜市上的人都在奔现代化而去，不管是老年的青年的，不管是穿花衣还是穿黑衣，人挤人拥，什么歌曲都有，什么买卖都做。

他说："真奇妙，你说这么多的人，谁能猜着你是谁？我站这喊一声，我就是他，能不能把他们吓得魂飞魄散，屁滚尿流？"

"你喊。"她在深情地微笑。

他好像在试，但若有所思，待一会儿说："我明白了，能一呼百应，也得有英雄胆量，我做不到，这不简单，不是谁怎么想就能做到的。"

她不管他了，在找卖小吃的人："怎么好像没有他们呢？别见自己人藏了吧？"

"你放心。"老王深深体会说，"人家赵大吹也是英雄胆，既然敢摆，除非咱们不好意思见他。"

来到人海深处才见人家老两口正忙得红火，头都不抬，像一对朴实能干的乡间老夫妇。

老王上前吆喝："要俩新鲜的。"

赵大吹一下就抬起头来，粗野地笑骂："我操他娘，是你小两口儿，大饭馆子吃腻味了吗？嗯？"

"赵大吹，你这是鸡蛋还是人蛋？"老王指着鸡蛋问。

"人蛋你捞不着吃。"赵大吹说，"和你说，老王，别看就做这么两张小饼儿，也比写大材料来得实，得有良心，要不一个子儿也甭想挣着。老百姓就站你跟前吃，眼瞅你磕鸡蛋，不卫生都不行。"

"造化，造化。"老王叹道，"赵大吹也能说出这种至理真言，造化呀。"

"和你说，老王，咱们大院子里到我这来参观的，你们不是第一个。大家都要学习，适应改革形势。"

"老套子又上来了，老赵。"老王瞧着他的口袋，"瞧你那兜里鼓的，这不是大家又落到赵某某同志的后头了吗？"

"对了，什么时候都不能当落后。"赵大吹醺醺然，很神气，"我劝你，老王，还得干点实的，当董事又怎么了？没什么了不起。别小看我一个饼六毛，从下午四点到夜里十一点，我至少卖二百个吧，就是六十块钱，你这个董事有什么了不起？这年头什么都是假的，只有钱是真的。”

赵大吹眼里露出从根本上不再瞧得起老王的神气，手开始忙着给老婆磕蛋，他老婆也这神气，边忙边说：“哎哟老王，我们这时间真耽误不起。”

“快干快干。”老王说，然后拉着白雪走，问她：“你听明白赵大吹那番话的意思了？”

她说：“不是让你也来赶夜市？做饼卖？”

“是这么个意思，虽然听着不顺耳，但未尝不是好意。”老王深沉得很，“这是真正的鞭策，你说对吗白雪？”

“有这种感觉。”她点头。

“人家也是向时代挑战，想当初从家里出来参加工作，也是赤条条一个农民，什么负担也没有。在中国农民应该是无产者，经常连饭都没有吃的怎么能算有产者？这一点我觉得不能教条主义，中国的工人还是比农民的经济地位高，工人没有饿死的，所以我总是认为中国的农民的革命精神最彻底，是彻底的无产者。”

“你讲股票可以讲讲这个问题。”她像揶揄。

“我肯定讲。”他充满激情。

“在中国搞股票必须和农民的彻底革命精神相结合？”

“你不要以为这个问题很可笑，谁都估摸不透它有多么深。”

今晚老王想用音乐使白雪恢复自然，换一张唱片她就说：“不好听。”于是他接着换一张，并且很有信心：“我相信一定能选到你喜欢听的乐曲。”最后她却说：“我想睡了，但又害怕做梦。”他仍然有信心地说：“我看着你睡，你一定不会做梦的。”

他很温柔地看着她发出均匀的呼吸，以为没事了，但她还是一个接一个做了很多梦。先梦到一架飞机失事从天上掉下来，她好像是在院子里看见的这架飞机，但一会儿又坐在这飞机上往下掉，落在飞机场上了，好像是降落，她想梦到飞机落地是很不吉祥的事，是不是预示他们将要乘坐的飞机会出问题？又有很多的疯狗咬她，想用枪打，但对付不了这么多，感到身临绝境的恐惧。大义又病了，她想别的事情都不要紧，千万别让孩子有危险，孩子的危险使她束手无策，更感到恐惧，感到无论如何应小心翼翼地生活。她躺在厕所的一块狭长木板上，周围都是粪便，很脏，臭极了，怎么想办法不弄到身上。那个土匪像很腼腆的农村少年，没有那么胖黑，赶着羊群看着她，她边走边朝他笑，他说："我就不信不行。"她说："不行，不行。"

一直到早晨醒来，看到老王没按时起来去买豆浆，美妙的晨光照进那令人舒心的大客厅。

她想这客厅才是个真正的梦境，老王怎么能想到把墙壁砸开，搞出这么大的一个生存空间呢？本来一个个小方格子，这么一弄，把生存的观念改变了一大些。

她深深体会到梦并不可怕，无论是好梦还是噩梦，做完了就是完了。

老王吃过早饭在练字，她在参观，老王练字喜欢有人参观，越是外行人他越高兴。但今天白雪在身后站着使他感到连续出败笔。

他停下来琢磨。

她说："你怎么了？"

他说："不对，白雪，我觉得你不能把珍贵的历史永远埋在心里，埋没掉将是你的遗憾。我得请个作家来给你写，就写你，我有这个责任，这等于不让一颗珍珠永远埋在泥沙里。我得请高手，咱们院儿的老曹，中国作家协会的会员，在《人民日报》上都登过稿子。"

"就怕到时候突然有活着的来敲门。"她笑。

"那有什么？还不是跟世生一样吗？咱们周到接待。你年轻的照片有没有？"

“那时候哪有照相馆？”

“太遗憾了。”老王直摇头，自豪而深情地看着她。接着就要通老曹的电话，郑重其事地说：“著名作家，我请你立刻到我这里来一趟，带上记录本。”

老曹说：“什么事儿？”

“有个能让你出大名的机会。”

“我已经够出名了，无所谓。”

“我估计你还没碰到过这么一个机会。”

“不就是写个东西？”

“不是个东西，而是一本书。”

“一本书？有什么意思？我正考虑洗手不干了，老王。”

“为什么？还有比你这工作更有水平的吗？”

“我考虑下一步体制改革，组织上不管了，可能就没有作家了。我在《人民日报》也登过稿子了，中国作家协会也入了，已经达到了顶峰，还图什么呢？不如现在罢手不干，还保留个身份。也不至于将来没有作家了，我还写，算什么？组织上不承认，你再想当作家，不等于自己想拔着头发脱离地球？虽然阿基米德说：给我一个支点，我将抬起地球。但那毕竟不现实，我们必须得考虑现实。”

“别胡思乱想了，那是不可能的，组织上怎么会不管了呢？组织不管谁管？你立刻过来，错过机遇，追悔莫及。”

老曹来了，出席本院内的活动也扎上了领带穿上了西装，头发上着油，很人民日报中国作协的派头儿，不主动说话，不对老王的客厅表示惊讶，像茫然无所知。

老王越发恭敬，说：“白雪，你看人家老曹多会生活，在家不出门，也像出国访问一样干净。”

老曹说：“我们作家的圈子和你们不一样，我们这个圈儿里太虚伪。你说到底怎么回事？一会儿还有朋友来找我。”

老王说：“你先得保证，在这本书没出版之前不准向任何人透露。”

“如果真有价值的话，你甭说我也懂得保护素材的重要，说出去就等于卖给别人了。”

“我先请你猜一猜。”老王站着说，“白雪同志第一位丈夫，你猜是谁？”

“这个我明白。”老曹瞧着白雪笑了，但意味很深，也相当认真，“我们党的历史并非一本党史教材那么简单，有时曲折得令人难以想象。说不定哪一位很不显眼的女同志，她的第一位丈夫就是有名的将领，有名的领导者。”

“不是。”老王非常严肃，“是一个非常有名的土匪。”

老曹表情不再有一丝轻浮了，谨慎地看看她又看看他，明白了，说：“老王，你不用再说名字，我已经知道是谁了。我一直在找这个女同志，我早就听说她还活着，后来嫁的是我们一位团长，但怎么也找不着她。白雪同志，你跟老王结婚的时候我们还都议论呢，从外貌上就觉得你非同寻常。他们都说你看着虽然年轻，却是个资格很老的老干部。我说你既像个老干部，又不很像。这么说我的感觉太对了，你这本书我一定写，而且请你从现在起再也不要对别人透露一个字。”

她说：“我对你说的可能也没那么多。”

老王说：“从现在就开始说，从童年说起，白雪，就当你是讲给我听，老曹负责记录。我们每天讲一到两个小时，暂时不要让孩子们知道。”

她说：“童年的事真想不起来了，从十七岁离家，再也没有回去。只能记得家里的院子很大，我住的西屋门前有棵很高的没长多少叶子的老桑树，我从这棵树爬上去，能踩着树杈上房顶。桑树上结葚子不多，房顶上的瓦缝里长着小榆树和开灯笼花的野菜，灯笼花能吸出甜水来，好像学名叫猪奶子花。大概我有个老爷爷十一岁应童子试，二十五岁中举人。但到我爷爷，家道就算中落了，生活不很好了。我小时候像男孩子一样调皮，记得就喜欢光着脊梁上树，在房顶上抹得满身黑，爷爷厉声呵斥。除了走亲戚，女孩子捞不着出门。我没有兄弟姐妹，爬树爬得那么好，身轻如燕，树皮粗的杨树能手扒树皮不挨身就上去，像小猴子。够着一点树杈就上得更高，大风刮起来，刮得树身摇晃，也很害怕，但从来没掉下来。所以直到现在我看树的尺寸都是根据爬树的尺寸，树的下半截有一块最难爬的，够到第一个树杈就容易了。人老了觉得身子这么沉，想起那时真让人留恋，童年我想得最清楚的就是这件事，别的都忘了。"

"小的时候没人爱过你吗？白雪？"老王神态认真地盯着她的眼睛，"我记得我像你那么大的时候就有那么一种感情，我舅家的表妹一直和我玩，忽然她家要搬到她姥姥家那庄去，我就在屋里反复思想斗争，觉得这是最后一次机会，我一定得给她说点什么。那时我虚岁才九岁，等她快出门的时候，我听见她一个人回来上厕所，就猛地在夹道里截住她。我记得她还笑着问我：'你这个人，干什么？'可是我什么话也没说。"

"我没记得有这种奇遇。"她笑道。"对了，我应该先告诉你，"她对老曹说，"那个土匪的儿子和孙子都还活着，昨天是他孙子去了干休所，大概也想写这个。"

老曹的手发抖，抖得厉害，额上出汗，好像胳肢窝里也在冒汗，西装都湿出来。停了笔说："哎呀白雪同志，我真想不到你们这些老干部，脑子里还能记清这么多童年的事，好像我的印象就是，你们的脑子里除了第几次路线斗争就是第几次省委特别会议，当然我这想法很笼统，很幼稚。你是不是能允许我用录音机来记录一下，我简直觉得是千载难逢。"

这时电话响了，是华青公司何总，说订机票需要他们的身份证、工作证，另外还得办个边境通行证准备着，出门最好三证俱全，一会儿公关小姐来取证件。另外周一的股票讲座部长指示往后延期，一是不能让老王太累，二是公司的人也坐不下，香港新机场建设需要大量石头填海，南方的石头不结实，都得从北方买，这是个大生意，公司得全力以赴去抢一部分来做。

“抢一部分？”老王说，“我们能不能全抢过来？石头我们不是满地都是吗？这比大葱大蒜还重要，需要找哪个领导我随时听候调遣。”

何总说：“对了，你得有这个思想准备，你家王奋说，老白同志的孩子大义有个同学，在香港经营房地产，中东战争的时候发了，现在能牵这个线，此人现在就住在咱们这，我还没找着是哪个酒店，原来是咱们这的一个运动员。部长表示愿意随时随地放下一切重要工作跟他见面……”

老王接着捂住电话问她：“白雪，大义有个在香港搞房地产的同学吗？原来是踢足球的？怎么咱们没听说过？”

白雪点头：“来了，大义可能是明天晚上跟他一起吃饭。”

“你对我保密的太多。”老王有些亲昵的不满，接着就放开话筒说：“何总，行了，下落已经找到，你明晚在大哥大上听我的呼唤。”

“太好了。”何总非常高兴。

“还能接着采访吗？”老曹似乎焦虑得很。

“接着。”老王大将风度，“咱们谈咱们的，童年，少年，青年时代，直到今天……你刚才是不是要录音机？”

“下一次再录，现在我还是接着记，别打断白雪同志的思绪。”

“那还是童年，不是我的，而是你的，白雪。”老王的动作像个音乐指挥。

白雪说：“童年就这些了吧，我就记着喜欢爬树，像个小猴子，爷爷给我当先生，读了六本书：百家姓，三字经，增广，大学……都没记住。”

礼拜天王奋把港式吊灯买回来，想接着就安装，一千三百多元，像水晶玻璃一样。老王为了让白雪休息一下，没弄，也没叫其他孩子回来。但礼拜一却出现了突发事件，两位老人突然双双故去。原因是天气突然变得很热，像夏天一样，甚至晚上都不能入睡，老人就有点热感冒，穿衣服多也不是少也不是。睡觉前吃了点药，普通的犀灵解毒片，早晨即长眠了。干休所很及时派车请了大夫，检查后签了死亡证书，属于老年心力衰竭，自然死亡。他们和孩子们都赶到时，一切都处理完了，两个老人被护士抬到洁白的担架上，盖上白被单，就等亲人来见过面，送往殡仪馆。

车到院子门前，白雪已经哭得不行了，两个儿子把她架下来。这时老王还没哭，豁然大度地指挥一切。他问大义："老家的电报发了没有？另外老人的所有生前友好都要发一份电报，这事你起草名单，交给王奋办。"

大义犹疑："他们从没给我们说过老家是哪儿，妈妈也没说过。"

老王愣了。又问："生前友好也没有吗？"

"没有。"大义用一种眼光看着他。

"真是非凡的老人。"老王低声念叨，"他们的的确是非凡的，我们一定要把丧事办好，我们家每个孩子都要送一个花圈，他们的遗物一定要保护好。"

他命王奋立刻去把这些花圈买好写好，立刻送到，并搞一幅挽幛为二老装饰遗像，以便客人吊唁。让王深、王浅负责照顾好妈妈，二和与干休所领导协商其他细节问题。他和大义展开纸笔，他说，大义执笔，为二老写一篇简短而深沉的悼文：

"我们在此沉痛告别的是两位安然故去的老人，他们是我们这个和睦家庭的慈祥可爱的姥爷和姥姥：故尊大人××、×××，××省××县××村人，生于世代书香门第，其祖曾为清代举人。民国年间，家道中落，二老仍勤俭持家，耕读诗书，并送小女入县立高级小学。不幸突遭匪祸，二老隐姓埋名，流落他乡。为了他人的幸福和名誉，他们终生没有回到故乡，默默地完成了自己的生命。虽然他们高洁的品质和非凡的一生暂时不为世人所知，但随着时光之河的淘洗必将焕发光芒。"

下面署了所有儿女子孙的名字。

花圈来了，挽幛来了，悼文放在遗像的下面了，单位代表及邻居朋友代表都来了，殡仪馆的车也来了，两排洁白的护士抬起了洁白的担架。白雪拼命挣扎，不肯放父母离去。这时老王还没哭，回头认真清点了一下家庭成员，又安排了一次："大家一定要靠得妈妈紧一点，上车时要有次序，不要忙乱。"

然后老王才正式哭起来，一哭即是真哭，悲痛至极，身体前倾，世生和大义几乎拉不住，声音极沉重，感情极真挚，哭着，流着泪，摇头呼唤："爸爸妈妈……你们为什么突然离开我们呀？你们不该走呀，不该走……幸福的生活才刚刚开始……"

护士和担架在前，亲人在后，老王从屋里出来，院子两边的人们都被他的哭声感动。白雪的哭令人们悲伤，老王的哭令人感动，觉得他确实感情浓烈真诚，孩子们都不能比。世生和大义使很大劲才能拖住他。

当护士和担架快要缓缓走出小院门时，老王的哭声忽然又戛然而止，他偶然一瞥看见了站在旁边人们中的何总。他急忙脱开世生和大义的拖拽，上前一把握住何总的手，很认真地说："你怎么亲自来了？何总？公司不是有代表来了吗？"

何总还觉得不好意思，打断了老王的悲伤，忙说："没关系老王，你该怎么着就怎么着，我是代表部长的意思，不然他也得来……"

老王却仍在说："二位老人真是遗憾呀，好日子才刚开头儿，不过也是喜丧，没病没灾，没受什么罪。你得代表我们全家谢谢部长，机票的事有什么问题没有？"

"没什么问题。"何总加速说，"部长已经指示了，一定等你们料理好老人的事，再拖多久也等着你们。"

"那我谢谢你和部长了。"老王还在说，"我听说昨晚部长跟港商谈了两个多小时？情况还不错？"

"很好。"何总已经替他在着急。

"那好，我们回头再详谈，你抓紧回去休息……"老王在何总手上使了一下劲。

然后老王又哭起来，像刚才一样认真、悲伤、令人感动，世生和大义还得使劲拖住他。

直到车门口，才再次像刚才一样停下来，回头看看人群，问大义道："家里人没有落下的吗？"

大义说："没有。"

老王又哭着上车了。

因为一切都处理得特别顺利，没有一点失误和不如意，白雪的身体状况没受到多大影响，他们的旅行如期起程。老王也没让孩子们送行，只有世生跟着到了机场。白雪留世生在干休所那边看一段时间的家。

一架麦道–86 在傍晚的暮色中降落下来，他们告别世生登机，长长的机舱内灯光明亮，客人几乎全满。飞机又起飞了，像公共汽车那么寻常平稳。升上高空，老王带着自信的感觉问她："你感觉怎么样？很适应吧？"

她点头："这么多客人，像坐在家里一样。"

老王说："我认为这个时机也正好，不要太悲伤，白雪。老人会满意的，他们的去世，对我们，也应该看作是一个时代的过去，和一个时代的开始。"

白雪说："他们要是能永远活着多好，因为我总觉得他们能永远活着，才那么难过。"

"你看飞机现在是朝哪个方向飞？"老王问她。

在城市的地面上，这时恰好可以看到这架班机渐渐调正方向，红色灯光像星光一闪一闪，很久才消失在东南方的深紫色天际中。

（《小说月报》1992 年第 11 期选载）

平静的日子

刘毅然

最美好的东西只能用深痛巨创来换取……传说就是这样说的。

——考琳·麦卡洛

第一章

一

这时候宁静走进了黄昏。它不动声色地走进了这个干燥居住的夏季黄昏。

……但是，当我们把棘刺扎进胸膛时，我们是知道的。我们是明明白白的。然而我们却依然这样做。我们依然把棘刺扎进胸膛……

一阵过于轻微的翻动书页的声响，在宁静中扑扑簌簌。大约是她把那篇叫做《荆棘鸟》的故事读完了，我非常清晰地听见她的一声很漫长的叹息。听上去就像是在梦境中倏然闪出的一道亮光。我无话可说。那些断断续续的画面始终没能在我的印象里完整地构筑起来。我伸出手去抚摸她的肩膀，我触摸到一片模模糊糊的叹息声。她的脸上也许泪水正绵延不绝。毕竟是在这些宁静的日子里，她向我讲述了一个发生在遥远的澳大利亚的爱情故事。说真的我一直处在一种漫不经心的状态之中，我没被感动，甚至无法同情她的痛哭流涕。我虽然看不清这张我认为是非常生动的脸庞，但我能听到她的呼吸。我只是在她念到最后的时候，心底才浮出这种无法说清的感觉。就像是有人用刀子割破我的皮肤，我听到血液流窜的声音。我们把棘刺扎进胸膛时，我们是知道的。我们是明明白白的。然而我们却依然这样做。我们依然把棘刺扎进胸膛。这话朦朦胧胧像是对我们说的。与此相比，神父与女人的缠绵往事已经显得不重要了，也许她选择这部小说作为我们夏日的消遣是经过深思熟虑的。也许只是一种偶然。空气里开始弥漫傍晚所拥有的清凉的气息，很干燥。我眼前那片零乱而又残缺不全的黄斑渐渐被灰色笼罩。这时候，她的一只小手轻轻攥住我放在她肩膀上的那只手。

“咱们走吧。”她说。

“走吧。”我说。

“往哪儿走？”我又说。我什么也看不见。我的所有关于道路和方向的印象都只能在记忆中出现。一切都显得那样模糊和朦胧。

一切都处在宁静之中。

“咱们沿着铁路走吧。”她说。

“好吧。”

“那你往左。对，就这样一直朝前走。”

就这样一直朝前走朝那个黑咕隆咚的地方走下去没准就能撞见上帝。火车巨大的轰鸣由远而近，我的脑海里瞬间爆开了一团烟雾。炸弹的声音是真实的。伸手就能摸到。

“你怎么啦？”“没什么。”“是不是不舒服？我自己来摇吧，你跟着走。”“不不，还是我来推你。”

接下来的时光里，轮椅的吱呜吱呜声变得清晰起来，对于我们来说，它是亲切的，是一支宁静的歌声。我缓缓地推着轮椅车。她缓缓地在我的记忆中走。缓缓的，都是缓缓的。

我说："太阳落下去了吗？"

她说："快啦。"

我说："是我面对的这个方向吗？"

她说："就是。"

我站住不动了。我在想象眼前的景色。温暖的无可挑剔的太阳从来也没有这样美过，它是不是就停留在我们面对的那座被青草覆盖的山坡上？我当然记得山坡下那条在昏暗的光线下显得色彩斑斓的河流。浪波卷去白日的干燥，河床上拂来的风很凉很清爽。这使我想起那支儿歌《在那河畔青草青》。那时候，我常站在这儿，置身于宁静的阳光下，双腿被散发着清香的野花所簇拥，听一个红衣少女唱这支歌。那时候她坐着轮椅车，目光长久地滞留在河面残留的夕阳光斑上。河上漂浮的气息很湿润，她的目光也显得湿漉漉的。偶尔会有一两只白鸽在天空划过一两道银色的弧线。更多的时候占据天空的是一只只风筝。风筝飞得很高。它们在傍晚的天上留下的痕迹只能是依稀可辨。我总是很感伤地望着它们，我担心风会把线吹断，让那些色彩美丽的风筝流落他乡。我总感到我心里牵挂的某种东西就像这些风筝一样，越飞越远。在慢慢地远离我。慢慢地从我的记忆中消失。现在我不知道那片明净如洗的天空下是不是依然有风筝在飘荡。我只能凭借想象，凭借晚风的提醒，猜测眼前的景色。这些不连贯的画面继续向远方延伸。我的眼前被暗红色的黑暗笼罩，硝烟腾空而起。夕阳被炸得粉碎。没有爆炸声。只有缓缓在天空浮动的太阳的碎片。只有一股腥甜的血味儿。"你在想什么？"她说。她的声音像来自天堂，来自很遥远的某个地方，来自某件往事的片断。

"没想什么。"我说。

"你半天没有一点儿声音。"

"是吗？"

"把手给我。"

我向前伸出手。我的手在空中被她抓住。接下来我触到一片鹅卵石般的光滑，我能感觉到她脸上的气息，感觉到一种并不陌生的湿润。

“你喜欢那种鸟吗？”她问。

她的声音使我确信她的情绪还纠缠在那部由一位女作家写的小说中，荆棘鸟的出现使她的思绪又回到飘忽不定的往事中。没错。一定是这样。她脸上黏稠的潮湿向我提供了这种判断。问题是我们还应该感伤吗？还有什么东西值得我们去感伤？那毕竟是书中的故事那只是传说。我们的故事呢？谁知道我们的故事？

“还行吧。”我说。

“我喜欢极了。”她说。

她咳嗽了一声。她的声音有些颤抖。

> 当我们把棘刺扎进胸膛时，我们是知道的。我们是明明白白的。然而我们却依然这样做。我们依然把棘刺扎进胸膛。

一切都是静上的。她又喃喃地重复了一遍：“我们依然把棘刺扎进胸膛。

”那个夏日的黄昏是宁静的。那种宁静好像在生活中缺乏依据。

二

他就坐在那儿。离得我很近很近。又好像很远。他的身子很近而他的目光很远。整个下午他都平静地置身于干燥的阳光下。他一动不动，偶尔眨一下眼睛。双手垂立。身子深陷在那张帆布做成的行军床里。那只受伤的眼睛上绷布还没有拆除。绷布上还依稀能辨出曾经是红色的血渍。他用另外一只眼睛望着远方。远方有树有河流。无法判断他看着什么或者听着什么。我曾把脸凑近他，专注地看他的黑得令人惊诧的眼睛。我企望他会笑一下，即使是苦笑也好。他没笑。甚至没有丝毫的交流。他的目光宁静得要命。朦朦胧胧的。整个下午都是这样朦朦胧胧的。我对他笑,并跟他说话,他显得没有感觉。他脸上的表情显示出的淡漠在提醒我,他也许真的不知道我的存在。那是个宁静的日子,天上没有缓缓流动的云朵,草尖上没有细声细语的山风,空气湿润而柔和。在南方丛林,难得有这样的好天气。简直好极了。

现在,他依然这种姿势坐着,置身于忧心忡忡的阳光下。我望着他,我的眼前呈现出上面的那个画面。它出现在十年前的那个下午,它从我记忆的河床下浮出水面。

一切都是那样模糊而又清晰。

他还是一动不动。也不发出一点声息。我贴近他的脸庞,仔细地看他的柔和的和坚硬的脸部线条。他比那时显得苍老多了。皱纹在他苍白如蜡的脸上清晰可见。

"还疼吗?"我说。他一声不响。"还疼吗?"我又说,他依然一声不响。我忽然奇怪地发现这好像不是我自己的声音。一种非常强烈的感觉攫住了我,时间和空间都凝固了。我和他像是被这个世界遗弃了一样。一切都显得不真实。一切都变得那么虚幻。我想大声喊叫。我拍拍他的脸。我不知道这种走火入魔般的感觉还要持续多久?太阳倏然一闪,在暮色中消失了。立刻就有晚风吹来。微凉而清爽。飘着一两片雪花。他还是那样苍白地坐着。他像一块沉默的墓碑。我攥住他的手,我感到攥着的是一颗冰凉坚硬的石头,这时候雪已经渐渐下得大了。

他忽然说话了。他声音的出现几乎使我灵魂出窍。就像夜晚在梦中突然撞上一头黑色的野牛一样。他说:"太阳是下山了吗?"

"嗯。"我轻轻应着。

"就是在那个时候,就是在那个时候……"

"你说什么?"

"就是在太阳下山的时候……有一团火光,我们飞向天空……"

他的声音渐渐微弱，变得柔和而又模糊。我当然知道他在说什么，我的心如同沉沉降临的暮色，越来越凝重、凄婉。

我不知道说什么更合适。确实不知道。

后来的这个瞬间，我被惊呆了。一颗非常透明的水珠从他鼻梁上的黑色镜片后面滚落下来。顺着他的脸颊缓缓滑动。现在它挂在他的腮边，闪着一种很晶莹的亮光。

到底发生了什么？我愕然。他多长时间没有这样动感情了，他说他早就不会流泪了。三年？五年？也许还要久远。这一刻时间静止了。所有这一切都像那时一模一样，好像就发生在昨天，或者今天。我慌忙从轮椅上欠起身子，伸出手摘下他的墨镜。呈现在我眼前的和那时一模一样。一模一样。他的那只被红色疤痕统治的眼窝已经盈满了一片我认为是泪水的透明液体。

“你哭了？”我说。“没有。”他说。

天气很冷。窗外飘着这个冬季的第一场雪，雪是忧郁和柔软的。这个冬季也是忧郁和柔软的。我现在能做的唯一事情就是用一块纱布为他轻轻擦拭那些液体，就像十多年前我为那个穿军装的男孩子擦拭真实的眼泪一样。

“这雪下得好大呀。”他说，他的语气就好像在告诉我，他也能看见纷扬飘落的大雪。

“是挺大的。”我说。

“咱们出去走走。”他说。

“好吧，”我说，“我来给你引路。”

他从那把他整整坐了一个下午的椅子上站起来。很准确地抓到轮椅车的扶手。车轮启动了。出门。穿过一道走廊。冷空气扑面而来。我们已经置身于冬天的黄昏里。我说向左。向右。再向左。一直朝前。我不停地重复着这些话。一切都是很久以前的事了。好像发生在另外一个遥远的世界。可一切又都是从灵魂深处涌起来的，好像就发生在昨天，在刚才……不同的是那时我是搀扶着他的，笼罩我们的是 1979

年春天那些温暖的阳光。现在已是寒冬，我们也不再是那时候纯真而又浪漫的模样。往事如烟。

他就是在我心绪飞驰的时候突然滑倒的，他摔得很重。轮椅车失去控制撞到一棵树上。我猝不及防。我的感觉还滞留在那个春天的日子里。我也摔到雪地上，摔得很重。我的脸在雪地上摩擦，我嗅到了大自然的气息，冬天的气息。我心里涌上一种强烈的感觉，我们都还活着，而活着是多么好啊。他摸索着爬到我的身边，他想抱起我重新放到轮椅车上。我拽住他的手，我说就在这儿坐一会儿吧。他把脸扭向我，好像在凝视我一样，脸上露出的笑有点古怪也有点忧伤。其实他什么也看不见。

我告诉他这雪下得美极了。很白很纯。

我们沉默了一会儿。他说给我念你新找来的那本小说吧。我就从悬挂在轮椅车上的挎包里抽出那本书。我打开扉页。我发现光线已经很暗淡了，但我依然想给他念。

> 雪花静谧地飘落着。“……传说有一种鸟，它毕生只唱一次，但歌声却比世上任何生灵的歌声都悦耳……它把自己钉在最尖最长的刺上……以生命换取毕生一次的啼鸣……”

那时我已经无法分清是我自己的声音还是他的声音，或者是那鸟儿的绝唱。

三

当她穿着一身松松垮垮油腻腻的大号牛仔服，在咖啡厅色调朦胧的灯光笼罩下朝我走来的时候，她给我的第一个印象就是她比我记忆中的那个小姑娘要迷人得多。她穿过人群走到我的面前。那一头像被墨染过一样的长发就那样随心所欲地披散着。她的脸显得更白了。她向我微笑的那个瞬间，我眼前蓦然呈现出那年冬季的情景，仿佛是一幅被固定在镜框里的一个画面。时而远时而近。时而流动。时而静止。

也是这样一个动人的微笑。出现在十多年前她少女时的脸上。

那是一个多雪的冬日……

我暂时逃离了熙熙攘攘的人群。我是说那密密麻麻的一大群刚刚穿上军装剃过光头的新兵。我听见有人叫我。接着我看见了那张快乐美丽的脸。我挤出人群，有点胆怯地站在她的面前。她的眼睛湿漉漉地瞧着我，黑色瞳仁由于映出天空的色彩而显得很蓝很蓝。也很深远。我确实没有想到她会来送我，在两年的高中班里我不记得有过和她在一起聊天或者玩什么的往事。好像说话也很少。她的美丽是无可挑剔的，在她面前我常常显得自卑和手足无措。

你怎么来啦。送送你。下雪了还来送。下雪了吗？我好像没有感觉。

天空飘着的的确是雪。这雪是不是从清晨开始下的？初冬的细雪总是那么忧郁那么宁静的。她若有所思地望着我，脸上露出的这个笑容像初雪一样宁静而忧郁。我记得那天她扎着一条色彩鲜艳的红围巾，这使她的脸更显得小巧和柔美。接下来的时间里我真的不知道该说些什么。我天性腼腆，话不多。这种和漂亮姑娘站在雪地里的尴尬，使我更显得傻头傻脑。我身后的新兵们大叫大嚷地在往那列长长的闷罐车里爬，许多人摘了棉帽，光头上的热气散发着一股很强烈很活泼的生命的味儿。有人在招呼我了，我大声应着。我转过脸来的时候，发现她的被天空映蓝的眼睛里有海水一样的东西。我慌神了，我脸红得要命。她蓝蓝的泪水把我一直很宁静的心撩得如潮如涌，我还从来没有体验过这种方式的激动。我现在真巴望她立刻消失。

我得走了，我说。我还没告诉你好消息呢？我被录取了，她说。是电影学院吗？是的，是导演系，是我的梦。

我记得我当时脱口而出说了一句真棒什么的。我确实为她高兴。在学校的时候她就喜欢摆弄戏剧喜欢谈电影，她口才极好模样又漂亮，我只有远远躲着。

小心点，她说，那边要打仗了。我没说话，我就想玩命，我心里总有一股动刀子的感觉。小心点，你听见吗？她又说。

这时候她的脸显得更苍白了，目光中的蓝色也更加清澈更加朦胧。

哨声响了。是告别的时候了。

那是个宁静的飘雪的冬日。

刚才的幻觉如同一个梦。现在它消失得无影无踪。

那个冬雪一样忧郁一样宁静的微笑十年之后依然停留在她的脸上。依然如旧。她没怎么变，当年那个饱满得像要挣破皮肤的少女现在依然丰腴，依然美。我只能通过一只眼睛望着她，因此她的模样显得有些朦胧。她的长发飘拂在脸庞的周围，变幻不定的灯光给她罩上一个变幻不定的光环。她的目光成熟多了。过去的那种咄咄逼人的光芒被一种深思熟虑的神情所取代。我不是也变了吗？脸上有疤，身上有伤，一只瞎眼。一切都已成为过去。一切。

她说："我差点认不出你了。"

我说："我这副怪模怪样自己都认不出。"

"剧本看完了吗？"

"差不多吧。"

"你喜欢吗？"

"说不上来。"

"我是说你干不干？"

"不干。"

"为什么？"

"我就是不想沾这个边儿。"

"作为朋友我请求你帮助我，成吗？你打过仗，你脸上身上都是战争留下的纪念，没有任何男演员会有你这样深刻的体验。老同学，帮我一回，就一回。"

她的善于捕捉人的意念浮动的眼睛令人惊骇地望着我。那目光向我呈现的是那个冬日在红围巾下荡漾的蔚蓝色。那真是不同寻常的目光啊，我像被它剥得浑身赤裸，它撩动我的神魂，瓦解我的抵抗。闷罐军列开动的时候，我看见她在迷蒙的雪中伫立不动。

“你为什么非要拍这种故事？没有人再提起那些往事了。我自己也如此，那仿佛就是一个很遥远的梦。我根本不想再回忆那些情景。你干吗要去惹这种麻烦，没人会喜欢你的故事。”

“我就是想对世界说出我的看法。”

“那你找别人去替你说，别沾我。”

“可你打过仗！我想找一群你这样的复员兵来演我的角色，你们不用化装，不用我说戏，不用再去体验那些苦难和不幸。我想要一种真实，我想要逼进人们心灵的那种真实。”

“真实个屁！虚假得让我恶心。你知道那滋味吗？人看见死亡的滋味？你让那个女护士干什么？你真会编，你让她应失去双手的伤员的请求，替他们进行自慰。你让她牺牲自己的肉体让我扮演的那个傻瓜排长去恢复功能。你简直……让我怎么说你呢？没有这种事儿！”

“可我表达的是一种求生的欲望啊。性只是一种象征，人在任何残酷的条件下都会产生活下去的神圣愿望，女护士的行为就是鼓励那些伤兵顽强地活下去……”

那个瞬间我抓住了她的触摸着我胸前皮肤的小手。我什么也看不见。我确能清晰地感受到那只手和我的灵魂在一起战栗。你别走你别走你别走。我还活着，我依然活着。这只手浓缩着这个充满真实感的世界。这种感觉在我拉着那只手向我身体内最隐秘的部位缓缓滑下去的时候，变得越来越清晰越来越痛苦了。她没有把手抽回去。没有。我那时全部的欲望就是活下去，活到能看见她的脸她的眼睛她的双手的时候。那是春天的一个宁静的日子。

“我是不是伤害你了？我知道这样做太残酷了。但我想这样也许更能表达我要说的话。”

我闭上眼睛。我殚精竭虑地想重新获得刚才的那个幻觉——准确地说是记忆中的情结。我想挽留它,阐明它。但我没能成功。它总是悄悄地来悄悄地走。一切都很突然。转瞬即逝。给我留下的只是一个非常遥远又非常强烈的激动感和怅然的滋味。

“你怎么啦?我把那段删去好吗?我把它删去你能答应我吗?你答应我吧。”

“我有点头疼。”

“你的脸好苍白,苍白极了。”

“咳——!我知道这本子是你的心血,你终于不粉饰什么了,写得也挺棒的。可我不合适,我脸上这条疤和这只瞎眼会让人感到不舒服。要是你实在找不到合适的人,你再来找我。只要你用得着我,我随叫随到。如果你让我自己选择的话,我不干。”

她沉默着,把那杯已经凉了的咖啡送到我的面前。在我端杯子的那个瞬间,她用两只手攥住了我的一只手。我看见了十年前向我凝视的那双眼睛,像冬雪一样宁静一样忧郁的眼睛。

四

他终于还是去扮演了那个角色。他在推我去看新建的高速公路的路上,告诉了我他的这个决定。他说得很平静。他说他是作为朋友才去干的。他说那不是一个人的遭遇,是他和我还有所有打过仗的退伍军人的故事。

以后的事情无法预知,心灵引起的创痛我们是知道的。我们是明明白白的。然而,我们依然这样做,我们依然把荆棘扎进胸膛。

那天黄昏,我坐在轮椅上给他念那本厚厚的小说。阳光像碎纸片在金黄的草叶上飞舞。

第二章

一

那年我十七岁。那个时候的情景在我的记忆中大都已经非常模糊非常淡泊了。像一座在大雨之中倒塌了的褐色废墟一样,所有物体都扭曲成一团。画面朦胧。使你很难再辨认出那最初的景色。回忆那段最青春最富于热情的生命，留在我记忆中最清晰的印象是那一团火光和黑烟——炸弹爆炸之后猝然闪烁的火光和弥漫整个世界的黑烟。我常常在梦中看见他们,醒来时我发现我的眼中盈满泪水。我无法说清我为什么只记得火光和黑烟。枪声炮声和流弹的呼啸都荡然无存。唯独那耀眼的火光和浓浓的黑烟在我的心里久久不能散去。它们好像是我生理的某种需要而一直伴随着我。我实在无法说清这种感觉。有时我强烈渴望把它们遗忘,就像我遗忘乌黑发蓝的冲锋枪和全金属外壳的子弹一样。我渴望遗忘把我整个吞噬。我渴望在遗忘中度过残生。我常常在睡觉前默默祈祷,我一遍又一遍默念着我要把你遗忘我要把你遗忘就在这一夜我将把你遗忘。但我第二天早晨醒来的时候，我眼前最初闪耀的总是那束爆炸后的火光和久久不散的黑色硝烟。它们将永远存在,如同现在黑夜对于我永无止境那样。在这漫无边际的黑暗之中,它们依然存在。战争也依然存在。它穿过岁月的云烟,通过我的模糊而又清晰的记忆在我眼前显现出来。那一年。那一年我十七岁。

这是一场梦。一场噩梦。

我醒来的时候,什么也看不见。我感到一阵寒冷和恐怖。我的眼睛睁着，世界呈现的却是一片黑暗。我眼前像是横着一堵漆黑的墙壁。我什么也看不见。我什么也记不起来。时间和空间好像都不复存在。我想喊叫,却发不出声音。我感觉我身上的某种东西破碎了,我的生命正从那个破裂的地方悄悄地流走,已经快流光淌尽。我是不是要死了？我想到了死。我害怕死。害怕死后的那种孤独。我拼命地想去回忆往事，眼前却只有支离破碎的光片。后来幻觉出现了。那是布满在天空的一张少女的脸。她的出现使我感到激动、紧张和焦躁不安。我的心突然毫无节奏地狂跳起来。我屏住呼吸。我的听觉那一刻非常活跃，我倾听到一个奇怪而神圣的声音：死亡。死亡。死亡。我为什么会遇见死亡？我思绪混乱。究竟发生了什么？这个无缘无故的梦干吗总缠着我？

那一阵细微的声音踉踉跄跄地来到我的耳边的时候，我的那些幻觉忽然神秘地消失了。那个模糊的定了形的少女被一团火光炸碎，我眼前开始弥漫黑色的气味难闻的硝烟。现在我朦朦胧胧地能辨出那是人说话的声音。有时很远。有时很近。我逐渐能辨认出一个女性清新的嗓音。我的第一感受就是身心承受了这个春季最初的几滴雨水。很清新也很温柔。

那是一个非常平静的春天的日子。

我继续躺在黑暗中。我觉得我沉重得像一块石头被搁弃在没有阳光的荒野。刚才的那一阵人的声音在不知不觉中消失了。我又回到了宁静的状态里。我闭上双眼，我以为那样不幸就离开我了。我脑海里又出现了那片红色的火光。黑烟慢慢扩散。一阵气浪猛烈冲击着我，我失去了幻觉。我在黑暗中似梦似醒似醒似梦。

二

现在，他就躺在我的身边。他一动不动。整个头颅都被纱布包裹起来，只留下一张干裂的褐色的嘴巴。我的心还在惊悸和怜悯中来来回回地折腾，怎么也平静不下来。太阳穴突突突地跳得很厉害，厉害得要命。我还清楚地记得，我当时害怕极了。从我第一眼看见他，这种惊恐万状的情绪就紧紧纠缠着我。我害怕他会在某一时间死去。其实我并不认识他，没有任何感情的因素，但他浑身是伤的模样和血肉模糊的脸，把我的心割出了无数道流血的口子。我当时的确是丧魂落魄。

这是我第一次见到他。

我怎么也没有想到战争刚刚开始就会一下面对这么多残酷的事实。战斗是凌晨打响的，天刚刚亮就有受伤的士兵被抬来了。死亡、呻吟、恐惧和痛苦也纷至沓来。大部分是枪伤，也有缺胳膊少腿的炸伤。空气里弥漫的全是腥甜的血味和烧焦的肉味儿。一个遍体鳞伤的士兵在我给他包扎纱布的时候死了。他死在我的怀里，嘴里涌出的鲜血流了我一身。整整一个上午，眼泪都在我的眼眶里骨碌碌打转。我感到心口堵得慌，脑袋涨得要命。我只是机械般地干着我该干的一切，我的神经已经麻木。

中午的时候，抬进来这个浑身是血的伤兵。我拿着浸过生理盐水的绷带走过去的时候，我完全惊呆了。这个伤兵的头部血肉模糊。眼睛那地方像是被斧子砍了一样有一个深深的血槽。双颊已经凹陷。皮肉翻开。根本无法辨清他的模样。他的脖子上肩膀上和胸脯上，流出来的血浆已开始发干，像暗红色的油漆一样皱起一层皮。军衣上的血液有的还呈现出黏稠状，有的凝固成黑块，上面布满了尘土。血还在流。我简直不敢相信，一个人会有这样多的血。一种强烈的想要呕吐的欲望紧紧攫住了我。我捂住嘴，将翻出喉咙眼的发酸的胃液强咽下去。我和几个护士一起开始为他清洗伤口。他脸上的肌肉每一次轻微的战栗和突然的跳动都在显示生命对死亡的抵抗。血液一部分在鹅黄色脂肪和皮肤之间很旺盛地涌流着，一部分却在伤口的边缘凝固了。他还活着。活着。

现在我看清楚了。他的一只眼睛已经残破不全，那里呈现出一个黑色的血洞。另外的一只眼睛被鲜血浸泡，我们无法辨别出它的整体形状。一定很疼。我恐惧地望着他。我感到浑身寒冷。要说从护校毕业来到这所野战医院已经两年了，我包扎过的伤口——我是说那些枪伤和炸伤也不算少了。就在昨天，战斗打响的前夜我曾经揣想过各种各样的可怕场面。我几乎一夜失眠。可现在我还是被眼前这个真实

的比我的想象恐怖得多的景象给惊呆了。我想哭。我感到我的神经一根一根崩断了。我的血像退潮的海水一样从头一直退到脚跟。他脸上和身上的肌肉还在无声地抽搐着。我的手也不停地抽搐着。我虽然泪眼模糊，但我知道这个印象已经锥心刺骨般地留在我的记忆中了。

的确，以后的日子里，我经常看见它，重温它，叙述它。尤其是在那些非常宁静的日子里。在我的心很平静很平静的那些早晨和傍晚。后来，医生们在给他做手术的时候，我远远地逃到最僻静的地方，我一边洗我的鲜血淋漓的双手一边哇哇地呕吐不止。我已无法再保持平静。我吐得浑身颤抖，直到吐出淡绿色的胆液为止。我记得那是个飘着绵绵细雨的日子，宁静，安详。我跪在地上呜呜咽咽地哭了很久很久。天哪，别再遭遇这种摧心裂胆的场面吧。

那天夜晚，天空一直滴落着这个春天的蒙蒙眼泪。我不知道我为什么要走进他的病房，为什么坐到他的床边，为什么一夜守着他。他一动不动，甚至呼吸声都是若有似无。我拿起他的那顶沾满血渍的军帽，我知道了他的姓名、血型，还有年龄。他十七岁。比我还小四岁。他还是孩子，他享受的生活少得可怜。可他的生命却在这一天拥抱了它们，我是说死亡或者残酷。那个春夜宁静得叫人心绪不宁。

三

好像一切都从心里涌起，渐渐变得模糊，突然又消失了。那时我醒过来了。我累得精疲力竭。我的意识依然恍恍惚惚。黑暗就像无形的墙壁慢慢向我逼近，拥抱着我，挤压着我。我的眼前弥漫黑烟，我又看到炽烈的爆炸。火光遮盖了所有的丛林。我的脑壳里有一种奇怪的声音嗡嗡作响。我头痛得厉害，我浑身都在产生强烈的撕裂般的疼痛。直升机在我的眼前飞来飞去，螺旋桨刮起的旋风把我的身体飘飘然带向天空。我降落在一个地方，我不知我为什么来到这里，也不知道这是哪里。我什么也看不见。我在一座黑色的陷阱里挣扎。我觉得我的头随时随刻都会爆炸。这种缓慢的痛苦简直叫我无法忍受。我那时对突然的没有疼痛感的死亡充满羡慕之情，我从来没有过这样迫切渴求结束生命的欲望。我的十七岁的青春生命已经承受不住由我自己的鲜血骨头肌肉和心灵共同组成的剧烈疼痛，它们巨大得像一头红色野牛,压在我的躯体上。我想大声喊叫,我发觉我的喊叫没有一点声息。

那天,同样是一个宁静的日子。一切都很宁静。一只手碰到了我。有人掀开我的被子让我露出胳膊,我感到胳膊有点肿胀。我的意识和感觉依然是朦朦胧胧的。我一动不动。

那个声音突然而至。在我的耳朵里响起已经被我遗忘了的爆炸声。一道强烈的白光穿越我的脑海。这些声音和光在我的眼前出现多次了,然而这一次它们没有瞬间即逝。它们留下一连串画面不连贯的印象。我的眼前展现出一组短促的被火光照亮的色彩越来越鲜明的记忆。那时候,整个大地都在震颤抖动,夜空被火箭弹和炮火映得通红。我紧张而又兴奋,我能清晰地感受到我的灵魂和我握枪的手一起颤抖。我不知道当我面对敌手充满恐怖的眼睛和胸膛的时候,能不能毫不犹豫地射出我的子弹。我确实想到过死。我害怕这种死亡的突然性。我总觉得对这个世界还有话要说,当然我也想过侥幸地活下来,也有过杀敌立功的奢望。现在一切都开始了。我们别无选择。求生的欲望突然变得那么强烈。炸弹不断地轰轰隆隆地爆炸着。我捂上耳朵,我身边布满神情复杂的眼睛。当炮声停止的瞬间,我跳出那条前沿阵地的壕堑，冲向黑黝黝的山谷。我当时只有一个念头——豁出去。你死我活。

那颗炮弹呼啸的声音响亮而动听。爆炸的气浪把我掀倒在地,我感到一阵刺骨的灼痛。我脑子里非常清晰非常短促地闪过死亡的面孔,我失去了一切知觉……我醒来的时候,什么也看不见。四周漆黑一片。我听不见枪声炮声和脚步声,坦克巨大的轰鸣也听不见,世界变得寂静无声。我也变得异常平静。我摸摸头,头还在,我摸到一片黏稠的温暖的液体，我知道那肯定是我自己的血。我的流动的生命。我感到我在一片沼泽地里陷落，身体越来越沉。再次失去知觉之前，人间留给我的最后印象是火光和黑烟中缓缓破碎的太阳。

我在天空中飘浮。一直飘浮。

这时，我觉得有点异样。是什么声音和气息悄悄走近了我呢？我感到一阵声音细小的微风，轻轻拂过我的脸庞。我的皮肤好像被什么东西撕扯着，眼前露出一条光亮的缝隙。可我依然什么也看不见。那条亮光以极快的速度消失了，黑暗重新包围了我。我像沉入黑沉沉的水底，一切又都恢复了那种平静。不知又过了多长时间，我听到一声深深的叹息和轻微的抽泣声。我伸出手去想触摸那些声音，我的手在空中被两只非常柔软的手抓住。我的心发出一阵战栗。

“别动。”这一次我听出是个女人的声音。确切地说是一个女兵的声音。在前线，只有这一群穿戎装的女性。我想把手抽回来，我发觉我的手被那双柔和的小手攥得更紧了。后来我的手被轻轻摊开，我感觉到有一张小脸贴在了我的手上，我是从那个冰凉的鼻子和颤动的睫毛上感觉到的。现在所有的记忆都恢复了。我被炮弹炸伤。我还活着。我什么也看不见，但我活着，这就足以使我感到欢快了。可突然间我觉得浑身不舒服，欢快彻底消失了。羞愧和悲哀笼罩了我，我甚至连一颗子弹也没有射出去就倒下了。我的英雄美梦被那颗炮弹炸得粉碎。不仅仅是窝囊，更多的是忧伤和焦躁。哪怕我冲上一座山头呢？哪怕我打出去一梭子子弹呢？或许我的心灵会感到好受一些。真不如死。那颗炮弹为什么不一下把我炸得粉身碎骨？今后我怎么去向朋友们叙述呢？一种精神上的创伤开始折磨我，我真想痛哭一场。我的眼前依然是一片漆黑。我感到热烘烘的呼吸吹到我的脸上。“我怎么什么也看不见？”我说。“你别动，你会慢慢好的。”黑暗里响起那个细细的嗓音。我想睁开眼睛，看一眼坐在我的身边的这个女兵，可我什么也看不见。眼前一片黑暗。

四

那天晚上。我听到他在床上扭动着和呻吟着的声音。我走到他的身边，轻轻抓住他的手。他浑身发疯般地痉挛，并恶狠狠地骂着什么。他还啜泣。我拼命控制住情绪，轻轻地抚摸他，安慰他。我能做到的只有这些了。我知道他精神上的创痛比肉体上的深得多。后来他睡着了，夜晚恢复了寂静。我默默地坐在他的床边守护着他。我也不知道为什么我的心里特别为他痛苦。也许是他伤在眼睛。也许是他才十七岁。我说不清楚。这几天伤员太多了，我累得骨头好像散了架，浑身汗腻腻的透出一股臭味儿。我真想跑到一个没有人的地方痛痛快快地洗个澡，特别是我的长头发，已经开始发粘并散发着一种令我心烦意乱的气味儿。要是现在就能泡在浴池里多好。要是现在就能穿上松松软软的睡衣舒舒服服地睡一大觉多好。我突然觉得我对生活的要求一点儿不高，我是说那些日子我所渴求的就是洗澡和睡觉。真的。就是这样的。窗外的风还在轻轻地吹着，它们从玻璃上走过时会留下轻微的颤动。他翻了个身，嘴里喃喃细语，大约是在说梦话。他蜷着双腿，身子缩成一团，像个小男孩在做噩梦。

夜显得特别漫长。每个夜晚都显得特别漫长。从窗户望出去，看得见那些黝黑的山峰。一堵堵高高的墙。再往上就是瓦蓝色的天空了。没有月亮，也没有星光。天空宁静得像一湾荡漾在画布上的湖水，显得不够真实。我把月光从天空转移到他苍白的脸上。他脸上的表情非常宁静，前些天的那种痛楚已渐渐消失。那时我觉得他好像随时都会死去，我常常在惊吓中醒来。有好长一段时间我都处在担惊受怕中。我总在为他祈祷，企盼他能活下去，我不知道是为什么。我为他流过好多好多的眼泪。每回给他换药，听他浑身骨节和肌肉扭曲抽搐的声音，我就流下眼泪。我压抑住哭声不敢让他听见。我奇怪他从来也不大声喊叫，他居然能默默地承受住一切。每次换班下来，我的第一感觉就是神经彻底崩溃了。我没有想到会有那样多的死亡和流血。酷烈的死亡和流血。也没有想到那些创伤会是这样的惨不忍睹。

都说慢慢就会习惯的。可我不行。十多天过去了,我的心依然平静不下来。

那天早晨。广播里突然传出一个我一直期待的消息。我军开始全线撤回。我激动得要命。眼里满含泪水。我是说我再也不想去面对那些血淋淋的伤口和恐怖的眼神了。我跑到他的床边,趴在他的耳边,小声告诉了他这个消息。他好像没有反应,依然是无声无息。我失望极了。我原先揣想他会像我一样激动得发抖,或者流下兴奋的眼泪。可他没有。他的平静使我感到困惑甚至震惊。也许痛苦使他变得麻木。也许他的神志已经变得不清楚了。我忧心忡忡地望着他。忽然他抓住我的手。抓得紧紧的。我感到很疼。他说我还能看见东西吗?我没说话。他又说告诉我我还能看见东西吗?

他的手在明显地发抖。我确实不知道他还能不能看见这个世界。我的心一直被这个痛苦的事实所折磨。他的一只眼球被摘除了。那只破裂的血肉模糊的眼球被扔进托盘里。我的手战栗不止。眼球凝视着我,像是能看见我一样。他的一只眼睛没有了。另一只也受了伤,我能对他说什么呢?我又该怎样去说?

那一夜,我的心都在黑暗中彷徨。

五

我那时坐在一块石头下。田野万籁俱寂。

两天前我就下床了。幸运的是我的胳膊腿什么的没有致残。虽然我浑身还缠着绷带,但我可以下床走路了。这个事实使我兴奋不已。我相信一旦拆除了眼睛上的绷带,我会看见天空土地以及河流。微风吹过来的时候,有丝丝缕缕惬意的凉爽。春天的气息从来都是清新的。我只能凭感觉认为我现在面对的是夕阳西下的天空。我在呼吸黄昏呼吸夜幕降临前的宁静。“该回去了。”她说。她一直坐在我的身旁。

这个女护士的声音真让我舒服。我不但熟悉她的声音，更熟悉她的气息。一种淡淡的清香和药味混杂的气息。我真想早一天看见她，我敢发誓她是一个非常美丽的姑娘。

她轻轻攥着我的胳膊，她说咱们走吧。我站起来。我把一只手搭在她的瘦削的肩膀上。这些日子如果没有她，我不知道我会烦躁和郁闷到什么程度。有一天她没有来。那一天是我一生中最漫长的。她搀着我向前走着。我已经不再用自己的脚尖去探索走路的方向或者试探一下前面有没有绊脚的石头。她扶着我，我走得很踏实。我的双脚已经熟悉了这段路面。我的手也越来越大胆地用劲搂住她。有时我会产生一种欲望，想用我的双手正面拥抱住她。这个欲望新鲜而又强烈，但每次我都抑制住了。

那天夜晚，我躺在床上。我听见她的脚步并嗅到她的气息。她给我吃完药后就坐在了我的床边。我清楚地记得就是在那天夜晚她告诉我明天就要拆除绷带。她说你会重新看见东西。我说我想先看见你。她没说话。她把我的一只手轻轻攥着。我的手背触摸到光滑而湿润的皮肤，我猜想那是她的脸。流泪的脸。后来我把她的手按在我的胸脯上，按在贴近心口的那个部位。再后来她的手在我的皮肤上轻轻滑动，我感到某种兴奋在我身体最隐秘的部位顽强地诞生。唤起我对生命的那股强烈的渴望。她的手不动了。我听见她说好好活下去。活下去。别再说死。别再说死。与此同时我听见轻微的抽泣声。我伸出双手触摸她的衣服，我抓住了一只瘦骨嶙峋的肩膀。我的意识开始变得模糊起来，我不记得我在什么时候曾经说到过死。也许是我昏迷的时刻，也许是处在那些纷乱嘈杂的梦境中。我确实不记得。那些栩栩如生活灵活现存在我记忆里的是炽烈的硝烟和耀眼的白光。“好好睡吧，仗已经打完了。”她说。把那些都忘掉吧，忘掉吧。那些鲜血、那些苦痛、那些眼泪。哦，我受伤了。身上中了十几块弹片。在那里，在那个我叫不出地名的地方。时光已经流逝。一切都将会消失得无影无踪。没有人再会提起，一个十七岁的男孩儿，在前线被炮弹炸伤。那究竟是怎么一回事儿？连敌人的影子都没有见到。太阳陨落。太阳后来又破碎了。到处是缓缓飘动的尘土和灰粒。还有血肉。有一股红色的水柱从我的嘴里喷出，一切都变得模糊了。我越是想回忆起当时的情景，记忆越是朦胧而遥远。硝烟还在继续弥漫。火光还在继续闪耀。它们久久不散。一切都变得模糊了。

这是一个非常宁静的夜晚。

现在，我所能清晰回忆起来并给我以温暖和慰藉的，是那只手。那只缄默不语的小手。那只柔和的小手。它的抚摸在我的感觉里轻轻驱散绝望和恐惧，而在我的肉体上逐渐唤醒一种躁动不安的活的欲念。

她的手停止不动了。大概她以为我睡着了。我也一动不动，努力发出匀称的呼吸。我想静静地享受这种美好的情绪。我眼前浮现出非常欢快非常温暖的色块。她的脸在这些颜色里忽隐忽现，散发着春天一样的光芒。这些图景不再是模糊不清的，它清晰得使我自己都感到惊愕不已。我终于睡着了。昏昏沉沉。我再次醒来的时候，她已经走了。我的平静彻底消失了。周围是死一般的黑。孤独笼罩了我，死死地缠住我，使我无法摆脱。是的，自从我负伤以后，孤独感从来就没有离开过我。所有的一点点欢乐，都是非常非常短暂瞬间即逝的。炸弹的爆炸声回到我的梦境里。还有那令人窒息的黑烟……是什么东西在天空久久地飘动呢……久久地飘动……久久地……

六

那一刻我全身的肌肉都绷紧了。我所有的感觉都异常活跃。我感到那种从未体验过的恐慌。我的心脏为所欲为地突突狂跳。我是不是把呼吸也完全屏住了？我不知道。我的耳边是一阵阵沙沙的奇怪的声响。我眼前出现了一片模糊不清的红色的光晕。起先我什么也辨不清，眼前是一颗颗色彩缤纷的星星。星星在飞舞。一切都是支离破碎的。这是幻觉吗？还是真实的？世界为什么变成一片朦胧的色块。我重新闭上眼睛，火光硝烟和那个血红色的可怕场面又出现了。我大喊了一声。我感到一道突如其来的亮光射进我的眼睛，照在我的心灵上。现在我已经能够逐渐分清那些白色的衣服和黄色的脸。我听见人们的笑声。我终于看见我渴望已久的阳光，蒙在我头上的那块类似红布的东西没有了。斑驳的亮光逐渐汇聚成一片明亮，这一切都使我激动紧张和惊喜若狂。

我感到眼皮发灼，我流泪了。

黄昏的时候，她走进我的病房。她径直朝我走来。她的脚步声告诉我，这就是那位有着一双温柔小手的护士。我从我的那只伤好复原的眼睛里静静地瞧着她。我的另一只眼睛已经离开了我的躯体。我已经无法再回忆起当时的情节。她不漂亮，一点也不漂亮，和我幻觉中的美丽姑娘简直有天壤之别。她的皮肤很黑，手也不是苍白的，但她有一双凄迷的眼睛。她望着我的时候，我看见那里面只剩下忧郁，那里面没有丝毫欢乐的光辉。她扶起我，俯下身来喂我吃药。我嗅出了那股伴随我生命中最难忘的一段岁月的气味儿。我静静地呼吸着她。四周现实的喧哗声都戛然沉寂。她身边好像围绕着一种虚无缥缈的肃穆气氛。她坐下来，她用宁静和惘然交杂的目光望着我，她脸上露出的那个笑使我眼前又出现了过去的幻觉。

我重新获得光明之后的第一个欲望就是想照一照镜子。我想看看我现在的模样。我已经记不得自己的模样了，那个十七岁的清秀的男孩仿佛从来就与我没有任何联系。我说："给我拿镜子来好吗？"她说："别照了，等完全好了再照。"我说："不。"

镜子里面是一张我完全陌生的脸。有一只眼睛定居的地方现在是一个暗红的黑洞。两条长疤横贯脸颊，肌肉完全变形了。那张嘴巴是歪的，像在嘲笑什么。其实我根本没笑。我笑不出来。另一只眼睛还肿着，周围布满血渍。令我吃惊的是，我从镜子的深处看见一个真实的骷髅。而这个骷髅的目光后来一直伴随着我，注视着我，一刻也没有离开过。直到现在。

我把镜子摔在地上。我奇怪我没有听见玻璃的破碎声。我蒙上被子。发誓今生今世再也不照镜子。尽管我知道我的丑陋与镜子无关。

我冲出病房的时候，突然感到一阵目眩。我的那只眼睛还不能很快适应黄昏时夕阳的光线。周围的所有景物都显出一片耀眼的黄色，像由无数的光斑组成。当我站在阴影之下的时候，眼前的场景才渐渐清晰固定下来。

远远地，我看见了她的白色的身影。

七

一阵令人心碎的低泣声蓦地传进我的耳朵。我当然知道这是谁的哭声。黑魆魆的小树林里有一个模糊不清的人影。这阵悲凉的哭声就是从那儿传过来的。我走过去的时候，哭声悄无声息地静止了。他的脸上甚至没有一丝流过泪的痕迹。一只眼睛在月光下闪烁出浑浊的光芒。

“天晚了。”我说，“该回去睡觉了。”他没有说话。从拆除绷带到现在，我们谁也没有听见他说过一句话。我站在他的面前。微风吹来的时候，我闻到一股饱含野花芬芳的香味。他一动不动地待在那里，四周洋溢着柔和而又清澈的寂寞。我静静地坐下去，坐在这个如此年轻如此沉默寡言的男孩子身旁。我望着他的侧脸的轮廓。高高的鼻梁和倔强的下巴。我差不多被他的挺秀气的线条和平静的气质给迷住了。十七岁正是男孩子尽情挥霍青春的年龄，他却显得这样沉静和苍老。他在想些什么？他刚才是不是哭了？那一阵抽泣声绝对是从这里传过来的。我把一件军衣披在他的肩上。我说回去睡觉吧。他依然闷声不响。

后来他抬起眼睛看了看我。他的眼神非常可怕。接下来的时间里，他就再也不肯看我一眼了。面对这种处境我简直一筹莫展。

我离开那片清香的树林时，他还坐在那里。他的脸像一块坚硬的岩石。我小心翼翼地走着，我突然听见树林里一声肝肠寸断无比苦闷的喊叫。我跑回去，我看见他跪在地上，对着一棵大树说话，断断续续的声音使我感到眼前出现的是一个虚构的幻觉。

……你们不能笑我是懦夫……我不是……我经历过了……我看见了死亡……看见了恐怖……看见了鲜血……我没有战功……我不是英雄……我悲哀……我难受……我现在真正……知道……什么是痛苦了……灵魂的……肉体的……把我当作一个死人吧……你们肆意践踏……

我是哭着跑过去的。我说你疯了吗？我说你别这样折磨自己。本来我是想从后面抱住他的，但我没敢那样做。他很平静地转过脸来，露出一个心酸的古怪的微笑。

那天晚上，我躺在床上辗转反侧。我饱尝了失眠的滋味。他的脸总凑到我的眼前，时而离开，时而又凑上来。他的喃喃的声音和窗外的月光一起在空中飘荡。我听不清楚他说些什么，但我能听见反复出现的这样的话：不要解脱，无法解脱，永远也无法解脱……

一切都变得朦胧的时候，那只伤残的黑洞却清晰地进入我的纷乱的梦乡。

八

正在这时，我看见那座在早晨的阳光下像水墨画一样的树林。我非常精确地记得那个日子，宁静的无可挑剔的日子。她从树林里缓缓走出来的时候，你会以为那是缓缓飘出的一抹流云。她穿着那身白大褂，蓬蓬松松的头发被一阵随心所欲的清风吹得飘浮起来，手里拿着一根绿颜色的树枝。她靠在一棵树上，一直望着我从远走近。起初我看不清她脸上的表情，只能朦朦胧胧地猜想她在笑。那笑遥远而又难以捕捉。现在我看清了，她的嘴唇上闪烁着一种淡淡的难以让人察觉的笑，而她的眼神里流露出的惆怅和忧郁却是毫不掩饰的。

我记得当时我们面对面站在早晨的风里。有好长好长一段时间沉浸在寂寞中。风吹起她的白衣，露出黝黑的结实的小腿。她抬起眼睛望着我，目光里有一些疲惫更多的却是惘然和怜悯。我不知道跟她说什么好，离她这么近，我感到呼吸都很困难。事实上，我的内心深处充满了一种温柔的眷恋。五个多月的日日夜夜朝夕相处，虽然有一多半的日子里是在黑暗中感受她的，但我确信她已走进我的生命。

我的目光躲避着她的目光，在她的线条很柔和的鼻尖上逗留了一下，最后停留在她的嘴唇上。我发现她平时略黑的脸在这个早晨显得有些苍白。她大概要说什么，一丝微笑正掠过她的嘴唇。

"我送送你。"她说。她的声音有点沙哑，不像我在黑暗中聆听到的那样悦耳动人。我很想问问她的名字，但我没敢，我的腼腆的天性注定我在女性面前总是那样犹犹豫豫。这时候阳光刚刚照射过来，微微映红着她的脸。我发觉她也不是长得很丑，那双总是凄凄迷迷的眼睛此刻就显得非常动人。她察觉出我的目光，转过脸来望着我。我一下脸红了，我低下了头。我们沿着丛林静静地走着。有好长一段时间，世界显得无声无息，只能听见我们的脚步声。

"你妈妈知道你负伤了吗？"她说。我摇摇头。

"你没有给家里写信？"我又点点头。我好像听见她轻轻地叹息了一声，接下来又是长时间的沉默。

我们开始下坡了。我必须不时地用胳膊拨开挡路的草叶和树枝。清凉的露水濡湿了我们的裤腿。后来我们站住了。山坡下就是公路，那儿已经聚集了好几位伤好归队的士兵。我不愿意让他们看见这位女护士送我。

我说："你回去吧。"

她没有说话。我看见她把眼睛闭上了，她的嘴唇微微颤抖。她重新睁开眼睛的时候，她的眼睛里湿漉漉的泪水在骨碌碌打转。我知道她一直在可怜我，这种可怜对于我来说是那样温馨。我有一种模糊不清的感觉，好像我们都还是孩子，战争只是传说中的故事。树叶的缝隙间透过一缕金色的光柱，刚好照在她的脸上。我望着她的含泪的眼睛，心里顿觉惘然，我能清晰地听见我自己很沉重的喘息声。

那天早晨她对我说过的许多话都从记忆中消失了。但她的面部表情，那种忧伤和怜悯的神色，我一直忘不掉，它们常常出现在我的梦境里。有时清晰，有时朦胧，有时却如想象。

太阳蓦地从山岬后面钻出来，树林被映得明亮无比。她的白衣折射出淡淡的发蓝的光芒。她还是那种模样望着我。我呢，我望着别处。我们的头上是无云的一片浅蓝色天空，我们脚下是松软而富于弹性的草叶。

她说："你别太难受了，好吗？"

我说："我只觉得窝囊。"

她说："好好爱护那只眼睛，你的路还长呢。"

她说话的语气就好像我是比她小上七八岁的小弟弟一样。我说什么好呢？山坡下伤兵们打趣的笑声越来越响。我得赶紧走了。她说得对，前面的路还长。我匆匆忙忙地握了握她的手。在我推开她之前，她已经死死地抓住了我的手，她的目光非常急切地注视着我的眼睛。

"回去后就复员吧。"她说。

我愕然了。我悲哀地望着她。我没有想到她会对我说这样的话，而不是鼓励我重返前线。我心头即刻涌满了千丝万缕的复杂情绪。

这时她突然哭了，泪水夺眶而出。

"你要知道你算是幸运的。回去吧。给我来信。"

她转身跑了，沿着这条树丛里筛下斑斑阳光的林中小径。她折磨人的哭泣声和早晨的风一起在草叶上徘徊萦绕。她说得对，我的心里感到一种真诚的刺痛。我一直目送着她远去的身影，和阳光下一闪一闪的小腿。我忽然想起我也曾这样奔跑过，也在夏天也在清晨，也有这微风吹送的花香和树的气息。但那是我小的时候，那永远成为记忆了。如今一个瞎一只眼的瘸腿人无论如何是跑不出这样美丽来的。

我转过身，拎起我的军用背包，朝前走去。过去的一切都变得极其遥远了，远得就像挂在天边的那弯没有消隐的残月。

风大了。

九

我很快就因伤被批准复员了。尽管我曾再三要求到前沿猫耳洞里去，我渴望为国献身。我想重新获得机会。但我还是接到了复员的通知，我的英雄梦也随之烟消云散。

离队前我给她写了一封信。回到家乡我又写过三封信。然而等待我的命运是一样的，四封信全都石沉大海，没有她的一点音信。

在一个宁静的日子里，我对我自己说，一切都已经成为从前，往事很快就会过去……

第三章

一

这件事构成了我心灵几乎无法承受的巨大创伤。一向深爱着我的母亲，对于我的伤残归来表现出的淡漠近于冷酷。答案很简单，她一直引以为骄傲的儿子两手空空而回。我确实感到羞愧和悲凉。我没能将一枚军功章献给生我养我的母亲。我甚至连负伤的经过都羞于启齿。怎么对这些亲爱的人们讲呢？就说我连敌人也没有见到就被一颗炮弹炸倒了？或者说我是冲向敌人阵地时被炸伤的？哦，不不，我不能编造故事去换取人们的同情。我难道不需要同情吗？难道我还相信眼泪吗？ 可是我是打过仗的，我是经历过血淋淋的战争的，我是拥抱过生命的苦痛和求生的欲望的，我不后悔。

但是当我们把棘刺扎进胸膛时，我们是知道的，我们是明明白白的。然而，我们却依然这样做。我们依然把棘刺扎进胸膛。

那些硝烟和火光。那些腥甜的血和残缺不全的肢体。那些在黑暗中度过的日子。那只温柔的小手。那个长得很丑的有着一双凄迷的眼睛的姑娘。那片在早晨的阳光下显得色彩明亮的树林。只要我一闭上眼睛，它们就会像一组组蒙太奇镜头，在我脑中交替闪现，切换和组接。一切都好像是极为遥远的故事，朦朦胧胧。可是清晰起来的时候又像是发生在昨天似的。

从小就对我非常严厉的父亲却给了我意想不到的温柔和慈爱。记得那天夜里，我从滚滚硝烟中醒来。一阵压抑的哭泣声使我产生窗外落雨的错觉。父亲坐在床边，他苍老疲惫的脸上泪斑闪闪。我坐起来，愕然地望着我的父亲。我从来也没有见过他流一滴眼泪，现在我见到了。

我说："爸，我叫你们失望了，我命运不好。"

父亲摇摇头。父亲说："不是那么一回事儿。"

我说："我不是怕死鬼。"

父亲说："我知道。"

我凑近父亲。我想捕捉到他的目光和他进行一种感情的交流。可是父亲躲避我的目光。从我回到家中，他就没有和我对视过。父亲的哭深刻有力，我觉得比母亲的痛哭流涕更让我难以忍受。但是我不知道怎样才能阻止他。我想起小时候常听父亲与母亲争执不休，父亲坚持认为我的眼睛像他。每次我看书的时候，父亲总要提醒我离灯近一点离书远一点。现在好了，我只剩下一只像他的眼睛。我只剩一只眼睛。我说："爸，别难受了。我活着回来了，我还能劳动。"我又说："我能养活自己。"

父亲没说话，默默地抱住我。我嗅到他身上那股和我一样的汗味儿，我第一次如此清晰地感觉到我是他生命的一部分。他是另外一个我。父亲流泪的样子很苍老，却像是个孩子。

父亲默默地走了。我如坠梦中。

当我置身于那座新建成的立交大桥上时，不远处一座大厦上的时钟刚好敲响六下。这是下午六点钟。在一天所有的时刻中，我更喜欢黄昏。那是白天的尾声。太阳非常缓慢地亲近地面，金红色的光线把眼前的一切都照得朦胧起来。这是一天之中最忧郁的时辰。我常常在这段短暂的宁静里享受内心的孤独。我独自一人面对着夕阳，心里没有一丝激情，平静得如同一湾八月的秋水。我感到慰藉的是没有人注意我，虽然我的行为有些怪癖。也没有人问我的瞎眼和伤疤是怎么一回事，这使我能在宁静的孤单之中从容不迫地打发每一个躁动的白天和死寂的夜晚。有的时候我会突然地非常想念她。

我终于从家中搬出去了，主要是想避开母亲的埋怨和父亲的伤感，我越来越害怕与人交往。我喜欢一个人孤孤独独地回忆往事。喜欢夜晚和黄昏。回忆是一种幻觉，一种静谧的欢愉和享受。我现在整日生活在幻觉之中。我的回忆朦胧，清晰，简单而充满情感。它常常令我失眠，久久回味。在黯淡的月光下，我打开心扉看我的那些青春往事，就像打开一个美丽的书柜，那里全是我生命中最宝贵的珍藏。我从来也不感慨不已或者热泪盈眶，我很安宁。我自己也常常对我的这股平静的力量感到惊愕和不可思议。我最怕见到早晨的太阳，如血的太阳。现在我又思念起她来。她的黝黑的皮肤，不漂亮的脸庞和凄迷的眼睛，还有她说话和呼吸的声音，手指的轻轻滑动。这样，至少我会觉得承受这种回忆带来的痛苦和温馨就绝不仅仅是我一个人了。还有她。还有不少与我有着同样经历的人们共同生活在这个世界上。有时我会对着黑夜发出一种很古怪的微笑。而有时我想大声喊叫。喊她。

她却一直没有消息。

在好长一段日子里，我陷入一种郁闷和相思的苦涩中不能自拔。我无法解释清楚我为什么会如此痛苦地想她。夜里我在梦中看见她，她微笑着。总是微笑着。有时还不停地诉说。说什么我听不清楚。早上醒来的时候，我好像怎么也组合不起来她的容貌。原以为打完仗所有心灵的感伤也随之结束了，谁想到新的苦痛一直伴随着我呢。往事的回忆常常压得我喘不上气来。她依然音讯全无。谁会记得你一个瞎眼的人呢？伤兵那么多，她不会都记得。她也许已经结婚了。也许做了妈妈。这一切我都是明明白白的，可我依然在等待。往事如烟。任何女性我都不感兴趣，甚至懒得去正眼打量她们。我还在等待，我没有任何缘由。我常常坐在马路边上，从一瓶白酒或者葡萄酒中寻找安慰，醉意能使我暂时远离回忆。有时我醉酒呕吐，我总是幻想把过去的一切都排泄出去。有时我真想对着天空声嘶力竭地吼叫几声。

那年夏天。我终于在清洁队里找到了一份儿工作。这显然是一种让我感兴趣的差使，和那些刺鼻的腥臭的气味儿在一起，正合我意。它们对于我来说亲切得要命。夜深人静，我可以避开城市的喧哗和骚动避开那些稀奇古怪地打量我的目光。我不可能向每一个路人去解释我不是刑满释放的罪犯，而是一个受过伤的士兵。我很幸运，找到这个能让我心态保持宁静的活儿，它一点儿不脏。每天夜里，在那些明亮平坦的洒过水的街道上，沐浴着城市的睡梦和寂寞的气氛，我蹬着装满垃圾的三轮碾过我的许多的童年轶事，我就感到特别惬意。那时我盼望长大当兵打仗，梦中也看见被荣耀的太阳所笼罩。现在呢，每一个夜晚都这样真实，安详，使我能静静去想一些自己的心事。夜晚真好。我就是喜欢过这种宁静的日子。起先我曾奢望能去驾驶那种大型集装箱式的垃圾车，我喜欢速度。但我的视力阻碍了我的欲望，我只能去蹬三轮车，在夜风的吹拂下展开想象。车轮与地面温柔的摩擦铁链子哧啦哧啦的声音默默地滋润着我的心，我确实沉浸在安详的幸福里。遗忘悄悄地伴随在我的心灵的旁边。

的确，对我来说，世间所有的情绪孤独是最为亲切的。十七岁的硝烟和火光随着岁月的走动越来越模糊越来越遥远了……

二

蓦然，在秋季的萧瑟和鹅黄之中，我谛听到一个声音。熟悉的声音。心跳的声音。

那天黄昏的时候，我收到一封来自残疾军人疗养院的信。没有姓名，落款只写是我的战友。从前线回来的人，没有比战友更显得分量沉重的字眼。那是兄弟间患难与共风雨同舟的象征。血肉之交。我有一种预感，好像要发生点儿什么事情。真的要发生一点儿事情了。

我的平静多年的灵魂在那一刻蓦地出现了久已陌生的激动和惶惑，还有期待的焦灼。

是谁呢？是谁来的信呢？我不知道。战友两个字把我一下拉入往事的纷乱和喧嚣中。天空好像是一块红布，遮盖在我的头上。我看到摸到听到了血。殷红腥甜的血，黏稠热灼的血，会哭会笑也会歌吟的血。血，是血……

三

最初我并没有发现她。虽然一缕一缕的耀眼阳光从窗外投射进来，但这条长长的走廊依然显得很暗。疗养院室外的炫目阳光还使我一时不能适应这里的光线。重要的是我根本就没有想到她。我的目光飞越她的头顶朝前方疾驰。我心急如火。那封信是神灵的召唤。我几乎是小跑着穿过那条长廊的。我有点瘸。

有个声音叫我。这个沙哑的声音使我感到战栗。我觉得附近有人。我站住不动了。我的眼睛渐渐适应了这里的黯淡，几步远的地方坐着的那个人也渐渐清晰起来。我完全惊呆了。她的身子深陷在轮椅车里，她的脸色非常苍白，有些浮肿。目光忧郁。神态平和或者说没有表情。她注视着我，好像对我的到来没有什么反应。她已经完全变成另外一个人。但我还是认出了她。不是一眼就认出来的，但我认出了她。我们相互默默地对视着，隔了这么多年才又见到她，我的心依旧怦怦直跳。重温当年。

这个声音是那么出人意料，令人震颤。巨大的爆炸气浪把我甩进黑暗之中。透过弥漫的硝烟，我看见天空缓缓坠落的躯体。无头的。无臂的。无腿的。色彩缤纷的内脏散落下来。接着一阵瘆人的死寂降临了。我皮开肉绽地躺在草丛里。有人把我抱起来。风吹着她的长发缓慢地飘动。一切都是梦幻般的。最后出现了她的容貌。鼻尖。嘴巴。眼睛和脸的轮廓。一点点显现出来。这是一张严肃而又成熟的成年女性的脸庞。我望着她，望着她披散的长头发和依稀能见到当年凄迷神情的那双眼睛。那些我想遗忘的永不复来的岁月又变得清晰起来。我感到神志有点恍惚，但我还是认出了她。

轮椅车向前移动了。现在她靠我很近很近，我又闻到她头发上的香气了，好像依然还有那股淡淡的药味儿。那股从白大褂里飘出的药味儿。这时候，整个世界不再有任何声音了。

她说："你终于来了。"

她又说："我等你好久好久了。"

我说："是你给我写的信？"

我又说："你是怎么找到我的？"

她说："我知道你总有一天会出现在我的面前的。我知道总有这样一天。"

我说："我也有这种感觉。"

她说："我一直记着你。"

我说："我也记着。"

她说："那时你受伤了，伤得很重。你什么都不知道。我静静地等你醒来，等了很久很久……"

我说："我眼前的一切都看得很清楚。我能看见你。那时候我只能看见你。"

她说："在那座野战医院，在那片树林里，我只记得你。"

我说："我在等待你，一直在等待你。我想把那些往事遗忘掉，可我忘不掉你。"

她说："你终于来了。我知道你一定会来。"

我不说话了。我把想说的话交给我的一双手去叙述。我轻轻抓住她的肩膀，她的身子在颤抖。我的眼睛贴近她的眼睛，我说："怎么回事？"她冲我古怪地一笑，没有说话。我顿感怅然，她拉住我的手，我们依旧默然相视。

现在我推着她走在雨中的马路上。立交桥上有一列绿色的客车正在驶过，车轮发出响亮有力节奏鲜明的隆隆声。我又听见了震耳欲聋的炮声，火光和硝烟出现了，又消失了。

> 但是，当我们把棘刺扎进胸膛时，我们是知道的。我们是明明白白的。然而，我们却依然这样做。我们依然把棘刺扎进胸膛。

她的声音渗透在雨的声音里，分不清是在喃喃自语还是在对我诉说。我当时并不知道这是一部小说中的话，我只记得她这样说了。

那天是个宁静的下雨的日子。

四

那个瞬间，我竭力克制自己不要哭出来，我拼命忍住眼泪。我一直以为自己能够比较平静地迎接他的，现在我知道我根本做不到。

他逆着阳光站在那儿。脸上和肩膀上都被罩上一圈金黄透明的轮廓光。他好像已经在那儿站了好久了。他看见了我。他笑盈盈地向我走过来。天哪，这就是那个十七岁的小伤兵吗？我简直不敢认了。他此刻还穿着那身旧军装，他好像长高了，显得很粗犷。他脸上和腮上都留着胡子，显得要比他的实际年龄苍老许多。他用一只眼睛盯着我看，脸上的伤疤向我微笑。"是你？"他说。他的嗓音比他本人更让我感到震惊，站在我面前的，绝不再是那个受伤的小男孩儿啦。我们都已经长大。我们终于重逢。我们失去些什么，又得到些什么，我们已经悄悄地长大。今天早晨我起得非常早，我有预感，他会在今天的某一时刻出现在我的面前。我知道他收到那封信就会即刻动身的。我洗完脸，随便地把头发梳了梳，我身上已经没有一点女性的青春气息。所有关于美的感觉在我的肉体和灵魂中都变得遥远而又朦胧。但我还是照了照镜子。我看见了一张陌生的脸和一片模糊的悲伤。没有妩媚没有热情有的只是冷峻。

然后，我就坐在轮椅车上望着斜射过来的早晨的阳光，盼望着他的脚步声。我心里不时涌起一股按捺不住的激动和莫名其妙的畏惧。说不清楚的感觉。我在默默地等他。等他到来。

我们互相注视着，半天谁也没有说话。我奇怪自己居然能够如此理智。虽然泪水盈满了我的眼睛，但我的内心是平静的。他怎么会变成这样一副成熟的模样，脸上的棱角鲜明有力得多了。他穿着这身迷彩服使他显得有点野气，好像刚刚从战壕里走下来似的。他也很平静，他像我一样把内心的激动藏得很深。但他目光中的迷惑把他头脑中的疑问泄露无遗。问过最初的几句话之后，他就沉默了。那么久的沉默。他沉默的时间超出了我的期待。无论如何他终于来了。

天空飘着的雨丝很明亮，少了平日雨天的那种阴郁。我恍恍惚惚地坐在轮椅车上，他推着我慢慢地走，我像身处在一个静谧的梦境里。我们来到这座公路和铁路两用的立交桥一侧，这是我非常喜爱的一个地方。看高速公路上疾驶的汽车和无声无息飞驰而来又飞驰而去的列车，我感到一种愉悦。疗养院的护理人员常常推我到这里看看风景。我的眼前会出现幻觉。他的声音。血的颜色。弹片。伤疤。一只模糊的眼球和一双少女的腿。一切都好像过去了，一切又都留在心中。战争依然存在，永远抹不去的，永远。永远……

我听见了他的声音。他的声音穿过风声和雨声到达我的耳畔。“为什么不早一点告诉我呢？”他说。“现在不是挺好吗？”我说。“你还记得那些往事吗？”我又说。“在野战医院的都记得，其他的都不记得。”他说。一列火车在铁路桥上飞快地驶过，卷起的风很大。我忽然感到忘记了自己是谁。他是谁。我们为什么来到这里。我抬头望着他，想回忆起他的面容，好像我是第一次与他邂逅一样。那个十七岁男孩的脸渐渐清晰起来。我们沿着大街往回走的时候，雨已经悄无声息地停了。潮湿的路面散发着一股清新的气息。风很凉爽。绯红色的暮霭中淡淡地显出一道彩虹。大街上很静。只有我们两个人默默地走着，他推着我走。他始终也没有问我怎么会瘫坐在轮椅车里的，他肯定是怕触动我的那些最敏感的神经。我也不想说，因为不值得说，因为我没有任何故事可以讲出来向他炫耀的，真的，我没有。

我意识到他在注视我。可当我把目光投向他的时候，他就把眼睛转向别处。他还脸红，显得有些不自在。他这副神态使我想起他在野战医院时的模样，那股害羞的劲头简直一模一样。他吃东西很快，好像根本不用咀嚼。

“你还是那样狼吞虎咽。你没变。”我说。

“我一直这样。”他说。

“可那时候喂你一顿饭多难呀。”我说。

他抬起头来望望我。“多亏你。”他说。

“哪儿呀，那么多人照顾你。”我说。

“我只记得你。”他说。他意味深长地看我一眼。他埋下头继续吃饭，他好像特别爱吃疗养院的烧茄子。趁他不看我的时候，我仔细地打量着他，重温他的面容。他确实成熟多了。眼睛两旁和额头上已经爬满很深很长的皱纹，嘴唇上和下巴上的胡须又黑又密阴森得可怕。他的眼睛很混浊，几乎黯淡无光，有时能闪出一丝明亮，很快就消失了。另外一个眼窝里安装了一只假眼球，始终是睁开着的。那条伤疤使他的嘴向一边歪着。哦，他才二十八岁，他已经多么苍老，我心里忽然涌起一股说不出来的滋味。他现在抬起眼睛望着我了，目光非常镇静，脸上的神态也很安详，这使我感到一种安慰。多么不可思议，我们又重逢了，他就坐在我的身边。分手时我们说过再见面的，我们如愿以偿了。这也许是命中注定的事情，也许是一种巧合。

后来他凝视着我，目光清澈。这个瞬间他的眼睛在苍老的脸庞上显得非常年轻。他说："还能治好吗？咱们治好它。"

我摇摇头。我说不可能，我说这么多年要是能治好早就治好了。他的目光黯淡下去。他的失望的表情深深地刺痛了我。他虽然不问那是怎么回事，但他的眼睛一直充满了询问。我决定告诉他，虽然那些往事不值得重新叙述。我说我记不得那天是个什么日子了，只记得那天非常炎热，天空像被一床厚厚的棉毡包裹着，闷得人透不过气来。那天我记得我们抢救了许多伤员，我们大汗淋漓。黄昏的时候，我跳进那条小河里，我在清凉的水里尽情地泡呀洗呀，可是我上岸的时候就瘫倒了。我就再也没有站立起来。当时我想我迟早会重新站立起来的，野战医院最好的医生在给我治疗。可是，我得的是不治之症。我的症状和瘫痪的症状完全吻合。我的双腿越来越麻木，肌肉萎缩。终于有一天，我的下身失去了所有的感觉。我知道我终生残废了。我不明白这种大苦大难为什么会降临到我的头上。那天我把脸贴在冰凉光滑的大腿上号啕大哭，我忘记了世界上的一切，我想我会这样哭一辈子。如果我天生就是个半身不遂的人我想我受得了。如果我是在前线上为抢救伤员什么的变成了这个样子我想我也受得了。可偏偏都不是，我只是热得要命熬不住，我只是下河去洗个澡。多少年了，漫长的白天和漫长的黑夜。我在无声无息的哭泣，没完没了的噩梦和回忆。我的无力的身子从床上到轮椅车上，再从轮椅车上到床上，这就是我生命的全部旅途。除了孤独，就是孤独。然后还是孤独。我最羡慕的就是能走路的双腿，我最怕的就是回首往事……可我又无法遗忘。

我停住了。我发现他已经泪流满面。他的这副神态唤醒我的遥远的记忆。那时我给他拆除绷带后他就是这样泪流满面。后来我们又陷入了沉默。后来他轻轻地从床上把我抱起来，又轻轻地放在轮椅车上，他轻轻地对我说："我接你出去，我来照顾你。"我蜷缩在他的怀抱里时，非常清晰地感受到那种战栗。这战栗来自我的灵魂和他的灵魂。

五

现在我无法用语言来形容我的心情。轮椅车飞速转动的两只轮子就像我的肋下生出的一对翅膀，我感到重新获得了生命的自由。

谁也没有料到手续办得如此利落，他推着我上路了。外面的空气多么新鲜，我深深地呼吸着，我能听见我的心脏在赤裸裸地跳动。咚咚，咚咚，咚咚，我像头一回听到炮声一样激动紧张。我担心我的心脏会兴奋得跳出来。我把这想法对他说了。他大声笑了，他的笑声在那个宁静的早晨显得特别响亮。我仰起头，望着他的鼻子和下巴，我发觉他的脸在浓浓升起的太阳照射下，忽然变得容光焕发。他还吹着口哨，吹着那支曾让我们激动得失眠的进行曲。

那天晚上，我怎么也控制不住复杂的情绪，忧伤痛苦惆怅全都混杂在一起，我百感交集。当他对我说带我出去的时候，我极力忍住泪水，让它们一颗一颗地在我的眼眶里打转。我想这样能更清楚地看见他的脸。他离我很近很近。脸上的汗毛我都能看得很清楚，还有一条条深深的皱纹和嘴角颤动的线条。他轻轻握住我的手，就像我那时握着他的手一样。我一动不动，就那样充满信赖地让他握着。我真想跟他走， 真想每天都能享受到他把我从轮椅车里抱出来时的瞬间的温暖。他说那话的时候，一只眼睛始终盯着我，而且纹丝不动。那目光给我的是无言的友爱、安慰和平静，我能从那里面感受到我的生命的安详。暴风雨过后的那种安详。可是我偏要说不行，我偏要说那样会拖累你。他说："别说那些，你就告诉我，你愿不愿意跟我走。"我说什么呢？那时我眼中的泪水已经干涸，那时我把我的脸贴在他的手背上。我在他的手背上轻轻咬着。

那天夜晚我没有孤独，也没有噩梦。早上醒来的时候，我看见太阳像只透明的红气球挂在窗户上。我还看见一只美丽的花蝴蝶。

第四章

一

“银幕上充满浓浓的硝烟。丛林里炸起一团团火光。现在镜头对准你了。先是你受伤的大腿，那里血肉模糊。镜头慢慢摇到你的肩膀，那里也是一个流血的伤口。你的周围横着许多尸体。残缺不全的尸体。钢盔、枪柄和子弹壳。现在画面上是你的眼睛。是特写。眼窝深陷，瞳孔放大，能看见一条条红色的纹理。你的另一只失明的眼睛，那里淌着血。镜头缓缓拉开，你的整个脸庞呈现出来。一开始是朦朦胧胧的，现在越来越清晰了。大雨迷蒙，你的脸上黏稠的是雨珠、泥巴和血浆的混合物。你的模样冷峻得可怕，神色近乎疯狂。画外传来激烈的枪声和手榴弹地雷沉闷的爆炸声。又一团硝烟卷过画面。透过你的肩膀可以看见不远处的山头上有枪管喷出的火舌。你的面部毫无表情，满脸的血使你看上去像个死而复生的人。你从地上抓起了一支冲锋枪。你望着前方。现在摄影机推进你的那只混浊的眼睛。眼睛越来越大，充满整个银幕。瞳仁里可以看见爆炸的火光。你的目光是冷漠的，残酷的。画外传来呼喊声——注意地雷。你好像已经听不见了。那个瞬间你从草丛中一跃而起。一边扫射着一边大叫着，你向前冲去。你的身子后面不断地出现爆炸的火光。你的身影淹没在火焰之中。突然，银幕上传来一声闷雷一样的爆炸声。你一只手捂住了眼睛，另一只手还在扣动冲锋枪的扳机。你在大喊，为胜利，冲啊……”

“我当时说的不是这个。”

“你的那位导演同学这样改的。你倒下了。你的动作非常缓慢，几乎是梦幻般的。这是慢镜头。你脸上和身上的血在缓缓喷出。画面中的一切声音都静止了。只有火光硝烟和你缓慢倒下的身影。现在出现了字幕。电影完了的时候你还在缓缓倒下，你的身影无比高大。”

“不是这样的，不是这样的。”

"这是电影。"

"这是骗人的。"

"还去参加讨论会吗？你的同学在等你。"

"去说什么？全是假的。"

"那咱们走吧。"

"不是这样的，不是这样的……"

"走吧，走吧……"

二

十年前也是这样一片薄雾，这样一片树林。哦，天空此刻又向我呈现出那片黯淡和灰蓝。云层的边缘，太阳露出丝丝微弱的光线。那时候我跟在班长身后，向那座黑魆魆的山头猛冲。兴奋紧张和恐惧同时攫住了我的心。大地被炮声震得颤抖。我还没有来得及仔细感受一下这种气氛，就被那颗炮弹炸倒了。班长在那个瞬间走完了他的生命的全部路程。我为什么还活着？我经常在凝思默想的时候感到这种活的悲哀。感到内疚。我之所以答应我的那位同学——美丽的女导演的请求，在这部电影里演一个士兵，就是想让人们偶尔看到这部电影时能想起死去的他们。化妆师给我化妆的时候，我假装很认真，其实我心不在焉。我在竭力回忆当时的情景。我记得那团强烈的火光闪过之后，硝烟带我漂泊到了一个遥远的地方。我如在梦中，可是我记不清那梦的结尾了。我知道今天是最后一场戏了。我在最后的一场戏里要悲壮地死去。化妆师往我的身上脸上抹了许多蜂蜜和酱油拌和而成的血浆。今天的服装也换了，是一身褴褛不堪的破军装。上面有好几个人为的破洞。女导演坐到我身边的时候，太阳的余晖正透过云层的缝隙射出来，雾霭渐渐散去，她的脸也因此笼罩了一片温暖的色调。她睁大眼睛望着我，那神态是明摆着的。要我进戏，我也默默地望着她，她总是那样美，像十多年前的那个冬季向我呈现的美丽一样。人真是不可思议，她活得挺好，搞她所钟爱的艺术，嫁给一个法国人，幸福伴着她微笑。她却要表现战争，表现人类最残酷的场面。而我这个从战场归来的人，却最怕回首往事。

她说："没什么不清楚的吧？"我说："我都记住啦。"她说："别忘了转过脸来，我要你的脸部表情。"我说："什么表情？"她说："微笑。"

这时候我看见了她的目光。这目光来自坐在轮椅上的那位姑娘。她独自一人。目光明澈而平静，依然像十年前在野战医院里那样给我勇气和力量。我也向她微笑。我们之间目光传递的语言一读就懂。我们风雨同舟。

"准备冲锋吧。"

女导演的声音使我打了一个冷战。太阳已经被厚厚的云层完全吞噬。一辆红色的消防车向天空喷洒着大雨。烟火点燃了，火光冲天，我激动得怦怦心跳。"记住那些炸点了吗？"我点点头。"别忘了回过脸来。"我又点点头。实际上我已经听不清什么看不清什么了。那个瞬间我感觉又置身于当年的战场。震耳欲聋的爆炸声从四面传来。有一种情绪又进入我的精神里，我对它们非常熟悉。恐惧与兴奋。我抓起冲锋枪，从草丛中拔地而起。我穿过滚滚的黑烟，我疯狂地扫射。我的衣服好像是烧着了，雨点浇在上面冒起一股股青烟。我拼命跑着。摄影机咔咔的转动声在我的耳鼓上犹如响着机关枪的节奏。我完全进入了一种恍惚状态。那个突然响起的爆炸声非常锐利，遥远而又亲切。我感到脸上一片灼热。那一刻我的神志像被一道突如其来的阳光照亮。我转过血流满面的脸，我大声喊叫："拍吧，快点拍呀……"

我倒下时，听见急促而来的脚步声和她尖锐凄厉的呼叫。我隐约感到天空像一块红布，蒙住了我的眼睛。硝烟。火光。血。世界在我的印象里重现了支离破碎的景象。

三

接下来的日子里，我在黑暗中重温十年前的感受。幻觉重新笼罩着我的一切。依然是她伴随着我，依然是她的泪水和叹息伴随着我。不同的是我的心情非常平静，不同的是她的抚摸已经注入了一种让我锥心刺骨的温柔。

直到我完全苏醒之后，我才感觉到世界对于我将永远是黑暗的，我只能借助它的各种声音与它进行感情上的交流。我很少想到未来。我每天都陶醉在她的声音里。她开始给我读一本小说。她的声音就像日夜叮咚的泉水一样滋润着我。有时夜深人静她会轻轻地温柔地亲吻我，并抚摸我的身体。每当这个时候，我就会感到一脉沸腾的激情从我的灵魂深处喷涌出来，我没有失去生命，我依然能够享受爱的欢乐。有时我暗暗庆幸自己不能看见一切，我的全部感官由此格外敏感，是她的手指在轻轻滑动，还有舌头。我的身体好像就要失去知觉了。那时候我会颤抖着抱住她的身子。我想说什么，可是又说不出来。她的身子也在颤抖，她的脸上热泪流淌。也许女导演是对的，她编造的那个情节在战争中没有出现，却在战后的生活里真实地展开。那天晚上我对她说，我当时神思恍惚忘记了炸点，我说真对不起你，拖累你了。她没有说话。她默默地把脸贴在我的胸前，我发觉我虽然双目失明，看不见这个美丽而丑陋的世界，但她的音容笑貌我却能看得清清楚楚。

第二天，我推着她上街，由她给我指路。我们用我们共同积攒的钱买了一架满高级的打字机。她说她想把我们的故事写成书。她说我们应该把我们经历的一切叙述出来。

我的日子里多了一种和谐悦耳的声音。

四

这是一个没有太阳的宁静的黄昏。海面上流动着蓝色的忧伤情绪。我们避开喧闹的沙滩浴场，我们停立在浪花飞溅的礁石上。我们并肩坐着。这里面对波汹浪涌的大海。我的脑袋依在他的肩上。小时候，一看见大海我就激动，现在呢，平静得近于凄凉。他轻轻地搂住我，他的手臂上的语言那么自信，那么富于感染力，以至于我觉得在他面前，我再也无权忧郁和悲伤。远处有一叶白帆在缓缓地飘，一只只灰白色的海鸥在我们的头顶上徘徊啼叫。我打开那本小说的扉页，我尽量使自己的声音轻柔动听。

> ……这种鸟，它毕生只歌唱一次，但歌声却比世界上任何生灵的歌声都悦耳。它一旦离巢去找荆棘树，就一定要找到才肯罢休。它把自己钉在最尖最长的刺上……它超脱了垂死的剧痛……一次绝唱，竟以生命为代价……最美好的东西只能用深痛巨创来换取……

他用胳膊更紧地搂抱住我，我听见他说，我们也是经历过深痛巨创的，是吗？他把脸转向我，我感觉他是能看见我的。我热泪盈眶。我钻进他的怀里，让他用全部身心更温柔地拥抱我。海浪飞扬的声音忽然听不到了，整个黄昏声息全无。他俯下脸来寻找着我，我嗅见他的胡须散发出的甘草的气息。他的嘴唇张开着，像是流血的伤口。我感到窒息，我情不自禁。当我们的嘴唇紧紧地吻在一起的时候，我感到他的手臂搂得更紧了。我感到我的生命的欲望在复苏。我感到我内心的欢乐像眼前的大海一样深沉一样无边无际。是的，虽然我们不再健全了，但我们依然有情欲的烈火在燃烧。虽然我们不能正常地去爱了，但我们依然可以互相给予依然可以享受人间的快乐。虽然我们不能做父亲母亲了，但我们依然可以把我们的故事叙述出来，献给所有的孩子。一颗水珠滚进我的嘴里，我能舔出它的苦涩和咸味，还有我们打仗的那个地方土地的气息。他流泪了。

现在他重新面对大海。他一动不动。不知道他在想些什么。他神色黯淡。我知道那些遥远的回忆已经把痛苦永远地烙印在他的脸上。欢乐永远只是暂时的。美好也是暂时的。痛苦却永恒。天已经晚了。

海边上只有我们两个人。他推着我缓缓地走着。

他说："还记得我那时发脾气吗？"

我说："记得。"

他说："还记得我央求你多坐一会儿吗？"

我说："记得。"

仿佛是一场噩梦，一切又都记忆犹新。我记得那些残缺的尸体。记得那些血，那些惨不忍睹的伤口。那些呻吟和喊叫。记得那一张张年轻的脸。记得他流泪的样子。记得他打碎的那面小镜子。记得他抓住我的手。记得他在小树林分手前的忧伤表情……它们已经组成了我的生命的血肉和骨骼，遗忘的只是时间。

只有时间被我们忘了，一切都好像发生在昨天。有一点是肯定的，我们都上过战场。

又经过那座公路与铁轨交错而过的立交桥了，今天没有遇上火车。一群孩子在玩打仗。孩子认识我们，围着要他讲打仗的故事。

他说："玩点别的吧。"

孩子们嚷着："就玩打仗，就喜欢打仗。"

那天晚上。他说他想喝酒，我陪他喝。收音机里传出歌唱祖国的音乐。我忽然意识到明天是国庆节。他举起酒杯，他说咱们为她干杯吧。我说干杯。我们碰了杯，我们一饮而尽。我看见他的嘴唇颤抖不止，他的两只瞎了的眼睛里涌出一颗又一颗泪珠。今天他流了两次泪。

他很早就睡了。我默默地望着他，直到他发出粗重匀称的呼吸，我才轻轻掀开被子，我钻进去，紧紧地依偎着他。这一夜我失眠了。

这是一个非常宁静的夜晚。

（《小说月报》1992年第11期选载）

阿　里

毕淑敏

阿里。

阿里是一座高原——在我们这颗星球上最辽阔最高远的地方。

一

那时候，每年临近“五一”，老百姓捐赠的春节慰问品，才能运到阿里高原师。

和慰问品同时抵达的，还有信——整整一个冬天攒下的信件。军邮车像穿山甲似的拱雪而来，明日还要满载而下。信从邮袋里像碎木屑般倾泻而出，将通信科的库房壅满。

“走！周一吼！去看信！”游星不由分说，扯起我就走。

我自然是极想早一点看到家信的。但是，不成。我是班长，高原师第一批女兵的第一任班长。领导早已明确规定：军邮车到来的日子，任何人不得进入通信科私查信件，只有等待有关人员将信分批分拣送出。鉴于出现过众军人哄抢信件，造成大量信件在山风中遗失的严重事件，军邮车上山的那一天，通信科加派持枪双岗。

我没动，游星也终于没动。她父亲是高原师所属军区的副司令员。我是囿于小小的职务，以身作则。她大概想起了威严的爸爸，要给老头子争光。

我们傻呆呆地坐着，面对通信科的石头房子，望眼欲穿。亲人们的最后信息，是去年十月大雪封山前递上来的。整整一个漫长的冬季，那些信被翻得褴褛不堪，所有的话都像毛主席语录一般，在梦中也能复诵。现在，就要有新的歌来代替古老的歌谣了。我的父老兄弟们，在遥远的平原过了怎样一个冬天？噢，还有春天？这里的冰雪刚刚融化，那里按节气已是夏天了。但愿他们健康平安，千万不要遭灾生病。若是好消息，来得慢一点也没关系，等待充满焦灼也充满期望，像含一枚糖橄榄，值得回味。若是坏消息，千万不要来！还是让我保存去年冬天最后的印象吧！不！不对！要是坏消息，还是快一点来吧！道路已经开通，可以给家人寄钱寄药，附上一片迟到的孝心。实在不行，还可以向领导苦苦央求，放我下山，回家去看看，也许还赶得上……别想得那么坏，也许什么都没有发生，又接到一封平安家信……

炉子上的大瓷缸咕嘟嘟地冒着泡，好像镀满茶锈的缸子底蹲着一只不安分的大蛤蟆，高原气压低，水不到80度就开，冲不开茶叶。于是人手一个小水桶般的茶缸，成天蹲在炉台上，煎出中药般浓郁的茶汁。

"哪天咱们下了山，喝用开水沏出来的茶，也许另是一番滋味，就像生苹果和熟苹果的味道是不一样的。"心里想的是信，我嘴上却这么说。

游星不答话。她不喜欢我的故作轻松。

"信来啦！"有人在外面像报童一样高声呼唤。

我们腾地窜起，全然不顾高原上不许贸然奔跑的禁令。

第一批信件中，我两封，游星一封。

我忙不迭地撕开信封。动作太匆忙，连着信瓤扯下一缕，风筝飘带般耷拉着。一目十行看下去。看着看着，眼泪就掉下来了——妈妈病了！急忙去看信尾处的落款，是去年十二月的事。后来怎么样了？我亲爱的母亲到底是好些了还是更……加重了？我不敢把事往坏处想，可不祥的预感像发面酵子，越胀越大。我手哆嗦着，揪出另一封信的瓤，恨不能从纸背面看出吉凶来。却是一位多年没见过面的亲戚写来的，听说我在高原，托我买妇科良药藏红花。气得我直想把信撕得粉碎。妈妈，您老人家怎么样啦啊？

真是忧心如焚！

“我这个同学来信骂我不够朋友，说她上封信问我的事，为什么不答复？谁知道她上封信说的是啥？”游星把空信封摇得像把蒲扇，“怎么样？咱们到通信科去找信吧？”

这一次，我没有拒绝。宁愿挨批评，也不愿忍受这种煎熬了。

众人的目光，追随着我们：这俩兵胆子够大的，竟敢私闯禁地。游星义无反顾地走在前面，好像她是我的班长。

通信科的岗哨枪刺闪闪亮。我稍踌躇，游星大步凛然地闯过去，像刘胡兰一样英勇。两位哨兵大概从没碰到过这种情况，竟被震慑住了，或许以为我们有什么特许，竟一声未吭。

尽管我们对信件之多早有准备，还是对眼前的景象大吃一惊。

人们解开鼓囊囊的军邮袋的封口铁丝，成千上万封信就像窒息过久的鱼群，倾泻而出。人们揪着军邮袋的犄角，拼命抖动，生怕有一封信掖在夹缝里，信像山洪暴发似的积聚起来，淹到人们的膝盖、大腿根，直至腰腹……无数信件色彩斑斓地翻滚着，通信科的库房好像信的游泳池。通信参谋们艰难地涌动其中，把一封封信分门别类拣好，然后马不停蹄地转送给望眼欲穿的弟兄们。缺氧加上信的压抑使精壮的小伙子们气喘吁吁。

“嗨！你们是怎么进来的？”参谋孔博半个身子陷在信堆里，像发现了国境那边的特务一样叫起来。

“像平常那样走进来的呗！”游星轻松地回答。

“既然进来了，就暂且不要出去。不然出出进进如履平地，你们挨不挨剋我不管，我可是担当不起。”孔博不耐烦地挥挥手，他手中恰好拿着一个硕大的牛皮纸信封，呼呼作响。

“那封信是我的！”我不顾一切地扑过去，信被趔得哗哗作响。

“你也没看，怎么就知道是你的？”孔博不屑地瞄了一眼。

“只有我爸爸才会用旧牛皮纸袋子糊这种大信封，因为我说过一次，阿里路太远了，街上买的信封不结实，都磨破了……”我几乎呜咽起来，去抢孔博的手。

孔博的眼珠瞪得像牦牛，他的嘴唇翕动，读出了信封上我的名字，然后把信郑重递给我。

这是一封最新鲜的信，妈妈的病已经痊愈了！

我感激地冲孔博笑笑。他停止了选信，正关切地注视着我。他很高大，信的海洋把别人堵到胸口，对他才到军装的第三颗纽扣。恰好那一片“海域”以白色信封为主，这使他更像一座矗立在白色底座上的标准军人胸像，英俊潇洒。

孔博讨好地把卫生科的信件都递过来。我说：“咱们走吧！”我可不想在众目睽睽下拆阅私信，半年的喜怒哀乐，浓缩到短短几分钟内，要真是再有什么揪人的信息，我也许会控制不住自己的表情肌。

游星说：“不走。信还没拣完呢！出去了再想进来可不容易！”

孔博赞同游星，说：“留下帮忙吧！要是领导批评，我替你们说话！”眼睛却看着我。

想早些得到更多信的愿望，像饥饿中的食品，在不远处强烈地散发香气。我点点头，豁出去了。

我们帮着分信，手忙脚乱。发现一封自己的信，就无所顾忌地撕开，贪婪地阅读。

“我们该走了。”游星懒洋洋地对我说，全失了刚才的锐气。

“为什么？不是说好了吗……”孔博比我还莫名其妙。

“该来的都来了。就是拣到天亮，也不会再有我一个便条了。”游星打了一个哈欠。她并不像一般女孩在这种时候忙用手掩住口，而是大张着嘴，我们看到她雪白的牙齿和柔软而鲜艳的舌头。

不知她的同学和她探讨的问题如何，她手里只有薄薄几封信。

我的信还远没有收完。一个军人对他能收到多少信，是有大致的估计的，犹如经验丰富的老农预测自己能打多少斤麦子。

“好。”我说。既然妈妈病的悬案已经解决，我重新想起自己的职责。

“那你们把卫生科的慰问品带回去吧！”孔博似乎很想给我们多找点麻烦。

“不带不带！那么多东西，还不把人压趴下！反正人手一份，早晚都有我们的！我才不当这苦力呢！”游星没好气地说。

“早拿晚拿自然都有一份，没人贪污你那份军饷。可袋里的货色是不一样的。”孔博不动声色地说。

这一手果然厉害，游星是什么都想拔尖的角色。慰问袋可不是制式产品，老百姓有钱出钱有力出力，谁知道袋子里装着什么秘密？

“在哪呢？”游星问。

成千上万个慰问袋堆积在一起，又是别一番景象，它们大多是红布缝制的，映出娶媳妇般的热烈。每一个都裹得鼓鼓囊囊，显出莫名其妙的棱角，引起对内容物的无限遐想。

“你们随便挑。”孔博像一个慷慨的地主。

游星偏不听从指点，绕过大堆，直取单放的一小撮。

孔博不客气地说：“别动！”

为什么？我偏要动！游星才不管这一套呢，两把扯开绣着金色五星的花布袋，只见里面是条绣花汗巾。“这有什么呀，我还不稀罕要呢！”游星嘟囔着，甩到一边，再接再厉地翻找。

又扯开一袋。一双修长的鞋垫蜷曲着掉出来，上面绣着一对绿莹莹的鸟，丝线缠绕，十分精致。

“这袋我要了！”游星抓着不撒手。

“先看看你能不能用吧？”我提醒她。

游星把小巧的脚丫从毛皮鞋里退出来，金鸡独立地比量了一下，长出一大截。那位痴情女子是为一个有着修长足弓的高大男子预备下的。

“我可以把前面剪掉一截。”游星思忖说。

“多好的东西！那样岂不可惜！贪污和浪费可是极大的犯罪。”孔博抱着双肩，一副于心不忍悲天悯人的模样。

“可惜啦？怪不得藏得这么隐蔽，原来是私房，给自己预备的！”游星将鞋垫甩回去，嘴里不依不饶。

“这都是相好的众弟兄托我给留出来的，你们若是喜欢，就拿走。”孔博说的是实情。年轻的军人们在白雪皑皑的高原，抚摸着一个不相识的女子精美的绣品，当有许多美好的联想。他们会在没人的时候，独自对着那花儿鸟儿发呆。夜晚，会有模糊而美丽的身影，穿行于他们的梦乡。

“留着你们单相思吧！我们只想找点吃的，是吧？”游星冲我眨眨眼睛，示意我同她一块清理慰问袋。

整整一个冬天的脱水菜和干羊肉，我们的舌尖已经不记得饱含汁液的食物是怎样的感觉。顾不得矜持，我和游星流水作业，解开一个又一个小红口袋。

花生，走油了。瓜子，哈喇了。沙枣，名副其实揉搓成沙尘一样的粉末。偶尔还有面粉青油烙成的馃子一类吃食，被漫长的搓板路颠簸得风尘仆仆如出土文物……

我们面面相觑。

“撤吧！”游星惨然叹了口气。

孔博也再找不出什么理由挽留我们了。

突然，我们闻到了一股奇异的清香。香味游蛇似的牵引着视线，我们看到一个毛茸茸的粗糙袋子，“八一”两个字都快粘到一起了。

“这准是个又胖又黑的丫头绣的。”游星很肯定地说，伸手去解带子。

“你怎么知道？”我挺吃惊。

“凡是这样的姑娘都比较笨。”游星是白而窈窕的，很自信地说。

孔博和我交换了一个眼色，自然是不赞成。但我们来不及说什么，那清香像滴入盆中的墨水迅速弥散，笼罩了我们的肺腑。

我们头顶着头，凑近了绣工拙劣的小袋子。

二

协理员要我召开班务会，落实“一帮一”，“一对红”。

协理员是卫生科的政委，对我们女兵班抓得特别紧，什么都是他说了算。我想他既是“协理”，就该以协助科长为主要工作，可科长除了医务以外全得听他的。

我们叫他“老协”，其实他的年纪并不大。眼裂很小，几乎都是黑眼球，注视你的时候像支枪口。说话时喜作大幅度的手势，全不像高原上的人因为缺氧而动作黏糊缓慢，他是呼呼有风，很有权威的样子。

“会议由你掌握，我参加。”老协拍拍我的肩膀。

虽已是五月，我们依旧穿着棉衣。透过里外两层布和厚厚的棉絮，我感到他手劲很大。

老协是绝不容许别人拍我们的，但他自己例外。

我根本不想当这个倒霉的班长。不是女人的功名欲天生弱，而是这个小官太难当。大家都是同一天入伍，好像一胎所生的孪生姐妹，谁也不服谁。加上女孩子事多，今天肚子疼出不了操，明天两个人闹别扭哭天抹泪……我可不愿负这么大责任！

游星想当，这我知道。将门出虎子，肯定也出虎女。我父亲不过是工厂里的一名工人，从学徒到退休没领导过任何一个人。当然，我妈除外。

我把让贤的意思同老协说过。老协说：“让游星当，是她领导我还是我领导她？”我就没法再说什么了。

“一帮一不就是自由结合，两人都愿意，就一对红了吗？”我觉得挺简单的事，干吗这么如临大敌！

“那怎么能成！你以为这是谈恋爱，王八瞅绿豆，对了眼就成，就一对红了？总要分出个好坏，萝卜白菜搭配着来。要不，乌龟找王八，还不成了一对黑！”老协谆谆教导我。

我的脸像涂了消毒酒精，先发凉后发烧。谈恋爱这些词，是女兵们的大忌。老协三令五申不断强化，紧箍咒每天念三遍。我们终于像巴甫洛夫条件反射的实验狗，听到这个词就胆战心惊。老协是我们的直接领导，他说，只有忍着听下去。要是别人，当场甩给他一个脸子！

“只是班里谁算萝卜？谁算白菜？”我问。其实老协这个比喻并不精彩。在高原，萝卜白菜都是极金贵的。

老协盯着我，不回答，一副恨铁不成钢的模样。

想来我这个当班长的，该算在萝卜堆里。其余人呢？我认为是萝卜的，老协没准认为她是白菜。于是我说：“您看先把班上同志分成两组，再一对对掺起来，行吗？”

老协很满意我立竿见影的进步，大笔一挥，把我的班分解为两大阵营。他把游星归在白菜堆里了。

会在女兵宿舍开。乍停了炉火，屋里凉得瘆骨。女孩子们特有的冰清玉洁，窗户、碗柜上悬垂的白色纱布，更增添了寒意。

游星把黑羊毛的皮大衣拉开盖在腿上。老协扫了一眼刚要说话，游星抢先道：“我有关节炎。”

“大家都像你一样，还怎么打仗！”老协依旧批评。

“大家绝不会都像我一样，我就是我。”游星很骄傲地说。

我真为游星捏一把汗。她聪明、能干、技术好，就是嘴巴太锋利了。

是的。没有人敢和游星一样。大家都规规矩矩坐着，会议进展顺利。蒙在鼓里的众姐妹不知道自己是萝卜还是白菜，按照老协私下的方案，一一结成对子。

我和芦花一对红。说实话，她不该算白菜。人很内秀，长得温顺甜美，性格安安静静。她是农民的女儿，真正的三代贫下中农。农村女孩能当上兵的很少，真是万里挑一。芦花不知怎么就被挑上了。人们刚一看到她的相貌，就认为有这样漂亮脸蛋的女孩子一定很妖，待发觉她确实是安分守己的女孩，便格外对她怜爱。也许她的一帆风顺，凭的就是这份长相上的福气。

老协说我工作多，该有个省心的一帮一对象，就把芦花编给我。

“班长，以后你多帮助我。”芦花真会说，大家抬头不见低头见的，开一次会，搞一项活动，就好像重新认识一次。

大家都没事了，正准备散会，游星一把掀开大衣，站到地上：“报告！我有个问题。我那一半红探亲去了，在这段时间内，我是否单独红下去？”这是个疏忽。原本一一对应，偏巧游星那个伴家有急事，破例下山了。

老协一时愣住。

“请问，我是不是可以到别的单位找个人红下去，比如炊事班？”游星不失时机地抖出自己的企图——她嘴馋爱吃。

“那不成。炊事班都是男同志。”老协这一回反应挺快，而且马上有了对策：“这样吧！游星和周一帆结成一对红。至于芦花同志，和我结成一对红。怎么样？”

芦花笑眯眯的。大家都羡慕芦花的好运气。和协理员一对红，入党提干的把握大多了！

“哟！协理员你不也是男同志吗？”游星以子之矛攻子之盾。

“我……我是男同志不假，可我这个男同志同别的男同志不一样。我是你们的领导，相当于……对，相当于中性。你们连我都信不过，还能进步吗？”老协咻咻吐气。

看来游星和我是要同甘苦共命运了。真有点打怵，和她在一起，只怕不知谁是萝卜，谁是白菜。

谁知游星嘻嘻一笑，说：“协理员，那多余出来的是我也不是芦花呀！按理说，该我和您一对红！”

老协无可奈何地摆摆手说：“算啦算啦！我倒有个发明，干脆你们三个组成个一对半红，没准还成个新典型新创造呢！”

三

高原是地球苍老的额头。

高原是缓慢隆起的。它不慌不忙像个知道要赶远路的智者，有条不紊地跨过一层层台阶。那种突兀陡峭而秀丽的山，是初出茅庐的乳儿，它们长不了多高就要夭折在精雕细刻的险峻中，犹如儿童搭起的单薄的积木。只有浑重的看不出膨胀的然而却是持之以恒锲而不舍的堆积，才能铸造出最高坦最寂寞的莽原。

高原的景象不应该是凡人所能看到的。它在冰雪的冷藏中保存了亿万斯年，严守着它生成时的模样。冰川织就的长纱逶迤几千米，将它包裹得如同一具白色尸身。它会冷不丁刺出锋利的匕首，将胆敢窥视它奥秘的人，解剖为血腥的尘埃。奇寒而威猛的山风，犹如铁质的鬃毛，每一根都可以扫瞎你的双眼。高原有无数透明的吸盘，像硕大无比的章鱼，贪婪地吮吸着活的生命的每一根羽毛每一次呼吸。它把偶然穿越的飞鸟和勇敢的探险者，游戏般地摆在雪的祭台上，一任它们百年新鲜。

高原是那样的浑然一体，国界横贯高原，是一道稀疏的篱笆。

高原师就是看守篱笆的人。

看守篱笆自然需要勇敢和机智，但你首先是要学会不被高原扼死。要活得健壮，活得潇洒。

聪明的游星终于错了一回，那个做工毛糙的慰问袋，不是什么黑胖姑娘绣的，而是广东湛江某小学的少先队员们寄来的，要求亲爱的边防军叔叔们把袋里的葵花籽种到国境线上去，这样葵花盛开的时候，我们就有了一条金色的国界。

“这群孩子真是，大老远的捎点瓜子来！”芦花叹了一口气。

游星嗑开一粒，顿时浓郁的清香熏着我们的鼻子，使人精神陡然一振。

这是成熟的种子所具有的属于绿色植物的味道。

严格说起来，葵花籽可不是瓜子，瓜子是炒熟了的，葵花籽可是有生命的。

“我说游星，你别吃了好不好？要嗑，炊事班的库房里有几麻袋瓜子。凭你跟他们的交情，能要一脸盆回来，干吗非吃这有数的东西！”我看不惯游星的饕餮。

“炊事班那瓜子能吃吗？都是山下基地炒好了运上来的，还能嗑开吗？周一帆，你心疼了是不是？可我也没吃你那一份啊？来，拨堆，按咱们班人头数分，我绝不多吃多占……”她抖起小袋子，哗啦啦，倾倒在床单上。

“我的床单刚洗过……”芦花嘟囔。

葵花籽饱满硕大，略微带点紫色，每一枚都有粗细两道匀称的白杠。

那一刻，突然很静，听得见山风在石头曲折的孔隙蛇行时的呜咽。

游星把一粒抵到嘴唇的葵花籽又放下了。却仍不服软：“这帮小家伙也真够呛，单知道边防线上有叔叔，就不知道有阿姨了吗！”

芦花用手指叉起葵花籽，又听凭它们从指缝流下，说：“真是好种子！怕是一颗颗挑出来的，难为他们了！班长，你给湛江的小学生们写封回信吧，就说在最高的雪山上，既有守卫着男边防军叔叔，也有守卫的女边防军阿姨……”

“这不是废话吗？既是女的，必是阿姨。还有男阿姨吗？”游星又在吹毛求疵。幸好她还没当场纠正芦花把湛江念成甚江。

吃苦受累的事总是班长来做。大家决定由我执笔给孩子们写封回信，就说驻守在祖国西部阿里高原的解放军阿姨收下了葵花籽和他们的一片心。谢谢啦！只是这里是海拔五千米以上的雪山，奇寒缺氧，国境线上又很不安宁，种不成金色葵花。请他们原谅。

“我给你糊一结实信封。从咱们这儿到那个港口，恐怕有一万里地。”芦花找剪子和糨糊。

“把葵花籽搁炉台上烤熟了吃吧?病房里还有炉火。”游星跃跃欲试。

“咱们不能试一试吗? 国境线当然不可能了,就在咱们院子里挖个坑。”我终于把心里的想法说出来,主要是这些小炮弹似的种子太可爱了!

“地越瘦,种子越得壮。真没准能活呢!”芦花开始挑种子。她是农民的女儿,说到农活,立刻抖擞起来。

“好吧!我就等着吃咱们自个儿种出来的瓜子啦!”这就是游星表示赞同的方式。

“那这封信咱们就先不发了。明天就种,现在正是高原上最暖和的季节。”我郑重宣布。

剩下的时间,干什么呢?

高原的夜晚,很长很黑。

我们不能到外面游荡聊天。一是有狼,二是怕老协说影响不好。三个人经年累月活在一个屋檐下,谁家里有什么事,小时候有什么经历,早已在无数次晾晒后再无一丝新鲜的水分。

“打扑克吧!”游星不知从哪摸出一副牌,镀着塑料膜,十分精美,显然是篱笆那边的货色。高原师里极少见。

“哪来的?”我问。“这是‘四旧’。”我补充。

“我一不能偷二不能抢,只能是人家送的呗!”游星挑战似的把牌洗得像旋转风车,“这是新的。”

芦花好奇地抚弄着牌。游星干脆做出要把扑克收起来的样子。

我要坚持不让玩,除了显出胆小,也会失去群众。“玩吧!不过咱们把灯熄了,打着手电玩。要是万一老协来了,咱们就装睡。”我咬着牙说。

大家相视一笑。共同去做一件诡秘的事情最能增进友谊。

芦花不会任何一种打法。我们从“争上游”开始。

突然，有人敲门。

我们立即屏息，熄了电筒。窗帘原本就掖得严严实实。只要我们坚持住无声无息，敲门人就应该以为我们睡下。自动离去。

来人不急不恼，徐缓然而顽强地很有风度地敲着，大有鏖战到天亮的气概。

“谁这么讨厌！我去看看！”游星用哈气吐出这句话，蹑手蹑脚地从窗帘缝往外瞄。

这能是谁呢？年轻的军人，是绝不敢在这种时分私闯女兵的深闺。号称中性的老协倒是时有巡察，但他会在半里地外号得震天响，以示自己的冰清玉洁。

其后的情景，却是我再也想不到的。

游星突然把五个手指头一个关节一个关节地伸直，红的桃心黑的桃心（帘缝的月光将它们染作皂灰）像被扇子扇着，一片片坠地，又柔韧地弹跳起来，像一块块破碎的气球皮……

游星脚不点地闪到门前，风一般扑到外面，却没有忘记把门重重掩死。我和芦花呆坐在黑暗中，看着地上和手中的牌……

片刻之后，游星又折返回来：“周一帆，把你的喝水杯借我用一下。他渴了。我的杯子在别处。”说着，不待我应声，掳了杯子，又到自己盛白砂糖的罐头盒里掏了两把，沏了水，双手端着往外走。

“来了客人，叫屋里坐吧！”芦花拍着床单说。

“外边挺好。”游星头也不回出去了。

屋外是什么人？惹得尊贵的司令员的千金诚惶诚恐？

“你去看看。”我指示芦花。

“是个男的。”芦花探回来。

我点点头。意料之中。到了我们这个年纪，同性已不会使人如此振奋。

“这个人我见过。最近常来找游星。这副扑克就是他送的。”芦花像往一堵危墙上加砖，一句一斟酌，很小心地补充。

我感到一种异样的气息扑向我们这一对半红。

“好像是个老百姓。”芦花没多大把握地说，“总披着皮大衣，瞅不大清楚。”

这倒有点奇怪。游星纵是谈恋爱，军营内多少英俊潇洒的小伙子尽可以挑选，为什么偏相中了一位老百姓？

“我得去看看。”班长的职责使我义不容辞。

五月的高原之夜，宁静淡远，冷寂的天穹蓝得像一块硕大无朋的宝石。宝石的边缘有犬牙交错的裂隙，那是被雪峰针芒样的尖锐所剐开的。高原的夜空之上，一定有一只巨大的蓝色水囊，它在午夜时分悄然崩毁，无数股晶莹的蓝汤倾泻而下，浸泡着冰雪，浸泡着罡风，浸泡着赭石上的苔衣和蚂蚁细小的眼睛……

无所不在的蓝光妨碍了我的眼睛，过了一刻才在远地中找到他们。游星像一团蓝色的星云，发出窃窃的低语和无缘无故的笑声。她的额头像蓝色瓷器，反射着柔光。她微笑的时候，牙齿是蓝色的，好像刚在春天里嚼过马莲花。她挥手的时候，指甲也是蓝色的，仿佛用矢车菊花瓣染过。她的眼白也是蓝的，像高原最深邃的湖泊……

那个男人倚在一束斜打的灯光处，个子不高，但很笔直。穿着皮大衣，衣领隐没在半竖起的领口内，看不清有无领章。灯光勾勒出周正的鼻梁和紧抿嘴角的下巴……一张很强韧的脸。

他确实是个老百姓。因为他没戴军帽，留着看似随意实际很讲究的发式。

就是这个男人使游星变得娇柔婉约，我不由得仔细盯了他两眼。

游星还我杯子。杯底还残留着厚厚一层尚未化完的白糖。战士每月的白糖定量是很苛刻的，游星这一次大约用去了月供给的一半。

四

不知道阿里高原的土地算不算肥沃，这里从来没有人工种植过作物。向阳的山坡上偶尔披挂着委琐的地衣，实在说明不了什么。我们三个女兵，种下了这块荒漠有史以来第一株葵花——来自亚热带的种子。

此后的日子，我们天天趴在那块土地上看。亿万年的永冻土层，被我们用铲焦炭的平头锹翻开表层之后，很快又愈合成坚硬的盔甲，看不出一丝孕育生命的迹象。

大相无形的高原啊！

高原的五六月之交，很难说清它的时令。正午时分，已觉出微煦的暖意在半空缭绕。寒凉的地气像一块森然冷玉，平行地向地心深处沉去。要是忽略掉突袭而来的暴风雪，基本上相当于平原冬末春初的日子。

然而那些跋涉过万水千山的种子们，大智若愚地潜伏着，犹如最有耐心的士兵。

要不是芦花再三告诫，游星一定会刨开泥土把种子抠出来瞧瞧。好脾气的芦花在其他事上通融，唯有种地，像真正的老农固执坚强。

终于，向日葵探出一片极小极小的叶子。我们围着火柴头大小的莹莹绿色欢呼跳跃，然后马上就心慌气短，捋着太阳穴蹲在地上。高原缺氧，原是禁不住手舞足蹈的。

“葵花长得太慢。以后我每隔三天看它们一眼，也许才能觉出点变化。”游星说。

葵花先伸开两瓣对称的叶子，像肥厚的小巴掌，仿佛想从高原的天空掬走点什么。然后突然在某个早晨挺直腰肢，前仰后合地向上攀去。

我们浇水施肥，但它们并不加速长大以报答我们的苦心。芦花叹了口气说是缺太阳。营房设在大山的心口，据说是极有战略眼光的选择。一旦发生战争，敌机偷袭时，会一个跟头撞到嶙峋的山石上机毁人亡。

也许将来打仗时，我们可以占个大便宜，但和平时的向日葵很不茁壮。它狂热地崇拜太阳，每天从东方刚露出迷蒙的白色，就倾倒身躯朝拜，犹如一枚枚弯曲的绿钉。

高原是地球上距太阳最近的地方。高原的阳光最清洁最纯粹，像一面面闪亮的银箔。

高原的阳光虽然明亮然而冰冷。极白极尖利的亮线松针似的射向你。皮衣被刺穿了，棉衣被刺穿了，可你依然感到冷。阳光携带过温暖，但高原的风把阳光剥细了，只剩下一条条银线，不动声色地普照着你。

太阳顾不上一往情深的小向日葵。它有那么多冰雪需要融化，那么多江河需要濡养。小小的向日葵算得了什么呢！

不知道怎样帮助这些亚热带来的植物。特别是冰冷如汁的黑夜，它们一定在无望地呻吟。也许给它们披一件棉袄？或者远远拢一堆篝火？

“随它们吧！要是命大，就能活下来。反正咱们是尽了心了。”芦花听天由命地说。

向日葵的劫难还不止这么多，早晨游星出去刷牙，吐着牙膏沫骂起来：“谁这么缺德！居然在我们的向日葵地里撒尿！有本事的，站出来再撒一泡！”

不知什么人，半夜小解，不辨东南西北，冲着我们的向日葵乱浇，小苗东倒西歪。

我去拉游星。一个女孩家，大叫大嚷，总是不雅。

游星喋喋不休：“你说秋后这瓜子还能吃不能吃？全是尿臊味！”

她想得还挺远！我说：“粮食也施肥，你还不照样吃！”

游星说：“那可不一样！猪粪发过酵，这人尿可是新鲜的！”

芦花将我拉到一边：“班长，快叫游星别骂了！那尿是老协撒的。”说罢，蹲下身去，用手指把稀泥中的小苗扶正。

“你怎么知道？”我问。

“老协最近常找我谈心。我走远了，偶一回头，看见了……”芦花一副将功补过的神情。

看芦花这么不怕脏臭，游星也闭嘴了。

一个游星经常外出就够操心的了，又加上芦花！还有我自己……

“洗澡去！洗澡去！锅炉干烧半天啦！”老协阴沉着脸大吼，游星的叫板他听到一个尾巴。

狮泉河畔停着一辆怪异的车——像一条浑圆的绿色海豚，有呼呼的蒸汽像鲸鱼水柱似的喷吐云天。

这是洗澡车。整个高原师只有一辆，在崇山峻岭不停地跑，也要半年左右所有的哨卡才轮流一遍。每逢洗澡车莅临，战士们都拿出最好的吃食招待，其规格几乎等同军区司令。要知道，在银装素裹的高原，能脱得赤裸裸洗一个热水澡，真是莫大的享受。

轮到女兵们洗澡，老协提前几天就通知各单位，要闲杂人等届时万勿靠近洗澡车。我们端着脸盆甩着毛巾走在路上，机关院落里空无一人。

我们放肆地把军帽摘下来，让难得见到阳光的头发，在风里飘荡一回。老协平日要求极严，不让我们把一丝头发暴露在外边。我发际低，脖子后面的细发，几乎长到脊椎骨。要把它们提拢起来，统统塞进军帽，揪得皮肉生疼。我想古代所谓的头悬梁，大约就是这个滋味。

高原之上，人无分男女，所有的曲线都被棉衣的橡皮抹平，只有头发在昭示男女有别。

老协有道理。

近看洗澡车更像一辆囚车，只有一个门，窗户极小极高，四周完全密闭。内设更衣室和淋浴间，还有附属的上下水设备和烧汽油的锅炉。当然，最主要的是要有驾驶室，这样洗澡车只要开到有水源的地方，发动马达抽水，点燃蔚蓝色火苗的汽油炉，就会有热水自喷嘴涌出。

这大概是全军海拔最高设备最好的浴池了。

半年享受一回，又能管多大用呢？洗澡车又很娇贵，一天不是这

坏就是那坏。一到战备紧张，先把洗澡车开到深山里掩蔽起来。它的存在，并不真是为了解决大家的洗澡问题，只是表示一种关怀的象征。

甭管怎样，今天轮到我们彻底地洗涤身上的污泥浊水了。

洗澡车内容积很小，只能容纳几个人。我们这一对半红，安排在最后。空间被前人使用得极热，一团团水雾奶油一样黏滑，令人窒息。

"要是你们不反对的话，我就把窗户打开了。"游星说。

我们俩反对也没有用，根本不等我们表态，游星就嘭的一声，把像轮船舷窗一样的小圆玻璃窗推开了。

水汽拥挤着朝外逸去。不明底细的人，一定以为这里爆炸了一颗鱼雷。

"妈呀！有人在偷看！"芦花一声惊叫，双手交叉捂着前胸，慌忙蹲下了。

我们全都蹲下了。大家人鱼似的，赤身裸体水淋淋，毫无自卫能力。这可如何是好？

还是游星比较沉着，她抹抹脸上的水，问："看的人在哪？"

"在哪？在哪……"芦花一手护胸，好像她那儿受了致命的伤，另一只手鸡啄米似的乱指，真是吓得不轻。

"你们俩别动，我来看看。"游星挺身而出，轻轻走过去先用手合上窗户，然后用手抹去另外一块玻璃上的水汽，踮起脚向外观察。

我认真判断了一下形势，其实我们挺安全的。窗户很高。一般人没有两米以上的身材，绝窥不到我们。除非他像壁虎贴在墨绿色的车厢外，光天化日之下，几乎不可能。

游星被水贴在额头上的眉毛，猛然耸立起来："一帆，你看！"

我颤颤地凑过去。说实话，尽管从理论上讲是安全的，但在这种没有任何衣物保护的情况下去观察有无男人，着实令人恐惧。

洗澡车左边就是参谋们的宿舍。这是没有办法的事，房屋是傍狮泉河而建，洗澡车也必须择水而栖。

道路空荡荡，偶尔有夹着卷宗的人走过，脚步匆匆，凛然正气，绝没有驻足窥测的企图。

整个营区酣睡般正常。

“芦花，你是不是看错了？”我问，记起自己班长的职责。

“没……你看看窗户里头……”芦花惊悸未消。

“一帆，你的真正的侦察兵的不是。”游星惋惜地说。

我再次把玻璃上积聚的水汽抹净，终于看清了……

在洗澡车对面的房间紧密的窗户后面，我看到许多双年轻男子的眼睛。他们的眼球很湿很亮，像一种奇怪的含有很多浆液的黑果子。当然他们的身影不是凝然不动的，他们各自在窗前忙碌，好像有许多必须凑着光亮才能干的事情。他们把背影对着同伴，他们的脊梁一定是一本正经的。他们青春的面庞被窗棂分割成不规则的图案，经过双层玻璃的折射，变得虚茫而模糊，唯有黑色的“果子”被放大了。像吸人魂魄的幽灵。

“不要脸！流氓！让他们的眼珠子都瞎了吧！”芦花像个巫婆似的诅咒。

“其实，他们又能看到什么呢？”一向炮仗脾气的游星，这回竟出奇的冷静。

真的。纵是将小窗完全打开，也只能看到水雾迷蒙中一缕缕长发，至多看到一截脖子，像一张小半寸相片，其余什么都枉然。

“我在家穿游泳衣时，露的可比这多多了！这有什么大惊小怪！”游星昂首阔步地回到莲蓬头下，不以为然地说。不知是对芦花，还是对那些不可能听见这话的男人们。

芦花蹲在地上，使劲揉搓自己的身体，仿佛要像蚕似的蜕掉一层皮。即使都是女性，她还是顽固地不肯脱去背心短裤。白色的内衣贴在肌肤上完全透明，除了不舒适不便当以外，什么作用都不起。芦花松松垮垮地套着它们，心理上安全许多。

游星自由自在地伸展胳膊腿，在如云的泡沫中吹着气说：“看吧看吧。谁爱看谁看好啦！”

我又朝窗外望望。刚涂抹干净的那方玻璃又罩上稀薄的水网，影影绰绰，并不分明。但那些黑亮的“果子”依然在，仿佛一座丰收的果园。

高原师没有女兵，我们是第一批……高原气候恶劣，家属无法随军……高原关山万里，官兵几年才能探一次家……

洁白的泡沫从下水道流出去，蜿蜒一条香溪。

密集的银丝，缠绕着我们。性急的游星把水量加大，水柱便像细细的鞭子，抽打着她光润的胴体。

游星在水雾中出奇的美。她是属于那种脸上一般身段却极好的女人，这种女人该在热带生存。臃肿的军衣毁坏了这份天赐的福气。最冷的时候，我们要在棉衣里套一身绒衣绒裤，棉衣外罩一件老羊皮袄。就是在高原最温馨的夏天，游星也不敢脱去棉裤——她有关节炎。

“喂，你穿上裙子，一定很漂亮！”我忍不住赞赏游星，就算我们同屋，平时也没有机会这样细致地打量对方。水中的游星，仿佛是另一个陌生的婀娜少女。

游星没有答话，伸过手来，把我的水龙头拧到极大，霎时，耳边一片轰鸣。我和游星仿佛站在巨大瀑布的水帘后面。

“我问你，你可一定要说实话。实话多难听我都不怕，可你别骗我。你骗我，我会恨你一辈子！”游星把黑发垂下来，我们躲在她的黑发后面，好像一顶油亮的帐篷。芦花听不见。

“什么事？这么严重？”我想一定同那个夜晚来访的男人有关，不由得抖擞精神。“我一定如实说。”

“你收到过……有人给你写过……就是那种信吗？”游星突然结巴起来。

嗨！我还以为是她的秘密，没想到是刺探我的秘密！

那种信，我们彼此都心照不宣。师里三令五申不许谈恋爱，老协更是像猎狗一样灵敏。但总有胆大包天的军人，利用种种手段，表达爱慕之情。我想每个女孩都收到过那种信，大概以芦花最多。她是农

村出来的那些小干部理想的贤妻良母型的女人。有的人书法华丽、词意高深，芦花摸不着头脑，还请教过我。但这种事，大家都讳莫如深。让老协知道了，张扬得到处皆知，一是要处理对方，二是要批评教训你，好像是你不检点，才惹来的事。

像游星这样刺刀见红问的，还真是第一遭。

但我却得如实回答。有一种人，你可以不喜欢他，却不能欺骗他，因为他对你很真诚。

“有。”我很困难但是很清晰地回答她。就在前两天，我还收到孔博一封信。他笑嘻嘻地跑来找我，说是从库房的旮旯里又扫出我这封信——这在通信科是常有的事，当时太忙乱了。大家不但不埋怨，还有几分高兴，又多了一番亲人的抚慰！

我看看信皮，牛皮纸糊的，我家的地址，只是字迹陌生……

他像执行正常的公务，放下信就走了。

真够难为他的，还假贴了一张用过的邮票。当然邮戳不完全。不过高原上的人缺氧，双眼昏花，没有人注意到这处破绽。

一切惟妙惟肖。我正不知道该如何给他答复呢！

这些我当然不能都告诉游星了。我一边恨孔博，咬牙切齿地咒骂他破坏了我的安宁；一边心中暗暗沾沾自喜：孔博是优秀而英俊的军人，他在信中说了我那么多好话……

“可是，从来没有任何人给我写过那种信，为什么……为什么……”游星仰起脸，闭着眼睛，任凭水帘在她脸庞爬行。好像她渴极了，要喝这种不开的生水。

我无法回答游星的问题。我不是那些小伙子，我不知道他们为什么不追求那么美丽而能干的游星。

五

星期天。

我们缓缓沿着狮泉河行走。

高原的河水像一团团轻柔的绸缎，抖着雪青的浪花，翻滚着一个个湍急的漩涡，滔滔远去。总觉得这河的名字诡谲雄奇——狮泉河——是狮子像泉水一样跑过来还是泉水像狮子一样跑过来？

总觉得这河里的水古老而复杂。全世界的水汽浮升为云，在宇宙飘啊飘，遇到高原耸入天际的屏障，坠落为雪。它们一层层绵绵地降下来，在半空中就凝固为冰。它们摞在高原上，像压缩过的饼干，沉睡了亿万斯年。终于有一天，融化为水，汇入这条浩瀚的大河，完成了几万里几万年的一个轮回。每一滴水都幽远而神秘，从高原出发，走进印度洋。

“咱们除了像个磨道上的驴，走哇走，就不能想点别的事干吗？”芦花发起难来。我们已经走出营区很远了。

“回吧。打扑克或是侍弄葵花。”我转过身。

“咦？这是什么？”游星眼睛尖，或者说她总在东张西望，企图发现点新鲜玩意儿。

河边有一具泄了气的橡皮筏。松软干瘪，如同鱼皮。

“哪都没坏，充上气就能浮起来。”游星惊喜地说。

“咱们这儿怎么会有这东西，又不是海军？”芦花也来了兴趣。她从小在山里，没玩过船。

高原师经常收到莫名其妙的装备。有一回运来一台巨大的电冰箱。“真是越渴越吃盐！还嫌我们这儿冷得不彻底？漫山遍野都是冰箱，比它的个儿可大多了！”老协气得直哼哼。其实，这是上级机关配给医疗部门低温保存药品的，同冰天雪地并不是一回事。但即使这样，那个冰箱也毫无用处，因为只有每天晚上才用柴油发电机供几个小时的电。

“甭管哪来的，咱们今天有事干了！”我兴致勃勃。

游星像拽一具尸体，把橡皮筏拖到汽车营。

“喂！气泵在哪？请给我们的皮笺子充上气。要快！”游星颐指气使，带着天然的命令气味。

一个小战士乖乖照办了。其实，用不着游星这般喝三吆四，换上芦花款言细语地恳求，或是我公事公办地商讨，事情也一样能成。最基层的士兵对待女孩子们，又同年轻军官们的外冷内热不同。他们毫不掩饰对女兵们的惊讶与爱护，使我们有所向披靡的特权。

有了船还得有桨。路过不知哪单位的焦炭堆，游星顺手牵羊夹了两把铁锹。

现在，万事俱备了。

沾了水的橡皮筏子一改在涸岸上的卑琐，油光水滑仿佛一只海豹，映出我们三人变形的影像。

最后一瞬，我迟疑了。不管怎么说，在场诸位中，我官阶最高，要对大家负责任。天已晚了，河水雪白的鬃毛尾梢已沁出墨水般的蓝光，夕阳在远处雪山的缺口处徘徊，浪涛凹陷处汪着粉红，像漂浮着花瓣。

“船长，快上来！开船啦！”游星看出了我的犹豫，抢先跳上船，向我招手。

芦花也跳上去，扶着铁锹桨，咯咯笑个不停。

上就上！狮泉河的水没有负载过船，我们在河边生活了这么久，还不知道河里是什么风光！

我双脚一踏，像踩了西瓜皮，险些滑倒。小小的橡皮筏陡地增加了一个人的分量，吃水很深，就地旋了一个圈。游星用铁锹一撑，锹上的煤屑汇成一股黑水，橡皮筏子疾速地驶离岸边。

好惬意呀！游星和芦花双人持桨，奋力向前，配合挺默契。我雄踞船头，像一位真正的船长。

狮泉河绝不像我们在岸上看到的那般温良，连风也霎时变得狞厉起来。橡皮筏子像一粒黑色的弹头，顺着斜刺的水流疾速进入了河中心的主航道。

狮泉河像一道粗大的灰色绳索。远看它毛茸茸的，仿佛棉纱般松软。近看也依然蓬松，好像少女未曾编紧的辫子。唯有深入到它的中央，你才发觉它有一根铁的主干，所有的浪花都盘绕它旋转，这根铁索越拧越紧，牵引着所有胆敢进入它的水域的漂流物。

波峰浪谷像狭窄山路应接不暇地急转弯，把橡皮筏子打得措手不及。

我们依然很兴奋。剧烈的颠簸给人驾驭骏马般的成就感，我们像鸭子一样叫着、笑着，说着谁也听不清的话，波浪的喧嚣遮蔽了所有声音，只见彼此大张着嘴巴。

残阳在雪山缺口处虚晃，半边河水已聚为幽蓝，仿佛变为两条泾渭分明的河流，深不见底地托举着我们，汹涌西去。

直到这时，我们才发现大事不好。最可怕的是我们非常轻快，根本不用举桨费力，皮筏子就箭一样在水面穿行。

营区已经像远古的神话，落在身后。游星试图将皮筏扭出主航道，拐入旁侧较缓的水流，狮泉河大智若愚地把她的努力化为泡沫。水流与水流之间，有着人所不知的极严格的界限，绝非轻易可以跨越。

怎么办呢？昏暗中，我们的脸忽上忽下苍白浮动。

“要是我不鼓动班长上来就好了。”芦花带出了哭音。

“现在不是说这话的时候！”我顾不上责怪别人，也顾不上责怪自己，忙着察看地形。

两岸的石壁像电影胶片一样，倏忽即过。橡皮筏子浮力很好，一时半会儿不会翻沉。可我们要回家！回到严峻而亲切的军营！

“只有一个办法了，跳下筏子，游到岸上。”游星咬着下唇说。

“可我不会游泳啊！”芦花抽泣起来。

“别哭！越哭水越多，我们就更回不去了！”我先稳住芦花，虽然自己也恨不能掉泪。

我略通水性，但在这样宽阔的河床和冰冷的水中，我不知自己能否成功地游到岸边。

“别怕！我带着你！”游星很义气地说。

芦花不相信地看着游星。不是不信她的允诺，而是不信她的技术。

河道稍稍变窄，但流速也相应加快。橡皮筏子像流利的滚珠，用不了多久，我们就会被冲出国界。

游星已经在做下水的准备了。

“先别忙！容我再想一想。贸然下水，凶多吉少。别忘了咱们是一对半红，要是缺斤短两，可就当不成先进典型了！”我想说句玩笑话缓解一下气氛，没想到更添凄凉。

“最后做一次努力。芦花，你不会水，无论出了什么事，你都要搂紧橡皮筏子。游星，咱们两个齐心合力，把船头扳离激流，驶向岸边！”我开始行使班长的权力了。

“一帆，你和芦花坐着别动。让我一个人下水试试吧！”游星显出英雄气概。

“开始吧！”我不让她再说下去。

我和游星在皮筏子上奋力扭转航向的结果是——橡皮筏子失去平衡，一个侧翻，倒扣水中。

“抱紧橡皮筏！”当耳鼓浸满水的最后一瞬，我清晰听到了一声呐喊。芦花说，这一声救了她的命。这个最不会水的旱鸭子，被扣到了筏子中央，冷暗若黑夜的锅底……

河水是逐渐浸入棉衣的。先是感觉到沉，许多不属于自己的赘肉附在身上，喉管像被一只很柔软但是密不通风的手捂住，血脉急遽膨胀，纤巧的身体变成庞然大物……其后才是冷。沁人心脾寒凝一切的冷水，充满了棉衣的每一处缝隙。我们像高压锅的铅锤一样，打着旋地向深远的河底遁去……

求生的本能加上游星最后的呼唤，使我们拼命抗御地心的引力往头顶的方向使劲，双手挥荡如狂风中的枯叶。指甲碰到什么，就像铁钩一样抠进去，企图悬挂住越来越蠢重的身躯……突然，仿佛是天助神力，颠覆的小舟艰难但是顽强地脱离了主航道，天知道这条野马般的狮泉河亘古以来是否航行过一只船！橡皮筏拖着我们，一寸寸锲而不舍地拢向河岸。

终于，靠岸了！当我们重又踩到铺满鹅卵石的坚硬的土地时，双膝一软，跪倒在地，有浊黄的水从膝盖处箆出来。

还有两个人同我们一样狼狈——老协和孔博，是他们沿河追赶，跳下水，把我们拯救出来。

“你们是不是……想逃到印度去？”孔博为泅水方便，半途甩掉棉衣，此刻被冷风一激，上下牙格格打架。

我们的棉衣虽说饱浸冰水，一时却不曾被夜风吹透，相比之下，还稍暖和些。

“你们是怎么知道我们到河里来啦？”游星也很冷，但她好强，把话说得出奇慢，却流畅不打战。

“你们那点事，全师……谁……谁不知道！比电报……传得还快……自个儿还觉得挺保密……嗨……”老协走到他们脱下衣服的地方，把裤子套上。拿起棉衣，看了我们三个一眼，交到我手上：“谁体质差，先换上。”说完，颠呀颠地跑走了，大约是想借运动增加点热量。

我把棉衣塞给游星：“你有关节炎。”

“我有关节炎不假，可这又不是裤子！我的前胸后背可是完全正常。”游星把棉衣转给芦花。见芦花穿妥帖，又补上一句：“老协原本也是打算给你的。”

芦花一听，马上要剥下来，被我制止住了。她体质虽不错，但不会游泳，灌了不少水，里外透心凉。

芦花还是咽不下这口气，说：“都不要，我还给他去！”跑着去追老协。

游星说：“我也先走两步了。前有开道，后有殿后，我最安全。”莞尔一笑，蹒跚而去。她的腿看来够呛。

剩下我和孔博。棉絮里的河水被风一激，化作无数细碎的冰凌。

每走一步，窸窣作响，仿佛草绿棉布里絮的不是柔软的棉胎，而是无数张崭新的玻璃糖纸。

“给你。”孔博把棉衣递给我。

“我不要。”

“为什么？这又没有人看见。”孔博不解，“怕你不要，我刚才就没敢当着众人给你。”

“你要是当着众人给，我就真要了。现在这样鬼鬼祟祟的，好像我跟你真有点什么秘密似的。我可不要。”

“唉！难道我们之间不是真同别人有点不同吗？你知道，为了能名正言顺地到卫生科见到你，我装了多少回病，屁股上挨的针像一只刺猬！”他深深地叹了一口气。

“你又何必这样呢！”我也叹了一口气。听别人赞美自己，是件快活事。但军规像一只苍老的手，扼住我的心。我不知对他说什么。

“凡有男女的地方，都会这样。当男人和女人比例是1比1的时候，世界会很安宁。就像祖先遗留给我们的那条著名的阴阳鱼，端正平和，可以组成一个无可指责的圆环。”孔博侃侃而谈。

“狮泉河的鱼可不好吃。高原太冷了，鱼为了御寒，也长出肥猪一样的膘。有一天我看见一片河水变为墨黑色，以为要出什么妖怪，走近一看，才知道是一群鱼背映的……”

“别打岔。我们能有这么一个说话的机会不容易。狮泉河的鱼没有以前多了。早些年，浅水的地方汽车开过，漂起两道鱼墙，碾死的鱼用自己的尸身标出车辙……当男人和女人是2比1时，会引起最简单的战争……”

“当男人和女人的比例是十比一的时候，会有许多阴谋诡计的小人和光明磊落的勇士，这个团体该英勇善战一往无前……当男人和女人的比例是一千比一的时候……”

孔博沉默了。

“想不到你的脑袋瓜里除了装满电台和密码之外，还有这么多乱七八糟的东西！那又会怎么样呢？当一千比一的时候？”我迫不及待地问，因为这正是我们在高原上的比例。

孔博依旧沉默。

“你倒是说呀！要不我走啦！”我要挟他。孔博的理论惊世骇俗，我只知道女兵们的处境微妙，却从没有上升到理论上思考。这家伙除了伪造信件之外，还有几分怪才。

“沉默呀！我这么半天一言不发就是答案。当一千比一的时候，所有的男人们都不再说什么，他们只是看着，等待着，没有人会知道将出现什么事情……别说有军规管着，就是没有，也难得有人敢轻举妄动。众人的沉默是一种无形的绳索，每个男人都怕被拒绝、被嘲弄……”

“那……”我问。

“我知道你要说我为什么要给你写信。因为我觉得我是这一千人当中最优秀的……”他目光灼灼地望着我。

远山在苍然的暮色中逶迤，好像一具猛犸象，好像在舔食天边的云霞。最后的阳光将高原丝缕状的云翳染成诡谲的翠绿色，仿佛深海中的浮萍。

我看到一个小小的人影，像棋子似的移动。

那是高傲的游星。

“可是你们为什么不给游星写信呢？”我问。

“可我们为什么要给游星写信呢？”

“她挺好的。能干又漂亮……”

“男人找老婆，并不只看这两条。还有许多很复杂很微妙的连自己也说不清的东西。比如芦花，就像一碗晾得正合适的粥，谁喝下去都觉着舒服。比如你……”

“别说我。我们说的是游星……”我又一次岔开他的话。

“好。就说游星。我敢肯定，不会有任何人给她写信的！”孔博停住脚步，很严肃地对我说。

"你怎么知道？好像你们举手表决过似的！"我真的吃了一惊。

"我们早把你们调查得一清二楚。对游星，我们同仇敌忾，众志成城。"

"为什么？"我真为游星难过，她在什么地方不检点，得罪了整个高原上的男性军官！

"因为……害怕。"孔博突然气馁。

"害怕什么？她又不是叛匪。"我好气又好笑。

"叛匪并不可怕。碰上了，我可以立个功给你看看！可娶一个游星回去。是党指挥枪，还是枪指挥党？"

"家又不是战场。打比喻要适当。"

"哪儿都是战场。别看我们此刻平平安安，明天就可能爆发一场战争。再者是谁不想在部队混个好前途？可你要是娶了司令员的女儿，干得再好人家也说你是沾了老丈人的光。堂堂男子汉，今后怎么领兵，怎么在人前腰杆硬硬地讲话？对军人来说，功名事业远比女人重要。所以，大家都憋了一口气，别说游星还有那么多毛病：盛气凌人、又馋又懒……就是完人一个，我们也不招惹她！由她自个儿趾高气扬去吧，我们约好了，谁要是讨好她，谁就是我们之间的叛徒！"

孔博刚夸我时，心中还有几分沾沾自喜，听他攻伐游星，也颇能满足自己的好胜心。但渐渐手心发潮，想不到这帮小伙子竟存了如此顽劣的心计！

游星，你可知道自己生活在敌意之中？

"其实游星并不像你们想象的那样。比如馋，她不过是爱挂在嘴边上……"

"喂！你别老跟我谈游星好不好？她就是公主，我也不想当驸马！我只想同你谈谈你，谈谈我们！"孔博突然火了，肆无忌惮地朝我嚷。

"我们没有我们！"我也不甘示弱。

孔博真傻。男女之间的谈话，最初绝对是从各自的朋友开始的。他这种单刀直入直取上将首级的战术，真叫人接受不了。

营区像一头蹲踞的野兽，已在前方出现。我们就是想言归于好，也没有路程了。

六

老协千辛万苦把我们从冰河中救出，目的就是让我们写检查，一遍不成，再加工还不成。我基本沉得住气，芦花的检讨书已经被泪水浸得像泡泡纱，老协还说不行。

“看我的。”游星忍不住了，提笔以我们三人的名义写了一份集体检查。

“我们私自驾驶橡皮筏子顺河漂流，主要是想到印度洋上看看风景……”

“你疯啦？这可不是开玩笑的事！在国境线上，有什么比投敌叛国更重的罪名？！”我吓得要死，“真是跳进狮泉河也洗不清！”

“你放心！”游星眨着一只眼拦住我，“真要是三个女兵集体预谋叛逃，第一个吃不消的就是老协！”

真叫游星给说对了。面孔黝黑的老协面对自供不讳的罪状，反倒先蔫蔫泄了气。

“瞎写什么！”老协掏出烟，拿火柴没点烟，先把游星的“自白”给烧了。“以后再不许你们四处乱逛，惹出那么多麻烦。”

老协对我们管得越发严了。

那天晚上，电灯很诡谲地眨了三下，这是柴油发电机给大家的信号。按规定，五分钟后，电灯就会熄灭，请大家准备好煤油灯或是蜡烛照明。

“游星还没回来，门怎么办？”芦花问我。她胆子小，又睡在最靠近门口的地方，每天入睡时，都把门口的警戒措施搞得十分复杂。插上门后，先在门前摆一张凳子，若是有人半夜闯入，推门之后就是一声惊天动地的巨响，足以把沉睡中的我们惊醒，然后在靠近她床头的地方再摆上脸盆，盆里注上快溢出来的水。这样闯入者就是有幸躲过第一道防线，也会一脚踹进水盆，除了造成极大的声响外，必定滑一个结结实实的大马趴。

我说过她，怎么搞得像地道战一样复杂！虽说害怕黑暗是女孩子们的通病，但像芦花这样近乎病态的恐惧，也很少见。游星干脆在背地里一本正经地对我说：“她家的什么人可能在半夜里被人强奸过。”我说：“游星你再胡说，我就让你睡门口！”

游星今晚没回来，芦花的防暴措施就无法付诸实施。芦花哼哼唧唧睡不踏实：“这么晚了，能到哪里去？班长，你说说呢……”

我说什么呢？游星到哪里去了，我怎么知道？世上的事，大约都是压迫越深，反抗越烈。游星最近常外出，而且每次都要梳理打扮一番。说来也可怜，高原上的女兵，不可能有任何特殊的服饰。游星唯一的美化方法，就是把汽油桶一样肥硕的棉裤换成绒裤，显露出修长的双腿。每当山风吹过的时候，罩裤不会粘在棉裤上，而是潇洒地随风摆动。

老协敏感地皱起鼻子：“游星不是说有关节炎吗，怎么反倒比别人抗冻？”

我烦老协一天像特务似的侦察我们。他一天天找芦花谈心，为什么不说说自己！

为了证明游星并不脱离群众，下午我也把棉裤换下。高原部队的冬服是一年一换，理论上我们每年都穿新棉衣。实际上我的棉裤破得惨不忍睹，裤腰处的棉花全穿飞了，只剩内外两层布，变夹裤了。

我特地到老协面前走了走，以显示我的绒裤。假如他要说我，我就说：“怎么？这不是总后发的军装吗？”可惜老协只是很有些悲哀地看着我，没说一句话。

听说老协在乡下有个未婚妻，是穿上军装的第二天，父母给包办的。农村有些很穷的小伙子，原来都是要打光棍的命了，突然应征入伍，有姑娘的人家便把宝押了上来：若是今后能在队伍上出息个军官，自己的姑娘也就能跳出去，弄个太太当了。若是干几年回来，女婿也算是见过些世面，不会比土里刨食的更差。匆匆忙忙订的好事，待到青年小伙真的套上四个兜的干部服，这种没有感情基础的婚姻便遇上了地震。一把扯散了，怕组织上从此对自己有看法，影响前程。凑合着，又觉得委屈，便一直拖着。

尽管老协自己的事挺挠头，对看守我们还是尽责尽职。在他心里，肯定觉得我们像一堆炸药包，不定哪一刻就会有火花冒出。

绒裤还真是穿不得。阴冷的地气先把双腿骨缝里的浆液凝成鸡蛋清样，使关节涩得像一盘老磨。凉气继续向上蔓延，像拔节的麦子，一会儿就抵到腰，冰冷冷地有直逼胃脘之势。

我佩服游星：别看只是换穿了一条绒裤，没有一股火热的朝气，还真抵挡不住。

事情似乎有些异样。那副精美的扑克？那缸子没有溶化的白糖？那个披军大衣的男人？听说他是地方政府的机要交通员，一个普通干部……

也许，我应该找老协汇报一下这些疑点？可是，他会不会说我思想太复杂了？万一要让游星知道了，也许会骂我一个狗血喷头，我又何苦？在我内心最隐秘的地方，我甚至希望游星沿着这条危险的路走下去。她很聪明，又有能力。特别是她有那样一位父亲。单凭这一条就值得别人忌恨。虽说迄今为止还没显出她的老爹对她有何特别关照，但所有的人都知道，到了关键时刻，这柄巨大的保护伞肯定会起作用。游星是我强有力的竞争对手。

“班长！班长！”芦花在暗夜中呼唤我。

我没回答。尽管高原的黑夜是世上最黑暗的地方，我还是不愿让芦花发觉我很清醒。

芦花轻手轻脚地穿好衣服，又叫了我几声，好像要同我商量。

做假既然已经开了头，只有继续装下去，我坚持一动不动。

芦花开门出去了。

三个人中两人不在，我感到孤单和恐惧。我竭力劝慰自己：游星就会回来，芦花就会回来，朦朦胧胧睡着了。

等我醒来时，满屋亮堂堂的。高原的阳光像一把寒冷的钢针，尖锐地刺着你的眼，却丝毫不给你温暖。

两张床都空着。

出了什么事？她们俩上哪去了？彻夜未归，在野外是要冻死的！

“周一帆，你出来！”是老协，声音冷得瘆人。

“到我办公室去！”他用命令的口吻说。

到底怎么啦？我心中忐忑不安，满腹狐疑地推开协理员办公室的门。

地中央的椅子上坐着一个人。皮大衣、皮帽子、毛皮鞋、皮手套……武装得像要赴前沿潜伏。尽管穿了这么多，浑身还在瑟瑟发抖，好像恶性疟疾病人在发高热。门响，我进来，都泥塑般毫无动静，好像灵魂远遁了这个世界。

这是谁？犯了什么过错？明知不该过于好奇，我还是转过去仔细端详。

这个把自己包裹得严严实实，仿佛想缩进地缝里的人，竟是——游星！

在此之前，我不相信时间会在一夜之内，如此残酷地改变一个人的外貌：她的头发不知被汗水还是泪水黏结在额角，细密的皱纹像渔网一样罩在她年轻的脸庞上，显得那么做作虚假，仿佛伸出手去就可以抚平。最重要的是眼睛：司令员女儿那双高傲聪灵的秀目，像泉眼在一夜之间干涸，只剩下深不见底的凹洞，用毫无表情的目光与我对视。

要不是老协站在一旁，我真想拼命将她摇醒：游星！你怎么啦？该不是夜里做了个噩梦，迷失在茫茫的雪原？

老协面向我布置任务，完全无视游星的存在。我感到大事不好。

“游星昨天晚上，同地方上的机要交通员伍光辉坐同一辆吉普车，向国境方向叛逃。幸好芦花同志及时报告了她失踪的情况，侦察部队才将他们俘获。在事情没有最后查清之前，先施行单独拘留。”

天啊！我一时如五雷轰顶！这怎么可能！游星有种种不讨人喜欢的毛病，但她绝不会干出这种事，绝不会的！我想这都怪我，假如我昨天拦住芦花，也许一切就不会发生！

椅子好像突然燃烧，游星跳了起来：“不是的！我绝没想到叛国！我没有——没有——”她从呆若木鸡变得歇斯底里。

“不是想外逃，我们从吉普车中堵住你们的时候，车头正向着国境方向。这是什么意思？”老协咄咄逼人。

是的。游星必须回答这个问题。不然，她如何洗清自己作为一个军人的忠诚?!

游星苍白的脸突然变得通红，好像一只无形的巨手把她的头按到了地上：“这……我们忘了那是国境方向……”

“好一个‘我们’！好一个‘忘了’！你们在干什么，把国家这么重要的事情都能忘了？还有一个解释，就是你们……冰天雪地的，就不怕冻着？想得还挺周到，穿了一身皮货……说啊，你们到底是干了什么？说！”

如果有一根树枝在老协面前，他的目光会让它冒烟。

“我们什么也没干，只是想坐着车看看夜里的高原……”游星极力为自己辩解。

“哄谁哩！”老协鄙夷地说，“看高原？成天看还看不够？孤男寡女夜里溜出去，还能干什么？说……说不清楚，你们就是企图叛逃！”老协像把一柄刀和一条绳索扔到游星面前，由她选择。

游星必须说清楚，否则她无法保持自己作为一个女人的清白！

久久的沉默。游星的脸缩在毛茸茸的皮帽扇圈成的洞穴里，像一块万古不化的寒冰。

我预备悄悄地退出去，我忍受不了这种严酷的煎熬。

“不要走。拿出纸笔，把游星的话记下来，这件事现在轰动了整个部队！”老协好像背后有眼，及时制止了我的逃跑。

游星的鼻翼痛苦地颤动着，她面临可怕的选择：要么承认对祖国的背叛，要么承认自己是一个放荡的女人。

游星继续沉默了很长很长时间，老协也并不催促。好像面临一桌盛宴的人，并不太计较时间。

我看着桌上一个积满茶锈的大缸子，褐黑色的图案像一座城堞和许多锋利的牙齿……我仔细地研究那个缸子，看出像未定国界一样蜿蜒的曲线……

突然我发现游星也在盯着那个茶缸，我立即把眼光移开……我突然充满恐惧地想到，那重重毛皮裹挟之内的可怜的人儿，倘不是游星而是我，该怎么办？怎么办？

脊背中央有一股冷血在向上升……

室内的海拔好像上升到比珠穆朗玛峰还高的地方，稀薄的空气还在不断逃逸。游星低着头，看不清她的脸，只见双肩在搐动。

我猜她在哭，却听不见丝毫声响。

终于，她抬起头来。我和老协看到一张惨白却十分果决的脸。

“我说。”她说。

“这就好。”老协心满意足地说。吩咐我：“拿纸笔！快记录！一个字也别落下！记原话！”

我记下的游星第一句原话是：“我有一个要求……”

“不许要挟组织！”老协很严正地拒绝。

“不答应我就不说。”游星不退让。

“那你先说说看。”老协心切，先退了一步。

“那就是——无论我说了什么，都不要告诉我的父亲！”

“这个……我可以答应你，我不告诉你父亲！”老协松了一口气，在他看来，这算什么先决条件！但他同时也耍了滑头，他只保证自己不说。

游星这么爱这么怕她的父亲！我原以为她会迫不及待地找她的父亲，以求庇护。

"我爱伍光辉,他也爱我。就这些。"游星突然很快地说。

"详细点!"老协不依不饶。

游星拒绝谈细节。

"那还是有叛国投敌的嫌疑。"老协又端出无敌的法宝。

游星抬头看了我一眼,突然跳出一缕亲昵的光,"能让班长出去一下吗?"她轻声问老协。

这是我与游星相识,她第一次称呼我的职务。

"不成。"老协很干脆地拒绝了,"这种事,有两个人在场好。"

于是游星不再看我。她开始讲一个轻浮女人的故事。这个女人就是她自己。伍光辉是那么英俊而无辜,所有的责任都是游星承担。还有老协最感兴趣的时间和地点……

"好啦。你先回去吧!没有允许,不许出屋。等待处理。"老协对游星赦免似的说。

"周一帆,作为一个班长,你是很不称职的!昨天晚上有人夜不归队,你为什么不报告?幸好芦花警惕性高,积极请示,又和我们一起去找。要是真有人叛逃,从你到我都得上军事法庭!"

原来真是芦花!可是你呢?你昨天晚上想了些什么?事情到了这个地步,是我们都不曾料到的。假如我昨夜拦住芦花,假如芦花安静地睡着了,他们以后也还会去看高原的星星……

"游星是不会叛国的。"我急急辩解,这是我此刻能为游星做的唯一一件事。

"我说你什么时候才能老练起来?那不过是个工作艺术嘛!不这样唬,她哪能老老实实说真话!"

我瞠目结舌!

"周一帆,游星的事如何处理——还得等待研究。这期间,你不上班了。也就是说,你的工作改为监护游星。千万不能出意外。"

"协理员,这事还是让别人干吧。比如芦花。"这是我第一次抗拒命令。一个宿舍的战友,突然成了看守与被看守的关系,对她对我都是折磨。

“芦花说她不愿见游星，我已经把她调到别的宿舍了。你是班长，这是党交给你的任务。”老协很严肃地说，“最近边界形势很紧张，军区要组织一个前线指挥部到阿里。军人要以服从为天职。”

七

一头懒洋洋的黑猪，肚子上粘着雪白的纱布，在高原上漫步。

高原上难得有家畜家禽。这些人工驯养的动物，初上高原还没能循序渐进地适应高原，高原就毫不留情地把它们淘汰了。这头黑猪是一个例外，大家猜它一定刚从野猪变过来不久，保存着蛮荒的强悍之气，所以才能在高原苟且偷生。

因为缺氧，军人们的胃口很糟。农民的子弟也开始扔白馒头，黑猪便顿顿会餐。因为缺氧，猪也动作迟缓，肥膘触到地上的卵石，肚皮就磨破了，经常像个功臣似的到卫生科换药。

黑猪这两天开始挨饿，军人们的胃口出奇的好。

我到食堂去给游星打饭。乱糟糟的咀嚼之声突然噤住，仿佛我是个大人物。

这些天，游星事件和火药味日见其浓的国境战事，成了高原师永不衰竭的话题。年轻的军人们在密切注视敌人枪口的同时，也分心关注着我给游星汀饭的碗。

游星不得擅自出入我们的宿舍，我昼夜同她在一起，成了名副其实的看守。除了我以外，没有人知道游星的真实近况。她的桃红色故事在传播中乌烂发紫，不忍卒听。

我没法替游星辩解，她使我们女兵班蒙受了巨大的耻辱。大家都忙不迭地洗白自己，好像早就看出游星是个淫荡女人。我难以自保，何以保人。

我端着满满的饭碗，在男人目光的甬道中穿行。我感到那目光中的荆棘和火焰。我无法设想游星有一天当真走出那禁闭的小屋，该如何在这剑戟般的目光中生存！

推开门，我有意让门扇敞着，希望正午的日光带给我们温热。

早上的饭还摆在桌上，纹丝没动。我把中午饭又放上，游星连看都不看。

“游星，多少吃一点。你已经几天不吃饭了！”我好声劝她。

“不。”她极轻微但毫无商量余地回答我。

自那个可怕的夜晚之后，游星就几乎不吃不喝。最令人费解的是她再也不肯脱掉厚重的棉服和皮大衣。据说是与追寻他们的汽车相遇时，她就匆匆穿上了全套的防寒装备，好像一副铠甲。

我每逢走进屋里，看到她，就感到周围是一座大冰窖。

我熟悉的那个游星死去了，剩下的只是一个外表像她的女人。

“吃吧。真把身体搞坏了，以后你怎么上班？再说，你们家里人也会伤心的。”我不是一个巧嘴的人，但看着游星陡然清癯的面庞和黯淡无神的眼珠，搜肠刮肚地劝她。

“你是说，我过不久就能上班？”她幽暗的眼窝亮了一下。

我使劲点头。其实我哪有权力做这么大的主！

“你骗我。”游星在苦难中依然聪明，“我知道，在部队，一个人打了败仗可以原谅，沾上了这种事，就永世不得翻身！”

我木讷无声。游星呀游星，你什么都明白，为什么要陷进去？

她忽然又自己笑起来：“你说得也对。身体要真坏了，他会伤心的。”说罢，像吃药似的拨拉了几粒饭。

那个他，是谁？她父亲吗？

不管怎么样，游星开始吃饭了。这就好。

“班长，有人找你。”芦花怯怯地在远处喊我。

一对半红早已彻底解体。我并没有把芦花汇报这事告诉游星，芦花却总是不愿见我们。

“你去吧。我不会自杀的。”游星见我犹豫是否离开岗位，设身处地为我着想。

“帮我照看一下。”我对芦花说。

她端了个小板凳，呆坐在院子里，从敞开的门洞瞄着游星。

孔博像一株抖掉积雪的绿树，俏拔潇洒。我知道他不但斗胆脱了棉裤，趁着正午，居然把棉衣也扒了。

“很精干呀！不过关节可要疼的。”我信口说。

“疼了就请你打针。你打针一点也不疼，简直是享受！”

“别胡说！再耍贫嘴我以后像纳鞋底一样戳你。”我突然察觉这样说笑下去十分危险，前车之鉴，不可不防。便板起脸，“你喊我出来什么事？”

“告诉你一个秘密。”

穿便衣的老百姓给心爱的姑娘送上一束花，穿军装的小伙子就携带一个秘密。

“什么秘密？”

“军区的游司令员，也就是游星的父亲，被任命为阿里前线指挥部的司令员，就要上山了！”

八

高原师进入了紧急战备状态。水壶灌满水，子弹推上膛。每人两双鞋，捆在背包上。解放鞋预备冲锋时穿，厚重的毛皮鞋是跋涉雪山时用。部队像伺机猛扑的虎豹，鬃毛奓起，抖动得不耐烦了！

唯有我们，像台风中的风眼，过着异常平静的生活。日出而作，日落而息。时间稀释了刻骨铭心的痛苦，游星略略恢复了一点生气。

“外面在忙什么呢？”她问我。

唯一能够同她交谈的是我。老协曾再三告诫于我，不能将战备之事，透露给游星。为什么，我不知道。但游星是将门之女，战争除了是种种极为细致严谨的准备工作之外，更是君临一切笼罩一切浸透一切的气氛。它像一团浓重的铅色烟云,裹胁着全师随它旋转。游星用她聪明的心感觉到了。

老协的命令不可违。我含糊应道:“可能是有什么行动吧!”

“你去跟领导说说,放我出去工作吧!我一不会外逃,二不会自杀,一定等候处理。外面这么忙,咱们俩都这么闲着,多窝囊!就是打仗,也允许戴罪立功啊!”她央告我。

听了我的转述,老协冷笑一声:“我还没急她倒急了!事情还没处理完,她就到外面大摇大摆走来走去,党纪军法岂不成了儿戏!”

我非常憎恨自己现在的角色。老协杀一儆百的用心,我不得不服从。游星尴尬悲凉的处境,我毫无办法,内心深处,除了对弱者的怜悯之外,又希望游星受点挫折,从此敛起傲慢。

“不过,事情很快就要有眉目了。领导的意见,是尽快做出处理。最好赶在游司令员到达前指之前。”老协搓着手掌,像在部署一场重大战役。

我一时猜不透这其中的联系,面露不解。

“部队马上就要进入临战状态,一天把女人的事挂在嘴上,岂不影响斗志?再者,游司令员一上来,还能不包庇他的亲生女儿?处理起来就棘手了!我不怕得罪人,坚持从严惩处。司令的女儿和农民的女儿,败坏了军纪要一视同仁!谁说好话也不能宽容,才能保证军队铁的纪律!”

老协义正词严。这些话自然都是不错的。

“不要透露游司令即将上山的事。一个字也不许对游星说。不然,她提前同她爹通了消息,咱们的工作就被动了!”老协再三叮咛。

我深一脚浅一脚地往宿舍走,左右为难。

这正是阿里高原上最温暖的时光。我突然看到地面铺满金砖!

啊!是我们种的葵花开了!

多少天来,它被我们彻底遗忘。游星忙着坐牢,我忙着看守,芦花无声无息像一只老鼠。向日葵不理会人间的一切沧桑,毫不懈怠地生长着。从寒冷的土地中汲取养料，从稀薄的空气中收集阳光，竟不可思议地匍匐着开起灿烂的花！

它只有人的膝盖那么高，细细的茎子像一缕柔韧的麻，虽被飓风塑得东倒西歪却顽强探向天空。花盘极小，只有5分硬币大小，异常菲薄。四周尖锐地分蘖出像箭头般的金色的花冠，像黄铜一样闪着明亮而细腻的辉光。

向日葵这种平原上司空见惯的植物，在高原显露出陌生的模样。

这不知是不是地球上最矮的向日葵，但我想它肯定是世界上最高的向日葵了！

回想我们共同栽下它们的时候，多么快活！

“我能工作了吗？”游星充满渴望。见我久未答话，便知趣地垂下眼帘，让浓密的睫毛遮住水光。

“你爸爸，对你……好吗？”我小心地选择字眼。在命令与良心之间，我要开辟一条崎岖的小路。

现在，只有游星的爸爸能够救她了。

“你问这个干什么？”游星警觉地问我。

“不过是随便聊聊。我想，世上只有极少的人到过高原，女人当然就更少了。我们住在一间宿舍，像一家人。”

“班长，你是个好人。特别是这些日日夜夜，在我一生最困难的时候，你没有像别人一样，把我看成一个坏女人。”游星动情地说。

哦！游星！我绝没有你想象的那么好。不过现在不是谈论这些的时候。

我接着问：“你一定很想你的亲人们，对吧？”

“是的。”游星仿佛预感到什么，紧张地盯着我。

“也许你不久就能见到。”我咬着牙吐出这句话。依游星那个机灵劲，她一定能猜到我的用意。

“太好啦！”游星攥住我的手。她的手指尖冰凉如笋，但手掌已经温热有汗。“求求你，快帮我送封信给他！出了这么大的事，他的日子一定很不好过！”

“他——谁?！”我目瞪口呆。

“伍光辉呀！”游星嗔我明知故问。

我真恨游星的痴情！大难当头，还不快想保全之策，反倒雪上加霜！我不能帮游星做这种串联的事，很坚决地摇了摇头。

“我给你出了个难题……”游星像个老妪一样悠长地叹了口气。

我们凝望远山。

窗玻璃像一幅镜框，镶进无数巍峨的雪峰。那些地图上显赫一时的峰峦，那些令人咋舌的世界之最，都像静止的油画，摆在我们面前。当你看到喜马拉雅山、冈底斯山、喀喇昆仑山的任何一座主峰时，你都注定会失望。它们同你见过的成千上万座雪峰毫无二致。只有极精密的仪器会告诉你：它们确实比其他的兄弟们要高那么百十公尺。但对苍莽的高原来说，这差距实在只是一根头发的间隙。而且从某个特定角度看去，也许近旁那座无名的山岭更高大魁伟更有不可一世的威严气概，可惜它只是个芸芸众生。

高原是由无数无名之辈构成的宏大体系，时间在这里永恒。

九

那时游星的父亲是师长。年轻骁勇的野战军师长，该是多少姑娘倾心的对象！可骄傲的师长一律不理不睬。功未成，国未报，何谈家！一场血战下来，敌人尸横遍野，冲锋陷阵的师长大捷归来，连根毫毛都未伤。

“做完战斗总结，你给我住院去！”首长像对自己的儿子说话。

过草地的时候，游师长实在走不动，曾趴在这位首长的背上。现在，当年壮健的后背已稍显佝偻，游师长还是唯命是从。

“可我没受伤啊！”游师长挠挠后脑勺。

“那就是身上哪个地方不舒服了。”老首长很肯定地说。

“没有哇！除了头发长了，每个月得剃一回，哪都装备精良。”

“就你这个憨样，真不知是怎么打的胜仗！”老领导发怒了，“叫你去，你就得去，回去好好想想，想出个病名来。明天下午野战医院来接你，到了那儿，你仔细看。看好了哪一个，就用车把她拉回来。记住，可要挑个贤惠的！”

游师长傻呵呵地站在那儿，这里他生平接受的最艰巨的任务。

野战医院住进一位年轻彪悍的军人。

游师长的病号服甩在一边，穿着警卫员浆洗一新的军装，在医院里闲逛。他无法忍受像斑马一样的布衫，只有军服才会给他勇气和力量。

他像以往执行任务般勇猛快捷，只是忘了前辈的谆谆教导。他没有挑选最贤惠的姑娘，而是看中了全野战医院最骄傲的女兵。

所有的女孩子都对年轻的师长另眼看待，唯有这个女兵，依旧在铁丝上晾晒散发着特殊气味的手术巾，对走近的师长不屑一顾。

师长感到自己遇到了难以攻克的鹿砦和城堡，他立刻兴奋起来，发动了猛烈的攻势。

“不。我不。”那个后来成为游星母亲的女人，低声但是很清晰地拒绝了师长，“我从看到您的第一眼，就很怕您。现在也还是这样。这怎么能在一起过日子呢！”

原来如此！师长还以为洗衣班的小姑娘看不起他呢！师长不想再耽搁了，他觉得这真是一件麻烦事，他还要急着去打仗呢！“我这个人就是这个脾气，爱瞪眼睛，一回生，二回就熟了嘛！”

师长俯尊就屈，游星的母亲依旧不从，师长动怒了：这又不是篮球场，可以随便换人！游师长不想落个挑三拣四的恶名，这已不仅仅是老婆的问题，关系到军人的尊严。

上至野司，下至医院领导，走马灯似的来给小女兵做工作。当游星的外祖父母都被接来劝说时，游星的母亲终于同意了婚事。

游星的母亲只为游师长生了游星，总是骄傲而忧郁。游师长成为游军长、游副司令，依旧威武，依旧具有独特的魅力。天下美丽的女人，并不都像游星母亲那样冷若冰霜。

“怎么办呢？有个女人非要嫁我。”游星的父亲在同妻子讨论这样的问题时，坦率而磊落。假如妻子哭一顿闹一顿，说你从此再不要理那个女人，游副司令员一定会干脆利落地了断此事，可惜游星的母亲单独对墙站立了一会儿，然后回过头来平静地说：“我走了。把游星留给你。走出你的家门，我就重新是个普通的女人了。孩子跟着你，会有一个好前途。我放心。”

母亲长久地亲吻了游星，把冰凉的泪水灌满她小小的耳蜗。当时她正躺在床上，不知道这是一次永远的别离。

作为平民子弟，对权贵们的家眷有天然的敌视，想不到游星有这样的身世！

“继母对我很坏。我说的坏，不是吃不饱穿不暖那种。在我们那种家庭，坏不是用这种形式表现出来。她只是不管我，说穿了，就是不爱我。要一个和你没有血缘关系的人，挚爱你，你也爱他，这挺不容易……认识了伍光辉我才知道爱的力量……”

挺好的谈话，突然混淆进那个穿皮大衣的男人，我急忙扭转话题：“还是说你爸爸吧！”

“他根本就不懂得爱……”

“你爸爸万一知道了你的事，会怎么样？”

“不！不！无论受多重的处罚，千万不能让我父亲知道！那样会把他气死的！你们答应过的，你们不能说话不算数！”她声音嘶哑地叫起来。

游星其实深爱她的父亲！

随着战备升级，大家对游星事件的久悬不决，反应也愈加强烈。这是一道辛辣无比的调料，极大地刺激着人们的想象力和正义感。每个人都在同游星境遇的比较中，感到了自身的优越与崇高。越显示对游星的鄙弃，越反衬本人的纯正。同仇敌忾，义愤填膺，怎么谴责那位龟缩在小屋内的昔日的公主都不过分，她的利嘴又得罪过那么多人。她的贵族成分，更使这种愤慨具有了广泛的群众基础。人人都能从他人的苦难中，汲取濡养自尊的维生素。

我不敢说这些情绪我一分没有。但只要见到蜷缩在羊毛中的游星，我就感到深切的痛苦和同情。游星就像一个青核桃，用强硬的外壳包装着嫩弱的内心。那些涉世未深的普通军人们，不敢爱一个高不可攀又性格莫测的姑娘。当终于有人向她表达爱慕之情时，她几乎是迫不及待地走向了深渊……

十

游星能自由活动的唯一时间是上厕所。厕所在半山，我尽量同她慢慢走，让她在蓝天下多待一会儿，呼空气，晒阳光。

高原的空气很阴险。初闻的时候，它新鲜而凛冽，像刚摘的雪花梨一样清香。但它很快就会抽走人类不可须臾离开的氧气，充填进一种透明的麻醉剂。吮吸高原的空气，会被它不动声色地引向死亡。高原用看不见的黑手扼住你的脑扼住你的胸，扼住你的心肺和所有空腔，使它们像一只只漏水的皮囊，永远不能充分供给生命的食粮。

稍微不慎，你就会被缺氧击倒在地。无数粉红色的泡沫痰像螃蟹沫似的从你的口鼻涌出，血液被偷换成浓重的铅汁。高原用手轻轻一点，你的肌肉就凝固成岩石，满头的青丝变成冰雪样苍白……

神圣而又残酷的高原啊！

游星走路的时候，极不老实，总是东张西望。遇到迎面而过的干部战士鄙薄的目光，连我都替她难堪，她全不在意，四处环顾。

她在找人。找伍光辉。她以为他会找机会来看她。这件事，整个部队地方人言鼎沸，伍光辉不会不知道游星已失去自由。他没来，说明他一定也受到阻碍……

游星的这点心思，明明白白写在她缺少阳光苍白如瓷的额头和焦灼的幽暗瞳仁里。

听说，地方上远没有我们这么法度森严。伍光辉只写了篇检查，检讨了私自动用吉普车外出的错误，其余的，并无人追查。

这世界有一把女人尺，还有一把男人尺。

这一切，我不敢向游星透露。

天，阴沉沉的，像在孕育风暴。阿里这地方短暂的暖意，像白驹一样走了。

从厕所归来，中间夹一块空旷的谷地。在遥远的过去，狮泉河可能从这里流过。河水变迁了，卵石沉留下来，一排排鱼鳞般地裸在地面。

我和游星一前一后。我有意同她拉开距离，不让她感到被人监视的侮辱。突然，她僵住了。前仰着身子，脖子固定在一个很不舒服的角度，像被人用钢钎钉住了。

顺着她的目光，我迅即找到一个深蓝色的身影。他拎着一个黑色公文包，很急促地朝我们走来。

那身影越走越近，像一只轻捷有力的音符。我分辨出周正的鼻梁，很有棱角的微抿的嘴唇……他穿着一身藏蓝制服，在看惯了草绿的军营里，这蓝色鲜艳悦目。

来人正是伍光辉！虽然他没有穿皮大衣。

游星并没有认错人！在她面临四面八方的训责时，伍光辉迎着高原这个冬季最早飘下的雪花，向游星走来！

游星站着没动。漫长的等待和巨大的欢欣，使她脸上充满圣洁。

我陷入进退维谷的窘境。他俩的接触，显然不相宜。作为执行任务的军人，我理应制止。但在目睹了游星痛不欲生的磨难之后，我又实不忍心阻挠。

我的心在矛盾中煎熬。闭上眼睛，背转身，装作养神？抑或劈头盖脑迎上去，像庖丁剔骨的刀子，楔进他俩之间？

没容我艰难地作出选择，伍光辉一个折身，大步流星拐向侧方，目不斜视地走进通信科办公室。

我费力思索这意外的变故。是不是有人监视？四周空寂，只有无数鹅卵石像煮熟的死鱼眼，目睹这一幕。是不是他为掩人耳目，随手丢下一封信，或是一个纸条？没有哇！只见风儿卷着谣言似的雪花，围着我们上下翻飞。

答案其实现成而简单：伍光辉是在履行正常的公文交换事务，完全是一次偶然路遇。观察他的路线，是一条插过谷地的便道。他没有多走一步路。自然，也没有少走一步路。

我不忍心看游星。她钉在地上的两只脚，仿佛被人钻通了。全身的血液都从那里流失，只剩下薄脆的躯壳。

“刚才……我是不是看错了……人？”她恍惚地问。

我应该骗她。说我不认识这个人或是根本不知道你说的是谁。但是倏忽之间我没想到这些假话，几乎是本能地点点头：“正是他。伍光辉。”

游星朝着伍光辉隐没的方向说：“他还能工作。这挺好。”

我叫芦花帮我照看游星，跑去把老式电话机摇得像一挺机枪。

“喂！孔参谋吗？我是周一帆，我想见你。”

“周一帆，你终于想见我啦？太好了！我马上跑步就去！”孔博在电话另一头高兴得大叫。

他果然气喘吁吁赶来。

“伍光辉到你们那儿去了？干什么？”我没好气地问。

“他是地方机要交通员，经常与我们互换信件公函，很正常啊。”孔博摸不到头脑。

“他这个人一定有些过人的地方吧？”我问。我心中还存最后的幻想：游星倾心爱慕的人，总该有可爱之处吧！

“又是为你那狐朋狗友！”孔博火了，“实话告诉你吧，我们其实一直小心地爱护着你们，丢人啊！游星把大家的心给伤了，如今大家都等着看戏呢！”

“看什么戏？”我机械地问，头脑木然。

“河南兵等着看豫剧，河北兵等着看梆子，上海兵看评弹，陕西人看秦腔……甭管什么调，都是好戏都热闹。她爸爸就要上来了，她爹要是敢包庇她，众弟兄们就敢不打仗！”

“孔博，你走快走！我不想听你再说下去！”我只觉得神经像钢丝勒进脑浆。

“这可是你叫我来的！周一帆，要是你找我只是为了谈谈游星，下次我将不再奉陪！”孔博也发起脾气。

十一

卫生科全体党员大会，讨论给游星党纪处分问题。

会场上挂着战备动员时的横标：共产党员冲锋在前，退却在后。轻伤不下火线，重伤不哭。

人们三三两两议论着其他话题，几乎没有一句涉及游星。在讨论重大议题之前，往往貌似平和。

我不希望给游星的处分太重，我们相处日久，感情笃深。也不相信能轻描淡写让她过关，她给我们的集体带来耻辱。

“轻伤不下火线这句话还可以，重伤不哭有点孩子气。”我同身旁的人随口搭讪。

“那是打仗时遗留下的口号，革命传统，改不得的。”芦花凑过来说。

我没理她。

老协宣布开会：“游星同志犯了这样严重的错误，我作为政治领导，要负主要责任。”他态度真诚，悔恨之心溢于言表。因为女兵们管理不善，他受到严厉批评。

“我们要纯洁队伍，教育同志，从此杜绝此类事件发生。”他的语锋开始凌厉。

我吓了一跳：这不分明暗示着要开除游星党籍吗？

我用眼去睃游星。她端端正正地坐着，像一座冰塔，虽不断融化，还撑得住架势。眼睛紧盯着“重伤不哭”的横幅。

其后，宣读了当事人的检查交代材料。游星写得很简单，基本上就是我笔录的那些。伍光辉则要复杂得多，而且记忆十分清楚，简直叫人怀疑当初他与游星相好时，就想到了坦白交代的这一天。

假如可能，我真要捂起耳朵，跑出这血腥的房间。我知道这些话像玻璃片，游星被解剖后贴在上面供观察分析。所有的隐私像咸鱼，赤裸裸地晾晒在天地之间。

“同意开除游星党籍的人，举手。”老协像教练员扣响起跑枪，庄严宣布。

片刻的静寂。

游星入党不容易呀！比芦花和我，多花了几倍的汗水！人们对干部子弟，一半是羡慕，一半是苛求。游星的父亲并未给她特殊关照，也许以后会给，以前肯定没有。但大家认为她既然比一般人幸运，理应多受些磨难。她硬是用一点一滴的劳动，改变了人们的印象。她是科里技术最优秀的卫生员，虽说嘴巴爱发牢骚说怪话，真到关键时刻，绝对是把好手……这一切，人们都统统忘记了吗？一个晚上的过失，就能遮蔽人一生的光亮吗？

轻微的声响。

一只胳膊举起来了。游星像中了枪伤的兔子，用无比哀怨渴求的目光看着那个方向，希望那个人能瞧她一眼，哪怕只是短暂的对眸。她要把心中的怨悔告诉他。

那个人没有抬头，只是拼命吸烟。成团的烟雾像湿木柴燃烧，从那人的嘴巴、鼻孔，似乎还包括耳朵眼和眼皮下角，一齐冒出来。

又一声轻微声响。是衣袖与军服下摆摩擦的动静。在死一般沉寂的会场听来，竟像汽车轮胎紧急刹车时刺耳。又一只胳膊举起来了。它位置很低，但明白无误。

游星绝望地把头扭过来扭过去，好像一条牛尾，在忙不迭地扑打成群而来的牛虻……她开始喘息，好像那些手都捂在她的口鼻。

一阵声响。音量比刚才大许多。这是几双手一齐举起。

游星的嘴张成一个椭圆，有稀薄的口水挂在两唇之间，好像在吹肥皂泡。这神情很古怪，像个天真的孩子，突然不认识朝夕相处的人了。

唰！唰！

如林的臂膀举起来了，大家的愤怒终于找到了宣泄的锥形山口。

游星把头伏下了。伏得那样低，直抵双膝。从她的座位背后看去，会以为那个位子是空的。

我迟疑地举起了手。老协正审视地盯着我，别的人也用目光督促我。游星，原谅我。你遭受的是一场暴风雨，大概不会再计较我这一盆水吧？表决所需的半数已然超过，这一票对你是无所谓的，对我却很重要。我还要奋斗光辉灿烂的前程。

我真怕游星在这时抬起头来看我。幸好，直到结束，她始终维持近乎匍匐的姿势，一动未动。

“全票通过。”老协拉长声音宣布道。

“咦！我并没有举手呀！”一个孱细的女声说。

是芦花！

“要处理也得先惩治男的。这种事，男的罪过大！”一向腼腆的芦花鼓足勇气说。

我从此原谅了芦花。

十二

游司令员率领的前线指挥部，于傍晚抵达阿里高原师。从师长到炊事员，都虎虎有生气，仿佛战争已经打响。

大功率的天线矗起来了，这是同北京直接联络的电台。手夹卷宗的陌生军人们出出进进，那是游司令随身的工作人员。增派了许多流动岗哨，你会在最出其不意的地方看到一道闪光，那是士兵雪亮的枪刺。

是旧地重游了。二十年前，作为解放阿里的先遣部队指挥员，他曾叱咤雪山的风云。在军人的传说中，他像牦牛一样强悍。

其实，此刻的游司令员，正高垫枕头，面色瓦灰，扣着氧气面罩，神志不清地躺在前指司令部的一张床上。

毕竟是岁月不饶人。严重的高山反应，像一排霰弹击中了他。

当然，这是绝密的军事情报。

出师未捷，先失主帅，此乃用兵之大忌。稍一清醒，游司令员便嘱咐他的副手：关于他的身体状况，暂不要向军委报告。路途遥远，再换一位司令员，一是时间来不及。二是对方得知我指挥官突然临阵易人，必然在气势上胜我一筹。三军不可夺帅。“叫最好的医生最好的护士来！明天我要按计划去前沿视察！”游司令用最后的力气说完这些话，昏睡过去。

卫生科成了硝烟气氛最浓的地方。

科长无疑是最好的医生，谁是最好的护士？

“这阶段，芦花进步很大。”老协建议。

“还是让周一帆去吧！”科长委婉地说。

“其实游星技术最好。”我知道按规矩没我说话的份，但这是实情，况且为了我表决时举起的手，一直心中很不安，想我个机会赎罪。

“游司令现在身体不好，还是缓些安排他们父女相见为宜。”科长纯粹从医疗角度考虑。

说实话，我不愿去见游星的父亲。他要问我，我说什么？我甚至不负责任地想：但愿他一直昏沉，不要醒来。

前指戒备森严。这所孤立的石砌房屋，每一间都亮着灯，人影幢幢。因为游司令的到来，高原师将彻夜发电。

我身穿白色工作服，行进在长长的甬道。我将看到一位威严的将军、严酷的父亲、不懂得爱的丈夫……

在随同人员引导下，我们进入一间小小的屋子。我惊讶极了。

屋内光线昏黄。从走廊强光下骤然入内，一时难以适应，更觉幽暗。一位骨骼粗大却很瘦削的老人，白发苍苍的头颅无力地倚在枕头垛上，仿佛一团喘息的老刺猬。可怕的泡沫黏痰封闭了他的口鼻，每一轮艰难的呼吸之后，你都怀疑他还会不会再喘第二口气！

高原把司令员凌迟了，只剩一个苍老的躯壳。

片刻之后，眼睛适应了，我对这位从未谋过面的司令员，涌上亲切之情。关键是他太像游星了。当然正确的说法是游星像他。眉毛、鼻子、眼睛……简直像同样花纹的大碗和小碗，完全配套。游星苦命的妈妈除了遗给她窈窕的身段外，在相貌上像清水流过一般没留痕迹。这面孔太熟稔了，我几乎忘记他是统辖千军的司令，只记得他是我朋友的父亲！

科长毫不客气地屏退左右无关人员，指挥我进行紧张的抢救。

高原上所有疾病的死结就是缺氧。新鲜的高压氧气像泉水灌进去，辅以必要的措施，加之游司令员是一个性格非常顽强的人，他的症状迅速好转。

科长委顿地靠在墙上。我只是执行医嘱，他却需运筹帷幄，司令员的生命悬于一身，自然心力交瘁。

“你们，休息去吧！”游司令员醒来了，推开氧气面罩，用嘶哑而威严的声音说。

我俩面面相觑，不知该服从还是该反驳。论理他是我们的病人，但病稍见好，他就反过来指挥我们。

“这样吧。我到旁边屋去打个盹儿，小周注意观察病情，有变化随时叫我。”科长养精蓄锐去了，以备突发意外。

安静的病房里，只剩下我和司令员两人。

“明天，噝，现在要说今天了。我就可以去前沿视察了。”游司令员耸着花白眉毛,成竹在胸。

“您现在刚好一点,哪能到一线哨卡去！”我着急地劝阻。

游司令员根本没理我的话茬。

“你是师卫生科的？”

“是的。司令员。”

他忽然迟疑了一下,朝四周打量了一眼。虽然只有我一个人,还是压低了声音说：“有个叫游星的,是不是同你在一起？”

这个倔老头,问到自己的女儿还挺不好意思！我看他并不像人们传闻的那样冷酷无情。

“是。司令员。”我回答。

他略微沉吟了一下，好像在措词如何打探下去又不显出儿女情长。似乎也没什么好招数索性直说了：“她最近很长时间没给我写信了,不知为什么？”

我的心像被人狠狠绞了一下,光影中,他虽然已从死亡线上挣扎回来,仍旧衰弱不堪。我含混答道：“是不是她写了信,在路上遗失了？阿里路远,这是常有的事。”

“对,路远。常有的事。”他似乎很高兴找到这个理由,连连重复。

“她表现好吗？我是说……游星工作、学习……生活各方面,都好吧？”他结结巴巴,殷切地望着我。

骁勇的野战师长和威风凛凛的司令员,都像泥塑一样坍塌了。跟一般来队问短问长婆婆妈妈的农村老大爷没什么不同！

只是,这个貌似简单的问题太难回答了。我只好撒谎：“我们虽在一个科,但彼此也不很熟。她的情况我不大了解。”

我真想掐掉自己的舌头！可这也比实话强啊！

老人失望地垂下眼睛。下垂的硕大眼袋,贮满忧虑。半晌,他又自言自语般地说：“游星自小就有关节炎,不知最近犯了没有？”

我歉然摇了摇头。这我真的不知道。以前,倒是常听游星念叨她的腿痛。从那件事后,她再也不曾提到自己的腿。

“你跟游星是不是不大合得来？”老人敏锐地觉察出异样，“她脾气躁，爱和人顶嘴……”

“我们挺好……一块划船、种葵花……”我急忙辩解。

“本来是不该让她上阿里高原的。当时正好第一批女兵上山，我说，星儿，你去吧！她说，我不是特等甲级身体，我有关节炎，不适宜去的。我说，星儿，为了爸爸，你得去。山上有农民的孩子，工人的孩子，也得有我这样人的孩子……不然，我没法带兵。后来，她头也不回地到高原去了。她像她妈妈……”

我不知这位声名威赫的将军，换一个场合，对另外一个人，会不会说出这番话。但在那盏黄晕的灯下，面对同他女儿一般大小的女孩，我看见他略显浑浊的瞳仁里，充满慈爱。

也许，人在疾病的时候，心便脆弱细腻。

一个大胆的想法，像崩豆一样从我脑子里跳出。

“司令员，您既然这么想您女儿，为什么不把游星叫来或是您去看看她呢？”我大胆试探。

“傻孩子，你以为我是来队探亲的房东老大娘吗？你回去见了游星，就说我挺好的，叫她放心。等这仗打胜了，我们再见面也不迟。”

我的眼泪差点掉下来。

我越发想让游星来见她父亲一面。这一仗，谁知要打到什么时候？近在咫尺不相见，不通情理！

“首长，要是我回去，另换一位护士来，您不会介意吧？夜这么深了，我们都穿着白大衣戴口罩戴帽子，没有人会分得清。她的技术比我好。天亮时，我再把她换回去就成了。”

游司令员注意地盯了我一会儿，然后微笑着说：“你是要我和你同搞一场移花接木瞒天过海？”

“是的。首长。主要是我来搞，同您没有什么关系。”我调皮地说。

“好个机灵的小鬼！可惜你是个女孩，不然可以提个作战参谋的。”游司令员说。

“首长可不要过一会儿睡着了。”我打趣地说。

“怎么会？从现在开始，我一直睁着眼睛。”司令员极认真地说。

我拔腿就往外跑。脚步声惊动了科长，他睡眼惺忪惊恐万状地问：“司令员出了什么危险？”

“什么危险也没有，他比原来好多啦！”我把我的计划告诉科长。他揉着胸口说：“只要司令员没问题，别的我不管。也许这是一味心药。你去吧，这边我来照料。”

十三

窗户黑着。游星大概睡着了。我拿不准她会对我的建议采取什么态度，但我有把握说服她。

我轻轻走进屋，预备到床边叫她。有月亮的夜晚，外面比屋里亮。我看到一个黑色的人影，端坐在桌前，凝望那灯火通明的独立房屋。

游星挺惦记她的老父亲，看来我的想法有门。

见我进来，她惊慌地问：“我爸爸出事了？”

“没有。游司令员的病情已经平稳了。没有生命危险。”我忙说。

她重重地吁了一口气，像是卸下了千斤重负。

“你爸爸非常想见你。你穿上白大衣，快去吧！”我热切地鼓动她。

“你把我的事，同我爸爸说啦？”她的话带着叫人心碎的悲哀。

“没有！绝没有！”我恨不能长出八张嘴来为自己分辩，“我什么都没说。我只说你挺好的，别的事我一概没说。”我在心里对游星说：别把我想得那么坏！除了万不得已，我愿意尽自己所能帮你一点忙。

“其实，说了也没什么。他早晚都会知道的。比如我爸爸来了这件事，谁也没有告诉我。但是我马上就感觉到了。爸爸很快就会察觉出异样，什么都瞒不过他的。”游星远比我想象的平静。

“嗨！能拖一时是一时，到什么山上说什么话呗！我看他非常爱你，不会把你怎么样的！他正在病床上等着你呢！”我竭力劝她。

游星终于站起身，顺从地说："我去。"

"就穿我的工作服吧，省得再找。警卫肯定分不清咱俩的区别。"

"谢谢你，想得这么周到。"她冲我笑笑，说，"我的白衣也在宿舍。我今天下午上班去了。我的处分已经定了，我就可以上班了，你说是不是？"

"是。"我说。我不知道这和看她爸爸有什么关系。

"有一个小战士，挺可爱的小战士，不让我给他打针……我穿着工作服就跑回来了……你说得对，我就穿你的工作服吧。干净。"她突然很敏捷地套上白衣，说："我去了。"

我庆幸总算劝动了她，又不放心，悄悄跟到门外。

起风了。

像一千头野牦牛在鼓面上奔跑，天地轰然作响，风不是起于青萍之末，高原上没有青萍，只有无数的大丘大壑。风是在某一个神鬼指定的时刻，在高原千山万岭的孔隙中一齐诞生，瞬间汇成狂暴的涡漩。它们排列成从太空才可鸟瞰的图案，把高原所有能移动的物体吮吸进去，用鹏鸟般黑色的羽翼，抚摸狰狞的山石和圆润的冰川。营房在风暴中颤动，房顶像丝绸被扯紧，嘶嘶作响。平日丢弃的空罐头盒，像羽毛一样在天空飞翔，窗玻璃被风吹得呈弧形向室内凹陷，所有根基不稳之物都被风剥了去，携带到人所不知的远方……

只有喀喇昆仑、喜马拉雅、冈底斯这三座岿然的高峰，在无尽的黑夜与风暴中，一如既往地安睡着。一个极小的白色身形，幽灵般地在风中飘行。

我尾随游星。她走得很快，大方向对头，是朝着前线指挥部方向。但我总有些不放心，也许是她的神情有些古怪。

果然，游星的行动变得不可思议。她避开正门，沿着漆黑的墙角潜行。

这是干什么？

终于，她停在一扇窗前，久久地向屋内张望。窗帘没有遮严，漏出稀朗的灯光。

那是司令员的病房。

游星看到了什么?

我无法凑到近前。屋里的情形不用看我也知道:病卧在床的老人,大大地瞪着双眼,等待他的女儿……

游星一直站着,好像打算待到天塌地陷。

时间不等人。我也顾不上她发现我跟踪会怎样想,咳嗽了一声,先给她个信号,免得惊吓了她。然后走过去说:“你怎么还不快进去?要是游动哨发现了,没准把你当特务抓起来。”

她转过脸。我清清楚楚看见两道微黄的泪水流淌,风把沙粉像胭脂似的涂在她脸上。

“我这么脏,总得洗一洗。”她为难地原地不动。

洗洗也好。时间还来得及。要不司令员会起疑心的。

我和游星便手拉手往回走,就像曾经多少次走过那样。

风渐渐息了,怕要下雪。阿里大地沉浸在梦魇之中。群山鬃毛低垂,积蓄再度昂起的力量。狮泉河很温柔地在远处流淌。日渐寒冷,高山不再有融化的雪水濡养宽阔的河床,水像一条巨大的柏油马路,无声息地延续到远方。

“你知道这片土地为什么叫阿里吗?”游星柔声问我。很长时间以来,这是她第一次谈起别的话题。

“不知道。”我老老实实地承认。

“你知道阿里是什么意思吗?”她又问。声音轻轻地,仿佛怕惊动了沉寂的山峦。

“不知道。”我有点难为情。阿里,阿里,高原师的人们都把这两个字像口头禅一样呼唤着,其实它既不是汉语,也不是地方语。没有人深切追究过它的含义,仿佛一个约定俗成。

“阿里是有来历的。这是我上山的时候,爸爸讲给我听的。我本来不愿意来,听完这个故事,我就自觉自愿来了。”

“真的？”我越发想听这个有关阿里的传说。

“爸爸是最早到达阿里的军人。他们奇怪这块中国最高的领土，为什么有这样古怪的名字。一位鬓发像山羊一样白的老人告诉爸爸，‘阿里’是一句古藏语。就是现在的藏文中，也没有这个词了。”

哦！我们每天念叨无数次的阿里，竟是一个早已消亡了的词汇。它是怎样世世代代流传下来的？

山风像它骤然发动时一样，骤然停止了。

我们回到宿舍，游星很仔细地洗脸洗手。然后换上了一套新军装，飒爽英姿，很是精神。见了这样的女儿，游司令也许早晨真可以到前沿阵地去视察了。

游星认真地照了照镜子：“真想洗个澡。”她很遗憾地说。

自从游星出那事以后，就不许她上洗澡车洗澡了。

“洗不成澡，也得洗个头。”游星说。

她的头发很长很黑，洗时泡在脸盆里，水都要溢出来。洗一次头，工程浩大，很费时。

“天快亮了，怕来不及了。”我有些着急。

“班长，我去井边打水。一会儿就能洗好。”

游星愿意用最好的形象出现在父亲面前，也是人之常情。

我只好帮她找电筒。天冷了，井沿已经结冰，夜晚打水，虽是轻车熟路，还是带上手电保险。“我新买的塑料壳手电，又轻又亮。”

游星拿起水桶和扁担。

“还是咱俩一块去吧！”我不放心地说。

“班长，我已经可以自行活动了！”游星坚持她的主意。

看她想到哪里去了！

我只好退回来。

“你小心点。”我说。

游星担着水桶，用纤长的手指捏着扁担钩与桶钩相搭的铁环处，轻轻地走了。

落雪了。

雪片从云层直扑大地，像沉重的木屑。落在棉衣上，很黏，像半融化的砂糖。苍天很有耐心地用雪花把大地的皱纹抹平，安抚被狂风搜刮得赤裸裸的高原。

雪把阿里装饰一新。

等了一会儿，游星没回来。

又等了一会儿，游星还没回来。一担水，怎么会用这么长时间！我觉得蹊跷，跑出去找她。远远地，看到水井处亮着一道雪白的光柱。

待再往前走，看见那光柱毫不晃动，笔直地锥向天空，竟像是从井底发出来的。

井边整齐地摆着水桶和扁担，却不见游星的踪影。

我三步并作两步跑上井台。井沿结了薄薄一层冰凌，一踩就碎，并不很滑。手电光柱确实是从井底发出来的。苍茫的雪花飞越这窄而亮的光束时，像金箔样闪动着，倏忽隐没。

塑料电筒防水性能极好，沉入水底依然发光，像一架小探照灯。

借助灿烂的光柱，我看见井底有一柄黑伞似的秀发，随着井壁的渗水而微微荡漾。

十四

游星是呛水而死，除了鼻孔渗血，拭净后一如常态。所有的抢救措施都无效，我们只得给她换上干净的衣服，安置在她的床上。有人建议要把她送到太平间，我不同意。我不怕死人，学医的人都不怕死人。我不能接受游星从这个世界上消失了的事实。游星还在，就躺在她的床上。桌上摆着她刚才照过的小镜子，梳子上还留有她梳头时飘落的干燥的发丝……

芦花趴在床前，哭得泪人一般。我却一滴泪都没有。

我总在固执地思索一个毫无意义的问题：游星是先把手电筒亮

着丢下去，还是手执手电筒扎下去的？

不管是哪种，游星是在一团明亮的光明之中，走向那片幽静的水域的。那里面有星星，有月亮，有云彩，有雪花，有世界上最高的峰峦和一股股奔涌而出来自地心的泉……水是热的。

当她最初浴进澄清温暖的泉水时，该感到水波像柔软的被子覆盖过来，抵挡住了所有的风霜雨雪，像一块纯净的水晶，包裹着她到远方。

游星的头发渐渐干了。

正是黎明前最黑暗的时光。

老协用尺子量了水桶的位置，并提醒几个人同时注意到这一事实。“井边太滑，失足落水。”他很沉痛地说。

“半夜三更的，游星为什么要到井边去打水呢？”有人不解。

是啊，我必须回答这个问题。游星是为了她的父亲能够磊落地站在阿里高原上，才走的。我不能叫人朝别的方面想。

“为了明天早上，不，现在是今天早上了，她能干干净净的重新上班，她要洗澡。”我干巴巴地回答。

所有的人沉默不语。大家都相信这种说法。在飘飘大雪中，也许有人会想到这个叫游星的姑娘，做过的一些好事。

将游星的死讯通知给游司令员，是一件极为棘手又必须尽早去做的事。科长说，游司令员似乎觉察到了什么，在漫长的等待之后，他反倒昏昏入睡了。

没有人愿意干这件苦差事，想象不出游司令员将怎样震怒。最后老协自告奋勇去做：“游星是我的兵，我来负责。”

早晨，游司令员就要乘车赴一线哨卡。他面色冷峻地眺望着远山，似乎在同一位位熟悉的老朋友打招呼。

老协猛吸一口气，好像要潜入深海，迎了上去……

科长紧张地注视着这一幕：他原本就不同意司令员带病出发，再加上这致命的一击，谁知会出什么事？

我也为老协捏了一把汗：事情远比他所意识到的危险。游司令员为等待爱女，几乎一夜未眠。现在噩耗突然袭来……

老协一句三停地报告了游星同志因工作时不慎，失足落水牺牲……声音中充满抑制不住的恐惧，但他还是勇敢地说完了所有的话，等待指示。

很静很静。我听见睫毛上的雪花融化成水时有毒蛇般的嘶嘶声。

游司令员当时正准备上吉普车。看到一个不认识的下级军官拦住去路，不禁十分诧异。他注意地听完老协的话。众目睽睽之下，他的双腿明显地趔趄了一下，却很快挺直了身躯，显得比片刻之前更为高大。他用使所有的人都听得见的声音说："普通战士死亡，应当去通知军务部门。"

收拾游星的遗物时，我发现了一张小小的纸条。上写："弄脏了井水，我很抱歉。但我不愿随着狮泉河水，漂到异国。"

没有时间。没有地点。没有署名。但我相信那是写给我的。

我把它撕碎，烧毁，把纸灰扬了出去。

雪更大了。每一片雪花都有巴掌大，像一块块素白的手绢从天空飘下。雪花与雪花之间的空隙却很大，能穿过一匹骆驼。

我不敢说这漫天的飞雪是为游星所下。阿里的冬季已经来临，阿里的冬天连着冬天，暖和的季节只是白色冰雪中的一个逗号。

这是去冬最后一场大雪，也是今冬第一场大雪。

雪中，我看到一片全身洁白的植物，像玉石雕成，在风中叮当作响。

啊！那是我们的向日葵！

我走过去，摇落它们身上堆积的雪粉。灰绿色的茎被冰冻塑得坚挺起来，剑一样指向苍穹。葵叶像一把把翠绿折扇，风雪打磨掉了表面细密的茸毛，比平日更加细腻鲜活。只是叶片僵硬如不会飘扬的旗，隐隐露出网络般纵横的叶脉。小小的花盘脆得像黄玻璃，刚刚长出极不成熟的葵花籽，如同婴儿初萌的乳齿。看得久了，竟泛出晶莹的紫色，好像稀薄的血液。

雪继续下着。向日葵重又披满冰晶。终于,它被封闭在柱形的冰雪之中……

给那个亚热带小学孩子们的信,我还没有回呢。

十五

游星无法在她的处分决定上签字了,那个处分便不再存在。我不知道这是不是游星的本意。

游司令员统帅下的前指,胜利地完成了这次重大的军事行动。高原师全体官兵英勇善战,固守边陲,受到通报嘉奖。

那口井封了。又打了一口井。俗话说,山有多高水有多高。但新井却一滴水都不出,只有用原来的井,水质清冽甘美。开始有些人还有顾忌,时间长了,士兵一批批轮换,竟不大有人知道井的故事了。

游司令员返回军区后,亲自下令将所有的女兵,撤离阿里。

我和孔博,终于天各一方。

老协和芦花后来结了婚,听说过得不错。

每当风将息,雪将飘的夜晚,我会听到一个轻柔的女孩子的声音:“你知道这块祖国最高的土地,为什么叫阿里吗?”

在很久很久以前,这里是一片未定国界。有一天,要正式勘定边界了,也就是说,在高原上打下第一道篱笆。中国的代表骑着骏马在高原上飞驰,告诉游牧的人们:明天若是有外国人问起这片土地的名字,就告诉他,这里叫做“阿里”。消息在高原上以风暴一样的速度传开。第二天,正式勘界,牧民们异口同声地呼唤:阿里!阿里!

“阿里是什么意思呢?”我听到我自己的声音在遥远的地方问。

“阿里的意思就是‘我的’、‘我们的’。”那女孩轻轻地回答。

(《小说月报》1993 年第 11 期选载)

小说月報

梦回吹角连营（下）

九十年代卷

小说月报编辑部编

天津出版传媒集团

百花文艺出版社

图书在版编目（CIP）数据

小说月报军旅小说. 九十年代卷：梦回吹角连营：全2册 /《小说月报》编辑部编. —天津：百花文艺出版社，2013.1（2024.1 重印）

ISBN 978-7-5306-6218-2

Ⅰ. ①小… Ⅱ. ①小… Ⅲ. ①中篇小说-小说集-中国-当代②短篇小说-小说集-中国-当代 Ⅳ. ①I247.7

中国版本图书馆 CIP 数据核字(2012)第 281568 号

小说月报军旅小说. 九十年代卷：梦回吹角连营：全2册
XIAOSHUOYUEBAOJUNLVXIAOSHUO. JIUSHINIANDAIJUAN MENGHUICHUIJIAOLIANYING：QUAN2CE
《小说月报》编辑部 编

出 版 人：薛印胜
责任编辑：齐红霞　　**整体设计：**张振洪
出版发行：百花文艺出版社
地址：天津市和平区西康路 35 号　**邮编：**300051
电话传真：+86-22-23332651（发行部）
+86-22-23332656（总编室）
+86-22-23332478（邮购部）
网址：http://www.baihuawenyi.com
印刷：河北浩润印刷有限公司
开本：880 毫米×1230 毫米　1/32
字数：689 千字
印张：27.5
版次：2013 年 1 月第 1 版
印次：2024 年 1 月第 2 次印刷
定价：128.00元

如有印装质量问题，请与河北浩润印刷有限公司联系调换
地址：河北省沧州市肃宁县河北乡韩村东洼开发区 188 号
电话：(0317)3220409

〈馆配用书〉

目 录

跨　立

郭兵艺

塔台下的保温桶前，新飞行员杨电接连灌了两杯冰水，心里那股燥热还是下不去。自从前些日子闯了大祸，他一直惴惴不安，不知会受到什么惩罚。今天的飞行计划一公布，他就明白了：惩罚大概比他最坏的设想还要糟，而且是以阴谋的形式出现的。

计划板上很清楚，其他新飞行员每人都有三四个起落；而他，只有干巴巴一个，还是教练机检查带飞，由团长亲自压后座。

他一向胆大包天，对自己的飞行技术也很自信。如果是正常的检查带飞，别说后面是团长，就是师长、军长，他照样不在乎。现在，他尝到了害怕的滋味。他听说了，团长已经命令司令部起草了他的停飞报告，为此，好心的大队长和团长还干了一架。他猜想，今天还让他飞一次，也许只是团长勉强妥协的结果，很可能只是走走过场。到了天上，团长肯定会故意刁难，把他折腾一番，最后再填上一个昧着良心的结论。所以，对这次飞行，他不能抱多少幻想。电影里见过好多次，对于死囚，人们会假惺惺让他在临刑前饱餐一顿。

跑道上，歼击机一架架起飞，呼啸着冲进夏日阳光灿烂的天空。滑行道和旁边的公路上，牵引车马达轰鸣，来来往往，那些穿蓝工作服的地勤兵在车厢里嬉笑打闹。没有谁注意到杨电的痛苦，也没有谁因为他的不幸而罢工。一切都在继续正常运行。

杨电悔恨了。飞行队伍要压缩的消息他早就知道，总觉得和自己

没关系。在他骄傲的判断里，中国空军如果连他也容不下，剩下的飞行员连一个中队也会凑不齐。事实显然不这么回事。团长对他的那番评论已经很说明问题：

“你要早生四十年，赶上打仗，空军也许会把你当宝贝。不过你运气不好，现在并不需要任性的飞行天才，我也不想因为飞机摔得多而出名。懂吗？”

他懂了，懂得太晚。这年月讲的是安全第一，在团长眼里，他只是一根爱发炎的盲肠，随时都可以割掉。而且，眼下的情形也表明，团长已经给他安排好手术台了。

这时，他看见团长从塔台上下来。他扭开脑袋，装没看见。可是，这个阴谋家却径直走过来，脸上是一种猫发现了瘸脚老鼠的表情。

“三拐三，”团长冷冰冰叫他的代号，“准备得怎么样？”

竟然不屑叫自己的名字，杨电暗暗发恨。过去，他并没有把团长放在眼里。现在，这个比自己高出半头的黑墩墩的身影在前面一耸，让他有一种很不舒服的压力。他很想像往常那样，轻松一笑，不卑不亢把团长打发掉。可是，今天不同，他发现自己的幽默感被什么东西憋住了。也许内心深处，他对自己的飞行前途还残存着一丝侥幸。他不敢进一步惹怒对方，抓抓头皮后，他觉得让自己像个彻底认输的失败者会有利些：

“说实话，我一点没把握。”

“是吗？”

杨电垂下眼皮，从眼角的余光里，他知道团长在认真打量他。

“真的。”杨电说，“我……我还从来没这么害怕过。”

“嗬……那你就认真准备吧。”

团长走了。杨电反复琢磨刚才的对话，希望从中发现能让自己鼓舞的东西。他失望了。团长的话是一团雾，怎么想都可以。

他看见团长到了计划板前，和大队长说了几句什么，又看看手表，然后大步向草地走去。

他知道团长要去干什么。老飞行员全都把那块草地当小便池，一点儿不在乎旁边救护车里那些女人的目光。杨电也试过，两回，都没成功。他觉得并不是自己勇气不够，这里面有某种让他难以捉摸的东西。那些老飞行员并非没有性别概念，似乎也不是因为文明退化或者超前。也许和年纪有关，火候到了，才能进入到那种眼下他还无法理解的境界。

要在往常，看到团长这雄赳赳远去的身影，他会吹声口哨，提醒其他新飞行员注意，会在团长的“跨立”动作定格后带头起哄，欢笑一阵。他天性快活，从来没放过可以逗乐的机会。正是这一特点，帮他赢得了人缘。不幸的是，也恰恰因此而害苦了他……

尽管那天时间很巧，如果换个人，谁也不会像他那样胆大妄为，闯下那场构思巧妙的大祸。

那天起飞的时间是八点十分。头晚他接到过电话：九点钟，在八十多公里外的陆军野战医院有一台阑尾手术。那个将要可怜兮兮躺上手术台的，就是他同宿舍好友小胡。当时在座舱里瞅着时钟，杨电的脑细胞进行了一番很活跃的运动。他做出决定：去医院看看小胡——他预感到，这种特殊的礼节性探访，将是一次充满乐趣的冒险活动。

他一向办事干脆果断，冒险的具体方案，迅速在他聪明的脑袋瓜里形成。于是，他立即开始行动。起飞的开始一段他很规矩，上升到七千米后，按照地面要求转了个弯。下面，大地变成一个沙盘，机场离得远了，像一支正在融化的奶油雪糕，越来越细小，渐渐消融在绿茵茵的沙盘里。这时，那个作为起点地标的牛头山也到了右翼下方。他检查了一遍飞机工作状况，记下时间后，他按下机外无线电通话按钮，向塔台报告：

“三拐三通过起点。”

直到这个时候，一切都还没有真正发生。只要他悬崖勒马，就不会在几个小时以后被吓得大哭一场，也用不着担心自己会被停飞。当时他昏了头。小时候为了踢球，他常常从窗口溜出家门。这会儿，他又体味到了那种全身都紧绷绷和麻酥酥的感觉。他无法抵挡这种感觉和诱惑。

他完全清楚，飞行有严格的纪律。一个新飞行员私自修改飞行计划，要被逮住，可不是闹着玩的。可是，这一行动太富有刺激，它对冒险者的智慧和才能提出了极大挑战。当天的科目倒不难：F练习。就是沿着空域边沿在天上画出一个几百公里的不规则菱形图案，目的是熟悉各空域和空中走廊位置，了解空中禁区在哪里，下面有什么显著地标，同时，也看看附近的机场什么模样，下回别落错了地方。这些对他不是问题。困难在于，天上几架飞机都很有秩序，每架间隔五分钟，而且，在菱形航线的拐弯点上，还有联络机在盘旋观察。这种情况下想中途开小差，回来时又能准确找到原来位置并且不被发现，在一般飞行员看来，这不可能做到。杨电不同，他早就发现，在座舱的环境里，他的脑子似乎比平时好使一些。他想出了难题的解决办法。

按照正常航线，这时他应该向北飞。可是，他已经决定要飞新航线。他蹬了右舵，在天空划出一条弧线，奔了东南。他的前面有三架飞机，后面的也起飞了。这些他心中有数。前后飞机虽然只有几分钟间隔，对于高速战斗机来讲，这意味着数十公里距离，足够了。放眼眺望，周围只有干干净净的碧空，没有打小报告的眼睛。

他成了一只自由自在的小鸟，想东就东，想西就西，上下左右随他折腾。他的理智能帮他看到前面的风险。但是，就像那些登山的、漂流的和闯南极的人一样，他们全都看到了风险，然而正是因为置身险地，他们才能领略常人无法体验到的绮丽风光。

几分钟后，目标出现了。陆军野战医院就在那条曲里拐弯的小河边上。高粱、玉米长得正旺，原野一片翠绿。医院的楼群就像绒布上的一堆白积木块，十分明显。杨电猜想，小胡这会儿可能躺上了平车，就像一头待宰的羔羊，由护士推着，在穿过长长的走廊……他开始降低高度。他的计划很简单：从医院上空划过后，盘旋一圈。让小胡知道有飞机来看望过，他便大功告成，马上开溜。

视野里，医院的投影越来越清晰。他从电话里了解到，手术室在主楼的顶层。往常，小胡打个预防针也要龇牙咧嘴，嘀咕没完。这回要开一刀，脸上的模样一定格外有味。他真想进去瞅瞅。说起来，他还没正儿八经进过医院。听说现在医生、护士很凶，他觉得难以理解：那个充满女人味的白色世界里，白衣、白帽的天使们就像一片片云彩飘来飘去的，能凶到哪儿去？

他的高度只有两千多米了。按照原定方案，他应该抬杆，让飞机进入平飞。这方案不坏。如果仅此而已，他完全可能逃脱后来的追责。可是，他没有抬杆，继续降低高度。

他想到另一个问题：如果飞得太高，小胡大概会以为是路过的民航班机。这种担心进一步刺激了他的思路。他又想到，既然已经到了这一步，何不把计划再做些小小改动呢？他看中了医院周围这块开阔而平坦的原野，这是飞超低空的好地方……好东西容易让人有瘾头。杨电飞过超低空，那种令人魂飞魄散而又心醉神迷的滋味一直难以忘怀。尤其是好长一段时间来，高难科目飞得太少，他早就希望改改口味了。

他俯冲下去，开始了超低空飞行。

对所有飞行员来讲，这都是最激动人心的时刻——世界变样了。在高速相对运动状态下，房子不再是房子，树木不再是树木，地面所有的活物、死物全被拉成一根根彩色线条，从眼角外刷刷闪过。大地凹进去了，你就像坐在锅底，有一种飞机要往地里钻的感觉。驾驶杆也变得轻飘飘的，很灵活。你不能有一点点分心。你的肌肉发紧，头皮发麻，脑袋被什么东西塞满，塞得严严实实；又像什么都没有，空空灵灵。你的眼睛要死死盯住仪表，不停地告诫自己：相信仪表，一定要相信仪表，现在不是往地里钻……

说句良心话，如果硬说杨电想露一手，为的是吸引住医院里那些美丽而惊异的大眼睛，还真冤枉。那种时候，他没有闲工夫想这些。

自然，他忽略了一个问题：座舱里虽然安静，屁股后面却跟着一股强大的音波。他一点儿也没意识到，如果手术室里有个急诊病人，听到头皮上轰然下来的霹雳后，大夫那把正在做心脏瓣膜剥离的手术刀猛然一颤，会出现什么结果……

他没想这些。因此，他在一百米以下的高度上足足盘旋了三圈，过够了瘾，才喜洋洋地重升跃进湛蓝的天空。

在另一方面，他倒是格外细心。他一直注意着耳机里其他飞机的通话声，在联络机呼叫自己代号时，他也及时做了回答。所有这些，他都用插在膝盖上的小油笔做了记录。这会儿，头顶的有机玻璃舱盖上写满了数字。瞅着这些数据，他诡谲地笑了。在天空蓝色背景上，这些记号像一行行天书，只有他自己懂。它们是他的同谋。

他还记得，他曾经抬起脏兮兮的白纱手套朝下面摆了摆，向小胡道别，和医院再见，然后心满意足地加大油门……后来，在那些天书的帮助下，他神不知鬼不觉，抄小路重新加入了空中的队列。

客观地讲，他干得的确漂亮。事后坦白交代了违犯过程，一些老飞行员听得目瞪口呆。团长也感慨过："这家伙点子真绝！"

可是，物极必反。他从快乐的云端里跌了下来，现在要为此付出惨痛的代价了。

"嗨，团长练'跨立'了！"

"护士小姐呢，让她出来瞧瞧！"

走廊外面，几个新飞行员嘻嘻哈哈，像一群快活的小公鸡。

杨电今天乐不起来。他看见穿紧身抗荷服的团长站到了草地边上，猛一瞅，像个墨绿色圆规戳在那里。对男人来讲，这姿势很古老；而在总部颁发的队列条令里，"跨立"却是个新动作。和操典有些不同的是，这会儿团长手的位置在前面。逆着阳光，两腿间的那道水线亮晶晶，热腾腾。

对于这个神气十足的背影，杨电现在又怕又恨。他看见有架飞机在滑跑，拽着一股撕裂碎布的噪音从前面的跑道上掠过。有一刹那，机身和团长的背影重叠，像被拦腰斩断，那道水线也像飞机漏下的汽油。他心里忽然蹦出一个不太高尚的想法：飞机翅膀再长点就好了，刷的一下，把团长那玩意儿割掉一截，他就没工夫找自己麻烦了。

杨电失望了。飞机过去后，团长还好端端立在那里，不慌不忙地拽拉链。杨电觉得，团长似乎猜到了自己刚才的心思，转身时，向这边认真地瞅了一眼。那是刽子手的目光，镇定，冷酷，带着嘲弄味，就像蚊子的利嘴，专门从别人的痛苦中吮吸快乐。杨电有点心慌，眼睛望到了别处。

蓦然间，一种虎落平阳被犬欺的感觉让他愤慨了。他妈的，谁没那玩意儿，你的放水动作也优美不到哪儿去，凭什么……沸腾的血液鼓起了他的勇气和自尊。他把头扭回，挑战似的盯住团长。

他的目光扑空了。团长像架刚抛掉副油箱的战斗机，步履轻快，回到计划板前，从点心盒里抓起两块桃酥，三口两口塞进嘴里，根本没有在乎杨电的存在。

"发什么愣？"大队长从休息室里出来了。

杨电没吱声。

"稳当点，"大队长拍拍他的肩膀，"别给我出洋相。"

"嗯。"他轻轻叹了口气。

"看你这熊样！平时的劲哪儿去了？"

"我也不知道……可能，这里缺个稳压器。"他做出一副苦相，按住了胸口。

他发现大队长脸色变得严肃。说起来，能让杨电佩服的，在团里也就是大队长了。别的不说，就冲"摔不死"这个外号，就让杨电肃然起敬。因为这外号后面有六个九死一生的故事。这次杨电东窗事发，给大队惹了很大麻烦，大队长不仅没有落井下石，乘机把他一脚踹开，反而不惜和团长闹翻，替他说情，他的确感激涕零。他一直猜不透为什么会得到这份偏爱。大队长的解释是：他自己以前也这么莽撞过。而且，他相信杨电能痛改前非。

“什么时候了，”大队长摇了摇头，“你还在油腔滑调。”

杨电看到大队长脸上的失望，也听出对方话里有话，心中一紧，几个小时以来一直让他揪心的问题也冲口而出：

“大队长，你说实话，我……就最后一次了吧？”

大队长就像输了棋一样，眼睛变得暗淡无光。他停了一会儿才说话，音调有些悲凉：

“飞完再说吧。”

杨电沉默了。阴谋确实存在。否则，敢说敢为的大队长不会这么态度暧昧。杨电突然之间好像变得成熟，他没让内心的震惊流露出来。他觉得，命运从小就对自己不公平。哥哥高大英俊，他则又矮又难看。他对此进行了报复。不管在家还是学校，他一点儿也不安分。学习成绩上不去，那是父母的过错，谁让他们给他遗传了“多动症”呢。全家人里头，只有哥哥不为他的前途担心。“没关系，”哥哥说，“以后上杂技团演小丑，还能省油彩。”为这句话，他恨了好些年。也许老天爷要给他补偿，福星突然降临了。他的理想是当足球明星。他想，中国足球太差劲，可以让他大有作为，同时，踢足球显然用不着挑剔长相。因此，“招飞”的来了后，他根本没敢奢望会考上。他还是去了，目的是免费体检一回。结果歪打正着，学校那么多棒小伙偏偏就他一个金榜题名。说他矮吧，他刚好达到了一米六五的最低标准，长相困难也没成为障碍，脸上零件齐全，而且运转正常。后来他才知道，“招飞”干部是下了大决心才勉强把他带来的。

他没让帮他的人失望。航校里，他如鱼得水，成绩出类拔萃。他欣喜地发现，飞行和天空，才是他真正适合的位置。教员对他的评价也大体一致：“这家伙，天生是块飞行材料。”只有一个教员巫师一样吓唬过他：“你呀，将来两条出路：一是停飞，一是摔死！”

也许，那个教员真是个巫师，命运也只不过和他开了个玩笑，让他暂时得意一下，然后重新把他打回十八层地狱。

不——他不想离开天空。

“求求你，大队长，我一定会改！”他感到了强烈的恐惧，“帮帮我，再给我一次机会……”

大队长静静地瞅了他一阵子，似乎被杨电的话感动了，又好像有某种苦衷。他说：

“我愿意帮你。也相信，只要真改，你会成为顶呱呱的飞行员。不过……”大队长摇摇头，“我做不了主啊，这些话，你最好和团长说说。”

杨电点点头。以他这会儿的心情，只要团长肯发慈悲，他甚至愿意……怎么都行

训练参谋尖细的嗓音传过来：

“杨电，准备上了。”

加油线方向，牵引车拖着一架飞机过来。杨电咽口唾沫，从头盔里抓起氧气罩，定定神，把头盔戴上了。

几个新飞行员听到动静，从休息室里出来，默默望着他，似乎想给他某种无言的同情和鼓励。杨电有些感动，也有点不舒服。他环视同学一眼后，皱起眉头说：

“你们一个个怎么啦，像在和遗体告别！”

只有杨电没笑，他站的方向可以看见团长。他惊慌地意识到这个生死判官正朝自己走来。

“怎么这么高兴？”团长问，说话间瞟了大队长一眼。

“上飞机前，”大队长对团长说，“杨电有些想法想给你汇报一下。”

“好哇，”团长盯住杨电，“说吧。”

杨电觉得脖子和脸上全都火辣辣的。他没想到大队长会这么说出来。不错，为了保住飞行头盔，他愿意向团长磕头求饶，可绝不是在这种场合。

“我等着呢！”团长咄咄逼人。

杨电感到冰水消化得太快，或者是早上稀饭的缘故，那种要求来

得很猛，可能来不及赶到塔台后面两百多米外的厕所了。他还发现，团长的目光也给自己的膀胱造成了某种压力。“对不起。”他瞄了草地一眼，嘿嘿傻笑一声，拍拍肚子，狼狈地逃开了。

他最好的选择是去草地练“跨立”，可他没敢去，也没来得及去厕所。他采取了折中办法，在塔台后面一个隐蔽的角落解决了问题。

他从没这么尴尬过，往回走的路上，依然满脸绯红。在墙角拐弯处，他像贼一样探头观察，发现人已散开，只有团长和大队长还在，好像很有把握，案犯一定会投案自首。他做了三次深呼吸，感到自信心恢复到足以面对团长后，才幽灵一样从墙后走出来。

“团长，嘿嘿。”他发现今天舌头不像往常那么好使，镇定一下情绪后，他接着说，“我知道您一向治军很严。”随着第一句话到位，他的思路通畅了，刚才编好的词也顺溜地从嘴里蹦出来。他诚恳地悔恨了自己的过失，信誓旦旦保证不再重犯。同时委婉地暗示，追查时，毕竟还是自己主动坦白，是否可以考虑一下从宽的问题。他还相信，团长的嘴硬心软，不会一棍子把自己打死。最后，不知是由于害怕，还是真的动了感情，或是其他的原因，他几乎热泪盈眶了，“团长，我知道您的好意，吓唬我让我害怕，是为了让我改得快些，是对我的真心爱护。真的，我一辈子也忘不了这份恩情！”

杨电一直在注意团长的反应。这会儿，他最希望团长把自己臭骂一顿。雷雨过后是晴天，这是团里那些犯过事的飞行员的切身体会。可是，他似乎没发现有享受这种待遇的迹象。

团长一直像个冷面泥塑，默默听着。直到杨电忏悔完毕，才在鼻孔里哼出一声冷笑，说：

“三拐三，我和你并没有私人仇怨，对不对？”

杨电没作声。他觉得这开场白有点不祥的味道。

“作为团长，我有责任要爱护所有的飞行员，当然也包括你三拐三。”

杨电还是没吭气，他听出团长的话里有了某种转机。

“不过，”团长声音变得低沉，每个词的节奏也都放慢，好像担心杨电会漏掉什么，“你还年轻，我希望你能理解，什么才是对你真正的爱护！”

杨电觉得全身的血液都涌到了脸上。他希望团长还能说点什么，能够突然间怒潮汹涌，吼叫一通。可是，团长已经说完，结束语很平静。对一个你不再准备打交道的人，犯不着再动肝火。杨电知道，自己也完了。他想起了团长前几天那次恶狠狠的谈话，刚才的这番话只是上回的翻版：“你还年轻。对你最好的爱护是什么，你知道吗——就是不让你摔死！”

“喝一口吧。”大队长递给他一杯冰水。

他接过来，一饮而尽。他需要那冰凉的液体缓解一下内心的愤怒和绝望。

“上飞机吧。”团长说完，大步走了。

“刽子手！”杨电真想吼出声来，他暗暗攥紧了拳头。

“别慌神，”大队长微笑了，“好好飞，团长吃不了你！”

废话！杨电咬紧了牙。他当然吃不了我，可他能毁掉我！

飞机升空了。前舱里，杨电满脸悲愤，就像走向刑场的革命烈士。当然，他没有让坏心情影响到飞行，起飞动作十分规范严谨。他决定今天要认认真真飞一次，让后舱的那双眼睛挑不出一点儿毛病，让他明白，他一心想毁掉的是一个多么优秀的飞行苗子。如果对方还有一点点良心——杨电公平地认为对方可能还残存着一点点，肯定要内疚一辈子！

杨电现在只想着一件事：绝不能出丑。毫无疑问，让他在天空丢一次脸，大概正是团长阴谋中的重要部分。“瞧，这小子飞得就这德行，没你们说得那么好吧！”他能想象出落地后团长的新闻发布词。他不能让团长得逞。

起飞七八分钟了，杨电一直飞得干净利落，后舱也没有特殊举动。杨电没有放松警惕，随时准备团长的突然发难。他知道团长很会这一手。

第一次见到团长时，他被团长的外表迷惑过。在他经验中，长着这种胖胖圆脸的人，一定心地淳厚，反应迟缓。正因为如此，他才不知天高地厚，为小胡打抱不平，摸了老虎屁股。当时也太气人，小胡确实腰疼，团长偏说装的，还非要小胡脱下汗衫检查，简直是军阀作风。杨电用另一种方式替小胡出了气。他说会玩魔术，故意引团长上钩，让团长抓住杯子，目不斜视，手指蘸上水，杯底摸一下，脸上画一下。结果在众目睽睽之下，团长把自己画成了大花脸。杨电的魔术就在杯底，那里事先涂了墨汁。他说能让杯子飞起来，当然只是骗骗团长的鱼饵。让团长出了丑，杨电很开心。作为飞行员，只要驾驶杆玩得好，他并不担心团长能把他怎么着。

现在，他知道自己想错了。他低估了团长的报复心理，也对团长的智慧估计不足。这让他上了大当，不然，这回他本来还可以蒙混过去的。那天追查，团长的洞察力和表演才能都表现得很出色。

“是不是咱们的人干的？”大队长问，“自己说吧。”

当时，大队俱乐部里像今天一样，也有股子法庭气氛。十几个飞行员坐在小马扎上，互相递着眼神，没人吱声。团长和政治处主任也来了，像两个监视器，不动声色坐在后面靠背椅上。

杨电两手支着下巴，眼睛半眯半睁，竭力装出一副坦荡的神情。他知道这回祸闯大了。他没想到，刚落地不久，医院的告状电话就跟过来了，直接打到了师部。师长火了，当即下令停止飞行，回来清查整顿。事情到这一步，按说他应该好汉做事好汉当。可是，他想起了关于飞行员过剩的说法，不敢当好汉了。他把火气发泄到医院头上——还野战医院呢，野战个屁。想想当年白求恩大夫，炮弹在身边开花，人家眼皮子都不眨，照样做手术。现在倒好，娇滴滴的，一声飞机响就吓得屁滚尿流：难道就不能把这当做一场临战演习？

“到底有没有？别耽误大伙工夫。”大队长又发话了，“坦白从宽啊。”

杨电心里不是滋味。他爱开玩笑，可正经事情上并不习惯撒谎。他发现了，大队长似乎并不真想在本大队抓出一个肇事者。

“天上就那么几架，查查飞行记录，算算时间，不就得了吗？”有个中队长建议。

“查了，都是按时回来的。”大队长说。

“会不会是转场路过的飞机？”

“问过航空管制了，”大队长摇头，“今天没有过路飞机。”

“那没准儿，”中队长说，“他们有时漏报。上回那两架，飞机过去几小时才报到，当时差点和我亲嘴呢！”

屋里气氛变得轻松了。团长显然不想看到这种情况，从后面站起来：

“今天不是这种情况。问清楚了，肯定没有过路飞机；附近机场也没飞行，周围几百公里只有我们在飞！”

屋里又沉默下来。

“那就怪了，莫非是个飞碟？”那个中队长平时喜欢看侦破小说，推理热情很高。

“你见过飞碟！”团长瞪他一眼。

“要不就是个幽灵！”中队长很固执，“哦——对了，”他一拍大腿，提高了音调，“问问联络机嘛！”

杨电的心一下忽悠到了嗓子眼。他的整个计划中，这是唯一的薄弱环节。他感到后脑勺热辣辣，猜想可能是由于团长的目光在盯着。他担心团长已经抓住了某种线索，不然的话，三个大队都在飞，团长为什么偏偏来到这里？他感到心里那道防线就要坍塌了。

“你很聪明。”大队长淡淡地一笑，“不过，联络机要能说清楚，我们还费这劲干吗。”

就像惊涛骇浪中抓住了一块礁石，杨电暗暗松了口气。让他纳闷的是，联络机到底怎么说的？他倒是按时和联络机通过话，不过，对方不可能看到自己。这是一步险棋，而这险棋只有在医院不告发的情况下才好蒙混。现在,团长似乎并没发现这里面的缺口。他稍稍侧过头,朝后排瞥了一眼。飞联络机的副大队长也在瞟他。目光相碰时,对方若无其事移开了视线。

他乐了。即使福尔摩斯驾到,他也不用担心了。

"别孬种,"团长走到了前面,脸色难看,让杨电想起电影里那个被拦在摩天岭下的国民党将军。团长的目光刀子一样在几个新飞行员脸上划来划去,在杨电脸上停留的时间最长,"一个男人,有胆子干,就得有胆子站出来……好意思让别人跟着背黑锅!"

杨电忍受着良心的折磨。摩天岭绝不能失守,否则还会连累他人。

"团长电话。"在僵持的气氛中,训练参谋的小分头伸进来。

后来杨电明白了,这是串通好的,团长根本没电话。

几分钟后,门咚地推开了。团长进来后脸色怕人,脚步沉重,像清明节来到纪念碑一样。在前面站定后,他还是不说话,像一尊受难的雕像,眼睛发虚,呆呆地瞅着大伙头顶上方的某处。

大家的心全跟着悬空,预感到发生了某种重大事情,而且绝不是好事。俱乐部里静得可以听到喘息声。

"有个婴儿……死了!"

杨电眨眨眼,不明白团长说这干什么。可是,他发现大队长突然变了脸色。有种模模糊糊的东西让他害怕了。他的预感没错,团长接着说的话像惊雷一样击中了他:

"凶手,就是那架飞机!"

杨电没有反应。他麻木了。恍惚中,他听见有人在号,在争吵,在询问什么。他仿佛听见团长说,手术室里不光有小胡,还有一个孕妇,剖腹产,大夫正在切开子宫,被飞机声音吓坏,刀把不稳,割破了里面婴儿的脑袋,最终没能抢救过来……他麻木了,思维却在运动……他,一个飞行员,现在成了杀人凶手!

不,这不可能。是梦,一定是在做噩梦,他得赶快醒过来——他大叫了一声。

他揉揉眼，发现团长直勾勾盯着他。周围的人也在瞅他。他清醒了，这不是梦。

他不由自主慢慢站起来，低下脑袋。他从电视里看到过，那些伏法的罪犯都要低脑袋。

“我坦白。”他轻轻说。

大伙一声不响瞅着他。大队长板着脸，瞅瞅他，又瞅瞅团长，眉头越皱越紧。

“怎么回事，说吧？”团长的口气变得格外温和。

“我……”他默默看了大队长一眼，慢慢捂住脸，突然呜呜大哭起来。

这是他的奇耻大辱。事实上，根本没有那个孕妇和婴儿。他那宝贵的泪水，是被团长恶毒的谎言吓出来的。

他没想到团长的复仇心理这么强烈。现在，自己已经被打得落花流水，团长还不肯饶过，还要痛打落水狗。而他在这种淫威面前又毫无办法。

不管他心情如何，飞机已进入平飞。他稍稍收小油门，准备进入俯冲，开始下一个特技动作。这时，飞机突然震动了一下，后舱也传来一声怪响。

最初几秒钟，他以为是团长在耍花招。但他很快排除了这种想法，立即停止动作，按下机内通话按钮，问后舱出了什么事。耳机里没有回音。问了几次，团长都没答话。他觉得情况不对头，便松动伞带，费力地转过身朝后打量。

怪事：他没看见团长，而且后舱盖也不见了！

事情并没有到此为止。他还没来得及理清这件事的头绪，视线又模糊了。他发现，前舱里突然充满乳白色烟雾。烟雾很浓，在他急忙回转身后，近在咫尺的仪表板也看不清了。

他冷静下来，迅速判断自己的处境。显然，由于某种还不知道的原因，团长紧急离开了飞机。也就是说，眼下的一切必须靠自己来处理了。他用鼻子嗅嗅，注意到烟雾并不呛人，也没有汽油味。他把眼睛凑到仪表板前，看到发动机仪表指示正常，火警信号也没亮，这让他稍稍松了口气。他不再犹豫，摸索着关闭了座舱增压供气开关，然后解除了座舱密封。随后，在等待烟雾消散的时间里，他沉着地向塔台报告了这里发生的一切。

“三拐三，保持状态，查明原因，沉着！”塔台的声音似乎有些乱了方寸。

“三拐三明白。”杨电在整个处理过程中，一直稳住驾驶杆，控制着飞机状态。他记得，前几年，有个飞行员就是在这种情况下慌里慌张，急于争取高度，结果造成失速的灾难。他早就发现自己有个优点：越危险反倒越镇定。当然，团长的那次恐吓是个例外。

他猜想，烟雾的出现可能是涡轮冷却器漏油，或是某油箱没盖好，用不着慌神，烟雾很快会自动消散。

两三分钟过去了，他所期待的结果并没出现。座舱里依然烟雾弥漫，而且越来越浓。

我不能当盲人，他想，当务之急，是尽快排除烟雾。

问题是，通常的排烟手段已经用完，空军下发的《特殊情况处置》蓝皮本里只剩下最后一招：抛掉座舱盖。

他不喜欢这个办法。这不仅要浪费国家财产，而且，在没有舱盖的座舱里飞行，滋味会很不好受，尤其是，这会大大降低安全系数，让他没把握。这会儿，团长没了，他不想再冒险，除了后面的舱盖，他要把飞机完完整整带回去。

他的脑海里跳出一个犯忌的念头。他知道蓝皮本里有明文规定：为了跳伞时可靠地抛掉舱盖，“在空中禁止把座舱盖打开。”他的想法恰恰是要打开舱盖，只要有一小条缝隙，舱外的压力差瞬间就会把烟雾吸尽。当然，这么干将承担很大个人风险。因为他无法保证重新把舱盖合上。也就是说，一旦到了最后关头，与舱盖联动的跳伞装置将会受到明显影响。可是，他对这个想法很满意，认为值得冒这个风险。

说干就干，他解开保险锁扣，把座舱后推开了一条两指头宽的缝隙。

浓烟像群越狱犯，争先恐后，从刚刚打开的出口逃走了。仪表板重新回到阳光下，座舱明亮了。

不过，杨电那颗悬着的心并没有因此回落。他瞅住了舱盖，并不期望一定能合上。不试试是愚蠢的，他紧紧抓住舱盖把手，屏住气，用足力气向前推去。

他迷惑不解了。他觉得刚才有点杀鸡用牛刀的味道。实际上，他也许只需要一半力气就可以把舱盖关上！

这时，飞机正处在自动下滑状态，仪表显示：高度四千四百米，时速四百五十公里。

他赶紧锁住舱盖，胸腔里那块平滑肌激烈地跳动起来。他猜想，大概舱盖在运动中打开后，它正好处在前风挡后面的涡流区内，压力变小了；加上飞机又是下滑状态，前低后高，也帮了大忙。他想，他有资格给《航空杂志》写篇文章，而且，他还可以给蓝皮本的禁令加上一条带有杨电色彩的注解。

在空中，为同伴的困境而幸灾乐祸是可耻的。他同意这一观点。因此，新发现带来的喜悦平息下来后，他开始为团长担心了。连招呼也没打就走了，团长一定碰到了大麻烦，还不知道能否安全跳伞？他对团长没好感，但并不希望对方受到这种报应。

突然，他刚刚产生的怜悯之心飞到了九霄云外。在他低头检查飞机的时候，一个有趣的画面映入眼帘：他不可能有四只脚；可是，座椅下面，确实多了一双飞行靴。这双怪靴里面有脚，有腿，是从后舱伸过来的。哈哈，没错：团长的脚！

他明白了：团长并没跳伞，只是后舱盖的固定装置出了问题，自动飞掉了。

他的第一个反应，是立即向塔台报告这一好消息。他按下了机外通话按钮……

且慢！他问自己：团长为什么不自己向塔台报告呢？刚才腾不出工夫？或者是其他原因……他觉得事情不必着忙。

为了证实自己的猜测，他装作不知道团长的情形，焦急地向塔台报告说：没发现团长的降落伞。

“三拐三，你先回来！”塔台无可奈何。

他弄清了一个事实：团长无法和地面联络。但是，机内通话好像没问题。因为耳机里终于传出了团长的声音，虽然模模糊糊，但他听清楚了，那个平时气壮如牛的嗓门变得哀哀可怜：

“三拐三，我在后舱，听见吗，三拐三……”

他没理睬团长的呼叫。又停了片刻，知道塔台确实对团长的声音没反应后，他开始琢磨这一情况所包含的特殊意义。

他瞅着油门旁边的“机外”和“机内”两个通话按钮，有点踌躇。但是，他想起了前些天团长恶毒的恐吓。想起了上飞机前团长对自己的羞辱……终于，这些天久违的笑容又在他脸上轻轻荡漾开了。他做出一个非常新鲜的决定。他觉得很有味，会把自己这些天的坏情绪一扫而光。这一决定的核心是——他要团长加倍赔偿他的眼泪！

这时，舱内的白烟早已排尽，油量没问题，仪表显示，其他系统也工作正常。当确信弄清了飞机位置，航向也没问题，而且飞机状况足以保证他安全返回地面后，他的“001号行动”——这是他刚刚起的名——开始了。

“洪州，洪州，”他呼叫塔台代号，“三拐三座舱冒烟，三拐三座舱又在冒烟，看不见了！”

他的惊呼并没传到塔台，因为他扳动的是“机内”通话钮。这些话是专门说给后面团长听的。他很开心，发现座椅下那两只脚很活跃，就像溺水的人急于摆脱纠缠的水草，来回乱蹬，似乎要引起他的注意。与此同时，团长的焦急也出现在耳机里：

“三拐三，我在后舱，听见没有……冒烟，检查火警、发动机……

三拐三听见没有？”

团长没被吓住，杨电多少有点失望。这招不灵，他只好把想象中的险情暂时解除：

“洪州、洪州，三拐三座舱烟雾消失，三拐三座舱烟雾消失。”

他看见座椅下的脚变得安静，大概也累了。他想象得出，团长这会儿正像个缩头乌龟，拼命蜷成一团，在风挡后面躲避强大气流的冲击，肯定很不舒服。当然，听到前舱险情排除，心里会安定了些。

杨电在呼叫定向台——他用的“机外”通话，团长听不见。校正航向后，他得意洋洋向机场飞去。他的“001 号行动”刚刚开头，方才只是一个试探气球。

这时，他发现手里的驾驶杆在摆动。他暗暗笑了。这是团长在利用后舱的联动装置提醒他的注意。团长很知趣，由于看不见外面，没敢让驾驶杆的摆动幅度太大……驾驶杆手柄上出现了团长的圆脸，那张油黑的脸上露出了乞求……杨电笑眯眯地摇了摇头：还没完呢！他要让自己像团长一样，变成铁石心肠。

机场已经遥遥在望，他再次校正了航向。当一切都妥帖后，他又按下那个通向团长的按钮，惊慌地叫起来：

“洪州、洪州，三拐三漏油严重，三拐三剩油警告灯亮了……”

他停了停，似乎正在接受塔台指示。然后，他用一种莫奈何的声调回答：“三拐三明白……迫降！三拐三准备迫降！”

他开心地笑了。果然，驾驶杆不敢动了，下面的脚也变得规矩。这理所当然。他要全心全意应付迫降的重重困难，团长如果不想断胳膊断腿，或者让飞机变成一团大火，除了战战兢兢听天由命，没有其他出路，他不敢干扰杨电的注意力。

可是，团长还是干扰了。杨电很恼火地注意到，耳机里团长的声音很冷静：

“三拐三，我是团长，听见吧……三拐三，别慌，沉住气……”

杨电暗暗钦佩了，到这份儿上，团长还没忘了下指示。

他已经到了机场上空。他按照正常航线，从塔台上空通过后，下降高度，向左转弯，建立了落地航线。

"那个婴儿……死了……凶手就是那架飞机！"团长说这话的时候那么伤心，悲愤，尤其可恶的是，还那么逼真。

几分钟后就要落地，是时候了！

杨电确信通话按钮是在机内位置后，他使出了"001号行动"中的最后一招。

他突然恐怖地大叫起来——

"洪州，三拐三油料不够，无法迫降，三拐三请求——跳伞！"

对于后舱的人，这肯定是一个晴天霹雳。后面没有舱盖，保险装置已经失灵，无法安全跳伞。杨电心满意足地等待着团长的反应。

"三拐三别跳！别跳！我在后舱……"

与此同时，驾驶杆乱晃起来。

团长一定急疯了。杨电盯着像在跳迪斯科的驾驶杆，更加惊惶地补了一句：

"三拐三驾驶杆失去操纵！"

哈哈，很灵。驾驶杆立即不敢动了。但是，座椅下的那两只脚却变成了鼓槌，猛敲地板。

杨电全不理睬，他的嗓音变得无比绝望，而且美滋滋地带上了哭腔：

"三拐三明白……立即跳伞！"

这是最精彩的时刻。杨电的耳机里，终于传出他期待已久的那种绝望的号叫——

"不……别跳……混蛋……"

在团长不绝于耳的哀号声中，飞机平稳地落进了跑道……

……

塔台前面，聚集了许多人。接飞行员的吉普车从着陆线方向开过来。停稳后，杨电气宇轩昂钻出车门。团长出来的动作显得迟缓，脸上表情也很复杂。

杨电像个凯旋的将军，带着谦逊的微笑走向人群前面的大队长。

他忽然停住脚，似乎想起了什么。向后面瞥一眼后，他显然做出了新的决定。他回转身，在身后男人、女人的目光注视下，虎虎生风，大步向草地走去。

他来到几十分钟前团长待过的地方。身前的草地上，有一溜野草湿漉漉，绿油油。这是团长留下的痕迹。

面对跑道，面对远处的山野和天空，他深吸口气，做出了一个非常神气的“跨立”动作。

他的身下，一道水线喷射而出，阳光照耀下，像架在绿草地上的一道白虹。他调整了一下角度，继续加大体内的压力，抛物线变长了。他暗暗估算了一下，和团长比，他的喷射距离足足远了半米。他体验到了一种新的意境，那是一种荡气回肠般的潇洒和愉快。

……

两个小时后，团长在办公室里对大队长发牢骚：“都是你他妈的馊主意，你看看，还是没让他变规矩，反倒把我吓个半死！”

大队长摇头苦笑。

“不过，”团长说，“我确实喜欢这小子！”

（《小说月报》1993 年第 10 期选载）

无言的戈壁

李　镜

一

月亮极淡，有点残缺。星星很繁，显出重量，将幽蓝的天坠低了许多。

一座没有墓碑的坟茔，七个坐着抽烟的士兵，构成了这个枯寂的夜里的另一种沉重。

“我看不行。”沉默了许久之后，老兵王春喜说。他的声音不高，却有引导舆论的力量。

“就是。”“就是。”……一阵附和，声音同样不高。

其实，这些话都是刚才说过的，此时不过是沉默过后的又一次循环。

“这坟不能扒！”王春喜又说。这话刚才也是说过的。

“就是。”“就是。”……

“可是连长说非扒不可。”班长说。

大家没有说话。大家不知道说什么好。

“其实不是扒，是迁坟。”过了一会儿，班长又说。这话刚才也说过。

“有烟吗？给一根。”王春喜把空烟盒捏出许多声音，那声音在夜里显得很响。

一根烟撂到他的怀里，他点着，抽了一口。“红塔山，谁的？”他说。

“我的。”刘学礼说。这个新兵蛋子有一个办公司的爸爸，新近去了美国。

王春喜又狠狠抽了一口，烟火将他额头的皱纹暴露了一两秒钟。

平时不抽烟的坐在坟前的时候也都噙上了一根。

他们连着三天坐在这坟前，打发突然变得沉重起来的夜。

以前从来不这样。

班长越过王春喜的肩膀，向他身后老远的地方望了望，那里有一块隆起在戈壁滩上的黑色，那是他们的营房。

那两间房子在白天看，离这坟并不远，黑夜将它推远了。

沉默。

“再跟连长说说。”过一阵，王春喜又说。

“连长说是团里定下的。”班长说。

“团里应该顶一顶。”王春喜说。

“团长说开矿井把坟圈进去了。”班长说。

就都不说话了。这些话前两天也都说过。

“明天就非扒不可吗？”黄宇说。黄宇发表过两首诗，是班里的才子。

“不是扒，是迁坟。”班长纠正他。班长说黄宇的诗写得不好。黄宇说班长是读不懂才说不好的。他们都有点不喜欢对方。

“后天施工队就要到这里来平地堆土。”班长又说。

一道道微白的光从刘学礼手中飞出去，分散到各个战士的怀里，像电视里武林高僧手中的法器放出的光。

刘学礼在散“红塔山”。

有的点上了，有的没点上。

“看样子没办法了。”王春喜说。

“没办法了。”班长说。

“有一点咱一定要坚持。”王春喜说。

“该坚持的咱一定要坚持。”班长说。

“坟咱自己起，别人少沾手。”王春喜说。

“咱自己起。”班长说。他和王春喜是一年兵，他们说话的时候别人都不插嘴。

“我来起。”王春喜说。

“咱两个起。”班长说。

又都不说话了。

沙虫叫成一片，声音不大，显得干涩。

“妈的！”王春喜咕哝了一声。

“走，睡吧！”班长提议。

都没有动弹。

“让她也静一静。”班长又说。

大家都把眼光落在了坟上。

班长又散了一次烟。班长散的是“金丝猴”，窄板的，还可以。

烟火又闪烁了一阵。

班长看着一颗流星在北边界山那边溅落以后，又说了声：“走，睡吧。”

没人说话。

班长从坐着的地方站起来。他等了一阵儿，刘学礼也站了起来，接着是黄宇……

王春喜没动。

“我再坐坐。”王春喜对班长说。

班长看看他，想说什么又没说，朝房子走去。

月光下，移动着六条黑影儿。

二

王春喜觉得口很苦很涩，但依然想抽烟。他后悔刚才没把谁的烟留下来。

他顺手在地上揪了一截麻黄草放在嘴里，慢慢嚼着，品着那淡淡的苦味儿。他又一次极吃力地在脑子里拼凑着上个月撕碎了的那封信，同时眼前又浮现出那个并不漂亮的姑娘。

他没有一点瞌睡，就是身子有点困，就斜倚在坟堆上。一丛红柳蹭着他的脸，将一丝清香送给他。

月亮移过了中天，斗柄掉了角儿，天坠得很低。

他听到了由远而近的迟滞的脚步声。他知道那是谁，不过仍然看着天。

脚步在他身边停住了。

“你咋也来了，睡不着？”他问。

“嗯，睡不着。”

果然是班长。

班长在他身边坐下了。

“给根烟。”王春喜说，依然躺着。

班长递给他一支“金丝猴”。

他们都点上了烟。

“你说，她如果活着，该多少岁了？”王春喜问。

“她是十九岁躺在这里的，那年是一九七四年。”班长说。

“今年该三十七了。”王春喜想了想说。

“陪过了六七茬兵了。”班长说。

一阵窸窣的脚步声。

“妈的，都来了。”班长小声骂着。

兵们来到坟前，看看班长，又看看那个倚坐在坟旁的老兵，然后就又坐下来。

“谁让你们来的。”等兵们坐下来，班长才悠悠地问。

都不说话。

“黄宇，是你？”班长又问。他不喜欢他的诗。

“我……”黄宇支吾了一阵，终于鼓起勇气说，“我想我在今天夜里能做一首真正的诗。”

“哼！”班长意味复杂地从鼻子里发出了一点声音。

“写啥诗？”王春喜问。

“题目吗？”黄宇问。他觉得自己的呼吸有点急促，脸也发热起来。“《第二次诀别》。”他用很小的声音说，他对这题目还不太自信。

“怎么讲？”班长问。

“对象自然是她。”黄宇看着坟头一丛在夜风中款款摆动的红柳花说，“第一次诀别是与人世，第二次是军营。”

“嗯，从一九七四年起，她一直在红柳滩哨所的花名册上；从明天起，该划掉了。”王春喜说，看了看眼里嵌着星光的诗人，“《第二次诀别》，有说道。”

“班长，你看呢？”黄宇问。

“嗯。”班长的夸奖是吝啬的。

一片云遮住了月亮，星星显得更稠更密了。银河两岸的牛郎和织女默默地扮演着永远也不会结束的角色。

“班长。”刘学礼轻轻叫了声。这家伙今晚也比平时规矩了许多，“她真的是一九七四年的老班长从兰新公路岔口领进来的吗？”

“听说是。”班长说。

“是个孤女吗？”另一个战士问。

“说不准，也有说她爹让群众专政死了的。”王春喜说。

“她跑这搭来干啥？”刘学礼又问。

“来当兵。”班长说。

“当上了没有？”

“哪能，一个班的哨所，哪能收个女兵。”

“一九七四年的班长咋敢把她带回来？”黄宇问。

“听说是夏天，一九七四年的班长见到她时她已晕倒在戈壁滩上了。”王春喜说。

"听说她在公路上走着的时候，一个云母矿上的司机要拉她去矿上，她没去。还有一个放骆驼的汉子要领上她回自己的帐篷，她也没去，就顺着通往咱这个哨所的车辙一直往戈壁深处走。"班长说。他觉得一九七四年离现在很近。

"她为啥非要到这里来当兵，内地不也一样当？"刘学礼问。

"内地当不上。不是说过，她父亲让群众专政了吗？政审不合格，听说她父亲是个什么干部。"班长说。

"我咋听说是个资本家。"王春喜说。

"那一阵，都差不多。"班长说。

时间长了，都觉着是个谜。

"听说她会唱歌。"黄宇说。

"听说她歌唱得好。"班长说。

"听说一九七四年的班长给了她一身军装。"一个兵说。

"弄不清是谁给的，反正她穿上了军装。"班长说。

"明天，要不要还给她穿身军装？"刘学礼问。

"当然。"大家几乎不假思索地说。

"我的个子小，有一身没穿过的军装，女同志穿大概合适。"王春喜说。他的眼前闪过了一个不太美丽的姑娘的脸。他曾写信告诉她，他复员回家送给她一套新军装。

月亮从云层里钻了出来，世界比先前明亮了许多。

黄宇还想问些什么，但是他看了看沉默中的战友们，什么也没问。

　　戈壁深处，

　　你萌生过一个绿色的梦……

黄宇构思出他的第一行诗句，但他觉得这诗句太直白。

"她只待了七天吗？"黄宇听见刘学礼在问。

"嗯,七天。"是班长在回答。

"不,是十八年。"班长补充说。

接下来是沉默。

三

太阳从东边狼脊似的山背后爬上来,戈壁滩洇上了一片血红。

七个战士站成一排,举着枪,神情冰冷而沉重。

那座坟前,多了一个小小的花环。

空气里飘荡着淡淡的酒香。

"黄宇!"班长低声叫道。

"到!"诗人在队列中应着。

"把诗……送给她。"

"是!"

黄宇走出队列,前跨两步靠近那坟。他抬了头看看天,早晨的天不蓝,是橙色的。他深深地吸了一口气,看着洇着血色的坟。

你当过兵了,其实当兵
就是参加一个礼炮的班组……

班长的心剧跳了,他第一次明白了诗是什么东西。

你当过兵了,十八个寒暑
属于你的不仅仅是沉默和冰冷……

黄宇的声音微颤着。

刘学礼觉得眼睛热了一下,那坟在他眼里模糊了,晃动起来。

黄宇朗诵完了诗，默然退回到队列里。

太阳升高了一些，天地间浓稠的红色变得极淡极淡。

“由我开始，朝天鸣枪！”班长低声发布命令。

砰——一声清脆的枪声击碎了戈壁之晨的寂静。

砰、砰、砰……枪声响了七次。

空气里弥漫着浓烈的硝烟味儿。

“开始吧。”班长说。

战士们架好枪，拿起铁锹和镐头。

刘学礼拿把十字镐，朝坟头的红柳丛砸去。

“狗日的，轻点！”王春喜黑着脸，骂了一句。

刘学礼看着三春喜充血的眼睛，觉着那目光十分可怕。王春喜瞪了他一会儿，走过去，从他手中夺过了十字镐。

“都轻着点。”班长说。

“嗯。”战士们答应着，干起来。

战士们的动作很轻很轻。

来了一辆卡车，绿牌子，地方的，车厢里放着一副棺木。

王春喜看了看棺木，没有说话，依旧低下头去用镐刨那丛红柳根。

车上下来了三个人。

“来了？”班长停下铁锹，招呼了他们一声。

“你们辛苦。”三个人中的一个说。他穿件蓝中山装。

太阳完全白了，天蓝得十分透彻，热起来。

坟头已经挖平了。

“轻点行不！”班长朝一个战士吼了一声。那个战士的镐下得重了些。

只有镐锹刨动的声音。

“不能快点吗？”一个地方人问，显得有点不耐烦。他穿了一身灰西服。

没有人说话。

“多此一举，一座荒坟。”那人又说，“你们这些兵真怪。”

七个战士不约而同地停下了手中的工作，目光一起落在灰西服身上。

王春喜的眼睛又充满了血色。

“你给我把嘴闭上！”他压低了声音向灰西服吼道。

灰西服还想说什么，被蓝中山装拉住了。

“这坟听说有些年头了？”蓝中山装问，有意缓和一下气氛。

“嗯。”王春喜很勉强地答应了一声。

“听说是个姑娘？”

“嗯。”

“得的急症？”

“听说是。”王春喜说。他知道的也很模糊。

“这些年就没人找过？”

王春喜轻轻地摇了摇头。

“这地方，死了也没人知道。”灰西服很不合时宜地插了一句。

“谁说的！”这次吼叫的是班长。

灰西服的嘴唇翕动了一阵，没有说话。

一股小旋风踉踉跄跄地卷来，他们被混沌的灰白阻隔了几秒钟。旋风过后，他们的脸上、头发上、衣服上落了一层沙土。

“干吧！”班长说着，又翻动了铁锹。

战士们也都默然地挖着。

他们留在地上的影子正在一寸一寸地变短……

四

晚霞烧红了半个天，镶着金边的云在戈壁上空缓慢地移动着。

太阳的沉落多少有些悲壮。望着遥远的西天，黄宇这样想。

七个兵默默地坐在地上。他们的眼前，有一片翻动过的沙土。

长短不齐的烟蒂散落在他们的脚旁，一个烟蒂是一段郁闷和怅惘。

他们好久没有开口说话了。

班长抬起头来望了望大家。

他的目光和黄宇相遇了，他觉出他的眼睛空洞了不少。

“喂！”他勉强朝黄宇笑笑，“你能一天写一首诗吗？”

黄宇摇摇头，又点点头。他不知道班长为什么突然会问这个问题，不过他从班长的目光里看到了深不见底的哀戚。

班长避开了诗人的目光，看着西天正在逝去的霞光。

刘学礼又掏出一包“红塔山”。

一支烟落在王春喜的脚边，他捡起来，看看牌子，又看了刘学礼一眼，迟疑一下，划根火柴点着了。

“你爸从美国回来了吗？”他问。

“没有吧。”刘学礼说。

王春喜还想搜寻着说句什么，可是还是什么也没说。

七个人也都不再说话。

天终于黑了，星星还是昨天的星星，月亮还是昨天的月亮。

“走，回屋吧！”班长说。

没有人答声。没有人动弹。

沙虫又唱起来了……

（《小说月报》1993 年第 11 期选载）

双兔傍地走

张卫明

值班室电话记录本送进会议室。

师党委常委会别开生面，看电视。片名《战地女神》。省台预报十五时三十一分播出，广告拖泥带水，过了十多分钟还不见书归正传。政委说，老楚，你那个手纸厂也露露脸嘛。楚副师长打哈哈道，露不得露不得，总不能写一卷在手老少咸宜不敢三包吧？师长说，一个广告，两个月的利润。楚副师长说，指它赚钱，在前线光腚眼子就回不来了。

不经意间正片开始。南国的雾、的山、的树。水墨画一般洇润清丽。色彩陡转，血红色的战争象征浓烈熏人，大提琴同时呕出脑浆般黏稠冷腥的旋律。两只水汪汪的大眼睛。脸的上部。莹腻而忧郁的眉宇，像大雁展翅，飞出两道动人的弯弧。女性的审视迎面逼来。前排居中的师长政委随势仰了仰，耳朵红了。这是介绍本师“八姐妹救护队”队长林晓雁的电视专题片，未来得及在师里试映，省台就急着配合形势播出来了。政委说，记者真那个，拍漂亮女孩，这么近。师长说，靠镜头推拉，真这么近，就碰鼻尖了。于是便不那么眼晕了。林晓雁全身出现，钢盔，迷彩服，卫生包，冲锋枪，胸挂“光荣雷”，肩扛一副空担架。光什么雷？师长没听清。政委解释，应急用的。师长是撤军回营后“掺沙子”调来的，免不了再问，应什么急？楚副师长说，紧急时，自我光荣用的，零点七秒炸，后悔也来不及。师长感慨道，这就是战争哟。政委说，皮毛。

片名这才由天边射来，像一簇炮弹，刷地袭来又定格，连续推出三次，化去。履带把一行字幕嘎嘎啦啦拽上屏幕：本片由省拖拉机厂特约播映。拖拉机生产线。成品阵容。希望的田野上铁牛奔驰。

值班员趁机双手送上电话记录本。政委换眼镜蹙紧眉头阅毕，给师长。师长扫一眼，说，别传了，我念。常委们偏过脸来。师长念："十五时四十七分，市公共汽车公司二路车队李书记来电话称，我部一女兵乘车不购票，且态度不好，现人在总站，请部队领导去领人。"发笑的几个常委都是参过战的。师长正色道，是不是副师长去把人弄回来，管他男兵女兵，我的意见是，非常时期，法度要严。

楚副师长端坐不动，证明师长说了不算，他是等政委发话。政委心想，屌非常时期，想学老慈禧整曾国藩的骄兵悍将，你还嫩哩。嘴上却说，乱扯淡，男兵闹闹还有讲头，女兵也给我疯，老楚，你给我去看看，今晚的闭路不准播别的，放《战地女神》，各单位先收看后讨论，把疯劲狂劲给我转到正规化上。副师长问，公司和车队要不要表示？政委说，有话我跟市里讲，我的人犯法由军事法庭管，你只领人。

片子不等人，林晓雁已到后方。巡回报告。庆功大会。授荣誉称号。省妇联授"三八红旗手"称号。北中国雪。大平原。林晓雁同女兵们出操。跑动中的面部特写，哈出白气，霜挂发丝，眉梢越发英武俏丽。定格。演职员表。先斩后奏，封政委为军事顾问。

政委笑说，军装衬人，好看的更好看。

师长说，有必要加强营区管理，恢复生活秩序，从师部大院做起，作风纪律迅速走上正轨，而后把三个团带起来。

政委说，这都是空的。要我说，十个动员会，不如一个纠——察——队！

车响。副师长回来，骂咧咧道，屎壳郎碰见拉稀的，白跑一趟。

师长问，人呢？

副师长说，人家给放了，嘁！

散会。副师长随政委进了厕所，两人并肩响，烟头啐入池中。

政委问，真没见人？

副师长嘿然，不说你猜不到，我们的英雄。

政委抖擞身子，说，你单独敲敲她，就说我说的，别学男兵瞎哄哄，要有个女孩相嘛。

林晓雁偏偏在播出《战地女神》时上街，她自己也说不清出于什么动机。也不是玩小名人的潇洒，装出对新闻媒介的麻木与不屑。电视台记者黏糊糊的样儿让人起腻。几次约吃饭竹篮打水，这天播放前，又坐小车专门送她一盘带子，说请指教。林晓雁倒想指教他把那光光的下巴改造得别太像太监。

售票员先天基础还算甜的一张脸，兜头给人一种不安的暗示。带着这种预感，林晓雁一上车就倚到售票员对面要审出个究竟。好像对面山坡植被葱茂却静谧可疑，令人非要用高倍望远镜搜出伪装网、搜出敌人不可。

“买票？”声音有一半从鼻腔分出来，带金属质感。

“买票干吗！”林晓雁反诘的口气竟似揣了十张月票，仿佛对方不查反而不过瘾。越如此对方越赌气不查，不给你释放快感的机会。而其实女兵在唱空城计。

售票员耳垂上的耳环眼似乎不是症结所在。战争为人的胸膛穿眼，和平为人的耳垂打孔，挺美的。林晓雁甚至觉得，有了这个孔，整朵耳轮为之剔透空灵，简直比佩了耳环还要美上许多。终于叫林晓雁给看出毛病来——人造双眼皮。新割的刀口，时间在一个半月之内，微红呈紫，眼皮运作僵滞，说不出的观感和味道。事后林晓雁才闪出个词：面具感。而红紫色调同时生成的活鲜鲜的回忆，却是伤员截肢后残端创面的特写。

一中学生下车，过期两天的月票被售票员查住，要罚款。女中学生无地自容，哭说刚发助学金，正要换月票。售票员的恻隐之心显而易见，但如何体面地收场又经验不足。这时中学生出现了失误，哭诉中带出了似脏非脏却绝对不文明的字眼。眼圈灰青表明售票员处在每月一次的情绪低谷中，她陡然大怒，熟练地祭出致命的一击——上总站。对蹭车的外地民工往往是另一招，揪住不开车，利用乘客着急时间的怒气，狠狠榨出罚款。而中学生面子值钱，那么好吧，让学校来领你的脸。

就本意而言，林晓雁哪个也不愿帮。她不同情属于弱者的中学生，也看不上整过容的所谓强者。严格说，她算是看热闹派。但既不大热也不大闹，有股无以排遣的不满足驱使她必须参加到一边。女中学生水绿书包上的莲花绣得艳，真，莲瓣焰焰妃红且层次迭变。女孩的名字或身世中准藏了个荷香轻荡的底蕴。瞬间的感情倾斜，使林晓雁扬起钱夹：“开门，放她下去。你把她脸皮撕光，还让不让她活！”乘客们也附和。

女孩解脱了，也没让林晓雁代交。售票员多少有些窝火，挑衅的目光停在林晓雁依然擎在手上的钱夹，越看冷笑越浓。

那上面没月票。

售票员出奇地客气：“请出示您的月票。”

这回，轮到林晓雁上总站了。楚副师长领人时，她在调度室正大侃军人免费通邮免费乘车与国防意识的关系。电视也开着，片子里恁漂亮一个女神，外面这个咋贼像贼像。大老爷们眼睛越揉越没自信，分手时直表示：“再来耍。”

吃过晚饭，楚副师长叫上军务科杨科长，散步到医院女宿舍。同屋的女医助何嫒隔门向外喊：“林晓雁不在。”副师长吆喝，回来让她回个电话。马上又订正，算个球的。待会儿我也不知道我在哪儿。

隔两个门，林晓雁撮尖嘴唇，一根指头停在前面。她的信号冻结了另三个女兵将碰在一起的酒杯。脚步响过来，停住。桃红色的酒液滋滋冒泡。咣咣碰门的是皮鞋。小胖子，你们队头呢？副师长吼。首长同女兵说话，全世界都听到才安全。被唤作小胖子的耿丽丽用餐巾纸摀住鼻子："没见到。"副师长说，开门。小胖子答："痛经，躺着呢。"副师长哼哼了两声，沓沓去远，走廊尽头很松弛地跌了一个湿屁。

小胖子说："我×，差点儿没笑出来。"

林晓雁举杯："百日蹭车无事故竞赛第一阶段成绩今晚揭晓，你们三个为优胜者。我遵守罚规，酒席五十块钱标准。"

小胖子的同屋路小羽说："头儿，介绍失败经过。"

林晓雁一扬眉："我自找的。老楚头亲自接我回来，还有两站地，我说下车。老楚头说，我也没脸和你一起进营门。"

坐林晓雁对面的王军鼓励："还有第二阶段。"

碰杯。一饮而尽。再斟上。都双臂搭桌上，盯着高脚杯出神，不吃菜，相互也不让。默默对视一眼，第二杯掮进去。

小胖子说："半年前，我们馋死了，只有罐头，罐头，×他哥儿的罐头。现在有了，又不馋了，人他妈就这么贱！"

王军说："那时，头发脏得麻片似的，身上比猪还埋汰，衣服汗呀泥呀，干了嘣嘣折出响，每月那时候更味儿，自个儿都熏得恶心，也不知怎么混过来的，可那时还挺乐的。"

路小羽接道："一回来，啥都跟不上趟儿了，人发傻，眼发直，走路净踩别人脚。上车掏五分钱买票，妈的问咱们是不是刚从月亮上下来。妈的姐儿几个什么阵势没见过，这次百日蹭车，下次饭店蹭饭，剧院蹭戏，逮什么蹭什么。"

林晓雁笑问："逮住老虎呢？"

门外已震荡老楚头的嗓门："小胖子，还有谁肚子疼，我来慰问了。"

屋内只好原封不动，门大开。女兵的法宝，以嬉皮笑脸应万变。小胖子先发制人："副师座，欢迎前来宣布提升命令。"

"啊，啊，"副师长转脑袋满屋子看，"开小灶，点电炉子，违反规定。八姐妹救护队，半数在此。咹，我尝尝酒有毒没毒。"

"这杯是我的。"王军抵制。

“你的更好，”吱——，“咹，毒不大，甜不唧唧娘们儿酒，没劲。”

楚副师长以玩笑岔小胖子的发难。他和前任师长许过愿，八姐妹救护队的七个战士全部提干。回到营房，保送四个上了军校。队长林晓雁原就是干部，记一等功，晋一职。剩了三个，一时没指标，每人安慰了一个二等功。部队意见还很大，摘胳膊掉腿的才三等功，凭什么她们就高。个别话说得很难听。但终究小胖子等人没戴上乌纱帽。

副师长挤了个位置：“既然酒已经喝了，菜我也就不谦虚了喽。”有选择地抓过不锈钢叉子。

“我×，你给弄脏了。”小胖子满嘴战壕文学火线语录。没人笑。大家曾经都如此。那日月，人，真他妈是人。

副师长反客为主，用叉子逐一试吃，口中喋喋有声。副师长的大嚼发动了女兵的胃口，都上手上嘴，一时无话。小胖子没了工具，用竹牙签扎吃。又喂。副师长结婚早，找了个两心老婆，自谓看着恶心，走了放心。早些年副师长当营长，允许生二胎他却闹了三胎，说处分又没处分。

小胖子专同副师长过不去：“你尽了兴，我们赔了本。这顿饭一百多块。”

副师长说：“你小胖子别跟我来哩根隆，撑破天六十，算你们七十，明天开个条来，开成饮料，这点权力我还有。”

林晓雁说：“算副师长掏钱，我请客。”

副师长用两张餐纸抹去脸上脖子上的油汗，仰脖想打嗝打不出，陡地拉下脸：“今天我对事不对人，大小都是功臣，论岁数，给你们当爹也够了，你们说是不是？”

王军说：“那不一定，我回老家，来了个老汉八十二，你猜怎么着，叫我姑姑呢。”

副师长不与纠缠：“你们事假回家的火车票，有急事打出租，平时市内车票，我没含糊过吧？你们呀，是谁我就不说了，以后注意些个，不说给自己脸上贴金，也别给我脸上抹……抹别的，对不对？”

林晓雁说：“是我，跟她们没关。”

路小羽说：“也有我们。可他妈的外面……”

林晓雁打断：“别说了，我们就图个好玩。”

副师长说：“以后想玩，玩别的，别玩这个。嫌零买票麻烦，你们打月票，一样给你们报。我找小林，也正要找你们几个。有个差使，说商量也行，不商量也行。先说，你们给不给我面子？”

小胖子说：“那看什么事。”

王军说：“首先不能丢我们的面子。”

林晓雁用餐纸蘸嘴角。

路小羽收拾杯盘。

副师长说：“你们最合适，八姐妹救护队，改成四姐妹纠察队。你们也知道，部队回来不是一半天了，秩序是个大问题。没打过仗的去管，没人服。打过仗的男兵去管，他自己还得别人管。想到你们头上，也是没有办法的办法，这叫……”

“以毒攻毒。”林晓雁伶牙俐齿。

副师长笑了：“词恶了些，不能说完全不是。怎么样？”

林晓雁说：“不干。”

三女兵说：“不干。”

副师长慢条斯理揭开烟盒锡纸。“女孩子就会吵。明说吧，打过仗的没善茬儿，但这茬儿不砍巴不凿巴，最终倒霉的是谁你们也清楚。我再坐五分钟，等着听回话。”

小胖子叫：“我×，傻瓜才做恶人。”

副师长低头叼烟，捏个瘪火柴盒，兜里搜索火柴。小胖子夺过“红塔山”烟盒，吧地弹出一支，又抖搂抖搂，长过滤嘴烟卷散在桌上。王军、路小羽伸手拈了。小胖子碰碰林晓雁，张开巴掌。林晓雁摸出手枪式打火机，丢桌上。吧吧吧，小胖子三打三着，巡一圈为众人点了烟，把寸长的硬火苗擎到林晓雁脸前。林晓雁看她一眼，鼻子哼一声，捏根烟去吸火。

女兵吸烟特招人疼，吮一小口，瞧瞧烟头火粒，抚琴似的手指敲弹，烟灰片片像是梦中飘落的花瓣。自然要防火星落衣服上，小臂、腕、指掌舒张如白鹤亮翅，开合恰同舞姿，极富造型美。眯了眼睛，不时扬手掸掸，彩丝在额际秀发上缭绕，要多妩媚有多妩媚。

副师长酽酽感动。

征兵第一关是目视。

标准：男兵起码不丑，女兵必须漂亮。

后者除了军事审美、军营文化背景诸因素，其婚恋价值亦不可忽视。故而女兵必须漂亮乃军心所向，兵家常识。

林晓雁当兵纯属阴差阳错。

从她两岁多能记住一些零碎事情起，爸爸就是一个瘟神形象。爸爸打牌牌，牌牌上有星星，很好玩，但爸爸让哥哥摸，不让她摸。那天妈妈做好晚饭，烧了七八个菜，给她和哥哥每人一个橘子，说等爸爸回来。爸爸很晚才回来，肩上的黄牌牌没了，换了领子上的红牌牌和帽子上的红星了。又是让哥哥摸，不让她摸。爸爸挺高兴的样子，说吃吧。她和哥哥早就瞄好了鸡腿，一人握了一个。爸爸暗了脸，先给妈一眼，又盯着她。她毫无觉察，低头横撕竖咬，开心极了。妈用筷子拨开她的鸡腿，她才看到爸爸打鬼子的表情。爸爸训妈妈，女孩就这么调教？这以后，妈管她管得严了。电视里演《锦上添花》，她和哥哥笑得前仰后合，哥哥直跺脚，她只不过拍膝盖，妈却说她，咧那么大嘴，没个笑相。妈把声音拧掉，让她坐好，膝盖并紧，微侧，才让接着看电视。妈也管哥哥，爸爸规定不准说谎，不准偷东西，妈妈加了条不准骂人，哥哥就这三条。她只一条，要有个女孩相。可这一条，比那三条说多多少就多多少。

爸爸很快得到报应，领章帽徽被揪了，家也被一群戴红袖标的人乱翻乱搬。妈劝爸，咱过去是农民，大不了回去还当农民。林晓雁冷冷地看着破败的家，不敢咧大嘴哭，为保持女孩相。爸爸终于未逃过劫难，离家两个月，送回来时睡在一只小匣子里。

妈妈带着小兄妹回了乡下。

那天，在村口桥头上排列一根根树桩似的泥巴条，把桥面夹得很窄。从窄隙中走过，一声口哨，树桩们喷泉般滋出水柱来，接着发出呼啸，树桩们十几根跳起来，嗵嗵嗵嗵翻桥栏扎下水，水面上转眼冒出十几个男孩头。男孩们抖着头上的水上了岸，赤条条一个个细腿大肚子，围着问从哪儿来到哪儿去。她有些知道臊了，捂了眼睛，心里羡慕死了。多个小鸡鸡，男孩们多自由。乡下女人也有自由，生了娃，女大人光脊梁，垂着两只袋似的大奶子奶孩子，喂猪喂鸡。

红袖标从城里淹到乡下，村里青年人上山砸娘娘庙。林晓雁跟了看热闹。

乱哄哄中，转花娘娘的铜心，被林晓雁抽了。人们原指望掏到金心，结果连镏金都不是，扫兴之余往泥块上吐痰浇尿，为革命画句号。

那天上午，在屋后蓖麻地里她手握铜心，做了件对她自己刻骨铭心对祖先也算惊天动地的壮举。她怀着无比圣洁的激情，以一个男孩子的气度，站立着进行了无论如何均可视为变革的那桩事。她的男孩梦遭到惨败，男孩子鼓着小肚皮站着尿哗哗的冲天豪情，她一点儿也学不来。她嘤嘤哭，好伤心。

她开始连篇累牍地回味过去，回味女人的滋味。她发誓，过去的生活如果能重过一遍，她一定要掠夺式地享受女孩的一切，再也不做男人梦。村里人又张罗筹款修娘娘庙了，林晓雁交出转花娘娘的铜心。

当她跟着妈妈、哥哥迁回到城里东张西望、眼花缭乱时，当她降了一班与小弟弟小妹妹坐在中学教室并得到“猿人”的绰号时，她才悲哀地意识到，陡然的社会起动，男人向前跨出了二十年，而女人则大大跃进了半个世纪！

爸爸的旧物归还了，箱子里贮存的是虫蛀的光荣。补发了一笔可观的款额，一分为三。妈妈的一份为爸爸补交党费，还乡下的欠债和人情，重整家业。哥哥义无反顾地追寻青春。古来历代统治者哀叹由俭入奢易，由奢入俭难。哥哥用一个月时间赶上了当时中国家庭现代化的先进标准，妈妈对他的期望也由恢复父亲声威降到不触犯刑律。

磨难给林晓雁的启悟质朴无华：女人的本分是做女人。时间能弥合创伤，财力能缩短时间。只一分钟，她就不再称泡泡糖为口香糖，一星期就能有资格当上班级泡泡糖协会的财政部长。星期六晚上她跑了两家发廊，回到家，她的容光焕发着实让妈妈眼仁烁亮。服装的奥妙在于新款式与人的和谐，她劳动获得的健康美只消强化活泼成分，服装设计师遇到好身段、好模样主顾时的构思冲动与职业兴奋自不待说。一个学期过后，她由“猿人”一跃而为第二“校花”。又一个学期，她以优异成绩由初中二年级直接升入高中一年级。女家庭教师打包票，只要林晓雁不分心，考取名牌大学肯定不在话下。然而不分心又谈何容易。男生递条子，献殷勤，继之请吃饭，送礼物。而这些男孩的家境并非能从容支撑这般的慷慨。她怜悯他们，又因之怜悯女人。她大彻大悟，原来女人的辉煌与荣耀，相当的程度上是男人用权力和金钱赞助的。女人梦寐以求的性别平等理想，却不断地被自己的虚荣心和自我陶醉所断送。

出于对自身利益的关注，林晓雁对女性自我完善问题的兴趣一发不可收。大学对于她，过去是一种模糊的荣誉，现在则是定向发展、自我完善的一个阶梯。她承认现阶段在最高智商创造领域女性与男性的总体差距，但她对与此极不相称的巨大社会分工差距更为不平。她要为全世界现在与未来的女人证明，女人，尤其是漂亮女人，她们的素质与潜力，足可创造比当妻子、当演员、当模特、当秘书、当公关小姐、当慈善单位头目、当显示比例的各种代表、当一般政府部门负责人要大得多的奇迹。

妈妈晚期肝癌的确诊，对林晓雁产生了连锁式的打击。一位行将离休的爸爸的老战友两口子到医院探望。妈妈落泪说，两个孩子将来有难处，只好找你了。老战友慨然说，何必将来呢，现在我说了还算，老大我给你带走了。妈妈说，丫头行。老战友开玩笑说，可得漂亮哟。正议着，林晓雁下学提一兜水果进来，老战友夫人拉过晓雁左看右看，喜欢得不行，说，就定了。妈妈特别高兴，说，雁儿，妈想听《木兰辞》。朗诵是“校花”的拿手好戏，晓雁当即挨着妈仰面背。念到“阿爷无大儿，木兰无长兄，愿为市鞍马，从此替爷征”一句，哥哥低了头。“东市买骏马，西市买鞍鞯，南市买辔头，北市买长鞭。旦辞爷娘去，暮宿黄河边，不闻爷娘唤女声，但闻黄河流水鸣溅溅。旦辞黄河去，暮至黑山头，不闻爷娘唤女声，但闻燕山胡骑鸣啾啾。万里赴戎机，关山度若飞。朔气传金柝，寒光照铁衣。将军百战死，壮士十年归。”晓雁音调渐缓，渐悲，老者皆垂首。

男人的职业向林晓雁招手，她想起转花娘娘。

楚副师长赶鸭子上架，林晓雁担任了纠察队队长。利用相对封闭环境中男性官兵的女兵崇拜心理，重整和修复参战部队的战后秩序与纪律——林晓雁对领导意图下了定义。

第一天执勤，王军有情况。林晓雁带小胖子和路小羽。纠察队自身形象不能让人笑话，三人相互检查了着装。纠察臂章佩在左臂，手枪挂在腰带右侧，十指交叉，将白手套绷妥帖。最后一道工序戴上钢盔，气昂昂要出屋了，都说对方钢盔戴得有毛病，也都以为自己才是标准。镜子一照，彼此彼此，都像日本鬼子。在前线图实效，盔檐压得过了眉毛，戴着安全稳当，可不好看。摆弄再三，却原来与平日戴军帽一个诀窍，男兵适度前压方威风凛凛，女兵加大仰角显英气飒飒。怪不得前线钢盔像每人咔嚓了不少，回来再看没一张能满意的。这下好了，也只有在大后方，女人才能学会为自己戴钢盔。仰戴的美感在于炫示发型，挺耸胸脯。钢盔的盔形不适于仰戴，仰戴好看不好受。女人戴钢盔，必定要付出代价。

楚副师长和杨科长已等在营门，手里抓一把纸条。副师长说："等你们来，黄花菜都凉了。"

小胖子说:“我们在后营门查呢。”

副师长问:“我们的林队长,是吗?”

林晓雁说:“副师长亲自这么问,我有一种被纠察的感觉。”

副师长笑:“你们纠察,你们纠察。对,后门也要把住,狗小子们后门也能溜。”

小胖子说:“不是狗小子们,是家属院来的官们,后门不纠,前门难察。”

“很好,很好。但狗小子们也别放过。”副师长回过味来,双拳架在屁股上仰面笑,笑累了,猛然一掌拍在小胖子钢盔上,拍没了眼睛,更笑得响。

小胖子扶正钢盔:“上梁不正下梁歪,副师长先要解决自己的前门问题。”

“别乱说。”杨科长给小胖子递眼色,又低语副师长:“天窗开了。”

“他妈的,老头子了。”副师长折过身去,下三路弄了几下,回身抻平衣摆,笑着又要拍小胖子。

林晓雁正色道:“队员路小羽。”

“到。”路小羽右手夹值勤登记簿。

“请记。”林晓雁旁若无人,“副师长楚天禄,军容不整,经提醒,扣齐全部裤扣。该同志作为领导干部,服从纠察,态度诚恳。”

杨科长伸手要本:“我看看。”

副师长扯住杨科长:“好,丫头们,就这样子,一丝也不能给我苟。刚才有个狗小子,戴墨镜骑车子给我蹿了出去,叫没叫住,你们给我盯着,犯到我楚老头手里,就别拿马王爷不当三只眼。”

路小羽:“就别拿豆包不当干粮。”

小胖子:“就别拿土地爷不当神仙。”

林晓雁:“就别拿苍蝇不当肉。”

全系副师长的口头禅。笑声中有几声怪嗓子,传达室门口台阶上坐三个伤兵,拐杖靠墙,晒太阳。副师长给伤兵们每人甩根烟,沿柏树墙拐弯开路了。

大门清静下来。两个门卫笔挺地戳在那儿，眼睛横着向里瞟三员女将。空气中弥漫着杨树毛毛的臊甜味。蓝天上有尖锐的白烟带在伸长，两道，前面两个亮点。路小羽扬臂伸了个懒腰，军装内的腈纶毛衣噼啪发静电。

烫发伤兵喊："姐姐，来坐。"

小胖子说："叫姑姑。"

马脸伤兵叫："姑——"

小胖子答："唉。"

两个伤兵接着："——娘。"哈哈笑。

小胖子噔噔过去，腰身两边撞撞，嵌中间坐下，说："我是你们娘，她俩是你们姑。"

烫发伤兵问："熏不？"眼波投向路小羽。

小胖子推开烟盒："又戒了。"取钢盔下来，扣伤兵膝盖上，锵一响，金属声。小胖子说："我✕，骨头挺硬。"

两伤兵一齐用拐杖敲腿，当当，金属腿。另一个光头伤兵憨笑。头一仗炮一响，他就手舞足蹈，至今憨笑了两年多，地方不收，家中不要，医院也不好治，由他憨笑。

林晓雁和路小羽也过来。马脸说："我认识各位姐姐。567·2 高地，你们抬我下来的，雷炸的，倒下来头又拍石头上，眼肿成一条缝儿。"

林晓雁想想，说："左腿？"

马脸说："两条都没了。"

小胖子从烫发嘴缝里拔出烟卷，浓浓嘬两口："你比他强，十一路去十，还有一路。"看路小羽。

林晓雁问："以后怎么过？"

马脸说："姐姐你得先问今天怎么过。"

小胖子说："就说今天吧。"

马脸说："昨下午睡多了，早晨两点多就醒了，叫醒他俩说笑话。

笑到四点，饿了。抓阄儿，谁输谁下地。我输了，摔了两个马趴，走廊里挺响，连长披衣服出来，背我上厕所。又睡到天亮，连队出操，我们俩到猪圈练假腿。”

路小羽问：“干吗猪圈呀？”

烫发说：“猪不会笑。”

马脸说：“吃完早饭，又叫上另两个，一个瘪了个眼泡，一个少了只爪子，光傻笑。商量罚我二十块，撮一顿。”

林晓雁说：“二十块吃个屁。”

马脸说：“这位姐姐，看谁吃。你们三个去，真只能吃屁，还是凉的。我们四个，专进大饭店，上雅座，经理亲自敬酒，弟兄们足开。喝得满脸红烧肉，还是好人多。晃晃悠悠回来，都说，再干这事，王八蛋。”

林晓雁笑：“今天又要王八蛋了？”

马脸续了根烟：“哪呀，今儿换个撮法。狗眼手脚利索骑车先去打场子，十点文化宫会合。你们也别等他，我们都侦察连的，找连长方泉，说四大金刚，名姓都现成的。”

小胖子冲林晓雁撇嘴：“方泉。”

林晓雁佯作没看见，说：“金刚银刚我不管，我只管凭假条放人。”

烫发说：“姐姐，这话咱们这么说。姐姐们对我们有恩，我们不能没良心。你打个电话叫我们连长来，我们当他的面闯大门，没姐姐们一丁点责任。”

小胖子说：“凭这点儿人味，我们队长就会发善心。”

三伤兵看林晓雁。

路小羽说：“还不快滚。”

三伤兵哈哈笑，说：“滚，滚。”架拐运腿，风摆荷叶竟行走如飞。

假日，副师长安排男兵纠察，让女将们喘喘气。林晓雁插电炉烧水洗衣服，嗕嗕嗕敲门进来路小羽。

林晓雁故作不悦：“又来淘金？”

路小羽说:“喏,这个。”

林晓雁接了果丹皮,剥纸填嘴里。路小羽扔给何媛一根,何媛躺床上点点细腻白皙的下巴,说:“我不掏。”路小羽说:“随便你。”

林晓雁坐马扎上没动窝,路小羽挨她蹲了,胳膊搭肩上,两手爱护珍品邮票似的轻拈耳垂,说转过一点儿。对正了光,向耳眼里检视,额前刘海拂到林晓雁脸颊上,林晓雁笑痒。路小羽说:“别动,有个大块儿的。”掠了掠头发,拈下根卡子,圆头捏指肚里温了温,探进耳眼里。两人全身凝固,路小羽手极轻极微地动。何媛旁观,不由得也随着入境。

路小羽酷爱为人掏耳朵,爱得成了享受,故此常被女兵们讹买路钱。林晓雁眼睑轻垂睡眠一般,舒服的感觉全游在耳道里。路小羽温软的鼻息在她耳鬓柔抚,心都要羽化了。路小羽掏瘾大,掏技也高,轻重深浅恰到好处。林晓雁自己掏,常常耳痒钻喉,勾出很锐的咳嗽,路小羽绝不可能让你咳嗽,反能掏得你周身融融,灵魂出窍,你恨不得全身长出一百只耳朵让她化了你!

两个耳朵净完,路小羽用棉签清掸了耳轮,面颊送一个香吻,林晓雁方活过来。一个大片,若干小片。路小羽把战利品托给林晓雁看,得意非凡。若把大块掏碎,路小羽会气得不吃饭。

路小羽谢了林晓雁,再奖一根果丹皮,蝴蝶般飞去寻找新的花朵。

林晓雁还没从掏耳朵的陶醉中恢复过来,衣服也不晾了,斜仰床上闭了会儿眼睛,终无睡意,又睁开看粉白光块里万千尘丝在腾挪游走,想大概漠漠宇宙就如这模式。看得眼疼,又觉何媛在斜睨自己,那目光的质感在脸上近乎静电。就不自然也静不住,信手摸了只皮囊,揉了揉,扽了扽,对着嘴呼一下吹了个柚子形,又两口呼呼扩成西瓜形,红气球胶质的厚薄与透明度呈不均匀分布。再向大里吹,气越促,声越利,红莹莹明闪闪一盏大灯笼,耀了满屋绯红。林晓雁涨红着脸,掐紧气球嘴,啢啢换两口气,欣赏自己的作品,又腾出只手,勾了手指蹭球面，其声铮铮，如琴弦绷到极限临断之绝响。林晓雁再鼓胸撮嘴，粉腮由凸而凹，竟把登峰造极、岌岌可危之状态一口紧一口向绝处逼。

何媛在球体薄得不能再薄时捂住视线。

一个红梦崩溃的音响如玉瓶乍裂。

何媛移开手，又一只皮囊在林晓雁嘴上升胀。过程还是那般，千辛万苦营造起来，在绚烂已极之时听个绝唱。炸得小了皱皱眉，炸得大时眉宇间有快慰之色，特大时嫣然一笑，还瞥何媛一眼——何媛大炸大惊，小炸小惊，一惊一呼，反给林晓雁壮了声威，使劲摁摁腮，越发不住手了。

林晓雁对何媛没多大恶感，但对这个新调来的同屋人有意保持距离。何媛没参战，部队返回后，由外面调来，并由护士改为医助。这不是了不起的变动，但填补了一名干部编制，小胖子等几个女兵便少了个进身位置。林晓雁的感情向小胖子等人倾斜，与何媛当然不便深交。

敲门声中止了林晓雁起爆第九个气球。侦察连通信员受连长方泉委派，给林晓雁送橘子，说连长值班，不能亲自来。

“放门口吧。”林晓雁裂了隙门缝。屋内晾衣绳上搭了些小装备，门户不对外开放。

“首长，我走了。”小战士从门缝中消失。林晓雁把橘箱拖到墙角，碰上门，嘟哝：“狗屁川橘，酸死人。”

何媛说：“我这箱漳州蜜橘，无核，特甜，跟你换。”

林晓雁不想平白受这好处。

何媛说：“我想吃酸的，真的。”

林晓雁想想也是，何媛丈夫从铁路托运来橘子，何媛塞床下，一星期没动。两人各得其所，捧了躺床上。看何媛痛快淋漓地大嚼酸橘瓣，林晓雁放了心，动手剥蜜橘，果然清甜。何媛那边，已弃在地上莲花状的三张橘子皮，又在对付第四只。酸橘子的汁液能吞咽得那么嘹亮，林晓雁颇为妒忌。回想那鬼日子，用刺刀开罐头，用牙咬啤酒瓶盖，壮怀激烈，个个拉开有今天没明天的架势，哪还管牙齿的今后。可好，落了个怕凉又怕酸，最怕听水泥地面拖铁锹，顶怕看电话兵用牙咬电线头。

吃完扫地，按女宿舍通例，何媛只扫了中心线己方半边，又回床上侧倚，面对林晓雁。这是要聊天的咨询姿态。既然殷殷的眼光已递过来，林晓雁不好再满口橘香地对人家矜持。

林晓雁托起腮，友好一笑先争取主动："你一定能吃醋。"

何媛却笑道："吃醋是为了消化爱。"

只这一句话，林晓雁相谈恨晚："我这个人不大吃醋。"

何媛道："那你一定善于使别人吃醋，要不你是酿醋的，反正咱们女孩离不开醋。"

这比掏耳朵更触人舒服穴，林晓雁已经喜欢上何媛了。何媛这孩子模样讨喜，小嘴巴鬼机巧，奉承你漂亮出众，听了又不夹生，而且由俊俏女孩说出来，这种审美认可的起点就令人鼓舞。

林晓雁不形于色道："醋造不了，我会相面，你信吗？"

何媛歪着头："我差一点儿信了。"

林晓雁忍俊不禁："我看你呀，有个好父亲，你父亲读过私塾。家境还可以，不是大穷大苦人家。你爷爷呢，善于理财持家，对你父亲要求很严。这是因为你奶奶生你父亲不久就去世了。你爷爷续了弦，后娘对你爸不好，这是促成你父亲很早参加革命的主要家庭因素。"

何媛惊叫："真神了。"

林晓雁说："其实只根据一个字。"

何媛说："酸？"

"不，媛。"林晓雁表情郑重。

何媛想了想，说："冤人。"

林晓雁说："媛，爱女嘛。人之常情，父亲宠女儿，母亲疼儿子。你父亲给你起这个名，肚子里得有几两墨汁。家境太好，你父亲又不容易离家出走，既供得起上学，又不值得太留恋。军队老干部常常更看重儿子并严格要求。对女儿也不大娇惯，起名‘远征’、‘红英’、‘胜利’、‘和平’、‘小宁’的女孩，每个大院能抄出一大把。你父亲能背道而驰。必非此不能表达心中大爱。有大爱者，必有大坎坷。大善大恶之人，多自小失去母爱。”

何媛始信服：“不过，这是解字，不是相面，而且，我也能说你的底细了。”

林晓雁激她：“喊！”

何媛神秘兮兮地望了片刻，说：“我不说，说破了不好。也没意思了，比如你有股杀气，你可以说我是先知道的。你吹红气球，我也不说，反正上前线以前你不这么吹，对吧？你激我我也不说，说别人可以，你点谁我说诶。”

林晓雁点：“路小羽。”

何媛断然说：“她和男人发生过关系。”

林晓雁大惊：“不可能，小孩儿特老实。”

何媛道：“这和老实没关系，也不叫坏，好人也有很多的好法。”

林晓雁扫兴道：“小胖子呢？”

何媛躺正了，双臂垫在脑后，望定天花板遐想道：“她呀，正失恋呢。”

林晓雁哎哟一声，掉身脸埋在被子上，肩背凉粉似的颤悠，哎哟哎哟笑个不休。看着笑够了，抬脸同何媛一照面，趴回去又颤抖。

何媛说：“林姐，女人的感觉有时比事实还真实。”

林晓雁撩泪道：“怎么我感觉不出来？”

何媛说：“退化了呗，比如某种经历过后，男性感觉增强，女性感觉钝锈。别惊讶，她的失恋与你有关呢。”

林晓雁说：“我可不拆人家台。”

何媛说：“你也不可能意识到是拆台，你们是同一个人。但她在单相思，单相思是一种不可替代的眼神。”

林晓雁出了一回神，一笑："不提这了，再问你一个人，双姓，人可。"

何媛说："名媛。"

林晓雁坐起身，对何媛的感觉束手无策。

何媛沉吟道："我嘛，不想瞒你，我当兵整个一个误会。三个哥哥都当了，爸爸也让我当。还要大满贯，三个嫂子也是兵，我命定也找一个兵，一个班的军官，老头神气了，节假日每回都要训话，作报告。我根本不想搞医，想随我妈，当个学者，著书立说，东游西逛。我妈是搞文化人类学的，平平庸庸，老了，白内障挺严重，过两年就退了，不知碰响哪根筋儿，一下子开了窍。咱还说感觉。那天回家我悄悄上楼，想跳进书房吓她大吃一鲸鱼。探头一看，不得了，老太太合目静坐，满面灵光。感觉告诉我，大器晚成就这模样。老太太积累了一辈子，厚积薄发，一个学科冲撞，催发了她全新的开花期。我立时傻了，一个多小时就这么过去了。渐渐她脸冷下来，长长吁出口气，咕咚咕咚喝尽一大缸子水。我才喑哑着说，妈，祝贺你。"

林晓雁黯然："你真幸福。"

何媛敏感地："不谈我了。"

林晓雁说："没什么，我想起了我妈，走了六年了。往下说，我听着好感动。"

那天夜里，何媛同妈妈睡在一起。确切地说，是躺在一起，各靠了三个枕头，床头柜上摆着维夫饼干和鱼片，母女俩谈了个通宵。母亲的思路有如老人的步履磕磕绊绊，但每个脚窝都饱蓄了过来人的丰厚和力度。母亲阐述，女儿复述，修饰。观点是母亲的，语言是女儿的。她们从原始社会的母系氏族起步，吟唱人类社会的摇篮曲。阶级社会是男人炮制的，母亲并不否认马克思主义关于生产力决定生产关系、经济基础决定上层建筑的学说。母亲说，人是生产力的主要因素，而从事物质生产的劳动力主要是男人。田与力结合，男字的内涵就是生产力。男人以自己的强悍力量和上升为占主导地位的劳动创造，先在母系氏族的坟墓上耸立起父权的纪念碑，继而又以多余生活资料分配和占有的利刃，在纪念碑上刻下阶级社会的碑文和血字。数千年以降，碑座几度更易，坚固的铁锭取代了绿锈斑驳的青铜，蒸汽机的动力则将整座纪念碑抬升到无以复加的高度，人类可以轻而易举地由碑顶攀上飞速旋转的月球，并在试管中制造出与我们一模一样的同类。男人并非独家经营但却首屈一指的历史建树，在撰写雄性英雄主义史诗的同时，也掀开了关于天堂和地狱的新的编年史。原始资本积累的血腥旗帜，更鲜明冷酷地为男人挂上统治者与被统治者的标签。劳者不获与获者不劳的铁斧，将男人的创造与男人的权力彻底劈开。集野心、贪婪、自私、自大、好斗、残忍、险毒、阴谋诡计、尔虞我诈等等人性负面之大成，男人的权力从未像近现代这般需要以血祭旗。男权从人的本质上就是攻击性，就是战争。而作为人类之母的女性，无论归于统治阶级还是被统治阶级，在总体上被男权视为生产工具的不公正地位丝毫没有改变。对资产阶级关于共产主义是要实行公妻制的诋毁，思想天才马克思在《共产党宣言》中高声宣布："问题正在于消灭妇女被当做单纯生产工具看待的地位。""不言而喻，随着现在的生产关系的消灭，从这种关系中产生的公妻制，即正式的和非正式的卖淫，也就消灭了。""代替那存在着阶级和阶级对立的资产阶级旧社会的，将是这样一个联合体，在那里，每个人的自由发展是一切人的自由发展的条件。"

夜凉习习。何媛紧紧偎着母亲，汲取无可替代的温暖熨心的母爱。母亲苍凉的独白飘漾在极远极远的天际，女儿听了毛骨悚然。男性化社会的滚动惯性，日甚一日地对占有与征服失去约束。以刚烈勃起的不加节制的贪欲驾驭地球，人类的末日指日可待。男权主义必须紧急制动。男权已从发展的大力神沉沦为毁灭的恶魔。

女儿问：出路在女权主义？

母亲答：不，绝对不。

人类再不能愚蠢地把命运交给单一性别，并为其建造万世不朽的纪念碑。人类不能失却男性的伟大进取精神，又要以女性的温柔情愫与平衡心理，善待和保护自身，善待和保护自然。

朝霞把金光镀上远山远树，东半球的人类新一天逐渐明朗。母女都无倦意。一部合作的专著已经有了雏形。

“这篇专著，由妈妈出观点，主要由我执笔。于是，那天早晨，我向妈妈提出，叫爸爸给我动一动单位，并由我挑选。我就来了这儿。一是想为第九章《女性对战争的隔膜、参与及双向影响》充实些材料；二是，嗐，不用我说，考考林姐的感觉。”

何媛掀开被子，平平躺直。

林晓雁如坠五里雾中，躺着能有什么文章？各个角度搜肠刮肚，脑子快速检索，腾地坐起来。同屋近两个月，何媛没“倒霉”。她蹬鞋两步蹉过去，牵何媛手坐床边，轻声问：“几个月了？”

“再两个半月，就……”何媛柔情地笑。

“看不出呀。”林晓雁真不是奉承身段。

何媛笑着笑着，喉音一哽，泪水大滴大滴下来。林晓雁慌说，好好的，别哭哇。不说还好，何媛伏她肩上恸声更哀。林晓雁鼻子酸酸的，说，好何媛，有我呢，别哭，要不，对身体也不好。手轻轻抚背，埋怨：“也不早说。”

何媛鼻音闷闷：“原想到这点个卯。和妈说好了，产假半年，再给我多疏通年把，孩子带稍大一些，主要想把书写出来。老单位挺好，但休这么长假影响不好，才想到来这儿，事情一过，再调回老单位就是了。可你们都不答理我，我这人也好胜，你们打过仗，有资本，我工作再落你们后面，不更笑话了。你们怎么干，我也比着干。肚子沉了，有时赌气想，做了算啦。心里很矛盾。”

林晓雁两手扳住她的肩：“你就裹住自己，是吗？”

何媛手伸进睡衣，解开腹带，腰身显得宽松多了。

林晓雁说：“我真恨你。”

何媛又孩童般破涕为笑：“林姐，你摸，小腿还蹬呢。做过 B 超，男孩儿。”

四大金刚又撞到纠察队枪口上。

狗小子们屁股后边冒烟，坐出租车呜地刹在大门口。红白相间的横杆拦住了路，未经值班室准许，非军车不得进入。

烫发伤兵摇下前门玻璃，探出头喊：“哥们儿，给爷升杆。”嘀嘀嘀摁喇叭。

卫兵说：“老大哥，行行好吧，您抽我这包烟，绕后门进好吗？”

“×你妈新兵蛋子，裤衩没穿破两条，老子喝的水比你见过的河都多，老子身上的弹片你背都背不动。”

卫兵不敢吱声，墨镜狗眼下车要动手升杆。

“我看你升。”林晓雁带小胖子到。

四大金刚乖乖下车：“姐姐们忙呢。”

“是不是看我们没察可纠？”小胖子背手吆喝。

“姐姐别亲自生气，我给您训他们。”烫发转过身去，“啊，你们三个怎么搞的。”

马脸也咋呼：“你们两个咋尿搞的。”

狗眼跺跺脚：“你××怎么搞的。”光头憨笑。

“是呀。”狗眼自导自演，“驴日的我怎么搞的，吃饱撑的，尿泡憋的，拉屎塞的，我还不打我等什么？”嘴上咬去真手的手套，扬手朝自己脸上抡，手掌带着风而来，手到头低，风继续走，巴掌落在烫发后脑勺，叫：“看我还捣乱不。”

林晓雁折身捂住嘴笑。

狗眼说：“好了，姐姐亲自笑了，下次你们放老实些。”又对卫兵：“他妈你笑个蛋。”

烫发向小胖子进贡一支烟：“小羽呢？”

小胖子撇嘴：“又有什么东西，交我好了。”

烫发打个犹豫，说：“没什么。”

四人钻横杆要走，出租司机摇发票本喊：“给钱呀。”

“记账。”狗眼打头，光头殿后，中间两个东摇西晃。有个起嗓子：“爷们是——预备——放。”一个说：“别××号。”就没号。

司机说：“女首长，我跟你要人。”

林晓雁说：“那个卷卷发的，回家联系工作刚回来。那三个接他。你忍心收他们的残疾金？”

司机说：“不给钱，我就堵这门。”

林晓雁说：“师傅您看有没有商量，我的钱包您拿走，肯定不够，月底您再来一趟。”

司机说：“得了吧您，我从老外身上黑回来吧，有您这句话就行。”拧钥匙滑走了。

卫兵说：“首长，屋歇吧，那四个大哥一回来，别人就小小不言了。”

小胖子说：“也是，其他都是苍蝇了。”

林晓雁征询：“我去下侦察连，一起去吗？”

“我才不去呢。”小胖子无所谓得不自然。林晓雁心里一动，“跟你说个秘密，你的事。”

小胖子红了脸：“我没秘密。”

林晓雁说：“骗你小狗。两个月后，就有位置了，千真万确。”

小胖子低头踢石头。“还有王军、路小羽。”

林晓雁说：“现在就有个名额，你们仨给谁都不好，扣在干部科了。等那个位置一空，马上能提两个，我负责找政委、副师长。你们每人都有百分之六十六的概率。”

小胖子说：“剩谁都不好，抬担架有前有后这事别有前有后。”

林晓雁说：“何媛她人还不错，你不答理她，我跟她一屋就也别扭。等下了命令你再答理她，人家会说你什么？”

小胖子快人快语：“我这就找她。”三步一蹦两步一颠，两轮肥臀滚得生动。

侦察连队列训练景象不凡：新兵训老兵。老兵身板不正，普遍驼背，要领都懂，就是挺不直。有几个自我纠正，背靠篮球架立柱，双臂在脑后反扳住立柱，看看直了。一松手，又弯。四大金刚少了一个烫发，余的三个坐马扎看热闹，说，姐姐，来坐。林晓雁说，有事，找你们连长。马脸说，别表扬我们。林晓雁问，这几个吊什么？狗眼说，钻猫耳洞钻的，成天腚朝上，一个个虾米腰，三两年哪能掰直呀，毛病在骨头里呢。马脸说，掰不直也得掰，留下当战争种儿。

林晓雁进了屋，烫发伤兵忙擦泪让座，说你们忙。林晓雁说，你跟连长谈完，我坐坐。

烫发接着说："反映也没屌用，连长你点个头，我上访闹到北京去。"

连长说："气话。"略迟疑，"也是个办法，行，咱们现在就在北京了，这就挂电话。总机，我是师侦察连方泉，对，请跨军区给我要通长夏地委书记办公室。……嗯？请问你上过前线吗？是为一个伤残战士，谢谢。"

林晓雁问："搞什么鬼？"

方泉摆摆手："地委总机吗？请接书记，那就秘书长吧，他贵姓？好的。"

——哪位？

"吴秘书长，我是残疾人基金会方秘书，有件事通个气。"

——嗨呀，叫我老吴好了。

"是这样，有个军队同志，在前线有战功，现在要退伍回你们地区。"

——欢迎欢迎，大致什么级别，想到哪个部门？

"是个断了左腿的战士，已经初步安排在服务公司的收费厕所。"

——喔，不像话，很不像话。领导同志有什么话？

"是这样，老吴，还没报告领导同志。"

——唔？战士啊，恐怕地委组织部不接手。归行署退伍办管。

“我们也这么想，可战士的连长投书上去，新闻单位要发内参，清样送了我们一份。”

——方秘书，发内参也该问问我们。

“所以我先打个招呼，稿子没说这么分配不行，只从国防意识角度作些分析。”

——对，对。我可以负责任地向你表个态，你的电话一到，这个问题就已经解决了。请通知这个战士，带档案来找我好了。

剩两个人在屋内，方泉局促不安：“你倒是给个话呀。”

林晓雁说：“又是结婚结婚结婚，烦死了。”

方泉挨她坐下，床咯吱一响，“我真爱你。”她哼一声：“爱我什么？”

他说：“爱你的气质，你的风度，你的心眼，还有……”方泉出了一脑门汗，掏手绢要揩，又把脏布团揣回去。

她说：“我想编本《男人约会一百答》。回答‘爱我什么’的正确答案是：爱是说不清的，爱是没有思路的，爱是没有理智的，我一塌糊涂地爱上了你，爱就是爱，不要问我为什么，没有你我就完蛋，你就是我的一切，我爱你爱得发疯，我爱你爱得吐血，连你的缺点也爱。”

方泉用袖口抹汗：“没错，缺点也爱。”

林晓雁问：“我的缺点是什么？”

方泉说：“有点任性，买不必要的东西，让人下不来台，吃零食……”

“猪脑子！”她嗔责。

“你的缺点是不让我亲你！”

方泉猛抱住她亲脸蛋，脑袋乱晃，幸福得喷粗气，又扳她脸要接吻。她推开他，说：“行了。”

他说：“不行，不吻不让你走。”

她说："我喊。"

他说："喊到我嘴里吧。"

林晓雁说："要卫生，拿茶叶来。"

他说："是。"也嚼茶叶。

她说："君子动口不动手。"

他说："我不乱抱乱摸。"

她说："十秒。"

两张脸贴得像电影上那样屡见不鲜而无创新。方泉抱住她，她没反对表示。静止。窗台麻雀喳喳叫。热水瓶塞没堵紧，吱吱漏气。操场上训练的兵们怪叫，战壕习气一时去不了根儿。

"够十秒了。"林晓雁脱出，双手向后抚头发。

"才半秒。"方泉又要凑。

"老实。"她傲然逼住他，自己挪开些间隔。

"又买了一盒红气球给你。"方泉拉抽屉。

"女人通常喜欢男人无端地献殷勤，但不能笨拙。女人更需要男人反对自己。"林晓雁懒洋洋说。

"这不是你的话。"

"何媛语录。她对做母亲很神往，而我不想要孩子。女人们受过的罪我不想再受。考虑这些问题之前谈结婚，对我们俩都早了一些。"

方泉满脸惊叹号。

集团军：

将我师组织营区纠察队的情况报告如下：

一、组建经过

部队返营后面临严重局面，战后松劲情绪及各种思想问题同时出现，加之繁重的恢复秩序，评功评奖，伤员评残及安置，烈士家属工作，人员休假，装备维修保养，干部调配，骨干调整与考学，地方慰问，收缴私存子弹，计划生育突击宣传，兵员补充，师团领导一度处于被动应付状况。成立纠察队的想法在这时形成。

我师野战医院“火线八姐妹救护队”以林晓雁同志为首的四名女同志(另四名保送入校学习)主动请缨。我们考虑个别战士在“战争能释放期”不服从管理,最初拟从师教导队选拔二十名思想好、作风正,擒拿技术过硬的精壮男军人来担任,并配备警棍、麻醉枪、防弹背心等必要自卫器械。后又考虑到女军人没在前沿直接参加残酷厮杀,发生心理变态的概率较低,军人举止和自身模范作用均较男军人为优。又况且撤回后女兵急剧超编,比参战前超编数(战中骤减)高出百分之六十七点二三,女兵人浮于事。于是同意了林晓雁等同志的请求,于三月十日正式上岗执勤。我们在鼓励她们大胆执法、严格纠察的同时,从生活上给予关心。每人发一双女式军皮鞋,三副鞋垫,“白又嫩”防晒护肤霜五瓶,进口变色太阳镜一个,“舒而美”手套两副,《女性防暴速成拳法》人手一册,每月营养补助五十元,极大地鼓舞了她们的士气。两个半月的执勤实践表明,她们实现了自己的诺言。

二、几点好处

1.战地救护队转为军营纠察队,鲜血凝成的花朵结出硕果,参战军人普遍有感恩思想,对她们尊重,服从纠察,保卫科掌握的几个防事故重点兵也说:“要闹到别的地方去闹,别跟姐姐过不去。”

2.女兵文明执勤,说话和气,以理服人,有利于改变男兵在战斗环境养成的说粗话、骂脏字和简单粗暴的习气,促进“五讲四美三热爱”活动的新高潮。

3.干部家属、小孩倚恃特殊身份违反营院管理制度、不听从劝告的现象得到根本扭转。过去个别家属不服从管理,稍有接触就反诬“耍流氓”。女兵敢说敢拦,无所顾忌。对个别小孩的无理取闹,也能起到震慑作用。官兵们称赞说:“骚狐狸碰上了女武松,小野狗咬不过母老虎。”战士们说的“母老虎”,是善意的褒奖,从另一面歌颂了女纠察队员的威严。

4.丢失物资大为减少。部队赴前线期间,当地老百姓随意出入营房,物资丢损严重。纠察队带枪执勤,老百姓进入营区人数和损失数字均下降到历史同期最低水平。

5.节约了大笔经费。节约项目有:原定二十人执勤开支;铁丝网维修费;纠察人员与被纠察人员冲突医疗费;与地方纠纷赔偿费及就餐费,非驾驶人员开车罚款及事故赔偿费;处理地方告状信件的邮政费,等等,总计比纠察巡逻前费用月均减少十四点二七万元。

三、基本做法

1.在增强责任感与荣誉感的同时,充分开发女纠察队员的心理优势。提倡一个"狠"字,树立强者意识,像憎恨敌人那样敌视歪风邪气。强化一个"柔"字,树立自尊意识,既微笑执勤,以柔克刚,又抵制挑逗、讨好和请吃请喝,不以法徇私。凝结一个"冷"字,克服同情意识,对参战与不参战的一个样,对伤员与其他人一个样。

2.平战结合,将纠察成采与前线战果统一衡量,同参战者荣誉挂钩。违纪者主要是参战人员,普遍存在"仗打完,功到手,吊儿郎当无所谓"的想法。我们赋予纠察队"三黄五红"的权力,即一个人三次严重违纪受到纠察,纠察队亮黄牌警告,五次者出示红牌,三等功降为嘉奖,二等功降为三等功,收回相应份额的奖金差,作为纠察队补助。对于无功者,实行"三蓝五绿"的加分制,即遵纪守法、协助纠察队反对不良倾向突出者,三次给予蓝牌,受嘉奖一次。五次绿牌,可记三等功一次。

目前,已有两人得到绿牌,在指战员中引起强烈的反响,说:"纠察队有了'三五牌',功臣没了挡箭牌,无功的也不是'永久牌'。"

四、经验与不足

1.必须坚持党委的坚强领导。(略——作者)

2.认真清查和收缴弹药。我们认为,即使纠察与加强管理不致激发矛盾,对私存弹药也不能掉以轻心。纠察队查住了一个陌生男人。此人系林区工人,私自收购子弹,从一个炊事员手中高价收到十九发。炊事员受到严肃处理。纠察队女兵与各地战士联系广泛,她们向保卫科、军务科建议,对家在林区草原有打猎条件的战士重点收缴子弹,对家在水乡有条件炸鱼的战士重点收缴手榴弹、炸药、地雷,对家乡使用压水井的战士重点收缴发射药筒(制作压水机管道),对家在城市、有收藏爱好的重点收缴迫击炮炮弹(掏除炸药的除外)。根据这个分析,保卫科密查暗访,掌握了十一个线索,又发出有奖献交、不交严惩的公开号召,共有十二人献交,成效显著。

3.多途径开辟宣泄渠道。纠察队在月份小结时发现,前一阶段出问题最多的某单位,有一星期时间异常平稳,此后又回升。调查结果是这个单位参加了一次救火,我们主动与公安、消防部门联系,请他们执行重大追捕、灭火等任务时,及时打招呼,给我们分配一定的任务和人员名额。粗略概算,执行这类任务后的"心理平稳期"或"心理满足期"分别为:救火,七天。追捕,九天。死刑现场执勤,十三天。纠察与疏导相结合,掌握了控制节奏、释放能量的有效阀门。

4.由于女兵纠察队是个创举,有些做法尚不成熟,缺乏论证和理论高度。鉴于纠察队的突出作用与成绩,三名女队员均拟提升军官,但没有名额,不利于长期稳定队员思想。

以上情况,请批评指导。

摩托化第××步兵师

豪雨如注。

营门外与林晓雁并立的路小羽问:"你说什么来着?"

林晓雁说:“晚饭汤喝多了,小肚子有点不幸福。”

路小羽说:“憋得住吗?”

她俩喊着说，并不担心站门岗的四个男兵听了去。黑雨浇击雨衣，如有万竿老竹崩断在耳边。仲夏黄昏的残光被淫水从天上拽下来，溅着泡沫湍泄进公路两边的排水沟。他们的膝盖不由自主地下沉。雨太沉了,他们和大地一道扛着雨,扛着夜。

师里副参谋长导演最后一次彩排。三节大电池的手电穿雨阵射过强光,路小羽行举手礼,半面向来路、半面向营门的林晓雁挥动红绿手旗,动作准确,干净。

“好!”副参谋长用手提式喇叭喊,“调整哨及格。”

营门至招待所路两侧，以小胖子为左队队长，以王军为右队队长,全副武装两列女兵一字排开。这些大部分没上过战场的卫生兵和电话兵,经两天突击训练,临阵磨枪,不亮也光。

军长车队到。

雨衣在三分钟前一律脱去,由事先安排好的士兵取走并回避。门灯路灯大亮,钢盔映碧彩,雨丝泻水银。首车距五十米处,林晓雁举红旗示意注意,绿旗横指,刷,刷,刷,车辆鱼贯驰过,嫣红色尾灯投洇在雨花灿然的水亮路面,折射出遥远而空灵的意象。钢盔激起的水雾虚化了视线,水串不住地往脖子里灌。脊背和小腹对凉尤为敏感,像猿人打制石器,牙齿,嘚嘚嘚开始工作。

军长叫停,顶雨下了车。军长不用遮雨工具,陪同的师团干部也都保持一致。师里的活动安排,没有军长半途下车同女兵握手这个节目。军长从停车处向营门逐个握过来,问,冷吗?最后出门握到林晓雁和路小羽,新闻干事端家伙冲过来闪了两下光芒。军长还是问,冷吗?作战庆功大会上,林晓雁同军长握过手。她说,你一问就不冷了。陪同阵容中有人说,她们不怕冷。军长隐忍了好一阵子的怒火这下爆发出来。

“哪个说的?巴子攮的,男的都死绝了?好的学不会,尽巴子给我搞鬼。”

师长忙出面引军长进院。

军长说:“你这个说不怕冷的,巴子给我竖在这,我的女兵是站这个的吗?!”背了手啪啪踏水向里闯。师长指挥女兵撤回,自己去追军长。

罚淋雨的可怜人是师副参谋长。

女兵们长了脸,连笑带骂乱哄哄奔回宿舍,满走廊湿脚印。又提热水瓶端脸盆到锅炉房抢热水,再碰上宿舍门,走廊复归安静。

何媛不在。林晓雁擦净身体,湿衣服团在脸盆里,对着半身镜吹头发。吹风机开关推在低档,两臂架在头上操作。做了几个大浪,又在额前安置了三个卷发器,头发的功课大体就绪。用了些面霜,脸上点了六个白点,先保养手,翻动手心手背检查合格,再自下而上揉搽面部,达到预期效果为止。贴近镜子检视一番,翘小指剔去贴在酒窝处的一根眼睫毛。这时心情最好,她退后三步,半身像出现在镜子里。吊灯的顶光和台灯的侧光,柔和地、多层次地簇拥着她,她正过身又侧过身,仿佛在一页页掀看名模挂历。对自己她当然满意,侧看,粉嘟嘟的乳房线条冷峻。这不是她的过错,冷雨一激,这会儿一身的鸡皮疙瘩消退了,但皮肤凉而紧,削弱了女性皮下脂肪造就的松柔感。还有几个欣赏角度不能做下去,何媛在走廊吆喝姜汤来了。

林晓雁来不及地按健美比赛着装要求三点武装,毛巾被一围,端大缸子去打姜汤。何媛说,新兵冻得不轻,好几个屋的都两人暖一个被窝,姜汤也不来喝。何媛没见过林晓雁这么大动肝火,把可怜的小女孩们训得呜呜哭,喉咙一抽一抽,好招人疼。林晓雁回屋告她,过去拉练有过教训,俩女孩睡一被窝也要出事的。说完,林晓雁挨屋又检查一遍。

有汤喝就想吃东西,女孩吃东西就想扎堆,小胖子、路小羽、王军三个聚到林晓雁房间,不坐别人的床,马扎椅子胡乱骑了,膝盖上各拥了一个国防绿色军用饼干桶。她们床下都塞满了这类军用食品,男兵在前线没别的东西，孝敬女兵全是这些。其实眼下吃的是旧桶新点心，各有各的来源，心照不宣就是了。姜汤烫、辣，吸溜吸溜喝，香喷喷都沁了汗粒，鼻腔也一声紧一声地向上吸湿响。

何媛说：“孩子们，日子又变长了，往后可得悠着劲儿。”何媛提姜汤也全身淋湿，正背对大家在屋角收拾。

小胖子说：“我们队头儿的立功奖金还没花完呢，是吧？”她与何媛一秒钟和解后，午饭排队打菜时就在何媛前面夹了塞儿。

林晓雁对何媛的背影已看得呆了。何媛在椅背上搭湿衣服遮着，上身时伏时起。预产期的接近，腰身轮廓蒸蒸日上地进入暂时困难时期。但浑圆的肩背饱满放光，皮肤的细腻与色泽至少年轻了十岁。说话偶尔旋过身来，一对丰乳雪白如玉，结实的微颤中蓄满女人的情爱和骄傲。由暗褐胀成粉红色几近透明的乳头活力逼人，女人面对它们也要心灵轰鸣，那乳头就像彩烟灵动的火山口，一个生命对另一个生命的责任和奉献，就要喷薄而出，母亲胸前高耸着人类的全部辉煌。

林晓雁说：“何媛，转过来我们好好看看。”

这一说反倒不好意思了何媛，匆匆收场，套了肥大飘逸的娃娃裙回床上，平躺好，腹上放微型收录机，按出小提琴协奏曲《梁山伯与祝英台》，双手揉胸，做均匀深呼吸，才说：“女人命定的罪，想生孩子，又怕生孩子，早晚你们也躲不掉这一步。”

林晓雁说：“不一定吧。”

何媛说：“你们呢？”

王军说：“小胖子说过要生一堆。”

小胖子推她：“我×，那是我说的吗？我说我妈生了一堆。我妈说，头一个难生，后几个就没上公社医院，放个屁似的就出溜下来了。最后一屁两个，我姐，我。冤不冤，差七分钟她当姐，我当妹。这次探家，妈拉着我和小姐姐照相，师傅说，大的左边，小的右边。我站到左边。我妈说，你右边。我说，妈，我们在你肚子里，就一会儿她上边，一会儿她又下边，临出来时赶上她在下边，已经占了便宜，这会儿该我站左边了，师傅直笑。我妈快六十了，老脸还红呢，我姐也红了，彩色照片，真就红着照出来了。后来我姐单独跟我说，妹子，打炮没震坏脑浆子吧？我×，愣说我变了。”

何媛说：“你们这些杀过人的，应该多生几个找齐。”

林晓雁说：“卸胳膊卸腿倒不少，人没杀过。人家也不杀咱们女的。炮弹没眼睛，两边狙击枪手都专拣男的打。”喝姜汤喝热了，披的毛巾被掀开透凉。

何媛说：“林姐，你当模特准行。”

“是吗？”林晓雁也这么评价自己，起身走几步，回身，丁字步。众人笑。小胖子扯去她的毛巾被，黑头发，白乳罩，淡蓝的针织裤衩，美。林晓雁不饶小胖子，也去掀她的毛巾被。不约而同，都是裹了毛巾被来的。林晓雁与小胖子尖叫着撕掳，把路小羽和王军也卷进来，四人都没了遮挡。

转为相互舌战：“哟，看你的腿，出疹子了。”

另一个回击：“你看你自己。”

四个人的小腿上都现出红斑。于是不顾别人了，各自坐了，都弯腰抚弄腿，又拧麻花似的转看小腿肚子，有些慌神。说别是下酸雨弄的，把腿烂掉也未可知。

王军重新披挂各屋去问了，未见异常。而且何媛也吃了雨淋，照样白白嫩嫩两条腿。

毒草。旱蚂蟥。蚊子。红蚂蚁。雾气。

男兵烂裆，女兵烂腿。

腿上的点状疮痂脱落，疤痕浅浅地印着。冷水一激，再现了本色。

不情愿的纪念。

磨不去的烙印。

何媛安慰众姐妹：“暖暖就好了。”

林晓雁很沮丧：“可是不能让天不下雨吧。”

王军说：“裙子也没法穿了，划船腿泡水里，出一腿红点，把男朋友吓一跟头。”

王军说:“游泳也不能游了。”

小胖子说:“下池子人家一看,我X,艾滋病来了。”

路小羽满不在乎:“我看,每人找个炸掉腿的,啥毛病就都没了。”

“要找你找去。”小胖子又摸王军的腿,“说不定,咱们血里有毒了。”

“别瞎扯。”林晓雁不爱听,“我们总算还活着,我们该高兴才是,对不对?”

“唱个歌,大家都会的,小胖子起。”王军说。

小胖子说:“没情绪。”

路小羽说:“我来起,谁不唱是小狗子。注意:‘我们是害虫,我们是害虫……’预备——起!”

何媛干预:“太难听。”

本来也无人跟唱。林晓雁说何媛:“放盘好带子吧。”

小胖子说:“这半天不响,是不是录我们的说话?”

林晓雁说:“人家何媛是在搞胎教,咱们乱哄哄给搅了,小胖子尤其差劲。将来小孩会说话了,开口一个‘我啥’,教唆犯先揪你。”

“我提议。”路小羽起歌没人唱,又生出新主意。大家不重视她,你三言我两语嘈嘈杂杂乱扯一气。吧!灯灭了。乱叫。吧!又亮了。安静。

路小羽手牵灯绳:“我提议,我们每人,对何媛的孩子说句话,大家说好不好?”

奇思妙想。鼓掌通过。

“顺便问问,孩子现在是醒着还是睡着呢?”路小羽做鬼脸。

“醒着呢,拳打脚踢。你看,咚,一下,咚,又一下。”何媛惬意地承受内部作案。

“你有义务先使他安静下来。”小胖子来情绪了。

“这不难。”

何媛启动放声按键，《梁祝》复出。呈示部——相爱。梦幻般，乐起。在轻柔的弦乐和定音鼓微弱震音的背景上，长笛吹出清新秀丽的引子。故事在一片鸟语花香的原野上展开了。随着双簧管送出一段歌谣式的旋律，一幅秀丽江南的明快画卷徐徐呈现。在柔和的竖琴伴奏下，小提琴奏出温纯优雅和充满女性美的爱情主题。梁、祝相遇，山伯的美好形象，深深印在英台的心中。

何媛抚着腹部，无限柔情地说："孩子，你听见了吗？姑姑阿姨们每人要送你一句话。姑姑阿姨都比你妈妈强，她们到过很远很远的地方，又从很远很远的地方回来。将来，你也要走很远很远的路。妈妈只能陪你走一段，以后的路都要靠你自己走。那时你要想起姑姑阿姨们的话，妈妈就永远永远放心了。我的宝宝。"

王军说："到你十八岁那年，可能会有一位三十六岁的阿姨问你，你做了些什么？"

小胖子说："侄子你大胆地往前走。"

林晓雁说："我童年时盼少年，少年时盼青年。到了青年，我问中年人，你们是不是盼老年？他们说，最好问老年人。老年人说，怀恋童年。我没有现成答案送给你，也许一定要找出答案是人的迷误。我送给你的只能是祝福，红莲花般圣洁的祝福。"

路小羽呆呆地。

音乐低回。再现部——化蝶。长笛和竖琴重复开始时的引子。当年风和日丽的原野，而今却抹上一层神秘的幻觉，竖琴的琶音推出仙乐风飘之境。小提琴加弱音器重新奏出爱情主题，梁山伯与祝英台化作一对彩蝶，自由飞翔于极乐世界之中。

林晓雁揽住她的肩："小羽，别哭，啊？"

军长湿淋淋地进了招待所，在门厅站住。师长说："赶快进去换换衣服。"军长怒视地面："给我卷起来。"服务员连忙执行，走廊地毯卷放在一边。军长这才迈步，又回头说："那个巴子攮的还站雨里干啥？"

师长小心陪话："不是说……"军长瞪眼："我放屁也是香的？"

小餐厅吊灯煌煌，大圆桌上菜肴鲜丽，酒杯晶亮。军长围桌参观了一圈，说："打仗打出了新传统。"

师政委说："伤员没处理完，还算战争时期嘛。"

军长坐下，上身穿件白衬衫，脖子上有块疤。服务员轻盈斟酒。军长说："倒三杯。你们搞的菜，中看不中吃，我吃不饱。"

师长说："特意准备了刀削面，还有辣椒。"

军长打断："我这次来，三件事。一、看看你们班子的情况。先单个谈，师长政委各半天，其余每人两小时。然后我讲讲。二、围绕用作战经验指导训练改革，开几个座谈会，人员我临时点。三、到地方走一走。出去一年多，回来看看人家，作战部队回营，历来对地方骚扰不轻。地方领导那里先不要打招呼，我去看他们，走客拜坐客嘛。今天晚上的安排，把'5·17'战斗毛片放放，八点半开始。"

政委说："很乱，都是原始带子。"

军长说："就这样。干部花名册给我一份。饭后这段时间，我随便转转，你们不要陪。"

三杯酒，军长连着干掉。

"不欠账了啊。你们能喝就喝，我吃饭。"军长往大碗刀削面里浇醋，拌辣椒，用筷子搅，热气腾腾。

雨停了。饭后军长散步，身后只跟警卫员。转了转车场，值班员在位，哨兵听收音机，见穿衬衣的老头有兵跟着，都礼貌相待。又转菜地，雨后应马上浇水压一压，否则对菜不好。菜地没人，没有给军长提供传授技术的机会。猪圈是打着手电看的。部队工作扎实不扎实，猪会揭发。报表上存栏猪数很多，到现场一看净是猪娃，那就挤出水分了。有一处饲养棚亮灯，走近里面有人叫闹，军长前去推门，警卫员候外面。

"嗬，忙呢。"军长嗅了嗅肉香味。

三个喝酒的兵没起立，挪挪屁股让个空儿："老头，赞助一杯，来。”

假腿拐杖堆在炕边上。对伤兵，军长无可推托，脱鞋上炕，盘腿坐定。

“你找饲养员？上连里了。”马脸伤员说。

“你是骟猪的吧，还穿这么干净，越老越风流。迟到罚三杯，你自己倒，我没腿不能弯腰。”马脸给了只杯子。

军长说：“不会。”

马脸说：“闻你身上有酒味，随便你，少喝点儿。”

军长喝了一杯，涩辣。“这地方挺不错，就叫兵营酒家吧。”

“啥××酒家，瞎乐呵吧。”狗眼向军长举举杯，吱一声吸尽，“通知了，军长驾到，如果转到哪个连，要注意军容风纪，礼节礼貌，闲散人员不要乱跑，机关都到办公室加班，连队集体组织收看电视和唱歌。”

“那么，你们三个就被流放到这儿啰。”军长笑。

“我们自己说污染环境，连里给了两瓶酒，让我们喝到八点四十再回去。”马脸舌头发硬。

军长问：“看来你们都没见过军长。”

狗眼说：“我是军长他爹。”

军长开怀大笑，说，敢骂，敢骂。

“老头，吃呀。”马脸见老头爽快，递烤肉串请他吃。狗眼司酒，身边守个火盆，玉米核烧得红透，似有白得耀眼的亮蛇在炭中游弋。枪通条串的肉串架在盆沿上不时翻转，肉串吱吱滋水泡，水油滴进炭中，噼地一响就化作白烟，焦煳味。肉串醺醇的厚味。狗眼给一串，光头吃一串，吃完憨笑。狗眼说：“你小子也就拿我当爹吧，不跟着我，人家给屎也吃。”光头憨笑。

军长慢慢品嚼，夸奖：“嗯，蛮不错，肉嫩，味正，什么肉？”

马脸说：“骟猪的吃不出猪味？”

军长说：“倒是没骟过这味的猪。”

狗眼怪笑：“这叫猫耳洞烤小猪。”

军长喝劣酒上头，只咧嘴笑：“小猪？哈哈……小猪，红眼睛吧？”

马脸：“不错，红溜溜的。”

军长：“白毛？”

马脸：“灰毛。”

军长脸笑红了。“难道兔子不对？”

“你老儿呀，这把岁数白活了。”狗眼说话时，一只眼正视，一只眼旁视。狗眼下炕，光脚到饲料堆旁的大缸边，棍子杵进去搅两圈，一缸吱吱声。“是他妈的像兔子叫。”

缸底涡流般首尾相连一群灰家伙在旋。

巴子攮的，老鼠。

军长奇怪自己何以不恶心。火盆上香喷喷的肉串与这群丑陋的家伙，无论如何也画不上等号。中间环节的空白很重要。军长见过蛇，也吃过蛇肉。但有一次，厨师在餐厅当他和宾客的面，表演生剖眼镜蛇，并用血手抠出紫红的蛇胆兑酒。军长微笑着称赞厨师，但喉咙里像滴了蝴蝶虫挤出的绿汁，托词没沾蛇胆酒和美味蛇羹。

至此，肉串是不能再吃了，但也不能冷淡了伤兵的好意。军长又满饮一杯，怕坏肚子，没蒜就多喝酒。看看表，离八点半还有十几分钟。又问：“你们怎么负的伤？”

马脸答：“5•17 战斗。说了你也不知道。”

军长说：“听说那次战斗，军指挥员判断有些失误，上面要重新调查。”

马脸说：“你老头少问这些，好好劁你的猪，会划拳吗？”

军长说；“我看你们不愁，挺乐的。”

马脸说：“愁顶蛋用。车到山前就有路，找工作哪个敢奓刺，甩他两个地瓜，就轰开了。”

军长说：“酒瓶子怕不行喽。”

“那看怎么甩了。假如你是个官，好，我先跟你来客气的，这玩意儿一戳。”马脸把两个空酒瓶立军长面前，“小意思。你要是给白眼，咱就说，穷当兵的，前边转了一遭，没什么好孝敬的，真家伙倒有一个，请多多关照。”马脸两指一撮，向狗眼打了个脆响。

狗眼下炕，在饲料堆里掏出东西来，又立军长面前：“咱就说，这个分量够了吧。”

手榴弹！

军长勃然变色，取手榴弹掂了掂，厉声问：“还有几个？”

马脸警惕说：“你喝多了吧。”

军长说：“我要是安置单位的官，我就说，我也给你看一样东西。”军长两指从左胸兜夹出军官身份证，双手交马脸。马脸看完给光头，光头憨笑。狗眼看了，好眼里挤出一滴泪：“军长，你真忍心看我们赤手空拳回去呀？”

军长说：“还有几个？”

狗眼又掏来三个：“就这么四个，我们一人一个，你可以叫人搜。”

军长长叹一口气，说：“你们还嫌不乱吗？”

马脸说：“手榴弹是我的，跟他们没关。”

狗眼相争：“是我的，是我的。”

马脸怆然道：“再争，你们就害了我了。我一人上军事法庭，判我几年都行。在外面，看别人都有老婆，你们不是把我往死里逼吗？”

军长端酒杯：“都喝掉再说话。”

几只杯没碰，各翻进一条唇缝。

各师：

接军区紧急通知，人大召开在即，我集团军临时增加一名女代表名额。条件是：1. 参战人员。2.党员干部。3.不在医疗、计生和文艺单位任职。4.三十岁以下。二日内将候选人名单、职务及简历报军政治部。

政委批示：

我师曾担任战场主要方向防御作战任务，此名额不容旁落。林晓雁为合适人选，事实上已在担任军务纠察工作，原职务并无实际意义。我意，林晓雁任师司令部军务科副科长。师常委传阅后如无异议，当由我同师长向军长当面报告，并派车连夜上送任职报告(附上军长意见)。

四颗手榴弹，把方泉从侦察连连长的位置上砸下来，降成副的。师常委议定，多事之秋，头绪纷乱，怕一招不慎，全局被动，处分决定缓半个月宣布，由楚副师长先给方泉下下毛毛雨。拖一拖，也许会有转机。

与常委集体谈话，军长还说，女兵纠察队不是长办法，改成男兵算了。打仗用兵宜奇不宜正，平日带兵宜正不宜奇。治军不能用奇招，歪招，短招。奇无以制胜，歪无以压邪，短无以久安。团一级宜实不宜虚，师一级宜虚不宜实，师团有别。军长还说，林晓雁的任命，是树立典型的特殊做法，不可作为通例。

对女兵纠察队，师常委决定暂维持现状，到一个阶段，宣布营区作风秩序整顿大见成效，适时举行表彰和纠察任务交接仪式，使一篇文章有头有尾。

白脸便由楚副师长来唱。

晚饭的面片他没喝好，新闻联播边看边忘。处分谈话不好谈，不能带一点儿私人感情，例如，不能把上级卖出去，不能表示个人的保留态度。常常是这样，提升一个干部，班子就要发生一次泄密。处分一个干部，班子就要削弱一分团结。想好了四种谈话开头，副师长才动身去侦察连。兜里揣了两包烟。

隔了几排房子，侦察连火光冲天，人声鼎沸。副师长暗叫不好，祸不单行应着了。紧跑了几步，脑子里重复了几遍“119”，拐过弯，一颗心落地，靠了墙齁喽齁喽喘。娘的，当院点了一堆火，火丛呼啦呼啦一篮球架高，一群人围着起哄，女兵的尖嗓子比火还高，方泉狗小子的乌纱帽真戴腻了。

人围得密，好些家属也看热闹。副师长个儿矮看不进去，踩着压钢管篮球架的磨盘，脸上有了红光。

主持人小胖子宣布："晚会第三项议程，来宾致欢送辞。"

鼓掌。欢呼。打口哨。

一排桌子当主席台，烫发伤兵居中，左右是林晓雁和路小羽。司令部副参谋长和直工科长也在座。方泉把边。楚副师长想起来了，这是欢送伤兵退役，当晚十一点的火车，他下午批的派车命令，指定用唯一的一辆伏尔加小轿车送，送站人另坐医院的大救护车。侦察连的欢送晚餐，也请过他。要是往常他就来了，这次不行，酒席上少不了方泉敬一杯，喝得动了感情，谈话就砸了。谈话就想插饭后这个空儿，酒酣耳热人最仗义，方泉一拍胸膛，好汉做事好汉当，副师长您放心。想不到紧锣密鼓接上篝火晚会，看来一时半会儿收不了场的。

林晓雁代表来宾讲话，战斗友谊热烈欢送之类云云。家属们不听讲话，轰轰嗡嗡说笑。里圈的战士坐马扎认真听，医院和通信连几十个女兵在场，又是女首长讲话，男兵们目不转睛。篝火自下而上烧出灿白、橘黄、血红三层光色，隐隐眼球发干。

小胖子宣布第四项，远行的战友致告别辞。

全场肃然。篝火上端的火星一簇簇摇上夜空。

烫发伤兵由路小羽搀扶立起，自己站定，敬礼。兵们鼓掌喊，坐下讲，坐下讲。

"同肢体健全的人们比，我是不幸的。同长眠红土的战友比，我又是幸运的。要走了，昨天一夜没睡着，有很多话要说，谢谢这么多人来送我，我太激动了，人一多，有话说不出来，不会说了。"

兵们喊，慢慢说，我们听。

烫发伤兵说："太激动了，不说了。"

路小羽要过话筒："我代他说。谢谢亲爱的战友们来热情送行，他将永远忘不了这丛篝火和点燃这丛篝火的真诚的爱。负伤后，他在梦境里奔跑，爬山，游泳，很奇怪地问自己，我这不是好好的吗？从梦里醒来，摸着断腿流泪，问自己，人为什么要做梦。坐了三个月轮椅，终于站起来了，人还是人，一条真腿，一条假腿。唯一的自我安慰是，心是真的。那次他逛书店，假腿一脚踩到另一个男同志脚面。那人说，怎么回事。他毫无知觉，还踩着探头看书架。那人抽回脚，他摔在地上，爬起来抓那人胸口，骂，敢给老子使绊子。那人也不示弱，抓他头发，说看你这头杂毛就不是好货。不料一把将头发揭下来，是假发。露出的是烧伤疤痕。那人说，兄弟，我给你赔不是了。他非常悔恨自己，与人无冤无仇，打了一仗回来就报复心那么强，到底是对着谁？答案把自己都吓一跳。不针对具体人的强烈逆反心理，是在报复所有完整的人，报复置身于战争之外的人，报复和平！是组织安排，也是个人选择，他决定复员，走回和平。凭地委秘书长一张便条，民政局安排他在信访办公室工作。办公室负责人说，退伍军人和历次战争的残疾军人上访，都由你接待。他说，我没经验。负责人说，你的假腿就是经验。用假腿封这些人的嘴，难道不是……报复战争！他的假腿出了毛病，向传达室扬了扬残疾证，闯进假肢厂厂长办公室。厂长欣喜地打量他，说，到我的供销科来吧，我当过兵。你给我跑打过仗的部队，给我跑荣军院，给我跑残疾人组织。他说，以后战争停了，我会失业吗？厂长说，我有经验，打仗断腿的都在三十岁以下，假肢一辈子要多次更新，而且我正在开发电脑假肢，你将是第一个试用者，一场战争，最少能给我五十年活力．你的失业问题，过半个世纪再讨论，现在我们来谈谈你的工资。他说，还要问问未婚妻。厂长说，未婚妻一起来吧。他说，我打个电话。拨通信访办公室负责人，他开口说，见你的鬼去吧！”

全场欢呼如雷，篝火胆战心惊。

“昨天他回到部队，他的未婚妻很意外，但坚决支持了他，说，我们一起走。不管今后会怎么样，我们搀扶着，一起走。”

烫发伤兵流泪站起，与路小羽臂挽臂。欢呼声再掀一层惊涛炸雷。

小胖子哽咽宣布："欢送晚会改为婚礼狂欢，来宾们，战友们，男孩女孩们，跳起来吧！"

舞乐起。

路小羽和烫发伤兵双双入场，向林晓雁招手。林晓雁率二十多名女兵翩翩步入。方泉带入的男兵仅十余人，内中有四大金刚的另三个。掌声为乐曲击节，路小羽和烫发伤兵率先起舞，林晓雁与方泉随即旋转，小胖子邀了马脸，十余对男兵女兵进入旋律，把篝火卷得盘旋升腾。外圈男女兵击掌又跺脚。红雾浓浓烈烈，沸沸扬扬。

副师长的心越收越紧。王军这十一个没有舞伴的女兵脱了军帽，向烈焰环立垂首。这是"5·17"出击战斗誓师大会悲壮群舞雕塑群的不完整再现。救护队、急救所和通讯分队女兵向第一突击队敬酒，女兵个个哭成泪人。第一突击队队长方泉说，不能笑一笑吗？八姐妹救护队队长林晓雁挂泪而笑，与方泉搭臂。方泉说，不会跳。林晓雁不由分说移步领舞。一律女兵邀突击队员，路小羽与自来卷（那时不是烫发）结伴，小胖子王军等人各引敬酒对象旋入舞境。没有灯火，没有音乐，决死的男女勇士在南国黄昏的最后一抹余晖中蹈响生命主题，远处隆隆炮声为人的史诗奠定沉雄基调。篝火边女兵再次邀舞，十一个英魂化作火中凤凰。

兵的火舞似涟漪一波波漾开，第一波最里圈十一个女兵手牵手转动着恣意抒情，第二波路小羽、林晓雁与生存下来的昔日突击队员联袂豪放，第三波的外围男女军人且舞且歌，火红的氛围笼盖四野，战争与和平的交响轰击漫漫长夜。

副师长吞了两片降压欣，退出百步，拉开距离回头看，一朵火莲花。

预产期的临近，把何媛这个美人坯子的美学指数连降三级。面包脸。枣核体型。脚肿，换了大两号的布鞋。向外扩张的同时加强了对内压迫。脊椎尾部酸胀。胃下垂彻底改善。上厕所次数以小时为统计单位，一切向新生命礼让，膀胱的库存量像淤满泥沙的老水库那样缺乏商量余地。何媛说，女人一生丑两次，一次是衰老，一次是生孩子。

何媛原定预产期的半个月之前回家，为了送路小羽而推迟几天。晚会后，她坚持送站，说颠颠有好处。站台上十几个女兵起码流了一公斤泪，三两涕。她正面拥抱路小羽的欲望，被一条不安分的坚挺生命给阻隔。路小羽从侧面吻了她，塞给她一件婴儿红兜肚，上有手绣五毒图案，能镇邪，孩子立得住。她和林晓雁零点多回到宿舍，洗洗涮涮至一点，躺下又说了好一会儿话，情绪渐渐平复。何媛睡觉多一道工序，同小生命商榷睡姿。这时的母亲是个魔方，旋来转去，跟小家伙的感觉碰对了，才能得安生。

不是三点多就是四点多，何媛呼，林姐，林姐。像有敌情，林晓雁掀开被子拉灯绳，两只脚准确插进拖鞋。

“我破水了。”何媛很镇定。

“怎么办呢？”林晓雁还捏着灯绳，没经过这阵势。

“给我雨衣。”何媛指床下。

林晓雁为她身下垫好，说：“我去叫人。”

“别离开，我怕。”何媛抓住她的手。

林晓雁一手握她，欠身拖过电话，抓听筒唤总机。话务员随叫随到，声音粘。院长老人家迟了两分钟接，一听情况，说，你等着。哐！

阵痛发作。

林晓雁说“攥紧我。”

何媛摇摇头：“不那么严重。钥匙在左衣兜。存折在中间抽屉。桌上那封信，你保管。”

翻过信封正面，两字：遗书。

林晓雁说：“别胡思乱想。”

何媛说：“女人的生死之关啊。万一到了保大人还是保孩子的关头，好林姐，你替我说，要孩子。”

林晓雁鼻子发堵，忍住说：“傻话。”

何媛说：“我怕死。但我现在有两条生命。如果不得不做出保留哪个的选择，我情愿放弃外面这个躯壳。我小时候做过男孩儿梦，男孩儿多勇敢呀。现在才知道，男人把死看得悲壮，是因为他们一生只能死一次。我们，女人，却注定要死两次。男人痛苦时最诚实，他不喊爸，却一口一个妈呀，喊着母亲能减轻痛苦，女人还不伟大吗？”

林晓雁问：“好些了吗？”

何媛说：“给我掏掏耳朵好吗？”

光线不好。

何媛又说：“吹红气球吧。”

林晓雁把一只只吹亮的气球扎住，挂在灯绳上，何媛笑得安详，像遥望一盏盏童话。

老院长呼哧带喘敲门。志愿兵司机的家属来队，让老院长好找。又临时抓来两个兵。

外送来不及了。老院长吩咐司机开车拉陈医生取器械，让一个兵跑步叫司药，另一个兵随便哪儿找两个小灯泡。林晓雁不等分派，黑咕隆咚跑出去，跑回时套了白大褂，取来无菌单，消毒药具，急救包，氧气袋。心慌，手抖，说话气短。

洗手的老院长说：“稳住些。”

林晓雁还是抖，为何媛做消毒时手忙脚乱，在战场急救所给伤员锯腿也没这样过。老院长戴胶皮手套刚就位，何媛一声痛叫，产道口撑出婴儿头顶。产钳和吸筒都没送到。老院长指导何媛运气，运力，借阵痛之势配合，婴儿头部露出，但脐带缠住脖子。器械到。老院长熟练处理，手一托，婴儿炮弹般滑出来。

鲜红液体同时喷出。

大出血！

遗　书

娘：

请允许我不称呼您为妈咪。善良之女人，可为天下之母。我与您将要合作的那本书中，应当有这句话的一席之地。而母字，膗胀的框架中的两颗心脏，正是我现时的形态与状态。

我状态极佳，构思的进度突飞猛进。腹中的胎儿赋予了我无穷无尽的灵感，这使我坚信不疑，怀孕本身就是一部书。同时我还坚信不疑，怀孕期的超常精力能超水平地推进著书立说的效率和质量。可惜前期理论与资料准备极不充分，在最佳创造期我只能从事单一的生命创造。然而，这一发现也令我激动不已。我日记中的议论部分稍加整理，便是一篇不算太差的论文：《怀孕，最辉煌的生命体验与创造高峰》。一则体坛科技内幕消息给我浇了一瓢凉水，第二十三届奥运会，美国黑人选手阿什福德以十秒九七摘走女子百米金牌。消息披露，谁也不会料到，还有一个人应当与她共享这块金牌，这就是与她同时到达终点的她腹中的那个婴儿，创造佳绩的生理原因是，孕妇心率加快，每分钟血量的输出可增加百分之四十，摄氧量也因此大幅度提高。

现代社会，应该一致谴责占人类半数的男性们贪天功为己有的自私心理和血缘意识。女性呕心沥血乃至死去活来创造的活泼生命，被男人不费吹灰之力地据为自己的血缘光荣。男人以极度的欢娱，参与了新生命的共创，而后就在灵与肉上无所建树。他们的再一次欢娱是收获，趁完成生命分裂的女性尚未完全活过来，便抢先在婴儿的臀部打上自己的姓氏烙印。诚如您所言，现今人类社会一切不幸的性别根源在于权力男性化和男人女性化。在姓氏继承上，我为未来开列的配方大致有三：第一步，按照对等原则交叉继承，子从母姓，女从父姓。第二步，由子女在适龄阶段自主选择，并将名置于姓之前，变姓名为名姓。第三步，师承天地，回归自然，实现人的符号的自然化。为此，我的儿子叫：何明。明者，日月同辉。

保卫乳房！——我以人类的名义警告新一代女性。有位哲人说，人类的世界就是女性的世界。我要说，现代人类生殖崇拜的最高标志就是乳房。动物界将美集中于雄性，例如雄狮的长鬣、公鹿的角架、雄孔雀的尾屏，雄性之美为交配权投射了神奇光轮。造物主对动物与人类一视同仁，人类却立异标新并独树一帜，在两性均衡发展中把女性美推到了巅峰。这其中不乏男性的欲望与审美自私，但为塑造乳房的浑圆健拔之美，千百代女性付出了难以置信的代价。自乳房隆起，女人遵循月亮环绕地球的周期，定时交纳血的利税。女人的再造能力日益加强，直到能负荷两条生命，才把中止流血的营养积累输入子宫，输入乳房。乳房里储存了人体美的精华和密码，只有乳房能与未来对话，只有乳房能调节人类的走向，也只有乳房能唤醒人类的良知。在这个师，我不止一次听说，敌对的双方冷枪手一旦发现被瞄准的胸膛耸立着人性之峰，战争在这个局部便悄然熄灭。步枪，乳房，二律背反。

构思中不断冒出胡思乱想。儿子在腹中挥拳动腿，我忽然想到《西游记》中孙悟空钻到铁扇公主肚子里大动干戈。有个朋友要出国，我请她给我儿子捎一支玩具手枪，要最现代最昂贵的。朋友很守信用，到达的当夜就跑了几家大商场，并连夜打回电话道歉。在这个第二次世界大战主要战败国的所有玩具商店，见不到任何玩具武器，枪，坦克，战斗机，军舰，一概没有。店员很客气地对朋友说，小姐，您第一次来这里吧？朋友对我说，媛子，不要怪我哟，人家的眼神简直是看教唆犯，教唆犯?！这话好耳熟。我翻书柜，翻大学笔记，最后在卡片中找出来。在《精神分析引论新编》一书中，您不大喜欢的那位弗洛伊德说："只有一种东西给母亲带来最大的满足，这就是她与儿子的联系；母子关系的确是存在于人类中的最完满的关系，并且最没有两极性。母亲将自己所有实现不了的抱负野心，都可以转移到儿子身上，并且希望从他身上获得她仍残留着的所有男性情结实现的满足。甚至，在妇女成功地将丈夫视为她的孩子并且对他扮演一个母亲的角色之前，婚姻都是不稳固的。”妈咪，您一定会十分高兴，因为女儿完全站到了您的立场上，对这个弗老家伙不仅仅是不喜欢了。事后也纳闷，我这个人不大爱恨人，但对弗的敌视，竟如他扒门缝偷窥了我洗澡。我再自问，如果我没什么怕他看的，何以激愤若此？于是我启动录音按键，录音带在等我说话。我向您说过，我现在有超常的创造力，我的灵感不可遏止。屋内就我一人，我像面对测谎器，把自己一剖为二。我要求问者必须恶毒，答者必须坦诚，不得有丝毫隐瞒。

问：你是女人吗？

答：我认为回答这个问题是对你的低估。

问：你尊重女人吗？——注意，正面回答，不要反问，也不要迟疑。

答：无比尊重。

问：有没有超过尊重的特殊爱好，譬如同性恋？

答：没有。

问：你怀孕后做B超检查的目的是什么？

答：鉴定婴儿性别。

问：如果是女婴，你作何处置？

答：刮掉。我丈夫同意。

问：男婴呢？

答：那就要。

问：你尊重女人吗？

答：……要知道，人工流产是我的权利。

问：正面回答，你尊重女人吗？

答:尊重。

问:女婴是女人吗?

答:有区别。

问:女婴是女性吗?

答:是。

问:你尊重女婴吗?

答:……

问:这么说,你喜欢男孩?

答:是的。

问:可以说为什么吗?

答:男孩聪明。

问:聪明为了什么?

答:干事业。

问:就算他能成名,假设他要出国领奖,允许一个亲属陪同,在他的父亲、母亲、妻子三人中,你认为谁去最合适。

答:母亲。

问:理由?

答:我为他付的代价最大。他的成功就是我的成功。没有我,就没有他。

问:你准备用自己的乳汁哺育儿子吗?

答:不准备。

问:如果他的妻子要陪同出国,你是何感想?

答:这绝对不可能,我不允许。

问:母乳哺育婴儿的好处你知道吗?

答:影响容貌,加速衰老。

问:儿媳妇不服从你呢?

答:让她离婚。

问:你爱看什么书?

答:人物传记。

问:佩服什么人?

答:俾斯麦,拿破仑,斯大林,毛泽东,巴顿,铁托。

问:你尊重女人吗?

答:……

问:你模仿过男人解小便吗?

答:……

问:你想当皇帝吗?

晴天霹雳。五雷轰顶,我忘了被问了什么,也忘了回答过什么。唯一的感觉是洗澡时被人偷看了。我蒙头痛哭。腹中的一只脚把我踢过来。门外没人,窗外没人,我什么也没失去,什么也没被人看去。我洗了脸,淡淡上了妆,一切还和原先一样,我还是个女人。

亲爱的妈咪,为我祝福吧。预产期的脚步我已经听到。我惊恐不安又渴盼汹涌地等待这一天。如无意外,我将会回到您身边生下小宝宝。儿子的拳脚功夫很可能提前打出水晶宫。女人是不容易死的,我的悲壮感也许多余。但孕期最后阶段的创造情绪空前高昂,想到孩子一蹦出来,半死不活的我就要一身虚气,多么没胃口,也要一口一口地喝不放盐的鸡汤,一只一只地吃鸡屎味的鸡蛋,我就忍不住地握起笔。为了写书顺利,我很可能再次怀孕,脱稿的当天就上医院流产。这值得。

问爸好。吃鱼时叮嘱他慢着点儿,门诊部为他取过三次鱼刺了。

女儿 媛

方泉不再吸烟,哗地拉开抽屉,当面一张林晓雁的大照片。方泉一件一件往桌面摆。指南针,匕首,指挥旗,作业夹,口令本,花名册,手枪:“就这些,交谁?破连长,我干够了。”

副师长只看照片，不看桌面：“不要冲动，你还年轻，一个人一辈子要经受各种考验。总顺顺当当，也没劲。”

方泉说：“老营长，我不怨你。四个手榴弹，降我一职不冤，两职也没话说。但我不明白，当兵的怎么就成了洪水猛兽。上前线，好酒好烟供大爷似的，弟兄们，弹药能背多少就背多少，管够。子弹当钉子用，钉地图，钉编织布。手榴弹炸野猪，炸老鼠。回来就换了脸谱，枪械室双锁，报警器，五天一大查，三天一小查，干吗呀，战士又不是敌人。”

“这话，跟我说说也就算了。”副师长说，“我当连长时，抡战士耳光，骂他祖宗，他老老实实给我夹着两个蛋子儿打立正。现在你敢？真一人一堆子弹，他不突突你？”

方泉说：“我现在是连副了。”

副师长说：“党委还是信任你的。又没说再给你派连长来。沉住气，憋住屁，不吭不哈。闹过头，就没人同情了。是不是这个理？”

方泉说：“我是看您的面子。”

副师长说：“我没面子。你的处分决定，我也投了赞成票。我还给小林投了一票。你先有个思想准备，你降一职，她提一职，原先你正连她副营，现在她正营你副连。早知道比晚知道好。我个人，还是希望你们好下去。”把照片递过去。

方泉痴痴接了，半晌不语。

副师长说：“想开些，也没啥。”

方泉说：“说实话，没她，我才不死争第一突击队长呢。我打仗，给上边打，也给自己打。说这些都晚了，算了，算了。”

副师长说：“我去跟她谈，看她敢不要你。”

方泉说：“我还用她要？我先不要她吧。将来也好受不了，让人指我后脖窝，这是谁谁谁的男家属，趁早好离好散。”

副师长愠怒：“放屁！”

方泉说：“老营长，您别发火。这事，您真不懂。”

“我不懂？”副师长说，“你们年轻人花哨，我不管。你要给她使了坏再蹬了，你看我怎么治你！”

方泉说：“您要真想管，我可以说实话。”

副师长点烟。

方泉说：“我要说得占理，我俩的事您就别管。”

副师长吐出烟，不耐烦了。

方泉说：“搂过，亲过嘴，就这些。”

副师长说：“这就占理？”

方泉说：“我全兜底吧。在高中，我谈过恋爱，上军校后吹了。也亲过嘴。那女孩特纯，小鹿一样，亲嘴时，舌头在你嘴里乱转。”

副师长说：“这么可爱，怎么不要了？”

方泉说：“又转到别人嘴里去了。再跟您说林晓雁，亲她，木头似的，舌头一动不动，没反应。我心说坏了，打仗打木了，女人味打没了。”

副师长吐口痰：“呸！你。”

方泉说：“女人变男人，男人变野人，我见她买红气球，以为她喜欢，就给她买过好几回，心想女人嘛，喜欢小玩意儿，有点生活情趣。前天送伤兵和路小羽，我领几个兵帮路小羽抬箱子装车，顺便去林晓雁屋坐了几分钟。你猜纸篓里面是什么？破气球。玩哪能这么快。晚上我躺床上，好像也看她躺床上，噗，吹起一个气球，吧，吹炸。再拿一个，噗，吧！半纸篓呀，让我用机枪打，也得打半小时。”

副师长说：“玩嘛。”

方泉说：“哪个女人这么玩？心不是铁的能这么玩？玩炸气球，我的妈，这是欣赏毁灭。”

副师长又叼了根烟，哆哆嗦嗦，三根火柴吸不着，摔下烟，碾上一脚，不说话走了。

大出血的何媛蜡人一般，血压下降，脉搏微弱。老院长当机立断，救护车吊着血浆急送急救中心。

林晓雁留下护理婴儿，副师长家属也来帮忙。果然是个男孩孩。肚脐打个结，同母体告别。消毒，包扎。温毛巾擦净小身子，垫好尿布，林晓雁用毛巾被裹紧，扎了带子。擦身子时，副师长家属让卫生员搬来体重磅，六斤七两。婴儿的嗓子与身材不成比例，哭声感天动地。奶粉，奶瓶，都现找了来，奶瓶烫过，用电热杯煮奶。有奶喝，婴儿哼哼着嘬，一口气下去一百八十毫升。饱了就猫一样乖，小鼻翼一鼓一鼓，睡。

天亮了。副师长家属让林晓雁睡觉，她照看孩子。林晓雁困糊涂了，倒下就睡，睁眼到了下午四点多，弄不清上午下午，翻个身又睡着，七点多睡透。起来，见屋里打扫得干干净净。婴儿又喂过三次。再睡。药房的冰箱搬了来，存进鲜奶。

副师长家属炖了只老母鸡，给林晓雁吃。

林晓雁说："我可不是产妇。"

家属说："我就爱看你吃，吃吧，多吃。"

九点，熄灯号响。林晓雁催了又催，副师长家属嘱咐了又嘱咐，才回去。

两个床并在一起，婴儿在内，林晓雁在外。林晓雁歪着身子，仔细端详。婴儿肤色通红，皮肤皱紧，活像小老头。仿佛对刚刚光临的世界充满恐惧，紧闭的双眼凸起两个肉泡。如果有人不相信人是猴变的，看看新生婴儿就够了。小家伙的猴相，林晓雁谈不上反感，也谈不上好感。容貌出众的何媛生这么个东西，她觉得很不可思议。副师长家属把脏尿布全带走了，婴儿身边摆一摞干净的。奶也灌在奶瓶里了，喂时用热水温温即可。

呱呱，婴儿大放悲声。林晓雁放下书，温了奶喂。婴儿喝几口，吐开奶嘴，继续悲哀。林晓雁闻到一股酸奶味，嗅嗅婴儿嘴，嗅嗅下面，忙解开襁褓，一泡白屎粘在婴儿的两腿间。处理完，再换净布裹了，又看书。哪看得下去？婴儿不会说话，擦过的腿还不皲巴巴的？她躺不住了，兑了温水给婴儿洗屁股，再包好，把着奶瓶喂，忙了一个多小时。有些烦，过惯了单身生活，上班照料病人，下班只照料自己。小家伙倒领情，猴脸上全是心满意足。眼依然闭着，喝奶蒸了些小汗，胎毛蓬蓬松松，人相渐浓。

嗷——婴儿脸上一股白色喷泉。嗷——又一股。吐奶了，满脸，鼻孔，耳朵，都淹了。用枕巾一阵揉擦，妥当了。抱起来，婴儿打了个长嗝。牛奶胀气，把奶顶了出来。接受教训，再喂完，抱着拍半小时嗝，打透了，再平躺。好在林晓雁白天睡足了，兵来将挡，水来土掩，一个个危机也无师自通地搪过去。能独自维系另一条生命，烦累中有一份小小自豪。

清早副师长家属带干尿布来接班，林晓雁像见了大救星。又是浴着满屋的太阳味，美美地睡了个热觉，把太阳穴都睡疼了。再接班，觉得婴儿不像了。盯着琢磨了一刻钟，是皱纹的密度松开了些，皮肤的红色深度也稍减，真是一天一变。任何东西都怕放在身边盯着看，越看越顺眼，越看越没毛病，直到看成自己生命的一部分。副师长家属再三交代，孩子哭时拍一拍，不要抱，越抱越放不下。林晓雁忍不住抱起来，分量很轻。把脸贴近，细软的小呼吸像羽毛摩挲，林晓雁从面颊一直痒到心尖尖里。这么点小东西还能呼吸，过多少年还能长成大人，想起来怎么可能呢，但一代代人就是这么趟出历史的。

蓦地，一种有别于呼吸的异样感觉在脸上津津拂煦。是脸上目力不及的汗孔感应到的，同样是目力不及的极微极微的小静电在朗诵。林晓雁转过脸，呀，婴儿睁开眼睛，睁开眼睛了。林晓雁“哦——”一声咏叹，只觉一丝清纯的情愫荡气回肠。小瞳仁精气神儿足极了，乌亮乌亮，小双眼皮，令人神醉的长睫毛，一张小脸石破天惊，立时把英俊秀气、风采这些好词都给耀得黯然失色。小眼睛没有一点儿杂质，也没有焦距感，透过林晓雁的眉心，向远处投射，就像在沟通几亿年前的宇宙。

林晓雁简直是在呻吟：“嗽，小宝贝。”

小宝贝被宠委屈了，神一定，脸一皱，口一张，哇，高分贝地挤眼泪。林晓雁忙拍摇：“噢——噢——不哭啊，不哭啊。”林晓雁忙下地煮奶。光顾高兴，到喂奶时间，奶没煮，更没晾温。煮得快，凉得慢，赶时间放凉水里冰，嚓一声，奶瓶裂了。

林晓雁慌了手脚。勺喂不行。管饲也不行。口对口喂，脏死了。拍两下给小宝贝止哭，林晓雁自己却要哭。急得满屋子转，啪，一道闪电，墙上的军用水壶撞进眼仁。用奶嘴试了壶口，军用水壶真设计绝了。烫壶，烫奶嘴，重新煮奶。

小宝贝以食为天，饿过时间，拍抚和哼歌都不买账，只哭着抗议。可还得十多分钟林晓雁才能给他喝到嘴。林晓雁下意识地许愿，这就吃。这就吃，不知怎的就撩开睡衣，用热毛巾擦擦乳房，慈母一般把小宝贝抱在胸前，嘴里念叨不停，这就吃，这就吃，婴儿不顾一切地含住乳头，小嘴咕唧咕唧作响，吞咽的是自己旺盛的口水，却暂时地得到抚慰。

林晓雁沉浸在陶醉中。婴儿强有力的吸吮，一下紧过一下。酥涨的感觉像一柄刮刀，由乳房向里剖，五内俱化，六神失控，躯壳像颓墙般大片大片崩溃。她呼吸急促，面颊潮红，喉间啃啃，化入无我梦境。

林晓雁抱婴儿凭窗伫立。

西天樱红，大太阳在混沌大气层作用下，周边旋舞锯齿状火焰，隆隆下跌，触淡青远山，溅射了一世界的岩浆，有如硕大红莲花。

怕余晖刺眼，林晓雁离开窗口，婴儿号啼，回窗前，遂止。

婴儿要看太阳。

色彩递减，樱红——曙红——荷花红——珊瑚红——宝石红——橘红——酱红——紫红——暗粉——黄灰，太阳将戏法变完，缩进山的缺口，给幽紫的夜空喂了一把水晶，星星们乱眨眼。

婴儿哇哇要那霁红的火球，小脸哭得红如太阳。这是要林晓雁的命，任什么都行，就这太阳摘不来，拿红铅笔圈了一个，婴儿不承认，洒泪向天歌。

有爱就有太阳。

林晓雁两手罩在嘴前，说太阳来了。鼓气，轰，轰，轰，真吐出个大太阳，灯光辉映，满屋玛瑙红。婴儿乐，手脚缚着，头乱动。林晓雁把红气球吊窗户上，转手又吹圆一轮太阳，婴儿越发鹅鸣般笑。一连吹了四个，储备告罄。

打电话。

——方泉，我要红气球。

——对不起。

方泉挂了。

林晓雁呆了片刻，抱起婴儿，不愉快全丢在脑后。这几天，林晓雁不再让副师长家属上手，她一人玩似的，日子哼着歌就过来了。白天三餐让小胖子给打来吃，还有时间看书学业务。婴儿醒了，吹太阳逗笑，放音乐，抱着跳慢三，举高高，小宝宝只认林晓雁，不让别人抱，小胖子一伸手他就哭。夜间睡觉基本和单人生活一样，到时间就睡，半夜喂一次奶。睡梦中对婴儿有感应，小鼻子哼哼，是尿了，哼哼中带吭吭，黑着灯，也能用心灵看到婴儿挣红了脸憋气使劲，这是拉了。于是开灯，对着婴儿娇声说："又拉了一大泡泡，小坏蛋，是不是一大泡泡？是不是小坏蛋？"小坏蛋就坏笑。打开，摆块干净布，下地，两个脸盆兑好温水，一盆儿把洗去屎，另一盆撩水洗净，擦干，抱回到干净布上，又说："小坏蛋，吃得多拉得多呀，是不是？也不说一声，臭屉屉不嫌脏脏呀，是不是？"包好，婴儿又睡，睡中也咯咯笑，人小鬼大，会做梦呢。收拾完，前后几分钟，林晓雁头挨枕头马上入梦，什么也不想，心脏在值班，有感应立刻就伸手拉灯。到后来，定时把屎把尿流，撮了嘴嗞嗞奏鸣，小坏蛋就屁滚尿，可灵呢，屎尿布也不怎么洗了。

有一夜出了新情况。梦中听到蚊子哼哼，亮了灯，在婴儿小脸上全方位搜索，没找到叮处，又看耳朵脖子，放了心。可是不敢睡了，到处搜索，哪里搜得到。心生一计，熄灯诱蚊子来叮。过了差不多二十多分钟，蚊子哼哼响过来了，却不找她的麻烦，明摆着冲奶甜味方向去。赶快又拉灯，蚊子又溜了。盘腿在床上愣了足足一刻，跳下地，哼哧哼哧做俯卧撑，撑出一身小汗，再用纱巾虚罩了婴儿头部，自己脱睡衣，两条白胳膊露毛巾被外。蚊子盘旋了一会儿，在左侧停止了哼叫。一巴掌估摸着打去，落了空。总结经验，大概是手背这面胳膊感觉欠细腻，这又重新躺好，手心上翻，把细皮嫩肉一面朝上。几分钟后，啪，一掌命中。给婴儿揭了纱巾："小坏蛋，好好睡觉觉，打呼呼，做梦梦。"轻轻亲小脸蛋，小酒窝。小脸蛋比南豆腐还香软，一亲一块红，一吹一个坑，小肉肉孩儿，疼死人吔。

第九天下午，老院长告林晓雁："快收拾收拾，何媛母亲来了。"

林晓雁说："她来她的，屋挺干净。"

老院长说："晓雁你魔怔了吧？她母亲来接何媛，接孩子。"

！！！

林晓雁摇摇晃晃归拢好东西，脑子发木。接孩子？凭什么接？名义上，林晓雁承认孩子是别人的。感情上却顺不过来，带得好好的，怎么说接走就接走？

小胖子跑来："车到门口了，我×，皇冠。"

何媛母亲拉住林晓雁："让阿姨看看，媛子总说晓雁漂亮，阿姨眼睛不好，近些好好看看，哟，把我们媛子活比下去了。"

孩子在睡。何媛母亲抱起来："叫姥姥。"婴儿咂咂嘴，还睡。

小保姆要接，何媛母亲说："我抱，你提东西吧。"

林晓雁说："阿姨，我再亲亲小宝宝。"悄悄在小被子里塞了五百元钱。"阿姨，喂完奶，要给小宝宝拍嗝。"

何媛母亲说："听见了吗？"

小保姆说："拍嗝。"

林晓雁说："让孩子贴大人身上，小宝宝骨头软。从腰向上一点儿一点儿拍，要拍透。"

何媛母亲问："怎么知道拍透没拍透？"

林晓雁说："我也说不好，就像嗝在我胃里，有时拍两个就知道没了，有时拍六七个，还感觉有，真的还拍出大嗝来。”

何媛母亲说：“这些天辛苦你了。美英，把荔枝拿来，在后座纸盒子里。”

林晓雁在人群中躲开。晚饭也没去食堂。

小胖子说：“不管她，烦了八九天，该清静了。”

天黑透，林晓雁默默回屋，坐床上，不拉灯。空落落没事干，床已分开，各就各位。何媛的东西全带走了。林晓雁把床又并上，心里好过了些，才开灯。把褥子铺展，空白依然是空白。感应到小宝宝的气息，那是每次洗完屎为小宝宝擦小屁股的毛巾。取下来捧着闻，喃喃：“小坏蛋，拉屎香香。”胸不太堵了，用毛巾被把小毛巾裹好，摆在床内侧，说：“小坏蛋，看太阳哟，看太阳哟。”

啌，啌，啌，红气球大而亮，脱鞋上床挂高处。有使不完的劲，腮也不痠，把新买的二十个气球都吹挂起来，小屋成了太阳宫。

兴犹未尽，抓电话向方泉要。对方一握话筒，林晓雁猛想起前几日的事，劈头一句恨话挂掉电话。

把屎把尿，喂奶，拍嗝，洗尿布，听孩子呼吸，逗小宝宝笑，一下子从生活中裂出去，她的心被掰掉一半。熄灯号响了。没有这些，她注定要失眠。抽屉里找出安定片，倒一杯开水晾着。洗漱毕，开门要上盥洗间倒水，走廊尽头昏幽灯光下摇过来一个身影。

方泉。

“你来干什么？”她冷冷地。

“还你东西。”他说。

“干吗？”她问。

“这是照片。这是打火机。这件毛衣我穿过，如果对你没用，我还留着，按价付钱。”他说。

“你吻过我一次，值多少钱？”她问。

“你打我吧，越重越好。”

林晓雁抬起手，盯着方泉，盯着，盯着，手落下搭他肩上，合了目，仰起脸。

满屋红气球，满屋红太阳。

林晓雁闭着眼，却感受到满目金红。她身上发冷。很远很远的过去在身后推她，很远很远的未来在前面堵她。茫茫旷野，她一个人在走，穿行在一朵童话中。河边她看到一盏红莲花，红莲花谢了，什么也没有。她又走上高山，轰隆山摇地动，红土辐射而起，什么也没有。她在平原大泽追上太阳，她期望太阳更大，竟把太阳吹炸了，什么也没有。她走进桃林，遇到的老者说，夸父临死时弃了手杖，变出这片林子。林子深处有处红泉，咕嘟咕嘟喷涌，也如血莲花。咦？一个生了双翅的小天使从泉中飞出来，扑棱扑棱，飞飞停停，引她追逐。她追，追不上。感觉告诉她，这是真实的存在，一定要追，再追不上，就真的什么也没有了。她喊小天使，舌头怎么木了？她搅动舌头，轻灵鲜活地像条鱼。

方泉以为是幻觉，以为吻错了人。他后退两步。面前还是林晓雁。

她的泪碎在高耸的胸前。

“我要孩子！”

（《小说月报》1994 年第 4 期选载）

走西藏

杨景民

很多年前的事了。

那时候，她年轻，也很俏丽，是那种带有乡土气息又有一定文化烙印的农村少妇，皮肤很白。

她知道自己在别人眼里的分量。因了爹妈给的皮囊，因了这白净皮肤，不知收到过多少男孩子的“情书”，此刻也引起了一个蹬三轮人的注意。

这次她是带乐乐去高原探亲的。她影影绰绰记得他是坐在一辆三轮车上的。有这一印象。

在她从火车站人民北路这段步行去西藏军区驻四川办事处招待所时，他就那么慢吞吞地蹬着三轮跟在了她后边。

挺怕人的。天又阴又黑了，只好硬着头皮走。

那时路灯没那么亮，可也没有“车匪路霸”一说，晚上走路没甚事的。这个蹬三轮的这么跟着，是不是看着她背着孩子，左手提包，右手也提包，注定是要坐他三轮？他倒是在广场拦住过她问坐三轮不。当然不。这么点路，再说钱也不多。谢了。她说。

可过不久，阴阴的天飘起了雨丝。一个时辰，雨丝拧成了缰。脚下有了雨花。

大姐，坐车吧。看你又背孩子又提东西，多不容易，坐车吧。那人把车推上前。你看雨多大！他说着又朝天看看。

她也朝天看看，昏黄的路灯下雨箭万束，急急而下。

摸下衣服，还真湿了。找个东西把背上的乐乐盖好。别把孩子淋感冒了。

上车吧。谢了。

去哪儿？川办招待所。

大姐，去川办还远着呢。一个在北，一个在南，大吊角的，够走啊。

雨已很大。旁边有个“人民旅馆”，灯大亮，门大开着，已有些人在那里躲雨了。她有些犹豫。

上车吧。那三轮已把车停了，过来把她东西放在车上，又帮她解孩子背带。可就在这时，她不知怎么就那么叫了一声：

——啊！

很尖的，很失措的。

那三轮显然被她这一声防卫、求救似的尖叫吓住了，怔在那里。“人民旅馆”灯火下已有人对着这儿议论了，那声色显然是指“那个男人想干什么？”……

那人很意外，有些尴尬，不知自己犯了什么忌。他不管“人民旅馆”灯光下的那些人说什么，果断地说：还等什么？雨这么大，娃儿凉了，你还怎么上西藏？

她觉得这句话的声音够大了，震得她脑子嗡嗡响，雨水也被震得糊住了她的双眼。用手一抹，才知那雨水早顺着鬓角、刘海往下流，领口早湿了。孩子！身上也早湿了。没什么考虑了，我和娃是要去西藏部队的啊！放好东西就往那打开篷子的三轮上坐。

他，蹬开了车。胸前挂着一个黑塑料帘。

“人民旅馆”灯火下失去骚动，有些平静，有些意外也有些失望地看着这边雨中三轮。

还是一路无话，只有风雨声。

她把孩子抱在怀中，黑黑的。可是，她慢慢地又有些害怕了。怎么蹬了这么久，还不到呢？许是乱蹬呢，越跑得多钱越多嘛。还不敢问，说不定人家蹬得对，你问了不是黄了自己？知道你是个生客，那还不胡要你的钱？

咳嗽两声。壮胆。

那人也不语，只是蹬车。

到了。那人说着，已停下了车。

这是一个不起眼的大门。大门里有一通道。窄。却通向深处。

那时候她没到过西藏，也是第一次来成都，这门口又没挂牌子，对不对呢？也巧，雨中还真跑来两个当兵的，告诉她这儿是“川办”快进去登记吧。

多少钱？

她有些歉歉地问。那声音连自己也感到是极温和的。

不要钱。

什么？不要钱?!

她有些诧异，声音也变调了。

对，不——要——钱。

他又说，气气儿的，像要吐出胸中所有闷气。一拍车座，打铃骑走。那铃声似有些气也似有着那湿夜的辛苦。

她怔住了。这到底是怎么回事？

妈！——背上乐乐在哀哀地叫。

她没出过门，自然百思不得其解。但却感到了神秘。惑惑地刚要进门，铃！……三轮车又回转了。大嫂！那人在叫。

那人望着惊恐万状的她，自己也不安起来，望着她手中提包，好一会儿，才又走了。

空街茫茫，只有那逐渐远逝的他的雨披、三轮车上的什么地方闪着星亮。没有回头的意思了。再低头看看，那提包也是极平常的，草色，上面也就几个“长期建藏，保卫边疆”黄色的字，啥也没有，他看啥？

当晚她便和乐乐安稳地住下了。进西藏只有汽车，听说只有团以上干部才能坐飞机，剩下的都和家属小孩一样，全要挤汽车，票就很难买，队早排得很长。她也得等。这也倒没啥，可她想不到在以后的几天竟又发生了一件意外的事。钱丢了！

那时候她整天忙着排进藏车号，看有无熟人能搭伴儿进去，也不知怎么地，那天中午她想给孩子买件换洗衣服，一摸夹衣，钱，全不见了。

她不知道钱是丢了还是被人偷去了。

她清楚意识到钱确确实实是不见了，全身开始先是一阵激灵，那么冷，继后便又是愤怒狂热。却把孩子搂得紧紧的，生怕孩子也会在某种境况中人不知鬼不觉地被人偷走了。

她跑去找值班的，值班的说我马上给你报案。

她对所长说了，所长说一发现情况就和你联系。

都热情，认真。

可过了几天，每次去问，都向她摇摇头。去多了，自己也觉没趣，又不是人家的过错，总不能逼人家给你赔钱吧？

好在还有些零钱，可不多，只够路费。这可怎么办呀？

那时候她觉得她的命怎么就这么苦呢？眼泪只能往肚子流。人却每天像个情报官那样，四处打听可有退票的或其他什么机缘早些进藏。那个该死的冤家哟！

她白天不吃饭，晚上才出来吃。

也不知怎么就能想出那办法，就能那样冷淋淋地吃下去，却还觉得香。丈夫远在天边，还上哪儿去对他说。何况那些当兵的丢下的馒头，倒下的饭菜又都是尚好的，味道比农村有些馆子的强。

那时候她什么也不想，只想能找到车早日离开这里，只想到要把晚上的时间掌握好。不要去早了，去早了会有人；也不能去迟了，去迟了东西会被别人倒走的。然而白天她必须做得人模人样，到了时间，就去，可心还是跳的，脸还是烧的，有种做贼感。贼是什么？

每晚都是成功的。

但愿在进藏前不要被人发现。

然而，事与愿违。那晚，当她又若无其事——先东西顾盼——然后直奔主题时，一个男人叫住了她：

——大嫂。

声音很轻，可她听起来却像旱天雷，脑子嗡嗡震响，人像被电击了，直挺挺在那儿站着，右手刚从潲桶里抽出来，还握着一个油渍渍的馒头……

灯光很昏，在一旁映了过来，光晕有些红。她扫了一下手中食物，也有些红，那是辣椒汁糊的。在往时，她会马上拿回住房或拿到一旁去吃的，可现在她感觉那馒头上的红汁，像是她的一道伤口被撕开。流的是她这个可怜女人的心上的血！

大嫂，那男人看她不语走近了她。你好几天没吃上饭了吧？我看到了。有好几天了吧？那人又说。

沉寂。好一阵啊！

大哥肯定也在西藏吧？那男的似乎明显地感到她的思路，又主动说道，从口袋中摸索出了一卷东西：这点钱，不算多，但够个把月生活费，你拿去吧。他递上来。

她不动，也不接，两眼的余光却有些向左右扫描。那神色却是恐惧一种很丧人格的事情会被别人发现。

又静默片刻。他环顾左右，像是也怕别人看到她和他在这儿，轻声唉了一声，离开了。

看着他的身影不见了，她突然扔掉那油渍的馒头，跑回到她住的那间很小很旧像是一个小储藏室的住处。

打开门，拉亮灯，乐乐正以盼她带回美餐的神色在床上定定地坐着，等着她呢。她披头散发，目光痴呆，久久无言，就那么看着乐乐。

乐乐开始不明晓，一会儿似明白了一切，突然哇地哭出了声，从床上连跌带爬地扑过来，抓住她的那空空的油渍的手号：妈，我饿，我饿……

等孩子哭得没劲了，瘫坐地上抱住她的腿时，她觉得再也支持不住，抱着儿子也哭了，那是一种又怕人听见，又是那么痛苦的抽泣声。

又是一天。漫漫黑夜是被喷亮的曙色撵走的，还是被她的泪水洗白了？她不知道，只觉得饥肠辘辘，头昏眼花。乐乐还在睡，脸上尽是泪道道，此刻还是一脸的委屈和苦累。

她把孩子抱上了床。又抿抿乱发。忽然记起半夜的梦：他，从西藏部队来接她娘儿俩了，在从她手上抱那心爱的儿子时，他看到了她油渍的手，猛地把孩子一扔，拦过她的手又再一看，骂：丢人！你丢够我的人了，怎么不去死哩？啪，扬手又一耳光。她哭了起来：你打，你打，还不都是为了你这个西藏兵？你打死我算了……就又痛苦地抽泣起来。

我可咋见人，咋出这个门啊！

那时候她仿佛感到小屋四周突然像长了很多眼睛，各种眼神的都有：讥笑，嘲讽，幸灾乐祸，不屑的，也有可怜、同情的。

也就在这时，她忽然看到曙光涌进的门底下有谁塞进来的一个纸条。她忙去捡来，展开一看，里边是一张当日中午去川办招待所上车进藏的汽车客票。票价三十七元。

纸条上写：大嫂，当个驻藏军人的妻子太委屈你们了。这张票你先拿着，我另想办法。注意，一路进藏，可要小心。

那时候她的确又呆住了。这是真的？今日可就走？票不是假的吧？会是谁给的，是昨晚那军人吗？唉，昨晚太紧张了，都不敢正眼望人家一眼，老防人呢！可咱不认识这送票人，这可咋办？一路要小心，这又是什么意思？

乐乐！

她猛然决定，立时出发，赶到簇桥去试试，去簇桥如果搭不上车，咱就不进藏了，让那个该死的也苦一苦！

人一豁出去，就什么也不管了，又大声叫：乐乐！妈给你换衣服，咱见你爸去！

乐乐醒了，看到母亲的兴奋样，受了感染似的，像昨晚的事没有一样，有些高兴地配合母亲行动起来。

那时候她想不到，当天中午还真的凭那票坐上了车。也想不到，在车上摇了十五天后，在那个雪山连队见到了自己的丈夫，那个叫她思念欲绝、受屈欲死的冤家。

你们一路辛苦了！

丈夫像欢迎部队首长到来一样，对妻儿的欢迎辞也是军语式的。

你还知道俺娘儿俩辛苦？那时候她狠狠地捶了他一拳，笑着，转而又呜呜地哭了起来。真是女人家，狗日的没出息！丈夫这次倒是认真骂起来。

（《小说月报》1994 年第 5 期选载）

泪洒江天

张廷竹

一

我有大舅、小舅，却没有二舅。母亲说，原先是有的，后来死了。我问二舅葬在哪里，母亲指着赤山埠一座土坟说，他跟你外公、外婆葬在一起。

赤山埠的土是红的，墓前的树是绿的，清明节，草长莺飞，我虔诚地点燃了三炷香。母亲掩面而泣。我辨认着墓碑上的姓名。碑上有外公、外婆的姓名，没有二舅的姓名。我说，妈妈你在骗我吧？母亲哭得更凶了，抽抽噎噎地说：等你长、长大了，就明、明白了。

我长大了。报上登出布告，赤山埠的坟要迁移，一个月内不去办理，作无主坟处理。母亲躺在病床上有气无力地跟我说，去迁坟吧，你是祝家的外孙。我说是的，我还是二舅的小外甥呢。

土坟挖开了，却只有两口朽棺，森森白骨面向苍天。我大惊失色，奔进家门禀报母亲：

"二舅的尸骨没葬在墓里呀！二舅的棺木也不见了！"

母亲愣了半晌，想起了小时候给我的说法，母亲又哭了，捂住嘴，哭得凄凄惨惨戚戚。

风高月黑，"文攻武卫"的巡逻车队在街上辘辘开过，巷子里寂静无声。母亲关紧了门窗，讲给我听从前的故事，她颤巍巍地说：

“你二舅葬在长江的江底下哪。”

二

那时候，二舅考上了大学。

外公是木匠，家住杭州欢乐巷。木匠的儿子考上了大学，蓬荜生辉。母亲说，之江大学文学院的发榜通知书寄到时，一条欢乐巷都轰动啦。巷口豫丰钱庄的朱老板当即请了媒人上门来，要把惠兴女中毕业的朱家千金小姐下嫁给他呢。

外公激动得连连拱手作揖，我母亲也高兴得绽开了笑脸。谁人不知道朱家门第显赫富甲一方？哪个不晓得朱小姐漂亮直爽大大方方？媒人的双脚刚迈出门口，母亲就跑进后天井去向二舅道喜了。她说：“赶快选个好日子订婚吧，二哥。”

二舅却犹豫着，瞧着我可怜的母亲欲言又止。

那时，母亲确实可怜得很。十九岁的少妇，带着我一岁半的大姐寄居在娘家。她丈夫，被蒋某人关进陆军监狱去了，罪名是“反对‘攘外必先安内’”。

天井里，知了在无花果树上叫着。二舅从怀里掏出一封信，缓缓地递给母亲。

母亲抖瑟瑟地将信打开了，勃然变色。“怎么回事？”她捏着薄薄的信笺问二舅，“你同时报考了两所学堂呀！”

二舅点点头，风掀起他竹布长衫的下摆，线条很有力。他说：“你忘了么，暑假里我去了一趟北方？我就是考这所学堂去的，原先还以为考不上呢。”

结果却考上了。烟台海军学校。

母亲哭了，跌跌撞撞地走出去，告诉外公。母亲知道她说服不了她的二哥，用他妹夫下了大狱的例子也说服不了。

黄昏苦短。外公气呼呼地坐在堂屋里，拍桌子。外公说：

“我辛辛苦苦把你们养大，你们就这样报答我吗？招个女婿是当兵的，不孝敬老丈人还要我给他养老婆孩子。儿子中状元了，也要去干那刀口上舔血的营生，我前世造的什么孽?！”

二舅低下了头。

母亲以为他回心转意了，送块毛巾过去给他揩脸，可是她错了。二舅脸上无汗，眼里也无泪。他抬起头，瞧着他的父亲。

“自古忠孝不能两全，”他说，“这不是您老人家从小对我的教导吗？日本人打进了东北，烧杀掳掠无恶不作，步步逼近关内；国难当头匹夫有责是不是？您有三个儿子，三个儿子中抽出一个去保家卫国，留下两个孝敬您还不行吗？跟单丁独子的人家相比，您该知足了，是这道理不是?！”

外公被他噎得哑口无言。

大舅、小舅怯怯地出来了，给外公敬茶、递烟。大舅、小舅都是老实人，读书只读到初小，在家里跟外公做木匠。

二舅说：“拜托你们了，在家里替我尽孝。我读海军学校是公费生，也好给你们省下些血汗钱。说心里话，这些年我读完了初中又上高中，真感到对不起你们。”

大舅、小舅手足无措地红了脸，说不出话来。

母亲抹着眼泪鼻涕问他：“朱老爷家里怎么回话呢？那朱家小姐可是耽误不起的呀。”

二舅笑了，笑得有些凄凉。他知道朱小姐也十九岁了，如果不是上过洋学堂的姑娘，如果生在寻常人家，早就嫁了出去。

“那就不耽误她吧，”他说，眼眶微微潮湿，“向她家赔个礼道个歉，就说我祝某人生来没这份福气，对不起她了。好在与之门户相当的好人家多的是，她一定能找到比我更合适的男人的。”

母亲说，二舅说完这话就走了出去，回自己的厢房小屋收拾行装去了。堂屋里一片寂静，外公摇摇晃晃地站起来，手指着二舅的背影，半晌，才吐出一句话来，说：

“孽子，我真是生了一个孽子啊！”

三

媒人呆了，拖着我母亲一起去见朱老爷。媒人说你们出尔反尔，我怕朱老爷发怒。

朱老爷果然大怒，说：

“我瞎眼了，丢他娘的这份丑。好吧，看谁自作自受！”

母亲抱着我大姐在门槛里瑟瑟发抖，她知道把这位豪绅彻底得罪了。外公从木材行进的料钱都是向豫丰钱庄借的，买主嫌做得慢，正想跟他退货呢！朱老爷要是在这时候逼起债来，欢乐巷里就没祝家存身的窝了。

然而，当我母亲诚惶诚恐地跨出门槛，走向朱漆大门的台阶时，朱老爷却在堂屋里踱了三个来回，抬起手来喊出一个字：

“慢。”

母亲站住了，低眉敛首听他往下发落。空气似乎凝固了，朱老爷又踱了一圈，沉吟着。

他沉吟什么？是在考虑怎么跟他女儿回话吧。祝家二小子又不是他一个人看中的，首先是他家姑娘有意嘛。

住在一条巷里，抬头不见低头见的，何况巷里只有他俩是中学生。小时候，她还叫过他“二哥”的，功课做不出了，她跑到木匠家来说：“二哥，你帮我解开这道题好吗？”

长大了，不好意思称兄道妹了，路上相遇低头一笑，匆匆而过。但是，木匠儿子的好学上进，她比任何人都清楚。杭州城里中学生联考，哪一回不见他名列前茅？高考前，她跟她爹说过：

“祝家老二要是考不上大学，杭州城里就没人考得上了。”

那一回，学生们上街抵制日货，朱小姐怯生生地躲在同学背后举一面小旗。东亚洋行雇一群打手把她们的队伍冲散了，朱小姐跌倒在马路边上。危急中，二舅突然出现在她面前，一把拉起她，他身手矫健左冲右突，三个流氓竟然近不了他的身，毫发无伤地把朱家千金送回了欢乐巷。

贫贱出英才，纨绔少伟男。朱老爷觉得女儿的话言之有理，因此才主动请了媒人上木匠家去的哪。

哪晓得这小子竟会如此不识抬举呢，居然让她另外找个“门户相当的好人家”？

四

朱老爷让我母亲自己去跟朱小姐回话，她跟她怎么说的二舅不知道。二舅在那天早晨离开了欢乐巷，走向火车站。他买的车票是到南京，然后再从南京转车去烟台报到。

他站在下关的江堤上，遥望对岸泊着的几艘军舰。江贞号。建安号。威胜号。他身上有一种探险般的微醉感。迷蒙的秋雾中，旗帜飘扬于桅顶，穿白色军服的水兵持枪守卫舰桥。二舅手搭凉棚细细地瞧。

一位少校军官路过他身边，停下来打量他。少校问他：你是何人，在此窥望军港？

“我是未来的海军军官。”二舅说。

二舅把烟台海军学校的入学通知书拿给他看，少校笑了笑，拍拍他的肩膀说：

“欢迎你，愿你成为中国的纳尔逊！”

二舅立正，文绉绉回答：“吾何敢望纳尔逊之勋猷，但愿效纳尔逊之殉职尔。”

二舅问少校的尊姓大名。少校答免贵姓萨，名师俊，建安舰舰副，还是烟台海校的老校友。二舅说：

“我毕业后到你麾下效力吧。”

萨舰副却摇摇头，指着一艘正在起锚的军舰说：

“你应该争取到这艘光荣的军舰上去服役，老弟。这是永丰舰，为纪念国父在那上面避过难而改名中山舰了，这是革命精神之象征……”

少校走了，二舅目送着他的背影出神。后来，他向南京市区走去，脚步变得很沉重。

他找到鸡鹅巷，中央陆军监狱，他要见他的妹夫，我父亲。

狱卒收了他从长衫衣袖里落下的两块大洋，说道：“五分钟，只能会见五分钟！你妹夫是戴红帽子的政治要犯，你知道不?！”

二舅见到了他的妹夫。妹夫穿着撕破挂落的马裤呢军装，剃着光头，脸上胡子拉碴。妹夫吃惊地说：“家里出什么事了，叫你只身赶来？”

二舅摇摇头。家里平安无事，他说。他把同时考上之江大学和烟台海校的情况告诉我母亲的丈夫。我母亲的丈夫沉默了。

“你其实更适合做个文人。”妹夫说。

“打鬼子保国土是我干的活儿，”妹夫又说，“可是我现在身陷囹圄。”

二舅低下了头，不忍看妹夫那悲哀的眼神。长城内外，白山黑水之间，正是用兵之际，但是，这条黄埔出身的汉子何时能重返疆场?

五分钟到了，狱卒催命般赶二舅离开牢房，二舅和他妹夫的眼圈一齐红了。妹夫忽然想到还有一句话说，就挣脱了狱卒的手，跑到他面前：

“你今天见到的萨师俊，我认识的，是海军耆宿萨镇冰老先生的侄孙哪。他哥哥萨师同、弟弟萨本炘都在海军服役，你跟着他没错。”

二舅点点头。

一滴泪，已经在他眼眶里打滚了。他咬住牙，没让它掉落下来，一甩长发，走出了鸡鹅巷。

五

二舅入学五个月，发生了“一·二八事变”。近在咫尺的杭州城也沸腾起来了。到处是集会，到处是游行队伍。

蒋光鼐，蔡廷锴，打响了“九一八”以来中国军队对日作战的第一炮。西子湖畔的贩夫走卒都知道了他们的姓名。那一阵，巷里孩子们一边跳绳一边唱：“什么人最光荣，抗日军人最光荣……”

母亲说，那一阵子她的腰杆子也硬了一些，有人传话给她，我父亲有希望出狱了。母亲走过巷口朱家墙门时，不再弯腰曲背。母亲对朱小姐有气，五个月前，她说的话多么难听。

“要我找个门当户对的男人？”朱小姐粉面凋零，说话都不顾身份了，“嫌我家里铜臭味太重吗，配不上木匠的儿子?！”

“不，不是这个意思，”母亲慌忙跟她解释，“他说国家兴亡匹夫有责……”

“好一个匹夫有责，分明是跟我家过不去！我知道，上回你爹向豫丰钱庄借二百块大洋，我爹只借给他八十块，所以你们有意奚落我了……”

母亲的倔脾气也上来了，“这是什么话？”她抱起孩子走出去，“我爹、我哥是这样的人么？”

一辆雪佛莱轿车停下来了，走出来美孚洋行陈买办的少爷瑞德先生。他是从大洋彼岸留学归来的，西装革履，油头粉面。小时候，他也认识我母亲的，现在却认不得了，他径直走向了朱家墙门高高的台阶。

“您找谁？”朱家的佣人问。

“朱老爷，还有密斯朱。”

陈少爷手里拎着礼品盒子，彬彬有礼又显得胸有成竹。他是来求亲的，陈买办要给他请媒人，他说用不着，求婚者亲自登门符合西方人的礼节，他认为自己已成大半个西方人了。

母亲看到了这一幕。母亲的心里很不是滋味。我两岁的大姐吵着要摸小轿车，母亲打她一巴掌，母亲说："有啥了不起的，没出息！"

没出息的大姐哇哇大哭，母亲拖着她往家里走。没走到家门口，迎面走来一位香汗淋漓的红衣少女，少女蹲下身去，拿出一块手帕来揩我大姐的眼泪，少女跟我母亲说：

"作啥打她呀，这么小的孩子。"

母亲怔住了。没想到在这里遇见朱小姐。母亲告诉她说：

"你赶快回家去吧，美孚洋行的陈少爷去你家了。拎着礼品盒子，要见你爹跟'密斯朱'呢。"

朱小姐的脸红了，站起身瞧着巷口那辆雪佛莱轿车，她的双眉皱成一个川字，一跺脚，一句话冲口而出：

"走，带我上你家里去避一避！"

母亲愕然。半晌才反应过来。她赶紧带着朱小姐进了家门，直奔后天井二舅住过的小屋。

一进屋，她俩都笑了起来，笑得泪花盈盈的。

原来，朱小姐参加为十九路军伤亡将士募捐的集会去了，在那里挤出了一身汗。原来，陈瑞德的父亲陈买办早就上她家来过了，把儿子看中了她的信息通过她父亲传递给她。朱老爷满心欢喜地跟她商量时，她不吭声，逼急了，她问父亲：

"我嫁给陈家少爷，不正让祝家老二说中了吗：非要找个门当户对的才合适？"

父亲蒙了，说："又不是我们嫌贫爱富，是那小子不干嘛。"

"不行，"朱小姐咬牙切齿地说，"我非要让他给个说法才行，他不能这样一走了之的！"

六

听说航海实习的军舰是顺胜号，二舅高兴极了，他知道萨师俊已成了这条舰的舰长。萨舰长不久前指挥该舰从上海航行到福建，开创了我国历史上内河炮舰首次出海远航的先例。

二舅扛着背包出发。走到校门口时，门卫喊他，他跑过去，看到一个女子风尘仆仆的背影。

“我总算找到你了，”朱小姐转过身来，平静地说，“你不会感到很意外吧。”

二舅茫然地面对着她，仿佛看到了千山万水走到长城的孟姜女，或者是秦香莲。

二舅在那一刻确实感到自己变成了龙虎铡下的陈世美，虽然他没有做驸马爷，教官和同学们都在望着他俩，他们不了解朱小姐的来龙去脉，可对于他们来说，这样的场景并不少见。常常有这样的情况：一个年轻人当上了军官，就把昔日的情人甩了。

一辆大道奇卡车驶来，从驾驶室跳下一位中校军官，二舅大吃一惊：萨舰长亲自来校接实习学员了。

教官迎上去介绍情况，萨舰长点点头。他向二舅和朱小姐走过来，脸色如黑脸包公一样肃穆。

瞧着二舅变得苍白了的脸，朱小姐忽然害羞地笑了：

“长官，”她向走到了跟前的萨舰长汇报，“实在抱歉，我不知道你们即将出发啊，否则我就不会来打扰他了……”她瞧着二舅，脸上飞起了两朵红云，“他是写信叫我暂时不要来的，我不放心，跑来看看他，家里人都希望他早日完成学业，报效国家。”

萨舰长笑了，二舅也笑了，笑得热泪盈眶。

七

“七七事变”。抗战全面爆发。我父亲终于走出了牢房。他抬手遮住炫目的阳光，好一会儿才适应明晃晃的自由世界。

他看到三个人走到他面前。母亲带着已经上了小学的我大姐，二舅戴着海军中尉的肩章。父亲蹲下身去，亲亲我大姐，一脸的胡髭刺疼了孩子柔嫩的面颊，她挣脱开去，父亲无奈地笑了，不敢朝母亲看。母亲的双肩在剧烈地抖动。

父亲跟二舅说：“你怎么也来了？”

二舅说：“我跟萨舰长一起调到了中山舰，驻防下关。”

“你能跟我们同回杭州去一趟吗？”

“萨舰长准我五天假，准时回来就行。”

他们走向一辆海军司令部的吉普车，二舅说，这是萨舰长出面给他们借来的。在海校就学会了开车的二舅待他们上车后，砰的一声关上车门，踩下了油门，吉普车沿着宁杭公路疾驰而去。

黄昏时分，到家了，外公和大舅、小舅站在欢乐巷口。看样子，他们站了整整一天了吧。车还未停下，大舅小舅就点燃了手中高高擎起的鞭炮。鞭炮声响起后，朱家的大门豁然洞开，朱家的佣人走到我父亲跟前说：“姑爷大喜，老爷和小姐恭候多时了。”

姑爷？我父亲不解地看看我母亲，又看看外公。他是祝木匠家的姑爷呀，怎么回事？母亲噗哧一声笑了，正要把朱小姐跟二舅的事讲给他听时，我大姐已经跑上了朱家台阶，她喊：

“二舅回来啦！朱小姐，我二舅回来啦！”

二舅面红耳赤。

朱老爷一家人都站在正房门口，身后摆了一张圆桌，大碗菜，大碗酒，满满腾腾一桌。朱小姐面若桃红，躲在她爹身后。二舅也躲到我父亲身后去了。

我父亲拱手称谢。

朱老爷手一摆：“请。”

朱老爷请外公坐正中央，外公没有谦让，坐下了。外公想女婿回来了，儿子也回来了，我再也不用低声下气向你告贷了吧。我这时候不坐“上旺头”，什么时候坐呢？

酒过三巡，面酣耳热，朱老爷主动提出把二舅跟朱小姐的婚事办了。朱小姐已经快二十五岁了，那年头，哪有二十五岁的大小姐还不曾出嫁的?

我父亲刚要表态，母亲捅他一下，父亲回过神来，赶紧看着外公说:“您看如何? 这可是您才有权决定的大喜事啊。”

外公面泛红光，醉了，摇摇晃晃站起来，指着二舅说:

“想不到，这孽子也有今、今天呀……”

话音未落，一声巨响，震落了外公手中的酒杯。“炸弹!”我父亲蓦然跳起，奔出门外察看。远远地，一片红光遮天盖地。“笕桥机场!”二舅按着腰间的手枪说，“那里在进行空战! ……”

满城的市民都跑出来了，爬到高处去看。从笕桥机场传来的消息说，日本空军王牌木更津航空队来犯，跟中国空军第四大队干上了。敌机扔下的炸弹在笕桥镇上燃起浓烟烈火，热风带来烧焦的人肉味。哒哒哒，中国空军的霍克式驱逐机在云层中上下翻飞，射出一串串愤怒的子弹。六架三菱轰炸机拖着黑烟掉入了钱塘江。一江血水流出碧色。

朱老爷堂前有一架无线电收音机，二舅奔过去打开了开关。播音员颤抖的声音在报告战况，淞沪抗战爆发，日军除空中轰炸外，出动了第三舰队，以舰炮支援其在上海的地面部队作战。

二舅朝朱小姐看一眼，朱小姐低下头。

二舅要走，众人都难以挽留。这时候，还能提成亲的事吗?谁知道他什么时候才能回来哪。还能不能完整无缺地回来呢?

朱老爷的脸涨成了紫色，他回到了餐桌旁，仰脖子又喝下一大碗酒，筷头上夹起的一块肥肉掉落桌面。他问我外公:

“你做主还是我做主? ”

外公蒙了，又变成了那个唯唯诺诺的老木匠。

“你、你做主。”他说。

“那好，”朱老爷砰的一声拉开椅子，站起来，他的嗓门有些沙哑，语惊四座，“我做主，今晚就把婚事办了，明天走你的! ”

所有人一齐怔住。

外公颤巍巍地说：“这如何使得，如何使得……”

我父亲却大笑了。他向朱老爷竖起了大拇指，又拍拍二舅的肩膀。二舅低下头，不知说什么好，朱老爷面对他苦笑。父亲转身跟母亲说：“拿刀。”

母亲愕然，“拿什么刀？”

“剃头刀嘛，”父亲说，“给我刮刮胡髭呀，好像个参加婚礼的人。”

八

第二年，六月，日军集中陆军十二个师团和四十余艘海军舰只，溯长江而上并在两岸陆路大举进犯，著名的武汉保卫战开始了。

父亲同二舅一起参加了武汉保卫战。父亲在第五战区带兵打仗。二舅随萨师俊舰长在战斗中担任施放水雷及运输任务。

武汉保卫战历时四个多月，歼敌二十余万。国民政府撤守陪都重庆时，父亲才见到了二舅。二舅是随同萨舰长一起去军委会接受任务的，见到他的妹夫愣了。二舅瞧着父亲领章上的将星说：“你升官了，调到这里来了？”

父亲说：“临危受命嘛，政府撤了，军委会还在，我们要寸土必争，节节抵抗！”

二舅也提了上尉。萨舰长说，二舅已成为他的得力助手。中山舰接受的命令是到金口封锁航道。分手时，父亲交给他一封信，朱小姐附在我母亲的信里让父亲转交的，在我父亲胸前揣了四个多月了。

烽火连三月，家书抵万金。

信上写了些什么母亲记不清了，总是些勉励他杀敌立功叫他放心家里的话吧。

那时，朱小姐虽然出嫁了，依然住在娘家。她怎么也想不到吧，这是二舅看到她的最后一封信了。

据说，那是一九三八年十月二十四日凌晨，二舅还在中山舰的甲板上打着手电看这封信，看了都几十遍了。

一道闪电，照亮了那混沌汹涌的浪潮卷滚着的云层。

转眼间，大批日军飞机已抵达中山舰上空。一颗颗炸弹下来了。军舰被掀上半空，又跌下来，空中腾起橙黄色的大火。

萨舰长冲上了指挥台，振臂高呼：“向敌机开炮！”

数门火炮齐发，排山倒海。

怒火在燃烧，烫着咽喉，烫着胃。一名炮手倒下了，二舅奔过去，操炮猛击敌机。

江面，天空，鬼哭狼嗥。

激战至下午二时，中山舰左舷中弹，舵机失去控制。接着，锅炉与舰首中弹。萨师俊舰长被炸断双腿。

二舅抱起他，踉踉跄跄冲向救生艇。又一阵机枪扫来，他们一起跌倒在甲板上。萨舰长吼道：

“你这是干什么？我还能指挥作战！我舰长也，舰长必与舰共存亡！……”

他拔出手枪：“把我抱回指挥台去！”

二舅的军服已被弹片打飞，他赤膊胸前热血如潮。他抖瑟瑟地跪下了，伸手去摘萨师俊的舰长袖章。

“干什么？”

“这是日机集中扫射的目标。”

萨师俊的心热了，眼也红了，他缓缓推开二舅的手，说道：

“我必死无疑了，军服乃是国家名器之复征，决不可易。恒人死犹正衣冠，何况我抗日军人殉职呢，你说是不是？……”

二舅的脸红了，他拉过一片破衣裳，遮住淌血的前胸。

底舱已进水了，船体开始倾斜，烧红了的炮管也已变形扭曲。二舅把萨舰长背上指挥台，未死的官兵都望着他俩，无语凝噎。

萨舰长命令全舰官兵撤离中山舰。

官兵们凝然不动。

二舅的膝盖一软，跪下了，两行热泪滚滚而下：

"舰长不撤，我也不撤。"

回眸，甲板上的官兵全跪下了，高喊：

"舰长不撤，我们不撤！——"

喊声引起江上回声隆隆，压倒了风声雨声涛声！

"胡说！"萨舰长怒声喝道，"不有死者，何以见大汉民族之忠义？不有生者，何以杀倭寇，争胜利，卫国家？尔等当为国家报仇，为中山舰报仇，为我报仇；义之至也，共死奚为？！……"

二舅不得不站了起来，摇摇晃晃地走向他。他瞧着他的萨舰长，泪已流干。突然，他一把抱住他，高喊了一声：

"撤！"

萨师俊在二舅怀里挣扎着，昏过去了。

二舅抱着他走向舷边。

又是一道闪光，照亮了下沉的中山舰。数架敌机俯冲下来，机关枪的哒哒声在二舅耳边响起。二舅大叫一声扑倒在萨舰长身上，几乎同时几名士兵也扑在了他们身上。

飞机呼啸而过。罪恶的子弹穿透壮士的身躯。二舅与萨舰长同归于难，躺倒在中山舰的前甲板上。

江涛悲号。

落日的余晖给壮士的遗体抹上一层红霞。

中山舰歪斜着，江水漫上了她的甲板、舰桥，漫过了她的头顶……

她和她的壮士们，一起消失了。

九

我问母亲：二舅妈呢？朱老爷呢？他们后来到哪里去了？

母亲揩去脸上的泪,“死了。”许久,她才喃喃地说道:“死在逃难的途中。”

也不知道葬身何处。

清晨的阳光暖融融的，我借了一辆三轮车，拉着母亲去医院看病。路过欢乐巷口时,母亲指着一个破败的墙门对我说:

“这就是朱家墙门。”

我停了车，步上石缝里长满青苔的台阶。我看到墙门里乱糟糟的,枯树上拉着晾满尿布的绳子,几个小孩跷着腿,在跳地上用粉笔画出来的十分拙劣的房子。墙门里,起码住着十几户后来的人家吧。

谁还会记得当年豫丰钱庄的朱老爷、朱小姐呢?

十

一九八五年春天,我从中原的军营出发,上云南前线参战,途经武汉。

我到了长江边。日出了,江上的太阳又红又大,天边染着血。

血色里,我抛下几朵白色的小花,波浪翻滚,一会儿就不见了踪影。

于是,生平第一次,我叫了一声“二舅”,叫得很轻很轻的,唯恐惊醒了他和沉睡多年的中山舰。

（《小说月报》1994 年第 10 期选载）

将军的敬礼

戴　涛

将军是一九四九年当的兵，穿上军装没多久就雄赳赳气昂昂跨过了鸭绿江，跨过江是想去打仗的，可没想到部队的首长派他去司令部的大门口站岗，他自然就有些不高兴，可是得服从，因为当小兵的将军已经意识到自己是个军人。

上岗前，首长对他说：小鬼，你可要给我站出志愿军的威风来。于是将军每天握紧钢枪，笔挺地站在司令部的大门前，看到首长，他便右手齐眉，一个标准的军礼，首长见了自然很满意。可有时将军的眼睛也会跑神，直愣愣地盯着远处的山头看，他知道山的那一边就是上甘岭。有天晚上，将军异常激动地跑进司令部，报告说发现附近有敌人的信号弹，首长们冲出去一看，哪有信号弹，只有萤火虫。

抗美援朝战争打了三年，将军的岗也就站了三年，尽管部队的首长夸他站岗的英姿给朝鲜人民军留下了好印象，可将军是抱着满肚子的遗憾回了国。

回国后，将军从士兵升了军官，不再站在大门口，而是坐到大门的里边，由别人替他站岗，可将军还是没有仗打，只能研究研究作战训练计划过过瘾。直到七十年代末，将军在南国边境的崇山峻岭里才得如愿以偿，像像样样打了几仗，凯旋归来，将军终于成为名副其实的将军。

这是将军最辉煌的时候，在辉煌了几年以后，将军知道自己的军旅生涯也快要走到尽头了，于是便有一种说不出的滋味在心头。不久，组织上真的找他谈话了，先是肯定他的许多功劳，然后说根据部队建设的需要，请他退下来。将军听后只说了一句话，服从安排。

将军就被安排到部队干休所，一家老小住在一幢很舒服的小楼里，可将军怎么也感觉不到有啥舒服的，只感到心里憋得慌。于是将军给自己安排了许多事情做，打打拳打打鸟，以后是养养花养养鱼，可干啥都提不起精神，将军的心里好烦躁。

后来将军发觉，每次到司令部去参加老干部会或是看文件，走到大门口，站岗的哨兵向他敬礼的一瞬间，心里最痛快。从此将军有事没事都往司令部里跑，可跑多了，又马上意识到有些不太好，因为他的那些战友下属见他来了，总要放下手里的工作接待他。

将军不敢再往司令部里多跑了，可将军老想见到那哨兵，于是他悄悄地钻到司令部门前的树丛里，聚精会神地看着站岗的哨兵……

随着改革、开放的风越吹越有劲，将军所在的部队也大兴“三产”，干休所不甘落后，在边上的空地建起对外服务的招待所。

开业典礼这天，部队的头头脑脑们前来祝贺，当他们从小车上下来，有说有笑走进招待所时，一下全都呆住了。

大门口站着一位满鬓银丝的老人，饱经风霜的脸上一双炯炯有神的眼睛注视着，笔直的身躯纹丝不动，一套西服崭新，肩上斜挎一条大红缎带，缎带上缀着四个金色大字：欢迎光临。

将军！人们不约而同地惊叫。

顷刻，杂乱无章的人群变成一路中队，一个个规规矩矩走过将军面前，全都举起了手，向将军敬礼。

将军说，别这样，该我向你们敬礼，欢迎光临。

将军的敬礼，英姿不减当年。

（《小说月报》1995 年第 1 期选载）

战 将

邓一光

不吃军饷的杂牌部队，怎么说也是不能和正规军比试的。

一千五百多名从四乡八村召集来的赤卫军大刀队，外加县独立团一个连的人马，围了倪家营子三天三夜，洋油用去几大桶，柴木烧了几千斤，铁砂锅渣费了两驴车，硬是没能冲近三尺厚的土围子半步。

人倒折损了不少。

土围子下那一溜横七竖八没气的不说，光是被拖下来的断胳膊损腿的伤兵，少说也有一百来号。两天前就有一群老呱子飞来，在不断气的喊叫声中贪婪地盘旋在倪家营子上空，黑压压如一片积雨云。老呱子兴奋的聒噪声到底没能压住伤号们壮丽的哭喊声。

这仗打的，憋气。

左军站在枣树林子边上，用一架德国造十五倍望远镜对着倪家营子瞄。营子四周四个高大的炮楼子不时地往外吞云吐雾，土围子上挨圈竖着云梯，撑出一个个精壮威猛的红枪会兵，搂孩子似的搂着汉阳造朝外猛射，便有冲锋的赤卫队惨叫着跌倒。红枪会兵们打热了，一律脱去上身的褂子，露半截黑的白的精瘦的肥腻的身子，头上齐眉扎一条二寸宽的红布带，有红布带遭火燎断了的，另去同伴的尸首上扒一条下来扎上，耀耀眼眼全是一道道红，十分威风。枪兵中有几个手头子极准的炮头，都趴在炮楼子顶上，高瞻远瞩，使的是德造五连珠，一搂火鸡扒食似的扒出一粒冒着青烟的弹壳，骂一声“去你妈的”！威风得很。左军就眯着两眼看，看见那些抛弃了弹壳的枪子儿晃晃悠悠从枪口飞出来，准确无误地钻进冲锋的赤卫队员的肚皮或脑壳，扑哧一声造出个拳头大小的洞来，洞里立刻涌出色彩斑斓的杂什。左军又看见一个秃头红枪兵在炮楼顶上站了起来，搭了个凉棚，望了望土圈子外，然后有些倦乏地伸了个懒腰，将手中的枪倚在一边，去腰后拔出只酒葫芦，仰头灌了一口。左军将望远镜对准他，细细地看。也许是日光反照的缘故，那枪兵被望远镜的反光射了眼，放下酒葫芦朝枣林子这边瞅，就瞅着左军了。枪兵揣好了酒壶，抓住枪并把它举到鼻子下面，也瞄左军。左军想走开，却没走。左军想，这有三百来公尺呢。左军看见那枪兵的右手食指轻轻地扣了一下，然后枪兵放下枪，重新摸出酒壶，又灌了一口。左军觉得肩头震了一下，挂在身上的牛皮文件包刷地落到地上，翻了个滚。牛皮包带子被子弹射断了。左军闻到了烧牛肉的那种诱人的香味。那是个崭新的牛皮包呢。

“日它妈！”左军骂。

左军骂过之后就脸红了。左军觉得自己有点失态。左军想自己没有理由骂人。这是战场，和吃酒席不同，战场上面对面就是敌人，敌人冲着你搂火是绝对合理的，如果搂中了就一定是个好兵。左军想那个秃头的红枪兵是个好兵，不该骂他。

左军看看天，天色不早了，很大一个太阳在竭力地往地平线下坠去，若不是炮楼子撑着，早落得没影儿了。天色不早了，今天又结束了，左军想，这仗打的，晦气！

红七师就是在这个时候拉上来的。

左军先是听到一阵很利索的军号声。号声权威地切割开土围子四周上空弥漫着的浓得发稠的硝烟。进攻的赤卫队和防守的红枪兵都愣住了，操着家伙呆呆地立在原处，竖起耳朵听那号声。对峙的双方有点像游戏的双方，正练得火热.情绪高昂，冷不丁游戏结束的号声响了，操练到此为止，这一拨游戏算完了。左军看见土围子里外的人都站在那里发着愣，心里说，怎么连撤退号也听不懂？这仗打的！

左军就在那个时候看见了赵得夫。

西坠的夕阳下，赵得夫在一群参谋和特务兵的簇拥下走上了枣树林前的那片高地，那架势就像一个羊倌领着他的一群羊。赵得夫矮矮墩墩，头大如斗，粗短的发茬新秧一般茁壮茂密，脸上坑坑洼洼的，却有一只威风凛凛的大鼻子，短胳膊短腿，一件紫腥草染成的外套松垮垮地披在肩上，衣长过膝，人站在那里，两只簸箕般的大手不住地挠着粗壮的短脖颈，挠得皮屑四飞。左军心里发涩。左军感到失望。左军想，这就是那个赫赫有名的红七师师长吗？

赵得夫站在那里，就有一个特务兵递给他一架望远镜。左军认出那是架老牌子的英国货，叫“倍得夸儿”。左军看见赵得夫将“倍得夸儿”往眉下一杵，不到三秒钟就拿开了。左军倒不是觉得三秒钟能否于敌情有什么程度的准确判断，左军迷惑不解的是赵得夫拿望远镜的方式。左军敢于发誓，赵得夫刚才是倒着拿望远镜的，也就是说，他使用的是远视的那一头。

那群羊儿乖乖的，没人说出羊倌的不是。

“嗬！”左军说。左军说完就看见赵得夫转过身来。赵得夫一转身就发现了那片枣林，赵得夫高兴地一指枣林说：“谁家的？”赵得夫说：“哈！”一个参谋报告说枣林是倪家营子庄主倪大瓢子的。赵得夫越发高兴，说：“倪大瓢子的？倪大瓢子的好！”赵得夫转头对他带来的那个营长下命令：“我们分头干。我收拾枣林，你打围子。”赵得夫说完用手一招，那帮参谋特务兵就真的变成了一群羊，一往无前地冲进枣林了。

赤卫队撤尽了，围子里外沉默着。围子里的红枪兵个个伸长了脖子看赵得夫的羊群洗劫枣林。枣林如波如浪，丰满的波谷浪尖跳跃着一片片红果儿。一个红枪兵急赤白脸地在炮楼子上跳脚喊道：“别摇树呀！摇树伤根！使杆子打，使杆子打不会？”

一颗子弹将那个热心快肠的红枪兵撩下了炮楼。

机枪接着从容不迫地响了。

冲锋号也响了。嘀嘀嗒嗒嘀嘀。

左军浑身一机灵，脸上显出兴奋的神色来。左军从平心静气的冲锋号和有章有法的机关枪声里听出一支职业军队的节奏来。

左军心想，这就对了。

赵得夫在枣林子里东颠西窜。赵得夫个头矮，站在地下够得着的枣儿不是白皮的就是蔫的，就这样他也很兴奋。赵得夫说：“上树！都上树！”兵们就奋勇地往树上爬，爬上去，猴儿一样吊着树枝儿摇晃，晃得枣儿下雨似的紧一阵慢一阵往下落，赵得夫就什么劲也不使地在下面捡落儿。赵得夫喜滋滋地喊：“摇！你们用点劲摇！”

机关枪响得越来越有点情绪了，傲岸、舒畅，光听那声音就能判断出射手的老到，射手在直截了当地连射中偶尔还变化着来几个诙谐的点射，显出他的修养功夫，让内行人听着能品出无穷的韵味来。

枣林子里，赵得夫立起身子，四下里看看，见没人看着他，迅速地将一枚枣儿塞进嘴里。赵得夫乐不滋滋地喊：“摇！使劲儿摇！”

兵们便在树上满头大汗地荡来荡去。

机枪声突然停止了。

一刹那间，所有的人都觉得时间和生命都不存在了，空气中有一种令人窒息的安宁在轻轻颤动。有两只或三只黑老呱像石头似的从天空中笔直地坠落下来。

倪家营子里，一股股黑色的烟柱像美丽的毒花似的盛开着，飞快地生长向天空。

左军放下望远镜，欣赏地叹了一口气，说：“正规军。”

左军说：“就是不一样！”

那个营长一边吹着被烧红的机枪枪管揭掉了皮的手心，一边骒马似的跑过来，在枣树林子外面站定，用力一磕后脚跟，报告说：“师长，干完了。”

枣树林子里传出赵得夫的声音：“倪大瓢子呢？”

营长说：“死了，下身全打烂了。”

枣树林子里说:“剩下的呢?”

营长说:“打死四十七人,活捉三百零九人,缴枪三百五十支,还有一门哑炮。”

枣树林子里又说:“伤亡情况怎么样?”

营长舔了舔干燥的嘴唇,说:“牺牲了五个,伤了二十一个。”

枣树林子里勃然大怒道:“你屎怎么打的?屁大一个仗就丢了我五个人!你屎咋没牺牲?”

说着,赵得夫骂骂咧咧地走出枣树林,腆着肚子兜一衣襟枣儿,后面依次钻出一群脏兮兮的羊儿。

赵得夫把脸儿凑近营长,一个大鼻子将营长胁逼得直往后退。赵得夫怒气冲冲地说:“你说说,你小子咋就命大,回回轮不上你牺牲?”

营长说:“我手伤了。”

赵得夫说:“我看看。”

营长就把伤了的那只手举到赵得夫的大鼻子下面。营长嘿嘿地笑。赵得夫说:‘笑个屎!”

赵得夫说:“枣儿拿去,每个伤号发五十,最先冲进围子的兵发一百,其余的给我留着。”又不放心地说:“你小子别起贼心,我都记着数呢,少一个我拿你是问!”

营长笑嘻嘻道:“哪能呢。”

赵得夫说:“仗是大家打的,咱们别吃独食,营子留给赤卫队打扫,金银浮财一律留给他们,缴下的枪,挑好的带点,其余的连俘虏都交给独立团。”

赵得夫说完打了个大大的喷嚏,脚下立刻腾起一片黄色的尘土,把他和那群羊儿都笼罩了,很像都做了地遁。

左军看看天色,仰头时,正有一轮月儿从青青白白的西边天空悬了下来。

左军是被派到红七师来做赵得夫的参谋长的。

左军眼镜后面那一对贼亮的小眼睛总是若有所思地眯缝着，一日十二时辰没有睁圆的时候。左军在德国赫本兹军校读书的时候就喜欢这么眯缝着眼睛，以后就养成了这种习惯。这个样子使左军时时处处显出一个儒将的风度来。左军就是靠着这双眯缝的小眼睛通过了地形课和战术课的严格考试，成为赫本兹军校第六十三期优秀毕业生。校长冯·斯道曼将军在授给左军毕业证书的时候说了一句耐人寻味的话，冯·斯道曼说：“如果你不幸生活在和平安宁的土地上，那将是赫本兹的巨大损失。”左军将这话记得很牢。

没有人知道左军在吴淞口港走下英轮“伊丽莎白”号之后的那段日子和经历。那之后左军失踪了差不多有一年时间。在沈阳花园口那栋有名的东北军参谋本部黑色大理石楼房里，一套崭新的少将衔军服和一张大帅亲签的委任状等着左军。那套军服和委任状一直等了三年，直到日本关东军在九月二十三日冲进参谋本部的那一天。左军的失踪是个谜。实际上，红色鄂豫皖军区在接到左军的派遣令时也没有任何关于左军的其他情况说明。红军是一支有组织有纪律的队伍，其中最重要的一条就是一切唯上级党的马首是瞻，不允许瞎打听。

左军见到赵得夫的时候，赵得夫正蹲在炕头上和特务员木头下五子棋。特务员木头看着自己要走死了，就指着窗外说：“看那只鸟儿嘿！”赵得夫伸长脖子去看鸟，木头就乘机偷去他一颗棋子。赵得夫看罢鸟回过头来继续下棋。赵得夫使劲地挠粗短的脖子，说：“我咋就剩下四个子儿了？”木头一脸正经地说：“沙场上捉对儿厮杀，算计不着，损兵折将常有的事儿。”赵得夫想想说：“也是。”于是又走。

赵得夫和左军握手的时候依然蹲在炕头上，两只大脚丫子踩住棋子。木头在赵得夫和新来的参谋长握手的时候又飞快地偷去了赵得夫的一粒子，然后天真烂漫地张着大嘴笑着看两人握手。

左军觉得自己的手是进入了一架粉碎机里。

赵得夫说：“木头，给参谋长倒水！”

木头说：“这盘你输了。”

赵得夫说：“输你个尿！”

木头就鸟儿似的蹿下炕去外屋找水。

左军打量师部。明暗三间半，屋子宽敞干燥，新添的干草散发出一股甜丝丝的好闻的气味，方桌条凳一应俱全，墙上挂着几串猩红的辣子，还有一幅“老鼠招亲”新年画，就差一个暖乎乎的女人和两只上炕啄食的鸡娃，便是正经庄户人的日子了。偏偏墙上光秃秃的没有军事地图。

左军皱了皱眉头。

赵得夫从炕下拖出一只簸箕，簸箕里盛着红红白白的枣儿，枣儿全是左军熟悉的模样。赵得夫说你吃枣儿。赵得夫着着实实抓了一大把枣儿往左军怀里掖。左军使双手捧那枣儿。左军后来想有些不对，他前后一共就吐了五个核。左军想这是无论如何也不可能的。左军亲眼看见赵得夫那一把枣儿捏得鼓鼓实实的，往少里数也得有二十粒吧，怎么就五个？

左军说：“早闻师长是一员威武战将，如雷贯耳。”

赵得夫说：“尿将！”

左军说：“上级派我来辅佐师长，今后还要师长点拨。”

赵得夫说：“尿拨！”

左军微笑，眯缝着眼睛看着一只牛蚊子降落在赵得夫硕大无朋的鼻头上。

赵得夫大喊：“木头！”

木头跳进屋来，说：“水成了，没弄到红糖。”

赵得夫说：“红糖干什么，去，给闹二斤酒来，再买只肥鹅，没鹅鸡也成，我和参谋长喝酒说话。”又说：“没酒说话舌头短。”

左军在心里直摇头。左军寻思，泱泱军事史上，有多少英雄豪杰是败在酒肉阵中了。左军有些怀疑关于赵得夫的那些传奇说法了。

鹅是白水囫囵个煮上来的，果然肥。鹅头窝在小巧的裸肢下，安静得如同睡熟了。赵得夫操锄似笨拙地举起筷子，筷头在鹅的上空划了个气势恢弘的圈儿。赵得夫说："吃！"赵得夫说完眼睛就直了。赵得夫眼睛大且亮，但真正大的是他的鼻子。赵得夫的鼻子巨大无朋，看不仔细，直觉得那一张坑坑洼洼的脸上全是一个鼻子，其他的零碎只是一些无关紧要的点缀，这使他有点像一只憨态可掬的海象。左军记得德国海伦公园里那头叫做菲鲁老爷的公海象在阳光下舒服地打着瞌睡的样子，几个尊贵的夫人小姐拖着白色的长裙打着小洋伞在一旁悠闲地散步。左军想起这些心里就很温柔。

赵得夫说："木头，你把鹅屁股弄哪儿去了？"

木头眨巴着眼，木头说："这只鹅是残废，没长屁股。"

赵得夫说："你日尿糊弄我，这是刀切的，你唬不住。"

木头嘻嘻笑道："师长，老规矩，屁股给你留着呢。"

赵得夫满意地道："这就对了。"

赵得夫对左军说："吃！"

赵得夫就下筷子，伸出手，拽住鹅头，连脖子带嗉子撕下一块来，填进大嘴里，左军立刻听见骨头在牙齿的切割下断裂的声音。

木头坐在炕头边，摆弄着一支德造手提花机关枪，炕头上摊了一块花布，木头把枪拆得头不是头脸不是脸，碎尸似的。木头摆弄枪时咬牙切齿。

左军坐在那里没有动。桌上摆着两瓮酒，左军和赵得夫面前各蹾一瓮。没人斟酒。赵得夫没喝酒。赵得夫只吃鹅。左军想，谋为先，士如客，他是不该先敬酒的。赵得夫只吃鹅，赵得夫说："吃！"赵得夫先吃鹅头、鹅脖子，后是翅，然后是腿。赵得夫吃得满嘴流油。左军就伸出手去，也不用筷子，将余下的那只肥鹅腿撕了。左军咬了一口鹅腿觉得不对劲。左军从眼角看见木头在一旁哧哧地笑。左军将钳在牙缝里的鹅腿用力拔出来。举到眼前看，就证实了自己的感觉。鹅没煮烂，夹生的，被牙拆开的鹅肉里渗出粉红色的血沫来。

赵得夫说："吃！"

左军放了鹅腿，就去斟酒，只斟满自己面前的碗，也不说话，扬头灌了一碗。这就对了，左军想，这就对了，这个吃独食的土匪。左军一碗接一碗喝酒，一边在心里默着赵得夫的战绩：罗家堡战役，自亡二十八人，伤七十人，歼敌两个团，缴获山炮以下枪械九百余；白石口战役，以一团之兵力对抗湘军三个团外带一个旅部之敌，全歼敌一个整团；苏家埠战役，以一营人之兵力掩护红四军军部直属队和辎重队安全撤退，歼敌七百，活捉桂军二十七旅旅长黄自安；豫南突围，率红七师于三个月内转战四千余里，突破十一道重围，歼敌五千余，生生毁了对手苦心经营半年之久的春季围剿计划……左军的记忆力非常好，他能将第一次世界大战时四十六次著名战役的时间、地点、双方兵力配置及指挥官经历、战役的结局倒背如流。即使在最严厉的教官面前也能得到高分。左军想，赵得夫如何能躲得过自己呢？

这个吃独食的土匪！

那只肥鹅消失了，连骨头渣子也没剩，剩下时只有一只鹅腿，就是被左军咬了一口而无法消受的那一只。赵得夫打了个饱嗝。赵得夫说：“饱了？”左军说：“饱了。”赵得夫说：“饱了好。”赵得夫说着提了自己面前的那瓮酒，咬住瓮沿，灌凉水似的一气灌了个瓮朝天，漱口似的咕咙着牙缝间的夹带物，然后心满意足地搓了搓油腻的大手。

赵得夫说：“那就这样吧，从明天起，你就给咱训兵。”

赵得夫说：“木头，带参谋长歇息去。”

左军走到门口，听见赵得夫在身后说：“对了，该说给你听听，七师有过两任参谋长，一个吃了枪子儿，一个给马踩烂了脑袋。”

七师是主力师。师长赵得夫，辖下三个团十个营三十个连，外加师特务营和手枪队，作战人员两千八百名。

在左军来之前，七师的兵是赵得夫亲自训练的，冬寒夏炎，一日两操，只要不打仗，训练便一日不少，书是背出来的，兵是训出来的，这一点领兵的人都明白。如今七师又有了新参谋长，新参谋长是左军，赵得夫说明儿起兵由你训，左军就领了训兵大令。

左军训兵尤严，集合号一响，两分钟之内，不管捉蚤子的拉屎的，披上衣裳提着裤子，你都得挨着个站到打谷场上去，少一个不成。左军是头一个站在打谷场上的。左军服装整齐，武装带扎得腰细如蚁，让人担心他喊一声口令就会挣断肠子，呛出五脏六腑来。喊一，兵们就全体立正，挺胸收腹，目视前方。喊二，兵们就右臂甩到胸口，左腿用力踢去，笔笔直直悬地十公分，多一分少一分一律不合标准。却不喊三，就那么让兵们将一条腿举在空中，做金鸡独立状。左军则背了手，自第一排第一人开始，目光如刺地从头验来。一袋烟下地，就有一些兵吃不住劲，塌了腰、窝了背、软了腿。左军走到面前，眼镜片后面一对小眼珠如针如锥，冷冷地盯住。有兵憋不住，觉得像是有一排蚂蚁排着队顺着脚背往上爬，便哧哧地笑。左军也笑，笑得冷冷的，猛一记马鞭子，狠狠抽在那兵大腿上，抽得那兵"哎哟"一声，叫过后，腰也直了，腿也挺了，左军就满意地点点头，再喊三。

特务员木头蹲在操场边兴致勃勃地看了半天，一边嗑着南瓜子儿。先还新奇，后来便倦了，终于看出了困意。太阳很好，忍不住就蹲在那儿打了个盹，醒来后，太阳已偏过去两杆，左军还在喊一二三。再看那些兵，个个汗出得像刚打河里捞出来的，那个惨。木头想不出有什么再好看的，便立起身来，抖掉瓜子壳，懒懒地回了师部，将看到的一应景致学说给赵得夫听。赵得夫先在读一本《七侠五义》，读得面红耳赤。赵得夫放下书，说："真使鞭子抽？"木头说真抽，一抽一哎哟。木头怕赵得夫不相信，就抡起手中的蝇甩子，使劲在赵得夫大腿上抽了一记。木头说就这个样子。赵得夫跳起来，吸了一口气。赵得夫说，胡屎闹，怎么能抽腿，兵靠腿吃饭，抽坏了咋跑路打仗？——往屁股上抽不行？木头说，行是行，屁股肉厚，得费点劲儿抽。赵得夫说，胡屎闹！赵得夫说罢下床，带着木头出了屋奔谷场而去。

赵得夫到了操场，看见他那些兵，已经被处理得七歪八倒了，东爬一个，西倒两个，完全没有一支军队的样子。左军在那里扬着鞭子满头大汗地喊，起来，都起来，继续操练！兵们起不来，左军就用鞭子抽。赵得夫看了就不满意，心想，日他妈，部队又不是童子军，要走那么整齐的步子干什么。赵得夫说，参谋长，还有没有别的新鲜把戏，换点新鲜把戏玩一玩。左军转过头来看见赵得夫，左军看赵得夫的样子，就知道赵得夫是不满意自己了。左军冷冷地看着赵得夫说，什么算做新鲜的呢？赵得夫说，当兵吃粮，不打仗，要那么整齐的兵干什么？左军本想说一番军风军容的大道理来，给七师师长和他的兵们听听，但又一想，你堂堂一师最高行政长官，手心里捏着一师将士的性命，难道这点道理还不懂？要我来说？我这参谋长也当得太窝囊了。左军心里有了芥蒂，就换了一种念头。左军说也行，那就换点新鲜的。左军叫过执勤营长，吩咐挑出三个兵来。执勤营长问：三个兵，要什么样的呢？高的、矮的、胖的、瘦的？左军说都行，只要机灵点的。营长就指着队伍叫，你，你，还有你。三个兵出列，果然都是机灵的老兵。左军从谷场边拾了根柴棍，对三个兵说，我去那边，往这边冲锋，你们使枪打我，看见就打。三个兵听了很兴奋，一个兵问：真打假打？左军瞪他一眼，说咱们练的是单兵动作，枪膛里不用上子弹，瞄着了就算你们赢。左军退到百十公尺外，站定了，远远地喊一声开始，左军就握着柴棍弓着腰往这边跑。三个兵连忙举起枪，撅着屁股冲左军瞄，看着要瞄住了，左军一个匍匐，接连打几个滚，从枪口下消失了。三个兵连忙移动枪口去寻左军。看看要瞄住了，左军又蛇似的左游右蹿消失在枪口下。左军逢坡打滚，遇坎跳跃，十分灵巧，活像一只在草稞里追逐野兔的山猫，三个兵，三条枪六只眼，怎么也捉不住他，急得三个兵直跳脚。眨眼间，左军已冲到跟前，没容兵们回过神，左军已使柴棍将一个兵捅倒，另外两个兵见状，也顾不得开枪了，挺着枪来刺左军。左军用柴棍隔开一个兵；就势在那兵的肚子上狠捅了一记。剩下的一个兵亡命扑来，左军闪过了，顺直了柴棍，对准了那兵的后背，嘴里砰地叫了一声，便算是把余下的那个给毙了。整个过程，不足半袋烟工夫，要多利索有多利索，操场上，就有兵喝彩，呱唧呱唧给左军鼓掌。左军大气不喘，斜了眼来看赵得夫。赵得夫张开大嘴哈哈笑着。赵得夫说：“参谋长，没看出来，你还会玩躲猫猫，玩得好，玩得好！”左军皱着眉头。左军心想，这算躲猫猫？扯淡！心里这么想，嘴上却说：“师长，单兵动作和刺杀是步战的基本功，一支军队是否骁勇善战，最终要看能否短兵血刃——师长，这方面你是有经验的，是否也给士兵们演习演习，让大伙儿有个样子学学。”说着就拿镜片后一双小眼睛来看赵得夫。赵得夫来了兴趣，说：“中！咱就演习演习。”左军说：“演习枪刺吧。”赵得夫说：“枪刺干吗，还来刚才的。”那意思就照着刚才左军和三个兵的那一套方式来。左军想，也行，论拼刺，自己虽说绝技在身，但赵得夫显然也不是一头菜牛，就那一身厚肉，捅他个三百下未必能放倒他，若换成单兵动作，有赫本兹军校证明，就算有一个班步兵守着，若没有重火力支持，要防他左军也不那么容易。左军爽快应道：“就依师长的，咱们还来刚才的。”

左军退到一百公尺开外，勒紧腰带，鼓足了劲儿，喊声开始，便左躲右避，飞快地朝这边冲来。左军好样的，逢坡便滚，遇坎便跳，蛇一般的灵狡，野猫似的利索，直把谷场上那些兵，看得口也张了，眼也圆了，下颜淌着长长的哈喇子也浑然不知。赵得夫也觉得左军跑得好看，却不多看，头也不回，一伸手拽过木头，自他胯下刷地那么一掏，就掏出一只二十四响的快慢机，顺手往裤腿上一擦，哗啦一声子弹顶入枪膛，再往回一拖，咔嚓一声机头大张开，说了声“丢了你那破棍儿吧”，瞄也不瞄，抬手就是一枪。疾跑着的左军只觉得手心儿一哆嗦，当枪使的那根柴棍自手握处齐齐断了，多余的那截飞得老远。赵得夫又说：“跑个啥劲儿。”甩手又连发两枪，弹丸飞出去，长了眼似的在左军左右两只裤腿上穿了两个洞。左军全然没料到，滋溜溜刹住脚，被钉住似的站在那儿，苍白着脸大喘气远远盯住赵得夫。左军看见赵得夫狞笑着，远远举起驳壳枪，细如针尖的枪口在阳光下泛着瓦蓝，凭感觉是准确无误地瞄住了自己的眉心处，那个地方立刻针刺般地灼热了，淌下汗来。

谷场上的兵们都瞪圆了眼看着这一幕。

赵得夫微笑着，慢慢扣动扳机。

左军几乎停止了呼吸。

咔嚓。撞针击发。

兵们齐齐地“哦”了一声。

是空膛，没子弹。

左军大汗淋漓，呆呆地站在那里一动不动。

赵得夫哈哈大笑，将手中的驳壳枪丢还给木头。赵得夫说：“玩得好，玩得好，过瘾！你们继续玩吧。”说罢迈着一双短短的粗腿扬长而去。

左军仍不动。左军抬头看了看当顶的太阳，又低头看了看裤腿上黑眼球似的两个弹洞，心里狠狠地骂了一句：狗娘养的！

赵得夫吃过晌午饭后，去斑竹园野战总医院看望师政治委员侯来顺。

政治委员侯来顺是一个月前打刘家堡时被子弹打中的。子弹打得也忒不是地方，正好打在侯来顺那张小白脸上。当时三营已经打进去了，正在向纵深发展，侯来顺站在一个碉堡上用望远镜观察战况。赵得夫说老侯你下来，小心子弹咬你狗日的。侯来顺说哪会呢。赵得夫说，条子，去把政委给我拖下来。条子是政委侯来顺的特务员。条子就去拖侯来顺。侯来顺说好了好了我这就下去。侯来顺还没说完就被子弹击中了。侯来顺像个醉汉似的从碉堡上坠下来，把正往上爬的条子砸了个嘴啃泥。子弹从侯来顺的左腮穿进，右腮贯出。赵得夫后来笑道，日你娘，这回使不上嘴，看日后打仗，你拿屁眼子做鼓动。侯来顺读了四年私塾，后来又在钱庄里做过小伙计，练得一张顺溜溜的快嘴，整个红四军，就数他的鼓动做得好。每次战斗打响前，赵得夫都要把侯来顺往前推，说老侯，你狗日的先打。侯来顺就把腰带一煞，气宇轩昂地往队伍前一站，一气说上半晌，都是血气往上涌的话，把兵们一个个激得摩拳擦掌，嗷嗷直叫。赵得夫把侯来顺当宝贝似的待着。赵得夫上前去一把搂起侯来顺。赵得夫说，老侯，老侯，你死不了吧？

赵得夫说，老侯你屎死了我✕你娘！侯来顺想说什么，一张嘴，话没说出来，吐一口血牙。赵得夫连忙去掰侯来顺的嘴，掰开一看笑了。赵得夫说，老侯你狗日的舌头没伤着，老侯你还在。

赵得夫常去医院探望侯来顺，每次去时都不空手，果子煮鸡蛋之类的吃食背一包袱皮儿。赵得夫在侯来顺的病床前一边剥鸡蛋吃一边海吹，直到把包袱吃空。赵得夫每次都说，条子，木头，你们去弄点好吃的，我给政委带去。条子和木头不知道，政委灌的是羊奶，干的一口没捞着吃。赵得夫坐在侯来顺床头，把鸡蛋壳果子核剥了一地，女护士进来，很生气地说，这位首长，你看你折腾这一地。赵得夫说，小同志，你这就不知道了，我这是一种配合治疗。女护士说，你明知道伤员嘴不好，你在那大吃二嚼，他在那看着，我还没听说过这种治疗法。赵得夫说，对了，这就对了，我在这儿大吃二嚼，他必定馋着不是？他一馋，就得下狠心把嘴上的肉长出来不是？女护士听了扑哧一笑，说，你这位首长，真是。赵得夫拍拍侯来顺的肩。赵得夫哈哈大笑说，老侯，你这张嘴也够累的，该歇息两天了。侯来顺还没拆绷带，说不出话。侯来顺就苦笑。

赵得夫也不光吃果子。吃完果子后赵得夫就去找院长。有时候院长在做手术，赵得夫也不管，径直撞进去，扯着嗓子喊：老郎中，你在这儿杀马呢？赵得夫说，老郎中，红药水用完没？用完了我再给你弄一桶去。赵得夫说，你快点把咱老侯那张嘴拾掇好，拾掇好了，我下次专门为你打一回宋埠，给你闹两支盘尼西林来让你风光风光。赵得夫笑眯眯地说，要是把咱老侯的嘴治没了，我把你这医院变成屠宰场。

太阳西斜的时候，赵得夫骑着他那匹川响骡子返回驻地。赵得夫回到师部时，木头正在炕上擦他那支花机关枪，零件瓦蓝瓦蓝的星星一样落得满炕都是。赵得夫在水缸边猛灌了一气凉水，擦一把下颌上滴落的水珠子说，参谋长呢？木头头也不抬，说参谋长在二团训话呢。赵得夫听了很高兴，说，好，参谋长！赵得夫在屋里来回踱了两圈，见木头没有理他的意思。赵得夫说，木头，咱们杀一盘？木头说：没见我忙着呢。赵得夫嘻嘻笑道，来来。木头不耐烦地说，你要闲着没事，你去听参谋长训话去。赵得夫没辙，只好乖乖地出了师部，去二团听参谋长训话。

夕阳如金。左军在方方正正的部队前站得如一支笔。左军和排头的那个兵相距十尺，那之间金灿灿地铺着一层太阳的余晖。这是讲究。要使全体兵都能看见他，尤其是看见他威严的瞳子，但又得把自己和兵们隔开，隔出一个指挥官的威信，距离就分毫不能差。左军的帽檐下渗出一圈黑糊糊的汗渍。兵们也汗，只是兵们的汗比左军的汗显得更黑，粒儿也粗壮些。左军先讲军风军纪。左军讲拿破仑，左军讲拿破仑率领大军远征菲切斯特时，骑兵五天五夜不下马，吃睡全在马背上，屁股被马背磨得皮开肉绽，全体将士仍旧队列整齐，斗志旺盛。左军讲一战时的德军名将冯·鲁代夫。冯将军的集团军被法军包围二十天，殊死抵抗，部队九死一伤。二十天后，敌围瓦解，前往解围的救军看见，从硝烟袅袅的乱尸和废墟中列队走出来的冯将军和队伍虽然服装破烂，面色如土，却精神抖擞，志气昂扬，被炮火撕成碎片的军旗在他们头顶壮烈地飘扬着。左军讲得很激动。左军镜片后面邓双小眼睛竟有了秋日露水般的潮润。左军觉得自己就是那拿破仑和冯将军。左军在不能自已的激动中看见队伍有一个兵鸡啄米似的在那里打瞌睡。左军再看，不是一个，而是好几个。左军很生气，走过去，站在那兵的面前。兵没察觉，阖着眼，嘴角长长地挂着一丝涎水。左军伸出鞭子，在那兵的肚皮上捅了一下。兵一个激灵醒了，慌张地左右看看，说，咋了，那狗日的嚼完了?

兵都看见了走过来站在一旁的师长，都不敢放肆了，只好吃吃地笑。

左军冷冷的，狭长的脸上看不出风吹草动。左军说混沌之军不过散兵游勇罢了。赵得夫一边呵呵地笑着走过来，赵得夫说，参谋长，你屎和他说这些管啥用，他一个当兵的，只管冲锋就是。左军看着赵得夫，左军说师长，战争不光是扣扣枪机拼拼刺刀，战争是部队素质的较量，只有明白之军才是不可战胜的。赵得夫听罢点点头，赵得夫说这话也对，咱们打仗也不是稀里糊涂打，是要讲个明白。赵得夫走过去，指那打盹的兵，说，你出来，兵就出来，一个立正，腿绷得笔直。赵得夫说你是哪年入伍的。兵说报告师长，我是三打光山时入伍的。赵得夫点点头说是老兵了，为什么要参加红军呀？兵说我爹被老财下了狱，姐姐被老财霸占了，娘改了嫁。兵说我当兵报仇。兵说这话时咬牙切齿眼里有泪。赵得夫说中呀，这你当红军的兵你就当对了，红军别人不杀，专杀老财，你苦大仇深，日后打仗你就冲前面，只管狠着劲放着胆杀，杀你家仇人，赵得夫甩手在所有兵的头顶满满地画了个圈——杀咱庄户人全体的仇人，懂吗？兵挺直了胸膛脆脆生生地道，懂了师长！赵得夫满意地点点头，又指一个兵，说你干吗当兵。那兵五大三粗，未开口先脸红。赵得夫乐了，说你和二十八连的李来顺一样，逃婚出来的吧。那大个子兵嘻嘻地笑，说师长你蒙错了，俺不是逃婚，要有婚，俺也不逃了，是瞎子是瘸子，是个女的就中，俺就是说不上媳妇，二十整啦，村里人笑话，这才逃出来了。赵得夫瞪了兵一眼，说瞧你人五人六的，咋就混不上个女人。兵腼腆地说，俺家里穷，没食儿诱不住鸟儿呗。赵得夫一拍大腿，说这不结了，穷是咱的痛处，咱闹红军，就这穷字给逼的，咱拉杆子打仗，天下打下了，没地的有地，没房的有房，没女人的有女人，天下的好日子尽是咱的，懂吗？大个子兵眼里直冒火光，尖着嗓门喊，懂师长，我玩儿命了！赵得夫满意地瞟了一眼兵，说屌鸟儿不笨嘛，一说就通。赵得夫得意地转向左军，说怎么样参谋长，咱这兵，要训好训。

左军脸上不显山不露水，心里却摇头，寻思这怪不得兵，师长就这样儿了。

八团十二连两个逃兵是傍晚时分抓回来的。

逃兵一个是排长，一个是新兵，都是二十里外符集上的人。人抓回来后先揍了一通，然后五花大绑吊在特务营营部里。人是特务营长亲自带几个便衣去抓的，特务营长向左军报告说，他带人摸进排长家时，排长正和小媳妇在炕上折腾，费了好大的劲才将两人分开，那小媳妇还真行，赤条条扑上来抱住自己男人不让捆，指甲也使上了，牙也使上了，那小媳妇水灵的，真招人疼。

左军对小媳妇不感兴趣，左军只盯着那两个没头没脑捆成粽子样的逃兵。排长是条精壮的汉子，让人从自家炕头上拖起来缚住后便一言不发，一副垂头丧气的样子。新兵看模样还是个半大孩子，缩在屋角不住声地抽泣，很是猥琐。左军眉宇间流露出轻蔑的神色。

特务营长问：“参谋长，咋发落他们？”

“毙了。”左军冷冷地说。

特务营长快活地撸了撸袖子，冲手下的兵说：“拖出去！”

排长和新兵被五花大绑地往外推。排长自知没趣，闭了眼，脸无血色，任人推搡。新兵给吓坏了，先前的抽泣换成了号啕，站不住，让人挟着，不住声地喊：“爹呀！娘呀！”

行刑队在院子里撞上两个人。特务营长立刻报告：“师长！”

赵得夫说：‘咋回事儿？”

特务营长说：“报告师长，两个逃兵，参谋长命令毙掉。”

赵得夫抻了抻披在肩上的衣服，走过去，借着屋里漏出来的光亮看了看排长。赵得夫说，你是八团十二连的谢坤才吧？排长睁开眼，见是师长，悔愧难当地点点头，一张脸埋进裆里再不肯抬起。赵得夫挺起腰板。赵得夫说，押回去。赵得夫说着就自己率先进了屋。

左军到七师这些天来第一次见到赵得夫动怒。左军后来想起来，虽然不满意赵得夫对逃兵事件的轻率处理，甚至有一刹那对七师和自己生出了失望的感觉，但左军同时从心里佩服赵得夫。左军觉得，这人粗是粗点，却不失为一条有情有义的汉子。可惜了。

赵得夫坐在屋当中，其他人都站着。赵得夫看两个逃兵被重新押进屋里，便慢慢对那排长说：“我记得，你是京江线突围时在河南入伍的兵。”排长不说话，点点头。

赵得夫若有所思说:“你入伍时，七师打得只剩下四百人了——我要没记错,范垸打李少银那一仗,是你带几个人冒死冲进垸子里点着了李少银的团部的。”排长点点头,眼里有了泪星儿。

赵得夫一拍桌子，怒喝道:“你混球！既然在最倒霉的时候跟了我,打仗又不孬种,如今七师红了火了,你干吗还当逃兵？”

排长道:“都怪俺自己昏了头。师长,快一个月没捞着仗打了,整天闲待着,好吃好喝,人直长肥肉。看着二季谷要收了,俺家里没兄弟,只俺媳妇一个人在家,雇了人家七分田,靠俺媳妇一人,咋说谷也要烂在田里,俺在队伍上吃喝不愁,俺媳妇一人在家,俺不能不惦记,就这,俺就偷跑回家了。”排长这么说,自知七师不比别的队伍,自己是犯了死罪,逃不过的,叹口气说:“师长,只怪俺一时糊涂,犯上了,吃军饷的人,横竖没个长活,杀就杀吧,只求师长给个大情,看在俺也是赔着命为师长干的,别让俺女人知道了。”

赵得夫听了,沉沉地点点头。转过身来,又问那新兵:“你呢?干吗当逃兵？”

新兵怵得很,依旧抽泣着,怯生生看一眼赵得夫,说:“俺……俺想娘了。”

赵得夫皱了皱眉头,说:“你多大？”

新兵说:“俺十二了。”

赵得夫勃然大怒道:“十二岁的娃娃,不在你娘怀里叼奶头,当什么兵？”

新兵吓了一哆嗦。新兵说:“是,是俺爹要俺来的,俺爹说,当兵吃饷,顿顿有白馍吃,还发大洋。俺不要大洋,俺,俺只馋白馍吃。”

赵得夫瞪着眼道:“馋你娘个腿儿！枪子儿你馋不馋？”

新兵吓得半死,又抽泣。

赵得夫站起来,背着手在屋里来回走,墙上的老土贴不住,直往下落。屋里人都看着他,闷声静气。赵得夫忽然站下了,转身问特务营长:“他们拖走了我的枪没？”

特务营长说:“没有。”

赵得夫点点头,说:“谅他们也没那狗胆。”

赵得夫又说:“放了他们。”

这回特务营长没听明白,愣了愣。特务营长这么一愣,就听见赵得夫说:“你猪耳朵呀,叫你把人放了!”

特务营长听明白了,连忙示意放人。

赵得夫又说:“去,拿两块光洋来。”

赵得夫转身对两个逃兵说:“你们拿上钱滚吧,回家过日子去,以后日子过腻了,想回来,我赵得夫既往不咎,照样欢迎。只是有一件,干什么都行,别当了我的俘虏,若是我在俘虏中寻出你们谁来,剁你十八大块不说,我抄你们全家!”

说罢,赵得夫大步朝屋外走去,走到门口又站住了,回过头来指着排长恶狠狠地道:“抽他二十鞭再放人!”

排长热泪盈眶,也顾不得什么,扑通一声跪下了,喊道:“师长,谢你不杀的大恩了!”

左军在院子里追上赵得夫,也不忌讳木头就在身边,压抑着不满情绪说:“师长,不能放人!他们可是逃兵!”

赵得夫冷冷道:“你要把他们怎么样?”

左军毫不犹豫地道:“枪毙,以示军纪!”

赵得夫哼了一声。赵得夫说:“人让你毙光了,谁来给我当兵?”

赵得夫说完头也不回地走出院子。

左军一个人孤零零站在院子当中。明月初升,院子像是被浸在水中洗刷过一遍似的,凉爽而干净,远处有兴奋异常的狗叫声传来。左军有些凉津津地失落。左军想,这个大鼻子农夫,他这么护犊子,他是靠什么打的胜仗呢?

左军怎么想也想不通。

赵得夫亲自带着人去斑竹园野战总医院把政治委员侯来顺接回

了七师。赵得夫对左军说，参谋长，你替咱把家看好，我去接老侯那狗日的去。赵得夫喜滋滋地跨上他那头川响骡子，过节似的在一群年轻兵的簇拥下出了院子。政委的特务兵条子在马背上激动得嘤嘤地哭。

左军待赵得夫走后果然认真地照看着七师的家。一日本相安无事，先在屋里看了会儿书，脑子里会是政委的模样，烦得看不下了，丢了书，提了条鞭子，叫上特务兵二牛到各团溜达了一圈。各团也都安居乐业，有的下操，有的在太阳下一边捉蚤子一边识字。只出了两件小事，八团的一个班长买老乡瓜吃，少付人一枚铜板，两厢打了起来；二团的一个兵在河边偷看女人洗澡，被人捉住了。左军当下安慰了来告状的老乡，下令将两个肇事者各抽二十鞭，关进禁闭室里反省，当日不给饭吃，菜金扣下来赔给老乡。左军看着执刑队抽过两个倒霉蛋白花花的屁股后心里好过了一点，左军依旧回师部看他的书。左军拿起书本的时候心里还在想，政委有什么了不起，值得赵得夫这么轰轰烈烈去接。

赵得夫说话算话，果然带兵打了一回宋埠，盘尼西林不是弄了两支，而是整整三盒，酒精红汞各一大桶，还随手挟回一个刚从汉口医院征用来的女医生，一起都送给了老院长，老院长那个喜，直说，赵师长，你真是个好同志！你这样，我也爽气一回，你这侯政委，下次嘴再打烂了，还送来我包给你治！

赵得夫当晚在师部摆了一桌丰盛的酒席为侯来顺接风。

赵得夫恭恭敬敬地把侯来顺送到上首坐了，回头冲三个特务兵喊：你们尿呆了？上酒呀！赵得夫喜上眉梢地用力拍着侯来顺的肩，把侯来顺拍得直摇晃。赵得夫说，老侯，你把我想死了！赵得夫说，来，咱们先干它一碗！侯来顺捂着嘴哼哼唧唧地说，先别，我不能喝，我这伤还没好利索呢。赵得夫说，扯尿淡，什么伤不伤的，拿酒洗一洗，闭眼就好。侯来顺往一边躲，赵得夫一把扯住，端了酒碗就往侯来顺嘴里灌，一边灌一边说，喝！喝！一碗酒连灌带淌地见了底，赵得夫放下酒碗痛快淋漓地哈哈大笑。

左军坐下首。左军先前已和政委见过面了。左军只觉得自己是被冷落了。自到七师任参谋长，左军一人之下，众人之上，兵也训过，仗也打过，全师三千弟兄，连师长赵得夫在内，都觉出左军这个留过洋的军师爷不是等闲之辈。当然隔阂还是有的，这也怪不着左军。七师是主力师，也只是在建制和仗的打法上看出来的，兵却都是农民，也有些散兵游勇，原有的那些狭隘自私和小气，那些偷鸡摸狗和易于满足，仍然把七师排在了正规部队之外，左军也明白这不是一日之功，左军也有耐心。左军没料想突然就回来个政委，怎么看。侯来顺也不像一个军人，和一个犯着痨病的没落乡绅无二，站着坐着都怯怯地，透不出一点精气神儿。侯来顺那张小白脸上，有一多半位置被那个贯穿的弹洞占领了，说话也是病恹恹的。后来左军还知道侯来顺有个哮喘的老毛病，是靠抽大烟来治疗的，左军就益发地瞧不起。左军瞧不起，就一个人喝闷酒。

侯来顺被赵得夫硬灌了两碗酒，侯来顺就说笑话，说九师师长张克犯了痔疮，去总医院割肠子，住了三天把人家一个花骨朵儿似的女护理兵勾搭走了。侯来顺说，狗日的张克，拿一截没用的烂肠子换人家一个大活人，这就难怪他仗打得刁滑了。赵得夫听罢哈哈大笑，把一碗酒泼了一多半在侯来顺身上。赵得夫说，狗日的张克！赵得夫说，喝！老侯，今儿咱喝个天翻地覆！

侯来顺这时见左军沉默寡言，侯来顺就与左军握手，笑眯眯道："参谋长，这一阵辛苦你了。"

左军握着侯来顺一截子柔弱无骨的手，心里一个劲地往上涌酒劲。左军说："政委看是读书人？"

赵得夫啃着一条猪尾巴，啃得咔吧咔吧响。赵得夫说："可不是读书人，是咱七师的大知识分子！"

左军说："哦？政委什么学堂毕业的？"

侯来顺笑眯眯道："乡间私塾，没名儿，高小差一年。"

左军点点头，说："哦，是这样。"

左军丢一块淋了麻油的萝卜干进嘴里，咬得嘎吧嘎吧响。左军等着侯来顺反过来问自己。政委嘴上的伤没好全，但反问一句是不妨碍的。左军把零头不计，整整读了十三年书。

赵得夫挠着大脑袋，朝侯来顺眨巴眨巴眼睛，说："怎么样，老侯，咱杀两盘？"

侯来顺笑眯眯的，说："来来，我在医院学了两招棋，就近教教你。"

赵得夫说："就你？"

说着，两个人推开酒盏，脱鞋上炕，头顶头，脚丫顶脚丫，热烘烘地杀将起来。木头和条子见状也凑过去，一边从桌上抓油盐豆吃，一边在一旁指划着，不时就上一口老酒，辣得两个小家伙直嘶嘶地咂嘴。

左军还在那里等着，却没人来问，都勾着脑袋围成一圈看棋谱，连二牛也凑了过去。左军自觉没趣，天生对中国象棋隔着一层淡泊，借口酒上了头，回自己屋里睡觉去了。

特务营一队兵在前面引路，沿着青石板夹成的巷道直往里穿。赵得夫光着头，披一件衣长过膝的外套，大跨步跟在后头，再后面是政委侯来顺、参谋长左军和一群参谋特务兵。

部队开进林店没费多大周折，特务营只花了一袋烟工夫就解决了镇上的保安团，有两个桂系七十二旅的兵奉命到镇上来催军粮，也都在大烟馆里捉来了。

跨进斑驳陆离的朱漆大门，男女老少一群人在当院跪成一堆，老人骨头硬了，一向是舒舒展展地站或者躺着的，何曾习过跪？这一跪就跪出了生疏；有窝在女人怀里的孩子恐骇得抽风似的哭泣，女人就赶紧用奶头去堵，自己却瑟瑟不止，女人个个都是美貌的，即便发抖，也抖成熟透了的高粱穗的样子。跪在最前面的是一个五十来岁的汉子，叫邵王贵，是这个大户人家的主子，祖父在光绪年间捐过一任县台，也算宦仕人家，有良田百顷，钱庄染铺，在林店镇上，做着首位大户。

兵在两边站着，斜挂着枪，横眉竖眼。邵王贵冻鸡子一般只顾磕头，样子已吓得不轻。左军看那富翁，白白胖胖的，唇很厚，一点须毛也没有，也不知是拔得干净，还是原就是一片不毛之地，总之很显猥琐。左军心里倒是有了奇怪，想这副样子，凭什么就该有三五个年龄递次的美貌女人陪着他发跪？

赵得夫呵呵笑着，大声招呼："邵东家！"

邵王贵先是没听清楚，听清楚以后就鸡啄米似的拿头撞地，撞得咚咚的，口里一个劲地说："不敢，不敢。"

赵得夫用力吐了一口痰在地上，说："拿椅子来坐！"

兵去屋里拖出一张宽敞的枣木太师椅来。

赵得夫生气地说："我说了我坐吗？我说了是邵东家坐。"

兵就把太师椅挪到邵王贵身边，放定了。

赵得夫说："邵东家！"

邵王贵惊恐得缩成一团，上好的下江绸袍只做了一堆垫膝的布。邵王贵说："不敢……"

赵得夫吼道："坐！"

邵王贵吓得跳将起来，不知怎么打发自己那一堆肥肉，却还是将屁股挂住太师椅的一角，颤颤地坐了。

赵得夫在裤裆里用力地挠了两把，在另一张太师椅上坐了，也不坐正，脚在地上乱晃悠，笑眯眯地看着邵王贵说："你真是我的东家，我家雇过你二亩沙地呢。"

邵王贵不敢拿眼来看，也不敢说话。

赵得夫说："租子忒重，要二石半。二伏里打发人上门来收，焦干的粮食粒儿，刮雹子似的使风车搅，倒像是选鸡子儿似的。你种来试试，看二亩瘦沙土，拧干打净了能落下了多少粮食粒儿来？"

邵王贵说"小人没长眼，小人没长眼。"

赵得夫点头赞同道："那是。"

赵得夫说：“我原先没见过你。”

邵王贵说：“长官眼贵。”

赵得夫说：“不是眼贵，是你老爷人贵，我们这样的种田佬，是没有有福分见到的——倒是听了你不少事儿。”

邵王贵说：“都是传说，长官别当真。”

赵得夫说：“二石半租子真不真？”

邵王贵愣了一愣，说：“小人知罪！小人知罪！”

赵得夫脸上有了嘲讽，说：“你诓我。”

赵得夫转头对侯来顺和左军说：“就宿这儿？”

侯来顺慢吞吞看了看院子，说：“房都是好房，也干净。”

赵得夫说：“尿事不管，先做两天财主再说。”

特务营长见三位首长要走的样子，忙问：“人怎么办？”

赵得夫说：“绑了。”

特务营长又问：“女人呢？女人也绑了？”

赵得夫说：“你说呢。”

特务营长就走到一边，指挥兵们动手。兵们都夯过，又都有力气，有经验，如今得了机会，哪里会不发挥得尽善尽美。一时间院子里鬼哭狼嚎燕儿飞，一条条绳索都捆了下去。

左军站在那里，看着兵把那些杨柳叶儿似的女人都拖去绑了，左军只觉得这些如花似玉的女人有些可惜了。

挂灯的时候，饭安顿好了，二牛进屋来叫左军去堂屋用饭。左军放下书本问：“二牛，师长和政委呢？”二牛说：“都在了，正喝着呢。”左军摆摆手，说：“知道了，你去吧。”二牛去了。左军又看了一会儿书，这才起身去了堂屋。

堂屋里灯点得白昼似的，像过节。也没有别人，只赵得夫和侯来顺两个人端着大碗拼酒，红艳艳的灯光将两人的脸涂得血漆似的。赵得夫见左军进来就嚷：“参谋长，就等你了，来来，把酒满上，先和政委对一轮。”

左军在桌边坐了，看了看桌上祭品似的整鸡整鸭，说：“师长，你们喝吧，我不想喝。”

赵得夫说：“屎，哪有兵不喝酒的。”

左军说：“我吃鸡头。”

说着左军操起筷子就去拈鸡头。

赵得夫拦下左军。赵得夫说：“鸡头你别动。鸡头是政委的。吃哪儿补哪儿，得快点把狗日的嘴补上，雨季一过又有仗打了。”

左军本来已拈住了鸡头，赵得夫这么一说，他的手在半空中停了一下，只好转移方向。左军说：“那我吃翅膀吧。”

赵得夫说：“翅膀你不能吃。”

左军说：“为什么？”

左军有些生气，头给狗日的吃了，翅膀未必也给狗日的留下不成？

赵得夫放下酒碗，动手在盛鸡的青瓷海碗里汤水滴拉地撕下鸡的后半部分，又照鸡的样子撕下鸭的那一块，都放进左军碗里，左军碗里立刻竖起两座山峰。

赵得夫认真地说：“你是师爷，吃了翅膀字写得鬼画桃符似的，日后七师的布告由谁写去？从今以后我们订下规矩，屁股我让出来，都归你！”

左军皱着眉头说：“还是你吧，我不夺人所爱。”

赵得夫说：“师爷你快吃了它，别让我看着心里发慌，我心里发慌就动枪。”

左军腻歪地看着碗里那两坨肉疙瘩，本来想好好吃点东西的，这一下什么胃口也没有了。左军放下筷子，说：“我还是先来点酒吧。”

三个人喝酒。

都有点酒量，但比起来，侯来顺是大巫。侯来顺的父亲是酿酒师，侯来顺小时候整天泡在酒缸边上，口渴了不喝水，喝刚出缸的白酒，把白酒当水喝的人你怎么比，没法比。赵得夫就怂着左军和侯来顺猜拳。左军不会拳。赵得夫教左军敲筷子，敲单数双数。左军什么不会，能不会单数双数？这个一学就会，会了就和侯来顺对着敲起来。不知是酒上头还是侯来顺窍门多，总之连着几次都被侯来顺捉住了。喝过几巡后，左军就不那么清楚了，又急于赢那狗日的，想着是单数，对方偏偏出的双，想要蒙双时，对方偏偏出的是个单，活该着又是左军喝。侯来顺老谋深算地稳坐在那儿，脸上笑眯眯地不动声色，那样子极像一只猫。赵得夫在一旁乐得什么似的，一边啃着鸡架，一边手脚不住地给两人往空碗里斟酒，也不让侯来顺闲着，只要是左军连着输了三把，就捏着侯来顺的鼻子一定要他陪饮一碗。

这么痛快淋漓地喝下去，一坛子酒很快光了，三个人就吃饭，一大筐白面烙饼，蘸着碗里的剩鸡汤吃，小阳春的日子，三个人吃得一背臭汗。

吃过了，特务兵进来收拾残局，赵得夫起身拉着左军就走。赵得夫说："带你看一场好戏。"

左军酒有些过头，脑门一滴一滴往下淌着黄汤。左军想着要维护平日一向不肯随意的军风纪，挺着脖项说："我不爱看戏，我回屋去。"

赵得夫说："尿又去捉你的虫虫，没劲！让你看一出戏，保你醒酒。"

赵得夫这么说着，也不管左军如何打算，把他推着就走。

左军一路嚷道："政委呢？政委不去？"

赵得夫摆摆手道："这戏他看不得。"

左军拗不过，晕晕乎乎跟着赵得夫走，都只在黑暗中，深一脚浅一脚，好几次碰了头，并不觉得疼，心里只是想，不知道等一会儿坐在戏台子下，是不是会睡过去。这么想着就有些后悔，不该依赵得夫的。左军这么想，却已来不及了，两个人歪歪倒倒进了一栋三重套的宅子，隐隐约约听着有人在身后把大门掩上了，又见庭院里有昏黄的灯光，灯光下有几个人影在晃动，再一细看，原来是特务营长和几个兵，正守在一口铁锈斑驳的大铡刀边摆弄着，见师长参谋长进来，也不说话，搬过两把太师椅让两人坐了，特务营长走过来，小声问：“师长，开始吧？”赵得夫打了个酒嗝。赵得夫挥了挥手，那意思是说开始。

左军还在半昏半暗中寻找戏台子，却见几个兵押着邵王贵和他的几个女人出来，都五花大绑着，蔫茄子似的，黑暗里看不见脸，肯定是没有油彩胭脂，远远的，都让跪下，然后有兵去点燃了一堆柴火。

院子里顿时就亮如白昼。

左军还在糊涂着，赵得夫说：“把老狗拖来！”立刻就有两个兵，去蔫茄子堆中将邵王贵拖了出来，丢在赵得夫面前。赵得夫欠起身子，朝下面看了看，吃惊道：“哎呀，怎么把老爷捆着的？快快松开！快快松开！”兵上来将邵王贵松了绑。被松了绑的邵王贵也不知廉耻，只管趴在地上叩头，说：“饶命！长官饶命！”赵得夫说：“什么话，这是什么话，命是你的，别人是不该要的。只是你这一生，又枉拿了别人多少东西，你说来听听，你饶过人吗？”邵王贵连连叩头道：“我知罪，我还，我全还！”赵得夫说：“当真还？”邵王贵说：“当真！当真！”赵得夫说：“那好。”赵得夫转过头去问特务营长：“都核实清楚了？”特务营长说：“板上钉钉！”赵得夫冷笑一声，说：“那就和邵老爷一一结账。”

特务营长摸出个小本本，手指在嘴里沾了点口水，翻开，朗声念道：“头一桩，民国八年七月十三，周林村村民周六毛在镇上卖李子，被邵老爷踢翻了李子筐，抽了三十个耳光。”

赵得夫问邵王贵：“有这事没有？”

邵王贵说：“我赔。我全赔。”

赵得夫说：“筐嘛，你就不用赔了，就赔耳光吧。”

立时就有一个五大三粗的兵走过来，使足了劲儿照准邵王贵白白胖胖的脸就扇，特务营长一边数着数，一五一十，待三十个耳光扇完，邵王贵已是满嘴冒血花，一个脸变成两个脸了。

赵得夫很满意，说：“往下。”

特务营长又念：“第二桩，民国五年正月初三，邵王贵指使人打断了村落后山双庙寺和尚道正的腿。”

赵得夫问邵王贵:“这事没错吧?”

邵王贵说:“饶命。”

赵得夫说:“只是腿,不是命。”

说罢,两个兵上来,一边一个挟住邵王贵,再一个兵操了根大柴棒子走过来,骑马蹲裆站定了,冲手心吐了口唾沫,运足气,抡圆了大柴棒,疾厉地劈下去,只听得一声闷响,邵王贵连哼都来不及哼一下,身子一挺,一条腿便奇怪地变长了一截,半边拉悠悠地晃荡起来,然后才听见那肥猪遭杀似的号叫起来。

女人堆里立刻乱了,哭的哭,喊的喊。

特务营长不受干扰,继续念道:“第三桩,民国五年荒月初八,邵王贵霸占了村店镇上何寡妇母女俩,何寡妇的女儿遭凌辱后悬梁自尽。”

赵得夫厉声道:“有证据吗?”

特务营长道:“证据俱实!”

赵得夫冷笑一声,说:“也让他偿清了!”

特务营长一挥手,两个兵将邵王贵拖至那口铁锈斑驳的大铡刀边,三下五除二褪了那货的裤子,提了那货的男根,担在刀口上,一个兵眼都不眨,用力将刀合上,另一个兵就将齐根截断的那段东西扬手丢在院子当中。邵王贵没了那物,人顿时轻松了许多,老高地那么一跳,呼天抢地地大号起来。那段东西在院子当中很丑陋地缩动了两下,像是一只刚出生的耗子。有胆大的女人偷看了一眼,尖叫一声,立刻昏了过去。

左军看得毛骨悚然,酒已醒了大半。

一个兵上前去摸鼻子,回过头来说:“已经没气了。”

赵得夫问特务营长:“账算完了吗?”

特务营长看看本子,说:“没完,还有一多半呢。”

赵得夫说:“没完停下来做什么?继续!”说了自己起来,拉上左军便走。左军一背的冷汗，抬头看天，有一只浑圆的月儿不知从什么地方游了出来，冷冷地，也在那里窥视。左军一不小心踩着一汪血，心里一阵恶心，不能说话，低一脚高一脚出了那个屠宰场，身后是一片女人的哭喊声。左军说："我回去睡觉。"赵得夫说："还有一件事，办完了让你睡三天三夜。"左军这回小心了，问："什么事？"赵得夫只是笑，左军站下了，说："你不说，我不去。"赵得夫说："瞧你瞧你，是件好事呢。是给政委找个女人。"左军说："为什么？"赵得夫说："什么为什么？"左军固执地问："为什么？"赵得夫说："你真是，你没听政委说张克割痔疮的事？"左军想了想，果然有过，左军问："哪里去找，黑灯瞎火的，什么也看不见。"赵得夫说："不用你找，人已经找到了，只是去验收。女人的事我拿不准，你是参谋长，你给参谋参谋。"

两个人在木头引导下到了另一处院子，进屋，屋里点着灯，师政治部主任已经在那里了，还有一个年轻女子坐在黑暗处。政治部主任和年轻女子见赵得夫和左军进来，都站了起来。政治部主任说："师长。参谋长。"年轻女人也说："师长。参谋长。"赵得夫说："坐下，都坐下。"都坐下了，那年轻女子在黑暗里，看不甚明白，赵得夫咳了一声。赵得夫说："木头。"木头很灵光，把油灯拨大了，拿去放在那年轻女子面前，那年轻女子便完全暴露出来了。

左军在灯下看那女子，约摸十七八岁的年龄，穿一身宽大的紫蓝布军装，剪齐耳短发，大眼睛，白皮肤，很文静，心想这女子是有文化的。左军这么想，又见那女子显得很紧张的样子，脸儿红扑扑的，一双眼睛只盯着地下。左军知道地下扫得很干净，没有什么东西，那是怵的。这么想着，赵得夫发话了。

赵得夫说："你叫什么名字呀？"

女子说："首长，我叫王曼。"

赵得夫说："你叫王曼，你是哪个单位的呀？"

女子说："首长，我是政治部妇干队的。"

赵得夫说："好，王曼这名字好，政治部妇干队好。"

木头在一旁哧哧地笑。

赵得夫又说："你们队长对你说过了？"

女子不说话，低头绞手指头，很羞赧的样子。一旁政治部主任连忙接过话来说："都说过了，妇干队队长和我都找王曼同志谈过话。"

赵得夫说："那你是什么意见呀？"

女子还是不说话，还是绞手指头。

赵得夫说："你说说看，你是什么意见。你不能没有意见，你没有意见就不好办，你没有意见，那就成了包办，包办是不允许的。"

政治部主任在一边说："那是。"

赵得夫瞪了政治部主任一眼。政治部主任立刻缄了口，躲开了。

木头又哧哧地笑。

赵得夫转过头来看左军，意思是要左军说话。左军不知道说什么。左军没什么可说的。左军就装蒙，只盯着那女子看，像是在细细地考察。

赵得夫只好自己说。赵得夫说："王曼同志，组织上安排你跟政委，组织上是十分慎重的。政委代表党，组织上要你嫁给政委，就是要考验你，看你对革命有没有忠贞。你看你有什么意见，可以说出来。"

女子不说，手指绞得麻花似的。

赵得夫生气了，说："你是哑巴呀？你屎说话呀！"

女子慌乱地抬起头来。女子说："师长，我……我……"

赵得夫说："你什么？你就不兴直说，这事儿，你有意见还是没意见？你就有意见，咱还能拉着公驴硬上吗！"

女子眼眶里滴溜溜转着两朵泪花。女子说："师长，没意见。"

赵得夫咧开大嘴笑道："对了，你这就对了，这就把问题解决了，这事儿，就这么定了！"

赵得夫得意地朝左军眨眨眼，说："我怎么说的，仗就得这么打。"

赵得夫转头对政治部主任说："好事抓紧办。我看这么着吧，今天也不赶趟了，就明天吧，明天你张罗一下，咱们热热闹闹办它一场。"

赵得夫又嘻嘻地对那女子说："王曼同志，明天你可得好好敬我这个媒人一杯哟。"

左军在一旁，看那个叫王曼的女子，左军看那个十七八岁名叫王曼的女子，看她很白净的脸蛋上泛着两朵慌乱的红晕；看她把十只纤纤细指绞成辨不分明的麻花状；看她一双很大很好看的眼睛里水汪汪的。左军想，明天又有酒喝了。左军还想，这真是一只好鸡头呢。

湘系二十八军总指挥杨大庸在农历七月半节后第三天，把赵得夫和他的第二团堵在了潜山一个方圆不足两公里的狭长山谷里了。

潜山是东南走向，山南傍着山谷有一条河叫沱水，水不深，却十分湍急，过河十五里地外就是京汉铁路。山不算高，但杂乱得很，有一股土匪拿这山做了山寨。因为荒野，采药的打猎的进了山都得仔细地走，留下自己才分辨得出的标志，大队伍根本走不进去。光绪年间倒是有一支太平天国的队伍被清军追了进去，也是慌不择路了，但没听说有出来的。

杨大庸是明旗正旌专指着赵得夫的红七师来的。

杨大庸的二十八军是湘军主力，下辖三个步兵旅，一个机炮营，一个工兵营，共一万六千人，外加皖西靖匪军黄飞虎的两千多靖兵，兵强马壮，装备精良。杨大庸是湘军名将，专喜打恶仗。两年前赵得夫在武六截走了杨大庸花巨银在奥地利购买的一船军火，让杨大庸气得吐血，夜里做梦都跳起来，发誓要生生活剥了赵得夫的皮。也活该赵得夫倒霉，两年后的今天，他终于让杨大庸周密算计着堵进了潜山这条狭长的山谷里。此番杨大庸挟百战将之雄风，倾巢战之信念，那意思，若不把赵得夫连汗毛都一根不漏地攥在手心里，那一船军火的气是断断消不去的。

整个合围在战术上是极为成功的。当赵得夫还在筹集舟船欲渡沱水的时候，杨大庸的刘锡明五旅就抢先一步截断了京江线，陈兵沱水河畔，使赵得夫失去了渡过沱水，西窜大别山的企图。王朗十一旅和黄飞虎的皖西靖匪军则尾随赵得夫穷追不舍，不给赵得夫以喘气的机会。而周方整的八旅和机炮营却早已守在潜山以南，伏兵山口，只等赵得夫如鳖入瓮。杨大庸掐指算过，赵得夫这次纵使有个三头六臂，只要不地遁了，万万跑不脱他的周密算计。

唯一遗憾的是赵得夫这一次只带着他的二团和特务营，他的七团此刻正在八百里外的刘集驻地守着大本营出操唱歌子，八团则远在京汉线的东四百里的地方与六十四师胡可聊的部队周旋。不能一口干干净净吃掉赵得夫，这使杨大庸多少有些不愉快。即便这样，杨大庸仍然在自己马灯通明的临时指挥部帐篷里给部队下了一道死命令：除了赵得夫之外，以下一律不要活口，且不许放掉一个！然后他便和参谋长在帐篷里东西相向对坐下来，令人摆上棋盘，沏了君山毛尖，一边慢慢嗑着松榛，一边悠悠地下着棋，只等他的前线将士给他把五花大绑浑身挂彩的赵得夫推进帐篷里来。

赵得夫带着他的二团，按杨大庸天衣无缝的神算，一步不差地进入了潜山那个死亡山谷。等侦察兵将前有伏兵守候，后有追兵压阵的情报送上来时，他才有些明白，一个时辰前他在沱水边放弃的是最后一个鱼死网破的机会，他没有下令让部队强行渡河，乘对方尚未建构好阵地之前撕开重围，那是他的重大失策。

二团的先头部队一个连在潜山山谷东南与杨大庸担任阻击的周方整八旅经过了短促的遭遇战，二团的那个连猝不及防，加上寡不敌众，丢下了十几个死伤的士兵退缩回来。前后的部队都送来一个令人绝望的情况：部队已陷入重围之中，对方以一万八千之众包围了不足千人的二团，同时借着潜山和沱水相挟的有利地形对二团形成了铁壁合围，使二团插翅难飞。左军判断，横阻潜山东南山口的周方整八旅和机炮营之所以没有穷追自己那个遭到击溃的连，只是杨大庸全部战略部署的一部分，杨大庸是在等待沱水西岸的刘锡明五旅和追兵王朗十一旅完成最后的挟制。

结果只会有一个：倾巢之下无完卵。

左军在很短的时间内做出判断并且果断下令，令四营八连替换损失惨重的那个先头连，迅速占领东南处的一个小山头，支撑住周方整八旅可能发动的进攻；令六营迅速于西侧沿沱水一线展开，就地抢构工事，抵御刘锡明五旅的侧翼进攻，并务必不使其过河一步；令担任后卫的五营停止收缩，就地抢占有利地形，并不间断地派出小股部队阻扰追兵王朗，尽可能地拖延王朗十一旅和黄飞虎靖匪军的迫近之势，以使自己在这个狭长的死亡口袋扎紧之前能赢得可贵的喘息之机。

赵得夫的临时指挥部设在一片野桃林子里，季节已过了七月，桃林里无花无果，连叶子也都没有了长劲，纷纷坠落，林子像是一片无旗的旗杆，十分萧条。赵得夫盘腿坐在一块油布上，大鼻子油汪汪地冒着一层汗珠，一动不动。赵得夫对左军的命令只修改了一点：担任后卫的五营不是就地展开而是迅速收缩，与团主力靠拢。左军不解地说："队伍紧缩到一块，那还不等着人家来包饺子？"赵得夫看了左军一眼，说："如果五营原地展开抵抗追击之敌，你若是杨大庸，你会怎样？"左军说："对手只有一团兵力，潜山山口已有火力接触，很明显，我会判断出这是对手在扩大支撑面，以使全军不被压缩在一个有限的死局中。我要是杨大庸，我会命令部队强行穿插，将对手分割成数块，然后一口口吃掉——但这至少需要时间，而我们需要的恰恰是时间。"赵得夫点点头，又问："如果将部队收缩到一块——这样做犯大忌，似乎很蠢——你又会怎么想？"左军想了想，说："有两种可能。第一种，对方想紧缩战斗力，待机寻找我的薄弱方面突围，可从目前的情况分析，这种薄弱环节几乎是不存在的。另一种可能，对手完全是个胆怯而又被吓坏了的昏庸的指挥官——"左军有些迷惘，"杨大庸和师长是老交道，他应该知道师长是怎样的对手，他根本不可能做出这样的判断来。"赵得夫笑了笑，手伸进裤裆里，挤眉弄眼地从那里面摸出一只肥大的蚤子来，咔剥一声捏出血浆来，那个样子，极像一个在计划收成的老谋深算的农民。赵得夫说："你说的这两种可能，都是正常情况下的判断,结果是无论选择哪一条都是死路。杨大庸出身武昌陆军学校,打仗讲究谋略,就算他这次兵力十数倍于我,可也不能不小心慎重,万一被我捉住了死咬他一部,他也得赔出不少损失。我这样不合兵法地走出一步,他一定得细细考究,他还不至于冒失到没弄清我的想法前就发起进攻。既然给了他时间让他琢磨,我就没有必要豁去三分之一的兵力和他玩老鼠逗猫的游戏。"左军说:"师长,这毕竟太冒险了,如果杨大庸很快弄清楚你的想法,或者他求战心切,根本就不打算考虑什么,那咱们可就连回旋的余地也没有了!"赵得夫看了左军一眼。赵得夫说:"你赌钱吗?"左军不知所云地摇摇头。赵得夫从油布上站起来,对身边的参谋主任说:"告诉特务营长,给他半个时辰,让他把独手虎给我找来,就说我赵得夫想和他了一笔账。"参谋主任应声离去。赵得夫转过身来对左军说:"告诉你,我六岁时就赌钱。我总是赢多输少,因为我的注总是下在最不合情理而别人绝不敢下的地方。"

杨大庸果然没有立即发起进攻,不但如此,他还下令部队小心谨慎,放慢收缩包围圈的步子,他捉摸不透用兵如神的赵得夫此番又在玩什么把戏,他既不想让蒸熟了的饽饽飞了,也不愿打了狼却又赔了崽。日正中天时,他再次下令部队停止前进,等候他的下一步命令。

左军的军装湿了干干了湿,背上背着老大一块盐渍,左军老是感到心惊肉跳。敌人十数倍于己,又处于绝对优势的地理位置上,这仗已经是无法打了。派出去的侦察兵带回消息说敌军已停止了收缩,这消息令他多少有些欣慰。即使这样,他仍放心不下,带着参谋主任和二牛骑马到几个营的阵地上去巡视了一圈。四营营长被左军狠狠地训斥了一顿。左军说,你这算什么阵地,一脚能踹出个窟窿!你当刘锡明手里只攥着块石头呀?四营长委屈地说,你要我怎么办,河滩上除了河沙什么也没有。左军说,你不会下河捞石头?四营长说,秋天了,水浸骨头呢。左军抢白道,骨头和命谁重要?四营长说,那还用说。左军说,还是的,你带头,下河捞石头!左军还说,丢了阵地,我先毙了你!

回指挥部的时候，左军突然问参谋主任，师长要找的那个独手虎是谁？参谋主任告诉左军，独手虎是盘踞在此间的一股土匪的首领。此人是河南光山人，十一岁那年外出当了兵，参加过讨袁护国军，后来在红一军许继慎手下当过排长，因为作战骁勇，深得许军长喜爱。独手虎本名熊至业，从小没有了父母，只有一个妹妹，小时候说给一位私塾先生的儿子。十六岁那年妹妹完婚当日，却给一伙土匪抢走了，弄到山里去关了起来。妹妹是烈性子，不甘受辱，乘着土匪不防，吞钉自尽了。熊至业听到此事，当夜拖了一条枪逃离部队，上山去找土匪雪仇，哪想一上山就让土匪给捉住了，用大铁链锁了一条胳膊关在石牢里。熊至业是条血性汉子，夜里乘着看守他的土匪睡着了，用牙一口一口将自己锁在铁链上的那条手臂活活咬断，地上抓了几把湿土，将断臂上的伤口捂死，夺下看守他的土匪的枪，先将那土匪砸死，然后摸到土匪们睡觉的地方，放一把大火，自己守在门外，土匪出来一个打一个，剩下的全烧死在大火里。熊至业死了妹妹，从此再没有亲人，他也不再回红一军，索性自己拉起杆子，做了山大王。因为他失去了一条胳膊，江湖上人称独手虎，手下两百来号人马，方圆几百里，称霸五强，也算得一面旗帜。

左军点点头，又问："师长怎么会认识独手虎？"

参谋主任答："师长当年在红一军当团长，独手虎就在师长手下当排长，算来师长还是独手虎的旧时上司。"

左军说："原来这样。"

回到指挥部，左军见野桃林外有一抬滑竿，滑竿边站着两名荷着长枪的抬夫和两名挎着驳壳枪的黑大汉。左军让二牛牵走马。左军走进林子。左军先是看见一个高高大大的汉子，大胡子，虎口豹眼狮子鼻，身着青色长衫，一只衣袖掖在腰带里，左军心想，这汉子必是独手虎无疑。左军初次见匪，一向认为土匪全是些偷鸡摸狗的猥琐小人，现在看到的却是堂堂正正气宇轩昂的样子，这么看着，也不去招呼，其实也没有他招呼的份儿，那虎一般猛悍的匪首，正和师长相距五尺面对面坐定谈着。左军便悄悄地，只管在一边冷眼观察。

赵得夫不紧不慢道："……五十支汉阳造，两支德造橹子，事过之后，再加你二百两云土，五百光洋，怎么样？"

独手虎斜眼瞟了一下赵得夫，说："师长怎么变了，我记得你一向手紧得很，衔着杏儿不肯吐核的，怎么，这次让杨蛮子算计上了，要用我去顶缸？"

赵得夫不咸不淡地说："你说说，成不成吧。"

独手虎说："不成。我不傻，枪钱我都用得着，可弟兄们的命比枪和钱更重要，我不会拿卵子往牛裆里塞。我不像你，堂堂正正有旗帜有番号，人打光了，买一车绳子能再捆出一支队伍来。我不成，我靠的是交情，我这二百来号人，都是割头不换的兄弟。"

赵得夫说："那你是不打算成交了？"

独手虎摆摆唯一的那只手："不成交不成交！"

赵得夫笑笑，说："也罢，不成交就不成交，我赵得夫五关也闯过，麦城也走过，跌破头也不是头一回，谁叫我担在了人家刀口上了呢？这一团人马纵是心疼，横竖就算是送给杨大庸了，可我还有两个团在，你就不怕我那两团人事后来寻你报仇？"

独手虎道："姓赵的，你别吓唬我，我独手虎屎盆也吃，就不吃吓！"

赵得夫悠悠地说："话还没说净呢。我这一团人，八百汉子，只当今日都是鬼魂了，活不出明日去，怎么也是拿着一条命来玩，索性就冲了你的山寨去，惹一身油火，便是烧做了灰，也让杨大庸多一处战场，你那小小蜂巢，岂不也成了灰果香果果？"

独手虎勃然大怒，拍案而起道："赵得夫，你个狗娘养的，你不要挟强霸蛮，欺人太甚！"

桃林外两个黑大汉听得自己的大王在林子里发作，风似的卷进林子来，刷地抽出匣子枪，双双横于独手虎之前，将枪口对准赵得夫。不料木头的动作更快，一支机头大张的花机关已黑森森地指住了三人，只要他二拇指一动，四十二发红屁股子弹便会呼啸而出，顷刻间将对方打个稀烂。

空气猝然间变得一触即发。

一片桃林叶无声地坠落下来，晃晃悠悠地贴在了独手虎爹立的胡须上，独手虎一张脸黑得与桃叶无二。

赵得夫从油布上站起来，冲木头挥挥手。木头将枪收了。独手虎立刻觉得没了意思，拿眼去瞪手下。两个黑汉子谨慎地收了枪，却不插入怀里，只提在手上。

赵得夫笑笑，说:“好了，这都是说来唬你耍的，你也真信，没一点气量。别人也就不用说了，你当过我的兵，我赵得夫带兵打仗，何曾做过偷鸡摸狗的事。”

独手虎恨恨道:“你要做了，让天下好汉笑话，也不是你了！”

赵得夫点点头，说:“你这话就像了。不过你得记着，你我都是匪，你是黑匪，打家劫舍、剪径夺票，我是红匪，铲除不平、替天行道。你独手虎能无忧无虑占山为王，强取豪夺，不是我红匪遍地插旗，野火燎眉，杨大庸等顾你不及，又是什么？你我一根线上拴两只蝈蝈，跑不了你，也丢不下我，若是我赵某今日没了，剿灭你独手虎，安平天下，便是明日之事。天塌下来打着长子，没了长子，天塌下来也打矮子头！”

独手虎“哼”了一声。

赵得夫说:“今天找你来，原是要了结旧日的一笔账，你那副不爽的样，也罢，我赵得夫一向不强人所难，话已说给你听了，你好自为之。木头，送客！”

“慢。”独手虎抬手拦住木头，转头看着赵得夫，说:“赵师长，我把话说白了，我在你手下吃过饷，我知道你用兵如诡，可摸良心说，也没见你阴损过弟兄们。我熊某当年为报家仇，拖走你一杆枪，谅你堂堂红七师师长，也不会记在心里，此番寻出来做一个陷阱。”

赵得夫笑笑，道:“那屎事，我早忘得一干二净了，你倒记得清楚。”

独手虎点点头，低首沉吟片刻，然后一捋胡子，下决心道:“好，说吧，你要我做什么？”

赵得夫道：“天黑时分，我的部队将在潜山东南口打响。枪响之后，我要你带着你的全部人马，在后翼袭击周方整八旅的阵地，攻击要突然，凶狠，拿出你五月间打过县的那股子劲来，攻击半个时辰后，你就撤走你的人，在山里，杨大庸拿你没辙，我知道你手下的人枪头子准，我要你尽量敲掉周方整的重火力，剩下的，都是我的事。”

独手虎一拍大胯，说：“中！惺惺惜惺惺，英雄帮英雄，我独手虎当年做出事来对不起你赵师长，这次算我的，也操练一回给你看看，叫你别小瞧了我——不过，你刚才说的那些东西……”

赵得夫大声道：“木头，带寨主看货去！”

独手虎一拍胸脯，说：“赵师长，纵有一万个心，你也放到肚子里去，天黑时分我打个样子给你看！”

独手虎说罢，带着他的两个弟兄随木头离去。

左军待独手虎走远，方走近赵得夫。左军嗅到赵得夫身上有一股烤肉的味道。左军心里暗暗惊诧。左军道：“师长，能指望他吗？”赵得夫转过头来看看左军，说：“当然不能全指望，可这家伙如果真能践约，你我的命就算捡了半条回来了。”左军自到七师，还是头一回听赵得夫这么推崇一个人，心里先就有了抵御。左军说：“师长，如今军情岌岌可危，不可再些微侥幸，他一个土匪，就算再勇猛，论兵力也不足一营，我们不能把宝押在他身上。”赵得夫粗粗的眉毛一抬，说：“哦？那依参谋长的，有脱身上策吗？”左军上前一步，说：“师长，以我一团一营之兵力，陷入重点重围之中，无援兵之指望，无城池之抗御，无退路之逃遁，分明是绝境之虞。但有一条路，不是上策，却是无路之路，只是说出来，师长恐会指责卑职。”赵得夫皱了皱眉头，说：“什么时候了，还说这话，你有什么办法，照直说好了。”左军看远处的山，山在那里静静地伫立着，纹丝不动，一个太阳在迅速地朝山背后坠落下去，很快就将半个山燃红了，天陡然就阴沉了许多，让人感到山愈发的深。左军吸了一口气。左军说：“兵书曰，三军可失，帅旗不倒。师长，傍黑时分，我带二团强行突围，顺沱水朝东南方向走，你带上几个人，换上便装，乘乱进山，先在山里藏匿起来，等战斗结束，杨大庸撤走，你再出山回刘集师部，留下帅旗，天下大势从长计议。师长，这是唯一冷静的出路。"左军这么说，赵得夫一直盯着左军的脸。赵得夫看见左军的镜片上涂着一道壮烈生动的夕晖，如血。赵得夫看见左军的额角不动声色地渗出细细的汗珠来，风纪扣破例地竟然敞着。赵得夫转过身去，一掌将一只肥大的旱螅在脖颈间拍成一摊血泥，旱螅的血溅将出去，将一只恰好飞过的啄木鸟击落在地，立刻有千万只身强力壮的黑蚂蚁蜂拥而至，顷刻间将那只有着瓦蓝色羽毛的鸟儿分解为乌有。有一枚风化了的桃核儿在他们的头顶上目睹了这一切，风起之时，桃核儿不以为然地摇了摇头。左军静静地站在那里，额头凉津津的。左军腰间的皮带上佩着一支二号加拿大左轮手枪。左军即使是在一场毫无指望的血腥大战之前，也像一个好参谋长，毫无颓惧之色。

赵得夫转过身来。赵得夫说："参谋长，立刻布置部队。令五营十二连，傍黑时分，向来路方向突围，狠打猛冲，亲娘老子拦路也不认，能冲出多远冲多远，但必须坚持半个时辰。以后的事，让他们自己看着办。全体部队，在十二连打响后向潜山以南周方整八旅阵地突围，特务营打头，四营断后。全团清点弹药，拿出一半弹药交给特务营。要特务营在发起总攻后半个时辰内将全部弹药打光，没了弹药，就把自己打出去！其余部队，随特务营往前冲，能冲出去多少算多少。"赵得夫迟疑了一下，说："通知部队，不要管伤号，要伤号自己往山里跑。"

"师长！"左军往前冲了一步。

赵得夫伸手阻止住左军。赵得夫说："我随特务营，你和马团长随四营。就这样！"

左军看赵得夫。左军看见夕阳的最后那一抹余红在赵得夫的瞳仁里沉沉浮浮。左军不再说什么，扭头走出野桃林。

傍黑时分，红七师二团突围的枪声响了，

五营十二连一百零三名敢死队士兵在连长丰大宝率领下朝着潜山以东王朗十一旅阵地直扑而去，子弹雨似的泼，手榴弹雹子似的砸，一时间，王朗旅先头团阵地前一片火海。丰大宝和指导员冲在最前面。丰大宝光着上身，提着两支盒子炮，血红着眼在阵地上蹿来蹿去。丰大宝嘶哑着声音喊："弟兄们，咱没跑的了！活到今天是个头了！拉垫背的呀！死也不做孤零鬼！"一边喊着，一边把匣子里的子弹数也不数地往敌军的身上打去。敢死队的兵们都哭了，连骂也不会了，一个个的，争先恐后，直往敌方人堆里扑，枪打刀砍，玩命似的。

王朗和黄飞虎正在军中帐篷里看地图。枪声一响，通信兵来报，对方火力凶猛。攻势激烈，只一刻工夫就撕破了前卫团阵地，正迅速地向自己的纵深发展。王朗抛开地图，急问："对方有多少兵力？"通信兵道："汪团长说，至少有一个营兵力。"王朗知道这是赵得夫主力无疑，他即刻命令通讯官向杨大庸大本营拍电报告，同时下令主力团驰援前沿阵地，无论如何，将赵得夫堵死在包围圈内，不使逃脱一兵一卒。

杨大庸听到王朗的报告后抚须仰天大笑道："赵得夫呀赵得夫，你英雄半世，谋略过人，今日落到我的手中，也只好做困兽一斗了。"笑罢，杨大庸转身对参谋长下令："令王朗部以全部兵力截住赵得夫突围之军，令刘锡明、周方整部火速拔营起寨，收缩包围，务将赵得夫分割成数块，尽悉吃掉！"

刘锡明接到大本营电令，立刻驱军过河，与王朗部靠拢。

周方整也遵命急速启兵，下令八旅在前，机炮营在后，迅速向东进发。

战马嘶鸣着，嘴角滴淌着血，炮车的轮子被坎坷的山路磨得直冒烟，杨大庸近三万人马，直扑红七师二团五营十二连丰大宝那一百零三名敢死队士兵而去。丰大宝和他的全体兵们陷入一片火海之中，他们不可能再坚持着冲出多远，在最后一抹血红的夕阳消失在潜山的茫茫山林之后，他们将全部无声地躺倒在被急密的炮火覆盖过的土地上，尸首弹孔累累，冒着青烟。

独手虎准时在周方整八旅的背后开了火。山大王不知怎么搞来了两门巨大的松树炮，晴天霹雳地两声炮吼，半座潜山都被炮口冒出的火焰映红了，十几丈高处的天上飞过一群归巢的麻雁，震落下十几只，俱是肝胆迸裂，嘴眼淌血。独手虎果然好身手，手下的人虽然不懂冲锋，枪头子却非常准，那些子弹也不知从哪里飞出来的，只盯准了搂机枪的，谁拾起机枪来，子弹就会咬谁的腚。周方整正拉足了架子急行军，猝然背后受敌，队伍立刻乱了，下令回首抵抗，重火力尚没捕捉住目标，一个个都被打哑了。

特务营一向是红七师的骄傲，八十多名鄂东汉子，一色使的是花机关和小马枪，子弹足足的，每人另配了四枚马尾手雷，两枚木柄手榴弹，突围之前，三团九挺捷克机关枪全部调归特务营，九挺机关枪犹如九条出水蛟龙，只管吞火吐雾，撞上的人割谷子似的一片片往下倒。八十多名特务营的兵紧跟在机枪后面，都搂孩子似的搂着花机关，那花机关一匣子四十二发子弹，拨下快机，和机关枪没有两样。赵得夫在那一群枪一响就直了眼的凶神之中，也搂着一挺机枪。赵得夫赤着头，大脑袋上冒着热气，一边扣动扳机一边狂喊："冲呀！冲呀！"赵得夫跌了一跤，爬起来，拾起机枪又往前冲，没有任何人能认出这个抱着机枪的红七师师长。木头在赵得夫前后左右蹦跳，他的一支花机关出神入化，专打赵得夫左近的敌兵，而且不紧不慢，一律用点射，那样子使他极像一头紧护着庞大幼子的瘦小母兽。左军离得他们稍远些。左军率着四营。左军手中扬着他那支二号左轮，在冲锋一开始，左军就打光了枪膛里的子弹，也不知打中没打中，没命地奔跑途中想要再安上子弹几乎是不可能的事情。左军就那么高举着那支空枪，受了感染地尖声叫喊着，夹在人群中狂奔，摔倒了，再爬起来，顾不得一脸一手尸体堆中沾上的污血，跟上冲锋的人群，把一个"冲呀"喊得嘶声滴血。左军只管跑了。左军跑得毛孔大敞汗流浃背。左军有一种从未体验过的战争快感。

这是一场生生被做熟了的战役。周方整八旅和机炮营在紧急拔营驰援后不到十分钟即被赵得夫迎面撞来，部队在几里路狭长的山谷间拥挤成一堆，根本无法展开，也无法构筑工事。七师特务营八十多条猛大虫在极强的火力支持中只在一瞬间就将周方整打烂了，齐腰撕开一道裂缝。没有比逃命更能诱惑人们奇迹般地从那道裂缝中蜂拥而过，奔向高处的老林子。战斗在有一时刻两军捉肘之地几乎消失了枪声，双方离得太近，彼此之间胡须扎脸，口臭可闻，如此之近，根本无法向对方射击。一批又一批逃命者不顾一切地推倒对方士兵狂奔疾跑，后面的人也顾不得礼节，直接从倒在地上的人们身上踩过，所以在那道大逃亡的裂缝附近，有大量的死尸身上几乎完全没有枪伤。他们全都是被踩死的。

左军随四营最后通过那道生命裂缝。左军呼哧呼哧爬上高坡，那支空膛的左轮几乎被他捏化了。到处是尸体，有的已经被烧焦了，有的肿得鼓鼓的，流着黄色的油脂，左军被熏人的血腥味呛得呕吐起来。左军看见机枪阵地上，机枪手们的身子已经被炸得四分五裂，皮带上的子弹带像放鞭炮似的响着，子弹的爆炸不时引起手榴弹的爆炸，阵地上到处是硝烟。左军看见赵得夫还在那儿，怀里搂着熏黑了的机枪，朝着远处不停顿地狂射，眼珠子里往下淌着血。木头搂着另一支机枪，与赵得夫背抵背，朝着相反的方向点射，枪声单调而清脆。四营最后几个兵通过山谷，奔向更高处的密林之中。不时有人被远处射来的冷枪打倒，但左军心想，这一仗，基本上结束了。

只需两个时辰，不到子夜时分，红七师二团残余部队便会通过京汉铁路向鄂东归去，从此鱼入大海。

左军站在那里，他抬头看了看天，天空中一弯月牙儿正从黑云中钻了出来，缓缓下降。左军深深地吸了一口气，将空枪插入腰间的枪套里，然后转身朝林子深处跑去。

（《小说月报》1995 年第 6 期选载）

来去匆匆

何继青

电话铃响了一阵，女中校谢静华才回过神来。

电话铃响之前谢静华正对着墙上最新版的世界地图出神，那张地图印得很精致，尤其是大片清新的蓝色被还原到十分逼真的程度，她在感觉中似乎走进了广阔而松弛的自然境界。大约是从初春时节开始，谢静华莫名其妙地极度敏感，因为极度敏感便脆弱得可怕，任何一点小事都可能搅得她心情紧张烦躁。她从前不是这个样子的。她不知道什么原因导致她变得紧张而敏感。她去看过医生，医生对此一筹莫展。她的一位朋友告诉她这是现代都市病。这位朋友在谈到现代都市病时冲动且激烈，指出自然界的绿色每天都在减少，水泥碉堡般的楼群每天在成批生长，且有越长越高之势。人们的活动天地被最大限度的规划起来，人与人之间的关系被实用主义残酷地切割，人的精神在迅速萎缩，因此都市人的心情不可逃避地走向浮躁不安。谢静华仰望着这位在大学里当讲师的朋友，问有没有办法减轻病症。朋友略加思考说你买张世界地图挂在墙上吧，也许会起到缓解作用，但不可能根治。谢静华于是买了这张最新版的世界地图挂在办公室墙上。

电话铃把肩上佩着两条杠两颗星的谢静华从世界地图营造的蓝色意境中拉回到现实世界。

有那么一瞬，谢静华稍有恍惚地打量着不紧不慢鸣叫的电话机，她想不出有谁会给她打电话。谢静华属于不爱交际的人，几乎没有来往特别密切的朋友或者熟人,甚至亲戚也极少来往。为丈夫家乡偶尔来人住几天,每次总弄得不愉快,最近有一两次几乎弄到吵出裂痕的地步。电话铃仍在鸣叫,谢静华努力在记忆中搜寻可能给她打电话的人,然而一无所获。自从调进这座南国大都市,调进军区机关,除了办公室和那套被称之为"家"的三房两厅,她不再拥有别的天地,哪怕是很小很低矮的一片天地。下班时间已经过了一两分钟,各处室的人全走光了,整座大楼仿佛在突然间宁静深沉起来,那宁静深沉中又躲闪出几分神秘。电话铃顽强地呼叫着,声音并无变化,一如既往地流畅平淡,只是由于整栋大楼的突然宁静才显出不同凡响的高亢明亮。

谢静华拿起了话机。

谢静华先喂了一声,那头立刻说怎么这么久才接电话,睡着了吗?在办公室睡觉可不好。这话透着亲近,亲近在她们这座城市的人群中已是十分陌生了,隐隐就有陈旧的温馨触了一下谢静华。谢静华想这是谁呢?当然,她不好这样问。这样问对特别熟悉的人是个打击。

谢静华说,是找我吗?

电话那头意外地停顿了片刻,说,你听不出我的声音了?在你们那座城市里除了你我还能给谁打电话呢?

那一丝陈旧的温馨终于从记忆深处闪亮出来,谢静华不觉有些感动,旧日的温馨确实离得非常遥远了,但在她那曾是一种追求一个向往、曾是极其单纯的快乐啊!是岁月的力量,使所有这一切连同那个人迅速远去,以致好像不曾存在过。谢静华仿佛自语般地说道:你是夏寒诗?

那边笑了,笑得很开心,那笑声仍然有着敲动人耳鼓的力量。随着这笑声渐渐扩展开来,夏寒诗就很清晰地朝谢静华走来。

夏寒诗在谢静华印象中是瘦高瘦高的一个人,夏寒诗的瘦几乎到了无法言说的程度,使得谢静华在那个时候常常生出扶他一把的念头,好像不扶他一把随时吹来一阵风都会把夏寒诗吹上九天或抛下山崖。但是谢静华从来没有扶过夏寒诗,说不清是命运还是夏寒诗没给她这个机会。夏寒诗内心里有股硬朗气,这与他的外表有着太大的差异。夏寒诗和她前后不差几天到边地当兵，他们一起去的人几乎全离开了边地，唯有夏寒诗至今还在那里从军。许久以前她曾经相信是理想支撑着夏寒诗，调回城市后她不再这样认为了。刚调回来那阵子，在夜深人静时她偶尔还会想到仍在边地过着军旅人生的夏寒诗，随着日子如水一般流逝，连偶尔的断想也不存在了。谢静华无论如何想不到夏寒诗会在许多年之后给她打电话，想不到夏寒诗准备带妻子女儿来旅游并且找到她接待安排。她想象不出夏寒诗如今的样子，只知道夏寒诗还在边地部队干。

谢静华是在秋日的一个下午去接夏寒诗的。这个秋日的下午落着雨，雨不很大，却也不是随秋风轻歌曼舞的纤细雨丝。大约因了下雨，往日人潮涌动的车站广场空旷了许多，间或有几个人影几辆汽车匆匆来去。谢静华撑了把伞，独自站在秋雨中，远远地望着出站处。出站处这会儿宁静平和，两个检票员有一句没一句的谈天说地，另外几个接站的男女无聊地呆站着。谢静华忽然觉得这人这天这雨极像一幅中国画，不仅技法像，随意几笔一勾而成，更主要是有那么一种秋雨黄昏的意境。她在边地的那些日子里常常置身于这种意境之中。南国边地的秋季，这般意境实在是很浓很浓的。她和夏寒诗的那一段情感旅程是在这种意境中开始也是在这种意境中结束的。那时候她在师卫生科当助理员，夏寒诗在作训科当参谋，师部在一片山地中央，有条山溪每日静悄悄地绕山脚走过。傍晚，他们会在山溪旁相遇，夏寒诗是个理想主义者，所以那些黄昏的话题常常围绕理想主义展开。也是秋季，军区要调夏寒诗，夏寒诗却要求下连队。她问夏寒诗在边地的山头上当个连长是不是很有吸引力。夏寒诗竟然回答她，你不这样认为吗？那个秋天谢静华并不特别迷恋秋雨黄昏的意境，她用力思考的是如何尽早调离边地调回都市。

火车准时进站。出站处马上热闹起来，人流仿佛从地下冒出来一般，出站处顷刻间已经人头攒动。谢静华没动，仍旧远远地站在秋雨里，仿佛遵从着一个信念又像恪守着一个默契。也是在顷刻间，如潮的人流散尽了，出站处重新冷清下来，谢静华在蓦然间看见夏寒诗出现在极大的空旷之中。

夏寒诗远远地向她走来，夏寒诗第一眼就看见了撑着伞站在秋雨中的她。她想夏寒诗还是从前那么自信，她和他有将近十年没见也没有任何联系，他却认定她会以这样的方式接站。他没有怀疑没有着急没有东探西寻，他在很远的地方把第一个注视给了她。谢静华心里一热，目光不知怎么像被秋雨淋湿了一般凝在夏寒诗身上。夏寒诗穿了套军装，军装极挺，金黄色的肩章在灰色调的车站广场表现出骄傲的醒目。夏寒诗依然瘦，只是从前因瘦留给谢静华的可怜之类的印象荡然无存，倒有一种中年男人独有的力度。瘦男人比胖男人更适合穿军装，瘦男人穿军装锐利洒脱。如今的都市中年男人大多微胖或者肥胖，胖男人们走在大街上，像一只只皮球或者一袋袋染了颜色的水，毫无质感。

夏寒诗终于站在了谢静华面前。谢静华这一刻方才意识到她不可以仅仅注视夏寒诗。夏寒诗身后跟着妻子，右手牵着女儿。夏寒诗在电话里强调过这次旅游的重点是女儿和妻子。谢静华有些手足无措，她实在没有这方面的经验，她不知道第一句话该说什么。

夏寒诗很随意地把目光停在谢静华身上，好像他们不久前刚见过面，他一指妻子对谢静华说：叫嫂子。

谢静华看见那女人先是幽幽地把她打量了一遍，然后含着眼眉不再看她，低声说了个“不”字。谢静华尴尬起来，嫂子两个字怎么也叫不出口，可她又不愿意伤了夏寒诗的面子让夏寒诗尴尬，便朝那含眉低目只吐了个“不”字的女人点点头，说：她看起来要比我小好多岁呢，叫嫂子把女人都叫老了。

夏寒诗倒不在意：不叫嫂子也罢，区娟比你小几岁，就叫区娟吧。夏寒诗把女儿往前推推：叫阿姨。

小姑娘挺大方，欢快地叫了谢静华一声阿姨。谢静华把小姑娘揽到面前，问小姑娘叫什么名字。小姑娘告诉她叫夏秋雨。谢静华一怔，她没想到夏寒诗会给女儿起这样一个名字，她仿佛在突然间感悟到夏寒诗心灵角落的另一种情感，那是一种她在往昔的日子里从未察觉到的。敏感和脆弱到底还是统治了谢静华的心境，谢静华轻轻揽着小姑娘夏秋雨，眼前没有理由地升起一片湿雾。司机适时把车开了过来。谢静华连忙掩饰地拉开车门，把小姑娘秋雨抱上车。

轿车在秋雨飘洒的下午行驶着，路两边林立的高楼巨厦湿漉漉地从车窗外滑过，雨丝在车窗玻璃上无声地快速陨落，车里愈发显得悄静。谢静华很快忍受不住车里的悄静，打破沉默告诉夏寒诗她为他联系了一家比较便宜的内部招待所。夏寒诗毫不犹豫地改变了谢静华的好心安排，要谢静华重找一家上星级的宾馆。谢静华含糊地告诉夏寒诗上星级的宾馆非常贵，像他这样的边地军人自费旅游难以承受。夏寒诗表现得很豪迈，坚持贵也要住星级宾馆。谢静华疑惑了，夏寒诗是否发了财或者有老板赞助?

区娟这时候抬起一直低含的眼眉，轻声说：不，我们不住宾馆。

夏寒诗怜爱地揽一揽妻子的肩：我们只住一个星期。我们有权力享受一个星期。

谢静华把军区的几家宾馆略加比较，要司机去临江宾馆。

车一直停到临江宾馆大厅前。几个人从车上下来，走进被黑色花纹大理石和大型水晶吊灯装饰的大厅。大厅一侧摆放的法式真皮镶木沙发毫不客气地显示着豪华，在豪华中张扬出居高临下的气势。

谢静华问夏寒诗：这里还行吗？夏寒诗不无玩笑地说：不就是钱堆起来的气派吗。不过，满不满意还得问我的女儿夏秋雨。夏寒诗转过身，蹲到女儿面前，柔声说：秋雨小姑娘，你觉得这里怎么样?

小姑娘秋雨从迈进临江宾馆大厅的第一刻便被震撼了，在她五岁的生命里，所见过的最好的房子是边防师师部院子里那幢办公大楼。大楼三层高，红砖黑瓦木窗，数十载风雨春秋吹打，红砖不再红黑瓦不再黑木窗斑驳腐朽。眼前的建筑远远超出了她童年的想象力，即便是做梦她也从未梦见过这方世界。现在，她环顾着金碧辉煌的大厅，怯生生地问夏寒诗：我可以在这里面跑跑跳跳，喊两声吗?

夏寒诗两手抓住女儿的肩膀像在队列前鼓励他的战士：可以，你可以在这里面跑、跳，可以喊两声！

小姑娘秋雨真的冲出夏寒诗的怀抱，展开两臂，微微仰起面孔，在大厅里悠然奔跑。她像一只柔弱的雏鸟欢快地飞翔起来，黑色大理石地面成了她崭新的天空，大理石上乳白色的花纹是天空中朵朵白云，辉煌晶莹的吊灯则化作片片彩霞，把美丽的光芒洒在她的头上身上。她奔跑着，飞翔着，微微仰起的面孔上那双童年的眼睛渐渐虚幻了，风在她耳畔吹响了一支歌，那歌声把她童年的想象送上了无边无际的天空。

谢静华被小姑娘秋雨深深打动了，她觉得自己也随着小姑娘秋雨一块奔跑起来飞翔起来，她看见夏寒诗眼中涌出了潮湿的欢笑，无意中她看见站在旁边的区娟不仅没让目光追随欢跑的女儿，而且依然目光幽幽神情抑郁。区娟从下车到现在，只说了两次“不”，区娟的逃避和夏寒诗的热情令谢静华费解，谢静华敏感到其中隐藏的原因会不会与她有关系。这一敏感让谢静华不安，谢静华冷丁产生出隐隐预感，却又对自己的预感从无知晓。

区娟往前挪一步，眼睛直直地盯着夏寒诗说：不，我们不住这儿。

夏寒诗没接区娟的话题，却抬手指指飞奔的小姑娘秋雨：你看我们的女儿多开心。

区娟的目光更远地离开了女儿，低沉了声音说：不，我们不住这里，我怕。

夏寒诗转过面孔，神情复杂又怜爱地望着区娟想说什么，这时候小姑娘秋雨在大厅中央放开嗓子就像在原野上在高山顶那样高声喊道：爸爸、妈妈！

小姑娘秋雨高喊爸爸妈妈只是性情所致，喊出了这一刻她最想喊的声音，但那声音一出口，她马上意识到大厅里许多人在用别样的眼光纷纷看她就红了脸。

夏寒诗大步走到女儿面前，抱起女儿，对谢静华说：你帮我们登记吧，我们就住这儿！

夏寒诗买了张本市地图，让谢静华在图上圈出这座城市好看和必看的景点。一连三天，夏寒诗凭这张图带着妻子女儿早出晚归，游览谢静华在图上圈的点。原本谢静华要陪夏寒诗一家游览的，夏寒诗说这就够麻烦了不用陪。谢静华觉得夏寒诗心里希望她陪，不让她陪是考虑到其他。谢静华很自然地想到区娟，区娟那双幽幽的目光以及沉默无语对她成了一种压力。谢静华猜不出区娟为什么会这样。她和夏寒诗那段共同的时光如果能称作故事，那也是早已流逝的故事了，区娟难道会很在意？

三天中，谢静华每晚给夏寒诗打一个电话尽地主之谊。在电话里她不多言，只是一般问候。她并非愿意这样，她想和夏寒诗好好谈谈，她觉得在这么多年过去之后他们应该有很多话题。调进这座城市调进大机关这么些年来，她还从没产生过要和一个人畅谈的欲望，同时她希望对夏寒诗一家更热情更周到些。但她颇多顾虑，她做不到按自己的想法去行事。这点习惯也是都市教给她的。夏寒诗永远兴致勃勃的，好像并无任何顾及。这一点令谢静华难以解释，难道夏寒诗不在意区娟的情绪吗？

第三天晚上的那个电话，谢静华对夏寒诗说：你们来几天了，还一直没来我家坐坐。我想明天晚上请你们全家到我家坐坐，吃顿便饭。也休息一下，玩是最累人的。

夏寒诗似乎犹豫了一下：饭就免了，如果方便，明天请你陪我们一天，最好能要个车。说完，不等谢静华回答，忙解释道：主要是挤公共汽车太费时间，再是如今的旅游车弄得人心里难受，有时候真想干他一架，可带了老婆孩子只能忍。

谢静华有点难过，夏寒诗是个从不为自己要求什么也从不为自己作任何解释的人。谢静华责备道：要车为什么不早讲？你这个人真是！明天我带车陪你们，不过这和到我家吃饭不矛盾呀。

夏寒诗没再坚持，约定好第二天出发的时间便放了电话。

这是一个晴朗的早晨，无云的天空虽不湛蓝透明，像都市所有的早晨一样泛着混浊的浅灰色，却也还开阔平静。谢静华带车到临江宾馆，夏寒诗一家已经等在宾馆大厅了。谢静华先和区娟打过招呼才问夏寒诗今天去哪里。夏寒诗说今天要仔细安排一下，尽可能把剩下的景点看完。谢静华不觉纳闷，夏寒诗刚到那天说过要住一星期，怎么才三天就要走？谢静华走到区娟身边，劝区娟来了就好好玩玩多住几天，别急着走。区娟无话，两只眼睛一如既往幽幽的。谢静华无法理解区娟幽怨的眼神和无言的苦楚，心里那个预感却越发强烈起来。夏寒诗摊开地图，图上圈着红、绿点。夏寒诗告诉谢静华红点表示已经到过的地方，绿点标志还没去的景点。谢静华大致扫了一眼图上的绿点，告诉夏寒诗即使匆匆走一遍一天也走不完剩下的景点，今天只能选一两处重要的地方去一去。夏寒诗思忖片刻说，有两个地方必须去，一是这座城市最大的商场，再是市郊的世纪公园。谢静华说南方商场最大。夏寒诗决定先去南方商场。

司机在商场侧门停了车。区娟下车望一眼不算最热闹的侧门说，不，我们不进去了。夏寒诗对区娟很耐心，说来了怎么能不进去呢，看看不要钱的。进商场转了十多分钟，夏寒诗要谢静华直接领他们去卖女同志衣服的楼层。上到卖女性衣服的楼层，粗粗看一眼标价，夏寒诗始终抖擞的精神已经失落了许多。谢静华敏感，她意识到夏寒诗的为难之处，就想是不是她买一套衣服送给区娟，但又怕夏寒诗不领情，反而伤害夏寒诗的自尊心。另外还怕区娟误会，也许区娟已经误会得很深了。谢静华望着夏寒诗进退为难的样子，也陷入了进退两难的境地。服务小姐很热情，马上过来向区娟推荐了两种今秋流行的款式。其中一套确实极有吸引力，麻丝混纺质地，黑白相间的小方格，大方而不俗气，流畅且清新。夏寒诗对区娟说就买这套，不等区娟说出“不”字，抢先问小姐多少钱。小姐指指衣架上的铅印条。夏寒诗低头看去，本来就不怎么踏实的心里顿时冻住了一般，那张小小纸条印着的价格对他无疑是个天文数字。好一会儿，他吃力地抬起头问站在身旁的小姐价格是不是搞错了。那个数字是他三个月工资的总和,相当于区娟一年的医疗费,若给女儿买营养品足够用三年。夏寒诗此刻的心情,谢静华无论如何都是难以体会到的,边地与都市毕竟存在一段无法忽略的距离,谢静华不可能走进一个边地军人的角色,尽管她非常愿意理解夏寒诗这一刻内心的苦楚。服务小姐倒还不刻薄,不失热情地向夏寒诗介绍,这层楼的服装都是这个价,地下层还有一个卖妇女服装的地方,价钱要便宜得多。服务小姐又介绍说其实那里的服装也不错,只不过款式属于去年流行的。但在外地,尤其在边远山区那些款式算是很新潮的。夏寒诗还是受了刺激,很认真地问区娟喜不喜欢这套衣服。谢静华以为区娟一定会讲不,夏寒诗不过做做样子给自己下个台阶。区娟盯着那套衣服眼睛蓦地亮了一下,旋即又含了眼眉,没出声,点点头。夏寒诗迟疑了片刻,显然是极度的兴奋和极度的为难使他在片刻间有些措手不及,他的表情在谢静华看来复杂得有点古怪。这只是一个瞬间的复杂。瞬间之后夏寒诗努力以轻松的语气对小姐说:就买这套了。

买完衣服走出商场,区娟仿佛回过神来,突然对夏寒诗说,不,我们不买。夏寒诗没说什么,搂紧了区娟朝停车场走去。谢静华跟在后边,望着夏寒诗和区娟,她突然觉得区娟其实很幸福。

对于夏寒诗在商场的表情,谢静华或多或少还能理解一点,但到了世纪公园,不仅区娟在谢静华是一种预感是个谜,夏寒诗也变得难以解释。从踏进世纪公园大门开始,夏寒诗始终抱着小姑娘秋雨,几乎没让她走几步路,而且基本上不让她玩那些令孩子们开心疯狂的游乐项目,只是抱着她走走看看,玩一些在城里孩子眼里没多大意思的游乐项目。尤其在“开心过山车”前,小姑娘秋雨伤心得眼里含了泪,夏寒诗仍然没同意她上去玩一次。谢静华看不过,说你不带她坐我带她坐。夏寒诗坚持着不同意。谢静华就有些火,说夏寒诗你这个人怎么这样固执,过去你对边地的山、山上的炮台执著得叫人不可思议,现在你千里迢迢带了孩子来又不让孩子玩,你这个人到哪一天才能不这样莫名其妙叫人难以理解？夏寒诗没有解释，朝谢静华宽容地笑笑，继续抱着小姑娘秋雨走走看看，直到离开世纪公园也没让小姑娘秋雨玩一个自己喜欢的项目。

晚饭是在谢静华家里吃的，吃过饭谢静华送夏寒诗一家回宾馆，一直送到他们住的房间。谢静华乘电梯下楼，夏寒诗跟了进来。电梯里只有他们两个人，两人相对而站，目光却没有相视。有一会儿谁也没说话，电梯无声地往下沉，那个时刻的电梯极像一列在夜暗中飞奔疾驰的火车，终点正在逼近，沉寂正在加深，那个正在逼近的终点在人们预料之中，却又不为人们所知。电梯快到底时，夏寒诗说我们明天走，坐飞机。谢静华低着头，问了句，机票买好了吗？夏寒诗说没有，又说机票随时可以买到，他打听过了。谢静华的目光碰了夏寒诗一下，问为什么不多住两天。夏寒诗叹了口气。电梯停在一楼大厅。两人走出电梯，走出大厅。

大厅外面有一片很好的草坪。草坪上没有月色，只零零星星布着点点灯光，灯光里映出大楼的剪影。夏寒诗径直朝草坪走去，谢静华随着夏寒诗走到草坪上。选了草坪的一角，两人相对着站下来，目光很深地凝在对方的眼睛里。

夏寒诗不无苦涩地笑了一下，说：这次麻烦你了。

谢静华心里一酸：干吗说这个，我们应该有很多话要讲，不是吗？

夏寒诗摇摇头：也未必。共同语言需要共同的环境，尽管我们都是军人，但边地与都市实在有着太大的差异。

谢静华就有些想流泪，几天中，她越来越强烈地意识到，尽管夏寒诗努力想保持从前那种热情潇洒，但心灵深处比从前多出的沉重却无法掩饰。当然，任何人都会随着岁月的推移年龄的增长，心灵的负载渐趋沉重，可是，夏寒诗不同，夏寒诗心灵的沉重比别人冷峻、严酷。这是谢静华的感觉，谢静华历来相信感觉。她已做不到平淡，她不无冲动地问道：你还是个理想主义者？

夏寒诗的神情多少蒙上了点儿悲壮色彩：请原谅我借用一句台

词，这个时代如果还剩最后一个理想主义的信徒，那么就是我。

谢静华提高了声音：你活得很累，心里很苦。

夏寒诗沉默了片刻，看得出他在拼命平静内心激烈的情感浪潮，沉默之后，他以一种极为淡泊的语气简捷地对谢静华说：是的，我不否认，我是很累很苦。人生在世，轻松不一定幸福，苦累不一定就不幸福。你说呢？

谢静华极其矛盾，不知道该不该问那个一直想问又一直没敢启齿的问题。她怕问出了结果自找麻烦，更担心问到夏寒诗的痛处伤害了他，可她不甘心就这样让夏寒诗匆匆地来匆匆地去，给她留下那么多谜团疑问。

夏寒诗感觉到了谢静华的矛盾和疑问，似不怎么在意地说：秋雨一岁那年，区娟带着她随军到连队。边地的情况你是知道的，数百公里边境线上找不出一个像样的村镇。年三十那天夜里，我和连里几个干部全都顶替战士上了巡逻线。当我走在那条走过无数遍的巡逻小道上的时候，秋雨突然高烧……

夏寒诗没往下讲，点着一支烟狠狠抽起来。谢静华用不着夏寒诗往下讲了，她了解南方边地那百里穷山恶水，了解穷山恶水间那条漫漫小道。那条小道上的荆棘刺丛也曾挂过她的军装。她了解边地，否则她不会那样地渴望调离边地调回都市。年三十之夜，在数百公里的巡逻线上找夏寒诗找连里干部谈何容易！即使把夏寒诗把连里干部找回来，除了送医院不会有别的办法。连里没车，从连队到县城医院要走几十公里山路。几十公里山路是个什么概念只有走过一次的人才知道。谢静华在边地的日子里只走过一次，那次她去看夏寒诗，返回师部没车，要不是夏寒诗陪伴在她身边送她，她一个人是难以走回师部的。

谢静华换了个话题：现在秋雨挺好的，就是体质好像稍弱一点？

夏寒诗顺着自己不断的思路说着：我和战士们抱着秋雨赶到县医院已是初一中午了。医生责问我为什么这么晚才把孩子送来，责问我这个当爸爸的昨晚干什么去了！我能说什么呢？我能把数百公里边境线、把我们连队没有车、打电话经常不通，把战士们挑水、背米、买菜都要走几里、十几里、几十里路拿出来作解释吗?！秋雨当时是救活了，可医生说活不过三岁。她的造血功能坏了。谢静华明白了，明白了夏寒诗和他在边地的这么多年。夏寒诗思路不断，几乎有几分顽强地说：秋雨今年五岁了，医生说是个奇迹，但我知道她只能永远是五岁了。奇迹不会成为永远，奇迹只属于瞬间。夏寒诗的声音终于弱得听不见了，他慢慢坐下去，坐在这片点着城市灯光的草坪上，抬起双手捂住自己的面孔。

谢静华的内心世界被强烈地震撼了，她不能想象小姑娘秋雨会在五岁的季节告别这个世界。任何人在告别人世时都会恋恋不舍、都会感到活着多好，何况小姑娘秋雨才五岁。五岁的眼睛看世界，世界五彩缤纷，世界是美丽的梦。谢静华觉得自己在陨落、在失重，她向夏寒诗望去，夏寒诗的脸被拿枪的手严严捂着。

过了许久，夏寒诗放下双手，眺望着遥远的夜空，叹息般地说道：区娟从那时开始失了神，从此只会讲“不”。区娟不会再生了，生秋雨时大出血，切除了子宫。

谢静华无语，现在她难以述说是一种什么样的心情在折磨着她，她万万没想到最初那个预感会是这样一个结果。她想诅咒，诅咒上帝诅咒命运？或者诅咒夏寒诗？如果当初夏寒诗调进大都市机关，命运将如何？厄运会落在他妻子和女儿头上么？她是调进了大都市大机关，她没有夏寒诗那种苦痛，可是她却得了都市病。到底谁幸福谁苦痛？谢静华开始觉得生活其实都很真实，幸福和痛苦并非命中注定，只是含义各异。

第二天谢静华把夏寒诗一家送到机场。夏寒诗给区娟买完那套衣服已是身无分文，三张机票是谢静华买的。区娟和小姑娘秋雨没坐过飞机，夏寒诗要让女儿短暂的人生也有一次飞行的经历。女儿从小就喜欢蓝天喜欢飞翔。夏寒诗本想卖血为妻儿买机票，又想一个营长要卖血，实在有损军人的尊严才开口向谢静华借钱。谢静华没理睬那个借字，把三张机票塞给了夏寒诗。夏寒诗临上飞机前终于还是对谢静华说了句：机票钱将来还你。

夏寒诗走了，带着他的妻子女儿。谢静华回到办公室，在那张世界地图上找出夏寒诗驻守的那一段边境线。那是一片生长着亚热带灌木丛的边地，那片边地在地图上美丽而舒展，看上去翠绿而轻盈，完全找不到沉重的痕迹。人生亦如此，原本并无轻重之别。人与人的命运不同，说到底总是各人自己的选择。临上飞机前的空隙，她问夏寒诗要不要帮忙调来军区机关。夏寒诗开了句玩笑，说你忘了最后一个理想主义者是我？谢静华说我是认真的。夏寒诗就同样认真地告诉她，那一千多公里边境线上筑有数十座炮台近百座兵营，那些炮台兵营在百年前修筑时算得上世界先进，即便在今天，它的地理位置的选择、它的建筑设计、它的坚固仍然具有经典价值，仍被当代军人使用。夏寒诗说修筑这些炮台兵营的是个清军将领，叫苏元春。大概没有几个当代人知道苏元春这个名字了，苏元春这个名字甚至不会比唱歌厅的三流歌星为人所知，但是我知道！我知道苏元春将军留在那里的事业有众多继承者。顺便问一句，你知道一个男人最大的愿望是什么？谢静华不知道，好像也没听到过有谁提出这个问题。很久以后，谢静华才在一部描写当代军人的中篇小说中读到这样一段文字：一个男人最大的愿望莫过于后世对自己的继承。大多数男人追求的、或者说所能得到的继承，只是血缘的延续。而那些优秀且有质量的男人，他们所追求的，则是事业和精神的继承、人格力量的铭记和思想的弘扬！现在，谢静华凝视着世界地图上那一段国境线，想起人们常说岁月无敌，在夏寒诗面前不知岁月最终是否无敌。谢静华拿红笔在那个地方小心地画上了一个红点。

（《小说月报》1996 年第 11 期选载）

履 带

黄国荣

一

清晨五点三十分，通信员吹响了那个声音尖厉的哨子。短促尖厉的哨音撕裂了营区的宁静，宿舍里一片手忙脚乱。常言道：新兵怕号，老兵怕哨。号是正常作息信号，哨是临时应急信号，哨子一响，准有情况。急促的哨声响过，老兵们一个个都弹了起来，新兵的手脚就更不够用。穿衣、叠被、上厕所、刷牙、洗脸、吃饭，一切都是紧急集合的速度。

昨晚上连长、指导员把一切都说透了。分列式、手榴弹投掷、轻武器射击，那是守备团、炮团的事，咱坦克兵看什么，一年的汗水心血就看你短停对陆隐现不动目标和停止间对海运动目标两次射击。说一千道一万，靶子上穿不了窟窿不好办；平时练得再好，打不上靶子一切都不好；硬汉也好，熊包也罢，是骡子是马拉到靶场上看。

轻武器、水壶、野战服，检查完着装，连长一声令下，全连踏踏踏急行军出发。目的地——大沙河口靶场。

一车炮长（教程上叫一炮手，部队习惯称炮长）关天庆与排长纪树义并肩走在队伍中。一车是排长车，关天庆是新提的排长车炮长，第一次实弹射击，兴奋？紧张？说不清，反正心里不同平常。

“怎么样？紧张吗？”纪树义十分亲热地问。

“有一点，现在手心里就有汗。”关天庆答。

“你可不能紧张啊，这是实弹，紧张了容易出事，这可不是闹着玩的。”

“说是这么说，训练和实弹总是不一样。”

“又不是打仗，实弹也是训练，打好就打好，打不好有体会就行。”

关天庆扭头看了看排长，不知排长真是无所谓还是在稳定他的情绪，他觉得该给排长一点底，就说：“到了真打的那一阵也许就好了。”

部队行进至沙河大李家，海边方向传来了沉重的炮声。队伍兴奋起来乱了阵，说别的连队开炮了。连长一声肃静整齐了队伍。他说那是司令部作训股在校炮。尽管大家心里都明白，但浑身的血已经被炮声激热。关天庆跟排长说，连长嘴上这么说，其实他比谁都急，你看那步伐，队尾都在小跑步了。

一阵微风吹来，关天庆闻到了一股扑鼻芬芳的火药味。他扩胸用力深深地吸了一口，真香啊，没有比这更好闻更能令他激奋的气味了。浓烈的火药味一进入关天庆体内，他全身的肌肉便顿时鼓凸起来。看到各连一支支队伍行进在大沙河的沙滩上，他的脚底生出一股力，两腿轻松得产生要冲刺的欲望。就在这时连长下达了口令：

“全连注意！跑步——走！一、一、一二一、……一！二！三！四！”

“一！二！三！四！”

嘹亮的吼声惊飞了大沙河边树林里的鸟雀。在靶场，队列和口号也都是一种较量。

连长把队伍带到靶场集结地，整理好队伍，一个漂亮的向后转，双手抱拳啪啪啪跑向参谋长。

“报告参谋长，坦克二连前来报到，坦克乘员三十七名，干部六名，实到人数四十三名，报告完毕，连长杨永祥。”

指挥所设在左岸的树林里。电台和电话正分别在与射击教练车和报靶组沟通联络。教练车像憋足劲的斗牛停在待击地，发动机不时发出一阵阵呼啸。电台的呼叫声，电话的铃声和教练车的呼啸声，把右岸树林里的炮长车长们一下带入了弥漫着硝烟气氛的靶场。

射击终于开始。一连长把全连带出树林。

短停对隐现不动目标射击，五发炮弹完成对两个目标射击，全部射击在行进的二百五十米内完成，每次短停射击不得超过七秒钟。两个目标各命中一发及格，两个目标命中三发良好，命中四发以上优秀。只消灭一个目标，无论命中几发均为不及格。

不及格，不及格，不及格……一连长的额头上冒着汗，形势太不乐观。

二连的人暗暗高兴，又暗暗担心。

关天庆和炮手小彭、驾驶员小甘去领炮弹的时候，一连的最后一名炮长正好去向参谋长报告射击情况。参谋长是不好糊弄的，他是很有名气的神炮手，当过射击参谋，他要求每辆车射击完毕后，炮长直接向他报告射击过程，包括距离的测定，诸元的装定，每发炮弹的弹着点判定和修正，要是报告的情况与实际射击不符，即使打了优秀也是瞎蒙，他不会给你好脸色。打糊涂靶他是要训人骂娘的。

一连那位炮长晃荡着跑过去，一边敬礼一边嘻嘻着说，参谋长，嘿嘿，我打了个光头。

“看你那个屌样，滚！”

关天庆心里一咯噔。

参谋长命令停止射击，全团车长炮长集合。

参谋长在队前大发脾气。

“这是在闹着玩吗？闹玩回家去闹！我的同志哎，一发炮弹好几百块哪！能闹着玩的吗？我不是要你们发发都在靶子上穿个窟窿，我要你们给我打个明白，打上了不知道怎么打上的，打不上也不知道为什么没打上，有的连打五发远弹，有的连打五发近弹。你打出个反差我看看也行啊！这一冬一春都练的什么！随便抓个老百姓来，还能打个什么样？你们对得起自己吗？不是我说你们，都一帮什么？一帮娘们儿！打了光头不痛心，还嘻嘻哈哈，还像个当兵的样吗？下一个谁打？”

“报告参谋长，我打！二连一车炮长关天庆！”

“怕不怕死？怕死别打，剩下那几发炮弹别人好打。”

关天庆一下上了急：“不怕！”

坦克开出有十五米，第一个目标出现。

“正前方，发现目标。”关天庆报告。

“目标，正前方，距离一千三，榴弹，装定诸元歼灭！”纪树义下达口令。

“距离一千一，标尺11，驾驶员短停！”关天庆一边复述一边纠正纪树义的测定，一边装定诸元。

“榴弹好！”小彭高喊，迅速转身扒住车体扶手贴在那里，老兵告诉他炮弹退壳，弹壳烫人，还容易伤人，要立即躲闪。

“全车注意观察——”全车人的心都随着关天庆的口令提了起来。

“放！”

一声呼啸，一片火光，一股硝烟，如同闪电雷鸣，坦克全身随着炮响向后倾坐。纪树义怕震耳，张着嘴，一股硝烟呼地钻进他的嘴里，呛得连连咳嗽；小彭被火炮的轰响吓得面如土色；小甘被掀得一颠，没攥紧操纵杆，头碰着了头顶的钢板。只有关天庆这个火炮操纵者泰然自若，他掌握着击发的时机，他知道火炮发射的时刻。此时他已处于一种高度的兴奋状态，硝烟和火药味，对他来说，是一种特殊的激素，它只能让他高度的兴奋，达到最好的精神状态。

关天庆在弹丸飞行的瞬间以四个月的汗水和两手心的茧子换来的绝招，动作敏捷地握住潜望镜，眼睛同时准确无误贴到护额上对准潜望镜的下棱镜。这是他不同别人、不同教程自己练得的硬功夫。按教程规定，一炮手观察弹着点是通过瞄准镜来观察，而实际很难操作，也难以看到弹着点，火炮发射后座，原来的瞄准线已被破坏，要在不到两秒钟之内迅速恢复瞄准再去观察弹着点很难，炮弹出膛同时要喷发硝烟和火，瞄准镜紧贴炮身，视线一般被烟火遮挡，因此他不利用瞄准镜观察弹着点，而用潜望镜观察。这就有相当的难度，击发

的同时要迅速转头，左手要一下握到潜望镜握把，眼同时要贴到潜望镜的下棱镜的窗口，这是炮长素质优劣差异的根本所在。时间就在两秒钟之内，如果稍一迟疑，哪怕是闭一下眼睛，或者手眼没能配合好，根本就无法看到自己打出的炮弹的弹着点，看不见弹着点，就无法确定是近弹或是远弹，修正便失去了依据，往下的射击便全部是瞎打。

“什么弹？”纪树义是驾驶员出身，对射击不摸门，平时干部会又多，基本没有时间与关天庆配合训练，关天庆基本是自己给自己下口令，自己判断，自己修正，自己摸索。纪树义本来就不大会观察弹着点，刚才被硝烟呛得咳嗽，他更顾不得观察。

“命中！降低半个体形。”关天庆果断地处理。

“驾驶员短停，全车注意观察，放！”

关天庆按下击发机，炮没有响。回头看，小彭还傻瓜一般贴在车体那边。关天庆吼了一声，小彭没反应，原来他的车内通话器插头掉了，一股怒火顶上心头，关天庆在炮身下伸腿狠狠地踹了他一脚。

小彭吓得嗷地叫了一声。纪树义看到了关天庆这一脚的分量。

小彭一下醒来，立即喊：“装弹好！”

“全车注意观察，放！”

关天庆看得清清楚楚，炸点的硝烟，弹片和尘土在靶子后面掀起的“V”形弹着点被靶子遮去了下三分之一多，又是命中，“驾驶员继续前进，转移目标。”

“有把握吗？”纪树义不十分放心。

“百分之九十。”

纪树义向指挥所报告一号目标射击完毕。

“左前方，发现目标！”纪树义刚报告完毕，关天庆就发现了目标。

“距离？”

“一千三，标尺13，驾驶员短停！”

“装弹好！”这一回小彭十分清醒。

“全车注意观察，放！”

关天庆激动地吼了一声:“命中！”

关天庆这时差不多忘记了排长的存在，纪树义也没再对他下达任何口令。关天庆自己一边说一边操作:“降低一百，标尺12，提高半个体形，驾驶员短停！”车刚停稳，小彭迅速装了弹。

第四发又是命中弹。

打完第四发，关天庆正在修正第五发的诸元，小甘拉动操纵杆转了弯。

“小甘你犯神经啊，还没打完呢！”关天庆骂了起来。

“你不是喊了五发了嘛！”小甘不服地重新掉转头来。因小彭误装了一发弹，小甘记得听到他喊了五次放，他以为已经射击完毕。

关天庆顾不了这些，为了检验前面的射击，关天庆没跟排长商量故意降了一个体形，果真打了个近弹，而且弹着点就在靶子跟前，气浪一下把靶子掀倒。

纪树义向指挥所报告射击完毕，指挥所命令返回。小甘挂上了四档，关天庆把火炮摇成四十五度角，钻出窗口，迎着扑面的山风，迎着那一双双羡慕的眼睛，他第一次品尝到凯旋的滋味。

关天庆跳下车以轻松的步伐跑到参谋长面前，敬礼后按序向参谋长报告了射击的全部过程，包括炮手漏装炮弹，驾驶员提前调头和他有意检验射击结果的每一个细节。思路清晰，口齿流利。

参谋长听完报告后，脱口而出:“好一个神炮手！完全正确！有什么体会？”

关天庆毫无顾忌地说:“上了车我什么也顾不得想了，就像在做一件非常爱做也非常会做的事，我做得很顺手，也很有把握，觉得天生就是块玩枪弄炮的料。”

参谋长竟哈哈大笑。

关天庆回到集结地，纪树义问他参谋长笑什么，他说我跟参谋长说我天生是块玩枪弄炮的料。排长的脸一下阴得挺难看。

二

关天庆喜滋滋地进了排长的小单间。

纪树义倚在被子上听收录机。见关天庆进屋，拉了拉嘴角，算是招呼，仍继续欣赏他的流行歌曲。

关天庆说，排长，我们车想开个总结会。

纪树义见关天庆说话，立即摘下一只耳机，说，你找我有事？

关天庆就重复一遍他说过的话。纪树义听明白后，并没有关掉收录机，一边听一边笑眯眯地拿眼瞄关天庆，没说话。

排长虽然兼着车长，但基本不管车里的事，排长不大参加车里的活动，不等于炮长就可以自作主张、可以独断专行，凡事都还必须请示排长后方可实施。

纪树义笑眯眯地瞄了一阵关天庆，笑眯眯地说，你准备怎么开。

关天庆说，虽然打了优秀，但车内配合问题不少，想好好研究研究。关天庆说完就等着排长表态。纪树义却仍笑眯眯地听着收录机，笑眯眯地瞄着他，他像在琢磨关天庆的话，又像仍在等关天庆说下去。关天庆却以为排长在考虑他的意见。两个人就这么你等着我我等着你，谁也没再接着说什么。

纪树义等了一阵，也可能是他听完了那首让他着迷的歌曲，见关天庆不再说话，这才反应过来关掉了收录机。他加了一句多余的话，你说完啦？就这些啊？

关天庆说，嗯哪，这些就够解决的了。

纪树义顿了顿，想了想，然后笑眯眯地说，我说天庆哎，车里那个总结会还开吗？他像在提醒关天庆慎重考虑，又像是表明他的不同态度。

关天庆做事很少拐弯，他想做的事，一定是要做的。他说，这个会我看省不得。

纪树义仍是笑眯着眼。他十分知己地劝关天庆，我说天庆哎，总结会就免了吧。什么事情都是适可而止好。参谋长在全团炮长面前表扬了你，还给了你一顶神炮手的桂冠；连长在全连面前夸了你，我也在排里称赞了你，这还不够吗？你还想要什么呢？该显的都显了。再说，小彭漏装了弹，小甘提前拐了弯，连里点，排里说，车里还要开会，有完没有完。我教你一招，自己心里高兴的时候要想一想别人高兴不高兴。他们是做错了，可也没有影响你的成绩啊。你刚提炮长，尤其在有了一点成绩的时候，千万不要太张狂。

关天庆被排长这根软绳子抽得蒙了头，他一腔子热情全让他轰跑了。

纪树义见自己的话击中了关天庆的要害，对自己的这一阵发挥十分欣赏十分满意。见关天庆蔫了，他又激发出许多智慧。他接着说，要说开会，我觉得倒是有一个会好开的，不过要看你有没有积极的态度。关天庆好奇地说，我？纪树义说，对，是你。你有一个问题，正儿八经要开一个会，而且可以开成一个对你十分有利十分有好处的会。关天庆说，我的问题，还对我十分有好处？纪树义又把眼睛眯了起来，说，天庆哎，你要这么说的话，你的问题还真是问题哩。关天庆让排长给说糊涂了。纪树义还是笑眯眯地说，我已经给你挑明了，你都意识不到自己的问题，这就有了一点严重性。我也就不跟你猜哑谜了，第二发炮弹小彭漏装了是不是？你做什么了？关天庆说，我没做什么呀。纪树义痛心地说，天庆哎，你连这都忘了！我告诉你，你在车里用脚踹小彭啦！而且踹得那么重。你真没有意识到这是问题吗？关天庆说，我是顺便踹了小彭，可那时我在操炮，没有别的办法让他明白，我没有意识到这是问题。纪树义说，你看看，你看看，你连这么严重的问题都没有意识到，这是殴打战士！是我们人民军队所不允许的。小甘提前拐了弯是不是？你怎么对他啦？关天庆有些不高兴，说，我又踹他啦？纪树义说，你没法踹他，他在前面驾驶，可要是在你跟前也难保你不踹他，因为你意识里根本就没有这根弦。你因为踹不着他才没踹他，可是你骂了他。关天庆说，我骂啦？纪树义说，你是骂了，你骂他犯神经病。关天庆说，这也叫骂人？纪树义一直非常耐心，他说，这不叫骂人，那你说这叫什么呢？你能给它定个名目？

关天庆让他说得没了话。

纪树义决意乘兴帮他深挖一下根子。他说，天庆哎——不料关天庆大吼了一声，你别说了！

关天庆这声吼，把纪树义吼傻了。他毫无思想准备，怎么也想不到关天庆会对他这么吼叫。关天庆这么一吼，吼乱了他的思路，他不知如何是好。

纪树义再也笑眯不起眼来，他傻傻地看着关天庆。关天庆也呆呆地看纪树义，他也不知道自己怎么会对他吼出这么怪的声音，完全是一种无法控制的本能反应。两个就这么僵持着。

关天庆的脸憋得发青，他一口一口往肚里咽着气，他不想让自己发作，他知道纪树义是自己的直接领导，可他实在绷不住了。在那个时候我难道要说，亲爱的小彭同志，你忘了装弹了，请你把炮弹给我装上；你难道要我对小甘说，亲爱的小甘同志，你不要这样心急，我还没有打完，请麻烦你把车头再给我掉过好吗？

这些话关天庆说不出口。他只对纪树义说，排长，你跟参谋长都是我的领导，你想的怎么跟参谋长不一样。

纪树义相当尴尬，真心实意给他慢慢诱导，让他自己认识问题，可他竟喝唬他，让他威风扫地，把他的自尊当泡踩。还反过来质问他，简直不把他放眼里。可他没有光火，他是一个善于克制自己的人。他只是觉得到了这个火候，必须把事情的本质给他挑明。他仍耐心地说，天庆哎，我们是不好拿某个领导来做尚方宝剑的，和平建设新时期部队什么工作最重要？安全防事故才是部队工作的头等大事。你要是跟自己的战士闹出矛盾来，激化了出点什么事，你就是打一百个优秀也白搭，真要出了事，不光你完，我也要完，连长、指导员都完！我不是泄你的气，你今天打了优秀，是显了威风，可你想过没有，明天还有人记着你打靶的事吗？一年之中不就打两次靶嘛！更多的时间是要做别的，不管做什么，跟自己周围的人相处好是头等重要的大事。什么是领导水平，不出事就是水平！什么是领导能力，让下面的人不闹事就是最强的能力！我这是肺腑之言，冲你是我的兵，要不我才懒得跟你说这些，闲着难受啊。

关天庆被纪树义这一推一拉，差不多晕了头。

关天庆不想跟排长磨牙。临出那间小单间时他还是说，会一定是要开的，我踹人骂人我向他们检讨，他们的问题我也不会迁就。说完腾腾腾走了出去。

三

二车长进门就做了个怪样。他悄悄地来到关天庆身边，咬了一下耳朵，关天庆居然就让他卡着了命根子一般跟他出了屋。全排的人都觉着有些怪。

他俩来到营区操场，在两棵大柳树下进行了一种谈判。

二车长说，条件很简单，由我来撕，信我不看，让我看一下相片。

关天庆的脸红了。他已经看到了那封信，一看那信封就知道是夏雪写来的。每封信的信封她都是精心选择的，主题都是一个，她要给他送来情意和爱。这个信封的左下角是一花一黑两只蝴蝶。关天庆眼下完全处在被动，信在二车长手里。他跟通讯员私下里有过契约，凡是这种信封、写这种清秀蓝钢笔水字的信，都不许给别的人，一定要亲手交给他。不知道二车长是用什么手段从通讯员手里搞到的。关天庆并没生气，老兵私下里有个盟约，老兵之间要公开情书，一是调剂精神生活，二是相互交流，相互学习。关天庆没有执行这个契约。说实在的，连队除了出操、训练、学习还有什么呢？空闲时间，战友之间也就是相互开开这种玩笑，聊聊家常，说说儿时和学校的故事。

关天庆无奈地点点头，不过他提出一个要求，不要告诉别人，只是通通信而已，八字也就是刚有那么一撇。

关天庆后面的话二车长根本就没有听，看到关天庆点头，他立即就撕开了信。

关天庆看他那个急样，立即说，你慢点，别把信封撕坏了。夏雪的每个信封，关天庆都完好地保存着。

二车长哪还管得了这些。夏雪的相片让他即刻忘了一切，随着那声啊的惊叹，那张嘴就停顿在那里再没想到要闭合。

关天庆这时就不能忍受二车长这样看他的夏雪，伸手把相片抢了过来。

夏雪这张照片真是拍得太美了，完全可以跟那些纯情派影星媲美，关天庆也看呆在那里。

二车长立即凑过来想再饱眼福。关天庆没满足他这个要求，立即把相片藏到口袋里。二车长的欲望没得到满足，关天庆的要求他就不想认真遵守了。

二车长说，还八字刚有那么一撇，那么一撇就给你寄这么大的相片，有六寸吧？

关天庆说，没有，是四寸。

二车长说，你小子，这么有艳福，我要是能找到这么漂亮的老婆，一辈子让我做牛做马都愿意。

夏雪和关天庆是一个镇的。他们俩从小学一年级一直同学到高中毕业。夏雪的父亲是供销社干部，母亲是医生，是城镇居民；关天庆家在镇东街的街梢，父母一辈子靠种田吃饭，至多到街上卖些自己菜园的菜，挣点零花钱，是地地道道的农民。两人在学校学习成绩一直处在中上，心劲儿挺高，人多学校少，志愿填得都不策略，他们俩高考双双落榜。夏雪到镇文化站就了业，关天庆当了兵。

关天庆和夏雪产生不同寻常的感情，是初中二年级。学校组织夏令营，会游泳的男女同学在河里游泳，不会游泳的女同学就在河埠观赏玩水。三个姑娘一台戏，凑到一起自然安静不了，你拿水撩我，我用水泼你。河埠的石板上长满青苔，夏雪用水泼人时没站稳，脚下一滑一跟头栽到河里。离她最近的一个男生和一个女生来救她，人没救起他们自己倒呛得够呛。关天庆一个猛子钻过来，一下把夏雪背到背上，夏雪哪还顾得姑娘的羞涩，两臂紧紧揽住关天庆的身子，胸脯也紧紧贴在关天庆的背上。关天庆闷下头，一口气就把她带到岸边，他自己却呛了好几口水。从此他们俩之间就有了一种他们自己也说不清的感情，同学们也是这么看他们。

关天庆打篮球，夏雪必定要看；只要夏雪看球，关天庆必定发挥超常。

当兵后，关天庆主动给夏雪写了信。夏雪收信当天就给他回了信，一来一往越写越密，到后来关天庆写信稍拖拉一点，夏雪就会主动追加书信。关天庆跟夏雪说部队上的事，夏雪跟他说镇上的家乡的事，说来说去就说到婚姻的事。夏雪问关天庆为什么不谈恋爱；关天庆回信问她为什么不谈恋爱。夏雪回信跟关天庆说她早已有对象了。关天庆收到信心里就上了火，立即写信问夏雪对象是谁，做什么工作。这些信，关天庆一直没有给排里几个老兵公开，没让他们“精神会餐”。

二车长回到排里，还是把事情暴露了。关天庆要捶他，他说，他没有办法，这么漂亮的相片，你一个人专权，太亏了弟兄们。

几个老兵立即围住关天庆，说来文的还是武的。

关天庆没办法，只好把夏雪的相片拿了出来。宿舍里一片吼叫。几个新兵也想凑过来沾光，让老兵一嗓子赶跑了。老兵们看了相片还嫌不过瘾，又把关天庆拉进储藏室让他念信会餐。

关天庆毫无办法。其中最让老兵们兴奋的是这样一段：

……天庆，上封信你问我找了个什么样的对象，做什么工作，现在我告诉你，你睁眼看清楚了，也不要太激动……

一个老兵忍不住插嘴,这丫头耍大兵有一手哎。他立即挨了旁边人一拳。

> 我找的对象是个大兵，而且是个傻大兵，在坦克部队当炮长,自称是个神炮手,我看他一点不神,傻得浑身冒傻气。当兵三个年头了,也不知道回来看看我,连张相片都没寄,一天到晚让我想着他,他心里却只有他那门炮,一点也不想着我。你看着我的相片,听我骂他一句:"傻大兵！"……

关天庆念到这里,老兵们激动得蹦了起来,羡慕得唉声叹气,都问关天庆,你小子用的什么手段,前世积了什么德。

四

关天庆干了一年半炮长,打了十五发炮弹和上百发机枪弹,瘾没过足，一个命令让他到三车当了车长。他主动把小彭要到三车当炮长,没想到关天庆那一脚,一下把小彭踩机灵了,关天庆教他炮长专业,他学得挺上心,专业技术在炮手里拔了尖。

当车长捞不着打炮,关天庆有些遗憾。回过头来想想,他又有一些欣喜。去年让那顶神炮手的桂冠压着,没敢跟连里提考学的事,连里也没安排他,似乎他成了团里的名人,一切该由团里来安排。现在当了车长就无所谓了,他可以名正言顺地考军校。

关天庆心里一直有一种不可言述的压力。这压力来自夏雪。夏雪没有要求他什么,只是真诚地爱他,夏雪越是不要求什么,他心里的压力反而越大。城镇居民与农民,在如今的社会中是两个地位悬殊的阶层。夏雪不计较是一回事,关天庆自己心里就无法平衡。男人不如女人,是件窝囊透顶的事。

关天庆悄悄地开始复习文化。

关天庆当了车长，纪树义当了副连长。

纪树义笑眯眯地跟关天庆说，好事好事，团里要搞新兵集训，让你到训练队去当骨干班长。坦克部队是技术兵种，坦克乘员必须经过专业训练后才分到连队。

关天庆一愣，说，多长时间？

纪树义说，五个月。

关天庆说，完了。

纪树义说，怎么完了呢，这是好事哎！

关天庆说，副连长，我问一件不该问的事，不知连里今年让不让我考学。

纪树义说，既然上级用你，上级自然会有安排，再说了，团里要让你执行任务，你说你要考学，不能去，这恐怕不好说吧。

关天庆打起背包上了训练队。

关天庆到训练队当骨干班长，实际是助理教员。关天庆分管炮长炮手专业。不干则已，干就拼命，这就是关天庆的个性。白天训练专业，业余时间还要练队列、打背包，夜里还常搞紧急集合。没几天新兵们私下里就称他是法西斯。

那天他给新兵训话：

人说不想当将军的士兵不是好兵，我说士兵离将军太遥远，说现实点大部分只能是空想。要我说，应该说不想当炮长的新兵不是好兵。什么是好兵，就兵的本意上讲，我认为，好兵必须是具备军人气质的男子汉。男人不一定都能称得上男子汉，男子汉也不一定都能成为真正的军人。男子汉加上军人气质和军人素质才称得上真正的军人。军人气质是什么，我认为，听到枪炮声、闻到火药味，立即能达到最高的兴奋点，而不是恐惧，这才是真正的军人。要当一个好炮长首先必须具备这种心理素质。

关天庆说着这些，发现队列里原来站得歪斜的，慢慢挺直了腰板。

当合格的炮长，必须练成四样硬功夫：一是准确判定距离，做不到这一点，炮操得再好，动作再迅速也白搭；二是精确装定诸元，标尺、方向装不精，瞄哪打不到哪；三是精确瞄准，这一点看似容易，其实不易，时间短，有的目标还运动，左右手、眼要配合，稍一松念头，炮弹就不知飞哪去了；四是及时准确观察弹着点，这一招更难，炮弹出膛到击中目标爆炸不到两秒钟，稍一犹豫就什么也看不见，打靶看不见自己的弹着点，叫瞎打。

要练得这些绝招，没有好办法，只有一个字，练！苦练加巧练。

两个人一对儿，相互检查，相互下达口令，一百次精确瞄准一轮换。

关天庆说完，队列里有人摊舌头。

关天庆看到了这一动作，他立即宣布，谁需要他陪练，他随时奉陪。

关天庆一边抓着训练，一边忙里偷闲复习。

晚上，二车长跑来看他。见面，二车长先给关天庆一封信。可惜不是夏雪的信。二车长挺关心关天庆。说今年可别再错过机会，文书、小彭，还有五车长他们都在没白没黑地复习呢，前两天已经让他们填表了。关天庆一听填表有些急，谁也没跟他谈过这事。二车长让他抓紧抽空回趟连，别连里以为团里管，团里以为连里管，到头来谁也没管。

礼拜天，关天庆回了连。

关天庆回连，纪树义看到了他，他跟他打了招呼，跟任何时候见面一样热情地问了训练队的情况。问完就没再说别的，说他要到城里去一趟。

关天庆心里很凉。见纪树义骑车要走，忍不住叫住了他。

纪树义说，天庆，有什么事吗？

关天庆说，听说考学的都填表了？

纪树义惊奇地问，你没填吗？

关天庆说，没有谁让我填。

纪树义说，是这样的，你现在在训练队，让不让你考学要团里决定，连里也不知道你的工作情况，也不知道能不能离开，我们也不知道团首长的意图，所以连里也不好直接安排。你应该跟训练队领导说一说，让他们跟团首长反映，团首长如果要让你考学的话，肯定会从团里的机动名额里给你解决。不过我觉得，团里要想让你这次考，肯定会安排的，不安排，说明是你的工作离不开，在这样的情况下，自己个人要求好不好，你要慎重考虑。好吧，我走了，有什么事，你往连里打电话。

关天庆望着纪树义骑车远去的背影，心里说不出是什么滋味。

关天庆心事重重回了训练队。

关天庆前思后想，没法跟训练队领导开这个口。

不几天，七连的指导员来训练队，他带来一个炮长，换回去一个车长，连里决定那个车长考学。

关天庆心里就生出一个希望，企盼着自己连里的领导也来训练队。一直盼到考学的人进考场，没盼来连里的领导。

关天庆再次回连，纪树义竟惊讶地说，你怎么不早说呢！他们不好找，我来找啊！事情到了这地步就没法弥补，只好到明年再说了。

关天庆看着纪树义的一脸认真。他没再说话。他说的每一句话全都对，也全在理，可就是搞不清他的话，哪一句是出于真心，哪一句是为了应付。

五

夜间障碍驾驶是驾驶技术考核最难过的关。考核从一营开始，全营的坦克乘员都集结在障碍驾驶场。

纪树义说手电落在了宿舍。关天庆让阮明亮立即跑步回连取。不巧的是阮明亮不知道吃了什么不对胃口的东西，拉肚子，拉得后脊梁发酸，脚底下发飘，回连来回起码要两千米，黑咕隆咚的，还要迅速，阮明亮心里打怵，一般的人也就说了，可他不愿说，他总觉得关天庆的眼睛里时常闪着让他心虚的光芒。

被关天庆踹过的炮长小彭考上了装甲兵学校。阮明亮从指挥车到关天庆的车当了炮手。连长说阮明亮人倒是聪明，可太面条。关天庆从来不挑人，给谁要谁。驾驶员葛小柳也是。葛小柳本来是通讯员，人长得特精神，就是老实得过火，见了生人连句话都说不利落，连里说让他到关天庆车里改行当驾驶员，关天庆说，行。

阮明亮转身跑出五六步，迎面碰上驾驶员葛小柳撒尿回来。他就跟他说了车长让他回去帮副连长取手电可他肚子有点痛的事。葛小柳想都没想他马上要上车考核的事，扭头一溜烟去了。

阮明亮怕被关天庆发现，没敢露面，在附近溜达。

阮明亮是聪明，聪明人如果格外爱面子，有时就会做出过分聪明的事来，聪明就常常变成了小聪明。

说也巧，那天考核不知是文书还是纪树义开的名单，他没按编制序列排名单，他们连第二个就是葛小柳。关天庆咧着嗓门吼葛小柳，就是叫不到他的人，心里的火呼呼往外冒。

阮明亮听关天庆吼葛小柳，知道坏了事。立即跑了过去。他本来要照实跟关天庆说的，一看到关天庆那双冒火的眼睛，要说的话滚到嘴边忽就拐了弯。他说葛小柳他他他，说了五六个他没他出下文来。关天庆更是火上浇油，你他妈他他他，他怎么啦！阮明亮只好说，他主动要求回去拿的，说万一找不到副连长的手电他那里还有一支。

关天庆忍无可忍，你他妈捣什么鬼！说话的同时就习惯性地给他来了一脚。他马上要上车考核，你让他跑长跑，他要考不好我饶不了你。

阮明亮一紧张，直肠那里就失去了控制，哧啦一下弄了一裤裆，提溜着裤子就往黑处跑。

车不能停着等，只好临时把下一个提上来先考。

葛小柳上气不接下气跑回来，关天庆也没给他好气，说你也是头蠢驴，人家让你吃屎你都吃。葛小柳帮人做事，却当头挨了一闷棍，心里也不是滋味。

葛小柳不知是跑步累的还是心慌，过障碍一次熄火，上坡一次没挂上挡，过堑壕过到一半偏了向，只好倒车重来，弄了个不及格。

关天庆一个礼拜没给他俩好脸色。阮明亮和葛小柳识相地在训练上加了不少劲。

六

关天庆要回家探亲，上午专门进城买车票和回家的东西。

关天庆探亲是因为他作出了一个决定，他打算年底复员，复员之前回趟家，跟夏雪把婚事定一定。成，一锤定音；不成，吹灯拔蜡。

关天庆的这个决定可说是指导员纪树义那次谈话逼着他作出的。

前些日子，指导员纪树义神秘兮兮地找了关天庆，像有多大秘密怕被人发觉，把他叫到他的宿舍，还特意插上了门，然后惊喜地说，天庆哎，好事来了，你可先别对任何人说。

关天庆并未被他所感染，仍是一副平平淡淡的样子。到了这个时候他还有什么可激动的呢。

纪树义见关天庆木木的样，就更加注意语气，他说，我说天庆哎，团首长对你很赏识呢！说如今像你这样肯钻研军事技术的骨干太少了，团首长有意要保留你，想让你上机关食堂改行当炊事员，或者到修理连改行当修理工，年底争取给你转志愿兵呢！

关天庆听了，鼻子酸了一阵。当兵五年了，组织上专门跟他谈个人前途问题还是头一遭。他没有激动，反而心酸。他怕当着纪树义的面滴下泪，赶紧拉开嘴角笑。他一反往常的倔劲，非常腼腆又一片真诚地跟纪树义说，请转告团首长，他们这么忙，还能想着我这么个当兵的，真心实意地谢谢他们。考军校，自己是一直想的，转志愿兵却没有想过，一眨眼五年了，是该好好为自己打算打算了，等考虑好了再跟领导汇报。

关天庆不是开玩笑，也不是跟领导赌气，他真认真地想了两天。他把自己当兵这几年的事前前后后想了个透。领导想法给自己创造条件转志愿兵，他们好像是尽了他们的责任，是一番好意，可当炊事兵，即使转了志愿兵，也不是自己心里想做的事；去当修理工，自己要从头学，人家连里就没有骨干？名额是死的，就这么几个，自己去了肯定就挤了别人。你再有本事，也挡不了别人戳你的脊梁，一辈子窝囊。这又何苦呢。

关天庆第三天找纪树义。纪树义先是高兴，关天庆把自己的打算一说，纪树义以为他是故意跟领导闹情绪，沉下脸来劝关天庆，天庆哎，你可要珍惜这个机会，机不可失，时不再来。

这些年关天庆算是摸透了纪树义的脾气，凡事他总爱在一分为二的二上费心机，常常爱反着揣摩人家的心思，老跟人拧着想事。关天庆见他又要往那一面扭他，便实实在在说，我不是闹情绪，是为自己一辈子着想，人生道路千万条，考学当军官、转志愿兵，不过是其中的一条路。活人总会有自己的活路，各人自有各人的活法。

说到这里，纪树义还不信，仍追问，你这真是心里话？

关天庆说，我什么时候跟你说过假话？

纪树义说，真不是闹情绪？

关天庆说，当兵五年了，我跟你闹过什么情绪？

纪树义还是想不通。关天庆临出门纪树义又不放心地站起来追上去说，天庆哎，你可千万别有什么想不开的，有什么事就跟我说。

今日吃过晚饭，关天庆又被指导员叫去。从连部回来，关天庆径直走进排长的小单间里面的储藏室，拎出那只大提兜，一句话没有，愣手愣脚把香烟、糖果、饼干之类的东西撒给排里的弟兄们吃。

排里的弟兄手里是接下了关天庆扔过来的东西，可谁也没吃。要在平常日，哪用他撒，几个老兵早就过去自便了。今天的事太莫名其妙，这些东西他们没法吃。

事情是纪树义和连长一起跟他谈的。下午团里开了紧急会议，上级决定明年在防区搞现代抗登陆作战演习，代号为“9510”，全区干部战士立即停止探亲休假，投入演习训练。新兵入伍和老兵复员工作照常进行，为了确保演习顺利进行，要保留一批重点骨干，骨干名单中有关天庆，上面说保留的骨干中超期服役时间过长的，表现突出的，演习结束后上级会择优保送进军校。

关天庆对此毫无思想准备，但他当即表了态。服从组织决定，立即退车票，复员的事也听从上级安排，别说演习，就是现在开拔前线，那也是毫无疑问的。

战士们拿着关天庆扔过来的东西，还没来得及问是怎么回事，门外响起了集合的哨音。

七

关天庆车里分来个新兵叫林海。阮明亮成了老兵，当了炮长。

林海是连里派给关天庆的。纪树义跟关天庆说，林海是城镇兵，在新兵连很郎当，什么都不大在乎，仗着自己打过篮球有一身疙瘩肉，动不动就想跟人练练。在新兵连跟不少人摔过跤，还打过人。给别的车，怕管不了。关天庆说可以，二话没说。

林海个儿不算太高，一米七三光景，篮球玩得挺花花，跟人开口就是：我是来混工龄的。挺坦白。新兵里的同乡私下里都叫他老大。下连头一天半下午就到伙房要东西吃，说肚子饿坏了。

林海到车里，关天庆给他练的第一项技术是叠篷布。

本来应该由炮长阮明亮领着他练，关天庆不想让他开头就懒散，于是他亲自领着他们练。

关天庆对林海说，你知道篷布在我们部队是什么？

林海不以为然说，篷布就是篷布呗。

关天庆说，篷布在其他地方是篷布，然而它到了军营，用来遮盖坦克，它首先是装备，然后才是坦克的衣服，盖到车上或者绑在车体一侧，直接反映着这个车的战斗作风和精神面貌。所以盖篷布和折叠、固定篷布都是整体战斗动作的一个组成部分。

关天庆讲的同时，眼睛始终盯着林海的反应。他发现他有些心不在焉。关天庆提醒他注意。

关天庆对林海说，战斗对坦克乘员军事技术的基本要求是：开得动，联得上，打得准。刚才说叠篷布是整体战斗动作的一个组成部分，主要指战前准备。坦克乘员进入战斗状态，出车前的战斗分工是，车长和驾驶员负责到充电车间领取电瓶，然后给发动机水箱加水，做好发动车辆和通讯联络准备；炮长和炮手负责解篷布、叠篷布、固定篷布和火炮射击前的一切准备，如要装弹药，负责到弹药库领取弹药。

关天庆让林海看着他和阮明亮实地操作。关天庆一边做一边说，战斗准备阶段的动作基本要求是：正确、迅速、配合默契。现在我顶替炮手的位置，林海你看着我的动作。解篷布炮长在车头，炮手上车尾，车两边一边一个系扣，解开后，炮长在前面拉，炮手在车上掀，炮手同时要取下炮口帽，平时训练不要取炮口帽。要想篷布好固定，篷布就要卷得紧，要想卷得紧先要叠得好。篷布在车前展平后，两人同时拉起右边的绳，先向左折，到五分之四处反过来向右折，这样就叠起了三层，正好是篷布的五分之三；然后再拉起左边的绳，一起向右折，拉到与已经叠好的篷布取齐反过来向左折，这样篷布就叠好了，一共是五层。然后两人一人一端相对同时往中间卷，要用力压紧卷紧。为什么要这样叠呢，有两个目的，一是便于固定，车体固定篷布的位置就这么宽，长了不行，短了也不行；二是便于遮盖，把卷好的篷布抬到炮塔上展开，前后左右正好是中间位置。

关天庆问林海明白没有。林海说，这还有什么不明白的。关天庆说明白就好，现在开始折叠篷布二十遍。林海说，我的娘哎，你想把我的腰弄断啊！

关天庆没理睬，他宣布开始，合格时间两分钟，包括固定好，什么时候认为可以验收就叫他验收。

林海下到车里，车长还没跟他说过一句话，看他的块头和模样，不善，狠里透着精玥。私下里一打听，原来是团里的神炮手。

林海知道了这些，自己又是个新兵，乖乖地跟阮明亮练了起来。

晚饭后，林海当兵来头一天没摸篮球。他趴在床上哼唧，说换一个行当换一副筋骨，叫车长整得腰、腿、胳膊全断了，让阮明亮赶紧帮他推拿推拿。

阮明亮没给他推拿，他不会干这活。正好关天庆进来，他没让阮明亮出声，自己过去给他推起来，在团里篮球队，推拿是他们相互护理的基本业务技术。

林海在下面舒服得嘴里丝丝着直叫好，说，真看不出来，这么瘦，还有点干巴劲，祖传？推的都是穴道哎，你可就等着辛苦啦，打球落下的毛病，常常腰腿痛。

关天庆按照程序，上上下下给他推了个遍。推完后在林海的屁股上拍了一下，说，什么时候想推就叫我。

林海听声音不对头，扭过头来见是车长，一时就不知说什么好，开头的话也不知他听到没有，只好嘻嘻着挠后脑勺。

八

关天庆正打算着抽空给夏雪写信，夏雪又抢先给他来了信。

二车长几个老兵一走，关天庆成了连里最老的兵，再没人好意思来要跟他搞精神会餐了。

也可能是习惯，关天庆还是躲到储藏室里看的信。

夏雪在信上这样写道：

> ……人不回，信也无。拿个假情报戏弄我，该当何罪？
>
> 我知道你心里的鬼。不扛着带星的肩牌就似乎没脸回，难道

说，十年扛不上，你就十年不回？难道说，要我等你到头发白？

军官是人，士兵也是人，我选棒的是人，而不是官还是兵。同窗九年学，此情此谊何相比。至今我未见过穿军装的你，我心中仍只有那个毛头小伙子关天庆。

要说官，咱镇当兵不只你一个，陆、海、空的军官有两打多，我如只认官，怕早就当了官太太；若认钱，咱镇已不是从前样，家庭工厂有几十，家产有的上百万。

你不要再傻，别再为没考军校耿耿于怀。我相信自己的判断和眼力。如今我们的社会有了许多进步，有了许多公正，最大的进步最大的公正是，人与人之间在许多方面可以公开竞争了。只要你有胆略，只要你有真才实学，你就有用武之地。

家乡的变化太大了，你回来准认不得家门。镇上的集体企业的产权正在卖给个人。我哥已经退职，和他的同学买下了工业水处理设备厂，资产五百万元，分期偿还。他是本科大学生，你又怎样理解呢？

别再犹豫，别再女人气了，你的男子汉气概到哪去了？

……

夏雪的这封信，看得关天庆浑身热血沸腾。他立即拿起笔来给她回信。

九

演习训练第一阶段是专业分类集训。车长、炮长团里集中统一训，驾驶员、炮手各连组织训。

关天庆从团里回连，林海在连里闯了祸，动手打了六车的老炮手洪永法。

关天庆回连听说后，没立即找林海。他先找了洪永法，再找了二排长，然后又找了副连长。三头一凑，关天庆心里有了底。

洪永法是第三年的老兵，文化低一些，这次调整仍当炮手，比他资格嫩的阮明亮都当了炮长，背上了手枪，他还背着支冲锋枪，心里没法平衡，不平衡就上火。这次分训，连里为了调动他的积极性，让他当了炮手组的负责人兼教员。洪永法有一个大优点，喜欢负点责，而且极当真，善于把那点有限的权力用得淋漓尽致。

那天他讲炮闩分解，林海心不在焉。洪永法挺不满，这分明是对他藐视。他点了林海的名，而且让他第一个操作。林海分解开后，却装不起来。洪永法便抓到把柄，以教员的资格批评了林海。林海自然不服，嘴里嘟囔了一句，这么能，上级怎没发现，还让人家当炮手。真是哪壶不开提哪壶。洪永法气得脸发了青，可又没发作的理由。

训练休息，打篮球。说也巧，洪永法和林海分到了两边。洪永法仗着个比林海高，有意想过他。林海球技比洪永法高一筹，更想杀他的威风出口气。打篮球的人都知道，被人过和被人盖帽都有胯下之辱的意思，挺丢面子的。洪永法只要拿到球就冲着林海去，林海也知道他的意思，两人就暗暗地摽上了劲。洪永法两次上篮却被林海盖了帽。更让洪永法不能接受的是，林海盖帽的同时，嘴里说了句：就你！洪永法气得七窍生烟。拿篮球摔到林海脚上。两个就你毛病！你毛病！顶上了牛。洪永法抬手指了林海的鼻子，没掌握好分寸，一下指到林海的脸上。林海恼了，当胸给了他一拳。其他人上前去拉，两人已打成了一团。林海打破了洪永法的鼻子。

吃过晚饭，关天庆叫林海跟他出去走走。

林海知道没好事，不过他也不怕，大不了挨顿训，大咧咧地跟着关天庆出了门。

走进场院，关天庆突然立住了脚。场院里除了他们俩没有别人。

林海停住脚没抬头看关天庆，他不知道他是副什么模样。

关天庆说：你不是想当拳头老大嘛，篮球、实弹装填、挺举炮弹、散打，任你挑，我输了，以后你爱做什么做什么，我绝不管你；你输了，对不起，以后一切都得听我的，不准你犯混！

林海没想到他会给他来这一手。这是男子汉的挑战，不应战，就等于宣布自己是个软蛋，是个熊蛋。要赢了，这几年就无忧无虑，没人管束；输了，人家是条汉子，就该拜倒人家脚下。

林海顿了顿说，省事点，就这里，散打。

关天庆说，三局两胜。

林海说，三局两胜。

两人把衣服一脱，摆开了架势。

林海在学校练过散打，上来就连续飞起一串连环脚。关天庆稳步后移躲闪。林海再度冲拳时，关天庆一闪来个顺手牵羊，林海向前冲出五六步，差点摔倒。林海转过身来，两人相对寻机出手。几乎是同时，两人交臂相持。林海企图以右脚绊关天庆左腿，不料关天庆趁势迅速侧身迈出右脚别住林海的右脚，关天庆两臂运力一掀，林海失去平衡，一屁股摔在地上。第二局，林海意识到关天庆是以逸待劳，守中反攻。他就不轻易主动进攻，等关天庆主攻。关天庆似乎发觉了林海的心理，他左右开弓，飞腿紧逼，林海趁关天庆飞腿之机，以腿踢腿，试图借他的力让他重心失衡把他掀倒。没想到关天庆的飞腿动作到位，却没有用力，当林海奋力扬腿击他时，他竟收腿躲过林海的飞腿，没等林海的脚下落接着踹将过来，林海的重心一下偏向左脚，关天庆接着又是一脚，林海倾身倒地右腮重重地碰到地上。关天庆立即过来扶他。

林海没有站起来，就势坐在地上。关天庆也一屁股挨他坐下。

林海说，部队还练这一手。

关天庆说，在团里篮球集训时跟一个老兵练的。

林海说，江南怎会有你这身块儿。

关天庆说，我有四分之一的蒙古族血统。

林海说，我服输，今后听你的，不讲信用，不义之人就不能算是男人。

关天庆说，我并不是要你服我这个人，只是要你明白，一个人的本事总是有限的，山外有山，天外有天，谁都不能在人前卖弄一技之长。

林海没吭声。

关天庆说，今天的事，车里要开会，你得作检讨。

林海说，你说怎么着就怎么着。

关天庆说，你还要给洪永法当面道歉。

林海说，还要道歉？

关天庆说，必须道歉，现在你是军人。我陪你一起去。

林海说，行，你说什么时候道歉，我就什么时候道歉。

关天庆说，按说今天的事不全是你的错，可说到底洪永法是老兵，战友一场，也是缘分，天南地北凑到一处不容易，相互之间要多体谅，多照应才是，要不然，我们连过去的绿林好汉都不如。

林海说，是这个理，从今以后，你就是我的大哥，一切都你说了算。

关天庆说，在连队可不兴称兄道弟。你爱看小说吗？

林海说，我也不知道我爱不爱看，到现在我一本小说都没看过。

关天庆说，啊呀，你亏大了。你连三国、水浒都没看过？

林海说，听人说过，可没看过。

关天庆说，这太亏了，你要是一看，准放不下，那四本书我都看过，我最爱看三国，呵，那气势，那人物，那计谋，真他妈盖了。哎，你崇拜过什么人没有？

林海说，我好像没崇拜过谁。

关天庆说，你知道我过去崇拜谁？

林海说，不知道。

关天庆说，我过去最崇拜典韦。

林海说，典韦是谁呀？

关天庆说，典韦是曹操的大将啊，呵，这人的武艺、胆气没有人比。淯水混战，他的双戟被骗盗，他一手提一个兵士，拿人当武器与敌人搏斗，身中数十枪依旧死战，死了半晌，还无一人敢从前门而入。曹操要没有他早就死了，所以曹操祭典韦时说，吾折长子、爱侄，俱无深痛，独号泣典韦也！你知道我现在崇拜谁？

林海说，不知道。

关天庆说，现在我崇拜咱过去的参谋长，现在是咱守备区的副参谋长。

林海说，他很厉害吗？

关天庆说，何止厉害，常言道，艺高人胆大，德高人威严。过去咱全团上下都怕他。他是正经坦克兵出身，也当过炮手、炮长。我一当兵就听老兵跟我说他，他蒙着眼分解组合炮闩，十二秒钟。无论对不动目标还是运动目标射击，弹无虚发，想打哪打哪。

林海说，真这么厉害？

关天庆说，这可不是吹，指导员和老兵都知道。我觉得一个军人，心里没有崇拜的人不行，没有崇拜，就没有目标，干什么都没有主心骨，干什么都干不好。什么叫英雄主义，我理解英雄主义就是个人崇拜。我崇拜那个人，我就会像他那样做人做事，我甚至愿意为他而牺牲自己的一切。你听说没有，过去战争年代，一提起是谁的部队，是谁的麾下，就肃然起敬，为了自己部队的名誉，为了自己部队的首长，赴汤蹈火，二话没有。这是什么？这就是崇拜的力量，就是当兵的道理。

林海没有觉着脸上的疼痛，他把关天庆的话都听进了心里。

车里立即开了会。林海真的检查了自己的错误，说自己不尊重老同志，修养差，对自己要求不严，没有上进心，表示今后一定要改正，不给车里丢脸。

林海检查完，关天庆让车里的人对他批评帮助。阮明亮和葛小柳你看我我看你，谁也不发言。关天庆就指名让葛小柳先说。

葛小柳满脸为难，他一边搓着手一边这个这个，这个了半天才说，小林都检查了，说得挺好。关天庆打断葛小柳的话，说现在不是要你对林海的检讨作评价,是要你对他的行为进行批评帮助。葛小柳只好说,小林打人不对,不过洪永法也有责任。关天庆又打断葛小柳的话,说现在不是要你对这件事作一分为二,不需要不过,只要说林海为什么不对,错在哪里。葛小柳额头上就出了汗。说车长你真会为难人,你知道我是不会说话的。关天庆说,你说得不对,不是你不会说话,而是你不敢说话,一个战士,连批评战友错误的胆量都没有,那你怎么走上战场,又怎么去面对敌人,又怎么会英勇无畏呢?

这个会整整开了一个半小时,开得空前的严肃认真,连别的车的人都把这事当作了一回事。

十

通讯员跟关天庆说,指导员找他。关天庆没顾洗脸就上了连部。

关天庆这次到团里集训团首长并没让他当学员,而让他担任炮长专业队分队长,协助射击参谋搞炮长集训。这个活他干起来已熟门熟路。

纪树义见关天庆进屋,老兵了,又是自己的老部下,很客气地问了团里集训的情况。

关天庆知道他要说的绝不是这,于是说了集训情况就开门见山问,找我有什么事。

纪树义也就不再绕,笑眯着眼带几分欣喜的样问他,你整林海了?

关天庆说,没有的事。

纪树义说,你就别瞒了,他脸上的伤是咋回事。

关天庆说,不小心碰的。

纪树义说,我都知道了,听说他还挺服气。

关天庆说,别听他们瞎说,完全不是那么回事,这怎么叫整呢,是两个人公平地切磋技艺。

纪树义说，你看这有什么好瞒的呢，领导又不来追究你的责任，整就整了，目的和出发点是好的嘛！不过事情要一分为二，这可是摆不到桌面上来的，这与我们人民军队的性质可是格格不入的……

纪树义顺着这个转折的思路开始分析起来。

关天庆看着纪树义笑眯眯的脸和笑眯眯的眼，这些年来他几乎没有什么变化。

纪树义仍慢条斯理地在说，这么些年来，你确实给部队训练和建设做了很多贡献，不过贡献归贡献，问题归问题，你这种行为不是偶然的。你想想，你车里的兵，包括现在的阮明亮，葛小柳，加上林海，哪个没挨过你的脚，哪个没挨过你的训，可你始终没有能够正视自己的问题，我总觉得你身上有一股子旧军阀的气味，也可以说是一股子匪气。你要是认识不到这一点，早晚是要出大问题的，要出了问题咱们连的一切都完了，你个人也就毁了。

纪树义说到这里，关天庆禁不住哈哈大笑起来。

纪树义被关天庆笑得有些不知所措。他换了一种脸色说，我言重了吗？

关天庆突然收住笑，说，指导员，你是言重了，你高抬我了，我这么个小兵辣子，怎有资格与军阀、土匪相提并论哟，至多一个兵油子罢了。不过，我笑的不是这。

纪树义说，那你笑什么？

关天庆说，恕我直言，我笑的是你。

纪树义有些紧张，说，你笑我？笑我什么？

关天庆说，我笑你那一脸正经，其实说穿了，你什么也不担心，担心的是怕影响你自己。

纪树义说，你怎么能这样理解呢？

关天庆说，我也是经过这许多年的观察才得出的结论。我倒真要提醒你，你怎么从来不怕我出什么事呢？

纪树义这下真紧张了，说，你，你可别别拿这开玩笑！

关天庆又哈哈大笑，说，我是跟你开玩笑。不过，我倒是希望你真正学会一分为二。世上的人呢，百姓百姓，万人万心，不好用一种思想、一种模式来琢磨他们。常言道，一把钥匙开一把锁。军人在队列里、在战场上，可以用一个命令，一句口令来统一他们的行为和动作；但在生活中，你无法用一句口号一个命令来统一他们的思想和情感。

纪树义对谈话十分不满意，完全没有达到预期的目的，反被他教育了一番，准确一点说还不是教育，而是嘲弄。可他又觉得自己再不能说什么了，只能算一次失败。

十一

演习训练进入了单车合练。各连的坦克全部启封。车场里一辆辆坦克的火炮都在摇动，口令和呼喊汇成一片热烈。

关天庆那辆车的火炮翘在那没有摇动。关天庆正给阮明亮传经。

关天庆说，从你这两天的操炮来看，你现在判定距离的误差，超过两百米；装定标尺动作迟缓，而且有空回误差；操炮左右手配合不协调，高低机、方向机，常常是顾此失彼，不仅动作慢，而且造成空回产生误差；观察弹着点的动作太慢，实弹射击时这么迟钝是看不到弹着点的。我不知你是什么感觉。

阮明亮说，我也知道自己的问题，可就是练不上去，或许我天生不是打炮的材料。

林海轻轻地拽拽关天庆的衣角，现在他在关天庆面前变得十分乖巧。

关天庆转过头来，林海朝他做了个篮球比赛的暂停动作。

关天庆太聚精会神了，连休息号音都未听到。

关天庆走进阅览室，一眼就见阮明亮趴在桌上全神贯注地看着一本书。关天庆选了一本《世界军事》凑了过去。

“什么书这么好看？”关天庆冷不丁问了一句。

阮明亮惊恐地迅速把书收起塞到裤袋里，满脸通红。

关天庆一愣，他第一次意识到阮明亮怕他。关天庆已经看清那本书是《数学》。小子原来在作考学准备，怪不得整天丢了魂似的，心里憋着这么个主意呢。关天庆对这一发现说不上是喜欢还是生气。团里明确说了，上级同意演习部队考学推迟，作特殊情况处理，考学对象的选拔要与演习中的表现结合起来，关天庆明白阮明亮不愿意他知道他在准备考学。关天庆就故意打马虎眼。

“紧张什么，又不是黄色书刊。”

关天庆没再坐那里给阮明亮施加心理压力。翻了翻那本《世界军事》，顺口自言自语说，没劲，咱阅览室的杂志订得太少了。说完就离开座位走了。

阮明亮的举动拨动了关天庆心灵深处的那根神经。他走出礼堂，来到操场边的柳树下坐下。以他的脾气，军事技术不过硬，还不知道领导安排不安排你，自己就一门心思想着考学，他从心里反感；可是为人想想，再看看自己的结果，他从感情上又同情他，错过机会，损失是自己的。关天庆这么一想，不知对阮明亮这事该拿个什么态度好。

休息后，关天庆领着阮明亮他们继续练，练完装定诸元，关天庆说稍歇一会儿，他就跟阮明亮他们聊天。

关天庆说，阮明亮，为什么世上的人活着都总是想出人头地？

阮明亮拿眼看了看关天庆没有答出所以来。

林海说，是天性，水往低处流，人往高处走嘛。

关天庆说，也许是这道理。可是我一直忘不了我的老车长跟我说的那些话。他说，一个人活在世上，他在社会中的位置，就好比坦克上的各种零部件。各种零部件处在不同位置，有着不同的作用，有的看起来重要，有的看起来不那么重要，有的作用容易被看到，有的作用不容易被看到，有的作用甚至根本就看不到，其实呢，哪一个零件坦克都离不了。比如发动机，大家都知道，没有它，坦克就动不了；电台，大家也都知道，离了它，坦克就成了聋子；火炮，都知道它更重要，没有它消灭不了敌人，反要被敌人消灭。其他呢，似乎就无所谓了。其实咱们都知道不是那么回事。他说坦克上的零部件，他最欣赏的是履带。

履带？阮明亮和林海不约而同发出疑问。

关天庆说，是履带。他说，它坚强，不怕任何艰难险阻；它负重，几十吨的重量全由它承担，离了它，再加几台发动机，也休想让坦克移动半步；它忍辱，无论平坦大道还是犬牙交错的崎岖险路，无论泥沙污水还是沟坎障碍，它都默默地忍受一切，为坦克前进铺下自己的身子，让负重轮碾轧着它的身子滚滚向前。

他说，人的社会其实也是如此，道理是一样的。有人出名，有人就必定是无名英雄；有人地位显赫，有人就一辈子地位卑微；有人是生活的主角，有人就只能是别人的陪衬。可是世上又有多少名人，又有多少人地位显赫，又有多少生活的主角呢？更多的恰恰是那些无名英雄，那些地位卑微的下层人，那些生活的陪衬人，这些人才是社会的历史车轮前进的履带。

其实，那个老车长就是他自己。

阮明亮听着关天庆的这番道理，心里忐忑。他不知道他为什么要在这时候跟他们说这些，难道是对他偷着复习迎考的事敲警钟。

阮明亮真切地感到，关天庆好多地方跟他心里想的完全不是一回事。

关天庆说完，说下面练瞄准观察弹着点。一百次精瞄射击，一百次装填。

“穿甲弹好！”林海士气高昂。

“全车注意观察，放！”阮明亮也尽力振奋。

“穿甲弹好！”

“全车注意观察，放！”

……

关天庆在一旁认真察看着他们的动作，同时记着数。

“51、52、53、54、55……”

关天庆没有注意到阮明亮后背上的汗已经湿了野战服。林海开闩装弹也已湿了裤头。

“83、84、85……”

阮明亮呼腾歪倒车里。

十二

连队拉出营房，全部集结在海边，进行对海射击合成训练。

上午以枪代炮搞了一次体会射击。应该说距离、方向的判定和观察、修正上都没有问题。可是阮明亮不及格，最后命中的那一发还是关天庆让加了三个密位的提前量才打上的。一到打实弹他就紧张，瞄准也不精确，诸元装定也不精确，动作达不到实弹射击所要求的速度。

关天庆急得上火。要命的不是阮明亮不努力，而是他拼着自己的全力训练却还是上不去。

“距离一千一，方向向左 0–06，全车注意观察，放！”

阮明亮在认真地操作训练。

关天庆看着操炮的阮明亮，心里很乱。上次阮明亮晕倒在车里，关天庆也受到很大震动，连里说什么的都有。纪树义为这事也找了关天庆，在肯定关天庆严格训练，严格要求的良好动机后，又给他分析出许多值得注意的问题，变相体罚啦，只抓训练不抓思想啦，缺乏唯物史观啦，不要以静止的、僵死的、一成不变的观点看人啦，对下属不能抱偏见啦等等。

“阮明亮，你歇会儿，让林海练一会儿。”

阮明亮就下了炮位。

林海一上炮位，高低机方向机在他手里立即呼呼生风，瞄准、击发、转头、观察的动作都比较到位。

车里开了那次会以后，林海变了个样，他向洪永法当面道了歉。他不再张狂，一下沉默了，只是闷着头训练，闷着头打球。

关天庆给林海交代好训练的内容后，拉阮明亮一起下了车。

阮明亮跟着关天庆走上了挡浪堤，走进了旁边的一片树林。

平静的海湾，清风荡漾，碧波万顷；金色的沙滩，细沙平展，如一弯新月；这一背景上镶嵌进一辆辆威武雄壮的坦克，构或了一幅令军人心旷神怡的画卷。关天庆细细地欣赏着这一画卷，不由自主地感叹：太美了。

阮明亮没能产生共鸣，他这时正琢磨关天庆把他带到这里要说什么。上午射击完后，关天庆至今一句话都没跟他说。关天庆发现了阮明亮的情绪。他没有让他再琢磨下去，他跟人说事不喜欢绕弯。

关天庆说，这些日子，你确实下了不少工夫，也长进了不少。但我感觉到，你的专业技术达不到理想的要求，不是你不努力，不上心，你已经发挥了自己的九分能力，再要突破恐怕就要过极限。不知你自己感觉怎么样。

阮明亮弄不清关天庆的下文是什么，于是他说话就十分谨慎。他说，你是说我不适合当炮长？

关天庆说，或许这正是你的真实感觉。你当炮长的先天条件确实不好，你体力差，操炮很费劲，更重要的是炮长需要一种特殊的心理素质，胆大、心细、冷静、果断，越到真枪实弹的时候越是心中有序，不慌不乱。平时练的时候动作还能到位，一到打实弹你的双手都颤抖，你并不是害怕什么，你是紧张，你心里没有把握，装定标尺、操作高低、方向机，你的手都在颤抖，这就无法做到精确。再是观察弹着点，并不是你不知道怎么做，也不是你没有练，而是你一到那时候手脚都乱，你试图通过瞄准镜观察，机枪的后坐力对瞄准镜可说没有什么震动，就这样你都没能看清弹着点。如果是打炮，你就更无法观察到弹着点。经过一段时间的训练观察，我才发现你的这些情况，而且这种心理素质一时很难解决。

阮明亮心服口服。说，我的条件就这样，那你让我怎么办呢。

关天庆说，我就想跟你商量这事，我想先听听你的意见。

阮明亮说，我没有什么考虑，尽自己的一切能力吧。

关天庆说，要是你尽了自己的一切能力还达不到要求怎么办？

阮明亮说，那我就没有办法了。

关天庆说，办法是有，不适合干这，可以干别的。

阮明亮警惕地说，你想叫我干什么？

关天庆说，每一个人都有他的长处，也都有他的短处，要想让自己的能力得到最好的发挥，就要善于扬长避短。刚才我说你先天条件不好，是作为炮长这个专业来说，你有你的特长和能力，你聪明，文化基础好；你灵活，善于以不同方式与各种不同性格的人相处；你的字写得也漂亮，这就有了很大的选择性。

阮明亮听了这些还是高兴不起来，他现在所处的境况是不称职，再有本事还是不称职，他这时更感到了一种危机，一种生存危机，他意识里的第一反应就是要保护自己。于是他说，我就是不适合当炮长，去干别的，我想也没用，你说也没用，连里也不会让我想干什么就干什么，也不会让你说了算。

关天庆一愣，他意识到阮明亮已经抱着敌意在自卫了。他完全没有顺着他的思路去想该想的事。他说，我们是谁说了也没有用，但我们可以有个态度，然后向连里建议。

阮明亮说，那你觉得我适合干什么呢？

关天庆说，你适合干通讯员、文书或者驾驶员，要这些都不行，就只能当炮手。

阮明亮没能立即说出话来。文书、驾驶员这些连里不缺。炮长是当然的考学选拔对象，再去当通讯员，再退回去当炮手，那就一切都完了。

阮明亮想到这里，心里就有了气，说出的话自然就不是原来的味，他说，车长，我在车里当炮长，影响你什么吗？

这回说不出话来的是关天庆。他没想到阮明亮会这样想他。于是他火了，说，你要这样想，我们也就没什么好商量的了。别人也许觉得，一年训练好也罢，不好也罢，打靶打上也罢，打不上也罢，都无所谓，我不行！我车里的火炮射击，没有一回不及格的，我也不愿意让全车人陪着一个人窝囊！

阮明亮低着头没回应。

关天庆没管他，他继续说，既然穿上了这套军装，你就是一个军人，军人是干什么的，他心里一天到晚要想着一句话：假如战争明天发生。如果心里没有这句话，你就不算是个真正的兵。穿上军装就要准备牺牲，战争中军人的牺牲是奉献生命，和平年代军人的牺牲是奉献青春。要不，国家养几百万兵做什么？何况现在是军事演习，这不是闹着玩，拿上亿元的钱闹着玩，我们国家还玩不起，你要是只想着顾全自己的面子，只为了保住你考学的资格，只要你问心无愧就行，你自己考虑吧。

关天庆说完，没等阮明亮的反应，顾自走出小树林，向自己的坦克走去。

十三

“八一”连队篮球赛——冠亚军决赛在二连和九连之间进行。那天晚上全团的连队都拉到操场灯光球场。家属孩子们更积极，都提前占好了位置。球场一边摆了主席台，团首长也都来观看。

纪树义给球队作了动员，要争取拿冠军，但要坚持友谊第一，比赛第二。输赢是小事，作风是大事，输球也不能输作风。他在任何情况下都忘不了坚持他的一分为二。

关天庆有点发烧，这两天屁股上的小疖子长大了，火烧火燎的，长得又不是个地方。为了打球，他上了趟卫生队。正巧碰上个女军医，他还挺封建。只向她要了点药，没让她看。他估计发烧也可能是那天冲凉让凉水激着了,打完这场球出点汗就好了。

二连有后卫林海和中锋关天庆的默契配合，九连有一米九的高大中锋你来我往,比分咬得很紧。上半场结束,二连以三十六比三十四暂时领先。

下半场,二连再次发动了快速进攻和盯人防守的战术。九连两个干部体力不支,让二连连续五次中路断球成功,连连反击,频频得手,打出了高潮,比分一下拉开了十二分。

林海再度在对方传球时拦截得手,他与关天庆左右配合,两路突击,两人边传边突,三传两倒,九连的跟防队员花了眼。关天庆接过球,一个转身晃过防守队员,接着发力跨步,三步上篮,将球托入篮圈,动作优美,身轻如燕。全场一片欢呼。

关天庆在欢呼声中落地，他一下坐到了地上。他以为自己崴了脚。他笑着要站起来,但他怎么也站不起来。林海过来拉他,林海的手,被关天庆的手烫了回来。他立即叫纪树义。纪树义和阮明亮、葛小柳五六个人立即把关天庆抬去卫生队。

二连换了人继续比赛。尽管九连将比分追上一些,终场仍以八分之差败给了二连。

林海没顾擦汗,立即跑到卫生队。卫生队说,他屁股上的疮已经化脓,卫生队设备有限,已经送守备区医院。

林海骑车赶到守备区医院,关天庆已经进了手术室。阮明亮和葛小柳都哭丧着脸坐在手术室外。纪树义说,他屁股上的疮感染了,得了脓毒败血症,不仅是屁股上的疮化了脓,他的两条腿、脊背上六处肌肉发达的地方都已经化脓。医生发了火,说再晚半天送来他们恐怕就没有办法了。此时,林海第一次听到纪树义说了句动情的话:不知道这场球他是怎么打的。

林海鼻子一酸,落下了一行滚烫的泪珠。

手术室门打开,护士找连队负责人,说关天庆刀口多,失血量大,要输血。

林海说，我可以输。阮明亮、葛小柳也都挤了上去。

护士说，他是B型，同型和O型都可以。

林海说，正合适，我也是B型。

阮明亮说，我也可以，我是O型。

葛小柳说，我不知道是什么型。

护士说，起码得动员十个战士。

纪树义说，没有问题，我马上联系。

林海他们随护士去做抽血准备。纪树义就去给连长打电话，同时向团里报告，让团里派车送人过来。

半个小时，洪永法和连里其他车的人一下来了十八个人。

林海和阮明亮争着要留下来陪床。纪树义说，时间短不了，轮着来吧，林海先陪吧，你们车长暂时肯定动不了，林海的劲大一些。

林海没瞌睡，一直睁着眼看着自己的车长。他真有些无法理解，一个人的精神和意志的作用为什么会这么强大。

第二天清晨，关天庆才醒来。他看到林海在旁边，问自己是怎么啦，刚一回头浑身撕裂般疼痛。

林海不让他动，说他动了手术。

关天庆这时才想起昨晚那场球，想起他坐地上不能站起来。他问最后赢了吗。

林海说，赢了，赢了八分。说着林海又忍不住流下了泪。

十四

关天庆开了六刀，身上拉了六道口子。

纪树义在全连晚点名时说了这件事。不少战士掉下了眼泪。

纪树义说，关天庆是一名坚强的战士，在这种情况下，他为了连队的荣誉奋不顾身，这就是英雄主义，是一种看得见摸得着的英雄主义。这是我们连队的光荣，是我们连队的骄傲……

纪树义这么一说，那些掉眼泪的战士便收起了泪，不知为什么.他们原有的那样一种心境没有了。

夏雪走进坦克团的营门，周围的眼睛都突然亮起来。

一方水土养一方人，江南的女子与北方女子差异太大了。这里的兵没见过皮肤这么白的人，也很少见身材这么苗条的女子，穿戴也大不相同，那么素色，那么雅淡，款式又那么新颖，看不出什么领，也分不出哪是袖。

夏雪很自然地伸手与前来接她的通讯员握手，通讯员却没敢与她握。在路上夏雪问他，关天庆怎么不来接她？他不在家吗？通讯员一直低着头，一句话也不说。夏雪真觉好笑，真是傻大兵了，见了姑娘连句话都不敢说。夏雪在后面看着通讯员那老实可爱样，忍不住抿着嘴笑。

通讯员默默地把夏雪带到连部，又默默地给她倒水。

通讯员这才说，连长、副连长都在团里开会，我去找指导员来。

夏雪这才急了，关天庆呢？

通讯员说，你等一下，让指导员跟你说吧。

夏雪白嫩的脸，一下发了灰。她不敢想象关天庆出了什么事，肯定是出了事，要不通讯员为什么一句话也不说呢。她焦急地在连部等待着。

夏雪来部队，没来得及提前给关天庆写信。纯是一次偶然的机会。市里组织乡镇领导到胶东沿海考察，镇领导要带几个工作人员，就把她给捎上了。考察基本结束，她就跟领导请了假，来部队看看关天庆，这个该死的东西，一当兵就不想家，说好回去，一封信又说要演习不回去了。

纪树义还没进门，夏雪就迎上去问，关天庆到底怎么啦？

纪树义说，没有事，他得了点小病，在医院住院。小夏同志，关天庆可真是个好同志，是个好兵，是我们团里的神炮手。

夏雪心里的那块石头落了地。她挺急，打断纪树义的话说，你别夸他，他现在住哪个医院，我现在就要去。

纪树义说，在守备区医院，不算远，十来里路，可是没有车，用自行车驮你去行吗？

夏雪说，只要快，什么都行。

夏雪走进病房，医生们正在给关天庆换药。关天庆趴在床上，他没看到夏雪，夏雪也没有打扰医生的工作。她就站在一边看医生给他换药。

关天庆的脊背上一边一个刀口，屁股上一边一个刀口，两条大腿一条一个刀口。换药不能用麻醉药，医生要把塞在刀口里的药纱布一点一点拽出来，然后再把新的药布一点一点塞进去。医生每抽一下纱布，关天庆就咬一下牙根，额头上就冒出一层汗珠。医生每抽一下，夏雪的心脏也就紧缩一次。一个刀口的纱布还没有抽完，夏雪一下晕了过去。

夏雪是午后等医生给关天庆换完药再进的病房。在病房门口，外科主任对纪树义和夏雪说，我当了三十年医生，没见过这样坚强的战士，换这么多药，这么痛，他从来没吭过一声，真是铁做的人。

夏雪进了病房，顾不得指导员和阮明亮在，她一下扑过去捧住关天庆的脸就哭起来。纪树义和阮明亮都悄悄退了出来。

等夏雪平静下来，关天庆才有了开口说话的机会。

关天庆说，你怎么会来的。

夏雪说，你不回去，还不愿意我来。

关天庆说，我是想都不敢想，梦都不敢梦。

夏雪又低下头来，用牙轻轻地咬了咬他的耳朵。然后说，我来了，不是梦吧。

关天庆幸福地笑笑。他从毛巾被下伸出一只手来，握住了夏雪的一只温柔的小手。他说，你看我这样，真不知怎么跟你说好。

夏雪一脸不高兴的样，你什么也不要说，什么也不要胡思乱想。

关天庆说，你爸妈愿意你来看我吗？

夏雪说，傻，要不愿意，我怎么会坐在你面前。

关天庆说，说心里话，我真配不上你，要这样，我会一辈子愧疚的。

夏雪平静而又温柔地说，你是不是想气我，我这么老远来看你，你却跟我说这些。我知道你那点小心眼儿，你以为你考了军校当了军官，地位比我高了，这样就配得上我了，就好管着我了，是吧？大男子主义。要说地位，要说钱，你还年轻，地位，你可以去争取可以去创造；钱，你可以去挣，可以去发财啊。你过去这么有男子汉气，当了兵怎么反倒懦弱起来了。你对我们之间的事老这样想，说明你对自己没有自信，不敢承担起这份责任，你说是不是。我对你都这么有信心，你却对自己这样没有信心，是不是当兵当傻了。我还等着你回去闯天下，闯个厂长，闯个总经理，闯个企业家什么的，你却躺在这病床上自甘消沉，这可真不是你关天庆的脾气。

关天庆说，当兵一场，弄这么个结果，怎么说也是一种失败。

夏雪说，你说这话，我理解，上学，大学没考上；当兵，没当成官。这对关天庆来说确实是一种失败。你可以这样想，这样去反思，这样去自责自己。可我没有必要去想这些。不要说这些了，人不要老是向后看，现在你要紧的是养好身体。这几天我哪也不去，我在这里好好陪陪你。

关天庆说，难道我真的前世积了德。

夏雪说，傻瓜，你知道自己前世什么样，我喜欢的可是现在这个关天庆。

夏雪让关天庆安静地躺着，听她说家乡的事。夏雪先说同学，说他们的工作，说他们的婚姻，然后再说镇上的变化，然后再说她家，然后再说关天庆家。

夏雪差不多把关天庆的心送回了家。他们正说着，纪树义和阮明亮回来了。

纪树义进屋说，与医院联系好了，夏雪就在这里陪几天床。

关天庆要单独跟阮明亮说几句。夏雪和纪树义出去后，关天庆对阮明亮说，演习迫在眼前了，回去你就让林海学炮长专业，你学通讯和指挥。万一我赶不上演习，你好顶我。阮明亮眼睛就有些发涩。关天庆说，晚上要有空，数学、语文还是要看一看，基础不错也要常看，一丢就捡不起来。再说竞争的人也多，你想想，你在连里能排第几呢？无论如何要能争取到参加预考，机会不能放过，我就是因为错过了机会。听说副团长是你同乡。阮明亮说是一个庄的，要叫他叔。关天庆说，去过他家吗？阮明亮说，去过一次。关天庆说，好，我不赞成走得太密，太密了不好，对你对首长都没有好处。我不是要你去走后门挤别人，你要想法让他多给咱连一个参加预考的名额，预考名额控制得不太死，反正是选拔。能有参加选拔的机会，你就差不多能考上军校。

阮明亮听到这儿，忍不住哭了。

临走，关天庆叮嘱阮明亮，让葛小柳多练练夜间驾驶。

阮明亮一一点头，他临走对关天庆说，车长，你放心，我们一定会好好练的，要不我们没脸见你。

十五

关天庆走进连队，连里静悄悄的没一点生气，屋子里都空空荡荡。他出院故意没有通知连里，他知道连队训练正紧张。

哨兵发现了关天庆，一边喊文书一边过来接他的东西。文书把关天庆接送到排里，告诉他，都在车场准备车，明天全团要合成演练。关天庆一下就激奋起来。

他立即换上训练服上了车场。车场里一片繁忙，各车都在作保养和检查。在那个白色的世界里住了这么些日子，对这里，关天庆有一种陌生和局外的感觉，他的心理和情感都让自己要尽快融入这繁忙。

他不想引起别人的注意，顺着车库的墙接近他们的车。忙碌的人们居然都没有发觉他。他从车后上了自己的车，驾驶员正发动车，他趴到指挥塔上，车里人都没发觉他。他从窗口往车里望。阮明亮正趴在那里调整频率，好像连里在沟通联络。“济南，济南，我是合肥，你的信号好。”关天庆心里一热。这小子就是聪明，几天工夫，电台都学会了操作。

再看林海，林海贴在瞄准镜上，也可能在练测定距离。关天庆心里一阵激动，这不是很好的搭配嘛！我可以交班了，让阮明亮当车长，林海当炮长，这多合适。他喊了一声阮明亮。他们太集中精力了，居然没有一个听到。他就从炮手的窗口进了车。

“报告车长！炮手关天庆前来报到。”

阮明亮和林海都一愣，他们在车里一下发现他时，都惊呼起来。阮明亮、林海两个一下把他抱住，葛小柳听到车长的声音，也钻了过来，阮明亮和林海都哭了。

关天庆很兴奋，先给他们一人几块巧克力。

林海说，还是嫂子带来的吧。关天庆点点头。

阮明亮羞答答地说，嫂子真漂亮，我这辈子还是头一次见到这么美的人。连里都说车长你有福，说这辈子能娶个这样的媳妇，干什么都值了。

关天庆笑了，说，真是胡说，我们那边的姑娘，一个个都这个样。还没有一定呢，也可能到时候飞了。

林海说，你才不说真话，我看她对你那份真情，电影上都拍不出来。

夏雪走，是林海送她上的车。夏雪问林海，你们车长怎么样？林海说，你的眼力太好了，只有心地纯正的人才能有这样的眼力。夏雪说，你们车长用什么收买你了。林海说，他也是用一颗纯正的心，如果平时用天生的一对这话送给别的情侣，完全是出于恭维的话，那么这话送给你们才是真正的恰如其分。夏雪就笑了，笑得那么幸福。临上车，夏雪对林海说，我拜托你一件事，他出院后，你对他要多留心一些，他这人做起事来就忘了命，不要让他乱来。林海说，嫂子，请你放心，我一定记在心里。

关天庆说，行，我把你们的话，写信告诉她。不说她了，咱还是赶紧准备吧。小柳，发动机怎么样？明天就看你的了，要是跑不动咱可进入不了阵地。

葛小柳说，车长，保证没问题。

阮明亮说，车长，小柳这次障碍驾驶可是优秀。

关天庆有些惊喜，电台的耳机里传来了连长的呼叫。关天庆立即戴上工作帽。连长正在呼他。关天庆立即回答："济南，济南，我是合肥，我已经归队。"

连长立即再呼："合肥再回答一遍。"

关天庆立即又回答一遍。接着全连的车长都通过电台发话问候，弄得关天庆好激动。

关天庆说完，郑重地把工作帽交给阮明亮，接着他非常认真说，现在我宣布，阮明亮为三车车长，林海为三车炮长，葛小柳为三车驾驶员，关天庆为三车炮手。

车里的三个人一齐喊车长。关天庆说，就这样决定了，我马上给连里汇报。

纪树义不让关天庆立即参加训练。

关天庆说，我不想说更多的话，我只问你一句，领导把我当骨干留下来为的是什么？

纪树义委屈地说，我是对你负责，你的身体再要出点毛病，我没法交代。

关天庆说，我的身体没一点问题，你要不让我参加训练，那你就让我提前复员，我在这里干什么呢？我的血管里流着十几个战友的鲜血哪！要在这里吃闲饭，我还不如回家去吃，家里的饭比连队的好吃！

纪树义让他说得找不到能说服他的话。没有办法，他只能说，那你可一定要自己注意。

关天庆说，我不会拿自己的身体开玩笑的。我已经说了，我不再当车长，我当炮手，我协助阮明亮做好工作。

纪树义无奈地摇摇头，说，我真拿你没有办法。

十六

演习预演正式开始。

连队五点十五分接到命令。全团紧急集合。阮明亮带着全车出屋，向连长报告的时候，其他车还没有一个车到齐。关天庆看了一下表，他们车用了一分半钟。

连队没等全连到齐就下了命令：用最快的速度做好出车准备，出发！全连冲向车场。

车场里一片战斗气氛。车长驾驶员都拥向电瓶充电车间，排队领取自己的电瓶。炮长炮手掀篷布叠篷布绑篷布。

关天庆考虑到阮明亮劲儿小，一边走一边分工，让阮明亮和林海叠篷布，他和葛小柳去抬电瓶，林海立即挡住，他拉着葛小柳就跑。关天庆和阮明亮就叠篷布。抬来电瓶，葛小柳掀开驾驶窗，呼地钻了进去，一百五十多斤的电瓶，林海嗨的一声就提上了车，他把电瓶从窗口提给小柳后，立即去提水。关天庆看着心里涌起一股股热流。他让阮明亮立即注意与连长联络。阮明亮打开电台，连长已经在呼叫。他迅速调整频率。阮明亮刚向连长汇报，耳机里立即传来团指挥所要各连报告准备情况。接着指挥所下达了命令：全团立即进入待击阵地。近百辆坦克一齐吼叫，惊天动地。一连、二连、三连、四连……铁流滚滚，带着呼啸，带着烟尘，冲出营区。附近的老百姓不知出了什么情况，纷纷赶来观看。坦克乘员们一个个精神抖擞，抑制不住内心的激奋，威风百倍地各就各位。

关天庆他们连的待击阵地在虎山坑道。一出营区，各连就上了各的道。

“北京0（洞），北京0（洞），我是北京，我是北京，北京呼叫，北京呼叫……"

团指挥所在呼叫，让各连报告情况。

这时没车里说话的机会，关天庆立即让阮明亮把开关扳到车内通话，让全车报告情况。

葛小柳报告，机械一切正常，车内有烟，是否可以开窗？

阮明亮看关天庆，关天庆想了一下，上面没有要求关窗驾驶，他点点头，阮明亮立即答复：驾驶员可以开窗。

林海报告，火炮一切正常。

关天庆也报告，炮手一切正常。

关天庆接着插话说，驾驶员请注意，道路不好，谨慎驾驶，要注意与前面的车保持距离。其他乘员，要注意对前方和左右的观察，发现异常情况立即报告车长。

葛小柳回答，驾驶员明白。

林海回答，炮长明白。

关天庆回答，炮手明白。

阮明亮激动地说，谢谢车长。

关天庆他们在坑道里整整憋了三天。除了一些"敌情"外，外面的情况一点不知。到第三天晚上七点三十分，突然接到团指挥所命令：为支援岛屿封锁水道和抗登陆作战，九点钟准时赶到栾家湾，上登陆艇进岛支援岛屿作战。

连长立即作紧急动员，要求各车保持通讯联系，随时听从命令；行进注意安全，保持车与车之间距离，不要掉队，出现情况及时报告，无论出现什么问题，都要绝对保证按时上船。

全连战车整队出发。

"济南0(洞)，济南0(洞)，济南呼叫，报告情况，听到回答。"

连长不时呼叫，掌握各车行车情况。"济南呼叫，济南呼叫，翻过前方小高地，右转上公路，道路狭窄，各排依次分开上公路。听到回答。"

三车是一排断后的车。关天庆提醒驾驶员，跟上距离，道路狭窄，把好操纵杆。

坡和公路之间是一片平坦的开阔地，地里已经种了麦子。关天庆他们走的是第一条通道，道路仅四米多宽，而且路两旁都有水沟。

阮明亮指挥着葛小柳下坡的同时，让他注意把好方向。下坡上路，驾驶员换挡加速。关天庆忽觉车往右一倾，接着车就不动了，右边的履带发出呜呜的空转声。关天庆让驾驶员立即熄火，他们一齐下车。原来土路经前面的坦克重压后，已经松塌，他们的车正巧在此换挡，速度一慢，碾压力增大，路沿塌了下去，路基已经托住车底。

阮明亮有些慌，关天庆说我来向连长报告。关天庆呼叫连长，连长没有管他，只顾带着其余车上公路，上公路之后呼啸而去。关天庆再次呼叫。连长仍没有回答。相反，团指挥所作了回答。让他们待命。

关天庆急出了汗。怎么办，就这样等下去，只能是一种结果，半途撤离战斗，没有完成任务。自救。圆木，这里是绝对没有；钢缆牵引，没有可固定钢缆的地方。关天庆发现车后坡地那里有个石矿。关天庆又仔细观察了车底，发现坦克前半部分托底，后半部分没有完全托底，在后半部分履带下面填进大石头，倒车可能会成功。于是他们就开始扛石头。阮明亮林海不让关天庆扛，关天庆当然不会听他们的。一块块石头硌破了他们的衣服，也硌破了他们的皮肉。关天庆指挥林海他们把石头填到右后半部分履带边的沟里，铺宽路基，另外找了一块长石头，割下一段篷布绳把它绑到后履带上。

葛小柳发动车，关天庆在前，阮明亮和林海在后，关天庆让葛小柳挂上倒挡，然后让后面注意观察，他指挥葛小柳轻松离合器。车往后动了一下，关天庆做了个停的手势，他跑到车后一看，有门，那块绑在履带上的大石头已经压到履带下面。关天庆让林海又搬来两块大石头，把石头填到已经有些空起的后履带下面，填不进去用 12 磅大锤向里砸。然后，关天庆再跑到车前，让葛小柳拉住左边操纵杆，发动车，轻松离合器。车果然一下一下倒了上来。

四个人激动得眼眶都湿了。为了保险，关天庆直接指挥着葛小柳把车倒回坡上，他们决定改走大道上公路。掉过车头，葛小柳一踩离合器挂上了四挡。

关天庆立即让阮明亮给连长报告，阮明亮推关天庆报告。关天庆仍让阮明亮作了报告，说他们已经脱离故障。连长让他们争取在规定时间内赶到。关天庆一看还有二十三分钟。他们选择了一条新路上公路，关天庆钻出窗口，指挥葛小柳稳步前进。上了公路，关天庆让葛小柳高速前进。

坦克疯了一般呼啸着前进，公路上的行人和车辆远远地躲开。

关天庆他们终于提前三分钟赶到了栾家湾。

纪树义和连长也走过来跟关天庆他们握手。

十七

下面正玩命为演习做最后准备的时候，上面传下来一个通知："9510"演习推迟，其他一切工作恢复正常。推迟到什么时候，没有具体期限。接着各部门随之来了具体指示。参加考学的本月下旬补考。老兵复员工作照常进行。

部队大伤元气，一下提不起神来。基层的同志心理上总有一种被戏弄的感觉。

纪树义是在关天庆回家探亲前一天晚上找的他。

关天庆进屋后，纪树义没有立即说话。他亲自为关天庆泡了一杯茶，还亲自给他点了一支烟，视关天庆功臣一般。

关天庆若无其事，泡茶他就喝，点烟他就抽，反正指导员也不是外人，反正他心里早已没了别的念头。

喝了茶，抽了烟，纪树义才说，车票买了吗？一句多余的废话，上午就跟他说了。关天庆没有让他难堪，随便应了句，买了。纪树义又说，回家的东西买了吗？关天庆抬眼瞅了瞅纪树义，心里话，没买你还送吗。他自然不会这样说，也随便说了句，买了。

关天庆已经感觉到，纪树义要跟他说的话挺难张口。要不他不会这么迂回。于是他反劝他说，有什么事你就说吧，现在边界又没有战事，也没有前线可上；最大的事也不过就是复员嘛！我早就跟你表态了，要不现在我回家探什么亲呢。

纪树义说，你是体会不到我的心情啊。说真话，这些年来，咱们俩一直没能好好弄到一块儿，当然主要是我的责任。哎，我这里有酒，咱俩喝杯酒吧。

关天庆说，别，不要借酒遮脸好说话，酒话虽是真话，可没有一句是可兑现的，还是不喝实在，虽然有些不是真话，可句句是要当真的。

纪树义说，天庆哎，你还是不理解我的心哪。这一次我可是真的全豁出去了。我找了团首长，还找了守备区副参谋长，谁都没办法呀！演习没有搞，那一条取消了。

关天庆说，这些我都知道，这一回你是使了劲，也真费了心，可已经晚了，你在这时候已经使不上劲了，要说这事，你是能使上劲的时候没使劲。不过，为这，我是不会怪你的，怪你又有什么用呢。

纪树义说，你怎么心里还对我结着这么个疙瘩呢！我一点都不知道啊，真是人生多误会，人生多误会呀！我什么时间能使劲不使来着。

关天庆说，你要是真的不记得了，或许你是无意的，我也没有必要再故意让你知道。一切都结束了，一切也都晚了。在部队的时间不多了，我会站好最后一班岗的，这一点请放心。

纪树义有些急，他说，天庆哎，你要带着这样一个看法离开部队，我会一辈子不安的。你一定要把心里的话留给我。

关天庆说，你心里真是这么想的。

纪树义说，你看看，咱们在一起不是一天了，我怎么还跟你开玩笑呢。

关天庆说，你要听我的心里话，那你就耐心地等我探亲回来，咱再好好聊。你什么都不错，只缺少一样东西，缺什么，其实不用我说你也完全清楚，你也可以问问自己，带了这么多兵，谁能跟你生死与共。

关天庆回到车里心情不好。他要走了，他们的车也要送军区大修，演习没搞成，摩托小时可是都耗光了。人要走，车要修，想想是一种悲哀。关天庆决定把车票退了，他想与自己的车一起走，他亲自送它上工厂大修。

等联系好车皮，考军校的成绩也下来了，阮明亮考上了军区陆校，军区通知他们立即报到，因为他们已经落了两个月课。

火车在夜色中奔驰。关天庆坐在车里，从敞开的车门向外凝视。真有意思，当兵是坐着这闷罐车来的，现在回家探亲也坐着闷罐车回去。时间就像这列车一样飞驰，转眼就五年过去了。想想这五年，关天庆心里更多的是苍凉。

押车本来是要来一名干部的，关天庆要陪葛小柳一起押车，连里就省得来一名干部。阮明亮见车长要押车，他也决定不乘客车，也要与车长一起陪葛小柳押车。四个人只剩下林海一个在家，阮明亮从此也要离开坦克部队，车长回来就要复员，想到一车人就此要分离，临走的时候，都有些眼泪巴巴的。

关天庆像要摆脱心里的忧郁，他觉得这样不好，一个是自己车里的驾驶员，一个是自己车里考上军校的兵。自己的兵已经有两个考上军校了，这还不光荣，还不应该高兴嘛！关天庆站了起来，阮明亮和葛小柳也站了起来。他们不约而同来到后门的窗前，看着他们的坦克。这是他们的战车，他们和它在一起度过了许多个春夏秋冬。他们曾驾着它奔驰在防区的各个角落，他们曾驱使它在靶场上击毁过一个个靶子，它给他们带来了许多欢乐，它也给他们带来过不少痛苦，他们仨都曾在车里晕得呕吐，他们仨也曾在车内通话器里一起高歌。

关天庆想打破寂寞，他说，咱们这辆车不容易，又出了一个军官。

阮明亮说，还出了一个全团闻名的神炮手。

关天庆说，明亮，你这一走就回不到坦克团来了。

阮明亮说，我本来就不是一个合格的坦克兵。

关天庆说，合格，合格，早合格了。

阮明亮说，那也是车长手把手教的。

葛小柳说，车长的喜糖你吃不上了。

关天庆说，我寄给你。

阮明亮说，你可一定不要忘了。

关天庆说，上学的事告诉家里了吗？

阮明亮说，已经写信了，怕还没有收到。

关天庆说，我这兵就算当到头了，作为你们的车长我没有什么可留给你们的，有几句话我想说说。明亮你就要做带兵的人了，就要是一些人的领导，领导的责任是什么呢，他不仅要对工作负责，更要对自己的兵负责。带兵的人要想自己的兵好，不出事，不给领导出难题，就要跟自己的兵交心，你把心交给了兵，兵也就会把心交给你。要交心，相互间就必须有兄弟般的爱，离了这种爱，心是交不成的。咱们指导员什么都好，什么都不缺，他就缺一样东西，他对自己的兵没有真诚的爱。小柳，你对自己把握得很好，你把技术学好就行，团里两用人才培训时，想法学一学汽车驾驶，搞一张驾驶证，就是复员，也不愁找不到工作。

阮明亮和葛小柳说，我们都记住了。阮明亮说，你回家，给嫂子拍电报了吗？

关天庆说，别嫂子嫂子，听着多别扭，电报拍了，没说准哪天，不知坦克进厂要耽误几天。

葛小柳说，联系好了你只管走，我自己能送去，别让嫂子心急。

“不好，那一边的篷布没有绑好。”关天庆第一个发现。果然，车右前侧的篷布角的绳子散开了。

关天庆打开了后车门。阮明亮和葛小柳一起拉住了他。

“车长，让我们去吧！”两个人哀求着。

“不行，你们都还差点，你们都没有那个劲，要是林海在，我会让他去的，可你们俩不能。”

“那我们一起去！”

“没有这个必要，我一个人就能把它绑好。”

阮明亮和葛小柳都知道争也是白争，这种事，车长绝对不会让他们去做。

“车长，你小心点！”

“没有问题！”

关天庆纵身一跳上了那节拖车。风很大，关天庆的衣服被翻过去盖到头上。关天庆猫着腰前进。

“车长！你爬着走好！”

“车长！你匍匐前进！”

关天庆来到坦克跟前。他一手先牢牢抠住坦克的牵引钩，一手举起抓飘起的篷布绳。抓了七八次才抓住绳头。关天庆拼出全身的力量把篷布角拉了下来。他爬在火车上一点一点把篷布角拉到另一边。

阮明亮和葛小柳的眼睛瞪着都忘记了眨。

关天庆先把绳子与另一边的绳交叉起来，拼命拉紧后又把绳头回过来穿到钢缆头的孔里，再拉出与篷布的另一根绳子系到了一起。

阮明亮和葛小柳这时才眨了眼睛。

关天庆转过身来，朝他们招招手，露出了微笑。他直起身来。

一列客车迎面呼啸着擦车而过。关天庆被两车擦车形成的旋风掀了一个踉跄。

“车长！车——长！”阮明亮和葛小柳不见了关天庆的身影。

列车在墨黑的夜色中飞驰，滚滚的车轮声中，一直响着两个痛苦的声音：

“车——长！”“车——长！”

（《小说月报》1997 年第 1 期选载）

正步走过雷场

刘广雄

小六，你不知道吧？我又踏上了南去的列车，和七年前一样的军列，是的，就是你说过的，比老鼠笼子都不如的那种暗无天日的闷罐子车。你嘻嘻地在笑吧？你说，又有事了？是的，有事。但我说出那是什么事，你还能笑得出来吗？我告诉你，我们是去把七年前我们，当然还有他们，埋下的那些地雷统统起出来，清除干净……

小星，没有和你说一声就出发了，这次是执行任务，按部队的纪律，我不能告诉你。尽管这是一次和平的军事行动，但我还是不想告诉你。七年过去了，很多的事情忘记了又想起，想起了又忘记，就让它们永远被定格在时间的那一端，像一道无法抹去的眩光吧。点点已经会走路了吗？过几个月回来，他就该跟着伯伯满世界去乱跑了……

涛涛你呢？还有四个月，你就该毕业了。记得那时我跟你说，希望你毕业以后离开昆明，回故乡也好，到异乡也好，几个月之后，昆明的天空下将不再有你，而我们将永远不再重逢。那个总被你叫做傻大兵的少校营长会不会成为你年轻时代一道灿烂的风景？也许吧……

一

“营长，拖拉一把?”小个子江西兵嬉皮笑脸地凑过来。我说小六，现在的兵可比我们当实习排长的时候机灵多了。你说什么?你说这就是国防现代化的标志之一? 去你的，你小子别在我面前装幽默。小星和你分手的那天晚上你是没说什么，不过反正我也不知道，你们俩一出去，不到深更半夜回不来。再说了，又不是刚上大学那会儿，男男女女的事能让大伙陪着你一块儿兴奋。我早睡了。后来是唱歌的声音把我弄醒的，我听到歌声从窗户下面传来，我就走到窗户前往下瞧。你别不承认，那是一九八二年夏天一个月光很好的晚上，我真的看见你神神叨叨地站在那棵枝繁叶茂我们一直叫不上名字可后来一想到我们的工学院就想到的大树下大声地唱“一条大河波浪宽……”那歌调儿太高，你努力地干号着，挣扎了几次“在这辽阔的土地上……”上不去，于是你改唱‘少林少林有多少英雄豪杰都来把你景仰……”我刚想骂你小子就算是 Kiss 了小星也犯不着违反校纪校规半夜起来唱歌吧? 很快我就听出你的声音干涩得有些吓人，我心里“咯噔”了一下，这小子怎么了? 我就没叫你。那时大约是夜里一点钟左右的光景，很快就有人发话了，大声问你是不是喝多了，别他妈唱了！看看都什么时候了！我看见你抬头看了看黑黢黢的宿舍楼，张了张嘴，却什么也没说，灰溜溜地离开了那棵树。我知道你正向着我们的宿舍走来，就算是最好的朋友，也不要在人家感到最没面子的时候去安慰他。我想你一定是和小星闹别扭了，我赶快溜回到被窝里，装作什么都没有看到什么都没有听到的样子。不久你就走进了房间，摸黑端起桌上不知是谁的茶杯咕噜咕噜地喝了一气，然后你的确是一声不响地钻进被窝就睡了。你小子肯定没有洗脚，当时我很想提醒你这点，但我总觉得那天晚上你有些反常，所以我一直保持着沉默。没人知道你和小星分手的事，只有我知道。三天后那个小雨下个不停的午后我就知道了。

你说行了行了，都哪个年头陈芝麻烂谷子的破事了，真的我不记得了。准是你想女孩子了吧？哈。你笑了起来。在猫耳洞里蹲了一个月以后，我们全身都发了霉，把军装全脱了只穿一条裤衩仍有一种全身都罩在一层铁壳里的不堪重负之感。你对我说你情愿帮我背枪（而不像通常都是我帮你背）去跑二十公里武装越野也不愿蹲这猫洞子了。二十公里武装越野是你最头疼的训练课目，几乎每次都能把你累个半死。在工学院时你的体育就不好，因为我的体育比你好，你不止一次用戏谑的口气说我是“武夫”。而在二十公里武装越野的时候如果没有我，你恐怕永远也成不了一名真正的“武夫”。你又和我抬杠了，你说别叫“武夫”，给人一种多没文化的感觉，我们是军人，军人。说这两个字的时候你并不十分严肃，就像你总是喜欢表现出一副玩世不恭的样子。我多么希望我不那么严肃呀，哪怕只有那么一点点不严肃。

“营长，别那么大架子嘛，拖拉一把啦！”小个子江西兵在拉我的胳膊，我真想板起脸来训上他两句，可不行。小六，你不知道吧？现在我是变得越来越黏糊的啦。我摇了摇头，笑了笑，说我不玩，小个子兵很识相，开了句玩笑，算了。

拖拉，小六你不知道这是什么玩意儿吧？就是以前我们在工学院时常玩的那种叫“姊妹对”的扑克游戏，两副扑克叠一块儿打升级，想起来了吧？你不是挺爱玩的吗？我还是你给教会了的哩。小星不是最烦你玩这个吗？她还当着我的面说过你，当心玩物丧志哦。我只是“嘿嘿”地笑，小两口吵架是常事，旁人去管是多事，我才不管哩。而且谁不知道你小六，见你玩的时候比谁都多，可怎么一考试，那第一名却总是你哩？我问你的时候，你头一昂，大言不惭的样子，这就叫本事。真是气死人。“哼！”小星从鼻孔里哼哼一声，一副不屑的样子，其实只有我知道，小星，你心里比小六还要得意呢！

就算我终于敢面对这样一个事实，那就是我的确是爱你的……

小星，我也永远不会对你说出来。我不止一次在夜深人静的时候一遍又一遍地问自己，我到底是什么时候爱上你的，小星。这样的问题我无法回答，我不知道是你和小六分手之前还是和他分手之后。总之，当我七年前和小六一起蹲在南疆的猫耳洞里时，我想得最多的不是父母，不是兄弟，而是你。那时我总有一种做贼心虚的感觉，这种感觉让我不敢直面小六的眼睛，让我一次又一次地骂自己是个不孝之子，在前线不是首先想到父母，反而想到的是曾经作为小六女朋友的你。

你叫我说什么呢？小星，原来我也没想到会在那个黄昏遇上你，尽管不论是因为小六，还是因为我自己，当我们蹲在黑暗的猫耳洞里，点上一支香烟，仰望着透过洞口不多的几颗星星的时候，星星让我们想起你，谈起你，那时我们谈得最多的就是你。小六也抽上了？你漫不经心地问，我知道你是假装的。我说抽上了，小六原本是不抽烟的，他说你不让他抽。你苦笑了一下。小星，这没关系，苦笑不会让我难堪的，小六说了，有这么多慰问的好烟，不抽白不抽，他让我给他也来一根，我就给他来了一根。他点上抽了一口，是大中华，你知道吗？小星，大中华。小六剧烈地咳嗽起来，我哈哈大笑起来。小六揉了揉眼睛，小六说，这烟好，至少名字好，大中华，好，大中华。他说他得在一个月内学会抽烟。你知道，他干任何事情都是要订一个计划的。他说要是现在不抽，说不定哪天就没机会了。你知道吗？小星，我的眼泪都快要流下来了，但是不行，那个黄昏我穿着军装，我只好又喝了一口酒。小六想你。我对你说，你在桌子的那一边明显地颤抖了一下。你说，唉！你又说，哈！你这一声哈让我不高兴了你知道吗？小星，你想笑谁？小六？我？还是你自己？我的眼睛当时一定是瞪起来了，你一定是吓坏了吧？战争结束了，战争结束了！你说，你喝多了，要不咱们回去吧？

小星，我真的生气了，你是大学生，我们也是大学生，你为什么就那样故作深沉，就那样沉得住气？你还笑，笑！整整一个晚上，整整一个晚上的酒，我就是在等你一句话，就是一直在借着酒劲以便有胆量回答你提出的问题。而你和我说了那么多不着边际的话，某某又怎么了，某某又怎么了……他们怎么了关我屁事？我要你问小六，问一问小六！你一直想问的，而你就是不问。小星，你真的让我生气了。我并没有站起来，我隔着桌子把最后一口酒灌进肚子里，然后我对你说："你他妈的为什么不问问他？"我通红的双眼大概让你感到吃惊了，我是喝多了，喝多了我才能这样对一个女孩子说话。而我没有告诉你，当我在望远镜里看见成百成百的越南士兵在我们安放的地雷中血肉横飞身首异处我也用不着喝酒壮胆。而当我对你说出这样的话时我的确是喝得有点儿多了。

你下意识地往后退了一下，凳子在打磨得很好的水磨石地板上发出一声轻微的呻吟。你吸了一口气，似乎是下了很大的决心：他现在过得挺好吧？

我的泪水就在那一瞬间不可遏止地一涌而出，落到透明的高脚酒杯上，打得玻璃"当"的一声脆响。我什么也说不出来，我只是哭，只是哭，我为我身上的军装感到羞耻，我真后悔我穿了军装来和你一起吃饭。你真吓坏了，你真的预感到了什么，你轻柔地拍打着我的后背的手冰凉冰凉。等我稍许平静下来，你颤声问道：他……怎么了？哦，小星，就是在那一瞬间，我突然明白了，你真的深深地爱着他，而小六在猫耳洞里向我说话的时候，我居然幼稚地笑他虚荣。

他，他……我的泪水堵住了我的喉咙。你不会知道，小星，我从来没有这样哭过，从来没有。我不知道我为什么会在你的面前涕泪滂沱，我说不出啊！我只能指着自己的胸口，砰砰地敲打着自己的胸口，我不知道你听到没有，我说的是：

"他在这里，活得好好的，好好的……"

二

透过车厢缝的光线变得忽明忽暗，我知道天色正在逐渐地暗下来，黄昏呈现出它永远让我们留恋无比的金黄。尽管闷罐子车厢里的我们看不到夕阳浑圆地落向西边的山峰，但我可以感知到这一切。战争结束了，九十年代初，我们和他们之间长达十四年的军事摩擦正式结束，和平已经降临南中国的天空。一切都似乎在时空之中不动声色地瓦解，然而该发生的一切都发生了。小六，你说什么？你说为什么我的声音听起来如此低沉？是的，小六，岂止是低沉，你没听出我声音里的无奈吗？七年前我们用鲜血和生命埋下的地雷，七年后的今天，居然要我亲手去把它们起出来。起出来干吗？起出来让他们安安全全地走过来，高高兴兴地和我们做生意。做生意？你奇怪地瞪大了眼睛，茫然地问道。是的，做生意，开辟边贸口岸，这些对你来说都是陌生的名词。你说，那不是商人干的事情吗？叫我怎样回答你呢？我的高材生。是的，那是商人做的事情，现在有很多的人都成了商人，工学院的同学做，当年一起流血的战友做，甚至有人打着种种的旗号做，你能相信吗？你不说话了，你终于沉默了。后来你问我，还从大学毕业生中招兵吗？像我们当年那样？不知道，不知道招不招，更不知道现在还有没有人真的念了大学还去当兵。

天大概已经黑定了，我点上一支烟。小六，现在你学会抽烟了吗？烟熏得我的心口痛。起起落落的一点红光中，我突然看见你摇了摇头，又摇了摇头。你也觉得荒谬了是吗？你是最有理由觉得荒谬的人了。我的心口又是一痛，而你就那样忧郁地看着我。小六你在淡淡的青烟里一脸肃然，沉默不语。别这样好不好？别用这样的目光看着我好不好？你知道吗？小六，你看得我心里有些发毛了。不，你终于开口说话了，你说我变了，说这两个字的时候，你的表情有一种深刻的悲痛，让我惶然不已。你说是的，你变了，变得不像二十公里武装越野时总是帮我背枪的二哥了。二哥，你知道吗？你说，你在我的心目中曾经是多么宽容的兄长呀，我从未见过你抱怨什么，也从未见过你因为什么事情唠唠叨叨下不了决心。我想象不出你一脸抱怨，哪怕稍稍犹豫的样子。就像当年参军的时候，你抱怨过吗？你犹豫过吗？你大声地质问着我。是的，小六，当时我根本用不着想什么，说参军就参军了。可现在你变了，你又说了一遍这两个字，你紧紧地闭着嘴，难道我真的变了吗？我问你。你说你自己想想吧，牢骚满腹的样子，哪还像个军人，像个肩上扛着两杠一星的少校？小六，那你说我到底是怎么了？你说呀！我问你，我的心里虚虚的。

你说你怎么了？你不就是心理不平衡吗？你觉得你流了血，流了汗，现在生活好了，有钱的人多了，可没你的份儿，你心里就不是滋味了，不是吗？

小六！我叫了你一声，你别这样说。我在心里呻吟了一声，小六，别把你二哥的皮都撕下来，好吗？

不，你固执地说下去，像个任性的孩子。

二哥，你还记得我们当年走上战场时的誓言吗？

哦，小六，你总是这样不让喘息地把人逼入绝境。我记得，我当然记得，什么都可以忘记，但誓言是不能忘记的。

为了人民，为了和平！

我大声地在心里说。小六，我的声音洪亮吧？

小六，你笑了，你终于笑了，和平不是已经实现了吗？二哥，不能忘了啊，那可是作为我们青春证明的誓言啊！何况二哥，七年了，那么多的战友离开了部队，你不是一直还穿着军装吗？再说了，不是还有那个叫涛涛的女孩子偏偏就爱上了你这一身军装吗？小六，你别嘿嘿地笑，你不知道这事让你二哥简直不知道从何说起吗？

涛涛，你真是像小六说的那样，爱上的不是我，而是这一身国防绿吗？你是个满脑袋装着不切实际浪漫幻想的女孩子，真的，你还是个孩子呢。就算你知道什么叫爱情，你也没必要成天把这两个字挂在嘴上吧？你说穿军装，穿军装。那个上午，你一看见我穿着便衣就嘟起了小嘴。我真的不愿意穿军装，但我无法告诉你为什么，不是因为西山上有军容纠察队，也不是因为我嫌穿军装陪一个女孩子上西山攀龙门丢了你的面子。不是的，都不是的，你不应该主观地想象出那么多我不穿军装的理由。自从那个夜晚我在你小星姐面前穿着军装涕泪滂沱之后，我就从不穿军装逛大街了。我不知道自己是在逃避着什么，还是因为那件事情使我为身上的军装感到耻辱。你不知道这些事情，我也无法告诉你这些。真的，涛涛，尽管你也是工学院的学生，我们是校友，但你不会相信除了遇上你的那次校庆，多少年了，我不敢跨进工学院的大门，我不敢去面对那些我们共同的师长探询的目光。我不相信小六兄能作为一名年轻的英雄站在校史之中，成为一张照片和一段简单的文字。我不走进工学院的大门，涛涛，你小六哥哥就永远站在我的心里，站在我们的对面。哦，我甚至已经忘了我从未告诉过你，你的小六哥哥，涛涛，你允许我让你这样称呼他吗？他是你们这整整一代人的哥哥。我们不是同一代人，涛涛，我固执地这样认为。你是那么年轻，前途无量，而我已经三十一岁了。多年以来，我已经逐渐习惯了独身生活，而你，却以你们这个时代的大学生特有的冲劲儿一往无前地向我的单身生活发起了猛烈的进攻。我没办法，在你面前，我就是没办法。你一遍又一遍地说穿军装吧，我最后只好穿上了军装。你嘟着的小嘴一下子就松弛了了来，笑容变戏法似的回到你的脸上。你甚至帮我扣上了风纪扣，你也不想想那是一九九一年六月的一个清晨，六月的春城已经有些热气逼人了。

好吧，涛涛，我有些无可奈何地对你说，出了门你可别挽着我的手。笑容消失了，你的小嘴又嘟了起来。你已经是二十一岁的大姑娘了，你已经是一个大学三年级的大学生了，你干吗老是在我面前撒娇？你觉得这样快乐是不是？我在心里问你。其实我真的喜欢你在我面前撒娇，可这是纪律，谁让我穿着军装呢？你哼了一声，说谁稀罕了。我笑了一下，有时我真的希望你别稀罕我，可我又有些舍不得。小六，那时我还没意识到像你刚才说的那样，我真的有些变了，至少是变得有些婆婆妈妈的了。

重返身着军服走在大街上的年代，小六，你知不知道我有一种怪怪的感觉。你苦笑了一下，你说我明白，战争结束了，不像八十年代那会儿了，那时我们穿着军装走在大街上是多么地自豪呀！人们崇敬的目光就像温暖明媚的阳光一样照耀着我们生气勃勃年轻骄傲的脸庞。小六，你还记得吧？一年的军校生活结束以后，我们重返春城，即将作为工兵见习排长开赴前线。那是一九八五年初春一个微微有些阴冷的日子，有一天的假期，我们不约而同地想到了回工学院去看一看。于是我们穿着军装，两人排成一线，走着规范的齐步进了工学院的大门。不幸的是学校正在放假，空空荡荡的校园里几乎见不到一个人，这突然让我们有些失望了。你说什么，虚荣？是有点。小六，但你不能这样说，是光荣，不是虚荣。我们绕过主楼，一直走到我们的宿舍楼下。那棵记忆中永远的大树掉光了叶子，只剩下无数坚硬的枝丫，以强有力的姿态刺向灰白灰白的天空。我们俩就那样静静地站在那棵树下，远远地遥望着我们曾经在一起生活了四年的宿舍，我说，走吧。于是你说，走吧。你的口气里有种恋恋不舍的感情。你完全有理由恋恋不舍，你的成绩是那么的好，你本来应该到设计院去，要不就留在校园围墙里，安安静静快快乐乐地做一辈子学问的，而你却和我一起去当了兵。

我又点了一支烟，烟熏得我的心口好痛。

然后我们就离开了那棵大树向校门走去。你还记得吧？小六，我们终于在校门口遇上了她——我们的导师，那位头发已经花白的老太太，老教授。小六，你知道吗？后来一听到你已经永远离她而去的消息，老太太哭得晕了过去。多么聪明的孩子啊！她说，多么聪明的孩子啊！风吹动她花白的头发，像一面凌乱的旗帜。

我们认出她的同时，她也认出了我们。不约而同，小六，我们俩举起了右手，向她行了一个庄严的军礼。老太太的双眼就在那时迅速地变得湿润了，她努力地抬起手臂，拉住了你停留在帽檐上的手。小六，你还记得老师是怎么说的吗？

老师说你是个好孩子，好孩子！

三

兵们兴高采烈地“拖拉”了一把之后，纷纷放倒身子进入了梦乡。小六，他们是那样的生气勃勃，那样的豪情满怀，壮志凌云，年轻得让人嫉妒。我们都是和平兵，和我们的先辈们相比，当年南线的战事简直就是小菜一碟。可我一直认为，那场战争仿佛唤醒了我们身上那种叫做血性的东西。不。你摇了摇头。你不同意我的看法吗？小六。你想了想说，不能把那种东西仅仅称之为血性，我总觉得那是每一个人身上都潜藏着的在成长的过程中形成的一种人对自身的深厚情感，而战争这种激烈的方式，给这种情感提供了开花的沃土。小六你说那是类似于光荣和崇高那样的闪光的精神吗？是的，你肯定地点了点头。面对你凝重的脸色，我慨然长叹，我不能不承认你是对的。比如这些兵吧，我不得不承认，他们一个个都是好样的。我曾经看不起他们，看不起他们为了摆脱土地或是为着曲线就业或是因为父母出于这样或那样的考虑把他们送进了军营，甚至是为了怕孩子染上毒瘾才送孩子参了军。毒瘾？你又是一脸疑惑的表情。是的，毒瘾，一种当年我们只听过没见过的东西——海洛因，如今开始袭击我们的国家。在一些地方，人们谈“毒”色变。哦，你转过脸去，目光似乎想穿透钢铁的车厢壁，看到大地之上的星空。小六，你沉默了很久。

二哥……小六你总是在我不注意的时候突然开口，几乎吓了我一跳。如今的世界变成什么样了我不知道，你缓缓地说道，但我想总应该比过去更好吧？做生意也好，有人贩毒吸毒也好，但人们还是相信我们的军队吧？就像你说的，他们怕孩子不慎染上毒瘾，才把孩子送进了军营，这说明军人这两个字并没有褪色。你说到军人两个字的时候，我觉得自己的心头震了一下，一种沉甸甸的感觉。军人，永远都是军人，部队一接到开赴西南边陲大扫雷的命令，这些兵们，这些曾经被我这个经历过“两山”作战的大学生营长深深瞧不起的兵们，仿佛一下子找到了军人的感觉，有的提前结束了休假，有的立即写下了决心书。世事如烟，如果不是确确实实已经过了七年，我仿佛又看到了我们当年争着上前线时的场景。说到这里，小六，我看见你愉快地笑了。是啊，兵们不是挺好的吗？我不是说了，这是国防现代化的标志之一吗？养兵千日，用兵一时。听话的兵不一定就是好兵，用得上的兵才是真正的好兵。你忘了我当年的名言了吗？

是的，军人，这就叫军人。小六，你比我更有资格说起这两个字。这两个字中包含了光荣、崇高、英雄等等一系列说不清楚道不明白的含义，那是一个与心灵和肉体息息相关的实体。在这个实体中，人通过肉体的磨炼通往精神的辉煌。而你，小六，工学院时我们同宿舍六个人中你最小，于是你就当了四年的小六。小六啊小六，你曾被巴金先生那篇关于飞蛾扑火的著名散文感动得浑身颤抖，你曾不止一次地说起为独立而战的伟大诗人拜伦冒雨行进在希腊的原野上。尽管当时我并不知道拜伦是谁，但谈到这个人时你眼中闪耀的火光让我吃惊。你是因为崇拜英雄才参军的吗？我不知道，我只知道你渴望成为英雄，这种渴望使你最终成为一张黑白照片和一段简单的文字站立在工学院的校史陈列室里。我知道你其实并不喜欢这样的角度，你喜欢活着，活着看世界，这是你说的。我对那种关于你是因为失恋才一赌气参了军的说法表示蔑视。他们，说这些话的他们，对自己了解得是那样的少，如果他们能够好好学习天天向上他们就永远不会说这样的话了。只有我知道，小六，只有我知道你参军的真正原因。

这原因在你的身上，也在我的身上，但我说不出来，我真的说不出来那究竟是什么。也许那是珍藏在每一个人心灵深处一个最为柔嫩的秘密，说不出口，但永远存在；可以掩饰，但永远无法抹去。而你我，尤其是你，小六，你把这心灵的秘密发展到了极致。小星说，你是一个爱走极端的人，是这样的吗？

三天后那个细雨蒙蒙的午后，班上一个平素来往并不多的女孩子突然到宿舍找我。昆明那个季节的雨特别多，琐碎无比。她神秘兮兮地告诉我是有一个老乡找我。我一肚子疑惑地跟着她穿过细雨走到大树下，我一眼就看见了你，小星。我清楚地记得那个细雨蒙蒙的午后你穿着一件淡黄色带有黑色条纹的上衣，这真是一件令人惊奇的事情。多年以后，当我一个人躺在我狭窄的营房里无边无际地回忆起无数往事的碎片时，我明白了那时你站在树下，像一头安静的小鹿。远远望去那样的情景让我怦然心动，如果你就那样一直安安静静地站在我的记忆之中，也许当我从战场上归来，我真的会……

而那时我根本不可能想得那么多，联想到三天前小六神情恍惚的样子，我立即预感到你和小六之间出现了什么问题。说老实话，当时我对你这种显得过于啰嗦的举动有些压抑不住的反感，而且我并不愿意在你们之间扮演什么角色。后来我意识到这种下意识的回避里已经包含了某种难以言传的情感。

还记得吗？小星，你当时第一句话就要求我为今天的事情保守秘密。我的心"咯噔"了一下，你笑嘻嘻的表情让我对自己的预感充满了怀疑。我后来就答应了你，然后你问我，小六这几天有什么反常的举动没有？

我突然明白了。

我漠然地看着大树冠外飘落的细雨，我不知道该怎样回答你，小星。最后我迟疑地摇了摇头。我不知道我摇头是不是为了替我的朋友保存所谓的面子，哦，那时我们只有二十多岁，我们还年轻，很青春，也很虚荣。当我摇头之后发现你的表情十分古怪，笑容依然，却凝固在你的脸上，我分明看出你有些失望的样子。

你们吹了？我突然问你。你一愣，然后你就很快地点了点头。为什么？我接着问。你不说话了，小星。小六告诉过我，你从不愿对别人谈起你们之间的关系，你认为这才叫珍惜。哦，小星，我当时不知道，后来我约略知道了一些，你也许是属于那种特别担心暴露自己的人，所以你注定要和小六分手，也注定了在战争结束长达近五年的时间里，我一直不敢爱你。

没有，我没好气地对你说。

没有就好，你轻松的口气并不能掩盖你沉重的心情。我是担心，你说。在这时你停顿了一下，我不说话，接着你说。小六是个爱走极端的人。你咬了咬嘴唇，说道。

我不置可否。

他也许会干什么傻事。

我猛然抬起头，盯着你的眼睛。小星，你怎么能这样说？你和他恋爱了那么长的时间，难道小六是个干傻事的人？你飞快地避开了我的眼神，继续说下去，你说请我照看一下小六，注意不要让他冲动。我已经忘记了你是如何离开的，小星，但我要告诉你，你让我保守的这个秘密，我一直保守到了小六永远地离开我们。我把他背在肩膀上，除了无休止的奔跑，我的大脑一片空白，我一直在跑，他一直都在流血。他在生命的最后一刻有没有想到你我不知道，血不停地沿着我的肩膀流下来，我不知道是他在流血还是我在流血，血沿着我的裤管滴滴答答地往地上流，像时钟冷静地走动，面无表情。他其实一句话也没有说，他已经根本就说不出话来，一冲进野战医院的帐篷，我就一头倒了下去。当我醒来的时候，他安安静静地躺在一张布满血污的病床上，他已经……

消失了吗？

四

南疆，南疆，多少次魂牵梦绕又多少次连做梦也不愿再见到的南疆。小六，我又回来了。这里是你我再熟悉不过的阵地，麻栗坡通向境外的一条重要通道，当年我们在这里为了每一寸土地，与他们反复争夺。阵地数易其手，群山如海，残阳如血。“祖国的每一寸土地”，多少年来一直萦绕在我们这一代青年心中的一个神圣的字眼，为了这个神圣的字眼，多少风华正茂的热血青年把他们的血肉之躯永远化作了亚热带阳光下肥沃的红土。七年了，七年了，小六，你要是还活着，你的儿子也该有点点那么大了吧？或许你才应该是点点的父亲？你会理解小星的，时光会让你学会宽容。

暴烈的阳光洒满我眼前的开阔地、河谷和低矮的树林，我看见我们埋下的那些雷，当然还有他们埋的。那些我们带领兄弟们像种庄稼一样细心埋下的雷，数不清的跳雷、飞雷、绊发雷、定向雷，还有没有爆炸的各种炮弹、火箭弹、手榴弹……硝烟散尽，那些雷像我们的孩子一样吸足了大地的奶汁安静地躺在母亲的怀里，它们在眼前这片洒满亚热带阳光的谷地里静静地睡着了，没人去惊醒它们，就像没人去惊醒你一样。血与火，流血和死亡都已成为昨日一页淡红的风景，会有人记得你吗？若干年后，当人们踏着古战场茂盛的青草，点着手中的钞票，面对一抹落向山顶的残阳时，他们会不会想到就在他们的脚下，浸润着无数战士的鲜血？

而今天，我回来了，小六，作为你幸存的哥哥，带着一支集合了军区数百名优秀青年的扫雷队，作为一名工兵少校营长而不是一名工兵实习排长，我又回来了。我们必须惊醒它们，用爆炸带、用推土机、用火焰喷射器……用一双手去惊醒它们，让它们发出惊天动地的喊叫，爆发出让生者和死者一起睁大眼睛的冲天火光。是的，作为武器，它们因为不能杀死敌人而发出大声的哭泣，在这最后的哭泣中它们将成为人类撒向历史天空的碎片和钢花。小六，它们惨烈的粉碎，将成为人类和平的祭礼，是这样吗？我的兄弟，就像你？

不，你低沉地说。我蓦然回首，你一脸肃然面对正沉向西山的浑圆的落日。你的脸笼罩在一轮金黄的光环之中，让我不敢直视。你看太阳多红。你开口说话了，你看天空多蓝，还有空气。你大口大口地呼吸着夹杂着原始丛林特有的略带一丝腥甜的空气，脸上浮现出刚踢完了一场足球站在学校小卖部的柜台前大口大口地灌下一瓶冰汽水那样的快乐。是啊，能够站在大地之上，面对天空和落日自由地呼吸是多么好啊！小六，你仿佛自言自语一般地说道。我的心猛地一振，多少年来，我，哦，不仅是我，那些活着的人们，我们是多么羞于提起和面对诸如自由、空气、阳光和土地这样的字眼啊！生活使我们羞怯了，是吗？小六。

是的，生活使你们羞怯了。你转过身来，你直勾勾地看着我的眼睛。你们不敢再谈到甚至不敢再想起英雄、理想、人类、和平这样的字眼，因为你们已经拥有了阳光、空气和水，你们只有在失去它们的时候才能刻骨铭心地体会到它们的珍贵。小六，请你不要再说下去了，我已经想起来了，我们永远也不会忘记那头倒伏在他们炮火之下的老黄牛，它的腿已经断了，但它还没有死去，那头黄牛就那样哀伤地倒在地上，大滴大滴的眼泪从它逐渐黯淡下去的眼睛中汩汩流出。它的主人，一个黑衣的老人，蹲在它的身边，徒然地用一只粗糙的大手一遍又一遍地抚摸着老牛的头颅……还有那个小姑娘，那个只有十一岁，却永远失去了一条腿的小姑娘，人们告诉我们，她当时正在小学校里，正坐在她从自己家里带来的小竹凳子上，炮弹落下的时候她正为一道鸡兔同笼的应用题而皱紧双眉，她就那样带着一道永远不能解答的题目被那枚可怕的炮弹夺去了一条腿，她成为一个永远不再有记忆和欢乐的姑娘。她拉着你的手，只会问，有多少只兔子呢？有多少只兔子呢？小六你慢慢地蹲了下来，你捡起一根草棍在潮湿的泥土上写写画画开始给她讲解那个古老的算术题，画着画着，你的眼泪也流了下来，我们的眼泪也流了下来，你的眼泪刷刷地打在地上，你一遍又一遍地讲着，直到战友们把你从地上拉了起来。你像一头狂怒的狮子，你大声地叫道：别碰我！我们把你拉到村子的边缘，你大声地哭泣着，发出狼一样的嗥叫。

不，你固执地摇了摇头，我说的不是这些而是其他的一些，一些与我们每一个人的心灵密切相关的那些珍贵的财富，你把他们忘记了，你把自己忘记了。你一脸严肃，夕阳均匀地涂抹到你的半边脸上。

我，你的活着的哥哥，无言以对。

不知过了多久，你慢慢地转过脸去，你轻轻地叹了一口气。对不起，你说。小六你对我说对不起。我使劲地摇了摇头，不，兄弟，你说的没错。你轻轻地摇了摇头，也许我不应该这样追问你，毕竟对我来说，七年前的离去恐怕是最好不过的结局，也许我理应属于另一个世界，另一个时代，我不在这里。你的头慢慢地低了下去，哦，小六，你没有影子，你就是站在阳光下也没有影子。

算了，我们说些轻松的话题吧。你在我的前方迈开了脚步，我斜斜地跟在你的身后，我们向山坡的顶部缓缓走去，你得在阵地上坚守至少一个月。我们有的是时间，在这远离城市和灯火的亚热带战场遗址上想起那些过去的事。说这话的时候你有些闷闷不乐，我不知道你怎么了，小六。

说些什么呢？小六。说说那个叫涛涛的女大学生吧。你低着头往回走，你在思考问题时总是这样子的，拉上我一起走出房门，随便选定一个方向，低着头那样走下去，一边走，一边和我扯些无关紧要的闲话，然后一篇论文的提纲就出来了，然后就会得意洋洋眉飞色舞地告诉我，哈，不知道吧？这就是昨天我们吹牛的时候我想的东西。而你那本《防御作战构想》却不是在这样的漫步和闲话中完成的，那时你蹲在猫耳洞里，弓着腰坐在一个手榴弹箱子上，对着洞口一块簸箕大的灰色天空出神。我不知道你在做什么，当你烦躁地站起身来时，你的头撞到了洞顶。他妈的！你说，他妈的！你狠狠地踢了箱子一脚，因为哈着腰，你的动作看上去显得十分滑稽，我笑了起来。笑什么？有什么好笑的！你说，真他妈想到外面走走。然后你就往洞口走去，我一把抓住你的军装后摆，那被洞口潮气浸透了的军上装“嗤”的一声就被我撕裂了，你赔我！小六，你瞪大眼睛大声地吼叫起来，一副真生气了的样子。算了，我不和你争，谁让你是小六呢，就让你撒撒娇吧。好吧，我赔你。我说，可惜我的太大，你又穿不了。你气鼓鼓地坐下来，不理我。

那时我不知道，你是想写一本书，你想走到空气里，面对着连绵的亚热带群山，写一本叫做《防御作战构想》的书！还是讲讲你的涛涛吧，你也该认真谈一次恋爱了，你苦笑了一下说。

涛涛，在这昔日的阵地上，你的小六哥哥再次问起了你。而我却不知道如何说起。白驹过隙，涛涛，你给我的印象是一朵自由自在的白云。我们那时常说姑娘的心秋天的云，对了，这是我们的战士常常说起的一句话，他们用一种散淡的口气这样说起那些负心离去的姑娘。而你这朵秋天的云，为什么那样固执地盘旋在一个整整比你大了九岁的傻大兵头顶？

公共汽车来了，人们一窝蜂似的往上挤。上啊，作为一个大学三年级的女生，三年的城市生活已经教给了你不少的事情，比如挤车，你不知怎么一下子就挤到了车上。上啊！你大声地冲我叫喊着。你的叫喊让我情不自禁地一激灵，哦，涛涛，你的叫声让我想起从前的那些日子了，我们总是在一声这样的呼喊中义无反顾地冲向敌人的阵地，然后成群成群地倒下。然而在这城市的边缘，在这辆宽大的通往西山的公共汽车旁，你的傻大兵营长有些不知所措了。那么多的人都在拼命地往上挤，他们中间有外地特意到春城来旅游的人，有难得的一个星期天一家三口出门呼吸一下新鲜空气的人，有老人也有小孩子，别说我穿着两杠一星的军装，就是没穿，我也不能像面对大群大群的小鬼子那样上啊。我踌躇着，我孤零零地站在人群的后面，你后来说我看上去像一个被城市弄得手足无措的农民。高楼、田地、山峰和云朵次第滑过我们的眼帘，久违了，城市，读书时我们是多么喜欢到街上走走呀，你的小六哥哥总是那样一把将我从上铺拉下来，走，到街上去，看看我们的人民。他总是这样说。我看见了，我们的人民面容开朗，我们的人民表情忧郁。多少日子以来，我似乎厌倦了城市的喧嚣，我宁愿和我的兵们待在一起，哪怕假日，我和他们一起打球、下棋，听他们吹牛，和他们打扑克……你不能把军营变成一个别里科夫的套子把自己紧紧地包起来！你大声地冲我叫喊着。涛涛，你有什么理由这么说？你不过是二十一岁的黄毛丫头，你懂得什么？然而我在你逼视的目光中把头垂下去了。真的，我对军营以外的世界和军营以外的人有着一种莫名的恐惧。你以为你是谁，你是英雄，可英雄也得是人呀！嘿，涛涛你狠狠地踢开一颗落在路上的石子，唉哟，你叫了起来，你踮起一只脚，夸张地看着我，你说疼这个字的时候我的心“怦”地一跳，然后你就蹲了下去。好啦，好啦，我说着弯下了腰，起来吧，没那么严重。我伸手抓你的脚踝的时候你干脆坐到了地上，你说扶我起来。你的口气是那样的不容置疑，我只好抓住了你的手。你站了起来，依然踮着一只脚，你说，我走不了啦，你扶我走吧。我知道你是假装的，但我只好扶着你。你把头靠在我肩上的时候我告诉你别这样，我穿着军装，这是纪律。你把嘴嘟了起来，你离开我愤愤地走到了我的前方，哼！又是纪律，哼！你不满地哼哼着。一点都不知道体贴人！你气鼓鼓地说。我这是犯什么傻呀，你一个劲地自怨自艾，让我听起来心里很不是滋味。人家根本就没把你当回事！有什么了不起的，穿身军装，整个一木乃伊。你用力地摇着头，像日本动画片里的大眼睛女孩。涛涛！我大喝一声，你吓了一跳，像我的兵那样突然站住了，有些不知所措回过头来。你听着，大学生！我生气了，我真的生气了，我叫你大学生，你可以骂我，你可以不来找我，但你不能这样说话知道吗？

我甩开大步，腾腾地越过你，径直向山下走去。是的，涛涛，你可以骂我，但你不能对我身上的军装有丝毫的不敬。是的，涛涛，我再次想起了那个老掉牙的故事，关于军装，关于你的小六哥哥。

残阳无比美丽地落向西边的群峰，站在上坡顶上，我看见那些当年被炮火折断的大树正不屈地萌发出新的绿叶。夕阳就像那个西山的黄昏一样美丽。是的，小六，在每个人的心里，都有一个隐秘的角落，那里无比柔嫩，容不得半点刺激。

你缓缓地停下了脚步，这里就是当年的无名高地了？你问我，我点了点头。唉，你含义模糊地呼了口气。你们就这样分手了？你问我。没有。过了一刻，我说，也许我们并没有相恋。你轻笑了一声，别骗我，你爱上了她。

你不能永远停留在往日的阴影里，甚至永远停留在我的阴影里，不能！我听见你无比恳切的声音。

可我当时真的是想起了你。小六，你从来没有穿过现在我身上这样的军装，它们是多么神气和漂亮呀！我为你留了一套，在我军营的箱底，崭新的礼服，两杠一星。

你是穿着那件被我一不小心撕破的军装走的呀，小六！我解开你胸前的子弹带，血已经不流了，它们已经凝成了有些发硬的一块。他们把你轻轻地放到野战医院的床上，血已经不会流了。解开你军上装的纽扣时我看到了你的军装，你的被我撕破的军装。我的眼泪就在那时突然汹涌而出，我扑在你的身体上号啕大哭，直到眼泪融化了你的胸前和我的脸上凝固的血块，直到鲜血再次开始了流动，直到我的眼睛里流出血来。我哭泣着从你的子弹带里拿出你的《防御作战构想》，你的手稿已经被血凝结在一起，永远无法翻开了。

是一位两鬓已经斑白的老军医拉开了我。别哭了，孩子。他说别哭了，孩子，他的双目通红。你听，他说，你听，炮还在响，还有战士在流血，他们需要病床。别哭，孩子，别哭，我们还不到哭泣的时候。是啊，战争还远远没有结束。可是小六，你身上的军装是破的呀！你不能这样走，你起码应该穿上一件完整的军装吧？你是军人呀，你起码应该整整齐齐地走吧！我大声地哭诉着。老军医沉默了。

小六，我看见……他缓缓地脱下了身上的白大褂，把它递给身旁的护士，露出了一身整洁的军装。老军医开始解军装的纽扣。他的动作异常缓慢，仿佛是在举行一个盛大的仪式。

是的，他脱下了他的军装，把它缓缓地覆盖到你的躯体上。然后他套上白大褂，低沉地命令道：

“把烈士抬下去！”

五

扫雷开始了。

随着我们铺设的爆炸带被引爆，群山仿佛突然被唤醒。当年的战火过后重新萌芽的幼树，被炮火削断的老树上发出的新枝，山间的鸟，林间的小动物……它们都被这突然爆发的炮火惊醒了。所有的生灵一起睁大了眼睛，所有的生灵都在关注着这猛烈的和平的爆炸，所有的生灵都体会到大地无边的震颤，以及这震颤之下蕴含着的和平、幸福而灿烂的呻吟。

大地血红。我的双眼突然湿润了。猛然背转脸去，不让眼泪掉下来。小六，你听到了吗？这巨大的毁灭，这由我们自己引爆的钢铁防线，它们的崩溃是不是意味着不再有战争？不再有流血和死亡？我们的兄弟和孩子们将安静地吸吮着阳光下纯净的空气，死神的翅膀已经合拢，低垂在地平线的另一个角落。我们的弟兄，我们的孩子，他们将自由地长大、结婚、生子……小六，你说是这样吗？

你看着远方，你不看我。巨大的烟尘使天空骤然变得惨白，太阳成了一个散发着蓝色光晕的白环，隐匿在烟尘之后。然后你点了点头，你又摇了摇头。

弹片横飞，热浪逼人。小六，你想起了什么？你看到了什么？你在寻找那些你当年向敌人阵地抛射的反坦克雷吧？因为研究成功了反坦克雷的抛射，你受到了战区司令部的嘉奖。你在观察兄弟们像一个个小黑点一样一往无前地向敌人的阵地冲去，又在无边的爆炸中沉闷或轻轻地倒下，像钢铁又像鸿毛？你是不是想起了当年那些年轻的英雄，用他们的血肉之躯在敌人布下的雷区中英勇地滚动，用纷飞的尸骨和血肉为我们开辟出冲锋的道路？你在流泪还是咬紧牙关？你铁青着脸一言不发，你背对着这一片庄严的爆裂！

多么渴望当年就没有埋下它们呀！

真可惜！一个战士擦了一把脸上的汗，自言自语地小声说道。小六，你听到了吗？他说真可惜，他说的是雷，他们想到没有，这些雷的后面是多少活生生的血肉之躯？你们，我们倒伏在炮火之中的兄弟们，今天的人们将如何面对你们？

不！你大喝一声，猛然转过脸来，我看见你泪流满面，你泣不成声，不，你再次大喝一声，我明显地震颤了一下，你要说的是什么？小六。

不，请忘记我们吧！忘记我吧！我的哥哥！你大声地呼喊着，就在这由我们自己亲手引爆亲手毁灭的冲天火光无边弹雨中忘记我们吧！不要哭，不要哭，小六，你仿佛是在命令自己，能有今天，能看到这些我们亲手埋下的杀人武器灰飞烟灭，和平的人们将踏着我们的尸骨安宁地走动，我虽死无憾！

又是一连串惊天动地的爆炸，我的眼泪终于忍不住哗哗地流了下来，营长，你为什么哭了？小个子江西兵怯生生地问道。没有，硝烟熏的，我沉沉地回答他。不会吧，营长当年不是打过仗吗？走开！我突然发怒，你给我走开！一边好好趴着去！小个子江西兵灰溜溜地挪到一边去了。他趴在他的隐蔽位置上，委屈地嚼着一根青草。我抹了抹眼睛，发现他正偷偷地向我张望，一接触到我的眼神，他立即有些不知所措地移开视线。哦，对不起，你还是个孩子呢，你今年只有十九岁吧？我不应该向你无端地发怒，可是你知道吗？这些雷就是当年你的营长和一个被他叫做小六的兄弟领着一群像你这么大的兵把脑袋卸下来掖在裤腰带里，一茬一茬地埋下的呀！你的营长能活到今天，并且成为你的营长，真是个了不起的奇迹。

你又想到我们当年的那些兵了是吗？小六你问我。我擦干眼泪点了点头。他们是多么年轻呀。我的泪擦干了，你的泪又“刷刷”地流了下来。你还记得那个北京小兵吗？你呜咽地对我说。记得，当然记得！我使劲地点着头。我们刚上战场时，他是多么看不起我们呀，他说一群书呆子！你急眼了，你让他再说一遍，他哼了一声，意思是说是英雄是好汉得等炮响了才知道。小六，后来炮就真的响了。你说当时我还真没反应过来，他一下子就扑到了我的身上，把我紧紧地压在身下。我不记得他是怎样受伤的了，一块弹片划破了他的腿根，通往后方的道路完全被敌人的炮火封锁了，送不下去，我们只能就那样看着他一点一点地虚弱下去，看着生命像水一样一滴一滴地从他的身体里流走了。排长，他轻轻地呼唤着，我们轻轻地答应着他。水……他说水，我们把水壶凑到他的嘴上，但是他已经喝不下去。小六你用嘴含了一口水，和眼泪一起喂进他的嘴里。你救了我的命，如果我能活着回去，我就给你娘当儿子，你呜咽着对他说。他笑起来，后来我想，那就是所谓的回光返照了，他的笑容甜美而满足。别这样说，排长，你是大学生，你活着比我有价值，我没戏……排长，你们刚上来时，我看不起你们，其实我特羡慕你们嫉妒你们，我妈特想让我上大学，可我就是考不上……唉……排长，你别给我妈当儿子，没了就没了，我家还有好几个兄弟，你娶个漂亮媳妇吧，生个漂亮小姑娘，让我做她的干爹……

可是你也走了，小六，你没有娶媳妇，也永远没有了漂亮的小姑娘。点点是个可爱的小男孩。小星，我总觉得，他应该是小六冥冥中的孩子。

这孩子生下来只有四斤。坐在医院儿科病房前的长条凳子上，小星，你两个眼珠乌溜溜的，你对我说。几年不见，你看上去丰满了一些。大概是因为孩子发了高烧的缘故，你的神情显得有些落寞。孩子父亲是记者，出差了，他总是出差。后来我认识了这个男人，传呼机一响，他便会从小星和孩子的生活中消失。我点了点头，你过得还好吧？我局促着，无话找话地说。刚从战场上回来那年，我在她面前大醉一场，后来我们就再也没有见过面。哦，不，工学院那年校庆的时候我们似乎又见过一次面，没有说什么话，相互留了电话号码，仅此而已。还行吧。你淡淡地说，就是孩子父亲总出差，不方便。小星，你结婚的时候用电话通知过我，我没去，只是给你寄了一张贺卡。我不能见到你，见到你我就想起——小六，想起我们一起在工学院的那些日子。那时六个年头已经过去了，但我还是怕见到你。我们小心翼翼地避免谈到他的名字。你还记得吗？我们很快陷入了沉默，像两个沉闷的低音符号落在病房前的长条木凳上。

小星，其实我有一种很想说声谢谢你的冲动，孩子突然生病的时候，你首先想到的是我，那时你可没有后来那么多城市特有的客套。你在电话的那端声音是那样的焦急，你说你来吧，孩子发高烧，我没办法。问清地点，我借了一辆吉普车匆匆就赶来了。孩子多大了？值班医生很不耐烦的声音。我张口结舌，回头看着你。四个月，四个月了。你连忙回答。我去给孩子取药，回来的时候你不见了。我问护士小姐的时候，她说你太太已经把孩子送到病房去了。幸好你不在场，要不你的脸会红吗？小星，我的脸可是突的一下子红了，也许在我的心灵深处，对你的依恋仍然缠绕着我？你永远不会知道，你也永远不用知道。

护士准备给孩子输液。她抚摸着孩子的头颅，寻找着进针的部位。孩子太小了，连血管都看不见，护士试了两次都没能准确地把针刺入静脉。孩子放声哇哇地大哭起来，猛烈地挣扎着。护士不耐烦了，这孩子咋这么小，你们做父母的怎么搞的？你的眼泪就那样一下子流了出来，徒然地想按住孩子疯狂扭动的头颅。我来吧。我说我来吧。我轻轻地扳住了孩子的头，他在我的手心里蠕动着，像一只娇弱的小鸟。护士总算把针头戳进了孩子的静脉。孩子的头上长出了一根针，针上连着黄色的输液管，看上去让人心里很不好受。孩子有气无力地哭了一阵子，终于沉沉地睡着了。孩子早产。你流着泪跟我来到病房外的椅子上坐下。哦，我不着边际地说道，孩子很可爱，像他。这时你颤了一下，我知道自己犯糊涂了，抱歉地笑了笑：很可爱。我重复着：叫什么名字？叫点点，他生下来的时候只有四斤，是个小不点儿。会好起来的。我说会好起来的。然后我们之间便陷入了漫长而难堪的沉默。要不，你回去吧，已经很晚了，孩子已经住下了。你说，我站起来说好吧，明天我再来看看。你沉默了一下，说不用了吧，有事我打电话给你。我起身往住院部的大门口走去，这时你也站了起来，你说谢谢，真的很谢谢你。

小星，你知道吧，你那声谢谢，那种带着城市特有的客套的谢谢突然让我愤怒了，我回过头来，恶狠狠地盯着你。你有些不知所措地看着我。我摇晃了一下，我说你……你……我说不下去。你说我，我……你也说不下去。我终于说你怎么会变成这样子？你已经不是我们认识的那个小星了！你变了，小星。是的，我说的是我们，你也听到了我说的是我们，你轻轻地晃动了一下，你说……唉……我叹了口气，我回过头走了。

我没想到你会腾腾地追了上来。我看你的时候，我发现你在流泪，你无声地哭泣着，你低着头站在我的面前。说实话，当时我真想把你轻轻地搂进怀里，轻轻地告诉你别哭了，但……小星，你是知道的，我是军人，虽然我没有穿军装，我依然是军人，而且我突然从你哭泣的眼睛里读出了那个对你我来说都熟悉无比的名字。你没有忘记他，你永远不会忘记他，我从你的眼睛里看到了他，我甚至在你的心灵深处一个最为隐秘的角落里看见了他，年轻、英俊、聪明，他在你的心里骑着一匹英俊的白马，迎着无边金黄的落日缓慢地走去……我霎时就原谅了你，小星。回去吧，孩子在输液，离不开人。我柔声对你说道。你摇了摇头，使劲地摇了摇头。好啦，我说，那我们一起回去吧。我跟在你的身后，向住院部走去，昏黄的路灯把我们的影子长长地拉在地上，重叠在一起。

你的头深深地垂下了，小六。你为什么不娶了她？你抬起头用质问的口气对我说。小六，不，我不能，我并不认为她是你的，我们都是新时代的大学生，你们唯一的关系是曾经的恋人，我并不是怕自己对不起你，这些都不重要，而是，小六，只要一看见她，你知道的，只要一看见她，我就看见了你。也许，这样更好。小六，我要告诉你，她的丈夫是一个敬业精神很强的记者，哪里出现了最具危险性的重大新闻，他一定会出现在那里。后来，在她家，我见到了他，一个很不错的小伙子。多少年来，他是第一个和我单独喝酒的男人。他让我看见你，聪慧，进取，渴望冒险和英雄……是的，我说从他的身上我看见你的影子，从他的身上，我知道，小星爱的就是你们这样的男人，才华横溢，洋溢着诗人拜伦那样的英雄气质。

你苦笑了一下，也许吧。你突然说，知道我和小星分手的原因吗？我点了点头，从点点那次生病以后，我就成了小星家的常客，她的丈夫，一个多优秀的男人，他完全把我当成了他的亲兄弟。时光的流逝使我们得以较为从容地谈起你，小六。她说，那时我们真的太年轻了，我们真的太年轻了。毕业分配即将来临，你找到她，告诉她你要去当兵，尽管她是那样的了解你，仍然对你的这一决定感到十分意外。这不是我们分手的原因。你曾经对我说过，那么是后来，小星决定留在昆明的时候。为了留在昆明，她东奔西走，你们的隔阂就是那时开始产生的。你让她回故乡去，你对她说故乡更需要她，大家都拥挤在城市里有什么意思？为此你们发生了争吵。我不应该那样说他，小星这样对我说，我不应该对他说，国家花几万块钱把你培养出来，就是让你去当兵打仗送死当炮灰吗？你气得脸色铁青，你挥手就给了她一个耳光。打完以后，你自己也蒙了，你举着刚打过她的那只手站在那里茫然不知所措。小星的眼泪流下来的时候，她转身快步地走开了。当她的影子消失在树荫后面，你甩了甩手，自嘲地笑了一下，像个迷路的孩子一样在工学院的大院里游荡着，漫无边际，直到深夜。

你告诉她，请她原谅我！你把头深深地埋进夕阳的光环里，低沉地说。

你听见了吗？小星，在这昔日刀光血影的战场上，小六，我永远的兄弟和战友，你昔日的恋人，他的声音缓慢而低沉：

“原谅我，所有曾经爱过我，现在依然爱着我的人们！”

六

醒来的时候，我一眼就看见了你的笑脸，小六。怎么，我来了吗？我们再次永远在一起了？我们永远不再分开了？我们一起去打球好吗？嘿，我伸出手去，想轻轻地揍你一拳，你笑着躲着，你说，别闹了别闹了，我真的要生气了。好了，我已经抓住你了，你跑不了啦，小六。

然而就在那一瞬间我仿佛一脚踏空，往下猛地一坠。你不见了。

我慢慢睁开眼睛，一团亮白便逐渐在我的眼睛里变得清晰起来。他醒了。我听见一个陌生的声音，声音里洋溢着清晰的欢乐。他的身体素质很好，没受什么大的损伤，休息几天，很快就会恢复的。一个老人的声音。我慢慢地想起了一些事情，我没问我这是在哪儿，我知道自己正躺在医院的病床上。

紧接着我就看见了一个老医生和一个年轻的护士，他们的白大褂下面露出帽徽和领花。我努力地迎着他们笑了笑。没事，年轻人。老军医用手抚摸着我的额头，微笑着说，你只是受了一点震动。

他们出去了，你就来了，小六，静静地坐在我的病床前，用一双清澈的眼睛笑吟吟地望着我。好样的，二哥，你说。

谁叫我是指挥员呢？谁让我打过仗呢？我不上，谁上？

小六，你听我说，这次大扫雷，简直是又一场战争，一场没有活着的敌人，只有横飞的钢铁的战争。我们亲手埋下的雷，当我们要清除它们时，它们作为杀人武器的本性使它们成为最凶恶的敌人。亚热带酷热的夏季你是知道的，气温高达四十度，我们的战士们来自天南海北，驻扎在四季如春的昆明，一进入阵地，随时都有中暑的危险。如果不是当年那场战争的磨炼，小六，恐怕你二哥，这个带兵的营长也会同样受不了。小六，你想想，为了怕染上毒瘾才送进部队的兵，你在死人堆里滚过的二哥能看得起他们吗？真的，只有战场，只有上了战场，我才知道这些平时那么调皮捣蛋，有时甚至让我心烦，让我看不起的兵们，他们是多么可爱。是的，小六，我错了，一个多星期的时间过去了，我发现自己错了，他们的确可以被称之为这一代青年中的佼佼者。对了，那句话怎么说来着，九十年代的军中骄子。在昆明，一个记者在文章中这样称呼我们的时候，我起了一身鸡皮疙瘩，可是现在，当我们穿着十五斤重的全封闭防护具，在踏步走向雷场，用火焰喷射器向雷场喷射出巨大的火龙，惊天动地的巨响无边地回荡在山谷之中，苍天为之变色，群山为之震颤时，我真想大喝一声：兄弟们，好样的！我们就是天之骄子！我们这些可爱的兵啊，他们是嘴唇上还长着茸毛的男子汉，真正的男子汉！

这里没有敌人，而死神嗜血的阴影同样盘旋在我们每一个人的头顶，虎视眈眈地冷眼打量着我们年轻的士兵。他们每一个人都是那样的年轻，世界是他们的，生活是他们的，鲜花是他们的。我深深地知道，没有一个父母不希望自己的孩子在军队这所特殊的大学里读满四年，成为一名合格的毕业生。作为他们的指挥官，我必须让他们活着走出这片当年我们亲手制造的雷场。是的，小星，当我们再次踏上这片南疆的热土时，我突然发现，人民这样的字眼对于我来说不再抽象，他们就是你，就是我，就是那些在不久的将来踏着当年那场战争的废墟走来走去快乐或忧郁的人们，就是那些盼望着孩子建功立业平安归来的母亲们……

你听得非常专注，你看着我的眼睛，你不说话。当我的叙述暂停的时候，我看见你轻轻地吐出了一口气。我知道你感到宽慰了，你为七年之后，我们还有一群这样优秀的士兵，这样一群可爱的青年，这样一群真正的男子汉感到欣慰了。

一抹阳光斜斜地射进病房，照到了我的脸上。你说把窗帘拉上吧。我说不，阳光下有我的士兵，他们正在战斗，我一个人躺在这里也就算了，我有什么理由拉上窗帘？你深深地点了点头。就像那次你参加突击队出发时冲着我深深地点了点头。

为什么上级同意参加突击队的是你而不是我呢？你抿嘴一笑。首长给你们敬酒的时候你猛喝了一大口，你从来就不会喝酒，于是你大声地咳嗽起来，首长严厉地看了你一眼，你口里哈着气。首长问你说什么，你说辣，真辣。首长很认真地看着突击队的红旗，它在阴沉的风中猎猎地飘飞着，然后首长突然转过脸来再次盯住了你的眼睛：姓名？首长大声问道。报告首长，工兵实习排长洪翔！好，首长对你挺得很直的胸膛感到十分满意。我要你们活着回来，每一个人都活着回来！首长声如洪钟。保证完成任务！突击队员大声回答。群山震荡，军旗招展，你们出发了，说实在的，我真羡慕你呀！我想不通，为什么挑中的是你而不是我。

你再次抿嘴一笑。你说那次执行突击队任务我吐了你知道吗？我说知道，后来在猫耳洞里，你就差把你和小星总共接了几次吻精确地统计给我听了。啥事你没告诉我？那是敌人据守的一个山洞，你成功地用探雷针在洞子前沿的开阔地上开辟出了一条小道，保证突击队员一个不少地进入了火力点。那是你第一次受到嘉奖吧？可是你真的是吐了。虽然没一个人知道。当时你隐蔽在一块山石后面向敌人射击，突然一颗手榴弹在你的身旁爆炸了，气浪把你掀了个跟斗，你骨碌骨碌地朝着山沟滚了下去，情急之中，你伸手一气乱抓，终于抓住了一个滑溜溜的东西，在斜坡上停止了滚动。你喘息了一下，这才来得及打量一下你抓住的是什么……你就是在那时开始了猛烈的呕吐，最后连胆汁都吐出来了，满嘴的苦味，凯旋后整整三天，你吃不下任何东西。问你你什么也不说。

那是一具死亡至少已经三个月的敌兵腐尸！而你的手紧紧抓住的是死尸森森的白骨。你就那样趴在那具尸体上，几乎和他头顶着头，脸对着脸！多少天以后你才告诉我。

小六，你也想起那具腐尸了吧？你笑了起来，那时，真是的，我这个人。你有些不好意思地把头低下去了吧？要是能活着，活着该有多好啊！比如这次边境大扫雷，我们不是又可以并肩作战了吗？无论是在球场上还是在战场上，我们总是在一起，不是吗？二哥，连蹲在猫耳洞里烂了裆，我们也是一起烂的哩。要是我和你一起往上冲，现在你一定不会躺在这里吧！我看见了你的目光，那是永远燃烧的对未知事物征服的欲望，不能参加这次大规模的边境扫雷，对一个工兵来说，你是多么遗憾呀！

当时雷场已经变成了一片火海，天干物燥，起火的原因已无法查明，战士们出现了一瞬的慌乱。我的心突地跳了一下，要出事！猛烈的爆炸声随即响了起来，一串接着一串，像万炮齐发，又像是沉沉的闷雷。雷场表面数百枚地雷刹那间被引爆，弹片横飞，火光冲天而起。小六，我当时已经意识到要出事了，我猛然跳了起来，大声地命令兵们以最快的速度后撤。兵们在我的指挥下纷纷向我们隐蔽的杉树林外跑去，大火已经将杉树林团团围住。我大喝一声，穿过火海，当我们转移到雷场外的堑壕中时，我的心突地一沉。

你看到在烈火即将蔓延到的地方，还堆着十几箱破雷用的爆炸带！小六你大声地说道！

是的，小六你知道，如果大火延至爆炸带，后果将不堪设想！而要移出那批爆炸带，就必须穿过雷场，穿过尚未排干净的雷场。是的，你说对了，必须穿过雷场。

爆炸带，一个士兵同样意识到了存在的危险，他猛地从堑壕中立起身来就要往上冲。你给我回来！我大喝一声：没我的命令，谁也不许乱动！我站起身来，兵们突然明白了我要干什么：让我跟你去吧，营长！他们嚷成一片。别嚷！我大声地喝骂道。小六，你知道，也许我一声令下，数分钟之内，就会有母亲永远再也见不到她的儿子……我的心在剧烈地抽搐。让我跟你去吧！小个子江西兵拉住了我的手。好吧，你，还有你。我几乎是闭上眼睛点了小个子和另外一个士兵，我们向雷场冲去。

使探雷针！小六，你大叫一声，这是咱工兵的看家本领。是的，我使用了探雷针。我用探雷针探着脚印，弹片就在我的头顶“嗖嗖”地横飞，突然之间，我仿佛又回到了当年的战场，你我并肩战斗在雷场之上。你成功地用探雷针又排除了一颗敌人的地雷，你把它小心翼翼地取出，小心翼翼地排除引爆装置，然后你歪过头来向我做了个鬼脸：埋得真他妈臭！你说。我们并排趴着，我们又前进了十米，十五米，我就这样想着你，看着你，小六，我们一次又一次地向雷场冲去，一箱一箱地把爆炸带转移到隐蔽部中。营长你看！小个子江西兵尖声叫了起来。我一低头，发现不知什么时候，我的双脚已经出血了，鲜红的血斑斑点点从隐蔽部一直洒向爆炸带堆放的地方。那就踏着血迹冲吧！我大声地叫着……就在那时，一声异常清晰的爆炸声在我的耳边响起，我一下子倒了下去。

当我睁开眼睛的时候，我看见了小个子江西兵正哭兮兮地望着我。我努力四顾，于是在我的另一侧，我看见了那个和我们一起冲向雷场的兵，他的眼泪把满脸漆黑的烟尘冲开了两道沟子。没事了，营长，爆炸带全部转移完毕。他呜咽着说。哦，我吁了口气：你们没死呀。我说。他们认真地点了点头，仍然止不住流泪：营长，你受伤了。小个子江西兵说。哭什么哭？我骂了起来：别哭了！我还没死呢。然后我就晕了过去。

是的，你没死，你可以活着回去，娶那个叫涛涛的大学生做媳妇。小六你温和地笑了起来：活着吧，活着多好，就算替我看看世界吧，没事的时候就和我聊聊天。哦，你又提到了涛涛，是的，那是个难得的好姑娘。你要珍惜，你认真地对我说。

涛涛，你听到了吗？在这遥远南疆的医院里，我和你的小六哥哥坐在一起，他说你是个难得的好姑娘，你听见吗？你真是个好姑娘哩。这样想着你的时候，涛涛，你知道吗？我的心头泛起了一丝甜蜜的滋味，那是面对你小星姐姐时没有过的感觉，那是三十一年的光阴中，我从未体验过的感觉。

难道我真的爱上你了吗？涛涛，你是那么年轻，我能爱上你吗？我对你们的生活已经陌生了，我不敢进入你们的生活，我不知道你们这一代大学生谈论什么，追求什么？那次在西山我一气之下走到了你的前头，一直走到山脚下的公共汽车站，我都没有回头看你一眼。我真的是有些狠心了，是吧？当我看见你一拐一拐嘟着嘴巴从西斜的阳光中走过来时，我的心一下子就软了。你已经看见了我，却假装没有看见。我只好“咳”了一声，希望引起你的注意。你看了我一眼，你的眼睛里写满了委屈。涛涛。我叫了你一声，你踢踢踏踏地走了过来，脸朝着另外的方向，不看我。涛涛！我又叫了一声：我不该对你发脾气。我轻轻地说,可你知道吗? 我是下了多么大的决心才说出的这句话呀! 你突然就把脸转了过来,你盯着我的眼睛,你的眼睛里波光闪闪,就像你的眼睛里盛着整整一湖波光粼粼的秋水。你说,你走呀,你走呀! 你干吗要等着我? 你走呀,我又不是三岁小孩子,要你等着我。

涛涛,我真的不知道该怎样回答你,你就那样盯着我,你的眼泪都快要流出来了。涛涛你知道吗? 后来我看电视,也是一个女孩快要哭了,她的男朋友立即说,哦,你哭起来的样子真难看! 女孩立即破涕为笑。我怎么就那么笨呢?我只会无可奈何地搓着手,我说算了吧,你看,车来了。我轻轻地拉了拉你的手臂,你挣扎了一下,你跟着我上了车。车上我们谁都没有说话,我只能充满愧疚地注视着你面向窗外的背影。车到站了,我们无言地下了车。我说,我送你回去吧。你没吭声,算是同意了。

我们沿着那条熟悉的马路向工学院的学生宿舍走去。我依然不知道该向你说点什么。涛涛,你真是个聪明的姑娘呀,你已经体会到了我的歉意了吧?突然你说,我饿了。你又给我出了一道不小的难题,我不能,我说不清为什么不能,穿着军装陪你在街上吃上一顿饭。不行,我迟疑地告诉你,不行。你抬起头来看了我一眼,我只好再次冲你摇了摇头。真的不行吗? 影响不好,我是军人。我这样说的时候你仔细地看了看我的眼睛,那么好吧,你说下星期天你穿便装,请我撮一顿。我赶快点了点头。工学院的学生宿舍很快就到了,我说好了,你回去吧。涛涛。也许我的口气中真的有那么一点点恋恋不舍,你已经听出来了,你说,要不再陪我走一会儿?我同意了,我们就那样饿着肚子走进了昔日熟悉的校园。假日的黄昏,学校里没什么人,我们就那样一直走到那棵高大的我一直叫不出名字的树下。我得回去了。我狠了狠心,对你说。好吧,我还会来找你的。涛涛你说。

我冲着你点了点头,不生气了?我突然问。你做了个鬼脸,你很夸张地说:生气。就在那时,你突然抓住了我的手。我的心跳一下子加快了,你轻轻地握着我的手,用指甲在我的手心里轻轻地划着,然后你问，懂了吗？懂了吗？我笑了起来。

我已经感觉到了，随着你的指尖轻轻地划动，你在我的手心里划的是：对不起，对不起……涛涛，我真的原谅了你。

多好的姑娘，娶了她，你一定会很幸福。小六你一脸喜悦地说。

真的吗？我真的能爱她吗？兄弟。

你把脸转向窗外，夕阳已经落尽，只留下漫天火红的云霞，我们都不再说话，只是静静地看着这无比绚丽的天空。我听见你轻轻地说道：

“爱吧，你是最有权利去爱的人了。”

七

我们就要班师回营了，小六。雷场已经扫清，昔日的死亡地带即将成为沟通对外交流的黄金口岸。队伍已列成整齐的方阵，前来接收口岸的人们已经在简易的场地边坐下，军区的首长们也来到了现场。今天，我们脱下了被汗浸过，被血染过的作战服，换上了干干净净的军礼服。我们站在雷场的边缘，我们像血红的土地上突然长出的一排排苍翠的松树。

小六，阳光是那样火红地照耀着我们的士兵年轻的脸庞，天空是那样湛蓝地覆盖着和平的南部边陲，可以自由地呼吸了，交接仪式之后，人们就可以在这肥沃的红土地上尽情地奔跑了。孩子们把手指含在嘴里，微笑着拥挤着远远地看着我们，他们可以自由地上学，念书，一起讨论那个鸡兔同笼的古老问题，甚至可以在不远的将来，他们就将用他们从学校里学来的几句简单的外语与前来经商、旅游的外国朋友交谈，或者做成一笔笔小小的生意了。张口自由地呼吸吧，小六，因为今天，我们将永远为你，我的兄弟感到无比骄傲。

大片大片的白云轻柔地飘过我们的头顶，小星，我想它们将一直向北，飘到昆明，飘到你的头顶。你正领着点点站在阳台上看云吧？等他长大了，伯伯将告诉他一个妈妈和伯伯都一直叫他小六的叔叔，为了你能欢笑着在阳光下成长，为了在你跌倒的时候妈妈可以在你的身边轻轻地将你扶起，他永远地走了，骑着一匹英俊的白马，他一直往南走啊往南走，一直走到了太阳最红的地方，后来他走不动了，他就静静地躺下了。等你长大了，你要到南方去，当你看见那些红色的山峦时你就会看见他。

涛涛，离你毕业分配的日子越来越近了，我是多么希望在我回到昆明的时候还能够见到你呀！一定能见到你的，你的小六哥哥说你是个好姑娘，你一定会等到我们凯旋的日子。我将站在学校那棵高大的我一直叫不上名字的树下等你，我永远不再想知道那究竟是一棵什么样的树，我只要你知道，那是一棵很大的树。你知道吗？涛涛，在这昔日的战场上，我和你的小六哥哥谈起了你，在医院洁白的病床上，我想起了你，那时夕阳正把一片温暖的火红洒满整个天空。

你看见你的二哥了吗？小六，他穿着整齐威武的陆军少校制服，站立在队列的最前边。我没有让你失望吧？小六。看见了，我看见你了，二哥，你是那么高大，那么英武，真的，你没变，二哥。真的吗，小六？是的，二哥，我为你感到自豪，感到骄傲！你能替我多吸几口这硝烟散尽之后甜美的空气吗？当然，我使劲地翕动着鼻孔，我有一种微醺的感觉。然而你知道吗？这样的感觉让我突然心酸了，小六。行了，二哥，忘记我吧。你恳切地对我说道，其实我真的没有什么遗憾，我走之前不是尽情地吸吮着甘洌的空气吗？我的两眼模糊了。

全体注意，立正！军官的口令让我们猛地一振。绝对体现着九十年代军中骄子风范的雷场交接仪式开始了。小六，你一定会对我们这种独特的交接仪式感到无上光荣的，你看吧！

一声令下，排成和整个雷场宽度一致的队列迈着整齐的步伐，前进！人群发出一片惊呼，我们已正步走入雷场！

好样的，好样的！我们以军人的荣誉向我们的人民作出庄严的承诺，我们以军人的胆识证明了我们的誓言，有漏排的雷我们先踩！走在最前列的军官最先踩！我看见泪水突然从你的脸上流了下来，我的双眼一片模糊。

小六，那时我再次看见了麻栗坡那些低矮的松树，它们如今已经长得很高了吧？上火线之前，我们一群学生军官结伴去了那里，一路说说笑笑的我们一进入烈士陵园，马上噤声，所有的语言在那一时刻仿佛突然消失了。那一座座的新坟就是一个个年轻的军人，他们静静地睁大了眼睛，用亮晶晶的瞳孔注视着我们：你们，年轻的军官们，你们将成为英雄，还是懦夫？他们严峻地打量着我们，等待着我们在战场上用鲜血和生命向他们作出明确的回答。小六，七年了，我不愿看见写着你的名字的那一堆红土，就算你的坟头已经长出了青青的草，我依然不愿去看你，我情愿就这样时时面对着你：看到山峰就看到了你，看到天空就看到了你，看到太阳就看到了你。走过烈士的新坟之后，出现在我们眼前的是一排排已经挖好的坟坑，每个人的心都不约而同地一振，哈！有人笑了一声，无人应和。我们继续往高处走去。

二哥，你过来，你轻轻地叫了一声。我走到你的身边，这时我发现你正蹲在一个显得有些孤零零的坟坑前，坟坑的后面是一棵孤零零的小树。这儿风光不错，将来我就睡在这里。你说。说真的当你轻松地说出那句话时，我的心头突然掠过一丝不祥，它像一块石头一样堵在我的喉咙口。别他妈瞎说！我的脸沉了下来，有些恶狠狠地对你说道。哈，二哥，到时候你可别跟我抢！你拍了拍手，站起身来，一脸漫不经心的笑。我的心又是咯噔一下。

小六，他们最终把你放进你为自己选好的家了吗？不知道，我不知道。你的家在我，在小星，在涛涛，甚至在点点的心里。就像涛涛说的那样：我已经看见他了。

涛涛，你已经看见了你的小六哥哥。你突然对我说：我知道你为什么要把自己的心封闭起来，我看到了那个人，那个年轻的英雄。你说的是小六吗？你慎重地点了点头：是的，我在校史陈列室里找到他了。我的鼻子就在那一瞬间酸得让我的眼睛模糊了。涛涛，你怎么一下子就闯进了我心中最隐秘的那个角落？那个飘着细雨的星期天，我用了整整一个下午的时间向你断断续续地回忆起我和你小六哥哥一起度过的那些时光，回忆我们一起上学，一起打球，一起参军，一起上前线，一起走向死亡的那些零星的往事。往事闪着光，像玻璃的碎片一样不动声色地滑过我们之间仅隔一尺的距离。涛涛，你听得是那样的专注，你慢慢地向我靠近，你慢慢地拉住了我的手。而那时我真的是多么的无助啊，我就那样让你抓着。那些玻璃的碎片越来越亮，最后，它们晃花了我的眼睛。我的眼前再次一片模糊，我终于说不下去了。涛涛，你知道吗？当时我真有一种伏倒在你温暖的手背上痛痛快快地大哭一场的冲动，但我克制住了自己。涛涛，我们就那样无言地对坐了很久，后来我感觉到你在轻轻地抚摸着我的手背，我听见你说都过去了，都过去了，让我们永远记着他吧。你迟疑了一下，仿佛在选择着字眼，你说：我理解你，我理解你们！

理解，多么平淡无奇的字眼，而多少年来，人们已经忘却了这个足以给一颗疼痛的心带来无限温暖的字眼。我猛然抬起头来，我看着你的眼睛，而一层蒙蒙的水雾迷漫了我的眼。好了，一切都过去了，不是吗？涛涛，你柔柔地说。

小六，真的一切都过去了吗？正步走，敬礼！整齐的队列仿佛一阵疾风吹过，方阵中所有的军人一齐把头向主席台转去，我们的手齐齐地靠近了帽檐，台上所有的军人都在那一瞬间向我们致以至高无上的军礼。小六，你看见了吗？白发将军的双眼湿润了。小六，你听见了吗？人群向我们突然爆发出巨大的欢呼。小六，就在那一瞬间，我突然又看见了那个薄雾蒙蒙的清晨，我们出发。我们走出村子，看见了那群老人，那群黑衣的老人，他们是附近边民中的长者，他们无言地拦住了我们的队伍。老人们就那样一言不发地站在路边，亚热带黏稠的朝雾丝丝缕缕地飘过他们的头顶，使他们看起来宛若浮现于雾中的一棵棵黑苍苍的树。当队伍忽然停止前进时，我们看见了他们面前的泥地上整整齐齐地码放着一排海碗，每一个海碗里都满满地斟着浓烈的家酿的玉米酒。酒香让人猛地一振，当第一个老人端起第一碗酒递到第一个士兵的手中时，每个人的心都为之一振。士兵接过海碗一饮而尽。就在那时，老人们仿佛在无声的召唤中齐刷刷地一齐面对我们的队伍跪了下去，把酒碗高高地举过了头顶。老人们跪成亚热带红土地上一块块坚固的磐石！惊雷击中我们的心！小六，是你带的头，所有的士兵跟着你扑通一声跪了下去。烈酒落心，大火从心头升起。你站起来，又跪下去，对着我们的父老乡亲重重地叩了一个响头。你站起来，又跪下去，向北，三叩首……

涛涛，你能理解这一切吗？我相信你，你的小六哥哥说了，你是个好姑娘。不是吗？那时你还是一个十四岁的小姑娘，那时你还是一个做着七彩梦的中学生。是的，是你给我们写信，说我们是新时代最可爱的人。没有地址的信被邮局退了回去，你哭了，一个人偷偷地哭了，站在盛开的桃树林子里，你的眼泪一串一串地掉下来，桃花一片一片地掉下来。涛涛，你说那封信你一直珍藏着。涛涛，回来以后，你会把它拿给我看吗？会的，你一定会的。涛涛，你说过，无论如何你是跟定我了。而当时我是多么的自卑呀，我甚至不敢面对你清澈的眼睛。真的，在这昔日的战场上，重温昔日百花绽放一般绚丽的炮火，你的小六哥哥他告诉我，我不能总停留在昔日的阴影里，我不能把自己封闭起来，不能拥有那样一颗苍老的心。太阳正好，整个世界正伸开双臂豪迈地接纳着我们。

“咔咔”的脚步声无边地回荡在我的耳畔。小六，我看见你了，你戎装整齐，你肩头的银星闪闪发亮，你就走在我们队伍的最前列。你微微地仰着头，如此真实的阳光晃花你的眼了吧！我的心猛地一振。

我再次看见我们从蹲了整整三个月的猫耳洞里钻出来，阳光，无比真实的阳光；天空，无比贴近的天空；大地，无比温暖的大地。你就那样斜斜地倒了下去。突然呈现在我们面前的阳光、空气和大地让我们产生极度的狂喜和无边的晕眩，你倒下去，你又站了起来，你嗬嗬地狂叫着，站起来，又倒下去。

那一枚突如其来的炮弹就是在你最后一次站起时落下的。它在你的头顶爆开，发出惊心动魄的巨响，然后我就看见你像一片草叶一样飘了起来，在空中悬浮了一下，轻飘飘地坠落在洒满阳光的斜坡上……

你就那样飘走了！我大叫一声冲了过去……

你看见了吗？小六，我永生永世的兄弟！我们的队列，你的队列已经接近了雷场的边缘。人群再次发出惊天动地的欢呼，群山回荡，我们的方阵，你的方阵，我们已正步走过雷场。

我什么都看不见了，只看见你，小六，我的兄弟。你在那时突然回过头来：二哥！你叫了我一声，兄弟们！你大声地呼唤着我的士兵，你的士兵，你无比眷恋地张望着人民，你的右手缓缓举起，向帽檐靠近……大群大群象征和平的白鸽腾空而起，越过白云，穿过蓝天，扑腾翅膀，纷纷向北飞去。兄弟，你已融入白鸽之中，你就是白鸽，高傲地翱翔在群峰之上……

你无比眷恋地频频回首。小六，我们的兄弟，在永恒的红土之中，在连绵的群峰之上，在圣洁的蓝天之下，你，将永远守望和看顾着你的人民吗？

（《小说月报》1997年第3期选载）

战争童谣（短篇小说三题）

钟晶晶

第二次阵亡

年轻士兵最后一眼看到的一定是那株针茅草。雪白的绒羽在阳光下闪闪烁烁，晶莹而寒冷，如同一股银色的火苗一串串升向天空。年轻士兵当时就躺在它的下面。粗糙的叶梢轻轻舔着他的脸，银火苗溅落的星星点点装满了他眼中的全部世界。

之后银火苗一闪便不见了，年轻士兵的眼前重又是一片蔚蓝。两个士兵一个抓住他的胳膊，一个抓住他的腿，把他放进担架。他们抬着他往前走。身子下面空空的但又不会掉下去，白云在脸上摇啊摇那感觉，让年轻士兵想到了一只小小的摇篮。

一股黑烟正走过天空。走过去，拖着一条长长的尾巴。

两个士兵抬着他走上了山坡。山坡上有一顶临时搭起的帆布帐篷，帐篷周围的空地上摆满了担架。一些担架被蒙上了白布而另一些没有蒙上白布的安安静静像一只只被绑住翅膀的白色鸟儿，许多这样的白色鸟儿被摆放得整整齐齐排成一个很大的方阵；那些没蒙白布的颜色有些斑驳也有些不安静，它们沿着山坡东绕西绕，直爬到帐篷门口的医生面前。医生很忙碌，他用听诊器听听每个新到的担架，然后决定是否给它们蒙上白布。

两个老兵躺的离年轻士兵不远，当时他们也在等待着被抬进帐

篷。他们看见年轻士兵大睁着眼睛却一眨不眨。他们还看见，年轻士兵担架下面的草丛中，有什么东西正慢慢渗出来，之后，那草丛便聚满欢乐的蚂蚁。

年轻士兵被很快抬进了帐篷。两个老兵有些羡慕但并不着急。他们知道年轻士兵将会很快被抬出来。抬出来而且蒙着白布。到那时就轮到他们进去了。他们对此深信不疑。这种事情，他们见得多了。

那枚红色信号弹是在他将睡将醒的时候映入他的眼帘的，当时年轻士兵已经在战壕里蹲了一天一夜，落着雨滴的泥土使他的梦很潮湿。那枚信号弹在梦境和现实交界处猛然炸开，年轻士兵看见一朵艳丽的菊花在黑暗中伸展开花瓣，伸展开花瓣又徐徐飘落，那一刻年轻士兵感到很幸福。恍恍惚惚中他正骑在父亲的肩膀上，父亲花白的头和周围无数张仰起的脸汇成一片起伏的白帆。"那是焰火，"父亲说。父亲的大手轻轻握着他埋在头发中的小手，冰凉，又粗糙。

但是这时那个声音来了。那个声音如锋利的金刚石一般猛地划开了他的梦境，使那梦境豁然裂成两半。那声音来自地底深处。那声音掠过头顶。那声音使年轻士兵恍然间好像看见了一只黑色的大鸟。黑色大鸟猛地一蹿便挣破了地壳，它扑闪开的巨大翅膀遮住了太阳，它抓起一块土地再把它摔得粉碎。于是天地震动一片灰暗，太阳在灰暗中一沉一浮如同被洇湿的纸片。铺天盖地的灰雨纷纷降落。年轻士兵在降落的灰雨中蜷缩成一个胎儿的模样。紧紧抱着脑袋下巴顶着膝盖，就像还藏在母亲的子宫里，仿佛他最大的愿望就是变得越小越好，变得尚未出世，变成一个枣核儿。然而他觉得大鸟那双血红的眼睛总在他眼前晃动，那尖锐可怕的呼啸声不是来自头顶而是来自他自己的身体，它们是从他自己身体深处发出来的，因此他无处可去无路可逃。一次又一次他觉得那怪物向着自己俯冲下来，它抓住的不是大地而是年轻士兵自己。它把他提到半空用钢铁的利爪拧断他的肠子再一段段一截截地抛撒下来。

年轻士兵就是在这时感到了一股温热。一股温热从体内顺着他的腿缓缓流下来。流啊流怎么也止不住，好像他的整个生命都化作了这股温热从裤管中流下来了。他觉得自己要死了。他知道自己还没同敌人交锋就被炸死在战壕中。他哆哆嗦嗦摸了一把，原以为将摸到一片血红，没想到却是一片温温的液体。

这股液体意味着什么他是在随后才意识到的。那意识和他对山坡、对一株针茅草的记忆连在一起。但是当时在战壕里他并没意识到。当时他只是庆幸手中的液体不是鲜血，却没有听到，冲锋号已经吹响了。

他比那些冲上去的士兵晚了十二秒。在这十二秒别的士兵都跳出了战壕而他才去抓自己的枪。那是一挺轻机枪。慌乱中他把它丢在一边，炮火震落的泥土又将它掩埋了一半。他抓住背带时觉得自己颤抖的手十分吃力。

他跳出战壕后才明白自己犯了多大的错误。冲在前面的士兵已经被压倒在敌方的火力面前。那些抢占了有利地形的士兵却缺少一挺枪，他手中这挺轻机枪。

帐篷顶上的白灯泡晃晃地照着年轻士兵大睁的眼睛。医生用手在两眼之间晃一晃，发现里面毫无动静。于是他让护士剪开士兵的裤子。因为士兵的上衣看来比较干净而且完整，但上衣以下的部分却模模糊糊颇为可疑。那些挂在腰间辨不出颜色的布条充其量也只能算作裤子的残余。护士端着托盘走了过来。她是个身材高大的女人，手中银光闪闪的剪子咔咔响着十分豪爽，三下五除二便将那裤子的残余解决了。稀稀拉拉的布片死鱼一样耷拉在手术台下面的大桶里，沾满泥土和鲜血的棉球、纱布接踵而下，一会儿便把大桶填得奄奄一息。

被清理干净的士兵现在安安静静地躺在帐篷里，他的模样让医生的眼神变得复杂。一条大腿已不知去向，另一条大腿如一段砍得凌乱不堪的树桩，与身体连接得十分勉强。两条大腿的根部，那隐藏着巨大血脉的地方，翻起的白肉像一片被耕耘过的土地，仅有的泉眼已经干涸。

医生只朝那里望了一眼便让护士蒙上白布抬走。但抬走前他又随手听了听他的胸膛。他这样做完全是出于习惯。然而胸膛里发出的声音让他感到意外。他听了好久才慢慢说，这样的事情他是头一遭见过。

如果年轻士兵有来世他将永远记住那一刻：一发飞来的弹片如何削去他的双腿，命运如何把他钉在那可怕的位置上，那位置长着一棵针茅草，那位置距离他作为一个军人应该到达的地点，仅有一百米。

仅有一百米。然而这一百米就决定了一切。在一百米的那一头他将死得像一个英雄，一个真正的军人。而在一百米的这一头，他却死得像个虫子，像个懦夫。而且这一百米不可逾越。这一百米是个凛然不可逾越的界标，划定了他的光荣与耻辱，万劫不复。

他直直盯住这一百米。冲过这一百米只需要十二秒。十二秒，不需要更多。只需纵身一跃，只需一个冲刺。只要上天再多给他十二秒，他就能冲过那个界标，到达那个能改变一切，能让他像一个真正的军人那样安然死去的终点。然而……

年轻士兵倒了下去。长长的针茅草的叶梢触着他的脸，有什么东西滚落在他的脸上。

在医生的眼里曾一百次浮现出那个景象，那是他在听诊器下所感觉到的景象：一颗无血的心，倔强地跳动在空洞冰冷的胸腔里。对此他不可思议。那心一定是苍白的抑或是憋得紫紫的，捏得紧紧的，坚硬如钢铁的，像一个拳头。所有的源头已被截断，所有的去路也不复存在，而一颗心却仍然跳着，就像干涸河床上一架死后仍在转动的水车，一个油被采干仍在空跳的井泵。他不知道为什么会这样。他猜想着这颗心的结局：由于那永远的干涸和不息的挣扎，它将会冒烟，然后燃烧。

这一天他走过年轻士兵身边，那张脸上有种异样使他停了下来。他看见那大睁的眼里有什么正颤动着颤动着，然后顺着眼角滚落下来。医生仔细看了一会儿才明白了，那是一滴泪，一滴晶莹的眼泪。

年轻士兵这会儿正顺着山坡走下去。夜色正暗，眼前的一切都朦胧而昏暗，使他有一种恍然若梦的感觉。他走过一个弹坑又一个弹坑，弹坑中的雨水在月色中闪烁出珍珠那样模糊不定的色泽。远处传来青蛙的鸣叫，空气中飘荡着泥土、硝烟、野花和青草的气息。

一团银色的火苗在他前面跳动。他便是跟着那火苗往前走的。脚下轻飘的感觉使他联想到一棵在水面飘动的无根的浮萍。他不知道他要走到哪里去，他只是跟着那火苗走。一种感觉，一种来自脊柱深处的焦虑的感觉抓住了他，他知道，他要跟着那火苗，去干一件事情。

火苗停了下来。在原地跳荡了一会儿便开始升腾，底部仍在地面不远而火舌却开始飘荡着伸长，越伸越长直到触到暗色的天顶。火舌飘荡着飘荡着一点点舔食着天上黑暗，与此同时身体也渐渐变得稀薄，仿佛变成了一片透明的雾气。最后，那消失了的火苗终于化作了一片奇妙的光亮，将天地笼罩了。

于是年轻士兵发现自己正站在那株针茅草旁边，天，已经大亮了。

一股遥远而熟悉的喧嚣渐渐向他逼近，眼前的景物一点点变得清晰。那是在尘土和黑烟中蠕动着的人群，那是在寂静中陡然炸开一朵红光的炮火，那是在炮火中缓缓升起又徐徐飘落的烟雾。他看见在前面不远处，一群冲锋的士兵正趴在地上，子弹像一群黑压压的蝗虫正掠过他们的头顶。

年轻士兵感到这一切都很熟悉，熟悉然而又有些异样。那个飘荡在空中的树叶为什么一动不动？一颗针茅草落下的露珠姿态优美地停在半空。他感觉到自己握着轻机枪的那只手汗渍犹存，而在他身后，在午后的阳光下，一块闪闪发光的弹片正向自己飞来，投在地上的倒影清晰无比。

于是他明白奇迹发生了。他明白他已回到了那个白天，而上天，已把他所要的那十二秒赐给了他。上天放慢了时间的速度并推迟了弹片抓住他的那个瞬间，从而给他十二秒的时间去跨越那个永恒的距离。这是绝无仅有的十二秒。这是他用生命、用超越了生命的顽强挣扎换来的十二秒。荣誉或耻辱，不朽与幻灭，全在此一举了。

他大吼一声。年轻士兵大吼一声便向着那终点扑去。弹片在他身后嘶嘶响着，但他比弹片跑得还快。空气被他的头颅一撞两半裂成碎片纷纷飘落，甩动的双臂溅起了一片白色的火星。风在耳边呼喊……他终于胜利了。在弹片抓住他的那一瞬间他跑到了终点！

轻机枪的射击声和弹片穿透他身体的轰响是同时发出的。这声音使趴在地上的人们觉得世界离他们非常遥远。他们看见年轻的士兵在弹片削去双腿的刹那间腾空而起，轻机枪喷出的火焰美丽而灿烂。这灿烂如同一柄巨大的光的镰刀，横扫了士兵前面巨大的半径，在那一瞬间人们觉得年轻士兵如同一颗光芒四射的太阳。这太阳燃烧的时间也许很短也许很长，直到那排子弹打过来才戛然而止。那排子弹从正面击中了他。如同无数看不见的小鼓槌击打着年轻士兵的前胸，他浑身颤动双臂飞扬如同随着炮火的节拍跳一个热情的舞蹈之后便通体透明如一张鲜艳的网。

医生惊讶地看着年轻士兵的身体一颤一颤地上下跳动，好像一只看不见的手正在床下面拍打着他的脊背。接着，一股鲜红的血便染红了他的胸部。那血伸出无数只长长的触角向地下走去。之后，年轻士兵的脸变得平静，平静又从容。医生不动声色地听着他的胸膛，然后合上了他的眼睛。最后他吩咐护士为他蒙上白布。在做这一切时医生的神情十分庄重。

很多年后关于这位年轻士兵的死出现了两种截然不同的回忆。第一种回忆中，他远远落在后面死得不明不白十分灰暗，而在第二种回忆中，他在最后那一刻的冲锋和牺牲使他无愧于一个真正的军人。后来持第二种回忆的越来越多。因为很多人都坚持说，他们亲眼目睹了那一次悲壮的、惊心动魄的阵亡。

士兵乙生

士兵乙生觉得自己和妻子梅很像一支箭上的箭头和箭羽。永远连成一体，永远向同一方向飞去，却永远无法相遇。

战争把土地分成两半。隔着一条用炮火和死亡铸起的火线，乙生与梅遥遥相望。随着战线的每一次推进，对面的难民潮总是裹着梅向更远的地方退去，这使乙生觉得他参加的不是战争，而是对梅的漫长的追寻。

穿越火线的信使陆陆续续送来了梅的消息。这消息像一首消逝了的歌那样在乙生耳边余音缭绕。梅就在前面那座将要攻克的城市里。梅刚刚离开他们将要强渡的大河对岸。但每次当乙生赶到那里，留给他的，只有一片废墟和瓦砾。

乙生最大的恐惧是此生再也见不到梅。有好多次他都恍然看见了梅的尸体。一次是在一个城市郊外正在燃烧的大路旁，另一次是在一个山坡上。大路上的女人穿一身白色碎花的长裙侧卧在一只被打死的狗旁，太阳穴边的黑黑的枪眼使她凭空多出了一只眼睛；山坡上的女人背靠一棵树向远方眺望，等乙生走近了才看见她正坐在一摊黏糊糊的血上，方圆一里范围内的蚂蚁正急急向那里赶去。

两个女人的面孔都与梅非常相像。她们大睁的眼睛中有某种永不消逝的神情，这神情让乙生心碎。他听说了许多单身女子在战乱中的遭遇，他最担心，眼前的噩梦会发生在梅的身上。

他觉得梅永远是照片中那个梳着小辫的姑娘。这张照片他小心地藏在衬衣胸口的口袋里。这是士兵乙生的秘密,也是每个士兵都有的,新鲜得不能再新鲜又陈旧得不能再陈旧的秘密。每一场的战争形形色色,而深藏在每个士兵胸口的秘密,却只有一个。

照片上梅的唇边有一朵微笑。这微笑因为沾上了乙生的体温而分外妩媚。这微笑照亮了乙生前方布满死亡和荆棘的暗路,也照亮了乙生伤痕累累的胸膛。那胸膛里有一座小屋。在屋里,梅永远微笑着等着他。

当他走进去时她会抬起头温柔地望着他。她会接过他的行囊,解开他血迹斑斑汗水渍渍的军服。她一个纽扣一个纽扣地解,凉凉的小指甲轻轻叩着他的肌肤。之后,她会用棉花蘸着温水一点一点地擦洗他的全身。当他们依偎着躺下时她冰凉柔滑的胳膊会流水一样淌过他燃烧的脖颈,而她的嘴唇,那微微湿润跳动颤动着的两片嘴唇,像一只不按住就要马上蹦起来吸引他逃避他让他如痴如狂的小动物……

多少次在冰冷的战壕里,士兵乙生吻遍了梅的全身。无论外面多么阴冷,他胸膛里的那座小屋永远温暖而明亮。这是他自己的小屋,是他和梅自结婚之日起就盼望着能有一间的小屋。现在乙生已经在心里,把它搭了起来。

那是在见到山坡上女人的第二天,或是见到大路边女人的第二天。那一天缭绕的雾气在七零八落的土地上缓缓升腾。昏昏欲睡的乙生躺在战壕里,感到时间正从自己的头发缝隙中一点点流过。他听到野花在空气中开放的声音,听到太阳正在使劲儿,使劲儿,于是他的周围便温暖起来。有风。那风是从很远的地方很远的时间中走来的,他听到风中有一个声音对他低低说:“她该有座小屋。”

士兵乙生睁开眼睛,于是事情便决定了。眼前除了泥土,还是泥土，除了硝烟，还是硝烟，然而乙生的心中已不再空落。他甚至感到快乐，因为他终于找到了，可以为梅做的事情。

于是在冰冷的战壕里，在那些等待冲锋或躲避轰炸的间隙，士兵乙生用一只看不见的手搭建着一座小屋。他把地基选在一块山间平地上。他从很远的地方采来了坚实的橡木，用来做房屋的栋梁。他决定把岩石切削得方方正正用来砌墙，这样虽然费工，但盖出的房屋坚固耐用。他花了整整一个月的时间去夯实地基，用了整整半年的时间垒好四面的石墙。当军队从防守转入反攻的时候，乙生也刚好把大梁架上去。然后是铺草，上瓦。当时部队正在涉过一条大河，乙生一点也没觉得河水刺骨，因为他看到自己正站在那个小屋前和泥，双腿沾满了冰冷的泥巴。后来，他在屋外架起了一圈篱笆，在屋后种了一棵梧桐树，又在屋前的房檐下种上了一排山茶花，那是梅最喜欢的花朵。

战线一天天向前推进，乙生的工程也一天天完善。但这工程总也完不了，这使乙生觉得战争和死亡离自己非常遥远。有一天他正在给自己的厨房砌着炉台，一颗炸弹在他的战壕前面轰然炸开，他看见一只血淋淋的胳膊肘儿在天上划着弧线很像澳洲土著投掷出去的飞去来器；还有一天，他们行军路过一片树林，一棵老槐树的形状让乙生怦然心动，于是他决定回到那棵树边去，他要用那段树干做一只摇篮。他先用斧子砍下了树皮，又用凿子凿出一个小窝，小窝的大小刚好能容下一个小小的身体，后来在许多个有月光的夜晚，乙生看见自己坐在小屋里，用刨子刨光摇篮的表面，又精心给摇篮雕着花纹。

战争进行了一年，又一年。寒来暑往，乙生看见小屋前的山茶花开花又落，屋后的那棵梧桐树，已经长得很高。他活了下来。在身边的战友像被割倒的芦苇那样一片片倒下去的时候，士兵乙生成了一个不死的奇迹。记不清有多少次死里逃生。死里逃生的乙生又被收编到别的部队。于是他的周围总是晃动着一些陌生的面孔，这些面孔在他的印象中总是瞬息即逝。乙生的存在让许多人感到不可思议，只有乙生明白，这是因为有了梅，还有那座小屋。

后来，就像故事中通常所说的那样，那一天终于来到了。那一天由于战事的全面结束，士兵乙生终于能够毫无障碍地去看望自己的妻子。而且就像故事中通常所说的那样，那是在一个春天的傍晚。

在那个春天的傍晚，士兵乙生出发去看望他的妻子梅。他沿着一条曲曲折折的山间小路走过一个山坡又一个山坡。空中飘着野花的香气和野蜂扇动翅膀的声音。在一条小溪边他停下来为梅采了一束雪白的山茶。山茶花湿润的花瓣轻轻触着他的手，使士兵乙生不由想到战壕中度过的日日夜夜和他对梅漫长的思念，他想，如果他梦中种下的那排山茶花真的存在，现在也该开放了，因为这正是山茶盛开的季节。这样想着他便加快了脚步，直到天色微黑头顶上出现了几颗稀疏的星星。这时候，远远的，他看见了那座小屋。

他有些惊讶那座小屋竟和自己在心里搭起的那座何其相像。屋后一棵梧桐树，屋前缠绕着忍冬的篱笆，檐下一排排山茶，那山茶正开得如醉如痴。篱笆门在乙生的手下无声地打开，乙生感到自己的心跳得很快。他注意到梧桐树的枝干显得苍劲，那篱笆潮湿的根部，已布满了青苔。

屋里没有人。一盏昏黄的小灯孤寂地亮在桌上，桌上放着一堆白色的山茶花。士兵乙生欣慰而又惊讶地打量这房间。他看到自己亲手砌就的窗台被擦拭得很亮，窗台上方飘动的白色绣花窗帘一眼便可知是梅的手工。窗帘下面是一张简朴的小床，那粉红色的床单多少次出现在他的梦中。最后他看到了一只摇篮。摇篮是用一截树干雕成的，刀砍斧凿的痕迹历历犹存，那粗拙朴实的模样让他觉得很熟悉。他蹲下来细细打量，便在一侧的花纹中看见了隐隐红色，于是他依稀想到有一次他曾不小心砍破了手，那伤口在他手心尚隐隐作痛。

这突如其来的联想使士兵乙生有了一种不安的感觉，这种感觉他在过去的岁月中从来不曾有过。他想到这屋里是有些什么异样，因为他走了这么远又等待了那么多年一直要见的人，一直没出现。

梅，她在哪里呢？

他回过头朝桌子看了看,脑中轰地响了一声。

那桌子，那孤零零放在屋子正中央的桌子上，摆着一大堆山茶花。山茶花雪山一样高高堆在桌上,挡住了他的视线,因此他刚进门时没有注意到在花的后面还有什么。现在,在他这个角度,便看得清晰了。他看见山茶花的后面分明摆着一个东西。黑黝黝的一座,很大,很高。那是一方棺材。

士兵乙生朝那棺材走去。一种不祥的预感使他全身的血哗哗向下退去,心脏揪成苍白坚硬的一团。他预感到他将要看到的是一张什么样的面孔。他的双腿如同陷在泥潭里那样沉重。

他先看到的是一双苍白的手,双手折成十字交叠放在胸前。接着是一张同样苍白的脸,那脸在昏暗中影影绰绰,如同沉浸在深深的水里。他感到那张脸十分熟悉。然而那不是梅。那是一张男人的脸,一张军人的脸。

乙生长长松了一口气,他想谢天谢地那里面不是梅,这说明梅还活着,这个想法使他很是欣慰。这样想着他便再次打量起那个男人,那个男人躺在那儿的样子竟显得十分恬静。依稀中乙生觉得那男人有点儿像一个人。像谁呢?他心中一动。他想这怎么可能呢?我不是在这里好好站着吗,因此躺在那里的男人不可能是我;他又想,以往他看见的自己总是在镜子里,镜子里的自己总是睁着眼睛的,现在他竟然看到了闭着眼睛的自己,这是多么不可思议。他想这一定是一场梦,等梦醒来他便能把它说给梅听,但他又不希望这是一场梦,因为不管怎样他来到了梅的身边,梅又活着,这是他所能想象的最好的结局。

就在这时门响了,不用回头他便知道那是梅。梅穿一身雪白的衣服站在乙生的面前。历经沧桑的梅显得消瘦而憔悴。隔着蒙蒙的光线他们的目光相遇了，乙生低声说梅你没看见我回来了吗声音便哽在嗓子里，仿佛有无数只温暖的小手卡住了他的喉咙使他欲语无言欲哭无泪。他看见梅蒙眬的泪眼注视着自己如梦中千百次见到的那样温柔而忧伤。

于是乙生低头看了看自己。他看见自己的裤腿停留在半空而在本该是双腿的地方,竟然空空荡荡。

山茶花在手中雪片一般飘落，士兵乙生在消失的那一刻只来得及叹息了一声。这长长的叹息在几十年后还留在梅的记忆中,她逢人便说在一个遥远遥远的梦里,乙生已经回来过了。

遗　嘱

在遥远的地方有一座桥。桥何时建成何人所建已无从知晓。人们只知道这桥建在一处重峦叠嶂的大山里,大山深处有一条河,那河冲破大山的胳膊拼命挣了出来,于是便有了这座桥。

在桥边曾有过一场激烈的战斗。战斗的焦点自然是守桥和夺桥。战斗过后在桥的两边出现了许多坟茔，这便给那座大桥留下了某种神秘。

传说在那些月色将明将暗的夜晚，人们能在桥上听到冲锋的枪声和呐喊。而在另一些阴雨蒙蒙的天气里,那些驾车通过大桥的司机会在车灯的前方看到一个浑身血迹的军人。有人说这个军人慢慢走着,还有人说军人在自言自语。由于那军人的面孔无法辨认,军人的话语又说法不一,于是一年又一年,那个军人和他的话语,便在人们的猜测中有了不同的含义。

有人猜想那军人是士兵剑。在人们的印象中他和一个名叫枪的士兵有某种关系。而且人们说那些血迹并不是血迹,只是经年落上的尘土而已。

也有人认为那是士兵枪。那个军人的许多姿态和他非常相像。而且那衣服上的斑点确系血迹，因为年轻的士兵枪在那场夺桥战斗中不幸阵亡。

大桥之战是士兵剑和士兵枪此生的最后一场战斗。战前他们做的第一件事情便是写遗嘱。因为他们被告知，那场战斗将非常严酷而且生死攸关，如果他们能冲过大桥，他们便能活下去，如果他们冲不过桥，桥边的土地便是他们的坟场。士兵剑和士兵枪非常认真地写了遗嘱，不过他们用的是另一种方式。由于他们不识字，他们的遗嘱没有写在纸上，而是留在心里；又由于他们是最好的朋友，他们便互相把对方当做自己的遗嘱执行人。他们约定，当他们其中一人临终时，另一个人必须听从对方的遗愿，并且认真完成它。

至于那遗嘱是什么，他们准备留在最后关头，再向对方吐露。

士兵剑的眼前在很多年后还弥漫着那一片红色。那红色浮动在大桥背后出现的第一抹的曙光之中。之后那红色便进入了剑的眼睛，它们在他的眼中跳来跳去，边跳边改变着模样，这里支棱出一只角来，那里又猛然缩进去，如同一个拼命要从套头毛衣里挣脱出来的孩子。最后那红色越来越多，化作无数红色的雨从剑的眼前纷纷飘落，于是剑眼里的世界就一片血红。他看见血红的人群向自己拥来，血色的人腿组成了一道密密的红森林。他的任务便是砍伐这些红森林。他手中的机枪喷出一片长刃的、银光闪闪的镰刀砍伐着这些红森林。红森林密密麻麻生生不息。他挥舞着镰刀砍啊砍如同做梦一般。他觉得自己的头，自己的肩膀，自己的身躯，都融化了，飘散了，只剩下一双手。这双被烟熏黑的、鲜血淋漓的手，只干一件事，这便是紧紧按住那只钢铁的、烧红了眼的、咆哮的野兽，不让它发狂得飞出去。

士兵枪便是给那个野兽喂料的人。当士兵剑驾驭这头野兽的时候，士兵枪就把长长的一条条种子放入野兽的口中。放进去，再化作火苗喷出去。

那件事情便是在这时发生的。但到底怎么发生的，至今剑也说不清楚。

剑是在手中的机枪实然停下来的时候才感到不对劲的。当时那头野兽正在他手中狂吼，狂吼着吐出火舌，可是突然之间抽搐了两下便瘫软下来，不动了。剑这时才感到不对劲。因为他发现他的四周一片寂静。他分明看到他前面腾起了烟雾，旁边的掩体里也喷着火舌，可是他的耳中一片寂静。他转过头望着枪，枪满头大汗对他动了动嘴唇，他知道枪是对他说着什么，可是他听不见。于是他明白他聋了，被炮声震聋了。

他说枪你说什么我怎么听不见。

枪没有说话，枪只是笑笑便从身子下面取出了步枪并上好了刺刀，枪的牙齿在布满尘土的脸上闪烁着显得很白。

剑于是明白过来，便也在枪上装上了刺刀。剑边装边对枪说，我恐怕听不到你的遗言了。

枪仍然没有说话枪的眼睛发亮注视着前方。

前方很安静。无数密密麻麻的红森林正在剑的眼前无声地疯长起来。越长越高越长越大仿佛遮住了剑眼前的整个天空。炮弹无声地开放出红色的花朵，一截截残肢断臂在空中悄无声息地起舞。剑觉得这个怪诞的场景就像是梦中。在寂静中一切动作都放慢了。剑看见枪慢慢爬上战壕，看见自己和他并肩向前走去。他看见枪的刺刀捅进一个人的胸口那人倒下去的姿态非常缓慢，他看见自己的刺刀在一个身材高大的敌人的铁盔上像一片兰草一样被折弯了，之后敌人的大刀便挥了下来。当那把大刀挥来时剑想完了这下完了，然而大刀并没有落下，原来是枪从一旁冲了上来，矮小的枪从一旁把刺刀插入了敌人肚皮。敌人啊地叫了一声便抓住了刺刀，两人抓住刺刀便争夺了起来，敌人进几步枪就退几步，枪进几步敌人便退几步，之后枪抬腿一踢，才把那敌人从刺刀上踢了下去。就在这时，敌人突然潮水一般退去，剑明白反攻已开始，他们的援军到了。

剑说枪你看到了吗我们的人来了。

枪没有说话枪回过身来于是剑看到他胸前的血迹。

剑说枪你怎么了你负伤了吗怎么你浑身都是血。

枪摇摇头就在那一刻倒了下去。

当剑扶住枪时枪并没有倒下去。枪的眼睛直视前方，好像很远的地方有什么人在叫他。他的身子在那一刻绷得笔直，剑的手碰上去竟觉得砰然有声。剑知道那是枪的意志，那意志要枪活下去，那意志用全部的力气支撑着，呼喊着，抵制这突如其来的死亡。

那座桥就在眼前。只要能冲过去，就能活下去。当时的枪，一定这样想。当时的剑，也是这样想。

剑说，枪，你是想冲到桥上去吗?

枪抬眼望着剑，眼中闪闪发亮。

剑说，枪，你放心，我会让你过去，我会让你冲过桥的。

这样说着剑便背起枪向桥上跑去。

子弹在剑的耳边嗖嗖响着，剑的脚步沉重而踉跄却并没有停下。那座桥近了。那座桥在眼前了。那座桥就在他们的脚下了。现在，剑的双脚踏上了钢铁的桥边。现在，剑看见对岸的桥头已依稀可见。

但这时剑感到枪掐在肩头的指甲在暗暗使劲。同时，他感到枪的身体越来越轻，好像有什么东西从那身体中流走了。他放下了枪。在放下枪的同时他感到脊背一阵冰凉，那是枪的血和自己的汗水混在了一起。

一股带着泡沫的血水正从枪的嘴角流下来。他的眼睛大睁着，睁着眼白都露了出来，紧紧地盯着剑。于是从那眼神中剑明白那时刻到了，他们约定的时刻到了。

剑知道枪要和他说话，要把他对这人世间最后的遗嘱说出来。可是他哪里知道，剑的耳朵已经聋了，被炮火震聋了。剑一阵心酸。然而他还是把耳朵俯了下去，俯到枪的嘴前。

枪说了句什么。枪拼尽最后的力气说了句什么。然而剑什么也没听见。泪水从剑的眼睛里缓缓流出，但他还是点点头，大声对枪喊:

“你放心，你说的我一定办到，一定办到！”

很多年后，在深夜，在那座铁桥上，人们经常可以看到一个军人的身影。他一夜一夜地徘徊在这座桥上，他的脚步很沉重，他的目光执著，执著又悲哀。他的目光时而投向天空，时而投向桥下的流水，仿佛要从那里读出一个永恒的谜底。有时他的目光会投向山坡上的坟茔，年轻的枪便长眠在那里。

他听说过许多大桥的传说。他希望能在桥上见到枪的身影。他知道如果见到了枪，枪将告诉他那最后的话语。然而这一天并没有来到。有好多次在迎面吹来的风中，他听到枪的话语正向自己飘来，然而飘着飘着便消失了；还有好多次在深夜回荡在大桥的脚步声中，他感到枪正和他交臂而过。他知道那是他的脚步声。他知道那是枪的脚步声。由于一个被炮火震聋了耳朵的士兵无法听到他战友的遗嘱，这脚步声将永远进行下去。

在无数漫长的等待和思索中，军人看到寒来暑往，花开花落。他的头发慢慢发白。他的脚步也变得更加沉重。在那些蒙蒙夜色中，人们看到一个老军人顶着白发慢慢走着。

后来，那军人消失了，但那脚步声仍在大桥上回响。于是那军人和那沉重而执著的脚步，便成了大桥传说的一部分。

（《小说月报》1997 年第 5 期选载）

陈华南笔记本

麦　家

什么事情都会恰恰发生在一个人身上,而且恰恰是现在。一个世纪接连一个世纪过去,就是到了现在,事情才发生;空中,地上,地下,海里,生活着无数的人,可所有一切真正发生的事情,都在你身上发生了。

——博尔赫斯《交叉小径的花园》

破译事业是一位天才努力揣摩另一位天才的"心"的事业,是男子汉的最最高级的厮杀和搏斗。这桩神秘又阴暗的行当,把人类的精英召集在一起,为的不是什么,而只是为了猜想几个由简单的阿拉伯数字演绎的谜密。这听来似乎很好玩,像出游戏,然而人类众多精英却都被这场游戏折磨得死去活来,他们甚至把身上的肌肉、肠子、毛发都用来劲猜那仅有的几个谜密,而谜底却仿佛总在远处,在一块玻璃的另一边。密码的了不起就在于此!破译家的悲哀也在于此!在人类历史上,葬送于破译界的天才是最多的。换言之,能够把一个个甚至一代代天才埋葬掉的,世上大概也只有该死的密码了,它把人类众多精英圈在一起,似乎不是要使用他们的天才,而只是想把他们活活憋死,悄悄埋葬。难怪有人说:破译事业是人类最残酷的事业!

一九五六年夏天,当N大学数学系高才生陈华南从一位跛足上校(似乎左脚板底扎进了玻璃碴子,走路一跳一跳的)手中接过那本由“701”给他签发的入伍通知书时，他一点也不知道，这页除了有个红戳戳外没什么的纸（既不特别硬，也不特别大），已将他一生与神秘又残酷的密码事业连接在了一起。而当他知晓时，后悔又来不及了，因为破译事业的秘密性使“701”变成了一支非常特殊的部队：能进，却绝对不能出——就像地狱一样！但它存在和运行的结果，又为很多人逃离地狱创造了非它不能创造的条件。这就是“701”——一个秘密的情报机构，因为秘密，有意走出了喧闹的城市，坐落在 A 市郊外的一片清冷中，一个隐秘的山谷里，与世隔绝，鲜为人知……

坦率说，“701” 人在开始并没有看出陈华南有多么远大的前程，起码在他从事的职业上。他的职业是破译密码，这项孤独而又阴暗的事业，除了必要的知识、经验和天才的精神外，似乎更需要远在星辰之外的运气。有人说，远在星辰之外的运气是可以抓获的，但必须你每个白天和夜晚都高举起警醒的双手，同时还需你祖辈的坟地冒出缕缕青烟。初来乍到的陈华南不懂这些，整天捧着一些莫名其妙的书——譬如他经常捧读的是一本英文版的《格林童话》和一些线装的黄不拉叽的无名古书，默默无闻地消磨着每一个白天和夜晚，除了有点儿孤僻（不是孤傲）外，既没有聪颖的天资溢于言表（他很少说话），也看不出有多少暗藏的才气和野心，不禁使人怀疑他的才能和运气，甚至对他在工作上的用心也有深浅不一的疑虑。因为——刚才说过，他常常看一些与专业毫无干系的闲书。

然而，有句老话可以回击这些人的成见，那就是：人不可貌相。

而最有力的回击无疑是一年后陈华南破译紫密的壮举。

紫密是当时“701”面临的一种最为高级的密码，几年来，“701”破译处的秀才们一直视它为眼中钉而苦苦敲打着，奋斗着。但现在看，他们也许具有天才的才能，却没有天才的运气，因为拔掉这枚恶钉的荣幸最后扑入了陈华南这个被人忽视的年轻人怀里。

陈华南的运气确实是不可想象，更不可祈求的。有人说他是在梦中破掉密码的，有人说他是在闲书中识破天机的，总之，他几乎不动声色地、悄悄地破译了紫密，这简直令人惊叹、嫉妒和兴奋。这使陈华南的身价大涨，同时也改变了他一生的命运。在以后的岁月里，这个幸福的人就开始大把大把地收获了，尽管他还是一如既往地孤僻，孤僻地生活，孤僻地工作；还是手不释卷，寡言少语，冷冷静静——凡此种种，他全都不变样地保留了下来。但人们的认识却已变地为天，人们相信，这就是他的神秘，他的魅力，他的运气。在“701”，没有一个人或者一条狗——因为经常一个人独来独往所以也引狗注目——不认识他，也尊敬他。大家知道，真正的星星会坠落，而他这颗星星却永远不会，因为他获得的荣誉是其他人一辈子都享用不尽的。一个秋天接着一个秋天，人们眼见他步步高升：中尉、上尉、少校，连、营、团……他总是一贯地宁静地接受着一切，既不因此狂妄，也不因此谦卑，一切感觉就如水消失在水中。人们的感觉也是如此，羡慕而不嫉妒，感叹而不丧气。医为人们已自觉地将他独立出来，承认他是特殊的，不可攀比的。十年之后——一九六六年，当他以别人一半甚至更少的时间轻巧地坐上破译处长位置时，人们似乎早就料到会这样，因而一点也没有夸张的感觉。人们甚至还蛮有把握地认为，总有一天，“701”会成为陈华南的天下，局长的头衔正在他以后一个必然中的偶然时间里等待着这个沉默的年轻人。

也许，人们的想法或愿望是容易变成事实的，因为在“701”，在这个特别的机构里，所有领导几乎不容置疑地都将由那些业务尖子担任；何况，陈华南礁石一般沉默而冷峻的性格似乎也非常适合做一个秘密组织的头脑。然而，一九六九年年底的几天时间里，发生了一件至今也许仍有不少人记得的事情，叙述这件事发生的前后经过，便有了下面这故事：

一

事情的起头是“黑密研究会”。

黑密，顾名思义，是紫密的姊妹密码，但比紫密更为先进、高级。正如黑色要比紫色更为沉重、深刻。三年前——陈华南永远记得这个恐怖的日子，是一九六六年九月一日，黑密第一次鬼鬼祟祟地闪现在紫密领域里；就像鸟儿从一丝风中悟会到大雪即将封山一样，陈华南从黑密射出的第一道目光中就预感到自己攻克的山头有被覆埋的危险。以后的事实果然如此，黑密的足迹不断在紫密的山头上蔓延，扩张，就如黑暗的光芒不断涌入未落的日光里，直至日光彻底没落。从此，对“701”说，十年前那种黑暗岁月又重现了，人们把企求光明的愿望几乎理所当然地寄予在陈华南这颗昔日明星上。三年来，他日复一日夜复一夜地索求着光明，而光明却仿佛总在暗处，在山岭的另一边。正是在这种情况下，“701”和总部联合召开了“黑密研究会”：一个默默无闻而隆重的会议。

会议在总部召开。像众多总部一样，“701”的总部在这个国家的首都，从A市出发，走铁路需要三天两夜。因为携带密件，陈华南原本可以坐软卧，只是他搭乘的那趟火车的软卧铺位在起点就被公安部的一个庞大团体包揽一空。这种事情很少见，陈华南碰上了，这似乎不是个好兆头。

有一位随行者，是个满脸严肃的人，高个，黑脸，三角眼，下巴上留着寸长的胡子，胡子倔强地倒立着，猪鬃一般，坚硬的感觉使人想到钢丝。钢丝这么密集地插在一起，就有一种杀气腾腾的感觉，所以说此人脸上有种杀气。他的年龄看起来也许要比陈华南大，也许有四十五六岁。但看得出，他依然强壮，比陈华南要强壮多得多。事实上，在“701”，这个严肃的人从来是作为一种力量而存在并且为人们谈论的（和陈华南作为一种智慧的存在并谈论不一样）。他的名字知道的人不多，因为“701”几位首长外出总带着他，人们因此都喊他“瓦西里”（瓦西里是列宁的警卫），时间长了，反倒弄不清他真实名字了。在人们印象中，瓦西里仿佛总是穿着时髦的大风衣，两只手斜插在风衣口袋，走路大步流星，风风火火，站立昂首挺胸，威风凛凛，固然有一种保镖的派头。"701"的年轻人没有一个不对他怀有羡慕和崇敬之情,他们时常聚在一起津津有味地谈论他,谈论他神气十足的派头,谈论他可能有的某种英勇业绩,甚至两只风衣口袋,也被他们谈论得神神秘秘,说他右边口袋里藏的是一把德国造的B7小手枪,随时都可能拔出来,拔出来打什么中什么,百发百中,而左边口袋里则揣着一本由总部首长——一位著名的将军——亲笔签发的特别证件,拿出来想去哪里就去哪里,通行无阻。

有人说,他左腋下还有一把手枪。但是说真的,他们谁都没见过。没见过也不能肯定没有,因为谁能看到他腋下?即使看到了——真的没有,年轻人也许还会说:那只是在外出执行任务时才带的。当然,这很可能。对于一个保镖式的人物来说,身上多一种利器,就像陈华南身上多一册书,绝非怪事。

看得出,瓦西里的随行并没有让陈华南感到应该胆大和安全,火车刚刚启动,他就莫名其妙地不安心,老感到被人家窥视的慌张、别扭,好像众人的眼都在看他;好像他没穿衣服(所以别人要看他),浑身都有种暴露的难堪,紧张,不安全,不自在。他不知自己是怎么了,更不知怎样才能让自己变得安静。其实,有这种不祥之感正是因为他太在乎自身,太明白此行的特别……

【陈华南笔记本】

陈华南知道,瓦西里不是随便什么人都值得他出动的;他也知道,自己作为"701"的破译处长,外出也不是没有风险的。不是他自己吓自己,对方JOG电台几乎每天都在对他闪烁其词地广播,跟钓鱼似的,诱饵一天比一天大。他破译了紫密,尽管是悄悄的,事后又一再保密,可人家还是知道了,而且知道得有头有脑,连他父辈情况都摸得清清爽爽的。破译紫密使陈华南身价不光在自家国土上暴涨,而且在人家那边涨得更凶。陈华南清楚记得,他现在的身价已是一个飞行员的十倍:一百万哪!这个数字把他举上了天,同时离地狱也只剩下一步之遥了。在陈华南看来,自己既然这么值钱,想伤害他的人就有理由了,而且理由充足,足以吸引很多人,让他防不胜防。

这当然是他的不聪明。不过,这有什么办法呢?谁都知道,陈华南性格中有钻牛角尖的劲头,他那些深奥的学问,天才的运气,也许正是依靠这种百折不挠的钻牛角尖的精神获得的,现在这种精神又让他获得了深奥的敌意。这就是天才陈华南,尽管读了许多书,学问广博精深,但在生活面前依然是无知的,不清醒的,因而也是谨慎的,笨拙的,甚至是荒唐的。这些年来,他总是一次又一次地拒绝外出,表面上看似工作缠身,走不脱。可实际上还有一个深刻的理由就是:他怕出门。是的,他怕。就像有些人怕关在家里、怕孤独一样,他怕出门,怕见生人。荣誉和职业已使他变得如玻璃似的透明、易碎,这是没有办法的,而他自己又把这种感觉无限地扩大、细致,那就更没法了。就这样,职业和他对可能发生的事情的过度谨慎心理一直将他羁留在山沟里,多少个日日夜夜在他身上流逝,他却如一困兽,负于一隅,以一个人人都熟悉的姿势,一种刻板得令人窒息的方式生活着,满足于以空洞的想象占有这个世界,占有他的日日夜夜。现在他要去总部开会,这是他第一次外出,他希望也是最后一次……

和往常一样,瓦西里今天还是穿一件风衣,一件米黄色的挺括的风衣,很有派头,很神气,把领子竖起来,又显得有些神秘。他的左手今天已不能惯常地插在口袋里,因为要提一只皮箱。皮箱不大,褐色,牛皮,硬壳,是那种常见的旅行保险箱,里面也许可装十本大型杂志。但现在装的是黑密资料和一枚随时可引爆的燃烧弹。他的右手,陈华南注意到,几乎时刻都揣在风衣口袋里,好像有手疾,不便外露。不过,陈华南明白,手疾是没有的,手枪倒有一把。他已瞥见过那把手枪,加上那些曾经耳闻过的说法,陈华南有点儿厌恶地想,他把手枪时刻握在手里是出于习惯和需要。这个思想进一步发展、深化,他就感到了敌意和恐怖,因为他想起这样一句话——

身上的枪,是口袋里的钱,随时都可能被主人使用!

一想到自己现在身边就有这样一把枪——也许有两把，他就觉得可怕。他想，一当这把枪被使用，那就说明我们遇上了麻烦，枪也许会将麻烦消灭掉，就像水可以扑灭火一样。但也许不会，正如水有时也不能灭火一样，这样的话……他没有接着想下去，而耳边却模模糊糊地掠过了一声枪响。

事实上陈华南很明白，只要出现那种情况——就是寡不敌众，瓦西里在引爆燃烧弹的同时，将毫不犹豫地朝他举枪射击。

“杀人灭口。”陈华南这样默念一句，刚刚消逝的枪声又像风一样在他耳际一划而过……

就这样，这种失败的感觉，这种灾祸临头和害怕意外的压抑，几乎贯穿了陈华南整个旅途，他坚强地忍受着，抗拒着，反复感到路程是那么远，火车又是走得那么慢。直到终于安全抵达总部后，他紧张的心情才变得轻松和温暖起来。这时，他勇敢地想：以后——最现实的是归途，无论如何用不着这样自己吓唬自己——

“会出什么事？什么事也不会出，因为谁也不认识你，谁也不知道你身上带有密件。”他这样喃喃自语，算是对自己一路慌张的嘲笑和批评。

二

会议是次日上午召开的，总部第四研究室主任——一位满头银发的老者主持了会议，一位副部长到会致辞。会议召开得颇为隆重。

在会议上，陈华南率先作了一个多小时报告，主要介绍黑密破译进展——那就是毫无确凿的进展——和他个人在困惑中的某些奇思异想，有些极其珍贵，以致事后他后悔在这个会上公布。然后，他听取了九位同行的意见和两位领导的指示，整个会议开得像个讨论会（不是研究会），轻浮又浅薄，人们用惯常的花言巧语和标语式的口号讲演，也仅仅是讲演而已，既没有咬牙的争论，也缺乏冷静的思考。会议始终浮在一个平静的水面上，断断续续冒出的几只水泡，全是陈华南憋不住气所呼出的——他为宁静和单调所窒息。

也许，从根本上说，陈华南是讨厌这个会议和会议上的每一个人的，起码在会议落幕之后。但后来他又觉得这是不必要的，甚至是没道理的，因为他想，黑密就如他身体里的一个流动的深刻的癌，自己挖空心思深究多年，依然感到一无蛛迹的茫然，感到死亡的咄咄逼人的威胁，他们一帮局外人，既非天才，也非圣人，仅仅道听途说一点，便指望他们发表一针见血的高见，做救世主，这无疑是荒唐的，是“梦中的无稽之谈”……

【陈华南笔记本】

作为一个孤独的疲倦的人，而且白天常常沉溺于思想或者幻想，陈华南的每一个夜晚都是在梦中度过的。有一段时间，他曾经鼓励自己天天晚上做梦，这是因为：一方面，他曾尝到过做梦的甜头（有人说他是在梦中破译紫密的）；另一方面，他怀疑制造黑密的家伙是个魔鬼，具有和常人不一样的理性、思维，那么自己作为一个常人，看来只有在梦中才能接近他了。这个思想闪现的起初非常鼓舞他，好像在绝境中拾到了条生路。于是有阵子，他天天晚上都命令自己做梦，做梦成了他一时间内的主要任务。这种着意的夸张和扭曲，结果使他现在变得只要眼皮儿一合上，形形色色的梦便纷至沓来，驱之不散。这些梦纷乱不堪，毫无思想，唯一的结果是骚扰了他正常的睡眠，因为梦经常将他惊醒——梦在他身上泛滥成灾了！为了保证睡眠，他又不得不反过来消灭这些每天纠缠他的梦，于是他养成了睡前看小说和散步的习惯。这两个东西，前者可以松懈他白天过度紧张的脑筋，后者使之疲劳，加起来对他睡眠倒真有些促进作用，用陈华南自己的话说就是：小说和散步是保证他睡好觉的两粒“安眠药”。

话说回来，他做了那么多梦，几乎把现实中的所有一切都梦遍了，于是他就有了两个世界：一个现实的，一个梦中的。这两个世界的关系，正像有人说的陆地和大海一样，只要陆地上——现实——有的，大海里——梦中——都有对应的（海里有的陆地不一定有）。就这样，一个“无稽之谈”到陈华南眼里也有“现实”和“梦中”的区别，“梦中”的要比“现实”的更加荒唐，更加虚妄。

现在，陈华南觉得，指望那些人发表有关黑密的金玉良言就是“梦中的无稽之谈”：太荒唐了！为此他一度好久地这样喃喃自语：“不要去指望他们，不要……他们不可能给你指点迷津，不可能的，不可能的。”他反复这样说，也许以为在这种加强的旋律中会忘掉痛苦。

但是，陈华南此行也并非毫无收获。收获起码有四：

一、通过此次会议，陈华南看到总部首长很关心黑密破译现状及今后的命运。这对陈华南既是压力，也是鼓励，他感到内心被推了把似的有点来劲。

二、从会议上同仁们对他又是语言又是肉体的讨好（比如把你的手握得亲亲热热，对你点头哈腰，殷勤微笑，凡此种种，均属肉体讨好），陈华南发现，自己在秘密的破译界原来是颇有点名望的。这一点他以前不知道，现在知道了终归有点儿高兴。

三、在会余的一次交谈中，总部一位首长几乎即兴答应给陈华南调拨一台四十万次的计算机。这等于给他配了一个好帮手。几乎是国际一流的好帮手！

四、临走前，陈华南在“红旗书屋”买到了两本他梦寐以求的好书，其中之一《天书》（又译《神写下的文字》），系著名的密码学专家亚山之作。

什么叫“不虚此行”？有了这些东西就叫不虚此行。有了这些东西，陈华南也能愉快回去了。回去的列车上没有公安部或其他什么部门的庞大团体，所以瓦西里很容易弄到了两张软卧铺位。当陈华南步入上好的软卧车厢时，他有了六天来没有过的好心情。他确实是十分愉快地离开首都的，愉快还有个原因是：那天晚上首都的天空竟然飘出了这年冬天的第一批雪花，好像是为欢送这个南方人特意安排的。

雪花愈洒愈烈，很快铺满一地，在黑暗中隐隐生辉。陈华南在一片雪景中等待火车启动。雪落无声和水的气息使他心中充满宁静而美妙的遐想。

归途的开始无可挑剔的令人满意，鼓舞着陈华南有信心做一次轻松的旅行——和来时不一样。

三

和来时不一样，归途的时间是两天三夜（不是三天两夜）。现在，一个白天和两个夜晚已经过去，第二个白天也正在逝去。一路上，陈华南除了睡觉，其余时间几乎全都在看他新买的书。很明显，这次旅途陈华南已从上次胆小怕事的不祥感觉中走出来，能够睡好觉和看书就是这种证明。大家知道，归途有个好处就是：他们买到了软卧铺位，有了一个火柴盒一般独立的、与外界隔绝因而也是安全的空间。陈华南置身其中，心里有种“恰到好处”的满足和欢喜……

【陈华南笔记本】

没有人能否认，一个胆小的人，一个多疑的人，独立就是他们最迫切的愿望，最重要的事情。在“701”，陈华南以别人不能忍受的沉默省略了一切世俗的往来，为的就是要和旁人保持距离，独立于人群。他没有朋友，也没有谁把他当做朋友，人们尊敬他，仰慕他，但并不亲近他。他孤零零地生活，人们说他是原封不动的，不近人情的，孤独的，沉闷的。但孤独和沉闷并不使他烦恼，因为要忍受别人五花八门的习惯已经够使他为难了。从此意义说，破译处长的头衔是他不喜欢的。丈夫的头衔也没让他喜欢——说起当丈夫这事，陈华南总是直摇头，而“701”人总是这样说：陈华南这辈子能够当上丈夫乃是他命运中的一笔意外之财。为什么这么说？因为以前组织上曾多次给他介绍女友，但也许是不满意吧，也许是犹豫不决，或者别的什么原因，他一直拖下来，直到四年前，他不知怎么一来，突然跟手下一个姓翟的保密员结了婚。那时他已经三十四岁。当然这不是问题。问题是他们婚后不久，黑密就贼头贼脑地出现了。要陈华南说，破黑密当然要比讨老婆重要。所以，当时他要不结婚的话，他这辈子恐怕就永远不会结婚了。这场婚姻就像在你关窗之前，突然扑进来只鸟似的恰到好处又有点儿玄妙。但是说真的，陈华南这个丈夫当得极不像话，他常常十天半月不跟妻子说一句话，饭烧好了就吃，吃了就钻到自己屋里忙乎，忙累了就睡，睡醒了就又忙乎，妻子跟他生活在一起，常常连碰下他目光的机会都很少，更不要说其他什么了。在单位里，作为一个行政领导，他也极不称职：他一天只有在晚上结束一天工作之前的一个小时才出现在处长办公室里，其余时间他全都钻在破译室内，并且还要把电话机插头拔掉。就这样，陈华南总算躲掉了作为处长和丈夫的种种烦恼和痛苦，保住了自己惯常的生活方式：一个人独处，孤独地生活，孤独地工作，不要任何人打扰。现在，他躺在几乎是舒适的软卧铺位上，似乎也有这样的感觉，即总算弄到了一个不坏的藏身之处。

确实，瓦西里很容易弄来的两张铺位真是十分理想，他们的旅伴是一位过去的将军和他九岁的小孙女。将军也许有六十岁，曾经在G省省军区当过副司令，因为眼疾于不久前离职。他身上有点儿权威的味道，喜欢喝酒，抽飞马牌香烟，一路上，烟酒使他消磨了时间。将军的小孙女是个长大立志要当歌唱家的小歌手，一路上反复地唱着歌，把车厢唱得跟舞台似的。如此两人(一老一少)，使陈华南原本随时都可能悬吊起来的心像是吃了镇静剂似的变踏实了。换句话说，在这个单纯得没有敌意甚至没有敌意想象的小小空间里，陈华南已经感受不到自己的胆小，他把时间都用来做当前最现实又最有意义的两件事，就是睡觉和看书。睡眠使旅途漫长的黑夜压缩为一次做梦的时间，看书又把白天的无聊打发了。有时候，他躺在黑暗里，睡不着又看不成书，他就把时间消耗在胡思乱想中。就这样，睡觉，看书，胡思乱想，他消磨着归途，一个小时又一小时，逐渐又逐渐地接近了他当前最迫切的愿望：结束旅行，回“701”。

现在，第二个白天即将过去，火车正轻快地行驶在一片空旷的田野上，田野的远处，一轮傍晚的太阳已经开始泛红，散发出茸茸的光芒，很美丽，很慈祥。田野在落日的余晖下，温暖，宁静，好像是梦境，又好像是一幅暖色调的风景画。

吃晚饭时，将军和瓦西里攀谈起来，陈华南在旁有一句没一句地听着，突然听到将军用羡慕的口气这样说道：

“啊，火车已经驶入G省，明天一早你们就到家了。”

这句话陈华南听着觉得十分亲切，于是愉快地插了一句嘴：

“你们什么时候到？”

将军怪怪地看了陈华南一眼（像是才认识似的），说：“明日下午三点钟。”

这也是火车的终点时间，陈华南幽默道：“你们是这趟火车最忠实的旅客，始终跟它在一起。”

将军哈哈大笑：“那你就是逃兵了。”将军为这厢内突然多了位对话者感到高兴。

而陈华南似乎再不知道说什么，一边干笑着，一边低头翻开了亚山的《天书》。此书他在路上已粗粗浏览一遍，有句话像子弹一样击中了他：

> 天才，作为人类的精英，他们和世上所有珍宝一样，都是娇气的，娇嫩如芽尖，一碰则折，一折则毁……

【陈华南笔记本】

天才易折，这对陈华南来说并不是个陌生而深僻得不能切入的话题，他知道，天才所以成为天才，是因为他们一方面将自己无限地拉长了，拉得细长细长，游丝一般，呈透明状，经不起风碰。从某种意义说，一个人的智力范围越是局限，那么他在某一方面的智力就越容易接近无限，或者说，他们的深度正是由于牺牲了广度而获得的。所以，大凡天才神人，他们总是一方面出奇的英敏，才智过人；另一方面却出奇的愚笨，顽冥不化，不及常人，比方说亚山博士——陈华南马上想到了他，因为他是陈华南的英雄，是陈华南一辈子都在崇拜、接近的偶像。在密码界，没有一个人不承认，亚山是神圣的，高不可攀的，他就像一个神，世上的密码没有哪一本会使他不安。他是一个深悉密码秘密的神！然而在生活中，他又是一个十十足足的笨蛋，是一个连回家的路都不认识的笨蛋；他对城市大同小异的街道、建筑物从来不认识，他走在大街上，犹如走在黑暗的无垠的沙漠里，没有方位，没有路标，每走一步都可能是误入歧途的开始。所以他出门就像只宠物似的，总是有人牵引着，否则他出去很可能就回不来了。据说，他的母亲（亚山终生未婚），为了不让儿子丢失，一辈子操度的事业就是替儿子指引“回家的路”。

对于母亲来说，这无疑是个糟糕的孩子。

然而，在半个世纪前，在德国，在法西斯阵营里，就是这个人，就是这个“糟糕的孩子”，曾一度作为魔鬼的象征而为希特勒恐惧、咒骂。他出生在一个名叫“TARS”的岛上（岛上盛藏金子），欧洲是他的大陆。如果说一个人必须有一个祖国的话，那么德国就是他的祖国，希特勒是他的统帅。从这个意义上说，他也许应该为德国、为希特勒服务。可他没有，或者说没有始终服务（曾经服务过），因为他不是哪个国家的敌人，也不是哪个人的敌人，而仅仅是密码的敌人。他可以在一个时间里成为某个国家某个人的敌人，而到了另一个时候又可能成为另一个国家另一个人的敌人，这一切都取决于谁——哪个国家、哪个人——制造并使用了世上最高级的密码，拥有最高级密码的“那个人”就是他的敌人！当希特勒的桌椅上出现由“老鹰”密码加密的文书后，亚山便走出了德军阵营，成了盟军朋友。反戈的背景是“老鹰”密码使当时所有破译家都感到绝望。

制造“老鹰”密码的是个爱尔兰人，他为德国效劳和亚山最后不为德国服务一样，都因为他们是天才，心中只有人类而没有祖国，而人类在一个天才密码家，眼里又往往将精炼为少数的几个雇主。爱尔兰人愿意为希特勒效劳，是因为这个魔鬼能赋予他最大的使用价值，他的才华，他的成果在这个魔鬼手中能得到充分的、淋漓尽致的发挥和使用；亚山最后反戈为盟军服务，同样也不是为了金钱或信仰，而是为了彻底使用自己，彻底展示自己的才华。所以，从某种意义说，不是希特勒或者盟军得到了他们，而是他们得到了对方，正是对方为他们铺展了叱咤风云的沙场，使他们脱颖而出，成为某个柏拉图所谓的整体——即群众的英雄和偶像。

有一种说法，说“老鹰”密码是爱尔兰人在柏林的一座犹太人教堂里，在神的佑助下研制成功的，其保险系数高达三十年——足足比当时其他高级密码高出十倍！这就是说，三十年内人类将无法破译该密码：破译不了是正常的，而破译出来则是不正常的！

这也是世上所有破译家所面临的共同命运，即：他们所追求的东西，在正常情况下将“永远在远处，在一块玻璃的另一边”。换句话说，他们追求的是一种“不正常”，好像海里的一粒沙子要跟陆地上的一粒沙子碰撞一样，碰撞的可能性只有亿万分之一，碰撞不了是正常的，而他们正是在追求、寻找这个亿万分之一，这个天大的不正常。造密者或者密码在使用过程中出现的某些不可避免的“闪失”（犹如宁静中本能的一道喷嚏），这可能是亿万分之一的开始。问题是将自己的希望维系于别人的“闪失”之上，我们感到，这既是荒唐的，又是悲哀的。荒唐和悲哀叠加构成了破译家的命运，很多人——都是人类的精英——就这样默默无闻地度过了他们悲惨的一生。

然而，也许是天才，也许是好运气，亚山博士仅用七个月时间就敲开了“老鹰”密码，这在破译史上可谓空前绝后，其荒唐程度类似于太阳从西边升起，又好像是漫天雨点往下掉的同时，一个雨点却在往上飞……

每每想起这些，陈华南总觉得有种盲目的疚愧感，一种不真实之感。他常对着亚山的照片或著作这样自言自语："人们都有自己的英雄，你就是我的英雄，我的一切智慧、一切力量都来自你的指示和鼓舞；你是我的太阳，我这颗'明星'是在你光辉的照耀下发光的……"

他这样自贬，并不是出于对自己不满，而是出于对亚山博士过度的崇敬。事实上，除了亚山，陈华南心中从来只有他自己，他不相信"701"人没了他陈华南还会有第二个人能破译黑密，破译黑密，非他莫属，这是他的信念——这个信念给他带来了无穷无尽的烦恼和厌倦！他不相信同僚的理由是：他们对亚山博士缺乏一种虔诚而圣洁的感情，一种崇拜的感激之情，他们看不到这位巨人身上的光华，而他看到了。欣赏一种极致的美往往是要勇气和才能的，没有这种勇气和才能，这种极致的美往往会令人感到恐怖。所以，陈华南相信，天才只有在天才眼里才能显出珍贵，天才在一个庸人或者常人眼里很可能则是一个怪物，一个笨蛋。因为他们走出人群太遥远，遥遥领先，庸人们举目遥望也看不见，于是以为他们是掉在了队伍后面：这就是一个庸人惯常的思维，只要你沉默着，他们便以为你不行了，吓倒了——沉默是由于害怕，而不是出于轻蔑……

现在，陈华南想，自己和同僚的区别也许就在这里：他能欣赏亚山（所以崇敬），能在"太阳"照耀下发光，一照就亮，好像块玻璃，而他们不能——他们就像块石头，阳光无法穿透他们。

他又想，把天才和常人比作玻璃和石头无疑是准确的，天才确实具有玻璃的某些特征：透明、娇气、碰不得，一碰就碎，不像石头；石头即使碰破也不会像玻璃那么粉碎，也许会碰掉一只角或一个面，那仍然是块石头，仍然可以作石头使用。但玻璃就没这么妥协，玻璃的本性不但脆弱，而且暴烈，破起来总是粉碎性的，一碎就毫无价值，就变成垃圾。天才就是这样，只要你折断了他伸出的一头，好比折断了杠杆，剩下的支点是一无所用的，就像亚山博士——他又想到了他的英雄，想到了"英雄"母亲对她儿子可能有的嫌恶和厌倦。

窗外，夜晚正在慢慢地变成深夜。

四

以后发生的事情是不真实的，因为太真实。事情太真实往往会显得不真实而使人难以相信，就像人们通常不相信在广西的某些山区你可以拿一根缝衣针换到一头牛甚至一把纯银的腰刀一样。没有人能否认，十一年前陈华南在一个门捷列夫的梦中——门捷列夫在梦中发现了元素周期表——获得紫密深藏的秘密，是个出奇的故事，但却并不比接下来发生的事情出奇多少。

半夜里，陈华南被火车进站时的噪音碰醒。出于一种习惯，他一醒就伸手去摸床下的保险箱——箱子被一把链条锁在茶几腿上：在！他放心地又躺下去，懵里懵懂地听到月台上零散的脚步声和车站广播声。广播告诉他：火车已经到达D市。这就是说下一站就是A市了。

还有三个小时。陈华南想，接着又睡了过去。

不一会儿，火车出站时的噪音再次将他弄醒，而接下来火车愈来愈紧的“哐当”声犹如一种递进的令人亢奋的音乐，不断地拍打着他的睡意，终于使他彻底醒来，于是就坐起身。月光从车窗外打进来，刚好照在他床铺上，阴影儿颠簸着，忽上忽下，很勾引他惺忪的目光。这时候，他总觉得眼前少了样东西，是什么呢？他懒洋洋地巡视着，思忖着，终于发现是挂在板壁挂钩上的那只皮夹——一只讲义夹式的黑皮夹——不在了。他马上紧张起来，在床铺上找了找：没有。然后又察看地板上、茶几上、枕头下：还是没有！

当他叫醒瓦西里后来又吵醒将军时，将军提供了一个情况，说一个小时前他曾上过一次厕所（请记住是一小时前），在车厢的连接处看到一位“穿军便装的小伙子”靠着门框在抽烟，后来，他从厕所里出来时，刚好看见小伙子离去的背影，“手上拎着一只你说的那种皮夹”。

“当时我没想太多，以为皮夹是他自己的，因为他站在那里抽烟手上有没有东西我没在意，再说我以为他一直站着没动呢，只是抽完了烟才走，现在……唉，当时我要多想一下子就好了。”将军的解释富有同情心。

陈华南知道，皮夹十有八九是这个穿军便装的小伙子偷走了，他站在那里，其实是站在那里狩猎，将军出来方便，恰好给他提供了线索，好像在雪地里拾到了一路梅花印足迹，沿着这路足迹深入，尽头必是虎穴。可以想象，将军在卫生间的短暂时间，便是小伙子的做案时间。

这叫见缝插针。陈华南露出一丝苦笑。

【陈华南笔记本】

其实，破译密码，见缝插针是一种惯用的手法。大家知道，密码好像一张巨大的天网，天衣无缝，于是你看不到真切。但是，一本密码只要投入使用，就如一个人张口说话，难免漏嘴失言——正如闪电将天空撕开口子一样，这便是一线希望，削尖脑袋从裂开的缝隙中钻进去，通过各种秘密的迷宫一般的甬道，有时候可以步入天堂。这些年来，陈华南以巨大的耐心等待着他的“天空”裂开缝隙，已经等待了上千个延长了的白天和夜晚，却是蛛迹未获。这不是正常的，究其缘故，陈华南想到了两点：一、紫密的失败逼使他们咬紧牙关，每张一次口都慎而又慎，深思熟虑，滴水不漏，使你无懈可击；二、有破绽却没有被我方发现，滴水在我们的指缝间流走了。从某种意义说，对方越是谨慎，破绽越少，就越容易为我方忽视，反过来同样如此，即我们一有忽视，对方的破绽就显得越发少，两者就这样犹如一个榫头的凹凸面，互相呼应，互相咬紧，紧到极致，衔接面消失了，于是便有种蛛迹不显的完美。这种完美陌生而可怕，陈华南日夜面临，就如渴望甘霖沐浴的禾苗面临烈日暴晒，心灵的土地干涸而皲裂，寒风——那是从灵魂深谷中刮出的寒风，不时从裂缝中灌入身心，使他常常感到发冷和害怕。没有人知道，但陈华南妻子知道——丈夫在梦中不止一次地告诉她：在破译黑密的征途上，他已倦于守望，他的信念，他的宁静，已遭到了绝望的威胁和厌烦的侵袭……

现在，小偷的守望，皮夹的失窃，使陈华南马上联想到自己的守望和绝望，他有点儿自嘲地想：我要从别人——黑密制造者和使用者——身上得到点东西是那么困难，可人家窃去我东西却是那么容易，仅仅是半支烟工夫。"嘿嘿"，他冰冷的脸上再次挂起一丝苦笑。

说真的，这时候，陈华南还没有意识到丢失皮夹是件什么可怕的事。他初步回忆，知道皮夹里含有往返车票、住宿票和价值两百多元的钱粮票以及证件什么的。亚山的《天书》也在其中，那是他昨晚睡前放进去的，这似乎首先刺痛了他的心。不过，总的来说，这些东西和床下保险箱比，他觉得自己还是幸运的，甚至感到一丝类似"大难不死"的快意。

无疑，要是偷走保险箱，那事情就大了，可怕了。现在看来，可怕是没有的，只是有些可惜而已。

十分钟后，车厢里复归平静。陈华南在接受了瓦西里和将军的大把安慰话后，一度动乱的心情也逐渐平静下来。但是，当他重新浸入黑暗时，这平静仿佛被夜色淹没，又如被车轮的"哐当"声碰坏一样，他又陷入了对失物的惋惜和追忆之中。惋惜是心情，追忆是努力。皮夹里还有没有其他东西？陈华南极力思索着。一只想象的皮夹，就需要借想象力去拉开拉链。开始，他思绪受惋惜之情侵扰，思索显得苍白无力，无法扯开皮夹拉链，眼前只有一片长方形的眩目的黑色。这是皮夹外壳，不是内里。渐渐地，惋惜之情有所淡化，思索便随之趋紧，丝丝力量如雪水一般衍生、聚拢，最后，拉链一如雪崩似的弹开了。这时，一片梦幻般的蓝色在陈华南眼前一晃而过。仿佛晃见的是一只正在杀人之手，陈华南陡然惊吓地坐起身，大喊一声瓦西里："不好了！”

“什么事？”黑暗中，他看到陈华南正在瑟瑟发抖。

“笔记本……笔记本……”陈华南失声叫道。

原来他想起皮夹里还放着他的工作笔记本：一本六十四开本的蓝皮笔记本，扉页印有绝密字号和他的秘密代号，里面记录着这些年来他的种种关于黑密的奇思异想……

【陈华南笔记本】

作为一个孤独的人，一个像死一样陷入沉思的人，陈华南经常可以听到一些奇妙的声音。这些声音仿佛来自遥远天外，又仿佛发自灵魂深处。这些声音等不来，盼不及，却又常常不期而遇，不邀自到，有时候出现在梦中、梦中的梦中；有时候又从某本闲书的字里行间跳出来，诡谲无常，神秘莫测。这些声音是上帝发出的，是灵魂的射精，好像光芒一样，闪烁而来又闪烁而去，需要他随时记下来。因此，陈华南养成了随身携带笔记本的习惯，不论走到哪里，笔记本就如他的影子，总是默默地跟从着他：通常是在军衣左侧下袋里。

这次出来，按规定陈华南没着装，笔记本便被转移至皮夹内。这皮夹小巧、轻便，拎手是一道宽松紧带，箍在腕上，皮夹便成了一只从衣服上延伸出来的口袋，笔记本置于其中，陈华南既没有感到使用的拗手，也没感到丢失的不安，感觉就像仍在衣袋里。几天来，他曾两次使用了笔记本：

第一次是四天前下午，当时他刚从会议上下来，因为有人在会上发表了无知而粗暴的言论，他又气又恼，回来就躺在床上，微睁的眼正好对着窗户。起初，他注意到（不经意地），窗外伸展着天空和傍晚——或说傍晚的天空，由于视角不正，那天空是倾斜的，有时候——他眨眼时——又是旋转的。后来，他觉得视线越来越模糊，窗户，天空，城市，夕阳——眼前的一切都悄然退去，继之而显的是流动的空气（他真的看见了无形的空气和空气流动的姿态，它们像火焰一样流动，而且似乎马上会溢出天外）和夕阳燃烧天空的声音，这些东西如同黑暗一般，一点点地扩张、深远，豁然间，他感到自己身体里仿佛被一种熟悉的电流接通，通体发亮，浑身轻飘，感觉是他躯体也化作了一股气，像火焰一样流动起来，蒸蒸而升，直冲天外，与此同时，一线遥远的声音，翩翩如蝶一般飘来……这就是陈华南命运中的“天外之音”，需要他随时记录下来。事后，陈华南想，这是愤怒燃烧了他，是愤怒给了他灵感。

第二次就在昨夜凌晨时分，他梦见亚山博士并跟他作了深刻交谈，但后来不知怎么回事，亚山严厉地责骂他，并追打他，他在逃跑中不慎跌落万丈悬崖，这时就醒了。醒来，他在黑暗中记录了与亚山交谈的内容。

现在，我们可以说，在破译密码的征途上，在通往天才的窄道上，陈华南没有大声呼号，也没有使劲祈求，而是始终拄着两根拐杖：勤劳与孤独。孤独使他变得深邃而坚硬，勤劳又使他有可能获得远在星辰之外的运气。运气是个神秘——因为抽象——的东西，然而陈华南的运气又是最具体不过的，它是陈华南灵魂的儿子（不是肉体的），他请孤独和勤劳做“儿子”的父亲和母亲，把种子埋植于笔记本的字里行间（那么笔记本即为“儿子”的母腹喽），如今也许正在发芽生长，只要时机一到（取决于气候、营养，每一个字都是气候、营养），即可活脱脱地跳跃出来，那时候……

好了，住嘴吧！

问题是：现在笔记本在哪里？

案发后，瓦西里仿佛被火点燃，一反他两天来倦于无聊而长眠的样子，开始紧张地忙起来。他给陈华南的任务是不要惊慌（因为他万分惊慌），不要声张，不要出门——三个不要，自己则立刻找到乘警长，落实了当前急切应办之事：

一、要求全体乘警各就各位，严禁有人跳车；

二、上报案情。

案情通过列车无线电报给“701”(由A市火车站中转),“701”又报告给总部,总部又上报,一级又一级,最后报到中央军委。军委当即作出指示:

笔记本系军事绝密资料,非找到不可!有关部门须积极配合,尽早侦破!

确实,笔记本怎么能丢失?它是陈华南的珍贵思想,又是“701”的核心机密,丢得起吗?非找到不可!

现在,火车已加速行驶,它要尽快到达下一站。下一站大家知道是A市,这也就是说,陈华南是在家门口闯祸的,事情的发生好像是蓄谋已久,又像是命中注定的。谁也想不到,那么多天过去了,什么事情也没有发生,偏偏是到了现在,到了家门口,事情才发生,而且竟然发生在黑皮夹上(不是保险箱),而且现在看,案犯很可能是个可恶的小偷(不是可怕的敌人)。这一切都有种梦的感觉,陈华南感到虚弱迷乱,一种可怜的空虚的迷宫那样的命运纠缠着他,折磨着他,火车愈往前驶,这种感觉愈烈,仿佛火车正在驶往的不是A市,而是地狱。

火车一抵A市便被彻底封锁起来,而前一站D市早在一个小时前也就是军委下达指示后不久,全城就被秘密管制。常识告诉大家:小偷极可能一作案就下车,那就是D市。

没有人不知道,隐藏一片树叶的最好地方是森林,隐藏一个人最好的地方是人群,是城市。因此,侦破这样的案子是困难的,要说清楚其中之细微也是困难的。可以提供一组数据,也许能够从中看出整个侦破过程的一点眉目。

据当时“特别事故专案组”记载,直接和间接介入破案的部门有:

一、“701”(首当其冲);

二、A市公安局;

三、A市军分区;

四、A市铁路局;

五、A市某部一连队;

六、D 市公安局；

七、D 市军分区；

八、D 市铁路局；

九、D 市环卫局；

十、D 市城管局；

十一、D 市城建局；

十二、D 市交通局；

十三、D 市日报社；

十四、D 市邮电局；

十五、D 市某部一团队；

及无数小部门。

被检查之处有：

一、A 市火车站；

二、D 市火车站；

三、A 市至 D 市二百二十公里铁道线；

四、D 市七十二家旅馆招待所；

五、D 市六百三十七只垃圾桶；

六、D 市五十六个公共厕所；

七、D 市四十三公里污水道；

八、D 市九个废品收购站；

九、D 市无数民宅。

直接投入破案人员：三千七百多人（包括陈华南、瓦西里）。

被查人员有：两千一百四十一位乘客，四十三名列车工作人员，D 市六百多名着军便装的小伙子。

火车因此延误时间：五个半小时。

D 市秘密管制时间：四百八十四小时，即二十天零四小时。

人们说，这是 G 省历史上从未有过的一个巨大而神秘的案子，几万人为之惊动，几个城市为之颤抖，其规模和深度实为前所未有！

五

当陈华南走下火车,出现在A市月台上的时候,他一看见一行向他逼来的人,为首的是“701”局长:一个有一张放大的马脸的恐怖的人。起码陈华南现在看是如此。他走到陈华南面前,气愤使他失去了往日对陈华南的尊敬,阴冷的目光咄咄逼人。

陈华南恐惧地避开了这目光,却避不开这声音:

“为什么不把密件放在保险箱!”

这时候,在场的人都注意到,陈华南眼睛倏地亮闪了一下,旋即熄灭,就像烧掉的钨丝,同时,整个人硬成一块,直挺挺地倒在了地上。

当黎明的曙光照亮窗户方框的时候,陈华南苏醒过来,目光触到了妻子朦胧的面容。有那么一会儿,他幸福地忘记了一切,以为自己是躺在家里的床上,妻子被他梦中的呼号惊醒,正不安地望着他(他妻子也许经常这样望着梦中的丈夫)。但是白色的房间和房间里的药气使他很快知道自己是躺在医院里,方才死去的记忆渐渐崭露出头角,就像青草从雪地里重新显现出来一样。于是他又听到局长威严的声音:

“为什么不把密件放在保险箱……”

【陈华南笔记本】

仔细地阅读了本文的人都会知道,陈华南对这次外出并不缺乏敌意和因敌意而存的警惕,所以,如果说事情的发生是由于他麻痹大意,是他掉以轻心或者玩忽职守的结果,那是不公平的。但是,没把笔记本置于保险箱,又似乎可以说陈华南是不谨慎的,缺乏应有的警惕。现在,陈华南正在为此深深悔恨;他想起,在他们出门前,瓦西里曾再三叮嘱他,让他将所有密件,包括所有能证明他身份的东西都放入了保险箱，他也确实这么做了，包括总部首长在会议中送给他的那本《毛主席语录》，完全是一本书店里的书，毫无秘密可言。只是陈华南想到扉页有他们首长的签名，唯恐因此露出他身份的一丝蛛迹，特意将它归入密件，置于保险箱内。就这样，他几乎把什么都放进去了，却独独将笔记本遗落在外，现在想来，当初他怎么就将它遗落了，这简直是一个古老的谜。他知道，自己并没有因为要经常用而特意留出它。不是的。他不会这样冒险。他没有勇气和胆量这样冒险。他留下它是没理由的，即使现在，他企图想象一个理由也难以想象。奇怪的是，事发前，他似乎从来没有意识到这本笔记本的存在（即使事发后也没有马上想到），好像它是一枚别在袖口的针（妇女常有此习惯），除了需要它或者不经意被它刺痛时，平时似乎总是想不到它——正因如此，你才会被它刺痛！

谁都知道，笔记本对陈华南来说绝不是一枚妇女袖口上的针——因为不值钱可以无须记住它，他本意无疑是想记住它，而且非常想，要记在心上的心上，因为这是他最珍贵的东西，用他自己的话说是他“灵魂的容器”。这样一件他最珍重的东西，他的宝贝，他怎么会将它忽视呢？这确是个巨大的坚硬的谜，陈华南现在极力想走入迷宫，找到谜底。开始，他为里面无穷无尽的黑暗所晕眩，但是渐渐地，他适应了黑暗，黑暗又成了发现光亮的依靠。就这样，他接近了一个宝贵的思想——他想：也许正是因为我太珍视它了，把它藏得太深了，藏在我心里的心里，以致使我自己都看不见了……也许在我意识里，笔记本早已不是件孤立存在的、具体的物体，就像我的近视镜……这些东西，由于我太需要（简直离不开！），早已镶嵌在我生命里，成为我生命的一滴血，身体的一个器官，我感觉不到它们，就像我们通常感觉不到自己有心脏血液一样……人只有在生病时才会感觉自己有个身体，眼镜只有不戴时才会想起它，笔记本只有丢掉……

想到笔记本已经丢掉，陈华南触电似的从床上坐起来，一边穿着衣服，一边冲出了病房，火急火燎的样子，完全是一种逃跑——逃离现场——的样子。他的妻子，一个比他高大、年轻的女人，也许从未见过丈夫的这种样子，吃惊了。但没惊呆，急忙往外追。

由于陈华南视力没有适应楼道里的黑暗，也许是跑得太匆忙，下楼时，他跌倒在楼梯上，眼镜摔掉了，虽然没摔破，但浪费的时间使妻子追上了他。妻子并不知晓发生了什么事，她才从“701”赶来，只知道丈夫突然病发需要她护理。她叫丈夫回去休息，却被粗暴地拒绝了。

到楼下，陈华南惊喜地发现他的吉普车正停在院子里，黑暗中，像个坟堡。他急急走过去，往车里张望：司机正趴在方向盘上睡觉呢。

车子是送他妻子来的，现在陈华南似乎正用得上。上车前，他跟妻子撒了一个真诚的谎，说他把皮夹丢在了车站，“去去就回”。然而他没去车站，而是直接去了D市。

陈华南知道，小偷现在只有两个去处，一个是仍在列车上，另一个已在D市下车。如果在车上，那他是跑不了的，因为列车已被封锁。所以，陈华南急着要去D市，因为A市不需要他，而D市……D市也许需要全城人

两个小时后，小车驶入D市军分区大院，陈华南马上打听到了他应该去的地方：特别事故专案组。他希望这里人能告诉他来D市是错误的，小偷还在列车上，并且已经抓获，好像他赶来D市的目的就是想听这几句话。

不过，这几句话他是永远听不到了，因为就在半小时前，A市刚有消息传至D市：封锁列车，彻底检查，没有发现小偷。

这就是说小偷已在D市下车！

陈华南似乎来的恰是时候，因为这边正在找人了解情况呢。

当天下午，瓦西里也来到D市，他来D市的目的原本是奉局长之令把陈华南带回去。因为他是病人？还是因为其他？

但陈华南拒绝了局长的好意（如果恶意那是无法拒绝的），他执意留下来，瓦西里对首长命令执行得似乎也不够坚决。总之，他留下来了，连瓦西里也留下了。

在以后的日子里，陈华南白天像游鬼一样，飘荡于 D 市的街街巷巷，角角落落，又把一个个黑夜——漫长得使人发疯的黑夜，消耗在对遥远事物的想念之中。由于过度的希望，他自然感到极度的失望，于是黑夜成了他受刑的时光，每天晚上，他为自己可怜的命运所纠缠，所折磨，失眠的难以忍受的清醒压迫着他，炙烤着他。他挖空心思回顾着当前的每一个白天和夜晚，企图审判自己，搞清楚自己的过错。但现实的一切似乎都错了，又似乎都没错，一切如梦，一切似幻。在这种无休无止的迷惘中，在这种彻底混浊的黑暗中，悲愤的热泪灼伤了他昏花的病眼。在这种深刻的折磨中，陈华南就像一朵凋谢的花，花瓣以一种递进的速率不时剥落，又如一只迷途羔羊，咩叫声一声比一声软弱又哀伤。

就这样，现在到了事发后的第六天晚上，这个珍贵而伤感的夜晚是从一场倾盆大雨开始的，雨水将陈华南、瓦西里两人淋得精湿，以致陈华南咳嗽不止，因此他们要比往常回来得早些。两人躺在床上，疲劳并没使他们不能忍受，因为要忍受掉窗外的雨声已相当困难了。

滔滔不尽的雨使陈华南想到了这样一个问题，这个问题还有个前提是：在陈华南的观念里，他认为小偷极可能取钱弃物，将他的宝贝笔记本弃之如废纸。这个观点不乏有其准确性，所以陈华南提出的起初就引起专案组重视，为此 D 市的垃圾箱、垃圾堆天天有人翻检（陈华南当然是其中一员，也许还是主将呢）。事实上，在本次专案中陈华南并不缺乏见解，他的第一个远见——即小偷在 D 市——如今已被证实，因而使他的见解变得格外理直气壮而受到尊重，起码在他本人看来是如此。但是，现在窗外雨水不绝，这使他痛苦地想到，即使有一天找回笔记本，那其中的种种珍贵思想也将被这无情的雨水模糊成一团墨迹，再说，雨水汇聚成流，就可能冲走笔记本，使它变得更加飘忽难得。所以，这场雨将陈华南淋得很痛苦很绝望，它一方面像是一场普通的雨，毫无恶意，和小偷的行为并不连贯；另一方面又和它遥相呼应，默默勾结，是一种恶意的继续、发展，使灾难变得更加结实坚硬。

这场雨将陈华南仅存的一丝希望也淋湿了！

从这场雨中，陈华南再次看见（更加清晰又强烈地）灾难在他身上的降临过程：仿佛有一种神秘的外力操纵着，使所有他害怕又想不到的事情一一发生，而且是那么阴差阳错。从这场雨中，陈华南也看到了十一年前的某种相似的神秘：十一年前，他在一个门捷列夫的梦中闯入紫密天堂，从而使他在一夜间变得辉煌灿烂。他曾经想，这种神奇，这种天意，他再也不会拥有了，因为它太神奇，神奇得使人不敢再求。可现在他觉得，这种神奇，这种天意，如今又在他身上重现了，只是形式不一而已，好像光明与黑暗，又如彩虹与乌云，是一个东西的反正面：仿佛这么多年来，他一直环绕着这个东西在行走，既然面临了正面，就必然面临其反面。

那么，这东西是什么？陈华南想，这东西大概就是神，因为只有神才有这种复杂性（也是完整性），既有美好的一面，又有罪恶的一面，既是善良的，又是可怕的；也只有神才有这种力量，使你永远绕着她转，并且向你显示一切：欢乐、苦难、光明、黑暗、希望、辉煌、毁灭……

神的概念的提出，使陈华南对一切都感到很透彻，他想，既是如此，既然这一切都是神的旨意，我还有什么好抗拒的？抗拒也是徒劳！神的法律是公正的。神不会因为某个人的意愿改变法律。神是决计要向每个人昭示一切的。神通过紫密和黑密向我显示了一切！

从这思想里，陈华南获得了些许坦然和平静，目光从窗外收回来，好像雨下不下已与他无关，雨声也不再令他无法忍受。当他躺上床时，这雨声甚至令他感到亲切，因为它是那么纯净，那么温和，那么有节奏，陈华南听着听着就被它吸住并融化了。很快，陈华南惯常地做起了梦——他梦见了神，神以一个遥远的声音出现（没有形象，神的形象是无形的）反复强调说“她的法律是公正的”，而陈华南则反驳说“她的法律不公正”。他们就这样争吵着，声音越来越大，节奏越来越快，最后陈华南被吵醒了，醒来还听到自己声嘶力竭的声音：“极不公正！极不公正！”

他想不通自己为什么要说神的法律不公正，不公正又在哪里？他开始漫无边际地思索起来。不知是由于头痛，还是由于怀疑或是害怕，起初，他思路总是理不出来，各种念头游浮于一起，群龙无首，吵吵闹闹，脑袋里像煮着一锅开水，扑扑直滚，揭开一看，却是没有一点质的东西，思考成了个形式的过场——内容由它们自己互相吞吃了。后来，恍惚间，滚烫的感觉一下子隐退（好像往锅里下了食物），紧接着，列车、小偷、皮夹、雨水等一系列画面依次从脑海里翻出来，使陈华南再次看见了自己当前的灾难。但此时他尚不明了这意味什么（好像食物没有煮熟无法吃）。后来，这些东西也你挤我攘起来（水又渐渐发热），并慢慢地沸腾了。但不是当初那种空荡荡的沸腾，而是一种远航水手望见大陆之初的沸腾（好像食物散发出隐隐香气）。加足马力向着目标靠近、靠近，终于，陈华南看清楚了神的不公正在哪里（好像揭开锅盖），那就是：神没有让他跌倒在密码面前！

“神让这些意外的灾难（不是黑密本身）把我打败是不公正的，是残忍的！”

“只有邪恶的人才该遭受如此非难！”

“只有邪恶的神才会让我遭受如此非难！”

“只有邪恶的神才会如此残忍——魔鬼一般残忍！”

从这愤怒的声音中，陈华南又取得了力量，而且这力量绝不会消失。他像战士一样对自己说：“不，你不能躺在这里，只有死神才有权让你躺在这里！”说着从床上坐起来，冲入了倾盆大雨中。冰冷的雨水像火一样燃烧了他，使他浑身的血哗哗流动起来；血液的流动使他想到雨水也是流动的；这个联想又使他整个思想也流动起来；思想的流动又使躯体也流动起来，和天和地丝丝相连，滴滴相融，如气如雾，如梦如幻。就这样，他又一次听到了缥缈的天外之音：仿佛是苦难的笔记本发出的，它在污浊的黑水中颠沛流离，时隐时现，所以声音也是断断续续的：

“陈华南，听着……雨水是流动的，它使大地也流动起来……既然雨水有可能把笔记本冲走，也可能将它冲回来……冲回来……既然什么事情都发生了，为什么就不会发生这种事……冲回来……冲回来……”

这是陈华南最后一个奇思异想！

这是一个神奇的夜晚。

窗外，雨声不屈不挠，无穷无尽……

六

故事的最后一节既有令人鼓舞的一面，又有令人悲伤的一面，令人鼓舞是因为笔记本终于找到了，令人悲伤的是因为陈华南突然失踪了。这一切，正如陈华南说的：神给我们欢乐，也给我们苦难，神在向我们显示一切。

陈华南是在那个漫长的雨夜中走出失踪的第一步的。谁也不知道陈华南是什么时候离开房间的，是在前半夜？还是后半夜？是在雨中，还是雨后？但是，谁都知道，陈华南就是从此再也不回来了，好像一只鸟永远飞出了巢穴，又如一颗陨落的星永远脱离了轨道。

陈华南失踪，使案子变得更加复杂黑暗（也许是黎明前的黑暗），人们疑虑，陈华南失踪会不会是笔记本事件的一个继续，是一个行动的两个步骤。这种疑虑的提出，就使小偷的身份变得更为神秘、敌意。不过，更多的人相信，陈华南失踪是由于绝望，是由于不可忍受的恐怖和痛苦。大家知道，陈华南是个胆小怕事的人，出这么大事，他想不开，似乎不是不可能的事情。

以后的事情需要长话短说：

一天下午，有人在D市向东十几公里的河边——附近有家炼油厂——拣回一只军用皮鞋，瓦西里认出这是陈华南的皮鞋，因为皮鞋张着一张大大的嘴，那是陈华南疲惫的脚在奔波中踢打出来的。

这时候，瓦西里已经愈来愈相信，他要面临的很可能是一种鸡飞蛋打的现实，他以忧郁的理智预感到：笔记本也许会找不到，但他们有可能找到一具陈华南的尸体，尸体也许会从污浊的河水中漂浮出来……

要真这样，瓦西里想，真不如当初把他带回去；事情在陈华南头上总是只有见坏的邪门，"×——！"他把手上的皮鞋狠狠远掷，仿佛是要将一种倒霉蛋的岁月狠狠远掷。

这是案发后第九天的事情，笔记本的谜底仍是毫无松动的迹象，不禁使人失去信心，绝望的阴影开始盘踞在众人心头，并且正在不断深扎。因此，总部同意将侦破工作扩大乃至有所公开（以前一直是秘密的悄悄的）。

第二天，《D市日报》以醒目的版面，充满欺骗和激励性的文字发表了《致小偷的一封信》，并做广播，信中谎称失主为一名科研工作者。

应该说，这是万不得已采取的一个冒险行动，因为小偷有可能因此而珍藏或销毁笔记本，从而使侦破工作陷入绝境。

然而，令人难以置信的是，当天晚上十点零三分，专案组留给小偷的那门绿色电话如警报般鸣叫起来，三只手同时扑过去，瓦西里手捷先抓到了话筒：

"喂，这里是526，有话请讲。"

"……"

"喂，喂，你是哪里，有话请讲。"

"嘟，嘟，嘟……"电话挂了。

瓦西里沮丧地放回话筒，感觉是跟一个影子碰了一下。

一分钟后，电话又响。瓦西里又抓起话筒，刚喂一声，就听到话筒里传来一个急冲冲又发抖的声音：

"笔、笔记本、在信箱里……"

"在哪只信箱，喂，是哪里的信箱？"

"嘟,嘟……"电话又挂了。

这个贼,这个可恨又有那么一点点"可爱"的贼,因为可以想象的慌张,来不及说清哪只信箱就见鬼似的扔了电话。然而,这已够了,非常够!D市也许有几十只信箱,但这又算得了什么?何况,运气总是接连着来的,瓦西里在他检查的第一只信箱里,就一下子发现——

在深夜的星光下,笔记本发着蓝幽幽的光,深沉的寂静有点怕人,然而那寂静几乎又是完美的,令人鼓舞的,仿佛是一片缩小了的凝固的海洋,又像是一块珍贵的蓝宝石!

笔记本基本完好,只是末尾有两页白纸被撕。因此,总部一位首长在电话上幽默地说:"那也许是小偷用去擦他肮脏的屁股了。"

后来,总部的另一位首长接着此话又开心地说:

"如果找到这家伙,你们就送他些卫生纸吧,你们'701'不是有的是纸嘛。"

不过没有人去找这贼。因为他不是卖国贼。因为陈华南还没有找到。

第二天,《D市日报》又刊登专案组"来稿",是一则"寻人启事",上面这样写道:

陈华南,男,三十九岁,小个头,白皮肤,戴褐色近视镜,说普通话,可能赤脚,云云。

因为《D市日报》刊登两天不见回音,第三天,《G省日报》也刊登了寻陈华南的启事。

也许,在瓦西里看来,没有回音是正常的,因为要一具尸体发出回音是困难的。他已经深刻预感到,他要把陈处长活着带回"701"——这是他任务——已是件十分困难的事。

可是第二天中午,专案组通知他,Y县城有人刚刚给他们打来电话,说他们那边有个"像陈华南的人",请他赶紧去看看。

"像陈华南的人",瓦西里马上想到自己的预感已被证实,因为只有一具尸体会发现这种回音——像谁谁谁。

Y县城在D市以南一百公里处，陈华南怎么会跑到那到那里去找笔记本，这就像他开初徒步二十公里山路摸到“701”一样，是他的神秘和奇怪。一路上，瓦西里以一个梦中人的眼睛审视着已经流逝的种种灾难和即将面临的痛苦，心里充满了惊慌失措的怅惘。

到Y县城，瓦西里还没有去找那个给他们打电话的人，便对Y县造纸厂门口纸堆里的一个人发生了兴趣，因为这个人非常引人注目，是个失常的人，满身污泥，赤着双脚（已冻得乌青），两只血糊糊的手，像爪子一样，不停地翻动着纸堆，把一本本破书、烂本子如数家珍地找出来，一一察看，细阅，目光迷离，口中念念有词，落难又虔诚的样子，一如惨遭浩劫的“方丈”正在庙宇的废墟上查找他的经典祷文。

这是个冬天的有阳光的下午，明亮的阳光正正地打在这个可怜人身上；打在他血糊糊的手上；打在他跪倒的膝盖上，打在他佝偻的腰肚里；打在他变形的脸上，鼻子上，额头上，脸颊上，眼镜上……就这样，瓦西里的目光从那双爪子一样哆嗦的手上一点一点扩展，延伸，终于认出，这个可怜人就是陈华南！

正如那位向专案组提供线索的人在电话中所说的：他们这里有这样一人，但是个疯子，每天钻在废纸堆里，好像在找什么东西。

这是案发后第十六天的事，时间是一九七〇年元月十三日下午。

一九七〇年元月十四日下午的晚些时候，陈华南在瓦西里亦步亦趋的陪同下，带着肉体加心灵的创伤和永远的秘密，复又回到高墙深筑的“701”机关大院，从而使这个故事可以结束。

外　篇

结束也是开始。我要对这个故事做一点故事外的解说，这就有了此“外篇”。事实上，在我看来，所有的精彩都将在外篇中纷呈。

有人对我这个故事的真实性提出质疑，这是激起我写此外篇的“第一记鞭子”。

我曾经想，作为一个故事，让人相信——信以为真，并不是根本的不能抛弃的目的。但这个故事却有其特别要求，因为它确实是真实的，不容置疑的。为了保留故事本身原貌，我几乎冒着风险，譬如说有那么一两个情节，我完全可以凭想象而将它设置得更为精巧而且合乎情理，而且还能取得叙述的方便。但是，一种保留它原本的强烈愿望使我没有这样做。所以说，如果故事存在着什么痼疾的话，病根不在我这个讲述者身上，而在人物或者生活本身的机制里。那不是不可能的，每个人身上都有这种和逻辑或者说经验格格不入的“痼疾”。这是没办法的。

我必须强调说：这个故事是历史的，不是想象的，我记录的是过去的回音，中间只是可以理解地（因而也是可以原谅）进行了一些文字的夸张和必要的虚构，比如人名地点，以及当时天空颜色之类的想象而已。一些具体时间可能也会有差错。有些夸张也许有点失真。一些至今还要保密的东西进行了删减。有些心理刻画可能像画蛇添足。但这也是没办法的。因为陈华南是个沉溺于幻想中的人，一生都没什么动作，唯一一个动作——破译密码，又因为是秘密的，无法使用。就是这样。

另外，最后找到陈华南是在 Y 县的造纸厂还是印刷厂，这是没有一个准确说法的，而且那天去带陈华南回来的也不是瓦西里，而是“701”局长本人，是他亲自去的。那几天里，瓦西里由于过分惊累，已经病倒，无法前往。而局长大人十年前就离开我们了，而且即使在生前，据说他对那天的事也从不提起，好像一提起就对不起陈华南似的。有人说，局长大人对陈华南的疯一直感到很内疚，就是临死前，还在绝望地自责。我不知他该不该自责，只是觉得他的自责使我对陈华南的结局更充满了遗憾。

话说回来，那天随局长大人一同去 Y 县接陈华南的还有一人是局长的司机，据说他车开得很好，却只字不识，这是造成“印刷厂”和“造纸厂”模糊的根本原因。印刷厂和造纸厂在外观上确实有某些相似处，对一个不识字的人，加上又只是粗粗一见，把它们弄混是很正常的。再说这司机早已转业，多少年过去了，谁也不知他现在到底在何处。正因为这样——谁也不能给我个确凿的真相，所以我索性将错就错，让瓦西里取代了局长大人，到Y县去“走了一趟”。

这是需要说清楚的。

这也是故事最大的失实处。

对此，我偶尔地会感到遗憾。

有人对陈华南后来的生活和事情表示出极大关注，这是鼓励我写此篇的“第二鞭”。

这就意味着要我告诉你我是怎么了解这个故事的。

我很乐意告诉你。

说真的，我能接住这个故事是由于父亲的一次灾难：一九九三年，我的七十二岁的父亲因为中风瘫痪住进了解放军155医院，后来又转至八一疗养院。冬天的时候，我去医院看望父亲，我发现父亲在经历一年多病痛后，对我变得非常慈祥，亲爱，同时也变得非常健谈。看得出，他也许是想通过不停的唠叨来表示他对我的热情和爱。其实这是不必要的，尽管他和我都知道，在我最需要他爱的时候，他也许是因为想不到有今天这样的困难，或者别的什么原因，没有很好地爱我。但这并不意味他今天要来补偿。没这么回事。不管怎样，我相信自己并不会对父亲的过去产生什么不对的想法或感情，影响我对他应该的爱和孝敬。这对我说似乎是一种本能，自然而然的，不需要任何人为的努力。老实说，当初我是极力反对他到这疗养院来，只是父亲强烈要求，拗不过他而已。我知道父亲为什么一定非要来这里，无非是担心我和妻子会在不尽的服侍中产生嫌恶心，给他难堪什么的。当然，有这种可能，久病床前无孝子嘛。不过我想不是没有另一种可能，就是看了他病痛，我们也许会变得更有同情心，更加孝顺。现在你看，让我心里多不踏实，多牵挂他。坦白说，为了让父亲在这里多得到一些照顾和优待，上次送他来时，我甚至欺骗了一个比我大好几岁的女人的爱情。我们现在还在不停地通信，每次给她写信，为了对她说几句动听话，我总是要把父亲病痛的样子想了又想，以此来激励我对她必需的爱。这一切父亲是不知道的，他似只是记住了自己过去的不好，忘记了我是他儿子，而且还是个很有良心、很会原谅父亲的儿子。看着父亲不尽地唠叨他过去的怎么怎么，我真是感到不好受。不过当他跟我讲起医院的事情、病友们的种种离奇时，我倒很听得下去，尤其是那个陈华南的事情，简直让我着了迷！那时候，父亲已经很了解陈华南的事情，因为他们是病友，并且住隔壁：是邻居呢。

父亲告诉我，陈华南在这里已有二十多年了，这里的人无不认识他，了解他，每一个新来医院的人，首先可以收到一份特殊礼物，就是陈华南的故事，大家互相传播他的种种奇闻轶事，已在这个阴暗的角落——地狱门口蔚然成风。人们喜欢谈论他，是因为他特别，也是出于无聊。我不难发现，无聊使这些濒临死亡的人显得格外可笑，甚至可恶，他们总是用一种无所谓的轻佻的口吻谈论病友的种种悲痛或者可怜的经历，从不动情，甚至从中取乐，仿佛死亡的现实已使他们自私，麻木不仁，没有正义感。

我在医院逗留了一周。我很快注意到，陈华南白天经常不在病房，早出晚归，似乎是个很忙碌的人。晚上，透过医院白色的宁静的墙壁，我时常听到他苍老的咳嗽声，感觉像是有什么在不断地捶打他。到了深夜，有时又会透过来一种类似铜唢呐发出的呜咽声，父亲说，那是他梦中的啼哭。

一天晚上，在医院的餐厅里，我和陈华南偶然碰到一起，他坐在我对面的位置上，佝偻着身子，低着头，一动不动，仿佛是件什么东西——一团衣服？有点儿可怜相，脸上的一切表情都是时光流逝的可厌的象征。我一边窥视着他，一边想起父亲说的，我想，这个人曾经是年轻的，年轻有为，是“701”的功臣，对“701”的事业做出过惊人的贡献，然而现在他老了，而且还是个疯子，无情的岁月已经把他压缩、精简得只剩下一把骨头（他瘦骨嶙峋），就如流水之于一块石头，又如人类的世代之于一句愈来愈精练的成语。在昏暗里，他看起来是那么苍老，苍老得触目惊心，散发出一个百岁老人死亡的气息。

起初，他低着头一直没发现我的窥视，后来他吃完饭，站起来正准备离去时，无意间和我的目光碰了一下。这时，我发现他眼睛倏地一亮，仿佛一下子活过来似的，朝我一顿一顿地，像个机器人似的移过来，脸上重叠着悲伤的阴影，好似一位乞求者走向他的施主。

到我跟前，他用一种金鱼的目光盯着我，同时向我伸出两只手，好像乞讨什么似的，颤抖的嘴唇好不容易吐出一组音："笔记本，笔记本……"

我被这意外的举动吓得惊慌失措，幸亏父亲的轮椅像坦克一样及时杀过来。替我解了围。"走，走开！"父亲像当初唬我一样地唬他，"你的笔记本在外面，在垃圾堆里。走，走，到外面去！"

他看看我父亲，又看看父亲手指的方向，若有所思地朝门口走去，消失在黑暗中。

事后，父亲告诉我，不管是谁，只要你去看他被他发现后，他都会主动向你迎上来，跟你打听他的笔记本。

我问父亲："他还在找笔记本？"

父亲说："是啊，还在找。"

我说："不是已经找到了吗？"

"可他是个疯子。"父亲说，"一个疯子能知道什么嘛。"

那一天，我惊叹了。我想，作为一个疯子，一个没有精神的人，他无疑已经丧失记忆能力，但奇怪的是，丢失笔记本的事他似乎一直刻骨铭心地牢记着，耿耿于怀。他不知道笔记本已经找到，不知道岁月在他身上无情流逝。他什么都没有了，就剩下一把骨头和这最后的记忆，一个冬天又一个冬天，他以固有的坚强的耐心坚持着寻找笔记本这个动作，已经度过了二十多年。

这就是陈华南的"后来"和现在的情况。

今后会怎样？

今后还是这样。

可我没勇气这么说。

我也没理由不这么说。

所以我也跟着你问一句：

今后会怎样？

今后会出现奇迹吗？

我知道，如果你是个图玄骛虚的神秘主义者，一定希望，甚至要求我“就此挂笔”。问题是还有不少人——大部分人，他们都是很实实在在的人，喜欢刨根问底，喜欢明明白白，他们对黑密后来的命运念念不忘，心有罅隙（不满足才生罅隙），这便成了我写此篇的“第三鞭”。

这样，去年夏天，我又专程到A市走访了“701”。就像时间剥落了“701”营门的红漆一样，时间也侵蚀了“701”的威严和宁静，我曾经以为入“701”大门是一件烦琐又复杂的事，但哨兵只是看了看我证件，让我在一本卷角的本子上稍作登记，就放行了。这么简单，反倒使我觉得怪异，以为是哨兵玩忽职责。可一深入这院子，这种疑虑消失了，因为我看到大院里还有卖菜的小贩和闲散的民工，他们大大咧咧的样子如入无人之境，又好像是在乡村民间。我不喜欢“701”传说中的样子，却也不喜欢“701”院中有院，我涉足的只是一片新圈的生活区，那些院中之院，就像洞中之洞，你非但不易发现，即使发现了也休想进入：那边的哨兵常常像幽灵一样，会突然地出现在你面前，而且常常又像“雪人”一样冷酷，他们总是不准你挨近，仿佛怕你挨近了，你身上体温会融化他们一样。

我在“701”滞留了三天，可以想象，我见到了瓦西里——他真名叫王棋荣——和陈华南不年轻的妻子及他们年轻的儿子。这儿子给我印象是继承了母亲高大的身材，而沉默寡言的冷冷的性情也许是父亲的造化。坦率说，他们没有帮我多少忙，他们和“701”其他人一样，对“那件悲痛往事”不愿意重新提起，即使提起也是矛盾百出，好像悲痛使他们失去了应有的记忆，他们不愿说，也无法说了。用“无法说”的方式来达成“不愿说”的目的，也许是一种最有力又是最得体的方式方法。

但是，当我问起黑密情况时，他们马上“脸色一变”，显得神秘而热情（不是坚硬而冷漠），纷纷建议我去找一个叫严实的人。他们说是这个人破译了黑密——你听，黑密破译了！所以要了解黑密情况，最好去找他，并主动告诉我（这就是热情）严实现在很可能不在“701”，因为他赋闲后经常去女儿那里住。他女儿在G省省城，从A市过去现在有条高速公路，大概不要三小时。

后来我去严实家看，果然是“人去楼空”。这样，我又赶往省城，摸至其女儿家。她家很不好找，因为他们把她名字告诉我错了，我简直差点就没找到。好在严实在女儿处生活久了，这边人也有认识他的，加上我运气好，正好问到了这样一人，才使我见到了严实。

和我想象的一样，严实是个戴眼镜的人，已经七十多岁，快八十了，留着一头白晶晶的银发，拄着漆亮的肉色拐杖，看去显得极其慈祥而优雅。我造次拜访他时，他正自己一个人在下围棋。是的，是一个人下，就像自己跟自己说话，有一种老骥伏枥的悲壮感和孤独感。他外孙女——一个十五岁的高中生，告诉我，她爷爷休息后和围棋结下了难解之缘，每天都在下棋和看棋书中消磨时光，棋艺就这样高长，现在她爷爷已经很难在周围寻找到对手，只好靠与棋书对弈过过棋瘾。自己和自己下其实是和名家下呢。

我们的谈话正是从满桌子的围棋引发的。老人自豪地告诉我，围棋是个好东西，可以赶走老人的孤独，颐养气神，延长寿命，等等。说了一大堆下围棋的好处之后，老人总结似的说：爱下围棋其实是他的职业病。

“从事破译工作的人，命运中和棋类游戏有着一种天然的联系，尤其是那些平庸之辈，最后无一例外地都会迷恋于棋术，就好比有些海盗、毒枭，晚年会亲近于慈善事业一样。”老人这样解释。

他的比喻使我接近了某种真实性，但是——我问："为什么你要强调是那些平庸之辈？"

老人稍作思考，答："对于那些天才破译家来说，他们的热情和智慧可以在本职中得以发挥。换句话说，他们的才华经常在被使用——被自己使用，被职业使用，精神在一次次被使用和挥发中趋于宁静和深远，既无压抑之苦，也无枯干之虑。没有积压，自然不存在积压的宣泄；没有枯干就不会渴求新生。所以，大凡天才，他们的晚年总是在总结和回忆中度过的，他们在聆听自己的回声。不像我们这些平庸之辈——在圈内人们都把我们这档人叫'半天才'，意思就是你有天才的天分，却从未干出天才的事业，几十年都是在寻求和压抑中度过的，满腹才情从未真正放射过。这样人到晚年是没什么回忆的，也没什么可总结的，他们到晚年去干什么呢？还是在忙忙碌碌寻求——无意识地寻求——自己的用武之地，作一种类似垂死挣扎的努力。迷恋棋术其实是这个意思。这是一；

"二，从另外一个角度讲，天才们长期用心艰深，思想的双足在一条窄道上深入极致，即使心存他念，想做他事，可由于脑筋已经朝一个方向凝成一线拔不出来（他用了一个'拔'字，使我毛骨悚然，似乎我整副精神给提拉了一下），他们的脑力，他们的思想之剑，已经无法潇洒舞动，只能如针尖般直刺，直挺挺地深入。知道疯子的病根吗？天才的失常与疯子同出一辙，都是由于过分迷醉某一点导致的。他们到晚年你想叫他们来下下棋？那是不可能的。下不了！"

略作停顿，老人接着说："我一直认为，天才和疯子是一种高度的对立，天才和疯子就如你左右手，是我们人类这个躯体向外伸出的两头，只是走向不一而已。我还常常想，哪一天我们人类发展到一定高度，疯子说不定也能像天才一样作为人杰为我们所用，为我们创造惊人事业。别的不说，就说密码吧，你可以设想一下，如果我们能照着疯子的思路——就是无思路——设计一部密码，那么这密码无疑是无人可破的。其实研制密码的事业就是一项接近疯子的事业，你愈接近疯子，你就愈接近天才；反过来同理，你愈是天才，也就愈接近疯子。天才和疯子在构造方面是如此相呼相应，真是令人惊叹！所以我从不歧视疯子，因为我总觉得他们身上说不定蕴藏着珍宝，只是未被我们发现而已，他们等着我们去开采呢。”

听老人说道，如同精神沐浴，我心灵不时有种被擦亮之感，仿佛我心灵深处积满尘埃，他的一言一语化作滔滔激流冲刷着尘埃，使我心灵露出丝丝亮光。舒服啊！痛快啊！我聆听着，体味着，沉醉着，几乎失去思绪，直到目光被一桌子黑白棋子碰了一下才想起要问：“那么你又怎么能迷恋围棋呢？”

老人将身体往藤椅里一放，带点儿开心又自嘲的口吻道：“我就是那些平庸之辈嘛。”

“不，”我反驳说，“你破译了黑密怎么说是平庸之辈？”

老人目光倏地变得凝重，身体也跟着紧凑起来，椅子在吱吱作响，好像思考使他身体加重似的。静默片刻，老人举目望我：“你知道我是怎么破译黑密的吗？”

我虔诚而圣洁地摇摇头。

“想知道吗？”

没等我回答，老人又说：“是陈华南帮我破译了黑密——不不，是陈华南破译了黑密，我是空有其名啊。”

“陈华南？”我吃惊了，“他不是……出事了吗？”我没说疯。

“是的，他出事了，他疯了。”老人说，“可你想不到，我就是从他出的事、从他的灾难中看到了黑密深藏的秘密。”

“这怎么说？”我感到心灵要被劈开的紧张。

老人舒一口气：“说来话长啊——”目光松散，沉醉在对往事的回忆中……

【陈华南笔记本】

我记不清具体时间了，也许是一九六九年，也许是一九七〇年，反正是冬天时节，陈华南出了事。这之前，陈华南是我们破译处处长，我是副处长。我们破译处是个大处，鼎盛时期有几百号人，现在少了，少多了。当时还有一个副处长，姓王，现在还在“701”，据说是当局长了。他也是个很能干的人，就像陈华南。我们破译处好在就是有了他们俩，才能够取得这么辉煌的成果。我说辉煌那是一点不夸张的。当然，有些东西我不能跟你说，说了是犯法的。我们的工作是绝对保密的，功过都不能说，所以我说辉煌你可能无法理解，那可是真正辉煌啊。如果说陈华南不出那个事，我敢肯定，我们一定还会更辉煌，想不到……啊，想不到啊。人的事情真是想不到的。说远了。

话说回来，陈华南出事后，组织上安排我接任处长，同时我也担起了破译黑密的重任，那本笔记本——陈华南的——作为破译黑密的宝贵资料，自然也落到了我手里。这笔记本，你现在知道，它是陈华南思想的容器，其实完全可以说是他思考黑密的一只脑袋，里面全是他关于黑密的种种深思熟虑，奇思异想。当我一字一句、一页一页地细阅笔记本时，我直觉得里面每一个字都是珍贵的，惊心动魄的；每一个字都有一股特殊的气味，强烈地刺激着我。我没有发现的才能，却有欣赏的能力。笔记本告诉我，在破译黑密的狭道上，陈华南已经走了九十九步，只剩下最后一步；这最后一步也是最关键的一步，即寻找密锁。

密锁的概念是这样的，比方说黑密是一幢需要烧毁的房子，要焚烧房子首先必须积累足够干燥的柴火，使它能够引燃。现在陈华南积累的干柴火已堆积如山，已将整幢房子彻头彻尾覆盖，只差最后点火；寻找密锁就是点火，是引爆……

从笔记本上反映，这最后寻找密锁的一步，陈华南在一年前就开始在走了。这就是说，前面九十九步陈华南仅用两年时间就走完了，而最后一步却迟迟走不出。这是很奇怪的，从某种意义说，一个用两年时间可以走完九十九步的人，最后一步不管怎么难走也不需花一年时间，而且还走不出。这是一个怪异。

还有一个怪异，我不知你能否理解，就是：黑密作为一本高级密码，当时启用三年我们却逮不到它一丝差错，就像一个正常人模仿一个疯人讲疯话，三年滴水不漏，不显真迹，这种现象在密码史上极为少见。对此陈华南很早就曾跟我探讨过，认为这很不正常，再三提出质疑，甚至怀疑黑密就是过去某种密码的抄袭。因为只有经过使用过、也就是经过修改的密码，才可能如此完美，否则，除非制密者是个神，是个我们不能想象的大天才。

两个怪异就是两个问题，逼迫你去思索。从笔记本看，陈华南的思索已相当广博精深；笔记本使我再次触摸到陈华南的灵魂，那是一团美到极致因而也显得可怕的东西。是的，陈华南在我心目中就像一只静默的老虎，优美而可怕。我们在一起共事十三年，就年龄而言我可作他兄长，就资格而言我是破译处元老，当初他刚到处里时，是我一手带他熟悉情况的，所以我们的关系也可以说是师徒关系。可在精神上我却一直跪倒在他脚下。

说实话，我在破译界浸泡一辈子，从来没见过像他这样对密码有着超常敏觉的人。他和密码似乎有种灵性的联系，就像儿子跟母亲一样，很多东西是自然相通的，是血气相连的。这是他接近密码的一个了不起。他还有个了不起，就是：他具有一般人罕见的坚韧个性和极其冷静的智慧，越是绝望的事，越使他兴奋不已。他的野性和智慧是同等的，匹配的，都在常人两倍以上。审视他壮阔又静谧的心灵，你既会受到鼓舞，又会感到虚弱无力……

我记得很清楚，他刚到我们处不久，有一天晚上，我第一次去他宿舍，一进门，扑面看见屋子里挂满了各种图表，有的像函数表，爬满曲折不一的线条；有的像什么统计表，五颜六色的数字一如阳光下的气泡一样蠢蠢而动，使整个房间呈现出一种空中楼阁的奇妙感。通过每张图表简洁的中文注解，我马上知道，这些图表其实是世界密码史的重写。然而，要没有这些注解，我是怎么也看不出究竟的。世界密码史是一部巨书，他能够如此简洁地提拎出来，而且是采用这种特殊的数列方式，这首先震惊了我。好像一具人体，能够剔除肌皮以其骨架的形式传真已是一个天才的作为，而他根本不要骨架，只掰了节手指骨——以一节手指骨就将一个人体活脱脱展现，这是一种什么样的能力啊！

陈华南确实是个天才，他身上有很多我们想不到的东西，他可以几个月甚至一年时间不跟任何人说一句话，把沉默当作饭一样吃；当他开口时，一句话很可能就把你一辈子的话都说尽了。他做什么事似乎总是不见过程的，只见结果，而且结果总是正确的，惊人的。他有种抓住事物本质的本能和神性，而且抓住的方式总是很怪异，很特别，超出你的想象。把一部世界密码史这么神奇地搬入自己房间，这谁想得到？但他可以想到并做到，这样，他举手抬足，睁眼闭眼，都是在一种和密码史发生通联的间隙间完成了，时间一长，你可想象，整部密码史就会如丝丝氧气一样被他吸入肺腑，化作血液，滚动于心灵间……

我刚才说到了一个震惊，那是我看到的，马上我又受到震惊，那是我听到的。我问他为何将精力抛掷于史中——因为在我看来，破译家不是史学家，破译家挨近历史是荒唐又危险的。陈华南说：

他相信世上密码就如一具生命，是活着的，一代密码与另一代密码丝丝相连，同一时代的各个密码又幽幽呼应，我们要解破今天的哪本密码，谜底很可能就在前人的某本密码中。

我反驳说：制造密码的准则是抛开历史，以免一破百破。

他说：这种统一和摒弃历史的愿望便是联系。

他的一句话就把我整个心灵翻了个身！

接着他又说：密码的演变就像人类脸孔的演变，总的趋势是呈进化状的，不同的是，人脸的变化是贯穿于人脸的基础，变来变去，它总是一张人脸，或者说更像一张人脸，更具美感。密码的变化正好相反，它今天是一张人脸，明天就力求从人脸的形态中走出来，变成马脸，狗脸，或者其他的什么脸。所以，这是没有基形的变化。但是不管怎么变，五官一定是在越变越清晰、玲珑、发达、完美——这个进化的趋势不会变。力求变成“他脸”是一个必然，日趋“完美”又是一个必然，两个必然就如两条线，它们的交叉点就是新生一代密码的心脏。若能从“史”中理出这两条线，对我们今天破译就能提供帮助……他这样叙述着，一边用手指点着墙上的如蚁数群，指头有节有奏地停停跳跳，仿佛穿行于一群心脏间……

说真的，我对他说的“两条线”感到非常惊奇。我知道，从理论上说，这两条线是存在的，可实际上又是不存在的。因为没有人能看到——拉出这两条线，企图去拉动这两条线的人最终必将被这两条线死死缠住、勒死……

是的，我会解释的。我可以这样问你，靠近一只火炉你会有什么感觉？对，你会觉得发热、烫，然后就不敢靠近：保持一定距离。靠近一个人也是这样，你会多多少少受其影响，多少的程度取决于那个人的魅力、能量。从某种意义上说，混迹于密码界的人，无论是制密者还是破译者，都是人类之精英，魅力无穷，心灵深邃如黑洞。他们中任何一人对别人都有强大的影响力。当你步入密码的史林中，就如步入了处处设有陷阱的密林中，每迈入一步都可能使你跌入陷阱，不能自拔。所以，制密者或破译者一般是不敢挨近密码史的，因为史中的任何一颗心灵，任何一个思想，都会如磁石一般将你吸住、化掉。当你心灵已被史中某颗心灵吸住、同化，那么你在密码界便是一文不值，因为密码的史林中不允许出现两颗相似的心灵（以免破一反三）：相似的心灵就是一堆垃圾。密码就是这么无情，这么神秘！

好了，现在你该明白我当时的震惊了，陈华南在求索那两条线，其实是犯了破译的一大禁忌。我不知道他这是由于无知，还是明知的偏行，从他给我的第一个震惊看，我更相信他是明知的偏行，是有意的冒犯。他能将一套密码史呈表状挂出来，这已隐隐暗示他绝非等闲之辈，这样一个人的冒犯举动就很可能不是由于愚昧和鲁莽，而是出于勇气和实力。所以，听了他的“两条线”之论后，我没有去驳斥他，而是默默地生出了几分敬佩，且隐隐嫉恨。因为他显然站到我前面去了。那时候他到破译处还没半年。

但同时我又替他感到担心，好像他大难临头似的。事实上，谁都知道——现在你也该知道了，陈华南想拉出“两条线”，就意味着他要将盘踞于密码史中的每一颗心灵——即构成“线”的无数点——都一一劈开，作细致入微的研究、触摸，而这些心灵、这些点，哪一颗都是魔力无穷，都有可能变成一只力大无比的手，将他牢牢抓住，捏于掌心中，使他成为一堆垃圾。所以，多少年来，破译界在破译方式上已形成一条不成文的定规：撇开历史！但进去出不来的恐惧覆盖了你入内的愿望，覆盖了那内里的一切。众多史林，密码史无疑是最沉默、最冷清之地，那里面无人问津，那里面无人敢问津！破译家的悲哀正是因此而生，他们失去了历史这面镜子，失去了从同仁成果中吸取养料的天律，他们的事业是那么艰难深奥，而他们的心灵又是那么孤独无伴，前辈之身躯难以成为他们高站的台阶，却常常变成一道紧闭的门，逼迫他们绕道而行。在我的理解中，世上没有哪项事业需要像密码一样割裂历史，反叛历史：历史成了后来者的包袱和困难，这是多么无情！所以，葬送于密码界的天才往往是科学界最多的，葬送率之高令人扼腕悲号啊……

一般讲，破译的惯用方式是一种就事论事的方式，先是情报人员给你收集相应的素材，然后你依据素材作种种猜想，那感觉就像用无数把钥匙去开启无数扇门，门和钥匙都是你自己设计和磨造的，其无数的限度既取决于素材的多少，又取决于你对密码的敏觉度。应该说，这是一种很原始很笨拙的方法，却也是最安全最保险又是最有效的，其成功率一直居于其他方法之上，所以才得以沿袭至今……

是的，陈华南已从这方法中滑出去，他胆大包天地闯入禁区，将破译之手伸入史林，搭在前辈肩膀上，其结果我刚才说过是危险的，可怕的。当然，如果成功那是绝对了不起的，那样可以将搜索的范围极大缩小。比如说如果我们面前有一千扇门，那他很可能只剩下一半乃至更少，少的程度取决于他成功的大小，取决于他对“两条线”捉握的力度。

但是，老实说，这种成功率极低，以至尝试者极少，成功者更是寥若晨星。在破译界，只有两种人才，敢冒如此大险，一种是真正的天才、大天才，一种是疯子。疯子无所畏惧，因为他们不知什么叫可怕；天才也是无所畏惧，因为他们有一口上好的牙和一颗坚硬的心，一切可怕会被他们锋利的牙咬掉或被坚硬的心弹开。说真的，当时我不能肯定陈华南到底是天才还是疯子，但有一点我已肯定就是：陈华南今后不论是辉煌或废弃，不论有什么惊天动地的壮举或悲剧，我都不会吃惊。所以，他后来一声不响地破译了紫密，我一点也不感到奇怪，我只是替他舒了口气，同时被他深深折服。

如果说破译紫密之前陈华南在我心目中的形象是模糊不清的，介于天才和疯子之间摇摆不定，那么破译紫密后，这形象便变得清晰了，变得优美又可怕，就像一只沉思的老虎。说实在的，我欣赏他，崇敬他，但从来不敢挨近他。我怕被他烫伤了，吓着了——这感觉多像对一只老虎。他的灵魂就是只老虎！他撕啃疑难就像老虎撕啃肉骨那么执著又津津有味，他咬牙酝酿的狠狠一击就像老虎静默中的一个猛扑。一只老虎啊，兽中之王啊，密码界的天王啊……

密码界不允许出现两个相似的心灵，相似的心灵是一堆垃圾。因此，密码界还有一条不成文的定规——简直是铁律：一个人只能制造或破译一本密码！制造或破译了一本密码的人，他的心灵已被他自己过去吸住，那么这心灵也等于被抛弃了。由此而言，陈华南破译不了黑密也是在所难免，因为他的心灵已属于紫密，若要再破黑密，除非将他心灵粉碎了重新再铸。

但是，对陈华南这人，我们似乎已经不相信客观规律，而更相信他的天才了。换句话说：我们相信，“将心灵粉碎重新再铸”，这对陈华南不是不可能的。我们可以不相信自己，但无法不相信陈华南。他本身就是由我们众多平常的“不相信”组成的；我们不信的东西，到了他身上，往往都变成了现实，活生生的现实。就这样，破译黑密的重任最终还是压在了他肩上。这意味陈华南要再闯禁区，不同于第一次——深入密码史——的是，这次他是被人抛入禁区的。不，其实是被他自己抛入的。他太出色了，他过人的才智和惊人的创举一齐将他逼入墙角，逼上了险途。所以，一个人不能太出众，太出众了不是你的荣誉会向你靠拢，不是你的灾难也会朝你扑来。

我一直没去探究陈华南接受黑密的心情，但他为此遭受的苦难和不公我却看得清楚，如果说破译紫密时，陈华南身无压力，轻装上阵，那么破译黑密时，这种感觉他已全然消失。也许这种感觉已跑到我头上了，因为——你可以想象，那时候，谁都把破译黑密的希望压在陈华南头上，我们作为副手，背后没有眼睛，一切都在自然中，成败皆是天意。陈华南有这种心境吗？他再也找不到这种心境了，他背上趴着千道目光，目光按折了他的腰！那三年里，我眼看着陈华南乌黑的头发一点点变得灰白，身躯一点点缩小，好像这样更便于他挤入黑密的迷宫似的。可以想象，陈华南被黑密卷走的血水是双倍的，他既要撕啃黑密，又要咬碎自己心灵，艰难和痛苦就像魔鬼的两只手齐齐压在了他肩头。

一个原本可以和黑密毫无关联的人（破译紫密使陈华南有这份特殊），现在却背着黑密的全部压力，这是多么不公！一个早已走出九十九步的人，最后一步却迟迟走不出，这又是多么不公！这不是“禁区效应”又是什么呢？难道是陈华南才尽了吗？不，这就是“禁区效应”，是陈华南破译紫密留下的后遗症在隐隐作怪！

啊，陈华南，你的心被无形捆住了，也被你自己捆住了。可我还是不相信你会容忍失败，特别是到了这时候——离胜利只剩下一步之遥！我相信，只要再给你一点时间，你一定会跨出这一步，这最后一步！哦，陈华南啊陈华南……

好，你听我说，事情是有个过程的。在我获得笔记本之初，我曾想让自己站在陈华南肩膀上去，于是我一个劲地想沿着笔记本的思路走。但是走进去我发现，我无疑是走近了一颗强大的心灵，这心灵的丝丝呼吸对我都是一种震动和冲击——这心灵要吞没我呢——这心灵随时都可能吞没我！可以这么说，笔记本就是陈华南，我愈是面临他（笔记本），愈是逼近他，愈是感到了他的强大，他的深刻，他的奇妙，愈是感到了自己的虚弱，渺小——仿佛正在一点点缩小。在那些日子里，透过笔记本的一字一句，我更加真切地感到这个陈华南确实是个天才，他的许多思想稀奇古怪，而且刁钻得犀利、尖锐，气势逼人，杀气腾腾，暗示出他内心的阴森森的吃人般的凶狠。我阅读着笔记本，仿佛在阅读着整个人类，创造和杀戮一并涌现，而且一切都有一种怪异的极致的美感，显示出人类的杰出智慧和情感。笔记本为我模造了这样一个人：他像一个神，创造了一切，又像个魔鬼，毁灭了一切（包括我的心灵秩序）。在这个人面前，我感到热烈、崇敬、恐怖，是一种彻头彻尾的拜服。

就这样，三个月过去了，我没有站上陈华南肩膀（我站不上去），只是幸福又虚弱地趴在了他身上，好像一个失散多年的孩子趴在母亲怀里，又像一个雨点终于跌落在地，钻入土里。你想得到，这样下去，我至多成为一个"走出九十九步的陈华南"，那最后一步将永远埋在黑暗里。时间也许可以让陈华南走出最后一步，而我却不能。因为我刚才说过，我只是附在他身上的一个稚童，现在他倒下了，我自然也跟着倒下了。这时候，我才发现，陈华南留给我笔记本其实是给我了一个悲哀，它让我站到胜利的前沿，胜利的光辉依稀可见，却永远无法触摸、抓到。这是多么可悲可怜，简直是残忍嘛。我对自己处境充满恐慌和无奈。

然而，就在这时候，陈华南从医院回来了：他出院了，不是康复出院，而是……怎么说呢？反正治愈无望，待在医院也没意思了。

说来也是天意，自陈华南出事后，我从未见过他，出事期间，我做胃切除手术正在住医院，等我出院，陈华南已转到省城——也就是这里——接受治疗；而且我一出院就接手了黑密，根本没时间去省城看他——我在看他笔记本呢。

所以说，陈华南疯后的样子，我是直到他出院回来时才第一次目睹的。

这是天意啊！我早想过了，我要早一个月看见他，很可能也就没有后来的一切了。为什么？一、陈华南住院间，我一直在看他笔记本，这使他在我心目中的形象变得越发伟悍，强大；二、通过阅读笔记本和一段时间的思考，黑密的疑难已局限至相当尖细的一点。这是一种铺垫，是后来一切得以发生的基础。

话说回来，那天下午，我听说陈华南要回来，就想去看看他，到他家，才知道人还没有到。但可能马上要来。于是我就在楼下的操场上等。大约等了几分钟，我看见了辆吉普车滑入操场、停住。不一会儿，前后车门弹开，钻出两个人——是我们处黄干事和陈华南妻子小翟。于是我迎上去。两人朝我潦草地点了个头，又重新钻进车门，开始扶助车内一人一寸一寸地伸出来——他好像不肯出来似的，又好像是件易碎品，不能一下子拉出来，只能这么慢慢地、谨慎地挪出来。我想这人可能就是陈华南。可当这人完全掠入我目光时，我怎么也不相信他就是陈华南。我看到的是这样一个人：

他佝偻着腰，浑身都在筛抖；头上的帽子刚才下车时碰歪了，他也不去扶正（小翟马上替他扶正了）；他的头颅僵硬得好像是人家刚刚才给他摆上去的，而且没摆正，始终微微后仰着；他的双眼吃惊地圆睁着，却不见丝毫光芒；一张嘴巴如裂口似的开着，无法闭拢，不时有口水滑落……

这是陈华南吗？我的心仿佛被什么东西捏碎了，神智也出现了混乱。就像笔记本上的陈华南使我虚弱害怕一样，这个陈华南同样使我感到虚弱、害怕。我呆呆地站在那里，不敢上前去跟他招呼一声，似乎这个陈华南同样要烫伤我似的。在小翟搀扶下，陈华南如一个恐怖念头一样消失在了我眼中。

回到办公室，我跌坐在沙发上，足足有一个小时大气不出，无知无觉，如段尸首似的。是的，我被击倒了，我受的刺激太大了，大的程度绝不亚于笔记本给我的刺激。后来总算缓过神来，可眼前浮现的总是陈华南下车的一幕，它像一个罕见又恶毒的念头蛮横地梗在我心间，驱之不散，呼之不出，斥之不理。我就这样被陈华南疯后的形象包抄着，折磨着，愈是看着他，愈是觉得他是那么可怜，那么凄惨，那么丧魂落魄。我问自己，是谁将他毁成了这个样？于是我想起了他的灾难，想到了制造这个灾难的罪魁祸首——小偷！说真的，谁想得到，就是这样一位天才人物，一个如此强大又可怕的人（笔记本使我确信陈华南的强大和可怕），一个有着如此高度和深度的人，人类的精英，破译界的英雄，最后竟然被一个街头小偷无意间的轻轻一击，就击得粉碎。这使我感到神秘的荒唐，而且这种荒唐非常震惊我。

所有感觉一旦震惊你，就会引起你思索。这种思索有时是无意识的，所以很可能没有结果，即使有也不会为你马上意识到。在生活中，我们常常会突然地、毫无理由地感悟到某个思想，你为它莫名的出现感到惊怪，甚至怀疑是神给的。其实它是你早就拥有的，只是一直沉积于无意识的深处，现在仅仅是浮现而已，好像水底的鱼偶尔会突然探出水面一样。

再说当时我的思索完全是有意识的，小偷猥琐的形象和陈华南高大的形象——两者悬殊的差距，使我的思考似乎一下子有了方向。毫无疑问，当你将两个形象加以抽象化，进行精神上或质量上的比照，那就是一种悬殊的优与劣、重与轻、强大与渺小的比照。我想到，陈华南，一个没有被高级密码或说高级密码制造者击倒的人，现在却被小偷无意间的轻轻一击击倒了；他在紫密和黑密面前可以长时间地忍受煎熬、焦渴，而在小偷制造的黑暗面前却几天也忍受不了。他变得这么不堪一击是为什么，难道是小偷强大吗？当然不。是由于陈华南脆弱吗？对！因为小偷击中了陈华南最神圣又隐秘的地方——笔记本，这地方正是他最脆弱的地方，就像一个人的心脏，是碰不得的，只要一击中就会叫你死掉！

那么你知道，正常情况下，你总是会把自己最神圣最珍视的东西存藏于最安全最保险的地方，譬如说陈华南的笔记本，它理应放在保险箱内，放在皮夹里是个错误，是一时疏忽。但反过来想，如果你把小偷想象为一个真正的特务，他作案的目的就是要偷走笔记本，那么，作为特务他一定很难想象陈华南会把这么重要而需要保护的笔记本疏忽大意地放在毫无保安措施的皮夹里，他要偷走的肯定不会是皮夹，而是保险箱。然后你再作假设，如果陈华南这一举动——把笔记本放在皮夹里，不是无意的，是有意的，而他碰到的又当真是一个特务（不是小偷），那么这时你想想，陈华南将笔记本放于皮夹“这举动”是多么高明，多么杰出的机智！它分明使特务陷入了迷魂阵是不？这使我马上想到黑密，我想，制造黑密的家伙会不会故意把密锁放在皮夹里？而陈华南——一个苦苦求索密锁的人，则扮演了那个在保险箱里找笔记本的特务？这个思想一闪现，就让我激动得不行……

是啊是啊，我很激动。想起这些，我总是非常激动，那是我一辈子最伟大、最神奇的时刻；我的一生正因有了这时刻，才有了今天这坦然和宁静，甚至这长寿。风水来回转，那个时刻老天把世人的全部运气都集中给了我，我像是被缩小、被倒回到了母亲子宫里一样迷糊又幸福。这是真正的幸福，一切都由别人主动给你，不要你去索取，不要你回报，像棵树一样。

说真的，当时我的想法从道理上讲完全是荒唐的，但它的荒唐又恰恰和我前面提到的“两个怪异”咬紧了：两个怪异，前者似乎说明黑密极其深奥，以至于陈华南都对付不了它；而后者又似乎说明它极为简单，以至于启用三年都没一丝差错——只有简单的东西才可能行使自如求得完美。

当然，严格讲，简单有两种可能，一种是假简单，即制造黑密的家伙是个罕见的大天才，他随便造一套对他来说是很简单很容易的密码，而对我们来说已是极其深奥；另一种可能是真简单，即以机巧代替深奥，以过分的简单迷糊你，打比方说就是将密锁放在了皮夹里。

然后你想，如果说这是一种假简单，那么黑密对我们说就是不可破译的，因为我们面对的是个千古不见的大天才。

我现在想，陈华南当初一定是陷入了假简单的固执中。不过，他陷入假简单是正常的，几乎是必然的，一则……怎么说呢？这么说吧：

比如你我是擂台两方，现在你把我打下擂台，然后我方又跳上一人和你对擂，这人从情感上和感觉上都容易被你当做高手，起码要比我高是不？陈华南很可能就是这样，他是擂台的赢主，他打出了兴头，就心情而言，他早已作好与更高手再战的准备；

二则，只有假简单才能将“两个怪异”统一起来，否则它们是矛盾的，对立的。这里陈华南是犯了个天大的错误，因为——我想——在他看来，一本高级密码出现如此明显的矛盾是不可思议的；他破译过紫密，他深悉一本高级密码内部应有的缜密而丝丝相吻的结构。所以，面对两个怪异，他的理念不是习惯去拉开它们，而是极力想压拢它们。要压拢它们，假简单便是唯一的力量。

总之，天才陈华南在这里反倒受到了他天才的伤害，使他迷恋于假简单而不能自拔。这也恰恰说明他有向大天才挑战的勇气和实力。他的心灵渴望与大天才撕咬呢。

可是，我跟陈华南不一样，对我来说假简单只能使我害怕、绝望。这样等于替我堵住了一条路。堵住了一条路，另一条路也就容易伸到我脚下。所以，真简单——密锁可能在皮夹内的想法刚一闪现，尽管这想法很荒唐，可我还是感到了绝处逢生的快乐，感到仿佛有只手将我拎到了一扇门前，这扇门似乎一脚即可踹开……

呵呵，那片刻的心情我从来就没有抓获过，所以，回忆也是一片空白。我只记得当时我没有立刻上机去求证我的设想，一方面也许是因为我怕我的设想被揭穿，另方面是由于我迷信深夜三点这个时辰。我听说人在深夜三点之后既有人的一面，又有鬼的一面，神气和灵气最充足，最适宜沉思和奇想。就这样，我在死气沉沉的办公室里像只困兽似的反复踱着步，一边倾听着自己剧烈的心跳声，一边极力克制着自己的强烈冲动，一直熬到深夜三点，然后才扑到计算机上，开始求证我荒唐的设想。那时间，我真像个鬼一样痴迷、疯狂！

我不知道我到底演算了多久，我只记得当我找到密锁疯似的冲出山洞时(那时候我们都在山洞里办公)，天还没亮，哦——快吧，当然快。你不知道，密锁就在皮夹里……

是的是的，我荒唐的奇想被荒唐地证实了！

这是我做梦也没想到的，就是在一切都明明地摆在我眼前时，我还不相信自己的眼睛，以为一切都是假的，一切都在做梦中。

呵，谁想得到，黑密的密锁是零！它没有密锁！这谁想得到？这就是说……我真不知道怎样才能跟你解释清楚，我们还是打比方吧，比方说黑密是幢隐蔽在遥远、无垠天空中的房子，这房子有无数无数的门，所有门都一模一样，都是锁着的，而真正能开启的只有一扇门，它混乱在无数无数永远无法启开又跟它一模一样的假门中。现在你想进入这屋，首先当然是要在无垠的宇宙中找到这幢隐匿的房子；然后则要在无数无数的门中找到那扇唯一能启开的“真门”；然后再设法去找到那把能打开“真门”上的锁的钥匙。当时陈华南正是这把开锁的钥匙没有找到，而其他一切他早在一年前就全解决了。

那么所谓找钥匙，我刚才说过，其实就是拿一把把的钥匙去捅锁眼。这一把把钥匙都是破译者依据自己的智慧和想象磨制出来的，这把不行，换一把；又不行，再换一把；还不行，再换一把——就这样，陈华南已经忙忙碌碌一年了，可想而知他已经换过多少把钥匙。这中间，你不难发现，一个成功的破译家不但需要天才的智能，也需要天才的运气。因为从理论上说，一个天才破译家，他心中的无数把钥匙中必有一把是可以启开锁的，问题是这把钥匙出现的时机，是一开始，还是中间，还是最后？这里面充满着巨大的偶然性。这种偶然性危险得足以毁灭一切，也神奇得足以创造一切。而对我来说，这种偶然性所包藏的危险和运气都是不存在的，因为我心中没有钥匙，我无能磨制那些钥匙，也就没有那种“亿万中寻一”的痛苦和幸运。这时如果这扇门确实是有把锁锁着的，那我的处境你便可想象的了，那就是我将永远进不了门。可现在荒唐的是，这扇门表面上看似锁着的，实际上，却根本没锁，仅仅是虚掩在那里，只要你用力一推，就推开了——黑密的密锁就是这样荒唐得令人不敢正视！

啊，魔鬼，魔鬼。这确实是魔鬼制造的密码！只有魔鬼才有这种野蛮的勇气和贼胆！只有魔鬼才有这种荒唐又恶毒的智慧！魔鬼躲开了天才的攻击，却遭到了我这个幸运儿的迎头痛击。然而，天知道，我知道，这一切都是陈华南创造的，他用笔记本把我高举到遥远的天上，又通过灾难向我显示了黑密深藏的机密。也许，你会说这是无意的，然而，世上哪一部密码不是在有意无意中被破译的……

最后，老人告诉我：魔鬼所以制造这种密码，一定是因为他们从紫密被破的悲惨中看到了自己的绝境，他们知道——一次交锋已使他们深悉陈华南的天才，正面交锋无望，于是来了这生僻、怪诞的一招。

然而，他们哪里想得到，陈华南还有更神的绝招，用老人的话说就是：他用灾难的方式向他的同仁显示黑密怪诞的奥秘，这是人类密码史上绝无仅有的一笔！

现在，我回顾着这一切，回顾着陈华南的过去和当代，回顾着他的神秘和天才，心里感到无限的崇敬，无限的凄凉，无限的神秘……

（《小说月报》1997 年第 12 期选载）

重返阿兰岛

赵　琪

嚣声退隐，大地安详得侧耳就能听到星体的运行。那个金属般的声音再次刺痛了将军的耳鼓——

“将军，什么时候，我们才能重返阿兰岛呢？”

从某个时刻起，将军就每每听到这个来自天籁的声音。它不急不躁地准时在深夜里出现，似古刹透出的几响钟声，似彼岸卷来的一阵海风，似踏动着冰封寒极的几点马蹄。清晰却又虚缈，实在却又莫可把握。将军陡然一惊，一双犀利的凹眼刷地射向长天。

星河安寂，河汉混沌一片。

将军一声冷笑：提什么阿兰岛，当兵的浪迹四海，也不必每个地方都回眸一番吧？

星空沉寂无声。

将军是个年近花甲的老人了，不久就将结束他的军旅生涯。这是将军一生中最彷徨不定的时期。将军在这些日子里，常常觉得神思恍惚，心绪翩翩。

有一天将军收到一件来信。来信分为两部分。

第一部分：

将军：

我们知道你曾去过阿兰岛，你曾穿行于阿兰岛纵横交错的隧道中，那时你曾夸赞阿兰岛隧道的宏大坚实，你曾为麾下部队有如此良好的守卫与防御工事而高枕安眠，你曾布置过如何装扮、维护、使用那些隧道，你曾醉心于隧道的深邃与神秘，你曾特意在里头住过。

我们知道你是热爱阿兰岛隧道的。

可是你了解阿兰岛隧道修造时的情况吗？你知道它是由一些什么样的人建造的吗？你在隧道中行走时嗅到过在它的成长阶段包裹着它的那种壮烈的气氛吗？你能想象到那时艰苦卓绝的情景吗？你知道就在你脚踏着的那一寸石板上曾经血肉横飞吗？你在隧道的墙壁上看见过我们光荣的汗水和凄戚的眼泪吗？

不，你没有。

你曾在一纸命令上签上你潦草的名字，于是阿兰岛隧道便空无一物了，于是那里就不再有炮轮的滚动和操炮的口令，不再有士兵铿锵的脚步。于是隧道就只是空寂而又黑暗地躲藏在地底，慢慢等待着千万年的最后的消失。

阿兰岛于你，只是你所拥有的许多海岛中的一个，阿兰岛隧道，也只是你拥有的许多工事中的一个。你的生命从前、现在和今后都不会和它联结在一起。而且当你的那纸命令付诸实施之后，就是你主动舍弃它了，你明白表示不要它了，它于你不再有专业与事业上的任何意义了。

那就给了我们吧！请求你！阿兰岛该属于我们了，阿兰岛的隧道该用来作我们的家了。我告诉你一些名字吧——大洪，老耿，小项，长虫，馒头，水鬼……

将军，什么时候，我们才能重返阿兰岛呢？

涂代

第二部分：

兄弟们：

你们不是曾长久地伫立在各处的山巅上遥望着阿兰岛吗？你们心里不是每时每刻都在流动着阿兰岛的往事吗？你们不是为日出阿兰岛而欢呼雀跃，又为云遮阿兰岛而黯然神伤吗？你们不是已经期待了很久很久了吗？

我曾与你们相约：当阿兰岛巨大的主炮台上开满了金黄色的鲜花，一号隧道沉重的岩石门扇上铺满了碧绿色的青苔，有清澈的泉水自隧道中汩汩而出，弟兄们，那就是我们重返阿兰岛的时刻。

来吧，到阿兰岛来吧，重返阿兰岛的时刻已经到来。

涂代

将军招来一个精明强干的资深参谋，把这些信递给他。

“能解释一下吗？”将军说。

参谋屏神把来信看了几遍。“是这样，”他说，“看得出来，写信的这人参加过当年阿兰岛的隧道施工，他对我们这边，包括首长你的情况十分了解，他还知道阿兰岛已经撤销防务，成了一座空岛。”

“他是谁？他想干什么？”

“他似乎就在我们附近，他好像要发起一项什么活动，比如老战友聚会这一类。当然，这个解释有很多矛盾，也可能不是这样。”

将军背着手来回走了几趟：“他们怎么就找到我头上来了呢？我可从没参加过任何的隧道施工。这不是欺负我老头子吗？”说到这儿，将军忽然一笑：“这是件挺有意思的事，是不是？我想如果要派你去弄明白的话，你一定很愿意吧？”

参谋说是的，的确很愿意。

“你要弄清以下问题，”将军说，“第一，当年在阿兰岛开拓隧道的，是哪支部队，他们现在的位置。第二，信中提到的人和写信的这人的真实身份。第三，他们的目的。”

参谋执行使命去了。

苍穹之上的那个声音依然每每在将军耳边响起，只是更多了些焦躁和忧郁。声音响过之后，将军的心中就会涌动起些什么，再也睡不着。

我是老了吧？将军想。我真的是听见了那个声音吗？

一段日子后参谋风尘仆仆地回来了。“我找到了一些当事人。”参谋疲惫地说。

“在阿兰岛开拓隧道的是南海工兵分队。”参谋报告说，“他们于一九六二年上岛，一九七〇年完成岛上隧道施工后撤出，在岛上一共施工八年。八年间，有十七人因各种原因死于阿兰岛。”

参谋说着，递上一份亡故者名单。

“南海工兵分队？”将军沉吟道，“怎么从没听说过这个部队？”

“七十年代，这支部队就奉命撤销了。”

“名单上的人都是这个部队的？”

“是的。都是一入伍就上了阿兰岛，直到死也没有离开过阿兰岛一次。”

将军的目光盯住了那份名单。

老洪——洪水长，班长，牺牲于隧道塌方

老耿——耿秋生，班长，施工期间病故

小项——项祖光，战士，牺牲于隧道不明气体爆炸

长虫——常三羊，战士，施工期间不明原因猝死

馒头——张子礼，战士，牺牲于隧道塌方

水鬼——林阿猛，副班长，台风卷入海中牺牲

最后一行字让将军吃了一惊：

涂代——涂国强，代理指导员，死于枪走火事故

“怎么？涂代也死了？”将军惊讶地问。

“是的，死于一九七〇年初春。”

“一九七〇年初春，隧道施工不是已经完成了吗？”

“是的。那时他们把隧道移交给了刚上岛的守备部队。”

将军明白了：那时海防形势紧张，敌特潜入事件时有发生，想必是刚上岛的守备部队精神过于紧张，处理情况时做出了过度反应。

参谋说：“有天夜里他出去，口令没答上来……”

将军朝海面望去，目光凝在了浩瀚的水波之上。

“我听说了一些他们当年施工的事，”参谋说，“那时候，非常艰苦……”

“我知道，”将军打断他的话，“没有蔬菜，粮食有时也运不上去，天气炎热，蚊虫凶猛，传染病流行……阿兰岛又是石岛，作业条件艰苦，掘进速度非常慢，工具简陋，作业主要靠钢钎和炸药……”

参谋一惊：“首长都知道？”

将军摆摆手：“那个时候都这样。”

参谋看看将军：“但是有一点，首长可能料不到——他们总是完不成任务……”

“哦？”

“原来要求他们两年完成全部作业，结果他们干了八年。”

“哦……”将军闭上眼睛。一股悲怆慢慢在心里扩散开来。

“他们每天、每月、每年都远远达不到任务指标，他们常常在总结会上相拥痛哭。他们尽量睡最少的觉，使出最大的力气。该死的石头特别硬，当时的敌情又是那么紧迫，他们最恨的就是自己为什么没有

更大的能力。眼看战争明天就要发生，他们的工事却还远远没有做好，他们觉得没脸见人。他们一次次发起突击，展开会战，但结果却是力尽神疲，工伤累累。”

“八年里，没人立功受奖。他们羞于向上申报。”

将军眼前出现了一支从大战场上走下来的部队，他们满面焦黑，相互搀扶，额头和别的地方都绕满了绷带。比伤痛更令他们难过的是，他们刚才的那一仗，却没有完成任务。

将军问：“涂代的死，准确吗？”

“记录在案。”

“记录也可能有错误。”

“我也这样想过。我曾经设法寻找他的家人。”

“结果呢？”

“他家所在的村子，十几年前就被水库淹没了，库区移民的迁移情况，无从查起。”

那么，这些署名为“涂代”的信，是谁写的呢？他又把信寄给我干什么呢？将军想。他问参谋：“这些人都葬在阿兰岛吗？”

参谋道：“没有。没有一个人是葬在阿兰岛的。”

“什么原因？”

“阿兰岛是一座石岛，表面泥土不够一米深。要在阿兰岛上建造坟墓，必须打洞凿石，然后用水泥封堵。他们当时觉得这样不但太麻烦，而且还要花费许多水泥。一袋水泥要顶一个战士两个月的伙食费呢。当时他们就有一个约定：死了后一律送去大陆焚化，骨灰由老乡带回。”

将军太息长叹：“难怪。”

将军让参谋到阿兰岛去考察一番，看看是否真的有什么神迹显示。参谋搭了条船就去了。

“真是神了，”参谋回来后紧张地报告说，“自部队撤出岛后，海风把泥沙送进了主炮台的窝盘里，炮台上长满了仙人掌。”

“那便如何？”

“将军，现在不正是仙人掌开花的时节吗？仙人掌开的就是黄色的花啊！”参谋兴奋地说。

“这么说一号隧道石门上的青苔，隧道里溢出的泉水，也都是有的了？”

参谋点头：“岛上没有人活动，植物就特别茂盛。表土植物多了，根系上的水分就渗入了隧道……”

将军深思了片刻，忽然精神一振：“我认为，情况已经清楚了。”

“清楚了吗？”参谋迷惘道。

“是的，清楚了。”将军微笑着说，“你给我拿一张阿兰岛的工事图来。”

夜深人静时，将军的听觉中又响起了那个熟悉的声音。

将军披衣坐起：“兄弟，你能不能靠近点，我们聊聊好吗？”

没有回答。

“你就是涂代吗？”将军问。

“不，我不是涂代。”声音忽然说。

“能问一句吗，你们为什么要重返阿兰岛呢？那里已经没有守军了。你们清楚，那是个石岛，没有林地，淡水很少，孤悬海外，常过台风……”

“我们并不是要去到世外桃源。”那个声音说，“阿兰岛是我们的精神故园，那是我们最终的归宿，是我们的更生之地，是我们永远的家。我们的魂魄就失在了那个地方，我们的魂魄只依附于那个地方，千年万年，我们都是要回去的。”

“为什么要等到这时候？是因为岛上的部队撤守了吗？”

“是的。这是我们相约重返阿兰岛的日子。”

“重返阿兰岛，要经过我吗？”将军很有兴致地问。

“我们需要你的帮助。”

“是这样……”将军思索着。

有一天将军又喊参谋来看一封信：

弟兄们：

重返阿兰岛的日子已经到来，你们听到我的声音了吗？

涂代

“他怎么总把信寄给我们呢？”参谋疑惑道，“难道是要我们去通知南海工兵分队那些在阿兰岛上死去的弟兄们吗？”

“是这个意思。”将军说，“我知道怎么办了。我们就按他们的规矩去办吧——我们去到海边上，把这些信焚化了。”

参谋笑了：“这是向另一个世界投递的方式呀！”

“可以这么理解。”将军郑重地笑道，“我们想周到一点。这张阿兰岛工事图是应该一起焚化的。”

“还有现代掘进工具的照片。”参谋说，“他们要是乐意再接着干，可以省事多了。还有，再配置些大船、直升机、电台，这些照片我都有。”

“心要诚。”将军拍了拍参谋的肩膀，“他们能洞察一切，他们是容不得虚假与欺骗的。”

又一个深夜，那个声音说：将军，请为我们准备一条小船，没有船我们越不过海洋。星期三在码头上等我们好吗？

不，将军说，我亲自送你们去。我要带着军舰，护送你们前往阿兰岛。当你们登上舰艇的那一刻，将会看到这样的场景：舰艇上飘扬着五色斑斓的彩旗，军号奏响，枪炮齐鸣，官兵们肃立在甲板上行举手礼……沿途经过的所有军事岛屿，都将是全体官兵站立在岗位上，鸣枪致意。我们七点整起航！

不不！我们只是要条小船。

我已经决定了。将军说。

没有声音了。将军把酒向天，几路长长的流星划过头顶。

“这样……合适吗？”参谋小心翼翼地问。

“当然合适。”将军虎气生生，“爱军爱国怎么爱？难道还有比南海工兵分队的弟兄们做得更好的吗？”

生命会消亡，骨肉会陨化，然而英灵却是浮扬在生命与骨肉之上的。将军想。英灵是不灭的，它们从一切的有形中升华出来，满世界飞来飞去。它们悬挂在众生的头顶上，让正进行着的生命有了一些可以比照的高度。他们流云般在天空涌来涌去，不时把些纯真和本色演示给大地看。

阿兰岛的仙人掌这会儿已长得肥美无比了。将军想。将会有许多精灵们在月色中快乐地嬉戏于其间。也许以后去阿兰岛的人们不时会碰上些善意的玩笑，多好啊！新的神祇就这样出现了。能与神祇对话的人当然是不一般的，就像我一样。将军在黑地里发出爽朗的笑声。

可是我老了。将军想。我老了。

在那个早上，将军健步登上了军舰。

起风了，军舰在水面上一摇一晃。风中一列列官兵肃立在船舷的甲板上，全神贯注地等待着一个时刻的到来。

“会有谁登上舰艇呢？”将军饶有情趣地想。

将军想此去阿兰岛，我要在阿兰岛最高处的岩石上刻上这样一些字：

阿兰岛隧道　　　　南海工兵分队建造

一九六二—一九七〇年

时间到了。将军朝海岸上大声喊道：“喂！弟兄们，你们到齐了吗？

去吧，到阿兰岛去吧，重返阿兰岛就在这个时刻！阿兰岛是你们的了！”

将军听到天幕上有个声音在回应：弟兄们，这就是我们重返阿兰岛的日子！

（《小说月报》1997年第12期选载）

营地之光

陶　纯

在我们广袤的土地上，有许多形形色色的营盘。说它们形形色色，我想主要是指周围地物地貌和风土人情的不同，就营盘本身而言，它们的区别微乎其微。其建筑风格大体一致，老房子总是比新房子多；至于里面的人，就更不用说了，都是来自五湖四海，穿着一律的衣服，留着一律的发型，操着一律的军事政治术语，散发着一律的气味，手中的武器虽林林总总长短不一，但其用途是完全一致的。在我们的栖息地上，再也找不出比营盘中更整齐划一的人群了。

但是，此类人群的流动性又是其他人群无法做到的，变的是人，不变的是营盘。正所谓铁打的营盘流水的兵——这是人类的语言仓库中最形象独到的一句描述。如果非要找出一样东西和营盘比拟，那么，我认为车站最合适——铁打的车站流水的旅客。如果再推而论之，拿土地跟它相比也没有什么不妥，人总是一茬茬地生，一茬茬地死——铁打的土地流水的人。这世界，就这个样子。

当然，那些安营扎寨于大城市的营盘已经越来越不像营盘了，它们呼吸着含有二氧化硫、汽车废气和工业粉尘的污浊空气，成了五光十色的城市的一部分，里面三世同堂乃至四世同堂的人家并不少见。而在我爸待过的那类营盘里，绝大部分人是光棍儿，一小部分虽有老婆孩子，极少见到三世同堂的。大城市里的营盘一般都称做机关。有一年，我爸到军区机关办事，正巧赶上周末，我爸说要带我见见世面，

就把我拽上了。进了机关,他东瞅瞅西看看,居然连路都走不利索了,活脱脱一副乡巴佬的模样,比我还好奇。后来我才知道,他是来联系调动的。机关的一位处长下部队时,曾暗示他不妨来机关活动活动,争取调过来。事实上那次他差一点得逞,如果不是后来他的连队出了点事,他就会成为机关的一分子,我们全家都会跟着他走进大城市。因此,在回去的火车上,他格外大方地为我买了一罐雪碧,高门大嗓地说:“儿子,痛痛快快喝吧!”那是我有生以来头一回喝易拉罐饮料,居然不清楚怎么打开它,慌乱中把拉环拽掉了,我爸最后还是用刀子将它启开。记忆中那玩意儿辣得舌尖发麻,直到现在,我仍对含有碳酸的饮料不感兴趣。也就从那时起,我对机关这个词尤其敏感,曾经认认真真查过一回字典,并牢牢记住了字典上的解释。字典上说,机关指控制整个机器的关键。

我对营盘的所有印象全部来自于往昔的生活片断,这种印象早已融入了我的血肉,钻进了我的骨髓,使我一辈子都不会有陌生感。现在,当车子驶近中原腹地的一座营盘时,远远地,我就闻到了再熟悉不过的气味。奇怪的是,我并没感到冲动。这座不大的营盘靠近一个破旧的小县城,我们这群新兵是从县城下的火车,一出车站,我抬眼就看到了不远处停着的几辆解放牌老式卡车,不用说是来接我们的车。这种绿漆斑驳的老爷车市面上已经不易见到了,而它们在营盘里却活得滋润,它们是军车序列里的老祖宗,俨然就是军车的象征。车子驶近营门,新兵们嘁嘁喳喳议论,瞪大眼睛望着营门口持枪站立的哨兵。哨兵的样子很威武,新兵们一定从他身上看到了自己不久的未来,个个都很兴奋,露出傻里傻气的模样。我心里却异常地平静。我看到营门和我爸当年所在的牛头山军营的营门几乎如出一辙,一样的颜色,一样的简易,就连哨兵身后的木制绿色岗亭也十分相似,仿佛是同一个木工做出来的。

这座营盘的附近有一条小河,牛头山军营的附近也有一条小河,不同的是,这条小河里的水质受到了严重污染,水面上漂浮着肮脏的泡沫，发出刺鼻的气味，眼下虽是严冬季节，小河却不结冰，水面上甚至还浮升起缕缕蒸汽。而在我的印象中，牛头山军营旁的小河是清澈见底的，水里游动着银色的小鱼，河底卧着河蚌和螺蛳。傍晚时分，我站在这座营盘围墙边的一座土岗上，瞭望夕阳下仍然发不出光来的污浊的河水，想起牛头山那座营盘边清亮的溪流，感受着时光的流逝，内心充满了温润和伤感。

十年前，也就是一九八四年，我八岁，刚上完小学一年级。仲秋时节，我帮我妈收完责任田里的秋庄稼，正准备种小麦时，我爸风尘仆仆赶了回来，接我们去部队。本来我们母子二人随军的手续年初就办妥了，因为我爸所在的部队闹闹嚷嚷说要去边境轮战，随军就拖了下来。那半年里，我和我妈度日如年，生怕我爸上了前线有个三长两短。因为我爸是个军官，本来就有不少同学嫉妒我，平时他们又奈何不了我，还因为这个原因，我对父母亲的称呼不像本地人那样叫爹和娘，而是按城里人的叫法称呼爸妈，也使别人觉得别扭。这会儿他们巴不得我家出点事呢。幸好我们担心的事没有发生，因此当爸到责任田里寻找我们的时候，我妈把手中的麦种使劲往远处一扬，说："不种了不种了，这地不是咱家的了！"

因为过于高兴，搬家收拾东西时，我妈显得格外大方，很多家当都留给了我爷爷和我大伯，只带上了少数值钱而又便于携带的东西。我也是，除了课本外，我把一应文具慷慨地送给了一个外号叫"鼻涕"的同学，他比我大两岁，学习成绩是班里最糟糕的，因为长年累月挂着鼻涕，所以落下个难听的外号。他爹是个酒鬼，他娘是个病秧子，在同学堆里他穿得最破。我很同情他。"鼻涕"接过我送的东西，抽了抽鼻子说："我以后还能见到你吗？"我推了他一掌，说："怎么见不到？等你长大了，去部队找我玩，让我妈给你烙葱花饼吃。"

我的家乡在鲁、冀交界处的平原地带，不通火车。我们一家拎着大包小包先乘长途汽车到省城，再转乘火车去胶东腹地的牛头山军营。在离军营三十里远的县城下了火车，我爸连里的文书小吴正带着几个兵坐在一辆解放牌卡车的车厢板上等我们呢。见我们露头，他们呼呼隆隆拥上来，抢过我们手中的包袱和提包。我爸皱了皱眉头说，怎么没弄个小车？小吴回答说，管理股就是不给派，连长你以后成了团首长，一定要治治那些势利小子。我爸哼哼一笑，仿佛他真的当上了团首长似的，不再计较。几个兵把我们的家当搬上车，车子轰轰隆隆往部队赶，那气势一点都不比小车差。我记得那天天气好极了，太阳暖洋洋地照着秋后干干净净的庄稼地，牛头山上的树叶已经泛黄，远远望去，满山遍野像着了火，透出炫目的色彩。路过那条水流平缓的小河时，我看到一条鲤鱼露出水面打了个挺，激起的水花像一张越织越大的蜘蛛网。我兴奋地说："瞧，大鲤鱼！"

小吴说："鲤鱼跳龙门。连长，你们家的好日子来了。"

我爸的嘴角抖了抖，没说什么。我注意到一路上我爸并没流露出多么高兴的神情。是因为这一天他等待得太久了吗？按照部队干部家属随军的规定，副营职、当兵满十五年、年龄满三十五岁，这三个条件中够上一个，即可办理随军。我们母子随军是由于我爸当兵满了十五年。谁都知道，靠年头办事是一个很被动的办法。那一刻我爸脑子里想些什么我猜不透，这也是我那个年龄的孩子难以做到的。

车子进入营门时，我看到正对着大门的壁墙上写着"提高警惕，保卫祖国"八个龙飞凤舞的大字。而十年以后，当我踏进中原腹地的那座营盘不久，在同样位置矗立的照壁墙上，写的是"政治合格、军事过硬、作风优良、纪律严明、保障有力"。

从我出生后，我妈每年都带我来一次牛头山营盘。这是我第八次迈进这座军营的大门。而且这次进来，我们轻易不打算和它告别了。

我觉得从这一天起，我才算真正走进了我爸的生活。而在那之前，他对我是陌生的，陌生得形同路人。

我爸扛枪当兵与他的父亲我的爷爷有着极大的关系。鲁、冀交界处的苇河镇是个优美而宁静的地方，苇河是一条宽阔的河流，它上面连接黄河，下面和几条不知名的河相接，据说一直通到天津卫。在那个地方生活，当然挨饿是免不了的，那年头挨饿是平常事，不必大惊小怪。可我爸出去当兵绝不单单是为了混饭吃。我爸他们家的家境还是相当不错的，我爷爷有两个儿子，大儿子膀大腰圆，浑身有使不完的力气，二儿子也就是我爸个头没他哥哥高，力气也比他哥哥小，但同样很能干。再就是我爸上过六年半学，在镇上也算个有文化的人了，而我大伯连学校的门槛都没迈进过。有两个能干的儿子，再加上我爷爷自己又正值盛年，这个四口之家的小日子过得也算是有滋有味的。

宁静是苇河镇的一大特色，那里除了鸟鸣、人语和牲畜的叫声，你听不到别的声音。文化大革命开始后，外面的世界闹得鸡飞狗跳，可苇河镇就是不为所动，我行我素。但到了一九六八年秋，镇里传来的情况却让人们紧张起来。人们说，苏修在东北边境不断制造事端，装甲车碾过界碑，轧死我边民，抢劫我渔船；接着又说苏军朝我军边防巡逻队开火，战争阴云密布，等等。但过了一阵儿，人们又有点疲态了，心想乌苏里江、黑瞎子岛、珍宝岛什么的，离咱这儿远着呢，放心睡大觉吧。可我爷爷不这么看，他尚未完全迟钝的嗅觉告诉他，后面肯定会发生一些事情。

果然，刚过完年，就传来征兵的消息。镇里的一些适龄青年和他们的爹娘开始睡不安稳了，他们想方设法找茬口，试图逃避被送往东北边境。也不知我爷爷当时是怎么想的，反正他和别人不一样，他背着我奶奶，也没和我大伯商量，就替他的大儿子第一个报了名。镇革委会领导乐得直拍屁股，说老王呀，你不愧是个老兵，觉悟就是高。我爷爷的脸腾地红了，他头一低手一摆，小声说应该的应该的，没啥没啥。可他回到家里后，我奶奶却抓住他又撕又咬，说老东西你心太狠，为了自己这张老脸，连亲生儿子的小命都不顾了！我爷爷一动不动，任她撕任她咬。那边，我大伯气呼呼的，抬脚把一只青瓷尿盆跺成了八瓣。在我的印象中，我爷爷是一个非常慈祥的老人，我从没见他对人发过脾气，更没见他动过谁一指头，人总是乐呵呵的，就连遇到来家里偷食的野狗，他也是笑模笑样地哄劝它走掉了事。但在那一刻，随着青瓷尿盆钻心刺肺般的碎裂声，我爷爷猛地挣脱开他的女人，一个箭步奔过去，对着大儿子的黑脸膛就是一个响亮的耳光，他气咻咻地说："想不到我养了一个熊包！"一家人都愣住了。过了好久，才听见我大伯嗫嚅道："行，我是熊包，我认了。你呢？你算什么？"

这句话几乎将他的亲爹击倒在地。我爷爷霎时呆若木鸡，然后捂住树皮样粗糙的脸，蹲在地上半天没起来。在我长大懂事以后，才知道了我爷爷年轻时的复杂历史。抗战中期，日本兵来到苇河镇，烧了他家的房子。我爷爷一气之下参加了抗日武装，在苇河两岸的青纱帐里打鬼子杀汉奸。他负过伤立过功。抗战胜利后，游击队编入正规军，调到陇海铁路线上和国民党军作战，而这时我的家乡正进行土改，我爷爷家分得了二亩水浇地。淮海战役快结束时，给师长当马夫的我爷爷收到同乡捎来的一封家信，信上说，他的老母亲每天都到土地庙里烧香磕头，保佑儿子平安归来，眼睛都快哭瞎了；信上还说，由于爹娘身体不好，新分的二亩地里没收获几粒庄稼。也许就是这封信阻断了我爷爷前进的步伐，他在部队即将进行渡江作战时停止了他革命的脚步，历经艰辛回到了家乡的土地上。恰恰就是这个差错，一笔勾销了他曾经有过的光荣，使他在后来的岁月里总觉得底气不足。不久，全国解放了，他的战友们进了城，日子越过越舒泰。我上学之后，有一天收音机里讲到一位著名将军的名字，将军那时是某某军区的司令，我爷爷既自豪又羞涩地告诉我，他为这个人牵过三年马。又说，不知那匹雪青马现在咋样了，那可真是一匹好马。曾经有好心人怂恿我爷爷，到县民政局找一找，要点补助，毕竟打过仗负过伤嘛。我爷爷头摇得像个货郎鼓，他说："我老王再也丢不起人了！"

我大伯的一句话让我爷爷大病一场，他不停地嘟囔："谁给我去问问，看部队上要不要我，若是要，我去。"我奶奶偷偷提着两盒点心去找镇革委会的头头，请求把她儿子的名字撤下来，人家当即就翻了脸。"你当这是闹着玩的？"不由分说就把两盒点心扔到了院子里。转天，武装部来人唤我大伯去县里体检，可我大伯不见了，过后才知是我奶奶把他藏到了镇外一座废弃的砖窑里。我爷爷急得团团转，武装部的人脸色很难看。后来我爸反复想过，他的爹那天如果过不去那个坎，也许就没脸活在世上了。关键时刻，是我爸站了出来。那时他正害着胃疼病，小脸枯黄，腰弯得像只虾米。他的爹从没打算让他背井离乡，我爷爷早就认为他的大儿子是扛枪吃粮的最佳人选。耳鸣目眩之际，我爷爷听到他的二儿子平静地说："爹，我去试试吧。"我爷爷恍若抓住一根救命稻草，他的膝盖一阵乱抖，懵懵怔怔地说："你？你去？好，好好。"接着又说了一句傻里傻气的话："你要愿去，我给你当儿子都成！"多年以后我爸对我说，那一刻他特别担心我爷爷朝他跪下。

一九六九年三月，刚过完十八岁生日的我爸怀揣一颗忐忑不安的心，奔向了不可知的未来。临动身前那几天，我奶奶仍不停地冲她的男人大哭大闹，她的男人突然就涌出眼泪，说："要是儿子真遇上个三长两短，下辈子我做牛做马报答他。"而我的父亲临走时依然平静地对他的父母说："是死是活，都是我自觉自愿的。"

往后的历史背景人们都清楚了，六十年代末东北边境的战火很快就熄灭了，它仅仅成了和平时期的一段小插曲。我爸根本没获得亲耳聆听枪弹声的机会，同大多数士兵一样，他们的心房只是跟着战争剧烈颤动了几下，很快归于沉寂。

他们这批新兵在靠近渤海湾的一片沙滩上训练了一个半月，原说要随某某军调往东北边境，因局势很快缓和下来，他们心里踏实多了。训练结束后，他们被充实到牛头山军营。这座军营占地面积很大，牛头山北麓的漫坡地全被划拉进来了，但里面驻军不多，只有一个步兵团，师部在离此一百公里外的T市。据说当年日本人和国民党都曾在这儿屯过兵，某些至今已经摇摇欲坠的房屋就是历史的见证。

这个步兵团历史上没有什么卓著的战功。新中国成立后，名牌部队和非名牌部队的命运是大不一样的。名牌部队之所以出名，是因为战争年代打过某些大仗恶仗，被授予过某些荣誉称号，并且涌现出许多叱咤风云的英雄，产生了一大批星光闪烁的将领。于是，在远离战争的年代里，在同样的条件下，那些名牌部队照样风光无限。这就好比一座村庄，这个村庄送走了一批批有出息的子弟，他们日后当然会时常想念他们的出发地，这个村庄的兴旺发达也就指日可待了。有一个现成的例子：和我爸坐一个车皮去部队的林久法，老家离我们苇河镇二里远，他和我爸在同一个新兵连接受的训练。有一年我见过他一回，也没觉出比我爸强多少，甚至某些方面还不如我爸，但他却比我爸幸运多了，全因为他下连时给分到了A军M师。临分手时林久法还哭了鼻子，说老乡们都去牛头山，只他一人去A军，到那儿连个照应都没有。岂不知A军便是一支名牌部队。他和我爸差不多同时当上连长的，不久，军长来他的连队视察工作，军长意外地发现，林久法使用的床铺、办公桌等一应物品都是当年军长在这个连当连长时使用过的。军长立马就对林久法另眼看待了。这以后林久法一帆风顺，我和我妈随军的那一年，林久法已经当上了团长。又过了八年，我爸转业时，从M师传来消息，林久法当师长了。这消息还真把我爸吓了一跳。我妈望着我爸，摇摇头说："啧啧，看看人家。"我爸则虎着脸，一言不发。我想在这样的时刻，他是没有发言权的。

从这个意义上说，走进牛头山军营的人不是十分幸运的。许多年里，它仿佛被外部的世界遗忘了，波澜不兴，平淡无奇。有人统计过，从这里走出的最耀眼的人物只是一个副军长，而且他在副军长的位置上只干了三个月就被查出患有严重的肝病，提前离职休养了。一九八四年秋天，我和我妈到达牛头山军营时，这件事刚刚发生，营院里人人都流露出忧心忡忡的样子。

我爸的命运偏偏就和这样一座营盘联在了一起。同时和他的命运联在一起的，还有那些曾经与他朝夕相处的弟兄们，当然也包括我们全家。从当兵开始，一直到转业，时光就在不知不觉中哗哗流走了，走得是那么仓促，甚至他自己都来不及回味。从一九六九年五月到一九八八年二月：他在三连待了近二十年的时间，当过炊事员、通信员、副班长、班长、代理排长、副排长、排长、副连长、连长，每一个岗位上都洒下了他数不清的心血和汗水。一个人在一个连队待这么长的时间不挪地方，这种情况恐怕是不多见的。

实在说，我爸并没有什么雄心壮志，他很少想过自己将来要当多大的官。当军人告别了战场之后，你就无法用杀敌的数字来衡量他的功绩了。军人的价值标准似乎也就仅剩一个：看他的职务高低。这真是一个无奈的价值标准。照这个标准来衡量我爸，他无疑是一个彻头彻尾的失败者。军营里有一句很流行的话：不想当将军的士兵不是好士兵。这句话实在是蛮不讲理，现实中真正能当上将军的人有几个？而且在某些情况下，往往是那些没想当将军的士兵正是好士兵。

我爸的头脑中是否有过想当英雄的念头？我表示怀疑。一九六九年，他出人意料地顶替他的哥哥当兵，很大程度上是为了顾全他老子的脸皮。在新兵教导队搞训练的日子里，他常常做噩梦，生怕训练结束后调往东北边境作战。但他又绝不是一个胆小鬼，如果真的上了前线，他不一定就比别人差。他那时的思想一定十分复杂，不是一句话就能概括的。一九七九年南部边境之战爆发前夕，牛头山军营骚动得厉害，即将开往前线的传言像流萤一样纷飞，很多干部战士写血书，要求上前线，我爸他没有写，他甚至连一份不痛不痒的决心书都没有递给上级，据说他只是偷偷摸摸写了一封情意切切的遗书，是留给我爷爷和我妈的，从上面丝毫看不出英雄气概。当上级正式决定他们团不参战时，担任副连长的我爸立即吩咐炊事班长：“晚上多弄几个菜。”一九八四年初，又有小道消息传来，部队可能拉到南方轮战，那时边境的枪炮声仍在零零星星响着，部队去轮战并非空穴来风。后来我听一些老兵讲，那阵子他们连长的脾气非常之大，宛若凶神恶煞，动不动就黑着脸训人，吓得大伙躲着他走。后来，事情过去很久了，老兵们还心有余悸，说在你爸手下干了好几年，从没见他这么厉害过。

我长大成人之后，曾就这个问题和我爸探讨过一回，他深深吸一口烟说:“人怕死是很正常的,我相信绝大多数人都怕死。因为他不光为自己活着,他还为亲人活着。好好的一个人,为什么非要死?当然,话又说回来,如果需要他去死的时候,他也不应退缩。比如上了战场。所谓不怕死,都是逼出来的!”

在我爸漫长的军旅生涯中,一直未遇到直接面临生与死的机会,我不知道他对此感到遗憾还是感到庆幸。

我们母子二人正式住进牛头山军营时,我到牛头镇中心学校插班读二年级,我妈则到部队办的家属工厂上班,那些从各地农村随军来的家属们整天嘻嘻哈哈,她们生产一种没有注册商标的淀粉,我妈从村庄来到营盘里后还是要和粮食打交道。

从军营到牛头镇,大约二里远。出了营院大门,沿着河边的油漆路,一直往前走,拐一个山口就到了。牛头镇是个比较大的镇子,比我们家乡的苇河镇繁华多了。这一带雨水充足,空气湿润,姑娘们的脸蛋全都像优质苹果那样,白里透红,红里透白,让乍一闯进来的外地人目醉神迷,喉咙发痒,脚下打滑,傻话连篇。当地人主要靠种植水果为生,春天有草莓,夏天有杏子、樱桃,到秋天就更不用说了,漫山遍野都是苹果、梨子、葡萄、桑葚和肥桃,尤以苹果最多。深秋时节,苹果树像新娘子脸上突然被揭走的红盖头一样。这时,成熟的果实暴露在清风艳阳之下,个个红彤彤,羞答答的,令人眼花缭乱;那些更胆小更害羞的,仍然躲藏在几片椭圆形的叶子或同伴身后不肯出来,只是偶尔露一个脸儿,给你一种朦胧的想象和牵挂。而此时的苹果树则像一个刚由中年进入老年的婆婆,在她勤劳一生历经风霜之后,终于把数不清的女儿拉扯大了,她高兴得直摇晃,身子骨儿咔咔作响,仿佛在自豪地说,都来瞧瞧吧,我这群闺女有多漂亮,如果你喜欢,就把她领回家吧。

真的,我不骗你,秋天把牛头镇变得万紫千红,沉甸甸的、累累的果实几乎把它淹没,大气中弥漫着水果的混合醇香,五十里外都能闻到，让你不知不觉中步子变得轻飘，一副要醉倒的样子。如果爬上牛头山并非高不可攀的顶峰，你会发现自己陷入了各种各样的果实的重围，牛头山仿佛也变成了一枚巨大的果实。放眼望去，北面的军营像一块方方正正的棋盘，东北面镇街的形状像一片边缘不齐的树叶，那条明亮的小河宛若一根弹性十足的扁担，把军营和镇子担了起来，恰好夹在军营和镇子之间的一座突兀的牛头状山头仿佛就是那挑担子的人。再往远处看，正在行驶的一列火车像毛毛虫似的；县城灰蒙蒙的，犹如一团落地不动的乌云……我不想再往下说了，我不往下说你也能猜出，牛头山是一座世外桃源，是个风景优美的地方。后来我在牛头山营盘正式居住的日子里，常常爬到山顶上去，望着远方出神。

我去牛头镇中心小学报到那天，是我爸连里的文书小吴送我去的。在连队，文书是士兵里最牛气的人，其地位好比领导的秘书，少不了干些出头露面的事。小吴是四川人，个头不高，眉角有一颗女人那样的黑痣，说话有点“蛮”，走起路来像一股小旋风。小吴当新兵时，有一次我爸拉开他的床头柜，发现里面有很多零币，钢镚儿一摞摞码得规规整整，外面套上白纸，看上去像一支支放大了的烟卷，纸币则齐齐地用女孩子扎头发用的橡皮筋捆着。小吴说，家里为了让他当上兵，拿出哥哥定亲的彩礼钱请了客，他得攒钱帮哥哥早点把媳妇娶回来，多攒一分是一分。听了这话，我爸就决定让小吴当文书。我爸对那些前途渺茫的人总是抱有深刻的同情。小吴对我爸的感激之心也是显而易见。按说他是我爸的战友，我应该叫他叔叔，他却让我叫他哥哥。兵们就和他开玩笑，说大春叫我们叔叔，大春是我的小名，小吴你也得叫我们叔叔。小吴脸微微一红说，喂喂，各论各的，各论各的。

带我去新学校报到的路上，小吴两条细腿像捣蒜的槌子似的，速率特快。他不得不时常停下来等我。后来他干脆让我骑在他肩上，驮着我走。傍着道路的小河像一条青丝缎带，潺潺的流水声仿佛来自天外，河两岸是成片成片的果园，熟果甘甜的气息浓得化不开。我们迎着朝阳走了不一会儿，小吴就气喘吁吁了。他说：“弟弟，你要是个女娃子多好。”

我咯咯笑起来，说：“我要是个女的，你不成了猪八戒背媳妇了吗？”

他忙说：“对对，我是猪八戒，你是新娘子。”

在我们身后，稀稀拉拉跟随着十几个差不多和我同龄的学生，他们都是部队干部的孩子，也是去镇上学校上学的，他们跟在我们身后，羡慕地望着小吴肩膀上的我，小声地嘀咕着什么。他们一定在议论我是谁家的孩子。到了街口，小吴放下我，牵着我的手往前走。我们脚下的这条街在牛头镇是最繁华的，两边都是店铺，有理发店、铁匠铺、海产店、干果店、小吃店和百货店，几乎所有店铺的门前都摆放着一堆一堆的水果，果农们守着一杆秤，耐心等顾客上钩。小吴说：“弟弟，你得记住路，以后自己来上学。我倒想天天送你，可连长不会同意。”

我大声说：“没问题！”

路过一个卖葡萄的摊位时，摊主主动和小吴打招呼。摊主是个中年人，秃头，细眉，两只豆眼灼灼有神，像两粒黑葡萄。他面前的葡萄堆上落满了苍蝇。小吴冲他打趣道：“老拐子，你的苍蝇多少钱一斤？”

摊主大手一挥，苍蝇群迅疾飞离，他说：“怎么是苍蝇，吴班长你瞧瞧，我这可是有名的品种玫瑰红。”可他说话的工夫，苍蝇们又纷纷降落下来。小吴说：“老拐子你还嘴硬，你快看，这到底是卖葡萄还是卖苍蝇？”

摊主就又轰赶苍蝇。小吴冲我说，其实咱牛头山的苍蝇并不脏，都是吃新鲜水果长大的。如果苍蝇能卖钱，咱这儿的苍蝇肯定卖个好价钱。当摊主得知我是三连王连长的儿子时，拎起一大串葡萄就往我怀里塞，这时我才发现他的左腿有毛病。小吴替我谢绝了，说老拐子你别拉拢我小弟，王连长知道了要骂我。那些背着书包的部队子弟已经走到我们前头去了，小吴重又牵起我的手赶路。他告诉我，老拐子的老婆腿脚也不大利索，他先前是个酒鬼，喝起酒来啥也不顾，气得老婆跑回娘家死活不想回来，还要和他打离婚。有一次你爸去镇里办事，见他在路边拎着个酒瓶子，灌一口酒抹一把泪。你爸二话不说，上前夺过瓶子，提溜着他就去了二十里外的牛角镇他丈人家，好说歹说，才使他老婆回心转意。你爸还当着那家人的面踢了他一脚。从那以后，他果真戒了酒，承包了一座葡萄园，老婆还为他生了一对双胞胎。小吴补充说："不过，他种的葡萄还不是最好的。刘宝亮种的才是真正的玫瑰红，吃一颗能甜得你翻一个跟头。弟弟，哪天我领你去他家的葡萄园玩玩，他有个女娃子叫刘玲，她的耳垂和你的差不多，又大又圆，像一颗玛瑙。"

牛头镇中心学校建得蛮气派，一律红砖到顶的房子，房前屋后栽着高大的白杨和低矮的垂柳，操场上铺着细沙。小吴直接领我去了二年级一班。他那时还担任着学校的校外辅导员，经常给学生们讲雷锋刘胡兰董存瑞邱少云的故事，和学校的人很熟。他对一位刚走进教室的白白胖胖的女老师说了几句什么，女教师笑盈盈看我一眼，然后俯身冲已经各就各位的一大片脑袋说："同学们，你们又多了一位新同学。他爸爸就是大军三连的王连长。你们中有些人见过王连长。王连长年年都带兵参加助民劳动，帮我们不少同学家里干过活……"

女教师话没说完，同学们就都自发站了起来，桌椅板凳一阵乱响。随后就是连成一片的掌声，仿佛在欢迎一位刚从战场上归来的英雄。我心里热乎乎的，傻唧唧地站在教室门口，披了一身明亮而新鲜的阳光，一时不知怎么办好。

刚到学校的那段时间，我感到非常孤独。主要是我和大伙还不熟悉。镇上的孩子把我们这些军官子弟当做"贵族"看待，总觉得隔了一层什么。那些军营里的孩子在我进来之前已经形成了各自的小圈子，我要想加入某一个圈子，还需要时间。每天上学放学的路上，我常常一个人孤零零地走。那时我还没学会普通话，我那带有土腥气的口音也影响了和同学们的接触。当地人自然说他们的方言，但大伙都在说同一种方言，我的口音夹杂在其中就显得很不协调，仿佛我是一只远方的鸟，飞到别人的林子里来了。因此我下决心学说普通话。后来我终于能说一口标准的普通话了，我想这是牛头山营盘赋予我的本领。

那段时间，我妈也顾不上我，她刚进工厂，工厂里的一切都让她感到新鲜。她跟在那些比她早进厂的家属们的屁股后面问这问那，还忙着和其中的两个拜“干姐妹”。一到星期天，就央求人家陪她去县城转悠，但也没见她买过什么东西。只要她从厂里回来，屁股上、袖子上、鞋上肯定沾着白糊糊的淀粉，头上脸上也是，看上去像一只面口袋，我疑心她是存心不拍打干净。有一次我对她说：“你身上都是粉。你是不是可以用洗衣服的水做面汤吧！”她瞪我一眼，说：“小狗日的，你笑话我是不是？”

我爸呢，干脆连面都不照。他常常一个星期不回一趟家，而家离他的兵舍不过三百米远。偶尔回来换身衣服，一支烟没抽完又走掉了。忙是一个原因，我想主要的还是他不习惯家庭生活，一个人独身惯了。一天下午我放学回来，推门就见他正蹲在院子里的水龙头下面洗衣服，我说：“让我妈洗嘛。”他一愣，仿佛这才想起老婆已经随军，脏衣服用不着自己动手洗了。他马上站起来，甩甩手，挠挠头说：“我刚才就觉得不太对劲嘛。你妈回来后让她给我洗净晾干，明天我还要穿。”话没说完，人已走出大门。一天深夜，我和我妈早已睡下，突然听到外面敲门，我妈不高兴地说，闹嚷嚷地你想干啥嘛。他在外面说，肚子饿得咕咕叫，回来找点吃的。我妈以为他会在家里住下，谁知他拿着两张卷了葱的大饼扬长而去。我妈气哼哼地关紧门，对我说：“你爸把连队当成了家，咱家倒像是旅馆，想来就来，想走就走，牛头山军营没见几个这样的。我们娘儿俩大老远跟他跑这儿来，到底图什么！”

家对于我爸仿佛可有可无，老婆孩子的事放不到他的心上。真让我妈大伤脑筋。在我的印象中，他极少过问我的学习成绩，我妈冲他唠叨，他说学习全靠自觉。学生和兵不一样，有些兵你不牢牢地管住他，他就捣蛋；学生不是这样，靠别人逼着学的学生永远成不了好学生。我上五年级时，班主任老师一天中午突然来访。老师赤着脸支支吾吾，我爸以为我在学校里惹了祸，紧张地问：“怎么啦？他偷东西啦？

和人打仗啦?还是调戏女同学啦?”当得知我不过是上课精力不集中,考试成绩又往后靠了几位时,他笑了,说:“行行,我管管他。”老师走了后,我以为屁股上至少要挨他一脚,内心里做好了准备,暗暗收缩肌肉往上运气。但他只是认真打量我一眼,小声咕哝道:“大不了和你爷爷一样,种一辈子地。”

我小声道:“我可不愿种地。”他说:“种地也没什么不好。”

我爸对家庭生活感到陌生和漠然,起初我以为过些日子他会改变的,他独身的时间太久了,虽然他婚后每年都回去探亲或者我妈带我来部队,但每年在一起一两个月的时间和出一趟差又有什么区别?在后来的岁月中,他确实在很大程度上有所改变,可我仍然觉得,我们父子、他们夫妻之间的亲密程度总是缺点火候,就好比一枚螺钉,出厂的时候锃亮崭新,后来生锈了,这个时候不论你怎么打磨,都不可能使它恢复原来的样子了。

不过,在我最初感到孤独的那段时间,我爸也确实忙得拉不开栓,他对家庭的忽略不计是可以理解的。秋末冬初时节,一年一度的老兵退伍工作开始。这是一个敏感时期,因为每到这个时刻,总有些老兵惹出事端。各种性情的人日夜在一起,平时被掩盖住的很多矛盾,这时候却要爆发一下了,再不爆发就没有机会了。因此,每年这个时候部队都要紧张一阵子,如临大敌。

这一年的老兵复退工作尚未开始,我爸的神经就绷得紧紧的了。三连有十几个一九八〇年底入伍的城市兵,他们分别来自济南、武汉、天津和湖南岳阳。这一茬兵后来被公认为比较糟糕的一茬,据说他们入伍时都是街道办事处推荐的,部队和武装部没怎么插手,街道办事处的老太太们就借机动员一些平时谁也管不了的人混进了革命队伍,当然理由也很充分,你们部队不是大熔炉吗?那好,我们把这些坯渣送到你们炉子里炼炼吧。他们被塞进炉子里炼了几年,出炉时有的确实变成了好钢,有的仍旧是坯渣。现在,当你往外捡这些坯渣时,它不在你手上烫个火泡它就觉得憋屈。

在这个特殊时刻，我爸感叹着时光的变迁。仅仅在几年之前，部队曾经是个多么有吸引力的地方啊！不论是边关哨所、大漠深处，还是雪域高原，更不用说在内地，只要是营盘，它就发光发热，它就是一个香饽饽，它就是中国版图上最美好的地方，它就是天地间最亮的风景和最坚固的城堡，它使人热血澎湃激情似火，它让人流连忘返视死如归，全国的年轻人几乎百分之百地都梦想能够穿上一身军装握上一支钢枪。那个时期的营盘真是如日中天，光芒四射！我爸不由得想起他当班长副排长排长时，和当将军一样威风八面，手下的弟兄不论家底有多厚背景有多深，确是个个低眉顺眼，你拔一根鸡毛他真拿它当令箭。可是倏忽之间，世道变了，人心变了。对于年轻人来说，考大学、做生意、出国，条条大路通罗马，营盘的辉煌成了依稀往事，辉煌的营盘就像一颗陈年老珠，渐渐地黯淡了。谁还留恋它这个在斑斓的世界里只有一种纯色的营盘？

在这个特殊时刻，我爸感叹之余，一定想起了他当排长时的一个特殊的部下。后来我爸多次向我谈起过此人。他的名字叫秋江。秋江在我爸的排里待过一年多。他中等个头，秀气文雅，一抬手一投足都让人看出他是一个极有教养的人。但是在他离开牛头山营盘之前，谁也不清楚他的来历。他档案上的社会关系一栏里只简简单单写着：父亲秋××，革命干部；母亲××，家庭妇女。我爸是在团新兵教导队认识他的，当时我爸在教导队训练新兵。一天，在食堂门口，有个新兵把吃剩下的半个馒头往泔水桶里扔时，不小心掉到了地上。那个新兵离开后，秋江却走过去，弯腰捡起沾了脏水的半个馒头轻轻丢进泔水桶里。我爸看到了这一幕，记住了这个人。新兵下连时，我爸就把他要到了自己手下。他平时沉言寡语，不大合群，有空就坐下来看书，偶尔拿出一支竹笛吹上一阵，吹得山高水长，余音袅袅。连里曾经一度想把他列为“重点人”。所谓重点人不是说他多么重要，而是怀疑他会捅娄子，要重点防备。我爸不同意，说如果秋江出事，你们处理我好了，大不了我回家种地去。有一次搞五公里越野，秋江半路掉了队，他的班长气得咬牙切齿，骂他不争气，给全班丢脸。我爸见他脸蛋通红，伸手一摸滚烫滚烫，知道他正发烧。我爸当即就火了，把班长猛一顿训，然后亲自搀着他去了卫生队。一年多之后，师长突然来了，师长直奔三连，把秋江叫到小车里谈话。师长说军区司令员亲自给他打来电话，要秋江马上回北京报到。师长搓着大手嗔怪秋江，说你隐藏得太深了，真是想不到。到这时人们才知道，秋江的父亲是谁。他父亲是一位货真价实的解放军上将，一个如雷贯耳的大人物。全团的人都傻了眼。上将在“文革”期间没怎么受冲击，也就是说秋江来牛头山军营不是为了寻找避风港，而是实实在在来锻炼的。秋江就要走了，师长说，用我的车送用我的车送。但秋江只同意用师长的车拉行李，他提出要他的排长骑自行车送他去火车站。团长政委找了半天才在连队的菜地里找到秋江的排长，此时我的爸爸正坐在一条田埂上抽烟。你瞧，我爸就是这种上不了台面的人，他不愿去凑那个热闹。团长说，快去快去，秋江找你。我爸说，算了吧团长，你代我向他道个别就行了，我对他也没啥好说的，该说的以前都说了。当团长说明白秋江的意思后，我爸不好再拒绝。就这样，我爸骑上连里那辆叮咣作响的破自行车，在众目睽睽之下驮着秋江往火车站赶。火车进站了，秋江突然想起什么，他从军用挎包里摸出那支笛子，双手捧着递给我爸，说，排长，留个纪念吧。

现在，在这个特殊时刻，我爸下意识地拉开办公桌抽屉，拿出那支竹笛。他试着吹了几下，吹不成调。除了抽烟和偶尔喝口酒，我爸没有任何业余爱好。但这支普通的竹笛却让他想起那些结束了的故事。他想起一九七八年以前，他手下的兵里，父母亲是县团级以上干部的不少于一个排。而这种景象在他以后的军旅生涯中再也没有碰到。

现在，我爸必须面对复员老兵可能发出的挑衅。副连长外出学习，三个排长都很年轻，最要命的是，指导员李朝纲在这时候回老家看望父母去了。也就是说，连队全指望我爸撑着。每年这时候，总有个把平时和老兵闹过不愉快的干部找理由走开，显然他们担心老兵离队之际会让他们栽面子。比如指导员李朝纲,去年曾有一个复员老兵当着他的面摔了一个碗,要不是别人紧拉慢劝,那家伙不定给他什么难看呢!平心而论,李朝纲工作能力还是蛮突出的,他口才好,写经验材料是把刷子,点子也多,遇事灵活,这使他在上级眼里是个很能干的基层主官,前程明摆着比我爸远大。他的最大弱点是爱贪小便宜。去年春天,李朝纲到自由市场上买来三只生猪蹄,然后交给炊事班长韩向阳,让放到大冷库里冻上。从这以后,李朝纲隔三差五就吩咐韩向阳把一只或两只猪蹄送到他家里。送了一两次后他对韩向阳说,我的猪蹄还没吃完吧?那好,你把剩下的全取出来送我家去。

我想我爸一定从李朝纲身上得到了启发。有一次他对我说:“天下的人里,我最瞧不起那些自私鬼!天下人的缺点中,我认为最大的缺点就是自私!”这可能就是我爸和李朝纲在个别关键时刻会产生分歧的原因所在。我爸好歹是一连之长,好赖管着百十个弟兄,难免有人探家归来或是平时带点土特产来我家串门,他唯一的表示就是不屑地用脚点点人家放在地板上的东西,目光灼灼盯着对方说:“什么好玩意儿?噢,两条烟。你呀,太瞧不起你的连长了,他再穷也不缺你这点东西。听我的,拿回去散给弟兄们,等你将来混好了,还记得我老王,给我买辆车我也敢坐!”如果对方再执迷不悟,我爸就会板起脸:“是不是要我帮你拎回去?!”有时趁我爸不在,我妈把东西留下了,我爸知道了就会冲我妈发火:“真是穷不起了!你是不是盼着我给开回老家种地?!”我妈知道自己理亏,一声不敢吭。以后再有人来敲门,我妈就习惯性地先从门缝里瞅瞅,如果对方手里拎着东西,我妈就吓得不敢开门,她隔着门缝对人家喊:“老王不在家,你去连部找他吧。”

窗外白杨树上的叶子已经落光,萧瑟寒风扬起地上的尘土。部队此时停止了正常训练,集中精力进行老兵复员事宜。事情并没有出乎人们的意料,那一年我爸连里确实有几个老兵想在离队之际“痛痛快快干一场”。我爸作为一个已有十五年军龄的职业军人,他当然明白打蛇先打头擒贼先擒王的兵法常识。三连的“王”是一个名叫杨志德的济南兵，其他人都看他的眼色行事。他五短身材，一脸横肉，性格暴戾，几年来一直是连里的“重点人”。以李朝纲为首的连党支部曾采取种种办法做他的思想工作，教育说服不成，又采用纪律处分的方式，但杨志德无畏无惧，他说，处分嘛，老子不怕，给一个提着，给两个挑着，给三个背着，能拿我怎么样！李朝纲多次代表支部向上级反映这几个兵的问题，团长说，我们不管你们用什么办法，把这几个兵安安全全送走就行，他们捅了娄子惹了乱子，你们哪个也跑不了！再反映，政委就火了，难道你叫我请他们喝酒不成！李朝纲没招了，所以他老父亲一生病住院他也就顾不了许多，就请假回老家了。

前天中午开饭时，杨志德嫌炊事员小巩给他打的菜里有两块肥肉，当即把饭碗扣了。小巩是个新兵，没见过这阵势，扔下勺子哭着跑开了。一个叫王兆明的天津籍老兵跟着起哄，抬脚踢翻了一张板凳，弄得全连的人都没了食欲。我爸黑着脸一言不发。我想他一定恨得咬牙切齿。但在几年后我们再次谈起这个话题时，我爸却摇摇头说：“千万不要小瞧那些有缺点的兵，上了战场，往往是这种人不要命。和平时期嘛，人们容易喜欢谨小慎微的人。”

当晚，我爸分别找老兵们谈话。天津兵王兆明说：“李朝纲曾答应为我解决组织问题，而且还收了我两条大前门烟，现在竹篮打水一场空，我咽不下这口气。”

我爸咧嘴笑了，他拉开抽屉，拿出同样的两条烟说：“我也送给你两条，你要走了，算是我的一点心意，你要认我这个连长，就收下。”

王兆明一拍桌子说：“我不要烟我要党票。”

我爸把桌子拍得更响，说：“你配吗？你不配！”

王兆明说：“不配的多了，你们不给解决我就要闹！”

我爸站起来，指着他的鼻子，说：“我告诉你，现在连里听我招呼的不下一百人，只要我打声口哨，就会有人进来砸断你的腿！闹大了没关系，老子大不了回老家种地去！”

王兆明是个欺软怕硬的滑头鬼，见我爸来了硬的，他马上不再吭气。低头抓起那两条大前门退了出去。后来我爸谈起这个兵时直摇头，说这家伙忒没出息，送给人家两条破烟还念念不忘。果然六年后传来消息：在天津一家工厂干财会的王兆明因贪污公款判了无期徒刑。得知这个消息时，我爸没有因为预言应验而自得，更没露出丝毫幸灾乐祸的表情，他反而感到内疚。我清晰地听到他叹一口气，说小王好赖跟我干了四年，他变成这样子我心里不好受。

我爸没有找杨志德谈话。第二天晚上，我爸正在连部枯坐，文书小吴慌慌张张推门进来，说："连长不好了，杨志德耍酒疯，打碎了宿舍玻璃，摔了暖壶，他们班长和排长劝不住，弄不好要打乱仗。"

我爸说："知道了，你通知全体人员，都在宿舍里待着，谁也不要声张，就当没这回事。"说完，我爸从文件柜里抽出一个薄薄的牛皮纸袋，大步跨进靠近水房的那间宿舍，一屋子的人都怔了怔。杨志德脸膛赤红，小胡子哆哆嗦嗦，手里提着个酒瓶子，咆哮道："你们算个屌，团长来了老子都不怕！"

我爸平静地说："除了杨志德，你们都出去。"

大伙都愣着不动，我爸又说："怎么，你们怕杨志德杀了我不成？他没这个胆量，你们不用担心。"

众人这才磨磨叽叽往外走。我爸抬脚砰地一声踹上门，他刚想说什么，听到门外还有动静，就又拉开门，使劲吼道："都给我站远点！"

屋里只剩下他们两个，突如其来的安静使杨志德看上去有点不太适应。还是我爸先开了口，他说："杨志德我知道你心里窝着火，想找个人打一架。那就咱俩过过招吧。我还知道你练过武功，我可能打不过你，但我不怕你。我这个人平时怕死，现在我不怕死。你先来吧！"

杨志德愣在那里一动不动，他好像没听明白我爸说了什么似的。我爸说："你怎么不动手？你不动手你就是孬种！"

杨志德的小胡子又哆嗦一阵，我爸注意到他手中的酒瓶子也跟着抖动，他脸上的横肉赤红得几乎滴血。我爸哼哼一笑："你不动手？那我可就不客气了。"我爸边说边举起右手。杨志德下意识地倒退两步。

接下来的过程颇富戏剧性。当我后来听说这件事情后，我觉得那个晚上的我爸简直称得上一个优秀的演员。出乎所有人的预料，甚至可能也出乎他自己的预料，我爸的右拳在下落的过程中突然改变了方向，嗵的一声砸在他自己的胸脯上。随着这记闷响，他摇晃了几下，差点跌倒。可以想象，我爸把所有的愤怒、羞惭和期冀都凝聚在了他的拳头上，这一拳的分量完全能够将一个人击倒在地。但我爸没有倒下，他只是摇晃了一下，仿佛有一股狂风猛然灌入他的躯体，胸膛里发出烈焰腾空般的轰轰声。杨志德惊呆了，手中的酒瓶子颓然掉在水泥地上，发出一声喑哑的爆裂声。我爸血红着眼睛，挺直腰板，厉声喝道："杨志德！呸！你的良心让狗吃了！知道我为啥不打你？你不配！好好，我不怪你，你本来就是个渣子。但部队这个炉子没有把你炼好，他也有责任，就让我替他担这个责任吧！我他娘的……"

我爸边说边又举起右手。这时，杨志德像刚醒过来似的，迟疑一下，上前两步拉住了我爸的胳膊。我爸猛地甩开他的手，从左手捏着的牛皮纸袋里抽出一沓纸片，说："你听着，这是你几年来写的决心书、检讨书，既然它们一点作用没起到，留着又有何用！"

话音未落，我爸就把那一沓厚厚的纸片撕得粉碎。他手一扬，纸片像飘飞的雪花一样布满了整个房间，仿佛他挥手之间就从老天爷那里申请来了鹅毛大雪。杨志德犹如被抽筋断骨一般，缓缓蹲下，蹲在雪后白茫茫的地上，脑袋低垂着，一点一点捡拾冰莹玉露般的碎玻璃片子。我爸看都没看他，大踏步走出去，冲着在走廊里探头探脑嘁嘁喳喳的兵们低声说："没事了，熄灯睡觉。"

我初来时的孤独感很快就成了往事。本来孤独就是一个含义不清的概念，当你不怕它时，你就是在深山老林待上十年，你也感觉不出什么；而当你害怕它时，你就是住在闹市，它也会时常光顾。我先是和军营里年龄差不多的四五个男孩交上了朋友，我们的父亲都是基层军官，而且他们也刚随军不久。也许更重要的是他们的家乡都很贫困，他们祖祖辈辈都是农民，所以我们很容易沟通。那些家在城市或富裕地区的军官是轻易不会让自己老婆孩子随军的。

天气热起来后，我们几个男孩喜欢用柳条扎个帽子，模仿电影里游击队员的样子戴在头上，手里握一根木棍当枪使。见后面有女同学相随，我们就找个地方隐蔽起来瞄准，等女同学走近后，我们突然跳出来，大喊缴枪不杀。然后嘻嘻哈哈一起去学校。有时路上玩野了性子，耽误了上课，老师倒不怎么为难我们，但如果被校长发现，就会有点麻烦。我们的校长五十多岁，又矮又胖，不长胡子，说起话来声音尖尖的，听说他终生未娶。我们的校长虽然面目和善，但他其实很严厉，学校里的捣蛋鬼见到他就像耗子见到猫一样。偶尔校长撞见我们迟到，远远地就扯起尖嗓子说："哪个班的？"我们吓得挤成一堆不敢吭声。这时边上如果有个认识我们的老师说一声："部队上的。"他就说："部队上的？部队上的孩子都有国家正式户口，有正式户口，也得好好学，你们不想想，那户口来得容易吗！"从这件事情上你能看出，牛头山一带的人对外地人是很友好的，他们从来不排斥我们这些远方来的人，而且还对我们格外关照。不知是因为当地教学质量差，还是由于我们过于贪玩，据我所知，牛头山军营的干部子弟在整整十年间没有一人考上大学，只平平静静地送走了两个中专生。一九九〇年，我们的校长得了绝症，在他弥留之际，我约几个同学去县医院看望他时，他还曾断断续续谈起此事，他说："咱这地方不比城市，教学质量不过关，没给你们部队培养出几个高才生，我很遗憾。"我们拉着校长的手哭了，有个同学说："校长，不怪学校，只怪我们自己不争气。"

确实怪我们自己不争气。我们除了上课迟到，还时常相约着到老百姓的果园里偷瓜摸枣。也许我们在老家的田野上野惯了，乍到这个多少有点城市化的地方一时还改不过来。其实，牛头山的果农都很好客，哪怕你是一个与他们素不相识的人，如果你饿了，渴了，只要你大大方方地走进他们的果园，不用你开口，他们就会主动拽住你，请你放开肚子品尝他们的劳动果实。但我们不想觍着脸皮走进人家的果园,我们愿意采用秘密行动的方式,到“敌人”的眼皮底下去“虎口夺食”。因此,每次行动前,我们都研究一番行动方案,制定一个行动计划,比如谁来打掩护,谁来“主攻”,谁来接应等。但每次获得的“战利品”我们并不看重,每次得手后,我们不敢把它们带回家去,家里也不缺少,我们都是兴味寡然地胡乱吃下几个果实后,其余的就摆放在公路上,然后躲在一边观察,耐心等着过路的人把它们捡走,末了我们带着大功告成的愉快心情回家去。

在我到达牛头山军营后的第二个年头,秋意正浓的时候,我们决定袭击刘宝亮的葡萄园,原因是我爸连队的文书小吴多次向我吹牛,说要带我去吃刘宝亮的玫瑰红,可迟迟不见他行动。那天下午放学后,我们把书包里的一应学习用具埋在路边的一丛杂草里,掖上空书包,先是朝目标迂回,然后匍匐前进,慢慢接近目标。刘宝亮家的葡萄园用干树枝和荆棘环绕着,上面爬满青青的藤蔓,看上去像敌人阵地上的铁丝网,这使我们更加兴奋。我们费了很大劲才弄开一个口子,刚好能钻过去。我先伸进去脑袋,听听里面没动静,便蹬腿示意他们随我进入。刘宝亮家的葡萄的确名不虚传,数不清的葡萄串在夕阳的照射下流光溢彩,溢出一嘟噜一嘟噜的醉人清香。我们三下五除二就摘满了几书包。但我们高兴得太早了,就在我们撤退时,突然发现一个五十多岁的干巴老头手持一把铁锹,横刀立马一般站在我们身后。他就是葡萄园主刘宝亮了。刘宝亮说:“小崽子,看你们往哪儿跑!”

我们没有跑,因为刘宝亮话音未落先笑了起来,笑得脸皮乱颤。他扔掉铁锹,说:“部队上的?你们这些孩子,瞧不起我老汉咋的,想吃葡萄从正门进来摘就是了,用得着钻洞子?嘿嘿,小狗才钻洞子。”刘宝亮的俏皮话把我们都逗乐了。这时我才发现我的右肩膀被荆丛划破了,正一跳一跳地疼。刘宝亮赶过来,拽下腰里掖着的灰白色毛巾按在我的伤口上。接下来,如果没有那句多余的话,我们会愉快地离开这里的,但和我同班的同学说了,他说:“刘爷爷,他爸是三连王连长。”

刘宝亮眉毛一拧，脸上漾开的笑纹极快地收拢，那张脸就变成了一枚硬核桃的样子。同时他把按在我伤口处的毛巾抽下来，愤愤地说："我正要找你爸算账呢！他连里有个姓吴的南蛮子，脸皮忒厚，硬缠着我家闺女不放。啥玩意儿嘛。惹恼了我老汉，看我不砸断他的狗腿！"

我有点摸不着头脑。这时，有个清脆的声音在那边说："爹，你又胡咧咧。你难为人家孩子干啥么！"透过葡萄架的缝隙，我看到一个小巧玲珑的姑娘朝这边走来。她皮肤白皙，长发披肩，穿着短衣短裙，脚蹬半高跟凉鞋，眼睛又大又黑。她这身打扮和城里的女孩子没什么两样。她自然便是刘玲了。刘玲不再搭理她的爹，她款款走到我跟前，冲我友好地笑了笑："你就是大春兄弟吧？看长得多精神，虎头虎脑的。"她边说边掏出一条绣花手帕，爱惜地在我肩部的破口处拭着。我闻到了一股沁鼻的香气，不知飘自她身上，还是来自她的绣花手帕。我想起小吴说过，她的耳垂和我的相似，像一颗玛瑙，就抬眼去瞅，但她的耳朵被头发遮盖着，耳垂隐隐地藏在后面，看不到。

刘玲不理会她爹的唠叨，一直把我们送到大路上。我们书包里的葡萄都是她重新为我们摘的，她说我们自己摘的那些半生不熟，不中吃。分手时，她特意把我叫到一边，俯下身子叮嘱说："好兄弟，千万别把我爹的话告诉你爸，他老糊涂了，嘴上没个把门的。"我虽然对她和小吴的事情感到蹊跷，但还是点了点头。走出好远后，我才想起刚才应该借机再看一眼她的耳垂，她的脸就在这么近的地方，我不知道以后还有没有这样的机会。

至于我和我爸连队里那些兵们的关系，更是熟悉得一塌糊涂。不出三个月，我就把全连百十号人的名字全记住了。在路上遇见他们，我偶尔会假模假式地背起手，板起脸，突然叫出他们的名字，对方通常是条件反射一般响亮地答一声"到"，双脚立正站好，然后我就得意地笑了，挥挥手说，没事没事，忙你的去吧。有的老兵被我的样子逗得嘿嘿直乐，说，小崽子人没长大倒学了一副官相。我经常每天放学之后并不忙着回家，总是背着沉重的书包拐到大操场上，然后盘腿坐在白杨树的阴影里看兵们操练。我看到我爸倒背着手在队列前踱来踱去，像在悠闲地散步，眼睛根本不看他正在进行队列训练的兵们。但如果谁认为他们的连长正背对着自己，从而做起动作来有所懈怠，那他就错了，他们的连长即便闭着眼睛也能觉察出谁在磨洋工。日复一日，年复一年，那些兵们周而复始地练习齐步正步和跑步。多年之后，当我也站在这样的队列里时，我才发现这种周而复始的机械动作是非常枯燥的，但它既能消磨人的意志，也能塑造人的毅力。至于哪种说法更确切，全凭你自己体会了。

我还常常在兵们休息的时候溜到兵们的宿舍里玩，兵们总是把我团团围住问这问那。有一次他们哄着我喝酒，用筷子沾一点酒让我舔，但这个让我舔一下那个让我舔一下，居然把我灌醉了。两个兵把我扛回家，只说我困了，半夜里，我妈从我的呕吐物里闻出酒味，才知我喝了酒。和兵们的接触一多，渐渐地我发现他们都很关心男人与女人的事情。他们总是不厌其烦地追问我晚上睡觉时听到什么啦，因为我确实没听到什么，所以我的回答不能令他们满意。他们就耐心地教我，让我选择我爸回家睡觉的夜晚，先假装睡着，最好是还打几个小呼噜，然后仔细谛听我爸我妈干些什么。起初我没有识破他们的诡计，真按他们教我的办法做了一回，果然听到一些动静。再去兵舍里玩时，我就一五一十地讲了，乐得大伙们前仰后合，有个兵居然躺到地上打了个滚。但过了没几天，我妈就把我睡觉的小木床搬到了另一个房间，并板着脸宣布从今以后让我和大人分开睡。我这才懵懵懂懂觉出我办了傻事。长这么大，我跟我妈一天也没有分开过，但现在我变成了异己分子，心里不由空荡荡的。当天晚上我爸没回家，睡下后我又爬起来敲我妈的门，央求说："妈，让我在你们的屋里睡吧。"

我妈拉开门，扑哧一声笑了，脸一红说："都怪你，丢死人啦，我都不敢出门啦。"

那天晚上我和我妈睡在大床上，说了半夜的话。在已经走过来的岁月中，我们母子比他们夫妻在一个房间过日子的时间要多得多。以前我没觉出啥，但那个夜晚却让我无比留恋。那天夜里，我妈讲起我很小的时候，她在清冷的夜晚守着我，伴着孤灯为我爸纳鞋底。她说，后来才知道你爸爸根本没怎么穿那些结实的布鞋，最后都生了虫扔掉了。而我妈常常是公鸡打鸣东方发白时才熄灯睡觉。有时街上的二流子深更半夜来敲后窗户，她明明知道他们在吓唬她，可仍然吓得哆嗦，又不敢喊叫，怕别人误会，情急之下就拧我的屁股，我一哇哇大哭，她就觉得什么也不怕了。我妈讲到这里，我忽地坐起来说："妈，以后谁再敢欺负你，我就打烂他的狗头！"

"可妈已经老了，快成老太婆了，谁还来欺负。"黑暗中，我妈轻轻地说。

经过这场小小的风波，我变得聪明多了，那些兵再也没从我嘴里抠出一星半点"晚上的事"。说真的，当我后来以一个兵的身份进入营盘之后，我终于理解了他们。那些朝气蓬勃的年轻人对未来生活的渴望和想象是难以遏制的，也是自然而然的。我一直忘不掉牛头山军营的一个笑话，说是若干年前，有个沈阳籍的兵因为在夜幕降临之后，跑到"临时来队家属招待所"某个房间的后窗根下窥视，挨了处分，被提前安排退役。有人说那个兵曾经是我爸当副连长时的部下，我爸斩钉截铁地说，我没有这样的部下。我爸又说，你在营盘里待着，别的毛病可以原谅，这个毛病却不行！

然而转过年来，我爸最不想原谅的毛病却在他十分喜欢的连队文书小吴身上出现了。那天刘宝亮喝了酒，摇摇晃晃来部队找我爸"算账"，却在营门口碰上营里的教导员，心急难耐的刘宝亮就把小吴的"恶心事"说了。教导员感到事情有点不妙，生怕引起军民纠纷，就好言软语先把刘宝亮打发走，然后把我爸和新到任的指导员赵义金叫到营部问情况。那时李朝纲已调到军政治部当干事了。赵义金初来乍到情况不熟，我爸这个时候可以一手遮天。于是我爸矢口否认，说刘宝亮是个有名的糊涂蛋，眼神也不济，兴许看花了眼认错了人。并且大包大揽地说，如果真是小吴所为，捅了娄子他来担这个责任。当时小吴正回四川探亲，只有等他回来再说了。

其实，我爸已经猜到了几分。晚上，他忧心忡忡回到家里，把这件事情讲给我妈听。我忍不住就把那次在葡萄园里的见闻讲了。我爸听后当即朝我发了火，说："你为啥不早告诉老子！"吓得我躲进自己的房间不敢露面。在我的记忆中我爸极少这样冲我发脾气。

五天后，小吴怀揣我爸发给他的加急电报赶回来。我爸派人到火车站接的他，直接把他接到我家里。他们进到我的小房间，关上门。我贴在门口听了一阵，听到我爸拍了几下桌子，还有小吴哭鼻子的声音。最后小吴嘟嘟囔囔说，我爱她，她也爱我，我们追求的是真正的爱情。我爸冷笑一声，粗鲁地说："当兵的，少空谈什么爱情。啥叫爱情？日子能过得下去就算是爱情！"

接下来我爸对小吴的态度令人摸不着头脑。我爸在支委会上坚决反对再把小吴列为党员发展对象，同时在全体军人大会上大张旗鼓地表扬小吴工作细致任劳任怨。营里几次来追问小吴的问题，我爸不客气地顶了回去。半年后，小吴退伍回乡，我爸亲自去车站送他上了车。但仅过了一个月，我却又在刘宝亮的葡萄园里发现了小吴，他穿着时髦的便装，头发梳得油光光的，正和刘玲说说笑笑摘最后一茬葡萄。见到他，我吓了一跳，以为撞了鬼，扭头就想跑。小吴迈着速率极快的步子奔过来截住我，乐呵呵地说："这园子现在我说了算，弟弟你怕啥子吆！"

我突然明白了，说："你好狠心，也不去看看我爸。"

小吴眼圈一红："我做梦都想见连长。可他说过，三年内不准我踏进军营半步……"

多年以来，我一直小心翼翼地观察我爸我妈的感情生活，就像很多人那样，既想了解父母的爱情，又怕知道得太多太细，从而生出不必要的尴尬和难为情。通过我的观察，我没觉得他们有多么亲密，但也没感到他们有多么生疏。他们谈不上青梅竹马两小无猜，也算不得一见钟情烈火干柴。所以我不知道他们之间有没有爱情，难道真像我爸说的，当兵的，能过得下去日子就算是有爱情？

说起来，我爸和我妈还是小学同学，不过他们在学校时几乎没说过一句话，更谈不上有什么往来。我爸当兵当到第三年头上，村上的媒婆孙王氏颠着一双小脚找我爷爷提亲来了。孙王氏是职业媒婆，我的家乡苇河镇周围十里八乡经她撮合成的夫妻不下一百对。孙王氏这样做并非是助人为乐，而是为了讨几顿酒菜几斤点心。孙王氏给我爸提的这门亲事的女主角就是后来的我妈。我爷爷笑呵呵地捋着胡须说，好啊好啊，二小子一回来就见面。年底，我爸回来了，孙王氏张罗着让他们相了亲。那个假期里，我爸领着我妈到县城唯一的照相馆照了一张合影，看了一场样板戏，在一家小饭铺里吃下了二斤大肉包子，我爸还给我妈买了一块卡其布；我妈则为我爸做了一双千层底布鞋，两双绣花鞋垫。春节一过，我爸就回部队了。等他一年后再回来时，他已经穿上了四个兜的军装，成了意气风发的小排长。

那个年代，年轻军官找对象大概就和如今的大款找情人一样，有很大的主动权。一些在农村老家定了亲的一旦提成小军官便后悔不迭，他们从土地上来，不愿再在土地上留下个尾巴，纷纷明里暗里地进行艰苦卓绝的“退亲”战斗，喜新厌旧情绪使军营躁动不安。而部队也适时开展了痛打“穿军装的陈世美”行动，一时闹哄哄的，营院里常常见到从乡下来告状的农村姑娘，她们穿着大红大绿的衣服，哭哭啼啼，眼睛红肿，她们的父母愁眉不展，唉声叹气。那些提干前没慌慌定亲的小军官暗自庆幸自己有远见之明；那些经过艰苦的努力达到退亲目的的则喜上眉梢，干劲倍增；那些费了九牛二虎之力仍脱不了身的军官则像突然老了十岁，脾气明显地变坏了。更有甚者，不仅婚没退成，反而遭到处理，重新回到了土地上。和我爸同年入伍同批提干的侯四科即是一个活典型。侯四科入伍前就定了亲，他的对象是个有心计的女人。侯四科提干后提出退亲，她的对象二话没说跑到牛头山军营，哭求无效后，就把一件沾了血迹秽物的内裤交给了领导。这件女人的内裤决定了侯四科被处理回乡。大约我六岁那年，我爸回家休假，突然想起这位战友，就带我步行四里路去看望他。我们在他家的西瓜地里找到了他。当时他躲在窝棚里喝酒，他的女人正顶着烈日锄草，他的儿子在一棵枣树下睡着了，黑蚂蚁爬了小家伙一身。我见他家的西瓜比别人家的要小许多，人家地里的瓜像大人的头，他家地里的瓜像小孩的头。我爸和他很少说话，他们默默地喝净剩下的酒，侯四科哑着嗓子冲女人的背影喊，摘个瓜来吃。女人背对着窝棚说，瓜都不熟，你们喝绿豆汤吧，壶里有。侯四科恼了，谁说不熟。我爸没拉住他，他趔趔趄趄走出窝棚，搬来一个切开，果真不熟。他又搬来一个切开，还是生的。再摘下一个，仍是不中吃。最后我们挑拣着每人吃了几口，不是个滋味。回去的路上，我爸一言不发，我以为他同情侯四科，谁知他却冒出一句："他们是自找的。"

在那个特殊时期，我爸是怎么想的？按说那时他和我妈在感情上陷得还不深，他及时撤退似乎不应有太大的阻力，可以肯定，会有好心的战友、朋友乃至个别关心他的领导提醒他抓住机会，当断不断后患无穷。我妈后来曾经零零星星对我谈起，那些日子她都做好了散伙的准备，一旦我爸变卦，她再嫁别人就是了，她不会掉一滴眼泪的。"没准儿我能找个更好的。"我妈自信地说。可我爸却依照先前约定的日子回来完婚了，而且脸上丝毫看不出有什么不快活。我妈仍是不放心，就提醒我爸想妥了再办事，免得以后后悔。我爸说，一个人一生的大事，包括婚姻、事业，都是命中注定，你想改变没那么容易，你得付出更大的代价。我爸又说，他们原本从土地上来，却又想完全脱开它，脱不开的，他们慢慢就会明白。我爸还说，一个男人，如果指望靠婚姻来捞取什么，这个男人就不是男人，连女人都不如。最后，我爸干脆幽默地说："家乡的小菜，吃着可口哪！"我爸天生没有幽默细胞，可他关键时刻一句幽默风趣的比喻，把我妈逗得咯咯笑。我妈的心随即变踏实了。我妈对我说："就凭你爸这几句话，不管他以后怎么待我，我都不生他的气。"后来南方边境发生战事，我爷爷夜里睡不着，把我妈叫过去拉呱，我妈就对我爷爷说："万一大春他爸有个三长两短，不管他怎样，我一辈子都是老王家的人。我说到做到！"

我爸和我妈的关系就是这样，他们常常大事不糊涂，小事却拌嘴。但如果你赞扬他们忠贞不渝，我爸会说，喂，你先给我讲讲那个"渝"字怎么写，噢，懂了，那都是文人编的，我看是狗屁，只要两人都不往别人被窝里钻，就可以了，你还想怎么着？

我有一个同学，他妈是我妈来部队后交的干姐妹之一。他的爸爸当年也曾加入过庞大的退亲行列，但阴谋没有得逞，结婚后，和老婆的关系很冷淡，人称"钢铁战士"。他妈时不时来我家找我妈哭诉一番，说男人几个月都不和她"好"一回。我妈陪着唉声叹气。我爸却有一次冷冷地甩出一句：弟妹，他不和你"好"，你就和别人"好"嘛，你跟他客气啥！

我妈刚到家属工厂上班时，有些自卑，因为所有的家属中，数她男人的官最小。渐渐地，我妈就有了一种优越感——她的优越感就是同这种女人相比后得来的。

大约在我十岁那年，我认识了一个叫雯雯的女孩。

雯雯随她妈妈从上海来牛头山军营探亲。雯雯的爸爸是团里的副政委，我经常在路上遇见他。他瘦高个头，不论什么样式的军装穿在他身上，都很合体，所以他一点都不像那些邋遢的军人。他见了大人不爱讲话，见了孩子却主动上前摸人家的脑袋，眼睛亮晶晶的，我的脑袋被他摸过不下十回。雯雯差不多每年暑假都随妈妈来部队，去年这时候我曾在营院里和她打过几次照面，但没留下什么印象。雯雯的妈妈却是牛头山人经常谈论的话题。她好像姓郭，个子很高，眉毛很淡，嘴唇很红，皮肤很白，脖子很长，胸脯很鼓，腰部很细，走起路来胯扭动得厉害，好像鞋底上安了弹簧。离她老远，就能闻到她身上的香味。传说她年轻时当过舞蹈演员。只要她这只"白天鹅"一来军营亮相，这里的女人好像连路都不会走了。不过她很少出门。

这个暑假里，雯雯一家临时住进我家后面的那排平房，和我家正对着，两排房子中间栽着棵一人多高的玉兰树。透过窗户，我有时见雯雯在房前的青砖地上玩耍，固执地追踪一只色彩斑斓的蝴蝶，或者手捏一只花壳瓢虫眯起眼睛对着阳光观察，说，你呀，比太阳还亮。雯雯喜欢穿牛仔裙，头发盘在脑后，特有礼貌，一看就知道是大城市来的。她好像比我大一岁，比我高两个年级，比我多懂不少事情。让我不好意思说出口的是，她的个头也比我高出不少。

一天下午，突然下起雨来，正在玉兰树下看书的雯雯慌忙跑进屋里。我站在后窗前，透过玻璃上滚动的水珠、空中斜斜的雨丝和玉兰树晃动的枝叶，凝望着雯雯的窗子。突然，我看见了雯雯。雯雯此时也站在窗前朝我凝望。我们几乎在同一个瞬间举起手来朝对方致意。接下来，我们都没有走开，我们不约而同地，也是徒劳地用手在玻璃上擦来擦去，试图更清晰地看到对方的面容。我看到雨水在雯雯面前的玻璃上汩汩流淌，仿佛泪水流在她脸上，或者流在我脸上。后来天放晴了，雯雯兴致勃勃地来到院子里，光着脚丫踩水。她被一株樱桃大小的花朵迷住了，那株小花在雨后呈现出冷艳逼人的光泽。我听到她喊她的妈妈，问这是什么花。我还听到她的妈妈责怪她，好像说她不要像个乡下人似的。

我很想推开窗子大声告诉她，那是一株红绒花。我家乡的河滩上有好多这样的花，牛头山临河的那面草坡上也有好多。但我没有。我穿上雨鞋，出了营门，忙不迭地跑到遍布着红绒花的小树林里，一口气采下许多。第二天一早，我把它们摆到我的后窗台上。果然，雯雯从她的房间里看到了它们，她迟迟疑疑地走到我的窗下，轻轻敲了敲窗子。我把窗子拉开一条缝，看到她冲我甜甜一笑。仿佛我们相识已久，她没有流露出一点羞涩的表情。她告诉我，她很喜欢这种花，也很喜欢这个地方。她还说，她的姆妈正在困懒觉。后来，她捏起最艳的一株花放在鼻下嗅着，说：“我只要一朵。谢谢你，弟弟。”

雯雯和她妈妈是半夜里走的，她们回上海了。临走前她对我说，明年这时候她还会来。我记住了雯雯的话。在以后漫长的一年里，我觉得我长高了许多，肯定超过了雯雯。一年后，她果真又来了，长发变成了短发，短裙换成了长裙。但来了没几天，约一个星期吧，她的妈妈就决定要走，说一天也待不下去了。她告诉我这事的时候，我看到她又圆又亮的眼睛里含着忧伤。临走的那天上午，她隔着窗子央求我领她去看看山，她说她一共来过这儿五趟，可一回山也没爬过。我说，你妈妈同意吗？她说他们现在顾不上我了，我就是丢了他们也不会晓得。我点点头，和她一前一后出了营门。我们来到遍地是红绒花的临河的山坡上，初升的太阳照得我们身上汗津津的。我脱下身上的小褂，说要采好多花让她带回去，带给她的爷爷奶奶和姥爷姥姥，带给她的同学和老师。她望着我，缓缓地摇摇头，说："弟弟，勿要采，让它们好好地长吧。"说这话时，她的眼睫毛上挂着一排细碎的泪珠，亮晶晶地晃着我的眼睛。

那个阳光灿烂的上午，我牵着她柔软的小手，走过小树林，走过铺满野花的山坡，走过一片大青石，越过一个山冈，最后走到清幽幽的河边。一路上我们很少说话，从不远处的草丛里蹿出一只野兔也没能引起我们的欢呼。我们站在小河边，她见我脸上挂着汗粒，就掏出一条小而干爽的手帕，为我拭去汗滴。然后，她突然把那条小帕展开，搭在我滚烫的脸上，然后她踮起脚尖，隔着手帕轻轻吻了吻我的额头。我感觉着她香甜的呼吸，一动也不敢动。那个瞬间，我听到了身上的骨肉蓬勃生长的声音。

雯雯和她妈妈还是坐半夜里的火车。那天夜里，我毫无睡意，长时间地趴在窗台上，听着对面的动静。月亮露脸后，来了一辆小车，雯雯的妈妈头一个钻进去，雯雯站在车门口依偎着她的爸爸，她的爸爸则猛地搂抱了她一下，直到她妈妈催促了三遍，她才上车。

第二天上午，我睡到很晚。起床后，我习惯性地趴在后窗台上往外看。这个习惯性的动作后来我持续了好久。突然我发现窗玻璃外的水泥台上放着一支银光闪闪的钢笔，上面缠着一根红丝带，而且红丝带缠成一朵花的形状，那支钢笔这样看去便仿佛是花的秸梗。我打开窗子，把它紧紧握在手中，久久不愿松开。我知道以后再也见不到雯雯了。我还想到，从这一天起，我的童年该结束了。我甚至觉得，雯雯能影响我的一生。

这年年底，雯雯的爸爸转业回了上海。但后来还是听说，她的爸妈离婚了。春节前，我收到了雯雯寄来的一张贺年卡。我没有漂亮的贺年卡寄给她，就给她邮去一朵已经干枯了的红绒花，那是我在她走后的第二天专门为她采的，半年多来我一直把它压在枕头下面。

此后，我的生活里再也没有了雯雯的消息。

一九八七春天，我爸的三连出了一件大事故。就是这个变故，改变了我们家未来的生活道路。

在那之前，军区司令部的一位处长来我爸的连队检查指导工作时，发现我爸是个“人才”，就暗示我爸说，他的处里还缺一名参谋，他认为我爸是个合适的人选。我爸着实高兴了一阵，还借去军区机关办事的机会“活动”了一下，并且捎带着把我带进省城见了见世面。那段时间我妈比谁都激动，她说：“他爸呀，你在这个山沟沟里待了十八年，真该出去换换空气啦。风水轮流转，就是轮也该轮到你啦！”

团里见军区机关看上了我爸，也随即发现我爸确实是个“人才”，团长说，你调走，我们虽然舍不得，但会支持你。政委说，即使调不走也没关系，秋天让你当军务股长。这个时期的我爸的确有点“前途无量”的味道。

偏偏这个节骨眼上，三连出了事故。

肇事者是一班班长苏跃雷。

苏跃雷是烟台市人，长相英俊，身材高大，训练刻苦，带兵有方。他的班无论军事训练、政治教育，还是内务卫生，都是全连最好的，几乎无可挑剔。你只看他一眼就会知道他是一个很有素养的兵，这样的兵连队里并不是太多。曾有人跟他开玩笑说，把他调到三军仪仗队去，他一点都不比那些人差。我爸平时对他喜欢得不得了，多次说苏跃雷是个好苗子，这样的兵代表着军队的未来，应该重点培养。有一次团里搞共同课目评比，一班在全团拿了最高分，我爸特意把苏跃雷请到家里，大声招呼我妈给炒几盘菜，再弄两盅酒来犒劳他。他红着脸把酒喝了，没吃几口菜。那天他还辅导我做了几道算术题。别人早就把他当成我爸眼里的“红人”，处处高看一眼。

那个不幸的夜晚，大约一点多钟，整个牛头山营盘都被一声锐利的枪响惊醒了。谁也不知道发生了什么事情，但人们凭感觉意识到，和平时期的每一声枪响都是不正常的，令人心惊，尤其是在夜深人静的时候。那晚我爸是在家里过夜的，听到枪声，他爬起来边披衣服边往外跑，居然忘了穿鞋。我妈追到院门口，奋力把他的臭胶鞋扔给他，才使他不至于赤脚跑到出事地点，事实上他还是把鞋穿颠倒了，因此在路上奔跑时，他感到别扭，仿佛脚下有鬼，摔了两个跟头，膝盖出了血，头皮一阵阵发麻。

出事地点就在大操场的中央。我爸赶到那里时，已经有几个巡逻执勤的哨兵在哀哀地呼叫。他们见到我爸，哭着说：“苏跃雷……”就说不下去了。我爸的眼里金星闪烁，一句话也说不出来。他双腿跪在地上，抱起苏跃雷渐渐冷却的尸体，像抱着一座沉重的大山，压得他五脏六腑黑血喷溅。很多人战战兢兢围上来，团保卫股和警卫排的人把他们吆喝走。指导员赵义金唉声叹气。营长教导员把我爸拽到一边。团长政委黑着脸一言不发。气氛压抑得宛若火药桶即将被点燃。

保卫股的人在几分钟内就得出结论，苏跃雷是自杀。一颗子弹穿过了他的太阳穴，黑血涂满了他原本英俊不凡的脸。这是一个老掉牙的血腥场面。他的上衣兜里装着一封简短的遗书，大意是：他自己决定的他的死；与任何人无关；三连是个好集体，连长指导员都是好领导，同志们都是好兄弟。下面工工整整地署着他的大名。

一班的战士们回忆说，这晚轮到他们班负责营院巡逻，熄灯时，弟兄们劝他，反正是例行公事，班长就不要亲自去了。苏跃雷说他不放心，还是出去转转。他抓过专门为巡逻队配备的手枪就出去了。按规定巡逻不发子弹，他自杀用的子弹估计是以前打靶时私藏的。大约十二点时，他还回来过一趟，为几个新兵掖了掖被子。接下来就出事了。苏跃雷的自杀简直是一个解不开的谜，因为没有发现任何足以造成他自杀的理由。由于失恋吗？谁也没听说过他谈恋爱。由于前途问题吗？连里早就准备让他今年参加军校招生考试，凭他的文化水平，考军校没问题。也许只有一个理由尚能立得住，那就是他的奶奶是上吊自杀的，而他的爸爸是跳楼自杀的，他有一个姐姐因失恋试图割腕自杀，但未遂。这似乎说明他的家族有自杀基因。不管怎么说，一个人不想活了，谁也拿他没办法。

苏跃雷是三连的兵，是在三连死的，三连要为他承担责任。他给我爸造成的后果是，调动一事无限期地拖下来了，三拖两拖也就没戏了。那段时间我爸把自己闷在房间里，沉默得像一块石头。有好几个夜晚他睡不着，仿佛梦游一般到苏跃雷自杀的地方坐上一阵，天亮后别人就会在那里看到一堆烟头。我妈以为我爸因调动不成而难过，就去劝他，顺便埋怨了苏跃雷几句。不想这下捅了马蜂窝，我爸暴跳如雷，说："你凭什么怪苏跃雷？他人都死了，和他的死相比，我调动的事算个啥！老子哪儿也不去了，就老死在牛头山，死后就埋在这里！你如果觉得委屈，咱们现在就打离婚！"我妈吓得一声不敢吭。

没有人知道，他实实在在是为一个优秀士兵的死而悲戚。

最终我爸在当了七年连长之后，被任命为团保卫股长，手下只有一个兵，其主要职责是预防犯罪，抓抓小偷小摸之类。他对这项任务非常不满意，离开了前呼后叫的士兵，他浑身都不舒服，总觉得自己成了军营里多余的人，所以在一九八九年我爷爷去世的时候，他的反常行为的答案就出现了。

一九八九年夏天，我大伯拍来电报，说我爷爷患脑溢血去世了，团里立即批准我爸回家发丧。当时部队正准备搞演习，按说保卫股长参不参加演习无所谓，可我爸出人意料地提出，他留下来坚持工作。他打发我妈带我回去替他灵前尽孝。他的做法得到了团首长的高度赞扬，宣传股的笔杆子还为他写了一篇报道，发在军区机关报上。

我爷爷的死使我悲痛不堪。我想起我在家乡度过的八年里，他老人家把全部的爱意都给了我。也许由于当初我爸顶替他的哥哥当兵而使他们的父亲免遭耻辱，我爷爷一辈子都感激他的二儿子，一辈子都未能原谅他的大儿子。还因为我爸顶替大伯当兵后混成了干部，我大妈一直觉得她的男人亏了，时常找茬跟我妈作对，我爷爷数次当众破口大骂我大妈，破了我的家乡“老公公不和儿媳妇斗”的世袭规矩，落下了供人流传的笑柄。

我爷爷临死前留下两条遗嘱：一是自古尽忠难尽孝，不要告诉老二我的死讯，让老二安心工作，一定要在营盘里扎下根；二是大春长大了也要当兵。我大伯在我爷爷咽下最后一口气后，不由分说就违逆了第一条遗嘱，马上给我爸发了电报。他说：“我就不信，天底下什么事能比死爹的事大！”

办完我爷爷的丧事，我妈带我回部队。可到了家里，发现门锁着，一问才知我爸昨天夜里匆匆坐火车回老家去了。据说他下了汽车，直奔我爷爷的坟前，长跪不起。面对一堆崭新的黄土，他都想了些什么？没人知道。他在老家待了整整一个月，每天都到我爷爷的坟前去，亲眼看着小草从土里冒出来。他超了一个星期的假，团里一连发了三封电报催他回来，他都置之不理，说，大不了挨个处分，你们随便吧。一个星期后，他满脸脏胡须像个野人似的回到牛头山，却没人再提关于他超假的事。

我爸那段时间反差极大的表现令人费解，我也是在许久之后才找到答案的。演习前，有传言说一营营长要去军事学院深造，可演习结束后，一直未见一营营长去上学，我爸妄图接替营长一职的小算盘就落了空。他说，我以前从没想过要当什么“典型”，这是唯一的一次。他又说：“现在想想，如果我靠这个当了营长，你说恶心不恶心？娘的，幸亏没当上！”

一九九二年春天，我爸在团保卫股股长的位置上提出转业，回故乡去。他已经四十一岁了，早就超过了他这一级干部的最高服役年限。他在牛头山军营待了整整二十三年，不能再待下去了。营盘里年轻的小军官一茬茬往外冒，他明显是落伍了，疲惫了。他的胃切除了二分之一。他的背也有点驼了。他成了罗圈腿。他的体重都不到一百斤。我的个头也已经超过他了。如果不是因为他肩膀上扛着少校军衔，新来的兵把他当成老炊事员也说不定。

牛头镇也仿佛在一眨眼的工夫变了样，理发馆变成了发廊，小吃店改成了情侣咖啡屋，修脚铺现在叫洗脚店，澡堂子搞起了桑拿按摩，至于舞厅夜总会，和街上的水果一样泛滥，每一个店堂的门口都有形迹可疑的漂亮小姐站在那儿招客。到了晚上，牛头镇灯火通明，像一座不夜城，而与它毗邻的牛头山营盘却还是老样子，与喧哗的镇子相比，这里沉静得仿佛压根就不存在似的。

在我爸决定转业的时候，他原先的老搭档李朝纲从军政治部组织处副处长的职位上下到团里当政委。李政委坐车从军部来，他一下车就直奔我家，抓住我爸的手使劲摇了摇，说："老王你不能走，这里的人谁走我都不拦，但你不能走！"李政委还说，他马上提请党委研究上报，先让我爸干副参谋长，过渡一下再当参谋长。"放心，军长政委那里我还能说上话。"

我爸笑了，他朝李政委胸脯上击了一掌："老李你还不了解我吗，我定下的事再改就难了。撞上南墙不回头，我一直是这个熊样子。对不对？"

李政委走出我家时，学着京剧《智取威虎山》念了一句唱词："老——九——不——能——走——哇。"原本挺滑稽的一句台词竟让他说出了凄凉的味道。

我们收拾东西，准备再一次搬家。家当可是比以前多多了，但我爸一点都不上心，丢掉什么带走什么，装箱打包捆捆扎扎，全是我妈领着我干的。我爸只管抱着一个大本子，翻来翻去像在破译什么秘密。那个大本子我见过好几回，看上去像一摞干煎饼，红塑料皮的封面掉光了颜色，扉页有一段毛主席语录。我爸把他入伍以来凡跟他当过部下的所有弟兄，都一个不落地记在了上面。记得我妈曾就此奚落过他，说，你还是官小，你当了军长司令啥的，那么多手下，你记得过来吗！那段时间，我爸就把自己关在小房间里，或是走到院子里的玉兰树下，抱着他的宝贝看不够似的。那上面密密麻麻记下了大约一千多人的名字，有些名字的下面他打上了着重号，估计那是些给他留下深刻印象的人。有一天，我走到他身边，他表情凝重地指着三个人的名字念给我听。这三个名字是苏跃雷、许士民、迟小田。我马上就猜出，这是三个离开了人世的名字。果然，他点上一支烟，猛吸一口，说：“苏跃雷是个少见的好兵，可他死了，就死在我的眼皮底下，我对不住他。我为什么没能留住他？许士民是我当副连长时的兵，南京人，长着一张娃娃脸。一九七八年他托关系调到了另一个师，不久那个师上了前线，他被流弹打死了。如果当时我不允许他搞关系调动，他就死不了。还有这个迟小田，下连不久就闹着学开车，我说你这个人迷迷糊糊，反应迟钝，不是个司机料子，他不听，到处找人，好歹弄了个驾驶证，这不，退伍回去的第二年，他连人带车掉进江里，尸首都没找到……如果他学车前我再往深里劝劝他，他也许就不会去学开车，到现在肯定还会好好地活着……”

一天，团收发室的小战士把一封挂号信送到了我家。是一个叫杨志德的人写来的。杨志德现如今已经成了省城著名的大款，太平洋实业公司总裁，资产据说不下两个亿。杨志德在信上说，亲爱的连长，听战友们说，你要转业了，到我这里来吧，想干点什么你自己定，就算你再帮帮我好吗？

看完信，我爸哑然失笑。愣了愣，他说：“真是！家伙又小瞧你们连长了。你们连长当初对你们好，从没想过将来要沾你们的光。你们即便将来当了省长、市长、亿万富翁，老子还是你们连长！你们明白这点就行，就比什么都强……”说完，他慢慢把信撕碎，扬手撒向绚丽的天空。那些洁白纸片在风中飘呀飘呀，后来消失得无影无踪。

最后一个来看望我爸的，是牛头镇的葡萄大王吴建明，同来的还有他的夫人刘玲以及四岁的女儿吴点点。他们一进我家，吴建明上去就摁住女儿的脖子说：“娃子，快给爷爷磕个头！”

我们都愣了。我爸最先反应过来，他摸了摸胡楂儿，说：“爷爷？我有那么老吗？……小吴呀，你少扯淡。”我爸连忙扶起几乎要哭出声来的小点点，对她说：“孩子你记住，以后除了你的老子，不要给任何人下跪。”

小吴一家走了后，我才想起居然又忘了看看刘玲的耳垂，是否和我的一样，像啥来着？噢，像玛瑙。

我们在牛头山军营待的最后几天，我妈突然不明不白地病了一场。她一连做了好几个奇怪的梦，而且梦境都差不多。她梦见一个短发长脸的女人，穿着碎花旗袍，在这间屋子里走来走去，有时坐在窗前绣花，有时打开一台老式的留声机听戏曲，有时用一个小火炉熬牛奶，仿佛这间屋子就是她的家，她就是这里的女主人。到后来，我妈居然大白天里也能看到那个女人活动的身影。我妈就病了，出虚汗，说胡话，牙齿咬得咯咯响，时而清醒时而糊涂。她清醒时判断说，这房子太老了，下面可能压住了别人的阴宅。我爸说我妈乱想象，胡寻思，就黑天白夜地守着她，与她寸步不离。这个谜一年之后终于揭开，我们住的那排房子被推倒了，要盖一栋宿舍楼，挖地基时，果真从下面挖出一具尸骨，通过随葬品判断，死者是个年轻女人。

在某些人眼里，我爸是以一个失败者的形象离开牛头山营盘的。他没打过仗，也没流过血，更没有任何值得别人记住的英雄壮举。他虽然立过两次三等功，但需要说明的是，这两个功都是人家在无法为他晋升职务的前提下，作为一种补偿奖给他的。我来这里时八岁，在

这里待了八年。我爸离开家乡时十八岁，两年后我离开家乡去中原腹地那座营盘时，也是十八岁。

黄昏来临的时候，我孤立在中原腹地这座营盘围墙边的一个土岗上，望着远远近近的景物出神。城市和村庄在远处若隐若现，坦荡的土地铺向四面八方。冬日的天空寂寥无比，听不到任何声音。一队南行的大雁在极目处凝止不动，仿佛镶嵌在银色天幕上的一串宝石。细碎的流云缓缓飘浮，宛若往事依稀在心头。俯瞰从前，我的心里充满了波澜和眷念。思绪就像一张风帆，在记忆的河道里摇荡，摇荡出千百个剪影，多彩多姿，多姿多彩。

我们一家回到故乡的小县城后，我到县中学接着读高二，我妈则给安排到县面粉厂当工人。我爸的工作倒是费了不少周折。起初他联系的是县公安局，毕竟与枪炮打了半辈子交道，但那一年有十几个转业干部想干公安，而人家只要两人，我爸觉得没戏了。令我爸意想不到的是，公安局把他排在了第一位。过后才知是我大伯背着我爸送了一万块钱的礼。我这位没有文化的大伯，他先是跑运输，后来又办了砖瓦厂、饲料厂、养猪场，有了上百万家产，成了苇河镇的首富。我爸知道这事后，非常生气。我大伯劝他说："不就一万块钱吗？算我的！再说你当上警察，不出一年就能捞回来。"

我爸说："你以为我想发财？告诉你，我都四十多的人了，发财的机会早就过了，到现在还图什么！"

我爸最后进了县农业局，当了一名办事员。这个单位少不了和土地打交道。

从苇河镇到县城，不过五十里远。我爸去外面的世界闯荡了二十多年，难道仅仅是为了缩短这五十里的距离吗？当他后来往返于这五十里长的路途上时，他有什么感慨吗？

今年夏天，我高中毕业，照例参加了高考。我考不上大学早已是全家的共识，当确知我真的没考上时，我们全家到百货大楼对面的饭馆里吃了一顿，仿佛是庆祝当初预言的应验。走出饭馆，我妈突然发现，当年我爸和她定亲时，他们曾经在这里吃下两斤大肉包子。

又过了几个月，我就穿上了这身军装，来到了这座营盘。临走前，我爸拿出一支陈日不堪的竹笛交给我，说是一个叫秋江的弟兄送给他的，现在他把它送给我。我接过竹笛，把它贴在胸前放了一会儿。我这个刚穿上军装的新兵蛋子在他这个已经脱了军装的老兵面前有点不自然。我想以后会好的。

现在，我站在围墙边的土岗上，手里就捏着这支普通的竹笛。我想到，过去的事情都已经消失了，永远地消失了。我又想，消失了也好，任何事情都是这样，它永远在不停地消失，但又永远地在心中复活。

晚风浩荡，我身后的这座营盘沐浴在夕阳的余晖里。搭眼望去，它像一座古旧的村庄。其实，它就是一座村庄。各式各样的人来了，又走了。营盘生生不息，香火不断，子孙满堂。其实，那些遍布在土地上又被土地所包围的一座座城市，何尝不是另一种意义上的村庄。它们生得晚，来得迟，可是现在它们仿佛成了阔佬，它们像一个不肖的子孙，有点鄙视村主了。不知不觉，我举起竹笛，横在唇上，一串音符跳荡出来。起初它们羞羞涩涩，忸忸怩怩，缠绕着我，不肯离去，后来它们舒展开来，打着滚儿，既欢快又忧伤，流水一样漫溢而去，渗透到营盘的角角落落，一草一木一砖一石间。我看到，有许多人被这些音符唤了来，他们站在土岗子下面，呼吸着这些灵动的音符。人群里好像还有一个漂亮的小女兵，她一双明丽的眼睛一眨不眨地望着我，像深夜波涛中的两盏渔火。她的眼睛让我想起我少年时代的朋友雯雯。雯雯，你现在还好吗？……我缓缓地吹奏着，浩荡的晚风也加入进来，使我的独奏变成了雄浑的合唱，仿佛来自天国的篇章。这时，夕阳把最后的一抹晚霞泼洒过来，营盘犹如披上了金光闪烁的盔甲。

（《小说月报》1999 年第 1 期选载）

我的天空

姜凡振

那天好像是十二月的一个星期天，天已经很冷了，北风呼呼地刮着。我和几个孩子正在街上玩儿溜溜弹，虽然路边的积水都结了冰，但我们却都玩儿得满头大汗。溜溜弹就是里面有漂亮花心的玻璃球，在鲁南孩子们都叫它溜溜弹。我是街上出了名的弹溜溜弹的神手，几乎每出手都能将别人的溜溜弹击中。啪！那一声脆响真叫人有一种说不出的兴奋。正玩儿在兴头上，我听见一个过路人问："小孩，李怀玉老师的家在哪儿？"

李怀玉是我的母亲，在县城一中当教师，那天她在家休息。我抬头看了一眼问路的人，这才发现不是一个人，而是几个人，其中还有两个穿军装的军人。我说："门牌十六号就是。"

我家居住的这条街叫西门里街，从东到西也就三十来户人家，街不大，但在古老的县城里名气却不小。历史上曾出过一名状元和几名进士，街的中央部位还矗立着一座连毛主席都知道的铁牌坊。

据说，一九五八年毛主席从南方视察回京时，曾在列车上召见了当时的滕县县委书记，见了面，主席诙谐地说："噢，你就是滕小国的国王？"

拘谨的县委书记，笑着点了点头。

主席听完他的工作汇报，兴致勃勃地与他谈起古来："你们滕县的铁牌坊还在吗？"

“在，还在。”

“你知道它是什么时间造的，怎么造的吗？”

县委书记被问住了，不好意思地摇了摇头。

主席又问：“孟子见滕文公的上宫在你们滕县的什么地方呀？”

县委书记又被问住了，便又不好意思地摇了摇头。过去他一向认为，一个党的干部只要抓好“两大运动”就行了，管他什么铁牌坊、孟子见滕文公一类的稀奇古怪！现在主席问起，竟然瞠目不知所对。

主席似乎看透了他的心思，语重心长地说：“地方官也要学点地方史嘛。”

这个真实的故事由于有了毛主席在里面而很快家喻户晓了。于是有很多人跑到西门里街看那铁牌坊。还有人向我打听孟子见滕文公的上宫在什么地方。因为我不知道，但我又不想摇头，就说离西门里很远。所幸的是让我言中了，教历史课的母亲李怀玉带我去看了那地方，那里只剩下了一个土台子和一株千年古槐了，确实离西门里街很远，起码有十多里的路程，连城边也挨不上。

我家是西门里街上唯一的军属，父亲又是县里唯一当上飞行员的军人，因此每当元旦和春节到来之前，政府总要派人到我家慰问的。我用眼睛的余光瞅着问路的一行人朝我家走去时，马上意识到，元旦快要到了，那么寒假也就不远了，我朝思暮盼的春节也快来了。我非常喜欢过春节。每到春节，西门里街那条土路就铺上了一层沙子，家家门旁还放了一个小沙堆，整条街道看上去金灿灿的，叫人眼睛发亮，精神抖擞。尤其到了除夕的夜晚，家家户户的孩子们挑着灯笼到街上放鞭炮，炸得沙子和搪瓷碗四处飞扬，给人的感觉就像掀翻了碉堡，鬼子的头盔飞到了天上，那种欢愉和痛快是无法用语言来描述的。

我想，父亲要是能回来过春节就好了。

我又想，也许父亲今年能回来。

我的情绪顿时高涨，手气也好得不能再好了，啪，啪，啪……一声接着一声脆响，没用多少时间，我就把伙伴们的溜溜弹都赢光了。我又像往常那样，把赢来的溜溜弹还给他们，然后再玩儿。直到天快黑时，家长们纷纷走到街上叫唤自家的孩子回家吃饭，我们才匆匆散了伙。

进家之后，我在院子里叫了一声："妈，我回来了。"

我叫父亲从来不叫爸，都叫爹。而我叫母亲从来不叫娘，都叫妈。对此，父亲对母亲说，这真是个有趣的现象，是不是这孩子觉得他爹长得老相，就叫爹，觉得他妈长得年轻漂亮，就叫妈。我记得母亲抿嘴笑了笑，算作回答。

母亲没有像往常那样从屋里出来看看我，从屋里走出来的是一个军人，就是向我打听我母亲住在哪儿的一行人中的一个。这个人猛一看上去长得还是很英武的，浓眉大眼，有一副鼻梁高挺的鹰钩鼻子。但细细一看，我发现这副英武的面孔却让人有点害怕，他的眼睛射出的光芒就像鹰的眼睛射出的光芒一样，凶凶的，连眉毛和鼻子也跟着变得凶气逼人了。另外，我还发现他的右腿瘸了，装了假肢，走起路来咯吱咯吱地响，上身想保持稳定的姿态看起来显得很吃力，似乎走路稍不留神，整个身子就会一下子塌下去。但他却腰板挺得笔直，走到了我面前，抚摸了一下我的脑袋，说："小林，你回来了。"

我的小名叫小林，大名叫舒林。我已是一个九岁的男孩子了，对人和对事已有了自己独特的感觉。我的感觉告诉我，我不喜欢这个人。也许因为他不该出来招呼我，可他出来了。也许因为他的相貌过于英武，却又没有掩饰住不该显露的悍气。也许因为他走起路来腰板挺得过于笔直，好像他有意不让人怜惜他的瘸腿似的，这反倒给人一种造作之感。也许因为他过分地向我表示了一种亲近，抚摸了一下我的脑袋，我对陌生人抚摸我的脑袋有一种天生的反感。我嗯了一声，就到屋里去了。

屋里坐满了人。母亲趴在条几前的桌子上呜呜哭着。我感到很愕然，用疑惑和愤怒交织的目光扫了一圈屋子里的人，我认为是他们让我的母亲伤心了。

我走到母亲跟前问:“妈,怎么回事?”

母亲仰起脸来望着我,泪水依旧在脸上流着,我看到母亲一双美丽的眼睛完全哭肿了。

“妈,到底是怎么回事?”

母亲一把将我揽在怀里,哇地大声哭了起来,边哭边说:“你爹他没了……”

母亲又说了一遍,我听明白了,这就是说我爹死了。可这怎么可能呢?我从来都认为在运河上九死一生过的父亲,命大得很。我记得爷爷说过,父亲很小的时候,一个从南面过来的大家都认为很了不起的相面先生,看了我父亲的面相,用很神秘的语气对我爷爷说,你这儿可是一个大命人哪,起码可以活到七十三。爷爷经常说那个南蛮子的话是不会落空的。我的大命的父亲现在怎么能说没了就没了?我不相信。可是母亲很快就让我相信了,她指着摆在条几上一个盒子说:“那里面装着你爹的骨灰。”

我注意到,骨灰盒上嵌着一张照片,是父亲的照片。

我有了天塌地陷般的悲哀,跟着母亲哭了起来。

两个月前的一天,也就是毛主席在火车上接见我县县委书记不久,父亲驾驶着那种老百姓说的有五个头的飞机,在白雪皑皑的青藏高原上空飞行。父亲和整个机组的任务是:侦察叛匪的踪迹,并向断粮多天的骑兵部队空投食品。

飞机在青藏高原上空飞了一个多小时后,按照飞行前的预计,应该飞临目标上空了,可是父亲他们没有发现目标。于是他们又改飞另一种方案,进入险象环生的唐古拉山北麓。父亲那时驾驶的有四台螺旋桨发动机的飞机,无论飞行高度还是速度,无论航程还是机载特种设备,都无法与后来的涡轮风扇式、喷气式大型飞机相比。但那时,它却是唯一可以进行远航程和大载重量飞行的机种。父亲操纵着巨大得像小山一样的老式飞机,摇摇晃晃越过层层叠叠的雪山,绕过一块又一块积雪和冰雹翻滚的云团，进入了云雾弥漫的雾云滩上空。雾云滩是一片夹在两条雪山间的狭长而平坦的草原，有数百里之遥，在腾腾云雾的笼罩下，显得异常神秘。对于父亲他们来说，要想从时开时合的云雾缝隙中找到地面上的人影，真比大海捞针还要难呢。

父亲决定降低高度。当然这是很危险的，因为飞机在这种地理环境中穿云破雾，虽然有无线电高度表和雷达的提示，但稍有疏忽，一是有可能撞山；二是如果云雾底边连着地面的话，就很有可能使整个行动变成坠地的悲剧。对于这两点，父亲是很清楚的，但他还是决定降低高度。他和机上领航员作了简短的协商后，就一推机头从云缝中迅速下降了。

当飞机穿行到云雾底边快要接近地面时，父亲改平了飞机，然后做了一个小坡度转弯，避开险些擦着的山坡。就在这个过程中，父亲看到了地面的骑兵部队，他们在草地上燃起了几个火堆，黑色的烟缕一直伸到云雾中去了。父亲还看到了几面摇动的红旗。

远在千里之外的指挥所听到父亲的报告，立即发出了空投的指令。

小山一样的飞机的肚皮仿佛划破了，从里面掉出来一个又一个包裹，它们在空中被张开的降落伞提着，缓缓地落到草地上。空投完毕，飞机变得轻松了，然而父亲他们的心却是越来越沉重了，如果在半小时内，仍然找不到叛匪的影子，飞机就必须返航了。

云雾越来越低，能见度自然也就越来越差了。为了安全起见，父亲只好驾驶飞机一会儿升到云上，一会儿又从云缝中钻到云下，就像一条在云海雾涛中起伏腾跃的蛟龙一样。父亲相信，这样飞下去，一直飞到草原的尽头，然后再转回来边返航边侦察，如此耕地似的飞一个来回，没有发现不了的目标。

多年的飞行经验在这种情势下帮助了父亲，飞机在草原的尽头转入返航航线飞了约有十分钟，父亲再次钻到云下时，看见山洼里有许多帐篷。这个发现使父亲振奋不已，他大声叫了起来："我看到帐篷了！”

指挥所的指挥员听到这个发现，兴奋地问：“帐篷有多少？”

父亲没有立即回答，飞机开始在山洼的上空盘旋。盘旋了两圈，父亲又看见在帐篷不远的地方有一大片黑压压的人群，约有上百匹快马在人群四周推磨似的奔跑，每匹快马上都有一个凶悍的枪手，每匹快马后面跟着三四个奔跑的刀手。父亲向指挥员报告说：“目标在雾云滩西南部的山洼里，帐篷约有五六百，叛匪约有五六百，被裹胁群众约有两三千。”

当指挥所将这个情况通知骑兵部队时，父亲的飞机中弹了，那些骑在马上的凶悍的枪手一齐向低低盘旋的飞机开了枪，有几发子弹打中了左翼上的两台发动机，它们立即停止了转动，而且右边的两台发动机的温度也突然增高了。

父亲一边报告一边蹬舵压杆，试图使飞机在一侧发动机还勉强转动的状态下，保持平飞。然而这是根本不可能的，飞机像狂风卷起的树叶一样不以人的意志为转移了，再想飞越来时路上那些耸立云端的万仞雪山已是不可能的事情了。

指挥员不断地下达着“沉着”、“争取高度”的口令。

父亲不断地报告着飞机的状态。指挥员听到父亲的最后一次报告是：“我们准备迫降，我们保证人在飞机在。”

从此，父亲与远在千里之外的指挥所失去了联系。指挥所的值班员连续呼叫了几个小时，没有父亲的回音。当天下午，寻找父亲他们的飞机出动了，地面寻找的人员也启程向父亲他们迫降的概略地点去寻找。可是高原地形太复杂了，找了许多天，没有找到他们的下落。后来，进剿的骑兵部队从俘获的叛匪的交代里，知道了父亲他们迫降后的情况。

父亲与远在千里之外的指挥所失去联系之际，恰是父亲驾驶着歪歪斜斜的飞机迫降在草原上之时，由于倾斜的机腹摩擦着凹凸不平的地面向前滑动时发生了剧烈的撞击和震动，坐在尾舱的通信员和射击员不幸遇难。父亲和副驾驶、领航员以及空中机械师活了下来。

他们很快就被叛匪包围了，疯狂的子弹像暴雨一样袭来。父亲他们跳下飞机，用手枪还击，还向叛匪们喊话。然而他们人太少了，而且子弹很快就打光了，最后全都倒在了血泊里。穿黄袍的匪首命令刀手割下了父亲他们的脑袋。

几天后，进剿的骑兵部队为我父亲和他死去的战友报了仇，并且找到了父亲他们的遗骸，在高原上为他们举行了隆重的火化仪式。

父亲的丧事是在老家坞镇办的。开始县上想把父亲的骨灰盒埋在烈士陵园里，但我的爷爷坚决不同意，他说："我儿子十六岁参加革命队伍，先在运河支队打鬼子，后来又打国民党，解放滕县打了七天七夜，这些我都没有反对，我还当了支前模范。解放后儿子选去当了飞行员，我又是双手赞成。现在儿子死了，你们把他放在烈士陵园里，这我就不会赞成，我想看看他就得跑几十里的路，如今我年纪大了，不能像年轻时那样跑来跑去了。我看就让他进祖宗的坟地吧。我想什么时候去看他，就什么时候去。"我爷爷是运河上赫赫有名的船老大，抗战年代救过不少运河支队的人，地委书记一提起我爷爷的名字就竖大拇指。县上不得不依了我爷爷的意见。

父亲的丧事除了没用棺材之外，一切都遵从坞镇古老的习俗。发丧那天，坞镇的男女老少都来为我父亲送葬了，起灵前人们一批接一批进入灵棚吊唁，起灵后又进行了路奠。那天我这个唯一的孝子不知磕了多少头，但我愿意把自己的脑袋磕破，让父亲的在天之灵得以安息。我拄着用柳树棍做成的哀杖，被人搀扶着一把鼻涕一把泪地把父亲的骨灰盒送进运河边上祖宗的坟地。那个瘸腿的军人将父亲的骨灰盒放入了墓穴。我看见他悲伤得都无法站立起来了。尽管这样，我还是无法喜欢他，因为我爷爷曾主张给我父亲的骨灰盒做个棺材，但遭到了他的反对，他用非常凶的目光盯着我的爷爷，操着浓重的胶东口音大声说，你敢那样做，我就敢把骨灰盒带回去。我爷爷缩了缩脖子，就没再提棺材的事。他对待爷爷的那个凶劲，让我感到厌恶，我认为他对我父亲没有什么感情。如果说开始我还只是从模糊的感觉上不喜欢他，那么到这时我则是从感情上不喜欢他了。看到他悲伤的那副样子，我想这是一种虚假的表现。

丧事一过，瘸腿军人就动身回去了，我母亲拉着我去送他。他从运河坐船向南走，到了徐州再乘火车向西去。他站在船上向我母亲一边挥手一边说："我还会来看你们的。"

母亲朝他一边挥手一边点头，眼里还有泪花闪动。

而我真不想再见到这个人。

谁想，几年后这个瘸腿人成了我的继父。

那是三年困难时期过去的一九六二年夏天，刚放了暑假，我正拼命地赶写假期的作业，我不想带着作业到坞镇老家去，那样的话，爷爷总担心我完不成作业而不让我跟他到运河或微山湖上去玩，我的损失就太大了。一天晚上，母亲检查了我的作业后，向我问道："你知道妈今年多大了吗？"

这是一个很奇怪的问题，但并不难回答，于是我就在心里算了一下，父亲是在解放滕县那年也就是一九四八年认识母亲并和她结婚的，那时她二十岁，现在算来该是三十四岁了。我没有直截了当地说，反倒问母亲："妈，难道您不清楚吗？"

母亲忍不住大声笑了起来。父亲去世后，我还是头一次听到母亲咯咯的笑声，能听得出，她心里很痛快。

"妈当然清楚，妈问你呢。"

我说："妈，您三十四了。"

母亲点了点头，说："你觉得妈还年轻吗？"

当然这是毫无疑问的，不仅年轻，而且漂亮。自打一年前考上一中后，我经常听到同学们在我面前这么说。我点了点头算作回答，我预感到母亲有什么重要的事要和我谈了。

果然，母亲给我谈了一件很重要的事，她要再嫁人了，男人就是那个瘸了腿的军人。

我听了给噎得差点背过气去。我仿佛看到那个在记忆中已经淡忘了的瘸腿人，突然降临到我面前，两眼凶凶地看着我，向我说，我是你的后爹。我已经十三岁了，是一个中学生了，我不愿意接受这个心理上难以承受的事情，于是我说："我不喜欢这个人。"

母亲抿嘴笑了笑。过去母亲抿嘴笑时我总感到那笑容特别地美，而且还蕴含了无穷的意味。现在我觉得有些造作了。

我马上想到了一个问题："他多大了？"

"比你爹还大两岁呢。"

我哼了一声，"难道他没有结过婚吗？"

"结了，又离了。"

"因为什么？"

"小孩子家别问这些事。"尽管母亲这样说，但在我执拗的目光下，她还是告诉我了，她说他叫万承学，老婆一九五七年被打成了右派，两个人离了。

"这么说，我爹没了，他就盯上了您。"我猜想这几年他和我母亲肯定保持着某种联系，甚至还见过面。

母亲把脸转到一边去，我从她面部的侧影注意到，她的神情慌乱了一下，不过很快又镇定了下来。

"我一点也不喜欢这个人，妈，我不知道您怎么会看上他？"

母亲没有再说什么。可我能感到，母亲一定会嫁给那个万承学，母亲只要认准了的事，别人是很难让她更改的。不知怎的，我默默流泪了，有一种即将失去母亲的痛苦。

"看你这孩子，哭什么？"

母亲掏出手绢一边给我擦眼泪，一边对我说："其实他是一个很好的人，这几年多亏了他，不然……"母亲没有往下说，她掉泪了。

我说:“我明天就到爷爷那里去。”

“他明天就来,晚两天走不行吗? ”

我听出母亲声音里带着几分哀求,不想让她过分难过,就点头同意了。

那天晚上,我躺在床上翻来覆去睡不着,希望老天下一场暴雨,把所有的路都给冲垮了,让那个想得到我母亲的人来不了。可是这样的一场暴雨,会冲垮多少房屋啊,这倒使我感到害怕了。于是我就又希望老天别下这样的暴雨,下一夜绵绵细雨,弄得到处都是泥泞,这对于瘸了腿的人就等于设下了万千屏障。我很喜欢这个希望,沉浸在这个希望里面嘿嘿地笑着。然而没多久,我就发现自己的想法是多么愚蠢可笑,老天会照你的意愿行事吗? 即使是下了一夜绵绵细雨弄得到处都是泥泞,但最终还是挡不住那个姓万的到来,这样的雨不可能天天下。

我从床上爬起来,收拾了一下,给母亲留了张字条,告诉她我去爷爷那里了,便背起书包悄悄离开了家门。

走到街上,我想,如果母亲要嫁的人是一个比我父亲还要和蔼可亲的人,我会为母亲感到高兴的,可是母亲偏偏看上了这个我不喜欢的瘸子,同学们会怎么说? 一中的学子个个都有一副好用的脑袋瓜,我能想象出他们会说些什么,也能想象到他们会有些什么样的表情。快走到街的西头时, 我突然发现自己的离开事实上是使母亲和那个瘸腿人的婚姻变得没有任何障碍了,起码连感觉上的障碍也没有了,这可真不妙。于是我立刻决定留下,做一个障碍。想到这里,我不禁得意地笑了,还在街上边走边摇晃着身子撒了一泡尿。

回到家睡下时天快亮了,醒来时差不多到了中午。我听到了一声女人的呻吟,吓了一跳,但我没有马上从床上爬起来,而是竖起耳朵搜寻呻吟声的来向。我又听到了一声,不是来自母亲住的东间,而是来自院子里。我撩起窗帘的一角向外看,只见瘸腿人正和我母亲在高大的梧桐树下拥抱着亲吻, 两人的热乎劲就像我小时候见到父亲回来探家时那样，眼下他们两个有过之而无不及，竟如一对黏在一起的糖人儿。

我发现瘸腿人万承学的力气还是挺大的，我母亲被他一双手紧抱着，整个身子便轻盈地离开了地面，而他那只瘸腿在这个时候一点弯也不打了，仿佛一根钢钉牢牢地钉在地上，毫不动摇。再看看我母亲的神情吧，好像喝醉了一样，脸儿红红的，向上半仰着，让那个万承学在她的双唇和脸颊上吻来吻去，嘴里不时发出无法抑制的呻吟。

我惊诧得头发都竖起来了，同时也气得浑身不停地哆嗦。我从床上跳下来，啪！一拍床边的桌子，桌子上的书包给震得跳了跳。我真想借这个响动带给我的一身胆气冲出去，给万承学一个耳光，我相信我会一巴掌将他扇倒在地。

我这么想着，就站起来去做了。可是当我将要迈出西间的房门时，我意识到这件注定要发生的事情，不会因为我的一巴掌而停止不前。我整个人儿一下子僵止在那里。

母亲走进我住的西间里来了，她的脸颊红得更厉害了，眼睛慌乱地打量着我。我望了望她，十分干脆地说："我已经看见了。"

母亲搂住我的肩头，拉我回到床边坐下，轻声说："相信妈，妈不会对不起你爹的。"

"您找了一个瘸子，若我爹地下有知，会感到羞愧的。"

母亲惊愕地注视着我："小孩子怎么能说出这样的话来，他的腿瘸是因为飞机出了事摔的，怎么可以拿这个来笑话他？"

"我并没有笑话他，我只是在想，您应该找一个比我爹强的人。"

母亲的脸上现出哭笑不得的神情，我看得出，她有些欣赏我的话，但又觉得我对有些问题没有弄明白。她说："这是感情上的事，你长大了就懂了。"

随着母亲在我额头的一个爱抚的亲吻，我原打算做一个障碍的想法，渐渐退却了。但这并不是说，我开始喜欢万承学了，我只是太爱我的母亲了，我不想让她不高兴。父亲去世后，母亲很少高兴过。

万承学给我带来了许多好吃的糖块和很多人没有见过的巧克力，还有一件运动短裤、一件背心及一双回力牌球鞋，这些东西对一个十三岁的男孩子来说，是颇有吸引力的。母亲让我穿上短裤、背心和球鞋，然后围着我仔细看了看，连声说好。我扫了万承学一眼，他正望着我，这一次目光很温和，能看出其中伴有许多讨好的成分，他的微笑里由于有了一些怯意而显得不怎么自然。他试图和我说话，几次，都是张开了嘴，看到我把脸转到一边去，只好又将嘴合上了。

严格地说，那天晚上万承学便成了我的继父，虽然他和我母亲的婚礼是第二天举行的，但头天晚上母亲烧了许多水，在她房间的木澡盆里给他洗了澡，天亮之前他没有从里面走出来。

母亲给他洗澡的时候，我心里烦躁极了，就拖了床上的席子到院子里凉快。我躺在席子上，对自己这个障碍轻易地给拔除了，很有些不甘心。我看到一颗流星飞快地划过夜空后，忽然想到了两样东西：弹弓和溜溜弹。于是我回到屋里取出了它们。我知道，如果用弹弓装上溜溜弹射击东屋的窗户的话，那肯定会把玻璃打碎的，母亲会因此而狠狠责备我，甚至会说我是个坏孩子。可我不是坏孩子，所以我不能鲁莽行事。我站在梧桐树下打量着阔大的树伞，它的好大一部分已覆盖了屋顶。我相信，如果用弹弓打击树叶或树枝的话，肯定会制造出一些意想不到的动静。

果然，第一枚溜溜弹射出去后，先是嚓啦一阵急响，射穿了一溜树叶，接着又从高处像沉重的雨点打击芭蕉叶那样啪啪地跌落下来，当的一声砸在屋顶的瓦上，最后从瓦上哗啦啦滚落到地上——整个过程发出的声音真有点惊心动魄。

我喜欢这样的效果。不过这样的效果带来了一个严重的问题，如果照此下去，落下来的溜溜弹迟早会把屋顶的瓦砸破的。我不能这么干。

我便站在院子的西南角，开始大力射击树顶，让射出去的溜溜弹不再砸到屋顶上。虽然效果差一些，但一枚接一枚射出去的溜溜弹不断擦击树叶的声音，在寂静的夜晚，还是放大了它的威力。

母亲从屋里走出来了，远远地望了我一会儿，问："你在干什么？"

我看不见她脸上的表情，可我听得出她在生气。我说："我在打麻雀。"

母亲抬头看了看梧桐树，问："哪儿来的麻雀？"

我说："从南边飞来的。"

母亲说："我怎么没看见。"

我说："打飞了。"

母亲问："你用什么打？"

我说："玻璃球。"

母亲问："什么样的玻璃球？"

我说："就是溜溜弹。"

母亲问："都打到哪儿去了？"

我说："都打到街上去了。"

母亲说："你想过没有，会不会打着街上走路的人？"

我说："现在都半夜了，街上没有走路的人。"

母亲说："我看你该回屋睡觉了。"

我说："我不困。"

母亲走到我跟前，我看见她的两眼闪动着泪光，我说："好吧，我睡觉，就在院子里睡，屋里太热了。"

毫无疑问，我除了制造些令母亲不愉快的动静之外就没有别的办法了，我阻止不了母亲与万承学的婚姻。爷爷也阻止不了。在母亲与万承学婚后出外旅行的日子里，我回到了老家坞镇，爷爷告诉我："你妈给我打过招呼了，我能说什么呢？现在不兴守寡了。我看那个万瘸子，心是硬了些，可人肯定是个好人。这事就随你妈去吧。"我的外公和外婆远在几百里之外的烟台，更是鞭长莫及了。当年我母亲作为烟台师范学校的学生跟随支前的队伍南下时，来到滕县看上了我父亲后就利用了远离父母这一点，很快和我父亲结了婚，直到有了我，才告诉了我外公和外婆。外公和外婆有五个女儿和两个儿子。外公在给我母亲的信上说：“你不来信，我都记不起外面还有一个闺女呢，看来你长大了，成人了，自己也能当自己的家了，多么了不起呀，我和你娘除了佩服还能说什么呢？”我母亲给我父亲反复朗读我外公的这封信，边读边乐，还说：“我这个当教师的爹，写一手好文章呐。”鞭长莫及的外公和外婆在我三岁的时候，来过我家一次，那一次他们见到了我父亲，他们承认我母亲还是有眼光的。现在他们要是知道了我母亲和万承学的事，还会说她有眼光吗？

我觉得母亲美丽的眼光出了问题了。尽管这样，我还是强迫自己接受了万承学是我的继父这样一个铁的事实，因为我实在当不了母亲的家。不过，我向母亲提出了一个深思熟虑的要求：不随军，也不去继父那里休假。理由有两点，一是他和我父亲是一个部队的，其深层道理自然是不言而喻的；二是他所在的部队周围没有像滕县一中这样好的中学，会影响我将来考大学。

母亲听了，我能感到她内心里激动得厉害，她用一种极其痛快的语调对我说：“没问题，就照我儿说的办。”

我的大学梦随着“文革”的到来破灭了。一九六八年我参了军。不久我又被选为飞行员。在很多人远离文化的日子里，我却在知识的天空里丰满了自己的羽毛。我飞的是小飞机，比父亲飞的大飞机小多了，但比父亲飞的大飞机飞得更高更快了。

四年的航校生活匆匆地却是紧紧张张地过去后，我被分到了地处西北边塞要地的歼击航空兵师，开始改装歼-6 型超音速歼击机。这种飞机与米格-19 同属一个型号，是第二代喷气式歼击机，在超音速歼击机中则属第一代。由于它自一九六四年首次参加国土防空作战后，到七十年代初的几年间，共击落敌机十一架，是一九六四年以后击落入侵敌机最多的机种，因此有“英雄飞机”的美名。可想而知，能驾驶这种飞机保卫祖国的领空，我该有多么自豪啊。

我做梦也没有想到，正当我改装飞行快要完成时，继父万承学从西安古城调到了这里，担任这个师的参谋长。

我写信告诉了母亲，母亲很快就来了。同样我做梦也没想到，母亲正式办了随军手续，来部队子弟小学当副校长了。我的家也就自然而然地从鲁南名城的西门里街搬到了大西北戈壁滩上的飞行基地里。

母亲对我说："这一切都是为了你。"母亲为了让我相信这一点，还告诉我，继父本来想要一个孩子的，但她没同意。

我问："我当飞行员的事，是不是也是你的主意？"这个问题过去我问过母亲多次，她总是含混地说我赶上了。

这一次母亲说："我给空军写过信，可以说是妈要求的。"

母亲又说："当然最关键的还是你的身体，看来你的身体和你爹一样好。"

我从母亲的脸上，看到了人世间深奥无穷的母爱里洋溢的幸福和骄傲。这一刻，我感动得直想哭。

母亲来了后，星期天只要不飞行，我都要回家吃顿饭的。母亲总向我问这问那，几年不在一起，她想了解的东西太多了。我总给母亲聊些飞行上的事情，这些她不懂，可她听得很认真。有一天，吃过晚饭，母亲说："将来你有了孩子，如果也能当上飞行员的话，那我们就是名副其实的飞行世家了。"

我说："我还没有对象呢。"

母亲说："找一个吧。"

我说："上哪儿去找呀？这里是光秃秃的沙漠，哪里有姑娘啊。"

母亲笑了，说："我听说不少飞行员都是疗养时找的。等你出去疗养时就找一个吧，找一个好姑娘。"

那天晚上，我从家里回到宿舍后，对同屋的徐明说了这事。徐明和我在航校时是同期同一区队的学员，毕业后分到了一起，又同住一间宿舍，关系一直非常好。这个有着一脸孩子般的稚气，却又鬼心眼子多得要命的家伙，听我这么一说，两眼顿时大放光彩，他说：“你妈可真伟大啊，我看改装飞完，咱们肯定会去疗养的，到时咱们就遵照她老人家的意思，一人找一个吧。”

就这样，他很轻松地把自己也拉进我母亲的意愿中来了。其实他早有这种思想准备，曾多次告诉我疗养院里有许多漂亮的姑娘，他说以后有了机会就去找一个。我们这批新飞行员还没有去疗养过，徐明已经知道疗养院的不少情况了。

“什么样的姑娘是好姑娘呢？”我说。

“是啊，什么样的是呢？”徐明说。

于是我们两个光棍儿就围绕这个问题聊了起来。熄灯号吹过后，我们越聊越兴奋，好在第二天不飞行，也就没有太多的顾忌。过去我们也常谈女人，要说飞行员不谈女人，那纯粹是瞎话，只不过关起门来偷偷谈论罢了，话题也不固定，总是东一榔头西一棒槌的。我和徐明都认为，飞行员的妻子一个比一个漂亮，漂亮几乎成了飞行员选择对象的一个重要的标准。但徐明又认为好姑娘不仅要长得漂亮，心眼儿好，而且还要有味道。谈到味道，他说：“每个姑娘的味道都不相同，我喜欢那个一些的。”

我问：“那个一些的是什么意思？”

他说：“只可意会不可言传，总之让你怦然心动。”

我说：“这样说来，我也喜欢那个一些的。”

可我对此又有些茫然，怎样才能算是那个一些的，叫你怦然心动的姑娘呢？徐明也茫然，他说：“对深层的意味，我还没有悟出来呢，不过从感觉上还是可以把握的。”

我问：“怎样从感觉上把握呢？”

他说：“这种感觉，开始的时候不可能通过你的手，也不能通过你的别的触觉器官，只有通过眼睛，用眼睛去感觉。”

我说：“你的眼睛感觉那个一些的，可能我的眼睛就感觉不那个一些了。”

徐明哧哧地笑了，说："这真是一门莫测高深的学问啊。"

尽管如此，我们还是对我们要找的好姑娘，有了一些审美上的追求。我们以为这样就可以选择自己的意中人了。

改装任务完成后，正赶上夏季，我们被安排到青岛去疗养。当我们真的到疗养院的时候，我发现这里漂亮姑娘有得是，真有点叫人眼花缭乱了，然而她们大都有了对象，即使没有对象的，听说我们是大西北的，便没有和我们交朋友的意思了。我们忽略了自己的地理位置，多么可笑而又可悲。

难能可贵的是，我和徐明没有灰心。我们将视野从疗养院扩大到了海滩和浴场，以及我们脚步所到的地方，我们抓住一切可以利用的机会和我们认为是好姑娘的女孩子搭讪。当然，我们尽可能地避免出现那种死皮赖脸的劲头，起码是不能让人家感到讨厌，否则我们成什么了？我们甚至希望上演一场英雄救美人的好戏。那是一九七三年，我们的这种想法其实是很前卫的。

我们的希望终于在一天下午变成了现实。一场突然降临的暴风雨，使很多动作慢的人没有离开浴场，其中一些人好像有意要在大风大浪中锻炼自己似的。这里面有两个姑娘，我和徐明一直跟着她们，我们抓住了这个天赐的良机。

事实上在海滩上时，我和徐明就不约而同地跟上她们了，她们很有些我们一直在追求的那种"味道"。后来她们游进浴场后，我们也跟着游进了浴场，而且一直跟在后面，我们之所以敢这么做，因为我们发现她们没有男孩子跟着，我们觉得她们可能还没有男朋友。徐明很快跟她们搭上了话，其中一个穿红色泳衣的爱笑的姑娘问："你们是什么人？"

徐明说："我们是飞行员。"

她又问："飞行员是干什么的？"

徐明说："你连飞行员是干什么的都不知道吗？"

那女孩子咯咯地笑了，还差点呛了水，连连摆手说："不知道，不知道呀。"

也许徐明的愚蠢反问，使那个爱笑的姑娘产生了好感，于是就真的请教他飞行员是干什么的问题了。徐明有了这样一个话题，自然就有了向那个姑娘靠近的理由，他靠得非常近，边游边谈。

我和另一个穿蓝色泳衣的姑娘也就顺理成章地成了他俩的僚机，分别编在两侧，后来我和她干脆编到他们的尾后，也边游边聊起来了。穿蓝色泳衣的姑娘有一双很大的眼睛，她总用一种警惕的目光打量我。后来聊着聊着，她突然问："你们是不是还没有女朋友？"

我说："是啊，还没有。"

她说："应该找一个了。"

我说："正在找。"

她说："最好不要在海里找，那会像大海捞针一样难。"

我说："何以见得呢？"

她说："事情就这么简单。"

我百思不得其解，于是又问了一遍。她说："我们都有男朋友了。"

她说的"我们"毫无疑问是指她和那个穿红色泳衣的姑娘。我尴尬地向她笑了笑。她也向我笑了笑。我觉得她的笑意里有一些讥讽的成分，我的眼睛顿时有了一种似乎被什么东西烫了一下的反应。

她看到了这一点，对我说："我是善意的。"她告诉我她叫海兰，那个穿红色泳衣的姑娘叫陶红，她们都是一家地方医院的护士。默默游了一会儿，她问："飞行员主要的工作是什么？"

我说："飞行。"

她又问："飞行部队最多的话题是什么？"

我说："飞行。"

她又问："你们使用频率最多的词是什么？"

我说："还是飞行。"

海兰终于爽朗地笑了，洁白的牙齿亮晶晶的，张开的嘴唇有说不尽的风韵。我暗暗叹道，多么好的姑娘，可惜我们没有缘分啊。

“飞行到底是怎么回事呢？难道就是在天上飞来飞去吗？”海兰又问道。

我说：“可以这么说吧，但飞来飞去的学问可多着哪。”于是我就飞行的四个阶段，飞行员应具备的多项素质，跟她谈了起来。

暴风雨到来之前，我们离海滩已经很远了，因此岸边的喇叭发布的暴风雨即将到来的消息我们谁也没有听到。虽然我们都注意到了天上密布的乌云，但我们并没有料到暴风雨会来得这么快。

暴风雨说到就到了，狂风卷起的浪头小山似的一个接一个涌起。海兰开始还能在波山浪谷间挥动胳膊游动，很快她就被大浪举起来，又被狠狠地抛下去，已经无法控制自己了。我听到她的呼喊声里夹杂着极度恐惧的哭腔。我呼唤徐明，徐明也在呼唤我。浪头再次将海兰吞没后，我扎进水中抓住了她。

当我一手将她紧紧搂在胸前，一手奋力击水向水面浮升的时候，突然，我感到自己的躯体里有一种离地升空的感觉。这之后，我听到自己的躯体里，不断轰鸣着飞机飞行的声音。

一种多么奇异的感觉啊，强烈而又持久地推动着我，使我完成了一次在大风大浪大雨中的飞行，将我喜爱的姑娘抱上了海滩。

我不知道徐明是否也产生过这种奇异的感觉，事后我也没问他。但我相信他的感觉肯定更为独特，因为几天后，他和那个他从大风大浪中救出的叫陶红的姑娘，到海滨大道上走了一遭后，正式确定了恋爱关系。

这件事令我惊诧不已，我问他：“你小子到底使了什么手腕？”

徐明神秘地笑了笑，说：“哪里使什么手腕。”

“陶红不是有男朋友了吗？”

“可她最终还是选择了我。”

“这么快？”

“快得就像一枚炮弹。”

从徐明眼里飞出的光芒里，我看出他的整个感觉闪动着射出炮弹时的那种快感。

疗养快要结束时，我又见到了海兰，她陪陶红来为我送行。团里特批了我几天假，让我去烟台看一看外公、外婆和小姨。

海兰邀我到海滨大道上走走，这件事使我一时心血来潮地以为她也改变主意了，因为我知道陶红就是这么干的。我甚至还以为她根本就没有男朋友，先前她说自己有男朋友的话不过是一种试探罢了。可想而知，我激动得多么厉害。我随她上了海滨大道，海兰显得有些不安，一再说对不起。我又领会错了她的意思，一再说没什么。海风不断吹来，她的裙子不断在腰下翻舞，开始她还用手按一按，后来干脆就随它摆动去了。这个小小的变化又被我错误地看成了一种暗示。由于有了在海里把她抱在怀里拖上岸的经历，在她面前，我的胆子自然而然地变大了，目光也很有些放肆。

“你明天上午走？”她问。

我说：“对。”

“去烟台？”

“对。”

“然后从烟台直接回部队？”

“是的。”

“你要多注意安全。”

“好的。”

“常有摔飞机的事吗？”

听老一点的飞行员说，姑娘一旦打算和你谈恋爱了，必然要问及这个很实际的问题。我说：“不常有。”

我从她的眼神里看出她对我的这个回答不怎么满意，于是我进一步说道：“其实做什么都有可能出事的，你想想看，干电工的，如果不小心的话，那就有可能触电的；当矿工的，如果不小心的话，那就有可能被埋在井下；就是过马路，谁要不小心的话，说不定会被汽车撞着；但这样的事只要注意了，绝大多数是可以避免的。飞行也是这样，所以我说不常有。”

“飞机怎么会掉下来呢？”

我想这可是个很简单的问题。“这样吧，”我说，“咱们先不说飞机，先说说自行车吧。比方说你的自行车坏了，通常的做法是就近找人修理，如果一时找不到修车的，你可以推着它走，大不了扛着它走。自行车是不存在从天上掉下来的问题，因为它在地面上活动。可是飞机就不一样了，一旦出了故障，比方说发动机坏了，那它就失去了在空中飞行的动力，也就是说失去了摆脱地球一定引力的能量，天上是没有可以进行修理的地方的。如果飞行员无法排除这种故障，说句不好听的话，这样的飞机就是一堆没有生命的铁疙瘩了。谁又能在空中扛着这堆铁疙瘩安全返回地面呢？这堆铁疙瘩也就只好顺着地球的引力从天上掉下来了。”

海兰朝我会意地笑了笑，说：“精彩。”

我又补充说：“不过，飞行员遇到这种情况，是可以跳伞的。”

海兰突然转了话题：“我想今天晚上请你吃饭。”

这令我惊喜异常，我想如果确定下来恋爱关系，我可以在青岛最好的饭店请她，干吗还要她来请我呢？我有点沉不住气了，说：“还是我请你吧，咱们好好庆祝一下。”

她一愣：“好好庆祝一下？庆祝什么？”

我紧盯着她的眼睛，她的眼睛此时在我眼里迅速放大了，仿佛天空一样辽远而深邃。我觉得这种时候，很像飞机即将超音，还处在突破音障前的最为宁静的瞬间里，我等待着突破时刻的到来，哪怕她的眼睛一个轻微的默许，我也会伴随心中一声“咣——”的突破音障的惊天动地的声响，向她飞过去，紧紧拥抱她。我相信我有这个胆量。

海兰已经紧张得不行了，她打了个哆嗦，有点口吃地说：“我……想，好好谢谢你，没有……别的意思。”

她看我还在盯着她，就把脸扭到一边去，说：“我和陶红的情况不一样，我不能像她那样，我……”

我这才明白自己是多么的迷糊，又是多么的一厢情愿，刚才的整个思路就像进入了飞行错觉一样，把一切都搞反了。我愣了好一会儿，苦笑了一下，说：“我懂了。谢谢你的好意，不麻烦了。”

海兰还是执意要请吃饭，我推脱不掉只好同意了。

当然，徐明和陶红也参加了。吃饭时陶红取笑我有点太飞行化了，但她向我保证为我找一个比她和海兰还好的姑娘。我感动得频频举杯致谢，到后来竟有了几分醉意，不断向陶红说就要海兰这样的好姑娘。

我记得吃过饭分手时，还醉眼蒙眬地望着海兰说：“你要是改变了主意，快些给我去信呀。”我听到的回答是他们三个人哈哈的笑声。

烟台之行，使我放弃了让陶红为我找一个像海兰那样的好姑娘的打算。我的小姨给我介绍了一个，她同样有一个好听的名字：田妹。

田妹的家在乡下，她高中毕业后接父亲的班进了城里的邮电局。田妹整个人儿就像她的名字一样，有一种扑面而来的充盈着芬芳的青春气息。虽然眉眼看上去没有海兰的俊俏，可身条儿却比海兰的还显得成熟一些，用我们老家的话说，有腰有腚的很匀溜。更重要的是，田妹水灵灵的眼里闪动的那种温柔妩媚的神韵，让我深深地迷恋上了，使我感觉到这样的姑娘才是我真正要找的。进入恋爱季节的男人真是夏季的天空，说变就变呀。

我告诉田妹：“我这里没问题。”

田妹告诉我：“我这里也没问题。”

我说：“飞行有时会出事故。”

她说：“听小姨说过，我不怕。”

事情就这么简单，两个年轻人就这样相爱了。我真有点超音速飞行带来的那种感觉，仿佛把一切音障都突破了，在无垠的空间里向前快速飞奔，整个身体融化在里面了。

这样说，给人的感觉，好像我和她发生了那种事似的，其实什么也没有发生,只是一种感觉罢了。我和她最亲近的举动,不过是我牵着她的手在海边上散了一晚上的步而已。我很想吻她,可她身上却有一种无形的力量,将我完全稳住了,使我不敢越雷池半步。

一回到部队，我就期盼着结婚的日子了。这自然符合母亲的意愿,她的儿子有了一个好姑娘,他已到了结婚的年龄,该结婚了。

继父万承学当着我的面对我母亲说:“这事可不能怎么想就怎么做,她还得过政审这一关呢,这一关过不去,想也是白想。”

他这人就是这么讨厌,好事也弄得你心里不痛快。他也不想想,我那精明聪慧的小姨难道不考虑这些吗?她早已将田妹的祖宗八代,而不是三代,都考查过了。

我说:“没问题。”

万承学说:“万一有问题呢?”

“没有万一。”

“就是没有万一,也得等你们飞完战斗科目,参加战斗值班之后才能谈结婚的事。”

对于一个飞行员来说,参加战斗值班不仅是一种资格的象征,还是一个飞行员飞行生命中极其重要的里程碑。

可这和结婚不结婚又有什么联系呢?难道飞行员一结了婚,就飞不了战斗科目了吗?不少人告诉我,这是万承学制定的土政策,似乎这样才显示出他是最革命的,其实左得很。

于是我用挑剔的口吻说:“当年你可是什么提纲也没飞，不也结婚了吗?”

他说:“过去是过去,现在是现在。”

本来是可以讲一讲道理的,可他就是不讲,总摆出一副很霸道的样子。我真想借这个机会跟他拍桌子砸板凳大吵一场,好好煞煞他的威风。母亲看到我拉出干仗的架势,就给万承学丢了个眼色,他没有像往常那样身板挺得笔直,而是一瘸一拐地走了。

母亲对我说：“我不想看到你们爷俩吵架。”

我说：“没有谁会喜欢他。”

母亲说：“他对什么事都过于严了些。”

我说：“何止是严了些。”

过去我几乎没有向母亲诉说过他的种种令人不喜欢的行为。这一次我实在憋不住了，就对母亲讲了最近发生的几件事：

一是他去警卫连蹲点，不少战士向他反映伙食不好。他吃了几顿后，说：“我看你们的伙食还不错嘛，比战争年代强多了，那时候我们连咸菜都吃不上。”结果他离开警卫连后，很多战士都说，我们可不希望他再来了，他要再来，我们就得真的吃咸菜了。

二是师机关的一个参谋加夜班睡得晚了些，早上没出操。出操时军务科长整好队伍向他报告，应到多少名，实到多少名，缺席多少名。万承学听了，对军务科长说：“今天的科目是，把那位缺席的人叫来出操。”军务科长便向队伍下达了这个口令，然后跑步到几百米外的宿舍去叫人。那位参谋来到操场后，万承学什么也没问，就让人家立正站着，劈头盖脸地训了起来，训了整整一个早操的时间。他训人时腰板挺得笔直。如此的威严状并没有叫人感到多么威严，反倒让人觉得有几分滑稽的样子。训到最后，他问被训的参谋：“明白了吗？”参谋终于有说话的机会了，他眨巴了几下眼睛，回答说：“可我昨晚加班超过十二点了呀，是可以不出操的呀，这可是参谋长你规定的呀？”万承学一听，两眼凶凶地盯着他。大伙都为那小子担心，这样公开顶撞过去可没见过，参谋长能受得了吗？大伙望着参谋长青一块紫一块的脸，都觉得那小子要倒大霉了。万承学盯了那参谋好一会儿，转脸向军务科长问：“他说的是吗？”军务科长啪的一个立正说：“是。”万承学的右腿这时打了一个弯，身子晃了一下，然后点点头说：“那就收操吧。”这件事很快在全师成了一件笑谈，都说参谋长的威风叫一个参谋给煞掉了。

三是有几个老乡赶着毛驴车到宿舍区卖瓜，让他碰上了，他问其中一个年长的老汉："谁让你们进来的？" 老汉说："是参谋长让进来的。"他说："我并没有让你们进来。"老汉说："我说的是参谋长，不是你。"他一听火了，说："我就是参谋长。"老汉嘿嘿笑了，上下打量了他一番，说："参谋长不是你这个样子，比你年轻多了，腿也不打弯。"按理说，老汉的话说到这个份儿上，他就该动脑子想一想了，到底是哪一个参谋长。要知道，对营区进行管理的是场站参谋长。他不去动这个脑子，叫来几个警卫把老乡、毛驴和满车的西瓜都给扣住了。要不是场站参谋长闻讯赶来，向他说明让老乡进宿舍区卖瓜是为了照顾来队探亲的家属买瓜方便而临时采取的措施，同时向他保证这样的事今后不会再发生，很快将在营区边上建立一个瓜果市场等等，不知要闹出什么样的笑话来。

当然还可以列举出一些。参谋长要管很多事，管好管差都会给部队留下印象。在我的印象里，万承学在处理一些事上，常常与大家想的不一样，不知这是他有意显示自己的高明，与众不同，还是心里有什么东西在作怪。总之，有很多人不喜欢他。

母亲听后，却对我说："孩子，要学会宽容。"

我说："妈，要学会宽容的，应该是他。"

母亲说："他是参谋长，宁可紧不可松啊。"

我不想和母亲就这些问题讨论下去，我说："妈，您可以放心，结婚的事，我肯定会放在参加战斗值班以后，一年，两年，我都可以等的。"

母亲抚摸了一下我的头，笑了，说："你们之间存在着代沟。"

"代沟"这个词，我还是头一次听说。

我第一次参加战斗值班，是在听到"代沟"这个词的一年后，我记得是八月初的头一个星期二。机场战斗值班室坐落在离起飞线不远的地方，平时值班飞行员就穿着飞行服待在这里待命，一旦听到"一等"的警铃，便快步如飞地从这里跑向起飞线，然后登上值班的飞机开车起飞。那天早上我走进值班室时，特别留意了一下挂在墙壁上的警铃，我真想头回值班就能体验到它那急促而尖厉的铃声在我身上引发的感觉，我想那定是过去所没有的一种很特别的感觉。

那天师指挥所的值班首长是万承学。上午八点多钟，他打电话检查了我。

他问："你知道今天有什么敌情吗？"

我说："我已经接到通报，在距我部正西方向一千公里的高空，有一个侦察气球由西向东飘来，目前兄弟部队已起飞飞机进行截击。"

他又问："气球到我们这儿还有多少时间？"

我心算了一下，现在气球所在的高空的风速是每小时两百公里，预计到达顶空的时间约需五个小时。但我没有直截了当地回答，我说："根据歼-6 飞机的作战半径，再有两个小时，我们就可以升空拦截了。"

他愣了一下，像是自言自语，又像是问我："两个小时？歼-6 的作战半径有那么大？"

我说："别忘了，我们一旦起飞，将是边拦截边向机场飞的情景，这自然省掉了很多返航所需的时间。"

"可是，这里有一个问题，现在气球所在的高度，正是歼-6 飞机的极限高度，你不可能带着副油箱去冲击这个高度。"

他的意思很明白，如若起飞拦截气球的话，飞机将不带副油箱。过去我们一直是这么干的，因此每架次的空中截击时间都很短，结果一架接一架起飞，看上去整个机场和整个天空都有飞机飞来飞去，一片全力以赴的景象。

我认为，完全可以带副油箱飞出去，在冲击极限高度之前再投掉它，这样就有了充足的拦截地段，也可以给飞行员创造出更多的截击机会。

这样做，使参谋长担心的是，副油箱掉下来会不会砸到地面的建筑物，会不会砸着人？

我告诉他，那一带地面上除了沙漠还是沙漠。

他说：“沙漠上有时是有人的，你不是看到过驼队吗？”

我说：“当然，投副油箱之前，我会注意观察地面的情况。”

他说：“你飞得那么高，能看到地面上什么情况呢？”

我只好无可奈何地说：“好吧，到时候我按照命令飞就是了。”

他又问：“天气怎么样？”

这本来是该问气象员的。我说：“好得很，万里无云。”

他又提出了一个新的问题：飞机进入螺旋怎么办？

于是我将如何改出螺旋的步骤和办法说了一遍。我的回答，令在场的我的长机，矮矮胖胖的杨副团长感到非常满意，他朝我竖起了大拇指。可是万承学并不满意，他说：“看来你准备得并不充分，你说是不是？”

我有些奇怪了，想问问他不充分在哪里，是我不充分，还是你有意找碴儿？可是话到嘴边我又觉得这样说未免太没劲了，于是就把没有说出的话咽了回去，然后屏住气愣了好大一会儿，我想用一种故意的沉默回敬他，这样效果会更好。

“你在听吗？”他问。

“对，我在听。”我说。

“好吧，抓紧时间进行补充准备吧。”

放下电话，我看了一眼手表，又看了看墙上的警铃，对杨副团长说：“瞧吧，今天他值班，这个警铃肯定会响的。”

杨副团长神秘兮兮地笑笑说：“若是这样，你就可以领教一下继父大人的指挥水平了。”

我说：“是啊，过去我可一直没有领教过。”

杨副团长说：“总的说来，还不错。”

我知道，对万承学的指挥水平，飞行员们的看法是不一样的，一种意见就是杨副团长所说的：总的说来还不错；另一种意见则是：严格说起来不怎么样。

说还不错的人认为，万在组织指挥上是严谨的，给人滴水不漏的感觉。持这种观点的人，总会历数近两年中举行的几次大型实兵演习加以说明。我听到过这样的话："参谋长一上了桌子（指挥桌），我们师升空的飞机都在预案规定的拦截点上拦上了'敌'机。虽然没有像兄弟部队那样超额完成任务，但是百分之百完成了任务。如果打起仗来，这就是很了不起的事情。"

说不怎么样的人则认为，万在指挥上存在着死角。主要表现在处置一些空中特殊情况时不能马上给予飞行员正确的指示，如一次空中错觉，如一次右发动机停车，他总是问来问去，就是拿不出处置的意见，最后都被塔台指挥员接过去果断处理了。有人说，当年他飞行时，就存在落地的死角，不然他的腿就不会摔坏了。在这里，很有必要重提那次事故：当年他驾驶的飞机是"后三点"着陆的杜-2型强击轰炸机，样子有点像双翼的安-2（运-5）型飞机，落地时地面风速大了些。在落地上一直存在着死角的万承学，当时非常担心风速大会使飞机飘得厉害，飘出跑道那可就糟了。于是该带杆的时候，他没有带，而是压了杆。但在该稳杆的时候，他却又带了杆。这样一来，老杜-2着陆时就成了一只失控的跳蚤，在跑道上不停地蹦来蹦去。塔台指挥员的嗓子都喊哑了，有人说听那动静像要伸出手来抓住飞机似的。尽管这样，飞机还是没能安全着陆。直到两个前起落架完全摔断了，整架飞机才噼里啪啦地趴在了跑道上。在这次事故中，万承学的右小腿因受到剧烈的冲撞挤压而变成了一堆肉酱。从这个事故中不难看出，万承学处置特殊情况的能力是很低的。虽然停飞后他对各种飞机的操纵和飞行不断地进行学习，但依然没有清除他在飞行上的死角，一旦反映到指挥上，那给人的印象就是不怎么样。

我很想领教一下万承学的指挥，以做出自己的判断。我和长机做了协同，又熟悉了打高空气球的一整套方法，我不时看看表，很希望警铃早些响起来。

可是它一直没有响。三个小时后，当气球完全进入我部拦截空域时，却莫名其妙地消失了。可以肯定的是，它不是被兄弟部队击落的，也不是被我们击落的，因为我们的值班飞机一直没有起飞。在太阳沉下地平线之后，昼间值班收场的时候，值班参谋才告诉我们，这是参谋长制造的一次假情况。

不管怎么说，第一次值班，我还是体会到了与平时训练飞行不一样的滋味，全身似乎奔涌着一股箭在弦上，时刻准备射出去的劲头。因此还可以说，多少还应该感谢那个我不喜欢的人，是他让我品尝到了这种滋味，否则那种平淡无奇的待命叫人多难受啊。

轮到我第二次值班时，又是万承学担任师指挥所的指挥员。这一段时间，师长和两位副师长分别下到三个飞行团抓安全，因此师指挥所值班首长的位置几乎让不能飞行的参谋长一人包了下来。

万承学没有打电话检查我，也没有检查我的长机和另外一个双机：团赵副参谋长和徐明。但我能感觉到，这一天不会在难熬的待命中沉闷地过去，因为早上接班不久，我们就接到了通报，又有一个侦察气球进入了新疆，高度在歼-6 飞机的极限一万七千米至一万八千米之间；预计到达我们拦截区域时，距日落还有五十分钟。这就告诉了我们，根据歼-6 飞机的作战半径，带副油箱起飞的话，我们可以在气球距我们机场四百五十至两百六十公里的航段上进行截击。此后进入了夜间，靠目视截击气球的飞机在夜间便没有办法对付它了，哪怕它飞到了我们的顶空，我们也只好让雷达干瞪着眼看它大摇大摆地飘走。我们四位值班的飞行员都相信，如果气球沿途没被击落的话，我们肯定会抓住这五十分钟的。由于最近不断有高空侦察气球入侵，虽然指挥所组织过多次值班飞机起飞截击，但由于气球的高度大多超过飞机的极限高度，而没有打掉。大家心里都憋着一股气，谁值班都想打下一个来，好好振奋一下全师的士气。

我们不断接到通报，气球没有被打掉。每听到这样的消息，我心里总会有一种电流通过般的兴奋，好像我在专门等候着它，又好像我能把它打掉似的。

距日落还有一个半小时的时候，我戴好了头盔。我想，如果万承学接受了我的建议，带副油箱起飞去争取截击时间的话，现在差不多该进入“一等”了。我望着墙上的警铃，心里说，伙计，该响了。

果然，它就响了起来。

接着我听到站在身边的值班参谋扯着嗓子喊道：“‘一等’啦，‘一等’啦！”

我抓起飞行图囊快步如飞地向起飞线跑去。我边跑边注意到，起飞线上四架值班飞机翼下的副油箱都没有卸掉，心里有一种说不出的得意。

令我吃惊的是，矮矮胖胖的杨副团长是最后一个从值班室里跑出来的，竟然比我们跑得快，那样子仿佛一枚出膛后加速的炮弹，一下子冲在了前头，第一个登上了飞机。

我爬进座舱，拉上座舱盖，向地勤人员挥了挥手。这时我听到耳机里传来塔台指挥员的口令：“358，369，开车。”

358是杨副团长的飞行代号，369是我的飞行代号。从塔台指挥员的口令里，我判断出，先起飞一个双机。

绿色信号弹从塔台边升起来了。

两架点火的飞机喷出了轰隆隆的火舌，水泥道面后部的沙地立刻卷起两道沙尘滚滚的黄龙，这幅壮观的景象，望一眼，真叫人壮怀激烈哪。

开车后，我跟随长机紧急从起飞线滑出，迅速拐进跑道，在塔台前的T字布旁刹车停住。

塔台指挥员说：“检查仪表。”

长机回答：“明白。一切正常。”

我跟着回答：“一切正常。”

“起飞吧。”

“明白！”

我们同时加大油门，又同时松开了刹车把手，憋足了劲的两架飞机一前一后呼啸着在跑道上快速向前飞奔，很快便离陆升空了。

飞过导航台，师指挥所接替了指挥，领航参谋向我们下达了航向、速度和高度的口令。这之后，无线电差不多“静默”了。指挥员万承学没有像往常那样拿起话筒问问航线上的天气，因为天气明摆着好得不能再好了，一丝云彩也没有。我跟随长机爬上万米高空，极目远望，巴丹吉林沙漠在蓝得令人心颤的天空下，犹如金色的海洋翻滚着无尽的波浪。我可以清晰地看到奔走在沙海深处的驼队以及地面上的房屋和帐篷，也可以看到河西走廊南面的祁连山。我知道翻过祁连山就进入了青藏高原，再往南，就到了唐古拉山了。那是我魂牵梦绕的地方，我一直认为父亲的魂灵还在那儿飘游。现在我向正西飞，只能朝南面望望而已，但我还能做的是，在心里对父亲说几句话。我说，爹，我很想您。我又说，爹，您看到了吗，我在飞哪。我甚至相信父亲会听到我的声音。

我们在海拔一万两千米的高度向西平飞了近三百五十公里时，指挥员万承学打破了“静默”，他问：“358，副油箱的油量用完了没有？”

杨副团长回答：“还没有。”

“还剩多少？”

“还可以飞三分钟。”

万承学愣了一下，说：“我看你们可以投掉副油箱进行爬高了，投之前你们一定要好好观察地面的情况，一定要避开建筑物和人。”

杨副团长说：“在我们前后左右，除了沙漠还是沙漠，没有任何建筑物和人。”

万承学说：“好吧，你们投吧。”那声音里带着十分不情愿的语气。

两架飞机投下的四只副油箱很快落在了尾后，我扭头望了一会儿，只见它们轻飘飘地向前滑翔，就像四只银色的小飞艇那样朝沙海中飘去。

指挥所领航参谋令我和长机拉开间隔，冲击高度。他说：“现在气球海拔高度是一万八千米，它就在你们正前方，距离还有一百公里。”

我和长机爬升到海拔高度一万六千米时，长机距气球还有六十公里。他必须在这段距离上通过两次先俯冲再拉起高度的跃升，达到比歼-6 极限高度还要高出一百米的一万八千米，然后发现气球，并立即投入攻击。

领航参谋不停地通报着气球的距离，这期间万承学一句话也没说，只有长机和领航参谋在通话。到这时我发现人们所说的万承学的严谨，实际上就是少说话，让该说话的人去说，比起那种喜欢在引导人员作具体指挥时插上几句无关紧要的话的指挥员来显得聪明多了。当然，这样做，还可以避免由于自己反应迟钝或者判断错误而引起的整个指挥上的混乱。但这并不说明他是一个出色的指挥员，只能说他是一个善于发挥具体指挥人员作用的指挥员。能做到这一点，在当时就是很不错的了。这种“无为而治”的风范和他在地面管理上的那种“有为而治”的风格形成了鲜明的对照。怪不得有人说，参谋长最适合的地方是指挥所而不是操场。

杨副团长两次跃升完成后，不仅高度冲出极限达到了一万八千米，而且他还发现了气球，果真就在正前方。由于侧逆光的作用，气球的轮廓，尤其它下面携带的侦察设备和太阳能电池板，反倒比顺光时看得更清晰，整体上给人的感觉就像一个幽灵拎着一个金光闪闪的小匣子。

杨副团长果断地开了炮，但没有击中。

他冲过去后，我接着进入。两次跃升我没有爬到一万八千米，想做第三次，已经来不及了。我也看到了气球，它在我前上方，高度差起码有三百米，我只好从它下面冲了过去。

杨副团长转过弯来再次进入时，由于在极限高度上平飞的时间很有限，他的高度已掉了不少，因此还要再通过跃升达到与目标同等的高度。这一次他没有达到。

又轮到我了。这时,我忽然听到一个声音:“我看到你了。”仿佛从很远的地方传来,又好像贴在我耳边说的,我的心怦然一颤,是爹的声音。就像我很小的时候,和爹一起捉迷藏时,爹发现了我,说,“我看到你了”——一模一样。我听到爹又说了一声:“我看到你了。”爹的那张始终带着笑容的脸在我眼前浮现出来,我的眼睛模糊了。

我用手擦了擦眼睛,开始进入。

最后的跃升使我感到自己一下子变得很轻了，四肢似乎散了架那样轻飘飘的,右手连拉杆的气力都没有了。我知道,我把飞机跃升到了一个我从未达到的高度。我看了一下高度表,一万八千一百六十米,已经超出了极限两百六十米。这让我非常担心飞机突然失速或解体。改平后,我稳了一下杆,飞机的反应稍有些迟钝,但给我的感觉是没有问题的。就在这时,我根据领航参谋的通报,看到了气球,在前下方,高度差约有两百米。

一阵惊喜掠过我的全身，我终于抓住了机会，只要稍稍一推机头,就把它套进光环里了,然后开火,这时的飞机带着点俯冲角,是不会失速进入螺旋的。

我一边报告一边把气球套进光环,直到它在光环里完全胀满了,我才开了炮。近得不能再近的气球就像一个有着一圈红晕的大水泡,在机头前一闪,爆炸了。

“打中了,我把它打中了!”我大声叫起来。

“打掉了吗?”万承学有点不相信地问。

我看到爆炸了的气球朝地面坠去，它底部的小匣子在空中划出一条闪闪发光的弧线。

“真是打掉了。”

我一边回答,一边急速下降高度,朝气球追去。我的本意是想让雷达根据我的位置来确定气球降落的位置,以便地面部队前来寻找。也许打中了气球,过于兴奋的缘故,我突然产生了要考一考万承学的念头,于是我一边急盘旋下降,一边向指挥员报告:“我进入螺旋了。”

可是，没等万承学做出反应，仍在高空的杨副团长抢先向我下达了改出螺旋的一整套口令。

我只好回答了一连串的“明白”。

过了一会儿，万承学问：“改出来了吗？”

我说：“改出来了。”

他又问：“现在高度是多少？”

我说：“两千七百米。”

我又补充道：“我看到气球降落了，就在我正下方。”

万承学非常干脆地说：“好的。你们可以返航了。”

我和杨副团长回到机场上空时，太阳已经沉下西边的地平线了，跑道灯亮了起来。虽然我还没有进行过夜航训练，但由于有杨副团长在空中给我领路，有塔台指挥员像哄孩子似的给我引导，我安全落地了。这期间，师指挥员同样显示了他的严谨和聪明，让该说话的人去说，一句话也没有插。

我走下飞机，没想到第一个看到的是万承学，他跑到机场来了。我望着他一时不知说些什么好。说句老实话，我从来没叫过他爸或者爹。我张了张嘴，结果什么也没有叫出来。他分明看到了我这个含混的表示，异常激动地拍了拍我的肩膀，朝旁边的人笑呵呵地说：“好啊，打得好啊。”我看到在场的每个人都跟着笑了起来，笑容和闪亮的夜航灯一样灿烂。

在当晚的庆功酒会上，万承学一改往日严肃的样子，谈笑风生地与每一位飞行员碰杯，他喝了不少茅台酒。那时的茅台酒八块钱一瓶，而且全是真货，空勤灶每到大的节日和庆功的时候都要喝一些的。师参谋长由于喝了许多茅台酒，本来就红的脸膛愈发红得厉害了。他走到我面前，眯着一双笑眼说：“小林，你今天可以多喝两杯。”

我郑重地点了一下头，说：“我已经多喝了两杯了。”其实我也不知道，除去多喝的两杯，我应该喝的基数是多少。

他听了，哈哈大笑起来，说：“你骗谁呀，你的脸还没红呢。”

我不经意地说："我从小喝酒脸就不红。"

他尴尬地啊啊了几声，突然板起面孔说："我看你得好好准备一下，这次打气球，最大的收获是什么，到时好好讲给我们听啊。"

我想告诉他，是爹帮助了我。当然没有人会相信这一点，弄不好大伙还认为我这个人有些神经兮兮的。可我确实得到了爹的帮助，在那关键的一瞬，我能感到自己的血管里奔腾着爹的血液，我的生命在那一刻，激情达到了顶峰。

我说："好吧。"

毫无疑问，打掉敌人高空侦察气球的战绩，极大地鼓舞了全师的士气。我这个刚参加战斗值班不久的新飞行员，有了这样的功劳，自然被大家刮目相看。好事也接连不断地降临到我头上，先是被记了三等功，不久又被破格地提升为副大队长。用徐明的话说，我是走了气球的运了。

又过了一年，我结婚了。

徐明也结婚了。

我们两对新人的婚礼同在八一建军节那天举行，全团的飞行员和机关干部都应邀参加了。母亲没有参加我们的婚礼，当然万承学也没有参加，是我不让他们参加的，我的理由很简单，过去该团飞行员在部队举行的婚礼中，没有家长参加的先例，因此，参谋长也不能特殊。而根本的原因是，我怕万承学在场大家就拘谨起来了，该热闹的时候不热闹，那心情该有多么糟糕啊。

婚礼开始不久，大伙儿便吵着让我们介绍一下恋爱的经过。当徐明谈到那段英雄救美人的经历时，整个空勤俱乐部里就像炸了窝一样，响起了一片大呼小叫的嗷嗷声，还夹杂着多年没听到的口哨。

这时我拿眼睛瞅了瞅田妹，她朝我撇了撇嘴。我发现她撇嘴的样子，有一种勾魂摄魄的魔力，弄得我心里痒痒得厉害。我感到她再也无法用她身上的那种无形的力量稳住我了，说时迟那时快，我突然抱住她吻了起来。

她只轻轻叫了一声，一点不好意思的挣脱也没有。

整个俱乐部里的喧闹声顿时戛然而止，我能感到所有的人都目瞪口呆地望着我们。这样的情景，过去在我们团的任何一次婚礼上都没有出现过，大伙儿完全被镇住了。

我吻了她足有半分钟，脑子里一片空白，只有感觉在湿润的双唇间漫游，浑身的血液沸沸扬扬的。半分钟后，当我再度听到嗷嗷声响起时，我又瞅了田妹一眼，她的脸蛋儿红透了，眼珠子也没地方搁了，一只手不住地抿着额前的头发，她的额头上溢出了大颗的汗珠。我觉得我和她之间的那层音障差不多打破了。

婚礼结束后，我们回到新房里。母亲原想将家里的一间房子收拾得漂漂亮亮，做我们的新房，但我不想在家里住，于是就在临时来队家属楼最高的四层要了一个小套。徐明和陶红住在对面。

母亲已在这里为两对新人备下了喜庆的酒席。母亲就是母亲，酒席一开始，她就举起酒杯说："我希望两位新娘早一点做母亲。"

我发现陶红偷偷瞅了徐明一眼，田妹偷偷瞅了我一眼，然后两位新娘相视一笑，又一块儿举起杯来，与母亲碰杯，整个过程充满了女人特有的会意和温馨，真让我感动。

我的感动很快就深化了。当喜庆的家宴结束不久，我和田妹之间的那层音障完全突破后，我真的听到自己心中划过一阵惊天动地的响声，我觉得自己突然飞进了一片柔情似水的天空，像一个潜水者分开了一片又一片温暖的波涛，我感到周围有什么在灿烂地开放。而我的心则仿佛从高空向下飞快地俯冲，然后又向上急剧地跃升，然后又俯冲又跃升，直到后来飞升到一种极致，开始融化。这时我觉得整个天空飞了起来。

这种情境，看来用感动，用妙不可言，都是无法形容的。

早上醒来，田妹说："我真的要做母亲了吗？"

"当然是真的。"

“听说酒后怀上的孩子傻乎乎的。”

“是吗？”

“是。”

“从今天起，我一滴酒也不喝了。”

“要是已经怀上了呢？”

“这么巧？”

“这种事就这么巧。”

说完，她笑了。尽管我不知道她笑什么，还是跟着笑了。

她笑了一阵，走到窗前拉开了窗帘。

在这幢宿舍楼的后面，是一道围墙，围墙外面便是一眼望不到头的戈壁和沙漠了，一条从祁连山流下来的黑河就在这片大漠上流淌。这一年的夏季正是河水最充足的时节，一百多米宽的河床涨满了那些雪山融化下来的雪水，那可是世间最纯净的水啊，不动声色地流着，滋润着两岸数百里的田园和人家。

太阳已经出来了，阳光涌进了窗户。田妹的背影看上去就像起伏的沙线那样优美，细溜溜的腰下隆起的臀部犹如最圆满的沙丘，沉甸甸的，在满屋晨光的辉映下，闪着金子般的光泽。

我问她：“你笑什么？”

她说：“结婚就是生孩子吗？”

我想应该包括生孩子，但我没有这么说。我说：“你说呢？”

她没有回答这个问题，又说：“女人就是生孩子的吗？”

我又沉不住气了，说：“总不会叫男人生孩子吧。”

她又笑了，笑声听起来能从窗户那儿传出去很远。

我问：“你都看到了什么？”

她说：“沙漠，大河，还有村庄。”

我又问：“还看到了什么？”

她说：“红柳树，沙枣树。”

我知道沙枣树丛离营区最近，于是我说：“你看到没有，沙枣树丛里有人，在望着你。”

她吓了一跳，急忙离开窗户，抓起衣服穿上了。现在该轮到我笑了，我笑得哈哈的。笑过之后，我说：“我知道刚才你笑什么了。”

她脸上还停留着因为被捉弄而产生的尴尬神情，她问：“你说我笑什么？”

我说：“我不告诉你。”

她说：“你不会知道的，我已经服了药，不打算今年怀孩子了。我笑你和妈总想让我马上怀孩子。”

温柔妩媚的田妹，这一刻，让我看到了她不为我知的另一面，使我深深吃了一惊。我像打量一个陌生人那样打量了她许久。她仿佛什么也没发生似的，又回到窗前向外望了，只是身体穿上了裙子，比先前多了些神秘的风采。

我心里突然叫了一声：这个妮子呀！

这之后，我用平静的并有些讨好的口气说：“这事你说了算，晚一年就晚一年吧，我不会告诉咱妈的。”

她又笑了，笑得让我真有点摸不着头脑了。

一天晚上，团里组织临时来队的家属去机场看夜航，我和徐明也去了。诗人们把夜航的机场比作彩色的灯河，把起降的飞机比作彩色的星星，我看这是很美妙也很恰当的。对于大西北的夜空，我不知道诗人们是如何描述的。我在这里生活了这么多年，还真没有像这个晚上这样，靠在沙丘上认真地注视过头顶的夜空呢。我发现它很低，似乎一伸手就可以摸着。我对身边的田妹说：“有个星星碰到我的鼻子了。”

田妹摸了摸我的额头，说：“不发烧呀。”

我说：“哪里会发什么烧呀。”

隔着徐明的陶红笑了，说：“舒林，我看你该好好睡一觉了。”

我说：“是呀，往这沙堆上一躺，真想睡一觉呢。”

徐明说:“这些天你可够疲劳的,那就睡吧。”

其实徐明比我还疲劳,我不想和他斗嘴,于是不假思索地说:“走的时候,别忘了叫我。”

我这句蠢话引得陶红咯咯地疯笑起来。田妹伸手在我身上狠狠掐了一把。我忍不住哎哟叫了一声。田妹也笑了,她和陶红的笑声就像风铃在天幕下摇荡。

我心里美滋滋的,不多一会儿,就闭上眼睛睡着了。飞行员就有这个本事,不管起飞、降落的飞机发出的噪声多么大,只要想打个瞌睡,一合上眼皮就能进入梦乡。

我真的梦见一颗星星碰着了我的鼻子,接着就从天幕上滑落下来了,在我身边一点点变大,到后来竟变成了一匹又亮又光滑的飞马,驮着我飞了起来。

我感到风在耳边呼呼作响,夜色和星光扑面而来,好像穿过我的身体疾驰而去。我向飞马问道:“你要把我带到哪里去?”

飞马吙吙叫了两声,一拢双翼向下俯冲了。最后降落在一片寂静的草原上,四周的雪山在星空下闪着白玉般的光芒。

这时,飞马不见了。我看见一个熟悉的人影朝我走来,走到眼前,我发现是父亲。

父亲还是那样年轻,目光还是那样和蔼,他望着我说:“小林,你长大了。”

我的鼻子一酸,眼睛变得模糊了。我说:“爹,我很想您。”

父亲说:“我也很想你。你妈她好吗?”

我点了点头,说:“我妈她改嫁了。”

父亲也点了点头,说:“她嫁给了老万。”

我说:“我觉得这个人不怎么样,我妈的眼光出了问题了。”

父亲笑了,说:“老万可是个了不起的家伙,二十岁就在胶东支队当上了营长,还有马夫呢。他打起仗来可是一员虎将,威风极了。”

“他的腿瘸了,装了假肢,走起路来咯吱咯吱地响。”我还想说,现在可是一点威风也没有了，倒是剩下了一些坏脾气，经常拿到操场上镇唬人。但我觉得不妥，似乎也有些欠公道，便没有说。

父亲说："只可惜他的落地没有解决好。如果他不飞行的话，在陆军现在能干上军长了。"

"您喜欢他吗？"

"可以说很喜欢，我们是好朋友。"

"可我怎么也喜欢不起来。"

父亲说："我进藏执行任务前，曾给他说过，要是回不去了，就托他照顾你们娘儿俩。"

"那时他刚离了婚，是吧？"

"不离婚，就不可以托付了吗？"

"那是另外一回事。"

父亲好像看透了我的心思，说："孩子，你现在已经飞得很高了，你已经看到了，天空有多大呀，包容的东西多么多呀。你的心里有了这样的天空，还有什么可烦恼的呢？"父亲敞开了衣服，"孩子，你看，爹这里是不是有这样的天空？"

那是父亲的胸怀，天空一样的胸怀。我扑上去紧紧拥抱着。感到一双温暖的大手抚摸着我的脑袋，很快就偎在那里睡着了。我看见自己的脸上洋溢着幸福的笑容。

这一觉睡得可真够长的，被田妹晃醒时，我看到红色信号弹升上了天空，夜航结束了。

回到宿舍，我对田妹说："我梦见我爹了。"

田妹说："我发现你今天挺神道的。"

"我真的梦见我爹了。"

"你有几年没回老家了？"

我屈指算了算，说："有六年了吧。"

田妹说："你下次休假，先回趟老家，给爹的坟上烧刀纸吧。"

这一点我想到了。我还想到了另一点，一旦有了机会，去父亲遇难的地方看一看。这个想法我没有告诉田妹，生怕吓着了她。其实也没有什么可怕的，生命中的许多奥秘，往往就隐藏在冥冥臆想之中。

我的这个念头，没想到一个月后就实现了。

我们赶上了去日喀则轮训，任务来得很突然，用师参谋长的话说："简直是从天上掉下来的。"

带队的首长是我先前的长机杨焕成，他已从副团长升为团长了。过去我和他的关系就很好，这一次外出轮训，我更黏糊他了，经常向他递支烟，还摸出打火机来给点着。徐明说我巴结团长未免过分了些，让人看上去不舒服。

我说："你小子，知道啥呀？"

徐明哼了一声，说："狗屁。"

"啥呀？"

"马屁。"

这次进藏轮训，徐明成了我的僚机。在雪域高原上空飞行，一切都是陌生的，长僚机的密切协作显得尤为重要。看来我不向徐明坦白自己的心思，他那个鬼精的脑袋瓜里一定会认为我在为自己的升迁积极拍马屁呢。这种事弄得他心里不舒服，我这个当长机的就显得很尴尬。

我不得不向他交了个实底。

徐明说："是这么回事呀。我说你不是那种人，看你做的那种巴结样，也着实笨了些。"

我说："杨团长这人好对付，再过去参谋们那一关，我的愿望就能实现了。"

徐明说："这事我去找参谋们说。"

"你怎么说？"

"当然不能说，你要去雾云滩看看父亲遇难的地方了。"

"也许这样说了，更好办。"

"不，这事一捅开，传到团长的耳朵里，你就前功尽弃了，别看他表面上爽爽快快的，可心里的转轴子特别大。刚当了团长，小心得很呢。"

我采纳了徐明的意见，就当没有这回事，一切按正常的程序走。进入航线飞行时，我做了几条航线让徐明交给领航参谋和训练参谋们选，每条航线都是按照要求做的三条边，但不管向东向西还是向北飞，雾云滩不是第一个转弯点，就是第二个。

参谋们在地图上量来画去，又反复核算了油量，选择了其中的一条。杨团长没发现什么，大笔一挥签了字。报上去后，航行调度部门很快就批了下来。

但这并没有使我多么激动，心情反倒变得异常平静了，平静中透着十分的庄严。真到了飞这条航线时，整个身心又有了一种朝圣的感觉。

是的，我是去朝拜一片思念已久的圣地。

那天上午，飞机到达雾云滩上空时，昔日弥漫在这里的层层叠叠的云雾不见了，巍峨壮丽的雪山间袒露的草原，在阳光下汹涌着涂了油墨一般的绿色，仿佛是一条波澜壮阔的绿河。这儿还真有一条河流，贴着南面的雪山向东流去，倒映着雪山的光辉就像流动的水银一样。河的北岸散落着许多牧民的毡房，从空中看，宛若一株株白色的蘑菇。

按照事先的协同，到达雾云滩后，徐明在万米高空使用经济速度进行盘旋，我则下降高度飞入峡谷的低空。即便是低空，海拔高度也有五千多米。

揭去神秘面纱的雾云滩实际上是很大的，可以说是一片曲折的不见头尾的绿色的走廊。我发现，对于神鹰似的飞机的到来，那些云絮般游动的羊群和牛群，都跑到了河岸上，向空中仰视着；那些骑在马上的牧民几乎全部勒住了马，脱帽向空中致意。我想告诉他们，我是来朝圣的。可这无法做到，我只好不停地晃动机翼，向他们还礼。

根据资料的记载和对地图的研究，我没有费多少时间，就找到了当年父亲遇难的地方，在一片山洼地带的北面，那里矗立着一座纪念碑。它好像知道我要来似的，在很远的地方，刀削的碑面就朝我不断折射着太阳的光芒。

“爹，我来看您了。”

“叔叔们，我来看你们了。”

我在心中不停地默念着。

我感到此时的飞机充满了灵性，带着我飞到低得不能再低的高度，让我围着雄伟的碑身盘旋了三圈。

我不知道在这象征朝拜的飞行里，自己心中都默念了些什么。来前的种种想法，在这段时间里也都悄然隐退了。但我能感到，一种像火一样燃烧的诗情，进入了我的身心，发出低回的却是辉煌的歌唱。

返回日喀则机场，我将这一切告诉了徐明。

徐明的眼睛潮湿了。

他说:“这就是飞行啊。”

轮训结束后，离春节已经不远了，团里安排我和徐明回山东休探亲假。因为到了四月，我们将去汉中飞复杂气象，之后便进入夜航了。全年的飞行计划已排得满满的。

遵夫人之命，我回了趟老家，一路同行的徐明也跟着中途下了车，他非要去看望一下我的爷爷。

由于奶奶在我父亲很小的时候就离开了人世，又由于我父亲十五六岁就离开了家，一个人在运河和南四湖跑来跑去的爷爷，虽然身边没人照顾，倒也活得自由自在。到了晚年，有我母亲每月寄来的生活费，吃的和穿的比一般乡下老人好得多，看起来一点也不老，皮肤黑里透红，两眼炯炯有神，走起路来身板依然像四棱碑那样硬朗。

我给爷爷带来了几瓶茅台酒。爷爷打开一瓶闻了闻，说:“没有咱这里的白干冲。”

我说:“后劲大着呢。”

爷爷问徐明:“你小子能喝多少?”

徐明说:“二两没问题。”

爷爷哈哈笑了，说:“二两算啥呀，当飞行员的不喝上一斤二斤的,咋能把飞机开上天?”

徐明捂着肚子笑着说:“老爷子可真逗。”

快乐的爷爷做了几个地道的老家菜,又烧了一个老鳖汤,招待我和徐明。爷爷对我说:“多喝点酒,再去给你爹上坟吧,省得他太亲你了。”

在我们老家,人们认为多年不回家的孩子给故去的老人上坟,会惊动安息的亡灵,从墓中跑出来亲近自己的孩子,结果往往使其大病一场。如果多喝点酒,或者上坟时抽支烟,就可以改变身上的气味,不惊动安息的亡灵了。

我把去雾云滩的事告诉爷爷后,他许久没说话。我看得出,他眼里有泪光悄悄地闪动。

爷爷多喝了几杯,我去上坟时,他歪在椅子上呼呼地打起鼾来。

父亲的坟头上还残留着不久前落的第一场冬雪，上面的蒿草已经完全发白了,周围落光了叶子的柳枝在寒风中瑟瑟摆动,只有我当兵那年栽下的一棵柏树还泛着翠绿。

我一边烧纸一边在心里对父亲说:“爹,我妈让我告诉您,她会来看您的,她要您在那边照料好自己……”

母亲嘱咐的话说出来让我感到异常悲伤,说着,我就哭了。爷爷一再叮嘱我不要哭,因为哭声也会惊动亡者的魂灵。但我还是禁不住哭了。

徐明在我父亲的碑前鞠了三个躬,拉起我走了。

我一步三回头地走到运河边上,那时运河的水还是清澈见底的,我捧起冰凉的河水洗了洗脸,又喝了几口。据母亲说,她和我父亲就是在这运河边上认识的。那时解放滕县的战役已经打了两天了,当了

连长的父亲带着队伍在运河东岸阻击从徐州北上增援的敌军，那天打退敌军的最后一次攻击后，哨兵说敌军退回到徐州去了，父亲就和一帮战士脱掉满是泥巴的外衣，穿着裤衩跳到运河里洗起了澡。当时几个支前的女学生正在河边给战士洗衣服，其中有我的母亲李怀玉，她就把父亲丢在河滩上的满是泥巴的衣服给洗了，然后挂在河滩后面的树林子里晾晒。父亲从河里一上来，母亲就告诉他衣服在树林子里晒着。父亲望了望母亲说，妹子你长得真俊啊。母亲赶忙把脸扭到一边去了。就这样他们认识了，只是认识而已，还谈不上一点恋情。但父亲和母亲的恋情也就从那时开始了。在以后几天的苦战中，父亲的连队越打越勇，衣服也越来越脏越来越破了，母亲她们也就越来越多地给他们洗衣服补衣服，还腾出手来帮伙夫烧火做饭，只是母亲再见到父亲时，那脸不由自主地就红了。解放滕县的战役打完后，一天晚上，他们两个就在这运河边上晾晒衣服的树林里相爱了。据母亲说，那天夜里运河边上的火堆把天空都映红了。

而今，父亲已长眠在他和母亲相爱的地方多年了。我喝着运河的水，似乎又看到了那个被火堆映红天空的夜晚。

告别爷爷，我去了烟台，徐明去了青岛。我们约定同一天归队，徐明在青岛等我，因为陶红怀孕了，他想在家多照料她一天。

我想见到田妹后，就将去雾云滩以及回老家上坟的事告诉她。可是我遇到了一件意想不到的事，田妹也怀孕了。

幼小的生命已使她的肚子鼓起来了。她用得意而神秘的目光望着我，说：“快来听听吧，你的儿子在蹬腿呢。”

我的吃惊程度可想而知，结结巴巴地问她：“你……不是说……服药了吗？”

田妹撇了撇嘴，说：“傻样，服了药还能怀上孩子吗？”

“这样的事，你也该写信告诉我。”

“那还有什么意思呢？”

这就是我的田妹。这就是我的用一点点狡猾增添了更多妩媚的女人。当她将自己的腹部完全袒露在我面前时，全身都呈现出一种粉红色的温柔和骄傲，这是即将做母亲的女人所特有的，没有羞涩，也没有矫饰。我听到，隔着渐渐变得透明的皮肤，在穹隆似的母腹内，那个已有五个月的小生命确实可以蹬腿了，好像知道我在听似的，有意使劲地蹬。我能感到那双小脚丫十分的调皮。

“听到了吗？”

“听到了。”

“这个小毛儿啊，蹬得我心慌呢。”

田妹所说的小毛儿，所说的我的儿子，每动一下，都有一阵喜悦掠过他母亲的喉咙，使她发出低微而欢快的呻吟。

我问：“你怎么知道是个儿子呢？”

她说：“我特别喜欢吃酸的，俗话说酸儿辣女嘛。”

天，我要有儿子了。如果我将这个消息告诉爷爷和妈妈的话，他们不定高兴得做出什么样的事来。妈妈说不定会随我一道来看望她的儿媳，顺便也看一看我的外公和外婆。爷爷说不定会做一支木头手枪让我带来呢。听妈妈说，我父亲小时候最爱玩的就是爷爷做的木头手枪。可是，田妹小小的狡猾，没有给爷爷和妈妈这样的机会。她剥夺了他们本该得到的欢乐。

想到这些，我有些生气了。女人就是这样，往往因为一点小聪明，忽略了不该忽略的事情。我想说些埋怨的话，可是看到她躺在床上一副喜气洋洋的样子，又不忍心说了。事已至此，说了，只能让她觉得你不会体谅人，甚至说你小心眼儿。干脆，我连去雾云滩和回老家上坟的事也一道免了。

田妹却没有忘，她问：“回老家给爹上坟了吗？”

我说：“上了。”

“替我向爹磕头了吗？”

这事我可没想到。我说：“在我们老家，不兴这个。”

田妹说:“其实这里也不兴,我不过随便问问。”

我真想在她身上狠狠扭一把。我这么想着,就伸手在她胳膊上扭了一把,不过,不是狠狠地,连我自己都感到扭得太轻了。

田妹十分夸张地叫了一声,说:“你会把小毛儿扭掉的。”

她的这句话吓得我出了一身冷汗，赶忙低下头吹了吹她胳膊被扭的地方,又把耳朵小心翼翼地贴到她的腹部上去听。听了许久,感觉那小脚丫依然在十分调皮地蹬动，这才放下心来。那时我还不知道,怀了五个月的孩子,是不会因为母亲胳膊上一点小小的疼痛而轻易流掉的。

这个妮子呀。

她的这句话,使我在以后每接触她的身体时,都小心得要命。尤其是年迈的外公、外婆和忙得一塌糊涂的小姨知道她怀上孩子后,纷纷向我提出了严格的要求，使我更加小心了。虽然有时她说不要紧的,可我还是担心可怕的事情发生,总是用最温柔的吻去亲近她。看到我这样,她总是哧哧地笑个不停。

后来,她习惯了我的做法,一旦我有些懈怠,她就问:“你回来是干什么的?”

我说:“看老婆呀。”

“怎么看?”

“拿眼睛看。”

她就用被子把自己包裹得严严实实,光让我用眼睛看她的脸了。我不得不一边检讨一边像先前那样小心翼翼地去吻，就像吻一朵丰润的花那样,从花瓣到花芯,吻遍所有的地方。有一次,田妹主动吻了我,她变得笨重的身体真让我提心吊胆,可她却做得轻松自如,给了我终生难忘的美感。

这就是我的田妹。

假期快要结束时，她听说我要提前一天离开她去青岛和徐明会合,有点不大情愿地说:“又不是编队飞行,干吗搞这种形式主义?”

我说："开始我们只知道陶红怀孕了，徐明想多照料她一天。"

田妹说："可是现在情况有了变化。"

我说："好吧，我去给徐明发个电报，各走各的就是了。"

田妹没有让我发电报，她说她给陶红打个电话。我想在邮电局工作的田妹，做这种事还不是小菜一碟？尽管那时打个长途电话，中间要转好多个总机。

那天下午田妹下班回来，对我说："电话我没打，我觉得你还是去青岛和徐明一道走的好。你是大队长，别让人家徐明有什么看法。"

我说："你把怀孕的事告诉陶红，人家是不会有什么看法的。"

"我看你还是照原计划，明天一早就动身吧。"

第二天早上，田妹把我送出家门，我朝她摆了摆手，说："回去吧，一回到部队我就给你来信。"

田妹的神情犹豫了一下，好像有什么话要说。我立刻站住了，问："还有什么事吗？"

田妹咬了咬嘴唇，说："见到海兰，替我问个好。"

我的心不由得震动了一下。自从和田妹结婚后，海兰的影子在我脑子里越来越淡，虽然偶尔也在眼前晃一下，也只是晃一下而已，不会叫我产生一些别的想法。可是，田妹的话让我发现，她对我这次去青岛多少还是有些担心的。看来，那个英雄救美人的故事，给她的印象可不一般哪。

我放下手里的提包，重新回到她身边，一边吻她一边说："你的话我明白，你对我可以永远地放心。"

我想最好不见到海兰。

我一到青岛就按照徐明留下的地址去了陶红家。没想到海兰已在这里，她见到我，上下打量了一番，说："越来越帅了呀。"

这比那种紧张的对视和沉默好多了，我顿时找到了轻松的感觉，也拿眼睛上下打量了她一番，说："海兰你真是越来越漂亮了呀。"

徐明和陶红放声笑了起来。陶红说："一个比一个会说话。"

我想起田妹交代的话，说：“海兰，田妹让我替她向你问好呢。”

海兰说：“谢谢。”接着说，“请你也替我向她问个好。”

我说：“谢谢。”

徐明和陶红又笑开了。当我将田妹怀孕的消息告诉他们后，徐明和陶红嗷嗷地叫了起来。徐明说，贵夫人藏得可真严实啊。陶红说，看她那身条，要不怀上才怪呢。还没有结婚的海兰显得有些不好意思，脸颊上飞起了大片的红晕。不过，她很快就摆脱了自己本不该有的窘境，提议我们两家结成亲家。

我说：“如果两个孩子都是男孩呢？”

海兰说：“都是男孩或者都是女孩，那就叫他们结成兄弟或姐妹。”

为了庆祝这个美好提议的诞生，中午我们到当时青岛最好的一家饭店好好撮了一顿。我和徐明还来了个滴血为盟。护士出身的海兰用水果刀的刀尖分别在我和徐明的手指上扎了一个很小的口子，我俩将洇出的血珠滴到酒杯里，看着它们像红色的烟缕在酒中散开，然后端起杯子每人喝了一半。虽然这种做法不伦不类，看上去不免有些滑稽，但我们每个人的脸上却都呈现出一种极其庄严的神情。

回到部队不久，我和徐明就投入了恢复飞行的训练。

这年四月中旬，我们转场到汉中飞复杂气象。

田妹来信告诉了我她的预产期，我算了一下，到时复杂气象训练差不多该结束了。

徐明也收到了陶红这样一封信，陶红在信上问他到时能不能回来侍候月子。徐明问我：“到时我能回去一趟吗？”

可以肯定地说，我是不可能回去侍候田妹的月子了，年初我已休过假了。但是已休过假的徐明是不是可以回去一趟，我心里没有底。我说：“到时我尽量给你找理由就是了。”

那天是个晴朗的星期天，我们到汉中后很少赶上这样想飞又飞不成的好天气，因为我们是来飞复杂气象的，这样的好天气就只能让给驻地部队赶科目了，我们正常休息。徐明邀我去附近镇子里的一家羊肉泡馍馆，请我吃了一顿。

吃过饭，我们走出镇子，沿着田间的小路散步。一过五月，地里的麦子在一天比一天强烈的阳光照射下，很快就都变黄了。这和几天前我在空中看到的遍地葱绿的景象形成了明显的反差。

我说："要割麦子了。"

徐明说："陶红说割麦子的时候，她就要生孩子了。"

田妹在信上也这么说过。我会心地笑了笑，说："你给孩子起名字了没有？"

徐明说："没有。你呢？"

我说："也没有。不过到时自然就有了。"

徐明说："你说女人生孩子到底有没有危险？"

我不明白他说的是什么意思，望着天眨了眨眼睛。

徐明说："陶红说胎位有些不正常，现在她每天都在床上做什么动作，说是顺胎位。"

对于女人生孩子，我和徐明一样都是一窍不通。听徐明这么一说，我也有些紧张了。我说："田妹什么也没有告诉我，这个妮子呀，老喜欢搞点小名堂，还不知道她的胎位怎么样了呢。"

徐明哈哈笑了起来，说："两个快要做父亲的人，在当年诸葛亮运筹帷幄的地方，在为自己的女人生孩子而犯愁呢。"

徐明嘴上这么说，并不是说他心里就很放得下了，我看得出，他不过是在进行一种自我解嘲和宣泄罢了。

我说："做女人比男人要难。"

他说："做女人比男人要甜蜜，要幸福。"

我说："有的要苦得多。"说这话时，我自然联想到了自己的母亲，我认为父亲去世后，留给了母亲很多很多的苦。

徐明说："其实现在我就想到陶红身边去，我想我在她身边，她就什么也不用害怕了，她一直担心再也见不到我了。”

徐明的这句话说得再明白不过了，陶红不仅担心自己能不能顺利分娩，而且还产生了一种恐惧的心理，这让徐明怎么能放下心呢？

作为他的大队长，我不敢有半点含糊，当时有一项很严格的要求：飞行员有思想问题不过夜。回到营区，我就将这事直接报告了团长。

团长说：“我和这小子谈谈。”

我就叫徐明到团长的办公室去了。没有多久，徐明就笑嘻嘻地走到我房间来了，他说：“团长说我这个情况是个特殊情况，可以照顾一下。我再飞一个飞行日，把最后一个科目飞完，就可以回家了。”

我算了一下，徐明到家时距陶红的产期还有近一周的时间，什么事都耽误不了，我真为他感到高兴。那天下午体育锻炼时，徐明兴奋得像个孩子，每投进一个球，都打一个侧身翻呢。

星期二的早上，整个天空被看上去没有边际的厚厚的云层覆盖着。这种厚厚的云层显示出一种极其沉稳的样子，好像在告诉我们，没有风，也没有雷电，可以驾驶飞机放心地去穿越了。团长驾驶飞机穿云破雾看了一遍天气，回来就在机场下达了飞行任务，他说：“可以这么说，这是我们来汉中遇到的最理想的复杂气象了。”

飞行员接收飞机时，由于第一架波次里没有我，我便走到徐明跟前问：“怎么样，还有什么问题吗？”

“没有了。”

“今天几个起落？”虽然我知道徐明的整个飞行计划，但我还是问了一下。

“三个。”

我拍了拍徐明的肩膀，说：“伙计，好好飞。”

徐明会意地笑了笑，说：“放心吧。”

徐明第一个架次很利落地完成了，落地时，我正在穿云上升，听到团长在无线电里夸奖他的着陆动作，“好，好，你小子做得真漂亮！”

第二个架次也是这样。起飞和降落都在很多人的眼皮底下完成，他显得轻松自如，整架飞机就像一缕银风一样，刷地飞走，又轻盈地回到地面。尽管大家看不到他在云层中穿行的样子，但还是可以想象到他洒脱的风采。

徐明第三个架次起飞时，我正驾驶着刚着陆的飞机滑向加油线。在那儿加过油，我又将飞机滑进起飞线，然后关了车，拉开座舱盖下了飞机。我的计划是两个架次，到此时已飞完了。

我走到休息室喝了杯咖啡，稍微休息了一会儿，就拎着头盔到了塔台。

我估摸着徐明差不多该进入着陆航线了，我想再看一看徐明的着陆动作。在我们团，凡是看过徐明着陆的，都说真他妈的棒。我看过几回，虽然也觉得很漂亮，但要让我说真他妈的棒，还有些不大情愿呢。

我一走上塔台，立刻就感到气氛不对。团长紧握着话筒，在不停地呼叫徐明："309，听到请回答……"

标图板上徐明的航迹消失了。参谋们一人握着一个电话，向几个雷达站下达搜索目标的指令。

飞行副指挥员向正准备开车起飞的飞行员，下达了关车待命的口令。

我的头皮突然有了炸裂一般的感觉。天啊，徐明怎么了？

团长仍在不停地呼叫，就和当年指挥员呼叫我父亲那样。根据参谋们计算，如果徐明的飞机还在空中的话，所载油料顶多还可以飞三十分钟。

在这段时间里，飞行副指挥员将空中其他的飞机都召回到了地面。

三十分钟过去，团长的声音变成了哭声。我忍不住也哭了。此时我更希望，徐明的飞机出了故障，他跳伞了。

我在这种希望里度过了难熬的几小时，到了下午，听参谋们说，有一个在山上采药的老汉，听到不远处的雷音峰那儿传来一声巨响，接着他感到脚下的山坡颤动了好大一会儿。

根据地方报来的这个情况，团里立即组织机关和地勤人员去雷音峰那儿寻找。本来是不让飞行员去的，由于我爬上车坚持要去，政委只好默许了。

雷音峰坐落在机场西延长线十七公里南侧五公里的地方，再往南就是与大巴山接壤的连绵起伏的群山了，往北是一片开阔的谷地，也就是机场所在的峡谷地带，从谷地再往北，又是山。雷音峰相对高度为九百八十米。

我们搜索队沿着跑道西延长线平坦的路面驱车急驰，不到半小时就到了雷音峰脚下。抬眼望去，上部的半截山还笼罩在云雾里面。根据老汉说的情况，为了争取在天黑之前能有所发现，我们几辆车便沿着盘山公路一直开到半山腰，然后大家四散开来向山顶进行合围式的搜索。

山上到处是密不透风的竹林，人一走进去，就完全淹没在里面了，如果不互相吆喝着，肯定会迷失方向的。我在竹林里和其他人一样一边向上走一边吆喝着，不时用手电筒朝暗处照一照。这样搜索了约一小时，我发现走了还不到三十米，如果照此下去，怕是到明天早上我们也合围不到山顶。

我想一架飞机撞到山上，留下的不会是一个很不起眼的痕迹，我们这样搜索，不是最有效的方法。于是我从竹林里走了出来，踏上一条上山的羊肠小路，一边快步走着，一边环顾左右。

后来我累得实在爬不动了，就走进旁边的树林子里，在一棵歪倒的树干上躺下大口喘气。喘了一会儿，我注意到，就在我眼睛向上望着的天空周围的几棵大树，树梢都没有了。虽然山上雾气腾腾，但我相信我的眼睛没有看错。于是我站起来，顺着一棵接一棵没有树梢的树向前走，很快我就走到了一个陡峭的石壁下，看到了一个翻起新鲜土壤的大坑，接着我发现了飞机爆炸的残骸。

当我从座舱的残骸上看到一片又一片沾在上面的模糊的血肉后，先前一直在我心里亮着的那一线希望立刻熄灭了，我感到眼前黑了下来。

我放声大哭了起来。我把手枪里的子弹都打出去了，一声接一声清脆的枪声在山谷里回响。

那天晚上，我坐在那个翻起新鲜土壤的大坑边上，呆呆地望着其他人挖掘深扎进坑里的残骸。政委拉了我几次，让我回营区休息，每次我都摇了摇头。我一直呆坐到天亮，看着所有的残骸被挖出来。那一夜，我都想了些什么，事后怎么也回忆不起来，仿佛整个思维被埋在翻起新鲜土壤的大坑里了。

一周后，事故的最大可能结论出来了，徐明在双向穿云中撞山，主要是指挥上出了错误。由空军、军区空军和师组成的联合调查组，在排除了机械故障、操作失误等可能导致事故的原因后，反复听了指挥录音，发现徐明在穿云下降时，曾问过指挥员，云底高度有没有变化。从这里可以看出徐明飞过两个架次后，对云底高度是否有变化是很注意的。这时的云底高度确实有了变化，已由先前的相对高一千五百米降到了八百米。但指挥员由于忙着指挥起飞的飞机，就不假思索地回答了一句没有变化，他以为徐明已知道云底高度降低了。看来徐明并不知道，因为他第二个架次穿云下降时云底高度还在一千五百米。由此可以判断出，不知道云底高度已降低的徐明，发现自己在该穿出云的高度而没有穿出云，还以为飞机高度表反应迟钝了呢。于是他为了保证出云后进入正常下滑线着陆，便加大了下降速度，同时还向外侧做了一个U形转弯，以增加消耗高度的距离。徐明并没有想到，他这个U形转弯刚好切到雷音峰上，因为他一直相信，雷音峰在云下，是可以看到的。

如果一向指挥谨慎、脑子善于转弯的杨团长，在繁忙中直接告诉徐明云底高度是多少，徐明就可能不会向外侧做这样一个U形转弯了，会很利索地穿出云层，然后再做一个漂亮的落地，给自己画上一个圆满的句号。

如果徐明不对高度表产生一点的怀疑，正常下降，即使出云后高度偏高不能着陆，那么还可以复飞做一个着陆小航线，也不会发生这样的事故。

如果……

这些都已成了血的教训。

在事故总结大会上，专程赶来的师参谋长万承学把团长杨焕成骂了个狗血喷头，什么蠢猪、笨蛋都用上了。杨团长站在那里，泪水从眼里默默地往下淌。全团的飞行员除了我在强忍着外，其他的也都在掉泪。万参谋长边骂也边掉泪。空军和军区空军的首长也在掉泪。

万承学最后说："可以肯定地说，在飞机撞山前的一瞬，徐明什么也没意识到，他的整个生命都在云雾中飞着，充满了激情和诗情！"

真想不到他会讲出如此令人感动的话来。他站在那儿，身子挺得笔直，两条腿一动不动地钉在地上，那种顽强的样子同样令人感动。我心里有什么翻动了一下，接着飘了起来，就像是一面飞行的旗帜。

这时，我的泪水犹如冲出闸门的潮水涌了出来。

会后，我走到镇子里，以徐明的名义给陶红发了电报："计划有变，不能回去照料，祝一切顺利。"

我知道团长给徐明谈过话的那天晚上，徐明给陶红写了信。如果徐明不能按信上说的时间回到家，又没有一封信或一个电报解释的话，定会引起陶红的不安。做飞行员妻子的女人，似乎都有这种敏感。

同时我还给海兰发了电报，自然也是以徐明的名义。电文是："因有任务不能回去照料陶红，请多费心，徐明拜谢。"

发过这两封电报，我想给田妹也发一封，想了想，没有发，因为昨天我收到她的一封信，说再有几天她就要进产房了。

到底还有几天？这个妮子没有写。根据她过去说的，也就这两天了，发电报已失去了意义。

就在我要离开邮电局的时候，里面的一个工作人员叫住了我，说有我们部队的一封电报，让我捎回去。

我接过来一看，是从青岛给我发来的，我有些纳闷，打开一看，电文是：“陶红生一男孩，一切安好，母亲李怀玉。”

我的脑袋一下子被很多兴奋的东西弄蒙了，母亲怎么去了陶红那里？陶红早产了吗？

我回到营区，把母亲的这封电报交给继父万承学看了，他显得很激动，不住地说：“好，好，真好。”

我问他：“我妈知道徐明出事了吗？”

他说：“是我告诉她的，当天她就坐飞机去了青岛。”

“陶红会不会发现了什么？”

“这要看你妈的本事了。”

作为徐明的好朋友，我打心眼里感谢他们。我说：“谢谢你们了。”

他说：“傻样，谢谁呀？”接着他问，“田妹的情况怎么样？”

我说：“全交给小姨了。”

徐明的追悼会开过后的第三天，我们转场返回基地。

飞机爬到万米高空，当我准备与汉中机场说再见时，塔台指挥员对我说：“我这里刚刚收到你的一封电报，是个好消息，你老婆两天前生了个儿子，让你不要挂念。”

我立刻大声回答：“明白！”

我的田妹总是出其不意地给我一个惊喜，当然这件事显然是巧合，但给我的感觉似乎田妹在有意掐算着我转场的时间，让小姨给我发电报时，她就预感到这封电报送到时我正在转场的空中飞着呢。我的这个时常让我处在兴奋点上的妻子，她那个多少有点狡猾的小脑瓜里，装着的就是这种不断翻新的爱意。

我感到我激动而幸福的回答在整个天空里回响，只要在天上飞行的人都能够听得到。如果徐明还在的话，他一定会为不久前降生的儿子有了一个异姓弟弟而嗷嗷地叫起来。

我知道就在此时，由团里的副政委、政治处副主任和一名干事组成的事故善后工作小组，已起程前往青岛了，他们给陶红带去了徐明的全部遗物，还有一个镶嵌着徐明照片的骨灰盒。我能想象到这对正处在幸福之中的陶红将是多么大的打击。

我不禁再次想起西门里街的那个寒冷的下午，想起第一次看到父亲骨灰盒的情景，那时我九岁，感到天都塌了。眼下我已是有了孩子的父亲了，正在天上飞着，天空就像梦中父亲说的，很大，包容的东西很多。

我想，在这样很大、包容的东西很多的天空里飞行，其实就是在张扬生命的激情和诗情，没有终极，也不会留下永不消失的痕迹，但却生生不息。

就像天空里流淌的光一样。

（《小说月报》1999 年第 5 期选载）

编后语

作为一份矢志于忠实记录当代小说发展轨迹的文学选刊，《小说月报》自 1980 年创刊以来，始终关注军旅作家的小说创作以及反映军事题材和军营生活的优秀作品，与军旅小说结下了不解之缘。众所周知，军旅小说是当代文学版图上极为引人瞩目的板块，从新时期之初便进入了一个新的创作高峰期，特别是在中短篇小说领域，涌现出一大批脍炙人口的经典力作，造成了一个又一个轰动效应；众多优秀的小说作者自军营起步，一鸣惊人，成为文坛的中坚力量。在几代作家的携手努力下，当代军旅小说创作在题材的广度、思想的深度与艺术的力度上均经历了跨越式的发展。《小说月报》有幸见证了这一过程，并记录下军旅小说在各个发展阶段所取得的累累硕果。

有鉴于此，《小说月报》编辑部将上世纪八十年代以来所选载的军旅题材中短篇小说佳作加以全面梳理总结，编辑了这套“小说月报军旅小说”丛书。本丛书所收录的作品或再现革命战争时期重大历史事件，或表现建国以来我军官兵保卫边疆、建设祖国的英雄事迹，或展现和平时代军营生活与当代军人的风采，均为经历时间淬炼、广受读者好评的经典之作。如著名作家李存葆先生撰写的序言中所说：“这套丛书是对三十余年来军旅小说的蹑迹追踪，是对新时期以来军事文学的高度浓缩，是对军旅文化的‘切片’的高倍‘透视’，也是对老、中、青军旅小说家的一次盛大的检阅。”从中可以读到，“军旅小说家们饱吮着自己的心血，在作品中留下的军人的风骨和血肉，展现出了一个民族的精神坐标”。

由于军旅小说创作随着时代的发展和创作阵容的更新换代，从上世纪八十年代、九十年代到新世纪以来，呈现出题材、风格的不同特色，这套丛书也以时代为序，分为三卷：《沙场秋点兵——小说月报军旅小说·八十年代卷》、《梦回吹角连营——小说月报军旅小说·九十年代卷》、《醉里挑灯看剑——小说月报军旅小说·新世纪卷》。三卷的标题均取自辛弃疾《破阵子》中的词句，我们希望以此尝试性地概括军旅文学在不同历史时期所体现的主旋律。

和我们过去编选的“小说月报三十年”丛书一样，这套“小说月报军旅小说”丛书也是基于当年选刊篇目的二度筛选，从策划立意、制定标准到确定篇目，经过多次讨论、反复推敲。编选中力图兼顾小说艺术的普遍尺度与军旅题材的特殊规律，既收录了艺术魅力历久弥新的名篇，也选入了那些保留鲜明时代色彩的作品；其中有不少是知名军旅作家的成名作、代表作，也有一些非军旅作家表现军事题材、反映军人生活的优秀作品。因容量所限，我们只能选入每位作家最具代表性的一篇作品；还有多篇作品因篇幅过长，不得不暂列为“存目”，所幸读者也可从我们编选的“小说月报三十年”丛书、“小说月报百花奖获奖作品集”等书中找到这些作品。

本丛书每一卷中收录的作品基本按《小说月报》选载时间先后为序（《梦回吹角连营》一卷因需分为上下册，略有调整）。编辑所有作品，均以当年《小说月报》的版本为底本，因为三十年中出版物依据的文字与标点使用规范有所不同，为求统一，在不影响原文的情况下略加整理，其中个别表述与提法带有明显时代特点，为保存原貌亦未加改动。

在本书编辑过程中，承蒙各位作者的大力协助，值此机会表示我们最诚挚的谢意。著名军旅作家李存葆先生在百忙之中专门撰写序言，高屋建瓴地总结了军旅小说的文化价值，令这套丛书增色不少，在此特别鸣谢。虽经多方联络，但仍有个别作者或版权继承人我们未能及时取得联系，在此深表歉意，万望见书后及时与本刊联系，我们将寄送样书、稿酬。感谢各界朋友多年来对本刊始终如一的厚爱与支持，真诚期望您对我们工作中的不足之处，给予批评指正。

《小说月报》编辑部

2012年12月